湖州文学志

沈文泉 编著

Annals of

Huzhou

Literature

上海文艺出版社

图书在版编目（CIP）数据

湖州文学志/沈文泉编著．—上海：上海文艺出版社，2021

ISBN 978-7-5321-7886-5

Ⅰ．①湖⋯ Ⅱ．①沈⋯ Ⅲ．①地方文学史—湖州 Ⅳ．① I209.955.3

中国版本图书馆 CIP 数据核字（2020）第 268429 号

责任编辑　倪　骏
特约编辑　长　岛
装帧设计　长　岛

湖州文学志

沈文泉　编著
上海世纪出版集团
上海文艺出版社出版
200020 上海绍兴路 74 号
上海文艺出版社发行中心发行
200020 上海绍兴路 50 号 www.ewen.co
苏州市越洋印刷有限公司印刷
开本 787×1092　1/16　印张 52.375　插页 16　字数 820,000
2021 年 7 月第 1 版　2021 年 7 月第 1 次印刷
ISBN 978-7-5321-7886-5/K·0421　定价：298.00 元

告读者　如发现本书有质量问题请与印刷厂质量科联系
Ｔ：0512-68180638

湖州文学志

清华大学教授、联合国文化大使、著名书法家言恭达先生为本书题签

湖州历史文化名人园中的陆羽群像（自左至右为皎然、陆羽、张志和、李季兰）

坐落在妙西杼山的陆羽墓

由爱山广场迁建到飞英公园的韵海楼

在原址上重建的洼樽亭全景

湖州历史文化名人园中的孟郊塑像

宋大文豪苏轼画像

宋著名词人姜夔画像

元赵孟頫画像

明凌濛初画像

清经学大师俞樾像

"晚清四大词人"之一的朱孝臧像

近代沪上诗社淞社、词社沤社的发起人
周庆云先生

近代著名藏书家刘承干先生

新文化运动骁将沈尹默先生

红色戏剧家钱壮飞

红学大家俞平伯

中国早期著名电影编剧、导演沈西苓

"戈亭风雨派"代表诗人朱渭深

湖州现代民间文学的开拓者费洁心

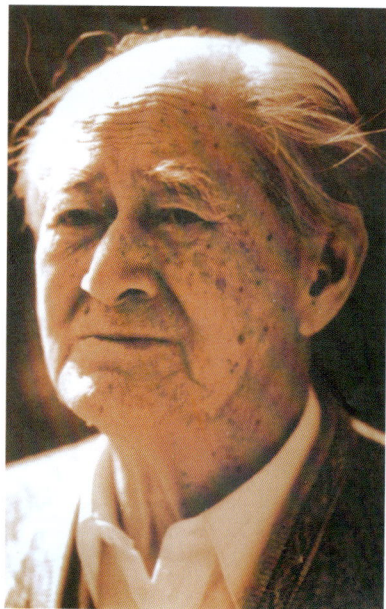

"报告文学之父"徐迟

著名剧作家顾锡东先生

明代晟舍的彩色印刷品

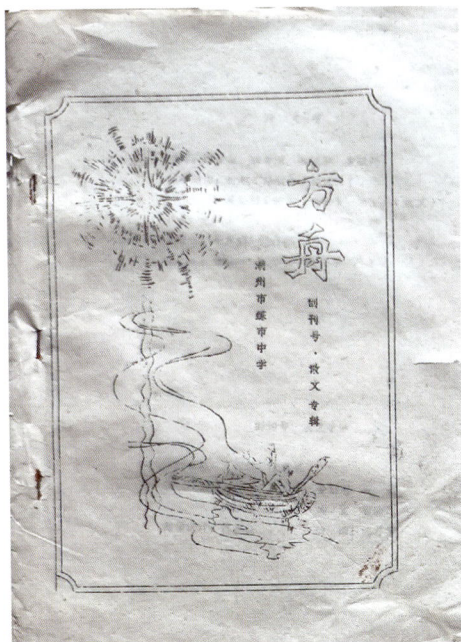

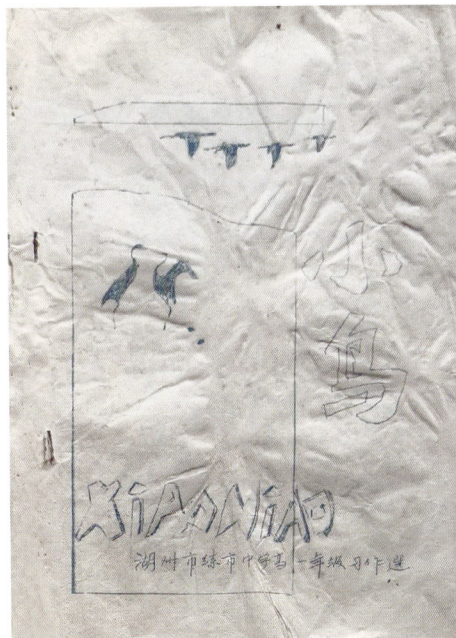

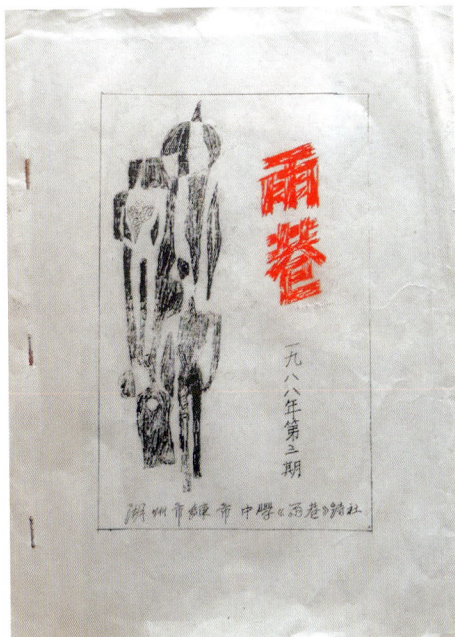

1980 年代练市镇编印的民间文学刊物

　　2008年5月20日，湖州市文联、市作协在国际大酒店召开座谈会，欢迎旅美台湾女作家喻丽清（前排左五）、华裔马来西亚女作家戴小华（前排左六）到湖州访问交流。图为座谈会后合影。

　　2008年7月11日至13日，浙江省作协、湖州市委宣传部、湖州市文联联合主办了"80后湖州女作家作品研讨会"。（阿农摄）

2009 年 11 月，湖州文学院成立时领导与嘉宾合影。

　　2014 年 4 月 27 日，浙江省作协、湖州市委宣传部、浙江文艺出版社联合举办杨静龙小说集《遍地青菜》研讨会。

　　2016 年 8 月，湖州市文联组织部分作家、艺术家赴湖州市对口援建的新疆阿克苏地区柯坪县采风，市作协代表向柯坪县图书馆赠书。

2017 年 6 月 24 日，《湖州当代优秀文学作品选》首发式在南浔举行。

2018年2月1日，湖州市作协七届一次会议选举产生的市作协主席团。(自左至右：前排为沈健、严明卯、田家村、李浔、张林华、沈文泉、杨振华、陈芳；后排为徐惠林、王昌忠、黄慕秋、茅立帅、王山贤、吴丹、俞玉梁、蒋峰)

2018年4月9日，中国作协在安吉召开十余省市作协负责人调研座谈会，湖州市委常委、宣传部长范庆瑜(前排右七)与大家合影留念，湖州市文联主席沈宝山(后排左八)、作协主席张林华(后排左七)、作协副主席沈文泉(后排左一)、严明卯(后排左九)列席会议。

2018年11月20日晚，庆祝改革开放四十周年中国报告文学巡礼暨第七届徐迟报告文学奖颁奖盛典在湖州大剧院隆重举行。

2019年11月6日，湖州市文联、市作协、湖州文学院授予寇丹、李苏卿、李广德、茹菇、余方德、厉创平、周孟贤、陆士虎、尹金荣、王仲远等十位七十岁以上老作家"湖州市文学事业功勋奖"。

凡　例

一、本志为湖州市文学专业志，记述全市文学事业的历史和现状。

二、本志通贯古今，上限溯事物之发端，下限为 2019 年 12 月 31 日，必要时作适当下延。

三、本志记载的地域范围，以下限时湖州市行政区域为界，原则上越境不书。

四、本志章节设置和表格制作参照《浙江通志·文学志》，但也根据湖州实际情况有所调整和增减，如古近代文学部分，省志以作品列表，本志以作家列表；"文学遗迹"部分，省志以列表形式呈现，本志以词条形式简介，并增设"萍踪遗迹"一节，介绍湖州市域以外，与湖州作家、诗人有关的历史文化遗存；省志的"大事年表"本志以"大事记"形式出现；增设"当代湖州籍在外作家创作成就"一章，等等。全志由概述、专编专记和大事记组成，章节体和条目体结合，力求脉络清晰，结构合理。专编重文学作品、作家和文学实体的记述，作品部分设七章，其他部分设文学交流与翻译、文学流派与作家、文学传媒与产业、文学组织与活动、当代湖州籍在外作家创作成就、文学遗迹等章，共计十四章。

五、文学的盛衰以作品为标志，文学作品构成本志主体。有影响有代表性的作品立目简介，其余以一览表列出。凡已立目简介的作品和人物，不再入表，以免重复。当代部分立目原则：一、2001 年出版的《浙江省文学志》已立目的，本志照立；二、获得市级以上、由宣传部、文联、作协评定的"五个一工程"奖、优秀文学作品奖；三、具有开创性的作品或者在全国顶级文学刊物上发表的文学作品和关于湖州文学的理论文章；四、个别薄弱领域，如儿童文学、动漫等，则适当降低标准立目简介，以免留下空白。为保持资料的全面性和丰富性，中华人民共和国成立后非国家正式出版社出版的作品一并收入。民间文学作品因与文人创作有别，独立成章。

六、本志收入人物打破"生不立传"的传统，除了湖州历代作家、诗人、理论批评家、文学翻译家、编辑出版家和重要文学活动家外，对当代作家也做介绍。排列均以生卒年为序，生卒年相同或无考者，按文学成就和影响力大小排列。流寓作家、诗人的事略重在湖州的文学活动。女文学家注明性别。人物籍贯除按惯例判定外，其祖籍或出生地不在湖州，但曾定居或落籍湖州的，亦作湖州籍；中华人民共和国成立后凡其文学活动期间的工作（劳动）关系在湖州或其退休时工作关系在湖州的，均视为湖州籍。外市外省籍文学家寓居或旅居湖州的，其在湖州的文学活动和文学成就在大事记或有关章节中予以记载。

七、志书下限时的地名使用各级政府审定的标准地名；隶属地域变化者，注明志书下限时所属地域。历史上的吴兴郡即今湖州市，乌程县、归安县、吴兴县今均属湖州市本级，武康县今属德清县，长城县即今长兴县，安吉县古称故鄣，孝丰县今属安吉县，为精简文字，正文中均不再一一注明。为了同样的目的，省会城市、副省级计划单列市和知名度很高的城市，前面均不冠省名。

八、古近代文人结社，所得资料内容详略不一，仅以所掌握的资料入志。所录现代文学社团，以在湖州境内或由湖州人发起主持为限。当代文学社团主要记录其名称、创立时间、发起人和主要负责人、发起缘由、宗旨、主要活动和现状（或终止情况），信息丰富的主要社团立目简介，其他列表介绍。

九、现代文学报刊搜罗难以周全，仅以所掌握的资料入志。辟有文学栏目的综合性报刊，遴选有较大影响者入志。当代文学报刊包括报纸副刊，尽可能予以收入，信息丰富的主要报刊立目简介，其他列表介绍。

十、文人故居、墓葬和纪念性建筑现存的，以词条形式记其地址、规模、建筑结构等情况。湮没废弃者不予入志。

十一、大事记以编年体为主，兼用记事本末体。

十二、本志人名除引文外，一律直书其名，必要时书以官衔、职务。引用古人名或书名，使用简化字可能引起歧义或误解的，仍保留原来的繁体字或异体字。

十三、历史纪年，清以前历朝历代纪年用旧纪年括注公元纪年；民国以后采用公历纪年。在同一自然段中同一纪年多次出现时，只在首次出现时括注公历纪年，其后不再括注。公历纪年及公历的世纪、年代、月、日和时刻，均以阿拉伯数字书写。历史分期，古近代指1919年五四运动以前；现代指1919年至1949年中华人民共和国成立前；当代指中华人民共和国成立后。

十四、本志的称谓，中华人民共和国成立前的国家、民族、地名、组织、机构、职官等名称，除明显带有歧视、污蔑含义者加以适当处理外，原则上仍用文献记载的原名称。

十五、各种较复杂的名称在本志重复出现时，各章首次出现时使用全称并括注简称，其后出现直接使用简称。简称采用社会上通行、不产生歧义者，且全志保持一致。

十六、本志的资料，古近代和现代部分取自历史文献，当代部分除来自书籍、报刊外，还有各区县和行业作协提供的材料、网络参考和编著者的社会调查、采访等，均经考订核实。

十七、本志对入志资料的选择突出"全"和"真"，力争成为在记述湖州文学历史与现状的同类文献中记述最全面最真实的资料性文献。鉴于来源多元和考证繁杂，资料入志后，一般不注明出处；有待考证或诸说并存的，以注释说明；直接采用或参考公开出版发行的文献资料，也不一一注明出处，但在志末附录本志采用较多的书籍或文章目录。

目录
contents

概　述

一

　　湖州有着一百多万年的悠久历史，文明史也始于大禹时代的防风古国，至今也有四千七百多年的历史。千百年来，湖州人民创造的文学成就是中国文学宝库中重要的一部分，谭正璧《中国文学家大辞典》收入自先秦至清末的人物，湖州籍人物占了百分之二点八，而湖州及其属县历来人口仅占全国的千分之二强。

　　湖州先民口头文学的产生，远在汉字发明之前。上古时代，湖州原始文学邈不可寻，传承至今的羿射九日、嫦娥奔月、防风治水等神话故事，表现了湖州先民对自然力的抗争和对自然现象的理解想象。湖州学者王增清认为："湖州的文学源头据考最早可上溯到夏禹时代的防风古国，有梁任昉《述异记》为证：'越俗祭风神，奏防风古乐，截竹长三尺，吹之如嗥，三人披发而舞。'"他说："《古微书》中《河图玉版》的记载，说的就是太湖南岸人们的一种歌舞创作活动。"其实，这不是严格意义上的文学创作，而是歌舞创作，真正的文学源头是春秋战国时代有文字记载的诗歌的出现，如以纺织业为题材的诗歌《采葛妇歌》，有关蚕花娘娘和蒙恬造笔的传说，都具有浓厚的地域文化特色。20 世纪 80 年代中期，湖州对全市境内口耳相传的民间文学做了大规模的普查，于 90 年代初编纂出版了《浙江省民间文学集成·湖州市歌谣谚语卷》和《浙江省民间文学集成·湖州市故事卷》。

　　笔者曾在湖州多地做过一个题为《剑与笔》的讲座，主要观点是，湖州文化在南朝以前主要是剑文化，南朝梁陈至清主要是笔文化，近现代则是剑笔并重的文化。与此观点相符，湖州的文人创作起步较晚。自先秦至两汉，再至三国时代，湖州虽出过像东汉时期的严诉，三国吴时的姚信、沈友、沈珩和西晋时期的吴商、钮滔这样的饱学之士，但他们的著述以经学、史学为主，于文学尚处于一种朦胧的状态。东晋沈充的《前溪曲》可以说是湖州文人创作的滥觞。六朝以后，湖州文学逐渐兴起，创"四声八病"说的沈约是"永明体"的代表诗人，他和谢朓等人一起创立的新体诗，为唐代近体诗在格律上准备了条件。吴均的志怪小说兼受中国神话传统和佛教故事影响，他的"吴均体"诗文则和陈后主的词一样传诵千古。还有丘迟的骈文《与陈伯之书》和其时的乐府吴歌，以及宦游的柳恽、王韶之、裴松之、鲍照等人的作品，均光照南朝。《中国文学家大辞典》载录的这一时期湖州地区籍的文学家为同期全国总数的百分之四点七。

进入隋唐以后，随着吴兴沈氏、陈氏、钱氏、姚氏、徐氏等大家族及其精英人物的或被俘，或北迁，湖州人的文学才华在北方异域大放异彩，如钱起、孟郊的诗歌，沈千运、沈亚之、沈既济辈的传奇小说等。而湖州本土文坛，除皎然、李冶等少数人外，反倒由白居易、杜牧、罗隐这样的外来人唱起了主角，其中颜真卿倡导兴起了以联句为特色的"吴兴诗派"。清黄本骥《颜鲁公湖州宾客考》列江东文士八十六人，其中四十一人在《全唐诗》中存有作品，张志和的《渔父》五首等，更是影响深远。

宋代，词风炽烈，湖州除了张先、贾耘老、葛立方、吴淑姬和李彭老、李莱老兄弟这样的本土词人，还有姜夔、吴文英、周密、秦观、叶梦得、梅尧臣、毛滂这样的外来词家，更有一代文豪苏轼在湖州留卜众多诗词文章，其中仅诗词就有七十余首之多。客籍文学家之多是两宋湖州文坛的一大特色。除了词，宋代文学的又一大体裁就是笔记，而叶梦得的《石林燕语》和周密的《齐东野语》《武林旧事》是宋人笔记中的代表之作。

元代，湖州文学继续繁荣。赵孟頫和"吴兴八俊"及沈梦麟的诗文在元代文学中占有相当的地位。

明代湖州文学的发展主要在中后期，那时，随着资本主义商品经济的萌芽、市镇的兴起和市民阶层的壮大，兴起了反映市民阶层思想意识的戏曲、小说等通俗文学，成为明代湖州文学的一大特色，其中的代表作家和作品就是凌濛初的"二拍"。明季，文人墨客雅集频繁，湖州有湖南崇雅社、岘山逸老堂会等结社和雅集。此外，臧懋循的戏曲整理与研究，茅坤对"唐宋八大家"散文的研究，晚明董说的诗文和小说，以及织里晟舍闵、凌两大家族的刻书印书和贩书等，在中国文学史上都占有重要的地位。

清代，虽然发生了南浔"庄氏史案"的文字狱，但湖州的文学还是取得了可喜的发展，尤其是在诗词领域，诗人、词人和诗词作品之多，为以往任何一个时代所不及，陈焯、郑遵估的《国朝湖州诗录》和《续录》收入的清初至道光年间的诗人就达一千两百人，叶恭绰的《全清词抄》和朱孝臧的《国朝湖州词录》收入词人一百四十四人，其中有词集的九十三人，出现了像竹墩、前丘、南浔这样的诗人集中之地。戴璐《吴兴诗话》有云："康熙中叶后，吾湖诗派极盛于竹墩、前丘。"还有像南浔董氏家族这样的家族诗派。此外，文学史料整理及理论研究也较元明为多，代表性的成果有吴景旭的八十卷《历代诗话》、沈树本的一百八十卷《湖州诗撷》和吴牧园的《诗筏》、徐熊飞的《春雪亭诗话》、戴璐的《吴兴诗话》等。其时，文人结社蔚然成风，较有影响的文学社团有湖州的同岑社、岘山的逸老社、菱湖的龙湖逸社、德清的半月泉社等。

清代湖州文学在小说、散文、戏曲等领域的创作显得比较薄弱，却大兴纂辑、诂释、校勘之风，严可均、陆心源、俞樾等均撰纂有皇皇诗文巨帙，功不可没。

在近代，延续几千年的中国封建社会逐步解体，中国逐步沦为半殖民地半封建的社会，外国资本的入侵，破坏了中国自给自足的经济基础，促进了商品经济的发展，湖州经济在此背景下，在辑里湖丝对外贸易的带动下，得到了迅速的发展。

随着政治的变革和经济的发展，湖州的文学再现辉煌，这一时期的中国近代文学是中国新文学的先声，强烈的理性色彩和鲜明的政治倾向是这一时期湖州文学的特色。朱孝臧是雄踞中国词坛盟主地位近四十年的一代词宗。吴昌硕的诗，尤其是他的题画诗，为人们广为传诵。周庆云、刘承干在上海创立淞社、沤社，组织文人诗词唱和，影响颇大。这一时期，还出现了走向世界的作者和作品。钱恂、单士厘、吴尔昌、宋春舫、傅云龙等广泛游历海外，通过书写海外经历、异域见闻、外交活动，以及蕴含现代元素和新文学因子的游记和纪游诗，最早揭开了湖州新文学的帷幕。尤其是单士厘的《癸卯旅行记》《归潜记》两部游记散文和《受兹室诗抄》，代表了知识女性向往西方文化的心情。

伴随着民族资本主义的发展，资产阶级随之崛起，代表资产阶级利益的文人和文学作品也随之兴起。俞樾在《病中呓语》中提出"三纲五常收拾起，大家齐做自由人"；单士厘在游记中提出了"国非一人所私有也。欧洲立国，莫不皆然"和教育要男女并重，妇女要"以国民自任""戒缠足"的主张；李世伸更是直接提出了设议院、民选官的政治主张。1909年，陈去病、柳亚子等发起的南社在苏州成立后，陈英士、周觉、戴季陶、赵苕狂、王文濡、杨伯谦、沈尹默、周子美等三十一个湖州人先后参加，并成为辛亥革命的中坚力量。朱孝臧、刘锦藻等人受资产阶级改良主义思想影响，在主张变法图强的同时，主张维持封建帝制。然而，不管是革命派，还是改良派，甚至是守旧派，这一时期的湖州文人和他们的作品，无论是题材、内容还是形式，都高扬着现实主义的旗帜，反映民间疾苦，讽喻朝政，揭露帝国主义列强的侵略罪行，体现了强烈的爱国主义精神。

1917年被认为是中国新文学的元年。这一年，胡适、陈独秀和湖州人钱玄同等人发表了《文学改良刍议》《文学革命论》等一系列文章，发出了反对旧文学、建设新文学的主张，树起了"文学革命"的大旗。五四运动前后，陈独秀和沈尹默、钱玄同等主编《新青年》杂志，高举文学革命的大旗，倡导新文学，不仅开启了湖州的现代文学，也开启了中国新文化运动和新文学的新纪元。沈尹默、沈兼士兄弟用白话自由诗冲破了旧体诗词的束缚。"左联"十年，沈西苓、姚时晓、江岳浪等活跃在上海文坛。湖州本土则有中国诗歌会吴兴分会和中共秘密领导下的进步文学社团，为劳动人民的苦难而呐喊，为未来中国的光明而抗争。被称为"鸳鸯蝴蝶派"的赵苕狂、包醒独在上海编辑、创作了大量迎合读者兴趣的通俗文学。在有人主张禁绝一切旧戏的时候，宋春舫力排众议，坚持保持和发展"相当于西方歌剧"的中国传统戏曲。20世纪20年代，朱琴心以"研究剧学，增加艺术"为目的，由票友而成为能编剧和著译的名旦。在新文化、新文学运动的影响下，长期被视为"下里巴人"的民间文学、戏曲也昂首进入艺术的殿堂。在费洁心、朱渭深等人的带领下，湖州的民间文学爱好者组织了中国民俗学会吴兴分会，开展民间文学采风活动，出版民间文学书刊，为民间文学的发展争得一席之地。

"九一八"事变以后，湖州文学界掀起了抗日救亡的热潮。沈西苓、江岳浪、姚时晓先后在上海参加了左翼作家、戏剧家联盟，沈西苓、姚时晓、潘子农等还在上海为抗日的电影、话剧事业而拼搏。在湖州本土，中共吴兴中心县委秘密控制了《湖报》的副刊阵地，邀请"左翼作家联盟"的成员到报社，组织读书会，学习鲁迅、陈独秀、瞿秋白等人的文章。江岳浪从上海返回湖州，组织了中国诗歌会吴兴分会和飞沙诗社，创办《野烽》杂志，奋力燃起抗日的烽火。1937年全面抗战爆发以后，徐迟在淞沪战场上采写了一批小型报告文学，湖州文学青年张协和（方行）、吴承淦（萧也牧）、姚时晓等投奔革命圣地延安，沈亚威、沈兹九等参加了新四军，沈西苓、徐迟、洛汀等转战于"孤岛"上海和重庆、桂林等抗日大后方，而活跃在德清洛舍一带的"戈亭"诗派，成为湖州现代文学史上的一道亮丽风景。

抗战胜利后，随着新四军的北撤，湖州完全处在国民党的统治之下，但在解放战争的后期，徐迟、施星火等人带领进步的文学力量迎接解放。

中华人民共和国成立后，嘉兴地区建立了文工团，各县建立了文化馆，组织读书活动，开展文学创作的辅导和培训。1956年，人民政府以"百花齐放，百家争鸣"的方针为指导，组织开展了"花""家"调查，发现了一批民间文学家、戏剧家，依靠他们抢救、整理和改编了一批优秀传统剧目、曲目，濒临衰亡的地方剧种——湖剧就是在这个时候复活的。中华人民共和国成立初十七年，群众性的文学创作活动空前繁荣，许多青年文学工作者和业余作者创作了大量为政治运动服务的小歌谣、小说唱、诗歌、故事、通讯，1958年"大跃进"运动中更是出现了人人写诗、村村赛诗，诗歌上墙、下田、进车间的文学运动，但存世流传的作品极少。

十年"文化大革命"时期，湖州文学处于全面停滞状态。

改革开放以后，湖州文学翻开了新的一页。徐迟的报告文学、北岛的诗歌，在中国当代文学中都是带有里程碑式或标志性意义的作品。顾锡东的戏剧创作使越剧"小百花"大放异彩。在湖州本地，1984年6月成立了湖州市文学工作者协会（1990年11月改名为湖州市作家协会），1988年11月成立了湖州市诗词学会（1994年2月改名为湖州市诗词与楹联学会），创办了《水乡文学》《苕雪诗声》等文学报刊，由此开启了湖州文学的新纪元。《水乡文学》一度创下了发行量突破二十万份的纪录。

目前，湖州市有二十八位中国作协会员，一百六十六位省作协会员，四百四十二位市作协会员。高锋、金一鸣、闻波、马雪枫、杨静龙、马红云、邵宝健、沈宏、章苒苒、李全等人的小说，沈泽宜、李苏卿、茹菇、周孟贤、柯平、李浔、潘维、郑天枝等人的诗歌，李广德、陆士虎、张加强、沈文泉、杨振华等人的散文，沙金、张林华、范一直、钱夙伟等人的杂文，高锋、金一鸣、顾政、程建中、姚博初等人的影视戏剧文学，谭建丞、费在山、凌以安、邱鸿炘、嵇发根、陈景超、朱辉、姚子芳、高宝平等人的古体诗词创作，都表现出新鲜的活力。继《水乡文学》之后而起的《南太湖》杂志坚持走纯文学道路，与《湖州日报》的"苕溪"、《太湖》副刊和《苕雪诗声》杂志一起，为培育本土文学新人，发展地方文学事业发挥了重要作用。

二

经济发达、生活富庶是湖州文学发展和繁荣的基础。湖州在六朝以前农业生产还处于落后的状态，当时文学在全国的地位也相对滞后。但是，随着东吴的经营江南，晋室的南渡，尤其是陈朝几代皇帝对自己家乡的苦心经营，湖州的经济开始崛起，湖州文学也开始兴起。自隋至宋，随着杭嘉湖平原的有效开发，湖州经济进一步发展，到了南宋时期，这里不仅成了"鱼米之乡、丝绸之府"，还成了"天下粮仓"，有了"苏湖熟，天下足"的美誉。富庶安逸的生活，崇文重教的社会风气以及"湖学"的兴起，再加上"行遍江南清丽地，人生只合住湖州"的自然生态环境，不仅催生了数量可观的本地文人集团，还吸引了颜真卿、张志和、陆羽、杜牧、苏轼等一大批外地文人。本籍和客籍两支文人队伍的融合，共同促进了湖州文学的繁荣。

明朝中后期，湖州和太湖周边的苏州、常州一起，最早出现了中国资本主义经济的萌芽。"辑里湖丝"的异军突起，使湖州迅速成为富可敌国的江南雄郡。善琏湖笔和织里印书业的发展，不仅促进了经济的发展，也促进了地方文化和文学的繁荣。归安练市茅坤的白华楼、乌程南浔沈节甫的玩易楼和董说的丰草庵、长兴顾渚臧懋循的负苞堂，以及后来湖州月河陆心源的皕宋楼和南浔蒋汝藻的密韵楼、张石铭的适园、刘承干的嘉业堂，都是著名的藏书楼，藏书宏富，方便了士子的读书为文。商业的发达和城市的发展，也使文学的内质发生了新的变化。

城市里的酒楼、茶坊侑觞卖歌需要词曲，瓦舍说书要有底本，勾栏演出要有富有情节的脚本，这些需求直接推动了词曲、白话小说和杂戏等通俗文学的兴起与发展。一些接近下层社会的优秀文人的参与，提高了通俗文学的品味。明清以来，随着湖州城市商品经济的进一步发达，湖州的通俗文学继续呈现出蓬勃的发展态势，文人写作白话小说和杂剧传奇成为一种时尚，其中的代表作家便是凌濛初。

善于接纳和融汇外来文化，是湖州文学繁荣的又一个原因。源自印度的佛教于三国东吴时期开始传布到湖州地区，"南朝四百八十寺，多少楼台烟雨中"，南朝以后，佛教寺庙遍布湖州各地，外来的佛教文化对湖州文学影响深远。湖州文人吸取佛教的人生哲理、生活情趣和思维方式，与传统的儒家思想和本土的道教文化融会贯通，丰富了文学的内涵。湖州地近沿海，宋代就已经与日本、高丽等国有了文化交流。到了近代，又得上海开埠先机，较早地接近了西方文化，得文学变革的风气之先。近代湖州的很多文人都曾寓居上海，不同程度地接触到输入上海的异域文化。五四运动以后的中国现代文学，对文体有很大创新，湖州籍的钱玄同、沈尹默、俞平伯等人，在这方面处于倡导和引领的地位。这种宽容开放的文化传统，给湖州文学不断地输入新鲜的血液。

湖州文学的繁荣还得益于清丽的山水。历代文人将湖州比作"水云乡""水晶宫"。自古以来，湖州美丽的自然风光使得许多外地来的文人墨客流连忘返，吟唱不绝，其中的代表作有张志和的《渔歌子》和戴表元的《湖州》等。大文豪苏轼更有"杭州不住住湖州"和死后愿葬湖州之说，并在湖州创作了大量的诗文。而湖州本土的文人，更是对家乡的山水充满了热爱和赞赏之情，写出了不少描摹山水之作，并借此畅怀抒情，述志寄慨，其中的代表作便是赵孟頫的《吴兴赋》。中华人民共和国成立以后，来湖州游览和写作的作家、诗人也不胜枚举，毛泽东的诗《七绝·莫干山》、陈毅的诗《莫干好》都为湖州文学添加了一段佳话。总之，湖州的清远山水，不仅酝酿出许多优美的游记文学作品，而由山水所触发的文人的丰富想象力，更是对湖州文学的创作产生了难以估量的作用。

三

和浙江文学的情况相类似，湖州文学的兴起和走向繁荣，是在六朝和唐宋时期。在这个时期里，中国封建社会虽然不断发生宫廷政变和民族间的战争，但基本上处于经济发展的上升时期。业已形成的大一统的中华民族文化，使中国古代文学有了相对的统一和稳定。中国古代文学自汉以来，一向和儒家正统的政治伦理思想紧密联系，重视教化作用，在审美理想上，主张含蓄和中和之美。这些根深蒂固的传统，同样深刻地影响着湖州文学。不过，由于具体的政治经济条件、地理环境和风土人情的不同，湖州文学除了体现中国文学的共性之外，还具有自己鲜明的个性，在中国文学的百花园中显得灵动而富有生机。

热爱自然，赞美山水，讴歌人与自然的和谐共存，是湖州文学的一大传统。从张志和的《渔歌子》到赵孟頫的《吴兴赋》，从戴表元的《湖州》诗到吴昌硕的《香雪海》诗，湖州文人和那些曾经流连在这片土地上的文人留下了大量赞美山水的诗文。

追求个性解放，反对封建伦理道德，也是湖州文学的一大追求。湖州自古重乐轻理，防风歌舞、前溪舞曲，都追求精神上的自由。遗风所及，湖州文人也多洒脱放达之士，他们的诗文表现出不拘礼法的真情实感。宋代虽理学风行，思想束缚严重，但湖州文学界相对比较宽松，文人情感活跃，湖州词人的创作题材多偏向描写男女情爱，更贴近个人生活感情，明清传奇则更多表现出对爱情和自由生活的向往。五四以后的诗歌和小说，也从"时代的苦闷"里表现出人性的觉醒。中华人民共和国成立以后，特别是改革开放以后，湖州文学对人性的描写不断深化，反映了社会的进步。

讲究文学的艺术美，更是湖州文学的优良传统。湖州文人锦心绣口，重视美声美色，注重文学的词藻和音律，注重文学的艺术美感。南朝时，湖州的诗歌和骈文词采华美。沈约从当时声韵家发明的分辨平仄四声的方法，提出了诗歌要音律声调和谐的"四声八病"学说。唐代湖州人所作的诗文句清丽，意境优美；所作传奇文笔华艳。宋代张先、姜夔等对词的音律词藻尤为讲究。清代朱彊村等词人继承了重视词律技巧的传统。湖州文人所写的抒情性诗词歌曲，总的风格是秀婉含蓄，清丽旖旎，而写作的叙事性文学作品，如戏剧、小说、弹词等，则多内容缠绵，笔致婉转，有江南文学特有的精巧和细腻，较多地体现了温柔之美。当然，这只是就湖州文学总的倾向而言的，事实上文学本身是丰富多彩的，有时对立也是文学的重要互补，很难用简单的方法加以概括。历史上不断出现的民族矛盾和社会矛盾，赋予各个历史阶段不同的时代精神，再加上作家、诗人个人禀赋气质的差异，湖州文学同样存在着黄钟大吕之音，充满着阳刚之美的作品。到了近代和现代，由于受到外来文化的影响，湖州文学的审美意识发生了新的变化。中华人民共和国成立后，有段时间强调文学为阶级斗争服务，忽视审美要求。改革开放以后，文学的审美要求重新得到重视。

千百年来，湖州文人创造了辉煌的文学成就，为丰富中国文学宝库做出了积极的贡献。

第一章　诗歌

南朝时期，乐府民歌盛行，是继《诗经》、汉乐府之后的第三次民歌兴盛，《乐府诗集》收录吴歌三百二十六首。南朝乐府民歌是供声妓伴舞演唱用的，《乐府诗集》中收录最早的吴歌就是由在南朝"门阀特盛"的沈充创制的《前溪曲》。前溪歌就是前溪舞曲之歌，"其曲不但述林居之盛，而长夜之乐亦见焉"（明徐献忠《吴兴掌故集》）。在"上班赐宠臣，群下亦从风而靡。王侯将相，歌妓填室；鸿商富贾，舞女成群。竞相夸大，互有争夺"（裴子野《宋略》）的社会背景下，吴歌迅速发展起来。《湖州府志》据《大清一统志》载，在吴歌产生的宋、齐时期，仅沈氏家族就有三十三人参与吴歌的创制，谭正璧编的《中国文学家辞典》收入南朝沈氏家族吴歌作者十二人。荆州刺史沈攸之后房蓄女数百，皆绝色（《南史沈庆之附传》），《乐府诗集》收录其《西乌夜飞》五曲；齐冠军将军沈文秀在华林集上歌《子夜》一曲；宋兖州刺史沈庆之虽"粗有口辩"，也能作《侍宴诗》一首，且家有"奴僮千计"，等等。所有这一切，使得湖州成为吴歌产生和流行的主要地区。后来，大量歌妓随着沈庆之等家族迁居建业（今南京），著名的秦淮歌伎也就随之兴起。唐于竞《大唐传》载："湖州德清县南前溪村，南朝教乐舞之地，今尚有数百家，尽习乐，江南声伎，多自此处，所谓'舞出前溪'者也。"《汉语大词典》据此认为："南朝、隋唐时江南舞乐多出于此。"

除了外流影响秦淮歌伎外，湖州本地的吴歌（民间俗称"山歌"）也是传唱千年。详见"民间文学"相关章节，此处不再赘述。

湖州文人诗歌最早出名的是南朝齐梁时期创"四声八病"说的沈约和创"吴均体"的吴均。沈约的声韵说和"永明体"诗为唐代近体诗奠定了声律基础，吴均的"吴均体"则是"齐梁风格"的代表。这一时期，陈后主的宫廷艳词也有较大影响。

隋朝时间短暂，湖州的诗歌创作除了延续陈朝遗风外，乏善可陈。唐代尤其是盛唐是中国古代诗歌发展的巅峰时期，但湖州文坛在初唐、盛唐时期仍稍显沉寂，其时的湖州诗人陈叔达、徐坚、包融、沈千运等，文学成就和影响力都不是很大。一直到中唐大历以后，著名诗人孟郊、诗僧皎然领衔，女诗人李季兰、"大历十才子"之一的钱起和崔峒等诗人的出现，还有李白、颜真卿、袁高、陆羽、张志和、刘禹锡、白居易、韦应物、张籍、朱放、李绅、顾况、刘长卿等一批宦游、隐逸诗人来到湖州，才使湖州的诗歌创作进入了一个兴旺发达的时期。晚唐时期，虽然本土诗人只有钱珝、严恽，但宦游、客游诗人有杜牧、陆龟蒙、皮日休、罗隐、许浑等，诗歌创作仍然可观。

宋元文学虽以词、曲为主体和特色，诗歌创作也有新的发展和新的成就。在宋代，湖州有张先、沈括、列安止、葛胜仲、葛立方、沈与求、芮烨、吴潜等诗人。元代湖州诗人的代表人物首推赵孟頫和沈梦麟。宋元时期，苏轼、王十朋、戴表元等外来诗人，也在湖州创作了许多优秀诗作，尤以戴表元的《湖州》诗影响最大。

明清时代，湖州的诗歌创作呈现出家族化的显著特征，其中的代表家族有南浔的董氏家族、练市的茅氏家族、竹墩的沈氏家族、德清的俞氏家族、孝丰的吴氏家族等。

1909年11月13日，近代著名诗社——南社在苏州虎丘成立，湖州先后入社者有任鸿隽、沈尹默、陈英士、周柏年、周越然、俞剑华、俞语霜、姚勇忱、赵苕狂等二十九人。

词始于南朝，继于唐，盛于宋。湖州词人最早是陈后主叔宝，首开艳词之风。唐代最著名的是流寓湖州的张志和与他的《渔父词》。到了宋代，张先创制慢词，开词体变革的先河。鄱阳姜夔、四明吴文英长期寓居湖州，他们的词音节文采冠绝一时。周密谨持姜夔衣钵，重视格律技巧。在词鼎盛的两宋时期，仅朱孝臧《湖州词征》载录的词人就有叶梦得、刘一止、沈与求、吴淑姬、葛立方、沈瀛、牟巘等三十家，另有苏轼及其"苏门四学士"和毛滂、梅尧臣、杨万里、曾几、王十朋、汪元量等一大批外来词人在此活动，使湖州成为两宋词坛的重镇。

元、明两朝，湖州词作凋敝。至近代，主张"比兴寄托"的常州词派取代了浙西词派，湖州词人既继承浙西词派的传统，又接受常州词派的影响，同时打破两派的偏见。其中晚清"四大词人"之一的朱彊村词风接近南宋的姜夔、吴文英，幽忧悲惋，寄托遥深，且精于格律，为一代词宗，雄踞词坛盟主之位近四十年，被誉为"结一千年词史之局"者。

曲是继词之后兴起的又一种新的歌词，兴盛于元，延至明、清。湖州虽有姚茂良、王济、吴世美等曲家，但影响不大，唯有臧懋循，广罗元曲，辑成《元曲选》百卷，贡献甚巨。

1918年1月15日，沈尹默在《新青年》杂志第四卷第1号上发表了《人力车夫》《月夜》等白话诗，稍后又在第五卷第2号上发表了"可算是新诗中一首最完全的诗"的《三弦》，为新诗找到了一条用象征的手法来抒写外在内容与内在情感的道路，使新诗变得厚重而意蕴丰满，由此开启了中国新诗的先河，在当时产生过广泛的影响。在《新青年》上发表新诗的湖州籍诗人还有俞平伯、沈兼士等。他们都是新诗的开拓者。俞平伯曾撰文提出了"白话诗的三大条件"：一是"用字要精当，做句要雅洁，安章要完密"；二是"音节务求谐适，却不限定句末用韵"；三是"说理要深透，表情要切至，叙事要灵活"。他还于1922年出版了最早的个人诗集《冬夜》。抗战时期，出现在德清戈亭游击区的"戈亭诗派"，创作了大批以抗战为题材的诗篇，后来结集出版了《戈亭风雨集》。抗战胜利后，徐迟在国共重庆谈判期间创作的诗歌《毛泽东颂》影响颇大，毛泽东主席题词"诗言志"相赠。

在散文诗的创作方面，湖州诗人也是贡献独特。1918年1月15日，沈尹默发表在《新青年》第四卷第1号上的《月夜》被认为是中国散文诗的最早尝试。而沈尹默同年发表在《新青年》第五卷第2号上的《三弦》突破分行排列的格式，按意境分段，标志着神形兼备的现代散文诗的正式萌生。到了20世纪30年代，徐迟以一部散文诗集《理想树》再度在散文诗园地里为湖州人树立了一根标杆。

20世纪50年代，李苏卿的《小篷船》以江南水乡的秀丽风光和优美意境赢得好评。20世纪50、60年代，李苏卿和谈谦的诗歌在全国都有一定的影响。80年代以后，湖州诗坛出现了老中青三代诗人共同前进、生机蓬勃的新局面，沈泽宜、李苏卿、茹菇、周孟贤、柯平、李浔、潘维等创作活跃。除了传统的现实主义诗派外，还出现了以柯平为代表的南方生活流派，以潘维、梁健为代表的先锋诗派。湖州诗人们摈弃了50至70年代诗歌粉饰和虚夸的陋习，说真话，抒真情，而且题材拓宽，意象、意境、语言渐趋成熟，创作成果丰硕，其中较有影响的诗集有沈泽宜的《西塞娜十四行》、李苏卿的《李苏卿诗选》、柯平的《诗人毛泽东》《历史与风景》《文化浙江》、周孟贤的《大鸟引我溯长江》、李浔的《独步爱情》《又见江南》、潘维的《潘维诗选》等。

第一节　古近代诗歌

　　湖州古近代诗人词人群星璀璨，作品浩如烟海，名篇佳作迭出。南朝沈约创"四声八病"说，为唐诗的兴起奠定了基础。唐孟郊的《游子吟》、张志和的《渔歌子》等名作传唱千古。张先的词是宋词宝库中的明珠。明代的岘山雅集传承了颜真卿所倡洼樽亭联句的遗风。清代的"双溪唱和"是湖州古代诗歌史的优美尾声。近代朱孝臧不仅词作绝佳，又为点校整理历代词作呕心沥血，令人感佩。

一、诗

《前溪曲》

　　一作《前溪歌》。组诗。东晋初吴兴永安（今德清）车骑将军沈充作。前溪为永安县前之溪。这是一组七首女子独唱曲，是早期"吴声歌"名作之一，由南朝贵族所蓄歌伎演唱，收入唐代于竞《大唐传》、宋代郭茂倩《乐府诗集》中。作者以女子口吻，抒发思郎之情。曲初作于何年无考，后经宋少帝刘义符等增删，先为清唱词，后来配乐，成为武则天时流传的六十三首古典歌辞之一。歌中借流水、林鸟、春风、葛花、葛根等前溪两岸的自然景物，唱出女子对爱情的热烈追求与忠贞不二，同时表现了女主人公内心的哀怨之情。南朝陈刘删诗云："山边歌《落日》，池上舞《前溪》。"唐崔颢诗亦云："舞爱《前溪》妙，歌怜《子夜》长。"胡仔《苕溪渔隐丛话》后集卷二云："湖州德清县南前溪村，则南朝习乐之处。今尚有数百家习音乐，江南声伎，多自此出，所谓舞出前溪者也。"

《江南曲》

南朝·梁柳恽作。柳恽曾为吴兴太守。《江南曲》吟咏湖州风景名胜白苹洲，一说洲因此诗而得名。诗人借从洞庭返乡的"归客"，暗示别人家中远行之人已归来，而自己情人则杳无音信。王夫之评此诗："含吐曲直，流连辉映，足为千古风流之祖。"首联"汀洲采白苹，日暖江南春"常为后人诗词典故。

《沈隐侯集》

南朝·梁吴兴武康沈约撰。存诗一百四十余首，内容多写景感怀，形式对仗工整，语言形象绮丽，音律和谐，描写细致，风格柔逸。《石塘濑听猿》《早发定山》《伤谢朓》等佳作，为世称许。《别范安成诗》"勿言一樽酒，明日难重持。梦中不识路，何以慰相思"等句，清沈潜《古诗源》评曰："一片真气流出，句句转，字字厚，去十九首不远。"《咏湖中雁》《咏柳》等诗，表达了浓郁的思乡之情。组诗《八咏诗》，文体新颖，别具情韵。今传本为明人辑《沈隐侯集》，明张燮编《七十二家集》十六卷本，明张溥辑刻《汉魏六朝百三家集》两卷本，近人丁福保辑《汉魏六朝名家集》九卷本。

《吴朝请集》

南朝·梁吴兴故鄣吴均撰。存诗一百四十余首，内容多乐府、酬答、咏物、山水之作。这些诗作，或抒写个人抱负和建功立业之志，如《古意七首》等；或感愤怀才不遇，表达对现实的不满，如《主人池前鹤》《夏驾山寻朱思之》等；或反映边塞将士报国气概，如《从军行》《战城南》等；或写与柳恽等人的友情和湖州的山水风光，如《同柳吴兴乌亭集送柳舍人》《同柳吴兴何山》等。《中国百科全书·中国文学》评为"善刻画周围景物来渲染离愁别绪"；"音韵和谐，风格清丽"；"语言明畅，用典贴切，无堆砌之弊"；"属典型的齐梁风格"。吴均的山水诗清新峻拔，尤擅写山乡风光，胡国瑞《魏晋南北朝文学史》认为是王维写景诗的"先导"。如《山中杂诗》之一："山际见来烟，竹中窥落日。鸟向檐上飞，云从窗里出。"又如《吴兴道中》："绝壁干天，孤峰入汉。绿嶂百重，清川万转。归飞之鸟，千翼竞来。戏水之猿，百臂相接。"《梁书·吴均传》云："文体清拔有古气，好事者或效之，谓为'吴均体'。"今传本为后人所辑，有明张燮编《七十二家集》本四卷，明张溥辑刻《吴朝请集》一卷，收录在《汉魏六朝百三家集》中。

《丘司空集》

一名《丘中郎集》。南朝·梁吴兴乌程丘迟撰。丘迟存世诗作十余首，以《侍宴乐游苑送张徐州》《旦发渔潭》较著名，辞采华丽飘逸。钟嵘《诗品》评曰："点缀映媚，似落花依草。"原有集十一卷，佚。明人辑有《丘司空集》，明张燮编《七十二家集》本六卷，明张溥辑有《丘司空集》一卷，收录在《汉魏六朝百三家集》中。

《登岘山观李左相石樽联句》

联句诗。这是唐代联句活动参与人数最多的一次诗会的产物。岘山，在湖州城南。唐开元（713—741）中，太宗李世民曾孙李适之为湖州别驾，因"岘山有石觞可贮五斗酒，适之每携其亲友登山，酣饮望帝乡，时以一醉"，至天宝（742—755）初，李适之升左相，洼樽随之出名，"士民呼为李相石樽"。据殷亮《鲁公年谱》载，岘山联句在大历八年（773）春夏之际。颜真卿率诗友、门生、子侄二十八人乘舟携壶游岘山，观左相石樽，注酒宴集联句。联句赋诗参与二十九人，依次为颜真卿、刘全白、裴循、张荐、吴筠、张蒙、范缙、王纯、魏理、王修甫、颜岘、左辅元、刘茂、颜浑、皎然、杨德元、韦介、崔弘、史仲宣、陆羽、权器、柳淡、陆士修、裴幼清、尘外、颜颛、颜须、颜顼、李萼。联句首联由颜真卿出句："李公登饮处，因石为洼樽"，以下依次接联，最后由李萼作结："登临继风骚，义激旧府恩。"全诗二十九人联五十八句，为唐人联句之冠。后人因建洼樽亭于石樽之上，今仍存。

《水堂送诸文士戏赠潘丞联句与竹山联句》

联句诗。大历八年（773）十月，颜真卿《韵海镜源》编撰移至杼山，颜浑、殷佐明、刘茂等十人"未毕，各以事去"，颜真卿在水堂为他们践行。潘丞乃长城县丞潘述。水堂在湖州城中霅溪西岸"碧澜堂北汀风阁后"，今湖州馆驿河头。座上颜真卿、潘述、陆羽、权器、皎然、李萼等六人。先由颜真卿奉潘述二联，以下依次为潘述奉陆羽，陆羽呈权器，权器呈皎然，皎然上李萼，李崿奉潘述，最后潘述作结。据《卞山志》载，诗刻"在明月峡中，峡中唐宋名人石刻最多，唯此碑尤大，州县数来慕拓，土人惮费，击碎之"。《竹山联句》在长城竹山潘氏堂，参加者十九人，除陆羽、皎然外，还有李观、房夔、颜粲、颜颛、颜须等。湖州学者嵇发根认为，《颜鲁公集》和《全唐诗》之所以不收入《竹山潘氏堂联句》，是因为《颜鲁公集》至南宋已成残本，现存本是后人据残本补成。《竹山联句》可称为唐人联句第二，十九人联三十八句。

《昼上人集》

又名《皎然集》《杼山集》《吴兴集》，十卷。唐诗僧皎然撰，湖州刺史于頔辑。于頔在《昼上人集序》中说："贞元壬申岁（贞元九年），余分刺吴兴之明年，集贤殿御书院有命征其文集，余遂采而编之，得诗笔五百六十九首，分为十卷，纳于延阁书府。上人以余尝著《诗述》论前代之诗，遂托余以集序。"有《四部丛刊》影宋精抄本，《四库全书》辑十卷本。现存《杼山集》十卷非于頔原编。原编只是诗集，现本诗文合集。《全唐诗》录其诗四百八十余首。高万湖将其诗分为六类：反映湖州水旱灾情，表现对贫苦人民关切的诗篇；表现社会动乱，盼望祖国统一安定的诗篇；赞扬边疆将士卫国杀敌，抒发爱国豪情的诗篇；揭露朝政黑暗、统治阶级腐朽、世态炎凉的诗篇；描写爱情的诗篇；描写湖州风物的诗篇。皎然的诗绝大部分作于湖州，与颜真卿、陆羽唱和很多，著名的有《寻陆鸿渐不遇》《奉应颜使君真卿及陆处士羽登妙喜三癸亭》等。刘禹锡称其"能备众体"，《中国百科全书·中国文学》评论云："诗多为送别赠答，山水游赏之作，宣扬禅理出世，清淡闲适。""又有边塞诗《从军行》等，慷慨刚健。"

《钱考功集》

一名《钱仲文集》。十卷。唐长城钱起撰。钱起为"大历十才子"之一，擅长五言诗，自称"五言长城"。诗多为感怀身世、寄情林泉之作，格律精严和谐，语言流丽自然，且不乏佳句，如"牛羊上山小，烟火隔林深"（《题玉山村叟屋壁》），"野竹通溪冷，秋泉入户鸣"（《宿洞口馆》）等。《省试湘灵鼓瑟》被公认为唐代试帖诗的范本，末两句"曲终人不见，江上数峰青"，尤广为传诵。与郎士元齐名，并称"钱郎"。时公卿出牧奉使，如无钱、郎二人赋诗相赠，则受人鄙视，故又多送别酬赠之作。自唐迄清，对钱起诗的评价都较高，高仲武《中兴间气集》称其"体格新奇，理致清赡"，"温亮蕴藉，不失风人之旨"。其集《新唐书·艺文志》作一卷。今传本为后人所辑，有明活字十卷本，《四部丛刊》据此本影印，另有《唐诗百名家全集》本。《全唐诗》辑录四卷，其中《江行无题一百首》，描绘长江中下游风光，"兵火有余烬，贫村才数家。无人争晓渡，残月下寒沙"等句写唐末战乱后景象，胡震亨《唐音统鉴》以为是其曾孙钱珝所作。

《茶山诗》

唐袁高作。此诗写于兴元元年（784）春，作者于湖州刺史任上监督三万余役工采制紫笋贡茶时，极写顾渚山茶农采制贡茶的辛苦和悲嗟。据郑元庆《石柱记笺释》云，袁高此诗随贡茶一起上奏，"遂为贡茶轻省之始"。茶山诗也泛指唐代以顾渚山紫笋贡茶采制为题材的诗歌。唐代宗时，长城顾渚紫笋茶被列为贡品，大历五年（770）在顾渚山置贡茶院，每年采茶季节，湖州和常州两州刺史都亲临顾渚山督造贡茶，引得众多文人吟咏。其中皎然的《顾渚行寄裴方舟》吟诵了山僧采茶的辛苦。他还作有多首饮茶诗。会昌元年（841）和大中四年（850），湖州刺史张文规、杜牧也作有咏茶和茶山的诗。苏州陆龟蒙在顾渚山辟有茶园，他与皮日休有《茶具杂咏》十首唱和。这些诗和陆羽的《茶经》构成了湖州作为我国乃至世界茶文化发祥地的重要文化遗产和物证。

《孟东野诗集》

唐湖州武康孟郊撰。孟郊诗多乐府古诗、五言古诗，没有律诗，体裁上有"复古"倾向。内容接近现实，关心下层人民生活，也有写亲情和自然景色的，其中《游子吟》一首，情意真挚，尤为感人。事关湖州的有《湖州取解述情》《送陆畅归湖州因凭题故人皎然陆羽坟》等。孟诗托兴深微，造语新奇，但因过于追求险警，造成一些诗句晦涩艰深。孟郊为著名苦吟诗人，韩愈《荐士》称其"横空盘硬语，妥帖力排奡"。苏轼《读孟郊诗》称其"诗从肺腑出，出辄愁肺腑"，并将其与另一苦吟诗人贾岛并称"郊寒岛瘦"。《新唐书·艺文志》载孟郊诗集十卷，佚。北宋宋敏求统编十卷本《孟东野诗集》，为后代孟集祖本，分乐府、感兴、咏怀、游适、居处、行役、纪赠、怀寄、酬答、送别、咏物、杂题、哀伤、联句等十四类，末附赞一篇，书一篇。孟郊存诗五百余首，以短篇五古最多。后有明弘治年间杨一清、于睿刻十卷本；宋国材、刘辰翁评，凌濛初刻十卷套印本等。1959 年 7 月，人民文学出版社出版了华忱之校订的《孟东野诗集》。

《薛涛李冶诗集》

蜀中名妓薛涛与乌程女道士李冶合撰。两卷。薛、李与刘采春、鱼玄机并称唐朝四大女诗人。李冶原集佚，明人辑有《薛涛诗》，后人将她们二人诗合辑为《薛涛李冶诗集》，每人各一卷。李冶存诗十六首，《全唐诗》收录。施蛰存《唐诗百话》评李冶诗云："没有一首不是好诗。"还评其《八至》诗"非常大胆"。高仲武《中兴间气集》评其《寄校书七兄》为"五言之佳境"。其《湖上卧病喜陆鸿渐至》也常为人传诵。

《张先诗》

北宋乌程张先撰。二十卷。《宋史·艺文志》有记载，佚。仅存《苕溪诗》等十首，散见典籍方志。苏轼《题张子野诗集后》（见中华书局《苏轼文集》）对张先诗有很高评价："子野诗笔老妙，歌词乃其余波耳。"1996年，浙江古籍出版社出版了吴熊和、沈松勤校注的《张先集编年校注》，存其诗二十八首。另，《张子野诗》一卷收入《宋人小集五种》。

《吴中田妇叹》

北宋苏轼撰。描写了湖州秋收时苦雨，农夫又遇稻谷"价贱乞与如糠粞"，"卖牛纳税拆屋炊，虑浅不及明年饥。官今要钱不要米，西北万里招羌儿"的悲惨遭遇，表达了诗人对劳动人民深切的同情之心。苏轼在湖州所作及写湖州风物的诗词有七十余首，多数为诗，其中传诵较广的有《游道场山何山》《宿余杭法喜寺望吴兴诸山》《赠孙莘老七绝》《泛舟城南》《绕城观荷花登岘山亭晚入飞英寺》等，收录于《苏轼诗集》。

《吴兴三沈集》

南宋高布于括苍（今丽水）合刊沈括《长兴集》、沈遘《西溪集》、沈辽《云巢集》，题为《吴兴三沈集》。编排次序以沈遘为先，沈括次之，沈辽殿后。沈括虽幼于沈遘，但辈分为沈遘之叔。陈振孙《直斋书录解题》云："括于文通（遘）为叔，而年少于文通，世传文通常称括叔，今《四朝史》本以为从弟者，非也。"元人修《宋史》，仍以括为遘之"从弟"，殊为乖误。《四库全书总目提要》云："史称遘通判江宁，还朝奏本《治论》十篇，为仁宗所嘉赏，而集中竟未之载，则非全帙矣。遘以文学致身，而吏事精敏，一时推为轶材。其知制诰时撰词命，大多庄重温厚，有古人典质之风。诗亦清俊流逸，不染俗韵。"沈辽有《云巢集》二十卷，今本十卷。《四库全书总目提要》云："辽文章豪放奇丽，无尘俗龌龊之气，而尤长于诗歌。王安石曾赠以'风流谢安石，潇洒陶渊明'之句，而安石子雱亦云：'前日览佳作，渊明知不如。'皆以柴桑格调为比，其倾倒可谓甚矣。然辽诗实主于生峭，与陶诗蹊径颇不相类。观其平生，屡与黄庭坚唱和，而庭坚亦称其能转古语为我家物，知为豫章之别派，非彭泽之支流也。"沈括是杰出的科学家，文名为其科学成就所掩。其集亦大半不存。明中叶重刻《长兴集》终卷记曰："前阙一卷至十二卷，中阙三十一一卷，后阙三十三至四十一九卷。"共阙二十二卷。此外，卷十二《宣州谢上表》一篇有目无文，勘验据明本翻印的《四部丛刊》三编、《四库全书》诸本，阙卷相同知断烂蠹蚀，已非一日。残存十九卷，依次为表、启、书、记、碑文、孟子解，无一篇韵文，亦无奏札一门。赵令畤《侯鲭录》、吕祖谦《宋文鉴》载沈括诗颇多，又毕沅《续资治通鉴》卷十七载沈括于熙宁七年（1074）八月察访河北西路，"所陈凡三十一事，诏皆可之"。这些韵文和奏札可能就在阙卷中。清康熙年间，吴允嘉刻《沈氏三先生文集》，以其搜求所得，补编三卷，第一卷收诗赋二十五篇，第两卷收序文三篇，第三卷收议论五篇，又于第三十卷末补《自志》一篇。1985年，上海书店出版胡道静《沈括诗词辑存》，收诗、词、赋五十七篇及残句五条，胡氏于书后云："永乐修大典，内府固有全衮，诗篇、词阕俱分收各韵中，惜乎清乾隆四年馆臣失虑，不加补辑，迨圆明一炬，噬脐为无及矣！"《沈括诗词辑存》中有十五首诗就是从《永乐大典》中钩沉出来的。

《白石道人诗集》

南宋词人姜夔撰。上、下两卷。姜夔是饶州鄱阳（今江西鄱阳县）人，随岳父、南宋诗人萧德藻移居湖州。此诗集曾有宋嘉泰二年（1202）云间（今上海松江）钱希武刻本、元陶南村手抄本、清乾隆八年（1743）刻本、江都（今扬州）陆氏淳川从元抄本锓版等版本行世。后世版本前有自叙，后有集外诗和诸贤赠诗等。其代表诗作有《暗香》《疏影》《除夜自石湖归苕溪》等。《四库存目》标注云："姜诗在南宋最为杰出，虽篇帙无多，而格意不在范、陆下。其自序主于冥心独造，可谓不负所言。"

《弁山小隐吟录》

宋末元初诗人黄玠撰。两卷。黄氏浙江慈溪人，约于元大德十年（1306）

后隐居湖州弁山四十余年，教授诸生，并与颜、揭傒斯游。此集系其诗集《弁山集》《知非稿》之合集。前有自序，所收诗咏湖州，涉弁山石林精舍、佑圣宫白玉蟾题壁、何楷读书堂、洼樽亭、碧澜堂、白苹亭、浮玉山、颜鲁公祠、墨妙亭、清风楼、碧岩、飞英塔、白鹤庙、黄龙洞、顾渚茶、栖贤寺等胜迹及湖笔等物产。

《松雪斋集》

元吴兴赵孟頫撰。赵氏文学以诗为主，诗作深沉奇逸，多故国之思和仕元追悔之情，《罪出》《岳鄂王墓》等篇悲愤抑郁，当有所寄。其《岳鄂王墓》有"南渡君臣轻社稷，中原父老望旌旗"，"莫向西湖歌此曲，水光山色不胜悲"等句，被陶宗仪认为是数十百首岳王墓诗中最脍炙人口的一首。赵氏生前曾自辑《松雪斋诗文集》，未刊。《四库提要》称其"风流文采，冠绝当时"。《松雪斋集》十卷，外集一卷。有至元五年（1339）沈伯玉刊本、清康熙间曹培兼刊本、《四部丛刊》本等。1986年，浙江古籍出版社出版了《两浙作家文丛·赵孟頫集》，录诗五卷。

《花溪集》

元归安沈梦麟撰。三卷。四库馆臣称沈梦麟得赵氏诗法真传，以律诗称绝，时号"沈八句"。刘伯温也曾寄赠云："杜陵老去诗千首，陶令归来酒一樽。"是集为其玄孙、江西按察司金事沈清所编，收诗文四百二十四首（篇），收入《四库全书》，其中诗一卷又收入清法式善辑《宋元人诗集八十三种》，藏国家图书馆。

《湖州》《苕溪》

元戴表元作。戴表元为庆元奉化（今属宁波）人，南宋咸淳七年（1271）进士，著有《剡源集》三十卷，入《四库全书》。因与赵孟頫友善，多次游湖州，留下众多诗作，尤以《湖州》诗最为脍炙人口。诗曰："山从天目成群出，水傍太湖分港流。行遍江南清丽地，人生只合住湖州。"赞美湖州的清丽山水，现已成为湖州对外宣传的一张金名片。湖州书画家多喜欢以此诗为题材作书绘画。其《苕溪》也生动描写湖州风情，诗云："六月苕溪路，人言如若耶。渔罾挂棕树，酒舫出荷花。碧水千塍共，青山一道斜。人间无限事，不厌是桑麻。"

《水南集》

明德清陈霆撰。陈氏写湖州的诗主要有四类，一是写湖州的神话传说和历史人物，如《吟飞仙》《玄真子》《石林公》《白石仙》《鸱夷皮》《楚殇》等；二是写湖州的水产，如《青鱼》《白鱼》《鲤鱼》《鳜鱼》等；三是写白蘋洲、碧浪湖、墨妙亭、爱山台、道场山、弁山、苕溪等湖州的风景名胜；四是写湖州的社会生活，如《潭水清》《木箸痛》等。陈氏强调诗歌陶冶性情、"止乎礼义"的社会作用，反对诗歌评论只是研究技巧。

《静居集》

明张羽撰。四卷。张羽是浔阳（今江西九江）人，后卜居湖州戴山东，为安定书院山长，与高启、杨基、徐贲时称"吴中四杰"。因仕途不遂，投龙溪港而死。羽长于诗，笔力雄放俊逸。《四库全书总目》称其"律诗意取俊逸，诚多失之平熟。五言古体低昂婉转，殊有浏亮之作。至于歌行，笔力雄放，音节谐畅，足为一时之豪"。其诗有不少吟咏湖州山水名胜的，其中《吴兴八景诗》描写湖州八大胜景，即道场霁晓、苍弁清秋、西塞晚渔、下菰长烟、龙洞云归、横山暮岚、南湖雨意、金盖出云。

《青萝馆诗》

明长兴徐中行撰。《中国大百科全书·中国文学》称他"诗歌多能描绘各地山川风貌和社会习俗，并寄寓到处奔波的感慨和怀念乡土的情思"，"刻意学杜，但模仿有迹"。有的诗句刻画真实，如写滇疆的"白日开南缴，青天豁大荒"（《初入滇关》）。胡应麟《诗薮》评其七律为"闳大雄整，卓然名家"。原有《天目山堂集》，凡诗十一卷、文八卷、附录一卷。其婿选其诗辑为《青萝馆诗》六卷，有明隆庆刻本。

《吴兴绝唱集》

明湖州邱吉编。四卷，续集两卷。成书于明正德末（约1521），所录为元代和明初吴兴一地之诗。作者非吴兴人而寓居吴兴，或其诗为吴兴而作，亦尽收录。然所录多涉艳俗，不尽诸家之长，且以"绝唱"为名。辑入自作，难免自炫之嫌。

《白华楼吟稿》

明归安茅坤撰。十卷。最早刊本为万历十一年（1583），每页九列，每列十八字，白口白单鱼尾，左右双边，版刻工致，纸墨均好。该集有吴适跋，上海图书馆有藏。2012年9月，浙江古籍出版社出版的繁体竖排、布面精装本《茅坤集》第二册即为《白华楼吟稿》。另有诗集《耄年录》七卷。

《雪翁诗集》

明末清初魏耕撰。魏耕是慈溪人，明末抗清义士。幼随父"至雪川课读"，又"学为衣工"，二十岁入归安县学为诸生，后入赘凌祥（一说凌义渠）家，居湖州三十余年。曾于南明弘光元年（1645）联络抗清志士图谋复明大业，在"苕上之役"中率将士守战于湖州、长兴、武康、安吉等地，失败后亡命江湖，事息后，再隐思溪，闭户作诗。息贤堂是顺治二年（1645）耕在湖州的居所，位于湖州城东南，因名其诗集为《息贤堂集》。长诗《湖州行》作于顺治十一年（1654）四十一岁时，历数当时"盗贼如麻乱捉人，流血谁辨西与东。又闻大户贪官爵，贿赂渐欲到三公。豪仆强奴塞路隅，猰貐豺狼日横纵"的乱象，希望"安得圣人调玉烛，再似隆庆万历中"，寄寓复国情怀。魏诗古体学李白，奔放豪迈；近体学杜甫，苍凉悲壮，在明末清初诗坛独树一帜，为屈大均所赏。后人将其自辑诗集《息贤堂集》《道南集》《白衣集》《吴越诗选》合辑为《雪翁诗集》十七卷传世。

《明史杂咏》

清乌程严遂成撰。四卷。严氏诗兼雄奇绮丽之长，工于咏物，读史诗尤隽。论者评其为朱彝尊、查慎行后能自成一家，与厉鹗、钱载、王又曾、袁牧、吴锡麟并称"浙西六家"，《清史稿》有传。此集系作者阅读《明史》时的感想，有诗一百八十二，乐府、歌行、五七言、古近体诗兼备，吴应枚《浙西六家诗抄》谓"时称诗史"。《四库全书总目》等有评价。袁牧《随园诗话》说："海珊自负为咏古第一，余读之果然。"又《明史杂咏笺注》四卷，由其从子兆元笺注，刊于道光五年（1825）。严氏另有诗集《海珊诗抄》十一卷、《补遗》两卷。

《存庵诗集》

又名《尺五堂诗删》。清归安状元严我斯撰。十卷。其中初刻六卷，康熙十五年（1676）爱泽楼刻本，有魏裔介序和自序；近刻本四卷，康熙二十七年（1688）一研斋刻本，今藏国家图书馆。严诗特点是以诗记其生活和自然景致，以物拟人，睹物思情，如《题湖上寓楼》《沧州道上》。其《缫丝曲》《捕蝗谣》描写蚕农、田家生活，关注民生。其中《捕蝗谣》发出了"蝗食民苗，吏食民膏。蝗食民苗诚可忧，吏食民膏何时瘳！捕蝗不如捕虐吏，宽租停捕蝗何尤"的感叹。《柴窑酒椀歌为曹峨眉赋》表现了"贞如苍璧坚如铁，独留真色天地间"

和"世人皆弃吾独取"的不肯与封建权贵同流合污的高贵品质，为此，他晚年曾"悔其一第"，不该做官，遂乞身回乡，对世事持一种清高淡泊和消极退隐的人生态度。

《苹村集》

清德清徐倬撰。三十二集。内有《寓园小草》一卷、《燕台小草》一卷、《梧下杂抄》两卷、《苹蓼闲集》两卷、《甲乙友抄》一卷、《鼓缶集》三卷、《黄发集》两卷等。徐氏《修吉堂集·序》谓："诗如弹丸脱手，一洗郊寒岛瘦之习，《闻蛩》《见月》诸作，魄力直追盛唐。"集中有不少反映湖州人民苦难和统治阶级剥削残酷之作，写作口语化，有白居易新乐府之风。其个人抒怀之作，大多是"庾信飘零似转蓬，江关词赋老逾工。客程半在青山里，壮志全消白社中""多病百年兼恨别，依人千里自途穷"等消极感叹和"我曾比拟辋川庄"的退隐思想。

《南山堂自订诗》

清归安吴景旭撰。有诗八卷、乐府一卷、续订诗五卷、三订诗四卷。晚年从中精选一半刊刻成集。其诗多写人民生活，具有浓厚的乡土气息，其中的《罱河泥》以欢快的笔调歌颂了捻河泥农民的勤劳，《缫丝车》《伤哉行》等诗反映了民众的苦难，具有唐代新乐府诗的特点。

《赐砚斋诗存》

清归安沈涵撰。四卷、首一卷。有乾隆二十二年（1757）沈桂臣刻本。据说其一生作诗六千余首，曾有《赐砚斋集》六卷，已佚。汤西厓曾赠其诗云："座中强半多吴语，江左由来重沈诗。"其诗既有写劳动人民艰苦生活的，也有写贵族阶级奢侈享乐生活的，反映了社会的贫富差别和不公。

《南江诗集》

清南浔董熿撰。四卷。国家图书馆和南京图书馆藏有乾隆刻本，上海图书馆藏有光绪十六年（1890）刻本。集中写南浔乡土的诗较多，如《寓净上庵》《咏报国寺》等。戴璐在《吴兴诗话》中这样评价董熿的诗歌："力追韩杜，出语惊人。"

《双溪唱和诗》

清德清徐倬选编。六卷。收入康熙年间归安竹墩沈氏文人与前坵吴斯洺、长兴丁凝、杭州厉鹗、杭世骏、嘉善柯煜等二十九人唱和诗作四百八十首。书为清康熙五十一年（1712）沈氏家刻本，写刻精美，传世少见。后归安沈树本辑有《双溪唱和诗续稿》。

《双溪渔唱》

又名《双溪渔唱百首》。清归安沈澜撰。双溪为竹溪和前溪（在菱湖下昂）之统称。《双溪渔唱》为风景竹枝词，有百首，作于乾隆二十年（1755），系作者与花社、渔社诸人诗酒唱和。其诗多反映湖州农民疾苦，富有乡土气息。未刻印成册，但全部分散收录于民国《双林镇志》。

《蚕桑乐府》

清归安沈炳震撰。一卷。系沈氏《增默斋诗集》八卷之一。作者写了从布种、下蚕到缫丝、布子，最后至赛神共二十首七言乐府。另，南浔董蠡舟和董恂也著有《南浔蚕桑乐府》各一卷，辑入同治《南浔志》和《湖蚕述》。董蠡舟乐府组诗《南浔蚕桑乐府》成于道光十一年（1831），自浴蚕至赛神咏二十六项蚕事活动，详细叙述南浔育蚕技术和习俗。其《自序》说："蚕事吾湖独盛，一郡之中尤以南浔为甲。然护养之方，早晚之候，与夫器具名物禁忌称谓与郡中不同者……"董恂《南浔蚕桑乐府》二十六首，为道光十一年（1831）和其从兄蠡舟而作。

《织云楼合刻》

清归安叶佩荪夫人周映清、继室李含章、女儿叶令仪、长媳陈长生等合作。刊印于嘉庆二十二年（1817）。内有周映清《梅笑轩集》一卷，李含章《繁香诗草》一卷，叶令仪《花南吟榭遗草》一卷，陈长生《绘声阁诗集》初稿一卷、续稿一卷，次媳何阆霞《双烟阁诗草》。另附刻次女淡宜、三女苹渚、次媳周星薇诸作。袁枚以此集为两浙闺秀诗之冠，其诗话多有采录。钱塘沈善宝《名媛诗话》亦称："皆卓荦不群，信乎家学渊源，非寻常浅浯者可比。"

《春在堂诗编》

清德清俞樾撰。二十三卷。有光绪二十五（1899）刻本。其前五卷上版付刻之底本现藏上海图书馆。《诗编》除编入俞氏全集《春在堂全书》外，第一至十九卷辑入上海古籍出版社 2010 年 12 月出版的《清代诗文集汇编》第六百八十四册，第二十至二十三卷编入《汇编》第六百八十五册。

《迟鸿轩诗弃》

清归安杨岘撰。四卷。有光绪十一年（1885）刻本，藏国家图书馆。杨氏诗作"朴老凝练汰去浮华"，其中《长白山》一首写肃顺之荣枯："二十羽林郎，三十贰司农，四十授亚相，傺直何舂容。""得势锦上花，失势釜底鱼。"等等。以史诗的形式揭露了清王朝统治集团内部的矛盾和斗争，一时传为名作。其《纳粮谣》《亘头村火》等揭露时弊之作语言平易，句式不限，近白居易新乐府风。

《泽雅堂诗集》

清乌程施补华撰。二十四卷。前集六卷有同治十一年（1872）和十二年刻本，二集十八卷有光绪十六年（1890）刻本，藏天津图书馆、国家图书馆。徐世昌在《晚晴簃诗汇》中评论施诗的特点是"闳伟沉挚""至性流出"。狄葆贤在《平等阁诗话》中认为，"其诗以五古为最"，"与德清戴子高齐名"。因施氏长年在山东等地为官，后又随左宗棠入疆，故几无写湖州的诗作，倒是有不少写新疆的边塞诗，代表作为《马上闲吟》二十二和《纪行十四首》。其边塞诗也寄托了浓浓的乡愁。

《受兹室诗稿》

近代单士厘著。三卷。单士厘是浙江萧山人、归安钱恂妻。这是第一部湖州人看世界的诗集。上卷作于光绪十年（1884）作者结婚前至光绪二十七年（1901），收五十题共八十六首；中卷起自光绪二十九年春，迄于1925年，有三十八题九十二；下卷起于1932年，迄于1942年，全部为丧偶以后暮年之作，有一百二十一题一百八十五首。全集合计一百八十三题两百九十九首，以七言为主。1986年7月，湖南文艺出版社予以重新出版，由陈鸿祥点校，有一百三十三页。

《清闺秀正始再续集》

单士厘编。四卷。作为一部记载清代闺秀诗人诗作的文献之著，全集收清闺秀诗人三百零九家诗作，各家有小传。卷三序有"戊午腊日志"字样，则书成于1918年前后。有归安钱氏聚珍仿宋排印本。这部书简单勾勒出了清代闺秀诗人的生平事迹、家世交游、代表著作，笔法与史书近似，但又弥补了史书对女性文人记载的缺失，是研究女性文学不可或缺的宝贵资料，在中国女性文学史上，具有独特而重要的价值。

《徐自华诗词选抄》

近代崇德（今属桐乡）徐自华（嫁吴兴南浔）著，郭延礼点校。收诗九十七题两百首，词十四首。此书选自《忏慧词》（《百尺楼丛书》之一，1908 年 12 月刊）部分词作，《听竹楼诗抄》（周之美藏，未刊）部分诗作，并二书未收之作品，刊于《近代文学史料》（中国社会科学出版社 1985 年版）。徐自华诗学唐宋，词受李清照影响，前期多悼夫殇女悲苦之音。柳亚子称她的诗词"元龙谓我君词笔，漱玉断肠此绝声"，乃婉约与豪放兼而有之。

表 1-1：古近代湖州诗人名录

姓　名	生卒年	籍　贯	诗歌创作成就
沈怀文	409—462	武康	代表作《楚昭王二妃诗》
沈　充	？—324	武康	《前溪曲》七首
沈　约	441—513	武康	创"永明诗体"，存诗两百四十余首
丘　迟	464—508	乌程	《丘司空集》（诗文合集），有影响的诗作有《答徐侍中为人赠妇》《敬酬柳仆射征怨》等
吴　均	469—520	故鄣	创"吴均体"，《吴朝请集》一卷（诗文合集），存诗一百四十余首
裴子野	469—530	故鄣，祖籍河东闻喜（今属山西）	作有《咏雪》等诗
沈　炯	502—560	武康	逯钦立编《先秦汉魏晋南北朝诗》（中华书局 1983 年版）录其诗十七首。代表作有《八音诗》《为我弹清琴》《归魂赋》等
沈　镁	生卒年不详	吴兴	其诗文集《沈镁集》佚，存诗文二十首（篇）
沈满愿（女）	生卒年不详	武康	《沈满愿集》三卷，佚
沈君游	？—573	武康	有诗文集十卷，已散佚。代表诗作《薄暮动弦歌》初具七言排律形

姓 名	生卒年	籍 贯	诗歌创作成就
沈婺华（女）	约 554—628	长城	《沈皇后集》十卷，散佚，仅存诗一首
陈叔达	573—635	长城	《全唐诗》录其诗九首
沈 光	590—618	武康	《云梦子》五卷佚
徐 惠（女）	627—650	长城	《全唐诗》存其诗五首
姚 崇	651—721	陕州（今河南三门峡）人，祖籍吴兴	《全唐诗》存其诗七首
徐 坚	659—729	长城	《全唐诗》存其诗九首，代表作《棹歌行》
包 融	693—762	乌程	其诗集佚，《全唐诗》存其诗八首
潘孟阳	生卒年不详	吴兴	《全唐诗》存其诗三首
沈千运	707—757	吴兴	《沈千运诗集》佚。元结编孟云卿、王季友等七人诗为《箧中集》，以其诗为冠。《全唐诗》存其诗五首
钱 起	约 710—约 780	长城	《钱考功集》十卷，《全唐诗》收其诗四卷五百二十五首
沈 颂	生卒年不详	吴兴	《全唐诗》存其诗六首
邬 载	生卒年不详	乌程	《全唐诗》存其诗一首
李季兰（女）	约 713—784	乌程	《全唐诗》存其诗十六首，原有集，已散佚，后人辑录其与薛涛诗为《薛涛李冶诗集》两卷
释皎然	720—805	长城	《全唐诗》存其诗七卷四百八十四首
包 何	生卒年不详	润州延陵，祖籍乌程	《全唐诗》存其诗一卷十八首
包 佶	727—约 792	润州延陵，祖籍乌程	《全唐诗》存其诗一卷三十六首

姓　名	生卒年	籍　贯	诗歌创作成就
孟　简	733—824	德州昌平，祖籍武康	《全唐诗》存其诗七首
释怀素	737—800	长城	《全唐诗》存其诗两首
释自在	741—821	吴兴	作有《三伤歌》
孟　郊	751—814	武康	《全唐诗》存其诗十卷三百八十首，另存其与韩愈联句诗三首
沈传师	769—827	德清	《全唐诗》存其诗五首
钱可复	？—835	长城	《全唐诗》存其诗一首
杨　衡	生卒年不详	乌程	著有《杨衡诗》一卷，《全唐诗》存其诗一卷五十八首（句）
李　绅	772—846	乌程	《全唐诗》存其诗四卷一百二十八首，代表作《悯农》
沈亚之	781—832	乌程	《全唐诗》存其诗一卷二十五首
严　恽	？—870	吴兴	以问春诗得名，《全唐诗》存其诗一首
周　朴	？—878	吴兴	《周朴诗》两卷佚，《全唐诗》存其诗一卷四十六首（句）
陆　肱	生卒年不详	长城	《全唐诗》存其诗一首
钱　珝	生卒年不详	长城	《舟中录》二十卷和《江行无题一百首》，均佚，《全唐诗》存其诗一卷一百零八首，《红楼梦》第十八回提到他的《未展芭蕉》诗
姚　康	生卒年不详	武康	《全唐诗》存其诗四首
丘光业	生卒年不详	吴兴	《丘光业诗集》一卷，佚
释灵澈	生卒年不详	吴兴	《灵澈诗》一卷，佚
沈　颜	？—约921	德清	《全唐诗》存其诗两首
沈韬文	生卒年不详	乌程	《全唐诗》存其诗一首

姓　名	生卒年	籍　贯	诗歌创作成就
李　昇	888—943	安吉	《全唐诗》存其诗一首
丘光庭	907—960	乌程	著有诗集三卷，《全唐诗》存其诗七首
李　璟	916—961	安吉	《全唐诗》存其诗两首
李弘茂	933—951	安吉，生于金陵（今南京）	其《病中》诗之"半窗月在犹煎药，几夜灯闲不照书"为人称颂，《全唐诗》存其断句二联
李　煜	937—978	祖籍安吉	《全唐诗》存其诗十九首
李从善	940—987	祖籍安吉	《全唐诗》存其诗一首
李从谦	生卒年不详	祖籍安吉	《全唐诗》存其诗一首
张　维	956—1046	乌程	《曾乐轩集》佚，存《曾乐轩吟稿》一卷，录诗十三首
张　先	990—1078	乌程	《宋史·艺文志》载《张先诗》二十卷，佚，存《茗溪诗》等诗十首，散见典籍方志
叶清臣	1000—1049	乌程，一说长洲（今苏州）	《宋诗纪事》存其诗三首
俞汝尚	约1002—1078	湖州	《溪堂集》佚，《全宋诗》存有其诗
刘　述	1007—1078	归安	有《题竹阁》《游五泄寺》等诗作
李行中	生卒年不详	湖州	《全宋诗》存其诗五首
沈　辽	1032—1085	钱塘（今杭州），祖籍吴兴，一说德清	有诗文集《云巢编》二十卷，存十卷，入《吴兴三沈集》
释净端	1032—1103	归安	存诗四十二首
贾耘老	？—1101后	湖州	《怀苏集》佚，存诗五首（句）
释维琳	1036—1117	武康	《无畏大士集》两卷佚，存诗四首（句）

姓　名	生卒年	籍　贯	诗歌创作成就
潘大临	约1057—1106	吴兴	《潘邠老小集》一卷
刘安止	生卒年不详	归安	诗文集四卷佚
葛胜仲	1072—1144	丹阳，知并迁居湖州	其二十四卷《丹阳集》中有诗七卷
董贞元	生卒年不详	淮南海州（今江苏连云港），迁居乌程	作有《梅》诗一首
朱弁	1085—1144	徽州婺源（今属江西），迁居吴兴竹墩	《聘游集》四十二卷、《南归诗文》一卷，均佚
沈与求	1086—1137	德清	其十二卷《龟溪集》中有诗三卷
沈长卿	生卒年不详	归安	因作《赋牡丹》诗得罪秦桧而贬官
施士衡	生卒年不详	归安	宋张孝祥《于湖集》收入其诗《挽于湖》《复挽》两首
葛立方	1098—1164	归安	《归愚集》二十卷
龙辅（女）	生卒年不详	不详，适武康常阳	其《女红余志》两卷中下卷为诗作
周颉	生卒年不详	长兴	有诗集两卷
芮烨	1115—1172	乌程	诗集四卷佚
刘三戒	生卒年不详	吴兴	《东归诗》佚，存《咏鄞州》诗一首
章良能	？—1214	归安，原籍丽水	存《题玲珑山》诗一首
林宪	生卒年不详	湖州	《雪巢小集》，佚
俞灏	1146—1231	乌程	《宋诗纪事》收其诗两首，360百科收其诗七首
曹龟年	生卒年不详	长兴	诗稿甚富，代表作《咏墨梅》

姓　名	生卒年	籍　贯	诗歌创作成就
张　侃	生卒年不详	扬州，居湖州	《拙轩集》六卷
吴　潜	1196—1262	德清	《四明吟稿》一卷
吴惟信	生卒年不详	湖州，居嘉定	《菊潭诗集》一卷收入《宋人小集》《宋百家诗存》等集，《菊潭诗集》补遗一卷收入《南宋群贤小集补遗》等。另有《虚斋乐府》，佚
章谦亨	生卒年不详	吴兴	古诗文网上有其《西湖观梅》等诗九首
宋伯仁	1199—？	湖州	《西塍集》一卷、《西塍续集》一卷、《海陵稿》一卷，存诗一百二十八首。诗集以《雪岩诗集》为总名
朱晞颜	1221—1279	长兴	其五卷《瓢泉吟稿》中有诗两卷，《鲸背吟集》一卷收入《宋元人诗集八十三种》
方　召	1225—1300	湖州	有诗集，佚
牟　巘	1227—1311	四川井研，迁居吴兴	其二十四卷《陵阳先生集》中有诗六卷，《元诗选》收入其《陵阳集》一卷
朱焕文	生卒年不详	安吉	《北山稿》佚
施　枢	生卒年不详	丹徒（今江苏镇江），寓居湖州	《芸隐横舟稿》一卷、《芸隐倦游稿》一卷，收入《四库全书》等丛书
周　密	1232—1298	吴兴	《草窗韵语》六卷和《蜡屐集》，其《弁阳诗集》佚
钱　选	1235—1301	乌程	《习懒斋稿》一卷收入《元诗选》
周师成	生卒年不详	长兴	《江湖吟稿》刊其诗十多首
孟　淳	生卒年不详	归安	《衡湖集》，佚
壶　弢	？—1333 后	乌程	《樵云集》，佚
王子中	生卒年不详	武康	《挂蓑吟》三卷，佚
赵孟頫	1254—1322	归安	其《松雪斋文集》有诗一卷，收入《元诗选》

姓　名	生卒年	籍　贯	诗歌创作成就
管道杲	生卒年不详	德清	有《题仲姬画竹诗》传世
张复亨	生卒年不详	乌程	《南谯先生诗》，佚
姚子敬	？—约1317	归安	《姚式诗集》，佚
陈　表	生卒年不详	归安	《虫吟野径集》，佚
华质义	生卒年不详	长兴	《苕溪集》
华　纛	生卒年不详	湖州	《华孝子诗》
陈绎曾	约1286—1345	乌程	《陈助教诗》，辑入《元诗选》
赵　雍	1291—1362	湖州	《赵仲穆遗稿》一卷，存诗十七首
周　复	生卒年不详	乌程	《山居诗集》，佚
宇文公谅	1292—？	湖州	《折桂集》《观光集》《辟水集》《玉堂漫稿》《越中行稿》《以斋诗稿》等均佚，《元诗选》三集选其诗十八首，题《纯节先生集》
赵　奕	约1293—？	归安	有诗《春日书怀》《玉山佳处分得解字》传世
华　廉	生卒年不详	长兴	《翠微集》
董仁寿	生卒年不详	乌程	其《梅花诗》有咏梅诗百首，佚
沈梦麟	1307—1399	归安	《花溪集》三卷
王　蒙	1308—1385	湖州	《黄鹤樵者诗稿》，佚
莘　野	生卒年不详	归安	《环洲集》，佚
郯　韶	生卒年不详	吴兴	《云台集》一卷，收入《元诗选》
车　昭	生卒年不详	德清	《临清集》，佚
钱　鼏	生卒年不详	湖州	其《铁笛谣》盛赞杨维桢吹奏铁笛"声绝人世"，另有《静安八咏事迹》一卷
周　溥	生卒年不详	吴兴	有《和西湖竹枝词》诗一首

姓　名	生卒年	籍　贯	诗歌创作成就
丁　敏	生卒年不详	乌程	其诗集佚，存《箫杖》诗一首
严震直	1344—1402	乌程	《遣兴集》，佚。《明诗综》录其诗两首
董　环	生卒年不详	乌程	《翠榆集》，佚
李　龄	生卒年不详	归安	《学古集》十卷
陈　援	生卒年不详	乌程	《韦轩集》，佚
吴廷旸	生卒年不详	归安	《梅雪窝诗集》，佚
严　敬	？—1449	归安	《如弦集》
沈　贞	1400—？	长兴	有《茶山老人遗集》两卷，《明诗别裁集》收其诗七首
姚绍科	生卒年不详	长兴	《白雪斋诗稿》若干卷，佚
方　谟	生卒年不详	归安	《春谷遗声集》
沈　彬	1411—1469	武康	诗作存其四卷《沈兰轩集》中
张　宁	？—约1497	德清，居海盐	诗作存其二十六卷《方洲集》中
张　渊	生卒年不详	归安	《鸿墩集》佚，但有明万历刻本《一舫斋诗》一卷，署名张渊，应为同一诗集
唐　广	？—1481	归安	《半隐集》
陈秉中	1422—1475	乌程	《友桧集》三十卷，佚
赵　滦	生卒年不详	归安	《支离子集》
闵　珪	1430—1511	乌程	现藏日本内阁文库的十卷《闵庄懿公集》中有九卷为诗。其玄孙闵一范将其《闵庄懿集》八卷辑入十五卷《吴兴闵氏二尚书诗集》
徐九思	约1442—约1523	德清	有诗文合集《一斋集》
胡　瑄	1449—？	德清	《木山居士集》《东墅集》，均佚

姓　名	生卒年	籍　贯	诗歌创作成就
沈琼莲（女）	1452—？	乌程	《女阁老集》佚。《浔溪诗征》存诗十二
王　济	1458—1540	乌程	《白铁山人诗集》
金文质	生卒年不详	湖州	《听雪翁诗集》，佚
周道仁	生卒年不详	乌程	有《乐府》一卷，录诗一百零三首
陈　恪	1462—1518	归安	《小孤山诗集》一卷
陈　忱	生卒年不详	归安	《瓦缶集》《览胜纪游集》
陈　霆	1470—1564	德清	其诗辑入十七卷《水南集》
凌　震	1471—1535	归安	其诗辑入四卷本《练溪集》
刘　麟	1474—1561	江西安仁（今鹰潭），流寓长兴	其十二卷《刘清惠公集》中有诗两卷
吴　麟	1481—1553	孝丰	其诗辑入十卷本《苕源存稿》，书佚
陈良谟	1482—1572	安吉	《天目山房集》《和陶小稿》一卷
顾应祥	1483—1565	长兴	《崇雅堂诗集》八卷，另《箬溪归田诗选》一卷附录一卷收诗一百零五首
孙一元	1484—1520	关中（今陕西），入赘并卒于吴兴	有《太白山人漫稿》八卷
陆时中	生卒年不详	归安	《午峰集》
施　侃	生卒年不详	归安	《菁阳集》
骆文盛	1496—1554	武康	善五言诗，有"骆五言"之称。著有《骆两溪集》十四卷附录一卷
吴　龙	1497—？	孝丰	《贻谷集》
张永明	1499—1566	乌程	其诗辑入六卷本《张庄僖文集》

姓　名	生卒年	籍　贯	诗歌创作成就
闵如霖	1503—1559	乌程	其十六卷《午塘集》中有诗七卷，孙闵一范将其诗辑入十五卷《吴兴闵氏二尚书诗集》
凌约言	1504—1571	乌程	有《凤笙阁简抄》四卷附录一卷，另《椒河稿》等佚
施　峻	1505—1561	归安	《琏川诗集》八卷
茅　乾	1506—1584	归安	《晚汀吟草》六卷，佚
李　奎	生卒年不详	归安	《闽中稿》一卷、《湖上篇》一卷、《种兰诀》一卷、《龙珠山房诗集》两卷补遗一卷
董　份	1510—1595	乌程	其三十七卷诗文集《泌园集》中有诗七卷五百六十二首
茅　坤	1512—1601	归安	《白华楼吟稿》十卷、《茅副使集》一卷等
吴维岳	1514—1569	孝丰	其诗集《天目山斋岁编》二十八卷藏吉林图书馆、中国社科院文学研究所图书馆和美国哈佛大学图书馆等处。另有《吴霁寰集》一卷
蔡汝楠	1516—1565	德清	其二十四卷《自知堂集》中有诗七卷，另有《蔡白石集》一卷续集一卷
徐中行	1517—1578	长兴	《青萝馆诗》六卷、《徐龙湾集》一卷续集一卷
潘季驯	1521—1595	乌程	其四卷《留余堂集》中有诗一卷，辑有诗集《芝林集》，佚
沈　稠	1531—1609	归安	其诗辑入二十卷《观颐诗文集》中
沈节甫	1533—1601	乌程	《太朴主人诗集》七卷
董道醇	1537—1588	乌程	《董黄门稿》一卷。《龙山集》一卷佚
温　纯	1539—1607	乌程	其三十卷《温恭毅公集》中有诗八卷
邱　吉	生卒年不详	归安	所著《顺信斋集》二十卷和《执柔集》《练溪八咏》均佚，编有《吴兴绝唱集》四卷续集两卷
茅翁积	1542—？	归安	其十四卷《芸晖馆稿》中有诗十卷、乐府两卷

姓 名	生卒年	籍 贯	诗歌创作成就
姚舜牧	1543—1622	乌程	《乐陶吟草》六卷、《来恩堂草》十六卷
嵇元夫	生卒年不详	归安	《白鹤园集》，佚。《明诗别裁集》录其《刈稻夜归》《立秋日卢沟送新郑少师相公》等诗
吴梦旸	1546—约1620	归安	《射堂诗抄》十四卷，代表作《送胡孟弢邑博之沅江》和《春萃诗》十首
吴仕诠	生卒年不详	归安	《白门诗草》六卷佚
臧懋循	1550—1620	长兴	《负苞堂诗选》五卷
章嘉祯	约1550—1622	德清	《南征集》两卷和诗文杂编《姑孰集》两卷。另《中林草》十八卷佚
王良枢	生卒年不详	吴兴	《觳音集》四卷
潘龙翰	1554—1608	乌程	《淡游草》，佚
茅国缙	1555—1607	归安	《菽园诗草》六卷
周国宾	1555—1633	长兴	《三有轩诗文稿》
蔡官治	？—1645	德清	《抚秦草》佚
郑明选	生卒年不详	归安	其四十卷《郑侯升集》中有诗十一卷
朱国桢	1557—1632	乌程	其诗辑入《朱文肃公诗文集》
董嗣成	1560—1595	乌程	《董礼部集》六卷（又作《青棠诗集》八卷），计诗六百八十六首。另《二游稿》一卷佚
庄元臣	1560—1609	归安	有《曼衍斋草》抄本藏厦门大学图书馆
尹梦璧	生卒年不详	归安	《啸阁大会集》佚
释行态	生卒年不详	湖州	《且止庵诗集》佚。《浔溪诗征》存诗一首
骆骎曾	生卒年不详	武康	著有《爱日堂集》，辑有《谪仙楼集》三卷
吴闰贞（女）	生卒年不详	归安	其诗辑入八卷本《吴节孝诗文前集》和一卷本（原八卷）《吴节孝诗文后集》中

姓　名	生卒年	籍　贯	诗歌创作成就
庞太初	生卒年不详	归安	《岳阳山人行集》
吴稼竳	生卒年不详	孝丰	吴昌硕为其刊印诗集《玄盖副草》二十卷，代表作《金陵酒肆赠茅平仲》
茅　维	1575—约1629	归安	《十赉堂甲集》十二卷、《十赉堂乙集》若干卷、《十赉堂丙集》十二卷、《佩觿草》三卷、《菰园初集》六卷、《闽游集》一卷等均有其诗作
茅瑞徵	1575—1637	归安	《职方存草》四卷附录一卷。另有《澹泊斋集》《楚游稿》《金陵稿》《闽游稿》现藏日本尊经阁文库
董廷勋	生卒年不详	乌程	《元览斋诗集》佚。《董氏诗萃》录其诗两首
沈退畬	？—1632	德清	《退畬集》《可冥轩集》《秋蛩吟》《虫呼集》《念珠集》等，均佚
凌濛初	1580—1644	乌程	其诗辑入《国门集》《鸡讲斋诗文》等诗文集
董嗣昂	生卒年不详	乌程	《狎鸥吟》一卷、《西雨斋诗稿》一卷、《云柯集》一卷，均佚
吴鼎芳	1581—1636	湖州	其诗辑入与范沨的《披襟唱和集》
闵元衢	生卒年不详	乌程	《一草堂庚咏》《咫园吟》等，佚
温　璜	1585—1645	乌程	其诗辑入十二卷《温宝忠先生遗稿》中。《南浔诗征》有诗四首
董斯张	1586—1628	乌程	《静啸斋存草》十一卷七百四十一首，另有诗文合集《绪言》四卷
吴振缨	1586—？	归安	《颠石斋诗集》
范　沨	生卒年不详	乌程	《范东生集》四卷，佚，与吴鼎芳有《披襟倡和集》，有七十余首诗传世。《明诗别裁集》录其诗两首
董　含	生卒年不详	乌程	《莼乡赘笔》
张　隽	约1591—1663	江苏吴江，迁居乌程南浔	《西庐诗集》一卷、《罗浮山房诗集》八卷，另与人合作《东池诗集》五卷

姓 名	生卒年	籍 贯	诗歌创作成就
孙 淳	？—1646	江苏吴江，迁居乌程南浔	《孟朴先生存草》《梅琯居存草》，佚
顾 简	生卒年不详	归安	其十卷《蓬园集》中有诗五卷
凌义渠	1593—1644	乌程	《凌忠介公诗集》四卷
茅元仪	1594—约 1640	归安	《石民江村集》二十卷、《石民四十集》九十八卷、《石民渝水集》六卷、《石民又岘集》五卷、《石民横塘集》十卷、《石民赏心集》八卷、《石民西崦集》三卷和《石民甲戌集》等
沈戬谷	1594—1662	德清	有诗文集数百卷，均佚
韩显德	约 1596—？	乌程	《悟雪斋诗集》佚
吴 楚	生卒年不详	乌程	《西溪诗集》一卷佚
刘允明	？—1647	德清	德清图书馆藏有其《自诗草书》轴一卷
闵 声	1597—1680	乌程	《云裛诗稿》一卷、《无衣吟》，又与人合作《圜扉鼓吹》，均佚
韦明杰	生卒年不详	乌程	《听雨斋集》佚
胡麒生	生卒年不详	德清	《秋筠集》佚
李令哲	？—1663	归安	曾与人结同岑社，辑有《同岑集》十二卷
姚延启	1601—1671	乌程	《秋蛩吟》等，均佚
金 镜	1601—1673	长兴	《水一方诗存》佚
陈 忱	1608—约 1693	乌程	《雁宕诗集》《痴世界乐府》，已佚，与人合著《东池诗集》五卷。《浔溪诗征》录入其诗一百零六首
张 嘉	生卒年不详	乌程	《寒松堂诗稿初集》佚
释明鉴	生卒年不详	乌程	《割泥集》佚。《浔溪诗征》存诗四首
释秉融	生卒年不详	乌程	《得闲诗集》佚。《浔溪诗征》存诗十首

姓 名	生卒年	籍 贯	诗歌创作成就
释戒石	生卒年不详	归安	《笠雅集》《浮湘编》佚。《浔溪诗征》存诗十二首
黄周星	1611—1680	湖南湘潭,流寓湖州	《圃庵诗》《山晓阁诗集》。《浔溪诗征》存诗六十二首
吴景旭	1611—1697	归安	《南山堂自订诗》十卷续订五卷三订四卷
唐 达	生卒年不详	德清	有诗文百余卷,均佚
吴 浩	生卒年不详	归安	《心园小草》《听鸿》《金陵游稿》《抱膝吟》《百六吟》《书画船杂咏》等,均佚
曹寿奴（女）	生卒年不详	吴兴	《明诗别裁集》辑入其诗《夫君北行以菩提数珠留赠》
沈天彝	生卒年不详	德清	《经樵堂集》佚
蔡启傅	1619—1683	德清	《燕游草》《存园集》等,均佚
董 说	1620—1686	乌程	《丰草庵诗集》十一卷、《宝云诗集》七卷、《禅乐府》一卷等,有诗一千五百余首。《浔溪诗征》录其诗一百六十四首。其《甲申乙酉诗歌》《丙戌悲愤诗》《宝云诗甲编》两卷、《乙存》三卷、《西荒诗》三卷、《南潜诗》一册等均佚
凌克安	生卒年不详	乌程	《凌渝安集》一卷
沈祖孝	生卒年不详	归安	《雪樵诗集》佚
董应桩	生卒年不详	乌程	《爱余阁诗稿》佚
董汉策	1622—1691	乌程	《榴龛居士集》十六卷有诗十二卷。另有诗集十六种佚。《董氏诗萃》收录其诗最多,共有两百九十五首。《南浔诗征》有诗四百零二首
周 斌	1623—1666	长兴	《酬在堂诗集》佚
丁 珝	1623—1683	长兴	其诗辑入《觉民诗文集》
闵亥生	1623—1701	乌程	《躬耕堂诗文集》及乐府百篇,均佚
董大辰	生卒年不详	乌程	《银桥遗诗》佚。《浔溪诗征》存诗两首

姓　　名	生卒年	籍　贯	诗歌创作成就
陈寅清	生卒年不详	乌程	《江村集》《秋霞集》佚。《南浔诗征》有诗两首
吴启褒	生卒年不详	归安	所辑《归安前邱吴氏诗存》二十一卷有嘉庆十五年（1810）刻本，藏国家图书馆
董应兆	生卒年不详	乌程	《更生诗抄》一卷佚
章金牧	？—1672	归安	诗文集《莱山堂集》八卷、《莱山堂遗稿》五卷
徐　倬	1624—1713	德清	其诗辑入三十二卷《蘋村集》中
董邦桢	生卒年不详	乌程	《砚洲诗赋》一卷佚
韩　裴	？—约1673	归安	《莱园诗集》三卷
韩纯玉	1625—1703	归安	《蓬庐诗集》四卷
吴羽三	1626—？	乌程	《吴羽三稿》佚
骆维恭	生卒年不详	德清	《北游草》《蠢吾集》《九我堂集》，佚
董肇钊	生卒年不详	乌程	《保釐遗草》佚
董肇钤	生卒年不详	乌程	《玉岑小草》一卷佚。《浔溪诗征》存诗一首
纪豹文	生卒年不详	乌程	《山左游草》《鸣铎偶存》《林下杂咏》，辑《尚齿会历年唱和编》，均佚。《浔溪诗征》存诗五首
范颖通	生卒年不详	乌程	《苕溪草堂诗稿》佚。《浔溪诗征》存诗一首
陆贤英	生卒年不详	归安	《翥声遗诗》佚。《浔溪诗征》存诗一首
董肇锦	生卒年不详	乌程	《淡村遗诗》一卷佚。《浔溪诗征》存诗三首
董肇锋	生卒年不详	乌程	《怀村遗诗》一卷佚。《浔溪诗征》存诗两首
金　氏（女）	生卒年不详	吴县，乌程董三凤妻	《绿窗闲咏》（又名《吟香诗抄》）佚。《浔溪诗征》存诗三首
董怀西	生卒年不详	乌程	《大还山房诗集》佚

姓　名	生卒年	籍　贯	诗歌创作成就
凌一飞	生卒年不详	归安	《凌秋渚落叶诗》
董肇璜	生卒年不详	乌程	《怡云轩诗集》佚。《浔溪诗征》存诗二十六首
董肇鐄	生卒年不详	乌程	《客窗偶存》一卷、《梅圃小草》，辑《录存编》，均佚。《浔溪诗征》存诗两首
董肇镁	生卒年不详	乌程	《秋槎小草》一卷佚。《浔溪诗征》存诗两首
董肇镕	生卒年不详	乌程	《秀谷小草》一卷佚。《浔溪诗征》存诗一首
董肇镐	生卒年不详	乌程	《月桥存草》一卷佚。《浔溪诗征》存诗一首
董一经	生卒年不详	乌程	《韦庄诗抄》佚
董抡元	生卒年不详	乌程	《晚香诗抄》佚
董载昌	生卒年不详	乌程	《苹洲诗草》佚。《浔溪诗征》有诗十四首
董肇鍠	生卒年不详	乌程	《掬盈编》一卷佚。《浔溪诗征》有诗三首
董锡宝	生卒年不详	乌程	《保南小稿》佚
姚淳楫	生卒年不详	乌程	《水云子诗草》《水云子遗稿》，佚。《浔溪诗征》有诗十二首
严我斯	1629—约1701	归安	《尺五堂诗删近刻》四卷、《尺五堂诗删初刻》（又名《存庵诗集》）六卷
许延邵	1629—？	武康	《匡山草》，其《黔阳集》《修湄集》《玉阶集》等均佚
董渠成	生卒年不详	乌程	《芭庵诗草》佚。《浔溪诗征》存诗两首
岳昌源	生卒年不详	归安	《经野堂诗删》十八卷、《缥缈集》一卷，另《菱湖杂咏》佚
闵南仲	？—1693	乌程	《碎金集》两卷、《寒玉居集》两卷。另《鸾坡存草》《漱玉集》《石渔续集》《梅花百咏》《枳鸾山房稿》等均佚
张肩	生卒年不详	乌程	《远偏庐遗诗》佚。《浔溪诗征》有诗一首

姓　名	生卒年	籍　贯	诗歌创作成就
董　思	生卒年不详	乌程	《兼山草》《过轩诗草》《耦耕诗草》《研斋诗抄》一卷等均佚，仅存《兼山续草》一卷
沈华平	1634—？	归安	《群峰抱楼诗删》一卷
张　发	生卒年不详	乌程	《湖山诗集》佚。《浔溪诗征》存其诗五首
严允肇	生卒年不详	归安	《石樵诗稿》十二卷
董　衡	生卒年不详	乌程	《未学斋诗集》十卷、《学斋诗词》均佚。《南浔诗征》录其诗十首
沈广与	生卒年不详	吴兴	《嘉遇堂诗》（又名《瑶田诗草》）佚
潘　毅	生卒年不详	德清	《长梧子集》佚
陈之群	1637—1688	武康	《后溪集》佚
董　樵	1637—？	乌程	《蔗园诗集》和《十二月读书乐》三十六章，均佚。《董氏诗萃》录其诗四十首
沈　雍	1638—1702	归安	《玉苍山房诗集》四卷、《越雪集》，均佚
董　牧	生卒年不详	乌程	《是斋存稿》一卷佚
董闻京	1639—？	乌程	《复园诗集》六卷。另《琴鹤迁抄》《吉云草》佚
唐云祯	1640—1658	乌程	《湖上草》
董　耒	1640—？	乌程	《稼庵诗存》一卷附北京大学图书馆藏董说《月公集》后。《董氏诗萃》录其诗三十六首
唐之凤	1640—？	归安	其二十四卷《天香阁》中有诗十卷
方　珩	生卒年不详	乌程	《南归集》《燕山集》佚
吴　光	1641—1695	归安	《使交集》一卷、《吴太史遗稿》一卷，均佚
王显承	生卒年不详	孝丰	《将就居删草》佚，代表作为《竹枝词》
纪　远	1643—1712	乌程	《风雨吟草》佚

姓　名	生卒年	籍　贯	诗歌创作成就
董神骏	生卒年不详	乌程	《碧澜堂诗集》一册佚。《董氏诗萃》录其诗五首
夏骃	生卒年不详	乌程	《泠然堂集》《烂溪集》佚，《交山平寇本末》附诗一卷
董舫	生卒年不详	乌程	《洗砚删存》一卷，《墨渡斋诗草》等均佚。《董氏诗萃》录其诗五首
孙在丰	1644—1689	德清	《孙司空诗抄》（又名《尊道堂诗集》）四卷、《孙阁部诗集》七卷
徐元正	1644—1720	德清	《清啸楼草》一卷、《鸾坡存草》一卷，合为《修吉堂遗稿》两卷
丁瑜（女）	1645—1667	长兴	其诗辑入《皆绿轩集》，已佚
胡会恩	1645—1713	德清	其九卷《清芬堂存稿》有诗八卷，存诗八百余首
董奕相	生卒年不详	乌程	《生洲诗草》《绣川诗草》佚。《董氏诗萃》录其诗二十六首
臧眉锡	生卒年不详	长兴	《喟亭诗文集》八卷佚
沈尔燝	？—1689	乌程	其八卷《被园集》中有诗七卷
唐靖	生卒年不详	武康	其十八卷《前溪集》有诗九卷
孙在中	生卒年不详	归安	其十卷《大雅堂集》有诗八卷
董延枋	生卒年不详	乌程	《葵园诗》毁于火。《董氏诗萃》录其诗两首
孙其仁	生卒年不详	归安	其诗辑入《白凤楼诗文集》，已佚
韦人凤	生卒年不详	武康	《猴城遗诗》一卷
董谷士	生卒年不详	乌程	《农山诗文集》二十册，佚。《董氏诗萃》仅录一首
释宗严	生卒年不详	归安	《晓宜斋诗》佚。《浔溪诗征》存诗二十五首

姓　名	生卒年	籍　贯	诗歌创作成就
陆肯堂	1650—1696	归安,生于长洲(今苏州)	《陆翰林集》
沈三曾	1650—1706	归安	其《十梅书屋诗集》十卷佚,仅存《十梅书屋诗略》残本与《水晶词》合刊存世
温蓉卿	生卒年不详	乌程	《碧筼馆诗草》佚
韩　献	生卒年不详	归安	《楚游草》佚
吴　曾	生卒年不详	归安	《雪斋诗稿》八卷
沈　涵	1651—1719	归安	其《赐砚斋集》六卷佚,存《赐砚斋诗存》四卷
董颖佳	?—1689	乌程	《中江编年集》六卷、《玉禾诗集》,均佚。《董氏诗萃》录其诗二十二首
汪文柏	生卒年不详	安徽休宁,居湖州	《古香楼吟稿》三卷
陈尚古	生卒年不详	德清	其诗辑入三卷本《簪云楼集》,已佚
沈淑兰(女)	1652—约1694	乌程	其五卷《黛吟草》有诗四卷
潘美发	生卒年不详	乌程	《含万斋诗存》佚
董友松	生卒年不详	乌程	《镜园诗文草》两卷、《镜园诗文集》,佚。《董氏诗萃》收其诗一百零四首;《浔溪诗征》收其诗一百十二首
吴树臣	生卒年不详	乌程	《涉江草》四卷
董香龄	生卒年不详	乌程	《大还山房诗集》《星池诗草》佚。《董氏诗萃》仅录四首
蔡升元	1653—1722	德清	《恭纪圣恩诗》一卷、《使秦草》一卷,均藏国家图书馆
徐汝峰	生卒年不详	乌程	《一枝楼诗集》一册

姓　名	生卒年	籍　贯	诗歌创作成就
董志林	生卒年不详	乌程	《蕚园集》已刻八卷，未刻若干卷，另《淮游草》，均佚。《浔溪诗征》录其诗九十首
费　俊	1656—1723	湖州	《欧鲁诗草偶存》两卷，国家图书馆有藏。其《玉树堂草》佚
董炳文	生卒年不详	乌程	《畹香乐府》《霞山诗词》佚。《董氏诗萃》录其诗五首
谈九乾	生卒年不详	德清	有《淮浦诗》藏中科院图书馆，另《未庵侍草》《使滇诗》《从军草》《南游草》《北游草》等均佚
董师植	1657—1737	乌程	《汾园集》十五卷有诗五卷。《浔溪诗征》录其诗六十二首
纪　官	生卒年不详	乌程	《余素斋诗集》，佚。《浔溪诗征》有诗十三首
谈九叙	1660—？	德清	《是山诗草》八卷、《睢阳诗集》，佚
董士骥	生卒年不详	乌程	《菊溪遗集》佚。《董氏诗萃》录其诗两首
沈恺曾	1661—1709	归安	《来雨吟稿》《苹州偶存》佚
纪　寅	生卒年不详	乌程	《晴岚诗集》《晴岚遗诗》，佚。《浔溪诗征》有诗四首
袁士达	生卒年不详	归安	《履村诗集》六卷（一说四卷）和《素心集》《壬午社稿》等，均佚
董士骐	生卒年不详	乌程	《遗集》一卷佚。《董氏诗萃》录其诗七首
纪　端	生卒年不详	乌程	《菊存诗草》佚。《浔溪诗征》有诗十四首
董　焌	生卒年不详	乌程	《滕语轩诗》一卷佚。《董氏诗萃》录其诗五首
吴隆元	生卒年不详	归安	《易斋诗稿》佚
陆　师	1667—1722	归安	《采碧山堂诗集》六卷
徐志莘	1668—1746	德清	《根味斋诗集》十七卷，另《老傅集》三卷佚
章廷宏	生卒年不详	归安	《怡颜诗草》佚

姓　名	生卒年	籍　贯	诗歌创作成就
董永烈	生卒年不详	乌程	《听雨轩诗草》一卷佚。《董氏诗萃》录其诗五首
章廷对	生卒年不详	归安	《裕庵小抄》佚
董世熙	生卒年不详	乌程	《明轩诗集》（一作《绘心编》）佚。《董氏诗萃》录其诗八首。
沈树本	1671—1743	归安	《竹溪诗略》二十四卷、《双溪唱和诗续稿》和《舱翁诗略》（残存二十一至二十六、二十八至三十二卷）、《曼真诗略》七卷（存五卷）。辑有《唐宋六大家诗》一百八十卷、《湖州诗撷》一百八十卷、《双溪唱和诗》六卷，均佚
金硕人（女）	生卒年不详	乌程	《兰玉轩稿》一卷佚。《浔溪诗征》存诗九首
纪琴思	生卒年不详	乌程	《学知堂诗集》佚。《浔溪诗征》存诗两首
茅应奎	1672—1766	归安	《絮吴羹诗选》二十四卷。《远游稿》佚
董燔	生卒年不详	乌程	《蜗庐小集》三卷佚。《董氏诗萃》录其诗二十七首
纪肇基	生卒年不详	乌程	《墨间诗草》佚。《浔溪诗征》存诗一首
董源	生卒年不详	乌程	《蠖屈吟》佚。《浔溪诗征》存诗两首
张安弦	生卒年不详	乌程	《青屿稿存》
董学焘	生卒年不详	乌程	《止斋诗集》四卷佚。《董氏诗萃》录其诗二十八首
董元烺	生卒年不详	乌程	诗作一卷佚，《董氏诗萃》仅录一首
谢洲	生卒年不详	浙江余姚人，定居乌程南浔	《散木集》两卷、《散木庵诗文集》，均佚。《浔溪诗征》有诗三首
董良弼	生卒年不详	乌程	《守斋诗集》一卷佚。《浔溪诗征》存其诗四首
严启煜	生卒年不详	归安	《竹香山房诗》佚
温睿临	生卒年不详	乌程	诗作辑入《山响楼集》，佚

姓　名	生卒年	籍　贯	诗歌创作成就
董陈亮	生卒年不详	乌程	《益斋集》《卧云楼诗集》佚。《浔溪诗征》有诗六首
沈炳震	1679—1738	归安	其《增默斋诗》八卷仅存《蚕桑乐府》一卷
吴　曙	生卒年不详	归安	《公余草》一卷和《日下吟》《丛云馆诗存》，佚
杨　芬（女）	生卒年不详	苏州，适归安沈懋华	《瑶华集》佚
董　熜	1680—1747	乌程	《南江集》二十四卷佚。存《南江诗集》四卷，存诗三百零九首
温贻孙	生卒年不详	乌程	《爱吟轩诗集》佚。《浔溪诗征》存诗十二首
韩　云	生卒年不详	归安	《怡园诗抄》佚
吴斯洺	生卒年不详	归安	《补阁诗抄》两卷
丁　凝	生卒年不详	长兴	《亮弦堂集》佚
唐德远	1681—1699	乌程	与唐云祯合作有《碎玉合编》两卷
沈炳巽	1681—1756	归安	《雪渔诗略》四卷佚
范君佚	生卒年不详	乌程	《云楼诗抄》《联珠集》《闽游吟草》均佚。《浔溪诗征》存诗十首
董懋昭	生卒年不详	乌程	《黼庵遗稿》佚。《浔溪诗征》录其诗二十七首
董文白	生卒年不详	乌程	《易庵诗集》九卷佚。《浔溪诗征》存诗二十九首
董　炌	生卒年不详	乌程	《南窗吟草》一卷佚。《董氏诗萃》录其诗三首
吴大受	1684—1753	归安	《诗筏》一卷
计士枚	生卒年不详	乌程	《卜亭诗抄》佚。《浔溪诗征》存诗两首
钦　琏	1685—约1745	长兴	《虚白斋诗集》八卷

姓 名	生卒年	籍 贯	诗歌创作成就
董 扬	生卒年不详	乌程	《苏斋诗集》《古香斋集》佚。《董氏诗萃》录其诗七首
孙见龙	1686—1760	归安	《潜村诗稿》佚
董 浩	生卒年不详	乌程	《南谷集》四十卷佚。《浔溪诗征》录其诗六十二首
董 炎	生卒年不详	乌程	《坚斋诗集》三卷佚。《浔溪诗征》存诗七首
董 耀	生卒年不详	乌程	《青霞楼遗诗》一卷佚。《浔溪诗征》录其诗十一首
董绳烺	生卒年不详	乌程	《余事集》（又名《来月轩诗草》）一卷佚。《董氏诗萃》录其诗十首
徐以升	约 1690—1756	德清	《南陔堂诗集》十二卷，收诗九百三十五首
姜虬绿	生卒年不详	乌程	《浪游草》两卷
王起鹏	1693—?	归安	《溪堂诗抄》。《浔溪诗征》存诗两首
姚 石	生卒年不详	乌程	《漫吟诗抄》佚。《浔溪诗征》存诗四首
严遂成	1694—?	乌程	《明史杂咏》四卷、《海珊诗抄》十三卷、《仙坛花吟》一卷
谈起行	生卒年不详	德清	《立峰编年诗》佚
姚景熹	生卒年不详	乌程	《爱兰仙子诗草》《兰仙子遗稿》佚。《浔溪诗征》存诗四首
钱 森	生卒年不详	长兴	《千里斋集》佚
吴应棻	1695—1740	归安	《青瑶草堂诗集》五卷
董三达	生卒年不详	乌程	《遗诗》一卷佚。《董氏诗萃》录其诗两首
纪士玉	生卒年不详	归安	《悬圃诗抄》佚。《浔溪诗征》存诗两首
张映斗	？—1747	乌程	《秋水斋诗集》十五卷、《半古楼集》三卷

姓　名	生卒年	籍　贯	诗歌创作成就
沈　澜	生卒年不详	归安	《双溪唱和》（又名《双溪渔唱百首》）。《双清草堂诗》《襞幽集》佚
姚　廛	生卒年不详	归安	《江西游草》《凤藻堂全集》，均佚
柴廷采	生卒年不详	归安	《问心》《涉园诗稿》等，均佚
沈荣仁	1697—1768	归安	《碧浪篙师诗略》一卷、《花癖剩吟》一卷、《羡门吟略》一卷、《洪洲集》
朱　山	生卒年不详	归安	《六（天）行堂诗抄》四卷。《寿岩诗存》《兑翁诗存》佚
姚世鉴（女）	生卒年不详	归安	与侄女姚益敬等合编有《姚氏三秀集》，已佚
姚世钧	1698—1724	归安	作有《饶州舟次独酌醉后放歌》等诗，其《浮湘草》佚
王　豫	1698—1738	长兴	其诗辑入两卷本《孔堂初集》
姚世钰	1698—1752	归安	其四卷《孱守斋遗稿》有诗两卷
沈树德	1698—1756	归安	《慈寿堂集》八卷
沈祖惠	1698—1765	乌程	《洞庭游草》《三秦游草》《虹舟诗文集》均佚。仅存《近稿拾存》一卷
章有大	1698—1769	归安	《息匀诗集》，有诗四百十九首
戚振鹭	约1698—约1789	德清	《晴川诗抄》五卷佚
章　瑚	生卒年不详	归安	《觉晚轩小稿》佚
凌大寒	生卒年不详	乌程	《红蟫庵集》佚
戚发言	1699—1742	德清	其诗辑入杭世骏选编的《榕城诗话》
董承勋	？—1757	乌程	《芑堂诗集》五卷佚。《浔溪诗征》存诗八首
徐宜人（女）	生卒年不详	不详，嫁董承勋	《徐宜人遗诗》佚。《浔溪诗征》存诗三首

姓　　名	生卒年	籍　贯	诗歌创作成就
董　渭	生卒年不详	乌程	《畹香诗草》佚。《浔溪诗征》存诗九首
董　骏	生卒年不详	乌程	《赘名诗稿》佚。《浔溪诗征》存诗两首
董　翼	生卒年不详	乌程	《讱斋遗诗》一卷佚
董麟兆	生卒年不详	乌程	《耐庵诗抄》佚
董汇吉	生卒年不详	乌程	《淳庵遗稿》（又名《泰茹遗草》）一卷佚。《浔溪诗征》存诗三首
董上埔	生卒年不详	乌程	《可亭遗诗》佚。《浔溪诗征》存诗两首
沈无咎	约1700—1740	长兴	《梦华诗稿》一卷，其《荆溪渔隐集》《梦华集》《梦华续集》均佚
姚世简	1700—1765	归安	《藕村诗抄》佚
蔡环黼	生卒年不详	德清	《细万斋集》（又名《两不斋集》）十四卷
戴韫玉（女）	生卒年不详	归安	《西斋遗稿》佚。存诗五首
蔡崇基	生卒年不详	德清	《扪虱庵诗》佚
朱敦棣	生卒年不详	乌程	《近红轩集》佚
董　琴（女）	生卒年不详	乌程	《静吟集》三卷佚。《董氏诗萃》录其诗二十首
吴延熙	1702—1768	归安	诗稿十余卷佚
董　正	生卒年不详	乌程	遗诗一卷佚。《董氏诗萃》录其诗三卷
董兆元	生卒年不详	乌程	《江峰诗文集》两卷，辑《续董氏诗萃》，均佚。《浔溪诗征》存诗十八首
董景坡	生卒年不详	乌程	《眉峰诗集》两卷佚。《浔溪诗征》存诗三首
胡　澄	生卒年不详	德清	《日下诗草》《邺下诗草》《吴下诗草》，均佚
闵文山	1703—1377	乌程	《在陬诗抄》两卷佚

姓 名	生卒年	籍 贯	诗歌创作成就
陆充琛	生卒年不详	乌程	《葑溇遗诗》佚。《浔溪诗征》存诗一首
吴应枚	1704—1750	归安	《客槎集》《墨香幢诗》《题画诗跋》均佚
孙汝馨	1704—1757	归安	《深竹映书堂集》佚，存《深竹映书堂续集》三卷
董 钧	生卒年不详	乌程	《百尺楼诗》一卷佚，《董氏诗萃》录其诗三首
董尔璋	生卒年不详	乌程	《讷庵诗集》十卷佚。《董氏诗萃》录其诗两首
姚世铨	生卒年不详	归安	《杼山草》佚
汤蕉云（女）	？—1740	金坛，嫁长兴沈无咎	《蕉云诗稿》一卷、《补辛卯前诗》一卷，均佚。代表作《金凤花》，夫妻合集《笙盘同音集》，亦佚
戴永植	1705—1767	归安	《汀风阁诗》六卷
沈世枫	1705—1775	归安	《十笏斋诗》八卷
陈克绳	1705—1784	归安	《希庵诗稿》佚
姚世铼	1705—？	归安	《孤笑集》《五台山游草》佚
范君僎	约1705—？	归安	《恕堂编年诗》《北游草》佚。《浔溪诗征》存诗一首
周硕人（女）	生卒年不详	不详，董钧妻	《遗诗》一卷佚。《浔溪诗征》存诗两首
戴 宸	生卒年不详	归安	《沐桐居士集》佚
董 闉	生卒年不详	乌程	诗集佚，《董氏诗萃》录其诗一首
董梧栖	生卒年不详	乌程	《疗饥集》佚。《董氏诗萃》录其诗一首
沈棠臣	1706—1779	归安	《爱庞斋诗抄》一卷
沈荣俊	1707—1746	归安	《宗经集》《翠竹溪馆诗集》佚，代表作《落叶诗》

姓　名	生卒年	籍　贯	诗歌创作成就
董金城	生卒年不详	归安	《少客诗集》两卷佚。《董氏诗萃》录其诗二十七首
慎朝正	生卒年不详	归安	《研露斋诗》佚
董调元	生卒年不详	乌程	《藕花溪吟草》佚。《董氏诗萃》录其诗五首
戴永槐	生卒年不详	归安	《泼翠斋稿》佚
陈琼圃（女）	生卒年不详	钱塘，嫁湖州费锡田	《锄月小稿》佚
潘　辉	1711—1786	乌程	《浮玉山人集》佚，存《浮玉山人遗诗》一卷
姚德鋐	生卒年不详	乌程	《冶公集唐诗》佚。《浔溪诗征》存诗两首
钱　湛	生卒年不详	归安	《遥山棠集》佚
黄　鹤	生卒年不详	乌程	《云墟山房集》佚
纪汝霖	生卒年不详	乌程	《呓觉集》佚。《浔溪诗征》存诗十首
沈蕙玉（女）	生卒年不详	湖州	《聊一斋诗》一卷
戴文灯	1712—1766	归安	其八卷《静退斋集》中有诗两卷
凌树屏	1712—？	乌程	其二十四卷《瓠息斋前集》中有诗二十三卷
泮汝龙	生卒年不详	归安	《泊宅诗抄》佚
沈荣昌	1713—1786	归安	《成志堂诗集》十四卷，《外集》一卷
杨克恭（女）	生卒年不详	湖州	《兰藻阁诗》佚
徐以泰	1716—？	德清	《绿杉野屋诗集》四卷收诗三百三十五首，另《绿杉野屋续诗集》六卷佚
姚文泰	生卒年不详	归安	《蕉绿映书斋稿》《双溪渔唱集》佚
董丰垣	生卒年不详	乌程	《菊町游稿》一卷佚。《浔溪诗征》存诗两首

姓 名	生卒年	籍 贯	诗歌创作成就
姚益敬 （女）	约1718— 约1744	归安	《芬陀利居小稿》一卷，另与姚世鉴等合编有《姚氏三秀集》，均佚。《浔溪诗征》存诗十六首
王 标	1718—1783	归安	《闲燕斋诗抄》佚
章宝传	生卒年不详	归安	《庐江诗存》佚
丁文鸾 （女）	生卒年不详	湖州	《倚云楼诗》佚
岳 高	生卒年不详	归安	《雨轩小稿》佚
戚朝桂	1719—1792	德清	《芝园诗抄》两卷佚
孙宗承	1719—1815	归安	《菱湖纪事诗》三卷、《苏门山人诗存》四卷
章宝箴	生卒年不详	归安	《荻花邨墅小草》佚
孙宗承	1719—1815	归安	《菱湖纪事诗》三卷、《苏门山人诗存》四卷
孙 霖	生卒年不详	归安	《羡门山人诗抄》十一卷
董 氏 （女）	生卒年不详	乌程	《兰贤斋集》佚。《浔溪诗征》存诗一首
胡 旭	生卒年不详	德清	《树谖室遗诗》五卷
徐文心	生卒年不详	归安	《甲六集》一卷补遗一卷
闵鹗元	1720—1797	乌程	《星轺学吟》佚
苏始芳 （女）	生卒年不详	江苏山阳，乌程潘尚仁姜	《筠绿剩稿》三卷
姜宸熙	生卒年不详	乌程	《陵阳山人集》八卷，收诗四百七十一首
徐德元	生卒年不详	乌程	著有《湖阴诗征》三卷，编有《秋海棠唱和集》六卷。《芷堂诗稿》《燕中草》《蜀中草》《官箴诗》均佚
董希辂	生卒年不详	乌程	《莲台遗诗》一卷佚。《浔溪诗征》存诗两首

姓　名	生卒年	籍　贯	诗歌创作成就
俞从龙	生卒年不详	乌程	《在竹居诗稿》佚。《浔溪诗征》存诗三十六首
董希载	生卒年不详	乌程	《欧余小草》《欧余吟》佚
董庭坚	生卒年不详	乌程	《毅庵今体诗集》和《毅庵遗诗》一卷，佚。《浔溪诗征》存诗一首
韩宗濂	生卒年不详	乌程	《梧影楼诗草》佚。《浔溪诗征》存诗一首
董民杰	生卒年不详	乌程	《凡夫仅存草》一卷佚。《浔溪诗征》存诗两首
董起元	生卒年不详	乌程	《九宜楼诗抄》佚
董进元	生卒年不详	乌程	《恕庵诗抄》佚
董王锡	生卒年不详	乌程	《爱莲居诗稿》（又名《谦山诗稿》）一卷佚。《浔溪诗征》存诗十三首
董存诚	生卒年不详	乌程	《剑引轩偶存》佚，《浔溪诗征》存诗四首
姚益麟（女）	生卒年不详	归安	《吟香楼草》佚
蔡成亮	生卒年不详	德清	《南阳诗草》佚
金　顺（女）	生卒年不详	吴县，嫁乌程汪曾裕	《传书楼稿》，代表作《织布》《育蚕》
纪复亨	生卒年不详	乌程	《心斋诗集》，另《西湖杂诗》《杼亭乐府》佚
徐以坤	1722—1792	德清	《迎銮诗册》佚
吴　岩	生卒年不详	乌程	《灌园近稿》《使游草》《碧梧山馆诗集》，均佚。《浔溪诗征》存诗九首
蔡以台	1723—？	德清，寄籍嘉善	《三友斋诗稿》有诗三百五十首，藏上海图书馆
丁　蟾	生卒年不详	乌程	《西泠草》《蛤巷草》《候虫草》《续候虫草》《三续候虫草》《蓉斋诗稿》，均佚。《浔溪诗征》存诗二十九首

姓　名	生卒年	籍　贯	诗歌创作成就
汪　璀（女）	生卒年不详	乌程	《修竹吾庐诗》佚
董　煜	生卒年不详	乌程	《梦蝶吟》（又名《清塘遗诗》）佚。《浔溪诗征》存诗一首
王　诘	生卒年不详	湖州	《雪浪轩诗》佚
潘尚仁	生卒年不详	乌程	《苏门山客诗抄》五卷
吴受竹（女）	生卒年不详	湖州	《万卷楼诗》佚
张鸿窓	1725—？	乌程	《蛮吟草》两卷佚。《浔溪诗征》存诗三首
蔡书升	生卒年不详	德清	《三上闲吟》一卷、《吟越集》一卷、《晓剑集》，其《姜田诗稿》六卷佚
吴山秀	生卒年不详	江苏吴江，定居南浔	《小梅花庵诗集》六卷和《颐神斋题画诗集》佚。《浔溪诗征》存诗十五首
孙鲲化	生卒年不详	长兴	《寄象诗草》佚
陈可升	生卒年不详	乌程	《饕轩集》《闽游草》《旭峰诗草》，均佚。《浔溪诗征》存诗二十一首
吴　年（女）	生卒年不详	归安	《雪庭遗稿》一卷佚。《浔溪诗征》存诗十二首
董启埏	生卒年不详	乌程	《秋树诗草》一卷佚。《浔溪诗征》存诗九首
董启嘉	生卒年不详	乌程	《东游草》一卷佚。《浔溪诗征》存诗两首
尹世奇	生卒年不详	归安	《西亭诗集》佚。《浔溪诗征》存诗一首
董苍零	生卒年不详	乌程	《余事诗稿》佚
张德奎	1729—1806	乌程	《雷桐歌诀》两卷和《八咏楼吟草》《南巡诗赋》，均佚。《浔溪诗征》存诗四首
章光晋	生卒年不详	归安	《研安斋诗抄》佚
冯　华	生卒年不详	乌程	《西江纪游稿》《中州集》《莲树诗抄》，均佚

姓　名	生卒年	籍　贯	诗歌创作成就
伍载乔	生卒年不详	归安	《雪溪棹歌》《雪溪杂咏》佚
吴兰庭	1730—1801	归安	《南雪草堂诗集》（又名《胥石诗存》）四卷
徐承烈	1730—1803	德清	《青来堂诗》。其《德辉堂集》佚
叶佩荪	1731—1784	归安	《慎余斋诗抄》四卷
周映清（女）	生卒年不详	不详，嫁归安叶佩荪	《梅笑轩集》一卷、《织云楼诗合刊》两册
潘本温（女）	生卒年不详	归安	《桐韵诗删》一卷。其《梦花小草》佚
张屺望	生卒年不详	归安	《黛石草堂诗抄》三卷
陈焯	1733—1807	归安	《湘管斋诗稿》佚，有和郑勋合著的《蛟川唱和集》两卷
吴太安人（女）	生卒年不详	湖州	其诗辑入《花蕚轩诗词》，已佚
徐天柱	1734—1793	德清	《天藻楼诗稿》十六卷佚
沈琳仙（女）	生卒年不详	归安	遗诗一卷佚。《浔溪诗征》存诗一首
孔继光（女）	生卒年不详	桐乡，嫁乌程夏祖勤	《范湖散人稿》佚。《浔溪诗征》存诗十一首
章绍曾	生卒年不详	归安	《筠圃小草》佚
孙辰东	1736—1780	归安	《种纸山房诗稿》十二卷
张瑶英（女）	生卒年不详	归安	《湖州文学史》称其有诗集
计　发	生卒年不详	乌程	《鱼计轩诗抄》佚。《浔溪诗征》存诗十四首
孙世楷	？—1779	乌程	诗集佚。《浔溪诗征》存诗一首
崔　珊	生卒年不详	乌程	《问波诗草》《岭南诗草》佚。《浔溪诗征》存诗八首

姓　名	生卒年	籍　贯	诗歌创作成就
孙蓝玉	生卒年不详	乌程	《润庵诗抄》佚。《浔溪诗征》存诗三首
闵淑兰（女）	？—1799	归安	《湘畹诗抄》
戚蓼生	1736—1792	德清	《竺湖春墅诗抄》五卷佚
沈宗骞	1736—1820	乌程	《瓣香书屋吟稿》佚
高文照	1738—1776	武康	《高东井先生诗选》四卷。《闇清山房集》一卷佚
沈国治	1738—1798	归安	《韵香庐诗抄》两卷。《苕发集》一卷佚
温慕贞（女）	生卒年不详	湖州	《隐砚楼诗》两卷（与温廉贞诗合刊）
魏星杓	？—约1798	长兴	《尧市山房集》佚
孙　梅	1739—1790	乌程	其四卷《旧言堂集》中有诗两卷
张升吉	1739—1803	乌程	《樾门啸余录》《棠荫杂咏》佚。《浔溪诗征》存诗十四首
戴　璐	1739—1806	归安	《秋树山房诗稿》佚
徐秉敬	1739—1807	德清	《约耕草堂诗》五卷佚
孙　琪	生卒年不详	乌程	《瑶圃吟稿》佚
沈　芬（女）	生卒年不详	不详，嫁归安戴璐	《撷芳集》佚，有诗辑入《吴兴诗话》
蔡廷弼	1741—1821后	德清	其诗辑入二十三卷《太虚斋存稿》
董　传	生卒年不详	乌程	《瞻园杂咏》一卷佚。《浔溪诗征》存诗八首
董惇史	生卒年不详	乌程	《廉泉诗稿》佚。《浔溪诗征》存诗两首
董树藩	生卒年不详	乌程	《雪鸿留印稿》佚

姓　名	生卒年	籍　贯	诗歌创作成就
董传经	生卒年不详	乌程	《漱六草堂诗抄》两卷、《遗诗》一卷，佚。《浔溪诗征》存诗三十七首
董应椿	生卒年不详	乌程	《爱余阁遗集》一卷佚。《浔溪诗征》存诗四首
章　铨	1742—？	归安	《染翰堂诗集》十卷附一卷和《澹如轩诗抄》
丁　溶	？—1804	归安	《王村山农诗抄》佚
汪廷业	生卒年不详	歙县，迁居乌程南浔	《笠岑遗草》《集陶诗》，均佚。《浔溪诗征》存诗两首
归光曙	生卒年不详	乌程	《晓斋诗草》《古香遗韵》佚。《浔溪诗征》存诗四首
陈　善	生卒年不详	乌程	《挑菜集》《蔗余吟草》佚。《浔溪诗征》存诗两首
屠元淳	生卒年不详	归安	《忍庵遗诗》佚。《浔溪诗征》存诗一首
夏耀曾	生卒年不详	乌程	《小山居偶存稿》和《附存稿》佚。《浔溪诗征》存诗二十一首
张谦吉	生卒年不详	乌程	《耦庄诗抄》佚。《浔溪诗征》存诗一首
张震亨	生卒年不详	乌程	《月襟吟馆诗抄》佚。《浔溪诗征》存诗一首
张丰亨	生卒年不详	乌程	《怡云山房吟稿》《不堪持赠录》，均佚。《浔溪诗征》存诗一首
纪　松	1744—1794	乌程	《莞尔集》《自怡草》《率性草》《安愚草》《梅花诗》《钓青诗录》，均佚。《浔溪诗征》存诗二十四首
李含章（女）	1744—？	云南晋宁，归归安叶佩荪	《繁香诗草》一卷、《邂山堂诗》一卷
陈　墉	生卒年不详	德清	《卓庐初草》十四卷
沈　琨	1745—1808	归安	《嘉荫堂诗存》四卷
沈赤然	1745—1816	德清	其三十一卷《五砚斋集》中有诗二十卷

姓　名	生卒年	籍　贯	诗歌创作成就
陆震东	生卒年不详	德清	《枕经轩诗抄》一卷
吴锡麒	1746—1818	归安，生于钱塘（今杭州）	《有正味斋诗集》二十四卷、《帘钩唱和诗》（不分卷、与人合作）
闵思诚	1747—1787	归安	《读山小草》
章耀曾	生卒年不详	归安	其《又邮诗草》有诗七十一首
沈　英（女）	生卒年不详	德清	《墨花楼诗话》
戚芸生	1749—1818	德清	作诗三千首，有《宝砚斋诗集》八卷
温一贞	1749—1830	乌程	《卧痴楼诗抄》佚。《浔溪诗征》存诗六首
章绳曾	生卒年不详	归安	《闲云草庐诗抄》
叶令仪（女）	生卒年不详	归安	《花南吟榭遗草》一卷，收诗六十九首
章光曾	生卒年不详	归安	其《篷舫诗集》有诗一百四十九首
陆元鋐	1750—1819	乌程	《青芙蓉阁诗抄》六卷
施国祁	1750—1824	乌程	《吉贝居暇唱》一卷、《礼耕堂诗集》三卷附《外集》一卷
郑佶	1750—1829	乌程	《得闲山馆诗集》八卷佚
蔡之定	1750—1834	德清	《古今体诗》
徐莔（女）	生卒年不详	乌程	《古艻吟稿》两卷
费融	1751—？	德清	《红蕉山馆集》十卷
郑岳	1751—？	归安	《晓园吟》一卷
吴掌珠（女）	生卒年不详	不详，嫁乌程南浔	《饮香楼小稿》一卷

姓 名	生卒年	籍 贯	诗歌创作成就
费锡章	1752—1818	归安	《一品集》两卷。《使黔集》一卷，另《赐砚堂诗存》佚
叶令昭（女）	生卒年不详	归安	《浣香诗抄》一卷
章庆曾	生卒年不详	归安	《树吟轩诗抄》
蔡夔	生卒年不详	德清	《苕父诗抄》《说史诗抄》佚
杨凤苞	1754—1816	乌程	《秋室集》十卷、《采兰簃诗集》五卷。《浔溪诗征》录其诗一百十二首
邢典	1754—1824	乌程	《南林杂咏》《书城诗抄》佚。《浔溪诗征》存诗十七首
叶绍楏	1755—1821	归安	《谨墨斋诗抄》六卷
章三曾	生卒年不详	归安	《省堂诗草》
王翰青	生卒年不详	归安	《东游草》三卷，有诗一百零六首，仅存一卷
孙五封	1756—1826	归安	《午亭诗抄》
严昌钰	1756—？	归安	《浣花居诗抄》十卷
杨凤声	生卒年不详	乌程	《睦游草》《虚舟遗草》佚。《浔溪诗征》存诗三首
陆树德	生卒年不详	乌程	《滋田诗草》佚。《浔溪诗征》存诗二十三首
纪思曾	生卒年不详	乌程	《鲁堂诗抄》佚。《浔溪诗征》存诗一首
范登	1757—1819	乌程	《研北居诗集》《寄庭遗稿》佚。《浔溪诗征》存诗八首
陈斌	1757—1820	德清	《白云诗集》两卷、《白云续集》四卷
杨锴	生卒年不详	乌程	《萱香庐诗集》佚。《浔溪诗征》存诗三首
吴谦	生卒年不详	乌程	《冷余诗草》佚。《浔溪诗征》存诗八首
陆唅	生卒年不详	乌程	《柳南诗抄》佚。《浔溪诗征》存诗三十六首

姓　名	生卒年	籍　贯	诗歌创作成就
吴应奎	1758—1800	孝丰	《读书楼诗集》六卷、《吴蘅皋先生诗》一卷
姚文田	1758—1827	归安	其十卷《邃雅堂集》有诗四卷
施应心	生卒年不详	孝丰	《红杏山房集》佚
孙宪仪	生卒年不详	归安	《秋士诗存》一卷、《孙季子诗集》。其《劫木庵集》《辛辛草》均佚
刘　桐	1759—1803	乌程	《楚游草》《楚游续草》《听雨轩稿》等，均佚。《浔溪诗征》存诗十三首
陈长生（女）	生卒年不详	乌程	《绘声阁诗集》佚
章翼曾	生卒年不详	归安	《韵楼诗抄》佚
吴清藻	生卒年不详	归安	《梦烟舫诗》《七十老人学诗抄》。另《啸湄集》《溪壶吟》《秋窗吟》等佚
董宗海	生卒年不详	乌程	《爕庭小草》两卷、《朵云轩小草》，辑《续录存编》，均佚。《浔溪诗征》存诗一首
沈荣晋	约1762—约1824	归安	《豫游草》佚
张师诚	1762—1830	归安	其诗辑入《省缘室合集》，另有《拜飏存稿》，均佚
徐熊飞	1762—1835	武康	《白鹄山房诗集》十三卷、《应试诗赋钞》两卷
严可均	1762—1843	乌程	其诗辑入十三卷（也有说八卷本）《铁桥漫稿》中，存诗两百二十首
章与曾	生卒年不详	归安	《雩泉诗抄》佚
丁芮模	生卒年不详	归安	《新安杂咏》一卷、《颖园杂咏》一卷。另《脉望馆诗抄》三卷佚
章嵩生	生卒年不详	归安	《春林诗稿》佚
周　农	1763—1814	归安	《铁笛桥诗抄》一卷附补遗一卷

姓　名	生卒年	籍　贯	诗歌创作成就
郎葆辰	1763—1839	安吉	《桃花山馆吟稿》十四卷
章苹清	生卒年不详	归安	《宓斋诗存》佚
高　铨	生卒年不详	归安	《诗稿》佚，《两浙校官诗录》辑有其诗
章　藩	生卒年不详	归安	其《补竹山房诗稿》有诗九十一首
范　锴	1764—1845	乌程	《浔溪纪事诗》两卷、《苕溪渔隐诗稿》六卷和《湖录纪事诗》《苕溪渔隐诗稿》《感逝吟》《蜀产吟》《蜀游草》《浔溪渔唱》《幽花诗略》等
杨道生	生卒年不详	德清	《不为斋诗抄》四卷
杨知新	1765—1841	乌程	《凤好斋诗抄》十五卷、《试帖诗抄》一卷
章如松	生卒年不详	归安	《见山楼诗草》佚
许旦复	生卒年不详	归安	《蓼红闲馆诗稿》两卷。《冬心庐诗集》佚
纪　磊	？—约1864	乌程	《风雨楼吟稿》八卷、《纪氏诗录》，均佚。《浔溪诗征》存诗一百五十八首
姚学塽	1766—1826	归安	其诗辑入十卷《竹素斋遗稿》（又名《姚镜塘先生全集》），有四卷
章逢吉	生卒年不详	归安	《春树楼诗草》两卷、《避寇集》一卷、《壤叟集》一卷，均佚
沈荣庆	生卒年不详	乌程	《念典斋诗抄》佚
陈珍瑶（女）	生卒年不详	归安	《赋燕楼吟草》一卷
张　镇	生卒年不详	归安	《丛桂山房吟草》《闲余杂咏》《采兰草》《浔溪渔唱》，均佚。《浔溪诗征》存诗五首
张　澄	生卒年不详	乌程	《秋畹诗抄》《古今体诗合刊》佚。《浔溪诗征》存诗十首
姚世锡	生卒年不详	归安	《老惜庵诗集》两卷

姓　名	生卒年	籍　贯	诗歌创作成就
戴　青（女）	生卒年不详	归安	《洗蕉吟馆诗抄》一卷
许宗彦	1768—1818	德清	其二十卷《鉴止水斋集》有诗八卷
沈　燮	1768—1826	归安	《桐响阁集》六卷
叶绍本	1768—1841	归安	《白鹤山房诗抄》二十二卷
张　鉴	1768—1850	乌程	其诗编入自选诗文集《冬青馆甲集》六卷、《冬青馆乙集》八卷中。另有《画腴诗》三卷、《詹詹集》四卷等
董蠡舟	1768—?	乌程	《鼯巢集》五卷、《董蔀病夫诗录》十卷和《铸范自订稿》《偹暇集》《德辨斋集》《诟囊剩稿》《遂非集》《多暇日庵集》《兰情竹抱室集》《梦好楼诗抄》《九秋吟》《怀人诗》《楹联存稿》各一卷，均佚。《湖州府志》存其《南浔蚕桑乐府》诗二十六首，周庆云《南浔志》引录《浔溪棹歌》四十余首
王　铸	生卒年不详	乌程	《雪浦遗诗》佚。《浔溪诗征》存诗六首
董宸箴	生卒年不详	乌程	《怀好吟》一卷佚。《浔溪诗征》存诗四首
董　恂	生卒年不详	乌程	《紫藤花馆诗集》十二卷佚。《浔溪诗征》存诗四十三首
戴佩荃（女）	生卒年不详	归安	《苹南遗草》佚
沈惇彝	1770—1833	归安	《留耕书屋诗草》十二卷
梁德绳（女）	1771—1847	钱塘（今杭州），嫁德清许宗彦	《古春轩诗抄》两卷
奚　疑	1771—1854	归安	《榆荫楼诗存》一册
倪　沣	生卒年不详	长兴	《艺香诗草略》十二卷，仅存两卷。另有《艺香诗草偶存》
王　燨	生卒年不详	归安	《铁笛楼诗抄》一卷补遗一卷

姓 名	生卒年	籍 贯	诗歌创作成就
严元照	1773—1817	归安	《柯家山馆遗诗》六卷、《悔庵学诗》一册
张师泌	1774—1827	归安	《祗华室诗抄》佚
纪庆曾	?—1835	乌程	《叠翠居诗集》一卷
周如春	生卒年不详	武康	其诗辑入《问窗寄光》和《梦痕寄迹》
章超文	生卒年不详	归安	《沧洲诗集》两卷佚
沈钦韩	1775—1832	湖州，居苏州	《幼学堂诗稿》十七卷
纪方虎	约1777—1787	乌程	《啸谷集》佚。《浔溪诗征》存诗四首
卞 斌	1778—1850	归安	其十二卷（一说十六卷）《静乐轩诗集》仅存一册，另《刻鹄集》佚
吴 渊	1778—1857	孝丰	《天目山房诗稿》佚
丁 源	约1779—1807	乌程	《啸月斋诗草》佚。《浔溪诗征》存诗二十九首
章文熊	生卒年不详	归安	《恰受航诗集》两卷佚
徐仁本	生卒年不详	德清	《玉崖诗草》佚
俞鸿渐	1781—1846	德清	《印雪轩诗抄》十六卷，《清诗纪事》收其诗两首
冯如璋	1782—1805	德清	其六卷《秋君遗稿》有诗五卷
郑祖球	1782—1819	归安	其十二卷《红叶山房集》中有诗八卷，《红叶山房集》另有十四卷《外集》四卷，但内有诗几卷不详
凌介禧	1782—1862	乌程	《少茗诗稿》四十一卷、《晟溪渔唱》一卷。所辑《凌氏诗存》十二卷未刊或佚
董 襄	生卒年不详	乌程	《苕华庵诗集》十册、《苕庵遗诗》均佚。《浔溪诗征》存诗四十九首

姓　名	生卒年	籍　贯	诗歌创作成就
孙　燮	1783—1846	乌程	其诗辑入十六卷《愈愚集》和两卷《补读书斋集》中
戴铭金	1783—1850	德清	《妙吉祥庵弹改诗存》八卷、《续存》一卷。《月湖渔唱》佚
郑祖琛	1784—1851	归安	《小谷口诗抄》十二卷、《小谷口诗续抄》一卷和《纪事画引》一卷
杨炳堃	1787—1858	归安	《吹芦小草》一卷
张珍皋	1787—？	归安	《山晓阁诗集》佚
钱孚威	1788—1835	乌程	《香荫楼草》一卷
徐　球	1789—1827	德清	《还印庐集》两卷
倪炜文	生卒年不详	归安	其诗辑入《梦花山馆诗词抄》，已佚
沈　畦	生卒年不详	归安	《乐寿堂集》佚
莫　量	生卒年不详	归安	《渔学亭诗集》佚
臧吉康	生卒年不详	长兴	《友云诗抄》十二卷
包敬堂	？—1862	乌程	《树墩草堂诗集》佚
方履篯	1790—1861	德清	《万善花室诗集》四卷
张应昌	1790—1874	归安	《彝寿轩诗抄》十二卷、《烟波渔唱》七卷
冯鸣盛	生卒年不详	乌程	《篔园仅存草》佚。《浔溪诗征》存诗两首
桂　森	生卒年不详	乌程	《藕香书屋遗稿》佚。《浔溪诗征》存诗九首
张曼寿	生卒年不详	乌程	《眉妩小集》《橘田窗课》佚。《浔溪诗征》存诗三首
汪延泽	生卒年不详	乌程	《耕烟诗抄》佚。《浔溪诗征》存诗两首
蒋　炳	生卒年不详	乌程	《枕山偶吟草》佚。《浔溪诗征》存诗四首
诸　常	生卒年不详	乌程	《薏生诗抄》佚。《浔溪诗征》存诗五十七首

姓　名	生卒年	籍　贯	诗歌创作成就
赵　菜（女）	生卒年不详	上海，嫁乌程汪延泽	《南宋宫闺杂咏》一卷、《滤月轩诗集》四卷、《清雅堂诗草》一卷。代表作《珊媛曲》《读史杂咏》
谈印梅（女）	1791—？	归安	《九疑仙馆诗抄》两卷。与其妹印莲、印芬有《菱湖三女史诗词合刊》
温曰鉴	生卒年不详	乌程	《拾香草堂集》两卷、与人唱和之《雪南唱和编》三卷。其《十台怀古诗》存诗五十四首。另《勘书巢吟卷》佚
莫　筼	生卒年不详	归安	《花屿诗抄》佚
高锡蕃	生卒年不详	乌程	《朱藤老屋诗抄》一卷
蔡赓飏	1794—1853	德清	《贡云书屋诗集》佚
孙佩芬（女）	生卒年不详	归安	《季红花馆偶吟》一卷
谈印莲（女）	生卒年不详	归安	《平洛遗草》（又名《花中君子遗草》）一卷，与其姐印梅、妹印芬有《菱湖三女史诗词合刊》
朱紫贵	1795—？	长兴	其十四卷《枫江草堂集》有诗十卷
徐金镜	1796—1844	武康	《山满楼集》七卷附补遗一卷
蔡寿昌	生卒年不详	德清	《香苏阁诗草》佚
纪　峻	1798—1823	乌程	《小蓬莱馆诗》佚。《浔溪诗征》存诗十首
沈　谦	生卒年不详	乌程	《淮阴游草》《胸浦吟稿》《疏柳轩偶存》《对影斋偶存》《邘上偶存》《琅玕馆偶存》《琅玕馆忆存》等，均佚。《浔溪诗征》存诗十六首
谈印芬（女）	生卒年不详	归安	与其姐印梅、印莲有《菱湖三女史诗词合刊》
钱　江	1800—1853	长兴	《钱东平集》佚
傅赓梅	1800—1854	德清	曾有诗集若干，佚
姚益时	1800—1862	归安	《吟五诗词》两卷佚

姓　名	生卒年	籍　贯	诗歌创作成就
胡光辅	？—1853	德清	《小石山房诗存》六卷
董　馨（女）	生卒年不详	乌程	《遗诗》一卷佚
费丹旭	1801—1850	乌程	其《依旧草堂遗稿》两卷存诗一百首，另有《依旧草堂未刻诗》一卷
钮福畴	1801—1856	乌程	《亦有秋斋诗抄》两卷
孙世均	生卒年不详	归安	《谁与庵集·诗偶存》一卷
方　熊	生卒年不详	乌程	《绣屏风馆诗集》十卷集外诗一卷、《飞崖诗删》八卷
章绥衔	1804—1875	归安	《磨兜坚室诗草》佚
朱　点	生卒年不详	归安	《春风草堂诗》一卷
高德淳	1805—1863	归安	《慕陶吟稿》两卷附《双林高氏家乘》
章培生	生卒年不详	归安	《好环居诗草》佚
戴　芬	生卒年不详	德清	《重荫楼诗集》一卷
方　焘	生卒年不详	乌程	《山子诗抄》十一卷
杨素墀	生卒年不详	乌程	《荻渔诗》佚。《浔溪诗征》存诗一首
温文禾	1807—？	归安	《辛夷花馆诗稿》。《浔溪诗征》存诗八首
施凤藻	生卒年不详	乌程	《虹映村庄诗草》佚。《浔溪诗征》存诗两首
张士鹄	生卒年不详	乌程	《求在我斋诗略》佚
戴福谦	1808—1840	德清	《种玉山房诗集》一卷，与兄芬、弟莼诗集合为《戴氏三俊集》三卷
张丹山	生卒年不详	乌程	《扶竹楼诗抄》《浔溪棹歌》佚。《浔溪诗征》存诗七首
夏　霖	生卒年不详	乌程	《瓣香馆诗抄》佚。《浔溪诗征》存诗两首

姓　名	生卒年	籍　贯	诗歌创作成就
纪运芳	生卒年不详	乌程	《雨江诗抄》佚。《浔溪诗征》存诗一首
夏荫棠	生卒年不详	乌程	《剑花馆诗抄》佚。《浔溪诗征》存诗七首
范来庚	生卒年不详	乌程	《秋舲渔唱》《南浔诗征》佚。《浔溪诗征》存诗十首
江毓荪	生卒年不详	德清	《怡萼轩诗》佚
陆长春	1810—?	乌程	《梅隐庵诗抄》两卷、《眉月楼诗抄》四卷、《梦花亭诗词集》八卷等，均佚。《浔溪诗征》存诗九十九首
章蕴生	生卒年不详	归安	《肖梅诗稿》一卷佚
戴　纯	生卒年不详	德清	《红蕉庵诗集》一卷，与兄芬、福谦诗集合为《戴氏三俊集》三卷
郑贞华（女）	1811—1860	归安	《绿饮楼诗集》佚
陈长孺	1811—1862	归安	《偕隐草堂诗集》和《画溪渔唱》两卷、《苹香水阁琴雅》一卷
沈丙莹	1811—1870	归安	其七卷《春星草堂集》有诗五卷
吴　云	1811—1883	归安	《两罍轩诗集》一卷
汪曰桢	1812—1882	乌程	《玉鉴堂诗集》六卷、《玉鉴堂诗存》一卷、《栎寄诗存》一卷、《俪花小榭诗抄》
卢宾王	生卒年不详	长兴	《篁墩诗抄》佚
温　丰	生卒年不详	乌程	《劫余诗抄》佚。《浔溪诗征》存诗十七首
吴文光	生卒年不详	乌程	《叠梦厂诗草》佚。《浔溪诗征》存诗十一首
桂　荣	生卒年不详	乌程	《浔溪诗征》存诗七十七首
庞正达	生卒年不详	乌程	《养拙斋诗存》佚。《浔溪诗征》存诗三十二首
施　元	生卒年不详	长兴	《幽欣居诗抄》佚

姓　名	生卒年	籍　贯	诗歌创作成就
王　诚	生卒年不详	武康	《松斋忆存草》（又名《松斋诗抄》）一册
汪曰采（女）	生卒年不详	乌程	《醉墨轩诗稿》佚。《浔溪诗征》存诗两首
郁士桢	生卒年不详	乌程	《三余吟稿》佚。《浔溪诗征》存诗一首
张　辅	生卒年不详	乌程	《乐琴书屋诗稿》佚。《浔溪诗征》存诗九首
李廷赓	生卒年不详	乌程	《苕东生吟草》佚。《浔溪诗征》存诗十一首
张文元	生卒年不详	乌程	《染香精舍诗抄》一册
杨宝彝	1816—1871	归安	《抱山草堂吟稿》两卷
汪曰杼（女）	生卒年不详	乌程	《雕青馆诗草》一卷
汪子清	生卒年不详	乌程	《滤玉庵诗抄》佚
沈梦岩	生卒年不详	归安	《题榴庵诗集》佚
包虎臣	生卒年不详	归安	《学剑楼诗》《题画诗》佚
徐自然	生卒年不详	乌程	《半亩园诗文集》佚
卞乃譄	1819—1860	归安	《劫后吟稿》佚
杨　岘	1819—1896	归安	《迟鸿轩诗弃》四卷、《迟鸿轩诗稿续》一卷、《迟鸿轩诗偶存》一卷，长篇叙事诗《长白行》传诵一时
戚士彦	生卒年不详	德清	《戚声叔诗稿》一卷
徐有珂	1820—1878	乌程	《小不其山房集》六卷
朱冕群	生卒年不详	归安	《采翁诗稿》《荃香馆诗存》《晋游小草》，均佚
吴辛甲	1821—1868	孝丰	《半日村诗稿》（不分卷）
徐本璹	1821—1887	德清	《安雅堂集》佚

姓 名	生卒年	籍 贯	诗歌创作成就
俞 樾	1821—1907	德清	其《春在堂全书》中有诗集《春在堂诗编》二十三卷、《咏物二十一首》一卷、《曲园自述诗》一卷、《诗补》一卷、《集千字文诗》一卷、《佚诗》一卷等
姚觐元	1823—约 1902	归安	其《大叠山房文存》收入诗作一百七十一首，另有诗辑入《咫进斋诗文稿》一卷中
吴廷桢	？—1888	长兴	《古剑书屋诗抄》八卷
朱保喆（女）	？—1861	长兴	《霁月楼诗存》佚
姚阳元	1825—1853	归安	《春草堂遗稿》一卷
沈秉静（女）	生卒年不详	归安	《长懂阁诗剩》佚
施旭臣	？—1890	安吉	其诗辑入《金钟山房诗文集》和《安吉施氏遗著》
翁瑞恩（女）	1826—1892	常熟，嫁归安钱振伦	《簪花阁诗词》
汪尚仁	生卒年不详	乌程	《四勿斋吟集》佚
许震藩	生卒年不详	乌程	《坐看云起楼诗抄》
徐延祺	生卒年不详	乌程	《怡云馆诗抄》四卷
丁彦臣	1829—1873	归安	《从军纪参诗稿》一卷
赵之谦	1829—1884	归安，原籍会稽（今绍兴）	《悲庵居士诗剩》一卷
李宗莲	1829—？	乌程	其诗辑入《怀岷精舍诗文集》八卷和《怀岷精舍近作》中，均佚
李 煊	生卒年不详	归安	《溪上玉楼丛稿》一卷、《南涧行》一卷
张 度	1830—1904	长兴	《蟋蟀窝诗集》十卷
袁秉彝	生卒年不详	归安	《铁虬山房诗抄》

姓 名	生卒年	籍 贯	诗歌创作成就
朱正初	1831—？	安吉	《山居杂咏》佚，存《无题》一首
钱德承	生卒年不详	归安	《慎庵诗集》佚
王毓辰	生卒年不详	长兴	《顾仪堂稿》佚
徐芝淦	1832—1886	德清	《听秋阁诗词》四卷佚
吴 溶	生卒年不详	归安	《秋桐诗抄》佚
俞 刚	生卒年不详	德清	《大雷山房诗稿》两卷、《大雷山房诗续编》一卷内编一卷、《同人集》一卷
姚宗谌	1835—1864	归安	其诗辑入六卷本《景詹阁遗文》中
施补华	1835—1890	乌程	《泽雅堂诗集》六卷、《泽雅堂诗二集》十八卷
沈阆昆	生卒年不详	德清	《来青轩诗抄》十卷，存一卷
戴 望	1837—1873	德清	其《谪麟堂遗集》四卷中有诗两卷，另外补遗一卷
李 庚	1838—？	乌程	《歇浦棹歌》《申江百咏》和《采兰轩诗稿》两卷，均佚。《浔溪诗征》存诗四十九首
朱福清	1838—？	归安	《双清阁袖中诗草》两卷《最乐亭诗草》两卷、《写鸥馆梅花百韵》一卷
严永华（女）	1838—？	浙江桐乡，嫁归安沈秉成	《纽兰室诗抄》三卷、《鲽砚庐诗抄》两卷和与沈氏夫妻唱和集《鲽砚庐联吟集》一卷
施玉麟	生卒年不详	孝丰	《友溪山人集》《题画诗录》，均佚
周昌富	1839—1895	乌程	《怡园剩稿》佚。《浔溪诗征》存诗五首
许德裕	1839—1906	德清	《游梁诗草》一卷、《消寒迨暑录》一卷和《韵堂集》《蚕丝集》等，均佚。存《慈佩轩诗》
傅云龙	1840—1901	德清	《不易介集诗稿》一册和《游巴西诗志》《游古巴诗董》《游秘鲁诗鉴》，均佚。存《籑喜庐诗初集》一卷
蔡燮昌	1840—1907	德清	《玉尘山房诗集》四卷

姓　名	生卒年	籍　贯	诗歌创作成就
沈家本	1840—1913	归安	其《枕碧楼偶存稿》十二卷中有诗六卷，存诗六百余首
蔡蓉升	生卒年不详	归安	《半读斋诗抄》，其《梅花山馆诗文集》十四卷佚
朱光筼	生卒年不详	归安	《上强山馆诗抄》
钮承荣	1842—1892	归安	《困学斋诗录》收录诗作五百多首，另《晚香居诗抄》一卷佚
李光霁	1843—?	乌程	《延桂庐诗存》佚。《浔溪诗征》存诗五首
吴昌硕	1844—1927	孝丰	《缶庐诗》八卷、《别存》三卷和《缶庐集》《十二友诗》
许玉农	1844—1929	湖州	其诗辑入四册《塔影亭集》，已佚
蒋清瑞	生卒年不详	归安	《退结庐诗稿》三卷、《湖州竹枝词》（附《碧浪湖棹歌》）
李端临（女）	1845—1930	乌程	《红余籀室吟草初集》三卷
吴钟奇	1845—1890	乌程	《春星草堂诗》两卷，辑有《湖州诗录三编》十二卷。另《寸耕轩诗抄》五卷佚
汪懋芳（女）	生卒年不详	乌程	《寿花轩诗略》一卷佚。《浔溪诗征》存诗十七首
董庆槐	?—1888	乌程	《种菘山房诗草》两卷佚。《浔溪诗征》存诗十四首
陆骥	生卒年不详	乌程	《啸云馆诗稿》佚。《浔溪诗征》存诗六首
纪奎光	生卒年不详	乌程	《一斑集》佚。《浔溪诗征》存诗六十三首
徐福	生卒年不详	乌程	《豹隐集》及续编均佚。《浔溪诗征》存诗一首
吴汝雯	生卒年不详	乌程	《亦是诗抄》佚。《浔溪诗征》存诗十一首

姓　名	生卒年	籍　贯	诗歌创作成就
陆　驹	生卒年不详	乌程	《虚白斋诗存》佚。《浔溪诗征》存诗一首
董增龄	生卒年不详	乌程	《江海明珠》两卷佚。《浔溪诗征》存诗两首
董辰谟	生卒年不详	乌程	《印雪吟》一卷佚
董恩湛	生卒年不详	乌程	《悔生稿》《秋琴草》一卷、《闽游草》一卷、《黔滇游草》一卷，均佚。《浔溪诗征》存诗一首
董允升	生卒年不详	乌程	《松门遗诗》佚
董时烜	生卒年不详	乌程	《听雨楼诗抄》一卷佚
沈彦模	1848—？	归安	《看山楼草》两卷
俞绣孙（女）	1849—1882	德清	存诗七十五首，收录于《春在堂全书·慧福楼幸草》，《国朝湖州词录》录其词六首
沈　云	1849—1897	乌程	《花月吟稿》佚。《浔溪诗征》存诗三十一首
李世伸	1849—1903后	乌程	《屈翁诗稿》十二卷、《泰西新史杂咏》一卷，《西塞山房诗稿》佚
章乃正	1849—1921	归安	《征途杂咏》一卷佚
崔　适	1852—1924	吴兴	《觯庐诗集》三卷
秦文炳	生卒年不详	乌程	《松石庐诗存》一卷
章乃元	生卒年不详	归安	《杏春楼诗草》三卷佚
蒋锡礽	1853—？	乌程	《吟松馆诗稿》佚。《浔溪诗征》存诗三十四首
周庆贤	1854—1902	乌程	其诗三十九首辑入一卷本《晚松斋遗著》
沈家霦	1854—？	归安	《松桂林草》两卷
徐麟年	1855—1912	乌程	《植八杉斋诗抄》两卷佚。《浔溪诗征》存诗三十六首
章镜清	生卒年不详	归安	《计余吟草》一卷佚

姓　名	生卒年	籍　贯	诗歌创作成就
章乃治	生卒年不详	归安	《慧华仙馆诗集》七卷佚
蒋锡纶	生卒年不详	乌程	《桐花馆诗稿》佚。《浔溪诗征》存诗五十八首
刘安澜	1857—1885	乌程	《葭洲书屋遗稿》一卷
陈　诗	1857—1916	乌程	《颖园遗稿》和《江村吟社诗集》八集佚。《浔溪诗征》存诗十首
朱孝臧	1857—1931	归安	《彊村弃稿》一卷、《彊村乐府》
章维藩	1858—1921	归安	《铁耜诗草》佚，有诗七首辑入《荻溪章氏诗存》
严以盛	1859—1908	乌程	其六卷《梦影庵遗稿》中有诗四卷，另有《随分读书斋遗集》诗稿二册
程　森	1859—1925	德清	《修德堂诗存》两卷佚
吴毓苏（女）	1861—1878	归安	《写韵楼吟草》一卷、《意兰吟剩》一卷
章世恩	1861—1906	归安	《运甓斋诗草》佚
周庆森	1861—1911	乌程	《敝帚集》一卷，收入诗作一百六十七首
邢传经	生卒年不详	乌程	《诵芬庐诗稿》佚。《浔溪诗征》存诗三首
谢　品	生卒年不详	浙江上虞，寓居乌程南浔	《春池草堂诗编》一卷。《浏湄唱和集》佚。《浔溪诗征》存诗七首
徐曼仙（女）	1862—1912	德清	《鬟华室诗抄》和《鬟华室诗选》一卷
刘锦藻	1862—1934	乌程	其《坚匏庵诗文集》两卷中有诗一卷。另有《坚匏庵诗赋文抄》八卷未刊
凌帙女（女）	生卒年不详	乌程	《清湘楼诗选》一卷
邱炳垣	生卒年不详	乌程	《挹翠楼吟草》。《浔溪诗征》存诗十八首
邱　曾	1863—1920	湖州	其诗辑入《小书堆诗文稿》，佚

姓　名	生卒年	籍　贯	诗歌创作成就
俞庆曾 （女）	1865—1897	德清	《绣墨轩诗稿》一卷
吴尔昌	1866—1915	乌程	《虫鸣漫录》一卷佚。《浔溪诗征》存诗五十首
周庆奎	生卒年不详	乌程	《紫垣诗稿》《柴园遗草》，均佚。《浔溪诗征》存诗九首
姚洪淦	1867—1940	归安	《劲秋诗稿》佚
孙志熊	1868—1892	归安	《清芬馆杂纂业诗》《杏花春雨合诗》《孙氏诗录》《孙氏诗续录》《菱湖纪事诗续集》等，均佚
俞陛云	1868—1950	德清	《小竹里馆吟草》八卷
杨振鹏	1870—？	归安	《懒云诗稿》四卷、《外集》两卷，均佚
章林藻	生卒年不详	归安	《荆花吟馆诗稿》两卷佚，与人合辑《荻溪章氏诗存》四册
徐熙珍 （女）	1871—1892	浙江海宁，嫁乌程周紫垣	《华蕊楼遗稿》存诗一百零五首
吴育	1873—1888	孝丰	《半仓闲草》佚
徐咸安 （女）	1873—1910	乌程	《韫玉楼遗稿》一卷
吴勤邦	生卒年不详	乌程	其《秋芸馆全集》十卷收诗六卷
俞玫 （女）	1886—1929	德清	《汉砚唐琴室遗诗》一卷
张宗儒	生卒年不详	吴兴	《复鄩吟稿》四卷，另《复鄩初稿》两卷中收古今体诗一百二十余首
蔡诒来	生卒年不详	德清	《贡云楼稿》一卷
周昱	生卒年不详	长兴	《笠芸诗瓢》十二卷
詹丹林	生卒年不详	湖州	《苕溪詹丹林诗稿》一卷

姓　名	生卒年	籍　贯	诗歌创作成就
沈蕉青	生卒年不详	湖州	《灯清茶嫩草》三卷
沈更生	生卒年不详	湖州	《更生诗存》四卷
许庚藻	生卒年不详	孝丰	《枚卿诗稿》
李祖庚	生卒年不详	长兴	《苹斋剩稿》一卷佚
沈甲芳（女）	生卒年不详	归安	《茜红吟馆诗存》一卷
卜国宾	生卒年不详	归安	其诗辑入八卷《眠绿馆杂集》

（注：上表著录诗人限曾有诗集者，含诗集已佚者，或其诗作产生较大影响者。偶有诗作者未收入）

表1-2：古近代外地诗人在湖州作诗一览

姓　名	生卒年	籍　贯	与湖州关系	在湖州诗歌创作情况
鲍照	414—466	东海（今江苏涟水）	曾游湖州	作有《吴兴黄浦亭庾郎中别》《自砺山东望平湖》《从庾郎中园山石室》等诗数首
柳恽	465—517	河东解（今山西运城）	吴兴太守	《吴兴集》一卷，佚。代表作《江南曲》《赠吴均》
周兴嗣	469—521	陈郡项（今河南沈丘县）	谢朓为吴兴太守时与之谈文史	作有《登杼山览古》诗一首
庾肩吾	487—551	江陵（今湖北武汉）	梁大宝元年（550）受封武康县侯。今莫干山下庾村因其得名	作有咏前溪歌舞诗《咏舞》《咏舞曲应令》
阴铿	约511—约563	武威姑臧（今甘肃武威）	曾任故鄣县令	离任时作诗《罢故鄣县》一首
王湾	693—751	洛阳（今属河南）	曾游长兴和平之青山	作诗《九月登青山》一首

姓 名	生卒年	籍 贯	与湖州关系	在湖州诗歌创作情况
李 白	701—763	陇西成纪（今甘肃秦安）	曾到湖州与湖州司马迦叶畅饮乌程酒十天	赋诗《答湖州迦叶司马问白是何人》一首
吴 筠	?—778	华州华阴（今属陕西）	曾寓居长兴	大历八年（773）春，应湖州刺史颜真卿之邀赴湖州岘山雅集，洼樽联句
耿 湋	生卒年不详	河东（今山西）	大历十一年（776）初秋以图书使身份来湖州访书，与刺史颜真卿游	作有《陪宴湖州公堂》等诗
李 萼	生卒年不详	赵（今河北）	大历八年（773）被颜真卿辟为湖州防御副使	大历九年三月参加颜真卿组织的竹山堂（在今长兴县小浦镇竹山潭）雅集和联句，所联之句被颜氏辑入《竹山堂连句》
顾 况	708—801	浙江海盐，一说长洲（今苏州）	湖州女婿	作有《白苹洲送客》等诗
刘长卿	709—780	河间（今属河北沧州）	曾游湖州	作有《茗溪酬梁耿别后见寄》《留题李明府霅溪水堂》等诗
颜真卿	709—785	京兆万年（今西安）	湖州刺史	著有《吴兴集》十卷，《全唐诗》存其诗一卷十首，其中四首写于湖州，另存以其为首的联句诗二十一首
朱巨川	725—783（一说727—783）	浙江嘉兴	广德年间（763—764）来湖州，与皎然、陆羽等交游联唱	有《暗思》《乐意》《恨意》等联句
秦 素	生卒年不详（活动于唐天宝、建中年间，卒年八十余）	会稽（浙江绍兴）	曾来湖州访皎然	作有《山中奉寄钱起员外兼简苗发员外》《赠乌程杨苹明府》二诗

姓　名	生卒年	籍　贯	与湖州关系	在湖州诗歌创作情况
释灵一	727—762	广陵（今江苏扬州）	曾游德清	作有诗《静林寺》《宿静林寺》两首
袁　高	727—786	沧州（今河北沧县）	曾任浙西观察使判官、湖州刺史	曾与颜真卿、陆羽、皎然等唱和于杼山，作有《茶山诗》
皇甫曾	生卒年不详（约758年进士）	润州丹阳（今属江苏）	大历九年（774）春以殿中侍御史身份游湖州	与刺史颜真卿等合作有《三言喜皇甫曾侍御见过南楼玩月联句》《七言重联句》等。另作有《乌程水楼留别》《送陆鸿渐山人采茶》诗两首
陆　羽	733—804	复州竟陵（今湖北天门）	长居湖州	在湖州参与联句活动十五次，有《三言喜皇甫曾侍御见过南楼玩月联句》《又溪馆听蝉联句》《水堂送诸文士戏赠潘丞联句》《与耿湋水亭咏风联句》《联句多暇赠陆三山人》《醉意联句》《恨意联句》《七言重联句》《秋日卢郎中使君幼平泛舟联句》《重联句》《登岘山观李左相石樽联句》等。代表作为《四悲诗》和《天之未明赋》。曾有《陆羽崔国辅诗集》，陆羽、颜真卿、张志和等人的合集《渔父词集》和陆羽后期的《洪州玉芝观诗集》等诗集三部，均佚。《全唐诗》存其诗三首（句）
崔　峒	生卒年不详（生活于唐大历前后）	博陵（今河北安平、深州等地）	曾游武康	作有诗《武康郭外望许伟先生山居》
刘　商	生卒年不详（大历间进士）	彭城（今江苏徐州）	曾游德清	作有《合溪水涨寄歇山人》《题废禅居寺》诗两首
羊士谔	约762—819	泰山（今山东泰安）	曾游德清	作有《泛舟入后溪》等诗两首

姓　名	生卒年	籍　贯	与湖州关系	在湖州诗歌创作情况
张　籍	766—830	苏州	居湖州	作有《雪溪西亭晚望》《沈千运旧居》《舟行寄李湖州》等诗
刘禹锡	771—842	洛阳	少时随皎然学诗。后游湖州、长兴	作有《酬湖州崔琅中间寄》《奉酬湖州崔琅中间寄五韵》《湖州崔琅中融书之团扇为四韵以谢之》等诗
白居易	772—846	河南新郑	曾游湖州	作有《夜闻贾常州崔湖州茶山境会亭欢宴诗》《得湖州崔十八使君书喜与杭越邻郡因长句代贺兼寄微之》《寄题上强山精严寺》《忆精严寺》《早饮湖州酒寄崔使君》《六饮湖州酒寄崔使君》《宿灵岩寺》《夜泛陌坞入明月湾即事寄崔湖州》《崔湖州赠红石琴荐涣如锦文无以答之以诗酬谢》等诗
鲍　溶	生卒年不详		曾游湖州	作有《宿吴兴道中苔村》《将归旧山留别孟郊》等诗
殷尧藩	780—855	浙江嘉兴	与吴兴沈亚之交好	作有《送沈亚之尉南康》
杨汉公	生卒年不详	虢州弘农（今河南灵宝）	湖州刺史	《全唐诗》所录《登郡中消暑楼寄东川汝士》《明月楼》两首均作于湖州
李　贺	790—816	福昌（今河南宜阳）		作有《江南曲·追和柳恽》《送沈亚之歌并序》等诗
许　浑	约791—约858	丹阳（今属江苏）		作有《湖州韦长史山居即皎然旧居》等两首
卢　仝	约795—835	范阳（今河北涿县）	曾隐居长兴西北罗岕（在今白岘）洞山，游德清	作有《忆金鹅山沈山人》《赠金鹅山沈师鲁》诗两首

姓　名	生卒年	籍　贯	与湖州关系	在湖州诗歌创作情况
杜　牧	803—853	京兆万年 （今陕西西安）	湖州刺史	在湖州创作《题茶山》《怅诗》等诗十七首
朱庆余	生卒年不详	越州 （今浙江绍兴）	曾游湖州	作有《吴兴新堤》《题开元寺》《湖州韩使君置宴》《送石协律归吴兴别业》等诗
李　郢	生卒年不详	长安 （今西安）	湖州刺史	作有《和湖州杜员外冬至日白苹洲见忆》《上元日寄湖杭二从事》《茶山贡焙歌》诗三首
陆龟蒙	约830— 约881	姑苏 （今苏州）	曾在湖州为官，并置园顾渚山下	在湖州作有《渔具诗》十五首和《纪事》《自遣诗三十首》，以及二十首写太湖美景的古体诗等，《全唐诗》存其与皮日休在顾渚山所作二十首紫笋茶唱和诗
张文规	生卒年不详	河东 （今山西）	湖州刺史	《全唐诗》存其写湖州诗《吴兴三绝》《湖州贡焙新茶》
薛　逢	806—约876	蒲州河东 （今山西永济）	曾游湖州	作有诗《送庆上人归湖州因寄道儒座主》
温庭筠	约812— 约870	太原	曾游湖州。其妹嫁湖州	作有《江南曲》一首
陈　陶	约812—885	鄱阳 （今江西波阳）		作有《吴兴秋思》诗两首
李　频	818—876	睦州寿昌 （今浙江建德）		作有《送德清喻明府》诗一首
罗　隐	833—909	余杭	曾寓居湖州多年	写湖州的诗有《乌程》《雪溪晚泊寄裴庶子》《上雪川裴郎中》《裴郎中赴阙后投简寄友生》《送雪川郑员外》等
曹　唐	生卒年不详 （与罗隐 同时代人）	桂州 （今桂林）		有吟德清诗《咏环翠堂》一首

姓　名	生卒年	籍　贯	与湖州关系	在湖州诗歌创作情况
皮日休	约834—约883	湖北襄阳	曾游湖州	作有《茶中十咏》《西塞山泊渔家》等
韦庄	836—910	京兆杜陵（今属西安）	中和三年（883）后游历浙西三年	作有《酬吴秀才雪川相送》《含山店梦觉作》两首
吴融	生卒年不详	越州山阴（今浙江绍兴）		作有《湖州溪楼书献郑员外》《湖州朝阳楼》《湖州晚望》等诗
胡曾	约840—？	长沙	曾游德清	作有《涂山》诗一首
施肩吾	生卒年不详	睦州（今浙江建德）	后居湖州施渚镇（今埭溪）	有诗集《西山集》十卷、《闲居遗兴诗》一百韵，《全唐诗》存其诗一卷一百九十三首（句）
郑谷	约851—约910	江西宜春		作有《寄献湖州从叔员外》
徐铉	916—991	扬州广陵（今江苏扬州）		作有《和门下殷侍郎新茶二十韵》一首
曾致尧	947—1012	抚州南丰（今属江西）	任两浙转运使时曾上疏为湖州及时缴纳秋租请赏	在湖州作有诗《东林寺》一首
寇准	962—1023	华州下邽（今属陕西渭南）	曾游湖州和安吉	作有《游白苹洲》诗一首，游安吉雾山寺时也赋诗一首
陈尧佐	963—1044	阆州阆中（今属四川）	曾任两浙转运副使	作有《湖州碧澜堂》《题八胜寺》两首
梅询	964—1041	宣州宣城（今属安徽）	曾游湖州	作诗《吴兴道中》一首
梅尧臣	1002—1062	宣州宣城（今安徽宣城）	曾在湖州任两年税监	与知州胡宿多唱和，作有《湖州寒食陪太守南园宴》《冬日陪胡武平游西余精舍》《和潘叔治早春游何山》《雪上感怀》《送胥平叔太傅通判湖州》《牡丹》等诗

姓　名	生卒年	籍　贯	与湖州关系	在湖州诗歌创作情况
苏舜钦	1008—1048	梓州铜山（今四川中江）	曾任湖州长史	作有《雪上》《游雪上何山诗》等诗
曾巩	1019—1083	江西南丰	曾游湖州	作有《墨妙亭》七律一首
徐仲谋	生卒年不详	苏州	曾知湖州	作有诗《白蘋洲》一首
杨杰	约1021—约1090	无为（今属安徽）	曾游湖州	作有《吴兴明月楼》诗一首
俞紫芝	？—1086	金华（今属浙江）	曾游湖州	作有《吴兴》诗一首
孙觉	1028—1090	高邮	曾知湖州	所辑《吴兴诗集》收入诗两百首，"是最早的湖州诗集"
刘季孙	1033—1092	祥符（今河南开封）	元祐三年（1088）六月十一日和苏轼等同游德清慈相寺、半月泉	作有《题越山寺》诗一首
林希	1035—1101	福州	曾知湖州	作有《吴兴》诗一首
苏轼	1036—1101	眉州眉山（今四川乐山）	曾知湖州。知湖州前后三次来湖州	在湖州作诗《吴中田妇叹》《赠孙莘老七绝》《将之湖州戏赠莘老》《游道场山何山》《半月泉》等三十一首
释道潜	1043—1102	於潜（今浙江临安）	苏轼知湖州时，曾与秦观游湖州	作有《苕溪道场山》《夏夜智果怀武康令毛泽民》诗两首
黄庭坚	1045—1105	江西分宁（今江西修水）	曾游湖州和德清觉海寺	作有《题觉海寺》《再和寄子瞻闻得湖州》等诗
秦观	1049—1100	扬州高邮（今属江苏）	曾三次游湖州	作有《泊吴兴观音院》《和孙莘老游黄龙洞》《雪上感怀》等
米芾	1051—1107	吴（今苏州），迁襄阳，后居润州（今江苏镇江）	元祐三年（1088）应湖州知州林希之邀来湖州，居数月	作有《苕溪诗帖》

姓　名	生卒年	籍　贯	与湖州关系	在湖州诗歌创作情况
晁补之	1053—1110	济州钜野（今山东巨野）	曾游湖州	作有《苕溪行和於潜令毛国华》
张　耒	1054—1114	楚州淮阴（今江苏淮阴）	曾游湖州	作有《苕溪道至泗安镇》
毛　滂	1055—1120	衢州江山（今属浙江）	曾任武康令	作有《题余英馆》《下渚湖》《和贾耘老》《解武康悬印至垂虹亭作》等诗七十余首。其诗文集《东堂集》以武康东堂冠名，有诗四卷
陈　瓘	1060—1124	南剑州沙县（今属福建）	曾任湖州掌书记	作诗《秀聚亭》一首
李　光	1074—1158	越州上虞（今属浙江绍兴）	曾知湖州	在湖州作有诗《赴金陵舟过雪川偶作》等两首
汪　藻	1079—1154	饶州德兴（今属江西）	曾知湖州	作诗《长兴陈朝桧》一首
孙　觌	1081—1169	晋陵（今江苏武进）	隐居湖州	其《鸿庆居士集》收有《望道场山塔》等诗
周紫芝	1082—1155	宣城（今安徽宣州）	曾游湖州	作诗《苕溪舟中》一首
曾　几	1085—1166	河南洛阳	曾寓居湖州	作有《寓居吴兴》诗一首
陈与义	1090—1139	河南洛阳	知湖州，葬湖州上强山	江西诗派代表诗人，著有《简斋集》十六卷
王　炎	？—1178	河南安阳	曾在湖州为官	在湖州作有五古《劝农道场山》
王十朋	1112—1171	浙江乐清	知湖州	在湖州作有《游何山》《六客堂诗》《劳农岘山乘兴游何山诗》《过东林诗》等诗
韩元吉	1118—1187	雍邱杞县（今属河南开封）	寓居德清慈相寺	作有《题宝觉寺》诗一首

姓　名	生卒年	籍　贯	与湖州关系	在湖州诗歌创作情况
陆　游	1125—1210	山阴（今浙江绍兴）	十八岁时来湖州向浙西提刑官曾几学诗	游长兴时作《长兴蟠室》诗一首
范成大	1126—1193	吴郡（今江苏吴县）	曾游湖州	作有《过小玲珑诗》《元夕泊舟霅川》《濯缨亭》诗三首
杨万里	1127—1206	吉水（今属江西）	曾知湖州	作有《舟过德清》《过霅川大溪》《宿新市徐公店》《宿新市》等诗多首
葛长庚	1131—？	福建闽清	曾游湖州弁山佑圣观	作有诗《卞山》一首
袁说友	1140—1204	建安（今福建建瓯）	曾流寓湖州	在湖州作有《俞氏园》《甘棠桥》《用左康叔知府韵题龟溪左顾亭》《用洪叔晒题左顾亭韵》《题颜鲁公怀忠堂》等诗
程九万	生卒年不详	九华山（今属安徽）	曾任武康知县	作有《次韵毛滂铜官山》《重建东堂》《松桂亭》《烟霞坞》两首和《证道寺》《石颐寺》《翠峰寺和毛东堂韵》等诗
姜　夔	1154—1221	饶州鄱阳（今江西波阳）	寓居湖州	《白石道人诗集》两卷
钱　时	1175—1244	淳安（今属浙江）	曾游武康	作有诗《武康证道寺前溪上观鱼》一首
岳　珂	1183—1234	汤阴（今属河南）	曾游德清、长兴	作有诗《碧云亭晚眺两首》《梦尚留三桥旅邸》和《暑憩啄木岭》等
姚　镛	1191—？	剡溪（今浙江嵊州）	曾游湖州	作有诗《寓霅川》一首
汪梦斗	生卒年不详（约1262年明经）	绩溪（今属安徽）	曾游德清新市	作诗《南园歌》一首

姓　名	生卒年	籍　贯	与湖州关系	在湖州诗歌创作情况
张敏叔	生卒年不详（元祐前后在世，卒年七十余岁）	常州（今属江苏）	曾游德清	作《半月泉》《游觉海寺》诗两首
文天祥	1236—1283	吉州吉水（今江西吉安）	德祐元年（1275）奉命由平江（今苏州）驰援安吉独松关	途中作《赴阙》诗一首
伯　颜	1236—1295	蒙古八邻部（长于西域）	曾率军在湖州征战	在德清作诗《过乌山铺》一首
孙　嵩	1238—1292	休宁（今属安徽）	曾访德清孟郊故里	作诗《过东野故居》一首
汪元量	1241—1317后	钱塘（今杭州）	与宋恭帝等被俘北去时过湖州	作《湖州歌》九十八首
黄　玠	生卒年不详	浙江慈溪	寓居湖州弁山四十余年	《弁山小隐吟录》两卷
戴表元	1244—1310	浙江奉化	多次来湖州	《湖州》诗影响甚广，另有《东离湖州泊南浔》等诗
仇　远	1247—1326	钱塘	曾来湖州	作有《何山》《寄武康王居正》诗两首
高克恭	1248—1310	大都（今北京）	曾游德清	作诗《题管夫人竹窝图》一首
马　臻	1254—?	钱塘（今杭州）	曾游德清	作诗《寄潊川杨如山》《德清夜泊》两首
邓文原	1258—1328	绵州（今四川绵阳）	曾任江南浙西道肃政廉访司事，纠正吴兴一杀人冤案	作诗《道场山》一首
袁　桷	1267—1327	庆元鄞县（今属宁波）	曾到湖州拜访赵孟頫	作诗《葛仙翁移居图》一首
黄石翁	生卒年不详	南康（今江西）	曾登游德清计筹山	作诗《暮春计筹山中寄句曲上人》一首

姓 名	生卒年	籍 贯	与湖州关系	在湖州诗歌创作情况
石屋清珙	1272—1352	江苏常熟	主妙西霞雾山天湖庵	一百九十余首诗被其门人至柔收入两卷本《福源石屋珙禅师语录》
张 雨	1275—1349 后	钱塘（今杭州）	师从赵孟頫。曾游德清	作有《次韵倪元镇赠小山张掾史》《过吴兴谒赵承旨》《吴兴墨兰》《魏国赵夫人管君挽诗》《凤凰山怀古》《怀茅山》《揭学士过武康山中十日薛外史江东未到孤坐予因戏笔破闷》《蓟子训》等诗
杜 本	1276—1350	清江（今属江西）		作诗《赠冯应科》一首
张 翥	1287—1368	晋宁（今属云南）	曾游湖州	作诗《忆吴兴》《游凤凰山》《宿升元观》三首
郑元佑	1292—1364	遂昌（今属浙江）	曾游德清	作有《天池》《宿通玄观分韵》诗两首
朱德润	1294—1365	睢阳（今河南商丘，后居苏州）	曾摄长兴县令，游德清	作诗《暮登德清谯楼》一首
李孝光	1296—1348	温州乐清	曾游德清	作诗《登鸡笼山》一首
杨维桢	1296—1370	会稽	曾游湖州	作有《登道场山》《戴山望太湖》《访三鸦冈》《陈朝桧》《山水歌》《夫概城》《晚眺白鹤山》《漫兴》《弁山》《送德清主簿吴浩然》等诗
贡师泰	1298—1362	安徽宣城	曾游德清	作诗《铜官山》一首
倪 瓒	1301—1374	无锡	曾游湖州和德清	作《余不溪咏》诗两首《杜真人听松轩》诗一首
太古普愚	1301—1382	高丽洪州（今韩国）	曾到湖州霞雾山谒石屋清珙禅师	所作诗辑入《石屋清珙禅师语录·普愚太古禅师语录》
钱惟善	？—1369	钱塘（今杭州）	曾游德清	作诗《次陈君瑞游凤凰山龙光寺》一首

姓　名	生卒年	籍　贯	与湖州关系	在湖州诗歌创作情况
金　涓	1306—1382	浙江义乌	曾游德清	作诗《德清晚归》一首
顾德辉	1310—1369	江苏昆山	曾隐居归安，游莫干山	作有《游天池》诗一首
刘　基	1311—1375	处州青田（今属浙江）	曾客湖州	作有《溪上谈诗》《花溪田舍》《送岳计坚入计筹山》《岘山晚眺》《送人赴德清税》《前溪曲》《次韵和石末元帅见赠》等诗
陈　高	1314—1366	温州平阳	曾游德清	作有《客南塘》诗两首
陈　基	1314—1370	临海（今属浙江）	曾游德清	作有《题管夫人竹》《塘西》诗两首
郭　钰	1316—约1378	吉水（今属江西）	曾游德清	作有《赋清溪》诗一首
释来复	1319—1391	江西丰城	曾游德清	作有诗《铜官山玉泉子歌》《白石洞天》两首
虞　堪	?—?	长洲（今江苏吴县）	曾游湖州	作有诗《赠湖州二沈笔生并柬潘隐君》《浔南书事》两首。
张　羽	1333—1385	浔阳（今江西九江）	卜居湖州戴山	其诗集《静居集》四卷中有不少吟咏湖州山水名胜的诗作，如《游戴山》《约徐幼文同隐吴兴》《下菰城》《西塞渔晚》《游碧浪湖》《游白苹洲》《秋日苕溪道中》等
孙　蕡	1334—1393	广东南海	曾游湖州	所作《湖州乐》被广为传诵
徐　贲	1335—1393	南直隶毗陵（今江苏常州）	卜居湖州戴山	作有《戴山》《泛碧浪湖》等诗
高　启	1336—1374	长洲（今苏州）	曾游湖州	作有《送乌程冯明府》《泊德清县前望金鳌玉尘二峰》两首
夏原吉	1366—1430	江西德兴，后居湖南湘阴	曾主持治理浙西水患	作有《过武康》诗一首

姓　名	生卒年	籍　贯	与湖州关系	在湖州诗歌创作情况
王　淮	生卒年不详	慈溪（今属浙江）	曾游湖州	作有诗《东林感怀》《游慈相歌》两首
沈　周	1427—1509	长洲（今苏州）	曾游湖州	作有《泛霅画溪》诗一首
史　鉴	1434—1496	吴江（今属苏州）	曾游湖州	作诗《登吴兴慈感寺阁》一首
文徵明	1470—1559	长洲（今苏州）	曾游湖州	作有《秋夜碧浪湖泛舟诗》《过横山》《夜泊南浔》《东林眺远亭》等诗
王阳明	1472—1529	浙江余姚	曾游湖州	作有《游天池庵》《又宿天池月下闻雷》等诗
邵　锐	1480—1534	仁和（今杭州）	曾游德清	作有诗《正德九年秋月偕学隐俞先生过大善寺投赠天雨自然二上人》一首
郑善夫	1485—1523	闽县（今福州）	曾游湖州	作有诗《和孙一元宿归云庵》一首
邹守益	1491—1562	江西安福	曾讲学武康	作《武康定性书舍勉诸生》等诗两首
释玉芝	1492—1563	嘉禾（今浙江嘉兴）	曾为莫干山天池寺方丈	作有《同友人登天池》诗一首
袁　帙	1502—1547	江苏吴县	曾贬谪湖州千户所	《霅溪诗征》存其诗二十一首
吴承恩	约1504—1582	山阳（今江苏淮安）	曾任长兴县丞	在长兴任上作有七律《长兴作》、六言绝句《长兴六首》和《春晓邑斋作》等诗。
李攀龙	1514—1570	山东历城（今济南）	曾游湖州	作有《晓发画溪诗》一首
梁辰鱼	约1519—约1591	昆山（今属江苏）	曾游湖州	作诗《登西塞山访张志和遗迹》一首
邵圭洁	生卒年不详（1525年举人）	常熟（今属江苏）	任德清教谕	作有诗《半月泉》一首

姓　名	生卒年	籍　贯	与湖州关系	在湖州诗歌创作情况
余　津	生卒年不详	浙江余姚	曾居南浔	所作《浔溪渔唱》脍炙人口
徐　渭	1521—1593	山阴（今浙江绍兴）	曾到双林镇相亲严氏	作有《元夕寄金武康闻野》诗一首
周世选	1531—1606	河北故城	曾游莫干山	作诗《剑池濯足》一首
王穉登	1535—1612	江苏武进	多次游历湖州	作有《湖州三对雪》《小至日书唐相李公垂法华寺碑》等诗
释袾宏	1535—1615	仁和（今杭州）	曾住南浔废寺三年	《浔溪诗征》辑其诗六十五首
彭大翱	生卒年不详（1570年举人）	南直隶海门（今属江苏南通）	曾任武康县令	作有《同诸僚同集高峰山中》诗一首
焦竑	1541—1620	江宁（今属南京）	曾寓居湖州	《毗山园杂咏》
董其昌	1555—1636	松江华亭（今上海）	多次到湖州	作有《题升山图》《双节诗（为进士刘在明祖母之作）》等诗
谢肇淛	1567—1624	福建长乐	曾任湖州府推官	作有诗《过挂瓢堂吊孙太初》《海天阁》《登五峰山》《登吴羌山与连使君唱和》四首和《吴兴竹枝词》数首
周　纶	1573—1620	京口（今江苏镇江）		作有《吴兴太守行为园次赋》
熊明遇	1579—1649	江西进贤	曾任长兴知县七年	作有《长兴僧送岕茶诗并序》
游士任	生卒年不详（1610年进士）	湖北江夏（今武昌）	曾任长兴知县	作有《水游渚记》诗一首
周宗建	1582—1626	江苏吴江	曾任武康、德清知县	作有诗《访性锐禅师》一首
张道岸	生卒年不详	江苏吴江	曾寓居南浔	《浔溪诗征》辑其诗十八首

姓　名	生卒年	籍　贯	与湖州关系	在湖州诗歌创作情况
杨　宛（女）	1598—？	金陵（今南京）	十六岁归归安茅元仪为姜	《钟山献》六卷
陈子龙	1608—1647	松江	曾在湖州抗清	作有《吴兴》诗四首和《清溪夜游》一首
吴伟业	1609—1671	江苏太仓	因是湖州知府吴绮宗兄，多次来湖参加文人雅集	作有《简武康姜明府》《立夏日陪吴园次郡伯过孙山人太白亭落成置酒分韵得人字》等诗三首
吴康侯	生卒年不详（1639年举人）	嘉定（今属上海）	曾任武康知县	作有《游狮山》《宿天池寺晓登莫干山看月》《天泉寺》《春日游云岫山房》《秋日计筹山怀古》《丙午早春宿云岫山房》《乌回山寺》《定空寺》《武康三咏》《偃月潭坐雨竹林两首》《再游竹隐寺清明前一日》等诗
朱奕曾	生卒年不详	钱塘（今杭州）	曾游湖州	作有《蚕妇谣》
施闰章	1613—1683	安徽宣城	康熙七年（1668）游湖州	作有《游道场山归云庵》《吴湖州园次留宴爱山台同阮怀》《同吴湖州饮孙太初墓侧》等诗四首
宋琬	1614—1673	山东莱阳	康熙七年（1668）秋冬来湖州访知府、诗人吴绮	作有《吴园次招同白仲调邓孝威王惟夏孙坦夫介夫泛舟夹山漾分韵》等诗
王日高	？—1678	山东茌平	曾游湖州	作有《客湖州招集莲花庄有作》诗一首
余　怀	1616—1696	福建莆田	曾游湖州	作诗《苕溪四时歌》《由画溪经三箬入合溪》《吴羌山》三首。另为爱山台题联："四水烟波环郡郭，一城花月拥神仙。"

姓　名	生卒年	籍　贯	与湖州关系	在湖州诗歌创作情况
吴　绮	1619—1694	江都（今属江苏扬州）	曾任湖州知府	在湖州所作《游道场山》等诗十五首收入其十卷诗集《亭皋集》中
沈　谦	1620—1670	仁和（今杭州）	曾游德清	作有《勾垒城》诗一首
毛奇龄	1623—1713	浙江萧山	曾游湖州	作有诗《过菱湖晚眺》《题武康韩侯德政录》两首
徐士俊	生卒年不详	仁和（今杭州）	曾游武康	作有《咏大慈寺神钟》诗一首
汪　琬	1624—1691	长洲（今苏州）		吴绮知湖州时，作《送园次守吴兴（两首）》相赠
计　东	1625—1680后	江苏吴江	多次到南浔	长期与董说交游唱和，所作诗辑入六卷《甫里集》和六卷《改亭诗集》
侯元棐	1627—1678	河南杞县	曾任德清知县	作有《月泉歌》《谒圣日勉游泮诸子》《邑被虫害奉宪踏荒诗以闵之》《赠修志诸君》《清明日登乾元山绝顶》等诗
王　昊	1627—1679	江苏太仓	康熙七年（1668）秋冬游湖州。	作有《孟冬二日泛舟夹山漾》《爱山台宴会》《游道场山》等纪游诗多首
叶舒崇	?—1679	江苏吴江	康熙七年（1668）秋冬游湖州	作有诗《冬日宋荔裳先生招游道场山分赋》
叶　燮	1627—1703	浙江嘉兴	曾游湖州	作有《客发苕溪》诗一首
江　闿	生卒年不详	贵阳	其岳父吴绮知湖州时曾游湖州	作诗《上巳爱山台分韵》等两首
吕留良	1629—1683	浙江嘉兴	少年时代曾在湖州参加抗清义师，后数游德清	作有《三游蠡山》《立夏日卧病方虎斋中》《过湖州有感》等诗

姓 名	生卒年	籍 贯	与湖州关系	在湖州诗歌创作情况
朱彝尊	1629—1709	秀水（今浙江嘉兴）	曾游湖州	作有《由碧浪湖泛舟至仁王寺饭句公房》《岘山》《题蔡方麓修撰早朝图》等诗四首
徐乾学	1631—1694	江苏昆山	康熙七年（1668）游湖州	作有《禊日爱山台分韵》诗一首
方象瑛	1631—？	浙江遂安	曾游武康	作诗《龙洞背》一首
王士祜	1632—1681	山东新城	康熙七年（1668）秋冬游湖州	作有诗《冬仲宋荔裳招游道场山即席分赋》
王士祯	1634—1711	山东新城	曾游湖州	作有诗《怀东亭湖州诗》《送洪昉思由大梁之武康》《答洪昉升送湖州茶笋诗》《闻张公绥谈武康山水诗》《送韩武康逢庥》五首
吴之振	1640—1717	浙江石门（今桐乡）	曾游德清新市镇	作诗《过仙潭题祝兼山斋壁》一首
洪 昇	1645—1704	钱塘（今杭州）	康熙十六年（1677）冬至次年初秋曾到武康小住，后溺亡于湖州	作有《武康有感》《游乌回山寺》《前溪》《舞阳侯》《竹隐寺坐雨呈禅师》《封公洞》《下渚湖》《湖上山》《烟霞坞》《赠武康令》《送胡胐明先生南归》等诗
查慎行	1650—1727	浙江海宁	曾游湖州、武康、德清	作有《游道场山》《雨中放舟夹山漾》《寄祝胡东樵八十寿清溪大司寇属赋》《早春谒座主清溪徐公席上赋呈》《座主清溪徐公招同杨玉符编修谈未庵文选泛舟碧浪湖》《塘栖舟中喜晴得六言律》《送同年唐益功出宰德清十八韵》《题蔡方麓修撰早朝图两首》等诗
沈德潜	1673—1769	长洲（今苏州）	自称祖籍吴兴竹墩，多次游湖州	曾为沈树本《碧湖图》题诗一首

姓　名	生卒年	籍　贯	与湖州关系	在湖州诗歌创作情况
金　农	1687—1764	仁和（今杭州）	多次游历湖州	曾仿赵孟頫《采菱图》亦作《采菱图》，并题诗一首，另作有《岁暮复寓吴兴姚大莲花庄》诗一首
厉　鹗	1692—1752	钱塘（今杭州）	常游湖州	作有《游慈相寺半月泉》《新市道中》《吴兴归舟作》《菱湖小咏》等诗
郑板桥	1693—1765	江苏兴化	曾游湖州	作有《赠济宁乌程知县孙扩图》诗两首
杭世骏	1696—1773	仁和（今杭州）	曾讲学安定书院	作有诗《碧湖》两首和《访大善寺让山和尚》一首
庄纶渭	1713—1774	江苏武进	曾任武康知县，也曾游湖州	作有《纪吴兴蚕事》等诗
周　煌	1714—1785	四川涪州（今重庆涪陵）	任浙江学政时曾来湖州	作有《吴兴蚕词》
袁　枚	1716—1798	钱塘（今杭州）	曾游湖州	作有《雨过湖州》《赠沈南苹铨》诗两首
曹仁虎	1731—1787	嘉定（今属上海）	曾游南浔	作有《南浔竹枝词》
李调元	1734—1803	四川绵州（今绵阳）	曾游德清新市	作有诗《再题新市镇店壁》
王　槐	1736—1795	钱塘	曾游湖州	作有《养蚕行》
吴锡麒	1746—1818	钱塘（今杭州）	曾主讲湖州安定、爱山书院	作有《荒庄感旧图歌》《南浔舟中》诗两首
阮　元	1764—1849	江苏仪征	曾出仕湖州	作有《吴兴杂诗》《秋桑》等诗
李宗昉	1779—1846	江苏山阳	曾游湖州	作有《蚕事二十咏》
潘尔夒	生卒年不详	江苏吴江	曾寓居南浔	著有《涉江草》，《浔溪诗征》辑其诗三首

姓 名	生卒年	籍 贯	与湖州关系	在湖州诗歌创作情况
张 澹	生卒年不详	江苏吴江	道光十年（1830）寓居南浔总管堂西留云阁	著有《风雨茅堂稿》,《浔溪诗征》辑其诗十五首
张树培	生卒年不详	浙江海宁	南浔董氏家族奴仆	《偶成集》四卷佚。《浔溪诗征》存诗一首
金锡桂	1785—1834	江苏吴江	授徒南浔十余年	《浔溪诗征》辑其诗二十六首
王 珊	生卒年不详	浙江海宁	南浔董氏家族奴仆	《三秀诗抄》两卷佚
王 玖	生卒年不详	浙江海宁	南浔董氏家族奴仆	《九畹诗抄》一卷佚
汪鸣銮	1839—1907	钱塘（今杭州）	曾游德清、武康	作有《题陆真人祠》《果山怀古》《游明因寺》等诗
陈夔龙	1857—1948	贵州贵阳	曾有莫干山	作有《辛未重九莫干山登高得诗四首》
潘飞声	1858—1934	广东番禺	曾游莫干山	作有《寄梦坡时携眷寓莫干山》和《闻梦坡养疴莫干山拟住瀑边寄怀》（两首）等诗
黄宾虹	1865—1955	原籍安徽歙县，出生于浙江金华	曾游湖州	作有《茗雪写景题画诗》一首
陈去病	1874—1933	江苏吴江	曾游湖州	作有《泛舟碧浪湖因游道场山等绝顶骋望》诗一首

二、词

《渔父词》

又称《渔歌子》。唐张志和作。共五首。作于唐大历九年（774）后，辑入《乐府诗集》《全唐诗》《全唐五代词》等多种诗词集。其中"西塞山前白鹭飞，桃花流水鳜鱼肥。青箬笠，绿蓑衣，斜风细雨不须归"一首最为脍炙人口，后传入日本，嵯峨天皇及贵族们纷纷仿作，并入编日本小学课本。《中国大百科全书·中国文学》称这五首词"写江南景色，渔父生活，写景如画，形象鲜明，有隐者情怀，富有生活情趣，意蕴不尽。为早期文人词名作"。颜真卿、陆羽、徐士衡、李成矩、柳宗元等均有唱和，惜都不传。据近人曹元忠《抄本〈金奁集〉跋》，抄本中的《渔父十五首》"当是同时诸贤唱和或南卓、柳宗元所赋者"。朱孝臧跋补注也肯定"当如曹说"（见朱校《金奁集》附录）。

《安陆集》

又名《张子野词》。北宋乌程张先撰。词作多写男女之情。谈钥《吴兴志》称其词"诗格清丽，尤长于乐府"，而朱彝尊则称其"词才不足而情有余"。其小令婉转缠绵，工于刻画，尤善于写"影"，如"云破月来花弄影"等词句，令人赞叹，人称"张三影"。咏湖州词不少，其中《木兰花·乙卯吴兴寒食》为多种词集辑录。有些小令末尾多警言俊语，如［一丛花令］"不如桃李，犹解嫁东风"，［天仙子］"风不定，人初静，明日落红应满径"等。其慢词长调在宋词中较早出现，对词体发展有一定影响。今存《张子野词》两卷，收词一百八十四首，有《彊村丛书》本《张子野词》两卷、补遗两卷、校记一卷；《湖州词征》本《张先词》两卷；清鲍氏知不斋抄本《安陆集词》四卷（存卷二至卷四，藏上海图书馆）；清光绪八年淮南书局刻本《安陆集》一卷（上海图书馆、日本京都大学有藏）等。1996年浙江古籍出版社出版吴熊和、沈松勤校注的《张先集编年校注》，删除误收，存词一百七十九首，为目前最精审完善版本。

《东堂词》

北宋毛滂著。一卷。毛滂（1061—1124）虽为三衢（今浙江江山）人，但此词集著于其武康令任上，并以武康县衙内的东堂命名。毛滂在武康任上作词五十余首。其中《减字木兰花·吊贾耘老》《临江仙·都城元夕》《浣溪沙·泛舟还余英溪馆》《又·寒食初晴芝堂对酒》《行船·余英溪》等，情韵俱佳，受时人嘉许，选入朱彝尊《词综》。该词集有毛晋《宋六十名家词》刻本和《彊村丛书》刻本。又《东堂集》十卷入《永乐大典》和《四库全书》。

《丹阳集》

两宋间葛胜仲著。一卷。葛胜仲虽为丹阳人，但南宋后知湖州，并定居湖州。葛氏与叶梦得酬唱颇多，如《定风波·与叶绍蕴陈经仲彦文燕骆驼桥少蕴次韵两首》等，而品格亦复相埒。写湖州生活的还有《西江月·次韵林茂南博士杞泛溪》《南乡子·九日用玉局翁韵作呈座上诸公》《江城子·呈刘无言煮》等。有毛晋刻本和清乾隆四十一年（1776）抄本四册，每页十行，每行二十字。后入《永乐大典》。

《竹斋词》

南宋归安沈瀛著。一卷。该词集存词八十首。其词有表达爱国豪情的，如《满江红·九日登凌歊台》；有感叹人生短暂的，如《念奴娇·郊原浩荡》；有写晚年归隐生活的，如《满江红·半世飘蓬》等。有明吴讷《唐宋名贤百家词》本、清吴昌绶《南词十三种》本和朱孝臧《彊村丛书》《湖州词征》本。杨万里《答子寿书》称"子寿（沈瀛字）诗文大篇若春江之壮风涛，短章若秋水之落芙蕖"。叶适评论云："吴兴沈子寿平生业嗜文字，若性命在身，非外物也。甲乙自著，累千百首。其不为奇险，而瑰富精切，自然新美。使读之如设芳醴珍肴，足饮餍食，而无醉饱之失也。"《中国大百科全书·中国文学》称"其长调写景，规摹柳永，小令则杂采民间俗语、佛道禅语玄谈、格言入词"，如《醉落魄》："来时便有归时刻，归时便是来时节。世间万事曾经历，只看如今，无不散筵席。"末句源自宋人谚语，常为明清说部所用。集中《减字木兰花》多达四十八首，韵脚全同。

《克斋词》

南宋湖州沈端节著。一卷。录词四十三首。其词多无题，考《花间》诸集，往往调即是题。宋人词集似此者颇少，疑原本必属调题齐全，应是辗转传抄，时遭删削，今无可考补，姑仍沿其旧。作品多写男女相思、离愁别恨，亦长于咏物写景，词风婉约。如《女冠子》则咏女道士，《河渎神》则为送迎神曲，《虞美人》则咏虞姬之美。集中如《念奴娇》两首之称太守，《青玉案》第一首之称使君，第三首之称贤侯，均不知所赠何人。《念奴娇·寻幽览胜》为其代表作，写凭栏远眺的景象和自己的飘零生活，流露出辞官归隐、逃逸现实的思想。

《履斋遗集》

又名《履斋先生诗余》。五卷。南宋德清吴潜著。吴潜原词集已散佚，《履斋遗集》系明人所辑。另有《履斋先生诗余》一卷、续集一卷、补遗一卷、别集两卷、附校记一卷收入《彊村丛书》。其词约有二十首写湖州山水风光和人物，如

《卜算子·苕雪水能清》《谒金门·雪上秀邸溪亭》等，有十四首以"家山好"起句的《望江南》表达了对故乡的眷恋之情。吴潜词也多有激昂慷慨关怀国事之作，或发报国无门的悲叹，或有对国土沦陷的愤慨，或有鼓励友人抗敌的期望。《全宋词》存其词两百五十六首。

《苕溪词》

南宋归安刘一止著。一卷。辑入《苕溪集》。民国年间由朱孝臧校勘，辑入《彊村丛书》。刘一止的词意境高远、情景交融，非常善于借景抒情，在宋代词坛上影响深远。当时曾出现"京师市人鬻者，纸为之贵"（韩元吉语）的盛况。代表作《喜迁莺·晓行》为他赢得"刘晓行"的美名。其《踏莎行·游凤凰台》等早期之作则显出一股豪迈之气。

《石林词》

南宋寓贤叶梦得著。一卷。有光绪十四年（1888）汪氏刻《宋六十名家词》本。朱孝臧校本藏国家图书馆。《湖州词征》有《叶梦得词》两卷。叶氏的创作以南渡为界，早期承苏轼词风婉丽，如《贺新郎·睡起流莺语》；晚期启辛弃疾"能于简淡时出雄杰"，是宋词词体雅化历程中的重要一环，在词史上占有重要地位。退居湖州后，作有《水调歌头·秋色渐将晚》《点绛唇·绍兴乙卯登绝顶小亭》等。叶梦得词作借景抒怀，词风沉郁苍劲，毛晋《石林词跋》称其"不作柔语"。上海师范大学蒋哲伦教授用十余年时间，广泛收集与叶梦得相关的各种材料，比勘众多版本，最后以毛氏《汲古阁》本为底本，对"石林词"进行了较为详细的笺注，著成《石林词笺注》，2014年11月由上海古籍出版社出版。此书笺注详细，《前言》及《附录》中对叶梦得生平事迹及词集版本流传等都有系统的介绍，具有较高的学术价值。

《草窗词》

又名《苹洲渔笛谱》。南宋吴兴周密著。两卷，补遗两卷。有朱孝臧校、光绪二十六年（1900）刊印四卷本，《湖州词征》之《周密词集》两卷本，《丛书集成初编》之《苹洲渔笛谱》两卷本。内多吟咏湖州词作，如《三犯·渡江云》为"丁卯（1267）岁末除三日，乘兴棹雪，访李商隐、周隐于余不之滨"而作；又《乳燕飞》序略云："辛未（1271）首夏，以书舫载客游苏湾。"周密早期词多金粉玉堂之气，晚年宋亡后潜居，词作多寄托故国之思，词风转向苍凉深沉，

《一萼红·登蓬莱阁有感》系压卷之作。其词音律和谐，炼字精工，与吴文英（号梦窗）风格接近，时称"二窗"。朱孝臧为其跋语称："周密手定词集《蘋洲渔笛谱》明朝即有缺落，《草窗词》乃'后人掇拾所成'，较《蘋洲渔笛谱》多增一些篇目。"朱孝臧以二书合并为一书，予以校注。

《绝妙好词》

词总集。周密编。七卷。选录南宋初张孝祥至宋末元初仇远等一百三十二家词人之词作三百余首，以选录精粹著称。其缺点是选录标准偏重格律形式，只录清丽婉约的词作，不选忠愤激昂的爱国词，如辛弃疾仅选三首，而姜夔词选十三首，吴文英词多至十六首。编排上以词家为经，以时代先后为序，体例严整。书中选录了许多不见史传的宋末词人的作品，从中可见当时词坛不同风格作品的流行情况，为研究宋词风格、流派的演变与发展提供了宝贵资料。同时代张炎《词源》认为，赵闻礼《阳春白雪》、黄升《花庵词选》不如此选本精粹。清代焦循《雕菰楼词话》则说周氏"所选皆同于己者，一味轻柔圆腻而已"。元、明两代传本稀少，有名的为汲古阁抄本。清康熙间柯煜、高士奇刊本出，始流行于世。乾隆初，查为仁、厉鹗各自为《绝妙好词》作笺，乾隆十三年（1748），厉鹗赴京途经天津与查氏见面，见查之笺，极为佩服，遂以己作付查，删复补遗，并为一书，题为《绝妙好词笺》，刻印问世。今传本即为查、厉合笺本，收入《四库全书》中。又有《四库备要》本，内附《绝妙好词续抄》一卷，由钱塘姚氏作注，中华书局据此本校订排印。

《白石道人歌曲》

南宋寓贤姜夔著。四卷，别集一卷。入《四库全书》《四部丛刊》。姜夔（约1155—约1221），精音律，能自度曲，其词格律严密，淳熙十三年至庆元二年（1186—1196）居湖州弁山白石洞下，是其创作的旺盛期，故以"白石"为号，并名词集。其词素以空灵含蓄著称，题材广泛，有感时、抒怀、咏物、恋情、写景、记游、节序、交游、酬赠等。词中抒发了他虽流落江湖但不忘君国的感时伤世思想，描写漂泊羁旅生活，抒发不为世用及情场失意的苦闷心情，以及超凡脱俗、飘然不群，孤云野鹤般的个性。其直接写湖州景物的名词《鹧鸪天·苕溪记所见》《念奴娇·闹红一舸》等，为多种词集选录。《全宋词》存其词八十六首及存目九条。夏承焘校辑《白石诗词集》和《姜白石词编年笺校》，存词八十多首，诗一百八十多首。

《我侬词》

元德清管道昇作。据说赵孟頫入京为官后，意欲纳妾，便以王献之、苏轼为例向妻子管道昇作曲示意："王学士有桃叶、桃根，苏学士有朝云、暮云。我便多几个吴姬、越女无过分。你年纪已过四旬，只管占住玉堂春。"她便作此词成功加以劝阻。这首表现崇高爱情的词广为流传，21世纪初，湖州的文艺工作者曾据此改编排演了一出戏剧。管氏《渔歌子·题渔父图》四首则表达了对追逐名利的仕宦生活的厌倦和不满，对自由自在的隐逸生活的向往和追求。

《竹窗词》

元归安沈禧著。一卷。词的内容分为四类：一是写山水风光和隐居生活，如《鹧鸪天·渔隐》《鹧鸪天·咏画景》等；二是写鄙视富贵，安贫乐道，表明自己的儒家生活态度，如《浣溪沙》《风入松》等；三是歌颂文天祥、张巡、许远等爱国忠臣，如《沁园春·追次文丞相题张巡许远两忠臣庙》《满庭芳·为施克明题雪拥兰关图》等；四是写女性生活和闺阁情调，如《香奁咏》等。

《十赉堂词》

明归安茅维著。一卷。其中有四首词为《湖州词征》所录。《柳塘词话》评论云："盛明于帖括之余而涉为诗词者，十不一工，孝若（茅维字）独浸淫于古，其词以宋人为圭臬，而才情又横放杰出，故一时艳称之。"

《百花词》

清乌程董炳文著。一卷。词人擅于根据各种花的特点来写，如桃花的"云霞潋滟春光透"；玉蕊花的"玲珑一树"，"浑似阶前飞碎月"；海棠的"红妆映烛"，"似杨妃初浴"；秋葵的"鹅黄颜色，仿佛道家风格"等。也有借花写人之作，如《南乡子·当归花》，写思妇心态，生动细腻。作者侄子、江苏巡抚邵基序，孙婿、湖广巡抚姚成烈跋。

《紫藤花馆词集》

清乌程董恂著。九卷。已佚。其词集咏家乡世态、事物，也有描写南浔八景的。《满江红·西村渔火》写渔民生活，舱里渔灯，儿女一家，濠梁逸兴，虽苦亦乐。衬以画面景象，写出美感，让人遐想。

《春在堂词录》

清德清俞樾著。三卷。收入词一百三十八首。《国朝湖州词录》收其词四首。其中《水调歌头·用贺方回体自题所著书后》，以宋代贺铸（字方回）一生不得志，郁郁晚况自比。上片表示抛却功名，专心著述。下片写自己著述辛苦。"浪使卖书人富，不管著书人瘦"，点出社会实情，于今仍有现实意义。

表1-3：古近代湖州词人名录

姓　名	生卒年	籍　贯	词创作成就
陆修静	406—477	吴兴东迁	《灵宝步虚词》佚
丘　迟	464—508	乌程	《梁丘司空集》（诗词文合集）一卷
陈叔宝	553—604	长城	《陈后主集》三卷附录一卷。代表作《玉树后庭花》《临春乐》《春江花月夜》
李　璟	916—961	安吉	与子李煜作品合编有《南唐二主词》一卷
李　煜	937—978	安吉	存词四十六首，与父李璟作品合编有《南唐二主词》一卷
叶清臣	1003—1049	乌程	《全宋词》收其词两首，存目一首
刘　述	1007—1078	归安	《全宋词》存其词《家山好》一首
沈会宗	1126年前后在世	乌程	《沈文伯词》一卷佚。《湖州词征》辑其词二十三首
吴淑姬（女）	生卒年不详	湖州	《阳春白雪词》五卷，国家图书馆有藏。《湖州词征》存其词四首
沈　括	1029—1093	祖籍德清，生于钱塘（今杭州）	词存十九卷《长兴集》。《全宋词》辑其词四首
释净端	1032—1103	归安	《吴山集》一卷佚。《全宋词》存其词四首
贾耘老	？—1101后	湖州	《怀苏集》佚
朱　服	1045—1102	归安	《朱服词》一卷佚，《全宋词》存词《渔家傲·东阳郡斋作》一首

姓　名	生卒年	籍　贯	词创作成就
丁　注	生卒年不详	归安	《丁永州集》三卷佚，《全宋词》存词一首
刘　焘	1071—1131	长兴	《全宋词》存词十一首
沈　蔚	生卒年不详	吴兴	《全宋词》存词二十二，存目三首
沈　晦	1084—1149	钱塘（今杭州），原籍武康	《全宋词》存其词一首
沈与求	1086—1137	德清	《龟溪长短句》一卷，《全宋词》存其词四首
胡　仔	1095—1170	绩溪（今属安徽），寓居湖州二十年	《全宋词》存其词两首，存目两卷
葛立方	1098—1164	归安，祖籍丹阳	《归愚词》一卷，《全宋词》存其词三十九首
倪　俦	1116—1185	归安	《绮川词》一卷，《全宋词》存其词三十三首
张珍奴（女）	生卒年不详	吴兴	《全宋词》存其词一首
葛　郯	？—1181	归安	《信斋词》一卷，《全宋词》存其词三十首
牟　巘	1227—1311	四川井研，迁居吴兴	《彊村丛书》收入其《陵阳词》一卷
吴淑姬	1185—？	湖州	《全宋词》存其词《长相思令》一首
周　颉	生卒年不详	长兴	《全宋词》存其词一首
俞　灏	1146—1231	杭州，居乌程	词载《绝妙好词》，《全宋词》存其词一首
倪　思	1147—1220	归安	《掖垣词草》二十卷佚
章良能	？—1214	归安	《全宋词》存其《小重山》词一首
莫　濛	生卒年不详	归安	《全宋词》存其词一首

姓　名	生卒年	籍　贯	词创作成就
吴　渊	1190—1257	德清，一说宁国	《退庵词》一卷，《全宋词》存其词六首。《湖州词征》辑其词一卷
方君遇	生卒年不详	吴兴	《全宋词》存其词一首
周　晋	生卒年不详	吴兴	《绝妙好词》和《湖州词征》均存其词三首
章谦亨	生卒年不详	吴兴	有词集一卷佚，《全宋词》存其词九首
宋伯仁	1199—？	湖州	《烟波渔隐词》两卷
李彭老	生卒年不详	德清	词载《龟溪二隐》《绝妙好词》等，《全宋词》存其词二十二
李莱老	生卒年不详	德清	词载《龟溪二隐》，《全宋词》存其词十七首
朱晞颜	1221—1279	长兴	《瓢泉词》一卷辑入《彊村丛书》
莫月鼎	1226—1294	归安	词载《鸣鹤余音》，《全宋词》存其词一首
朱嗣发	1234—1304	乌程	词载《阳春白雪》，《全宋词》存其词一首
钱　选	1235—1301	乌程	《湖州词征》存其词《行香子·折枝芙蓉》一首
韦居安	生卒年不详	乌程	《全宋词》存其词《摸鱼儿》一首
赵孟頫	1254—1322	归安	《松雪斋词》一卷、《松雪斋词》补遗一卷，《湖州词征》辑其词一卷
管道升	1262—1319	德清	《湖州词征》存其词四首，代表作《我侬词》
王国器	1284—1366后	湖州	有《王国器词》一卷，以《赵待制遗稿》附集形式收入《知不足斋丛书》和《丛书集成初编》，《全金元词》收其词两首，《湖州词征》存其词十二
沈景高	生卒年不详	乌程	《湖州词征》存其词《沁园春》一首
赵　雍	1291—1362	湖州	《赵待制词》一卷收入《彊村丛书》，存词十七首
董仁寿	生卒年不详	乌程	《梅花词》数十首佚

姓　名	生卒年	籍　贯	词创作成就
王　蒙	1308—1385	湖州	词载《珊瑚木难》,《湖州词征》存其代表作《忆秦娥·花如雪》
沈　溥	生卒年不详	乌程	《苹洲集》佚
王　济	1458—1540	乌程	《和花蕊夫人宫词》（一作《宫词》）一卷
陈　霆	1470—1564	德清	《水南词》一卷,《湖州词征》辑其词两卷
赵　金	1492—1580	乌程	《浮林集》佚。《湖州词征》存其词《谒金门》一首
董　份	1510—1595	乌程	《泌园集》有词四首
吴鼎芳	1581—1636	湖州	其词辑入《披襟唱和集》,《湖州词征》录其词二十首
董斯张	1586—1628	乌程	《静啸斋词》一卷三十九首。《全明词》录其词二十三首, 共存词四十七首
韩智玥（女）	生卒年不详	乌程	《晨风堂集》佚,《湖州词征》录其词三首,《历代诗余》《全清词抄》均辑有其词
吴景旭	1611—1697	归安	词一卷附本集《南山堂集》
董汉策	1622—1691	乌程	《董词》一卷、《董词二集》一卷、《雪香谱》一卷。《全清词》顺康卷存其一百五十首。另《蓝珍词》一卷和《漱玉编》佚
吴启思	生卒年不详	归安	《望嵩楼词》佚,《国朝湖州词录》存其词五首
韩　裴	?—约1673	乌程	《诗余》
徐　倬	1624—1713	德清	《水香词》两卷,《国朝湖州词录》存其词六首
韩纯玉	1625—1703	归安	《蓬庐词》一卷,《湖州词征》录其词十一首
茅　麐	约1625—1680后	归安	《溯江词》一卷,《国朝湖州词录》存有其词一首
沈尔燝	?—1689	乌程	《月团词》一卷辑入康熙间绿荫堂刻本《百名家词抄》本,《国朝湖州词录》存其词八首

姓　名	生卒年	籍　贯	词创作成就
董　衡	生卒年不详	乌程	《学斋诗词》佚，《国朝湖州词录》存其词《风中柳》一首
董　耒	1640—？	乌程	《稼庵词存》一卷
唐之凤	1640—？	归安	其二十四卷《天香阁》中有词六卷
孙在丰	1644—1689	德清	《尊道堂词》，《国朝湖州词录》存其词两首
丁　瑜（女）	1645—1667	长兴	其词辑入《皆绿轩集》，已佚。《国朝湖州词录》存其词六首
胡会恩	1645—1713	德清	《清芬堂诗余》一卷三十一阕附九卷本集《清芬堂存稿》卷首，《国朝湖州词录》存其词一首
臧眉锡	生卒年不详	长兴	其《栖贤山房文集》有词一卷，《国朝湖州词录》存其词一首
严允弘	生卒年不详	归安	《月查词集》三卷佚
沈三曾	1650—1706	归安	《赐书堂词》（亦作《赐书堂集》）佚，《国朝湖州词录》辑其词一首
戴韫玉（女）	生卒年不详	归安	《西斋词》佚，《国朝湖州词录》存其词一首
沈　涵	1651—1719	归安	《赐砚斋词》佚，《国朝湖州词录》存其词一首
韩　献	生卒年不详	乌程	《楚游词》佚，《国朝湖州词录》存其词三首
陈之群	生卒年不详	武康	《后溪词》佚，《国朝湖州词录》存其词《双双燕》一首
沈树荣	生卒年不详	归安	《国朝湖州词录》存其词一首
沈淑兰（女）	1652—约1694	乌程	其五卷《黛吟草》有词一卷
潘世遑	生卒年不详	乌程	《裕斋词》佚，《国朝湖州词录》存其词六首
董师植	1657—1737	乌程	《汾园词》两卷，《国朝湖州词录》存其词一首

姓 名	生卒年	籍 贯	词创作成就
郑元庆	1660—约1735	归安	《只自怡词》,《国朝湖州词录》存其词三首,所辑《三百词谱》六卷有康熙二十八年(1689)郑氏镜容轩刻本,上海图书馆有藏
谈九叙	1660—?	德清	《是山词草》三卷,《国朝湖州词录》存其词九首
董炳文	生卒年不详	乌程	《百花词》《霞山诗词》,《国朝湖州词录》存其词五首
沈树本	1671—1743	归安	《玉玲珑山阁词》一卷
沈 宛(女)	1673—?	乌程	《选梦词》(一作《选梦楼词》),《全清词抄》《金元明清词选》均收录其词作,《国朝湖州词录》辑其词三首,代表作《朝玉阶·秋月有感》
韩 云	生卒年不详	乌程	《怡园词》佚,《国朝湖州词录》存其词五首
吴 菜	生卒年不详	归安	《茗雪櫂歌词》一卷
闵 荣	生卒年不详	德清	《缶笑诗余》佚,《国朝湖州词录》存其词两首
姚世钧	1698—1724	归安	其词集《玉湖渔唱》佚,《国朝湖州词录》存其词两首
蔡星临	生卒年不详	德清	《碎筑词》佚
陈克绳	1705—1784	归安	有八首《西藏竹枝词》辑入《两浙輶轩续录》
黄 鹤	生卒年不详	乌程	曾赋蚕词百首,描述蚕事甚详,已佚
戴文灯	1712—1766	归安	《甜雪词》两卷,《国朝湖州词录》存其词四首,代表作《满江红》
邢汝仁	生卒年不详	归安	《拙庵词》佚,《国朝湖州词录》存其词一首
吴兰庭	1730—1801	归安	《兰雪草堂词》佚,《国朝湖州词录》存其词一首
吴太安人(女)	生卒年不详	湖州	其词辑入《花萼轩诗词》,已佚

姓　名	生卒年	籍　贯	词创作成就
严鼎臣	生卒年不详	归安	《化蝶斋词》佚，《国朝湖州词录》存其词四首
姚　椿	生卒年不详	乌程	《洒雪词》三卷
徐天柱	1734—1793	德清	《桐初书屋词》一卷佚，《国朝湖州词录》存其词两首
孔继光（女）	生卒年不详	桐乡，嫁乌程夏祖勤	《范湖散人稿》佚。《浔溪词征》存词一首
高文照	1738—1776	武康	《苹香词》一卷佚，《国朝湖州词录》存其词八首
孙　梅	1739—1790	乌程	其词附于四卷《旧言堂集》
蔡廷弼	1741—1821后	德清	《百末词》三卷
沈　琨	1745—1808	乌程	《禾甽词》（又名《味菜山房词》）一卷，佚
吴锡麒	1746—1818	归安	《有正味斋词集》十七卷
施国祁	1750—1824	乌程	《言情箫谱词》佚。《国朝湖州词录》录其词两首
徐　莅（女）	生卒年不详	乌程	《古艻诗余》一卷，《浔溪词征》辑其词十五首
费　融	1751—?	德清	《红蕉山馆词》，《国朝湖州词录》存其词一首
章光曾	生卒年不详	归安	《笛舫词》佚，《国朝湖州词录》存其词六首
沈长春	1753—1811	归安	《古香楼词》
杨凤苞	1754—1816	乌程	《西湖秋柳词》一卷
叶绍楏	1755—1821	归安	《谨墨斋词抄》两卷
王翰青	生卒年不详	归安	《鹤野词》一卷
陈珍瑶（女）	生卒年不详	归安	《赋燕楼词》一卷

姓　名	生卒年	籍　贯	词创作成就
张师诚	1762—1830	归安	《省缘室词》佚。《国朝湖州词录》存其词两首
徐熊飞	1762—1835	武康	《前溪风土词》《六花词》各一卷
戴锦（女）	生卒年不详	乌程	《焚余草附词》佚，《国朝湖州词录》存其词一首
范锴	1764—1845	乌程	《苕溪渔隐词》两卷和《花笑顾词》，《国朝湖州词录》存其词七首
戴青（女）	生卒年不详	归安	《洗蕉吟馆词抄》一卷
蒋沁芳（女）	生卒年不详	归安	《全清词抄》录其《水龙吟·题谢叠山琴》等词
许宗彦	1768—1818	德清	《华藏室词》一卷佚。《国朝湖州词录》存其词十三首
叶绍本	1768—1841	归安	《白鹤山房词抄》两卷、《白鹤山房外集》两卷
张鉴	1768—1850	乌程	《秋水词》两卷、《赏雨茅屋词》两卷，均佚
董蠡舟	1768—？	乌程	《无弦琴趣》一卷佚。《国朝湖州词录》收其词四首
方是仙（女）	生卒年不详	归安	《萍香词》佚，《国朝湖州词录》存其词一首
奚疑	1771—1854	归安	《瞑琴绿阴阁词存》一卷。《全清词抄》辑有其词
严元照	1773—1817	归安	《柯家山馆词》三卷，《国朝湖州词录》存其词十九首
王渔	生卒年不详	归安	《小竹里馆词》佚，《国朝湖州词录》辑其词一首
冯如璋	1782—1805	德清	《秋君遗词》一卷
戴铭金	1783—1850	德清	《妙吉祥庵词集》《翠云松馆词》，均佚。《国朝湖州词录》存其词六首

姓　名	生卒年	籍　贯	词创作成就
王　赤	生卒年不详	乌程	《国朝湖州词录》存其词《南楼令·题榆楼感旧图》一首
徐保字	1786—1851	归安	《抱碧堂诗余》两卷
戴鼎恒	生卒年不详	乌程	《玲珑山馆词》佚，《国朝湖州词录》存其词六首
宋维藩	生卒年不详	归安	《滇游词》一卷
赵　棻（女）	1788—1856	上海，嫁乌程汪延泽	《滤月轩词集》一卷
徐　球	1789—1827	德清	《还印庐词存》一卷。又校定《清真词》一卷
倪炜文	生卒年不详	归安	《梦花山馆词抄》佚，《国朝湖州词录》辑其词一首
方履篯	1790—1861	德清	《万善花室词稿》一卷、《洞箫词》一卷
张应昌	1790—1874	归安	其词辑入七卷《烟波渔唱》中，《国朝湖州词录》存其词十二首
钮重熙	生卒年不详	归安	《荠菜先生稿》佚
陈　銮	生卒年不详	乌程	《本事词》佚
谈印梅（女）	1791—？	归安	《九疑仙馆词抄》一卷
唐元观（女）	生卒年不详	乌程	《南有轩词》佚，《国朝湖州词录》存其词四首
束　蘅（女）	生卒年不详	江苏武进，嫁乌程沈宋圻	《栖芬馆词》佚。古诗文网有词四首
董　恂	生卒年不详	乌程	《紫藤花馆词》九卷，《国朝湖州词录》存其词五首
朱紫贵	1795—？	长兴	《枫江草堂词》两卷
董　恪	生卒年不详	乌程	《金粟山房词》佚，《国朝湖州词录》辑其词一首

姓　名	生卒年	籍　贯	词创作成就
徐金镜	1796—1844	武康	《山满楼词抄》三卷
徐本立	？—1874	德清	《荔园词》两卷
徐镜清	生卒年不详	德清	《欧阳亭词》佚，《国朝湖州词录》存其词两首
姚益时	1800—1862	归安	其词辑入两卷本《吟五诗词》，已佚
费丹旭	1801—1850	乌程	其《依旧草堂词》收词十阕，《国朝湖州词录》辑其词一首
钮福畴	1801—1856	乌程	《亦有秋斋词抄》两卷
孙赓南	生卒年不详	吴兴	《晋阳词抄》一卷佚
陆长春	1810—？	乌程	《辽金元宫词》三卷。另有《眉月楼箫谱》《梦花亭诗词集》八卷佚
陈长孺	1811—1862	归安	《清雪草堂词集摘句》一卷。另有《红烛词》《萧瑟词》《宝钿庵词》，均佚。《国朝湖州词录》辑其词八首
吴　云	1811—1883	归安	《两罍轩诗集》附词一卷
汪曰桢	1812—1882	乌程	《荔墙词》一卷
周作镕	1813—1860	乌程	《潇碧词》一卷佚，《国朝湖州词录》存其词八首
董庆槐	？—1888	乌程	《巴吟集》《怡云集》《遣意集》各一卷，均佚。《浔溪词征》存词一首
吴廷桢	？—1888	长兴	《古剑书屋诗余》一卷
温　丰	生卒年不详	乌程	《太谷遗音》佚。《国朝湖州词录》存其词一首
王思沂	1824—？	归安	《晚香堂词》佚，《国朝湖州词录》辑其词一首
翁瑞恩（女）	1826—1892	常熟，嫁归安钱振伦	《簪花阁诗余》

姓　名	生卒年	籍　贯	词创作成就
徐延祺	生卒年不详	乌程	《梦草词》两卷，《国朝湖州词录》存其词两首
李　煊	生卒年不详	归安	《溪上玉楼词》佚，《国朝湖州词录》辑其词八首
徐芝淦	1832—1886	德清	《碧螺斋词草》一册
俞　刚	生卒年不详	德清	《劲叔词稿》一卷
朱福清	1838—？	归安	《拥翠词稿》一卷
周昌富	1839—1895	乌程	《怡园剩稿》佚
许德裕	1839—1906	德清	《韵堂词》佚，《国朝湖州词录》存其词一首
俞绣孙（女）	1849—1882	德清	存词十五首，附于《春在堂全书·慧福楼幸草》
沈　云	1849—1897	乌程	《花月吟稿》佚。《浔溪词征》存词四首
朱镜清	1849—？	归安	《曼睩词》《珍髢词》佚，《国朝湖州词录》辑其词八首
钱启缯（女）	生卒年不详	归安	有《晚香楼诗余》，《国朝湖州词录》辑其词三首
朱孝臧	1857—1931	归安	《彊村语业》三卷，编《彊村丛书》《湖州词征》三十卷、《国朝湖州词录》六卷
严以盛	1859—1908	乌程	《玉京词》一卷佚，《国朝湖州词录》存其词五首
张传鸿	生卒年不详	归安	《□楼词》佚，《国朝湖州词录》存其词十七首
朱方饴	生卒年不详	归安	《盘庵词》佚，《国朝湖州词录》存其词两首
吴毓荪（女）	1861—1878	归安	《写韵楼词草》一卷
李廷赓	生卒年不详	乌程	《苕东生吟草》佚。《浔溪词征》存词五首

姓　名	生卒年	籍　贯	词创作成就
俞庆曾（女）	1865—1897	德清	《绣墨轩词稿》一卷
俞陛云	1868—1950	德清	《乐静词》一卷
莫永贞	1877—1928	安吉	其《爱余堂遗集》四卷中有词一卷
沈尹默	1883—1971	吴兴	《春蚕词》一卷、《念远词》一卷、《松壑词》一卷、《秋明长短句》
俞　玫（女）	1886—1929	德清	《絮影楼词》一卷

（注：上表著录词人限有词集者，含词集已佚者，或其词作产生较大影响者。偶有词作者未收入）

表1-4：古近代外地词人在湖州作词一览

姓名	生卒年	籍贯	与湖州关系	在湖州词创作情况
苏　轼	1036—1101	眉州眉山（今四川乐山）	曾知湖州，在此前后三次来湖州	在湖州作有《定风波》《南歌子·湖州作》《双荷叶·湖州贾耘老小妓名双荷叶》《河满子·湖州寄南守冯当世》等词作
黄庭坚	1045—1105	分宁（今江西修水）	因岳父孙觉和师苏轼知湖州，故多次游湖州	以张志和遗事作《鹧鸪天》一首
晁补之	1053—1110	济州巨野（今属山东）	曾知湖州	作有《水龙吟·别吴兴至松江作》《惜分飞·别吴兴作》《惜分飞·代别》三首
汪　藻	1079—1154	饶州德兴（今属江西）	曾知湖州	《小重山·红蓼汀忆别》一首
陈与求	1090—1139	河南洛阳	知湖州，葬湖州	《无住词》一卷
张元干	1091—约1611	芦川永福（今福建永泰）	两次游湖州	在湖州作有词《石州慢》《浣溪沙》《渔家傲·题玄真子图》《石州慢·乙酉秋吴兴舟中作》等

姓名	生卒年	籍贯	与湖州关系	在湖州词创作情况
程大昌	1123—1195	徽州休宁（今属安徽）	致仕后居吴兴	《文简公词》一卷，《全宋词》存其词四十六首
王炎	1138—1218	婺源（今属江西）	曾为官湖州	作有《小重山·至后一日，长兴赵宰到郡，并招归安、乌程二宰及项广文同饭》《阮郎归·雪川作》等词
辛弃疾	1140—1207	齐历城（今属山东）		《渔家傲·湖州幕官作舫室》一首
吴文英	约1205—约1269	四明（今宁波鄞县）	曾随友人姜夔寓居湖州三十五年	著有《霜花腴词集》《梦窗词》，传世词作多达三百四十首，很多写于湖州。仅嘉定十七年（1224）阔别三十五年后重游德清，就作《瑞龙吟·德清竞渡》《念奴娇·赋德清县圃明秀亭》等词七首
汪元量	1241—1317后	钱塘（今杭州）	与宋恭帝等被俘北去时过湖州	清南浔汪曰桢为其辑有《水云词》一卷
仇远	1247—1326	钱塘	曾来湖州	《全宋词》收录其写湖州的《尾犯雪中》词一首
张雨	1275—1349后	钱塘（今杭州）	师从赵孟𫖯，曾游德清	作有《木兰花慢·龟溪寄张小山》词一阕
张可久	约1280—1349后	庆元路（今宁波）	晚年曾隐居德清三年	作有《水仙子·德清观梅》《天净沙·由德清道院来行》《红绣鞋·德清山中间耿子春》《满庭芳·九曲溪》等词曲多首
乔吉	1280—1345	太原	曾应张可久之邀游德清	作有《满庭芳》《渔父词》《水仙子》等作品
徐渭	1521—1593	山阴（今浙江绍兴）	曾到双林镇相亲严氏	作《宛转词》悼念曾拟为继室、后为倭寇所房投水自尽的归安双林女子严四英

姓名	生卒年	籍贯	与湖州关系	在湖州词创作情况
吴伟业	1609—1671	江苏太仓	因为湖州知府吴绮宗兄,多次来湖参加文人雅集	作有词《满庭芳·孙太初太白亭落成分韵得林字》《沁园春·吴兴爱山台禊饮分韵得关字》两首
曹溶	1613—1685	浙江嘉兴	曾游湖州	作有词《念奴娇·碧岩茶至》一首
余怀	1616—1696	福建莆田	曾游湖州	《玉琴斋词》有在湖州所作《定风波》《水龙吟》和《沁园春·送草花种园次画寄亭》等词
吴绮	1619—1694	江都(今属江苏扬州)	曾任湖州知府	在湖州所作《相见欢·吴兴感事》等词三十五首收入其词集《水嬉词》中
宋实颖	1621—1705	长洲(今苏州)	曾游湖州	其《满庭芳》一词记吴绮修孙一元太白亭落成酢酒之事
董元恺	?—1683	江苏武进	曾游湖州	作有词《麦秀两岐·罗岕焙茶》《锦缠道·泛太湖》两首
陈维崧	1625—1682	宜兴	曾游湖州	作有《永遇乐·一湖碧浪》《茶瓶儿·咏茗》
李符	1639—1699	嘉兴	曾游湖州	作有《齐天乐·苕南道中》
厉鹗	1692—1752	钱塘(今杭州)	常游湖州	作有《梦芙蓉·戊戌五月十八泛舟碧浪湖作》《一尊红·丁未始春客吴兴》《天香·薛镜》《桂枝香·银鱼》等词
洪亮吉	1746—1809	江苏阳湖(今常州)	曾游湖州	作有《如梦令·十三日侵晓过碧浪湖》《菩萨蛮·十四夜过南浔镇》词两首
赵怀玉	1747—1823	江苏武进	数游湖州	作有词《浪淘沙·乙亥三月重过湖州有感》一首
江闿	生卒年不详	贵阳	其岳父吴绮知湖州时曾游湖州	作有词《沁园春》一阕

姓名	生卒年	籍贯	与湖州关系	在湖州词创作情况
况周颐	1861—1926	广西临桂	与朱祖谋交往甚密，曾游湖州，卒葬湖州道场山	为周庆云夫人六十寿辰赋词《百字令·良辰设悦》

三、曲

《夜窗对话词》

又名《夜窗话旧》。明乌程凌濛初作。作于明万历三十八年（1610）三月，描写作者羁旅南京时与美妓河阳姬相爱，分别后重逢的情景，故又称"话旧"。由十支曲子组成，分别为《新水令》《步步娇》《折桂令》《江儿水》《雁儿落得胜令》《侥侥令》《收江南》《园林好》《北沽美酒带太平令》《清江引》。其中第九支曲热烈描述这场爱情，将河阳姬比作卓文君。该套集先后被收入明张旭初《吴骚合编》卷四和潘之恒《亘史·外纪》卷二中。类似散曲还有《伤逝》《惜别》二套，分别写与两位青楼女子相爱的故事。2010年12月，凤凰出版社出版《凌濛初全集》（全十册）时，将曲收入在第四册中。

表 1-5：古近代湖州散曲作者作品一览

姓　　名	生卒年	籍　贯	作　　品
赵孟頫	1254—1322	归安	《全元散曲》收小令两首
沈　禧	生卒年不详	归安	散曲八套，单行本为《竹窗乐府》
赵　雍	1291—1362	归安	《全元散曲》收小令两首
顾应祥	1483—1565	长兴	《全明散曲》收小令四首
关　思	1556—1630后	乌程	《全明散曲》录其曲一套

姓　名	生卒年	籍　贯	作　品
董斯张	1586—1628	乌程（今湖州）	《全明散曲》录其曲一套
蔡启傅	1619—1683	德清	存小令一首，载《熙朝新语》
郑贞华 （女）	1811—1860	归安	《梦影缘》四十八回
朱孝臧	1857—1931	归安	存小令三首，载《庚子秋词》

四、赋

《郊居赋》

南朝·梁武康沈约撰。沈约的辞赋大部分已经散佚，仅存唐欧阳询编类书《艺文类聚》所辑十篇片断，全文保存仅此赋。此赋写于沈约晚年由齐入梁时。此时沈约虽"有志台司，论者咸谓为宜，而帝终不用，乃求外出，又不见许"（见《梁书·本传》），遂在东田筑屋以居，观览郊野，作此《郊居赋》抒发情怀："降紫皇于天阙，延二妃于湘渚。浮兰烟于桂栋，召巫阳于南楚。""伤余情之颓暮，罹忧患其相溢。悲异轸而同归，叹殊方而并失。"其意近楚辞之牢骚。此亦见沈约赋之渊源与屈原《离骚》接近。

《湖州刺史厅壁记》

唐顾况撰。此文作于贞元十五年（799）十二月。全文分两部分，上部分述湖州历史沿革，赞山水之胜和物产之富，赞顾秘、陆纳、谢安、王羲之、柳恽等历代郡守；下部分礼赞时任湖州刺史李词政绩。

《吴兴赋》

元归安赵孟頫撰。赵时年二十余岁，故系其早期文学代表作品，后被列入《松雪斋集》之开卷首篇。此赋凡九百三十五字，全面阐述了吴兴"龙腾兽舞，云蒸霞起"的地理形势，列数吴兴丰富的物产和灿烂的历史文化，认为"星列乎斗野，势雄于楚越"，"家有诗书之声，户习廉耻之道"，人才济济，风流互映，自豪地讴歌家乡之富饶美丽，热情赞誉家乡的淳朴民风。大德六年（1302），赵孟頫四十九岁时，在江浙等处儒学提举任上将此赋于绢上创作为书法作品，墨色苍润，时见经纬，具有宣纸所无法体现的笔墨效果，成为赵氏书法的上品。原藏北京故宫博物院，1955 年经著名书法家沙孟海先生相商后移藏浙江省博物馆。

第二节　现代诗歌

　　吴兴沈尹默是中国现代白话诗的开创者，他于 1918 年 1 月 15 日发表在《新青年》四卷 1 号上的《人力车夫》《月夜》是最早发表的新诗，而其发表在《新青年》五卷 2 号上的《三弦》"可算是新诗中一首最完全的诗"。在《新青年》上发表新诗的湖州诗人还有俞平伯、沈兼士等，他们也是新诗的开拓者。1922 年，俞平伯出版了最早的新诗个人诗集《冬夜》。20 世纪 20 年代重要的湖州籍诗人还有陆志韦，而湖州人的女婿陈梦家是新月派代表诗人，不仅创作了不少抒发爱情和咏赞景物的诗作，还于 1931 年选编出版了《新月诗选》，收入徐志摩、邵洵美、孙大雨等十八位新月派诗人的诗作。30、40 年代，徐迟成为湖州乃至中国诗坛的一颗璀璨明星，而戈亭诗派则是这一时代的群体代表。

一、格律诗

《山中西风大作》

　　沈兼士作。沈氏虽于 1917 年开始新诗写作，但真正的自由诗并不多，新诗中大多还是格律不甚严谨的七律诗，还写了不少旧体诗，但未有专集刊行。此诗为："五更山雨振林木，晨起凉意先上足。野猫亲人去又来，残蝉咽风断难续。赤膊小孩抱果筐，晌午桥头行彳亍。为言今日天气凉，满筐果子卖不出，卖不出，不打紧，肚里挨饿可难忍。"此诗描写了山村一个饥寒交迫卖水果小孩的形象，具有很强的亲民倾向。它和作者另外五首诗的手稿被刘半农编入《早期白话诗稿》，于1932年底由北平星云堂书店出版，以纪念新诗诞生十五周年。2010年11月，北京出版社精装再版此书。

《浔溪诗征》

南浔诗歌总集。周庆云辑。四十卷，《补遗》一卷。卷首有李详、姚文栋、宗舜年、喻长霖等所作之序，卷末有刘承干后序。刘氏后序称："右《浔溪诗征》四十卷，周丈梦坡先生所裒辑，凡三百四十余家，五千九百数十首，自元明迄今，吾乡有韵之文于是乎囊括靡遗，其用心，不綦勤且周。"喻长霖在序中云："今浔溪一村而著作足树之江十一府之帜，异军特起，殆于吾两浙为有光。"卷末《遗补》一卷收明清诗九十二。此集有1917年刻本。2020年11月，浙江古籍出版社出版了赵红娟、杨柳等人的点校本上、中、下三册。

《缶庐诗》

安吉吴昌硕撰。四卷。此诗集内容广泛，或怀岳武穆"英风飒来往"，或颂苏州五人墓反魏忠贤斗争"直道何多让，忠魂不负渠"。《晚潮》《苦寒吟》《庚寅十一月奉檄赴粥厂给流丐绵衣》等诗写民间疾苦。《种竹》颂竹"墙头揽明月，高节欲思渠"的高风，《对酒》颂"拟抱铜琶弹过江"的豪迈，以及《过鹭老新居》"吹来一庭雨，天为洗梧桐"的清俊空灵。此外，尚有许多意境高远的题画论画诗。同光体诗评家陈衍说："书画家诗，向少深造者，缶庐出，前无古人矣。"

《秋明诗》《秋明室杂诗》

吴兴沈尹默著。沈氏清光绪三十年（1904）始作诗词。在五四新文化运动后形成的白话语境中，他的诗歌创作仍然以旧体为主。《秋明诗》又名《秋明集》，有诗一百十二题，《秋明室杂诗》五十九首。无论是自我情感的抒发，还是朋友间的往来酬答，或者是写景以寄情，咏物以达志，他的诗歌都境界高峻，意蕴深远，诗思宏达，诗情飘逸，具有很高的艺术价值。对于沈尹默由新诗复转向旧体诗创作的做法及其所取得的成就，周作人给予了充分肯定，他在《扬鞭集序》中写道："尹默觉得新兴的口语与散文的格调，不很能亲密地与他的情调相合，于是转了方向去运用文言，但他是驾驭得住文言的，所以文言还是听他的话。"1983年3月，书目文献出版社将《秋明诗》《秋明室杂诗》和后来的《近作诗四首》《新诗》《秋明词》《近作词七首》合集，作为"中国作家研究资料丛书"的一种，出版《沈尹默诗词集》。

《分类白话诗选》

吴兴许德邻编。崇文书局1920年8月出版，人民文学出版社1988年7月重新出版。收入1916年—1919年新文学运动初期发表的白话诗两百五十余首。阿英在《中国新文学大系·史料索引·诗歌总集编目》中评价说："此集为初期新诗之最完备的选集，各主要杂志、主要报纸上的诗作，网络靡遗。"

《小桃源诗集》

吴兴秦氏撰。1924年作者之一秦第花六十岁寿诞时刊印，1928年再版。著名词人朱孝臧（祖谋）题署，清史馆纂修俞陛云撰述家传。诗集由《松石庐诗存》二十四首、《玉壶天诗录》九十一首、《春晖阁红余吟草》五十首和词六首等三卷组成，分别由秦友梅与子秦第花、媳孟凤藻所撰。合集书名源于秦友梅曾任桃源（今江苏泗阳）典史，也心向世外桃源之故。秦氏后人秦家洪叙云："《松石》之作，用语平易，意境清新，有白氏长庆之风，而胸怀雅洁，似犹过之；《玉壶》所收，多古体，此与子美同，而锤字炼词，亦颇相类，诗中悲天悯人之情，溢于言表；《春晖吟草》，典丽纤巧，非资颖才茂者，不能有也……"

《戈亭风雨集》

朱希主编，朱渭深选辑。这部诗集于1942年春开始征集选编，1944年12月在西天目山昌化初版。收录三十五位诗人的三百零三首诗，是抗战时期湖州乃至浙江出版的唯一一部抗战诗歌总集，在战时文坛产生 定影响。戈亭为德清县东北部一个集镇，地处吴兴、德清交界处，抗战后期处于战争边缘，聚集起一批抗日爱国诗人，形成了"戈亭诗派"。这些诗人在抗战的特定环境中矢志抗日，因此，他们诗作的共同主题是抗日，但内容丰富多样，就题材而言，可分为咏怀诗、写景诗、咏物诗、时事诗和农事诗等，抒发了对生活各自不同的感受。这部诗集几近失传，所幸南浔小学教师孙振亚先生冒历次政治运动的风险，保存了下来。1987年，德清陈景超先生借得孙氏藏书抄校、注释并补辑了徐苹洲、陈藕庆、朱渭深、姚维新及两位无名氏的诗作，于1997年8月自费交由中国诗歌研究社刊印面世。

《纫秋兰室诗稿》（手稿）

影印本。朱渭深著。集诗人 1944 年前所作旧体诗。朱渭深 1930 年 9 月创立流星文学社并任社长，致力于诗歌创作，1935 年辑成《纫秋兰室诗稿·卷之一》，付上海文明书局印行。1942 年岁末编订《深山咏》《采菱辞》《舞勺吟》《书叶稿》《磨盾草》《秋怀诗》六卷，总名仍为《纫秋兰室诗稿》，因战乱和后来的政治运动未及刊印，但手稿得以保存下来。1999 年 6 月，其子朱郭、朱轮、朱郊、朱祁遵父遗愿，集六卷手稿影印出刊。

二、自由诗

《冬夜》

俞平伯著。上海亚东图书馆 1922 年 3 月初版。是五四新文化运动后继《尝试集》《女神》后出版的全国第三部新诗集，也是浙江的第一部个人新诗集。收入 1918 年—1921 年创作的新诗五十八题一百零一首，分四辑。书前有作者的《〈冬夜〉付印题记》《自序》和朱自清的《序》。朱序归纳了俞平伯诗歌创作的三大特色：一是精练的词句和音律；二是多方面的风格；三是迫切的感情。对于新诗创作，作者曾说自己是"怀抱着两个作诗的信念：一个是自由，一个是真实"。他的诗，是他自由地写他的世界的真实，是真实地表达他的诗观成为诗的现实的自由。这本诗集所收诗篇风格和婉含蓄、冲淡自然。其中《冬夜之公园》《春水船》《芦》《无名的哀诗》《黄鹄》等均为新诗名篇。《打铁》《挽歌》《一勺水啊》《最后的烘炉》等是作者"民众化"诗歌的尝试。闻一多曾称赞道："我最深刻的印象是他的音节。关于这点，当代诸作家，没有能同俞君比的，这也是俞君对新诗的一个贡献。"《中国大百科全书·中国文学》评价其诗"多为写景抒情之作，抒发对故乡山光水色的眷恋和对挚友的思念，常流露孤寂情调"，同时"能用旧诗意境表达新意，融旧诗音节于白话，清新婉曲"。

《渡河》

陆志韦著。上海亚东图书馆 1923 年 7 月初版。收入 1920—1923 年创作的新诗九十首。书前有作者《自序》和《我的诗的躯壳》。作者在《自序》里把自己的诗称为"自写供状"，是真实的"感情的文字"。在《我的诗的躯壳》里提出新诗创作的主张：一、纯用白话写的；二、诗必须有节奏；三、讲究押韵。本诗集就是这些主张的实践，体现了20世纪20年代中国新格律诗探索的成就。朱自清称诗人"是徐志摩氏等新格律运动的前驱"。《渡河》在内容上充满了浓厚的人道主义情怀和宗教情怀，洋溢着对大自然的无限热爱；在形式上则是多样的，除了自由体的白话诗，还有四言、七言古体诗，甚至还化用民谣体、童谣体。在注重节奏的同时，诗人还特别注意炼字和炼意。诗集主要是抒情诗，有写朋友情谊的《献诗于保和》《两个人》；有抒发思乡之情的《航海归来》《忆乡间》；有描写缠绵爱情的《他的情人》；也有抒发怅惘、苦闷心情的《梦醒》……但也有不少叙事诗，显示了强烈的现实主义精神。陆志韦另有未出版的《渡河后集》。

《西还》

俞平伯著。上海亚东图书馆1924年4月初版。收入1922年写的新诗一百零三首。1933年出版的《杂拌儿之二》中有《〈西还〉书后》，说"西还"是指诗人游历欧美之后西归故国。诗作终结于抵达上海之日。诗集分两辑：一是"夜雨之辑"，收《夜雨》等四十七首诗；二是"别后之辑"，收《别后》等三十九首诗；最后为附录，收《呓语》十八首。大多为哲理诗。唐弢在《晦庵书话》中说："平伯诗温文如其人，但平易中别有一点缠绵情致，以言诗格，颇近温、李一路，较诸'新月派'中写情诸作，又是一番滋味。"

《荻溪章氏诗存》

章丽农、章芸伯、章怡田、章芷生一家四代辑。四册。1928年3月刊行，朱孝臧题签。2010年6月经张建智校勘，由华宝斋线装再版。时任湖州市委书记孙文友作序《耕读文明的传承》。孙序云：《诗存》原"系荻港章氏家刊本，历经劫难，百年风云，全书线装大本计四册，宣纸双页直排。由清末章丽农始编，历经几代人之辛劳，积数十年之功，'网罗散佚，搜葺丛残'，从清康熙至民国，长达三百多年中，终选出诗一千六百十五首，荻港籍文人作者一百十人。其作者之众，篇什题材之广，且诗质之高，实属罕见"。又云："以一个乡村，以诗歌形式集一部丛书，记录了一个家族群体之风物景色、乡愁归思、民风物产等历史与人物的长卷，恰犹如《诗经》式的诗歌总集，于全国观之，确实不多，可谓绝品，早成海内外孤籍。"华中师范大学原校长章开沅教授也作序《饮水思源，落叶归根》。

《期待》

朱渭深著。1930 年上海开明书店出版，为"流星文学丛书"之一。第一辑写景抒情，第二辑表达悲愤。其中《暝想》等七首选入 1936 年上海中央书店出版的《现代创作新诗选》。《我不敢呼你》一诗由邱望湘谱曲，选入《中外名歌三百首》，一度流行。在这部诗集中，诗人一方面努力创造一个理想的、美好的、和谐宁静的世界，另一方面又深深地诅咒这"化石一般的黑夜"，呼唤"猛击的暴雨和怒啸的狂风"来毁灭这"陈旧的芜杂的罪恶的宇宙"。徐志摩在给作者的信中赞扬《期待》云："尘世间难得保留的灵性，这一回叫我给重新触摸到了。"

《路工之歌》

江岳浪著。青岛诗歌出版社 1935 年 11 月出版。收入 1934 年 3 月至 1935 年 9 月所写二十五首诗。这些诗，或是歌谣式的，或是歌唱式的，或是描摹式的，或是抒写式的，描写了一幅幅生活阴沉的画面，尤其是处在动荡苦难中的农村，笔触所至几乎都是被剥削、被压榨劳苦大众。王瑶在《中国新文学史稿》中说这部诗集"取材范围的广大是特别超出别人的"。王亚平在序中说，诗集里"没有芳草玉树，没有花月美人，有的是一幅幅凄惨的血肉模糊的这时代下的图画"。"他笔下的人物，多半是破碎农村的流亡者，死亡线上的呻吟者，生活压榨下的牺牲者、挣扎者以及从万千灾难里抱着希望光辉而想冲破黑夜争取光明的人们。"

《二十岁人》

徐迟著。上海时代图书公司 1936 年 10 月初版，为"新诗库"第一集第九种。二十岁的徐迟，血液里沸腾着对美好世界的渴望，因此诗歌充满了爱的情愫。诗人在自序中也说，这些诗篇都是在为爱情而失眠的夜晚写成的，附在给女性的信里，"我这个人是属于感伤男子"。收入集子的五十四首新诗反映了青春的感伤，爱情的苦闷，多愁善感，沉湎恋情，但不是呼号爱情，而是对爱情的玩味，在新颖的形式背后，充满了对青春、生命的幻想和热情，空灵而跳动，隐藏着一种神秘感和一个二十岁年轻人吐露的衷情，"在诗坛旋起了一阵年轻有力的'都市风'"，其中《都会的满月》是都市诗风中的一首代表作。

《长城谣》

潘孑农作词，刘雪庵配曲。"万里长城万里长，长城外面是故乡。高粱肥，大豆香，遍地黄金少灾殃。自从大难平地起，奸淫掳掠苦难当……"这首歌词创作于1937年春，原是为电影《关山万里》创作的插曲，后来电影没有拍完，就作为一首独立的歌曲传唱开来，最终成为与《松花江上》一样家喻户晓的抗战爱国歌曲。

《岩花集》

方行著。1940年晋察冀边区山地出版社出版。集中的两百首诗是诗人1939年6月从陕北公学毕业后随一支军医部队去晋察冀前线途中写下的即兴诗，大部分用白粉写在沿途岩壁和农家墙壁上，少数写在二尺见方的土纸上，由先头部队张贴，殿后部队揭下交还作者。1943年山地社出版了诗人的另一部诗集《拾零集》。

三、词赋

《彊村语业》

又名《彊村词》。朱孝臧著。朱氏号彊村，为"晚清四大词家"之一。其自为词有《彊村词》三卷，晚年删定为《彊村语业》两卷，身后其门人龙榆生又为其补刻一卷。其词径入吴文英，上窥周邦彦，旁及宋词各大家，打破浙派、常州派偏见，自成一家。又精通格律，讲究审音，有"律博士"之称，被时人尊为"宗匠"和唐宋到近代数百年万千词家之"殿军"。陈三立评其词"抗古迈绝，海内归宗匠矣"（《朱公墓志铭》）。龙榆生评其词"苍劲沉着，绝似少陵夔州后诗"（《忍寒词序》）。王国维以为："近人词如复堂词之深婉，彊村词之隐秀，皆在半堂老人上。彊村学梦窗，而情味较梦窗反胜，盖有临川、庐陵之高华，而济以白石之疏越者，学人之词，斯为极则。"（《人间词话》下）叶恭绰以为"彊村翁或且为词学之一大结穴"（《广箧中词》）。况周颐更是认为，六百年真得梦窗词精髓者，只有彊村。马亚中甚至提出了"彊村词派"的概念。1933年，龙榆生将其已刻、未刻丛稿汇编为《彊村遗书》出版，其中包括足本《云谣集曲子》一卷、《词菉》一卷、《沧海遗音集》十三卷等。

《乐静词》

俞陛云著。有1929年刻本。收词四十三首。附《乐静词二编》。上海图书馆有藏。近人评"其词雅正，无近代饾饤之习"（《中国近代文学大系·诗词集二》）。

《秋明词》

沈尹默著。收入在书目文献出版社 1983 年 3 月出版的《沈尹默诗词集》中。《秋明词》共有词人作于清光绪三十年（1904）至民国年间的词作八十阕。沈尹默自己曾说："我最爱南唐后主及冯、欧、二晏、山谷、简斋诸人的小令，慢词本不甚注意，直到六十以后，才学会作四声长调，柳、秦、苏、辛，皆所欢喜。"沈氏词风以婉约为宗，体制以小令为主。朱祖谋在《题秋明小词》中评论道："意必造极，语必洞微，而以平淡之笔达之……昔人谓倚声一道，大才易，清才难，君才可谓清矣。一卷冰雪文，避俗手自携，佩服佩服！"夏敬观在《念远词序》中也说："君小令造诣至深，能写前人未尽之意，兼采南北宋之长，故为慢词，虽涩调亦出之自然，不觉艰苦。"沈兆奎读《秋明长短句》后亦云："尊作词不犯诗，诗不犯词，一手两笔，足见功力之深，且学珠玉而去其艳，学稼轩而去其粗，学梦窗而去其晦，清隽之气，乃与六一为近。"

四、散文诗

《月夜》

中国现代第一首散文诗。沈尹默作于 1917 年。1918 年 1 月在《新青年》第四卷第 1 号上与《鸽子》《人力车夫》同时发表，引起诗界关注。诗云："霜风呼呼地吹着，月光明明地照着。我和一株顶高的树并排站着，却没有靠着。"诗作写一个冬夜，北风寒霜，明月高照，冷气袭人，环境萧森，人物孤独，反映了半封建半殖民地中国的某种社会世相，表现了一代青年的个性觉醒。康白情说："第一首散文诗，而具备新诗美德的是沈尹默的《月夜》。"他认为此诗"只可意会而不可言传"。胡适赞其"几百年来哪有这样的好诗"。

《三弦》

沈尹默作。初载于 1918 年 1 月 15 日《新青年》第四卷第 1 号，后收入崇文书局 1920 年 8 月版《分类白话诗选》。这是一首写景散文诗。在一幅街头即景的画面里，一个穿破衣的老人，双手抱住头，听三弦出神。诗人把明丽的景色与萧索的人间相对照，借以表达人世间的凄凉悲苦，使人感到那三弦弹奏的是一曲旧制度的挽歌。全诗采用传统诗歌寓情于景、侧面烘托、含蓄蕴藉的艺术表现手法，且富有音韵之美。这首诗以富有节奏的音乐美闻名，胡适在《读新诗》中说："这首诗从见解意境上和音节上来看，都可算是新诗中一首最完全的诗。"

表1-6：现代湖州诗人词人名录

姓　　名	生卒年	籍　贯	诗词创作成就
单士厘（女）	1858—1945	浙江萧山，适吴兴钱恂	《受兹室诗抄》三卷，收录诗两百九十九首
周庆云	1864—1933	吴兴	《梦坡诗存》十二卷、《梦坡词存》两卷、《之江涛声》一卷、《东华尘梦》一卷、《海岸梵音》一卷
张廷贵	生卒年不详	吴兴	《十叹吟》一卷佚
周学洙	生卒年不详	吴兴	《洛如花室诗草》
张廷华	1867—1931	乌程	《蜕庐集》佚
王一亭	1867—1938	吴兴	《王一亭题画诗选集》
归颂眉	1867—1959	吴兴	《乐读草庐诗集》佚
陆树藩	1868—1926	吴兴	《感菊百咏集》一卷附录一卷，另《忠爱堂诗集》佚
傅范淑（女）	1868—1930	德清	《小红余籀室吟草》两卷佚，国家图书馆仅存《小红余籀室吟草初集》
俞陛云	1868—1950	德清	《小竹里馆吟草》八卷、《绚华室诗忆》两卷、《蜀輶诗纪》两卷、《乐静词》一卷
蔡宝善	1869—1939	德清	《观复堂诗集》八卷、《听潮音馆词集》三卷、《一粟庵词集》两卷
杨振鹏	1870—？	吴兴	《懒云诗稿》佚
张石铭	1871—1928	吴兴	《适园吟草》佚
林鹍翔	1871—1940	吴兴	《半樱词》两卷、《半樱词续》两卷和《广咏梅词》

姓　名	生卒年	籍　贯	诗词创作成就
王树荣	1871—1952	吴兴	《刚斋吟草漫录》两卷
沈　钧	生卒年不详	德清，居广州	《且寄庐吟草》两卷
沈　焜	1872—？	吴兴	《一浮沤斋诗选》三卷
施恩溥	生卒年不详	长兴	《环龙后诗稿》一卷
俞　原	1874—1923	归安	南社社员
蒋文勋	1875—1927	吴兴	《山庸遗诗》一卷佚
傅　岩	1875—1945	吴兴	有油印作品集《闻波居诗集》
方幼壮	生卒年不详	吴兴	有油印作品集《西菩山房诗词》
章祖申	1876—1925	吴兴	《薮笋吟》《箫心剑气楼诗文集》佚
莫永贞	1877—1928	安吉	其《爱余堂遗集》四卷中有诗词各一卷
陈英士	1878—1916	吴兴	南社社员
金　城	1878—1926	吴兴	《藕庐诗草》
陈其采	1879—1954	吴兴	《涵庐诗草》佚
姚勇忱	1880—1915	吴兴	南社社员
周柏年	1880—1933	吴兴	《忍庵遗诗》佚
沈尹默	1883—1971	吴兴	创作诗近万首、词数百阕。出版诗集《秋明集》《秋明室杂诗》《沈尹默诗词集》
汤国梨（女）	1883—1980	乌程乌镇（今属桐乡），一说吴兴	《影观诗集》佚
俞　琲（女）	1883—？	德清	《临漪馆诗词稿》四卷。另与郭则沄合着《龙顾山房诗赘集》四卷、《诗余续集》一卷
金　章（女）	1884—1939	吴兴	其诗辑入《濠梁知乐集》卷四

姓 名	生卒年	籍 贯	诗词创作成就
吴剑飞	1884—1954	湖州	《剑影庐吟草》三册佚
严诵三	1885—1926	长兴	《蕉雨轩诗稿》佚
周越然	1885—1946	吴兴	南社社员
沈 镕	1886—1949	吴兴	《天赆生诗选》一卷，有诗一百三十余首，未刊印
任鸿隽	1886—1961	吴兴	作有《岁暮杂咏》四首、《嫦娥》两首及《咏月球火箭》等诗
姚粟周	1886—1983	吴兴	《味闲斋诗文稿》佚
徐锡澄	生卒年不详	吴兴	《茶敦寮诗草》佚
沈兼士	1887—1947	吴兴	存诗百余首
王履模	1887—1970	吴兴	其大量旧体诗词辑入《虬松堂诗文书画合集》
赵紫宸	1888—1979	德清	《团契圣歌集》《南冠集》《玻璃声》三卷等。另，《系狱记》中收录诗作一百七十余首，徐重庆辑并印其晚年诗作为《炉余集》
戴季陶	1891—1949	吴兴	其新诗作品辑入《戴季陶集》下卷
陈果夫	1892—1951	吴兴	《儿童卫生歌》《鹤林歌集》
赵苕狂	1892—1953	吴兴	南社社员
张善修	1892—1960	吴兴	《乘斋杂咏》。另《南浔代咏》《西窗诗稿》佚
朱家骅	1893—1963	吴兴	《天香簃诗存》两卷、《半甲乙词草》
金 涛	1894—1958	长兴	《偕隐庑漫笔》一卷和《秋海棠馆联话》一卷，其《卖丝集》佚
陆志韦	1894—1970	吴兴南浔	有诗集《渡河》《渡河后集》《申西小唱》《杂样的五拍诗》，其中仅《渡河》正式出版
蔡 莹	1895—1952	吴兴	其四卷《味逸遗稿》中有诗、词各一卷
潘公展	1895—1975	吴兴	《潘公展先生诗词选集》

姓　名	生卒年	籍　贯	诗词创作成就
唐冠玉	1895—1979	吴兴	《绚爽阁诗词集》佚
朱景庐	1896—1961	长兴	《景庐四十告成诗草》一册和《景庐诗草》四卷、《景庐题画诗》两卷等，后二种均佚
温　匋	1898—1930	吴兴	《彝罍词》一卷佚
诸文艺	1899—1974	孝丰	《艺橘园诗集》有诗六百三十首，其子油印《艺橘园诗抄》存诗四百零四首
俞平伯	1900—1990	德清	《冬夜》《西还》《忆》《遥夜闺思引》和《雪潮》（与人合作）
俞　砒	1901—1960	浙江新昌，迁居孝丰	《西苕溪诗抄》两卷、《苕源诗稿》
沈启无	1902—1969	吴兴	《思念集》和《水边》（与废名合集）
诸乐三	1902—1984	孝丰	《希斋诗抄》《希斋题画诗》，另有未刊本《希斋吟草》藏安吉诸乐三艺术馆。2002 年中国美术学院出版社出版《诸乐三诗集》
冯　京	1909—1959	德清	《十年诗稿》《默存诗选》，均佚。《戈亭风雨集》录其诗四十九首
江岳浪	约 1910—1945	吴兴	出版诗集《路工之歌》《饥饿的咆哮》《夜的征夫》
朱　希	1910—1966	湖北麻城，居吴兴	主编《戈亭风雨集》，录自己诗作十六首
朱渭深	1910—1987	吴兴	《期待》《霞飞诗选》《纫秋兰室诗稿》。共作有新诗两百余首，旧体诗五百余首
凌以安	1912—2010	吴兴	《风雨楼诗草》。《戈亭风雨集》录其诗七首
陆振寰	1913—1973	德清	《吻戈小集》佚，《戈亭风雨集》录其诗十九首
徐　迟	1914—1996	吴兴南浔	《二十岁人》《最强音》
邹仲民	生卒年不详	湖州	《江山万里纪游诗》，另有自刊油印诗集《自怡庐吟草》

姓　名	生卒年	籍　贯	诗词创作成就
赵景原	生卒年不详	长兴	自刊油印诗集《诗稿》三册
方　行	1917—2000	湖州	《岩花集》《拾零集》
高　峦	生卒年不详	德清	《高峦诗选》佚

第三节　当代诗歌

当代湖州的诗歌创作可分为以沈泽宜、李苏卿、茹菇、周孟贤为代表的老一辈诗人群体，以柯平、李浔、潘维等为代表、崛起于改革开放以后的中年诗人群体，以赵俊、小雅、陈美霞等为代表的青年诗人群体。诗歌创作是当代湖州文坛一个活跃的领域。此外，以邱鸿炘、嵇发根、陈景超、姚子芳、朱辉等为代表的古体诗词创作，也是当代湖州诗歌创作不可小觑的领域。

一、格律诗

深厚的历史文化底蕴使得当代湖州的古体诗词创作也十分活跃，湖州市和德清、长兴、安吉三县都有诗词楹联学会，汇聚一批古典诗词爱好者，经常开展活动，并出版《苕雪诗声》等刊物。他们中的佼佼者还出版了诗词作品集。

然而，在当今的文学格局中，古典诗词已经被边缘化了，宣传部门和文联的扶持奖励惠及不到这个领域，因此，作品的入志标准也难以确定，只能根据编著者本人掌握的情况，选择自己认为重要和优秀者入志。

《澄园诗集》

谭建丞著。湖州当代著名书画家谭建丞（1898—1995）集诗、书、画、印于一身，于诗颇有造诣，且创作丰硕。谭老逝世后，湖州市诗词学会为纪念他的百年诞辰，编辑、刊印了这本诗词集。该集由张世英主编，时任湖州市市长唐永富题签，戴盟作序，郭仲选题"澄园诗草"笺，由费在山用宣纸线装仿古装帧，于1995年4月面世，收入谭老各个时期诗作四百五十二，其中1921年—1949年五十二，1949年—1978年一百四十八首，1979年—1995年两百五十二。

《剑气箫心》

陈景超著。1991年—2002年，陈景超先后出版《俚歌集》《同心集》《灯花集》《心花集》《松花吟诗词》五种诗词集。2005年，陈景超将1978年《竹华吟稿》、1981年《菜花吟稿》、1986年《苔花集》与上述五种诗词集及其后所作诗词，合成《剑气箫心》，于2005年9月由香港天马图书有限公司重新出版，列为十卷套《衡庐集》卷五。收入1960年—2004年创作的古风四百八十八首、五绝八十八首、五律两百七十六首、七绝四百七十八首、七律六百零六首、词两百五十八首、曲赋二十八首，共计两千两百二十二。李经纶在序言中评论道："他的部分诗游刃于文史之间，显其厚学，出之有根，哲思耐味。而相当部分作品，却是不假辞色，情感丰盈，天趣盎然，人类生存之意蕴，包乎其中。嬉笑怒骂，皆成文章。""从衡庐的大半生行迹和诗歌创作上可以看到清代大诗人黄仲则的影子。更重要的是，这两位异代诗人在精神、气格、骨力诸方面的相通。从总体而言，衡庐的诗，寒瘦而硬，很难用什么豪放派或婉约派来标统。"寿吉古序云："老夫子的诗，早年峭劲，中年清丽，晚年沉稳。""且不管什么风格，不肤浅，不轻佻，有底气，有功力……陈瘦愚、邓经铭称他为瘦硬派代表，也只是以偏概全，但沉郁凝练，却是他诗歌的主旋律。"

《湖州歌》

长篇七言歌行。嵇发根著。中华诗词出版社2010年12月出版。全诗分历史歌、人文歌、山水歌、名胜歌（一、二）、丝绸歌、鱼米歌、风物歌八章，计一千九百三十八联。创作于2004年秋至2007年夏，以歌行演绎湖州历史文化。杭州徐元、德清陈景超、萧山周明道、湖州寇丹作序，湖州邱鸿炘跋。末附录其作于2005年的《城东寻古纪事诗》一辑二十五首。徐元序云："字数超过二万七千（注释不计在内），句数多达三千八百七十六句，这在中国汉诗诗歌史上是空前的，绝无仅有的。以后是否会有人再写出类似的长篇歌行，恐怕也难。"中华诗词学会首届副会长叶元章称赞说：《湖州歌》力作也。如此健笔，堪称仅见。尤为可喜。"

二、自由诗

当代湖州自由诗起步于 20 世纪 50 年代，兴盛于改革开放以后，除了沈泽宜、李苏卿、李广德、茹菇等老一辈诗人外，以柯平、李浔、潘维为代表的青年诗人群体的崛起，成为湖州文坛一道亮丽的风景。这个青年诗人群体可谓庞大，沈健（长兴）、舒航、沈方、梁健、史欣、石人、施新方、胡加平、汪建民、毛善钦、俞郁、卢洁明、严伟、钱夙伟……以及当时在湖州学习、工作和生活的黄亚洲、伊甸、梁晓明等。

这里重点介绍的是 2001 年出版的《浙江省文学志》重点介绍过的诗集和诗作，获得过省、市"五个一工程"奖和优秀文学作品奖的诗集和诗作，省、市宣传部门、文联、作协重点扶持创作的作品。

《锻工进行曲》（组诗）

柯平作。发表于《诗刊》1983 年第八期。获 1983 年—1984 年浙江省优秀文学作品奖。这组诗塑造了黑锻工的系列形象，与发表在《诗刊》1982 年第六期的诗歌《市长，我爱上了你的女儿》并为柯平"生活流"诗歌创作的代表作，奠定了他在"生活流"诗派开拓者的地位。

《历史与风景》

柯平著。四川文艺出版社 1987 年 12 月出版。其中先在报刊上发表，后入选人民文学出版社年度诗选的作品有《市长，我爱上了你的女儿》（1982）、《无题》、（1983）《无轨电车售票员》（1985）、《登赏心亭吊辛弃疾》（1986）等。该诗集获 1985—1989 年度浙江省优秀文学作品奖。

《二狗子乔迁》

茹菇作。作品塑造了一个舍不得自己的一分钱一枚针却舍得抛下亲娘和她的鸡鸭鹅而喜迁新居的农民形象。1988 年获中国作家协会《诗刊》社举办的全国首届"珍酒杯"新诗大奖赛一等奖。1989 年元旦，作者应邀赴北京人民大会堂接受全国人大常委会副委员长严济慈颁发的奖杯、获奖证书和奖金，并接受中央电视台采访。在当晚于人民大会堂举行的获奖作品朗诵会上，著名京剧表演艺术家曹灿朗诵了该诗作。作品刊于 1989 年 2 月号《诗刊》。

《老乔》

李浔作。叙事诗，发表于《诗刊》1989 年第三期头条。这是《诗刊》创刊以来湖州作者唯一发表在《诗刊》杂志头条的诗作。作品描写了一位参加过抗美援朝战争的老战士在工厂工作中继续发扬艰苦奋斗精神的故事。

《独步爱情》

李浔著。漓江出版社 1991 年 7 月出版。该诗集收入作者 1982 年—1990 年间在《诗刊》《人民文学》《星星诗刊》等杂志发表的五十首爱情诗。其中《栅栏》《汉字》获《星星诗刊》诗歌奖，《我在月光下生病》《请问爱情》《爱在燕子》《独步爱情》等部分诗作被多家报刊选登或选入多种版本的选集。诗集出版后在武汉高校中引起较大反响，《书刊导报》《爱情婚姻家庭》等报刊发表了《独步爱情的诗人》等评论。诗集获浙江省作家协会 1990—1992 年度优秀文学作品奖和 1991 年度湖北省"闻一多文学奖"。

《诗人毛泽东》

柯平著。浙江文艺出版社 1993 年 11 月出版，2013 年 11 月再版。这是一部诗歌体的"毛泽东传"。作者以诗的形式、独特的视角，叙写了毛泽东——"20世纪东方的这位神奇人物""天才、豪迈、幻想与激情的一生"。这部诗集的主干部分曾发表于 20 世纪 80 年代后期的《人民文学》。作者自己也说："……在书中我是尽可能从激情、灵感、理想主义的意义上，而不是政治的意义上去理解毛泽东的。换句话说，我的吟咏对象更多的是一个天才诗人，而不是一位伟大的政治家。"1993 年 1 月，作者还在这部诗集的《后记》中道出了写作的缘起和过程："写作一本有关毛泽东的书是我近年来挥之不去的一个大胆念头，这念头甚至在我 1985 年春天虔诚地去韶山'朝圣'前就产生了。一直没有动笔只是因为内心的某种虚弱与茫然——包括身体的思想的。正是出于众多朋友的信任与支持，使得这一当时看来几近痴人说梦的幻想总算变成了现实。"本书获 1993 年—1996 年浙江省优秀文学作品奖。虽已获奖，但 2013 年再版时，作者仍然认真作了修改完善。他在《再版后记》中又写道："当初因出版社给的时间不多，加上主要精力用于构谋全篇，部分诗作稍显粗糙，有些句子文义也欠通顺，对此多年来一直耿耿于怀，此次有机会修正，终于可以略补所憾了。"

《又见江南》

李浔著。百花文艺出版社 1997 年 5 月出版。 该诗集收入作者 1986 年—1996 年间在《诗刊》《人民文学》《星星诗刊》等五十多种刊物发表的一百二十八首诗作,其中有多组以"又见江南"为标题的组诗。这些诗作体现了诗人对乡村和家园的关注,蕴蓄着对江南乡土真挚的爱,对改革开放后农村新生活由衷的赞叹,对吴越文化风情的神往之情,他用浪漫的、多情的语言讴歌乡村、乡情,用一种女性般的温婉细腻反复吟唱杏花烟雨的江南。江南的山、水、田园和人都以永恒的姿态进驻了诗人的内心。短诗《中国酒》《黄肤色的手》《吴歌》等分别获《诗刊》《星星诗刊》二、三等诗歌奖和浙江省作协首届诗歌赛二等奖。有二十一首诗分别选入《新中国五十年诗选》《二十世纪汉语诗选》《中国诗人代表作》《星星诗刊十年诗选》《九十年代诗选》《浙江五十年诗选》等五十多种选集。作者因此被誉为江南诗的代表诗人之一。1989 年,浙江省作协集中讨论了他的江南诗。该诗集获 1997—1999 年度浙江省优秀文学作品奖。

《心之旅》

湜俊(刘世军)著。解放军文艺出版社 1997 年 10 月出版。这是一本充满挚爱和哲思的诗集,诗人把诗作为灵魂的独白,倾诉爱情,探索人生,也把诗作为和读者对话的渠道。这是心与心的交谈,情感与情感的碰撞。诗人把目光投向社会、历史、人生。作品构思精巧,语言清新,在质朴中闪烁出睿智的光芒,给人以启迪。诗集获湖州市第三届"五个一工程"奖。

《李苏卿诗选》

李苏卿著。贵州人民出版社 1998 年 12 月出版。全集分"小篷船""贝壳集""无花果""野草莓"(均为诗人已出版诗集)和"脚印集"五辑,其中最具代表性的是第一和第五辑。1958 年 5 月 4 日首刊于《中国青年报》,随即为《人民日报》《诗刊》等几十家报刊转载,并译成俄文的乡土诗《小篷船》是诗人最有影响力的代表作。画家古元、潘天寿曾以诗意作画。以此诗改编的歌舞节目在全国获奖。后入选郭沫若、周扬编的《红旗歌谣》和大、中学校课本。周扬在《红旗》杂志创刊号《新民歌开拓了新诗歌的道路》一文中称此诗"劳动诗化了,诗劳动化了"。臧克家也撰写了《小篷船,我喜欢》一文加以褒扬。该诗还被写进了《中国当代文学史》。另一代表作《月下挖河泥》于 1958 年 2 月首次发表在河北的《蜜蜂》杂志，后为《人民日报》《诗刊》等几十家报刊转载，也被选入《红旗歌谣》，并被翻译到国外。1961年8月，中国作协浙江分会在杭州举行诗歌创作座谈会时，专题讨论了李苏卿的诗歌创作。王嘉良主编的《浙江文学史》评论李苏卿中华人民共和国成立初期的乡土诗时说：它们"冲破了中华人民共和国成立后颂歌体诗歌以'赋'为主的束缚，而将颂歌与轻倩的江南民歌风格融合成为了一个整体。因此，李苏卿的新社会、新生活颂诗，具有创格的意义"。

《致尤莉娅·库罗奇金娜》

沈泽宜作。七十行诗。此诗被认为是作者最好的诗，2003年获诗刊社绿色汉江诗歌大奖赛特别金奖，同时获奖的还有他的《倾诉：献给我两重世界的家园》。尤莉亚·库罗奇金娜是莫斯科经济学院二年级学生，在南非世界小姐大赛获得冠军，然而，获奖的喜悦掩饰不了她内心的落寞与忧伤，因为有一种罪恶已经在等着她，那就是来自自己祖国的敲诈、勒索、诽谤和恫吓。诗人从尤利娅忧郁的眼神中洞悉了另一种生存的悲哀，"从绝对的善中开出的花 / 是绝对的恶"。这是全诗的内核，也是他对尤利娅痛苦深切抚慰后的感叹。诗人在体恤、抚慰尤利娅的心灵之苦中，完成了对自己坎坷生命的一次超越时空的省视，对理想与希望的一次现实性关照，"为良心和正义 / 无需任何的手势与眼神"，这是诗人与尤利娅之间共同的价值基点，也是这首诗歌所要伸张的内在旨意，表明了"为良心和正义"而呐喊的终极目的。

《诗话浙江》

柯平著。浙江大学出版社2004年12月出版。本诗集从《献给先祖建德人的情诗》开始，到《新世纪——一首回望与展眺的诗》为止，以合而浑然一体，分而独立成章的链式结构，回眸5000年浙江文化艰辛、丰富而伟大的历程，形象和具体地展示了它的沧桑演变。从河姆渡文化的沉沙折载到21世纪英雄王伟的勃勃英姿，都在诗人沧桑而抒情的笔下得到生动的再现。作品获2003—2005年度浙江省优秀文学作品奖。

《文化浙江》

柯平著。浙江文艺出版社2005年1月出版。作品从《最初：献给先祖建德人的辞章》开始至《写在西湖博览会开幕式上》为止，以分则独立成章，合则浑然一体的独特结构，配以丰富的链接，用略带口语风格的简洁叙述，回顾了浙江四万年人类史和七千年文明史，形象生动地描绘和讴歌了先民们在浙江大地上的创造及其丰富多彩的文化遗产，展现了文化大省的风采，体现了"惊警敦厚"和"意在言外"的效果。本书系浙江省委宣传部"文学解读浙江创作工程"重点项目之一，获首届"中国艾青诗歌节"诗歌大奖。

《大鸟引我溯长江》

周孟贤作。初载于2005年9月1日《文艺报》，后由大众文艺出版社于2006年4月出版单行本。全诗一千五百余行，以浪漫主义、现实主义相结合的创作方法，写作者在大鸟引领下"夜溯长江"，也就是夜溯中国历史之"江"，与八十多位历史名人会面、交谈，然后直击世态："可记得该载舟的没载舟／该覆舟的没覆舟？"作品发表后受到贺敬之、白桦等众多名家好评。白桦说："诗人周孟贤给我们展现了一幅波澜壮阔的画卷，使我在掩卷之后陷入久久的、痛苦的沉思……"作品入选《中国诗歌大典》和《浙江诗典》。沈阳出版社以此诗为核心，于2006年12月出版了作者的抒情长诗集《大鸟引我溯长江》。该诗集获2003年—2005年浙江省优秀文学作品奖，又于2009年9月获大众文学百花奖优秀奖。

《西塞娜十四行》

沈泽宜著。漓江出版社2008年1月出版。这是一部十四行系列组诗，共一百二十首，献给诗人多变的"梦中少女"，一个"生长在西塞山前的广漠水陆地区"、名字叫"西塞娜"的"中国女孩"。这部作品"是沈泽宜先生诗才、经历和命运的结晶，是他内心世界的硕果、丰碑和精神大山"，也是"新世纪以来十四行诗在中国诗歌发展史上的新高度，在一定程度上缓解了十四行诗歌在中国发展的暗淡命运"。（宋可可语）著名诗人屠岸在序中说："她始终是诗人的'梦中少女'，诗人心中的尊神；她纯洁，坚定，灵动，忠贞，这些属性永远不会变。她永远是诗人的期盼、向往、归宿、希望的星辰、'灵魂的故乡'。"他还说："它的主旋律是爱情，它的变奏是命运，它的华彩乐段是圣母颂！"它是"十四行形式东渡中国之后我所见到的第一部爱情十四行系列"，"似乎呼应了斯宾塞和勃朗宁夫人，但又摆脱了前人的窠臼，有着自己特立独行的诗法个性"。作品获2006年—2008年浙江省优秀文学作品奖。

《潘维诗选》

潘维著。浙江文艺出版社 2008 年 11 月出版。内容包括"鼎甲桥乡""不设防的孤寂""太湖龙镜""太湖，我的棺材""隋朝石棺内的女孩"等五辑。柏桦说："潘维的诗不仅有古典诗歌的灵气，也富现代汉诗的感性；作为一名江南诗人，他在'化欧化古'两方面，堪称一世之英俊，特别引人入胜。"李少君说："试图通过重建江南之美，重建与一度消失的中国传统之美的联系，安慰我们这个时代的人心焦虑，从而重建现代中国人的精神生活。"张建宇说："潘维的语言很具穿透力，自如地往返在江南现实与历史的两岸，他的诗作拒斥这个年代的道德绑架。"韩作荣说："潘维的诗作，有着丝绸织锦般的奢华明丽，对惊心动容之美的迷恋、追寻，而那潮湿得令灵魂发芽的语境，创造出优雅多汁的'美与梦的泛滥之地'。"台湾学者吴丽宜说："诗人潘维就现代汉诗欧化的历程中以其创新、成熟的语言将汉诗推向'民族诗歌'的大道，挣脱中国诗歌欧化的禁锢。"此书获 2006 年—2008 年浙江省优秀文学作品奖。

《南疆书》

李浔作。组诗，六首。发表于《星星》诗刊 2019 年第一期。同时配发诗人的创作谈《在南疆写诗，改变语言与习惯》。作者曾于 2015 年 8 月至 2017 年 1 月援疆，在柯坪电视台工作。该组诗是作者新疆题材的代表作。自《星星》诗刊创刊以来，作者是在《星星》诗刊三次都配发创作谈的唯一湖州作者。这组诗和作者的另一组诗《南疆赛乃姆》，均获得由新疆维吾尔自治区文联、作协主办的"我和我的祖国·新疆是个好地方"全国诗歌征文一等奖。

《繁花》（组诗）

吴艺作。由《又过了一年》《秋叶红了》《与江水的每一次相遇》《繁花》《窗下的山茶花》《鸟鸣》《蝉》《儿童乐园》《大钱港》等九首诗组成。发表于 2019 年六期《诗刊》下半月头条位置，配发有评论家王年军的评论文章《感伤的博物学家：中年特质与回忆诗学》。王年军在文章中说，这组诗"能让我们意识到北岛、芒克等人建立的朦胧诗范式的有效性和持续性……具有从那个时代延续下来的特定的感伤气息，就像是一个沉默已久的人开始重新思考并命名阳光、尘埃、蜉蝣、荆棘、灌木，这一切都是新鲜的，正因为是新鲜的，便总是带着惊奇，而不是一种中立化的、冷静的博物学家的目光"。

三、词赋

《莫干山纪游词》

陈毅作。七首。收入中央文献出版社 2012 年 1 月出版的《陈毅诗词集》。1952 年 7 月，时任中国人民解放军华东军区司令员的陈毅到莫干山探视在山上养病的华东军区副政委张云逸，作《莫干好》词七首，赞美莫干山的秀美风光。他在序中云："1952 年 7 月，入莫干山探视病友，留住十日，喜其风物之美，作莫干山好七首。"

《一剪梅·七三年旧作》

茅盾作。这首作于 1973 年的词赞扬了湖州建设的新面貌，抒发了怀念之情。1975 年 10 月，应湖州旧友之请，作者书以馈赠。其手迹后影印于 1986 年湖州版《碧浪园》。

《渔家酒》

曹国政著。炎黄文化出版社 2008 年 10 月出版。收入的一百二十首词均以多姿多彩的生活实感抒发人间真情。著名词作家邬大为作序《山的秀美，海的深邃——喜读曹国政词集〈渔家酒〉》。著名词作家石祥题词："酒香不怕巷子深，词佳何愁无知音。"浙江省音乐文学学会会长钱建隆题词："山边歌落日，池上舞前溪。"均给予好评。其中的《渔家酒》于 2013 年获《歌曲》编辑部举办的第 14 届中国民族歌曲演创大赛最高奖——"中国民歌十大金曲"金奖。

四、散文诗

《人生驿站》

徐建新著。北京师范大学出版社 1994 年 11 月出版。该书收录作者 1993 年前创作的散文诗作品五十七章。全书分三部分，第一部分写家乡的父老乡亲，有老校长、民办教师、残疾人、失学儿童等；第二部分写为祖国牺牲的战士，为"四化"而辛勤劳作的建筑工人、乡镇企业职工和农民等；第三部分是作者的哲理抒情诗。中国散文诗学会副会长北渔作序称："作家善于捕捉一种感受，一二个细节来升华内心的强烈感受，抒写胸膛。"本书 1996 年获"1994—1995 年度湖州市优秀精神产品"三等奖。

《柯坪赛乃姆》

李浔作。十二章。发表在《星星诗刊》2017年第六期，同时配发创作谈《散文诗要体现诗的本质》。作品写于作者在新疆阿克苏地区柯坪县援疆工作期间，反映了柯坪县维吾尔族人民一年四季的生活和当地的风土人情。作品先后选入《2017中国年度最佳散文诗选》等五本诗选。

表 1-7：当代湖州诗（词）人出版诗（词）集一览

书　名	作　者	类　别	版　本
农民诗歌	凌子（朱郭）	诗集	上海北新书局 1951 年版
歌唱新婚姻	凌　子	诗集	上海泰联出版社 1953 年版
燃烧的紫藤花	李　浔	诗集	1983 年油印版
花果集	李广德	诗集	湖州师范专科学校 1986 年 5 月编印
月是故乡明——丁卯中秋赏月茶话会诗集	谭建丞等	旧体诗集	湖州市政协办公室 1987 年编印
第一次羞报	佳楣（任琴美）	诗集	洞庭湖编辑部 1988 年 12 月刊印
海上追月	周孟贤	诗集	陕西人民出版社 1989 年 10 月版
冰山雪莲	周孟贤	散文诗集	广西民族出版社 1989 年 12 月版
无花果	李苏卿	诗集	学林出版社 1990 年 5 月版
野草莓	李苏卿	诗集	漓江出版社 1991 年 7 月版
翠绿的乡情	茹菇	诗集	香港文光出版社 1991 年 11 月版
囚禁你，特赦你	周孟贤	诗集	香港商务出版社 1992 年 5 月版
沈健诗选——青春只有一次	沈健（安吉）	诗集	香港金陵出版社 1992 年 6 月版
白丁诗选	顾仲芳	旧体诗集	1992 年刊印

书　名	作　者	类　别	版　本
唱和集	顾仲芳	旧体诗集	1992 年刊印
四季雪	俞玉梁	诗集	香港金陵出版社 1993 年 4 月版
不设防的孤寂	潘　维	诗集	今日中国出版社 1993 年 9 月版
震旦少年 ——太王诗集	王　平	诗集	北京师范大学出版社 1993 年 12 月版
苕雪诗声集		旧体诗词集	湖州市诗词学会 1993 年编印
多味的城市	茹　菇	诗集	成都科技大学出版社 1994 年 4 月版
初试琴弦	王慈南	诗集	成都出版社 1994 年 5 月版
九月排箫	莫显英	诗集	新华出版社 1994 年 10 月版
写给小白的 71 首情诗	柯　平	诗集	海南出版社 1994 年 12 月版
内心的叶子	李　浔	诗集	山西高校联合出版社 1995 年 5 月版
金色的童梦	茹　菇	诗集	中国文联出版公司 1995 年 8 月版
思绪的飘带	张蕴昭	诗集	军事谊文出版社 1996 年 1 月版
陪你寂寞	李　民	散文诗集	中国和平出版社 1996 年 8 月版
无怨的承诺	郑天枝	诗集	中国和平出版社 1997 年 3 月版
飞翔岁月	徐惠林	诗集	中国和平出版社 1997 年 3 月版
小篷船	李苏卿	诗集	香港银河出版社 1997 年 8 月版
贝壳集	李苏卿	诗集	香港银河出版社 1997 年 8 月版
水中的花朵	李　浔	诗集	香港银河出版社 1997 年 8 月版
周孟贤哲思妙语集	周孟贤	散文诗集	大时代出版社 1997 年 9 月版
修竹庐吟草	姜兆瑞	旧体诗集	1997 年刊印
夜行者叩问	周孟贤	诗集	贵州人民出版社 1999 年 1 月版

书 名	作 者	类 别	版 本
纸上的飞翔	沈 健（长兴）	诗集	贵州人民出版社 1999 年 1 月版
放飞的情愫	茹 菇	诗集	贵州人民出版社 1999 年 1 月版
在中国长大	房 华	诗集	贵州人民出版社 1999 年 1 月版
梦中的家园	郑天枝	诗集	作家出版社 1999 年 6 月版
风起的时候	郑天枝	诗集	国际炎黄文化出版社 1999 年 10 月版
等待一场雪	郑天枝	诗集	燕山出版社 1999 年 12 月版
诗人的眼睛	郑天枝	诗集	中国文联出版社 2000 年 2 月版
三许诗抄	许学东 许 炜 许 晋	旧体诗集	2000 年 4 月自行刊印
开满夹竹桃花的石板小径	俞玉梁	诗集	中国文联出版社 2000 年 7 月版 2007 年 10 月出版增补版
白苹洲诗词稿	邱鸿炘	旧体诗词集	2001 年 1 月自行刊印
江南水韵	张蕴昭	诗集	香港天马图书有限公司 2001 年 3 月版
缅怀岁月的激情	郑天枝	诗集	国际文化出版公司 2001 年 8 月版
秋水南浔	沈秋伟	诗集	当代中国出版社 2001 年 12 月版
晚晴楼诗词选	陈焕文	旧体诗词集	2001 年 12 月自行刊印
红叶邮言	钱 朴	诗文合集	2001 年自行刊印
鱼韵唱和三百首	金 翔	旧体诗集	2001 年自行刊印
春天开门吧	严明卯	诗集	香港世界文化艺术出版社 2002 年 5 月版
苕上拾萃	蒋琦亚	诗文合集	2002 年 5 月自行刊印
万竿晴雨楼吟稿	卢 前	旧体诗词集	当代中国出版社 2002 年 9 月版

书 名	作 者	类 别	版 本
诗缘集	姚子芳	旧体诗词集	香港天马图书有限公司 2002 年 12 月版
诗 50 首	潘 维	诗集	2002 年自行刊印
长兴题咏——杜使恩诗咏长兴二十首	杜使恩	旧体诗集	香港天马图书有限公司 2003 年 3 月版
后乐堂诗文集	徐荣铨	诗文合集	2003 年 3 月自行刊印
春天的诺言	李 浔	诗集	时代文艺出版社 2003 年 5 月版
萍踪吟草	何健平	旧体诗词集	当代中国出版社 2003 年 5 月版
盈手之赠	凌 子	旧体诗集	时代文艺出版社 2003 年 5 月版
真声集	涂宝鸿	旧体诗集	时代文艺出版社 2003 年 5 月版
蠹耘轩诗词选	胡爱萱	旧体诗词集	2003 年 5 月自行刊印
李苏卿短诗选	李苏卿	诗集	香港银河出版社 2003 年 6 月版
太阳花	李苏卿	诗集	香港银河出版社 2003 年 6 月版
潘维短诗选	潘 维	诗集	香港银河出版社 2003 年 7 月版
独破庐吟稿	吴冠民	旧体诗词集	时代文艺出版社 2003 年 10 月版
归真室诗文选	朱乃良	诗文合集	香港天马图书有限公司 2003 年 10 月版
悬崖松	蔡上林	旧体诗集	中国文联出版社 2003 年版
宁静堂诗稿	周 纲	旧体诗集	2004 年 1 月自行刊印
打开春天的大门	潜 夫（严明卯）	诗集	作家出版社 2004 年 4 月版
动用春天	潜 夫	诗集	作家出版社 2004 年 4 月版
给你一把春天的钥匙	潜 夫	诗集	作家出版社 2004 年 4 月版
让我为你布置一座春天	潜 夫	诗集	作家出版社 2004 年 4 月版

书　名	作　者	类　别	版　本
沉思的花瓣	温永东	散文诗集	吉林人民出版社 2004 年 4 月版
味经斋诗稿	沙　金（张世英）	旧体诗集	香港天马图书有限公司 2004 年 8 月版
清晨的第一声鸟鸣	屠国平（杨宗泽译）	中英对照诗集	世界诗人信使出版社 2004 年 10 月版
一草一木都是情	潜　夫	诗集	中国文联出版社 2005 年 3 月版
学会感恩	潜　夫	诗集	中国文联出版社 2005 年 6 月版
礼耕堂词抄	宋　粹	词集	2005 年 10 月自行刊印
上下五千年	潜　夫	诗集	中国文联出版社 2005 年 12 月版
大毛的诗	刘大毛（胡国良）	诗集	作家出版社 2005 年 12 月版
花甲忆旧	姚子芳	诗文合集	昆仑出版社 2005 年 12 月版
震旦之路	三　缘（王平）	诗集	北岳文艺出版社 2006 年 1 月版
萍踪偶拾	楼永达	旧体诗词集	中华诗词出版社 2006 年 9 月版
周孟贤抒情长诗选	周孟贤	长诗	沈阳出版社 2006 年 12 月版和 2013 年 12 月版
有种感觉快速划过	郑天枝	诗集	沈阳出版社 2006 年 12 月版
太阳花	李苏卿	诗集	沈阳出版社 2006 年 12 月版
诗醉浔溪	茹　菇	诗集	沈阳出版社 2006 年 12 月版
山禾集·茗客集	嵇发根	旧体诗集	沈阳出版社 2006 年 12 月版
花甲忆旧·吟苑浅唱	姚子芳	诗文合集	昆仑出版社 2006 年 12 月版
西屏诗文集	徐成垣	诗文合集	2006 年 12 月自行刊印
时间的结晶	江南一枝竹（严明卯）	诗集	《南太湖》杂志社 2006 年 12 月版

书　名	作　者	类　别	版　本
时间的力量	江南一枝竹	诗集	《南太湖》杂志社 2006 年 12 月版
时间的颜色	江南一枝竹	诗集	《南太湖》杂志社 2006 年 12 月版
时间的足印	江南一枝竹	诗集	《南太湖》杂志社 2006 年 12 月版
爱上雪青马	黄学芳	诗集	作家出版社 2007 年 4 月版
胭痕诗抄	嵇芳芳	诗集	大同龙文化传播社 2007 年 4 月版
杭州名胜留题	吴亚卿	旧体诗词集	中华诗词出版社 2007 年 8 月版
橘杏居吟稿	许德明	旧体诗词集	中华诗词出版社 2007 年 9 月版
幸福或隐痛	李浔	诗集	大众文艺出版社 2007 年 9 月版
宿命的掌纹	张蕴昭	诗集	大众文艺出版社 2007 年 10 月版
青龙出世	江南一枝竹	诗集	《南太湖》杂志社 2007 年 12 月版
隋朝石棺内的女孩	潘维	诗集	世界知识出版社 2008 年 9 月版
安吉颂	阮观其	旧体诗集	太白文艺出版社 2008 年 9 月版
许泽诗草	许泽	旧体诗集	2008 年 11 月自行刊印
独破庐词稿	吴冠民	词集	2008 年自行刊印
古香斋诗文集	俞家声	诗文合集	2008 年自行刊印
中国 21 世纪初实力诗人诗选：潘维卷	潘维	诗集	长江文艺出版社 2009 年 1 月版
本土诗章	陈夫翔	诗集	中国文联出版社 2009 年 3 月版
马踏千里激情扬	杨如明	诗集	浙江大学出版社 2009 年 4 月版
寒梅斋集	周纲	旧体诗词集	中华诗词出版社 2009 年 5 月版
缓缓	邵小书	诗集	辽宁教育电子音像出版社 2009 年 5 月版
李浔诗选	李浔	诗集	九州出版社 2009 年 7 月版

书 名	作 者	类 别	版 本
幸福的绿	俞玉梁	诗集	九州出版社 2009 年 7 月版
浙江名胜留题	吴亚卿	旧体诗词集	中华诗词出版社 2009 年 8 月版
云飞诗文集	蔡林琳	诗文合集	2009 年 8 月自行刊印
沈泽宜诗选	沈泽宜	诗集	花城出版社 2009 年 12 月版
藏砖纪事诗	金 翔	旧体诗集	中国美术出版社 2009 年 12 月版
无名松	蔡上林	词集	中国文联出版社 2009 年版
写给朋友的箴言	三 缘 （王 平）	诗集	漓江出版社 2010 年 3 月版
味经斋诗稿续集	沙 金	旧体诗集	2010 年 3 月自行刊印
文心同行	王恩等	诗集	中国戏剧出版社 2010 年 7 月版
野菊斋吟稿	姚子芳	旧体诗集	作家出版社 2010 年 9 月版
陋室吟草	董仲国	旧体诗集	内蒙古人民出版社 2010 年 10 月版
浮萍诗稿	郑大军	旧体诗集	2010 年 10 月杨小奇为故人刊印
牛棚词笺	邱鸿炘	词集	中华诗词出版社 2010 年 12 月版
修篁馆词笺	邱鸿炘	词集	中华诗词出版社 2010 年 12 月版
愚之斋诗词稿	蔡上林	旧体诗词集	中国正一文化出版社 2010 年版
青龙出世	严明卯	诗集	中国作家杂志社 2010 年版
行走在阳光路上	戴国华	诗集	2010 年刊印
眺望楼词稿	朱勇民	词集	中华诗词出版社 2011 年 1 月版
农民的心声 ——胡荣江诗歌集	胡荣江	诗集	吴越电子音像出版有限公司 2011 年 1 月版
李浔短诗选	李 浔	诗集	香港银河出版社 2011 年 4 月版
温馨的旋律	王 恩	散文诗集	作家出版社 2011 年 5 月版

书　名	作　者	类　别	版　本
无一诗集	潘无依	诗集	炎黄出版社 2011 年版
廑庐词剩甲稿	郑德涵	词集	2011 年自行刊印
张志才诗词选	张志才	旧体诗词集	大众文艺出版社 2012 年 2 月版
茗翁吟笺	许学东	旧体诗集	中国轻工业出版社 2012 年 8 月版
桐华馆诗稿	徐成垣	旧体诗集	2012 年 10 月刊印
异乡的客栈升起我的月亮	林燕如（屠晓红）	诗集	江苏文艺出版社 2012 年 11 月版
留香的椅子	彭忠心	诗集	作家出版社 2012 年 12 月版
屏峰吟稿	李富生	旧体诗集	安吉 2012 年版
水的事情	潘维	诗集	北岳文艺出版社 2013 年 5 月版
百花	杨如明	诗集	浙江大学出版社 2013 年 6 月版
啸风堂吟稿	张笃志	旧体诗集	温州印之源印刷 2013 年 7 月刊印
梅花酒	潘　维	诗集	台湾秀威出版社 2013 年 8 月版
一亩菜地：雁远诗选	彭忠心	诗集	中国文联出版社 2013 年 10 月版
思念的花朵	温永东	散文诗集	凤凰出版社 2013 年 11 月版
第六个季节——沈健六行网络先锋诗选	沈健（安吉）	诗集	中国文联出版社 2013 年 11 月版
高山上流水——沈健六行先锋诗选	沈健（安吉）	汉英双语诗集	中国戏剧出版社 2013 年 11 月版
故事会，或者年代戏——沈健六行叙事诗选	沈　健（安吉）	诗集	现代出版社 2013 年 11 月版
浩瀚大竹海——沈健六行生态诗选	沈　健（安吉）	汉英双语诗集	中国戏剧出版社 2013 年 11 月版

书　名	作　者	类　别	版　本
黄浦江源头——沈健六行生态诗选	沈　健（安吉）	诗集	团结出版社 2013 年 11 月版
一万次回眸——沈健安吉散文诗与诗合集	沈　健（安吉）	诗集	中国戏剧出版社 2013 年 11 月版
飘飞的思绪	郑天枝	诗集	中国文学艺术出版社 2013 年 11 月版
湖州楹联集成——中国对联集成浙江卷湖州分卷	嵇发根、陈景超主编	楹联集	中国戏剧出版社 2013 年 12 月版
箬下春诗笺	高宝平主编	旧体诗集	湖州市诗词与楹联学会、湖州老恒和酿造有限公司 2013 年刊印
疏影雪痕词笺	周　纲	词集	德清新市仙潭寒梅斋 2013 年刻本
梁健诗选	梁　健	诗集	长江文艺出版社 2014 年 1 月版
白玉兰·蓝鸢尾	俞玉梁	诗集	中国文学艺术出版社有限公司 2014 年 5 月版
梧桐旧雨诗词卷	晋成武	旧体诗词集	文汇出版社 2014 年 6 月版
警务广场诗歌选	郑天枝主编	诗集	中国文联出版社 2014 年 9 月版
在江南遇见你	戴国华	诗集	中国电影出版社 2014 年 10 月版
秋浦之歌——诗歌集	沈秋伟	诗集	中国文联出版社 2014 年 11 月版
走近星星的孩子——史欣诗集	史　欣	诗集	德清图书馆 2014 年 11 月版
杨杰诗文钩沉	杨　杰	诗文合集	德清图书馆 2014 年 11 月印行
江南烟雨醉中吟	李广德	诗集	老浔红文化艺术中心 2014 年 12 月刊印
修篁馆诗联	邱鸿炘	诗集	中华诗词出版社 2014 年版
寒梅斋集（续）	周　纲	旧体诗词集	中华诗词出版社 2014 年版
闲吟清丽地	茹　菇	诗集	中国文化艺术出版社 2014 年版

书　名	作　者	类　别	版　本
一三一四	戴国华等	诗集	中国文联出版社 2015 年 1 月版
远方的诗：年轮	杨宏伟	诗集	文汇出版社 2015 年 3 月版
一朵云的走私	陈美霞	诗集	团结出版社 2015 年 4 月版
怡然小集	俞玉梁	诗集	梧桐阅社 2015 年 5 月版
鸟人——沈健先锋六行诗选	沈　健（安吉）	诗集	四川民族出版社 2015 年 6 月版
永生永世情	沈　健（安吉）	诗集	四川民族出版社 2015 年 6 月版
湖州水利歌	张志扬	长诗	中华古籍出版社 2015 年 7 月版
流淌	朱　敏	诗集	文汇出版社 2015 年 8 月版
澹悟居诗文稿	姚子芳	诗文合集	中华诗词出版社 2015 年 9 月版
我在江南等你	仙　儿（庾晓月）	诗集	中国文联出版社 2015 年 9 月版
茶风——纪念《茶经》传世 1235 周年	杨金土等主编	诗集	湖州陆羽茶文化研究会 2015 年 10 月刊印
苕上六老茶吟	钟伟今主编	旧体诗集	湖州陆羽茶文化研究会 2015 年秋季版
何白诗词集	何　白	旧体诗词集	香港文艺出版社 2015 年 10 月版
沈秋伟诗选	沈秋伟	诗集	群众出版社 2015 年 11 月版
张志才诗词别裁	张志才	旧体诗词集	香港文艺出版社 2015 年 11 月版
随笔诗	李　浔	诗集	东亚书局 2015 年版
此情如梦	周　纲	旧体诗词集	德清新市仙潭寒梅斋 2015 年刻本
莫干少年，在南方	赵　俊	诗集	团结出版社 2016 年 1 月版
横桂园诗词精选	游文畅	旧体诗词集	团结出版社 2016 年 11 月版

书　名	作　者	类　别	版　本
禅韵百联	王三元 冯汉江	楹联集	中国文联出版社 2016 年 2 月版
郑天枝诗选	郑天枝	诗集	群众出版社 2016 年 3 月版
几里外的村庄	屠国平	诗集	上海文艺出版社 2016 年 4 月版
半日村日记	彭忠心	诗集	中国文联出版社 2016 年 5 月版
滴落的水珠——老徐诗歌散文集②	老　徐	诗文合集	湖州晟舍拍案惊奇 2016 年 7 月版
虚度	吴　艺	诗集	宁夏人民出版社 2016 年 12 月版
湖州当代优秀文学作品选·诗歌卷	湖州市文联编	诗集	浙江摄影出版社、浙江文艺出版社 2017 年 1 月版
诗韵交通	高宝平主编	旧体诗集	中国文化出版社 2017 年 5 月版
小孤山	童天遥	诗集	夜行船 2017 年 7 月自行刊印
界线	潘新安	诗集	上海三联书店 2017 年 8 月版
擦玻璃的人	李　浔	诗集	长江文艺出版社 2017 年 10 月版
安吉县村镇地名藏头诗	陈连根	旧体诗集	团结出版社 2018 年 1 月版
萤火斋诗文集	汪士锐	诗文合集	团结出版社 2018 年 4 月版
虚拟的月亮	刘永亮	诗集	浙江工商大学出版社 2018 年 6 月版
姚子芳诗文选	姚子芳	诗文合集	香港华夏文化艺术出版社 2018 年夏季版
自然的神示	黄学芳	诗集	上海文化出版社 2018 年 10 月版
苕溪清音	汪　群	诗集	团结出版社 2018 年 12 月版
青翠集：首届青竹翠竹诗歌奖		诗集	湖州市南浔区作家协会 2018 年印行
浴火双峰——黄立峰诗选	黄立峰	诗集	团结出版社 2019 年 2 月版

书 名	作 者	类 别	版 本
独破庐诗词联合集	吴冠民	旧体诗词集	团结出版社 2019 年 6 月版
我活成了小镇的样子	林燕如	诗集	上海文艺出版社 2019 年 8 月版
原乡·东林山水说	倪平方	诗集	团结出版社 2019 年 11 月版
秋伊诗笺	陈 红	旧体诗词集	湖州静虚庐 2019 年 12 月刊印

第二章　散文

　　散文除了通常所说的狭义散文外，还包括报告文学、杂文、随笔、游记、史传文学、小品文、回忆录、书信、日记等。

　　湖州散文创作始于南朝，那时的沈约、丘迟、吴均皆有佳作传世。唐代中期，古文兴起，沈亚之是代表人物之一。北宋释赞宁的《宋高僧传》是史传文学的代表，陈舜俞的《庐山记》是优秀的游记，而沈括的《长兴集》、刘一止的《苕溪集》和元代赵孟𫖯的《松雪斋文集》都是很有影响的散文作品集。茅坤则是明代的散文大家。清代，俞樾所做笔记搜罗甚广，为文质朴，多写景、记人和序跋之作，"论者遂以比之随园"（《清七百名人传》）。傅云龙遍游日本、美国、加拿大、古巴、巴拿马、秘鲁、智利、乌拉圭、巴西等十一国，著《游历图经》八十六卷、《游历图经余纪》五十卷，内有不少好的游记。施补华"其文简洁，气象雄阔，远出桐城派一格"（《中国近代文学辞典》）。游记的佳作还有钱恂夫人单士厘的《癸卯旅行记》《归潜记》等。唐宋古文兴起以后，骈文一直并行不悖，但始终不占主流，作家、作品均不多。

　　在五四新文化运动中，钱玄同是《新青年》杂志散文作家群和"语丝派"散文群体的骨干和中坚，对中国现代散文的创建有开拓之功。现代散文分为杂文、报告文学和记叙抒情散文三大类，而以后者为大宗。俞平伯的记叙抒情小品与周作人的同类散文同属闲适言志的艺术流派，其代表性散文集是《燕知草》。在新文学运动期间，钱玄同在《新青年》杂志上发表的一系列杂感散文曾经产生过广泛的影响。因为时代的需要，早期现代散文有反帝反封建的呐喊，如俞平伯于"五卅"惨案后写的《雪耻与御侮》等。在 20 世纪 30 年代，湖州作家的散文更加贴近生活，贴近现实，如俞平伯的《杂拌儿之二》《古槐梦遇》等散文集，通过对日常生活的描写，体现了对人生的思考。抗战时期，在晋察冀根据地成长的新进作家萧也牧，在《山村纪事》的题目下发表了十几篇散文，歌颂了根据地人民的觉醒。

中华人民共和国成立初期，面对翻天覆地的变化，湖州作家创作的散文主要歌颂新的人物、新的生活，歌颂社会主义革命和建设事业，如徐迟的一系列报告文学作品等。但是，和其他文学门类一样，1957年后的"反右""大跃进""文化大革命"等一波又一波的政治运动，严重地伤害了作家们的创作热情，散文创作和其他文学门类一样陷入了沉寂和荒芜。

改革开放以后，湖州的散文创作迎来了一个新的繁荣期。20 世纪末期和 21 世纪初期，湖州史传文学有较好的发展，优秀的作品有马雪枫的《长路当歌》、余方德的《风流政客戴季陶》、沈文泉的《海上奇人王一亭》、田家村的《江南小延安》等。在杂文创作方面，有张世英、张林华、范一直、钱凤伟、沈文彬等代表作家。而张加强、沈文泉、杨振华、郑天枝、陆士虎、汪群、徐惠林、朱敏、徐建新、王麟慧、朱炜、钱爱康、蔡圣昌等作家，则是在狭义的散文创作方面取得了可喜的成绩。

第一节　古近代散文

与西汉司马迁的《史记》，东汉王充的《论衡》，东晋王羲之的《兰亭集序》等散文创作相比，湖州的散文创作起步较晚，始于南朝的沈约、丘迟、吴均等人，属于后起之秀。自此以后，湖州散文创作代有名家大作，如唐代徐惠、沈亚之，宋代刘一止、周密、沈括，元代赵孟頫，明代茅坤，直至清代俞樾。文脉绵延，蔚为壮观。

一、散文

《神不灭论》

南朝·梁沈约撰。南朝齐永明年间和梁天监年间，思想界发生了两次关于"神灭"与"神不灭"的争论。梁天监六年（507），范缜将早年根据自己在竟陵王萧子良宴席上发表的言论写成的《神灭论》进行改写，以一问一答的方式列了三十一个问答题，向南朝最佞佛的梁武帝萧衍发起挑战，引得朝野一片哗然。梁武帝于是动员王公贵族六十四人撰文七十五篇围攻范缜，沈约积极响应，先后撰写了《答释法云书》《论形神》《神不灭论》《难范缜神灭论》等文，尤以《神不灭论》最具代表。作者从生灵的千差万别和人品的贤愚高下出发，借用老、庄、玄学的"兼忘""摄生"理论，将形神区分开来，并强调神可养。受梁武帝和竟陵王萧子良等人的影响，沈约也是一个虔诚的佛教信徒，其存世的佛教论文有四十四篇之多。沈约的观点，为佛教的中国化奠定了"神不灭论"的哲学基础。

《修竹弹甘蔗文》

沈约撰。收录在《沈隐侯集》中。该文与唐代韩愈《杂说·四》（即《马说》）、欧阳詹《刖卞和述》《吊九江驿碑材文》等，并为古代优秀杂文。陈柱《中国散文史》评价此文"纯乎文者也"，又说："《弹甘蔗文》乃寓意抒情之作，味贵深长，故宜乎文也。"

《谢灵运传论》

沈约撰。载《宋书》卷二十七，列传第二十七。此篇堪称简明文学史论，且文笔优美。陈柱《中国散文史》评价此文"意在论文，直抒胸臆，故贵乎文笔之间也"。

《谏太宗息兵罢役疏》

唐徐惠撰。徐惠是唐太宗李世民的妃嫔。贞观末年，唐太宗数次欲伐四夷，百姓劳怨，徐惠上疏极谏。这篇谏文是中国历史上极其罕见的由女性写作的政论文，历来备受史家赞誉。疏中有"地广者非常安之术，人劳者乃易乱之符"；"大业者易骄，愿陛下难之；善始者难终，愿陛下易之"；"有道之君以逸逸人，无道之君以乐乐身。技巧为丧国斤匠，珠玉为荡心鸩毒"；"漆器非延叛之方，桀造之而人叛；玉杯岂招亡之术，纣用之而国亡。侈丽之源，不可不遏；作法于俭，犹恐其奢；作法于奢，何以制后"等语。疏为太宗赞纳。

《杼山妙喜寺碑记》

唐颜真卿撰。此记作于大历九年（774）湖州刺史任上。是年春，颜真卿的韵音学巨著《韵海镜源》在湖州杼山妙喜寺编竣，遂撰书立下此碑。碑记详细记载了颜真卿与皎然、陆羽等江东文人的诸多活动，成为考证并确定中唐时期"吴中诗派"和陆羽在杼山著《茶经》的最主要历史文献。碑记一千两百八十二字，散骈结合，记史有据，记事铺陈，详而言简。此碑佚，此文存《颜鲁公集》。

《沈下贤文集》

又名《沈亚之集》。唐沈亚之撰。十二卷。其中诗赋一卷，杂文杂记一卷，杂著两卷，记两卷，书两卷，序一卷，策问并对一卷，碑文、墓志表一卷，行状、祭文一卷。《四库全书总目》评沈亚之为文"务为险崛，在孙樵、刘蜕之间"。此书浙江图书馆有藏。另有明抄本《沈亚之集》十二卷四册，藏美国国会图书馆，因"此本不避康熙讳……距万历当部在远，故珍之重之，收录为善本"（王重民《中国善本书提要》，上海古籍出版社1983年版第508页）。

《宋高僧传》

又名《大宋高僧传》《天寿史》。宋释赞宁撰。三十卷。上接唐释道宣《续高僧传》，集录自唐贞观年间至宋端拱元年（988）间的高僧传记。全书正传五百三十一人、附记一百三十人，传后附以系论，大都采自各家诔铭、记志。书中记有大量僧侣传说。书辑入《四库全书》，又收入《大正藏》第五十册。周中孚《郑堂读书记》称："词意亦颇雅饬，足以备释氏之掌故矣。"是书对了解唐宋时期佛教发展及其对政治、文化诸方面的影响具有重要参考价值。

《庐山记》

宋陈舜俞撰。原本五卷，有图。《永乐大典》录存三卷，即《总叙山篇第一》《叙北山篇第二》《叙南山篇第三》，又附《庐山纪略》一卷。陈舜俞因反对王安石变法，被贬监南康军（今江西星子县）盐酒税，其间与致仕工部尚书刘涣游览庐山，以六十天时间尽览南北山水之胜。因亲身游历，取沿途记录编成，故不同于一般方志。《四库全书简明目录》称其"盖处处皆目睹，故考证精核，与据图经作志者迥殊"。

《墨妙亭记》

宋苏轼撰。熙宁四年（1071）十一月，高邮孙觉知湖州，于次年二月筑墨妙亭于府衙北逍遥堂之东，集中收藏境内自汉以来古文遗刻，加以保护。同年十二月，苏轼任杭州通判赴湖州察看堤岸，知州孙觉请他为墨妙亭作记。苏轼欣然命笔，赞扬孙觉为保存文化而做的好事，"以其余暇网罗遗逸，得前人赋咏数百篇，为《吴兴新集》。其刻石尚存而僵仆断缺于荒陂野草之间者，又皆集于此亭"。作者还在记中阐明了自己关于知命的观点：尽管万事万物有成必有坏，但不能在天命面前无所作为，应当极尽人事至于无可奈何而后已，这才叫知命。

《湖州谢上表》

苏轼撰。这是苏轼元丰二年（1079）知湖州时写的谢恩折，仅两百七十余字。文中称湖州"风俗阜安，在东南号为无事；山水清远，本朝廷所以优贤"。表示在任上要"奉法勤职，息讼平刑，上以广朝廷之仁，下以慰父老之望"。

《文与可画筼筜谷偃竹记》

苏轼撰。写于元丰二年（1079）"七月七日予在湖州曝书画，见此竹"时。看到文与可送给自己的一幅《筼筜谷偃竹图》，睹物思人，见物生情，援笔写下了这篇杂记。文与可即文同，在苏轼之前受命知湖州，殁于途，苏轼因而"废卷而哭失声"。文中所叙文同画竹的见解"故画竹必先得成竹于胸中，执笔熟视，乃见其所欲画者，急起从之，振笔直遂，以追其所见，如兔起鹘落，少纵则逝矣"是成语"胸有成竹"之出典。

《长兴集》

宋沈括撰。残本十九卷。据陈振孙《直斋书录解题》载，沈括有诗文集四十一卷。南宋高布曾合沈辽、沈遘集子合刊于括苍（今丽水），因三人原籍均吴兴，称《吴兴三沈集》。今存沈括《长兴集》缺失大半。《四库全书总目》编者称沈括"在当时乃不以文章著，然学有根柢，所作亦宏赡淹雅，具有典则。其四六表启，尤凝重不佻，有古作者之遗范"。据此可见沈括亦长于骈文。

《苕溪集》

宋刘一止撰。刘一止诗文俱佳。韩元吉《刘一止行状》称其文章推本经术，出入韩愈、柳宗元间，不效世俗纤巧刻琢，虽演迤宏博，而关键严备。《苕溪集》所收诗文五十五卷，末附行状一卷，诰词一卷，有清抄本，《四库全书》收入。

据《直斋书录解题》和《宋史》载，刘一止诗文集原称《非有斋类稿》，五十卷。《四库全书书目题要》以为"或后人掇拾遗篇增附其后，因而更名欤？"2012年，浙江古籍出版社出版湖州师范学院龚景兴、蔡一平点校的《刘一止集》，收入《浙江文丛》。

《吴兴山水清远图记》

赵孟頫撰。《图记》全文三百七十二字。只写山水，无涉画语，名为"图记"，实写吴兴风光，字里行间流露出"吴兴山水清远"之意，读之犹如身临其境，显示了作者特有的感悟力和观察力。作者最后归纳吴兴山水之清远所在："春秋佳日，小舟沂流城南，众山环周，如翠玉琢削，空浮水上，与船低昂，洞庭诸山，苍然可见，是其最清远处耶！"令人神往。

《唐宋八大家文抄》

明茅坤选编。散文总集，凡一百六十四卷。所选唐韩愈、柳宗元和宋欧阳修、苏洵、苏轼、苏辙、王安石、曾巩八大家之文。诸卷各有引。茅氏选文的目的在于宣扬八大家文章中得六经之精髓者，反对李梦阳等"前七子"和王世贞、徐中行等"后七子"的复古文风，对韩愈尤为推崇。《明史·本传》云："其书盛行海内，乡里小儿无不知茅鹿门者。""唐宋八大家"之名始于明朱佑选《八先生文集》，而流行自茅坤始。有明万历间刻本，辑入《四库全书》。通行的是清代坊间刻本。浙江图书馆藏明万历七年（1579）茅一桂刻本十六册一百四十四卷、崇祯元年（1628）刻本五十六册一百六十六卷、崇祯四年（1631）茅著刻金阊黄玉堂印本三十五册一百六十六卷（存一百四十四卷）等三种。

《白华楼藏稿》《白华楼续稿》

茅坤撰。二十六卷。茅坤为文刻意模仿《史记》、欧阳修，注意行文跌宕激射，且好用长句，以示文气的摇曳，但文章成就不高。白华楼为茅坤藏书楼，故以名其文集。《藏稿》十一卷、《续稿》十五卷为散文杂著，《玉芝山房稿》有文十六卷、诗六卷，《耄年录》七卷为诗文合集，未分类。

《冬青馆甲集》《冬青馆乙集》

清张鉴撰。系诗文合集。甲集六卷，乙集八卷。吴兴刘氏嘉业堂刻本。其文多古书题跋，于明季史事及清代藏书源流亦多涉及。其文如《包山葛氏澄波皓月楼藏书记》《魏忠节父子画像记》《复社姓氏传略序》《拟南安姜夔传》《栽云仙馆记》等，有"工为文"之评（《中国近代文学大系·散文集一》）。另有《秋水文丛》五十卷等。

《还钏记》

近代徐自华撰。文记作者与鉴湖女侠秋瑾义结金兰，清光绪三十三年（1907）5月，秋瑾在上海与徐锡麟密谋起事后道经石门，赠自华一翡翠手镯留作纪念，并落实两人此前死后葬西湖的约定。秋瑾牺牲后，作者信守承诺，冒险葬秋瑾于西湖之滨，并在上海办竞雄女校，将手镯还给已经长大成人的秋瑾之女璨芝之事。该文曾入编中学国文教科书。

《癸卯旅行记》

近代单士厘著。三卷。光绪二十九年（1903）出版。此为中国第一部女性撰写的出国旅行记。上卷记述作者在日本东京、大阪等地及朝鲜的经历，中、下卷记述在俄罗斯海参崴、西伯利亚、彼得堡等地八十余日、行程两万余里的所见所闻。书中以妇女角度发表观察外国国情的感受和观点，表达了对沙俄侵犯我边境，屠杀我边民的强烈愤懑之情，以及爱国爱民的情怀。书中还记载了许多沙皇俄国政治黑暗、吏治腐败的事例，揭露了其自诩文明、实则腐朽的本质，并准确地预言了其末日之将临。单氏在书中还表达了对俄国伟大的批判现实主义作家列夫·托尔斯泰的崇敬之情。她根据自己的考察所得，详细、深入地介绍了托尔斯泰的故事，成为第一位将托尔斯泰介绍到中国的女作家。钟叔河在评价此书及《归潜记》时说："当今无论从中国人接受近代思想的深度来看或者从介绍世界艺文学术的广度来看，这两部书在同时代人的同类作品中，超出侪辈甚远。"

《归潜记》

单士厘著。十卷，一说十二卷。成书于宣统二年（1910）。记述作者随夫遍历英、法、德、荷、意等国的见闻，向国人介绍了欧洲的神话、艺术和宗教。其中《章华庭四室》《育斯》两篇为中国介绍希腊、罗马神话之开端，是近代中国重要的神话学文章。《彼得寺》《新释宫》两篇介绍了罗马圣彼得大教堂的建筑及有关的历史与神话。《景教流行中国碑跋》《景教流行中国表》《摩西教流行中国记》《马可博罗事》等篇是研究中西交通史和文化交流史的重要文章。本书还是中国第一本介绍但丁和他的《神曲》的书。另外一些文章介绍了西方的礼俗典章。

二、骈文

《与陈伯之书》

南朝·梁丘迟撰。陈伯之在齐末时为江州刺史，曾抗击梁武帝萧衍，后降梁仍任原职。不久又率部投魏，任平南将军。梁天监四年（505），临川王萧宏领兵北征，陈伯之率兵相抗。萧宏遂命丘迟作书劝降。次年三月，陈伯之乃于寿阳（今安徽寿县）拥兵八千归降。此书先斥陈伯之忘恩负义叛梁投魏，继而申言梁朝宽大为怀，不咎既往，规劝陈伯之弃暗投明。再以双方情势及陈伯之所处险境来促其归降。文中最后一段，写"暮春三月，江南草长，杂花生树，群莺乱飞"，以江南美景唤起陈伯之的故国之思，以情动人，情景交融，隽永有味，后来成为传诵的名句。全文挥洒自由，气势逼人，又极富感情色彩。

《与宋元思书》

又名《与朱元思书》，因宋元思一作朱元思。南朝·梁吴均撰。此书是吴均写给宋元思述说旅行所见的信，寥寥一百四十余字，写景如画。"风烟俱净，天山共色，从流飘荡，任意东西。自富阳至桐庐，一百许里，奇山异水，天下独绝。"文中多用对偶句，如"泉水激石，泠泠作响；好鸟相鸣，嘤嘤成韵"，读来朗朗上口。篇名别本作《与朱元思书》，盖字形近似致误。黎经诰《六朝文洁笺注》："'宋'，一作'朱'，非。案宋元思，字玉山。刘峻有《与宋元思书》。"吴均另有《与施从事书》《与顾章书》二书，分别仅八十五字和一百零四字，生动地描写了安吉青山、石门山（皆在今昆铜）景物："绝壁干天，孤峰入汉。绿嶂百重，青川万转"；"森壁争霞，孤峰限日；幽岫含云，深溪蓄翠"。"吴均三书"皆文笔清丽，韵味隽永，为六朝骈文名篇。《梁书·吴均传》说："均文体清拔有古气，好事者或学之，谓为'吴均体'。"

《示朴斋骈体文》

清钱振伦撰。六卷。《示朴斋骈体文》按赋、序、书、跋、赞、论、诔、祭文、杂文等分类别卷，收文百余篇，同治六年（1867）刊刻，现藏国家图书馆。吴汝纶在代曾国藩为该书所作的序中称钱文"不尽效李氏（李商隐），冲夷清越，藻丽自生"。张之洞在《书目答问》中说"今人《示朴斋骈体文》用唐法"。晚清举人、学者谭献称钱氏"师法义山，纯用唐调，清典可味，固是雅才"。钱氏另有

《示朴斋骈体文胜》和《示朴斋骈体文续存》。前者一作《示朴斋骈体文续》，点校本载上海远东出版社 1996 年出版的《学术集林》第四卷；后者载吉林文史出版社 1990 年出版之《明清诗文研究资料辑丛》。

表 2-1：古近代湖州散文作家名录

姓　名	生卒年	籍　贯	散文著作
姚　信	约 207—270 后	乌程永安（今属德清）	《姚信集》十卷、《士纬》一卷、《昕天论》一卷等
吴　商	生卒年不详	丹阳故鄣	《礼难》十二卷、《杂义》十二卷、《礼议杂记故事》十三卷均佚。存《吴商集》五卷、《杂礼议》一卷
沈　充	？—324	武康	《沈充集》两卷佚
孙　琼	生卒年不详	吴兴	《松阳母集》两卷佚
钮　滔	生卒年不详	吴兴	《钮滔集》五卷、《钮滔录》一卷，均佚
沈林子	387—422	武康	《沈林子集》七卷佚
支昙谛	390—453	吴兴	《支昙谛集》六卷佚，仅存《庐山赋》等数篇
沈演之	397—449	武康	《沈演之集》十卷佚
沈崇之	生卒年不详	武康	《沈崇之集》十卷、《诽谐文》一卷，均佚
沈　亮	404—450	武康	《沈亮集》七卷佚
沈怀文	409—462	武康	《隋王入沔记》十卷、《沈怀文集》十三卷
丘渊之	生卒年不详	乌程	《丘渊之集》七卷佚
沈　勃	生卒年不详	武康	《沈勃集》十五卷佚
沈　镤	生卒年不详	吴兴	《沈镤集》佚。存诗文二十篇（首）
沈麟士	418—503	武康	《沈麟士集》六卷佚
沈怀远	生卒年不详	武康	有文集十九卷佚

姓　名	生卒年	籍　贯	散文著作
丘灵鞠	？—484	乌程	《丘灵鞠文集》《江左文章录序》《大驾南封记》等佚
沈　约	441—513	武康	《宋书》一百卷、《沈隐侯集》十七卷及附录，存世文一百九十篇左右。浙江古籍出版社 1995 年出版《沈约集校笺》
丘仲孚	462—510	武康	《南宫故事》一百卷等，已佚
丘　迟	464—508	乌程	有《梁丘司空集》一卷。代表作《与陈伯之书》。其《集抄》四十卷佚
裴子野	467—528	故鄣	《裴子野文集》二十卷、《众僧传》二十卷等，均佚
吴　均	469—520	故鄣	有《西京杂记》两卷、《钱塘先贤传》五卷、《庙记》十卷、《入东记》和文集二十卷，大多散佚。明人辑《吴朝请集》一卷
姚僧垣	499—583	武康	《行记》三卷佚
沈　炯	502—560	武康	《沈炯前集》七卷、《沈炯后集》十三卷，均佚，存《沈侍中集》一卷
沈　众	503—558	武康	《竹赋》佚
沈君攸	？—573	武康	《沈君攸集》十卷（一作十二卷、十三卷），佚
章　华（女）	？—587	吴兴	所作《上后主书》收入《湖州散文选》
姚　察	533—606	武康	《西聘道里记》和《说林》十卷、《姚察文集》二十卷（佚）等
顾　云	生卒年不详	池州人，居吴兴	《苕亭杂笔》五卷、《苕川总载》十卷，均佚
姚　最	约 538—604	武康	《北齐纪》二十卷、《序行记》十卷等，均佚
陈叔宝	553—604	长城	《陈后主集》三十九卷。明张溥辑入《汉魏六朝百三名家集》
沈婺华（女）	约 554—628	武康	《陈后主沈后集》十卷佚

姓　名	生卒年	籍　贯	散文著作
陈叔齐	569—608	长城	《籁纪》三卷佚
沈　光	590—618	武康	《沈光集》五卷佚
陈叔达	573—635	长城	散文集十五卷已佚，《全唐文》录其文二篇
释道宣	596—667	长城	《广弘明集》三十卷、《续高僧传》三十一卷等
沈伯仪	生卒年不详	吴兴	《全唐文》录其文一篇
徐齐聃	629—672	长城	文多散佚，《全唐文》仅录其文二篇
徐　坚	659—729	长城	《徐坚集》三十卷佚
钱　起	约710—约780	长城	《钱起赋文》十篇，佚。存《晴皋鹤唳赋》《豹鼠赋》收入《湖州散文选》
梁　耿	生卒年不详	湖州	《梁耿集》佚
皎　然	720—805	长城	所作《用事》《语拟用事义非用事》《取境》三文收入《湖州散文选》
姚南仲	730—803	华州下邽，原籍武康，晚年归寓吴兴	《姚公集》十卷佚
陈　商	？—855	长城	《敬宗实录》十卷和文集十七卷，均佚。《全唐文》录其文三篇
沈　询	？—863	德清	《全唐文》收其文二十二篇
陆　肱	生卒年不详	长城	《全唐文》收其文四篇
沈亚之	781—832	吴兴	《沈下贤集》十二卷，其中《谊鸟录》《歌者叶记》《与路郾州书》等文收入《湖州散文选》
丘光庭	生卒年不详	乌程	《海潮论》一卷辑入《全唐文》卷八九九。另《海潮记》一卷、《丘光庭集》三卷佚
沈　颜	？—约921	德清	《全唐文》收其文十一篇。其《聱书》十卷、《解聱书》十五卷、《大纪赋》一卷均佚

姓　　名	生卒年	籍　贯	散文著作
沈文昌	生卒年不详	湖州	《记室集》三卷佚
杨夔	生卒年不详	湖州	《杨夔集》五卷和诗文合集《冗余集》十卷，均佚
张　先	990—1078	乌程	《张先文集》十二卷佚
叶清臣	1000—1049	乌程，一说长洲（今苏州）	《叶清臣集》一百六十卷佚。存《述煮茶小品》等
陈舜俞	1026—1076	乌程	《都官集》十四卷附录一卷《庐山记》五卷、《虚山记》三卷
沈遘	1025—1067	钱塘（今杭州），祖籍吴兴	《西溪集》十卷，辑入《吴兴三沈集》
沈辽	1032—1085	钱塘（今杭州），祖籍吴兴	《云巢编》二十卷，存十卷，辑入《吴兴三沈集》
沈括	约1032—约1096	钱塘（今杭州），祖籍吴兴，一说德清	《长兴集》十九卷，辑入《吴兴三沈集》
刘谊	生卒年不详	长兴	有文集三十卷、奏议四十卷，均佚
朱服	1045—1102	归安	《朱服集》十三卷佚
臧询	1051—1110	安吉	其文集十卷佚
丁注	生卒年不详	归安	《永州集》三卷佚
刘安止	？—1118	归安	其诗文集四卷佚
刘焘	1071—1131	长兴	《南山集》五十卷（一说二十卷）《龙城录》两卷均佚，《长兴进士题名记》一文收入《湖州散文选》
葛胜仲	1072—1144	丹阳人，知并迁居湖州	其二十四卷《丹阳集》中有文十五卷

姓　名	生卒年	籍　贯	散文著作
刘珏	1078—1132	长兴	《吴兴集》二十卷、《集议》五卷佚，存《两汉蒙求》十卷
沈该	1078—1168	归安	《沈该文集》五十卷佚
刘宁止	1079—1144	归安	《教忠堂类稿》十卷佚
沈珣	1080—1155	德清	《南归录》一卷、《经世录》，均佚
张甸	1081—1153	乌程	其文集三十卷佚
鲁伯能	生卒年不详	安吉	有文集三百余卷，不见。代表作《望汉台铭》《庆源军使厅题名记》。另《东禅寺记》收入《湖州散文选》
朱弁	1085—1144	徽州婺源（今属江西），后居竹墩	《曲洧旧闻》十卷。另《聘游集》四十二卷、《南归诗文》一卷佚
沈与求	1086—1137	德清	其十二卷《龟溪集》中有文集九卷
沈作喆	生卒年不详	归安	有笔记《寓简》十卷，另，《寓山集》三十卷、《一斗径醉撰己意》若干卷均佚
葛立方	1098—1164	归安	《归愚集》二十卷（存卷五至卷十三，另有旧抄本十卷藏日本静嘉堂文库）、《西畴笔耕》，其中《〈韵语阳秋〉自序》《湖州上强精舍寺》收入《湖州散文选》
施士衡	生卒年不详	归安	《同庵集》一卷佚
周颉	生卒年不详	长兴	《适庵集》百卷佚
芮烨	1115—1172	乌程	表启记序等七卷佚
倪偶	1116—1185	归安	《绮川集》十五卷佚
沈复	？—约1178	德清	《四益斋集》佚
沈枢	1120—1202	德清	其廷对《首论君子小人之辨》得宋高宗赏识
刘度	1120—？	长兴	《传言鉴古》五十篇、《杂文》三十卷均佚

姓　名	生卒年	籍　贯	散文著作
葛　邲	1131—1196	归安	《文定集》两百卷佚
沈　瀛	1135—约1201	归安	《旁观录》佚
俞　灏	1146—1231	乌程	《青松居士集》佚
沈清臣	生卒年不详	乌程	《晦岩集》十二卷佚
倪　思	1147—1220	归安	《齐斋甲稿》二十卷、《齐斋乙稿》十五卷、《翰林前后稿》四十卷均佚。存《经锄堂杂志》八卷、《二初斋读书记》十卷、《合宫严父书》一卷
谈　钥	生卒年不详	归安	所作《陈霸先》《沈麟士》《沈约》《李绅》四文收入《湖州散文选》
章良能	？—1214	归安	《嘉林集》百卷佚
陈　晦	生卒年不详	长兴	其文集三十卷佚
沈　诜	1172—1245	德清	《东溪集》佚
朱　震	生卒年不详	安吉，一说归安	《益泉集》二十卷佚
陈振孙	1183—1261	安吉	所作《张先〈十咏图〉跋》收入《湖州散文选》
吴　渊	1190—1257	德清	《退庵先生遗集》两卷
王　圭	生卒年不详	安吉	有文集十卷，未见
朱晞颜	1221—1279	长兴	其五卷《瓢泉吟稿》中有文两卷
文及翁	生卒年不详	绵州（今属四川），迁居湖州	其文集二十卷佚
牟　巘	1227—1311	井研（今属四川），迁居湖州	其二十四卷《陵阳先生集》中有文集十八卷，其中《玄妙观重修三门记》收入《湖州散文选》
庞　朴	生卒年不详	乌程	文入其《五湖狂叟集》，佚

姓　名	生卒年	籍　贯	散文著作
壶弢	？—1333 后	乌程	《壶山四六》一卷
牟应龙	1247—1324	吴兴	所作《湖州路总管郝侯祠记》收入《湖州散文选》
章得一	生卒年不详	归安	《悠然先生集》佚
王国器	1284—1366 后	湖州	《遗稿》入编《四库全书》
林　静	生卒年不详	德清	《愚斋集》二十卷佚，仅存宋濂序
杨　复	生卒年不详	长兴	《土苴集》五十卷佚
沈　贞	1400—？	长兴	文存两卷《茶山老人遗集》中
沈　彬	1411—1469	武康	文存其四卷《沈兰轩集》中，有明隆庆刊本，浙江图书馆藏万历刊本二册，收入《四库全书存目丛书》集部第三十四册
沈　伦	生卒年不详	归安	《耕余博览》九十一卷佚
陈秉中	1422—1475	乌程	《友桧集》三十卷佚，存殿试策一篇
张　宁	1426—约 1497	德清，迁居海盐	《方洲集》二十六卷收入《四库全书》，另有《读史录》六卷、《奉使录》两卷、《方洲杂录》两卷、《方洲杂言》一卷
闵　珪	1430—1511	乌程	现藏日本内阁文库的十卷《闵庄懿公集》卷十为文集，另撰《流芳录》四卷
吴　琼	1439—？	乌程	《桂西稿》佚
徐九思	约 1442—约 1523	德清	其诗文合集《一斋集》佚
胡　瑄	1449—？	德清	《两麾江湖录》佚
吴　珍	1451—？	长兴	《蒙山十景述》一文收入《湖州散文选》
王　济	1458—1540	乌程	《谷应集》佚
陈　忱	生卒年不详	乌程	《见湖录》《瓦缶集》《览胜纪游集》，均佚

姓　名	生卒年	籍　贯	散文著作
陈　霆	1470—1564	德清	其文辑入十七卷《水南集》，该集收入《吴兴丛书》，其中《〈新市镇志〉序》收入《湖州散文选》
凌　震	1471—1535	归安	其文辑入四卷本《练溪集》，有清嘉庆二十年（1815）寿世堂刊本藏国家图书馆
蔡中孚	？—1520	德清	《粹玉山房集》佚
朱怀相	1474—1554	归安	《慕萱卷遗集》佚
吴　麟	1481—1553	孝丰	其文辑入十卷本《苕源存稿》，书佚
顾应祥	1483—1565	长兴	《崇雅堂文集》六卷、《静虚斋惜阴录》十二卷附录一卷
吴　龙	1497—？	孝丰	《重建明伦堂记》一文收入《湖州散文选》
张永明	1499—1566	乌程	其文辑入六卷本《张庄僖文集》，该集辑入《四库全书》第一千两百七十七册
陆时雍	生卒年不详	归安	《平川遗稿》《南游漫稿》，均佚
闵如霖	1503—1559	乌程	其十六卷《午塘集》中有文九卷，万历二年（1574）闵道孚等刻《午塘先生集》六卷收入《四库全书存目丛书》集部第九十六册
嵇世臣	1503—？	归安	《嵇川南稿》一卷
宋　雷	生卒年不详	吴兴	除四卷《西吴俚语》外，另有《吴兴富人某氏》《潘元明骄侈伏诛》二文收入《湖州散文选》
姚一元	1509—1578	长兴	《按陕行稿》佚
慎　蒙	1510—1581	归安	《天下名山诸胜一览记》十六卷、《贵阳山泉志》
董　份	1510—1595	乌程	其三十七卷诗文集《泌园集》中有文三十卷。该集有万历刊本藏上海图书馆，另有《吴兴丛书》《四库全书存目丛书》本等

姓　名	生卒年	籍　贯	散文著作
茅　坤	1512—1601	归安	著有《茅鹿门先生文集》三十六卷，国家图书馆有藏。其中《翠微园记》《六羡堂记》《〈吴兴明道录〉序》《〈八大家文抄〉总序》《青霞先生文集序》《韩文公文抄引》六文收入《湖州散文选》
吴维岳	1514—1569	孝丰	《海岱集》十二卷佚
姚　翼	生卒年不详	归安	文存《玩画斋杂著》八卷中
蔡汝楠	1516—1565	德清	其二十四卷《自知堂集》中有文十七卷，有嘉靖朱炳如刊本藏国家图书馆
胡友信	1516—1573	德清	《天一山稿》四册、《胡思泉稿》一卷
徐中行	1517—1578	长兴	《天目山堂集》（又名《天目先生集》）二十卷附录一卷，有万历刻本藏浙江图书馆和美国国会图书馆、哈佛大学燕京图书馆
潘季驯	1521—1595	乌程	其四卷《留余堂集》中有文三卷，其中《堤决白》《乞休疏》二文收入《湖州散文选》
范应期	1527—1594	乌程	《玉拙堂集》佚，其《〈溪声集〉序》《知县江侯去思碑》二文收入《湖州散文选》
张士纯	1527—？	安吉	《〈见闻记训〉序》收入《湖州散文选》
沈　稠	1531—1609	归安	其文辑入二十卷《观颐诗文集》中，国家图书馆有缩微品
沈节甫	1533—1601	乌程	《太朴主人文集》九卷
骆鸣銮	生卒年不详	武康	所著《少溪集》佚，其中《答邑侯杨少渠问武康水利书》收入《湖州散文选》
许孚远	1535—1604	德清	《敬和堂集》十三卷、《许敬庵稿》一卷
张睿卿	生卒年不详	归安	《广名山记》二十卷、《广名园记》四卷、《苕记》十二卷等游记三十一种，大多散佚
温　纯	1539—1607	乌程	其文辑入三十卷《温恭毅公集》中

姓　名	生卒年	籍　贯	散文著作
李　乐	生卒年不详	乌程	《见闻杂记》九卷、《吴兴杂记》一卷、《拳勺园小刻》两卷附录一卷续录一卷。另《金川纪事》佚
茅翁积	1542—?	归安	其十四卷《芸晖馆稿》中有文两卷，该书辽宁图书馆有藏
吴梦旸	1546—约1620	归安	所作《聚芳亭记》收入《湖州散文选》
朱长春	生卒年不详	乌程	《朱大复乙集》三十八卷佚
臧懋循	1550—1620	长兴	《负苞堂文选》四卷，《臧懋循集》九卷，赵红娟点校，浙江古籍出版社2012年3月出版
章嘉祯	约1550—1622	德清	诗文杂编《姑孰集》两卷
姚光佑	生卒年不详	长兴	《长兴先贤传》《中和堂文集》佚，《游洞山记》收入《湖州散文选》
潘龙翰	1554—1608	乌程	《孤桐篇》佚
茅国缙	1555—1607	归安	《荐卿集》十二卷（一作二十卷，佚），其中《华溪茅氏》一文收入《湖州散文选》
周国宾	1555—1633	长兴	《三有轩诗文稿》佚
郑明选	生卒年不详	归安	其四十卷《郑侯升集》中有文十七卷，国家图书馆有藏
许德华	生卒年不详	长兴	《潜斋集》佚
朱国桢	1557—1632	乌程	其文辑入一卷《朱文肃公诗文集》，其中《普陀游记》《当事均田定役揭》《绪帖》三文收入《湖州散文选》
朱凤翔	?—1619	长兴	《〈清惠集〉序》收入《湖州散文选》
蔡官治	?—1645	德清	《湖南纪事》《羽明文稿》佚
董嗣成	1560—1595	乌程	《尺牍》两卷。《光禄遗编》四卷、《仪部札稿》佚

姓　名	生卒年	籍　贯	散文著作
庄元臣	1560—1609	归安	《庄忠甫杂著》二十八种
丁元荐	1563—1628	长兴	《万历辛亥京察记事》一卷，《尊拙堂文集》十二卷附录一卷有《四库全书存目丛书》影印清顺治十七年（1660）丁世浚刻本
沈　演	1572—1638	乌程	《止止斋集》七十卷，孤本藏日本尊经阁文库。国家图书馆藏有其《沈河山稿》一卷，《千顷堂书目》著录之《河山集》六十四卷佚
王继贤	生卒年不详	长兴	《笠泽堂集》《泉园随笔》，均佚
王德坤	生卒年不详	乌程	《清署集》佚
吴闺贞（女）	生卒年不详	归安	其文辑入八卷本《吴节孝诗文前集》和一卷本（原八卷）《吴节孝诗文后集》
茅瑞徵	1575—1637	归安	《皇明象胥录》八卷
闵齐伋	1575—1657	乌程	《藏机轩》四卷和《睡余杂笔》等，均佚
姜兆熊	生卒年不详	归安	《樊川丛话》一卷
骆从宇	？—1631	武康	《骆太史澹然斋存稿》六卷
凌湛初	生卒年不详	乌程	《敝帚集》四卷
沈退庵	生卒年不详	德清	《存哀札记》《梦余噙语》《逊东随记》《课余偶笔》
吴稼竳	生卒年不详	孝丰	《北征前后录》佚
闵元衢	生卒年不详	乌程	《欧余漫录》十二卷附一卷、《罗江东外纪》三卷，其《吴兴艺文补》七十卷仅存第六十七至七十卷，另与董斯张等合作编著有《吴兴备志》三十二卷，其《归安施渚溪》一文收入《湖州散文选》
凌濛初	1580—1644	乌程	其文辑入《国门集》《鸡讲斋诗文》等诗文集，其中《〈拍案惊奇〉序》《〈二刻拍案惊奇〉小引》《游杼山赋》三文收入《湖州散文选》

姓　名	生卒年	籍　贯	散文著作
韩　敬	1580—?	归安	《重修仪凤青铜二桥记》
凌润初	生卒年不详	乌程	《病言》四卷、《叹逝录》，均佚
温　璜	1585—1645	乌程	《温宝忠先生遗稿》十二卷收入北京出版社1994年出版的《书库全书禁毁书丛刊》，另有《见闻偶录》一卷
董斯张	1586—1628	乌程	《静啸斋遗文》四卷、《吹景集》十四卷。诗文合集《绪言》四卷存国家图书馆、浙江图书馆。《古赋》一卷佚。《〈吴兴备志〉叙》收入《湖州散文选》
张　隽	约1591—1663	江苏吴江，迁居乌程南浔	其文辑入四卷本《西庐文集》中
徐尚勋	1592—1633	德清	《藿枕集》六卷佚
顾　简	生卒年不详	归安	其十卷《蘧园集》中有文五卷
凌义渠	1593—1644	乌程	《凌忠介公文集》两卷、《凌忠介公奏疏》八卷（存六卷）、《凌茗柯稿》一卷、《忠介遗集》四卷。另《八闽采风观略》《莆阳课读》《山左退食编》《同声前后录》《解颐新语》等佚
茅元仪	1594—约1640	归安	《野航史话》四卷、《暇老斋杂记》三十二卷、《戍楼闲话》四卷、《掌记》六卷、《青油史漫》两卷、《督师纪略》十三卷等
沈戬谷	1594—1662	德清	著有诗文集数百卷，均佚
董廷勋	生卒年不详	乌程	《玄览斋文集》佚
闵　声	1597—1680	乌程	《泌庵集》《金盖云笺》《兵垣四篇》，均佚
陈　琯	1599—1644	归安	《勿喜录》佚
凌遂知	生卒年不详	乌程	《青玉馆集》一卷
唐　达	生卒年不详	德清	有诗文集《思诚集》等，佚
严书开	1612—1673	归安	《严逸山先生文集》十三卷

姓　名	生卒年	籍　贯	散文著作
陈廷枢	生卒年不详	归安	《赋京集》佚
董　说	1620—1686	乌程	《丰草庵前集》三卷、《丰草庵文集》三卷、《昭阳梦史》一卷、《丰草庵别集》六卷、《箓屋记》一卷、《楝花矶随笔》两卷和《南潜日记》等。另《辛壬杂著》《癸亥杂文》《乙酉杂文》《草庵群碎录》和《樵堂题跋》一卷、《药篱杂文》一卷等均佚
吴启褒	生卒年不详	归安	《半舫斋文集》四卷、《南游杂记》两卷，佚
严有谷	生卒年不详	归安	《嗜退庵语存》十卷
董汉策	1622—1691	乌程	《莲漪集》一卷。另《苏庵外录》等八种文集均佚
丁　珝	1623—1683	长兴	《觉民诗文集》，其《闻知录》佚
闵亥生	1623—1701	乌程	《躬耕堂文集》十二卷、《嵩庵漫录》《西乡杂志》《读史闲评》《山庄琐录》《天放斋卮》《太乙元珠集》等，均佚
韩　裴	?—约 1673	乌程	《莱园文稿》三卷佚
章金牧	?—1672	归安	《章云李四书文》和诗文集《莱山堂集》八卷、《莱山遗稿》五卷
徐　倬	1624—1713	德清	其三十二卷《蘋村集》内有《修吉堂文稿》八卷、《耄余残沈》两卷等，其中《蠹山记》一文收入《湖州散文选》
骆维恭	生卒年不详	德清	《逸言四种》《蠹吾集》《九我堂集》《烈女传说》等，均佚
董　传	生卒年不详	乌程	《芹言》十九篇佚
严我斯	1629—约 1701	归安	《爱日堂集》佚
岳昌源	生卒年不详	归安	《经野堂文抄》佚
董　樵	1637—?	乌程	《蔗园杂文》佚
沈　雍	1638—1702	归安	《宝宋斋文集》三卷佚

姓　名	生卒年	籍　贯	散文著作
沈尔燝	？—1689	乌程	其八卷《被园集》中有文一卷
董闻京	1639—？	乌程	《复园文集》六卷，《阆岑文稿》佚
唐云祯	1640—1658	乌程	《碎玉合编》两卷（与唐德远合撰）
董耒	1640—？	乌程	《稼庵杂文》佚
唐之凤	1640—？	归安	其二十四卷《天香阁》中有文八卷
翁圣域	生卒年不详		《明季燕客录》三卷佚
吴光	1641—1695	归安	《吴太史遗稿》一卷
徐斐然	生卒年不详	归安	《敬斋偶存稿》一卷
夏骃	生卒年不详	乌程	其《乌程杂识》《乌青杂识》和《交山平寇本末》三卷附文、书牍各一卷
郑骏声	生卒年不详	归安	《一鸥舫集》佚
孙在丰	1644—1689	德清	《扈从笔记》《东巡日记》《下河集思录》《尊道堂诗文》等，均佚
臧眉锡	生卒年不详	长兴	《喟亭文集》三卷、《栖贤山房文集》五卷
唐靖	生卒年不详	武康	其十八卷《前溪集》有文五卷
孙在中	生卒年不详	归安	其十卷《大雅堂集》有文两卷
孙其仁	生卒年不详	归安	其文辑入《白凤楼诗文集》，佚
沈三曾	1650—1706	归安	《十梅书屋文集》六卷佚
沈涵	1651—1719	归安	《读史随笔》佚
纪官	生卒年不详	乌程	《北行记》《南还记》佚
董师植	1657—1737	乌程	《汾园词》十五卷中有赋两卷
郑元庆	1660—约1735	归安	所著多散佚，《玉笋》《苏轼与张先》二文收入《湖州散文选》

姓　名	生卒年	籍　贯	散文著作
陆　师	1667—1722	归安	《巢云书屋》佚
陈尚古	生卒年不详	德清	其文辑入三卷本《簪云楼集》
吴隆元	生卒年不详	归安	其《易斋时文集》佚，另有《读易管窥》五卷、《孝经三本管窥》一卷
朱长源	生卒年不详	长兴	《名胜集》佚
董谷士	生卒年不详	乌程	《农山诗文集》二十册佚
戚麟祥	生卒年不详	德清	《红稻书屋遗稿》两卷、《四六撷藻》六卷、《瓶谷笔记》等，均佚
沈树本	1671—1743	归安	《纶翁文略》二册
张安弦	生卒年不详	乌程	文辑入《青屿稿存》
潘开甲	生卒年不详	乌程	《东斋随笔》佚
温睿临	生卒年不详	乌程	文辑入《山响楼集》佚
谢　洲	生卒年不详	浙江余姚人，定居乌程南浔	《散木文集》一卷、《散木庵诗文集》，均佚
茅星来	1678—1748	归安	《钝叟存稿》六卷、《钝叟文抄》一卷
董　熐	1680—1747	乌程	《南江文集》两卷、《读国语劄记》《续读国语劄记》各一卷，均佚
沈炳巽	1681—1756	归安	《权斋文稿》一卷、《权斋老人笔记》四卷。另《雪渔文存》四卷佚
王　恕	1682—1742	长兴	《楼山省身录》六卷
吴大受	1684—1753	归安	《山房文集》十二卷佚
徐禄宜	生卒年不详	武康	《孝廉陈兴公先生传》收入《湖州散文选》
钦　琏	1685—？	长兴	《虚白斋文集》四卷佚
柴鹤山	生卒年不详	归安	《掷杯小稿》佚

姓　名	生卒年	籍　贯	散文著作
徐绳甲	1692—1755	乌程	《鄗城集》佚
孙人龙	生卒年不详	归安	《约亭未定稿》《公余日记》《颐斋未定稿》，均佚
陈潘鄜	1696—?	归安	《学古斋文稿》佚
沈　澜	生卒年不详	归安	《泊村文抄》佚
王　豫	1698—1738	长兴	《孔堂文集》五卷
姚世钰	1698—1752	归安	其四卷《孱守斋遗稿》有文两卷
沈树德	1698—1756	归安	《慈寿堂文抄》八卷，另《读书灯檀》佚
沈祖惠	1698—1765	乌程	《近稿拾存》一卷，《虹舟诗文集》《西征赋》，均佚
章有大	1698—1769	归安	《息匀文集》佚
胡彦颖	生卒年不详	德清	《北窗偶谈》三卷
姚世钟	1703—1763	乌程	《郡庵午晴轩遗稿》两卷佚
陈克绳	1705—1784	归安	《赣辋随笔》二十卷、《西域遗闻》十卷、《读书谬见》四册等，均佚
姚世铼	1705—?	归安	《晋阳书院课士文》《咸受斋遗墨》《中州纪略》，均佚
陈　诗	生卒年不详	归安	《可斋稿》佚
高　植	生卒年不详	武康	《敬胜堂集》《末夏集》两卷，均佚
严彭年	生卒年不详	安吉	《浮石山赋》一文收入《湖州散文选》
凌树屏	1712—?	乌程	其二十四卷《瓠息斋前集》中有赋一卷，《瓠息斋文集》三卷佚
徐以震	1715—1761	德清	《南墅小稿》两卷
姚世雍	1715—1764	乌程	《邵庵集》佚

姓　名	生卒年	籍　贯	散文著作
徐以丰	1715—1775	德清	《苗疆要务》十三篇佚
杨　荣	生卒年不详	孝丰	《庆余堂随笔》佚
戚朝桂	1719—1792	德清	《读史随笔》四卷佚
闵鹗元	1720—1797	乌程	《闵氏金石文抄》《南巡恭纪录》佚，存《奏议》
徐德元	生卒年不详	乌程	其《芷堂文稿》《香雨丛谈》佚，存《蜀中名胜记》三十卷和《戎疆琐记》一卷
闵　深	生卒年不详	乌程	《苹香杂缀》两卷、《续缀》一卷，佚
蔡以台	1723—？	德清，寄籍嘉善	有诗文合集《三友斋遗稿》
吴兰庭	1730—1801	归安	《胥石文存》一卷
徐承烈	1730—1803	德清	其《燕居琐语》四十卷、《续语》十六卷均佚，仅存《听雨轩杂记》八册和《越中杂识》
叶佩荪	1731—1784	归安	《学易慎余录》四卷
陈　焯	1733—1807	归安	《湘管斋寓赏编》《湘管斋寓赏续编》各六卷、《归云室见闻杂记》三卷。《清源杂志》，佚
王　銮	1733—？	归安	《鄂晖堂集》佚
李志鲁	生卒年不详	安吉	《游马头山记》一文收入《湖州散文选》
徐天柱	1734—1793	德清	《读周礼》六卷、《冬心存》十四卷，均佚
戚蓼生	1736—1792	德清	《〈石头记〉序》收入《湖州散文选》
沈国治	1738—1798	归安	《韵亭文集》佚
丁　杰	1738—1807	长兴	《小酉山房文集》佚
戴　璐	1739—1806	归安	《茶室客话》十二卷。其《石鼓斋杂志》佚
丁　溶	？—1804	归安	《王村山农文抄》佚

姓　名	生卒年	籍　贯	散文著作
蔡廷弼	1741—1821 后	德清	其文辑入二十三卷《太虚斋存稿》
陈　埔	生卒年不详	德清	《卓庐文稿》两卷
沈　琨	1745—1808	归安	《嘉荫堂文集》三卷
沈赤然	1745—1816	德清	其三十一卷《五砚斋集》中有文十一卷
吴锡麒	1746—1818	归安，生于钱塘（今杭州）	《有正味斋文集》（不分卷、续集八卷、外集五卷）《有正味斋骈体文》二十四卷、《有正味斋骈体文删余十二卷》和《游泰山记》一卷、《游西山记》一卷、《匏居小稿》一卷等
施国祁	1750—1824	乌程	《礼耕堂杂说》《吉贝居杂记》和《金源札记》两卷
郑　佶	1750—1829	乌程	《诵芬录》四卷，另《得闲山馆文集》两卷和《小谷口文集》均佚
蔡之定	1750—1834	德清	《积谷山房随笔》佚
杨凤苞	1754—1816	乌程	《秋室集》五卷、《采兰簃文集》四卷、《秋室遗文》一卷
邢　典	1754—1824	乌程	《书城杂著》《书城文抄》《云水堂荟萃集》等，均佚
严昌钰	1756—？	归安	《浣花居文抄》两卷
陈　斌	1757—1820	德清	《白云文集》五卷，另有续集四卷
徐养原	1758—1825	德清	《顽石庐文集》十卷、《顽石庐杂文》三卷、《徐饴庵先生遗书》八种十卷
姚文田	1758—1827	归安	其十卷《邃雅堂集》有文五卷，《邃雅堂集续编》一卷
张师诚	1762—1830	归安	其文辑入《省缘室合集》，佚
徐熊飞	1762—1835	武康	《白鹄山房文抄》五卷、《骈体文抄》两卷和续钞两卷

姓　名	生卒年	籍　贯	散文著作
严可均	1762—1843	乌程	其文辑入十三卷《铁桥漫稿》中，存文两百四十九篇，其中《〈全上古三代秦汉三国六朝文〉总叙》收入《湖州散文选》
郎葆辰	1763—1839	安吉	《重修城南石道碑记》收入《湖州散文选》
骆洪裘	生卒年不详	长兴	《读书札记》《寓翁日抄》佚
范锴	1764—1845	乌程	《汉口丛谈》六卷、《花笑庼杂笔》六卷
杨知新	1765—1841	乌程	《夙好斋赋抄》一卷
姚学塽	1766—1826	归安	其文辑入十卷《竹素斋遗稿》（又名《姚镜塘先生全集》），有六卷
许宗彦	1768—1818	德清	其二十卷《鉴止水斋集》有文十一卷，其中《七叶堂记》收入《湖州散文选》
周中孚	1768—1831	乌程	《郑堂读书记》七十一卷、《郑堂札记》五卷
张　鉴	1768—1850	乌程	其文编入诗文集《冬青馆甲集》六卷、《冬青馆乙集》八卷、《冬青馆随笔》一卷，其中《〈浔溪记事诗〉序》《〈墨妙亭碑目考〉序》收入《湖州散文选》。其《秋水文丛》五十卷佚
董蠡舟	1768—？	乌程	《鼫巢杂著》《梦好楼文集》两卷等，佚
董　恂	生卒年不详	乌程	《紫藤花馆骈体文集》两卷佚
严元照	1773—1817	归安	《悔庵学文》八卷、《娱亲雅言》六卷，《蕙榜杂记》一卷
周如春	生卒年不详	武康	《梦痕寄迹》一卷，其《问窗寄光》佚
纪庆曾	？—1835	乌程	《叠翠居文集》一卷
沈钦韩	1775—1832	湖州，居苏州	《幼学堂文集》八卷佚
俞鸿渐	1781—1846	德清	其《印雪轩文抄》四卷存三卷，另有《印雪轩随笔》四卷、《读三国志随笔》一卷

姓　名	生卒年	籍　贯	散文著作
郑祖球	1782—1819	归安	其十二卷《红叶山房集》有文集四卷。另《读书管见》佚
凌介禧	1782—1862	乌程	《少茗文稿漫存》十七卷、《尘余时文稿》十卷等，均未刊或佚
孙燮	1783—1846	乌程	其文辑入十六卷《愈愚集》中，另有《补读书斋集》两卷
戴铭金	1783—1850	德清	《妙吉祥庵骈体文》佚
董恩湛	生卒年不详	乌程	《东归录》一卷佚
杨炳堃	1787—1858	归安	《西征往返纪程》两卷佚
纪磊	？—约1864	乌程	《风雨楼文集》佚
方履篯	1790—1861	德清	《万善花室文集》七卷
张应昌	1790—1874	归安	《寄庵杂著》两卷
赵棻（女）	生卒年不详	上海，嫁乌程汪延泽	《滤月轩文集》两卷
温曰鉴	生卒年不详	乌程	《读魏书地形志随笔》一卷、《勘书巢未定稿》一卷、《古壁丛抄》一册等
盛朝勋	1794—1826	乌程	《唐述山房日录》一卷
沈登瀛	1794—1842	乌程	《深柳堂文集》一卷
费熙	1795—1852	乌程	《书札杂著》一卷
凌堃	1795—1861	乌程	《告蒙编》一卷、《德舆集》，其《致用杂记》佚
朱紫贵	1795—？	长兴	其十四卷《枫江草堂集》有文集一卷
蔡寿昌	生卒年不详	德清	《蜕石文抄》四卷，另《清远堂随笔》佚
沈垚	1798—1840	乌程	《落帆楼文集》二十四卷、补遗一卷
沈云	生卒年不详	德清	《台湾郑氏始末》六卷

姓　名	生卒年	籍　贯	散文著作
傅赓梅	1800—1854	德清	《商岩遗书》《云林堂文集》佚
卞乃謤	?—1860	归安	《从军纪事》一卷
凌鸣喈	?—1861	乌程	《蕊珠仙馆杂志》十六卷，未刊
姚　衡	1801—1850	归安	《寒秀草堂笔记》四卷、《小学述闻》两卷、《宾退杂识》两卷
钮福畴	1801—1856	乌程	《亦有秋斋骈体文抄》两卷
陆以湉	1802—1865	乌程	《冷庐杂识》八卷续编一卷，其《甦庐偶笔》四卷佚
丁　桂	1802—?	归安	《欧余山房文集》两卷
孙世均	生卒年不详	归安	《谁与庵集·文抄》两卷佚
方　熊	生卒年不详	乌程	《绣屏风馆文集》四卷、别集一卷
孙衍庆	生卒年不详	归安	《载道堂文集》佚
江毓荃	生卒年不详	德清	《清溪山麓文集》佚
陆长春	1810—?	乌程	《香饮楼宾谈》两卷、《梦花亭骈体文集》四卷、《梦花亭尺牍》一卷、《遯斋随笔》一卷、《南都遗事》一卷
施文铨	1811—1861	安吉	《静学庐逸笔》两卷、《静学庐遗文》一卷，另有《静学庐笔记》四卷佚
沈丙莹	1811—1870	归安	《星匏馆随笔》十二卷、《读吴诗随笔》两卷。其《春星草堂集》有文两卷，疑即《读吴诗随笔》
吴　云	1811—1883	归安	《两罍轩尺牍》《两百兰亭尺牍》《两罍轩题跋》《两百兰亭杂抄》《两百兰亭未定稿》
汪曰桢	1812—1882	乌程	《莲漪文抄》八卷、《谢城遗稿》一卷
卢宾王	生卒年不详	长兴	《篁墩文抄》佚
王　诚	生卒年不详	武康	《松斋随笔》佚

姓　名	生卒年	籍　贯	散文著作
杨宝彝	1816—1871	归安	其《抱山草堂遗稿》两卷中有文一卷
方骏谟	1816—1880	德清	《敬业述事室文稿》佚
徐自然	生卒年不详	乌程	《半亩园诗文集》佚
杨　岘	1819—1896	归安	《迟鸿轩文弃》两卷、《迟鸿轩文补遗》一卷
徐有珂	1820—1878	乌程	《小不其山房集》十二卷
凌　霞	约1820—1891后	归安	《天隐堂文录》两卷、《凌霞手稿》六册
俞　樾	1821—1907	德清	其《春在堂全集》中有文集《宾朋集》十卷、《春在堂杂文》四十三卷《诂经精舍自课文》两卷、《左传连珠》一卷、《铭篇》一卷、《四书文》一卷、《尺牍》六卷、《佚文》一卷。其《重建白云桥记》《仙潭书院记》《陆心源墓志铭》和《春在堂随笔》三则收入《湖州散文选》
赵景贤	1822—1863	归安	《吉光片羽集》一卷、《赵忠节公遗墨》一卷
姚觐元	1823—约1902	归安	《大叠山房文存》两卷、《补遗》一卷、《咫进斋诗文稿》一卷、《蚕桑易知录》《弓斋日记》
吴廷桢	?—1888	长兴	《古剑书屋文抄》三卷
姚阳元	1825—1853	归安	《籽皋文抄》四卷、《刚日柔日读书记》（未完），均佚
毕兆淇	生卒年不详	归安	《蕉庵随笔》佚
施旭臣	?—1890	安吉	为吴昌硕作有《芜园记》，其他文章辑入《安吉施氏遗著》，另《金钟山房诗文集》佚
赵之谦	1829—1884	归安，原籍会稽（今绍兴）	《悲庵居士文存》一卷

姓　名	生卒年	籍　贯	散文著作
李宗莲	1829—？	乌程	《宝郑斋杂录》一卷、《李宗莲稿》。其《怀岷精舍诗文集》八卷和《怀岷精舍近作》均佚
张　度	1830—1904	长兴	《张狮崖先生遗文》佚
姚正甫	生卒年不详	归安	《姚正甫文集》十卷和《杭湖防堵记略》《牛营奕营记略》《赴营记略》《胜营记略》《和营记略》各一卷
陆心源	1834—1894	归安	《仪顾堂集》二十卷，其中《重修〈湖州府志〉序》收入《湖州散文选》
俞　刚	生卒年不详	德清	《大雷山房文稿》两卷、《大雷山房文补编》一卷，其《劲叔杂文稿》一卷佚
姚宗谌	1835—1864	归安	其文辑入六卷本《景詹阁遗文》中，另有《湖变纪略》一卷
施补华	1835—1890	乌程	其《泽雅堂集》三十四卷中有文十卷
沈阆昆	生卒年不详	德清	《来青轩文抄》
戴　望	1837—1873	德清	其《谪麟堂遗集》四卷中有文两卷
傅云龙	1840—1901	德清	《籑喜庐文集》三十二卷
蔡燮昌	1840—1907	德清	《玉尘山房文集》佚
沈家本	1840—1913	归安	《寄碉文存》八卷、《寄移文存二编》两卷、《日南读书记》十八卷、《日南随笔》八卷、《碧枕楼偶存稿》十二卷中有文六卷等，其文后辑入《沈家本全集》
蔡蓉升	生卒年不详	归安	《梅花山馆诗文集》十四卷、《庚癸杂志》两卷，均佚
李光霁	1843—？	乌程	《劫余杂识》一卷
吴昌硕	1844—1927	安吉	《〈缶庐别存〉自序》《西泠印社记》《六三园记》《艺苑人物二记》收入《湖州散文选》
许玉农	1844—1929	湖州	其文辑入四册《塔影亭集》中，已佚

姓　名	生卒年	籍　贯	散文著作
朱廷燮	1845—1920	归安	《沈镜轩先生行状》一卷。另有《湖州创建钱业会馆记》《道场万寿寺千佛阁记》等文
蒋清瑞	生卒年不详	归安	《柘湖宦游录》六卷
杨以贞	1848—1908	归安	《求艾录》十卷、《止焚稿》一卷，其《志远斋集》三卷佚
李世伸	1849—1903后	乌程	《坚匏录》四卷佚
崔　适	1852—1924	归安	《觯庐文集》两卷
秦文炳	生卒年不详	乌程	《松石庐杂文》一卷
陆学源	1854—1900	归安	《领恭轩文存》佚
周庆贤	1854—1902	乌程	其文辑入《晚菘斋遗著》
刘安澜	1857—1885	乌程	《葭洲书屋遗稿》一卷
严以盛	1859—1908	乌程	其六卷《梦影庵遗稿》中有文两卷
钱　庚	1859—1910	乌程	《琴余杂俎》十六卷佚
程　森	1859—1925	德清	《修德堂文存》四卷和《笔记》《杂抄》各两卷，均佚
章世恩	1861—1906	归安荻港	《环游管见》《环游日记》佚
刘锦藻	1862—1934	乌程	其《坚匏庵诗文集》两卷中有文一卷，其中《祢衡论》《小莲庄记略》收入《湖州散文选》
钮泽晟	1866—1924	乌程	《钮寅身先生遗著》五卷
钮承善	1867—1902	归安	《半日读斋日记》佚
陆树藩	1868—1926	归安	《救济日记》，另《忠爱堂文集》《陆纯伯遗稿》佚
杨振鹏	1870—？	归安	《懒云赋稿》佚
吴　育	1873—1888	孝丰	《半窗杂志》佚

姓　名	生卒年	籍　贯	散文著作
费有容	1874—1931	乌程	《浙路拒款始末记》
严启丰	1876—1915	归安	撰有《显考觊侍府君行状》一卷，另所著《公余日录》十二卷佚
章祖申	1876—1925	归安	其文辑入《箫心剑气楼诗文集》，佚
吴勤邦	生卒年不详	乌程	其《秋芸馆全集》十卷收文三卷、骈体文一卷。另有《春秋随笔》一卷
刘承干	1881—1963	吴兴	《嘉业堂藏书楼记》收入《湖州散文选》
张宗儒	生卒年不详	吴兴	其《复郿初稿》两卷中收文二十篇，另有《复郿杂稿》
卜国宾	生卒年不详	归安	其文辑入八卷《眠绿馆杂集》
陶　铸	生卒年不详	吴兴	《坐秋轩文集》十五卷
徐赓陛	生卒年不详	乌程	《不自慊斋漫存》九卷

（注：上表著录散文作家限曾有散文集者，含散文集已佚者，或其散文作品产生较大影响者。偶作散文者未收入）

表 2-2：古近代作家旅湖散文创作一览

姓　名	生卒年	籍　贯	与湖州关系	在湖州散文创作情况
王羲之	303—361	琅琊临沂（今山东临沂）	吴兴太守	作有《吾书比之钟张》一文，收入《湖州散文选》
柳恽	465—517	河东解（今山西运城）	吴兴太守	《柳吴兴集》十二卷，佚
顾况	708—801	浙江海盐，一说长洲（今苏州）	湖州女婿	《湖州刺史厅壁记》

姓　名	生卒年	籍　贯	与湖州关系	在湖州散文创作情况
颜真卿	709—785	京兆万年（今西安）	湖州刺史	在湖著有诗文集《吴兴集》十卷，已佚，传世作品有《陆文学自传》《释怀素与颜真卿论草书》《浪迹先生玄真子张志和碑铭》《吴兴沈氏述祖德记》《杼山妙喜寺碑铭》《项王庙碑阴述》《题湖州碑阴》《西亭记》等文
陆　羽	733—804	复州竟陵（今湖北天门）	长居湖州	《茶经》三卷和《吴兴历官记》《顾渚山记》《吴兴记》等。其《湖州刺史记》《杼山记》等佚。《全唐文》收其文一篇
权德舆	759—818	天水略阳（今甘肃秦安）	曾侨居吴兴	作有《唐故尚书右仆射姚公集序》《吴兴许氏溪亭记》《故中散大夫守尚书右仆射上柱国赐紫金鱼袋赠太子太保姚公神道碑铭并序》《唐故湖州武康县丞许君夫人京兆韦氏墓志铭序》等文
李直方	生活于唐贞元前后	唐宗室	曾游湖州	作有《白蘋亭记》
白居易	772—846	河南新郑	曾游湖州	作有《白蘋洲五亭记》《太湖石记》
于　頔	?—818	河南洛阳	湖州刺史	作有《杼山集序》，收入《湖州散文选》
杜　牧	803—853	京兆万年（今西安）	湖州刺史	作有《上宰相求湖州第三启》《自撰墓志铭》，收入《湖州散文选》

姓　名	生卒年	籍　贯	与湖州关系	在湖州散文创作情况
陆龟蒙	？—881	姑苏（今苏州）	曾任湖州刺史张抟幕僚，后居并葬于长兴	作有《蚕赋》《记稻鼠灾》二文，收入《湖州散文选》
顾　云	857—894	池州（今属安徽）	光启三年（887）后隐居湖州专心著述	著述甚丰，主要有《苕川总裁》十卷、《昭亭杂笔》五卷等，均佚
胡　宿	996—1067	晋陵（今江苏常州）	湖州知州	作有《题湖州西余山宁化寺弄云亭记》
张方平	1007—1091	南京（今河南商丘）		所作《吴兴归安尉署凝碧堂诗序》《湖州新建州学记》佚，存《吴兴郡守题名记》
胥　偃	生卒年不详	长沙	曾通判湖州	任内撰《迎春桥记》
苏　轼	1036—1101	眉州眉山（今四川乐山）	曾知湖州	在湖州作有《墨妙亭记》《湖州谢上表》《文与可画筼筜谷偃竹记》《请予备灾伤疏》等文四篇
米　芾	1051—1107	吴（今苏州），迁襄阳，后居润州（今江苏镇江）	元祐三年（1088）应湖州知州林希之邀来湖州，居数月	撰有《颜鲁公祠堂记》
毛　滂	1061—1124	三衢（今浙江江山）	曾任武康令	任内作《湖州铜山无畏庵记》《湖州武康县学记》等文近二十篇，辑入《东堂集》
方　勺	1066—1143后	婺州（今浙江金华）	徙居乌程城东泊宅村	著有《泊宅编》三卷，其中《泊宅村》《朱晓容与朱行中》二文收入《湖州散文选》

姓　名	生卒年	籍　贯	与湖州关系	在湖州散文创作情况
李清照 （女）	1084— 约 1151	济南章丘 （今属山东）	其夫赵明诚 曾被任命为 湖州知州	赵明诚在赴任途中病逝 后，作《祭赵湖州文》
萧德藻	生卒年不详	闽清（今属福建）	知乌程县， 居湖州	作《吴五百》一文，收 入《湖州散文选》
仲　并	1132 年进士	江都（今江苏扬州）	曾通判湖州	撰有《赵直讲祠堂记》
范成大	1126—1193	吴郡（今江苏吴县）	曾游湖州 弁山大、 小玲珑山	作有《游石林记》，另 《小玲珑山记》佚
曾　炎	1139—1209	江西南丰	寓居德清	《觉庵集》二十卷，佚
姜　夔	约 1155— 约 1221	饶州鄱阳 （今江西波阳）	寓居湖州	《白石道人诗集自序》收 入《湖州散文选》
李心传	1166—1243	隆州井研 （今四川乐山）	曾游南浔	撰有《南林报国寺记》
葛应龙	约 1210—？	浙江黄岩	曾监 德清正库	任内重建左顾亭，作 《左顾亭记》。内"县因 溪而尚其清，溪亦因人 而增其美"之句被认为 是德清县名由来
戴表元	1244—1310	庆元奉化州 （今浙江奉化）	曾数次 来湖州	为赵孟頫《松雪斋集》 作序
任叔实	？—1309	庆元奉化州 （今浙江奉化）	曾任湖州安 定书院山长	为赵孟頫撰《墓志铭》
杨　载	1271—1323	杭州	赵孟頫弟子。 曾到湖州拜 访赵师	赵孟頫逝世后为其作 《大元故翰林学士承旨荣 禄大夫知制诰兼修国史 赵公行状》
字术鲁翀	1279—1338	邓州顺阳 （今河南邓县）		作《安定书院燕居堂铭》
何贞立	生卒年不详	长沙	曾任 湖州路推官	撰有《祈年碑》和《松雪 斋集序》

姓　名	生卒年	籍　贯	与湖州关系	在湖州散文创作情况
杨维桢	1296—1370	会稽（今绍兴）	曾游湖州	撰有《玄妙观重建玉皇殿记》，另《长兴知州韩侯去思碑》佚
周　述	？—1436（1404年进士）	江西吉水		撰有《重建胡安定先生祠堂记》，佚
桂　萼	？—1531（1511年进士）	安仁（今属湖南郴州）	曾任武康知县	任上著成《经世民事录》十二卷
伍馀福	生卒年不详（1517年进士）	江西临川	曾任安吉州通判	为县内老彭墓撰《商贤大夫老彭墓铭》，佚
程敏政	1446—1499	徽州休宁（今属安徽）		弘治四年（1491）为湖州知府王珣立《湖州府新置孝丰县记》碑撰文，碑现存湖州飞英公园墨妙亭
吕　盛	1465—1538	南直隶建平（今安徽郎溪）	湖州知府	作有《重修墨妙亭记》一文，收入《湖州散文选》
徐献忠	1469—1545	华亭（今上海松江）	寓居湖州西南九霞山	著有《吴兴掌故集》十七卷、《唐诗品》一卷、《水品》两卷，其中《〈吴兴掌故集〉引》《吴兴妓张珍奴》《山乡水利议》收入《湖州散文选》
刘　麟	1474—1561	江西安仁（今鹰潭）	流寓长兴	其十二卷《刘清惠公集》中有奏疏、杂文九卷，其中《浮碧亭记》《重修安吉州庙学记》《岘山逸老堂记》《重修胡安定先生墓记》四文收入《湖州散文选》

姓　名	生卒年	籍　贯	与湖州关系	在湖州散文创作情况
杨上林	生卒年不详	南直隶山阳（今江苏淮安）	长兴知县	作有《辞金记》《两桥记》二文，收入《湖州散文选》
郭　治	生卒年不详	江西泰和	孝丰知县	作有《题为民造福榜》，收入《湖州散文选》
文　嘉	1501—1583	长洲（今苏州）	乌程县教谕	作有《盟鸥馆记》一文，收入《湖州散文选》
归有光	1506—1571	江苏昆山	长兴知县	作有《梦鼎堂记》《圣井铭并叙》《长兴知县题名记》，收入《湖州散文选》，另《平政院记》佚
唐顺之	1507—1560	江苏武进	茅坤友。曾游湖州	为茅坤父母作《茅处士妻李孺人合葬墓志铭》
徐　渭	1521—1593	山阴（今浙江绍兴）	曾到双林镇相亲严氏	为遭倭寇所虏投水自尽的归安双林女子严四英作《严烈女传》
谢肇淛	1567—1624	福建长乐	曾任湖州府推官	著有《西吴枝乘》两卷
吴文企	生卒年不详	湖广景陵（今湖北天门）	湖州知府	作有《玉笋跋》一文，收入《湖州散文选》
熊明遇	1579—1649	江西进贤	曾任长兴知县七年	作有《罗岕茶疏》《箬下酒疏》《长兴沟洫桥梁记》《盗贼课》《金莲塔铭》《松水居序》等文
游士任	生卒年不详	湖广嘉鱼（今属湖北）	长兴知县。	作有《登顾渚山记》《登乌瞻山记》《罨画溪记》三文，收入《湖州散文选》
周宗建	1582—1626	江苏吴江	任武康、德清知县	离任时作《别武康诸君子暨诸父老序》一文，已佚

姓　名	生卒年	籍　贯	与湖州关系	在湖州散文创作情况
吴伟业	1609—1671	江苏太仓	因湖州知府吴绮为其宗弟，故多次来湖参加文人雅集	作有《湖州岘山九贤祠碑记》和《爱山台禊饮序》《修孙山人太白亭记》，前者收入《湖州散文选》
施闰章	1613—1683	安徽宣城	曾游湖州	作有游记《游碧岩记》
宋琬	1614—1673	山东莱阳	康熙七年（1668）秋冬来湖州访知府、诗人吴绮	作有《吴园次〈艺香词〉序》《越辰六诗序》《爱山台铭》《道场山唱和题词》四篇散文
吴绮	1619—1694	江都（今属江苏扬州）	湖州知府	在湖州所作《太白亭落成告孙山人文》
王嗣槐	1620—？	钱塘（今杭州）	康熙七年（1668）秋冬游湖州	作有《爱山台公宴赋诗记》《雪后吴郡守招同宋观察游道场山》二文
盛枫	1661—1709	秀水（今浙江嘉兴）	安吉州学正	著有《安吉耳闻录》，佚
鲍钤	1690—1748	山西应川	长兴知县	著有《长兴集》三卷、《后长兴集》三卷，均佚
李堂	1723—1795	湖北沔阳	湖州知府	乾隆十九年（1754）夏立《爱山书院记》碑并撰文，碑现存湖州飞英公园墨妙亭
林则徐	1785—1850	福建侯官（今福州）	任杭嘉湖道、江苏巡抚时数度到湖州织里等地与浙江和湖州官员共商治理太湖之计	作有《湖滨崇善堂记》《东南七郡水利略序》等
缪荃孙	1844—1919	江苏江阴	与朱祖谋、刘承干等湖州人交往甚密，并多次来湖州	为张石铭撰《适园金刚经塔记》

姓　名	生卒年	籍　贯	与湖州关系	在湖州散文创作情况
陆　恢	1850—1920	江苏吴县	受聘为庞莱臣虚斋整理书画藏品二十余年	撰有《虚斋名画录跋》
张　謇	1853—1926	江苏海门	虽未曾来湖州，但与沈秉成、沈寿、王一亭、刘锦藻等众多湖州人关系密切	曾为张颂贤、蒋锡绅等撰写墓志铭

第二节　现代散文

　　湖州现代散文的发展深受以湖州文化为代表的江南地域文化的影响，而刘士林先生说："江南文化中的诗性人文，或者说江南诗性文化是中国人文精神的最高代表。"在江南文化圈内得到直接或间接哺育、濡养、教化的湖州现代作家，他们的禀性、人格、心理、思维乃至语言都会深度感染江南诗性文化的特质，在他们的文本中显示出对宁静和谐、隐逸超然的生命姿态本能的群体性追求，俞平伯、赵紫宸、宋春舫、周越然等人的散文作品彰显的就是这样一种生命的诗性栖息。

　　以俞平伯的创作为先导和引领的湖州现代散文创作，是在五四运动前后语言的变革、文化的转型、思想的启蒙、文学的革命这样的时代大背景下开拓前进的。俞平伯本人从一个激进的新文化运动闯将一变而成为以周作人为领袖的讲求闲适与趣味的小品散文流派的骨干分子。这个时代的散文作品一个显著的特点就是带有自叙传的色彩，就是文学最可宝贵的个性表现与张扬，同时坚守着人类良知与正义的底线与责任。周作人在《〈杂拌儿〉题记（代跋）》一文中说："平伯所写的文章自具有一种独特的风致……这风致是属于中国文学的，是那样地旧而又这样地新……现代的散文好像是一条被湮没在沙土下的河水，多少年后又在下游被掘了出来；这是一条古河，却又是新的。我读平伯的文章，常常想起这些话来。"周作人所说的"被湮没在沙土下的河水"指的是崇尚性灵流露的明代公安派散文，四百年之后，俞平伯将它在下游"掘了出来"。周作人敏锐地意识到俞平伯的抒情小品超越了公安派散文，即其所谓"思想上也自然要比四百年前有了明显的改变"，所以这风致"又这样地新"。

湖州现代散文作家，除了上面提到的几位，还有朱渭深、洛汀、钱玄同、吴永、徐迟、钱能欣等，他们都留下了优秀的散文作品。

一、散文

《海外劫灰记》

宋春舫著。法文名《走遍着火的世界——一个天朝子民在旅途上的铅笔速写》。1917 年在上海出版。收入散文三十篇。宋春舫时年二十多岁，往返欧洲与中国之间，既感受到西方文明的新奇与冲击，又屡屡回头观照自身的传统文化。在幽默酣畅的笔墨下，满溢着他最初接触现代文明的喜悦，但时局动荡又迫使他不得不严肃地比较与思考东西文化的优劣和竞争，在轻松如行云流水的文字间，暗涌着对自己、对民族、对人类的各种质疑与揣度。

《燕知草》

俞平伯著。上海开明书店 1928 年初版。分上、下两册，上册收入散文二十篇，下册收《重过西园码头》一篇，并有部分写于 1924 年—1928 年的诗词曲。书前有朱自清的序和作者的自序，书后有周作人的跋。朱序说："《燕知草》的名字是从作者的诗句'而今陌上花开日，应有将雏旧燕知'而来；这两句话以平淡的面目，遮掩着那一往的深情，明眼人自会看出。书中所写，全是杭州的事……"这部集子体现了"杂"的特点，有白话也有文言，并兼叙事、写景、抒情、说理、考据，以回忆自己亲历过的江南时光为主。其中《湖楼小撷》《西湖的六月十八夜》等均为抒情写景的流丽小品，对亲情旧侣，一往情深；《眠月》《雪晚归船》等则平淡朴素，在夹叙夹议中抒情。周作人在跋中认为，俞平伯是新散文的代表，"是最有文学意味的一种，这类文章在《燕知草》中特别地多"。他以为絮语散文"必须有涩味与简单味，这才耐读"，"有知识与趣味的两重统制，才可以造出雅致的俗语来"，俞平伯的散文便多有这些雅致。

《杂拌儿》《杂拌儿之二》

俞平伯著。《杂拌儿》1928 年 8 月由上海开明书店初版，施蛰存作序。关于书名，作者在《自题记》中说："以《杂拌儿》题书名，只因为想不出名字来，'取他杂的意思'，并无他意。"全书收文三十二篇，除少数考据性、几篇文言外，更多是序跋、游记。钟敬文在评析此书时说：这个集里所收的文章尽管性质驳杂，但"除了一小部分属于考据性质的，语意颇为简质外，大概都很丰饶着一种迷人的情味，而使我们一读，就认得出是作者个性所投射的特殊风格"。其中与朱自清的同名散文《桨声灯影里的秦淮河》和《陶然亭的雪》传诵一时。前者抒发了作者夜游秦淮河时的感受和思绪。后者是一篇追忆之作，全文弥漫着一种"漠然""迟暮""黯淡""惆怅"的心绪。作者是在这样的情绪中回顾了"那年""雪后的下午"与友人 G 君出北京城去陶然亭"玩雪的故事"。文章首尾重复着这样的一段文字："悄然的北风，黯然的同云，炉火不温了，灯还没有上呢。"这奠定了堪称百无聊赖的情感基础，尤其是他对于时间和生命的独特认知，更是达到了"洞然"的地步。有研究者认为，俞平伯抒情散文中"山水之境的意义绝不仅在于对山水的爱好和欣赏，其实质源于文人内心的自觉。他是在借绿草花影的闲话和信马由缰的'空想'，来摆脱沉闷现实的压抑，抵抗抑郁迷茫的苦痛，达到自我个性的舒展和流放"。这两篇散文都营造了一种朦胧的意境。"朦胧"可以看作是俞平伯早期抒情散文里景物与情感两重世界的共有特点和交汇点。《杂拌儿之二》1933 年 2 月仍由开明书店出版，周作人序，收文二十九篇。两集均由钱玄同题封面。这两部散文集"是那样地旧而又这样地新"(周作人语)，旧是继承中国散文传统，新是优美的白话文，又喜欢用一些北京土语，带有不少轻快的调子，几乎让人忘记作者是地道的浙江人。《杂拌儿》和《燕知草》与《杂拌儿之二》和《燕郊集》分别代表了作者两个阶段散文创作的不同风格，前者细腻绵密，后者朴素冲淡。

《蒙德卡罗》

宋春舫著。1932 年中国旅行社出版。此时作者年届不惑，进入上海银行界。集中所收录的欧游杂记都曾在他主编的《海光月刊》发表。这些游记写于 1914 年—1916 年作者留学瑞士期间，记叙了西欧各国的风情及流行西欧的未来派思潮。与早年的《海外劫灰记》相比，《蒙德卡罗》谐趣不减，唯昔日少年时的感时忧国为含蓄圆融的雅量所取代。但不少年轻时的心得体验，仍在《蒙德卡罗》里留有痕迹。1996 年，《蒙德卡罗》被收入辽宁教育出版社汇编的《欧游三记》中。

《秋花集》

朱渭深著。1934 年 11 月上海天马书店出版，系"流星文艺丛书"之一。分三辑，收散文二十余篇。其中《祭礼》《我的父亲》《伤痕》三篇，分别是为母亲、父亲和弟弟所作的悼念文章，挚情感人，直逼朱自清，是现代散文中的精品。孙俍工序云："'情'之一字，是这集子的唯一的生命。"王昌忠教授也说："朱渭深为文的清纯美，执著于情而不屑角逐世俗的志趣，在诗化散文《秋花集》中甚至有更充分更自由因而也更真切的体现。"

《第一夜》

洛汀著（与杜草甬合作）。1939 年在金华由怒火文艺出版社出版。这是一部散文特写集，收入洛汀的散文特写《我也做了游击队员》《八泉村的早上》《鸟枪队》《告别了石门湾》《短枪口第三次对着我》《一封寄不出的信》等六篇。这些文章曾先后发表于浙江《东南日报》、江西《前线日报》、浙西《民族日报》、香港《大公报》副刊，描写浙西敌后的抗日游击生活。

《燕郊集》

俞平伯著。上海良友图书有限公司 1940 年 10 月出版。收文三十二篇，包括《读〈毁灭〉》《贤明的——聪明的父母》《教育论（上、下）》《词课示例》《秋兴散套依纳书楹谱跋》《三槐序》《癸酉年南归日记》等。俞平伯散文很少触及重大现实问题，而以独抒性灵见长，用笔细腻，意境朦胧而灵动、闲适而伤感，语言运用深受古代文学的影响，被周作人誉为"近来的第三派新散文的代表"。

《上方〈吴兴日报〉通讯》

抗日战争时期的 1943 年—1945 年，由吴兴县政府在西部山区梅峰乡上方村创办的《吴兴日报》因为电讯稿来源缺乏，大量刊发本报记者和通讯员采写的通讯、特写，形成特色。1944年连续刊载周一弘的《路东行》《从山地到"绿雾"之乡》《在硝烟中的一角》《鹄形菜色的水乡民众》等。同年10月连载了思若的《从上海归来——陷区旅途见闻录》，10月30日发布了茜村的《敌伪窜劫双林纪略》，11月22日发表了益翁（周一弘）的《太湖"清乡"内幕》，次日又发表了金戈口述、红笔录的《练市攻击战》，12月6日发表了施星火的《胜利从血泊中诞生》，12月13日发表了本报特稿《攻克陈塔之战》。1945年1月19日刊发了永泰的《江南在哭泣着》等。这些文章最大的特点就是贴近生活、真实真切。

《〈苏南报〉通讯》

1944年10月10日由中共苏皖区党委在长兴白岘乡缠岭村创办的《苏南报》，于次年9月改名为《苏浙报》，随苏浙军区和苏浙区党委迁往宜兴张渚。在长兴期间，报纸发表了不少反映抗日生活和根据地建设的通讯，如立凡的《战斗英雄丁焕祥》，饶忠的《上泗安的一幕》《泗安区长潮乡的冬学是怎样办起来的》《培养抗战救国专门人才——苏浙公学正式成立》等。1945年8月28日，该报整版刊发了四篇通讯（徐让、黄明的《解放了的长兴》、徐放的《收复张渚庆祝大会》、陈谢的《十九个民兵赶走伪军一个连》、蒋鼎成的《苏浙医务职业学校生活一瞥》），报道抗战的胜利。

《周越然书话》

周越然著。初版信息不详，浙江人民出版社1999年3月再版。无论说书林掌故，还是探版本源流；无论叙购书趣闻，还是辨古书真伪，均举证周详，论列精细，毫无虚言。其语言特色是半文半白，亦庄亦谐。陈青生在《抗战时期的上海文学·沦陷篇》中说："周越然的书话，在中国古今同类散文小品文中显示出承前启后的独特个性。"

《疑古玄同：钱玄同随笔》

钱玄同著。这是钱玄同的第一部随笔集，系"大学者随笔书系"之一，收入作品五十七篇。作者文思敏捷，风趣诙谐，多议论，却少著述。明确提出"桐城谬种""选学妖孽"为文学革命对象，并"催生"了《狂人日记》等作品。本书由北京大学出版社于2010年11月出版。

二、报告文学

《庚子西狩丛谈》

吴永口述，虋园居士刘治襄用文言文整理成书，1928 年由北京广华书局刊出。五卷，七万余字。卷一记述义和团的兴起，直至北京沦陷，两宫西逃；卷二自述自己知怀来县时禁阻义和团经过；卷三记怀来迎驾，随从至太原；卷四、五记两宫回京，自己行至开封，奉命赴广东雷琼道新任。书中涉及慈禧太后、光绪帝、曾国藩、李鸿章、张之洞、袁世凯等重要历史人物，情节真切细致，语言流畅生动，形象栩栩如生。后被译成英、德、日诸国文字，中外推崇，视为信史。此书成稿之际，吴永又提供了二册日记供刘订正和节抄。刘治襄自己也说："完全居于局外，与书中人物，均无何等关系。有闻必录，原不假以成心；据事直书，更无劳于曲笔。"此书的成功之处有三：一是以官方视角审视义和团；二是从人情人性的角度揭开了慈禧太后的神秘面纱；三是成功塑造了主人公吴永的性格特征。翦伯赞称其"为记述'西巡'诸书中最佳之著作"。1985 年 2 月和 2009 年 10 月，岳麓书社和中华书局先后重新出版。

《耶稣传》

赵紫宸著。青年协会书局 1935 年出版，1948 年再版。这是中国人所写第一部耶稣传，也被认为是写得最好的一部。其特色在于，一反传统而又强烈的宗教情感，基于充分的史实、史料考察和明晰的历史线索，写出了传主成长的历程，尤其注重其人生经历与心理成熟的关联的分析与刻画，做了"去迷信化"的积极努力，开启了"'本色神学'的另一扇窗户"（郭泽锦语）。特别是作者将耶稣生平阶段的划分，通过孔子、屈原、陶渊明、杜甫、朱熹等中国圣哲的影像做喻征，让读者读来不觉得是一部外国宗教先知传记，从而打通了人类共有的使命道统。作者将耶稣看作一个"事业型"能人志士，分辨厘清历来纷杂迷乱的先知材料，用中国的天道观重新组织编排，再加上独特细腻的描写，将教堂神耶稣，还原成我们身边可亲可爱的一个智者、一个导师、一个先生。2015 年 5 月，中国友谊出版公司重新出版。

《西南三千五百里》

钱能欣著。香港商务印书馆 1941 年出版。1937 年全面抗战爆发后不久，时为北京大学文法学院学生的作者从家乡南浔辗转到达湖南长沙，进入临时联合大学学习，日军进攻武汉时，西南联大两百多名同学组成旅行团，在黄子坚、闻一多等十一位老师的带领下，徒步行进三千五百里转移到昆明的西南联大学习，完成了世界教育史上罕见的一次"长征"。本书忠实记录了七十天行程沿途的所见所闻，尤其是西南少数民族地区的人口、地理、社会经济和风土人情。

《六十回忆》

周越然著。上海太平书局 1944 年 12 月初版。作者在自序中半是谦逊半是风趣地说："本书共计二十二篇，不是我的自传，而是我的回忆……自传是正式的，回忆是随便的。自传注重年月，回忆可无年月。自传整齐有序，回忆零乱琐碎。换句话来讲：自传是教导后人的历史，回忆是'款待'阅众的杂文……真是杂文！其中大半是文言，小半是白话。内容是混合的，内容是夹凑的，一望而知。"

《圣保罗传》

赵紫宸著。青年协会书局 1947 年 10 月初版。作者以路加《使徒行传》和圣保罗十三封书信为线索，记述了圣保罗的一生，尤其是他成为基督徒前后的言行。书中详述了各种宗教、政治、地理等方面的背景。本书最大的特点在于史学考证，为了写作本书，作者引用了十二种参考书籍，其中有十种为英文书籍。书中对亚细亚地名演变的学术考证，对特罗亚城地貌及建筑特征的复原，对腓力比城别名的阐释，以及基督教早期犹太教中不同派别的经济地位、与政权的关联、律法观念、人生态度、民众号召力等的阐释显示了作者丰富的学识和严谨的学术态度。书中所用人名、地名均系赵氏独有的译法，因为当时尚无统一的译法。作者用中国文化对基督教思想的大胆阐释，中国古诗词和典故的大量运用，使此书实现了将基督教思想中国化的理想。作者曾说："我写《耶稣传》，纯系文艺的写作……如今写《圣保罗传》……纯以学术研究，历史事实为指归，希望是一册历史书，不是一部艺术书。"如果说《耶稣传》让人感动，那么《圣保罗传》令人沉思。

《系狱记》

赵紫宸著。青年协会书局 1947 年初版。1941 年 12 月 8 日，太平洋战争爆发当日，日军即关闭了燕京大学，并以亲美和反日宣传为由逮捕了身为该校宗教学院院长的赵紫宸。赵氏出狱后撰写了此书，详细记录了在狱中一百九十三天遭遇的生活虐待、精神折磨、疾病等种种经历，尤其记录了六次睡梦得到应验的经历。吴耀宗作序时说，这是上帝"直接而亲切的启示"。书中还有一百五十八首诗，几占篇幅的四分之一。该书充分表达了作者的民族气节和宗教情怀。

表 2-3：现代湖州作家出版散文著作一览

书　名	作　者	版　本	备　注
旬日纪游	周庆云	晨风庐丛刊本	一卷，藏清华大学图书馆
汤山修禊日记	周庆云	晨风庐丛刊本	一卷，藏清华大学和浙江大学图书馆
京江避寿记	周庆云	晨风庐丛刊本	一卷，佚
天目游记	周庆云	晨风庐丛刊本	一卷，藏浙江大学图书馆
炉边琐忆	徐自华（女）		查不到该书信息
安夏庐笔记	俞玉书		佚
瓶簏文存	俞玉书		佚
读史偶得	俞玉书		佚
十八国游历日记	金　城	故宫和美国国会图书馆藏有民国年间石印本。凤凰出版社 2015 年 5 月与《十五国审判监狱调查记》《藕庐诗草》合集出版	系作者 1910 年 8 月至次年 5 月赴美参加"万国监狱改良会议"后考察欧美和亚洲十八个国家司法与监狱审判制度，及博物馆、教堂、藏书楼等文化设施和古迹之日记
宋渔父戴天仇文集	宋教仁 戴季陶	上海国光图书馆 1921 年版	名为宋教仁、戴季陶合集，实仅戴氏作品，系其在《民立报》发表文章之结集
剑鞘	叶绍钧 俞平伯	上海霜枫社 1924 年 11 月初版	上辑为叶绍钧著，下辑收俞平伯散文九篇，俞平伯作序
戴季陶集	戴季陶	上海三民公司 1929 年 11 月初版；华中师范大学出版社 1990 年再版	初版分上、下卷。再版章开沅主编，收 1909 年—1920 年文章

书 名	作 者	版 本	备 注
姊妹的残骸	汤增敭	上海野草社 1930 年 9 月出版	收文十八篇，上海图书馆有藏
幸运之连索	汤增敭 黄奂若	上海现代书局 1931 年 8 月初版	收文三十篇，浙江大学图书馆有藏
幸福	汤增敭	上海广益书局 1933 年版	重庆图书馆有藏，上海图书馆藏有 1934 年 8 月版本
上海之春	汤增敭	重庆万象周刊文化服务部 1934 年初版	收散文特写五十余篇，孔夫子旧书网售价一千八百八十八元
爱余堂遗集	莫永贞	中华书局 1934 年出版	四卷中有文集一卷、别集一卷
古槐梦遇	俞平伯	上海世界书局 1936 年 1 月初版	书前有知堂序、废名小引、三槐序，收小文一百零一则
医政漫谈	陈果夫	国民出版社 1941 年初版	收文六十六篇
小意思集	陈果夫	国民出版社 1941 年初版	收文二十篇
别了上海	朱渭深	上海中心书店 1941 年 4 月初版	收散文十五篇
民族英雄班超	沈锜	三民主义青年团、中央团部宣传处	抗战时期出版，具体时间不详
上海众生相	徐迟	上海新中国报社 1944 年 2 月初版	收文二十一篇，上海图书馆有藏
书书书	周越然	上海中华日报社 1944 年 5 月初版	收文四十篇
版本与书籍	周越然	上海知行出版社 1945 年 8 月初版	
黄膺白先生家传	沈亦云	1945 年私印	黄郛传记，蒋介石作序
狂欢之夜	徐迟	上海新群出版社 1946 年 4 月版	新群文艺丛书，除献辞外，收杂文八篇

书　名	作　者	版　本	备　注
吴兴导游	陈其采	上海湖社 1936 年刊印	沈文泉大同斋藏有复印本
欧游三记	宋春舫	辽宁教育出版社 1996 年 1 月版	系"书趣文丛"之一
夹竹桃集： 周越然集外文	周越然	中央编译出版社 2013 年 3 月版	共分《文史杂记》《〈晶报〉随笔》《修身小品》三辑，收录文章四百零七篇
引春堂随笔	陈斌澜		四卷，已佚

第三节　当代散文

湖州当代的散文创作继续保持着良好的态势，其中，张世英、张林华、范一直、钱凤伟等人的杂文，柯平、张加强、沈文泉、杨振华、朱炜等人的文化散文，陆士虎、徐惠林、汪群、慎志浩等人的乡土散文，王麟慧、徐建新等人的抒情散文，特色鲜明，在市内外有一定的影响力。

一、多类型散文

《秋日私语》

徐建新著。中国文联出版公司 1995 年 11 月出版。收入作者 1993 年前创作的散文作品五十八篇。顾锡东在序言中说："我把建新的佳作归类于'闲适文学'，读其书而品其味，便有闲适感，更有亲切感。""他以散文诉说私语，所以行文自然，风格质朴，不事雕斫，却不肤浅……于江南小镇风情中，流露着对故土故人的拳拳爱心，在恬淡的普通生活中，领悟些情趣盎然的人生哲理……"本书于

1996 年获湖州市委宣传部"1994—1995 年度湖州市精神产品"三等奖,1999 年获市文联"1949—1999 湖州市优秀文学著作奖"。

《傲骨禅心》

张加强著。上海东方出版中心 2002 年 10 月出版,2004 年 1 月第二版。作者绕开人所共知的感情江南,回避被不断符号化的江南表象,以严谨的史识为依托,以浓郁的人文情怀为基调,在静静体悟江南历史的过程中,不断寻找这块土地上的另一种生命情态,重新审度人们对于江南文化的定位,从中看到了那么多富有傲骨禅心的"江南人"。这些"江南人"以自身特有的人生情怀和人格风范,在中华民族的历史上留下了不朽篇章,让我们从中掂量出了江南的丰厚与深邃、沉重与悲凉,看到"江南人"骨子里那种越甲三千般的一往无前和壮怀激烈、孤臣孽子般的卧薪尝胆与悲愤忧患。作者沿着江南文化的历史通道,与一个个历史人物对话,对一处处风俗民情进行纵横古今的文化阐释。这些作品不仅传达了作者的重新审视与评说,而且展示了对知识分子文化角色及其历史使命的深度追问。此书获 2000—2002 年度浙江省优秀文学作品奖。《傲骨禅心》和作者的《风雨江南》《乌镇依旧》《南浔往事》《千秋独行》《与历史对决》《顾渚山传》等散文集,都体现了其独特的文风,他因此被作为风格类作家编入《浙江现代散文发展史》。张加强的散文曾入选 2006 年度全国最具阅读价值散文和全国中学生"以读促写"课外阅读丛书、《中国 21 世纪经典散文》。他的《风雨江南》被选入台湾大学生课外读物。

《油灯点亮的日子》

徐惠林著。中国文联出版社 2002 年 12 月出版。全书分"乡村记事""故园风景""女子与小人""潘公桥下""同船共渡""浅斟低吟""在路上""骑自行车旅行"等八辑,共收入散文九十六篇。著名文学评论家洪治刚在《序》中说,作者以"常人难以企及的真诚和勇气","不断地潜入生活的背后、记忆的背后,去揭示许多现实的痼疾,披露许多记忆的真相","他的每篇文章都以其特有的方式点燃了我内心沉睡的记忆,使我仿佛又一次置身于阔别已久的故园,尽情地领略着乡俗风情的韵味,感受着田野和泥土中散发的气息。虽然其中有着太多的无奈和感伤,有着太多的疼痛和困顿,但它却饱浸了土地里所蕴藏的温情和慈爱,让我们无时无刻不体会到生活自身的恩情,无时无刻不咀嚼到成长的温馨"。

其中《油灯点亮的日子》发表于 2000 年第六期《散文》杂志，后被 2008 年第九期《阅读与鉴赏》（高中版）、同年第十二期《小作家选刊》等报刊转载，入选多种中学和高校语文阅读读本，并被作为高考模拟语文试卷和高二、高三语文试卷中的"阅读理解"考题，为北京、上海、江苏、浙江等多个省市运用多年。

《傍湖之州——湖州的历史文化与山水风光》

沈文泉著。当代中国出版社 2002 年 12 月出版。书中收入的三十三篇散文，除《中国湖州》和《境会亭寻访记》外，均是作者任制片人和编导的湖州电视台对外宣传栏目《记录湖州》所播出的一系列历史文化纪录片的解说词。除《中国湖笔》为四集系列节目外，其余都是一篇文章写一个景点或一个主题，图文并茂地介绍那里的历史文化和山水风光。这些纪录片大多数在上海东方卫视、青海卫视、美国斯科拉电视台等电视机构播出。《中国湖州》则是 2011 年第一届中国湖州·国际湖笔文化节宣传片——电影纪录片《中国湖州》的解说词。书前有时任湖州市副市长丁文赛的序和作者自序《人生只合住湖州》。书后附有作者《做〈记录湖州〉节目的几点体会》及后记。2004 年 2 月，该书获湖州市第六届"五个一工程"奖。

《阴阳脸——中国传统知识分子生态考察》

柯平著。上海东方出版社 2004 年 8 月出版。本书收入的历史文化散文大多着墨于"揭短"和颠覆某些文学史上著名人物的传统形象。作者以大量有说服力的史实为依据，让笔下所涉历史人物呈现出原始真实的嘴脸，让读者看到他们身上明显的人性弱点。如赵孟頫从宋皇室子弟到元朝二臣，龚自珍虚荣吹嘘自己艳遇，郑板桥装腔作势谋利，柳亚子自视甚高而伸手索官，郭畀、袁宏道热衷奔走于达官贵人门下……此书获第三届华语传媒文学大奖年度散文家提名奖。

《都是性灵食色》

柯平著。重庆出版社 2006 年 2 月出版。本书中，作者从容走笔，让十三个著名人物返回生动的历史场景之中，呈现出他们生命的辉煌与沧桑：龚自珍吹嘘自己的艳遇，郑板桥装腔作势地谋利，黄仲则恃才而放纵自己的乖戾，柳亚子伸手索官，袁宏道奔走于达官贵人的门下，吴梅村终于从前朝遗民到觍颜事敌……本书获 2006—2008 年度浙江省优秀文学作品奖。

《半袜沙子》

王麟慧著。研究出版社 2010 年 6 月出版。这是一部游记集，所以作者冠以"旅途上的边走边唱"的副标题。这些游记，有远赴朝鲜、西藏、贵州、广西、云南等地的远游，也有本省的千岛湖、天目山、武义甚至湖州安吉等地的近游。柯平在序中写道："本书的重心虽是旅行与观察，实际上依然是她以往主题的延续。笔触所及之处，山川、人物、民俗、异域风光和生活场景，都是时间在流逝中所发出的曲折的回声，都是她向往中生命和大自然的真实呼吸，都像镜子和河流一样，能曲微传达出人性中某种本质的东西。"本书获 2009—2011 年度浙江省优秀文学作品奖。

《太湖传》

张加强著。浙江人民出版社 2015 年 12 月出版。全书分十章，外加《引言：寻访一个东方大湖的人文基因》和《后记：水文明崇拜》，近三十八万字，全面描述了太湖及其流域的历史、地理、经济、文化和社会风貌。著名作家麦家在书的封底评论说："《太湖传》包罗万象，独具匠心，对历史陈述带有自己的心跳。有旁征博引的宽广，有天人合一的深远。"著名评论家谢有顺也说："《太湖传》切入点独特，以观察者的角度，对太湖作全景式描绘。凭写作雄心，预设一种难度；凭学识洞见，暗立一个标高。重考据和历史还原，是一部有情怀、显才华的作品。"

《梦里水乡》

沈文泉著。浙江文艺出版社 2016 年 9 月出版。同年 11 月 23 日，浙江省作协和湖州市文联联合在湖州师范学院为《梦里水乡》举行首发式暨研讨会。全书收入三十五篇文化散文，分成四辑。浙江省散文学会副会长周维强编审为该书作序时写道："几乎每一篇，都可见出文泉兄搜集、梳理乡邦文物所做的文献查证和'田野作业'的功夫。""和那些从书堆里摘抄些一知半解的历史文化材料而后发几句感慨而敷衍成文的等而下之的'文化散文'相比，我觉得像文泉兄这样的散文，更有价值一些。这些价值包括了阅读的价值和文化的价值。"浙江省作协《浙江文坛·2016 卷》对该书做了专节评论。

二、杂文

《酱香杂记——范一直地方文化随笔集》

范一直著。浙江文艺出版社 2006 年 4 月出版。安吉酱香老范"以嘴报国"，以一颗真诚的心，"君子动口不动手"。其杂文内涵深厚，识见挺拔，推导严密，语言精当，富有文化品位，充满幽默和睿智，犹如酱香型高度白酒，老辣有加，回味悠长。在激浊和扬清、革故和鼎新的关系上，既有批判锋芒，又不乏建设性的正能量。范一直自称"酱香老范"，在纸质媒体上发表作品时大多署名"一直"。

《世道人心入梦》

晚生华发（张林华）著。文汇出版社 2013 年 3 月出版。这是作者继《风雨总关情》《风起流年》之后的第三部杂文作品集，收录了七十篇曾在全国各类报刊上发表的杂文、随笔。其中《因为是爱国者，所以是批评者》获第一届全国"鲁迅杂文奖"金奖。著名作家舒乙为该书作序，称赞本书一是实，实在实诚，言之有物；二是正，不说官话和套话；三是博，广征博引，运用自如。总之，"有理、有意、有情、有趣、有彩"。著名作家张抗抗推荐此书时说："何为世道？何为人心？为何入梦？为何言说？这部随笔文集，在浊世里为读者送去真诚与善美，贵在醒德明志。"本书获 2012—2014 年度浙江省优秀文学作品奖。

三、报告文学

《中华子弟兵》

马雪枫著。解放军文艺出版社 1999 年 1 月出版。这部长篇报告文学是"98抗洪"波澜壮阔的历史画卷中一个激动人心的细部。作者以独特的心灵视角和细腻的笔触，描绘了在九江长江大堤堵决战中，从军长、师长、团长到普通士兵惊心动魄的英雄壮举和内心独白。以老百姓的眼光与情感，体会"当兵的人"；以女性的关怀与梦幻，凝望"军营男子汉"；以作家的良知与敏感，讲述一个个感人肺腑的故事。作品 2000 年 3 月获浙江省"五个一工程"奖。同年 12 月获 1997–1999 年度浙江省优秀文学作品奖。

《竹乡警魂》

陈卓平、陈琳著。解放军文艺出版社 2002 年 6 月出版。本书分"幽岭警魂""山的儿子""法的重量""日月有多长，情义有多长""精神永驻"四章，全面、真实地记录了革命烈士、全国公安系统一级英雄模范、人民卫士、安吉县公安局交巡警大队副大队长沈克诚 2001 年 7 月 13 日深夜在幽岭隧道"为抢救群众和战友而英勇献身的壮举以及他生前平凡而又处处闪光的事迹"。此书获湖州市"五个一工程"奖。

《朱倍得和他"了不起的事业"》

李广德作。刊于 2002 年第四期《江南》杂志。作品主人公朱倍得原是湖州市南浔镇党委书记，以其胆识和魄力顶住"旧城改造"巨浪，另辟新区建设南浔开发区，从而使南浔古镇得以保全，成为举世瞩目的"中国历史文化名镇"。正当上面要调他到湖州市里工作时，他却主动辞官，摒弃各种流言蜚语，克服种种困难，创立"久安"集团，创办中国第一个老年城，为老年人谋福祉。作者如实描述了说话腼腆、不善言谈的主人公朱倍得，写出了他让人肃然起敬的本事，让人敬重的人格，让人仰目的高瞻远瞩和以公益为己任的勇敢行动。作品 2001 年 11 月获中国报告文学学会等单位举办的"共和国的脊梁"全国报告文学大型征文一等奖。

《战士的情怀》

郑天枝作。刊于 2002 年第十二期《人民文学》杂志。作品主人公为退伍士兵盛云龙。1998 年 1 月 4 日，新华社、《人民日报》《解放军报》《中国国防报》等多家媒体在头版头条位置集中推出当代退伍士兵的先进典型——浙江依多金集团董事长盛云龙。《人民日报》加编者按说："新年伊始，刊发盛云龙的事迹，是因为这是一个能够给我们带来希望、带来力量、带来新年气氛的人物……他使我们想到了军魂、党魂、国魂"。作者以此为"灵魂"，创作《战士的情怀》，通过许多鲜活的故事，描写盛云龙致富后如何帮助乡亲们脱贫致富的高尚情怀，从而凸现了"贫穷不是社会主义，无情更不是社会主义"这一主题。作品主题鲜明，人物有血有肉，语言诗化，获《人民文学》优秀报告文学大型征文比赛一等奖。

《松雪斋主——赵孟頫传》

陈云琴著。浙江人民出版社 2006 年 4 月出版。系万斌主编之"浙江名人研究大系·浙江文化名人传记丛书"之一。作品分"末世皇孙　国亡梦断""初赴大都　外任济南""休病江南　抒胸中丘壑""提举江南儒学　首领江南文人""再次赴京　官至一品""晚年致仕　病逝故里""艺盖群伦　名留太空"七章，前有作者"前言"，后有"赵孟頫大事年表"。

《逃墨馆主——茅盾传》

余连祥著。浙江人民出版社 2006 年 4 月出版。系万斌主编之"浙江名人研究大系·浙江文化名人传记丛书"之一。作品分"不叫袍料改马褂""是将来能为文者""新派编辑家""革命与文学的交错""被通缉的政治犯成了大作家""左翼文坛'老将'""万里江山一放歌""从'惨胜'走向真正的胜利""有所为有所不为的文化部长""从沉默到言犹未尽"十章，加"结语"和"茅盾大事年表"。

《中国亮了》

黄亚洲、陈富强、柯平著。作家出版社 2007 年 7 月出版。这本书全面、真实地记录了一个多世纪以来中国电力工业的建设和发展，其中重点描写了新安江水电站、秦山核电站、长江三峡大坝等宏伟水利工程的建设情况，是"一幅波澜壮阔的中国电力工业画卷，一部气势磅礴的中国电力工业史诗"。获 2006—2008 年度浙江省优秀文学作品奖。

《拍案惊奇——凌濛初传》

赵红娟著。浙江人民出版社 2007 年 8 月出版。系万斌主编之"浙江名人研究大系·浙江文化名人传记丛书"之一。作品分"所籍之处　代有闻人""读书科举　交游名士""出入青楼　倜傥风流""主持家政　经营刻书""写作戏剧　评点曲坛""别出心裁　'两拍'问世""晚年入仕　呕血而死"七章，加"凌濛初在文化史上的地位"和"凌濛初大事年表"。

《江南豪门》

原名《江南大宅门》。陆士虎著。文汇出版社 2008 年 1 月出版，2018 年 7 月出版增订版。该书出版前在《国际金融报》上连载了三年。全书向读者展示了南浔百年丝商群体的兴衰沉浮，以及许多首次披露的历史细节，为我国资本主义发展初期的那些早慧者重塑了群像，从而投射出一段深远的历史之思。浙江省作协主编的《浙江文坛》在朱首献、王丹撰写的《精神的世界无限宽广》一文中评价作者说："他在自己的写作对象上倾注了多年的心血，不乏文学家的敏锐才气，也具备了学者一丝不苟和忠于事实的品格，反复查阅资料，到处实地走访，是一位研究型的报告文学作家。"该书获湖州市"五个一工程"奖，2021年4月获徐迟报告文学奖优秀奖。

《海上奇人王一亭》

沈文泉著。中国社会科学出版社 2011 年 8 月出版。系"浙江省文化研究工程"立项课题之一。作品分"白龙山人""海上大亨""革命斗士""慈善大家""虔诚信徒""书画巨擘""友好使者""救亡战士"八章外，前有习近平、赵洪祝序和作者"前言"，后有"王一亭先生年谱""王一亭先生家谱"。百度百科评介本书时说："这是迄今为止研究王一亭最全面、最完整、最深入的著作，书中在不少地方纠正了目前学界普遍接受的错误观点，如王一亭与吴昌硕的关系，王一亭与日本天皇和伊藤博文、西园寺公望等人的关系等，有不少创新的地方。"本书获湖州市第十五届（2010—2011）社会科学优秀成果三等奖。

《江南小延安》

田家村著。红旗出版社 2014 年 3 月出版。本书以炙热的文字和澎湃的情感，用一个个真实、具体、生动的故事，展示了粟裕、王必成等新四军将领卓越的军事指挥才能，讲述了刘别生、韦一平等新四军钢铁战士催人泪下的英雄故事，以及他们与根据地人民的鱼水深情。全书从历史的高度、前瞻的视角，总结了代代相传的革命传统，剖析了革命老区长兴县快速发展的轨迹，是一部开展革命传统教育的生动教材。中国作协副主席、中国报告文学学会会长何建明评论说，《江南小延安》"字里行间充满着对老区人民和人民军队的深厚感情和价值观的认同，传递了正能量"。中国报告文学学会副会长李炳银也说："《江南小延安》以生动翔实的内容、充满情感的笔触向我们呈现了七十年前长兴大地上那些生动感人的铁军故事。它必将激发人们在各自的工作岗位上焕发时代精神，为实现中国梦而努力奋斗。"此书获浙江省和湖州市"五个一工程"奖。

《湖州"郎部"抗日英雄传》

沈鑫元编著。中国文史出版社 2015 年 5 月出版。湖州市党史办原主任、市新四军历史研究会原常务副会长兼秘书长杨友宝撰写前言。这本书全面真实地反映了抗日战争时期湖州最著名的地方抗日武装——郎玉麟部队的抗日斗争和王文林、周少兰、许斐文、刘茞亭、喻更生等抗日英烈的英雄事迹。此书获湖州市第十七届社会科学优秀成果二等奖。

《湖州之远》

张加强著。浙江人民美术出版社 2018 年 12 月出版。全书主要分为"丝""瓷""笔""茶"四大部分，分别介绍这些特色物产的发展过程，特别是与湖州历史和现实千丝万缕的联系，及其背后相关的文化因素，由此展现湖州丰富的历史文化内涵，以及蒸蒸日上的当代风貌。本书获湖州市第十二届"五个一工程"奖。

《大漠高歌——中国新时代援疆纪实》

其恕、杨建强、凌晨、李民著，金一鸣序并统稿。浙江文艺出版社 2019 年 4 月出版。本书的创作得到湖州市委宣传部、市文联立项支持。金一鸣在本书的序言中写道，本书展现的"是国家援疆战略的缘起、过程、成效和影响，还有无数援疆人默默奉献的生动群像。笔墨所至，从全国援疆的大行动、大场景，具体到湖州对口支援柯坪的小角度、小窗口，管中窥豹，见微知著。以此讴歌国家对少数民族地区跨越式发展的真切关怀和倾力支持，颂扬十九个省市的援疆人舍小家顾大局的高尚情怀，唱响民族团结共同繁荣的主旋律、时代歌"。金一鸣还说："有关新疆的历史知识、民族文化、地域特色、人文景观在本书中也有着墨，从而使这部作品既是一个援疆故事，又是一个援疆读本，而不是一般的应景作品。"本书获湖州市第十二届"五个一工程"奖。

表 2-4：当代湖州作家出版散文著作一览

书　名	作　者	类　别	版　本
读写一年	施星火	散文集	上海春明出版社 1955 年再版
纪念陈嵘先生专辑 *	张健民	散文集	安吉县政协文史资料委员会 1988 年 2 月印行
一代文豪——茅盾的一生	李广德	传记	上海文艺出版社 1988 年 10 月版 台湾花木兰文化出版社 2014 年 7 月版
陈英士评传	姚　辉 朱馥生	传记	团结出版社 1989 年 1 月版
杂杂集	费在山	散文随笔集	1989 年 8 月民进湖州市委刊印

书　名	作　者	类　别	版　本
西北王胡宗南	余方德	传记	四川文艺出版社 1990 年 5 月版
古运河之梦	徐建新	散文集	香港正之出版公司 1990 年 12 月版
顾乾麟博士传略	李广德 朱倍得 冯新泉	传记	南浔镇人民政府 1990 年 6 月刊印
今日竹乡	汪俊国 徐存林	散文集	北京农村读物出版社 1991 年 10 月版
家住吴越山水间 *	张立旦	散文集	德清县文化馆 1991 年 10 月刊印
瞬间——湖州市 1949—1989"鸿丰杯"征文选集		散文集	1992 年 2 月自行刊印
中国十大探险家 *	董惠民	传记集	浙江古籍出版社 1992 年 3 月版
大跨越 *	田家村	报告文学集	1992 年 5 月自行刊印
湖州山水胜迹	陆士虎	旅游散文集	广东旅游出版社 1992 年 7 月版
竹海情	汪俊国	报告文学集	人民中国出版社 1992 年 8 月版
风雨总关情	张林华	散文集	香港未来中国出版社 1993 年 2 月版
闲闲书	费在山	随笔集	清泉书屋 1993 年 12 月刊印
情缆	倪萍方	散文集	成都科技大学出版社 1994 年 6 月版
羞花小史	高宪科 余连祥	散文集	海南出版社 1994 年 8 月版
人生驿站	徐建新	散文集	北京师范大学出版社 1994 年 12 月版
赤子之情	马雪枫 徐长福 王建民	报告文学	浙江文艺出版社 1995 年 12 月版
了了篇	费在山	随笔集	清泉书屋 1995 年 12 月刊印

书　名	作　者	类　别	版　本
成功的合作	汪俊国 沈振建	报告文学	北京新星出版社 1996 年 6 月版
人在世上走	王仲元	散文集	中国和平出版社 1996 年 8 月版
墨耕雅趣	张建智	散文集	中共中央党校出版社 1997 年 9 月版
《易经》与经营之道	张建智	随笔集	上海三联书店 1997 年 9 月版
人在旅途	陈永昊	散文集	南海出版公司 1997 年 10 月版
长路当歌	马雪枫	报告文学	人民交通出版社 1998 年 1 月版
翅膀属于天空	伊　蓉 （陈云琴）	散文集	贵州人民出版社 1998 年 12 月版
风起流年	张林华	散文集	贵州人民出版社 1998 年 12 月版
古今集	顾　忩	散文集	贵州人民出版社 1998 年 12 月版
梦泊南太湖	陆士虎	散文集	贵州人民出版社 1998 年 12 月版
美丽的诱惑	田家村	散文集	贵州人民出版社 1998 年 12 月版
紫笋欣荣	刘世军	散文集	贵州人民出版社 1998 年 12 月版
远方的风景	余方德	散文集	贵州人民出版社 1998 年 12 月版
南太湖笔记	徐建新	散文集	贵州人民出版社 1998 年 12 月版
杂文散文选	沙　金	杂文散文集	海南出版社 1998 年 12 月版
西塞烟云	凌以安	散文和诗合集	1998 年刊印
可爱的长兴 *	唐中祥	游记	浙江人民出版社 1999 年 1 月版
笔缘墨趣	费在山	散文集	百花文艺出版社 1999 年 4 月版
悬巢	马明奎	散文集	作家出版社 1999 年 8 月版
生命与家园	马雪枫	报告文学	解放军文艺出版社 1999 年 9 月版
缘缘录	费在山	随笔集	清泉书屋 1999 年 9 月刊印

书　名	作　者	类　别	版　本
说东道西	钱宪中	随笔集	1999 年自费刊印
忆江南	张加强	散文集	华宝斋文化公司 2000 年 6 月线装刊印
话话卷	费在山	随笔集	清泉书屋 2000 年 11 月刊印
中国神秘的狱神庙	张建智	随笔	上海三联书店 2000 年 12 月版
山泉清清映足迹	刘继荣	随笔集	中国文联出版社 2000 年 12 月版
走进西藏	张西廷	散文集	西安地图出版社 2001 年 3 月版
南浔	陆士虎	散文集	海南出版社 2001 年 3 月版
风枕	俞玉梁	散文等合集	作家出版社 2001 年 4 月版
海空卫士王伟	本书编写组	传记	浙江人民出版社 2001 年 5 月版
新蕾 ——中共党史文学作品集	许虔东	散文等合集	长兴县委党史研究室 2001 年 8 月刊印
西吴墨韵	邵　钰	随笔集	黄山书社 2001 年 9 月版
湖嘉农村经济漫忆	丁沧水	回忆录	黄山书社 2001 年 9 月版
我与湖笔——湖笔文化论坛散文集 *		散文集	中国湖州·国际湖笔文化节组委会 2001 年 9 月刊印
走读南浔	陆士虎	散文集	当代中国出版社 2001 年 12 月版
南浔萍踪 *	眭桂庆	散文集	当代中国出版社 2001 年 12 月版
浙北的树	范一直	杂文集	2002 年 1 月自行刊印
盯着自己	范一直	杂文集	2002 年 8 月自行刊印
文苑散叶	徐重庆	随笔集	南京东南大学出版社 2002 年 5 月版
相约成功	张前方	传记集	当代中国出版社 2002 年 5 月版，2004 年 12 月第 2 版

书 名	作 者	类 别	版 本
名人往事——吴昌硕	范一直	随笔集	浙江教育出版社 2002 年 7 月版
百舸争流	朱惠勇	报告文学	中国文联出版社 2002 年 10 月版
新竹声声	汪 群	散文集	当代中国出版社 2002 年 11 月版
苕上拾翠	蒋琦亚	散文和诗合集	2002 年自行刊印
西行日记	王 璐	日记体散文	2002 年自费刊印
乃安居艺兰笔谭	冯如梅	随笔集	《南太湖》杂志社 2003 年 1 月刊印
潮涌浙江	陈 琳	报告文学	浙江文艺出版社 2003 年 2 月版
苕边随笔集	嵇发根	随笔集	时代文艺出版社 2003 年 5 月版
苕边随笔考辨续集	嵇发根	随笔集	时代文艺出版社 2003 年 5 月版
常常感动	徐晓洪	散文集	当代中国出版社 2003 年 5 月版
相约蓝欧珀	陈云琴	散文集	时代文艺出版社 2003 年 5 月版
乌镇依旧	张加强	散文集	江苏美术出版社 2003 年 6 月版
一代诗僧皎然	陈云琴	传记	昆仑出版社 2003 年 9 月版
湖州杂识	朱仰高	笔记	三秦出版社 2003 年 9 月版
夜雨无痕	刘 伟	散文集	陕西旅游出版社 2003 年 11 月版
嘉业南浔	张建智	随笔集	江苏教育出版社 2003 年 12 月版
风雨江南	张加强	散文集	台湾知本家文化事业有限公司 2003 年 12 月版
走进湖州	徐建新	散文集	中华书局 2003 年 12 月版
诗的梦	凌 子（朱廓）	散文集	昆仑出版社 2004 年 4 月版
南浔往事	张加强	散文集	江苏美术出版社 2004 年 6 月版
四季，你来了吗	黄璐叶丹	散文集	作家出版社 2004 年 6 月版

书　名	作　者	类　别	版　本
首届"孟郊奖"全球华语散文大赛获奖作品集*	蔡旭昶	散文集	作家出版社 2004 年 6 月版
吉时行乐	柯　平	散文集	花山文艺出版社 2004 年 8 月版
飘飘欲仙	柯　平	散文集	花山文艺出版社 2004 年 8 月版
苔藓·微尘集	邵庆春	散文集	香港天马图书有限公司 2004 年 8 月版
沙金文集	沙　金	随笔散文集	香港天马图书有限公司 2004 年 8 月版
千秋独行	张加强	散文集	台湾知本家文化事业有限公司 2004 年 8 月版 东方出版中心 2004 年 10 月版
风雅南浔	陆士虎	小品集	浙江摄影出版社 2004 年 9 月版
南浔桥韵	李惠民	小品集	浙江摄影出版社 2004 年 9 月版
南浔美食	尹金荣	小品集	浙江摄影出版社 2004 年 9 月版
半个世纪的足迹 ——华东革大一期嘉湖同学回忆录（续集）*	丁沧水	回忆录集	方志出版社 2004 年 9 月版
张静江传	张建智	传记	湖北人民出版社 2004 年 10 月版
我心中的香格里拉	汪俊国	游记	五洲传播出版社 2004 年 10 月版
品味长兴*	陈源斌	散文集	大众文艺出版社 2004 年 10 月版
方山不老*	钟伟今 徐克政	散文集	中国社会出版社 2004 年 11 月版
一代斗士毛泽东	钱宪中	传记	香港天马出版社 2004 年 12 月版
湖州院士	姚国强 沈江龙	传记	方志出版社 2004 年 12 月版
素食者言	柯　平	散文集	古吴轩出版社 2005 年 1 月版

书 名	作 者	类 别	版 本
欧洲之旅	陈华民	游记	中国文史出版社 2005 年 1 月版
艺术人生：走近大师陆维钊	邢秀华 鲍士杰	传记	西泠印社出版社 2005 年 2 月版
湖州劳模风采 *	湖州劳模风采编纂委员会	报告文学集	文汇出版社 2005 年 3 月版
当代湖州书画家概述	马青云等	传记	中国文学出版社 2005 年 6 月版
走近中国南浔	陆士虎	散文集	上海人民出版社 2005 年 8 月版
一代美术大师赵孟𫖯	陈云琴	传记	昆仑出版社 2005 年 8 月版
革命者的足迹——市区离休干部回忆录 *	张兰新	回忆录集	昆仑出版社 2005 年 8 月版
柯平与李渔对话 ——素面朝天	柯 平	散文集	古吴轩出版社 2005 年 9 月版
柯平与李渔对话 ——大话荤菜	柯 平	散文集	古吴轩出版社 2005 年 9 月版
名人与南浔	张前方	传记	浙江摄影出版社 2005 年 9 月版
南浔人与上海	徐建新	传记	浙江摄影出版社 2005 年 9 月版
野玫瑰——无名者格言	曹国政	格言集	群众文化出版社 2005 年 9 月版
走近中国——南浔	陆士虎	散文集（英文版）	上海人民美术出版社 2005 年 9 月版
十一座雕像的诞生	沈文泉	报告文学	香港天马图书有限公司 2005 年 11 月版
凡人心语	涂宝鸿	散文集	昆仑出版社 2005 年 12 月版
衡庐集卷六：玉雪四谈	陈景超	随笔集	方志出版社 2005 年 12 月版
边角——鲍洪权随笔	鲍洪权	随笔集	2005 年自行刊印
法学泰斗沈家本	高勇年	传记	浙江人民出版社 2006 年 3 月版

书　名	作　者	类　别	版　本
江南大宅门——南浔遗韵	沈嘉允	文化散文集	浙江摄影出版社 2006 年 3 月版
衡庐集卷七：路鼓野泉	陈景超	传记等合集	方志出版社 2006 年 3 月版
松雪斋主——赵孟頫传	陈云琴	传记	浙江人民出版社 2006 年 4 月版
儒侠金庸传	张建智	传记	上海远东出版社 2006 年 4 月版
永远的游子吟：德清历史文化名人生命历程	杨振华	散文集	作家出版社 2006 年 5 月版
我拿什么来报答你——第二届"孟郊奖"全球华语散文大赛获奖作品集 *	干永福	散文集	作家出版社 2006 年 5 月版
湖州风光导游词	徐建新	散文集	中华书局 2006 年 6 月版
清泉淙淙	汪群	散文集	中国文史出版社 2006 年 8 月版
税月如歌——国税干部文学作品选集 *	沈振斌	散文等合集	湖州市国家税务局税苑文学社 2006 年 9 月刊印
茅坤传	徐建新	传记	浙江人民出版社 2006 年 10 月版
章荣初	李惠民	传记	浙江人民出版社 2006 年 10 月版
南浔金家	陆剑	传记	浙江人民出版社 2006 年 10 月版
对话：游子文化 *	干永福	散文集	中国法制出版社 2006 年 10 月版
与历史对决	张加强	散文集	台湾知本家文化事业有限公司 2006 年 11 月版
域外履痕 *	刘世军	散文集	浙江人民出版社 2006 年 12 月版
两栖文心	李广德	散文集	沈阳出版社 2006 年 12 月版
荻港散记	周颖	散文集	华中师范大学出版社 2006 年 12 月版
独破庐文稿	吴冠民	散文集	京华出版社 2006 年版
行走的风景	朱敏	散文集	大众文艺出版社 2007 年 1 月版

书　名	作　者	类　别	版　本
警戒线	王文华	纪实文学	作家出版社 2007 年 3 月版
旷世风雅：顾渚山传	张加强	文化散文	上海人民出版社 2007 年 3 月版
怡情山水	王毅人	散文集	作家出版社 2007 年 4 月版
历史时空中的肖像	张加强	传记集	京华出版社 2007 年 5 月版
彷徨与高歌	陈　琳	随笔集	作家出版社 2007 年 7 月版
美国之旅	陈华民	游记	中国文史出版社 2007 年 7 月版
来路不明的欢喜	沈培健	散文集	吉林教育出版社 2007 年 9 月版
从皕宋楼到静嘉堂 ——访书日记	王绍仁	随笔集	中国文史出版社 2007 年 9 月版
他们在历史的长河中	余方德	传记集	沈阳出版社 2007 年 9 月版
缘木求鱼——费新我传	张前方	传记	浙江人民出版社 2007 年 10 月版
南浔风情 *	冯旭文	散文集	浙江人民出版社 2007 年 10 月版
八叙湖州史话	嵇发根	文史小品集	黄山书社 2007 年 10 月版
名人与湖州（四种）	嵇发根 余方德等	传记	黄山书社 2007 年 10 月版
柳湘武文缘	柳湘武	随笔集	2007 年 10 月自行刊印
竹海拾贝	黄文乐	散文集	香港天马图书有限公司 2007 年版
茗花浮雪集	金荣荣	随笔集	2007 年自行刊印
走读德清	张林华 李颖颖	散文集	浙江科技出版社 2008 年 3 月版
羡慕自己	林国强	散文集	中国文史出版社 2008 年 3 月版
红楼半亩地	张建智	随笔集	上海远东出版社 2008 年 4 月版
花香散处 *	张加强	散文集	中国文联出版社 2008 年 4 月版

书 名	作 者	类 别	版 本
湖州一书一画五十家	高宝平	散文集	香港正大国际出版公司 2008 年 5 月版
记忆滨湖古镇	徐世尧	散文集	中国作家出版社 2008 年 6 月版
儿时江湖	卢国建	散文集	黄山书社 2008 年 9 月版
笔底春秋	沙 金	杂文随笔集	香港天马图书有限公司 2008 年 9 月版
凤鸣文集	王凤鸣	散文集	沈阳出版社 2008 年 9 月版
古村射中	李惠民	文史散文集	浙江人民出版社 2008 年 9 月版
一代名医朱振华	李广德	传记	作家出版社 2008 年 10 月版
滴水映日	汪 群	散文集	人民文学出版社 2008 年 11 月版
花开无声	陈 芳	散文集	黄河出版社 2009 年 4 月版
流远韵长	汪 群	散文集	中国青年出版社 2009 年 6 月版
家住河边	王麟慧	散文集	九州出版社 2009 年 7 月版
诗意江南	李 民	散文集	九州出版社 2009 年 7 月版
雾里花	胡胜光	散文集	九州出版社 2009 年 7 月版
桃花落尽山犹在	杨静龙	散文集	九州出版社 2009 年 7 月版
鲁迅画传	余连祥	传记	江西人民出版社 2009 年 8 月版
改革开放亲历记 *	方动力	散文集	湖州市政协文史资料委员会 2009 年 8 月印行
远的记忆近的生活	王征宇	散文集	作家出版社 2009 年 9 月版
锦衣	臧运玉	散文集	青海人民出版社 2009 年 9 月版
苕溪杂话	高宝平	杂文集	湖州明远草堂 2009 年 10 月刊印
王体第一人——沈尹默	张前方	传记	浙江人民出版社 2009 年 12 月版

书 名	作 者	类 别	版 本
南浔庞家	陆 剑	传记	浙江人民出版社 2009 年 12 月版
沈彬如 *	沈乐平 孔庆生	传记	浙江人民出版社 2009 年 12 月版
周庆云	王魏立	传记	浙江人民出版社 2009 年 12 月版
湖州革命英烈 *	卢琪和	传记	湖州市关心下一代工作委员会、中共湖州市委党史研究室 2009 年印行
生命之歌	梁 夫 馨 月	散文集	百花文艺出版社 2010 年 1 月版
南浔名人 *	顾进才 莫慧娟	传记	浙江人民出版社 2010 年 1 月版
倾情诉说	王毅人	散文集	中国广播电视出版社 2010 年 1 月版
中国古桥文化	朱惠勇	散文集	大众文艺出版社 2010 年 4 月版
汉光武帝刘秀传	周淑舫	传记	吉林人民出版社 2010 年 4 月版
魏武帝曹操传	周淑舫	传记	吉林人民出版社 2010 年 4 月版
多维世界	陈多维	散文集	内蒙古人民出版社 2010 年 5 月版
北大，5·19——学生右派是怎样炼成的	沈泽宜	回忆录	香港天行健出版社 2010 年 6 月版
足音心迹集	邵 钰	随笔诗词等合集	中国福利会出版社 2010 年 6 月版
辇下风光	崔建民 庄新民	散文集	东方出版社 2010 年 8 月版
丁莲芳——从历史深巷走向上海世博 *	郑天枝 曹 琴	散文集	浙江科学技术出版社 2010 年 8 月版
又是一个小阳春	邵宝健	散文集	湖南人民出版社 2010 年 10 月版
湖商传奇 *	王麟慧	报告文学集	研究出版社 2010 年 10 月版

书　名	作　者	类　别	版　本
笔墨流韵	张前方	散文集	黄山书社 2010 年 10 月版
陈冰同志纪念文集*	丁沧水	散文集	湖州 2010 年 10 月印行
片瓦集	章启茂	散文诗词合集	2010 年 10 月自行刊印
陈英士全传	钱宪中	传记	浙江人民出版社 2010 年 11 月版
科普小品	黄晨星	小品文集	2010 年 11 月自行刊印
国民党的江湖：陈果夫陈立夫和他们的八个同乡	余方德	传记	中央文史出版社 2011 年 1 月版
金色年华·2010——湖州晚报小记者美文集*	吴建勋 沈　宏	散文集	时代教育出版社 2011 年 3 月版
日近西山云霞飞	杨如明	散文集	浙江大学出版社 2011 年 5 月版
五十五孝马福建传	李　牧 周江鸿	传记	西泠印社出版社 2011 年 5 月版
石油之子王启民	徐斌姬 章莘莘	报告文学	浙江人民出版社 2011 年 6 月版
知易行难	周向宇	随笔集	吉林出版集团 2011 年 6 月版
古韵南浔	陆士虎	随笔集	浙江人民出版社 2011 年 6 月版
胜迹之光——湖州市爱国主义教育基地	严荣耀等	散文集	浙江人民出版社 2011 年 6 月版
捕风捉影	金　沙	散文集	浙江文艺出版社 2011 年 7 月版
四菜一汤——陆霖散文随笔选	陆　霖	散文随笔集	西泠印社出版社 2011 年 7 月版
星月晨光——汪儒诗文选	汪　儒	散文等合集	湖州文学院 2011 年 7 月刊印
山风徐徐	汪　群	散文集	中国戏剧出版社 2011 年 10 月版
永远的江南赋——十五位历史名人的德清印迹	杨振华	散文集	中国文史出版社 2011 年 11 月版

书 名	作 者	类 别	版 本
远去的记忆	李苏卿	随笔集	文化艺术出版社 2011 年 11 月版
湖州寺院探访（上、下）	高宝平	散文集	湖州明远堂 2011 年 12 月刊印
田野如歌	赵长根	散文集	杭州出版社 2011 年 12 月版
青涩年代	邱 晔	散文集	浙江文艺出版社 2011 年版
钮智芳自选集	钮智芳	随笔集	中华诗词出版社 2011 年版
阅读与人生——2011 书香湖州全民阅读年征文获奖作品集 *		散文集	湖州市文明办、湖州市社科联、湖州职业技术学院、湖州日报社 2011 年 12 月印行
在远行的日子里	黄未未	游记	2011 年自行刊印
萍踪	黄未未	散文集	2011 年自行刊印
人间有味是清欢	朱 敏	散文集	西苑出版社 2012 年 1 月版
水乡短笛	杨苏奋	散文集	大众文艺出版社 2012 年 1 月版
有梦才有远方——湖州市首届"中信银行杯"中小学生新创意写作大赛优秀作品集 *	黄其恕	散文集	作家出版社 2012 年 4 月版
随便说说	钱宪中	杂文集	中国戏剧出版社 2012 年 5 月版
好事也出门——一个地方党报记者的记录	叶福民	散文集	浙江大学出版社 2012 年 7 月版
田家村散文小说选	田家村	散文小说集	作家出版社 2012 年 8 月版
羊君笔谈	汪 群	散文集	中国言实出版社 2012 年 8 月版
带笑的匕首	杨如明	散文集	浙江大学出版社 2012 年 9 月版
地上星	沈群先	散文集	中华诗词出版社 2012 年 11 月版
红色特工钱壮飞	余方德 黄其恕	传记	浙江人民出版社 2012 年 12 月版

书　名	作　者	类　别	版　本
仰望——陈诺作品集	陈　诺	散文集	香港文华图书出版有限公司 2012 年 12 月版
品味思语	胡百顺	散文集	光明日报出版社 2012 年版
我的随笔	董炳生	随笔集	中国文联出版社 2012 年版
丰雪心文集	丁慧根	随笔集	2012 年自行刊印
闲闻野见	唐广元	随笔集	2012 年自行刊印
美丽人生——吴美丽调解案例纪实	徐建新	报告文学	浙江人民出版社 2013 年 1 月版
黄郛与莫干山	罗永昌	文化散文	中国文史出版社 2013 年 1 月版
钱玄同	余连祥	传记	黄山书社 2013 年 1 月版
成人礼——一位 90 后女作家的留学手记	顾文艳	散文集	漓江出版社 2013 年 1 月版
和春天一起芬芳 *	王麟慧	散文集	研究出版社 2013 年 3 月版
往事	谢耀祖	散文集	中国文联出版社 2013 年 3 月版
陈家	钱宪中	传记	中华书局 2013 年 4 月版
酱香杂记（二）——范一直地方文化随笔集	范一直	随笔集	浙江文艺出版社 2013 年 6 月版
章村揽胜	董仲国	散文集	团结出版社 2013 年 6 月版
谭建丞传	马青云	传记	南京大学出版社 2013 年 7 月版
范蠡与湖州	陆鼎言	传记	中国文联出版社 2013 年 7 月版
皎然与湖州	陈云琴	传记	中国文联出版社 2013 年 7 月版
茅坤与湖州	徐建新	传记	中国文联出版社 2013 年 7 月版
苏东坡与湖州	余方德	传记	中国文联出版社 2013 年 7 月版

书　名	作　者	类　别	版　本
项羽与湖州 ——项羽的青春	余方德	传记	中国文联出版社 2013 年 7 月版
谢安家族与湖州	周淑舫	传记	中国文联出版社 2013 年 7 月版
颜真卿与湖州	丁国强	传记	中国文联出版社 2013 年 7 月版
赵孟頫与湖州	陈云琴	传记	中国文联出版社 2013 年 7 月版
张先与湖州	陈云琴	传记	中国文联出版社 2013 年 7 月版
俞樾与湖州	徐建新 朱　炜	传记	中国文联出版社 2013 年 7 月版
警务广场文学集 *	郑天枝	散文诗歌等合集	中国文化艺术出版社 2013 年 7 月版
七十岁再出发	鲍宗盛	传记	华夏文化出版社 2013 年 7 月版
简单的深刻	可　人 （王海霞）	散文集	中国文联出版社 2013 年 8 月版
前溪韵事	赵长根	散文集	团结出版社 2013 年 9 月版
嘉亭桥畔	凌建华	散文集	中国文联出版社 2013 年 9 月版
湖烟湖水曾相识	朱　炜	随笔集	浙江工商大学出版社 2013 年 10 月版
陈朝五帝与陈朝兴亡	余方德	传记	浙江人民出版社 2013 年 10 月版
天镜	张加强	散文集	东方出版中心 2013 年 10 月版
蛋糕上的樱桃	朱　敏	散文集	作家出版社 2013 年 11 月版
云深不知处	王行云	散文集	现代出版社 2013 年 11 月版
费新我传略	马青云	传记	西泠印社出版社 2013 年 11 月版
请待我盛开	祝丹莹	散文集	现代出版社 2013 年 12 月版
苕溪月下吟	蔡圣昌	散文集	人民文学出版社 2013 年 12 月版

书　名	作　者	类　别	版　本
水韵菰城 *	金一鸣	散文集	《南太湖》杂志社 2013 年 12 月出版
我的梦——小记者新作文大赛获奖作品集 *		散文集	湖州晚报社 2013 年刊印
费新我与湖州	张前方	传记	沈阳出版社 2014 年 1 月版
吴昌硕与湖州	王季平	传记	沈阳出版社 2014 年 1 月版
中国院士与湖州	张前方	传记	沈阳出版社 2014 年 1 月版
吴越历史人物小集	余方德	传记	沈阳出版社 2014 年 1 月版
梵音法华 *	高宝平	散文集	中国文化出版社 2014 年 2 月版
作文秘笈	田家村	散文集	光明日报出版社 2014 年 3 月版
晴耕雨读	田光耀	散文集	香港天马图书有限公司 2014 年 5 月版
生命之诗	马雪枫	散文集	团结出版社 2014 年 5 月版
在孤独中	马雪枫	随笔诗歌合集	团结出版社 2014 年 5 月版
吾曹话语	曹国民	散文集	香港天马出版有限公司 2014 年 5 月版
记录着	李永春	散文集	现代出版社 2014 年 6 月版
最好的时光	李思雨	散文集	中国文史出版社 2014 年 7 月版
我对这些微笑，对你也一样	俞力佳	散文集	上海文化出版社 2014 年 9 月版
酱香杂文集	范一直	杂文集	南京大学出版社 2014 年 9 月版
秀水 *	王庆忠	散文集	中国文联出版社 2014 年 9 月版
乡音一曲 *	张加强	散文集	中国文联出版社 2014 年 10 月版
朝圣者的灵魂	金　沙	散文集	浙江文艺出版社、浙江摄影出版社 2014 年 10 月版

书　名	作　者	类　别	版　本
百里湖山指顾中 ——德清的风景与记忆	朱　炜	散文集	浙江工商大学出版社 2014 年 11 月版
巡更者呓语	沈秋伟	散文集	中国文联出版社 2014 年 11 月版
汪群散文选	汪　群	散文集	中国言实出版社 2014 年 11 月版
乾元风物	屠振林	散文随笔集	南海出版公司 2014 年 11 月版
生命的灯 *	楼秋红	报告文学集	光明日报出版社 2014 年 11 月版
云溪行文录	王行云	散文集	中国文史出版社 2014 年版
乡土朝天	慎志浩	散文集	黄河出版社 2015 年 1 月版
羊君闲记	汪　群	散文集	团结出版社 2015 年 1 月版
诗梦奇缘：冰心与吴文藻	王佳佳	传记	北岳文艺出版社 2015 年 1 月版
书海泛舟	唐　翔	散文集	梧桐阁社 2015 年 1 月刊印
山水映像	周　婷	散文集	江苏人民出版社 2015 年 5 月版
门前的河流 ——老徐诗歌散文集	老　徐 （徐为群）	散文集	晟舍拍案惊奇 2015 年 5 月刊印
被改变的思考——基于史学视阈的随想与探究	李学功 祝玉芳	文史随笔等合集	湖南师范大学出版社 2015 年 7 月版
流年里的影子	朱　敏	散文集	文汇出版社 2015 年 8 月版
再走也走不出故乡	李永春	散文集	中国文联出版社 2015 年 8 月版
江南大地	朱惠勇	散文集	江苏文艺出版社 2015 年 9 月版
朱惠勇散文集	朱惠勇	散文集	江苏文艺出版社 2015 年 9 月版
修篁馆文集	邱鸿炘	散文集	中华古籍出版社 2015 年 10 月版
寻找汉朝人的足迹	徐　侠	散文集	现代出版社 2015 年 10 月版
穿旗袍的女人	凌　晨	散文小说集	浙江摄影出版社、浙江文艺出版社 2015 年 10 月版

书 名	作 者	类 别	版 本
苦乐青春 ——我的南埠岁月	许瑞林	回忆录	团结出版社 2015 年 11 月版
怪我过分真实	金淑芬	散文集	团结出版社 2015 年 12 月版
古碑记忆 *	郑 勇	散文随笔集	安吉县档案馆 2015 年刊印
酱香随笔集	范一直	随笔集	南京大学出版社 2016 年 1 月版
箬溪精舍随笔	罗秉利	随笔集	中国文史出版社 2016 年 1 月版
小写历史—— 一个普通人的六十年	董惠民	自传	九州出版社 2016 年 3 月版
印象岁月	姚林宝	散文集	华龄出版社 2016 年 6 月版
与师父喝茶的时光	悟 澹 （李彬）	散文集	中国轻工业出版社 2016 年 6 月版
滴落的水珠——老徐诗歌 散文集②	老 徐	散文诗歌 合集	晟舍拍案惊奇 2016 年 7 月刊印
忘我与自珍——王世襄传	张建智	传记	文汇出版社 2016 年 10 月版
水与你相约	汪 群	散文集	中国文联出版社 2016 年 10 月版
来不及长大就老了	王麟慧	散文集	中山大学出版社 2016 年 10 月版
南浔乡村古镇寻访记	蔡忍冬 谢占强 山 贤 潘继斌	散文集	浙江摄影出版社 2016 年 11 月版
奋进年华 ——我在国企十八年	许瑞林	回忆录	中国文联出版社 2016 年 11 月版
且听闲棚落秋籽	童晓媛	散文集	时代作家出版社 2016 年 12 月版
清清白湾里	徐存林	散文集	浙江文艺出版社 2016 年 12 月版
素言无忌：日常蔬食小史	柯 平	小品文集	北京大学出版社 2017 年 1 月版
中国校车	罗永昌	报告文学	浙江大学出版社 2017 年 1 月版

书　名	作　者	类　别	版　本
湖州当代优秀文学作品选·散文卷 *	湖州市文联	散文集	浙江摄影出版社、浙江文艺出版社 2017 年 1 月版
湖州当代优秀文学作品选续编·散文纪实文学影视卷 *	湖州文学院	散文纪实文学影视合集	浙江摄影出版社、浙江文艺出版社 2017 年 1 月版
百年红妆	钱爱康	散文集	上海文艺出版社 2017 年 4 月版
渡河之筏	陆　英	散文集	上海文艺出版社 2017 年 4 月版
梅艳芳传——这世间始终你好	暗地妖娆（章苒苒）	传记	北京联合出版公司 2017 年 5 月版
天国再见	金一鸣	散文集	浙江文艺出版社、浙江摄影出版社 2017 年 6 月版
最开始的路	姚敏儿	散文集	团结出版社 2017 年 6 月版
岁月如红	郦　清	散文集	浙江教育出版社 2017 年 7 月版
心香一瓣	李　丰	散文集	团结出版社 2017 年 7 月版
近在远方：一个县的史诗	张加强	散文集	上海人民出版社 2017 年 9 月版
永远的外婆家	杨振华	散文集	山东画报出版社 2017 年 10 月版
何以久立——久立集团三十年启示录	徐建新	报告文学	浙江人民出版社 2017 年 10 月版
君自故乡来	朱　炜	文化散文集	团结出版社 2017 年 10 月版
西湖莲音	徐为群	散文集	团结出版社 2017 年 11 月版
与文明同行　倡文明新风征文活动获奖作品集	曹隆鑫倪旌哲等	散文集	湖州文学院、湖州智业文化传媒有限公司 2017 年 12 月编印
乡间文脉	周武忠	散文小说合集	中国电影出版社 2017 年版
美丽视角	陈　霞	散文集	中国文史出版社 2017 年版
路过	王海霞	散文集	2017 年自行刊印

书　名	作　者	类　别	版　本
斜风细雨多徘徊	沈梓文	散文与词合集	2017 年自行刊印
淘宝趣事	夏　华	散文集	2017 年自行刊印
爱有天意	马利云	散文集	杭州出版社 2018 年 1 月版
多少足迹烟雨中	杨再辉	随笔集	浙江工商大学出版社 2018 年 1 月版
行走笔录集	嵇发根	游记集	香港艺文出版社 2018 年 2 月版
筑梦荒野——来自一所监狱的创业记忆	王文华	报告文学	法律出版社 2018 年 3 月版
箬溪风云——长兴人文历史读本	戴国华 倪满强等	散文集	浙江古籍出版社 2018 年 3 月版
菰城邮谭	郁根荣	散文集	湖州韵峰丝绸有限公司 2018 年 3 月印行
一叶清风	黄立峰	散文随笔集	团结出版社 2018 年 4 月版
苕水清清太湖美 *	湖州文学院	报告文学集	浙江人民出版社 2018 年 4 月版
微澜集	姚　芳	散文集	北京理工大学出版社 2018 年 5 月版
湖笔故事 *	朱延林 杨静龙	散文与诗合集	百花洲文艺出版社 2018 年 6 月版
寇丹随笔	寇　丹	随笔集	中华诗词出版社 2018 年 7 月版
艺术的力量	黄水良	纪实文学	香港文化出版社 2018 年 7 月版
莫干山史话	朱　炜	文化散文集	团结出版社 2018 年 9 月版
南浧浔曦	陆士虎	散文集	浙江摄影出版社 2018 年 9 月版
岁月满墙	倪满强	散文集	团结出版社 2018 年 9 月版
且歌远行处	孙　源	散文集	浙江工商大学出版社 2018 年 9 月版

书 名	作 者	类 别	版 本
春风耀目——湖州市"生态＋电力"文学作品集＊	国家电网湖州供电公司	散文与诗合集	中国文联出版社 2018 年 10 月版
南浔名门闺秀	龙 萍 陆 剑	散文集	浙江摄影出版社 2018 年 11 月版
情牵梅溪	卢炳根	散文集	2018 年秋自行刊印
自强之路		报告文学	湖州市残联 2018 年刊印
泉水深流唱风华	阮泉华	回忆录	2018 年自行刊印
苕溪清音	汪 群	散文集	团结出版社 2018 年 12 月版
尚博祖屋	杨宏伟	文化散文	文化艺术出版社 2018 年 12 月版
漂泊菰城的河流	河 流（胡渡华）	纪实文学集	团结出版社 2018 年 12 月版
小城故事	董惠民	回忆录	杭州出版社 2018 年 12 月版
驰思骋怀 ——周孟贤散文随笔集	周孟贤	散文随笔集	四川民族出版社 2018 年 12 月版
大道如虹——改革开放 40 年湖州公路纪实	张前方	报告文学	杭州出版社 2019 年 1 月版
大漠高歌 ——中国新时代援疆纪实	其 恕 杨建强 凌 晨 李 民	报告文学	浙江文艺出版社 2019 年 4 月版
该不该坦白	周武忠	散文集	团结出版社 2019 年 4 月版
半生录	柯 平	散文集	万卷出版公司 2019 年 5 月版
昨天的新闻	沈文泉	散文集	上海文艺出版社 2019 年 5 月版
浙北名医毛先生：徐振华传	徐世尧	传记	浙江科学技术出版社 2019 年 5 月版
冰川蓝光	杨新宇	散文集	团结出版社 2019 年 5 月版

书　名	作　者	类　别	版　本
清邑书香	倪有章	散文集	团结出版社 2019 年 5 月版
不知哪片云会下雨	马红云	散文集	中山大学出版社 2019 年 6 月版
翠微时光	苏　苏 （梅苏苏）	散文集	浙江工商大学出版社 2019 年 6 月版
书法人生	曹寿槐	传记	阳光出版社 2019 年 7 月版
贪点依赖贪点爱	曹丽黎	散文集	中山大学出版社 2019 年 7 月版
我渴望那风那山那海洋	曹丽黎	散文集	中山大学出版社 2019 年 7 月版
做一朵自由行走的花	曹丽黎	散文集	中山大学出版社 2019 年 8 月版
我在江南惹了你	王麟慧	散文集	中山大学出版社 2019 年 8 月版
一个人的江湖	陈　曦	散文集	团结出版社 2019 年 8 月版
人非草木—— 一片茶叶和老人的故事	寇　丹	散文集	上海书店出版社 2019 年 9 月版
湖州传：湖光山韵诗书远	张加强	传记	新星出版社 2019 年 9 月版
乡的愁	徐世尧	散文集	中山大学出版社 2019 年 9 月版
百间楼下	沈嘉允	散文随笔集	北京工艺美术出版社 2019 年 9 月版
爱上这片清丽地*	王麟慧	散文集	湖州市妇女联合会 2019 年 9 月刊印
多情的土地	河　流	散文集	上海文化出版社 2019 年 10 月版
又见紫云英	汪　群	散文集	团结出版社 2019 年 12 月版

（注：书名带 * 者为编辑作品集）

第三章　小说

　　湖州的小说，可以追溯到南北朝时期，那时出现了像吴均《续齐谐记》那样的志人志怪小说。到了唐代，小说更以传奇的形式出现，《枕中记》等传奇作品在立意、想象、结构、描摹世情和刻画人物方面，俱见匠心。

　　宋元时期，湖州的小说有长足的发展。一方面是文言笔记小说除杂录琐闻典故、诗话文评外，还记叙都市生活和风俗习惯，如沈括的《梦溪笔谈》和周密的《武林旧事》《齐东野语》《癸辛杂识》等；另一方面，唐宋以来湖州经济富庶，南宋定都临安（今杭州），湖州成为首辅之区，市民阶层发展，市民文学别开生面，白话短篇小说"宋话本"兴起，与文人创作的笔记、传奇形成分流，成为中国小说史上的一大变迁。受宋话本的影响，明清文人用白话写作，于是，湖州乃至整个中国的古代小说就有了文言小说和白话小说两大类。湖州的长篇小说至明末清初出现了像董说《西游补》这样奇幻恍惚、虚实兼备，而主旨意向归依现实的作品。凌濛初的短篇小说集《拍案惊奇》初刻、二刻，是文人最早有意拟作话本的小说，影响所及，作者云从，使文人拟话本的短篇小说创作，成为一时的风气。

　　赵苕狂的系列侦探小说和徐迟的抗战题材小说是民国时期湖州小说的两大亮点。陈果夫开创了现代湖州的儿童文学。萧也牧则是中华人民共和国成立前后湖州小说创作的过渡性作家。

　　湖州当代小说创作兴起于改革开放以后，早期的代表作家是高锋、闻波、金一鸣。后来，余方德的民国题材纪实小说，刘平的反贪腐小说，陈琳的工业题材小说，李全的民工题材小说等，都有一定的影响。沈文泉的《千古奇冤》填补了湖州重大革命历史题材小说创作的空白。杨静龙的中短篇小说人物形象鲜明，语言精致，曾获鲁迅文学奖提名。特别值得一提的是小说创作领域的女性作家，前有马雪枫、马红云、陈芳等，后有潘无依、流潋紫、顾文艳等，影响很大。

第一节　古近代小说

湖州古近代的小说，分为文言小说和白话小说两大类。文言小说最早出现在南朝，指的是具有想象虚构成分的志怪小说和记录人物逸闻琐事的杂录小说。志怪小说的代表作有《续齐谐记》《搜神后记》等，其中的《搜神后记》又称《续搜神记》，讲湖州农民章苟敢骂天公、敢斗霹雳的故事，充分表现了古代劳动人民敢于反抗、敢于胜利的英雄气概。其他志怪小说写湖州的故事大多鼓吹灵异迷信，宣扬因果报应，如宋刘义庆的《幽明录》写吴兴人徐长海与海神交往的故事，写乌程人陈相子学佛闻空中殊音妙香的故事；宋佚名《录异传》写乌程人丘友死后复生的故事；齐王琰《冥祥记》写吴兴人沈僧覆因家贫偷神像遭报应的故事；梁任昉《述异记》写沈充坟前显灵的故事，等等。

这一时期杂录小说的代表作则有《俗说》《笑林》等。此外，三国魏邯郸淳的《笑林》讲了沈珩、沈峻的故事；晋贺循的《会稽记》写了防风氏的故事等。

唐时，湖州人的传奇创作成绩斐然。沈既济的《枕中记》托笔梦境，黄粱警世，对后来的戏曲创作影响很大。多产的沈亚之著有《秦梦记》《湘中怨解》《异梦录》《冯燕传》等，委曲细致，描写生动。他们被称为"吴兴二沈"。

宋元时期，湖州笔记小说创作活跃，有名的有《梦溪笔谈》《齐东野语》《武林旧事》等。所记多掌故、习俗、琐闻、逸事，大多文笔洗练，叙事生动，形式短小，具有"真、散、杂"的特点。

清代小说，初期有董说的《西游补》和陈忱的《水浒后传》，寓居南浔的黄周星的《补张灵崔莹合传》，清中叶有戴璐的笔记小说《藤阴杂记》，三十回《三刻拍案惊奇》（原名《幻影》）写明永乐元年户部尚书夏元吉到湖州治水，斗恶蛟为民除害的故事。

近代湖州的小说不多，不过，严庭樾的历史小说关注和反映了重大的历史事件——太平天国运动和义和团运动；蛰园的《邹谈一噱》关注和反映了西风东渐下的改革运动；俞樾的文言笔记小说《右台仙馆笔记》文笔流畅，点染出19世纪后半期深刻的社会危机，具有学人小说的特点。俞樾还改写过长篇小说《七侠五义》。此外，玉山草亭老人编次的十六卷本《娱目醒心》和西湖渔隐主人的《欢喜冤家》（又名《贪欢报》）虽然不能确定作者是不是湖州人，但都写了德清人的故事。

一、文言小说

《俗说》

南朝武康沈约撰。三卷。志人小说集，已散佚。当时同名的书有两种。《隋书·经籍志》子部杂家类著录："《俗说》三卷，沈约撰；梁五卷。"该书遗文散见于《艺文类聚》《北堂书抄》《太平御览》等类书。鲁迅在《古小说钩沉》中辑得五十余则，不题撰人，然《中国小说史略》以其佚文属沈约。从佚文看，主要记叙南朝文人的传闻琐事。其中有记奇异行为的，如谢万著白纶巾鹤氅裘履朝见简文帝；琅琊太守袁山松每醉则上宋祎冢作《行路难歌》等，有记叙才能技艺的，如桓石虎勇拔虎身箭；顾虎头为人画扇不点睛等。作品叙写细腻，如"桓温平蜀，以李势女为妾。南郡主甚妒……后知，乃拔刀向李所，因欲斫之。见李在窗梳头，姿貌端丽，徐徐结发，敛手向主，神色闲正，辞甚凄婉，主于是掷刀，前抱之……"写南郡主由怒而怜，始恶而终善。沈约另有《袖中记》等，均已佚。

《续齐谐记》

南朝安吉吴均撰。志怪小说集，系东阳无疑《齐谐记》续书。《齐谐记》原书七卷已佚。《唐书·艺文志》误为吴筠。原为一卷，今存十七篇，散见于《顾氏文房小说》《古今逸文》《广汉魏丛书》《五朝小说》《虞初志》《说郛》重编本、《秘书二十一种》《四库全书》《增订汉魏丛书》等书。作品多奇怪荒诞之事，《四库提要》誉之为"小说之表者"。其中《赵文昭》写宋元嘉九年（432）东宫扶持赵文昭和清溪庙女神间人神恋爱的故事，明代汤显祖评其为"骚艳多风，得《九歌》之余意"。《梅溪山》记安吉梅溪山脚有盘石转动，能据之以验农事丰歉。《阳羡书生》源于印度《旧譬喻经》中梵志吐壶，中有女子；女又吐壶，中又男子等的奇诡故事，晋人荀氏《灵鬼志》亦记。鲁迅评说："至吴均记"，使中外文化融合而"蜕化为国有"。另《张成》记正月半吃白膏粥祭蚕神，《上巳曲水》记三月三日曲水节来由，《成武丁》记七夕，《费长房》记九九重阳佩茱萸事，《五花丝粽》记端午吃粽子纪念屈原事，《邓绍》记八月旦做明眼袋事，以及张华识别斑狸精，七月七日织女渡河会牛郎等故事，保存了丰富的民俗资料。鲁迅说："均夙有诗名……故其为小说，亦卓然可观，唐宋文人都引为典据……"

《枕中记》

唐德清沈既济作。传奇小说。初收入陈翰《异闻集》。《太平广记》题作《吕翁》，《绀珠集》题作《邯郸枕》，《文苑英华》《国史补》《唐文粹》等皆收录。今有鲁迅《唐宋传奇集》本。小说讲述唐开元年间，士子卢生在邯郸道客店遇道士吕翁，向吕翁叙述自己祈求功名利禄的愿望。时客店主人方蒸黄粱饭，吕翁给他一青瓷枕。卢生卧枕入梦，梦中娶名门女崔氏为妻，登进士第，出将入相，享尽荣华富贵。正当他飞黄腾达时，却招致嫉妒诬陷入狱，几被迫自杀。后帝知其冤，昭雪平反，位极人臣，子孙满堂，年逾八十而终。梦醒见自己仍在旅店，店主蒸黄粱尚未熟，于是感悟，原来功名利禄、生死得失，都不过是一枕黄粱梦而已。小说托梦境写世情，反映了唐代官场的丑恶现实，讽刺了封建文人追求功名富贵的思想，也宣扬了人生如梦的消极思想。唐人李肇《国史补》认为："沈既济撰《枕中记》，庄生寓言之类……不下史迁"。这部小说对后世影响较大，有"邯郸一梦""黄粱美梦""一枕黄粱"等成语，情节屡为后世小说、戏曲所袭用。

《任氏传》

沈既济作。传奇小说。唐时收入陈翰《异闻集》，又见于《太平广记》《类说》等，曾单篇行世。小说写贫士郑六与韦崟出游，惊喜于白衣妇人任氏的美貌，随入其家同榻合欢，次日知其为狐精所化。后两人再相逢，郑不因其异类而相弃，任感其真情，愿托终身。韦崟闻任氏美，趁郑外出欲施强暴，任坚拒不从，并责以大义。韦崟为之折服，遂成知己。任氏家中所需，均由韦崟供给。任氏也设法相报。一年后，郑六调授槐里府果毅尉，邀任氏同去，任氏预知此行不利，但因郑、韦劝说再三，不得已随行。经马嵬坡时，为猎犬所噬，显形为狐。郑六悲痛不已，厚葬之。这是我国第一篇描写狐精故事的小说。

《陶岘传》

沈既济作。作者假托陶渊明第九代孙陶岘，塑造了一位浪迹天涯，不事权贵，善奏清商之曲，被吴越之士号为"水仙"的逸士形象。有 1913 年扫叶山房石印《唐人说荟》（第十集）本。1915 年商务印书馆出版的《旧小说》丛书将此本和作者的另外三个传奇本——《枕中记》《任氏传》《雷民传》一并收录，该书现藏国家图书馆。

《异梦录》

唐吴兴沈亚之作。《沈下贤文集》篇末自叙作于元和十年（815）。《太平广记》卷两百八十二题作《邢凤》，注出《异闻集》。唐谷神子《博异志》亦采录此条，文句有删削。《四库全书总目提要》考《秦梦记》《异梦录》《湘中怨解》于《太平广记》中"均注出《异闻集》，不云出亚之本集，然则或为亚之偶然戏笔"。小说写作者在泾州军中，听陇西公讲邢凤故事。邢凤系帅家子，寓居长安平康里南，昼寝，梦见一美人执卷授诗，邢凤录得首篇《春阳曲》。美人又为邢凤跳弓弯舞，舞罢辞去。邢凤醒来果在襟袖间得梦中所录之诗。明日，客复集明玉泉，座客姚合又讲了其友王炎的故事。王炎梦游吴国，侍吴王。西施死，吴王诏门客作挽歌，炎作词进，吴王甚是嘉奖。小说写人神恋爱，恍惚迷离，又化幻为真。

《湘中怨》

又名《湘中怨解》《湘中怨词》。沈亚之作。传奇小说。《沈下贤文集》篇末自叙作于元和十三年（818）。《太平广记》卷两百九十八题作《太学郑生》。写唐武则天年间，郑生路救孤女，载之同归，号曰汜人，结为夫妻。两人吟诗作赋，十分恩爱。居数岁，生将游长安，汜人告以真实身份，她本是湘中蛟宫之娣，谪而从生，今不能久留，乃与生诀别，难分难舍而去。十余年后，郑生徙居岳州，三月三日登岳阳楼，怀念汜人，吟诗以寄相思。遥见画舻浮漾而来，汜人于画舻上含䁆悲歌起舞，表达对郑生的眷恋。忽然"风涛崩怒，意失所在"。故事在哀婉的气氛中结束。鲁迅在《中国小说史略》中评沈亚之："皆以华艳之笔，叙恍惚之情，而好言仙鬼复死，尤与同时文人异趣。"

《秦梦记》

又名《梦挽秦弄玉》。沈亚之作。见《沈下贤文集》。写太和初，作者自叙昼寝橐泉邸舍，梦入秦国，被内史廖举荐入宫，献计伐晋，攻下五城，穆公大悦。

时穆公幼女弄玉夫婿萧史先死。穆公为褒奖其功，将弄玉改嫁于他。婚后，安居翠微宫，夫妻恩爱，享尽荣华。一年以后，公主忽无疾而卒，穆公悲伤不已，命作挽歌，撰墓志铭，送葬咸阳原。穆公每见亚之，即悲悼爱女，因促亚之另适他国。亚之作歌辞，题宫门诗，凄然而别。穆公遣人送出函谷关。忽惊觉。友人崔九万告知：亚之所卧之邸舍，正是当年穆公葬地。

《冯燕传》

沈亚之作。见《沈下贤文集》。《太平广记》卷一百九十五题作《冯燕》，注"出沈亚之《冯燕传》"。故事起自俚语，衍成小说，写唐贞元中，魏地豪侠冯燕与滑将张婴之妻有私。一日，他们在张家幽会，张婴醉酒归家，倒头酣睡。冯燕暗示张妻给他头巾，张妻误会其意，错把刀递给他，意欲让冯燕杀死其夫。冯燕恶张妻心毒，反把张妻杀死，拾巾而去。案发，张婴涉嫌入狱，并被问斩。临刑之日，冯燕挺身投案。地方官深受感动，并为错判无辜请求免职，以赎冯燕之罪。皇帝闻知，大加赞赏，下诏免去滑城全部死囚之罪。小说记的是真实故事，是作者唯一不写怪异事的小说作品，而为冯燕立传。

《感异记》

作者佚名，一说沈亚之作。陈翰《异闻录》作《沈警》，又为《太平广记》《类说》《古今说海》收录。写武康人沈警为北调上杆国，奉使秦陇，过张女郎庙，酌水祝词，作《凤将雏》曲。忽见二女郎入，邀沈警至山中水阁，置酒欢饮。二女郎弹箜篌鼓琴佐酒，各作歌词。宴罢，大女郎指使小女郎与沈警共寝。明日又置酒饯别，小女郎赠沈警合欢结。沈警完成使命后，于回归途中在神座得小女郎诗。小说写人神恋情，似受唐张文成《游仙窟》影响而成。文中有"相王碑"，当是中唐或以后之作。

《梦溪笔谈》

宋吴兴沈括著。笔记逸事小说集。一般视为科学文集，今从《浙江省文学志》。《宋史》卷三百三十一云：沈括"纪平日与宾客言者为《笔谈》，多载朝廷故实、耆旧出处，传于世"。有元刊本、明万历《汇秘笈》本和崇祯马调元仿宋刊本等，今有中华书局、岳麓书社、上海古籍出版社等众多版本。全书二十六卷，《补笔谈》三卷，《续笔谈》一卷，共计六百零九篇。因该书系作者晚年卜居润州梦溪园时所作，故名。内容分为故事、辩证、乐律、象数等十七类，涉及面十分广泛，对当时的社会生活、自然科学和人文知识都有精辟记述。不仅记载了沈括本人在数学、天文、物理、化学、生物和医学等方面的观点和发现，还记述了如"指南磁针""活版印刷"等当时重大发明创造，被李约瑟誉为"中国科学史上的座标"。书中所记故事、人事、官政、艺术方面的掌故，系"目见耳闻，皆有补于世，非他杂志之比"（汤修年跋语）。如"一举而三济"歌颂了北宋大臣丁谓在修皇宫时采用运筹学的原理，既提高了工效，又节省了人物、物力、财力的聪明才智。又如"正午牡丹"记吴育评牡丹与猫之古画，因"花披哆而色燥"，"猫眼黑睛如线"而断定"此正午牡丹也"，写出鉴赏之精。卷一王俊民状元事，卷二十门神钟馗事等，或所闻，或志怪，或传说，都给后世治稗、治曲者以启示和影响。

《清夜录》

沈括著。志怪小说集。一卷。已散佚。《永乐大典》卷一万三千一百一十五引"梦妻抚儿"条。叙士人刘复续娶沈氏后，常梦见亡妻李氏来忿争。当沈氏应允抚养其幼儿后，李氏不再入梦。《永乐大典》卷一万三千一百三十九又有"梦吞大牯"条，记王子韶之族祖父，少时梦吞一大牯牛，醒后身长七尺，四体丰硕，经官府报送京城补宿卫，号王将军。近代学者胡道静有辑本，未刊。

《月河所闻集》

宋归安莫君陈著。笔记小说集。一卷。内容记朝政见闻、文人逸事、养生之道、琐事笑话等。所记湖州社会生活的不多。在形式上，有的只短短一句，有的有简单的情节。

《石林燕语》

宋吴县叶梦得寓居湖州时著。笔记小说集。十卷。记叙北宋末南宋初时期的朝章国典、旧闻时事，朝野故事，足以资补史缺，属宋代文言琐谈小说，《直斋书录解题》和《文献通考》均入子部小说类。书见影印《四库全书总目》本第八百六十三册。另有《丛书集成初编》本、《说郛》本、《笔记小说大观》本等多种版本，以后者为常见。

《岩下放言》

叶梦得致仕后退居湖州弁山时著。宋代琐谈小说集。三卷四十七条。书中所述，多释老之意。书见影印《四库全书总目》本第八百六十三册。另有《石林遗书》本、《唐宋丛书》本、《郋园先生全书》本等。书中或考证经史子书，或议论前代诗文，或自叙仕宦经历见闻，以及北宋士大夫事迹，所涉较广泛。

《避暑录话》

又名《石林避暑录话》。叶梦得著。琐谈小说集。两卷。《说郛》本作《乙卯避暑录》，因著于绍兴乙卯年（1035）之故。主要记载名胜古迹、前朝及当代人物行止出处，抒发野居逸趣，杂以经史议论。亦有不少珍闻，如记平山堂的景观、南北宋之际的社会动乱等，均较为翔实，历来为文史学者所重视。明嘉靖项氏宛委山堂刊本、涵芬楼辑《宋人小说》本均作四卷。

《齐东野语》

宋吴兴周密著。笔记小说集。二十卷。最早有元刊本，明正德胡文璧重刻本，后有涵芬楼《宋元人说部说》中夏敬观校本、影印明《历代小史》本等。现有中华书局点校本，有两百七十八则。书名取《孟子》"此非君子之言，齐东野人之语"句意。全编以类系事，各设标题。内容大致分为四类：一，记述朝政大事、考辨史迹疑义。如卷二"张魏公三战本末略"，记述富平、淮西、符离三次战役情况，可补史传之缺。卷三"诛韩本末"记述除韩侂胄的经过，可与《四朝见闻录》相印证。二，记载朝廷名臣事迹。如卷七"洪君畴"条记述监察御史洪天锡的敢言直谏。卷十三"岳武穆逸事"条，记岳家军纪律严明，秋毫无犯。卷十九"贾氏前兆"条记贾似道疾殂木绵庵之事。三、遗闻逸事，民间传说。如卷一"放翁钟情前室"，记陆游与唐琬的爱情故事。卷六的"王魁传"，收集了宋状元王俊民的事迹，及"王魁传"的来历。卷二十的"台妓严蕊"条，记天台营妓严蕊为朱熹系狱折磨事。四、诗文品藻、文物鉴赏及杂物考证。如卷一的"诗用史论""避讳"等。对后世影响较大的是二、三类，往往成为小说、戏曲的重要素材。

《武林旧事》

周密著。笔记小说集。十卷。有《四库全书》本、《知不足斋丛书》本、《武林掌故丛编》本等。现有学苑出版社、中州古籍出版社、浙江人民出版社等众多版本。此书为回忆南宋旧事而作，主要记录南宋朝廷典礼、杭州山川风物、市肆节物、鼓坊乐部及诸色伎艺等。记叙详细，内容丰富，文辞优美，雅博富赡，还在细致的叙写中穿插一些诗词和生动的描写，渗透出作者的怀旧之情。《四库全书总目提要》以为"耳睹目闻，最为真切"，"遗老故臣，恻恻兴亡之隐，实曲寄于言外"。其中"诸色伎艺人""官本杂剧段数"诸节，保留了珍贵的中国戏曲史料。"不独考索史事者资为宝藏，亦都市文学之滥觞也。"（吕叔湘《笔记文选读》）此书与吴自牧的《梦粱录》并为杭州地方文献掌故的重要书籍。

《癸辛杂识》

周密著。笔记小说集，因作于杭州癸辛街而得名。有明冯梦祯点校本（仅存前、后两集）、《四库全书》本等。现有中华书局校点本和上海古籍出版社1987年影印文渊阁《四库全书》第一千零四十册，及《丛书集成初编》本，分前集一卷、后集一卷、续集两卷、别集两卷。与《齐东野语》多记朝廷政事不同，此书以杂事野闻居多，辩订者少。自序称乃"野人、崎士"的"放言善谑，醉谈笑语"，涉及士官传略、科举盛事、天文地理、方士医术、异域风俗、歌舞杂技等。如前集"施行韩震"条揭露贾似道与韩震勾结，专权误国，终被陈宜中处死事；续集"张世杰忠死"、别集"襄阳始末"诸条歌颂抗击蒙古入侵，褒扬忠义，贬斥奸佞。别集"祖杰"条记载恶僧横行不法的罪行，乃当时社会新闻。初集中"牛郎""化蝶""玉环"等条，为后世小说、戏文所引用。"宋江三十六人赞"为研究《水浒》提供了重要资料。《四库全书总目》认为，该书"遗文佚事，可资考据者居多，究在《辍耕录》之上"。

《谐史》

宋湖州沈淑著。一卷。《四库全书总目》作沈俶。书载贞女、烈妇、义仆诸逸事，皆汴京旧闻，以语多诙谐得名。内《我来也》一篇，塑造了一个机智的盗贼形象。小说写一贼偷东西后必留名："我来也！"很长时间，官府总也抓不到。一天终于落网。贼对看守说："你对我好些，我有财物放在别处，你去取便是。"几天中看守获得很多财物。又一晚，贼对看守说："今晚你放我出去，四更便回，绝不连累你。如果你不放我，你所得财物就没了。就算我不回来，你顶多发配别处，这些银钱也足够你用度一辈子了。"看守便放贼，贼守诺言，四更不到即回。次日，县衙就有人报，"我来也"又作案，县官大惭说，险些错判人，就把贼放了。看守回家，家人说，昨晚三更有人扔进来两个布袋，里面全是金银。看守一看，全明白了。明末有精刻本全一册，今存。另见《四库全书总目·小说家类》和《丛书集成初编》本第两千八百七十七册。

《涌幢小品》

明乌程朱国祯著。笔记小说集。三十二卷。涌幢是作者书斋名。书成于明天启元年（1621），记载掌故、典章、政治、经济、文化、社会风俗、人物、倭患及农民起义、市民暴动等，其中对明万历、天启年间湖州风俗、水土、气候、民间传说、经济等尤多记述。周中孚《郑堂读书记》称此书"好谈掌故，品题人物，不为刻深之论，凡经稗诸书所载行于世者，都不重录"。《四库全书总目提要》评价称："其是非不甚失真，在明季说部之中，尤为质实。"中华书局1959年在《明清笔记丛刊》中出版，江苏广陵古籍刻印社将此书编排在《笔记小说大观》第十三册刊印。1998年8月，大众文艺出版社影印出版。

《埋忧集》

清归安朱翊著。短篇小说集。十卷，续集两卷，共两百零九篇。成书于道光年间。有同治十三年（1874）杭州文元堂刊本等。现有岳麓书社校点本。此书内容有写历史人物的遗闻佚事，如"陈忠愍公死难事"叙道光二十一年（1841）闽省水师提督陈化成抗击英军入侵事。有揭露官场残暴和丑态的，如"剥皮""挖眼""大人""考对"等。有针砭世风的，如"名医""昭庆寺"等。也有描写自然现象，如"地震""异蛇"等。尤以爱情篇章量多质胜，如"潘子传"叙仕子负情，"慧娘"写对父命婚姻的违抗等。书多叙进入近代史前后的社会题材。

《南疆逸史》

清乌程温睿临著。纪传体野史小说集。五十六卷。作者随万斯同编纂《明史》录得野史四十余种，经删繁、补缺、考证而成。采集南明弘光、隆武、永历三朝及监国鲁王的史料，记述明末抗清史迹。归安（今湖州）杨凤苞为之撰跋文十二篇。此书在清代未刊印，仅以抄本流传民间。1959年11月，上海中华书局排印上、下两卷出版。

《藤阴杂记》

清归安戴璐著。笔记小说集。十二卷。戴璐自序说："余弱冠入都，留心掌故，尝阅王渔洋《偶谈》《笔记》等书，思欲续辑，于是目见耳闻，随手漫笔。及巡视东城，六街踏遍，凡琳宫梵宇，贤踪名迹，停车咨访，笔之于书。"作者志在续写王世祯《池北偶谈》《香祖笔记》，记载康熙中叶以后京城的典章逸事，但凡见诸于《日下旧闻考》《宸垣识略》等书者皆不录。书以"藤阴"为名，缘于作者前后官署及赁居京师西城槐市斜街居所均种植紫藤。嘉庆元年（1796）初刻。光绪三年（1877）由同乡沈自重刻印。1925年收入《北京历史风土丛书》，后又收入上海文明书局编《说库》。1983 年，施绍文结合上述四个版本重校，由上海古籍出版社出版。

《右台仙馆笔记》

清德清俞樾著。逸事笔记小说集。十六卷。存《春在堂全书》，另有宣统二年（1910）上海朝记书庄石印本等。体例仿效纪昀《阅微草堂笔记》，收逸闻异事六百六十七则，一则一事，内容丰富，艺术手法多样，多考证之笔，广征博引，在清代笔记小说史上占据较为重要地位。

《耳邮》

俞樾著。四卷。署"清羊朱翁戏编"，羊朱翁即俞樾，似其三十七岁罢职侨居苏州时作，其自序称"耳闻多于目见。关于人事者十居其八，关于鬼神者不过十之一二而已。劝惩所在，仍不外乎男女饮食之间"。此书由申报馆出版后流传广泛，先后编入多部小说选。《右台仙馆笔记》为作者五十九岁至六十岁时对早年《耳邮》增删而编定。鲁迅《中国小说史略》评："颇似以《新齐谐》为法，而记叙简雅，乃类《阅微》。"

《春在堂随笔》

俞樾著。笔记小说集。十卷。为作者平日所做笔记，大体按年代排序，包含学术考证、诗文杂录，以及民情记载、时政议论，无所不录，无所不谈，可谓"原生态呈示"，散淡、简捷，充满生活气息、人生智慧。与《耳邮》一起被收入《笔记小说大观》。

《说库》

清乌程王文濡编。笔记小说总集。收录历代笔记小说一百七十种，上起汉代，下迄清代。内容涉及诸子百家、文学艺术、历史地理、天文历算、博物技艺、医药保健、典章制度、社会风俗、戏曲乐舞、人物杂记等，具有极高的学术价值。在表现形式上，记叙随意，文笔活泼，引人入胜。其《例言》云："本编所录务从完本。其早经散佚已无完本者，仍行甄入以存古籍"。"古书流传多后人所伪托……引用易滋谬误，本编概不甄录"，"依据江南藏书家之精本原刻本校订"。《说库》有 1915 年 1 月上海文明书局石印本。1986 年 6 月，浙江古籍出版社影印重版，为二册。

表 3-1：古代湖州文言小说作品一览

时代	书 名	类 别	作 者	版 本	卷回
南朝梁	西京杂记	志怪小说	吴 均	中华书局《古小说丛刊》1985 年版	两卷
唐	雷民传	传奇小说	沈既济	国家图书馆藏，收入 1915 年商务印书馆出版的《旧小说》丛书	
宋	传载	逸事小说	释赞宁	《宋史·艺文志》著录，佚	八卷
				《说郛》收十则	一卷
宋	萍洲可谈	琐谈小说	朱 彧	原刊本散佚	三卷
				《宋山阁丛书》本等收佚文	三卷
宋	泊宅编	琐谈小说	方 勺	上海古籍出版社 1987 年影印文渊阁《四库全书》第一千零三十七册、《丛书集成初编》	十卷
宋	寓简	琐谈小说	沈作喆	《知不足斋丛书》本、《四库全书总目》第八百六十四册	十卷
宋	槁简赘笔	笔记小说	章 渊	《说郛》收	一卷
明	两山墨谈	笔记小说	陈 霆	嘉靖十八年（1539）李檗刻本	十八卷
明	见闻纪训	逸事小说	陈良谟	万历七年（1579）许琳刻本	三卷
明	西吴里语	笔记小说	宋 雷	嘉靖刊本	四卷
明	樊川丛话	笔记小说	姜兆熊	《千顷堂书目》《四库全书总目》小说类著录，书未见	八卷
明	山栖志	逸事小说	慎 蒙	《广百川学海》本	一卷
明	见闻杂记	笔记小说	李 乐	万历刻本、江苏大学出版社版本	十一卷
明	西山日记	笔记小说	丁元荐	《涵芬楼秘笈》本	两卷
明	前定录	笔记小说	蔡善继	台北新兴书局《笔记小说大观》影印本	两卷

时 代	书 名	类 别	作 者	版 本	卷 回
明	怀蒸私言	笔记小说	沈戭縠	散佚	一卷
明	西峰淡话	笔记小说	茅元仪	《四库存目丛书》子部第两百四十四册	四卷
明	听松堂语镜	笔记小说	闵 度	顺治七年（1650）刊本	
明	祈禹传	小说	茅镳	散佚	一百回
明	快书	丛书	闵景贤编	天启六年（1626）刊本	五十卷
清	听雨轩笔记、续记、余记、赘记	笔记小说	徐承烈	嘉庆十一年（1806）研云楼精刊本、广陵古籍刻印社1995年《笔记小说大观》影印本	四卷
清	茶香室丛抄、续抄、三抄、四抄	笔记小说	徐承烈	广陵古籍刻印社1995年《笔记小说大观》影印本	一百零四卷
清	簪云楼杂记	笔记小说	陈尚古	嘉庆四年（1799）、道光五年（1825）刻本	一卷

二、白话小说

白话小说源于南宋话本，原是说话艺人演讲的底本。湖州的白话小说兴盛于明清时期。吴兴沈会极的《七曜平妖传》多用幻笔。英雄侠义小说《水浒传》作者施耐庵虽说为江苏兴化或浙江钱塘（今杭州）人，但据有关学者研究，其祖籍在吴兴，到了清代，乌程陈忱作《后水浒传》，为续书中之佼佼者。明末清初时，南浔董说《西游补》，以荒诞手法续写了明代长兴县丞吴承恩的名著《西游记》。

湖州古代白话短篇小说以明末凌濛初所作《拍案惊奇》初刻、二刻最为著名，世称"二拍"，与冯梦龙编印的通俗小说《喻世明言》《警世通言》《醒世恒言》齐名，并称"三言二拍"。

《拍案惊奇》

凌濛初著。明代拟话本短篇小说集。分《初刻拍案惊奇》和《二刻拍案惊奇》两辑，简称"二拍"。"初刻"成书于天启七年（1627），翌年刻印，有尚友堂本等。现有上海古籍出版社章培恒整理本。"二刻"刊于崇祯五年（1632），也有尚友堂本等。现有浙江古籍出版社校点本等。"初刻""二刻"各四十篇，"二刻"中"大姊魂游完宿愿，小姨病起续前缘"与"初刻"重复，"宋公明闹元宵"则是杂剧，故"二拍"实收小说七十八篇。作者在"初刻"自序中说明，作品题材不是取材于现实生活，而是取自《太平广记》《夷坚志》《剪灯新话》等书，进行艺术创作，并寓以劝惩之意。即所谓："取古今未杂碎事，可新听睹，佐谈谐者，演而畅之。""其事之真与饰，名之实与赝，各参半。""文不足征，意殊有属。""二拍"展现了明末市民阶层的生活和愿望，几有四分之一的篇幅描写商人，如"初刻""卫朝奉狠心盘贵产，陈秀才巧计赚原房"写徽商卫朝奉放高利贷逼勒债主的贪婪与狠毒。又如"转运汉遇巧洞庭红，波斯胡指破鼍龙壳"，写文若虚出海经商，以值一两银子的洞庭红卖了八百多两银子，又在归途得一大鼍壳卖了五万多两银子，终成闽中富商，表现了资本主义萌芽时期人们对海外贸易的向往。"二拍"中多写经济地位的由贫变富，有别于过去小说中重政治地位的由贱变贵。写婚恋的作品甚多，如"通闺闼坚心灯灭，闹图圄捷报旗铃"，写罗惜惜反对父母包办婚姻，主动约张幼谦到闺房幽会。这类作品挑战封建道学的贞节观，肯定情欲，并给予美满结局。又有写世风、僧道、公案等的，如"进香客莽看金刚经，出狱僧巧完法会分"，写常州柳太守滥用职权，诬告洞庭寺僧为盗以掠取白香山手书的《金刚经》等，批判了明代官即盗、盗通官的黑暗现实。明尚友堂原刊足本现藏日本日光山轮王寺慈眼堂法库。其后有覆尚友堂本、清闲居本、富文堂本等，大多为三十六卷本。"清初姑苏元楼覆刻"三十六卷本收入《中国文学珍本丛书》。"二拍"是拟话本中的上乘之作，又为我国第一部由文人个人创作的白话短篇小说集。

《西游补》

又名《新西游记》。题"静啸斋主人著"，作者一般认为是董说。近年来也有人认为是董说之父董斯张。章回体长篇神魔小说，共十六回，五万余言。此书与《续西游记》《后西游记》并为《西游记》三大续书。书约成于崇祯十三年

（1640）前后。有崇祯刊本、文学古籍出版社1955年影印本、上海古籍出版社1983年校点本等。关于写作的缘由，作者说："四万八千年，俱是情根团结，悟通大道，必先空破情根，空破情根，必先走入情内；走入情内，得见世界情根之虚，然后走出情外，认得道根之实。"他认为孙悟空虽然经历了九九八十一难，但没有经过情欲世界的考验，没有经过入情而出情的道路，所以要补上这一课。小说内容接《西游记》第六十一回，唐僧师徒离火焰山后，孙悟空被鲭鱼精所迷，渐入梦境，本想找秦始皇借"驱山铎"驱走火焰山，不料误入"万镜楼台"，见科举取士种种情态；又入"古人世界"，变成虞美人，与项羽周旋，重温秦楚之战；再入未来世界，顶替阎王，审判秦桧，拜岳飞为第三个师父；最后到蒙瞳世界，与唐僧一起西征，遇见波罗蜜国大蜜王，不料大蜜王乃他与铁扇公主所生的嫡子，一时不知所措，得虚空尊者点化而醒悟。最后除掉鲭鱼精，去掉情欲，由悟幻而真正悟空，师徒继续去西天取经，与《西游记》第六十二回衔接。在《西游补》中，董说颠覆了《西游记》的模式，将孙悟空而不是唐僧描写成妖魔的受害者，而他所遭遇的幻境，比《西游记》中的任何幻境都要怪异。作品既阐明了超情悟道的佛理，又揭露和讽刺了明末社会的腐败，表达对现实的愤恨。鲁迅《中国小说史略》指出："全书实于讥弹明季世风之意多。"小说情节曲折离奇，想象丰富奇特，把现实世界与神魔世界巧妙结合起来，时空交错，荒诞迷离，既保持了《西游记》的诙谐幽默，又大量采用象征隐喻手法，在各种《西游记》续书中，其思想性和艺术性最高。鲁迅说："造事遣辞，则丰赡多姿，恍惚善幻，奇突之处时足惊人，间以俳谐，亦常俊绝，殊非同时作手所敢望也。"

《七曜平妖传》

全名《新编皇明通俗演义七曜平妖全传》，又名《平妖全传》。题"吴兴会极清隐道士编次"，实为沈会极著。历史演义小说。六卷七十二回。书成于天启四年（1624）前，有清初写刻本。书叙天启帝选妃，民心惶惶。丰县徐洪儒乃黄河水兽应劫，有相士相其有改头换面之贵。后途经藤县高山，被白莲教教主差为东八天宋教主兴隆大王。半月之间，聚啸二十万人起事，以藤县为根本，六攻彭城，八犯衮府，结果遭到北斗七星转世的山东巡抚赵彦、登州总兵沈有容、军都司许定国等镇压，再加上魔女裴月娥、周如玉的反叛，终于失败被俘，解京师"锉尸"。天启帝敕张天师等建法台、佛会，超度亡灵。赵彦等官承恩升赏。

天启畿鲁乱事见《明史》等。小说不据史乘，另行改作，以神魔斗法等手法写白莲教起义。

《水浒后传》

陈忱著。署曰："古宋遗民著，雁宕山樵评。"共八卷四十回。此书铺衍百回本《忠义水浒传》，叙述宋江死后，梁山泊义士李俊、阮小七等三十二人，因不满朝廷迫害"梁山余党"，又愤于贪官横行、政治腐败，重新聚义登云山、饮马川。他们处死了大奸臣蔡京、高俅、童贯等人，为南宋朝廷抗御金兵，结果劳而无功，于是李俊率众浮海至暹罗建立王业。李俊等人虽身在异域，仍不忘复国之志，正好表明了作者作为明遗民不忘故国的民族情怀和民族气节。作品在故事情节上有独到的构思，在人物性格上既尊重施耐庵的设计，又有新的发展，体现了人物在残酷斗争中的成长。鲁迅在《中国小说史略》中评论说："故虽游戏之作，亦见避地之意矣。"清初有坊间本，乾隆时有蔡元放评本，1924 年有亚东图书馆排印本。后又有宝文堂书店 1955 年版、古典文学出版社 1956 年版、中华书局 1959 年版等。

《补张灵崔莹合传》

黄周星居南浔时著。小说写了一个凄美的爱情故事：明朝正德年间，苏州风流才子张灵，虽穷困潦倒，却任性而为，狂放不羁，诗酒度日，并与绝代佳人崔莹一见钟情，得知崔莹被宸濠霸占，托好友唐寅搭救无果后，忧郁而亡，崔莹因宸濠失败而放归后，到苏州寻找张灵，得知张已作故后，在其坟前殉情，唐寅将他们合葬一处。这是作者从《六如居士全集》《十美图编》中了解到这个才子佳人的爱情悲剧后为他们补作的传。小说比较成功地塑造了张灵、崔莹两个个性解放的叛逆者形象，表现了资本主义商品经济萌芽时期个性解放的朦胧觉醒。戏曲《十美图》等取材于此。

《赛花铃》

全称《新编赛花铃小说》。十六回。题"吴□白云道人编本"，"南湖烟水散人校阅"。 吴□或即吴兴，白云道人或为吴兴人。此书有康熙年间刻本。小说写明朝苏州府太仓州红文畹与白秀村方永之之女方素云订婚，两人诗词传情。方永之死，其侄方兰因妒红生，挑拨方夫人悔婚，又通过何半虚买通守备，以窝藏罪诬陷红生入狱，幸得牡丹花神相救出狱。红生至京误入总督昝元文后园，钟情其女昝琼英，因题诗于壁而为昝元文所拘。后得同学沈西苓相救，并为其援例入监。在廷试时，红生以诗得选，钦赐二甲进士，又因拒昝元文所求亲事，被昝荐剿湖寇。素云因逃婚而被黑天王幽禁。红生平定湖寇，救出素云，班师回朝。除娶方素云外，又与昝琼英、何媚娘成婚。后辞官归隐，与三夫人共修长生之道。

《芙蓉外史》

又名《蜃楼外史》。署名"雪溪八咏楼主撰，吴中梦花居士编"。章回小说。同治十二年（1873）八月上海字林沪报馆出版四十回铅印本；光绪十一年（1885）上海文海书店出版三十回石印本。此书"假前明倭寇内犯事为端，援古证今，标新颂异，令人阅之忘倦"。小说写黑国主强索邻邦红国公主为妃，公主心有不甘，跳高台自杀，墓上产罂粟花，毒害黑国人民，致黑国衰弱不堪，红国主一鼓灭掉黑国报仇。作者将侠义、神怪、英雄儿女等元素熔于一炉，故事曲折离奇，人物形象颇为突出。小说曾改编为京剧上演。有评论说："此书一出，则曩者记载倭寇诸书，如《绿野仙踪》《雪月梅》《十一蟾》《四香缘》皆可一扫而空，包所未有。"

表 3-2：近代湖州白话小说作品一览

书　名	类　别	作　者	版　本	卷回
玉瓶梅（又名《绣像第六奇书玉瓶梅》）	人情小说	于茹川	光绪二十二年（1896）石印袖珍本	十回（残）
艮岳峰	历史小说	蛰园	光绪三十二年（1906）上海鸿文书局铅印本	十六回
邹谈一噱	社会小说	蛰园	光绪三十二年（1906）上海启文社刊本	二十四回
表忠观	历史小说	蛰园	光绪年间浙江一报纸连载	十二回
国朝中兴记	历史小说	严庭樾	宣统元年（1909）五月集成图书公司石印本	六卷四十回
中兴平捻记	历史小说	严庭樾	宣统元年（1909）腊月集成图书公司铅印本	六卷四十回
误中误	历史小说	苕溪看破红尘	石印本(无出版地与时间)	二十五回

书　名	类　别	作　者	版　本	卷回
葛玛航行印度事	短篇小说	钱　恂	发表于浙江籍留日学生刊物《浙江潮》	
陆治斯南极探险事	短篇小说	钱　恂	发表于《浙江潮》	

第二节　现代小说

　　中国的现代小说发端于五四新文化运动时期，钱玄同是位有功之臣，他虽然自己不写小说，却促成了鲁迅的名作《狂人日记》，以"表现的深切和格式的特别"使中国小说出现了划时代的变化。然而，与诗歌、散文相比，湖州现代文学史上，小说相对比较薄弱，其中最具代表性的也就是赵苕狂的通俗侦探小说。包玉珂的长篇小说《上海，冒险家的乐园》影响比较大，但因为是托名出版，所以很少有人知道此著出自一位湖州作家之手。陈果夫是现代最早的儿童文学作家，但他的文学成就被他在政治上的影响力所淹没，影响很小。此外，徐迟、施瑛等人创作过一些抗战题材的中短篇小说，但数量不多，影响不大。

一、长篇小说

　　现代湖州的长篇小说创作，只有包玉珂的一部《上海，冒险家的乐园》和赵苕狂的几部侦探长篇小说可以说道，但赵氏的长篇侦探小说不如他的中短篇。此外，抗战时期，浙江上虞作家谷斯范的章回小说《新水浒》，描写了太湖地区一支游击队的成长过程，有一定的影响。

　　《上海，冒险家的乐园》

　　爱狄·密勒著，包玉珂（初署阿雪译）。一说长篇报告文学。根据著名作家叶永烈《一生只写一本书，民国奇人包玉珂》一文的考证，爱狄·密勒和阿雪都是包玉珂的化名。包玉珂之所以采用化名，而且采取先在纽约出版英文版，再在国内出版中文版的做法，目的都是为了避免冒险家们的报复，因为"这本书深刻地揭露了那些'冒险家'们的斑斑劣迹，内中特别揭露了日本侵略者的种种丑行。出版这样的书，在当时是冒着巨大政治风险的。尤其是英文版在纽约出版，更是容易招惹那些'冒险家'们的报复"（叶永烈）。小说创作于1936年，是包氏根据一个外国领事馆职员提供的材料"编译"而成。该书中文版1937年3月由上海生活书店初版。此书书名响亮，编译很成功，问世之时正是中国反帝斗争如火如荼之际，故而风行一时，出版当年就印第二版，次年5月印第三版，后三联书店在桂林重版一次。1944年，南平天行社改名《冒险的故事》重新出版。上海文化出版社于1956年12月再版，1982年2月再印，前后再版六次，发行十九万册。

二、中篇小说

现代湖州的中篇小说主要是徐迟的抗战题材作品和赵苕狂的侦探小说。相比较而言，还是赵苕狂的侦探小说较有影响。

《武装的农村》

徐迟著。上海明明书局1938年3月出版。作者自称这是一部"事实小说"，是他根据"听到的连十句话也不到的"故事创作而成的。小说写了"我"听从医生的劝告，到湖州晟舍一带休养，小镇纯朴、恬淡，具有原始的生命力，这里的人们快乐、健康、诙谐，是治疗"城市病"的好地方。休养中认识了那里的猎户，并和他们一起打猎。这些猎户原本是农民，只是在农闲时打猎，女人们以缫丝为副业。战争爆发了，日本鬼子来了，打破了这里平静的生活，在一位钱姓朋友的指挥下，"我"与猎户们一起和日本鬼子打了几仗，取得几次胜利之后撤退到太湖里去了。小说通过对"世外桃源"般环境和生活的描写，反映了战争的残酷。普通民众保卫家园、抗击侵略的决心和勇气成为这温柔水乡的一记强音。此书上海图书馆有藏。

《少女的恶魔》

赵苕狂著。系作者《胡闲探案》系列之一。这是一部很有推理味道的小说，描写了侦破一个名叫"小魔王沈十"的凶手在黑色星期五凌晨两点连续杀害少女的案件。连环凶杀富有刺激性，凶手隐藏在一个个嫌疑人背后，侦探胡闲通过层层抽丝剥茧才使事件背后的阴谋浮现出来，很有福尔摩斯《身份案》的味道。20世纪20年代在上海发表，后收入其小说集《赵苕狂小说集》，2002年又被任翔选编进《20世纪中国侦探小说精选》第一辑，并以此为书名，由中国文联出版社出版。赵苕狂的侦探小说在民国年间颇有影响，但自谦是"门角里的福尔摩斯"。

三、短篇小说

现代湖州的短篇小说创作，题材集中在三个方面，一是赵苕狂的侦探题材，二是徐迟、施瑛等人的抗战题材，三是陈果夫的儿童文学。相比较而言，赵苕狂的侦探小说影响较大，但在浙江的文学史上仍然没有什么大的影响和地位。

《胡闲探案·鲁平的胜利》

赵苕狂著。上海正气书局1948年3月出版。收入作者创作的《狭窄的世界》《鲁平的胜利》《少女的恶魔》等三篇侦探小说。胡闲探案是系列侦探小说，用第一人称的叙述视角，塑造了一个失败的侦探形象。第一篇《裹中物》1923年6月发表在《侦探世界》创刊号，此后各篇也发表在这份刊物上。作者在开头"我"的自我介绍中说："因为我当侦探，足足有十多年，所担任的案子，没有一桩不遭失败，从没有成功过，所以只得就失败一方讲的了。"赵氏的系列侦探小说以抗战为界，分前后两个阶段。前期的小说带有滑稽小说的鲜明特征，喜剧的人物，虚拟的手法，巧妙的叙事。后期的作品，胡闲开始走向"机智而勇敢"，小说的风格由滑稽剧向正剧转变。

《花匠》

俞平伯作。俞平伯一生创作过三篇白话小说，《俞平伯全集》附于第二卷散文集中，分别是《花匠》《炉景》《狗和褒章》。其中《花匠》发表在1919年4月《新潮》第一卷第四号，是当时很突出的一篇小说，后被鲁迅选入《中国新文学大系·小说二集》。《花匠》情节非常简单，写一个花匠为取悦买主营利，将含苞未放之花人工烘培，并以绳索扎成所要求的造型。作者采用象征手法，阐发一种要求解放个性、反对矫揉造作的社会观和艺术观。另两篇小说也都发表在《新潮》月刊上。

《从良后的第一天》

赵苕狂作。原载 1926 年 1 月 22 日《红玫瑰》第二卷第十四期，后被收入上海文艺出版社《鸳鸯蝴蝶派研究资料》下册。内容写妓女万丽娟从良嫁给商人良知后第一天的思想活动。

《果夫小说集》

陈果夫著。短篇小说集。现代书局 1928 年出版。收入《不事生产的人》《聪明人的生意》《可怕的暗杀》等十二篇小说。编者王夫凡在序中说："在这些作品里，他用清淡微妙的文章，寄托着某种深远的意思。讽刺的情调，充满在字里行间。"徐咏平在评价这部小说集时说："其写作动机在针砭社会，含有浓厚的教育意味。他的思想颇受'五四'运动以后新思想的影响，文字风格也和当时流行的白话小说相似。当时创作尚未欧化，所谓短篇小说，类似平话、笔记、杂感。先生初期所作小说亦都用此种笔调，而且不仅'初期'如此，他后来许多文艺作品，也大多注意其文中寓意，而对于修辞与结构，则不大重视。"

《狂欢之夜》

徐迟作。原载 1945 年 11 月重庆《剧本丛刊》第二集。这是作者写大后方小说的代表作。小说写 8 月 15 日日本投降这天夜里，重庆全城狂欢，诗人"他"住在歌乐山乡下，却一点消息也不知，以为大逮捕、大屠杀又开始。当朋友们敲他门时，他跳窗逃走，在稻田、野地里到处躲藏。直到天亮，才弄清楚怎么回事，闹出一夜误会。这个"他"是诗人臧克家。小说语言很美："市镇在爆竹金星的飞舞里狂欢而且飞舞了。""山的那一面又是千顷万顷的黄金的熟稻田。山峰成了大地田园中的阡陌。"充分展现了诗人写诗人的诗性美。陈青生说："从思想性和社会性上说，《狂欢之夜》在抗战结束之初，最早表现中国知识分子对战后中国社会形势的发展忧心忡忡，也最早表现中国知识分子对国民党政权的统治在战后能有所改善充满怀疑。"1946 年 11 月，上海新群出版社出版了作者的小说集《狂欢之夜》，收入他抗战时期在重庆创作的小说四篇。

《抗战夫人》

施瑛著。短篇小说选集。上海日新出版社 1947 年出版，列入胡山源主编的"日新文艺丛书"。收入短篇小说二十三篇，其中有"乡土小说"《多余的人》等，"小城小说"《陆先生》《小小的毁灭》等，"抗战小说"《洋桥姑娘》等。小小说《抗战夫人》是其代表作。主人公政夫与瑞仙原本都有家庭，因抗战流亡内地，由怜生爱结合在一起，"过着患难的然而值得纪念的生活"。战争结束后，二人各自联系到原先的配偶，只好分开，可这分离的痛苦再次令二人忍受情感的煎熬。小说凸显战争期间特有的婚恋问题，并一直延伸到胜利后，通过两人分离前夜的对话，诉说命运的残酷和选择的无奈，揭示战争对普通民众带来的苦难。这与经典电影《一江春水向东流》表现了同样的主题。《多余的人》也是代表作之一。小说描写了旱灾之年农民凄苦的生活，八岁的阿毛成为家中"多余的人"，最后被继父和母亲卖掉。作者细腻地描写了这一家人如何一步步走向绝境，从而揭示了深刻的社会问题。

表3-3：现代湖州作家小说著作一览

书 名	作 者	类 别	版 本	备 注
中国女海盗	赵苕狂	长篇小说	上海大东书局1922年出版，1925年4月再版	十二回
滑稽探案集	赵苕狂	小说集	上海世界书局1924年版	
孽海鸳鸯录	赵苕狂	小说集	上海大东书局1925年5月版	
墙外桃花记	赵苕狂	长篇小说	中国第一书局1925年9月版	
神怪斗法记	赵苕狂	长篇小说	上海世界书局1926年10月初版	分上、中、下三册
赵苕狂小说集	赵苕狂	短篇小说集	上海大东书局1927年5月初版	收十篇
微波	赵苕狂	短篇小说集	上海现代书局1929年1月初版	收十篇，书前有绪言
个中秘密	赵苕狂	短篇小说集	上海现代书局1929年5月初版	侦探小丛书
弄堂博士	赵苕狂	中篇小说	上海现代书局1929年6月初版	红皮小丛书
四角恋爱	赵苕狂	短篇小说集	上海现代书局1929年6月初版	红皮小丛书，收五篇

书　名	作　者	类　别	版　本	备　注
清代十三朝艳史演义	费只园（蛰园）	长篇小说	上海校经山房书局 1929 年刊行	上、下册，一百回
窗帘	陈果夫	小说戏曲集	上海黎明书局 1931 年 2 月初版	内收小说七篇
江湖怪侠	赵苕狂	长篇小说	上海现代书局 1931 年 5 月初版	上、下册
干柴与烈火	潘子农	短篇小说集	南京矛盾出版社 1931 年 10 月初版	矛盾创作丛书，书前以诗代序，有《写在前边》
没有果酱的面包	潘子农	短篇小说集	南京正中书局 1935 年 4 月初版	收七篇
情性故事集	周越然	短篇小说集	上海天马书店 1936 年 7 月初版	收三十二篇，有译有作
国难的故事	施瑛	故事集	上海开明书店 1936 年 10 月初版	
三大都会的毁灭	徐迟	短篇小说集	上海大方印务局 1937 年 11 月初版	救亡文库，有作者序
侠义的故事	施瑛	故事集	上海世界书局 1944 年初版	
富得荣还乡	萧也牧	短篇小说集	张家口晋察冀边区教育阵地社 1946 年 2 月初版	
士大夫的故事	施瑛	故事集	上海世界书局 1946 年 9 月初版	
中华民族的故事	施瑛	故事集	上海世界书局 1946 年初版	
理想的前途	陈果夫	短篇小说集	正中书局 1946 年初版	收二十篇
街头巷尾	潘子农	中篇小说	上海作家书屋 1948 年 5 月版	电影小说丛书
文学的故事	施瑛	故事集	上海世界书局 1948 年 10 月初版	内收四十位古代文学的故事各一篇

第三节 当代小说

当代湖州的小说创作主要集中在改革开放以后，但相对比较薄弱，不如诗歌、散文和影视剧。早期的代表作家有高锋、闻波、金一鸣等，其中高锋的历史题材长篇小说借助同名电视剧的成功热播，影响较大。后来，寇丹的乡土小说，杨静龙反映底层小人物生存状态的中短篇小说，余方德的民国题材纪实长篇小说，马雪枫、马红云、潘无依等女作家的长篇小说，黄其恕反映当代大学生活和农村变革的长篇小说，李全的民工题材长篇小说等，都有自己的风格，产生了较大的影响，其中寇丹、杨静龙的作品还获得过省和全国的文学奖。

此外，值得一提的是，以邵宝健、沈宏、李全、谢根林、桃子（谢桃花）为代表的微型小说、闪小说创作，受到全国同行的关注，甚至受到新加坡、菲律宾等国华文报纸的关注和报道，成为湖州文坛尤其是小说创作领域一道独特的风景。

一、长篇小说

《大湖鸟》

高锋著。浙江文艺出版社 1985 年 7 月出版。这是"文革"以后湖州作家出版的第一部、浙江作家出版的第二部（第一部是张晓明的《"末代"大学生》）长篇小说。章仪凤是"源兴泰"羽扇店的最后一个传人，为制作祖传"玉带扇"四处寻访白鹤翎毛，在屡遭碰壁之后，竟而捐弃宿怨，去寻找自己过去的仇人——太湖南岸最后一个打鸟汉子鱼狗老爹。然而，在现代文明的冲击下，"最后一个"们终于陷入悲凉的英雄末路。作品描写了这些人物在新旧交替时代的心理状态和生活观念，并通过青年画家莫亚的艺术追求实现了历史的延续与反思，在否定中昭示着传统文化的恒久魅力。

《陌生的土地》

闻波著。浙江文艺出版社 1985 年 9 月出版。这是新时期湖州出版最早的长篇小说之一。小说以长兴百叶龙为题材进行创作：民国初年，梅河水患频仍，东西两岸的王、赵两大家族为争风水，年年在庙会上斗龙决雌雄。这年，王氏族长之子佑庆率本族子弟在春社上舞龙得胜，赢得了赵氏少女杏儿的爱情。赵氏族长赵文海与其子赵昂在重阳庙会上挑起大规模宗族械斗，导致王氏家破人亡，杏儿也随之失踪……十年后，一位神秘的独眼汉子出现在白水滩，他就是当年大难不死的佑庆。他立志继承和弘扬王家祖传的舞龙技艺，扎了一条典雅、秀丽的"百叶龙"四处演出，声名大噪。小说以抒情的笔墨描绘山川、土地、风土人情，展示了一部民间艺术的兴衰史。作品曾产生较大影响，发行量高达三万册。

《西北王胡宗南》

余方德著。这部长篇纪实小说，先后在《上海小说》《传记》《扬子晚报》《武汉晚报》《东海》等报刊选载和连载，影响较大。四川文艺出版社1990年5月初版，1995年2月第二版，两次印刷发行十余万册。这是大陆第一部纪传胡宗南一生的书，描写了这位国民党一级上将的戎马人生，刻画了他的特殊性格。连打入胡宗南身边多年的熊向晖也称此书"资料翔实，很多史料来之不易"。《香港文学》载文评价："胡宗南这个人物塑造得很丰满。"

《冰魂》

曹国政著。成都科技大学出版社1994年4月出版。2000年，《湖州日报》予以连载。小说以抗日战争时期湖州地区中共地下党对敌斗争为题材。湖州剧作家顾政曾将其改编成十三集电视连续剧剧本，剧本故事大纲发表在浙江省文化厅《文化艺术研究》杂志2009年第一期《戏文》专辑上。该书获湖州市1994年—1995年精神文明建设"五个一工程"奖和1949年—1999年湖州市优秀文学著作奖。

《大上海手枪队》

余方德著。解放军文艺出版社1996年2月第一版、1998年6月第二版，两次印刷发行数十万册。小说描写了一批中共地下党员和十九路军留下来的抗战官兵一起，在上海沦陷后坚持抗战的故事，突现了历史沧桑感。作者自己说："《大上海手枪队》是写潘汉年、刘晓、杨帆等人的，由于种种原因，只能将真人隐去，改写成小说。我想如果作为纪实文学出版可能意义更深，内涵更丰富一些。"作品已在香港被拍成电影，由周星驰和黄晓明主演。

《风流政客戴季陶》

余方德著。上海人民出版社 2001 年 1 月出版。作品以纪实文学的笔触叙写了蒋介石的理论家、国策大师、国民党右派领袖之一戴季陶的一生。作品在设置和叙述一系列扑朔迷离的偶然性事件的同时，始终没有放弃对历史必然性的终极指认，在偶然性与必然性的交叉点上穿插了诸多巧合，增强了作品的可读性，真应了"无巧不成书"这句老话。作者在作品中建构了两个世界，一个是戴季陶叱咤风云的政治世界，满是革命、理想、奋斗、阴谋、运动……另一个是小桥流水人家、美食美景美人，在后一个世界里，作者深情地描写了戴氏家乡湖州的风土人情和山水风光。这部作品有三个显著特点：一是对人物"饮食男女"世俗性的把握；二是对人物皈依宗教的沉入和体验；三是对细节的高度重视和巧妙运用。沈春晓在《余方德作品研究》一文中说："《风流政客戴季陶》是余方德的代表作，标志着余方德纪实文学创作的顶峰。"

档案小说系列

刘平著。"档案小说系列"有五部长篇小说，均由上海文艺出版社出版，分别是 2001 年 1 月出版的《走私档案》、2001 年 11 月出版的《内部档案》、2002 年 10 月出版的《廉署档案》、2004 年 1 月出版的《海外档案》和 2006 年 3 月出版的《终极档案》。这五部作品既相互关联，又各自独立成书。其中《廉署档案》被拍成电视剧《致命游戏》，全国热映。小说通过描写郑路镙、袁可、楚峰、胡欣红等反腐败工作人员与以丁吾法为首的违法犯罪分子及严宏星、董柳新、秦建忠等腐败官员之间的斗争，展示了人性的冲突。小说在塑造正面人物时抛弃了"高大全"的套路，为的是反映人性的复杂性，表现人物更为复杂的内心世界；在塑造反面人物时，努力使读者看到人性的弱点和致命点，揭示了利己欲望远远超过利他欲望时的人性走向与归宿，阐释了在当下欲望的冲击下人性自律空间的异常收缩。特别是对反面主角丁吾法的刻画，可谓入木三分。庄菊芬说："没有了丁吾法全书就失去了一半的精彩。没有了他的精彩表演舞台就失去了聚焦点。"（庄菊芬：《刘平小说研究》）作者长期在海关任职，熟悉形形色色的犯罪案件，其创作取材于现实生活，具有强烈的真实感和鲜明的社会正义感。刘平在谈到自己的档案系列小说时说："我写的档案小说，我不认为是反腐小说，而是政治题材的，应该叫作政治小说吧，这样更明确些。"

《千古奇冤》

沈文泉著。香港天马图书有限公司2001年5月出版，同年11月2日至次年4月2日在《湖州日报》连载。这是湖州市第一部重大革命历史题材作品。小说从皖南到重庆，从重庆到延安，以史诗般的手法全景式展示了抗日战争中期震惊中外的"皖南事变"的全过程，深刻地揭示了当时错综复杂的中日民族矛盾、国共两党矛盾和共产党内部矛盾，以及叶挺与项英之间的矛盾，展示了事变惨烈的战争场面，客观真实地塑造了以叶挺为代表的新四军将士群像。评论家洪治刚等给予好评。原南京军区司令员朱文泉上将在任驻湖州某集团军军长时当面称赞《千古奇冤》写得专业，写得好。有读者甚至将所连载的作品剪下来装订成册。

《群居的甲虫》

潘无依著。2001年发表于《收获》杂志"长篇小说增刊"，中国工人出版社2002年1月出版。此著使作者成为当时在《收获》发表长篇小说最年轻的中国作家。作品写了一群生活在大学校园内的"天之骄子"竟然成了"群居的甲虫"，展示了"甲虫"们各色荒唐的表演：主人公无衣高三时转学、逃学，与美术老师有越轨行为，在大学里与老师杜皮同居，最后因为生活不严肃而被勒令退学；室友暴眼的放浪形骸，付出了失去生育能力的惨痛代价；室长两面针居然成了暴眼的二妈；大门学无建树却娶了位法国老婆……这部半自传体的小说，在"后现代"语境下，以"无根的历史"的写作，反映了消费时代年轻人的荒诞、叛逆、痛苦和迷茫。"我想成为一条龙，我更是一条虫。成龙没有自由，做虫东荡西游"，这是"甲虫"们精神面貌的真实写照。作品细腻地描写了性的快感，但没有原始的性技术表演，体现出一种性与爱、灵与肉、情与欲的统一，是一种真实的内在生命的召唤。作品也有主体批判意识的闪现，但是这种批判因为写作的过于感性而没有深度。

《蜡对于女人就像铜对于男人一样》

闻波著。解放军文艺出版社2001年9月出版，入选2002年第一期《长篇小说选刊》。小说成功地塑造了骁勇善战的抗日英雄邵磊，其传奇生涯中充满激昂的生命力和意志力，不畏社会历史畸变和自然世界蛮荒，努力回归自由的本我，努力追求真正的爱情，并几度为爱情而做出有悖"常理"的抉择，刚正不屈，真诚坦荡，是当代军事文学中少见的军人形象。作品采用了多层次交错和开放的叙事结构，现实地表达了苦难的主题，对梅香、小芹、乌萍等女性的苦难命运尤为关切。作品在探索人生价值、张扬生存意义、扩张主体属性等方面作了积极的尝试，其文化底蕴、悲剧意识和哲学思考都十分丰富。

《天下粮仓》

高锋著。作家出版社 2002 年 1 月出版。十多年间印了三次，发行量十多万册。另有多个盗版本和海外版，仅作者自己收藏的就有十二种和三种。此外，浙江文艺出版社出版的剧本版也发行八万册。小说描写了乾隆元年天下大旱引发的一场围绕粮食灾荒的政治斗争。接连发生的"火龙烧仓""阴兵借粮""耕牛哭田"等惊世奇案，使二十五岁的乾隆感到了大清国生死存亡的忧患。危难之际，刑部尚书刘统勋扶棺履任，统领一批正直廉洁和为民请愿的诤臣，干出了一番惊天地泣鬼神的大事……

《太阳背后》

陈琳著。时代文艺出版社 2003 年 5 月出版。这是一部描写国有煤炭企业改革与发展的长篇小说：由于资源枯竭和体制缺陷，东方煤炭公司效益日益低下，年富力强、锐意改革的新任总经理李子雄决心去弊存精，激浊扬清，而他面对的却是一个滋生在体制机体上的腐败集团，除了铁肩担道义，更需大智、大勇、大胸怀、大气魄、大胆略。小说写国企，更写人性。阴谋与阳谋，正义与卑鄙，忠诚与背叛，爱情与肉欲，希望与欲望，书中的每一个人物都置身现实生活的激流中，无法逃遁回避，都要对自己的人生做出明确的回答，作一次生死抉择。小说叙事宏大，情节独特，语言个性化，可读性强。该作品入列"浙江省现实主义精品工程"，2006 年 2 月获中国作家协会和中国煤矿文联联合主办的第五届全国煤矿文学"乌金奖"长篇小说金奖。

《丝》

马雪枫著。作家出版社 2003 年 9 月出版。这是一部披着丝文化面纱的寓言体长篇小说。作者用简洁的语言叙述了一个游走于天籁与地籁之间缠绵透明的人籁意象，完成了她从天虫—蚕猫—绮小姐—大王婆—天虫的循环历程。作者在千万年生物变幻和千百年文化递进中努力寻觅生命存在所必需的执著，想象独特。作品 2007 年获湖州市"五个一工程"奖。

《独身上路》

马红云著。九州出版社 2009 年 7 月出版。小说通过三个江南女子闯荡几个特区的经历，还原了三十年改革开放的历史，挖掘人类生命的疼痛感和风云变幻中的人生警觉，是湖州当代文学中第一部描写改革开放背景下女性群体及其命运的长篇小说。作品烙上了写作与阅读的时代幽会印记，人物所透露的失望在危机年代里表现出同样的灵魂煎熬。这是作者的代表作，按她本人的说法："写的都是江南人、江南事，我最熟悉和最想写的生活。"著名作家杨争光评论说："长篇小说《独身上路》以点带面，在看似奇凸的线性情节里预置了人物命运的不可确定性，不动声色的故事镶嵌了社会转型期的人性分裂，经线和纬线的交错叙述显示出作者不一般的文学视角。"

《审判在即》

李全著。新世界出版社 2011 年 1 月出版。小说的情节是这样的：包工头杨新元失手打死了一个村民，在即将接受审判时逃跑。刑警支队长李准在奉命追捕过程中发现自己陷入了一个陷阱……经过坚持不懈的追踪调查，李准最后将一个个犯罪嫌疑人送上了法庭，包括自己的父亲。本书获湖州市第九届"五个一工程"奖。

《消逝的村庄》

黄其恕著。浙江文艺出版社 2014 年 3 月出版。系作者"城镇化三部曲"第一部（另两部为《织梦人》和《苏醒的土地》），入选浙江省第八批精品文化扶持工程。小说以世代生活在小山村——羊湾村的钱、杨两家三代人之间的利益纷争、恩怨纠葛为基点，围绕钱家第二代四兄妹金贵、银贵、铜贵、贵兰以及他们下一代玉松、玉桐、玉桃、玉杏等人的不同命运，分城乡两个视野，讲述由于原有村民不断进城务工或举家外迁导致一个原本宁静安详、炊烟袅袅的小村庄逐渐消逝的过程，抒写两代民工特别是"民二代"的奋斗、挣扎与困惑，努力传达正义、向善的正能量，重点反映城市化进程中农民在物质和精神层面的双重裂变，城镇化进程给农村生活方式和价值观带来的巨大颠覆，对传统家园情怀造成的伤害和遗忘，思考集约化生态新农庄的出现对中国农村改革出路的探索意义。作品获湖州市第十届"五个一工程"奖。

《天下粮田》

高锋著。《天下粮仓》姊妹篇。作家出版社 2017 年 1 月出版。小说讲述了这样一个故事：乾隆十年（1745），全国十八省中逾半遭遇百年未遇天灾，饿殍遍野，全国性粮食危机再度爆发，国本动摇，引发朝野激烈动荡，此时，一场"金殿验鸟"引出匿灾不报、贪功敛财的惊天大案，十几位朝廷重臣人头落地，因病归里的刘统勋临危受命，带领谷山、杜霄等新上任的年轻干臣执行乾隆的开荒增田大策，他们以浙江重灾区为突破口，坚持以法治田，与以讷亲、铁弓南、宋五楼等为首的朝野恶势力展开生死较量，保住了大清国的耕地红线，但一些地方因开荒过度引发生态危机，刘统勋等人再次赴汤蹈火……该书封面推介语云："剑锋直指扑朔迷离、波诡云谲、充满了血腥味的惊天贪腐大案。""这是一部大忧患、大情怀、'惊天地泣鬼神'的反腐扛鼎力作。"封底评论说："这部历史小说充满当代意识，从历史深处挖掘出现实的忧患，读之震撼、愤怒、悲伤乃至扼腕叹息。"

《织梦人》

其恕（黄其恕）著。浙江工商大学出版社 2017 年 4 月出版。讲述了以柳镇本地人柳笛和外来创业者何天龙之间动人的爱情故事，突出他们为振兴民族产业品牌付出的艰苦努力和无怨无悔的热血青春。同时，以细腻的笔法描述了春妮、杜兰、安雅、李少阳、范海洋、罗华等年轻的织梦人之间错综复杂的情感纠葛，抒写了他们在创业之路上的奋起与彷徨，挫折与坚韧，欢笑与泪水，重点塑造了一群 80 后、90 后年轻创业者群像，奏出了一曲在时代大潮中织梦、造梦和圆梦的命运交响乐。故事跌宕起伏，人物命运扣人心弦，深刻揭示了民营经济在新时期面临的困境、机遇和挑战，还原了一个普通小镇成长为经济重镇的全景画面。作品获湖州市第十一届"五个一工程"奖。

二、中篇小说

《三河谣》

闻波作。发表于《北京文学》1984 年第四期。小说以三道河渡口艄公、全村有口皆碑的"好小伙子"五才和同村姑娘春花为男、女主人公，描写了一种田园牧歌式的爱情生活，赞扬了青年男女对纯真爱情的执著追求。这部作品最显著的特点是将民间文化形态植入了一个朴素、自然、明净的艺术审美空间，为小说抹上了浓郁的乡土气息，极大地增强了作品的趣味性和通俗性。自然美、人情美、乡情美是这部小说的成功之处。作者发表于《青春》1983 年 5 月号上的《雪地上猫儿刺》和发表于《鸭绿江》1984 年第七期上的《赶三的儿子》等短篇小说，在民间文化的叙事方面，与此有着异曲同工之妙。

《地窨子》

闻波作。发表于《江南》1986 年第二期。小说以东北自然环境十分恶劣的老爷岭为背景，描写了奎四、陈放、荣荣三个人物之间的情感争执。荣荣是强壮彪悍的奎四的养女，人们又都认她是奎四的女人，无人敢碰，但奎四却守着道德的底线。身体瘦弱的陈放因为犯了命案逃到老爷岭，与荣荣日久生情，填补了她的情感空缺。正当陈放硬着头皮等待着奎四找他算账时，奎四却在一场突然的雪崩中丧了命。最后，陈放和荣荣送奎四回山东老家，魂归故里。对于这部小说的审美艺术特色，金健人在《似真似幻的荒蛮世界》一文中评价说：作者"以娴熟的技巧，用悬念、穿插、延宕、跳跃等艺术技巧打破常规的沉闷的叙述程序，但又不似某些现代手法那般叫人迷离恍惚，而是将比具体内容远为开放的时空置于笔底，努力增强文字的形象含量和表现力量"。

《壶里乾坤》

寇丹作。初载 1990 年浙江文艺出版社《故事与传奇丛书》第三辑。作者自己说："《壶里乾坤》即湖州乾坤，以四九年前后的一个故事，用风俗长卷形式写湖州人的方方面面。"小说用湖州方言写成，富有幽默感，同时充满浓郁的地方风情，市井瓦肆、俚语方言、衣食住行、人物风俗无一不在活生生展示其特色。小说于 2002 年被光明日报出版社选入"全国茶事小说集"《茶间况味》。1993 年5 月，京华出版社出版了作者的小说自选集《壶里乾坤》。2016 年 1 月，作者又在香港中华诗词出版社出版了《壶里乾坤——湖州故事 14 篇》。

《皮肤》

马红云作。发表于 1997 年第一期《椰城》杂志。小说发表后引起争鸣，评论家杨启刚在《中国当代女性文学创作面面观》中评价说："她的中篇小说《皮肤》接触当代女性生活和最隐秘处，特别是小说创作的文学纯色彩和私人化在女性文学中引人注目。同年，在海口召开的'马红云小说研讨会'上，与会的中外评论家认为她的小说最能代表当代私人小说的全部特征。"1998年12月，这篇小说收入作者同题小说自选集，由贵州人民出版社出版。

《遍地花开》

杨静龙作。原载广东《作品》杂志2007年第十期，《小说选刊》2007年第十一期转载。小说描写了省城某建筑工地简易工棚里一群农民工的生活。这里是文化的荒漠，农民工莫温出于好奇去洗头房找小姐，从而惹来一连串的麻烦，最后年轻漂亮的妻子不得不千里迢迢从乡下赶来。小说一方面反映了农民工的生存境遇，另一方面又探讨了夫妻间的忠诚与背叛问题，这种双重主题的叙述，深刻揭示了鲜活的生活表象下的生存本质，体现了作者"永远向弱者致敬"的人性关怀。

《遍地青菜》

杨静龙作。原载武汉《芳草》杂志2009年第一期，《中华文学选刊》2009年第二期转载。后由浙江省作家协会和《芳草》杂志社联合推荐参评第五届鲁迅文学奖，获提名奖。小说描写三代种菜的农家女许小晴，在进城做保姆之余，带着乡土情结，偷偷在居民小区绿花带种上青菜，历经挫折，最终赢得大家肯定，举家来到C城，把青菜种遍小区和城市每个角落，成为"感动C城十大新闻人物"。小说以诗情的笔墨，新颖的结构，演绎了一个"现代城市童话"，被评论界誉为"底层叙事第二种可能"的代表作品，在国内文坛产生较大反响。2013年12月，浙江文艺出版社出版了作者的中短篇小说集《遍地青菜》，并和浙江省作协、湖州市委宣传部联合于次年4月在湖州举行了作品研讨会。

《玉水川上》

杨静龙作。原载广州《花城》杂志2010年第四期，后由杂志社推荐参评第六届鲁迅文学奖。小说以日军水上巡逻艇分队长浅野青叶为主体叙事视角，并用大篇幅的"浅野纪事本"来完善人物叙事的合理性，围绕明朝文学名著《拍案惊奇》蓝本子的流失、回归、增补，层层揭开浅野青叶与凌濛初的后人凌七公、书船老板"书里虫"一段奇特的联系和精神渊源，透示着中日两代文化人对仇恨和共融的深层思考。

三、短篇小说

《后方》

金一鸣作。发表于 1979 年 11 月号《解放军文艺》。小说以对越自卫反击战为背景，拟写了一个失去一条腿的战士回后方装假腿时的遭遇。获 1976 年—1980 年南京军区优秀文学作品奖。

《秋水》

闻波作。发表于 1982 年第一期《鸭绿江》，同年 6 月为《作品与争鸣》转载。这是作者的处女作，它讲述了这样一个故事：资本家出身的上海知青向蕙从小娇生惯养，到柳条村后显得弱小无能，在善良的村民们的帮助下才得以生存下来，并和关爱她最多的队长刘喜结了婚。举案齐眉四年以后，国家政策突变，允许知青返城，向蕙的父亲也从美国回来，向蕙在父亲的要求下和刘喜离婚，回到上海。小说反映了城市与乡村之间的生存疏离感，以及这种疏离感的蔓延和扩张，还有人生的无奈，"人生就是一种不可捉摸的命运造就，包括生命中最不堪的残酷与伤痛也都是不能选择的必然，人对于由超越个体生命的外在力量所决定的事实显然没有任何改变的余地"。（陈祖基《贵在写出新意，简评〈秋水〉》）

《月儿圆》

嵇发根作。发表于 1983 年 8 月号《东海》杂志。小说通过一对恩爱夫妻春林和月娥一次吵架后在月光下、荷塘边的各自自责，塑造了一个"连那漂浮在水沟边、顶板下的硫黄味，那放炮后飞散的硝烟味，都觉得好闻"的先进煤矿工人的形象，刻画了他的先进思想，也升华了夫妻之间的感情。小说意境优美，语言朴实，特别是那七个矿工术语的运用，使作品更加贴近生活，更加接地气。对明月的拟人化描写，起到了沟通小两口心灵的作用。作品 1983 年获中国作协和中国煤矿文化宣传基金会"全国煤矿文学优秀作品奖"。

《孟扣老大的船》

高锋作。发表于《钟山》1984 年第一期，收入作者的中短篇小说选集《天下见红》。小说成功地塑造了一个勇敢、朴实的太湖弄潮儿——渔民孙孟扣的人物形象。作品获 1983 年—1984 年浙江省优秀文学作品奖。

《傍晚，下着小雨》

金一鸣作。初刊于 1984 年二月号《青春》，1985 年 5 月号《小说选刊》选载。小说只有男女两位主人公，1979 年中越自卫反击战中受伤的侦察参谋和架线女兵。女战士历尽艰险将双目失明的侦察参谋从前线背回驻地野战医院。战后两人通信并相约在城市影院门外见面。参谋因眼睛受伤从没有见过她；女兵已退伍，偏偏不愿告诉他自己的长相。参谋从声音判断，以为她很美，其实她更美的是心灵。再一次分手，两人都不知道是否有未来。小说从雨夜影院门外开始，在雨夜马路上结束。越南的场景也是雨夜，与雨夜影院门外的时空不断交错。用当时流行的意识流手法创作。小说发表后引起一定反响和关注。浙江电视台于同年拍成电视剧《战地霞光》，在中央电视台播出。北京广播电视学院把该剧作为辅导教材。《中国文学》（英文版）1986 年 1 月号将其译介到国外，后入选《浙江省新时期短篇小说选》。曾获湖州市第一届"五个一工程"奖。

《赶三的儿子》

闻波作。发表于《鸭绿江》1984 年第七期。小说塑造了一个在改革开放中勤劳致富的新渔民形象——龙官。龙官崇拜胆大艺高、曾是荻村渔老大的父亲赶三，"他毕生的愿望就是做一个父亲那样的好汉，有技术，有本事，活得硬气！"赶三的儿子比他爹强的是思想超前，与时俱进。小说语言朴实、幽默。作者还赋予作品浓郁的江南水乡乡土气息和独特的风俗习惯。作品获 1983 年—1984 年浙江省优秀文学作品奖。

《裱画的朋友》

寇丹作。初以《裱画人》为题发表在 1985 年第二期《水乡文学》，嗣后改成《裱画的朋友》发在 1986 年 1 月号《文汇》月刊，同年 2 月号《小说选刊》转发。小说写艺术追求与功利追求的冲突，点出"搞艺术的人变成机器就是自杀"的哲理。1988 年 2 月收入人民文学出版社《1986 年短篇小说选》，又被上海《连环画报》社改编成连环画。获 1985—1989 年度浙江省优秀文学作品奖。

《有你的一半，也有我的一半》

金一鸣作。发表于《青年文学》1991 年 10 月号。小说以对越自卫反击战为背景，通过对军嫂芬在听闻儿子福他爹在战斗中被俘投敌的传闻后复杂心理的细腻刻画，以及官方对事情真相的澄清，讴歌了这对军人夫妻诚挚的爱情，以及福他爹——一位解放军连长坚强不屈的革命英雄主义精神。小说巧妙地以光影作为象征手法，春天清晨的迷雾表示传闻的扑朔迷离，明媚的阳光表现事情真相的大白与光明。小说获1990—1992年度浙江省优秀文学作品奖、湖州市第二届优秀文学作品奖。

《天上有个太阳》

陈琳作。发表于《中国煤矿文艺》1996年第五期。小说讲述了一个矿工家庭在大变革时代的生存状况：老矿工老奎在所谓的"减员提效"中被迫下岗，自谋生路，后因病而亡；他的大儿子在建筑工地不慎从脚手架上摔下致残；小女婿在井下因事故死亡；大女儿为了撑住这个家，为了改变命运，不仅吃苦耐劳，还敢用青春、美貌和肉体去拼，去搏；小儿子在大姐的支持下读完高中，不负全家所望考上了重点大学。小说以悲悯的情怀，展现了底层小人物们在苦难面前的坚韧不屈、抗争和心存希望，冷静地呈现了真实、完整、未经美化修饰的生活原生态。小说获1993—1996年度浙江省优秀文学作品奖。

《萨特的脚》

杨静龙作。原载上海《电视·电影·文学》杂志1995年第二期，后收入作者中短篇小说集《白色棕榈》，获1997—1999年度浙江省优秀文学作品奖。这是作者描写作家生活的代表作，也是作者文学创作和文学思想的纲领性作品。小说以第一人称手法，描写了萨特、"我"、艾文三个文学青年在鲁迅文学院里的进修生活。他们代表了三种不同的创作取向：萨特是愤世嫉俗的、理想主义的；艾文是现实主义的，他认同现实世界，自觉维护世俗的秩序，循规蹈矩，埋头苦干；"我"则介于两者之间，思想在现实与理想之间徘徊。我们一腔热血，却又充满迷茫，我们恃才放旷，通身洋溢着灵性和叛逆精神，把文学院的领导们气得捶胸顿足，一次次地叹息道："天才啊，可惜啊……"作者同类题材的优秀作品还有《一路风景》等。

《你不可以做官》

嵇发根作。初刊于2000年11月号《野草》，同年12月《中国西部文学》于头条位置转载。入选2008年11月内蒙古人民出版社《当代文学选萃（中短篇小说卷）》。卢敦基和周静在2008年的《浙江文坛》评价称："《你不可以做官》是个好小说，折射一种官场心态——想当官而不得。那怎么办？于是就说出'好男不当官，当官无好人'这样的话。……官场不得志的魏明理有个买菜哲学：'人一旦介入讨价还价，都不想吃亏，甚至要点点便宜。我魏某人也非圣人，难免会堕入其中，争来争去就争出是非争出烦恼来了。不如敬而远之，不进这俗套，图个清净、安逸。'……作者接下来安排魏明理终得提拔，他在领导面前还忸怩一番，在骑车回家的路上，却身不由己地拐出漂亮的弧线，一屁股摔在地上。其实这一跤是白摔的，摔不醒的，同样，理是真的，明理是伪的。"

《声音》

杨静龙作。原载《钟山》杂志 2006 年第三期，后入选《2006 中国短篇小说年选》，获 2006—2008 年度浙江省优秀文学作品奖。小说以一个儿童的视角截取一个生活断面，描述了奶奶悲剧的一生。祝水河畔的菊花奶奶一生钟爱越剧，最喜欢唱的就是《梁山伯与祝英台》。她因唱越剧而获得了婚姻，又因唱越剧而遭遇家庭不测，生命中多有追求，又充满坎坷。最后为了圆一个在村喇叭里唱一本"梁祝"的梦而乐极生悲，突然死去。在这个圆梦行动中，村民们只不过把它当成了一次休闲，一场游戏，菊花奶奶却因此走完了人生，巨大的情感反差颇具悲剧色彩，象征着一种传统在尴尬和无奈之中的终结。小说结尾通过对细毛没有看到翩翩起舞的彩蝶十分失望的描写，迅速将人们拉回现实，将小说的理想与现实巧妙地结合了起来。有评论认为，这"体现了当代短篇小说的经典意义"。

《槿花》

杨静龙作。原载《中国作家》2014 年第五期。入选中国小说学会选编的《2014 年中国短篇小说年选》。小说描写了农村留守少妇槿花，在一个月夜里寂寞难耐，为了寻找一条公狗，来到村外，最后终于被勃发的性欲所征服，倒入村里唯一的男人"封手"的怀抱。小说情节纯净，却对人性进行了多维的阐述。小说排斥了任何价值判断和单一的价值取向，也没有从道德批判的层面做文章，而是以槿花家所养一条名叫"苍耳"的公狗的生存状况作为陪衬，写出了人在特定状况中一种难以自制的人性欲望，以及所表现出来的尴尬和无奈，从文化背景和社会语境中透析了生存的现实问题。

《帝木》

顾文艳作。发表于 2018 年第四期《收获》杂志"青年作家小说专辑"。这是新时期以来湖州作家首次在该刊正刊上发表作品。小说以第一人称展开叙事，写"我"莫名地爱上了德国男生帝木，追随他漫无目的地游荡在欧洲的城市和山林，不同真实和虚幻的时空交错，相似的迷茫与绝望若隐若现……

四、微型小说

《永远的门》

邵宝健作。初载于 1986 年第四期《三月》，同年十一期《小小说选刊》选载。小说描写男女主人公性格都很内敛，在邻居们眼里，他们应该是夫妻，但因男主人公内心封闭而又阻隔，使爱情无门可入而遗憾终身。作品构思极其精巧，意蕴丰富，影响广泛持久，先后被《读者》等百余家杂志与报纸转载，获 1985 年—1986 年全国优秀小小说奖。吉林《文艺时报》1987 年第一期转载，并附评论《打开这扇永远的门吧》。1992 年 3 月辑入河南人民出版社《小小说百家代表作》。2005 年 5 月入选长江文艺出版社《百年百篇经典微型小说》。2006 年 4 月入选上海辞书出版社《微型小说鉴赏辞典》。2008 年 7 月入选上海外语教育出版社《英译中国小小说选集》。作品还被改编、改拍成连环画、电影、电视剧，入选由东京国学院大学教授渡边晴夫主编的日本中级汉语教材《中国的短小说》、香港高中语文教科书和国内高校教材《比较大学语文》。

《走出沙漠》

沈宏作。初载于 1988 年第十二期《天津文学》。获《小小说选刊》1989—1990 年度优秀作品奖、首届中国小小说"金麻雀"奖提名。故事围绕一个水壶展开，由两次想夺壶到最后发现绿洲，道出水壶其实是空的秘密，情节扣人心弦，不乏感人和启迪意义。小说先后入选《小小说百家代表作》《中国当代微型小说精华》《中国新文学大系（微型小说卷）》《世界微型小说经典》等 100 多种经典文学选本，并被介绍到国外，还入选全国高等院校和中学语文教材及各省高考、中考语文试卷。作者的小小说集《走出沙漠》收入 2007 年 12 月河南文艺出版社出版的"中国小小说典藏丛书"。

《爱情坐标》

沈宏作。发表于 2001 年第三期《百花园》。小说讲述了电台《心海夜航》女主播爱妮发现丈夫有外遇后反省自己挽救婚姻，同时劝导一个爱上已婚男人的少女的故事，阐释了"爱更需要宽容""我们每个人都应该好好确立自己的爱情坐标"这样一个简单的道理。作品获首届全国微型小说年度评选二等奖。入选《世界华文微型小说双年选2000—2001》《2001年中国微型小说精选》《中国微型小说排行榜》等选本。

《1945年的通信》

谢根林作。发表于2001年8月19日《中国电力报》副刊。小说由三封书信组成：八路军战士赵蒙生牺牲后，排长为了安慰他的母亲，写了一封隐瞒实情的信；赵母接到"儿子"的书信后回了信，也隐瞒了自己已经得知儿子牺牲的悲痛心情，鼓励战士们奋勇杀敌；后来的第三封信是村里的"秀才"写的，告诉战士们，赵母也被日寇杀害了，并将英雄母亲隐瞒自己悲痛心情的谜底揭开。《中华文学选刊》2002年第二期和《读者》2002年第九期转载。2004年被人民教育出版社编入义务教育课程标准实验教科书四年级同步阅读教材，2006年又被西南师范大学出版社编入义务教育课程标准实验教科书五年级语文教材。

《三道门》

李全作。首发于2002年7月号《金山》杂志，同年《小小说选刊》十七期选载。小说写一个男子通过三道不同的门，获得一份工作。从另一个方面阐述人生会有许多门，门外是个世界，门里又是个世界。如果你想实现两个世界融合，从门外进到门里，需要"创意""勇气"和"自信"。这篇小小说先后被《课外阅读》《新读写》《初中学习》《小品文选刊》《时文精选》《时文鲜读》《小学生作文》《读与写》等三十余家刊物转载和选载，获首届全国微型小说评比二等奖。

《青涩香蕉》

沈宏作。发表于2007年第十七期《小小说选刊》。作品以不成熟的青涩香蕉比喻中学生不成熟的恋爱，提出了像郭小冬和夏小花这样的高三学生不宜早恋的观点。作品获第八届全国微型小说年度评选二等奖。入选《2009年中国微型小说精选》。

《我要去北京》

桃子（谢桃花）作。发表于《小小说大世界》2018年第三期。后为《小小说选刊》2018年第十三期选载，入编杨晓敏主编的《2018中国年度作品：小小说》和任晓燕、秦俑、赵建宇选编的《小小说——2018中国年度小小说》。小说讲述了对共产党有深厚感情的阿旺劳模老爹，三十年前病逝时嘱托阿旺婆替他去北京看一眼。阿旺婆和阿旺老爹的一次心灵感应，促使八十五岁的阿旺婆要去北京完成老伴的遗愿。作品从去北京的难和易，折射出了改革开放四十年所取得的伟大成就。谢志强在《浙江文坛 2018 卷》给予了好评。近年来，桃子的小小说创作成果丰硕，另有代表作《另一扇门》。中国寓言文学学会闪小说专业委员会会长程思良曾来湖州为她的闪小说举办过一个小型研讨会，菲律宾的《世界日报》《商报》《菲华日报》等均作了报道。

表 3-4：当代湖州作家出版小说著作一览

书　名	作　者	类　别	版　本
洪杨金田起义	施　瑛	历史章回小说	上海新鲁书店 1951 年 8 月版
太平天国建都南京	施　瑛	历史章回小说	上海新鲁书店 1951 年 10 月版
日本侵华演义	施　瑛	长篇演义小说	上海通联书店 1951 年版
美帝侵华演义	施　瑛	长篇演义小说	上海通联书店 1951 年版
太平军北伐西征	施　瑛	历史章回小说	上海新鲁书店 1951 年版
妈妈和女儿	归顺鸿	小说集	上海文化出版社 1956 年版
永远的门	邵宝健	小小说集	广西民族出版社 1984 年 9 月版
彩色的生活——湖州作者文学作品选	金一鸣等	小说散文诗歌合集	湖州市文联 1984 年 9 月编印
影	马雪枫	长篇小说	江苏文艺出版社 1986 年 9 月版
江州司马传奇	施星火等	长篇传奇小说	黄河文艺出版社 1987 年 5 月版
沪军都督——陈英士传奇	陈祖基 徐重庆	长篇通俗小说	浙江文艺出版社 1987 年 12 月版
北平行动	余方德	中短篇小说集	浙江文艺出版社 1989 年 6 月版
死亡之约	余方德	长篇传记小说	上海人民出版社 1989 年 12 月版

书　名	作　者	类　别	版　本
末代王子漂泊录	闻　波 高　锋	长篇小说	中国文联出版公司 1989 年版
陈毅历险记	余方德	纪实文学	山东文艺出版社 1989 年版
金鞭无敌	陈祖基等	长篇小说	中国戏剧出版社 1991 年 9 月版
苦魂	马雪枫	长篇小说	江苏文艺出版社 1991 年 11 月版
春燕呢喃	王仲元	短篇小说集	金陵书社出版公司 1992 年 7 月版
江南八大剑客	陈祖基等	中篇小说集	作家出版社 1992 年 7 月版
虎穴利剑	张西廷	长篇传记小说	香港大时代出版社 1993 年 4 月版
特区就是特——海南的男人和女人	闻　波	长篇小说	载时代文艺出版社 1993 年《新苑》
老板娘与小伙计	费三多	小小说集	群众文艺出版社 1994 年 12 月版
村韵	赵长根 赵艳艳	长篇小说	大众文艺出版社 1995 年 6 月版
仙华风流	寇丹	小说集	北京京华出版社 1995 年 9 月版
我不能没有你	赵长根	中短篇小说集	作家出版社 1998 年 10 月版
柔弱的季节	李浔	中短篇小说集	贵州人民出版社 1998 年 12 月版
王仲元中篇小说选	王仲元	中篇小说集	贵州人民出版社 1998 年 12 月版
渔歌子	李民	中短篇小说集	贵州人民出版社 1998 年 12 月版
阴阳婚	马雪枫	中短篇小说集	贵州人民出版社 1998 年 12 月版
恣意辉煌	陈琳	中短篇小说集	贵州人民出版社 1998 年 12 月版
断层	嵇发根	中短篇小说集	贵州人民出版社 1998 年 12 月版
平民故事	王根龙	中短篇小说集	贵州人民出版社 1998 年 12 月版
收藏家的隐秘	邵宝健	中短篇小说集	贵州人民出版社 1998 年 12 月版

书　名	作　者	类　别	版　本
难忘的箫声	姚达人	短篇小说集	贵州人民出版社 1998 年 12 月版
美丽的诱惑	田家村	短篇小说集	贵州人民出版社 1998 年 12 月版
古今集	顾　忿	传记小说集	贵州人民出版社 1998 年 12 月版
追求	钱江潮	小说散文集	贵州人民出版社 1998 年 12 月版
白色棕榈	杨静龙	中短篇小说集	百花文艺出版社 1999 年 3 月版
陷阱	刘　平	长篇小说	上海文艺出版社 1999 年 3 月版
归（上、中、下）	马明奎	长篇小说	作家出版社 1999 年 6 月版
陌生的故事	杨寄尘	短篇小说集	四川文艺出版社 1999 年 7 月版
流年如梦	柳湘武	长篇小说	人民日报出版社 2000 年 8 月版
零落	崔利静	长篇小说	中国文联出版社 2000 年 12 月版
让我再送你一程	俞玉梁	短篇小说集	中国文联出版社 2001 年 1 月版
初恋的印象	沈　宏	微型小说集	中国文联出版社 2001 年 5 月版
天涯玫瑰	马红云	长篇小说	《香港商报》2001 年 5 月—9 月连载四十六期
惑	王　恩	长篇小说	中国文联出版社 2001 年 10 月版
孽缘	马红云	长篇小说	新加坡《星岛日报》2002 年 3 月—5 月连载
万历王朝	姚博初等	长篇小说	四川文艺出版社 2002 年 4 月版
孤独旅人	刘　平	长篇小说	云南人民出版社 2002 年 7 月版
亡命江湖	陈祖基等	传奇小说	山东文艺出版社 2002 年 9 月版
飘在天上	马红云	长篇小说	新加坡《星岛日报》2002 年 9 月—11 月连载
王中王	高　锋	长篇小说	浙江文艺出版社 2003 年 3 月版

书　名	作　者	类　别	版　本
你千万别说穿	谢根林	小小说集	时代文艺出版社 2003 年 4 月版
红尘中的爱情	余方德	短篇小说集	时代文艺出版社 2003 年 5 月版
蝴蝶来过这世界	郭黎霞	长篇小说	当代中国出版社 2003 年 8 月版
去年出走的猫	潘无依	长篇小说	青岛智道文化传媒有限公司 2003 年 9 月版
DIY 时代的一次出行	杨静龙	中短篇小说集	中国文联出版社 2003 年 10 月版
独行侍卫	高　锋	长篇小说	时代文艺出版社 2003 年 10 月版
玲珑女	高　锋	长篇小说	中国文联出版公司 2004 年 1 月版
网	王　恩	长篇小说	当代中国出版社 2004 年 3 月版
秋雨下个不停	李　全	小小说集	长征出版社 2004 年 4 月版
汗血宝马	高　锋	长篇小说	上海社会科学出版社 2004 年 7 月版
我的克里斯托年代	朱思亦	长篇小说	百花文艺出版社 2004 年 8 月版
约会 coffee	方　针	短篇小说集	同心出版社 2004 年 9 月版
万历五十年	姚博初等	长篇小说	学林出版社 2005 年 1 月版
风吹云动星不动	闻　波	长篇小说	山东文艺出版社 2005 年 1 月版
我在地铁站等你	沈　宏	微型小说集	北方文艺出版社 2005 年 3 月版
一江春水向东流	金一鸣等	长篇小说	浙江文艺出版社 2005 年 5 月版
点燃欲望	马红云	长篇小说	《深圳晚报》2006 年 5 月起连载六十期
疯子	刘　平	长篇小说	上海文艺出版社 2005 年 6 月版
生命的天空	江南雨（丁永祥）	长篇小说	群言出版社 2005 年 9 月版
我和我的替身	顾文艳	长篇小说	作家出版社 2005 年 10 月版

书　名	作　者	类　别	版　本
红衣	朱思亦	长篇小说	春风文艺出版社 2006 年 3 月版
美丽邂逅	王　希	长篇小说	大众文艺出版社 2006 年 5 月版
大红官印	杨建强	长篇小说	上海文艺出版社 2006 年 6 月版
断蓝	茅立帅	长篇小说	浙江文艺出版社 2006 年 6 月版
衡庐集卷八：鼎鬲杂脍	陈景超	小说等合集	方志出版社 2006 年 9 月版
阿桃	王　恩	短篇小说集	群言出版社 2006 年 10 月版
月河殇——中篇小说选	嵇发根	中篇小说集	沈阳出版社 2006 年 12 月版
天下见红	高　锋	中短篇小说集	沈阳出版社 2006 年 12 月版
前线消息	金一鸣	中短篇小说集	沈阳出版社 2006 年 12 月版
悲情老爷岭	闻　波	中短篇小说集	沈阳出版社 2006 年 12 月版
复活的南天竹	邵宝健	小小说集	沈阳出版社 2006 年 12 月版
他们在历史长河中	余方德	中篇纪实文学集	沈阳出版社 2006 年 12 月版
跳伞	朱思亦	长篇小说	《小说月报》2006 年原创长篇小说专号
第十一个窗口	潘瑶菁	中短篇小说集	大众文艺出版社 2006 年版
隐私	马红云	长篇小说	《深圳晚报》2007 年 3 月起连载四十期
伏地	其恕（黄其恕）	长篇小说	新星出版社 2007 年 4 月版
花沙	郭黎霞	长篇小说	大众文艺出版社 2007 年版
小赵的机关生活	幽谷释怀黄其恕	长篇小说	时代文艺出版社 2008 年 1 月版
会说话的香水	李　全	小小说集	远方出版社 2008 年 5 月版

书　名	作　者	类　别	版　本
车祸奇情	巴山游子（李全）	小小说集	远方出版社 2008 年 5 月版
绿鹦鹉	邵宝健	小小说集	东方出版社 2008 年 8 月版
结绳记爱	潘瑶菁	中短篇小说集	大众文艺出版社 2008 年 8 月版
繁花似锦浔城梦	江南清秋月（潘亚君）	长篇小说	珠海出版社 2008 年 10 月版
十万人家	高　锋	长篇小说	浙江人民出版社 2008 年 12 月版
80 后湖州女作家作品专辑 *	闻晓明	小说集	湖州市文学艺术界联合会、南太湖杂志社 2008 年编印
变态	刘　平	长篇小说	上海文艺出版社 2009 年 1 月版
刻在监狱墙上的自白	陈夫翔	长篇小说	中国文联出版社 2009 年 3 月版
新任市长	杨建强	长篇小说	上海文艺出版社 2009 年 5 月版
无声闪电	南岗邨（高宪科）	中短篇小说集	九州出版社 2009 年 7 月版
一年好景	陈　芳	短篇小说集	九州出版社 2009 年 7 月版
他敲了那扇门	沈旭霞	短篇小说集	九州出版社 2009 年 7 月版
一个人的爱情	李　全	小小说集	九州出版社 2009 年 7 月版
雀儿的心事	雀　翎	短篇小说集	九州出版社 2009 年 7 月版
破城记	其　恕	长篇小说	上海锦绣文章出版社 2009 年 8 月版
结局	邵宝健	长篇小说	中国人民公安大学 2009 年 10 月版
芦苇青青	徐永革	长篇小说	中国社会出版社 2009 年 10 月版
收养	帅泽兵	中短篇小说集	北京十月文艺出版社 2009 年 12 月版

书　名	作　者	类　别	版　本
乡村往事	赵长根	中短篇小说集	大众文艺出版社 2010 年 1 月版
有一种生命叫顽强	李　全	小小说集	内蒙古人民出版社 2010 年 1 月版
婚姻战争	醉　我 （宣卫敏）	长篇小说	重庆出版社 2010 年 4 月版
大山深处的妹子	江南雨	长篇小说	作家出版社 2010 年 6 月版
黄家门	黄　江	长篇小说	吉林人民出版社 2010 年 6 月版
塔罗牌诡话	蓝　泽 （钱　成）	长篇小说	珠海出版社 2010 年 6 月版
官场泪	刘　平	长篇小说	上海文艺出版社 2010 年 8 月版
夏日最后一朵蔷薇	沈　宏	小小说集	光明日报出版社 2010 年 9 月版
路上的人	朱思亦	长篇小说	《湖州日报》2010 年连载
风雨恨江湖	闻　波	长篇小说	群众出版社 2011 年 1 月版
舞动世陌青春	李　全	长篇小说	湖南人民出版社 2011 年 1 月版
惊魂三星堆	蓝　泽	长篇小说	华侨出版社 2011 年 3 月版 台湾普天出版社 2012 年 6 月版
戚子的故事	杨如明	长篇小说	浙江大学出版社 2011 年 5 月版
淑女学校	顾文艳	长篇小说	甘肃文化出版社 2011 年 6 月版
西安悬案 （又名《古墓骇客》）	蓝　泽	长篇小说	江苏文艺出版社 2011 年 7 月版 台湾水星文化事业出版社 2012 年 9 月版
我和玛丽有个约会	顾文艳	长篇小说	中国和平出版社 2011 年 9 月版
送你一份惊喜	李　全	小小说集	台海出版社 2011 年 10 月版
狼顾 ——司马宣王自叙	徐而侃 谷　华 （徐国华）	长篇小说	作家出版社 2011 年 11 月版

书　名	作　者	类　别	版　本
妖颜惑众	苏沫颜（杨星）	长篇小说	武汉出版社 2011 年 12 月版
你是我的阳光	顾文艳	长篇小说	中国和平出版社 2011 年版
舞鞋情	李　全	故事集	天津人民出版社 2012 年 1 月版
补城记	陈　树	长篇小说	作家出版社 2012 年 1 月版
盛宴	暗地妖娆（章苒苒）	长篇小说	天津人民出版社 2012 年 2 月版
曾经的阳台	邵宝健	小小说集	中国社会出版社 2012 年 5 月版
走出深巷的孩子	邵宝健	小小说集	中国社会出版社 2012 年 5 月版
塔罗女神探之茧镇奇案	暗地妖娆	长篇小说	贵州人民出版社 2012 年 6 月版
塔罗女神探之名伶劫	暗地妖娆	长篇小说	台湾典藏阁 2012 年 7 月版
客服凶猛	暗地妖娆	长篇小说	湖南文艺出版社 2012 年 7 月版
欢乐蚁族	蓝　泽	长篇小说	贵州人民出版社 2012 年 7 月版
陈朝演义	李玉富	长篇历史小说	作家出版社 2012 年 8 月版
水色	黄梅宝	长篇小说	作家出版社 2012 年 8 月版
闺蜜的战争	暗地妖娆	长篇小说	天津人民出版社 2012 年 11 月版
兽面桃花	胡百顺	长篇小说	光明日报出版社 2012 年 12 月版
城中城	游　子（张明新）	长篇小说	上海影响力文化中心 2012 年 12 月印行
谈家弄 5 号	姚犀矛	长篇小说	中国文联出版社 2012 年版
真相	姚犀矛	中篇小说	中国文联出版社 2012 年版
痒	醉　我	长篇小说	安徽人民出版社 2013 年 1 月版
诡异死亡	李　全	长篇小说	台湾秀威资讯 2013 年 3 月版

书　名	作　者	类　别	版　本
吴越咒 1、2	蓝　泽	长篇小说	贵州人民出版社 2013 年 4 月版
你不可以做官——嵇发根短篇小说选	嵇发根	短篇小说集	台湾酿 2013 年 4 月版
校花诡异事件	蓝泽等	长篇小说	百花洲文艺出版社 2013 年 5 月版 美国 CreatSpace 2013 年 8 月版 香港真源出版社 2013 年 10 月版
神秘爆炸下的幸存者	尹奇峰	长篇小说	敦煌文艺出版社 2013 年 6 月版
乡绅大侠 ——朱麻树传奇	朱惠新	长篇小说	黄山书社 2013 年 6 月版
塔罗女神探 之幽冥街秘史	暗地妖娆	长篇小说	台湾典藏阁 2013 年 7 月版
我的爆囧女友	暗地妖娆	长篇小说	广东旅游出版社 2013 年 12 月版
乱武	徐而侃	长篇小说	线装书局 2013 年 12 月版
别碰我	暗地妖娆	长篇小说	广东旅游出版社 2013 年 12 月版
苍龙 1：觉醒	严寅峰	长篇小说	团结出版社 2013 年版
绝境重生	王　恩	长篇小说	中国言实出版社 2014 年 1 月版
偏执狂	顾文艳	长篇小说	作家出版社 2014 年 1 月版
莺花劫	暗地妖娆	长篇小说	广东旅游出版社 2014 年 1 月版
法医密档·不在现场的证人	法医剑哥 （张　剑）	长篇小说	中国华侨出版社 2014 年 3 月版
云南秘藏	蓝　泽	长篇小说	花城出版社 2014 年 5 月版
残绢	马雪枫	短篇小说集	团结出版社 2014 年 5 月版
茅坤传奇	朱惠新	长篇小说	浙江人民出版社 2014 年 6 月版
善复为妖	吴继敏	长篇小说	华文国际出版社 2014 年 6 月版
1975 年的粮食	谢根林	长篇小说	华龄出版社 2014 年 7 月版

书　名	作　者	类　别	版　本
让我轻轻握着你的手	沈　宏	微型小说集	江西高校出版社 2014 年 7 月版
天底下有一片红绸子	杨再辉	短篇小说集	黄河出版社 2014 年 9 月版
禅中禅 ——挣扎与解脱	通惠观音 （李　彬）	长篇小说	中国经济出版社 2014 年 9 月版
草根奇人	柳湘武	长篇小说	台湾宇河文化出版有限公司 2015 年 3 月版
掩埋	悟　澹 （李　彬）	长篇小说	中国轻工业出版社 2015 年 4 月版
"双抢"纪事	朱剑平	长篇小说	中国文联出版社 2015 年 4 月版
淘宝江湖	蓝　泽	长篇小说	江苏凤凰文艺出版社 2015 年 5 月版
悼念公主的帕凡舞曲	马　纳	长篇小说	团结出版社 2015 年 6 月版
天亮就逆袭，1：青 葱岁月（又名《梦想 少女的逆袭》）	蓝　泽	长篇小说	中国言实出版社 2015 年 7 月版 马来西亚万挠男孩出版社 2014 年 8 月版
神蜜与猪蜜	暗地妖娆	长篇小说	作家出版社 2015 年 8 月版
深爱食堂	暗地妖娆	长篇小说	作家出版社 2015 年 10 月版
她的距离	朱晨逸帆	长篇小说	现代出版社 2015 年 10 月版
十八岁做我的见证	陈蓉蓉	长篇小说	作家出版社 2016 年 1 月版
善良的日子	雀　翎	中短篇小说集	长江文艺出版社 2016 年 2 月版
阿采 ——蔡圣昌小说集	蔡圣昌	短篇小说集	中国文联出版社 2016 年 3 月版
塔罗女神探 之黄浦谜案	暗地妖娆	长篇小说	贵州人民出版社 2016 年 3 月版
那山·那人·那事儿	徐　侠	短篇小说集	现代出版社 2016 年 5 月版
大雨将至	李永春	长篇小说	吉林文史出版社 2016 年 5 月版

书　名	作　者	类　别	版　本
侠踪芳影（上、下册）	姚培伟	长篇小说	延边出版社 2016 年 5 月版
逃离与回归	黄立峰	长篇小说	黄河出版社 2016 年 6 月版
民工夫妻	李　全	长篇小说	现代出版社 2016 年 11 月版
戏梦人生——元曲大家臧懋循	黄梅宝	长篇纪实小说	浙江文艺出版社 2016 年 12 月版
青春不言败	王　森	长篇小说	浙江工商大学出版社 2016 年版
剪裁青春	邵宝健	小小说集	中国书籍出版社 2017 年 1 月版
湖州当代优秀文学作品选·小说卷 *	湖州市文联编	小说集	浙江摄影出版社、浙江文艺出版社 2017 年 1 月版
湖州当代优秀文学作品选续编·小说诗歌评论卷 *	湖州文学院编	小说诗歌评论合集	浙江摄影出版社、浙江文艺出版社 2017 年 1 月版
北乡	白锡军	长篇小说	浙江工商大学出版社 2017 年 1 月版
光恰似水	马　纳	长篇小说	浙江工商大学出版社 2017 年 3 月版
我有相思冠盛唐	韩八荒（陶娇）等	长篇小说	山东画报出版社 2017 年 3 月版
千禧年	黄立峰	长篇小说	中国国际文艺出版社 2017 年 5 月版
这世间始终你好：梅艳芳传	暗地妖娆	长篇小说	北京联合出版公司 2017 年 5 月版
百草夜行	米　螺（陶娇）	长篇小说	百花洲文艺出版社 2017 年 6 月版
她从梦里来	陆　茸（郭煜凤）	长篇小说	江苏凤凰文艺出版社 2017 年 6 月版
脸上的玫瑰红——黄立峰中短篇小说选	黄立峰	中短篇小说集	吉林人民出版社 2017 年 7 月版

书　名	作　者	类　别	版　本
美丽地平线	杨建强	长篇小说	上海文艺出版社 2017 年 8 月版
御史轶事	赵长根	长篇小说	江苏凤凰文艺出版社 2018 年 1 月版
走镖之时间摇摆（三册）	九　度（陶　娇）	长篇小说	江苏凤凰文艺出版社 2018 年 1 月版
凉风有约	九　度	长篇小说	北京燕山出版社 2018 年 6 月版
岩脑壳	杨再辉	短篇小说集	中国文联出版社 2018 年 8 月版
耳边的月亮河	姚敏儿	长篇小说	浙江文艺出版社 2018 年 9 月版
在路上	朱惠新	长篇小说	浙江文艺出版社 2018 年 9 月版
水东疑云	杨英杰	中篇小说集	花城出版社 2018 年 10 月版
静听松风寒	闵人杰	长篇小说	浙江工商大学出版社 2018 年 12 月版
去向 *	湖州市作协编	小说诗文合集	花城出版社 2018 年 12 月版
仙乐园	黄立峰	中篇小说集	四川民族出版社 2019 年 1 月版
你好，我的梵高先生	九　度	长篇小说	天津人民出版社 2019 年 3 月版
白雪覆盖的大地	黄梅宝	长篇小说	安徽文艺出版社 2019 年 3 月版
银行局：致命存款	边　江	长篇小说	重庆出版社 2019 年 5 月版
止痛针	王麟慧	中短篇小说集	中山大学出版社 2019 年 7 月版
追球	陶　罐（陶娇）	长篇小说	湖南文艺出版社 2019 年 7 月版

第四章　戏剧影视与新媒体文学

　　湖州戏剧文学始于南宋，明祝允明《猥谈》云："南戏出于宣和之后，南渡之际"。杂剧虽兴起于北方，但在元代晚期，其创作中心已南移至杭州，湖州受到影响，明代茅维是杂剧的代表作家。肇始于唐代的传奇，受到南戏和杂剧的影响，由小说发展成为舞台剧，并在明后期渐趋繁荣。

　　清代前期，戏剧式微，然期间有影响者为陈端生著、梁德绳续的《再生缘》。同治年间，京剧传入杭嘉湖地区，后来又出现了地方戏，但主要是"路头戏"和口传身授的传统戏，大多没有文字定本。有些生活气息浓厚、深受群众喜爱的剧目，中华人民共和国成立后虽有演出的记录本子，但大多文字粗糙，结构散漫，文学价值不高。所以，近代以来有欣赏价值的文学剧本，仍然以文人创作的杂剧、传奇为主。

　　民国时期，宋春舫作为我国新剧的开拓者，出版有《宋春舫戏曲集》，为五四新戏剧的创建做出了重要贡献。抗战时期，沈西苓创作了几部以抗战为题材的优秀话剧作品。沈西苓还和张善琨一起，是中国早期电影的代表人物。在20世纪30年代的左翼电影运动中，沈西苓编剧的《女性的呐喊》《船家女》《十字街头》《中华儿女》等，都是我国早期电影文学的优秀之作。60年代则有顾锡东的《蚕花姑娘》等。20世纪80年代，以顾锡东为代表，湖州的越剧创作成就辉煌，出现了像《五女拜寿》这样的优秀剧作。

　　20世纪80、90年代，湖州电视台在副台长方抗胜的带领下，拍摄了一批电视（连续）剧，有的还在省里获奖，可惜的是剧本创作都不是湖州作家所为。在省、市"五个一工程"奖的激励下，湖州的广播剧创作呈现良好的势头，涌现了像《世界冠军的母亲》等一批优秀广播剧作品，但剧本仍以外地作者创作为主。进入 21 世纪后，以高锋、金一鸣、流潋紫为代表的湖州剧作家，创作了《天下粮仓》《天下粮田》《十万人家》《一江春水向东流》《甄嬛传》等一批有影响的电视剧作品，使湖州的电视剧创作在全省乃至全国都有一定的地位和影响。

21 世纪，随着网络文学的异军突起，传统文学与新媒体文学均分天下的格局已经基本形成，并且日趋稳定。随着流潋紫的《甄嬛传》《如懿传》、桐华的《步步惊心》等网络文学作品被拍摄成电视剧热播，网络文学日益受到社会乃至党和政府的重视和支持。2018 年，湖州市网络作家协会在莫干山成立，标志着传统文学与网络文学并行发展格局的形成。与此同时，传统戏剧继续得到传承和发展，其中安吉县孝丰镇大河村凭借历史悠久的"项家皮影戏"获得浙江省第二批"传统戏剧特色村"荣誉称号。

第一节　古近代戏剧文学

宋元的杂剧、明代的传奇、清代的弹词和近代的地方戏湖剧是古近代湖州主要的戏剧形式。

值得指出的是，"湖州丛书·文学卷"之一的《湖州剧作选》收入了两部剧作的明代戏剧家孟称舜，经笔者考证是绍兴人士，故其生平和作品本志不予介绍。

一、传奇

《双忠记》

明武康姚茂良撰。故事出自《新唐书》本传。唐玄宗时，安绿山的叛军直扑中原，潼关等地守军或逃或降。刚上任的真源县令张巡和睢阳太守许远，据城御敌，大败安禄山长子安庆绪军，但因各地官军贪生怕死，不肯驰援，张、许孤军奋战，弹尽粮绝，最后城破被俘，英勇就义。守城之日，张巡爱妾和许远书童毅然自尽，请求以身烹而饷军，众官兵含泪不忍食。城破三日，大将郭子仪、李光弼联合回鹘兵前来征讨，在张、许魂灵相助下，生擒安庆绪。张、许及其诸将各有封赠，并敕建双忠庙。剧作选取真实的事件，动人的情节，描写惊心动魄的斗争，充满爱国主义精神。作者注意刻画人物内心活动，冲突尖锐，感情浓烈，很有艺术感染力。祁彪佳《剧品》云："词意剀切，可以揭忠义肝肠，但睢阳已陷之后，必传大创安、史，收复两京，方为二公吐气，乃以阴魂聚首，结局殊觉黯然。"今存明万历富春堂刊本，凡三十二出，《古本戏曲丛刊》初集据以影印。

《精忠记》

姚茂良撰。此剧写岳飞的故事：宋室南渡之后，岳飞率二子，领大军和金兀术战，屡战屡胜，欲收复中原。秦桧和金私通，假造圣旨召岳飞父子回京，并将他们杀害在风波亭上。岳飞父子死后，岳飞妻女也相继自尽。后来，秦桧进香灵隐寺，一个疯僧揭发秦桧奸计。这中间有岳飞升天封神，命鬼卒召秦桧夫妻入酆都地狱等。又有土地神承宋皇帝之命追封岳飞为武穆王，全家也受追封。作品表现了作者对民族英雄岳飞的崇敬和对奸臣秦桧的憎恨，表达了人民的心声。后来的京剧《风波亭》（又名《武穆归天》）、《疯僧扫秦》和地方戏《骂秦桧》等都据此剧改编。

《连环记》

明乌程王济撰。故事来源于《后汉书》《三国志》董卓、王允、吕布本传。东汉末年，董卓专权，司徒王允忧心如焚，劝说曹操谋刺董卓，未果。王又将歌姬貂蝉收为义女，定下连环之计：先将貂蝉许配给董卓义子吕布，旋又将貂蝉密送董卓为姜，以此挑起董卓与吕布之间的父子矛盾。董、吕果然中计，最后，王允与百官在朝房设伏，剪除了董卓。此剧情节生动曲折，矛盾尖锐复杂，人物各有不同的个性，具有强烈的戏剧性，因而长期盛演不衰，昆剧、京剧及各地方剧种，均有改编演出。吕天成《曲品》称其"词多佳句，事亦可喜"。全剧三十出，今存明继志斋刊本、清内府抄本和清抄本，《古本戏曲丛刊》初集据清抄本影印。

《惊鸿记》

明乌程吴世美撰。故事源于新旧《唐书》及《长恨歌传》《梅妃传》等传奇小说。唐明皇宠爱梅妃江采苹，令其作惊鸿之舞，众臣惊叹不已。因汉王戏弄梅妃，梅妃怒而离席，汉王惊恐，遂与杨国忠等进谗言，将其打入冷宫，以杨玉环代之。明皇令杨妃作霓裳羽衣之舞，李白醉写《清平调》，极一时之盛。久之，明皇忽思梅妃，梅妃作《楼东赋》呈明皇，遂与幽会。杨妃侦知，醋意大发，明皇遂远梅妃，与杨七夕盟誓，世世为夫妇。安禄山反，明皇奔西川，国忠被杀，杨妃赐死。乱平，李亨继位，明皇归来喜见梅妃，仍思玉环，遂命道士寻觅，引升仙之玉环来见，相约日后瑶池相聚。此剧借宫闱故事写兴亡之感，题材与屠隆《彩毫记》同，唯屠重在李白，吴重在梅妃。在杨、梅争宠中，以对比手法，塑造了两个美丽多情而又丰神各异的皇妃形象，对后来的《长生殿》等剧有较大影响。作者长于抒情写景，而短于结构故事。此剧三十九出，存明万历世德堂刊本和文林阁刊本，《古本戏曲丛刊》二集据世德堂本影印。

《骊山传》

清德清俞樾撰。八出。叙周文王时，北方猃狁、西域昆夷常来侵扰。文王命骊山女（自号西王母）坐镇，使西陲安宁。西王母系戎胥轩之妻姜氏，得胜后将国政交付其子治理，自己出关巡游，遍历卑陆、精绝、焉耆等国，至常阳山，紫微大帝将其召回天庭。周武王伐纣灭商，一统天下，设十大功臣宴，西王母应邀赴会。开场，作者借磐圃老人叙主旨云："我故演出此戏，使妇竖皆知，雅俗共赏，有功经学。"此剧与作者另一传奇《梓潼传》皆借戏曲作考证文章，世所罕见。今存光绪二十八年（1902）刊《德清俞荫甫所著书》本、光绪间刊《春在堂传奇》本。

二、杂剧

《元曲选》

又名《元人百种曲》。明长兴臧懋循选编校注。前集刊于万历四十三年（1615），后集刊于第二年，各收杂剧五十种，体例一致，正衬清楚，科白齐全，每折后有"音释"，还附录《天台陶九成论曲》谈角色名来源、北杂剧常用五宫四调五百多种曲牌、元明重要戏曲论著及《元曲论》所涉杂剧宫调、元代杂剧家、杂剧名目、元代知音善歌之士姓名与简要事迹等内容。迄今元杂剧剧本一百六十余种，多半靠《元曲选》得以保存。浙江图书馆藏有明万历吴兴臧氏刻本，北京文学古籍刊印社 1956 年重印。

《凌霞阁内外编诸曲》

明归安茅维著。该集有剧三十五本，今存杂剧《金门戟》《秦廷筑》《苏园翁》《闹门神》《双合欢》《醉新丰》六种。《苏园翁》写南宋苏云卿怀才遁世，避灌园为生，其友张浚邀请出山，他见时不可为，一夕遁去。《金门戟》中东方朔执戟拦门犯颜直谏，结果不但于事无补，反而招致汉武帝及其左右厌恶和奚落，表现文人对官场政治的绝望情绪，有些微讽喻之意。《双合欢》除装点文人风流之外，了无深意。《秦廷筑》叙述高渐离继承荆轲遗志，以铅筑击杀秦始皇，表现了以死酬报故知的男儿意气。《闹门神》叙农历除夕，新门神在喜炮中兴冲冲赴太平巷第一家走马上任，不料旧门神拒不交班，新门神只得请钟馗、紫姑、灶君等前来劝说评理，但旧门神不听。最后，九天门监察使奉上帝之命，强行将其拿下，押送到沙门岛充军。这个寓言剧以神界怪事讽刺现实中的官场丑态。《醉新丰》故事出自《旧唐书·马周传》，将唐代狂士马周狂气、才气描摹得淋漓尽致。剧中套曲也写得文辞雅驯，酣畅疏快。祁彪佳《剧品》称其"词意条畅，一洗油腔陋习"。

《红拂传》

全称《识英雄红拂莽择配》。明乌程凌濛初撰。这是一本以红拂伎为主角的旦本戏，常与《蓦忽姻缘》《虬髯翁》并称三剧。三剧剧情均取材于唐杜光庭传奇《虬髯客传》，一事而分为三剧，代表了凌氏戏曲创作的最高成就。此剧是凌氏受陈继儒启发指授，又不满张凤翼《红拂记》传奇在情节编织上的违背情理而作。讲述隋末杨素家伎红拂慧眼识英雄，私奔李靖，李靖辅弼李世民"扫荡了六十四处烟尘，一统天下"，后"官拜卫国公兼兵部尚书、左仆射平章事"的故事。红拂的故事影响深远，成为女侠、女丈夫的象征。作者从不同的侧面，浓墨重彩，工笔细描地表现了红拂女的独具慧眼、志向远大，最后又骂尽世间不识人之须眉浊物，尤其是当道权臣的有眼无珠，不识人才，寄托了作者深远的人生感慨。上海图书馆藏有凌氏刻朱墨套印本。

《虬髯翁》

又名《正本扶余国》，全称《虬髯翁正本扶余国》。凌濛初撰。这是以虬髯客为主角的末本戏。虬髯客本有图王之意，当他在客栈与私奔的红拂女、李靖邂逅后，一见倾心，互致倾慕。他欣赏红拂的慧眼识人，夸她"识英雄莽择配，便脱豪门之子于归"；称红拂与李靖是"恁夫妻，好见机。厮唤罢，欢然相对"。当李靖带他拜会李世民后，他知道天下已有主，争之无益，遂放弃逐鹿中原的意图，将自己多年来积赚下来准备用于打天下的"宝货泉贝"慷慨赠予李靖，助其追随李世民成就大业，自己则奔赴海外，另立扶余国称王。赞颂了虬髯翁拿得起放得下的胸襟，不气馁识时务的品质。作者在创作中努力追求人物语言的通俗化和性格化。此剧有沈泰编《盛明杂剧二集》收录本传世。

三、弹词

《再生缘》

又名《金闺杰》《孟丽君》等。清乌程女史陈端生、德清女史梁德绳合著。长篇弹词，二十卷，八十回。陈氏初写时年仅十八岁，至第三年已作十六卷，中止十四年后，续写第十七卷止。自第十八卷后由梁氏续完。作品写元代云南卓有才华的奇女子孟丽君的故事。始于皇甫少华与元戎之子刘奎璧争娶丽君，孟家以比武为择婿条件。刘败，却倚仗权势陷害少华全家，并以皇命强娶丽君。丽君乳母之女苏映雪乔装丽君代嫁，新婚时杀刘未遂而投水，为梁鉴所救，认作义女。丽君女扮男装改名郦君玉避难，赴试中会元，梁鉴以映雪嫁之，丽君身份得以秘而不宣，并官至宰相，政绩斐然。少华改名王少甫应试武场，中武状元，因军功封王。后丽君奏明女子身份，皇上欲纳为妃，遭拒绝，欲杀之，终得脱。丽君与映雪同嫁少华。作品为七言排律体长篇叙事诗，文辞优美。可惜梁续作不及陈原作。郭沫若评《再生缘》称："北有红楼梦，南有再生缘。"并称之为"评弹第一书"。陈寅恪《校补记》称："堪与希腊、印度史诗相媲美的长篇叙事诗。"

《梦影缘》

又名《绣像梦影缘》。清归安女史郑贞华著。长篇神话故事弹词。四十八回十二册，约八十万字。从自序作于道光二十三年（1843）推断，全书当完成于是年。作品写宋太宗端拱二年（989），上界罗浮仙君与梅花神魁芳仙子下凡转世，二人经历种种磨难的故事。郑贞华在自序中解释书名说："梦固非真，亦人心之自造，形何异影，在我意之先芳。"有光绪二十一年（1895）竹简斋刻绘图石印本，藏天津图书馆。坐月吹笙楼主人在《娱萱草弹词》序中评曰："昔郑澹若夫人撰《梦影缘》，荣辱相尚，造语独工，弹词之体，为之一变。"

《金鱼缘》

清湖州女史孙德英著。二十卷两百四十目，不分回。作品创作于同治二至七年（1863—1868）。叙宋理宗时，宰相钱文清有二子一女：长子芳林，娶舅父冯亭女云鸾；次子景春，聘英烈王秦少伯女梦娥；女淑容，适外甥梅兰雪，子婿皆少年得官。钱文清致仕后，仲良信继任为相。因仲与钱有隙，诬陷钱文清、秦少伯、冯亭，使他们入狱问罪。冯亭子云峰、秦少伯子奇英逃往河南，投靠巡抚王修辅。钱文清子景春逃亡途中遇难，得罗仙芝援救，结为夫妇，后至王修辅处，与云峰、奇英会合。仲良信阴结苏门山盗，攻陷卫辉府，谋夺帝位。王修辅以景春、云峰、奇英为将，击败山盗，告捷回京。淑容女扮男装出逃时遇告老还乡的广西巡抚竺裕祖，被收为"义子"，改名竺凤瑞，高中状元，授翰林院侍读学士，为太子师。凤瑞据仲良信家人告发，上奏朝廷将仲处死。钱、冯、秦三家冤案昭雪，俱官复原职。梅兰雪误以为淑容已死，被迫接受皇帝赐婚。文清、兰雪曾疑凤瑞是淑容，请旨查验。理宗赐宫女以试，凤瑞坦受不辞，众疑消释。后凤瑞闻母思女成病，前往探望安慰，暗与父母兄弟相认，得叙天伦之乐，但事不外泄。后钱、竺两家父母去世，凤瑞退居西湖终老。从作者身世来看，弹词内容实有作者借淑容以言己志之意。今存光绪二十九年（1903）上海书局石印本。

《鸦凤缘》

近代吴兴包醒独著。三十六回。叙清光绪末年，苏州官家女姜云岫，父亡后与兄祖瑞、母沈氏相依度日。因舅父沈珩无子女，以云岫为寄女。沈珩选为湖北知县，携云岫赴任。有姚部郎妻见云岫，甚爱之，做媒许配其甥鲍景模。鲍虽富家，不意景模嗜鸦片好赌博，云岫屡劝无效，家道日困。不久，沈氏抑郁病故，祖瑞也依舅父为生。沈珩旋调黄冈，祖瑞同往，后中乡试，归苏州与樊氏女完婚。云岫夫妇同往贺喜，途经上海，景模大肆嫖赌，烟瘾发作，不及医治而死，云岫典当殆尽，始得归家。今存1919年上海国华书局刊印本。

表 4-1：古近代湖州传奇、杂剧、弹词作品一览

剧（书）名	规模	类型	作者	作者籍贯	存　本
天寒地冻		杂剧	张以仁	湖州	佚，《录鬼簿》有记载
三官斋		杂剧	金文质	长兴	佚，《录鬼簿》有记载
松荫记		杂剧	金文质	长兴	佚，《录鬼簿》有记载
娇红记		杂剧	金文质	长兴	佚，《录鬼簿》有记载
合璧记		传奇	姚茂良	德清	佚，《传奇汇考标目》别本有记载
东窗事发	一本	杂剧	姚茂良	德清	佚
金丸记 （又名《妆盒记》）		传奇	姚茂良	德清	有清初抄本，《古本戏曲丛刊》本据以影印，收入海南出版社1999年出版的《湖州丛书·文学辑：湖州剧作选》
续廿一史弹词		弹词	陈忱	乌程	已散佚
春明祖帐	一出	杂剧	茅维	归安	载明崇祯间茅氏凌霞阁刊本《茅洁溪集》
云壑寻盟	一出	杂剧	茅维	归安	载明崇祯间茅氏凌霞阁刊本《茅洁溪集》
金凫记		传奇	王韶	湖州	佚，远山堂《曲品》著录
白玉楼		传奇	蒋麟征	乌程	佚，《明清传奇钩沉》著录
蓦忽姻缘 （全称《李卫公蓦忽姻缘》）		杂剧	凌濛初	乌程	佚
宋公明闹元宵		杂剧	凌濛初	乌程	附于《二刻拍案传奇》后
刘伯伦指神断酒		杂剧	凌濛初	乌程	佚，远山堂《剧品》著录
苏不韦鏊地报仇 （一作《穴地报仇》）		杂剧	凌濛初	乌程	佚，远山堂《剧品》著录
祢正平怀刺莫投 （一作《弥正平》）		杂剧	凌濛初	乌程	佚，远山堂《剧品》著录

剧（书）名	规模	类型	作者	作者籍贯	存　本
崔殷功村庄桃花		杂剧	凌濛初	乌程	佚
颠倒姻缘		杂剧	凌濛初	乌程	佚
石季伦春游金谷		杂剧	凌濛初	乌程	佚
王逸少写经换鹅		杂剧	凌濛初	乌程	佚
王子猷乘兴看竹		杂剧	凌濛初	乌程	佚
张园叟天坛庄记		杂剧	凌濛初	乌程	佚
吴保安		杂剧	凌濛初	乌程	未完成，以多本叙写一事
雪地荷 （一作《雪荷记》）		传奇	凌濛初	乌程	佚，《今乐考证》《剧品》著录
合剑记		传奇	凌濛初	乌程	佚
乔合衫襟记		传奇	凌濛初	乌程	残存五出，收入凌氏自编《南音三籁》
绿牡丹传奇		传奇	温育仁	乌程	《今乐考证》著录
痴世界		传奇	陈　忱	乌程	佚，汪曰桢《南浔镇志》著录
人天乐 （又名《北俱卢》）	两卷	传奇	黄周星	湖南湘潭，流寓乌程、南浔	《古本戏曲丛刊》收录
惜花报		杂剧	黄周星	同上	《夏为堂别集》收录
试官述怀		杂剧	黄周星	同上	《夏为堂别集》收录
灞陵夜猎诸常（侍）		杂剧	闵南仲	乌程	佚，汪曰桢《南浔镇志》和《古今戏曲存目汇考》著录
丽乌媒	一本	传奇	沈树人	归安	未刻稿，佚，《湖州文化艺术志》著录
锦上花		传奇	雪川樵者	湖州	佚，《今乐考证》《传奇汇考》著录

剧（书）名	规模	类型	作者	作者籍贯	存　本
双仙会		传奇	茅应奎	归安	存清刻本
钟馗吓鬼		杂剧	沈玉亮	德清	佚，《积山杂记》著录
鸳鸯冢	一卷	杂剧	沈玉亮	德清	清康熙二十八年（1689）刻本，藏北京图书馆
富春图		传奇	沈玉亮	德清	佚，《今乐考证》著录
廉顽传奇		传奇	沈国正	长兴	佚，乾隆《长兴县志》著录
芝龛记		传奇	董　榕	乌程	有光绪董氏刻本
青霞锦		传奇	赵　瑜	武康	《古典戏曲存目汇考》（庄一拂著，上海古籍出版社 1982 年版）有著录
翠微楼		传奇	赵　瑜	武康	《古典戏曲存目汇考》（庄一拂著，上海古籍出版社 1982 年版）有著录
熊罴梦		传奇	赵　瑜	武康	佚
秦淮雪		传奇	赵　瑜	武康	佚
玉尺楼	两卷	传奇	朱　齐	长兴	乾隆年间刊本，北京图书馆有藏
鲛绡帐		传奇	朱　齐	长兴	佚，《传奇汇考标目》别集著录
宝母珠		传奇	朱　齐	长兴	佚，《传奇汇考标目》别集著录
旗亭记		传奇	朱　齐	长兴	佚，光绪《长兴县志》著录
腊尽春回	四折	杂剧	金廷标	乌程	稿本，《吴兴周氏言斋藏曲目》著录
晋春秋传奇	两卷	传奇	蔡廷弼	德清	清刻本，宛委山人校订，蒋士铨点定
晚香图曲（一作《晚香图记》）	十二出	杂剧	吴士俊	乌程	佚，汪曰桢《南浔镇志》著录
南州梦		传奇	董　恂	乌程	佚，汪曰桢《南浔镇志》著录

剧（书）名	规模	类型	作者	作者籍贯	存　本
珊瑚鞭		杂剧	徐石麟	湖州	佚，《湖州剧作选》著录
梓潼传	八出	传奇	俞樾	德清	收入清光绪二十八年（1902）刊《德清俞荫甫所著书》和海南出版社 1999 年出版的《湖州丛书·文学辑：湖州剧作选》等
老园（一作《老圆》）	一折	杂剧	俞樾	德清	收入《春在堂全集》和《清人杂剧》
风云会	二十四出	传奇	许善长	德清	清光绪间仁和许善长碧声吟馆刻本
瘗云岩	十二出	传奇	许善长	德清	清光绪间仁和许善长碧声吟馆刻本
胭脂狱	十六出	传奇	许善长	德清	清光绪间仁和许善长碧声吟馆刻本
茯苓仙	十四出	传奇	许善长	德清	清光绪间仁和许善长碧声吟馆刻本
灵娲石	十二出	传奇	许善长	德清	清光绪间仁和许善长碧声吟馆刻本
神仙引	八出	传奇	许善长	德清	清光绪间仁和许善长碧声吟馆刻本
连理枝		杂剧	蔡莹	吴兴	有排印本，存处不详
芙蓉泪		弹词	包醒独	吴兴	载《小说新报》1915 年第一卷第一期
林婉娘		弹词	包醒独	吴兴	曾连载于《小说新报》

第二节　现代戏剧文学

现代戏剧文学以话剧和电影为主。在话剧方面，宋春舫无论在剧本创作还是理论研究，甚至话剧图书的收藏方面，在全国都是一个代表人物。钱壮飞被誉为"红色剧作家"，在江西中央苏区时曾任工农剧社附设的高尔基戏剧学校义务教员，1931 年冬还创作和演出话剧《最后的晚餐》《红色间谍》《为谁牺牲》等。在电影方面的代表人物则非沈西苓、潘孑农莫属。

一、话剧剧本

《最后的晚餐》

钱壮飞作。1933 年左右创作并演出。此剧根据法国同名画作创作而成。一个画家要找一个最美的人和一个最丑的人做模特儿，但没有找到。后来，他到山里听见樵夫唱山歌，循着歌声去找，发现樵夫身体结实，脸色红润，眼睛大大的，很美，就以他为模特儿，画了最美的人。再后来，他又去找最丑的人，在一座监狱里见到一个强盗，奇丑无比，就画了他。两个人物画好以后，画家就想，最美是怎么美的？最丑是怎么丑的？能不能找到原因呢？他就问那个当模特儿的犯人，犯人说，我就是你以前画过的樵夫，为了躲避战乱四处流浪，走投无路当了强盗，变成了最丑的人。作品旨在告诉观众，如果社会制度不好，即使是最美的人，也会被摧残成最丑的人。这出戏演出后，在红军中，尤其是起义后当了红军的原国民党二十六路军官兵中产生过很大的影响。

《一幅喜神》

宋春舫作。独幕话剧。1932 年出版，1936 年编入《宋春舫戏曲集》。剧中人物只有李姓大收藏家夫妇和大盗张三三人。剧情写张三潜入李家后，对满屋价值连城的古玩竟不屑一顾，打算空手而回。因李家"唐伯虎仕女图""黑地三彩"等都是赝品。张三临走告诉李氏，这是他们"一件大大不幸的事"，李氏夫妇开始愕然，后来恍然，竟双双跪倒在大盗脚下，哀求大盗尽量把这些古玩拿去。因为李氏怕张三在自己家作案一无所获的消息披露出去，毁了他们长期苦心经营所猎取的"大收藏家"头衔。最后李氏以自杀相威胁，大盗才发慈悲，带走李氏祖宗一幅喜神。剧本深刻揭露和批判了沽名钓誉的社会现实。张三固然是大盗，"大收藏家"头衔及由此带来的名利，又何尝不是盗窃得来的呢。该剧曾由山东省立剧院在济南演出，颇受欢迎。

二、电影剧本

《女性的呐喊》

沈西苓编剧并导演。1933 年拍摄。这是沈西苓导演的第一部电影。影片的女主人公叶莲本来家庭幸福，却在军阀混战中只剩下自己和妹妹。这时，包身工工头陈大虎来到内地招募包身工。叶莲一心想着自主、奋斗，结果和妹妹一起被陈大虎骗到上海，进工厂做了包身工。叶莲亲眼目睹了陈大虎对包身工的残酷虐待，心生不平。陈大虎为了巴结恶少胡大少爷，逼迫叶莲去见胡大少爷，强迫她签订白做三年"包身工"的卖身契。叶莲的妹妹不堪胡大少爷的凌辱而死。叶莲为替妹妹报仇，打晕了胡大少爷。晚上，她在街头奔波着，巧遇老同学爱娜，但爱娜对叶莲的遭遇和做法，不但不理解反而加以嘲笑。此时，叶莲想起了进步青年少英曾经对她说过的话："个人奋斗是会失败的，团结起来再奋斗。"清晨，第一声汽笛鸣响了……

《乡愁》

沈西苓编剧并导演。1934 年拍摄。小学教师杨瑛的家被帝国主义的炮火摧毁，爱人梅华流亡到上海，爸爸和弟妹死于战乱，哥哥参加了义勇军，她只好带着年老的母亲和老仆离开故乡，辗转来到上海。他们没有找到梅华，母亲却因受刺激而精神失常，于是杨瑛只好去当一名阔少的私人秘书。阔少企图污辱她，她因反抗时打伤阔少而被捕入狱。梅华从报上得知杨瑛的下落，去监狱探望她。杨瑛出狱后，日本侵略者又在上海燃起了战火，于是，一家人投入了救亡的斗争。

《船家女》

沈西苓编剧并导演。1935 年出品。影片叙述了一个悲剧故事。主人公西湖船家女阿玲与父亲相依为命，她与同样是船工的高大哥相爱，但遭到恶霸和坏蛋欺压，高大哥被抓入狱，父亲病倒，阿玲孤立无援，最后被逼入妓院。这一悲苦故事却是由两位在西湖边湖光山色中闲聊的老先生讲述出来的，无疑使主体叙事更加具有揭露性质和批判色彩。剧情所要表现的妇女解放思想，虽然未得以实现，但首尾都设置了妇女解放运动的开会场景，并有激情演讲和热烈鼓掌的画面，这种对比蒙太奇的用意，显然是告诉女性和观众，妇女要追求真正的独立和行动上的实际解放。

《十字街头》

沈西苓编剧。明星影片公司 1937 年 4 月摄制。影片描写了 20 世纪 30 年代四个不同性格失业大学生的生活道路。刘大哥刚毅坚强，在民族存亡关头，回东北家乡参加抗日斗争；小徐消沉懦弱，找不到生活出路，企图自杀，被救后回乡；阿唐性格乐观，为商店布置橱窗维持生活；老赵对生活充满信心，当了报馆校对。老赵结识了女教员杨芝瑛，还和阿唐一起帮她打跑了流氓，两人产生了爱情。不久，杨芝瑛和好友姚大姐失业，接着老赵也被解雇，与阿唐徘徊街头，不期在十字街头与杨芝瑛和姚大姐相遇。他们在报上获悉刘大哥战斗在抗日前线，四人看清了前途，决心走上新的生活道路。该片和袁牧之导演的《马路天使》标志着中国左翼电影的第一个高峰。

《神秘之花》

潘孑农编剧。华艺影业公司 1937 年拍摄。该剧的故事梗概是这样的：1925年，临近上海的某城，美貌聪敏的少妇严紫薇不幸嫁给了外表阔绰但专事诈骗的汪达。在汪达的威逼下，她只得随夫出入大商行作案。严紫薇受良心责备，希望早日脱离这种罪恶生活。一次，她行窃被捕，汪达和他的同伙却逃走了，她想趁此机会断绝和汪达的关系，所以庭审之日一口承认罪行，愿受法律制裁。记者王冷云到狱中探访，愿意代聘律师，替她上诉，但紫薇怕出狱后重新落入汪达的魔掌，婉言谢绝。后来，严紫薇因监狱失火逃出，果然重新落入了汪达手中，被逼参与劣绅姜秋圃、军阀张国威、官僚钱一粟等人走私军火的勾当。已任《民众日报》总编辑的王冷云揭露了他们贩卖军火的内幕。姜秋圃等人迫令严紫薇陷害王冷云，她却趁机要求到报馆工作，并爱上了王冷云。为了保护爱人，严紫薇打死了汪、姜两人，被又一次投进了监狱。

《弹性女儿》

潘孑农编剧。1937 年在上海出品。影片讲述了抗战前夕新都会舞厅方丽珠、胡雪华、莫美莲三位当红舞女的爱情故事。方丽珠不相信爱情，迷恋她的舞客林卓人却感情丰富。胡雪华患有肺病，忠厚的银行职员施璜对她喜爱有加。莫美莲爱上了音乐家许天籁，但许天籁已有了妻室。纨绔子弟魏大雄为追求美莲驾车撞伤许天籁，美莲每天前往医院照顾许天籁，二人感情日深。许天籁为美莲写了一首歌《弹性女儿》。美莲欲求许妻答应自己嫁给天籁，最后因不愿破坏许天籁家的幸福生活而放弃。除夕之夜，美莲一曲《弹性女儿》，唱得新都会舞厅欢腾一片，自己却已泣不成声。

《中华儿女》

沈西苓编剧并导演。1939 年拍摄。影片根据《八女投江》的故事改编。1936 年，亲人遭日寇杀害的胡秀芝报名参加抗日联军，她在革命斗争中入了党，成长为一名坚强的抗联战士。冷云是抗联某部指导员，她经历了丈夫在地下工作岗位上被捕牺牲的重大打击，仍刚强坚毅地接受战斗任务，打击敌人。在归队途中，因发现敌军要偷袭联军营地，冷云一面命人绕道给抗联报信，一面率部牵制敌人，把敌人兵力引出营地范围而至牡丹江畔。最后仅剩冷云、胡秀芝等八名女战士，她们扔出最后一颗手榴弹，砸坏自己的枪，投江殉国。

《街头巷尾》

潘子农编剧。中央电影摄影场 1948 年拍摄。影片讲述小学教师李仲民失业来到上海，靠拉三轮车生活，一天巧遇同学赵淑秋，两人相爱，但学生家长不接受老师与三轮车夫恋爱，赵失去工作。在车夫朋友们的帮助下，李仲民买了一辆三轮车，赵淑秋摆起报摊。影片视角独特，聚焦知识分子战后失业现实，提出知识分子的出路问题。上映后广受欢迎，观众逾四十七万。这是潘子农最为成功的一部影片。

表 4-2：现代湖州作家剧本创作一览

作品名称	类　型	作　者	发表与出版	说　明
合作之初合作剧	话剧	陈果夫	上海中国合作学社 1932 年 1 月初版	收四个合作系列独幕剧
连理枝杂剧	杂剧	蔡　莹	辑入 1933 年自印本《南桥二种》，国家图书馆有藏	一卷

作品名称	类　型	作　者	发表与出版	说　明
当票	杂剧	蔡　莹	辑入 1933 年自印本《南桥二种》，国家图书馆有藏	一卷
五里雾中	话剧	宋春舫	上海文学出版社 1936 年 3 月初版	三幕
醉生梦死	话剧	沈西苓	1936 年在上海演出获得成功	根据爱尔兰剧作家西恩·奥凯西的《求诺和孔雀》改编
原来是梦	话剧	宋春舫	收入上海商务印书馆 1937 年 1 月出版之《宋春舫戏曲集》	
在烽火中	独幕剧	沈西苓	1937 年创作	
罗店血战	独幕剧	沈西苓	1937 年创作	
花开花落	电影剧本	潘子农	1937 年为艺华影业公司创作	
街头剧（第一集）	剧本集	沈西苓等	国防戏剧研究会 1938 年 1 月初版	收剧本九个
烽火	剧本集	沈西苓	国防戏剧研究会 1938 年 1 月初版	收《烽火》《大家去从军》《罗店秋月》等剧本三个
街头演剧	剧本集	沈西苓等	国防戏剧研究会 1938 年 4 月初版	收剧本八个
活跃的西线	电影剧本	潘子农	1938 年为中央电影摄影场创作	被誉为中国电影的新起点
我们的南京	电影剧本	潘子农	1938 年为中央电影摄影场创作	被誉为中国电影的新起点
王家庄	大型歌剧	方　行	七月社 1945 年	
皆大欢喜	舞台剧	宋　淇	抗战期间在上海创作	
裙带风	话剧剧本	洪　谟 潘子农	作家书屋 1947 年 8 月出版	

作品名称	类 型	作 者	发表与出版	说 明
饮水卫生及其他教育电影剧本故事集	剧本故事集	陈果夫	正中书局 1947 年出版	收四个电影剧本和三篇故事
法门寺	长篇评弹	钱雁秋	20 世纪 40 年代创作	
梁祝	长篇评弹	钱雁秋	20 世纪 40 年代创作	
麒麟豹	长篇评弹	钱雁秋	20 世纪 40 年代创作	后被改编为越剧、湖剧等演出

第三节　当代影视戏剧文学

湖州的当代影视戏剧文学主要是在改革开放以后，重点在越剧和电视剧两个领域有不俗的表现。越剧创作的代表人物是曾经长期在湖州工作的顾锡东。电视剧的代表人物是高锋、金一鸣和流潋紫，以及嫁到湖州妙西后移居香港的桐华。

一、话剧剧本

《天下粮田》

高锋编剧。根据三十八集同名电视连续剧改编。天津人民艺术剧院排演，2017 年 3 月 31 日在天津光华剧院大剧场首演。该剧是高锋继《天下粮仓》后历时十三年推出的又一力作，讲述了清朝乾隆年间一场由"金殿验鸟"引出的匿灾不报、贪绩敛财的惊天大案，暴露了大清国粮田萎缩、粮仓空虚的危机。刘统勋临危受命，将个人安危置之度外，与邪恶势力展开了一场殊死搏杀。导演钟海介绍说："剧中的故事虽然发生在清朝，但对于我们今天的反腐有着非常鲜明的现实意义，整部戏的思想性比较高。"主演吴京安也说："这部戏的台词句句扎人，刀刀如剑，是一部很接地气、富有思想冲击力的大戏。"

二、戏曲剧本

《麒麟带》

原名《活捉姚麒麟》《卖纱带》。湖剧代表剧本。该剧取材于安吉的民间传说，写安吉少女张采贞与湖州小贩姚麒麟相爱，怀孕事露，在族长威迫下自缢身亡。鬼魂张采贞得悉姚已负情，在义兄李世忠带领下赶往湖州质问、规劝，见姚毫无悔悟之心，最后用定情之物麒麟带把姚勒死。初为湖州滩簧艺人口传幕表戏，1952 年由同乐湖剧团童俊勇、田燕红等改为不出鬼爱情戏，名《姚麒麟负张采贞》。1956 年刘甦根据艺人口述，记录整理后定名《卖纱带》，1956 年 6 月参加嘉兴地区越剧、湖剧观摩演出大会，受到华东戏曲研究院专家和名演员黄沙、成容、弦英、范瑞娟、陆锦花、姚水娟等赞赏，被认为是"具有浓厚乡土色彩的现实主义好戏"，建议改名为《麒麟带》。后在全国剧目工作会议上受到周扬、田汉、张庚等赞扬，认为它是"浙江一块宝""全国一朵花"。1957 年春节，修改后的《麒麟带》在湖州首演，引起轰动，同年 7 月参加浙江省第二届戏曲会演，获剧本一等奖；同年，东海文艺出版社出版剧本单行本，浙江人民出版社出版连环画。1958 年，中国唱片公司灌制唱片。1959 年入编《中国地方戏曲选》，并被浙江省文化局列为中华人民共和国成立以来的三十三个优秀剧目之一。"文革"中遭到批判。1979 年恢复演出。

《朱三刘二姐》

湖剧剧本。取材于杭嘉湖民间传说和清末湖州王文光书斋刊印的《新绣像刘十一姐山歌本》。1954 年，湖州老艺人童俊勇编写幕表戏给同乐湖剧团演出。1959 年，魏峨根据田燕红口述编成湖剧演出本。该剧讲明末清初时，余杭富户刘阿五嫌贫爱富，不准女儿刘二姐与奶妈之子、货郎朱三相爱，逼她嫁给余杭钱知县儿子钱文秀。刘二姐偕朱三私奔，途中双双被追回，官绅相通，诬陷朱三拐卖民女，被判终身监禁。刘二姐为救朱三出狱，只好答应嫁给钱家。朱三出狱后误会刘二姐变心，赶上花船面质刘二姐，才知刘二姐是为了他而改嫁，痛不欲生，投河殉情。刘二姐闻讯，即自刎于钱家喜堂。自 1959 年起，该剧成为湖州市湖剧团常演剧目。1960 年，顾锡东把"送嫁"一场改编成折子戏《赶花船》，参加浙江省青年演员会演，受到好评。1980 年冬，湖州市湖剧团恢复上演时，魏峨改为喜剧《花船记》，写朱三、刘二姐经过曲折斗争，终成眷属。1982 年，剧本入选浙江省艺术研究所出版的《剧本选辑》。

《三摆渡》

邢竹琴编剧。现代越剧剧本。该剧由嘉兴地区越剧团首演。1958 年 8 月，浙江越剧二团赴京汇报演出，受到行家肯定。剧本刊于 1958 年 10 月《剧本》月刊，1959 年 6 月选入《中国地方戏集成·浙江卷》，1961 年 6 月选入浙江人民出版社《小戏二十出》。剧本描写生产能手李彩招和王仁孝二次推迟婚期，第三次约定的结婚日子又巧逢乡里召开生产比武会。两位青年由热心的张唠叨摆渡参加比武，彩招母亲匆匆追赶不上女儿，张唠叨有意拖拉，船刚到对岸，彩招与仁孝已开会回来。一对青年就在当天举行了婚礼。

《太湖红浪》

大型现代湖剧。取材于浙北抗日游击队三次攻打湖州城的故事。1958 年由邵雪生口述，吴福民录成文字，王南燕写成中型剧《太湖南岸》。后来又成立专门的创作组，由魏峨执笔，突破真人真事框框局限，塑造了游击队长俞大鹏和指导员林辉英的形象。在与日寇战斗中，俞大鹏从血的教训中醒悟过来，由衷地接受了党的领导，成为一名优秀的指挥员，率领游击队将山本等日寇消灭在太湖之中。该剧由湖州市湖剧团首演，1959 年参加嘉兴地区现代剧会演并获奖，前后演出约千场。

《老寿星》

现代越剧小戏。1958 年由孝丰县越剧团集体创作，演员邱月娟执笔。该剧根据该县劳动模范王老四的事迹创作而成，描写农民打破旧思想、旧习惯的故事，反映了农民新的精神风貌。在创作上摒弃了抽象的说教，运用简练的手法解决矛盾。1958 年 5 月，该剧参加嘉兴地区现代戏观摩演出大会，获剧本创作一等奖。6 月 8 日，《浙江日报》为该剧发表了题为《生活的赞歌》的评论文章。

《争儿记》

越剧现代戏。顾锡东、邢竹琴编剧。剧本创作始于 1958 年底，由邢竹琴执笔，原为中型剧，分四场，后经顾锡东改写，成为大型剧，并改名。为了改好这个剧本，当时还专门成立了加工提高小组，实行领导、群众、编剧三结合，共同修改而成。作品通过李子良与李长根夫妇、余贵法与史瑞仙夫妇两家的特殊关系引出争儿风波。该剧 1959 年由嘉兴地区越剧团首演，1960 年 1 月参加嘉兴地区专业、业余戏曲会演。1960 年 12 月，剧本发表在《东海》杂志第五期上，浙江人民出版社出版单行本。1963 年 9 月参加浙江省越剧现代剧观摩演出。嘉兴地区和浙江省都曾把该剧作为社会主义教育的基本教材，在省党代会和贫下中农代表大会上演出。1959 年至 1963 年间，该剧演出四百多场。浙江话剧团将其改变成话剧《斗争在继续中》，参加华东地区话剧观摩演出。全国众多越剧院团都曾演出该剧，不少剧种加以移植。

《梳妆打扮上北京》

越剧现代小戏。这是一出独角戏，创作于 1959 年，作者和表演者均为朱敏。这出戏描写旅馆服务员王忆萍接到上北京出席劳模会的大红喜帖后，欣喜地梳妆打扮的情景。当她拿起母亲留给她的黄杨木梳时，想起了旧社会当丫头的苦难和新社会翻身作主人的幸福经历，激动万分。该剧充分发挥了演员唱、念、做、舞的基本功。1959 年 12 月 4 日，《浙江日报》副刊发表了这个剧本。在 1960 年嘉兴地区和 1961 年浙江省青年演员会演中，朱敏都凭此戏获奖。东海文艺出版社还出版了单行本。

《山花烂漫》

现代越剧。顾锡东编剧。1965 年发表在《收获》杂志。描写花明山生产大队党支部副书记叶爱群在发动社员大搞绿化造林运动中从家庭教育入手，戳穿投机奸商破坏山林的阴谋，使生产队长管百泉认识到眼前利益必须与长远利益相结合，干部家庭要做出榜样。该剧由嘉兴地区越剧二团排演，1964 年 11 月参加了浙江省戏曲现代剧观摩演出大会，次年 1 月在上海参加华东地区轮流演出。在上海共演出二十六场，观众二万六千四百六十五人次，上海市党政领导到场祝贺，上海人民广播电台、上海电视台作了实况转播，并灌制成唱片、拍摄成连环画片，广泛传播。上海剧协召开座谈会，邀请蓝澄、沈西蒙、白文等专家座谈，他们认为《山花烂漫》"是这次调演大戏中最好的一个，无论从本子、立意、题材、结构、语言、演出上看，都有水平"。《解放日报》《文汇报》《新民晚报》先后发表评论文章十七篇。有十四个省的三十二个剧团先后赶到上海观摩并索要剧本。后又到江苏巡回演出两个半月。1965年5月，顾锡东将此剧改编成京剧《花明山》，由浙江京剧团排演后参加了华东地区的京剧现代戏观摩演出。"文革"中，该剧作为"毒草"受到批判。1977年6月，嘉兴地区文艺训练班重新排练后，于1978年1月参加浙江省戏剧创作剧目观摩演出大会，浙江电视台作了实况转播。

《三千三》

越剧现代戏。郑一文编剧。该剧创作于1978年，剧情是这样的：赵师傅和他的儿子黎明、光明都在迎春服装厂工作。三十岁的黎明尚未找到对象，赵母托人为他介绍女朋友林海棠，谁知黎明却暗恋门市部主任张静梅，海棠却与光明一见钟情。海棠母亲林大妈一定要三千三百元彩礼。当时，迎春服装厂提出日争营业额三千三百元的指标，张静梅、赵黎明都在为实现"三千三"而努力，光明却在为"三千三"的礼金而犯愁。林大妈为了得到这笔彩礼，强迫光明躲在林家捞外快，引起一场风波。赵黎明与张静梅几经波折，相互吐露了爱慕之情，静梅表示不要彩礼，使光明与海棠从中受到教育。全剧以一系列误会贯穿始终，妙趣横生。该剧由长兴县越剧团首演，1979年参加浙江省国庆三十周年献礼演出，浙江人民广播电台、浙江电视台、中央人民广播电台均做了实况转播。1979年—1980年间，《浙江日报》《光明日报》均有报道和评论。1982年—1983年间，省内外不少剧团均演出此剧，影响颇大。剧本收入1980年《浙江戏剧丛刊》第二辑。

《汉宫怨》

越剧历史剧。顾锡东编剧。创作于1980年。剧本刊发于浙江《戏文》杂志1981年第二期，后收入浙江文艺出版社出版的《顾锡东剧作选》。该剧写汉宣帝刘询登基后，大将军霍光之妻霍显一心想把爱女霍成君捧上皇后宝座，但刘询在患难时曾与浣纱女许平君结为夫妇，他不弃糟糠，以寻访信物昆吾宝剑为线索，找到流落霍府的许平君，册封为皇后。霍显忌恨在心。第二年，许平君分娩后身体虚弱，天真无邪的霍成君进宫探望，亲尝汤药，两人义结姐妹。霍显却买通御医药死许平君，使霍成君继承皇后之位。霍成君在得悉平君系母亲所害后，因囿于母女之情，不敢揭露。一年后阴谋败露，刘询为正朝纲，将霍显治罪，霍光气死，成君知情不报，自请贬废。刘询虽于心不忍，仍含泪废黜。剧本获文化部、中国剧协 1980 年—1981 年全国优秀戏曲剧本奖。

《五女拜寿》

越剧剧本。七场。顾锡东编剧。初载《新剧作》1983 年第二期，浙江文艺出版社 1984 年 7 月初版；收入浙江文艺出版社 1990 年 10 月出版的《顾锡东剧作选》。剧本写明户部侍郎杨继康六秩大寿，五女偕婿拜寿，而三女三春，非杨亲生，因家贫无寿礼奉献，被逐出府门。不久，杨被奸相严嵩陷害，抄没家产，削职为民，遂投奔亲生女，均遭冷遇。两老携婢女翠云流落南京，乞讨为生，为三春所救。后三春夫婿邹应龙高中状元，弹劾奸相严嵩，杨得以官复原职。时逢杨夫人六秩大寿，五女再次偕婿前来祝寿。杨继康在历经沧桑、饱受世态炎凉之后，愤而逐出忘恩负义的长女、长婿及次女、次婿，另收义婢翠云为女。剧本通过杨家的兴衰反映封建社会的黑暗腐败，并从伦理角度针砭各种人物。剧作获 1982 年—1983 年全国优秀戏曲剧本奖。1984 年由长春电影制片厂拍摄成彩色戏曲片，1985 年获第五届中国电影金鸡奖、文化部优秀影片奖。

《双轿接亲》

越剧剧本。顾锡东编剧。嘉兴地区青年越剧团 20 世纪 80 年代演出。该剧讲述了善良贤惠的贫家女陈珊瑚嫁与安大成为妻，过门后夫妻恩爱。安大成出家为尼的姑姑德贞认为珊瑚的母亲改嫁是不贞，挑拨安夫人对媳妇横加欺侮。珊瑚的弟弟陈健生进京赶考路过姐姐家，姐姐以私房银相赠，不料被安家发现，竟怀疑珊瑚有外遇，逼大成休妻，珊瑚以自尽自证清白，却被大成的三姨母搭救收留。安家为安大成娶来了富家千金臧秋姑，秋姑过门后对婆婆百般欺凌，安夫人又气又累而病倒，在三姨母和珊瑚的精心照料下得以康复。此时，珊瑚弟弟科举得中任县令，得知姐姐处境，用花轿前去接姐姐回衙，安夫人和德贞终于醒悟，同时派花轿前来迎接珊瑚，珊瑚倍感伤心不愿回家，在三姨母的劝说下，珊瑚才回心转意，一家人重新团聚。

《长乐宫》

新编历史剧。顾锡东编剧。创作于 1983 年。该剧写东汉光武帝刘秀灭王莽登基，怜其姐湖阳公主寡居，宴群臣于长乐宫，许皇姐选驸马。湖阳对献媚之臣不屑一顾，却中意刚毅之臣宋弘。刘秀以为宋弘无妻，一口允诺。宋弘妻曹慧娘因在兵荒马乱中失散夫与子而成疯，被皇后阴丽华收为宫女。慧娘见宋弘如陌路，宋弘也不敢贸然相认。洛阳令董宣带宋弘幼儿入宫认母，慧娘因此恢复记忆。刘秀知宋弘有妻，遂召宋弘而置皇姐于屏风之后，佯装劝诱宋弘弃妻再婚，遭严词拒绝。湖阳碰壁失望，而刘秀喜见贤臣之义。湖阳家将傅俊倚势横行，意欲迫害曹慧娘，被董宣擒获斩首。湖阳恼怒，入长乐宫逼刘秀贬黜宋弘、董宣。刘秀却抑制湖阳，重用贤臣，共图中兴。剧本 1983 年发表在浙江《戏文》杂志，获浙江省第二届戏剧节剧本一等奖。

《百叶龙》

朱敏、邢竹琴、朱国柱、马俊明编剧。越剧新编神话故事剧。该剧创作于 1985 年，取材于长兴民间的百叶龙传说，由湖州市越剧一团排演，大胆采用了话剧、电影中的某些表现手法，并将电子琴、迪斯科、现代舞和戏剧传统身段结合在一起，加快了戏剧的节奏，活跃了演出气氛。1985 年在上海延安剧场连演二十五场，观众达四五万人次，尤其可喜的是赢得了许多年轻观众的喜爱。同年 7 月，在湖州市第一届戏剧节上，该剧获得剧本、演出等四个一等奖。

《太平桥》

寿伟生编剧。现代湖剧。剧情是这样的：烈士遗孀戚宛云在太平桥上拾到一个南瓜，不料儿子康康吃后中毒身亡。经调查，此南瓜系戚的恋人陆茂林所种。当时正是戚与陆的婚事因遗孤而受阻之际，于是，村委会主任邱阿荣认为，康康之死系戚、陆合谋所致，戚的婆婆伍阿婶信以为真。戚宛云既遭丧子之痛，又蒙受不白之冤，痛不欲生，到太平桥投河自尽，为陆茂林、邱阿荣救起。此时，伍婶的女儿伍阿彩承认南瓜是她下的毒，伍七也说出了偷瓜、失瓜的经过，案情终于大白。该剧参加湖州市第三届和浙江省第四届戏剧节时均获奖。1989 年 10 月 25 日，《杭州日报》报道该剧在杭州演出时说："《太平桥》以浓厚的浙北农村生活气息博得了杭州观众的青睐。"

《唐伯虎落第》

越剧历史剧剧本。该剧初由姚博初创作于 1985 年，写明弘治十二年（1499）春，苏州才子唐伯虎赴京赶考，自恃才高，踌躇满志，同舟赴京的江阴富家子弟徐经，带一对金菩萨贿赂马侍郎。众考生误将徐经当作唐伯虎，联名举报他考前行贿，害得唐伯虎不但功名未就，连原有的解元都被革去。唐伯虎落第而归，夫妻反目离异，手足分道扬镳。正值一蹶不振之际，在京结识的沈九娘寻访到姑苏，激励唐伯虎奋发图强，并与之结成患难夫妻。安吉县越剧团排演后，1985 年 7 月参加湖州市首届戏剧节，后又参加浙江省第二届戏剧节。《浙江日报》评论说："《唐伯虎落第》不讲江南一代才子唐伯虎所谓拥姬怀妾、放荡不羁的风流故事，只言他怀才而落第，因落第建树起更加辉煌的成就，写他作为科举舞弊和官场倾轧的牺牲者的欢乐与悲痛、矛盾和苦恼，在越剧舞台上推出了一个既不失才子旧风，又不乏启迪新意的唐伯虎形象，得到观众的承认和好评。"后经顾锡东改写，由浙江省小百花越剧团排演，于 1986 年 11 月赴香港参加第一届中国地方戏曲展览演出。1987 年，浙江电影制片厂与香港银都机构公司合作摄制成彩色宽银幕越剧故事片《唐伯虎》。剧本收入《顾锡东剧作选》。

《男人不在家》

姚博初编剧。现代越剧剧本。发表于浙江《戏文》杂志 1997 年第六期。该剧写新郎田家柱因追捕流窜犯牺牲，田大妈受刺激中风瘫痪，新娘水莲由于生肖属羊，深受封建迷信之害，而原定回家主持弟弟婚礼的田国柱，又因选入驻港部队强化训练不能归来……家庭厄运和种种纠葛，全都压在了长嫂——乡村女教师袁芳的肩头。这位柔弱的女子以惊人的毅力面对现实，宁愿自己受累也不让小姑辍学，坚持不向服现役的丈夫报忧，用至爱亲情重新燃起了婆婆的生命之火。同时，在水莲最为迷惘的时候，帮助她从精神上摆脱桎梏，继而走上自强之路。当驻港部队首次在电视上亮相的时候，这个几乎破碎的家不但重圆了，还奇迹般地创造了新的温馨和幸福。该剧 1997 年由湖州市越剧团排演后参加浙江省第七届戏剧节演出，获优秀新剧目奖、优秀剧作奖，1998 年又获得浙江省"五个一工程"奖。

《瓜园会》

尹金荣编剧。越剧小戏。该剧写瓜农阿金的瓜地与过去的恋人、今成寡妇的彩凤家瓜地紧密相连。为助寡妇，阿金于黑夜将自家部分大西瓜摘移至彩凤的瓜地，以资翌日出售。适遇其妻和彩凤分别夜巡瓜地，从而产生了一系列戏剧性的矛盾冲突……该剧获 2000 年浙江省小戏曲会演创作、表演一等奖，2001 年全国第十一届群星奖戏剧比赛金奖，并入选全国新农村题材优秀小戏，进人民大会堂演出，获浙江省"五个一工程"奖。2010年入选《浙江省30年新农村题材地方小戏选》。

《规矩》

尹金荣、周波编剧，周波导演。越剧小戏。由湖州市文化馆、南浔区文化体育局联合打造。讲述了公务员强强错误揣测领导想法，一厢情愿地要凑钱借给领导，却不肯借钱给邻居治病，从而与母亲、妻子发生争执，最后在母亲的劝导下，明白了"为官之人不懂得起码做人的规矩如何当好一个官"的道理这样一个故事，从侧面弘扬了务廉、务实的时代精神。该戏在省内外演出获得好评，2014年获新农村题材小戏会演表演金奖、创作银奖和优秀演员奖、优秀导演奖，又获第十六届中国上海国际艺术节业余戏曲邀请赛金奖。2015年获华东六省一市现代地方小戏银奖。2016年5月获浙江省"群星奖"，11月又获第七届全国小戏小品曲艺大展优秀编剧奖。

三、弹词

《热心人》

现代短篇弹词。董剑卿、王文稼、严燕君作。作于1964年。作品根据吴兴县南浔镇大陆旅馆某经理的先进事迹改编，由吴兴县曲艺团王文稼、严燕君排练，参加省会演获好评，中央、上海、浙江等广播电台先后录音播放。1976年在江浙沪各地书场演出，受到听众欢迎，并为不少兄弟曲艺团搬演。脚本发表于中国曲艺家协会浙江分会和浙江省艺术研究所编印的《浙江曲艺丛刊》第二期。

《董小宛》

新编长篇历史弹词。张雪麟、严小屏于1981年—1984年共同创作并演出。全书共三十回，约六十万字。根据明崇祯末年秦淮名妓董小宛与如皋才子冒辟疆的恋爱故事，以及清顺治皇帝迷恋董小宛的民间传说，参考顺治年间的有关历史人物和事件加工创作而成。1985年5月1日，张雪麟、严小屏以《董小宛·参相》为剧目，在杭州西子宾馆为陈云等领导同志演出，受到好评。作品曾数次参加省会演并获奖。又获 1981 年—1984 年浙江省曲艺作品一等奖。

《炸弹之谜》

现代题材中篇弹词。陈平宇、张志良创作于 1981 年夏。说的是 1975 年国庆前夕，浙北新兴市国防科委所属 206 工程研究所发生了一起特大爆炸事件。此事系研究所革委会副主任吴祥根不懂科学且又好大喜功造成。但是，吴祥根为了逃避罪责，竟将知情人小马杀死，并嫁祸于实验室主任沈沛然，致使沈被判死刑。沈在老一辈科学家洪教授等人的支持下，经过种种曲折与磨难，找到了吴祥根犯罪的证据，揭开了炸弹之谜。该评弹由湖州市评弹团和德清县评弹团部分演员排练，以湖州市代表队的名义，参加了 1984 年浙江省评弹会书并获奖。演出因在评弹界首次运用电子琴伴奏而为同行瞩目。

《位子》

现代短篇弹词。陈平宇作于 1986 年。讲的是美籍华人、高级工程师周国英在列车上找座位巧遇以前老师的故事，反映出中国在国际科技领域的地位。该书目由湖州市评弹团陈平宇、秦锦雯排练后参加浙江省新曲（书）目比赛并获奖。《浙江日报》撰文给予好评。

《陈英士传奇·行刺遇奇》

中篇评弹《陈英士传奇》第一集，共三回。张志良（执笔）、陈平宇、王文稼作于 1988 年。作品截取陈英士初到上海的生活片断。1906 年秋，陈英士从湖州到上海探望其弟霭士，讵料霭士因涉嫌革命党而宅第被封，人走他乡，弟媳也已被害。陈英士悲愤交加，干了一件震惊上海的大事——刺杀上海道台。刺杀未遂后，陈英士凭借自己的机智、大胆，巧妙地摆脱了道台和清兵的追捕，东渡日本，走上革命道路。该书目由湖州市评弹团排演，1988 年 6 月参加浙江省第二届曲艺会演并获奖。

四、广播剧剧本

广播剧因为是"五个一工程"奖评比中相对投入较少、比较容易获奖的门类，所以受到宣传部门和广播电台的重视。湖州的广播剧曾屡屡在省"五个一工程"奖评比中获奖，如《世界冠军的母亲》获 1996 年度省"五个一工程"奖和省广播文艺奖二等奖，《新村居委会》获第六届省"五个一工程"奖，《温暖的黄手帕》获第九届省"五个一工程"奖，《我与嫦娥有个约会》获第十届省"五个一工程"奖，《我为祖国献石油》获第十届中国广播剧研究会广播剧专家奖连续剧银奖和第十一届省"五个一工程"奖，三集广播连续剧《我爱这蓝色的海洋》和二集广播连续剧《生命的延续》获省第十二届"五个一工程"奖等。在第十三届省"五个一工程"奖的获奖名单上，也有湖州广播电视总台录制的广播剧《修律大臣沈家本》和《红色沃土》两部作品。但是，因这些广播剧的剧本均系雇佣外地写手创作，故在此略过。

五、电影剧本

当代湖州的电影剧本创作大体可分为"顾黄时代"和"五个一工程"时代。我省著名剧作家顾锡东和黄亚洲都不是湖州人，但他们都在湖州工作过。他们在湖州创作的电影剧本，成为当代湖州电影创作的重要成果。自从宣传系统开展精神文明建设"五个一工程"奖评选工作并将电影列为其中之一以来，湖州市宣传部门积极组织力量创作和拍摄了一系列电影作品，并屡获省"五个一工程"奖，但其中部分作品是请外地作家创作的剧本，如《明月前身》等，不在本志介绍之列。本志只介绍由湖州作家编剧并获奖的电影作品。

《蚕花姑娘》

顾锡东编剧。中国电影出版社 1965 年 3 月出版。剧本以江南水乡为背景，写知识青年陶小萍初中毕业后回乡养蚕。她热情，富有理想，朝气蓬勃，但不踏实，好高骛远，一心想出人头地，受到社员们批评时又听不得意见，赌气要去当演员。在巧手妈妈孙银华和哥哥的帮助下，陶小萍逐渐认识到自己缺少一颗为集体的心。她决心向老蚕农学习，做一名热爱农村的蚕花姑娘。该剧于 1963 年由上海天马电影制片厂拍摄成故事片。

《侦察员的爱》

黄亚洲编剧。1980 年 3 月和 7 月分两期发表在当时的嘉兴地区文学刊物《南湖》杂志上，《电影新时代》杂志转载。故事讲的是"文革"时期，某研究所的康亦秋研制潜伏期长的剧毒药 R4，残忍暗杀革命干部，"文革"结束后为侦察员李安等人侦破。中间穿插了研究所的陈小小、李安和天文学家路沙的爱情纠葛，康亦秋诬良为盗，混入公安队伍的林彪死党冯贵负隅顽抗等情节。1981 年，西安电影制片厂将其拍成彩色故事片《R4 之谜》。该剧故事性、传奇性强，充满悬念，是 20 世纪 80 年代最优秀的侦破剧之一。

《水镇丝情》

黄亚洲编剧。故事讲述了 1981 年春天，水镇丝厂厂长徐妹子在身患绝症的情况下，顽强抗争，带领工人们成功试制出 6A 级高品级生丝的动人事迹。1983 年，西安电影制片厂据剧本拍摄了彩色宽银幕故事片。

《灯塔世家》

高锋编剧。1949 年，灯塔工齐老榜为儿子咬脐迎来了新媳妇秋女和襁褓中的孙子大秧，秋女的父母不同意她嫁到海岛上，她就藏在酒缸里，坚决跟了灯塔工，从此开始了砥砺一生的苦难生涯。本片以秋女的经历描述了四代灯塔工和那些心系灯塔的女人、孩子们的生活，讴歌了灯塔人无私奉献的精神。剧本由长春电影制片厂于 1997 年拍摄上映，获全国"五个一工程"奖。

《王勃之死》

高锋编剧。唐朝初年，诗人王勃才名鼎盛，却因《檄英王鸡》而获罪。六年后，王勃私自藏匿的罪奴曹达猝死王府，因此犯下死罪，父亲也被牵连，贬官交趾。王勃下狱候斩，幸逢大赦，躲过一劫，远行交趾探望老父，意外邂逅船工秋水翁和少女落霞，结为知己。为夫报仇的曹达妻子一路追杀王勃。曾为宫伎的落霞，因钟爱王勃的《铜雀伎》而被贬出宫，流落民间积郁成疾。王勃为找到药资拯救落霞，赶赴南昌滕王阁参加悬赏百金的重阳诗会。滕王阁上，群贤毕至，最年少的不速之客王勃诗惊四座，写下"落霞与孤鹜齐飞，秋水共长天一色"的千古佳句，赢得赏金。然而，王勃买来的药未能救活落霞，自己却陷入生死深渊，在绝望中蹈海而死。剧本由上海电影制片厂拍成电影，于 2000 年上映，获 2001 年金鸡百花电影节最佳电视电影百花奖。

《笔祖蒙恬》

金一鸣编剧。中央电视台电影频道 2001 年为配合首届中国·湖州国际湖笔文化节举办而拍摄并播出。影片讲述秦王鲸吞六国后，大将蒙恬受陷害沦落菰城（今湖州），识剑匠卜云哥、漆匠卜香莲兄妹于善琏西堡村。蒙恬悟出"治世之功，莫尚于笔"的道理，遂与卜香莲潜心造笔，渐生爱意。蒙恬"纳颖于管"，使湖笔成为文房四宝之首，其形制一直流传至今。本剧用剑和笔一武一文、一刚一柔这两个物件，阐述战争与和平的永恒主题。影片曾获浙江省第十三届电视牡丹奖短篇一等奖和"最佳编剧奖"。

《中国湖州》

沈文泉编剧。这是湖州第一部电影纪录片。浙江电影制片厂2001年摄制。也是湖州市委宣传部为配合首届湖笔文化节的举办而组织拍摄的。影片全面介绍了湖州灿烂的历史文化和秀丽的山水风光，充满诗情画意。作品收入当代中国出版社2002年12月出版的沈文泉散文集《傍湖之州》。

《民警王法金》

闻波编剧。湖州市委宣传部、中央新闻纪录电影制片厂于2005年联合摄制。作品根据首届全国"我最喜爱的十大人民警察""全国公安系统一级英模""全国劳动模范"、湖州市公安局吴兴区分局月河派出所副所长兼文苑社区警务室民警王法金的先进事迹创作而成，讲述了他首创"黄手帕"工程为行动不便的老人提供帮助，用"楼管楼"工程改善邻里关系，用"落地生根法"防范自行车被盗，用"六位代码法"加强人口管理等先进事迹，塑造了一个"马天民式"的人民警察的光辉形象。该片获浙江省第十届"五个一工程"奖。

《爱在黄昏日落前》

李沙编剧。这是一部轻喜剧电影，灵感来自李沙父亲李牧创作的纪实文学《马福建传》，讲述老年人颐养天年的故事。2015年3月在南浔开机拍摄。2016年春获首届柏林华语电影节提名奖。

六、电视剧剧本

《战地霞光》

金一鸣编剧。湖州第一部电视剧。根据作者发表于《青春》1984年第二期的短篇小说《傍晚，下着小雨》改编。浙江电视台1985年摄制，同年中央电视台播出。故事背景为1979年对越自卫反击战，描写一位架线女兵历尽艰险，将双目失明的侦察参谋从前线背回驻地野战医院，参谋因为眼睛受伤而不知女兵长相，战后只能从声音判断和寻找救命恩人。由于全剧只有两个人物，国内国外两个时空交错转换，北京广播学院（现中国传媒大学）曾把该剧作为辅导教材。

《怪才刘之治》

十集电视连续剧。程东波编剧。湖州电视台第一部独立摄制的电视剧，制片人为方抗胜。该剧于1998年在安徽古村落西递和宏村摄制，讲述了安徽黄山民间人物刘之治的传奇人生，年底在湖州电视台首播，后在浙江电视台和安徽电视台播出，又在全国交流，并获安徽省民俗文化电视艺术奖。

《湖州会馆》

八集电视连续剧。闻波编剧。讲述了辛亥革命时期，陈英士以新落成的湖州会馆为据点，领导上海革命党人起义的故事。该剧由滕文骥执导，湖州有线电视台1999年摄制，2000年11月获第十届浙江省电视剧"牡丹奖"二等奖。

《天下粮仓》

三十一集电视连续剧。高锋编剧。2002年1月7日起作为"开年剧"在中央电视台一套黄金时段播出，创下央视当年度收视率第一。该剧描写二十五岁的乾隆登基伊始，接连出现"火龙烧仓""阴兵借粮""耕牛哭田"等惊世奇案，意识到大清国生死存亡全在"国粮"之上。当仓场侍郎米汝成在朝廷激烈的权力纷争中仕途通达时，其子米河却执意只身行走江湖，阅尽民间苦难，立志做一方清官，救民于水火。机缘巧合之下，米河受到刑部尚书刘统勋赏识，又与浙江巡抚卢焯结为忘年，在巩固大清国粮仓的事业中留下了许多可歌可泣的故事。导演吴子牛在读了剧本后说了四个字"泪流满面"。制片俞胜利说："你（高锋）把中国老百姓含了几千年的眼泪又给逼出来了。"文学剧本由浙江文艺出版社于2002年1月出版。

《玲珑女》

三十集电视连续剧。高锋编剧。讲述清末民初江南名镇玲珑镇女子的传奇故事。玲珑镇手工制作的团扇叫作玲珑扇，远近闻名。扇上画的美女叫玲珑女。玲珑镇每三年选一次玲珑女，选中的美女要在绘影楼与世隔绝生活十二年，修炼出一颗玲珑心，供画师描摹入扇。作为玲珑女的美人不能入世，从外貌到内心都失去了自由……故事以悲剧结束，充满了沉重的磨难和牺牲，旨在批判封建社会对人性的禁锢与戕害。该剧由浙江广电集团摄制，张军钊导演，袁立主演，于

2002 年播出。2016 年被杭州越剧院导演曹其敬改编成同名越剧，于同年 5 月 8 日在国家大剧院成功首演，随后在全国巡演，获得很大成功。

《一江春水向东流》

三十集电视连续剧。程蔚东、金一鸣根据 20 世纪 40 年代最负盛名的同名电影改编。中国国际电视总公司、上海电影制片厂联合摄制，陈道明、刘嘉玲、胡军、袁咏仪主演。浙江、上海、山东、安徽四家卫视及海外华语电视台于 2005 年播出，湖南和辽宁音影公司联合出版并发行影像制品。根据剧本改写的同名影视小说于 2005 年 11 月由浙江文艺出版社出版。

《名门劫》

三十集电视连续剧。金一鸣编剧。浙江影视集团公司拍摄。全国各省有线电视台反复播出，广东等多省同期收视率排名第一。故事缘起清初第一大案——庄氏明史案，至抗战年间，围绕浙江南浔颜家藏书楼的文化争夺，演绎了一场由三个家族、中统、汪伪和日特等多方交织的恩怨情仇。该剧成为艺术性和商业性有机结合的上乘之作。

《十万人家》

二十八集电视连续剧。高锋、黄先钢、徐海滨编剧。该剧以钱塘镇万家集团董事长沈万家和南浔村丝绸总厂厂长韦娟、钱塘镇党委书记梅同春为主要人物，以转型期的浙商和浙商的转型为创作命题，讲述了一个以传统蚕桑、丝绸为支柱产业的水乡古镇，在遭遇经济全球化挑战时如何凤凰涅槃的故事。2008 年 12 月 12 日在央视一套首播。2009 年获浙江省第十届"五个一工程"奖。

《天下粮田》

三十八集电视连续剧。高锋编剧。《天下粮仓》的姐妹剧。2017 年作为中央电视台第一套节目的"年尾大剧"播出，再次创下当年度收视率第一。此剧历时十年，于 2015 年创作完成。发表于《中国作家》杂志 2016 年第九期。有人说作者是"十年磨一剑"，作者自己说："吃粮的事，别问剑，问扁担就成。这些年，我不是在磨剑，只是在削扁担，削了一根能挑起粮筐子的扁担。"该剧由中央电视台、北京二十一世纪威克传媒股份有限公司等机构联合出品，阚卫平执导。讲述了乾隆十年（1745）一场"金殿验鸟"引出匿灾不报、贪绩敛财的惊天巨案，因病归乡的刘统勋奉命出山，执行乾隆开荒增田政策的故事。

2017年12月至2018年1月在央视黄金时段播出，获中央电视台"2017年度电视剧突出贡献奖"。2018年获第二十九届金鹰奖优秀电视剧奖。

表4-3：当代湖州作家剧本创作一览

书　名	类　型	作　者	发表、出版、演出、摄播	说　明
大庆丰年	现代小戏曲	刘　甦	1950年《浙江文艺》创刊号发表，华东《戏曲报》转载	在全省农村巡回演出
槐荫记	婺剧	刘　甦	1954年参加浙江省戏曲会演，1955年浙江人民出版社出版	中央实验歌剧院改编为同名歌剧，于1958年在京演出，收入《中国戏曲集成·浙江卷》
漆匠嫁女	婺剧	阿　慧 刘　甦	浙江人民出版社1955年1月版	十八开十四页
李三宝救嫂	湖州三跳	宋法林 张银林	1955年2月参加浙江省第一届民间、古典音乐舞蹈观摩演出	获奖
九锡宫	婺剧	刘　甦	1955年浙江人民出版社出版	浙江省推广剧目，1962年改编为湖剧《程咬金戏谏小唐皇》
送米记	婺剧	方　平 刘　甦	东海文艺出版社1958年1月出版	五十页
老寿星	越剧小戏	孝　丰 越剧团	1958年5月参加嘉兴地区现代戏观摩演出大会	获剧本一等奖
新事新办	小歌剧	施星火 刘　甦	上海大众书店20世纪50年代重版三次	获教育部全国读书运动奖
中山狼	昆剧越剧	刘　甦	浙江昆剧团演出，1960年发表在《东海》杂志，浙江人民出版社1963年出版	收入《浙江小戏六十出》
南北和	电影剧本	宋　淇	香港国际电影懋业有限公司摄制	黑白喜剧片，1961年2月14日上映

书　名	类　型	作　者	发表、出版、演出、摄播	说　明
热心人	现代短篇弹词	董剑卿 王文稼 严燕君	1964 年作,《浙江曲艺丛刊》第二期发表	
红岩	长篇评弹	钱雁秋		20 世纪 60 年代创作
无影灯下的战斗	中篇评弹	钱雁秋		20 世纪 60 年代创作
曙光与五味斋	短篇评弹	钱雁秋		20 世纪 60 年代创作
煤海战歌	现代戏	孙万鹏 顾锡东	嘉兴地区京剧团 20 世纪 70 年代初排演后巡演各地	取材于长广煤矿的矿工生活
彩霞湾	现代越剧	许胤丰	1973 年 8 月参加嘉兴地区会演	
新儿女英雄传	长篇评话	董云魁		
白雀寺	短篇评话	董云魁		
复婚记	现代越剧	顾锡东	1981 年参加浙江省现代戏调演	获剧本一等奖
神秘的国画	电视剧剧本	黄亚洲 程蔚东		两人在湖州工作期间合作
湖畔四重奏之春之歌	电视剧剧本	金一鸣	浙江电视台 1986 年摄制	在各省台播出
湖畔四重奏之夏之恋	电视剧剧本	金一鸣	浙江电视台 1986 年摄制	在各省台播出
56 万	电视剧剧本	田新潮 田家村	浙江电视台 1986 年摄制并播出	分上、下集
两斤毛脚蟹	电视剧剧本	田新潮 田家村	浙江电视台 1987 年拍摄并播出	七集
昏纱帽	越剧剧本	姚博初		获 1988 年全国电视剧"攀枝花"三等奖

书　名	类　型	作　者	发表、出版、演出、摄播	说　明
魂兮归来	越剧剧本	黄旭初	1990 年参加浙江省新剧目调演	获创作三等奖
棋局未终——姚时晓自选集	剧本选	姚时晓	上海市文学艺术界联合会 1992 年刊印	收入独幕剧剧本《姊妹们》《炮火中》《林中口哨》《饥饿的矿工》《租界里的冬天》《棋局未终》《竞选》《190 中队》等
绍兴师爷	越剧电视剧剧本	顾　政 顾锡东	浙江越剧院电视部、杭州电视台 1993 年联合摄制	在央视和全国多家城市台播出
情系太湖	电视剧剧本	金一鸣	浙江省电视剧制作中心 1993 年摄制	在各省台播出
田野启示录	电视剧剧本	金一鸣	浙江省电视剧制作中心 1994 年摄制	央视一套播出
摩天鹰架	电视剧剧本	金一鸣	浙江省电视剧制作中心 1995 年摄制	央视一套、四套播出
血墙	电视剧剧本	高　锋	浙江省电视剧制作中心 1995 年摄制	八集
亭亭咸青花	电视剧剧本	金一鸣	浙江省电视剧制作中心 1996 年摄制	央视一套播出
定海保卫战	电影剧本	陈景超	贵州省《文苑》杂志 1996 年第二期	
大命运	电视剧剧本	黄亚洲 高　锋	北京中北电视艺术中心出品	十七集。讲香港回归
绿色情缘	电视纪录片剧本	金一鸣	浙江教育电视台 1997 年摄制	各省台播出
商城劫案	电视纪录片剧本	金一鸣	浙江教育电视台 1998 年摄制	各省台播出
莫干剑	电视剧剧本	郭　湧	湖州电视台 1998 年拍摄	全国播出

书　名	类　型	作　者	发表、出版、演出、摄播	说　明
大上海手枪队	电视剧剧本	黄　江	贵州人民出版社 1998 年 12 月出版	
世纪之梦	电视纪录片剧本	金一鸣	浙江教育电视台 1999 年摄制	
李权剧作选	剧本集	李　权	贵州人民出版社 1999 年 12 月出版	
纽约奇缘	电视剧剧本	金一鸣	美国鹰龙公司 2000 年摄制	央视八套播出
姚博初剧作选	剧本集	姚博初	中国戏剧出版社 2000 年 10 月出版	
瓜园会	戏剧集	尹金荣	贵州人民出版社 2001 年 12 月出版	
上海沧桑	电视剧剧本	黄亚洲 高　锋	上海东方电视台和上海永乐电影电视（集团）公司 2002 年联合摄制	五十集，东方卫视开年首播
红粉须眉	电视剧剧本	金一鸣	浙江春秋影视公司 2002 年摄制	各省台播出
黄江电影文学剧本集	电影剧本集	黄　江	时代文艺出版社 2002 年 10 月出版	
蔡泉海戏剧小品集	剧本集	蔡泉海	新艺出版社 2002 年 10 月出版	
王中王	电视剧剧本	高　锋	浙江文艺出版社 2003 年 3 月出版，2003 年央视国际电视总公司、浙江省电视剧制作中心联合制作	三十集，全国卫视播出
情越千年	电视剧	金一鸣	浙江省电视剧制作中心 2003 年摄制	各省台播出
郭涌剧作诗文选	剧本诗文合集	郭　涌	时代文艺出版社 2003 年 5 月出版	

书　名	类　型	作　者	发表、出版、演出、摄播	说　明
独行侍卫	电视剧剧本	高　锋	浙江文艺出版社 2003 年 10 月出版，2003 年北京音像公司拍摄	三十四集，各省卫视热播，2005 年央视八套播出
汗血宝马	电视剧剧本	高　锋	上海社会科学院出版社 2004 年 7 月出版	2004 年央视八套贺岁档首播
琵琶记	电视剧剧本	金一鸣	浙江长城影视公司 2004 年摄制	各省台播出
风吹云动星不动	电视剧剧本	闻　波 耿旭红 刘　平	2004 年北京保利集团摄制	安徽卫视买断播放权，各城市台播出
粉墨王侯	电视剧剧本	姚博初 顾政等	中国国际电视总公司摄制	三十集，2006 年播出
玉卿嫂	电视剧剧本	金一鸣	上海文广集团 2006 年摄制	各省台播出
江南士殇	电视剧剧本	孙　誉	中国文联出版社 2006 年出版	写南浔庄氏"明史案"
红衣	电影剧本	朱思亦		首届浙江省电影文学剧本凤凰奖，未拍电影
茶恋	电影剧本	张加强	2008 年杭州海空影视摄制	
吵架	话剧剧本	朱思亦	《浙江作家》2008 年发表	
老房子、新房子	小品剧本	朱思亦	原湖州市群艺馆演出	2008 年获浙江省戏剧群星奖文学创作银奖
名门劫	电视剧剧本	金一鸣	浙江影视集团公司 2009 年摄制	各省台播出
金一鸣作品选	电视剧剧本集	金一鸣	中国戏剧出版社 2009 年 5 月出版	
江山风雨	电视剧剧本	金一鸣	中国戏剧出版社 2009 年 5 月出版	

书　名	类　型	作　者	发表、出版、演出、摄播	说　明
华东英魂	电视剧剧本	王　恩	中国文联出版社 2009 年 11 月出版	十八集
凤鸣戏曲集	戏曲剧本集	王凤鸣	中华诗词出版社 2009 年 12 月出版	
喜事	小品剧本	朱思亦	原湖州市群艺馆演出	2009 年获浙江省戏剧群星奖文学创作银奖
独有英雄	电视连续剧剧本	高　锋	北京小马奔腾影视文化发展有限公司出品	三十四集，2013 年 10 月 20 日湖北卫视首播，后又在山东卫视播出
黑萝莉与白萝莉	电影剧本	苏沫颜（杨　星）	爱朵文化、广东传媒、君映像、飞乐等联合出品	与刘炜、刘玮婷合作，2013 年 12 月在爱奇艺、乐视 TV 上映
鸣琴守湖千古颂	电影纪录片剧本	沈文泉	上海英邦文化传播有限公司 2013 年摄制	180 度旋转宽频。2014 年 1 月起在湖州古代贤守纪念馆轮番放映
龙凤砖	戏曲剧本集	尹金荣	中国文联出版社 2016 年 1 月出版	
三顾茅庐之王力	微电影剧本	陶永良 蓝　泽	永康美时品智堂影视文化有限公司	2016 年 2 月 2 日上映
公主和她的 49 个男仆	电影剧本	李　沙	汉像文化、睿力和影视、巨点文化、影辰文化联合出品	2016 年 10 月 26 日上映

第四节　当代新媒体文学

新媒体文学是指借助数字化传媒如网络、手机等创作和传播的文学，具有精神内容和传播经济的双重属性。这里主要记述湖州最具代表性的网络类型文学和动漫文学创作。

网络类型文学用电脑创作，在互联网上传播，供网络用户阅读、参与，读者能够影响作家的写作，包括人物的命运、情节的设定与调整等，作家和读者共同完成作品创作。网络类型文学有别于作家将传统的用笔写作换成电脑和手机写作的是，作家与读者形成互动，并创造商业价值，形成自己独特的写作方式和行文特点。湖州的80后女作家群体是湖州网络类型文学的先行者，其中的杰出代表是流潋紫，代表作是《甄嬛传》和《如懿传》。目前活跃在国内主要网络文学网站上的湖州籍作家有五十余名。

动漫是指动画与漫画的结合，是集美术、电影、数字媒体、音乐、文学等众多艺术门类于一体的艺术表现形式。动漫文本的创作是新媒体文学的一部分。

一、网络类型文学

近年来，以小说为主的网络文学也在湖州文坛异军突起，涌现出了流潋紫、桐华、章苒苒、蒋峰、陶娇等优秀的网络作家，创作了《甄嬛传》《如懿传》《步步惊心》等有影响的网络文学作品。

《权路迷局》

笔龙胆（蒋峰）著。七百八十一万字。小说描写了一个在基层混迹多年毫无晋升希望的干部梁健，在得到区委书记的赏识后，从乡镇干部一路升迁到省级干部的跋涉攀升故事。从中能看到现代官场的风尚画面，更有很多乡镇官场的写实介绍。这是一个良心公务员，在其位谋其职、谋好职，用奋斗向党和国家交上一份答卷的故事。小说开始创作于2013年，首发凤凰文学网，完稿前获得阅读点击一亿两千万，连续蝉联凤凰书城排行榜首页。有声书发布于喜马拉雅。

《幸得相遇离婚时》

苏贞又（汤军）著。故事讲述二十六岁的唐颖为爱情脱掉高跟鞋，渐渐活成了凡事都向丈夫伸手的全职太太。婚后她省吃俭用持家有道，却惨遭丈夫背叛，被欺压到只能保持沉默。离婚后，为了活下去，她重新步入职场，一步步从底层小职员变成女总裁，并且收获完美男神江辞云。故事的最后，唐颖的前夫因种种恶行尝到恶果。小说于2016年3月在磨铁文学正式发表，一上线便得到万千读者热议。上架第一天，单日销售就突破两万元。截至2016年6月，累计销售过百万，点击过亿。小说在连载期间还登顶磨铁文学女频六榜，也在QQ阅读、新浪亚洲好书榜、掌阅、网易等平台多次登顶榜首。已成功签出电视剧版权。

《分手工作室》

九度（陶娇）著。故事讲述北漂姑娘陶紫菀在遭遇未婚夫劈腿女闺密后一无所有，阴差阳错地租房到四合院里，和一个双腿残疾的网络作家、一个情感受伤的女强人开了个"分手工作室"，专门帮人分手。在此过程中，她们都重拾生活的希望，对感情有了更深刻的理解，也收获了美满的爱情。小说2016年11月发表于爱奇艺文学，入围"爱奇艺文学"奖，入选爱奇艺"云腾计划"，网络电影《分手工作室1》《分手工作室2》分别于2018年12月和2019年1月在爱奇艺上线。

《编号1314》

九度著。科学家许一世创造出一个假姐姐——AI机器人顾禅子，来讨精神失常的老爸欢心。顾禅子渐渐有了人类的感情，同时卷入了"机器人是否应该有自主思维"的保守派和先锋派之间的派系之争，九死一生。小说改编成漫画后于2017年在腾讯动漫连载，人气破亿。

《商途》

笔龙胆著。一百八十五万字。小说塑造的主人公韩峰是一个具有电脑奇才的商人，他的出现必将改变未来。最让人好奇的还不是他的技术和战术，而是他的为人和处变，他将商业提升到了一种"道"的境界。为何那么多商界大佬对他如此尊重，为何他的人生到达巅峰而不挫，到达低谷而不衰，重临高位而不乱。成功不仅是从无到有，而是在从有到无的时候，是否还能爬起来。作品关注了长三角一带民营经济的发展和科技革新，关注了在时代发展浪潮中，一个创业者如何把握好航向，处理好修身、齐家和事业的关系。小说开始创作于 2018 年 2月，入选"全国网络文学重点园地工作联席会议 2018 年度重点作品扶持选题"、第二届中国"网络文学 +"大会精选 IP 和《2018 猫片·胡润原创文学 IP 潜力价值榜》的 TOP50，获第五届广西网络文学大赛优秀作品奖、2018–2019 年度湖州市优秀青年文学作品奖。

二、动漫剧本

湖州的动漫产业起步晚，发展也不顺，至今尚未形成气候。

2007 年，浙江鑫岳动漫制作有限公司进驻湖州科技创业园，成为湖州市第一家专业从事动漫制作的企业，他们的作品是《湖笔小子》，但是这部作品直到 2014 年才在央视播出，还因故不算是湖州的作品。2009 年年底，湖州第一家本土动漫企业——湖州云晨文化传播有限公司成立，处女作《百叶岛》第一部二十六集于 2012 年 5 月在辽宁电视台首播，再由美国麒麟电视台播出。该公司后来还制作了两部《航天宝贝》，在央视新科频道播出，但因得不到有力的扶持，目前已陷入困境。2011 年，织里镇的湖州今童王制衣有限公司出资两千万元，邀请上海红摩炫动画设计有限公司制作的动漫片《今童王世界》在央视少儿频道播出，应该是湖州创作的第一部动画片。

《今童王世界》

茅立帅编剧。3D 动画连续剧剧本。二十六集，每集十五分钟。剧情是这样的：童桦和妈妈住在一幢大房子里，懂事的童桦很早就学会了独立生活。一个叫濮今熙的女孩子闯入了他的生活，使他极不习惯，他用尽一切办法与今熙斗智斗勇，想迫使她自行离开，但每一次今熙总能应付自如，让童桦自讨没趣。随着时间的推移，他们慢慢由对立变成理解，开始包容对方，美好的青春故事由此展开新的一页。2011 年中央电视台少儿频道播出。2012 年，《今童王世界》（上）获浙江省第十一届"五个一工程"奖。

《百叶岛》（第一部）

景婷婷领衔创作。湖州云晨文化传播有限公司制作。二十六集，两百八十六分钟。投资两百多万元。作品虽显稚嫩，却是第一部由湖州本土企业制作的动漫作品，也是湖州第一部出口的动漫作品。作品以环保为主题，名称由百叶龙而来，讲述了在神奇的百叶岛上，一群精灵般可爱的人们坚持践行着低碳生活的理念。片中有聪明的晨晨、小发明家豆豆、善良的穆大叔、可爱的楚楚、美丽的娇娇以及被感化为环保志愿者的钱宝和他的岛主爸爸等。

《乌龙小子之勇闯乐活岛》

茅立帅编剧。二十六集，每集十三分钟。这是一部以茶文化为主题的动漫作品，讲述了主人公乌龙治愈茶精灵恰恰、解救乐活岛危机的传奇故事。故事中，乌龙小子与小伙伴一起前往乐活岛，历经艰辛，取得了分别源自红茶、绿茶、青茶、黄茶、黑茶、白茶、花茶等源树的七颗茶籽，斗败太帅、太俊等暗黑茶界成员，挽救了沉沦的青茶精灵美嘉，挽救了处于危机中的天下茶道。2014 年在中央电视台少儿频道和优酷、爱奇艺、乐视等网络媒体播出。

表 4-4：当代湖州网络作家作品一览

作品名	类　型	作　者	发表网站	说　明
绝恋大清	穿越重生	江南清秋月（潘亚君）	红袖添香	点击率达八百多万，连续五个月排名第一
绝恋今生	都市高干	江南清秋月	红袖添香	点击率数百万
繁花似锦浔城梦	都市言情	江南清秋月	晋江原创网	点击率数百万
南浔城隍	中篇小说	孙誉	强国论坛	
我的重生有点猛	都市生活	笔龙胆	起点中文网	2019 年度湖州市优秀文艺作品扶持项目
极品生活	都市情感	醉我（宣卫敏）	幻剑书盟网	曾连续三个月点击量居榜首
婚姻战争	都市情感	醉我	新浪网	总点击量突破千万，已由重庆出版社出版
欢喜冤家：婚后好好谈恋爱	都市情感	醉我	新浪读书网	
出轨	道德伦理	醉我	塔读文学网	2013 年 1 月出版时改名《痒》，网络点击量超两亿

作品名	类　型	作　者	发表网站	说　明
玩火之情海商途	官场职场	醉我	塔读文学网	
密爱	都市情感	醉我	塔读文学网	
出轨以后	都市情感	醉我	塔读文学网	
私密记忆	都市情感	醉我	塔读文学网	
婚外靡情	都市情感	醉我	塔读文学网	
无欢之痒	都市情感	醉我	塔读文学网	
私密关系	现代都市	醉我	纵横中文网	
乱世强匪	历史军事	伊男 （伊方宪）	全本免费 文学网等	
沂蒙	玄幻	伊男	文学网等	
法医密档·不在 现场的证人	惊悚恐怖	法医剑哥 （张剑）	网易云阅读等	中国华侨出版社 2014 年 3 月出版
逝者无言	惊悚恐怖	法医剑哥	爱上中文等	
雾画迷声	都市言情	章苒苒	起点女生网、 百田网	
塔罗女神探之黄 浦谜案	刑侦推理	暗地妖娆 （章苒苒）		贵州人民出版社 2016 年 3 月出版
神蜜与猪蜜	言情	暗地妖娆	114 啦小说	作家出版社 2015 年 8 月出版
我的爆囧女友	言情	暗地妖娆		广东旅游出版社 2013 年 12 月出版
别碰我	情感	暗地妖娆		广东旅游出版社 2013 年 12 月出版
莺花劫	都市言情	暗地妖娆	TXT 小说下载	广东旅游出版社 2014 年 5 月出版
塔罗女神探： 幽冥街秘史	刑侦推理	暗地妖娆	懒人听书	12 万人播放，台湾典 藏阁 2013 年 7 月出版

作品名	类型	作者	发表网站	说明
闺蜜的战争	都市言情	暗地妖娆	京东网	天津人民出版社2012年11月出版
客服凶猛	法律维权	暗地妖娆		湖南文艺出版社2012年7月出版
塔罗女神探：名伶劫		暗地妖娆		台湾典藏阁2012年7月出版
盛宴		暗地妖娆		天津人民出版社2012年2月出版
塔罗女神探：茧镇奇案	悬疑	暗地妖娆		贵州人民出版社2012年出版。
风雪逐梦人	创业奋斗	茅立帅茅叔（茅立帅）	掌阅小说网	浙江文艺出版社即将出版
神弓少侠	武侠奇缘	我非卵生（尹奇峰）	青豆小说网、起点中文网等	
学生会主席与校花的凄美爱情	都市言情	尹奇峰	快小说网	
男神的金牌制作人	都市言情	九度（陶娇）	网易云阅读	
小姐姐，来谈个恋爱	都市言情	九度	爱奇艺文学	
金主大人请自重	古代言情	九度	爱奇艺文学	入围"爱奇艺文学奖"，改编成网剧《公子，我娶定你了》
初恋进行时	都市言情	九度	珊瑚文学	获新浪2018年"微小说大赛"优秀作品奖
男神拯救计划	都市言情	九度	珊瑚文学	2018年亮相第二届中国"网络文学＋"大会，同名网剧改编中
凉风有约	都市言情	九度	掌阅	电子书掌阅上架，北京燕山出版社2018年6月出版

作品名	类型	作者	发表网站	说明
绝代女编	古代言情	陶罐（陶娇）	爱奇艺文学	获得爱奇艺文学奖第三季度三等奖
追球	青春励志	陶罐	爱奇艺文学	同名网剧在爱奇艺播放，湖南文艺出版社2019年7月出版
我们的四十年	年代	九度	珊瑚文学	有影视同期书
遇见你时	励志创业	陶罐	七猫文化	
西洲少年行	古代言情	陶罐	中文在线	
听说你也喜欢我	都市言情	九度	珊瑚文学	
我循着火光找到你	都市言情	陶罐	爱奇艺文学	
你从时光深处来	都市言情	陶罐	原四方中文网	
侠踪芳影	武侠	姚培伟	17K 小说网、百度阅读	四十二万七千字，阅读量四十四万
玉炉胭脂香	古代言情	徐洛一	小说导航网	作者系练市中学2014年毕业生
她从梦里来	悬疑推理	陆茸（郭煜凤）	每天读点故事APP	阅读量六百五十五万，江苏凤凰文艺出版社2017年6月出版
无声之城	悬疑推理	陆茸	喜马拉雅	有声书
所爱越山海	言情	陆茸	每天读点故事APP	
倾世花嫁：邪王强娶不良妃	古代言情	彼岸花曦（杨怡欢）	中文书城	一百零四万字，数次获月鲜花榜、周销售榜、周点击前十名
我的男神欧巴们	言情	彼岸花曦	新小说吧	五十五万字

作品名	类 型	作 者	发表网站	说 明
幸孕一生：总裁独宠小甜妻	都市言情	彼岸花曦	逐浪网	两百三十一万字，获逐浪网精品小说称号，每月均列鲜花榜、销售榜、收藏榜前十名
浅写人生	现代励志	彼岸花曦	逐浪网	
末日重生女王	玄幻	贰姑凉（陈云）	八一中文网	2016 年 12 月新书月票排行榜前五
穿越七零好时光	言情	贰姑凉	笔趣窝	总推荐十二万多，2017 年 12 月新书月票排行榜前十
重生六零养娃日常	言情	贰姑凉	八一中文网	总点击一百五十万多，2019 年 1 月新书月票排行榜前三
玄冰武祖	玄幻	一只柚子（冯阳阳）	创世中文网	八十八万九千字
万古武圣	玄幻	冯阳阳	神起中文网	十五万三千字
九转魔帝	玄幻	冯阳阳	掌阅文化网	四十七万五千字
玄冥记	玄幻	沈旭琴	网易云阅读	点击量两百五十万
剑出青龙	玄幻	沈旭琴	网易云阅读	点击量四百八十万
重生医女有空间	都市言情	奶糖兔子（孙晓婷）	掌中云	一百七十三万字
绝世毒妃有点狂	玄幻	烟云梦（孙晓婷）	书荒阁	三百六十八万字
重生神医商女	都市言情	烟云梦	言情小说吧	五百十一万字
重生影后有空间	都市言情	烟云梦	云起网	
我又不是你的谁	都市言情	苏又贞	墨墨言情网	磨铁女频订阅第一
危情	都市言情	苏又贞	墨墨言情网	磨铁女频订阅第一

作品名	类 型	作 者	发表网站	说 明
一念沉沙	都市言情	苏又贞	墨墨言情网	多次登上订阅榜第一，点击量八百多万
想说爱你不容易	都市言情	云叶飘飘（叶云）	巨星阅读网	一百三十四万字，点击量三百多万
来不及说我爱你	都市言情	云叶飘飘	巨星阅读网	一百零二万字，点击量三百万
情到深处误浮华	都市言情	云叶飘飘	巨星阅读网	五十万字，点击量四百九十万
Boss 的贴身女保镖	都市言情	云叶飘飘	17K 小说网	七十二万字，点击量一百五十多万
你是风雨你是晴	都市言情	云叶飘飘	巨星阅读网	七万字，点击量二十多万
史上最强剑圣	武侠	踏雪寻（曹文龙）	塔读文学	
蜜宠娇妃，王妃会整容	古代言情	李贤（林敏蝶）	爱奇艺	
寻龙密藏	盗墓悬疑	无关风月（杨国栋）	喜马拉雅	有声书
谁许忘川欢喜	青春	恬剑灵（周芳芳）	起点女生网	
在暴雪时分嫁给你	爱情	恬剑灵	起点中文网	
在起风时想见	爱情	恬剑灵	起点中文网	
丞相，夫人宠不得	爱情	恬剑灵	桑舞小说网	获红袖添香玄幻大赛赛季季军
声情款款	爱情	慕思在远道（周芳芳）	晋江文学网	
贴身妃子赖上霸道王爷	古代言情	莫弃（陈丹岚）	白度小说网	

作品名	类　型	作　者	发表网站	说　明
冒牌皇妃：王爷请指教	古代言情	莫小弃（陈丹岚）	白度小说网	
医女天骄	古代言情	莫弃	白度小说网	

第五章　儿童文学

　　和整个中国的儿童文学一样，湖州古代也没有自觉意义上的儿童文学。不过，孟郊的《游子吟》和李绅的《悯农》诗，可以算是早期的儿童文学。现代意义上的中国儿童文学是在五四新文化运动的推动下走向自觉的。俞平伯堪称是湖州乃至中国现代最早的儿童文学作家和代表之一，他于1925年出版了中国第一部描写儿童生活的新诗集《忆》。陈果夫也是一位儿童文学作家。

　　当今湖州文坛，也活跃着几位儿童文学作家，他们是长兴的张加强、田家村、尹奇峰，吴兴的茅立帅、顾文艳，德清的姚培伟，安吉的陈树等。

第一节　古近代儿童文学

　　中国古代最著名的儿童读物就是《三字经》《弟子规》《百家姓》《千字文》，这些启蒙读物的目的是向儿童灌输以儒家思想为主的传统价值观、伦理观和道德观。除此之外，各地也编写一些读物作为补充，以丰富儿童的阅读。在这一方面，湖州人也有过自己的努力和成就。然而，古近代带有儿童文学特点的传说、故事、志怪小说和儿童歌谣、儿童寓言，本志将在第七章《民间文学》中加以记述。

一、儿童诗

《馆课诗抄》（卷八）

清代学子科考精华读本。道光十八年（1838）成书。由湖州最后一位状元、乌程钮福保和蕲水郭沛霖、湘潭龙瑛共同选编。该书一百五十八页，其中正文有一百三十二页，目录二十四页。

二、启蒙读物

《集千字文楹帖》

清湖州府学教授许正绶作。许正绶（1795—1861），字斋生，号少白，浙江上虞县人。道光十一年（1983）任湖州府学教授，在任二十年。此读物以《千字文》为蓝本，集四至十二字联凡七百十七副，其中四言三十五副、五言六十八副、七言两百六十副、八言两百三十二副、九至十二字十一副，为当时蒙童学习教材。后辑入嵇发根和陈景超主编、中国戏剧出版社 2013 年 12 月出版的《湖州楹联集成》一书中。

《五言杂事》

旧时长兴县私塾蒙学读本。楷书手抄本。长兴杨安生先生 1988 年在水口乡后坟村唐福庆家访得。该书从"柴米油盐酱，羹汤酒醋茶"起句，至"为人不识字，有眼却如盲"结束，共三百六十联、三千六百字，内容包括衣食住行、动植物、医药、农商、器用、物事、婚嫁、礼仪等，涉及日常生活、经济、社会、伦理诸方面。后辑入寇丹编著、中华诗词出版社 2010 年 12 月出版的《湖州土话》一书中。

第二节　现代儿童文学

中国真正意义上的儿童文学是在五四新文化运动中产生的。陈果夫是湖州现代儿童文学的开创者，对湖州本土儿童文学的发展功不可没。另一个重要作家便是俞平伯，"20世纪20年代在上虞白马湖畔春晖中学执教的一些文学家如俞平伯、夏丏尊、丰子恺等对儿童文学的创作和翻译，直接推动了浙江儿童文学的发展"。（《浙江通志》第八十一卷"文学志"）

一、儿童小说

《男人的乳》

小小说。陈果夫作。发表在作者1916年创办的儿童文艺杂志《碧浪》。这应该是湖州现当代文学史上第一篇小小说，仅几百字。小说讲述早期帕米尔高原人类男子无乳，本没什么影响，后来男尊女卑了，小孩生到一半即能辨别男女，如果是女孩便会遭谩骂，致使许多女孩没生下来就被弄死。"自然先生"知道后，下令男子也生乳，直到男女平等为止。如今男子还生乳，那是因为男女还没有平等。小说写得风趣幽默，想象奇特，带有寓言色彩。

《理想的前途》

小说集。陈果夫著。南京正中书局1947年出版。该书称"甲集"，原定要续写下去，后因故未续。收入作者《音乐的伟大》《食的文明》《太庙》《万能塔》《新的美术家》等二十篇小说。这些作品先发表在《学生之友》杂志上。作者在《自序》中写道："我很希望中国的青年，都能看到这本书，但不要当作小说看，要当作将来一定会有这样一类事实，摆在我们前面。"严格地说，这其实应该归类于具有科幻色彩的科学小品文，但《陈果夫先生全集》将其列为小说。

二、儿童诗

《儿歌二》

俞平伯作。1922 年 9 月发表于郑振铎主编的《儿童世界》第三卷第九期。这是俞平伯最早的儿童诗歌。作者用短诗的形式，以儿童稚嫩的口吻和好奇的眼光歌咏细小的、儿童感兴趣的事物，生动细腻地刻画了他们天真烂漫的心灵世界，洋溢着作者对儿童深深的爱。

《忆》

俞平伯著。北京朴社 1925 年 12 月初版。这是中国第一部描写儿童生活的新诗集，共三十六首。诗集"由丰子恺吟咏诗意，作为画题，成五彩图十八幅，附在篇中。后有朱佩弦的跋……全书由作者自书，连史纸影印，丝线装订，封面图案是孙福熙先生手笔"。这些诗作抒写了诗人对儿童游戏生活的回忆。作者善于从平淡的日常小事中捕捉诗情，展示天真烂漫的童趣，刻画生动细腻的儿童心理。意境优美，格调柔和，诗句朴素亲切，自然流畅。朱自清在《中国新文学大系·诗集》中做了很高评价："《忆》是儿时的追怀，难在还多少保留着那天真烂漫的口吻。做这种尝试的，似乎还没有别人。"

第三节　当代儿童文学

当代湖州儿童文学创作的主力是中青年作家，尤其是青年作家。中年作家的代表是张加强、田家村。青年作家则有顾文艳、姚培伟、尹奇峰、茅立帅、陈树等。他们在儿童小说、散文、电影等方面都有创作和收获。

一、儿童小说

《爱因斯坦的电影院》

长篇小说。顾文艳著。少年儿童出版社 2009 年 4 月出版。小说讲述夜深人静后，16425 寝室四位女孩通过想象之门抵达"爱因斯坦的电影院"后所经历的离奇故事。小说描写的爱情是短暂的，在全身心享受幸福时，只需"啪"的一声，幸福就会一瞬间支离破碎。该书曾获"上海市少年儿童我最喜欢的原创童书"称号。

《栀子花开》

长篇小说。田家村著。北方联合出版传媒（集团）股份有限公司、万卷出版公司 2013 年 11 月出版。小说讲述了外来民工子弟"万岁"随父母来到太湖西岸的长城县后，在栀子花小学"好脾气好美丽"的班主任老师小白菜，"才华横溢"的牛蛙腿老师和个性迥异的同学西施、梅花开、孔龙旦等的教育帮助下，在当地政府针对民工子弟的"少年作家春苗义务培训工程"的支持下，由"口若悬河，但下笔'超级狗屁'"的孩子成长为少年作家的故事，塑造了一个聪明、机智、好学的少年形象。著名儿童文学作家冰波说："《栀子花开》用文学的良知和对孩子成长充满爱怜的精神，以一座充满人文情怀的江南小城为背景，为我们展现了一批热爱文学的当代少年积极向上、追逐梦想的精神风貌和生动活泼、绚丽多姿的生活画卷。从而引发我们对素质教育、如何阅读、读什么作品以及外来务工子女教育等诸多问题更宽泛的思考。"著名编剧海飞说："《栀子花开》在欢笑的文字背后，隐藏着对未来还有多少文学崇拜者的忧患。所以，这部小说还担当了一次文学布道的责任。"著名文学评论家洪治纲也说："优秀儿童文学创作的难度在于它不仅要具备生动有趣的娱乐功能，同时还必须承担起积极向上、崇学向善的教育功能。作家田家村娴熟而自然地融合了这两种艺术特质，很好地把握了读者的阅读心理，契合了他们的审美期待。"作品获湖州市第九届"五个一工程"奖。

《神写国》

长篇小说。田家村著。浙江文艺出版社 2019 年 3 月出版。这是一部魔幻现实主义的儿童励志小说。小说讲述了一个关于文学写作的传奇故事：凹凸曼和凸凸曼兄弟来自外太空，在与太空流氓的战斗中受伤，坠落到以写作成功为荣耀的神写国。弟弟凸凸曼因受伤而失去法力，哥哥凹凸曼不幸被不学无术的流氓怪兽附体，流氓怪兽以骗术当上了神写国的国王，以考级为诱饵，搜刮民脂民膏，将财富运往怪兽帝国。后来，太空义士田鸡应凹凸曼母亲之邀出现，不仅拯救了凸凸曼，还与万岁、白朵云等上演了一场又一场除恶与反除恶的战斗。最后，神写国回归阳光灿烂，凹凸曼被救赎，凸凸曼、万岁、白朵云实现了人生价值，老国王因为学会了反思而进步，文学在神写国不再功利。中国作协创研部副主任李朝全研究员在《用文学良知编构的励志传奇之作》一文中说，这部小说起到了"文以载道"的作用，因为"它告诉我们两个道理：一、阅读和写作能让我们变得更强大、更自信；二、阅读和写作应该是一件非常轻松快乐的事，但如果和功利相挂钩，就会造成严重的精神和经济负担"。本书获湖州市第十二届"五个一工程"奖。

《石榴红》

海飞、陈树著。浙江少年儿童出版社 2019 年 4 月出版。这是安吉女作家陈树与著名作家海飞合著的儿童谍战长篇小说，"诚挚献礼中华人民共和国成立七十周年"。故事开始于杭州大运河畔富义仓的一个小院内。1937 年，日军的炮火打破了小院的宁静，九岁的小欢为寻找下落不明的母亲，与叔叔江枫一起来到上海，在充满艰辛而希望渺茫的三年寻母过程中，小欢与江枫阴差阳错而又合乎情理地潜伏进敌特首领的家里。对母亲的思念给了小欢很大的勇气，她往返于敌特首领家里和"76 号"之间，机智地与敌人周旋，用孩子的眼睛明辨是非善恶。在暗潮涌动的斗争中，小欢用妈妈送给她的口琴吹响了一支充满希望的歌。本书获湖州市第十二届"五个一工程"奖。

二、童话

《梦幻家园》

少儿原创童话作品集。田家村主编。作家出版社 2007 年 3 月出版。该书分《梦幻家园》《奇思妙想》《心想事成》和《友情有爱》四辑，收入殷翊文等长兴少年作家创作的原创童话两百七十二篇。书前有湖州市作协副主席、长兴县作协主席张加强的序《童话之妙》和该书出版资助单位负责人方树强的序《拥抱童话》。书后有长兴县作协常务副主席田家村的跋《那晚，星星变成了童话》。

三、儿童电影

《亲亲鳄鱼》

张加强编剧。由长兴县与杭州海空影视公司联合摄制。影片讲的是小乐到乡下爷爷家过暑假时发生的故事。村子里发现了珍稀野生动物扬子鳄，有村民想要杀掉它，也有不法分子企图捕猎以牟取暴利。小乐和小伙伴们在爷爷的帮助下展开了一系列行动，最终使鳄鱼妈妈和小鳄鱼得到了保护。这部讲述人与自然关系的影片全部在长兴取景拍摄，片长约九十分钟，获浙江省第九届"五个一工程"奖。

《我亲爱的小淘气》

茅立帅编剧。因不惧艰难的个性和戚晓天父亲戚其伟的恳求，刚跨出校门的农村女孩沈佳宜成了B小学五年级三班的第七任班主任。戚晓天因误会沈佳宜想做自己的后妈，进行了一连串的恶作剧。沈佳宜决定改造这个恶作剧小霸王。在得知戚其伟的公司将和戚晓天同学吴英雄的父亲吴建国的公司在"中国·织里国际童装大赛"同台竞争后，沈佳宜帮助戚晓天参与到戚其伟公司的童装设计中。长期的相处不仅让沈佳宜和戚其伟的关系日益亲密，也让戚晓天的学习成绩有了很大提高，并逐渐改掉了恶作剧的毛病，还让他和青梅竹马的好友钱春春重新和好，更让戚其伟、戚晓天的父子关系越来越融洽。然而，就在大赛前夕，戚晓天的生母应晓姝突然出现并要求和戚其伟复婚，而沈佳宜和戚其伟已产生感情，戚晓天将如何面对，戚其伟公司的童装能否夺得冠军……

表 5-1：当代湖州儿童文学作品一览

书　名	类型	作者	出版机构与版次
少年茅盾与作文	传记	李广德	东方出版社 1999 年 7 月版
亲爱的作文	作文教育文学读本	田家村	香港天马图书出版有限公司 2004 年 9 月版
仰望星空	小说散文合集	李思雨	作家出版社 2008 年 4 月版
和氏璧的谎言	长篇小说	顾文艳	少年儿童出版社 2009 年 4 月版
十人孤独礁	长篇小说	顾文艳	少年儿童出版社 2011 年 1 月版
自深深处	长篇小说	顾文艳	少年儿童出版社 2012 年 5 月版
幸运的香皂	小说集	邵宝健	台海出版社 2013 年 6 月版
我是愤怒的青蛙	长篇小说	尹奇峰	金盾出版社 2014 年 1 月版
大鹏奇遇记	故事集	尹奇峰	同济大学出版社 2016 年 11 月版
八哥与垂耳兔历险记	长篇小说	姚培伟	中国电影出版社 2016 年 12 月版
八哥与垂耳兔的校园生活	长篇小说	姚培伟	中国电影出版社 2017 年 1 月版
抓只恐龙当宠物	长篇小说	尹奇峰	浙江教育出版社 2017 年 8 月版
八哥与垂耳兔的故事	长篇小说	姚培伟	中国电影出版社 2017 年 10 月版
童话德清	长篇小说	姚培伟	中国电影出版社 2017 年 10 月版
大侦探海啦啦：神秘的校园邀请函	中篇小说	陈树等	花城出版社 2017 年 11 月版
大侦探海啦啦：英伦岛暗夜幽灵	中篇小说	陈树等	花城出版社 2017 年 12 月版
大侦探海啦啦：梅龙镇上的尖叫	中篇小说	陈树等	花城出版社 2018 年 1 月版
大侦探海啦啦：疯子杰克的生死挑战	中篇小说	陈树等	花城出版社 2018 年 4 月版

书　名	类型	作者	出版机构与版次
恐龙大战机器猫	长篇小说	尹奇峰	福建教育出版社 2018 年 12 月版
这只恐龙来自外星球	长篇小说	尹奇峰	福建教育出版社 2018 年 12 月版
响应太阳号召	诗集	李永春	黑龙江少年儿童出版社 2019 年 1 月版
红裙子绿裙子	童话集	李永春	黑龙江少年儿童出版社 2019 年 6 月版
雷坞村的童年	散文集	李永春	黑龙江少年儿童出版社 2019 年 6 月版

第六章　全集文集选集

根据郑元庆《湖录经籍考》的统计，自三国六朝至明代，湖州的文学作品集计有三国六朝人集二十八种，唐人集二十四种，宋人集九十九种，元人集五十种，明人集两百零八种，历代词典三十种，总集九十七种。

清代以来，很多著作等身的作家都有编辑出刊全集和文集的计划和行动，如俞樾、陆心源等，也有刘承干等为先辈和前贤选编出刊选集的善举。在当代，一些重要作用如俞平伯、徐迟等，都有出版社为他们出版全集或者文集。也有个别作家为自己出版文集的。这对文化的传承与发展具有重要的意义和价值。

第一节　全集

《春在堂全书》

又名《德清俞荫甫所著书》《俞氏丛书》《曲园丛书》。德清俞樾撰。四百九十卷，一百二十三种。全集以散文居多。有光绪二十年（1894）刊本和二十五年重刊本。俞樾在道光三十年会试时，以一句"花落春仍在"得考官曾国藩赏识，后以"春在堂"榜其室。此丛书包括《群经平议》十六种三十五卷，《诸子平议》十五种三十卷，《第一楼丛书》九种三十卷，《曲园杂纂》五十种五十卷，及《宾萌集》《春在堂杂文》《春在堂诗编》十五卷、《春在堂词录》和随笔、尺牍、楹联、笔记、传奇、谣谚等杂著。附录其女绣孙所作《慧福楼幸草》、蔡启盛撰《春在堂全书校勘记》等。俞氏"长于议论，行文质朴"（《中国近代文学大系·散文集二》）。弟子章炳麟评其"既博览典籍，下至稗官歌谣，以笔札汛爱人"。

《潜园总集》

归安陆心源编撰。九百四十余卷。此集包括《仪顾堂文集》二十卷、《宋诗纪事补遗》一百卷、《宋诗纪事小传补正》四卷、《宋史翼》四十卷、《元祐党人传》十卷、《唐文拾遗》九十六卷、《群书校补》一百卷等。文如《仪顾堂文集》中的《是山园记》《松竹堂记》《记化州橘》《记缅茄》《记异》等，颇可诵读。近人评其"为文雅洁平实"（《中国近代文学大系·散文集二》）。

《俞平伯全集》

山花文艺出版社 1997 年 11 月初版。共十卷。第一卷收新诗集《冬夜》《西还》《忆》和集外新诗两百八十五首；《俞平伯旧体诗抄》《古槐书屋词》等旧体诗词六百六十首。第两卷是散文集，收《杂拌儿》《燕知草》《杂拌儿之二》《古槐梦遇》《燕郊集》等五部散文集和集外散文，共计三百二十六篇。第三卷诗文论集，分古典诗文论和现代诗文论两部分。第四卷词曲卷，收《读词偶得》《清真词释》《唐宋词选释》等专著，以及单篇词论十七篇，曲论二十三篇。第五至第七卷为红学论集，收《红楼梦辨》《红楼梦研究》《读红楼梦随笔》《红楼梦八十回校字记》等专著，以及散篇红学论文二十四篇。第八至十卷为书信日记集，辑录致友人和家信一千三百五十七封，日记二十种，以及作者年谱。这是迄今收辑最齐全的俞平伯作品汇集，新发掘出来首次面世的佚文约一百二十万字，占全集四分之一。

第二节 文集

《刘一止集》

诗文集。宋归安刘一止撰。龚景兴、蔡一平点校。浙江古籍出版社 2012 年 5 月出版。刘氏晚年刊印《非有斋类稿》五十卷，后由其子刘峦易名《苕溪集》，增至五十五卷。《刘一止集》诗、赋、词仅占六分之一，但十分精致；文占六分之五，体裁有讲义、劄子、策、策问、书、奏状、故事、表、启、记、谕诏、铭、疏、偈、箴、铭赞、疏语、祝文、题跋、致语、青词、祭文、行状、外制、墓碑、墓铭等，点校本还把散见于《苕溪集》之外的佚诗佚文收在一起作为"补遗卷"，又集《宋史·刘一止传》《四库全书总目提要》附录于后，可谓形式多样，内容庞杂。刘一止诗自成一家，时人吕本中、陈与义评其诗"语不自人间来也"。沈与求云："刘郎天韵真不凡，飞腾宜在蓬莱岛。"刘一止的文章也为人称赞，韩元吉评其文"推本经术，出入韩、柳，不效世俗纤巧刻琢，虽演迤宏博，而关键严备"。

《松雪斋集》

诗文集。元归安赵孟頫撰，赵雍编。十卷。初版由花溪沈伯玉于元至元五年（1339）刻印。民国间上海涵芬楼据此版影印。卷首有《谥文》和何贞立、戴表元序文。卷一为赋，开卷即为《吴兴赋》；卷二、三为古诗；卷四为律诗五言、七言；卷五为律诗七言和绝句五言、六言、七言；卷六为杂著；卷七为记；卷八、九为碑铭；卷十为制。集中的《吴兴赋》《吴兴山水清远图记》《管公楼孝思道院记》三文收入《湖州散文选》。戴序云："余评子昂古赋，凌历顿迅，在楚、汉之间；古诗沉潜鲍、谢；自余诸作，尤傲睨高适、李翱云。"元史学家、文学家欧阳玄《圭斋文集》云，赵孟頫"为文清约，诸体诗造次天成，不为奇崛，格律高古不可及。尺牍能以数语曲畅事情"。《四库全书总目》称赵孟頫"风流文采，冠绝当时，不但翰墨为元代第一，即其文章亦揖让于虞、杨、范、揭之间，不甚出其后也"。

《茅坤集》

诗文集。明归安茅坤撰。全五册。张梦新、张大芝点校。浙江古籍出版社

2012 年 9 月出版。茅坤作品集现存有《白华楼藏稿》十一卷、《续稿》十五卷、《吟稿》十卷、《玉芝山房稿》二十二卷和《耆年录》九卷。本书点校时，诗歌以《白华楼吟稿》为底本，文以《茅鹿门先生文集》为底本。另委托南京图书馆丁小兵、宫爱东点校《耆年录》九卷。

《全上古三代秦汉三国六朝文》

文总集。清乌程严可均编。凡七百四十六卷。上起上古，下迄隋代，收作者三千四百九十五人，分朝代编次为十五集，每人均有小传。作品按文体分类编次，每篇注明出处，不止一次辑录同篇，凡原出处所录不全者加以拼接。除采录唐宋类书、明辑文集外，还广采各种别集、总集、史书、小说、金石拓片，片语单词也力求不漏。严氏《总序》称，嘉庆十三年（1808）诏开全唐馆以编纂《全唐文》，他因"在草茅无能为役"，独力另纂此书，自开始至定稿历时二十七年。光绪十八年（1892）严氏身后才有王毓藻广雅刻本问世。后有近人丁保福校订影印本、1958 年中华书局精装四巨册影印本、台湾全书影印本等版本。

《中国太湖作家丛书》

这套丛书是湖州市作家协会为庆祝中华人民共和国成立五十周年而出版的，集中了全市三十位作家的三十部作品，由贵州人民出版社于 1998 年 12 月出版。这套丛书既有小说、散文、诗歌、剧本，又有评论、译著和综合类。其中小说有马雪枫的《阴阳婚》、陈琳的《恣意辉煌》、嵇发根的《断层》、邵宝健的《收藏家的隐秘》、姚达人的《难忘的箫声》、李民的《渔歌子》、马红云的《皮肤》、王仲元的《王仲元中短篇小说集》、王根龙的《平民故事》、李浔的《柔弱的季节》等十部；散文有余方德的《远方的风景》、伊蓉（陈云琴）的《翅膀属于天空》、陆士虎的《梦泊南太湖》、张林华的《风起流年》、徐建新的《南太湖笔记》、刘世军的《紫笋欣荣》等六部；诗歌有李苏卿的《李苏卿诗选》、周孟贤的《夜行者叩问》、茹菇的《放飞的情愫》、长兴沈健的《纸上的飞翔》、房华的《在中国成长》等五部；电视剧剧本有黄江根据余方德同名小说改编的《大上海手枪队》；评论有沈泽宜的《梦洲诗论》、厉创平的《文艺学论稿》、胡百顺的《不惑文集》等三部；译著有周晓贤、邓延远的《沙皇御画之谜》；综合类有钟伟今的《本乡本土》、顾忿的《古今集》、田家村的《美丽的诱惑》、钱江潮的《追求》等四部。

《钱玄同文集》

中国人民大学出版社 1999 年 4 月出版。共六卷。第一卷"文学革命",收入 1917 年—1921 年钱玄同从事文学革命时期的文章;第两卷"随感录及其他",收入全部杂文和一些不适合收入其他各卷的作品;第三卷"汉字改革与国语运动";第四卷"文字音韵、古史经学",收入单篇论文;第五卷"学术四种",即《文字学音篇》《国音沿革六讲》《说文段注小笺》《说文部首今读》四部文字音韵学专著;第六卷"书信",收钱玄同生前未发表的书信(生前已发表的书信按内容收入相应各卷)。这部文集其实就是钱玄同的全集,因为编者认为:"现在更需要的是反映钱玄同全部思想、全部学问、全部人格的全集。"所以,他们在编辑时"有见则录,务求其全"。文集由启功题写书名,刘思源、冯英、崔少英编前五卷,赵丽霞、夏晓静编第六卷,刘思源总其成。

《湖州丛书·文学辑》

时任湖州市委常委、宣传部长陈永昊领导编纂出版。六册。海南出版社 1999 年 10 月出版。这套丛书"是继清代《吴兴丛书》《湖州丛书》等'丛书'之后中华人民共和国成立以来的创举"(高万湖语)。其中,《湖州文学史》由高万湖编著,叙五四前湖州文学史;《湖州笔记小说选》由蔡一平选编点校,分湖州五卷和德清、长兴、安吉各一卷;《湖州古诗选》由许学东主编,他们组织"市诗词学会的同人通过辛勤劳动,翻遍历代诗集和方志,从二三千首作品中,遴选出四百多首";《湖州散文选》由李广德主编,精选从王羲之到刘承干八十位作者的散文作品一百五十二篇;《湖州民间文学选》由钟伟今、朱郭主编,收神话十二篇,传说六十四篇,故事二十六篇,歌谣五十三首,谚语两组,曲艺二篇;《湖州剧作选》由顾政主编,从搜罗到的七位作家二十二个剧本中精选四种传奇和八种杂剧点校结集。

《"百合花"文丛》

时代文艺出版社于 2003 年 5 月出版。这套丛书集中了湖州八位作家的九部作品,其中小说有余方德的《红尘中的爱情》、谢根林的《你千万别说穿》二部;散文有嵇发根的《苕边随笔集》、陈云琴的《相约蓝欧珀》二部;诗歌有李浔的《春天的诺言》、何健平的《萍踪吟草》、凌子(朱郭)的《盈手之赠》三部;民间文学和文艺评论是钟铭的《田野拾遗》和《钟铭文论》。

《衡庐集》

陈景超著。十卷。香港天马图书有限公司、方志出版社于 2004 年 6 月至 2008 年 3 月出版。卷一《诗文管窥》收作者六十岁前文章八十九篇，或议书论人，或谈诗说理，或专题论述。卷二《学海苇航》辑入《衡定韵律》《诗歌比较》《诗家齐寿》《戈亭风雨集校注》《赵孟頫》《德清俞氏》六书。卷三《史志一得》集作者四十年研究文史之成绩，其中关于防风氏、赵孟頫的论述尤为独到。卷四《儒林跬步》收文五十五篇，"以说经居多"，也有论诗论文和说文解字者。卷五《剑气箫心》收作者 1960 年—2004 年诗作两千两百二十二。卷六《玉雪四谈》收"桑梓丛谈""苕阳琐谈""灯下闲谈""掌故漫谈"各七十则，其中"半数以上文章皆谈乡邦盛事"。卷七《路鼓野泉》收《孟郊外传》和剧作《定海保卫战》《笆斗案》及《存疑录》。卷八《鼎鬲杂脍》收小说三十五篇、诗歌五十四首、散文五十二篇、剧本二部、随笔十六篇、杂文三十九篇、评论三十五篇、议论二十六篇、通讯五篇、故事二十九篇。卷九《回文要素》（上、下）专辑"一种既客观存在，又历来不被人们重视的词……同语素词——今姑名之为回文词"，并援例加以辨释。卷十《风骚定格》辑三百零五位历代德清籍诗人诗选和三百二十五位外籍诗人咏德清诗作。

《当代湖州作家丛书》

沈阳出版社 2006 年 12 月出版。厉创平主编。共有十二部书，分一、二辑，每辑各六部。丛书中的小说、纪实辑有稽发根的中篇小说《月河殇》、高锋的中短篇小说集《天下见红》、金一鸣的中短篇小说集《前线消息》、闻波的中短篇小说集《悲情老爷岭》、邵宝健的小小说集《复活的南天竹》、余方德的中篇纪实文学《他们在历史长河中》；评论、散文、诗歌辑有厉创平的文学评论《论幽默》、李广德的散文集《两栖文心》、李苏卿的诗集《太阳花》、茹菇的诗集《诗醉浔溪》、郑天枝的诗集《有种感觉快速划过》和周孟贤的诗集《周孟贤抒情长诗选》。黄亚洲在丛书的总序中说："这些作品翔实地描绘了我们这个千姿百态的社会，记录了湖州令人难忘的岁月，同时也展示了作家们的内心世界和对未来的美好憧憬。"

《抱春堂集》

陈景超著。十卷。中华诗词出版社 2008 年 9 月至 2020 年出版。系作者六十岁以后的文史论著集，编年排列。每卷大致由诗论、文论、史论、序、跋、记等杂著和专著编排而成。其中卷一收诗论十二篇，专著《浙北民间神祇考》《胡会恩交游考》，余为杂著；卷二收专著《浙北学人著作辑入〈四库〉录》《武德乡风民俗事象汇览》《邑联掇拾》；卷三收文论二十二篇，专著《浙北学人入〈清史〉〈明史〉〈元史〉》《〈民国诗纪事〉（乙编）》；卷四收诗论十篇、史论四篇，专著《〈民国诗纪事〉（丙编）》《楹联入门》，余为杂著；卷五收文论五十四篇、史论十九篇；卷六收诗论、文论十九篇，史论十篇，余为杂著；卷七收诗论三十七篇、史论十篇，余为杂著；卷八收《东衡民间故事》《东衡村志》两种；卷九收诗论十二篇、文论八篇、史论五篇，专著《清朝湖郡诗辑评》《德清道教简史》；卷十收诗论十二篇、史论六篇，专著《中国古代爱情故事》，余为杂著。另，旧体诗每五年一辑，分别收入卷二、六、十。

《苦雨斋文丛·沈启无卷》

辽宁人民出版社 2009 年 1 月出版。全书分为论著、散文·论文、诗歌、附录四部分。论著根据沈氏手稿整理而成其《校注》。散文·论文收录沈氏各种体裁的文章，以发表的时间排序。诗歌收录其诗集《思念集》（沈氏另有 1944 年新民印书馆出版的他与废名的新诗合集《水边》）。附录收录周作人、俞平伯为《近代散文抄》作的序，林语堂的书评，周作人写给沈启无的书信二十五通，关于老作家问题的系列文章和当时人所做沈启无的介绍文章一篇。

《湖州当代作家精品文库》

九州出版社 2009 年 7 月出版。共十二部，其中小说有沈旭霞的短篇小说集《他敲了那扇门》、李全的小小说集《一个人的爱情》、马红云的长篇小说《独身上路》、陈芳的短篇小说集《一年好景》、南岗邨（高宪科）的中短篇小说集《无声闪电》、雀翎的短篇小说集《雀儿的心事》等六部；散文集有杨静龙的《桃花落尽山犹在》、王麟慧的《家住河边》、李民的《诗意江南》、胡胜光的《雾里花》等四部；诗集有李浔的《李浔诗选》、俞玉梁的《幸福的绿》二部。

《"名人与湖州"丛书》

余方德主编。中国文联出版社、沈阳出版社 2013 年 7 月和 2014 年 1 月出版。共两辑十五部书。其中由中国文联出版社出版的有陆鼎言的《范蠡与湖州》、余方德的《项羽与湖州》《苏东坡与湖州》、周淑舫的《谢安家族与湖州》、丁国强的《颜真卿与湖州》、陈云琴的《皎然与湖州》《张先与湖州》《赵孟頫与湖州》、徐建新的《茅坤与湖州》、徐建新和朱炜的《俞樾与湖州》等十部；由沈阳出版社出版的有沈文泉的《历代名人与湖州关系》、余方德的《吴越历史人物小集》、王季平的《吴昌硕与湖州》、张前方的《费新我与湖州》《中国院士与湖州》等五部。

《徐迟文集》

作家出版社 2014 年 10 月出版。系中国现代文学馆作家文库。共十卷，三千三百九十千字。第一卷诗歌，第两卷小说，第三卷报告文学，第四卷游记，第五卷散文，第六卷文论，第七卷音乐，第八卷杂文，第九、十卷为自传体长篇小说《江南小镇》。

《马雪枫文集》

团结出版社 2014 年 5 月出版。共十卷。其中第一至第四卷和第九卷为小说，第五卷为随笔诗歌，第六卷和第十卷为散文，第七、八卷为报告文学。

《北岛集》

生活·读书·新知三联书店 2016 年 1 月出版。共九册精装本。收入北岛《城门开》《午夜之门》《青灯》《蓝房子》《古老的敌意》《时间的玫瑰》《波动》《在天涯》《履历》等九部著作。北岛还有江苏文艺出版社 2009 年 3 月出版的《北岛作品系列》（全四册）和三联书店 2010 年 9 月出版的《北岛作品集》（全六册）。

第三节　选集

《湖州当代优秀文学作品选》

这套选集由正编四卷和续编两卷组成，是湖州市 1949 年以来文学创作的一次总结和检阅。其中正编分小说、诗歌、散文和纪实影视四卷，由湖州市文联编，杨静龙、金一鸣主编，2017 年 1 月由浙江文艺出版社和浙江摄影出版社联合出版。每位市作协会员选录在省级以上（含副省级）报刊发表过的文学作品一件，或在省级以上电视台或者院线播出、放映的影视作品一件，其中连续剧为集选。续编分小说、诗歌、评论卷和散文、纪实、影视卷，由湖州文学院编，金一鸣主编，也由上述两家出版社于同年 6 月出版，主要收录未在省级以上（含副省级）报刊发表过作品的市作协会员的代表作品，但在具体选编时尺度有所放宽。

《浙江省五年文学作品选（2013—2017）·湖州卷》

《浙江省五年文学作品选》是浙江省作协 2018 年组织出版的一套文学作品选集，共十二卷，其中杭州市两卷，其余各市各一卷，2018 年 9 月统一由浙江人民出版社出版。湖州卷由市作协选编，杨静龙主编，沈文泉副主编。其中小说篇收入小说九篇（中长篇节选），散文篇收入散文二十三篇，诗歌篇收入诗作十八首（组），报告文学篇收入作品一篇，影视文学篇节选茅立帅的《我亲爱的小淘气》和高锋的《天下粮田》。

表 6-1：湖州人编纂的古代文学选本与总集一览

选本总集名称	内 容 提 要	选编者	
		姓 名	籍 贯
初学记	三十卷，分二十三部。取材于群经诸子、历代诗赋及诸家作品，保存很多古代典籍零篇单句。体例前为叙事，次为事对，再次诗文。叙事杂取群书，次序若相连属，类似《艺文类聚》，但因去取较严，资料不及《艺文类聚》丰富。后被辑入《说郛》《四库全书》，1962 年又由中华书局校印	［唐］徐坚等	长城
极玄集	今存唐人选唐诗中极重要的一种，宋影抄本 2013 年被收入《中华再造善本》，由国家图书馆出版社影印出版	［唐］姚 合	吴兴
古诗所	诗总集。五十六卷。以冯惟讷所辑上古至三代诗总集《风雅广逸》与汉魏至陈隋诗总集《古诗纪》为底本，分为二十三门，始于郊祀歌辞，止于杂歌诗。附《历代名氏爵里》一卷	［明］臧懋循	长兴

选本总集名称	内 容 提 要	选编者	
		姓 名	籍 贯
唐诗所	诗总集。四十七卷。选录唐诗按体分为十四门，始于古乐府，止于七言绝句。系《诗所》之续	［明］臧懋循	长兴
文选补注	十五卷。佚	［明］臧懋循	长兴
负苞堂稿	诗文集。九卷。收尔炳父臧懋循文四卷、诗五卷。所辑多有遗漏。浙江古籍出版社1958年出版。又名《负苞堂集》，一说十卷、十二卷。另有《负苞堂诗选》五卷	［明］臧尔炳	长兴
唐诗类钞	八卷。中唐以后多有脍炙人口之杰作，却为杨士弘《唐音》所不录，顾氏遂取《唐诗品汇》《三体鼓吹》及《文章正宗》所载，摘其为世所称者，增入若干首，仍以五七言、古风、近体，各为一类，以时间为序，并列诗人名氏于卷首，凡两百三十八人，略述仕履	［明］顾应祥	长兴
皇明诗选	七卷。有万历刻本藏天津图书馆。明陈子龙、李雯、宋征舆三人也辑有《皇明诗选》十三卷	［明］慎　蒙	归安
皇明文则	二十二卷。国家图书馆藏有明万历刻本缩微品，厦门大学图书馆有原刊残本四册	［明］慎　蒙	归安
名公翰藻	总集。五十卷。为有明·代书牍集成，编者旨在博收	［明］凌迪知	乌程
文选瀹注	总集。三十卷。删削六臣注本旧文，取明人孙矿评语为眉批，集批注于一集	［明］闵齐华	乌程
文选尤	总集。十四卷。删削《文选》旧本而成。分为总评分脉、细评探意及音义文词注释	［明］邹思明	归安
谪仙楼集	谪仙楼题咏汇编。三卷。谪仙楼在牛渚矶之东，以李白得名。正德间邝文博始集楼中题咏刊行，万历间骆氏予以补辑，得文一卷，诗两卷，凡三百四十余首（篇）	［明］骆骎曾	武康

选本总集名称	内 容 提 要	选编者	
		姓 名	籍 贯
唐诗三集合编	七十四卷。录杨士弘《唐音》、高棅《唐诗正声》、李攀龙《唐诗选》三种唐诗选本合刊而成。浙江图书馆有藏	〔明〕沈子来	归安
文林绮秀	五十九卷。是早期刻书家自编文章精选丛书，其中有凌迪知的《左国腴词》八卷、《文选锦字录》二十一卷，宋括苍林越辑、凌迪知续辑的《两汉隽语》十六卷，明张之象辑、凌迪知订《楚骚绮语》六卷等。有万历刻本	〔明〕凌迪知	乌程
湘烟录	十六卷。分咫闻、清检、兰讯、鼎书、衮史、谈喁、金茎补、革志、名目、偏记十门，标名诡异，大致仿段成式《酉阳杂俎》和冯贽《云仙杂记》	〔明〕闵元京 凌义渠	乌程
古逸书	三十卷。收入自秦至宋文章，分神、奥、妙、宏、丽、特、纤、希、迅、奇、幻、疏、夷、逸、蒨、恣十六品。《四库全书提要》评其"随意标目，尤为无所取义"。其万历三十九年（1611）刻本藏中央民族大学图书馆	〔明〕潘基庆	乌程
全唐诗	千余卷。后归茅元仪	〔明〕范汭	乌程
欣赏诗法、诗诀	各一卷。前者分诗源、诗体、诗派、律法、诗评、诗诀六部分，摘自严羽《沧浪诗话》、杨载《诗法家数》、王世贞《艺苑卮言》。后者辑录前贤成说，传授学诗要旨	〔明〕茅一相	归安
吴兴艺文补	汇编。四十八卷。由汉至明历代艺文志中有关湖州者汇编而成。其中汉至唐部分由董斯张录辑，宋、元、明由闵元衢、韩千秋合编。美国国会图书馆藏《吴兴艺文志补》六十三卷并附录三卷补遗四卷	〔明〕董斯张 闵元衢 韩千秋	乌程
合评选诗	总集。七卷。全录《文选》诸体诗，取各家评语为眉批，朱墨套印	〔明〕凌濛初	乌程
汉饶歌发	一卷。取汉饶歌十八章，首论其大意，次论其韵，再论其音。论音部分，篇分章位，章分句位	〔明〕董说	乌程

选本总集名称	内 容 提 要	选编者	
		姓 名	籍 贯
东坡先生全集	七十五卷。前七十三卷为文，后两卷为词	〔明〕茅 维	归安
唐诗快	八十卷。"快"即读后使人有满足感和快感之意。分惊天集、泣鬼集、移人集三集	〔清〕黄周星	湖南湘潭，流寓湖州
近明今诗兼	三十六册。曾为岛田翰所得，今存《近诗兼》六册，藏湖北省图书馆，《明诗兼》《今诗兼》佚	〔清〕韩纯玉	归安
全唐诗录	唐诗总集。一百卷。康熙四十二年（1703）帝南巡时上呈。康熙御制序文，赐币刊行。此书后辑入《四库全书》。《四库全书简明目录》称之为"删汰颇详慎，所附诗话诗评，亦多资考订"。浙江图书馆藏康熙精刻本，署徐倬、徐元正同编	〔清〕徐 倬	德清
今文偶见	四十八卷。分八门，分别是学术三卷、风教六卷、政治六卷、道古五卷、论文六卷、献征十六卷、酬应三卷、游览三卷。前有冯浩序。有嘉庆四年（1799）刻本。另编有《宋文偶见》《国朝二十四家文抄》，均佚	〔清〕徐斐然	归安
凤池集	清初应制诗选本。不分卷。按体编排，不作评注	〔清〕沈玉亮吴陈琰会	武康钱塘
凌氏传经堂丛书	三十种。主要收入其祖鸣喈、父墍的经史学术著作，其中也辑入利玛窦《经天该》一卷、萧牧生《记英吉利求澳始末》一卷、德清沈云《台湾郑氏始末》六卷，为同时期丛书所罕见。有清同治年间凌氏刻本	〔清〕凌 镐凌 镛	乌程
范白舫所刊书	十三种十五卷。与《中国丛书综录》所著录的《范声山杂著》内容大致相同。辑有多种散佚地方文献，如张玄之《吴兴山墟名》、山谦之《吴兴记》、吴均《吴兴入东记》、左文质《吴兴统记》、周世南《吴兴志续编》、郑元庆《吴兴藏书录》等。《所刊书》还有杨凤苞《秋室遗文》、张炎《词源》及范氏撰《浔溪纪事诗》《苕溪渔隐诗词》《蜀产吟》及附记等，有道光范刊本，藏湖州市博物馆。《杂著》有张炎《乐府指迷》和范氏《华笑廎杂笔》，除道光范刊本外，还有1931年北平富晋书社景印本	〔清〕范 锴	乌程

选本总集名称	内 容 提 要	选编者	
		姓　名	籍　贯
湖州丛书	辑入清代湖州人著作十二种七十五卷，有徐养原的《周官故书考》《论语鲁读考》《仪礼古文异同》，严元照的《尔雅匡名》《娱亲雅言》《悔庵学文》《柯家山馆遗诗》《柯家山馆遗词》，杨凤苞的《秋室集》，施国祁的《礼耕堂丛说》《史论五答》《吉贝居暇唱》和施补华的《泽雅堂文集》等。有光绪中湖州义塾刻本	［清］陆心源	归安
十万卷楼丛书	三编十三种一百四十二卷。所辑湖州人著作有：《许国公奏议岁时广记》四十卷、周密《云烟过眼录》、皎然《诗式》、赞宁《笋谱》等。其他文学著作有《夷坚志》八十卷、《靖康要录》十六卷和《续谈助》等。有光绪归安陆氏刻本	［清］陆心源	归安
适园丛书	十二集。据适园藏书善本、秘籍择优校订刊印而成。所辑湖州人著作有宋雷《西吴里语》四卷、董斯张《吹景集》十四卷、沈登瀛《深柳堂文集》一卷、温曰鉴《勘书巢未定稿》一卷、张鉴《秋水文丛外集》三卷、计发《鱼计轩诗话》一卷、温睿临《出塞图画山川记》一卷及严可均辑书五卷等。张氏另辑有《张氏适园丛书初集》（上海国学扶轮社1911年排印）和《择是居丛书初集》（1926年张氏刊本）	［近代］张石铭缪荃孙	乌程江阴
群书校补	一百卷。有光绪年间归安陆氏刻本。国家图书馆有藏	［清］陆心源	归安
唐文拾遗	七十二卷。《续拾》十六卷。收入唐代三百一十人的两百五十余篇文章，并注明出处。光绪年间刊印	［清］陆心源	归安
交际诗目	开列了唐至明的中日往来诗目	［清］傅云龙	德清
交际文	开列了隋至明的中日往来文章	［清］傅云龙	德清
日本文征	两卷。内《中国人纪日本事之文》十二篇，《日本人文》收一百二十二人两百四十一篇，《别国人述日本事之文》二篇	［清］傅云龙	德清

选本总集名称	内 容 提 要	选编者	
		姓 名	籍 贯
唐五代两宋词选释	词选编。共选词人一百二十家，词九百零九首。笺释简明，供初学词者阅读。有上海古籍出版社 1985 年重印本	［近代］俞陛云	德清
清闺秀艺文略	四卷。收清末出有专著的才女两百七十七人，依广韵编次。胡适序。单氏云，此书曾"赖玄同小郎排比校雠，积久渐多"。山东省图书馆藏有 1944 年手抄本。此书虽未正式刊印，却成为胡文楷编撰《历代妇女著作考》（商务印书馆 1957 年版）的重要参考书	［近代］单士厘	籍萧山嫁归安
明清八大家文抄	1915 编选。收录归有光、方苞、刘大栎、姚鼐、梅曾亮、曾国藩、张裕钊、吴汝纶等八位明清散文名家的优秀散文作品，主要是明代"唐宋派"和清代"桐城派"的作品。编辑目的在于"存先正之典型，树后学之模范气"	［现代］王文濡	乌程
现代十大家诗抄	上海文明书局 1915 年 6 月出版。收集了樊樊山、康有为、陈三立、易顺鼎、郑孝胥、梁任公、章太炎、蒋观云、刘申叔、王壬秋等十位大家的代表性诗作	［现代］王文濡	乌程
词话丛钞	十五卷。有上海大东书局 1921 年线装石印版	［现代］王文濡 况周颐	乌程 临桂
香艳丛书	这是一套女性题材的丛书，基本上包罗了从隋至晚清间有关女性和艳情的小说、诗词、曲赋	［现代］王文濡	乌程
晚唐诗选	八卷。收录唐宣宗至昭宗年间（847—896）一百三十六位诗人的千余首诗作。正文前附有诗人小传。有 1918 年上海中华书局版	［现代］王文濡	乌程
清代骈文评注读本	一函四册。上海文明书局 1923 年线装出版。吴兴蒋殿襄、海昌陈乃乾注。另有中华书局版本	［现代］王文濡	乌程

选本总集名称	内 容 提 要	选编者	
		姓 名	籍 贯
历代诗文评注读本	民国年间上海文明书局出版。内有《秦汉三国文评注读本》,《南北朝文评注读本》,《唐文评注读本》,《宋元明文评注读本》各一函二册,《清文评注读本》一函四册,《清诗评注读本》一函三册,《宋元明诗评注读本》《唐诗评注读本》《古诗评注读本》一函二册,《近代文评注读本》一函三册。共十函二十四册	[现代]王文濡	乌程
续古文观止	八卷。1924 年出版。收录清代六十多位作家的一百七十余篇文章,以作者生卒年为序。文章有议论,有叙事,有抒情,信札较多,但没有奏章。叙事文中有大量精彩的传记;杂记文更有不少见识精辟表达深曲者。大体反映了有清一代的散文成就。编者承《古文观止》体例,眉批更具体,注释更翔实。文章之前还有作家小传	[现代]王文濡	乌程
吴兴丛书	六十七种八百五十卷。系刘氏汇集历代湖州地方文学、学术著作和诗文集于 1919—1934 年刊印而成。每种书都有刘氏评说的跋和刻印说明,大体按经史子集次序排列。其中有沈该《易小传》、郑元庆《礼记集说》《湖录经籍考》、戴望《论语注》《颜氏学记》、董说《七国考》、谈钥《嘉泰吴兴志》、董斯张《吴兴备志》、徐献忠《吴兴掌故集》、郑中孚《郑堂读书记》、方贞元《须曼经庐算学》及大量湖州人的诗话、诗文总集、别集。鲁迅曾给予好评	[现代]刘承干	吴兴
嘉业堂丛书	五十六种七百五十卷两百册。系刘氏邀请著名学者缪荃孙、叶昌炽、况周颐、朱孝臧等编审、刊刻而成。分经、史、子、集四部,前有刘氏总序。经部为五经正义和注疏;史部有查东山、顾亭林、厉樊榭、瞿木夫、李兆洛等年谱;子部有《道德真经注疏》《朴学斋笔记》等;集部有张说、刘宾客、司空图、王安石、翁方纲等人的诗文集。内有不少善本,其中李清《三垣笔记》、屈大均《安龙逸史》《翁山文外》、蔡显《闲渔闲闲录》系清代禁书	[现代]刘承干	吴兴

选本总集名称	内 容 提 要	选编者	
		姓 名	籍 贯
留余堂丛书	十种六十卷。包括《圣祖仁皇帝庭训格言》《司马光家范》和陈瑚《圣学入门书》等	[现代]刘承干	吴兴
求恕斋丛书	三十种两百十四卷一百五十册。包括唐宴《庚子西行记》《渤海图志》《汉管处士年谱》《司马光年谱》《王安石年谱》、缪荃孙《京师坊巷志》、林鹤年《四库全书表文笺释》《山海经地理今释》等。上海古籍出版社1963年据浙江图书馆藏版影印出版	[现代]刘承干	吴兴
小说文选	两册。收小说七十六篇。上海寻源中学1925年6月出版	[现代]汤济沧	吴兴
近代散文抄	上、下册，分别于1932年9月和12月由北平人文书店出版。大致以竟陵、公安两派为中心，收录十七人一百七十二篇作品	[现代]沈启无	吴兴
现代诗歌论文选	上、下两册。上海仿古书店1936年6月出版。从六百多种书刊中精选了八十六篇论文	[现代]江岳浪	吴兴
中国新文学丛刊	上海启明书局1936年出版。包括小说、诗、小品文、戏剧、书信等分册	[现代]施瑛 钱公侠	德清 嘉兴
南林丛刊	正、次集。成书于1936年。正集五种：范来庚《南浔镇志》十卷，范锴《浔溪纪事诗》，朱国祯《朱文肃公诗集》，李光霁《劫余杂识》，蒋殿襄《山佣遗诗》。次集七种：海宁范韩《范氏记私史（庄氏史案）事》，黄周星《前身集》，董说《南潜日记》两卷，董思《兼山续草》，温曰鉴《古壁丛抄》，刘锦藻《坚匏庵诗文集》两卷和沈焜《一浮斋诗选》。有1982年4月杭州古籍书店复印本	[现代]周子美	吴兴
世界文学短篇名著	上海启明书局1937年出版。包括英、法、美、日、北欧、南欧、旧俄、新俄等分册	[现代]施瑛 钱公侠	德清 嘉兴
古文今译中国故事	四集。上海广学会1946年—1947年出版。重庆图书馆有藏	[现代]王治心	吴兴

第七章　民间文学

    湖州民间文学的滥觞，远在文明史发端之前。安吉县章村流传的关于龙王山的传说，南浔区菱湖镇射中村流传的《后羿射日》《嫦娥奔月》的故事，善琏镇含山村流传的蚕马神话等，都是远古时代的神话传说，可谓历史悠久。

    湖州的民间文学包括神话、传说、故事、歌谣、谚语等，门类繁多，蕴藏量相当丰富。这些民间文学大多产生于本土，也有的从外地流入，在流传过程中融入湖州的山川风物和人情语言，形成了湖州的地方特色。

    湖州的民间文学作品大多有着浓厚的湖州农耕和蚕桑文化特色。龙王山的传说折射出了太湖的形成过程；《后羿射日》《防风神话》讲述了远古人类抗旱、抗洪的故事；《蚕马神话》则是湖州作为"世界丝绸文化发祥地"的另一种佐证。歌谣《蚕花廿四分》表达了蚕农对养蚕丰收的祈盼之情。各种农、林、渔和气象的歌谣、谚语，则是历代劳动人民生产、生活经验的结晶。

    湖州民间文学还有着显著的宗教文化特色。仙道神佛传说中最受关注和欢迎的是观音的传说。民间歌谣中仪式歌主要依存于婚丧、寿诞、建房、祭祀、岁时、祛邪等风俗事象中。从这些仪式歌中，可以窥探湖州先民的信仰心理，是研究传统文化的珍贵资料。

    湖州人杰地灵，名人辈出，民族英雄和行业精英都有传说流布。这些口碑传说，起先虽有事实作依据，但讲述流传过程中多有虚构夸张，甚至移花接木，凭空附会。但是，这些人物传说往往与当地的山水风物相结合，有相得益彰之妙。

    民间故事大致可分为动物故事、生活故事、人物故事、民间寓言四大类。湖州民间故事与浙江乃至全国其他地方的民间故事相互交流，相互影响，经口头传播的演化变异，更具生活气息和地方特点。动物故事借动物折射人类生活，形式短小精悍，结构单纯，写形传神，颇耐回味；咬奶头等生活故事取材于劳动人民的日常生活，构思新巧，幽默风趣，以其娱乐性和哲理性广泛流传。有的故事虽非土生土长，但在流传过程中或多或少加进本地区的风俗传闻和习惯语言，因而有了地方色彩；人物故事在湖州独具异彩，如长兴的千里盲子等，是本地区民众智慧化身的箭垛式角色。

湖州的民间文学源远流长，丰富多彩。历代湖州作家和诗人都从民间文学中汲取创作的养料，丰富和提升着他们的作品。改革开放以后，湖州文化部门把对民间文学的发掘、整理和研究作为一项重要工作来抓，组织开展了群众性的民间文学普查，有组织、有计划地进行搜集、整理和编辑出版。

民间文学紧扣民间生活的一切事象，直接倾吐劳动人民的思想感情，在创作过程中体现出集体性、传承性、变异性等特征，是作家文学所不能替代的。随着时代的进步和传播形式的更新，民间文学也必将会有新的发展。

第一节　神话与传说

湖州的神话一般来说可以追溯到春秋《国语》的防风氏记载，但近年来有学者提出，南浔区菱湖镇射中村的《羿射九日》和《嫦娥奔月》神话更为古老久远。

湖州的神话大体可以分为人类起源与繁衍神话、文化英雄与神性英雄神话、生产与生活习俗神话三大类。蚕马神话是蚕桑起源神话，至今仍在湖州流传。歌颂文化英雄的神话在湖州神话中占有重要地位，大禹治水的神话故事是全省乃至全国性的，但防风氏的神话则是湖州独有的。

湖州的传说大致可分为人物传说、史事传说、地方风物传说、动植物传说、土特产传说、民间工艺传说、风俗传说等几大类。民间传说极为丰富，如关于范蠡、西施、项羽、王羲之、颜真卿、陆羽、杜牧、罗隐、苏轼、岳飞、刘伯温等一大批历史名人的传说。这些人物传说常与湖州的山水风物联系在一起，增添了作品的亲切感和真实感。仙佛传说和地方神传说可以算作是人物传说的一种。其中观音菩萨的传说尤为出名，并且和弁山、岹山的名胜紧密相连，与湖州的灵秀山水完美结合。传说中的地方神，大多数是为民造福的传闻人物，如总管等。湖州山川秀美，物产丰饶，工艺精湛，风俗淳美，这一切使本地区的名胜风物传说、动植物传说、土特产传说、民间工艺传说和风俗传说等丰富多彩，表现了湖州人民热爱乡土的思想感情。

在歌谣谚语方面，《越绝书》和《吴越春秋》等古籍记载时有所见。而在笔记稗史中记载更多，如朱国祯《涌幢小品》中的《台州塘下童谣》等。

一、神话

【稻谷神话】

事物起源神话。杭嘉湖平原是我国著名的稻米产区，几乎与七千多年前以河姆渡为代表的钱塘江南岸的宁绍平原同时，钱塘江北岸的杭嘉湖平原也有了水稻栽培。对于稻谷的来历，湖州先民认为是文化英雄创造和授予的，因而世世代代加以崇拜。这一古老的神话以幻想的形式，传达出湖州先民从采集、狩猎经济向稻作蚕桑社会迈进的艰难困苦和进取精神。

【羿射九日的地方】

收入沈文泉著、当代中国出版社 2002 年 12 月出版的《傍湖之州——湖州的历史文化与山水风光》一书中。作者根据潘天寿环境艺术研究院院长朱仁民教授和上海作家费爱能对南浔区菱湖镇射中村的考察结果——《羿射九日》的故事就发生在那里，采访了射中村，结合这个流传千古的神话故事，介绍了射中村的自然风貌和风土风情。据说，《嫦娥奔月》的故事也发生在那里。射中村旧时有羿神庙。

【蚕马神话】

又名"马头娘神话"。事物起源神话。据钱山漾遗址的考古发现，四千多年前，湖州人就已经有了蚕桑和丝织业。关于蚕桑的来历，湖州地区一直流传着蚕马神话。《山海经·海外北经》云："欧丝之野在大踵东，一女子跪据树欧丝。"当是其雏形。三国时张俨《太古蚕马记》记有较完整的蚕马神话，又见晋干宝《搜神记》卷十四。述太古时，有一父亲远征，其女在家思念，戏与马相约，若能迎回父亲就以身相许。马果然迎回其父。父知此事大怒，杀马，将马皮晾庭中。女过马皮处，起狂风，马皮卷女飞走，在树间化为蚕。唐代《原化传拾遗·蚕女》，情节有所发展。在湖州东部平原蚕区，尤其是南浔区的善琏、德清县的新市一带，仍流传这一神话。除散文体故事形式外，尚有叙事民歌传唱。旧时，湖州东部蚕乡多蚕神庙，祀马头娘，又称蚕花娘娘。在善琏镇的含山村，仍有蚕神庙，每年清明节有蚕花节。新市也办蚕花节。在日本农村也有类似的神话流传，多数学者认为是从中国传过去的。20世纪20年代，茅盾的《中国神话研究》、钟敬文的《马头娘传说辨》，曾对马头娘故事展开过讨论。20世纪80年代，袁珂的《古神话选释》，对此做过分析介绍。

【三皇五帝时代与湖州】

唐代湖州刺史颜真卿的《石柱记》记载："乌程县衡山帝颛顼冢"。《续图经》也记："晋初衡山见颛顼冢，有营邱图。""衡山在府城南十六里金盖山东。""衡山一名横山，今俗亦呼横山。"五帝中的尧帝、舜帝，据湖州方志记载，也有遗迹在境内。宋嘉泰《吴兴志》引南朝张玄之《吴兴山墟名》：长兴县西北"尧市山，尧时洪水，居民于此山作市"；"有缆船石，石上多孔，人以为缆船处"，"山下田，父老号曰'舜田'，俗传舜耕于此，呼为'舜哥米'"。舜曾在太湖捕鱼，清同治《长兴县志》卷二"古迹"载："太湖中大雷、小雷二山相距六十里，其间即雷泽，舜所渔处。"此即所谓《史记·五帝本纪》所记"舜耕历山，渔雷泽"。后人曾建庙祭祀，《长兴县志》载："有尧庙、舜庙在隔溪金山下。"今尚有尧王庙村，村以庙名。《史记·夏本纪》云："三江既入，震泽底定。"三江即娄江、东江、松江，在太湖东南岸；震泽即太湖。"三江"与"震泽"所指地理位置即太湖东南流域的吴地，包括今苏州、湖州部分地区，禹受舜命治水于此。据《史记·夏本纪》记载，禹与其父鲧都是治水英雄，鲧之父颛顼，禹之七世孙夏后杼，在史籍记载和民间传说中都与湖州有瓜葛。禹治太湖，足迹自然涉及。还有鲧，"是从天上把'息壤'偷下来替人民治平洪水的大神"（袁珂《中国神话传说》）。所谓"息壤"，实际上就是宜桑之土。《西吴蚕略》云："蚕桑随地可兴，而湖独甲天下，不独尽艺养之宜，盖亦治地得其道焉。厥土涂泥，陂塘四达，水潦易消，《周礼》谓川泽之土，植物宜膏，原隰之土，植物宜丛，湖实兼之，乃《淮南》所谓息土也。"今湖州吴兴区妙西镇有杼山，乃夏后杼巡狩之地，"夏驾山，昔帝杼南巡至于此山，因而名之"（张玄之《吴兴山墟名》）。

【防风神话】

防风氏是古代神话中的治水英雄。《国语·鲁语下》载："昔禹致群神于会稽之山，防风氏后至，禹杀而戮之，其骨节专车。"《述异记》载："晋，元康初，中夜，见有人坐武康县楼上，身长数丈，垂膝至地，县令贺循知之，曰：'此地本防风之国，其防风氏之神乎。'"遂立庙于县之东。又载："今吴越间防风庙，土木作其形，龙首牛耳，连眉一目。昔禹会涂山，执玉帛者万国。防风氏后至，禹诛之，其长三丈，其骨节专车。今南中民有防风氏，即其后也，皆长大。越俗，祭防风神，奏防风古乐，截竹长三尺，吹之如嗥，三人披发而舞。"20 世纪 80 年代后期的民间文学普查中，在德清县发现了一批仍活在人们口头的防风神话，《民间文学》1990 年第一期发表了十则，该杂志编者按称其为"珍珠的发现"，"它的价值不仅填补了我国神话传说的一项空白，更主要的还在于它具有较高的有关古代文化的研究价值"。此后，经过钟伟今、欧阳习庸等人的进一步采风挖掘，于 1991 年、1993 年和 2011 年在德清举办了三届防风神话学术研讨会，编辑出版了《防风氏资料汇编》及其增订本。

二、传说

【太湖的来历】

湖州是唯一因太湖而得名的城市，千百年来，湖州人对太湖的来历多有探究，有科学研究，也有传说故事。《浙江省民间文学集成·湖州市故事卷》收有关于太湖来历的民间传说二则，分别是沈鑫元采录的《太湖"芦稞塘"和"芦花娘子"》，田家村、戴亚南采录的《水淹显州变太湖》。

【彭祖传说】

彭祖是远古著名的寿星。据史书记载，彭祖姓篯名监（一说铿），是颛顼的玄孙，尧时封于彭，世称彭祖。他活了八百多岁后才去世，民间奉之为"寿神"。出于对彭祖的崇拜，安吉人在他生前居住的地方修建了一座彭宅庙，还为他建了一座衣冠冢。直到今天，安吉报福镇还有一个叫彭宅村的地方。杭州余杭的彭公镇也因他得名。《浙江省民间文学集成·湖州市故事卷》收有一则关于彭公的传说，是胡永法采录自安吉报福乡（今报福镇）的《彭祖活到八百八》。

【勾践传说】

勾践是春秋后期的越国国君，在吴越争霸战中一度兵败被俘，后卧薪尝胆、发愤图强，终于灭了吴国，报仇雪恨。有关勾践卧薪尝胆、反败为胜的传说，《吕氏春秋》《韩非子》《国语》《史记》等典籍中均有记载。《越绝书》《吴越春秋》等书记载尤详。后来演绎成戏曲、小说和影视作品，广为传播，成为励志的好教材。湖州地处吴边越角，是吴越征战的主要战场，太湖边的邱城与三城三圻、南浔区千金镇的句城、勾里等地名，都是那时候留下来的历史遗迹。

【范蠡西施传说】

范蠡是春秋后期越国的谋臣，西施是越国的美女，先秦诸子散文多有提及。东汉时，《越绝书》《吴越春秋》记述了范蠡建言勾践将西施、郑旦两位美女送往吴国，致使吴王夫差沉溺女色，终于亡国之事。至此，范蠡、西施的传说基本定型。唐宋以降，各种方志、笔记又陆续记载许多与范蠡、西施有关的传说故事和古迹。文人诗词、戏曲、话本，也竞相吟咏、演绎。当代采录的范蠡、西施传说以西施故里诸暨最为集中，湖州的德清、安吉、长兴、南浔等地也都有流布，并与当地的风物紧密相连，其中关于西施送蚕花的传说，刻画了西施的美丽与善良，至今仍在湖州蚕区广为流传。此外，德清的蠡山、长兴的蠡塘（今简化为里塘）、南浔的洗粉兜等地名，也都来源于范蠡、西施的传说。

【莫邪干将传说】

莫干山是因春秋末年，吴王阖闾派干将、莫邪在山里铸成举世无双的雌雄双剑而得名的。莫干山一带一直流传着莫邪和干将的故事。《浙江省民间文学集成·湖州市故事卷》中收有钟伟今1960年在莫干山采录的民间传说《莫邪与干将》。

【蒙恬造笔的传说】

湖州是湖笔的故乡，在湖笔的产地南浔区善琏镇，有一座蒙公祠，供奉笔祖蒙恬和他的妻子秦香莲以及儿子。一个关于蒙恬造笔的故事在笔工中世代相传，说秦将蒙恬当年来到善琏，搭救了不慎落水的善琏姑娘秦香莲，后与秦香莲结为夫妻，并在她的帮助下纳颖于管，发明了用石灰水脱脂的工艺，改良了湖笔的制作工艺，因此受到笔工们的崇拜。《浙江省民间文学集成·湖州市故事卷》中收有钟伟今采录的关于蒙恬造笔的民间传说《湖笔的传说》。

【孟姜女传说】

孟姜女哭长城的传说是全国性的，孟姜女和她的丈夫都不是湖州人，但有两个湖州版本的传说，后被收入《浙江省民间文学集成·湖州市故事卷》中，分别是施东升采自长兴县横山乡的《孟姜女》和钟伟今采自其祖母钟桂妮口述的《孟姜石》。

【项羽传说】

秦时，项羽与叔叔项梁避仇吴中（今湖州），练兵弁山，降服乌骓马，构筑子城，观秦始皇南巡队伍，后率八千江东子弟起兵反秦，留下很多故事。《浙江省民间文学集成·湖州市故事卷》收入了三则民间传说，分别是钟伟今采自德清三桥埠的《垓下三计》，费三多1987年采自含山乡（今属南浔区善琏镇）的《虞姬死后项王败》，严树学采自长兴顾渚村的《无情无义楚霸王》。

【王羲之传说】

王羲之是东晋著名的书法家，我国书法艺术的泰斗，人称"书圣"。南朝宋刘义庆《世说新语》、明李日华《紫桃轩杂缀》等书都记载有关于王羲之的传说故事。因王羲之曾任吴兴太守，湖州也有不少关于他的传说故事，其中"升山抒怀"的故事最为人乐道。该传说叙东晋永和四年（348），一日，王羲之偕书朋诗友游览郡东之欧余山，顾谓宾客曰："百年之后，谁知王逸少与诸卿至此乎！"因名升山，遂立乌亭于上。明文学家张羽《游升山》诗亦云："右军晋高士，曾此眺郊墟。苔径存遗迹，千载没荒芜。想当登临日，俯仰凌八区。放浪形骸外，游目多所娱。"在绍兴，关于王羲之的传说故事则更多。中国少年儿童出版社1980年出版的《王羲之的传说》（陈玮君编）收入王羲之传说二十三则。

【张僧繇画龙点睛传说】

成语"画龙点睛"可谓众所周知，但主人公张僧繇曾为吴兴太守的事却鲜为人知。湖州爱山商业广场上有一尊张僧繇画龙点睛的青铜塑像。《湖州掌故集》收有李英撰写的《张僧繇画龙不点睛》的掌故。

【孝丰孝子传说】

安吉孝丰的"孝"自然是"孝子""孝顺"的意思，"丰"是多的意思，此地因多出孝子而得名。孝丰广为流传着许多孝子的故事。《浙江省民间文学集成·湖州市故事卷》收有王凌半、杨晓灵采录的两则故事《郭巨埋儿天赐金》和《孟宗哭竹》。

【罗隐传说】

罗隐是五代时吴越新城（今富阳新登）人，能诗善文，貌丑性傲，怀才不遇，浪迹江湖，因其事迹奇特，在民间流传着一系列颇具幻想色彩的传说。明周清源《西湖二集》卷十五《文昌司怜才慢注禄籍》，即在当地民间传说基础上编写而成。罗隐十七岁时娶妻吴兴沈氏（836—864），育子塞翁，故湖州关于他的传说不少，其中长兴的罗岕就因罗隐隐居此地而得名。岕中的竹被称为"罗隐竹"，茶被成为"罗岕茶"。

【岳飞传说】

民族英雄岳飞的传说全国各地都有流传，湖州也不例外，千百年来一直是爱国主义教育的好教材。传说岳飞曾在湖州的长兴、安吉一带抗金。《浙江省民间文学集成·湖州市故事卷》收有徐世名采录的《独松关和点灯山》，程维新采录的《苦岭关》和张金娇、易国文采录的《失马墩》三则故事。

【观音传说】

虽然观音传说遍布全国，但湖州人认为中国观音的故乡在湖州。当代流布的观音传说，一般不再对其顶礼膜拜，但对其大慈大悲、救苦救难的德性仍予以肯定，并企图从中找到某种心理慰藉。

【多宝塔的传说】

多宝塔又名道场塔、文笔塔、文风塔，建于北宋，"缘于欲开州之文风"。民间传说，有了多宝塔以后，湖州科举渐盛，并产生了多名状元。余方德、嵇发根主编的《湖州掌故集》收有朱仰高撰的《多宝塔又名文风塔》和王克文撰的《湖州第二座"塔里塔"》二文。

【潮音桥的传说】

"塔里塔""庙里庙""桥里桥"是"湖州三绝"。这"桥里桥"指的就是潮音桥。关于潮音桥，湖州民间一直流传着这座桥和一个哑巴的故事。《浙江省民间文学集成·湖州市故事卷》收有寇丹、吴宛如夫妇采录的故事《潮音桥》。

【刘伯温传说】

人物传说。刘伯温是浙江青田人，是辅佐朱元璋打下大明江山的功臣。民间传说中的刘伯温是智慧的象征，且多幻想色彩。明王文禄《龙兴慈记》、焦竑《玉堂丛语》、陆粲《庚巳编》、张翰《松窗梦语》等笔记就已经记载了刘伯温的多则传说。由吴孟前和杨秉正选编、浙江文艺出版社1984年出版的《刘伯温的传说》，收入刘伯温传说四十六则。《浙江省民间文学集成·湖州市故事卷》也收有朱晓春、钟伟今采录的故事《刘伯温链锁"庙顶神"》。此外还有刘伯温在花溪沈梦麟家做塾师，破坏双林风水等传说流传民间。

【双林姐妹桥的传说】

双林镇北的双林塘上，相距不到三百六十米的河面上，横跨着万魁桥、化成桥、万元桥三座跨度五十米左右的石拱桥，已有七百多年的历史，早已成为双林镇的地标。说起"姐妹桥"，还有一个有趣的传说：从前双林镇上有三个姐妹，见镇上的塘河水面宽阔，人们只有靠渡船过河，非常不便。一天，大姐望着湍急的塘河水心想，要是在塘河上建一座石拱桥，那么既方便了百姓，又能收取过桥费赚钱。她说干就干，一座漂亮而坚固的石拱桥建成了，老百姓再也不用摆渡过河了，她天天在桥上收取过桥费。二姐看到大姐造石桥赚了不少钱，也在不远处建了一座石拱桥，收取行人的过桥费。老百姓对两姐妹的做法虽然不满，但也没有办法。百姓的抱怨声传到了小妹的耳朵里，于是她也在不远处建了一座石拱桥，比两位姐姐的桥更美观、细致，而且免费通行。小妹的举动让小镇的百姓赞不绝口，大家都绕道来走小妹的石桥。大姐和二姐看到小妹的行为立刻羞愧万分，改邪归善，再也不站在桥上收费了。从此，双林的老百姓将这三座桥称为"姐妹桥"，纪念三姐妹。

双林姐妹桥的传说有多个版本，另有一说是：桥由一对双胞胎姐妹所建，先是姐姐造一桥收费，百姓颇多怨言，妹妹另造一桥免费通行，姐姐幡然悔悟，再造一桥将功补过，遂成三桥。关于双林三桥，还有一说是朱元璋的军师刘伯温曾经住在双林附近的花城，发现双林地形恰似一只展翅欲飞的凤凰，镇南的扬道桥是凤首，桥两旁的两口井为凤眼，镇北的三桥为凤尾，刘伯温怕双林再出一个龙凤之才，与朱元璋争夺天下，就填平了扬道桥旁的两口井，破坏了双林的风水。

【王一品斋笔庄与状元庄有恭的传说】

据说从前湖州城里有一位姓王的老笔工，终年以制笔鬻颖为生，每逢朝廷大考，王笔工就随考生一起跋涉千里进京叫卖。清乾隆四年（1739）科考时，广东考生庄有恭忘了带笔，正在考场外焦急之际，王笔工及时卖了一支羊毫湖笔给他。考试中庄有恭得心应手，妙笔生花，下笔有神，竟中了状元，轰动京城。从此以后，举子们竞相争买王笔工的毛笔，还美其名曰"一品笔"，称王笔工为"王一品"，王笔工因此声名大振。两年后，王笔工在湖州城里开了一爿笔庄，店名就叫"王一品斋笔庄"，并在房顶上塑造了一尊"天官铜像"作为标志。两百七十多年来，王一品斋笔庄世代相传，以生产"天官"牌湖笔名重于世。

第二节　民间故事

民间故事是指神话、传说以外的民间口头散文叙事文学。与传说不同，民间故事不需要依附特定的人物、事件、地方风俗等，因而更容易流传。湖州民间故事大多与本地事物相关联，也与全国各地的民间故事相互交流和影响，在口头转述中随时空的变化而演变，颇具生活气息和地方特色。

一、动物故事

【田螺姑娘】

这个故事不仅湖州有，在浙江各地和全国其他地方也都有流传。其故事结构为：独身青年农夫拾到一只田螺，带回家养入水缸，此后，他种田回家常见桌上有现成的饭菜，甚是惊奇，后发现为他做饭的是一个田螺变成的美女，于是他们结为夫妻。此故事最早记载于晋陶潜《搜神后记》卷五《白水素女》，又见任昉《述异记》卷上、刘义庆《幽明录》。至唐代，皇甫氏《原化记·吴堪》所记，已有较大发展。明代，周清源《西湖二集》卷二十九所记，更为丰满。这个故事传达出封建时代穷苦农民对美好爱情和幸福生活的向往。

【龙蚕故事】

这个故事不仅湖州有，在浙江各地也广为流传。其故事结构为：一、妯娌养蚕，弟媳向大嫂请教；二、大嫂在蚕种纸上玩弄花样，致使弟媳只养一条蚕；三、此蚕特大；四、大嫂设法杀死大蚕；五、大蚕乃龙蚕，大嫂所养蚕全部跑去吊唁，并在弟媳的蚕房中结茧。唐段成式《酉阳杂俎》续集卷一"支诺皋上"所记《旁铯兄弟》当是此类故事的较早记载。宋洪迈《夷坚志》支甲卷八《符离王氏蚕》是其衍变。杭嘉湖蚕乡至今流传着这个故事的各种版本，德清的《吊龙蚕》便是其中之一。顾希佳曾撰有论文《龙蚕故事的比较研究》（载《民间文学论坛》1995年第四期）。此类故事表达了人们对养蚕劳动的热爱和破坏他人劳动成果的憎恨。

二、生活故事

【呆头女婿的故事】

这个故事不仅湖州有，在浙江各地也广为流传。早期典籍记载如《韩非子·外储说·卜子妻》、邯郸淳《笑林·痴婿行吊礼》、侯白《启颜录》所记《岂是车拔伤》《痴人捉贼》《痴人寻乌豆》《痴人买帽》《痴人买奴》等，已见其滥觞。五四运动以后，有关民间文学的刊物、书籍上都有登载。钟敬文有《呆女婿故事试说》（载《钟敬文民间文学论集》下，上海文艺出版社）。呆头女婿故事大致可分三类：一类以嘲笑傻子为主，于取乐中见鉴戒；一类设计"歪打正着"情节，呆头女婿于糊涂中巧胜；另一类则赞美真智假愚的"呆头女婿"。往往讲述穷女婿受歧视，他运用智慧巧妙反击，终于扬眉吐气。

【中华国民生活历】

陈果夫、邱培豪著。上海正中书局1947年3月出版。全书用六百二十八个词条记述了从大年初一到腊月三十的民俗典故，被誉为"一个全面了解传统中国社会生活的最佳读物"。2013年10月，陕西人民出版社以《时光的步调——中华国民生活历》为书名重新出版。

三、人物故事

【蒲松龄和驼背在爷】

钟伟今收集整理。讲述山东淄川蒲松龄貌丑当不成状元，回家后听一驼背大爷说了一个"好坏不分，黑白颠倒"的故事后受到启发，立志搜集整理各种传说故事，写成《聊斋志异》。作品初刊于 1963 年 6 月号北京《民间文学》杂志，1980 年由高等学校民间文学教材编写组辑入文科教材《民间文学作品选》上册（上海文艺出版社出版），后又入选王一奇编的《民间文库·中国文人传说故事》等书。

【吴越山海经】

民间故事集。钟伟今搜集整理。上海人民出版社 1989 年 12 月出版。陈玮君序。是书收入民间故事五十八篇，分"帝王将相""才子佳人""神仙鬼怪""山川风貌""世俗人情"五大类，附录神话小说《夸父追日》。以有关莫干山、防风氏、西施、白素贞及养蚕、湖笔等地方传说为多。其中《行令摆渡》《蒲松龄和驼背在爷》《吊龙蚕》《白素贞别传》《大禹的传说》等多次被选载。

【机智人物故事】

1991 年 12 月浙江文艺出版社出版的《民间文学集成·湖州市故事卷》中的"故事"篇第五辑《机智人物故事》，收入《千里盲子施计惩王三》《撞塌水阁楼》《巧办吊尸案》《智斗知县官》《乱说阿三乱说得妻》《徐文长寿礼哄堂》等十六篇。

四、寓言故事

【百叶龙的故事】

流传于长兴林城一带。传说在很久以前，苕溪岸边住着一对勤劳善良的夫妇。妻子怀胎一年，生下一个似人似蛇的怪胎。老族长坚信这是不祥之物，逼着夫妻俩把婴儿掐死。夫妻俩只好咬咬牙，将婴儿放入门前的荷花池中。妻子思儿心切，刚能下床，就借着到池边淘米的机会给儿子喂奶，一天三次，从不间断。儿子渐渐长大，现出龙的样子。老族长得知消息，身藏柴刀，来到池边，果然见一条小龙游上岸来吃奶，举刀就砍，小龙躲避不及，被砍下尾巴，鲜血淋漓。停在池中荷叶上的一只蝴蝶见状立即飞过去，用自己的身子贴到小龙的伤口上，瞬间变成龙的美丽尾巴。这时，乌云翻滚，狂风大作，满池荷花的花瓣纷纷扬扬地飞旋起来，小龙一下子变成了身长十几丈的大龙，身上沾满荷花花瓣，腾空而起，直飞云天。老族长被当场吓死。小龙的娘见儿子飞上云天，含着眼泪连唤三声小龙，小龙却飞得无影无踪。从此以后，苕溪两岸每遇干旱，小龙就会飞来播云降雨，使得乡亲们的庄稼仍能丰收。老百姓为了感谢小龙，就用彩布做荷花瓣、龙鳞和蝴蝶尾巴，制作成百叶龙，于每年春节舞龙纪念。这则故事不仅彰显了"母亲子孝"的传统伦理道德，也寓含着"好人好报，恶人恶报"的朴素道理。

第三节　歌谣谚语

湖州是吴歌最盛行的地区之一。宋代胡仔就曾说：湖州的"舟人樵子往往能歌，俗谓之山歌，即吴歌也"。吴歌在湖州民间俗称"山歌"，也就是湖州的民间歌谣，有田歌、秧歌、渔歌、菱歌、蚕歌、织歌、茶歌、桥歌等，几乎每一个行业、各种群众性的集会都有歌谣，内容或爱情，或祝贺，或赞美，或诉苦，或风情，或咏物，代代传唱，千年不绝。湖州民歌中有"采茶姑娘不唱歌，闷在心里不好过"的唱词，谚语中也有"长句头山歌换饭吃，短句头山歌换老婆"的说法。历代文人对湖州民歌也多有吟咏，如唐杜牧《题茶山》"歌声谷答回"，罗隐《送雪川郑员外》"歌听茗坞春山暖"；宋张先《定风波·再次韵送子瞻》"吴谣终日有余声"，吴潜《解连环》"吴歌数声冉冉"；元长兴诗人沈贞《乐神曲七首》，李彭老《木兰花慢·送客》"棹歌远和离舷"；明董斯张《渔家傲·西余端》"渔歌唱彻明古今"，孙蕡《湖州乐》"菱歌声入鸳鸯渚"；清章杏南的"辛苦连番郎如何，田歌唱罢唱菱歌"，等等。旧时，湖州双林等地每年清明、端午还有唱山歌比赛的习俗。

湖州民间歌谣大致可分为劳动歌谣、生活歌谣、儿童歌谣、时政歌谣、仪式歌谣、情歌等六大类。

一、劳动歌谣

歌咏劳动的劳动歌谣如稻作歌、蚕桑歌、渔歌、茶歌、船歌、养殖歌、叫卖歌等，或伴随劳动节奏歌唱，有协调动作、鼓舞情绪的功能；或描述劳动过程，诉说劳动者切身感受，有强烈的感情色彩。

【田歌】

田歌在杭嘉湖平原和太湖流域的乡村广泛传唱。它是劳动人民在繁重的体力劳动下寻求慰藉和抒发感情的歌声，又称田山歌。田歌一般都在稻田劳动时歌唱，歌的旋律具有稻田劳动的特点。田歌的内容主要反映种田人日常的生活、劳动和爱情，有水乡田野的特色。格律以民歌四句体、每句七字为基础，大多以十二月花名为起首句，多比兴。叙事性作品在田歌中比重较大，如《长工苦》《踏车山歌》等，叙述长工的遭遇、劳动的情景等。爱情题材尤为多见，如《五姑娘》《金姑娘》《四姑娘》等。田歌曲调的基本调"平调"与本区域内的山歌调属于同一母体，但是其发展衍化甚多，有"滴落声""急急歌""落秧歌""大头歌""羊早头""嗨罗调"等曲调，旋律更趋丰富自由，每句的头尾部分多夹杂吁、哎、呷等语助词。歌词在七言四句体基础上灵活多变，长短结合，自然贴切，其中第三句往往在延伸部运用叠词、排比、重复、颠倒等手法，加强了歌词的表达能力。田歌手多为不识字的农民，除在水田里劳动时歌唱外，夏天乘凉时也唱。除了独唱、对唱外，还有和声歌。和声由三至七人不等，组成田歌班，演唱时有明确分工。中华人民共和国成立后，田歌演唱活动得到鼓励，有较大发展，音乐工作者根据田歌素材创作的歌曲也颇受欢迎。金天麟《田歌概论》对以嘉善田歌为代表的杭嘉湖田歌有详细的论述。

【采葛妇歌】

湖州的桑麻和丝织业有着四千多年历史。早在春秋战国时代，湖州蚕妇织娘就能织出轻如霏霏细雨的绫罗和细白葛布。《采葛妇歌》就是在这样的背景下产生的，歌谣唱道："女工织兮不敢迟，弱于罗兮轻霏霏。号绤素兮将献之，越王悦兮忘罪除，吴王欢兮飞尺书。"歌谣中既讲越王，又讲吴王，因此反映的是地处吴边越角的湖州地区丝织女工的生活。

【湖州蚕桑民歌】

湖州地区是世界丝绸文化的发祥地，种桑养蚕已有四千多年的历史，反映蚕桑活动的民歌也源远流长。湖州的蚕桑民歌分两大类：第一类歌颂蚕神，祈求蚕茧丰收，如《龙蚕娘》《马鸣王赞》等；第二类歌唱湖地蚕事风俗，如《呼蚕花》《扫蚕花地》等。"呼蚕花"是湖地历史悠久的风俗，吃过年夜饭，孩子们提着灯笼在村子里歌唱着拜年："猫啊来，狗啊来，花蚕伯伯同啊来。大元宝，滚进来；小元宝，门缝缝里轧进来……""扫蚕花地"是清末、民国时期广泛流传在湖地的主要蚕俗活动之一。清明节前后，蚕农们要请艺人到家里来表演，也有抬马鸣王菩萨到庙会上表演的。表演的妇女头戴蚕花，髻插鹅毛，左手托小蚕匾，右手执"扫帚"，在锣鼓声中边歌边舞。《扫蚕花地》唱词四十联左右，各地稍异，内容都是祈求茧丝丰收，盼望过上好日子，如："白米落伢田里来，搭个蚕花娘子一道来。落伢囤里千万斤，落伢蚕花廿四分……"又如："……粗丝卖到杭州府，细丝卖到广东省。卖丝洋钿呒法数，扎了大木造房廊。姐姐造了绣花楼，倌倌造了读书房……"这些民歌都收在钟伟今主编、浙江文艺出版社 1991 年 7 月出版的《民间文学集成·湖州市歌谣谚语卷》和嵇发根主编、中国国际广播出版社 1994 年 4 月出版的《丝绸之府与丝绸文化》二书中。

【茶歌】

主要流传于山区茶乡，为青年女子在采茶时所唱，歌唱茶山的秀丽风光、充满茶香的炒茶场。伴随着轻盈的登山步伐和灵巧的采摘手势，茶歌基调呈现出句子整齐、韵律平稳、节奏明快、衬字活泼等特色。旧时的采茶歌既有对剥削的控诉，如"茶把头，坟把头，剥削压迫无尽头，茶农哪有活路走？"等，也有对种茶采茶经验的总结，如"三月采茶防茶老，急煞茶山女娇娇；早采三日是个宝，晚采三日变成草"等。著名的《采茶舞曲》就是音乐家周大风先生在民间茶歌的基础上创作而成的。

【湖州织歌】

作为中国最著名的"丝绸之府"，织歌是湖州民歌中主要的一种，盛于明朝至民国时期。由于织机的声音单调乏味，令人疲乏、厌倦，为解闷消乏，织工们一边操作一边唱山歌，音律与织机声响相协调，一般由在同一织机上操作的男女织工对唱。木机操作由上下两人对唱；拉机则由织工与机旁"掸丝"的女工对唱。湖州织歌曲调多为湖地民间谣曲，内容大多反映男女爱情，如《十里亭》《白雀山歌》《刘二姐》等。也有反映织工辛苦劳动的，如《十个瞌蹱》《哭机房》等。《十个瞌蹱》二十联四十句："头一个瞌蹱初起头，夜饭吃拉喉咙头。桥尺一响抽身起，瞌瞌蹱蹱那介织花绸？第二个瞌蹱凑成双，瞌蹱来哉真难挡；脚踏桁档全无力，手捍牵线软郎当……"《哭机房》五节，每节四句："一更一哭机房苦，想起前情泪簌簌；爹娘早死田产无，只好挽亲托眷拜师傅……"另有一些地方山歌，内容大同小异，只是随地小有变化，如《南浔山歌》"四月蔷薇叶正青，西木巷口象闾门，卖丝村人无其数，终朝吃得醉醺醺"；《双林山歌》"四月蔷薇叶正青，聚兴街口像闾门，卖丝客人躲躲雨，重兆客人吃得醉醺醺"等。明代，双林每逢清明、端午等节日都有举行织歌比赛的风俗。清同治年间至民国初，双林织业公所曾出面组织多次比赛，每次赛期三天左右，歌手男女织工均有，以男工居多，在明月桥桥堍隔河对唱。明月桥因此又称"歌浪桥"。20 世纪 20 年代末期，电力织机兴起，木机、拉机衰落，织歌对唱日渐消隐。部分织歌歌词收录在《浙江省民间文学集成·湖州市歌谣谚语卷》和《丝绸之府与丝绸文化》二书中。

二、生活歌谣

生活歌谣所涵盖的范围相当广泛，其中以劳工苦歌分量最重，《湖丝阿姐》《撑船苦》等一大批歌谣，是劳苦大众的生活写照。其他如家庭生活歌揭露畸形婚姻、封建礼教给妇女带来的苦难，世态歌对炎凉人情的冷嘲热讽，劝世歌在道德训诫上的作用，生活知识歌在帮助人们获得各种生活知识方面的特殊功能等，都值得关注和研究。

【游南山】

长篇记事民歌。表现女主人公三娘身穿"湖绸短衫外底肩、玄色洋绸百褶裙"，约情郎去游道场山时一路所见风光。一开始唱："自从盘古立乾坤，江南一府湖州城，十八里溪沿城转，鱼米水乡好风情……"接着唱："桃红柳绿三月天，妹叫情哥去叫船。白雀山上奴去过，今朝搭郎游南山……"下面通过三娘和情郎从城北机坊港乘船去南门外道场山一路所见所闻，热情歌唱了湖州古城及城南秀美的山水风光。

【高皇歌】

又名《盘古歌》《盘瓠歌》。畲族历史传说歌是畲族的史诗，在安吉畲族村落有流传。歌谣先叙述开天辟地的英雄盘古，再叙述畲族传说中的始祖龙麒。番邦来犯，高辛王悬赏抗敌，龙麒咬得番王首级而归。高辛王遂将三公主许配给龙麒，生下三男一女，传下盘、蓝、雷、钟四姓，受封于广东潮州凤凰山，后代子孙迁徙福建、浙江。《高皇歌》有手抄本传承，《中国歌谣集成·浙江卷》收入浙江松阳县蓝石忠唱本，共四百八十八行。

三、儿童歌谣

湖州的儿童歌谣既有儿童们自己创作的，也有成人创作出来专供儿童吟诵的。"摇啊摇，摇到外婆桥"，几乎是每个人小时候都听过的催眠曲。儿歌按内容可分为催眠歌、自然事物歌、童趣歌和游戏歌这样几种。其中的《猫来狗来》《小蜜蜂》等儿歌，是湖州儿歌中的精品。湖州的儿歌大多被收录在浙江文艺出版社 1991 年 7 月出版的《浙江省民间文学集成：湖州市歌谣谚语卷》中，部分可参见本志第五章《儿童文学》。

《鸟山童谣》

南朝梁武帝后流传于吴兴长城一带。这首童谣有"鸟山出天子"句。此说秦时即有，因此江东地方以鸟为名的山均遭开凿，包括湖州的凤凰山，唯雉山例外。雉山在长城县陈高祖陈霸先家乡。此童谣见载于明代《湖录·金石考四》及湖州、长兴历代府县志中。

《沈麟士引童谣》

南朝齐梁间流传于吴兴郡。这首童谣唱道："金鹅鸣，沈氏兴，代代出公卿。"金鹅山在吴兴德清县西五里，沈约《述祖德碑》说，沈氏祖先沈戎避居吴兴余不乡，于晋永平元年（291）卒葬乡之金鳌山，时有金鹅三鸣而去，故有此童谣。金鳌山亦因此更名为金鹅山。

四、时政歌谣

时政歌谣刺恶颂善，是锐利的匕首和投枪。革命斗争歌谣的传唱，在当年直接鼓舞了人们的斗志。

《时人为沈麟士语》

南朝齐梁时流传于吴兴郡。这首歌谣唱道："吴羌山中有贤士，开门教授居城市。"沈麟士是吴兴武康人，家贫以织帘为生，但好学不倦，"隐居余不吴羌山，讲经教授，从学者数十百人，各营屋宇，依于其侧"，故有此谣。见载于明代《南史·沈麟士传》及湖州、武康历代府县志。

《农民诗歌》

凌子编。上海北新书局1951年12月列入"民间文艺丛书"出版。专收翻身农民诉苦、回忆、斗争、生产等内容的诗歌。分"歌颂毛主席""倒苦水""翻身万万年""生产及其他"等辑。

《歌唱新婚姻》

凌子、田多野编。上海泰联社1953年2月列入"结合实际俗文艺丛书"出版。由凌子的《新情歌》与田多野的《新旧情歌选辑》合编成书，收入歌唱新婚姻法民歌新体诗。

《吴兴大跃进歌谣选》

中共吴兴县委宣传部编。东海文艺出版社1958年5月出版。"大跃进"时期各地赛诗会、田头诗朗诵、诗歌墙报等产生的歌谣，大部分未留存。这本歌谣选集收录歌谣六十五首，无序跋，列"劲头真正高""九谢毛主席""千方百计积肥料""掀起大堤百里长"等八个栏目。

《武康大跃进歌谣选》

中共武康县委宣传部编。东海文艺出版社1958年5月出版。收歌谣七十五首，分"离不了共产党""苦干一个月""献上一片心""开得渠道如长江"等十一个栏目。

五、仪式歌谣

仪式歌谣是民俗文化的重要组成部分。我们的先民离不开祭祀，凡祭祀往往就有歌谣相伴。至于婚丧大事中的礼俗歌，建房上梁时的竖屋歌，以及寿诞歌、节令歌、诀术歌等，都很风行。这类歌谣不仅有文学欣赏价值，还有文化研究价值。

流传在湖州地区的仪式歌谣体现在人们生产和生活的重大事件与重要节点上，如结婚、办丧事、造房上梁、养蚕、祭祀和二十四节气等。这些仪式歌谣被收录在浙江文艺出版社1991年7月出版的《浙江省民间文学集成：湖州市歌谣谚语卷》中。

六、情歌

情歌是民间青年男女爱情生活的真实反映。群文工作者在民间文学普查中采录最多且艺术性最高的就是情歌。杭嘉湖地区的情歌有一个共同的特点，便是清新温婉。

《朱三与刘二姐》

长篇叙事情歌。流传于湖州、长兴和周边的余杭、富阳及江苏苏州、上海松江等地，歌唱一对青年男女的爱情悲剧。内容叙述余杭一杀牛行老板刘公之女二姐与苏州货郎朱三相爱，暗中来往，有了身孕。两人连夜乘船私奔到吴江，遇到店主刘安纠缠，引起纠纷，被关进监狱。刘二姐在狱中生下小孩。刘公闻讯，到吴江带回二姐，欲将其许配姑夫邵洪。二姐宁死不从，被邵踢死。朱三遇赦，来寻二姐，见二姐已死，殉情自杀。邵将两人分葬两处，两口棺材飞到一起。邵又将棺材分开焚烧，两股烟乃合拢成一座环桥。这首长篇情歌唱本的刻印本也有流布，其中有湖州黄沙路（今红旗路）王文光书斋清光绪年间刻印本，1959年后成为湖剧的传统剧目。有人说："十唱朱三九不同"，这说明这首长歌深受民众喜爱，并在传唱中发生很多变异版本。《中国民谣集成·浙江卷》收入的是采自富阳的版本，有近一千五百行。

《吴语情歌》

寇丹辑。收入情歌六十题七十六则，均为吴方言作成，内容皆为男女间情事。如《笑》："东南风起打斜来，好朵鲜花头上开。后生娘子勿要嘻嘻笑，多少私情笑里不定期。"又如《姑嫂》："姑嫂两个并肩行，两朵鲜花何里个强？姑说露水里采花还是含蕊个好，嫂说池里荷花倒是开挺个好。"再如《丝巾》："勿写情词不写诗，一方丝巾寄心知。心知接到颠倒看，横向也丝（'丝'通'思'）来竖也丝，这般心事有谁知。"2010 年 12 月以《吴语情歌吴语读》为题辑入《湖州土话》一书，由中华诗词出版社出版。

七、谚语

谚语一向被誉为民间的知识总汇和大百科全书。《中国谚语集成·浙江卷》将谚语分为事理、修养、社交、时政、生活、家庭、乡土、自然、农林、工商、文教等十一大类，几乎涉及人们生活的各个方面。湖州谚语存在于湖州人生活的方方面面，有些是湖州人创造的，有些是外地流入的，历代史书方志、文人笔记都有零星记载。如今，大量谚语仍然活跃在民间，如"螺蛳壳里做道场""瞎子吃馄饨，心里有数""豆腐里挑骨头"等，是湖州人民生产生活的教科书，"东苕溪，西苕溪，苕花飘满溪""上有天堂，下有苏杭，天堂中央，湖州风光"等，充满了湖州人对家乡的自豪和深情。湖州谚语是用湖州土话来讲的，在修辞、句式、语法、读音等方面，既有中华谚语的基本特征，又表现出浓重的乡土气息和地域特色，是弥足珍贵的民族民间文化遗产。对于谚语，鲁迅曾有精辟的评述："方言土语里，很有些意味深长的话，我们那里叫'炼话'，用起来是很有意思的，恰如文言的用典，听着也觉得趣味津津。"

《民间谚语》

陈彭寿编。上海文华图书美术公司 1921 年出版。两百四十八页，仅印一千册。前有张亦庵序。按人体、职业等数十个小项编排，采集全面而丰富。编者自序云，其采集汇编之民间谚语，"辞句文俗，一仍其真，俗字卑词，毫不掩饰"。

《民间隐语》

费洁心编。1934 年 10 月由上海通俗书局出版。"编者话"开宗明义地说：

"谚语中有属'隐语'一类，它的措辞造句，却别树一格，句句都借引事物来表达意思，富有发启人们思考和想象的力量。"还引浙江省教育厅厅长俞子夷言："谚语是一地方或一民族经验的结晶，大有保存的必要。""整理谚语，对于语体文也有相当的贡献。"

《湖州谚语辑录》

这是王克文主编、1999年3月昆仑出版社出版的《湖州市志》上册第四章的标题。该章辑录湖州谚语两百五十七条。

《湖州土话》

寇丹编著。中华诗词出版社2010年12月出版。该书初以湖州方言知识小品集《方言解诂》辑入嵇发根主编的《湖州市志（1991—2005）》"民俗章"，收入方言词语条目三十六则、附二则，富有知识性、趣味性。后在《方言解诂》的基础上，增编方言词语条目七十五则，并附"乡音童谣""湖州的俗语谚语""吴语情歌吴语读""湖州'切口'""民间隐语"等，成《湖州土话》一书。嵇发根、朱敏序。

第四节　民间文学集成

自古以来，湖州历代文人对民间文学多有采录和整理，因而保存了大量的民间文学资料。

湖州历代记有民间文学的书籍品种繁多，体裁多样。主要有四种：

一为历代志书。东汉时期的袁康、吴平、赵晔，虽非湖州人，但他们的《越绝书》和《吴越春秋》所记载的关于范蠡、西施、干将、莫邪等传说，在湖州地区至今流传不衰。其他如山谦之的《吴兴记》等都记有不少传说故事。明清以降的地方志记载更多。

二为小说家言。南朝梁时吴均的《续齐谐记》所记《紫荆树》《五花丝粽》等传说故事久已出名。唐代沈既济《枕中记》所记"黄粱梦型"故事是古代梦故事的重要类型。沈亚之的《冯燕传》起自里语，衍成了传说。

三为话本和拟话本。唐宋以后，民间艺人以说故事为职业，活动于城乡，俗称"说话"，流传至今的话本、拟话本保存了许多民间故事，其中以凌濛初的《二拍》最著名。

四为文人笔记。宋元以来，文人笔记盛行。笔记稗史采录街谈巷议，掇拾异闻，追记往事，保留了大量的民间故事素材。如宋代释赞宁的《宋高僧传》、沈括的《梦溪笔谈》、方勺的《泊宅编》、周密的《齐东野语》，明代朱国祯的《涌幢小品》、宋雷的《西吴里语》，清代俞樾的《右台仙馆笔记》《春在堂随笔》等。

1930年，在杭州钱南扬、钟敬文、娄子匡等人主持的中国民俗学会影响下，费洁心、朱渭深创立了中国民俗学会吴兴分会，致力于民间文学的搜集和整理，他们的筚路蓝缕之功，十分难能可贵。

中华人民共和国成立以后，民间文学的搜集和整理受到广泛重视，除了在各地报刊上陆续发表各种民间文学作品外，还采集、选编了多部民间文学书籍。1984年，原文化部、国家民族事务委员会、原中国民间文艺研究会（今中国民间文艺家协会）联合签发《关于编辑出版〈中国民间故事集成〉〈中国歌谣集成〉〈中国谚语集成〉的通知》。遵照《通知》精神，浙江省在余杭、东阳两县试点的基础上，于1986年全面启动了"三套集成"的编辑出版工程。这年9月，省委宣传部、省文联、省文化厅、省民族事务管理局和中国民间文艺研究会浙江分会联合发文《关于认真做好中国民间文学三套集成浙江卷编辑出版工作的通知》，成立了浙江省民间文学集成办公室。湖州市和所属德清、长兴、安吉三县也都成立了相应的机构，其中湖州市民间文学集成编委会成员有（按姓氏笔画为序）：于忠义、田家村、朱轮、朱郭、张国南、陈祖基、严树学、钟伟今、钟铭、郑晓力、郭涌、程建中。同年12月召开的全省民间文学集成工作会议部署了全省民间文学普查和三套集成的编纂工作。

湖州市的民间文学集成编纂出版工作分两步进行，第一步是于1990年前内部出版了各县的小三十二开本；第二步是于1991年选编出版了大三十二开本的《浙江省民间文学集成·湖州市故事卷》和《浙江省民间文学集成·湖州市歌谣谚语卷》。湖州民间文学集成历时七年，凝聚着全市民间文学工作者的心血，两部集成中所收录的湖州民间文学作品，是湖州人民世代相传的精神财富，必将长久地流传下去。

一、古近代集成

古近代民间文学集成是指历代文人对各种传说、故事、歌谣谚语等辑录于各类书籍中，更有好事者经过搜集整理，并根据一定的辑录标准和选编原则，编辑刊印成民间文学专著或文集，遂有了真正意义上的民间文学集成。

《西吴里语》

明宋雷搜集编写。四卷。这是湖州本土搜集民间传说最早最多的一部书，成书于嘉靖二十六年（1547）。"西吴"出自宋雷"苏松为东吴、常润为中吴、吴兴为西吴"的自定概念。宋氏在该书《引》中自称："予夙好涉览史传乘载稗官小说之事，凡事有属我吴兴者笔而出之，不列岁代，不序伦类，信手实录。间有犯孔氏不语之戒，蹈史臣讹谬遗亡之失。"有些内容误自民间传闻，如"周彭祖安吉人，齐管仲乌程栖贤山人，晏婴长兴晏子乡人，吴伍员乌程伍村人，越范蠡长兴人，楚卞和长兴人，荆轲长兴荆湾人，蔺相如德清蔺村人，萧何吴兴人，严子陵乌程毗山人，西楚霸王项羽归安项村人，石崇安吉人……"；传说有宋宣和枢密医郑升死后复生，刘伯温在花林沈氏坐馆时吞食雉妖口中丹，以及"照田蚕"风俗等。书在宋雷殁后由其子鉴编集付梓。有南浔张钧衡《适园丛书》本。上海图书馆有嘉靖二十六年刻本。《四库存目丛书》辑入子部第两百四十一册。

《涌幢小品·民间传说》

明朱国祯撰。三十二卷。这是收录湖州风俗、水土、气象等民间传说较多的笔记小说。其卷二《农蚕十则》，记载湖州种桑饲蚕全过程、"七里丝"的养蚕术，还有《蚕报》《蠶母传及续传》等有关养蚕的民间传说。卷二十六的《风报二则》，记录了每年梅雨后的舶棹风及与之有关的孟婆传说。卷二十八、二十九载录东林沈东老遇吕纯阳故事和南浔上林康王桥传说等民间故事。

二、现代集成

进入现代以后，湖州的民间文学搜集整理工作有了新的起色。1930年，湖州三余社培本小学教务主任费洁心加入了中国民俗学会，并与朱渭深一起成立了吴兴分会，致力于民间文学的搜集和整理。他们开展了广泛的田野调查，取得了可喜的成果。

《湖州歌谣》

费洁心、张之金辑录。湖州小琉璃文具店 1932 年 9 月初版，系流星文学社《流星小丛书》之一。辑录采自湖州城乡的民间歌谣，以儿歌为多。该书出版后，深受儿童欢迎，于是又编印了《湖州歌谣二集》。费洁心等人开启了湖州记录民间歌谣的先河。他们所采录的歌谣大多忠实记录，生动活泼。如："一只鸡，绿阴阴，做了花鞋望娘亲。生男好喜欢，生女冷冰冰。娘呀娘，千朵桃花一树生，生男生女一样生，就怕爷娘两样心！"又如："黄瓜棚，着地生。青白圆子送外孙。舅母面孔结绷绷，娘舅跑出来掼家生。外公翘起胡子勿管账，外婆跑出哭两声，千朵桃花一树生。"等。这些儿歌刻画世态，入木三分。浙江图书馆有藏本。

《中国农谚》

费洁心辑录。1937 年中华书局列为《农业丛书》出版。1989 年，上海书店重印，列入《民国丛书》第一编《文学类（民间文学）》。该书辑录农谚六千余条，分时令、气象、作物、饲养、箴言五大类，按每条农谚首字笔画编次。如冬至后的"数九"农谚，辑录三十余条。书前有陆费执《农业丛书》总序；朱渭深、赵景深、钟敬文序；费氏《谈农谚》代自序。钟序指出："民间文艺、谚语学等学，都还是在吃奶期间的学问，它需要丰富而又丰富的资料，来做促成它底成长的营养品。费先生这个勤劳的作业，是不能让我们不尊重的。"

三、当代集成

1949 年以后，民间文学的搜集、整理和研究受到各级党委、政府的重视，湖州也出现了像钟伟今、费三多、寇丹、田家村、沈鑫元、程建中、朱郭、钟铭、陈景超、姚子芳、朱惠勇、董仲国等民间文学作家。他们除了在《山海经》《故事会》《古今谈》等刊物上发表作品外，还出版民间文学作品集。1986 年，响应原文化部、国家民族事务委员会、原中国民间文艺研究会联合发文《关于编辑出版〈中国民间故事集成〉〈中国歌谣集成〉〈中国谚语集成〉的通知》号召，湖州和所属各县都成立了民间文学征集领导小组及其办公室，在全市每个城镇、乡村甚至偏远的山村开展了全面的普查。普查完成后，除了选送部分作品编入《中国民间故事集成·浙江卷》《中国歌谣集成·浙江卷》《中国谚语集成·浙江卷》外，市、县两级都编辑出版了民间文学三套集成，其中县级卷为内部出版。

《鸳鸯湖》

嘉兴地区群众艺术馆编，钟伟今主编。本书为内部出版物，是中华人民共和国成立后湖州最早搜集整理的民间故事集成，为"浙江省民间文学丛刊"之一的嘉兴地区民间故事选，1981年7月由嘉兴市新农印刷厂印制。

《湖州风俗志》

钟伟今主编。湖州市群艺馆和市民间文艺研究会（筹）1986年10月刊印。系湖州历史上第一部风俗专志。全书分"概述""生产习俗""生活习俗""礼仪习俗""岁时习俗""社会习俗""其他习俗"七章。书前有杭州陈玮君序。

《浙江省民间文学集成·湖州市歌谣谚语卷》

湖州市民间文学集成办公室编，钟伟今主编，于忠义、程建中副主编。浙江文艺出版社1991年7月出版。沈荣林序。共选收歌谣两百七十六首、谚语四千余条。歌谣中的《十个瞒睊》《哭机房》等织歌，是吴歌中一种重要的样式，盛行于20世纪20、30年代，当地并有赛歌风俗。

《浙江省民间文学集成·湖州市故事卷》

湖州市民间文学集成办公室编，钟伟今主编，朱郭、钟铭副主编。浙江文艺出版社1991年12月出版。沈荣林序。全书六十一万字，选收神话二十九篇、传说两百十四篇、故事一百零一篇。该书入选的一组防风氏神话，填补了我国防风神话的空白，学术价值较高。其他如太湖、莫干山地方传说，蚕桑丝绸传说和千里盲子等机智人物故事，都颇具特色。

《湖州风情》

沈鑫元著。安徽人民出版社2000年8月出版。该书分上、中、下三编，其中上编为"风情小说"，收入短篇小说五篇；中编为"民间文化"，内有传说故事十九个、名品溯源十二篇、风俗掠影十一篇和民歌民谣十五首；下编为"时代风貌"，有文十篇。该书第一次印刷三千册，因广受欢迎，于2003年2月再次印刷两千册。此书2001年获首届中国民间文艺山花奖学术著作优秀奖。

《百鱼奇趣》

沈鑫元编著。中国文学出版社2004年6月出版。《经济日报》常务副总编罗开富和湖州民俗文化专家钟伟今作序。全书分四卷，卷一为"传说故事"，收"鱼儿传说""鱼虾故事""鱼文典故"三十五篇。卷二为"奇闻佚事"，收"奇鱼荟萃""鱼蟹众相""鱼虾趣闻""吃人鱼蟹"共四十四篇。卷三为"美味佳肴"，介绍各类经典鱼肴、鱼席鱼宴、名鱼火锅、趣味鱼菜四十一款。卷四"文荟人萃"，介绍太湖旅游度假区及渔都菱湖的鱼与鱼文化，介绍杨定初、李林生、陈文学、宋卫方、吴林、沈晓俊、俞子庆等烹鱼高手及其代表作品，收集太湖沿湖各市、县、区渔歌和渔谣十余首，有关鱼的谚语二三百条。此书获2002—2005年度浙江省民间文艺映山红奖三等奖、湖州市第十二届社会科学优秀成果三等奖。

《苕上八韵》

沈鑫元编著。大众文艺出版社 2009 年 12 月出版。"苕上"指湖州；"八韵"是指湖州的山、水、寺、塔、园、亭、桥、石。这本书是汇集、推介、挖掘、弘扬湖州这八大文化的地方文集。其中介绍名山十二座，介绍河、湖、漾、井、泉、瀑等水文化的文章三十二篇，介绍寺庙古刹三十篇，介绍古塔十一座十三篇；介绍园林二十六篇，介绍古亭二十一篇，介绍古桥十座十二篇，介绍奇石十二篇。此书首次印刷三千五百本，部分图书于 2009 年底分发给来湖州参加全国旅游推介大会的领导和嘉宾。2010 年 7 月，该书获湖州市第十四届社会科学优秀成果三等奖。

《新市食韵》

沈鑫元编著。中国文史出版社 2016 年 12 月出版。全书二十八章，围绕餐饮美食这个主题，对新市镇历史沿革，餐饮百年历程记忆，天华物阜之地方物产，泽国鱼盐之酱酒基地，及对百年名楼、高厨大师之追索，以全方位反映新市古镇，这个历史上曾被称为"小海"的江南繁华小镇的古今名楼酒坊、羊肉美酒、名师大厨、地方特产、糕团点心、贴心服务等情景，让人们活脱脱地看到一个美丽富饶、美食不绝的一方幸福之热土。全书共十七点五万字，插图一百二十余幅，书首十页彩图，栩栩如生，能很好地体现古镇的风情风貌与餐饮特色。首印一千八百册。2018 年 11 月获得湖州市人民政府第十八届社会科学优秀成果三等奖。

表 7-1：湖州当代民间文学作品一览

书名	类型	编著者	出版及版次
山镇歼敌记	故事集	中共长兴县委宣传部	浙江人民出版社 1978 年 10 月版
湖州民间文学（第一辑）	民间故事集	嘉兴地区文化馆	1982 年 2 月内部刊印
湖州民间文学（第二辑）	民间故事集	嘉兴地区文化馆	1983 年 10 月内部刊印
民间文学集成太湖乡卷	民间文学集成	吴团宝 杨桂江编	湖州市太湖乡文化站 1988 年 10 月印行
民间文学集成：安吉县谚语卷	民间谚语集	王可享 洪　亮	1989 年 1 月内部刊印
民间文学集成：安吉县歌谣卷	民间歌谣集	王可享 傅经书	1989 年 12 月内部刊印
吴越山海经	民间故事集	钟伟今	上海人民出版社 1989 年 12 月版
民间文学集成：安吉县故事卷	民间故事集	王可享 陈文健	1990 年 2 月内部刊印
民间文学集成：德清县故事歌谣谚语卷	民间文学	郭　涌 吴冠民 张立旦	1990 年 3 月内部刊印
民间文学集成：长兴县歌谣谚语卷	民间 歌谣谚语集	许仲民	1990 年 5 月内部刊印
湖州美食	民间文化	李敏龙	上海科学普及出版社 1991 年 5 月版
湖州民间故事精选	民间故事集	湖州市民协 湖州市群艺馆	1992 年 4 月内部刊印
老板娘与小伙计 *	新故事集	费三多	群众文艺出版社 1994 年 12 月版
水浒故事灯谜 *	故事灯谜集	杨志刚	安徽文艺出版社 1994 年 12 月版
水乡山海经 *	民间故事集	费三多	德宏民族出版社 1996 年 2 月版

书名	类型	编著者	出版及版次
蚕乡山海经*	民间故事集	费三多	海南国际新闻出版中心 1996年7月版
湖州掌故集	民间故事集	余方德 嵇发根	三秦出版社 1997年11月版
本乡本土*	散文故事集	钟伟今	贵州人民出版社 1998年12月版
平民故事	通俗故事集	王根龙	贵州人民出版社 1998年12月版
防风氏资料汇编	资料集	钟伟今 欧阳习庸	天津古籍出版社 1999年8月版 黑龙江人民出版社 2013年8月增订版
湖州民间文学选	古籍选编点校	钟伟今 朱 郭	海南出版社 1999年10月版
湖州旅游丛书： 湖州故事	故事传说	赵建伟	中华书局 2001年8月版
南浔民间故事	民间故事集	眭桂庆	当代中国出版社 2001年12月版
南浔文苑	民间歌谣 谚语集	金江波	当代中国出版社 2001年12月版
田野拾遗*	民艺随笔集	钟 铭 （冯旭文）	时代文艺出版社 2003年5月版
中国船文化	民间文化	朱惠勇	杭州出版社 2003年7月版
湖州古桥	民间文化	朱惠勇	昆仑出版社 2003年8月版
东林山民间传说选	民间故事集	姚子芳	香港天马图书有限公司 2004年1月版
江南古桥风韵*	民间文化	朱惠勇	方志出版社 2004年1月版

书名	类型	编著者	出版及版次
长兴民间故事精选	民间故事集	田家村	香港天马图书有限公司 2004 年 8 月版
南浔传说	民间传说	钟 铭	浙江摄影出版社 2004 年 9 月版
德清蚕文化	民间文化	德清县政协 文史资料委员会	德清县政协 2004 年 12 月印行
桥诗纪事 *	民间传说	朱惠勇	方志出版社 2005 年 6 月版
南浔民俗	民间风俗	冯旭文	浙江摄影出版社 2005 年 9 月版
野玫瑰——无名者格言	民间格言集	曹国政	群众文化出版社 2005 年 9 月版
吴越拾萃 *	小品随笔	钮智芳	昆仑出版社 2005 年 11 月版
船诗纪事 *	民间传说	朱惠勇	昆仑出版社 2005 年 12 月版
湖州餐饮一百年	民间文化	沈鑫元	昆仑出版社 2006 年 9 月版
湖州茶俗 *	民俗学理论	张志良 钟伟今	浙江古籍出版社 2008 年 5 月版
中国古桥楹联 *	民间文学	朱惠勇	大众文艺出版社 2008 年 11 月版
白雀乡非物质文化 遗产集成	民间文学	顾培华	白雀乡政府 2009 年 6 月刊印
野菊斋漫笔 *	民间文学	姚子芳	作家出版社 2010 年 9 月版
织里民间文化	民间文学	叶银梅 程建中 徐世尧	中国文化艺术出版社 2010 年 9 月版
古城传说 *	民间故事集	沈鑫元	中国文史出版社 2010 年 10 月版

书名	类型	编著者	出版及版次
红英集·这方风情 *	民间文学	王凤鸣	香港天马图书有限公司 2011 年版
五女传	长篇民间故事	王　恩	中国言实出版社 2012 年 7 月版
安吉民间故事	民间故事集	董仲国	团结出版社 2013 年 6 月版
湖州话	民间文化	沈虎荣	香港天马出版有限公司 2013 年 9 月版
安吉山歌 300 首	歌谣集	王季平、尚忆琴	黑龙江人民出版社 2013 年 12 月版
红英集·这方水土 *	民间文学	王凤鸣	香港天马图书有限公司 2014 年 1 月版
红英集·这方人事 *	民间文学	王凤鸣	香港天马图书有限公司 2014 年 1 月版
长兴民间最故事	民间故事	田家村	中国文联出版社 2015 年 3 月版
吴越幽默笑话	民间故事集	沈鑫元	华夏文化艺术出版社 2016 年 10 月版
湖州故事	民间故事集	杨静龙 沈文泉 郑天枝	百花洲文艺出版社 2017 年 8 月版
湖州民间信仰故事	民间故事集	沈火江、郑峻	湖州市民族宗教事务局 2019 年刊印

（注：书名后面带"*"者为著作而非编）

第八章　文学理论与批评

　　湖州文学理论与批评在历代都有名家名著出现，为中国文学理论与批评的建设做出了积极的贡献。湖州历史上最早的文学理论批评家当是南朝时期的沈约，他的《四声谱》提出了诗歌创作的"四声八病"说，倡导以音律为中心的批评，并在诗歌创作的实践中与谢朓等人一起开创了一种新的诗体——永明体。《南史·陆厥传》云："五字之中，音韵各异，两句之中，角征不同，不可增减，世呼为'永明体'。"

　　唐宋时期，我国的文学出现了两个创作高峰，一是作诗填词，二是古文运动，与此相应，湖州的诗论、文论也比较活跃。诗僧皎然的《诗式》；寓居湖州的姜夔在《白石道人诗说》中提出的"词尽意不尽"等重要创作思想；叶梦得的《石林诗话》从艺术思维的角度论述诗歌的艺术特征，反对"用巧太过"，主张"意与言会，言随意遣，浑然天成"，对一些诗人的评论，也多能深中肯綮；周密对古文和诗词的研究也颇有独到之处。

　　在经历了元代的沉寂之后，湖州的文学理论与批评再度兴起。明代凌濛初的戏曲理论著作、茅坤的古文理论著作，清代戚蓼生的《红楼梦序》、俞樾的《春在堂全书》，近代宋春舫的戏剧评论，费有容的《唐诗研究》，都代表了我国当时文学理论与批评的最高成就。

　　中华人民共和国成立后，湖州的文学理论批评成就主要体现在改革开放以后，体现在以湖州师范学院及其前身嘉兴师范专科学校、湖州师范专科学校中文系的学者队伍中。

第一节　古近代文学理论

如前所述，湖州古代有影响的文学理论始于南朝梁时期的沈约，他提出的"四声八病"说，为诗歌的音韵美提供了理论基础。自唐以后，中国古代文学的创作文体，代有转换，如唐代的诗歌和古文，宋代的词，元代的曲，明清的小说等。湖州人的文学理论与批评也大致随着创作的变化而变化，可谓与时俱进。

唐宋时期，湖州文学理论与批评的主要特点是拓展研究领域，呈现出初步繁荣的景象。皎然的诗论著作《诗式》对比兴、风格等有所阐发。沈亚之的《送韩静略序》强调古文创作要新奇。陈绎曾的《文说》也是宋元间较有分量的文论。宋元间诗论昌盛，其中叶梦得、姜夔等为当时诗词名家，他们的诗论贯穿着自身创作的主张和实践体悟，并有一定的理论建树。姜夔还和周密等人对词论也有所阐发。

明清时期，湖州文学理论与批评的主要特点是深入研讨，综合提高，名家辈出。茅坤是明代唐宋派的大将，所编《唐宋八大家文抄》颇具影响。陈霆的《渚山堂词话》是薄弱的明代词论中唯一的著作。凌濛初的《谭曲杂札》是重要的曲论著作，而他的《拍案惊奇序》则是重要的小说论著。晚清朱孝臧的词学论著将古代词的研究推向了新的高度。戚蓼生的《红楼梦序》、俞樾的《七侠五义序》、陈忱的《水浒后传论略》，对小说的创作和阅读有一定的理论见解和指导意义。

一、文论

湖州古代文论滥觞于三国时期。吴太常卿、武康人姚信对儒家经典《易》做过深入的研究，著有《周易注》十二卷（一说两卷），可惜已散佚。吴侍中、故鄣人吴商则对《礼》深有研究，著有《礼难》十二卷等，也已散佚。唐代的文论几乎与古文运动相始终。沈亚之曾游韩愈门下，所作《送韩静略序》力破因循守旧，鼓吹奇创之文。陈绎曾的《文说》为应试而作。明代茅坤继唐顺之《文编》之后，专取韩愈、柳宗元、欧阳修、曾巩、王安石和"三苏"的文章编为《唐宋八大家文抄》，并作总序，"唐宋八大家"名目由此成立。

《雕虫论》

南朝故鄣裴子野撰。裴氏祖籍河东闻喜（今山西闻喜县），因曾祖裴松之曾任故鄣县令，遂居故鄣县。此论对当时诗赋注重藻饰表示不满，主张作品应做到劝善惩恶、止乎礼义，对初唐清新刚健文风的形成有指导意义。文学家萧琛认为，裴子野评论"可与《过秦》《王命》分路扬镳"（清同治《湖州府志·人物传·文学一》引《南史·张缵传》）。《过秦论》为贾谊散文名篇，被鲁迅称为"西汉鸿文"之一，文字上颇重修饰，又善于铺张渲染，萧琛将裴子野评论与之相提并论，又在"典"和"壮"上"分道扬镳"，可见评价之高。

《斑马异同》

宋归安倪思撰。三十五卷。参合《史记》《汉书》，证其异同，探求史家笔削之意。体例上，《史记》原文用较大字体，《史记》无而《汉书》增加部分用小字，《史记》有而《汉书》删者用墨笔勾勒其旁。先后次序颠倒者，注明《汉书》是上连某文、下连某文，移往别篇者注明《汉书》见某传。此书由刘辰翁评点，辑入《四库全书》。现有些大学以此作参考教材。

《直斋书录解题》

宋安吉陈振孙撰。五十三卷。《四库全书总目》称其"在宋末已为世所重矣"，"其例以历代典籍分为五十三类，各详其卷帙多少，撰人名氏，而品题其得失，故曰解题"；"古书之不传于今者，得借是求其崖略，其传于今者，得借是以辨其真伪，核其异同，亦考证之所必资不可废也"；"马端临《经籍考》唯据此书及《读书志》成编"。此书元代佚，《永乐大典》辑佚，但讹脱割裂较多。辑入《四库全书》时订为二十二卷。又有武英殿版本、《丛书集成初编》本。

《浩然斋雅谈》

宋吴兴周密撰。今所见《浩然斋雅谈》三卷乃从《永乐大典》中辑录得来的。《四库总目提要》有云："其书体类说部，所载实皆诗文评。今搜辑排纂，以考证经史、评论文章为上卷，以诗话为中卷，以词话为下卷。……密本南宋遗老，多识旧人旧事，故其所记佚篇断阕，什九为他书所不载。……密本词人，考证乃其旁涉，不足为讥。若其评骘诗文，则固具有相抵，非如阮阅诸人漫然蒐辑、不择精粗者也。"《雅谈》有武英殿聚珍版丛书本、杭本、福本、光绪间山阴宋泽元刻忏花庵丛书本等。日本人梁川星岩、菅老山二人专辑其中卷论诗者刊为

《浩然斋诗话》，后近藤元粹又改称《弁阳诗话》，刊入《萤雪轩丛书》中。周氏另有《浩然斋视听抄》，无卷数，佚。

《唐宋八大家文抄总序》

明归安茅坤撰。该文作于万历七年（1579），为茅氏选编唐宋古文总集《唐宋八大家文抄》的自序。文章集中阐述其取法唐宋、学习古文和坚持原道与文统合一的文学思想，揭示了前后七子"文必秦汉"论的乖谬与弊病，认为"文特以道相盛衰"，而不"与时相高下"，文章工与不工，还在于作者才能和造诣的高下。在此基础上，茅氏倡导向唐宋八大家学习古文，以求得其所遵奉的儒家道统。《唐宋八大家文抄》以明万历间茅坤侄子茅一桂校刊本为最早。此后又有崇祯间茅坤孙茅著重订本、清云林大盛堂刊本、《四库全书》本等。郭绍虞据崇祯本将《总序》辑入《中国历代文论选》中册。

《脂戚本石头记序》

清德清戚蓼生撰。全文仅四百六十七个字，却是红学史上第一篇《红楼梦》研究文章，戚氏也因此成为《红楼梦》第一推手。戚蓼生收藏的《红楼梦》早期抄本，八十回，线装二十册，有称"脂戚本""戚序本""戚本""有正本"等。周汝昌将戚序本与己卯本、甲戌本并称为红楼"三真本"。戚序对《红楼梦》写作技巧、艺术成就作了高度评价，如"立意遣词无一落前人窠臼"，"如《春秋》之有微词，史家之多曲笔"。对如何阅读此书也提出看法。此前尚未有人对《红楼梦》作如此深刻的评论。现存诸脂本中有戚序者，包括张开模旧藏本、泽存书库旧藏本、有正本等。有的红学家专以有正本为"戚本"。光绪年间，张开模得一"戚序本"的过录本，后为有正书局老板狄葆贤所有，有正书局据此照相石印，1911—1912 年出大字本，题"国初抄本原本红楼梦"，1920 年缩印成小字本，1927 年再版小字本，为公开影印流传的第一部脂抄本。1973 年，人民文学出版社据有正大字本重印，改题"戚蓼生序本石头记"。"戚序本"是经过整理的脂本，前 80 回俱存，汇集批语较多，研究价值很高。但因经过整理，文字上有些改动。

《四六丛话》

清归安孙梅纂辑。三十三卷。该书嘉庆二年（1797）刊印，赖孙氏弟子阮元资助并作序揄扬得以流存。该书的文体论可划分为骈文分体史、骈文史两个层次，在骈文学研究史上具有里程碑的意义。孙氏以丛谈著述方式参与了乾嘉时代的骈散之争，故此书深受《四库全书简明目录》的影响，倡导"文以意为之统宗"的为骈原则，推崇骈散合一的骈文思潮。这部四十余万字的皇皇巨著辑录了古代丰富的四六材料。当我们细致地剔出孙氏本人杂入其中的个人话语进行独立审视时，其辑录之功便退居其次。孙氏并非像他同时代的彭元瑞纂辑《宋四六话》那样无思想地辑录，而是如他本人在自序中所言："妄欲仿本事之体，成一家之言。"在清代骈散论争中，能立论公允、视域全面的，可能仅孙氏一人而已。书后附作者《选诗丛话》一卷。另有《四六丛话缘起》一卷。

《郑堂读书记》

清乌程周中孚撰。七十一卷。周氏在见到《四库全书总目》之后，认为治学途径在此，便求各史之艺文志略，博考自汉至唐存佚各书，钩玄提要，对所录书目均加简明评介，写成《读书记》，作为《四库全书》之辅。阮元《学海堂经解》曾采其所著入丛抄。是书被刘承干辑入《吴兴丛书》，1940 年又被商务印书馆辑入《国学基本丛书》。1959 年重印时补总目，附正误，增书名、著者索引。

二、诗论

湖州最早的诗论家当数南朝时期梁朝的沈约，他是永明声律论有力的倡导者和宣传者。遗憾的是，他所著的《四声谱》已散佚，而他所作的《宋书·谢灵运传论》成为记录有关声律论资料的重要文献。同一时期，梁朝的五经博士、武康人沈重也是重要的诗论家，著有《毛诗义》二十八卷、《毛诗音》两卷，可惜均已散佚。唐代，诗歌创作达于极盛，诗僧皎然撰写了《诗式》和《诗论》（一作《诗议》）。他对诗歌意境的探讨，开启了其后司空图、严羽一派诗论的先河。另外，沈亚之的论诗见解也可称道。

北宋叶梦得的《石林诗话》以资闲谈为宗，论事为主。到了南宋，葛立方的《韵语阳秋》和姜夔的《白石道人诗说》已经发展成为较具系统性的理论批评。元代陈绎曾论诗力主情真事真，所著《诗谱》虽然评论的都是古诗，但其精神则不拘泥于古。

明代，陈霆的《渚山堂诗话》纵论唐以降尤其是明诗的诗句工拙。王文璧的《中州音韵》为周德清的《中原音韵》和卓从之的《中州乐府音韵类编》补缺正讹。

明末唐元竑的《杜诗捃》乃杜甫诗歌的读诗札记和评论。寓贤徐献忠所著《唐诗品》是明代为数不多的诗论专著之一。

清代湖州主要的诗论家和著作有清初吴景旭的《历代诗话》十集八十卷，康熙年间沈树本的《湖州诗摭》一百八十卷，雍正年间吴景旭曾孙吴牧园的《诗筏》一卷，嘉庆年间徐熊飞的《春雪亭诗话》，戴璐的《吴兴诗话》，同光年间施补华的《岘佣说诗》和张鉴的《蝇须馆诗话》五十卷、《眉山诗案广证》六卷等。

《四声谱》

南朝武康沈约撰。今不传。沈氏以"声律论""八病说"开创了"永明体"。《梁书·沈约传》《南史·沈约传》和唐代封演《见闻记》、日本僧人偏照金刚《文镜秘府论》等均载明沈约撰有《四声谱》。清纪昀认为沈约"所用四声，即其谱也"；"平声得四十一部，不合（陆法言）《切韵》者才一二；仄声得七十五部，不合《切韵》者无一焉。陆氏所作，岂非窃据沈谱而稍为笔削者乎？"（《沈氏四声考自序》）。唐僧人神珙《反纽图自序》和日本圆仁《九弄十纽图》认为沈约创立了"纽字之图"，他把字调区分和反切、双声叠韵原理结合起来，将四声、韵部列成图谱形式。

《宋书·谢灵运传论》

沈约撰。沈约在《宋书》中为诗人谢灵运立传，并在传后附《传论》。《传论》以简括的语言，叙述了周秦以来诗歌发展的历程，其论诗大旨主张情文互用，对文藻特别重视。这种见解，反映了齐梁文人的共识。沈约的独到之处是把周颙发现的"平上去入"四声运用于诗的格律，归纳出比较完善的诗歌声律论："夫五色相宣，八音协畅，由乎玄黄律吕，各适物宜，欲使宫商相变，低昂互节，若前有浮声，则后须切响。一简之内，音韵尽殊；两句之中，轻重悉异。"他的基本要求是以四声来调配诗句的声韵，使平仄相间，高下相对，造成诗歌的音韵美。文章认为，前人不明四声，创作中虽有高言妙句，合乎音律，但都是"暗与理合，匪由思至"。自沈约等人提出声律论后，诗歌的音韵之美便成为诗人的自觉追求。所以，永明声律论的确立，一向被看作是我国古典诗歌由古体向律体转变的标志，此文也因此成为我国诗歌声律理论的最早文献。

《诗式》

唐长城皎然撰。初稿写成于贞元之初，至贞元五年（789）由湖州长史李洪与邑人吴季德编录点定，勒为五卷。第一卷总论诗法，尾部和其后四卷分诗为"不用事""作用事""直用事""有事无事""有事无事，情格俱下"五格，各取前人诗句为例，以为法式，故名《诗式》。皎然的论诗主旨，大抵以"直于情性，尚于作用，不顾词采，而风流自然"为尚，一面追求自然之美，同时不废苦思锻炼。他反对全盘否定六朝诗歌，对诗人的"取境"尤为重视，认为取境的高下直接关系到作品的体貌。论诗歌比兴时，他说："取象曰比，取义曰兴，义即象下之意。凡禽鱼草木人物名数，万象之中义类同者，尽入比兴。"至于辨析诗歌风格，首标"高""逸"二体，最后归到"静""远"两种境界。而所谓静者，"非如松风不动，林狄未鸣，乃谓意中之静"；所谓远者，"非谓森森望水，杳杳看山，乃谓意中之远"。此种艺术旨趣，实开司空图、严羽一派诗论之先河。皎然的诗论，虽然有时不免流于琐碎和玄虚，但在唐代诗格一类著作中，仍具有可贵的理论价值，对后代意境说有一定的影响。今传《诗式》有一卷本、五卷本两种。《说郛》《续百川学海》《唐宋丛书》《历代诗话》《诗触》《学海类编》《谈艺珠丛》《诗法萃编》《萤雪轩丛书》等所收皆为一卷本，实为删削不全之作。五卷本以北宋蔡传刻《吟窗杂录》所收为最早版本，陆心源《十万卷楼丛书》本则较为完备。今人李壮鹰有《诗式校注》，人民文学出版社 2003 年 11 月出版，注释详明，颇便参考。古代史书、书目记载称皎然著有《诗式》《诗论》《诗议》诗论三种。然《诗论》《诗议》佚。部分日本、台湾学者认为，《诗论》《诗议》乃《诗式》之一部分。

《石林诗话》

宋寓贤叶梦得撰。三卷，共九十则。该书以记录北宋诗坛掌故、遗闻逸事为主，间出己见。《四库全书总目提要》以为"其所评论，往往深中窾会，终非他家听声之见、随人以为是非者比"。盖其论诗，强调以立意为宗，把立意的深浅、气格的高下、气象的大小放在审美评价的首位。其言诗歌创作，强调妙语，贵在自然浑成的创新，反对模拟因袭与雕琢之风。他主张用事要自然精当，不可牵强，反对以文字为游戏。他提出炼字属对，须有炉锤工夫。郭绍虞《宋诗话考》谓其理论旨趣"颇与沧浪相近"。《石林诗话》在宋时有一卷本、三卷本两种，今流传本以毛晋《津逮秘书》本为最早，以叶德辉《叶石林遗书》本为最善。其三卷本收入清何文焕辑《历代诗话》，乾隆三十五年（1770）刻本，藏西南师范大学图书馆。

《风月堂诗话》

宋寓贤朱弁撰。三卷。作者论诗大抵不以用事为高，而贵"得于自然"。他认为："古今胜语皆自肺腑中流出"，如果"拘挛补缀而露斧凿痕迹者，不可与论自然之妙也"；杜诗句法妙处亦在"浑然天成""自成文理"；苏轼之胜于黄庭坚，也正在自然；黄庭坚虽矜于用事，而归宿所在，仍以浑成自然为主。王若虚所著《滹南诗话》论及苏、黄优劣即颇受朱弁影响。此书系朱弁使金被拘时所作。其自序云："予复以使事羁绊漯河，阅历星纪，追思曩游风月之谈，十仅省四五，乃纂次为两卷，号《风月堂诗话》。"《四库全书》将此书收于"集部·诗文评"类，其《总目提要》称此书"度宗时始传至江左，故晁、陈二家皆不著录"。

《韵语阳秋》

又名《葛常之诗话》《葛立方诗话》。宋归安葛立方撰。二十卷。成书于隆兴元年（1163）。该书涉诗者多在前十卷，主要是评论自汉魏至宋代的诗人诗作，内容广泛，大凡词句之工拙、意旨之是非、人物品行之高下，皆有所论。十一卷后论述仕宦、人生、书画、音乐、舞蹈、花鸟虫鱼、医卜杂技、岁时风俗、饮食、妇女之类。由于采辑广泛，该书保存了一些险些失传的宋及以前的文学作品，因此颇具资料价值。在文学批评上，"不以名取人，也不以人废言，质事揉理，而唯当之为贵"（沈洵跋语）。如云："人之悲喜，虽本于心，然亦生于境。心无系累，则对境不变，悲喜何从而入乎？……盖心有中外枯菀之不同，则对境之际，悲喜随之尔。"又云："大抵欲造平淡，当自组丽中来，落其华芬，然后可造平淡之境。"他对江西诗派"点石成金""脱胎换骨"之说颇为不满，认为"陈腐之语固不必涉笔，然求去其陈腐不可得，而翻为怪怪奇奇不可致诘之语以欺人，不独欺人，而且自欺，诚学者之大病也"，读来都觉得亲切可喜。《四库全书总目提要》谓其引诗论事固有舛误失实之处，"然大旨持论严正，其精确之处，亦未可尽没也"。《韵语阳秋》有《学海》本、《历代诗话》本、《常州先哲遗书》本、《艺圃搜奇》本及明正德二年（1507）葛谌重刊本等。1984 年，上海古籍出版社影印上海图书馆藏宋刻本。

《白石道人诗说》

又称《姜氏诗话》。宋寓贤姜夔撰。这是一部纯粹的诗歌创作论，内容涉及诗歌的艺术构思、表现方法、风格流派、诗人修养和艺术境界等。其论诗重诗法与诗病，似不脱江西诗人口吻，但也不为法度所拘，主张入自法中，而又超然法外，由学到悟，由工到妙，才能天然自得。他提出，"诗有四种高妙"，其中所谓"自然高妙"是"非奇非怪，剥落文采，知其妙而不知其所以妙"。他认为这是诗歌创作的最高造诣。他要求诗人要有"精思"，尤其要有独创精神。他说："一家之语，自有一家之风味，如乐之二十四调，各有韵声，乃归宿处。模仿者语虽似之，韵亦无矣，鸡林其可欺哉！"他还提出了诗人的涵养问题："思有窒碍，涵养未至也，当益以学。"凡此种种，与严羽观点多有相通。但姜夔的诗论是甘苦备尝之后的切身体会，比较切合创作实践，不若严沧浪的放言高论，有凌空蹈虚之弊。所以，在宋诗话中，有人把《白石道人诗说》与《岁寒堂诗话》《沧浪诗话》推为鼎足而三的"金绳宝筏"。《白石道人诗说》各本皆附刻于其《词集》或《诗集》之后。其列入丛书者，有《学海类编》《历代诗话》《诗话楼琐刻》《诗触》《谈艺珠丛》《诗法萃编》《学诗津逮》《榆园丛刻》《南宋群贤小集》《娱园丛书》《萤雪轩丛书》《艺圃搜奇》及《一瓻笔存》诸本。

《苕溪渔隐丛话》

宋寓贤胡仔撰。一百卷。前六十卷成于绍兴十八年（1148），后四十卷成于乾道三年（1167）。胡氏自序称，此书继阮阅《诗话总龟》而作，凡《总龟》载录者此书不录，以相互补充。书以论文、考义居多，突破前人以"品"分类的体例，以大家、名家为纲，以作者生年先后为序，评论上起《国风》、下至南宋初作者一百余人，引录资料较丰富，并有自己及其父亲的见解，既真实反映了诗歌发展的实际情况，又给诗人以准确的历史定位，其中晋以陶渊明、唐以杜甫、宋以苏轼为详，余入杂记。诗词分辑，事有所归，多为后人称引。书中所载三山老人语录，即其父舜陟之语，间有作者案语。《四库全书总目提要》称其去取谨严，为诗话中杰作。有清乾隆刊本、《四库全书》本、商务印书馆1939年印本和1962年人民文学出版社校印本。

《施注东坡先生诗集》

又名《施注苏诗》《施顾注苏诗》。宋长兴施元之和吴郡（今苏州）顾禧作句中注。四十二卷。约成于淳熙四年（1177），是第一部苏诗编年体注释本。嘉泰二年（1202），施元之子施宿加以补充，并作题下注，同时辑纂《东坡先生年谱》，请陆游作序。施、顾对苏诗中典故、名物的注释，只做客观阐释，不掺主观臆断；在诗题下的小注和有关注释条中，往往对诗的背景和本事也作说明。他们的注释体现了对苏诗深刻而独到的理解，因而得到陆游的赞赏。学界对题下注评价尤高。邵长蘅《注苏例言》说："施注佳处，每于注题下多所发明，少或数言，多至数百言；或引事以征诗，或因诗以存人，或此以征彼，务阐诗旨，非取泛澜，间亦可补正史之阙遗。"嘉定六年（1213），施宿病逝，书在泰州付梓，但因次年施家被诬抄籍，印书受损，流传很少。景定三年（1262）由郑羽补刊，存三十四卷。清康熙十四年（1675），江苏巡抚宋荦求之数十年，才从江南藏书家得到残本三十卷，嘱邵长蘅、顾嗣立、李必恒等补注，又将施、顾未收东坡佚诗四百余首，嘱冯景注之，足四十二卷、年谱卷，于康熙三十八年（1699）由宛委堂刊行于世，俗称"清施本"，后被辑入《四库全书》。施辑年谱于1981年从日本传回影印本，被王水照收入《苏轼选集》，1984年由上海古籍出版社出版。

《诗谱》

元乌程陈绎曾撰。系陈氏《文筌》一书的一部分，与同时代诸多论诗法诗格之作不同，更近于诗评。全书仅有一卷，所论诗体有古体、律体、绝句体、杂体，所评诗人诗作从《诗经》直至六朝诸家，尤以魏晋南北朝为多。作者论诗主"情真""事真"，所评虽以古诗为主，但其精神不泥于古。存《说郛》宛委山堂本、《五朝小说大观》本等，近人丁福保辑入《历代诗话续编》。陈氏另有《诗小谱》两卷，附《文筌》后，系其为亡友石桓彦威所撰。

《梅涧诗话》

元吴兴韦居安撰。三卷。主要评论南宋人诗作。其篇幅与理论价值虽不及宋代诗话，但创作取向承传"论诗及辞"路子。台北木铎出版社有影印本出版。

《渚山堂诗话》

明德清陈霆撰。三卷。是书杂论唐宋以来诗句工拙，以明诗为多。一般认为，《渚山堂诗话》亡佚，今由《水南稿》及杨春先《诗话随抄》可基本恢复其原貌。陈霆在正德前后的诗学观及诗歌创作，均发生在"宋型"向"复古型"转变的背景之下，故其《诗话》是研究明代文学思潮的重要资料。

《中州音韵》

明吴兴王文璧撰。刊于弘治十六年至正德三年（1503—1508）间。此前，高安人周德清于元泰定元年（1324）辑成《中原音韵》一书，从戏曲作品中归纳而得北音第一部韵书。燕山卓从之于元至正十一年（1351）续述周氏之说，成《中州乐府音韵类编》。王氏此书是为周、卓二书补缺正讹而著，并增加音切注释。是书按《中原音韵》例，分韵为十九部，但平声取消阴阳之分。增字加注中的反切，则与《洪武正音》的声纽系统相同，清浊分纽。此书实际上是北曲韵的南化。此书在日本《内阁文库》有明刊校正本，国内罕见。国内的《啸余谱》本则经后人重校，也罕见。

《唐诗品》

明寓贤徐献忠撰。一卷。该书是明代为数不多的诗论专著之一，以唐代诗人为品评对象，编排以时间先后为序。内容分序言和正文两部分。序言论述了唐诗的发展过程及诗歌的变化原因，从总体上对唐诗进行了评价；正文具体品评唐代诗人，并在品评中阐发自己的诗学思想和观点。该书因而具有诗歌史的意义。徐氏沿用高棅之法，将唐诗的发展过程分为初唐、盛唐、中唐、晚唐四个阶段，并针对初唐、盛唐和中唐、晚唐三个阶段唐诗的变化提出了唐诗"三变"的主张。他十分推崇初唐诗歌，认为初唐诗歌音节"庄严浑厚，调之口吻，清浊流通，亦庶乎律吕之谐矣"；他也推崇盛唐诗歌，但有所保留，认为初唐诗歌"意主浑融，音节舒缓，不伤宫徵之致"的诗风尚在，但"安史之乱"后，唐诗消退了开元、天宝间昂扬壮大的气势和爽朗明快的色调，出现了"神理乏缺""舒缓之节流为深密之致""模写之言始盛"的风气；中唐诗歌的成就不如初、盛唐，但推崇大历诗歌；晚唐诗歌"专事声偶，文藻疏薄而神气萎靡，无足取者"，"流调不节，则律体靡陈；格力不持，则浮夸日胜。艺虽精到，亦无取焉"，总体持否定态度。徐氏评诗，主要有两大标准：一是以声论诗，突出诗歌的音乐属性；二是重风雅。

《杜诗捃》

明乌程唐元竑撰。四卷。《四库全书提要》称："是编乃其读杜诗逐首札记。所阅盖千家注本，其中附载刘辰翁评语，故多驳正辰翁语。自宋人倡诗史之说，而笺杜诗者遂以刘昫、宋祁二书为稿本，一字一句务使与纪传相符。夫忠君爱国君子之心，感事忧时风人之旨，杜诗所以高于诸家者，固在于是。然集中根本不过数十首耳。咏月而以为比肃宗，咏萤而以为比李辅国，则诗家无景物矣。谓纨绔下服比小人，谓儒冠上服比君子，则诗家无字句矣。元竑所论虽未必全得杜意，而刊除附会，涵泳性情，颇能会于意言之外。其中如'白鸥没浩荡'句，必抑苏轼而申宋敏求，'宛马总肥秦苜蓿'句，正用汉武帝离宫种苜蓿事，而执误本'春苜蓿'字以为不对汉嫖姚。又往往喜言诗谶，尤属不经。然大旨合者为多，胜旧注之穿凿远矣。"

《诗筏》

清归安吴大受撰。一卷。是书内容分为三部分：一是论述诗歌创作中的规律、动机、学习等问题；二是诗歌的欣赏、理解、评析问题及创作中存在的错误倾向问题，反对字字穿凿，句句附会，无中生有，处处寻找所谓"寄托"；三是对历代著名诗人给以评价。吴氏诗歌的理论主张非常复杂，既接受严羽的"兴趣""妙悟"说，钟惺、谭元春公安派的性灵说，又接受复古派的主张，甚至错误地认为"古不可超"。他认为作诗要做到"三不"，即"不为酬应而作，则神清"，"不为谄渎而作，则品贵"，"不为迫胁而作，则气沉"。主张抒写真情实感，反对直露，使"不尽而尽"才是诗之最高境界。是书的主要成就体现在三个方面：一是批评了明"七子"的模仿和当时存在的模仿古人字句的形式主义倾向，强调要抒写真实情趣；二是批评了当时诗歌创作中存在的"不知好名，率意应酬"和"好名而心太急，沿餙浮华"的不良倾向；三是正确评价了一些诗人诗作。

《吴兴诗话》

清归安戴璐撰。十六卷。戴氏在归安沈树本撰而未刊之《湖州诗摭》一百卷基础上，以"因诗存人，因人存诗"为原则，辑两百余家，人一小传，并仿《明诗综》，系以诗话。是书首卷御制，一至九卷皆名贤，十至十二卷为闺秀，后四卷乃长官、寓贤。初刻本无考。嘉业堂《吴兴丛书》据钱恂提供抄本辑印，有嘉庆元年（1796）秋戴氏自序。书中保存了湖州丰厚的历史文化史料，具有重要的文献价值，尤其是对湖州文学史的研究，因为它提供了三方面的资料：一是一些知名度不高的文人写下的诗作；二是文学史上不详或者存疑的资料；三是一些诗人的群体性活动。

《历代诗话》

清归安吴景旭撰。八十卷。分《诗经》六卷、《楚辞》六卷、赋九卷、古乐府六卷、汉魏六朝诗六卷、杜诗及杜陵谱系十二卷、唐诗九卷、宋诗七卷、金元诗十卷、明诗九卷。其体制为先立所论述或考辨的题目，再引诗（赋）、列旧说于次，然后出己见，俱表明"吴旦生曰"，非常醒目。全书重在考订名物，诠释字句。列为条目者，多为诗中疑难或有争议的问题，约计一千条，上下两千年，涉及典章制度、地理、历史、礼仪、风俗，乃至难字俗语等各个方面，内容十分广泛。其卷帙之大，实属罕见。吴氏引证博洽，融会贯通，故时有精见。如唐李贺《五粒小松歌》题中的"五粒"和诗中的"新香几粒洪崖饭"，过去研究者都不理解。吴氏引《本草图经》："五粒松，粒当读为鬣。""言五鬣为一华，或有三鬣、七鬣者。"又引《癸辛杂识》："高丽所产，每穗乃为五鬣，今谓华山松也。"又据《五代史》所云，郑遨闻华山有五粒松，松脂入地千年，化为药，云三尸，因徙华山求之。所引三条材料，不但使读者明了了"五粒松"为何物，而且搞清了"五粒松"和"洪崖"之类道教神仙故事的联系。这些说法为后来王琦等注李贺诗者所接受。又如"状元"一词本指进士考试中的第一名，后代则更强调第一，而在唐代却还有其他解释。郑谷《及第后宿平康里》诗："春来无处不闲行，楚润相看别有情；好是五更残酒醒，时时闻唤状元声。"郑谷乃赵昌翰榜的第八名，并非头名状元，对此吴氏解释说："唐新进士不问科第高下，唱名出皇城则例呼'状元'。"经此解释，诗意豁然贯通。所以此书虽以考证为主，但对诗意的阐释、对诗篇主题的认识也多有帮助。现存《四库全书》本、吴兴刘氏嘉业堂刊本。《四库全书简明目录》云：此书"虽嗜奇爱博，不免有曼衍之失，而取材宏富亦《苕溪渔隐》之亚也"。

《说文声类》

清乌程严可均撰。两卷。严氏本为弥缝孔广森《诗声类》而著，但将孔氏的十八韵部合并为十六韵部，各分阴阳两部；又发展戴震古韵通转的说法，认为阴阳各部得互相对转；又因比近得相通，因比近的对转也得相通。章太炎《成均图》立正转旁转诸例，远则承于戴氏，近即袭取严氏之说。此书有光绪善化李氏刊《木犀轩丛书》单刻本。

《湖州诗录》

又名《国朝湖州诗录》。清归安陈焯、郑佶等编纂。三十四卷。先陈氏在归安沈树本撰而未刊之《湖州诗摭》一百卷和戴璐所录清代人诗基础上推而广之，自明末遗民至嘉庆年间，辑九百余人诗作。嘉庆六年（1801）前成书，陈氏殁后仅刻四卷。道光六年（1826），双林郑佶又续辑两百余家，每人附简历，成《湖

州诗续录》十六卷。郑佶子郑祖琛与吴钟奇又有《补编》及《三编》。道光十年
（1830），《湖州诗录》与《续录》合刊，分装二函，由郑佶作序。湖州市博物馆
有藏本。

《元遗山诗集笺注》

清乌程施国祁笺注。十四卷，附年谱一卷。元好问号遗山，是金末元初文
学家、史学家，被尊为"北方文雄""一代文宗"。该书系施国祁在研究和撰
著金史校论之产物。这是对元遗山诗集的首次全面校勘，其得处在于径改原本
正文讹误，省却读者翻检之劳；其失处在于替作者改正错误，求是不求真，或
有悖于元诗原貌。有道光二年（1822）刊本、1936 中华书局《四部备要》本和
1958 年人民文学出版社本。

《说文声系》

清归安姚文田撰。书中列平、上、去十部，入声九部，大多本于段、戴二
氏。姚氏在自序中云："段书诸部皆言合韵，里巷歌谣，天籁自发，音谐则用，
讵识部居？故合韵之说，不可用也。孔氏又创为对转之例；乡曲一隅，唇吻互
遇，唯变所适，众类金同；故对转之说，不可用也。"姚氏是书和他的《古音韵》
都为其后人辑入自刻的《邃雅堂全书》。《说文声系》十四卷又有商务印书馆
《丛书集成初编》本。

《潜园总集·宋诗纪事补遗》

《潜园总集》为清归安陆心源撰著汇编，凡九百四十卷。其中文学著作有为
厉鹗《宋诗纪事》补辑两宋诗人三千余人，诗八千首，成《宋诗纪事补遗》一百
卷。这是继厉鹗《宋诗纪事》之后研究宋代诗歌、考订宋代诗人的一部重要著
作。虽在引用厉鹗未见书及大量方志、地区性总集上颇为丰富，但存在不少失误。
此书包括厉鹗的《宋诗纪事》将五代诗人缀于宋初，也是其不妥之处。1997 年，
山西古籍出版社精装出版《宋诗纪事补遗》。

《岘佣说诗》

清乌程施补华口述，宁乡钱絜笔录。该书有两百十五则，按五律、五古、七
古、七律、五绝、七绝、五言长排为序。每体先论该体作法要点，然后举诗人、
作品详加阐述。施氏论诗尊杜甫，其诗论主要着力于创作，认为"学诗须从五律
起，进之可为五古，充之可为七律，截之可为五绝，充而截之可为七绝"，重视"学

问才力性情"，讲究章法的"错综绝妙"，"忌直贵曲"，"用刚笔则见魄力，用柔笔则出神韵"，强调"咏物必有寄托"等。施氏于创作颇有心得，对炼字、起笔、布局、意境、气势等均有精辟论述，且多深得三昧。是书约于光绪七年（1881）影印于上海，为两卷。又有石印本见《千卷楼书目》。后人丁福保重为校印，合为一卷，收入《清诗话》，为通行本。

《东瀛诗选》

清德清俞樾选编。正编四十卷，补遗四卷。全书共选录五百多位日本诗人的五千多首汉诗。日本明治维新以后，学术及教育逐渐欧化，汉诗在和歌、俳句和逐渐兴起的日本新体诗、自由诗的压迫下，地位一度低落。在此背景下，一部分日本诗人产生了请中国著名学者、评论家评论日本汉诗，以获得国际支援的想法，于是，俞樾应日本社会活动家岸田国华（1833—1905）之请，并在日本高僧北方心泉（1850—1905）的帮助下，对岸田国华寄来的一百七十多部汉诗集加以精选，将日本江户时代的大部分汉诗选入，于光绪九年（1883）刊行。后曹昇之详为点校，并作详细导读，以帮助读者了解这部诗集。

《吴兴诗存》

清归安陆心源辑。四十八卷。陆氏在自序中称："诗可补史之不足，乃录自六朝至明代。凡人情之贞淫奢俭，与山川草木之奇态毕状，史所不及记之或不及详者，广收博采，尽采录之。"编排则仿史家编年体例，"选一郡之诗，而历代诗人皆具"，以"述往事，思来者"。集中保存了湖州历代诗人的诗作五千余首。每于诗前详录作者之生平履历。此书对研究湖州地区古典诗歌乃至古代历史人物均有一定裨益。现存最早版本为光绪十六年（1890）陆氏自刻本。

三、词论

词兴于唐、五代，而盛于宋。湖州的词学理论批评，肇始于宋。寓居湖州的姜夔，在婉约与豪放之外，别树"清刚"一帜。论者认为，他所著的《白石道人诗说》，说诗通于说词，诗法通于词法，而其《序梅溪词》，有"融景情于一家，会句意于两得"之语，实为姜氏论词宗旨所在。周密作为南宋遗老，其《浩然斋雅谈》所评词人词作，亦有可采。元代长兴人朱晞颜则以音律论宋词。

明代，词坛相对沉寂，湖州乃至浙江全省论词之著，可称者唯陈霆《渚山堂词话》而已。陈氏以"纤言丽语"为词之特征，观点近于李清照《词论》，重在词的审美价值。到了清代，词学中兴，而湖州的代表人物，自然非朱孝臧莫属。

《渚山堂词话》

明德清陈霆著。三卷。《四库全书简明目录》认为，该书胜于陈氏的《渚山堂诗话》，因其"诗格颇纤，于词为近，故论词转中多肯"。《词话》力主独创，反对模拟。区分"字语虽近，用意则别"与"面目稍更，意句仍昔"之别，肯定前者，而讥后者为"偷句之钝"。认为词虽小道，但求精不易，并论及作词的艺术规律，诸如感兴、含蓄和处理"用事"与"流便"的矛盾等。《词话》也论及词的鉴赏方法及人品与词品的关系，并以论词抒发爱国情怀，对吴潜、文天祥、岳飞等爱国词人的词作尤为推崇。此外，《词话》所载词人逸事多未见于他处者，而且"宋、元、明佚篇断句，往往而有，如宋徐一初《九日登高》之类，其本集不传于世者，亦赖以存。王昭仪《满江红》词为其位下宫人张琼瑛作，《垂杨》《玉耳坠金环》二曲，为唐宋旧谱所无之类，亦足考证"（《四库全书总目提要》）。刘承干序云："水南工于词，论词较诗为确。宋元明逸事、佚句采取甚博。"《词话》本与陈氏所作《诗话》同刊，有沈肖岩抄本、八千卷楼抄本、藕香簃抄本、四库全书本、吴兴丛书本、词话丛编本和赵叔雍校嘉靖本等。人民文学出版社 1960 年出版的《渚山堂词话》与杨慎《词品》合刊，今人王幼安点校，收入郭绍虞、罗根泽主编的《中国古典文学理论批评专著选辑》。

四、曲论

湖州的曲论，始于宋代。周密的《武林旧事》对宋杂剧、金院本、诸宫调、唱赚等伎艺有较多的记载和评论。湖州曲论的高潮和重点在明代，臧懋循的《元曲选序》、茅元仪的《批点牡丹亭序》等在论述时多有新鲜见解，而凌濛初的《谭曲杂札》更是一部有影响的曲论专著，它和徐渭的《南词叙录》、王骥德的《曲律》、吕天成的《曲品》等曲论专著一起，代表了当时中国曲论的最高成就。此外，清代俞樾的《余莲村劝善杂剧序》也有一定的影响。

《玉茗堂传奇引》

明长兴臧懋循在汤显祖《玉茗堂传奇》（又名《玉茗堂四梦》《牡丹亭四记》）基础上删改、并作"引"阐发，予以刊行。所作"引"阐明戏曲观点，认为："元时所工北剧耳"，施君美、高则诚《琵琶》"声调近南，失真"，"铺叙无当"，"曲为失韵，白多冗词"。《四梦》又"学未窥音律，艳往哲之声名，逞汗漫之词藻，局故乡之见闻，按亡节之弦歌，几乎不为元人所笑乎？"臧懋循因而"反复删定"，力求"事必丽情，音必谐曲"，"闻者快心，观者忘倦"。臧懋循戏剧理论还见于其《元曲选序》，认为诗、词、曲"源本出于一"，戏曲用语须"雅俗兼收"，"必须人习其方言，事肖其本色"。他将戏曲作品分为"名家""行家""戾家"三类。名家以"文彩灿然"见长。特别推崇行家"随所妆演无不摹拟曲尽，宛若身当其处，而几忘其事之乌有。能使人快者掀髯，愤者扼腕，悲者掩泣，羡者色飞。是唯优孟衣冠，然后可与于此。故称曲上乘，首曰当行"。他从"当行""本色"出发，推崇元人杂剧"妙不工而工""串合无痕，境无旁溢，语无外假"的朴拙自然。对于徐渭、汤显祖作品，臧氏也有所批评。

《南音三籁》

明乌程凌濛初编。四卷。成书于万历四十五年至天启六年（1617—1626）间。选辑元明两代传奇一百三十二出、只曲十七题。其戏曲理论主张"本色""当行"。本色是指风格自然质朴、通俗易懂，反对雕饰骈俪；当行就是要求剧本要符合演出要求，要能演唱，为观众所接受。其所选分"天籁""地籁""人籁"三等。天籁"古质自然，行家本色"，地籁"俊逸有思，时露质地"，人籁"但粉饰藻绘，沿袭摩词者，虽名重词流、声传里耳"。有明刻本、清康熙七年（1668）袁园客增订重刻本。1936年，上海古籍社影印明刻本出版。卷首所附凌氏《谭曲杂札》十七则分别论述《荆钗》《白兔》《拜月》《杀狗》《红梨》《明珠》等剧，品评梁辰鱼、张凤翼、汤显祖、沈璟、臧懋循诸名家，兼及搭架、尾声、宾白等戏曲作法。凌氏对梁辰鱼等工丽派痛加谴责，肯定沈璟重视戏曲声律，又不满其矫揉造作的风格；称赞汤显祖"颇能模仿元人，运以俏思，尽有酷肖处"，又批评其"填调不谐，用韵庞杂"。此为推崇民间戏曲特色之曲论，为后人所重视。

五、小说论

虽然湖州的小说创作起步于南朝，历史可谓悠久，但与众多的"诗话""词话""文论"相比，对小说创作的理论研究和批评则要薄弱得多，起步也基本上是明代的事了。

《拍案惊奇序》

明乌程凌濛初撰，署"空观主人"。《拍案惊奇》是凌氏的短篇白话小说集，为了使小说能"行世颇捷"，他在情节上追求"奇"，把"耳目之内，日用起居"与"谲诡幻怪"统一起来。此自序表明创作宗旨，批评了"近世承平日久，民侈志淫"的风气，推崇冯梦龙的《三言》"颇存雅道，时著良规"，表示自己的著作也"意殊有属"。《拍案惊奇》的凡例，也是一篇小说论文。

《水浒后传论略》

清乌程陈忱撰，署名"樵余"。《论略》相当于金圣叹评点《水浒传》的《读法》，且有些观点受金氏的影响，如"有一人一传，有一个附见数传，有数人并见一传"等。此文的主要观点是提出了如何"续书"的问题，认为对于前传应该有分析，扬其优而避其不足；既要衔接，又要有自己的特色；情节结构要翻新，人物性格要连贯，一些细节也要前后照应。文章还对《前传》与《后传》的优劣作了比较研究。

《痴人说梦》

清乌程范锴撰，题"苕溪渔隐辑"。约成书于嘉庆八年（1803）前，嘉庆二十二年（1817）刊本。这是继周春《阅红楼梦随笔》之后的第二部红学专著。内含《槐史编年》《胶东余牒》《鉴中人影》《镌石订疑》四种及其所绘贾府和大观园四图，首有仙掌峰樵者序、观闲居士小引、止止道人题词和作者自题。又因记录了《石头记》一部乾隆旧抄本上的异文，备具学术价值。其中的《槐史编年》为《红楼梦年谱》，系《红楼梦》第一部年谱。《胶东余牒》为《红楼梦》中贾氏宗族谱牒。《鉴中人影》为《红楼梦》人物谱，共编入四百六十人。《镌石订疑》分两部分，一是对小说中人物年龄、生辰及时序、方位等细节描写上前后不一致、相互矛盾等舛误破绽之处提出的疑问和订正；二是范氏用一旧抄本同百二十回本对校之记录。

第二节　现代文学理论与研究

从五四运动到中华人民共和国成立的现代史阶段，中国文学呈现出观念革新、思潮激荡、论争激烈的崭新局面。学界将中国现代文学理论与批评的发展历程分为三个阶段：第一阶段是 1917 年至 1927 年，为新文学革命和"五四文学"时期，其主要特点是倡导文学革命，全面更新文学观念，以新的眼光研究中国文学和文学基本理论；第二阶段是 1928 年至 1937 年，即通常所称的"三十年代文学"时期，特点是左翼文学成为中国文学的主流，文学论争激烈，并对新文学成果进行了全面回顾和总结；第三阶段是 1938 年至 1949 年，特点是强调文学面向人民大众，为现实斗争服务。在这样一个文学激烈变革论争的时代，湖州作家也有不俗的表现，为中国现代文学理论与批评的发展做出了积极的贡献。

一、文学理论与批判

《文字学音篇》

钱玄同著。此书原系钱氏 1917 年在北京大学讲授音韵学的讲义，由北大节编排印，记述了钱氏和黄侃在音韵学研究方面的一些创见。如中古音四十一纽中"影晓匣喻"本统属喉音，钱氏则将"晓匣"与"见溪群疑"同列为浅喉，即牙音。又钱氏《广韵》两百零六部、本纽十九说；钱、黄共主古韵阴、阳、入分立；钱氏假定古音读入声为闭口音节，阴声为开口音节等，都于《文字学音篇》最早提出，而为许多音韵学专著所称道。此书使音韵学从文字学中独立出来。钱氏另编有《说文部首今读表》，由北京大学于 1933 年出版。他在给黎锦熙的信中还提出了"古无舌上，轻唇声纽"的观点。

《白话诗的三大条件》

俞平伯作。1917 年发表于《新青年》第六卷第三号。这是 1916 年 10 月作者致《新青年》杂志的一信。在这封信里，作者提出了"用字要精确，做句要雅洁，安章要完密"；"音节务求谐适，却不限定句末用韵"；"说理要深透，表情要切至，叙事要灵活"等新诗创作的主张。这封信后来被辑入上海良友图书印刷公司 1935 年—1936 年出版的《中国新文学大系·文学论争集》。

《诗底进化的还原论》

俞平伯作。1922 年 2 月发表于《诗》创刊号上，收入山花文艺出版社 1997 年出版的《俞平伯全集》第三卷。作者主张，"诗底效用是在传达人间的真挚、自然，而且普遍的情感而结合人和人底正当关系"；"平民性是诗的主要质素，贵族的色彩是后来加上去的，太浓厚了，有碍于诗的普遍性。故我们应该另取一个方向去'还淳返朴'，把诗底本来面目从脂粉堆里显露出来"。此文与刘半农《诗与小说精神上之革新》、胡适《新诗谈》、周无《诗的将来》、康白情《新诗底我见》并列为五篇"讨论新诗的重要文章，而俞文可称为长篇巨制"。

《我的诗的躯壳》

陆志韦作。这是作者 1923 年在上海亚东图书馆出版的新诗集《渡河》的自序。陆氏认为白话诗最主要有两大因素：节奏和韵。他说，"节奏千万不可少，押韵不是可怕的罪恶"；"有节奏天籁才是诗"；"诗应切近语言，不就是语言"。他主张用诗之抑扬当节奏，每行诗分若干节，每节有重音和轻音，认为"韵的价值并没有节奏的大。不过我们中国自古不曾有过无韵的诗"。他还主张押韵破四声限制，或每行有韵，或间行，或间迭，不必在韵脚而应在重音；押活韵，不检韵书，可用国语韵，也可用方言韵。为便于押韵，他把王璞《京音字汇表》三十五韵通转为二十三韵。朱自清在《中国新文学大系·诗集导言》里写道："第一个有意实验种种体制，想创新格律的，是陆志韦氏。他的《渡河》问世在一九二三年七月。……但也许时候不好吧，却被人忽略过去。"又说："他实在是徐志摩氏等新格律运动的前驱。"

《宋春舫论剧》

宋春舫著。共三集。这是五四剧坛唯一一部系统介绍外国戏剧思潮流派，探讨如何发展中国话剧的专著。第一集由中华书局于 1923 年 3 月出版，有十六篇戏剧论文，主要内容：一是提出了戏剧改革的主张，提倡旧剧与新剧并存，男女同台演出，如《戏剧改良平议》等；二是介绍翻译外国戏剧，如《法兰西战时之戏曲及今后之趋势》等；三是对当前戏剧运动发表意见，如《爱美的戏剧与平民剧社》等。第二集 1936 年 3 月由上海生活书店出版，有十一篇戏剧论文，主要内容：一是对国内戏剧运动的论述，如《一年来国剧之革新运动》等；二是对外国戏剧的评价，如《象征主义》等；三是对未来戏剧运动的预测，如《从剧本方面推测到戏剧未来的趋势》等。第三集 1937 年 4 月由上海商务印书馆出版，书名《凯撒大帝登台》，收入十三篇戏剧论文，提出了"戏剧是艺术的而非主义的"的主张，并认为歌剧高于戏剧，诗剧高于话剧。宋氏是当时理论界主张中国旧戏可以保存的唯一一人，是唯一批评长江流域所流行文明戏的反文化作用的戏剧家。纵观宋春舫的戏剧批评历程，可以分为两个阶段：1917 年—1923 年为第一阶段，极力介绍欧洲戏剧知识、戏剧思潮和戏剧观念，其中法国戏剧成为他开展戏剧批评的重要知识背景和理论基础，他不提倡易卜生等人的戏剧，接受了欧洲大同主义的思想和阿利娜·伯恩斯坦的象征主义舞台设计理念；1924 年—1936 年为第二阶段，集中批评现代中国的戏剧运动，主张中国的传统戏剧应该与话剧等新剧并行发展。

《元曲联套述例》

蔡莹著。上海商务印书馆 1933 年 4 月出版。此书精选 119 种现存元代杂剧范本，从中分析总结出曲牌连套使用的规律和规则，"是一部元剧曲律模式研究的开篇佳作"。国家图书馆有藏。

《中国文艺思潮》

蔡莹（署名蔡正华）著。世界书局 1935 年 12 月初版，系刘麟生主编的《中国文学丛书》之一种。全书分为"民族特性""宗教与哲学""对于自然界""恋爱""民族思想""非战""社会经济""新文学运动"八个部分，全面评析了中国文艺产生的根源、特点及其发展规律。湖北省图书馆有藏。

《现代诗歌论文选》

江岳浪（署名洪球）编。上、下册。1936 年上海仿古书店初版。编者在序言中说："新诗集的出版，在最近略记不下千余种，但理论的书籍尚寥若晨星。虽则一般青年诗人，早认清楚如今洪流澎湃的社会，诗歌和取材已渐渐倾向于大众方面，就是理论家已有不少提出向大众实践的方法来发表，但不过报章或杂志星星的几篇，似乎仍不够读者的需求，因此在这样的立场下，才开始编这册现代诗歌论文选的举动。"全书分论文、译文、作家论、诗评、诗坛等辑，收论文三十四篇，有穆木天的《诗歌之形态与样式》、蒲风的《五四到现在的中国诗坛鸟瞰》、林林的《关于诗的音乐性》、王亚平的《关于诗的朗读问题》等；译文十篇，有鲁迅、孙俍工、曹葆华、苏文等译自日、英、苏等国诗人的论著；作家论十一篇，有对徐志摩、李金发、臧克家、冰心、普希金、哥德、泰戈尔、海涅等中外诗人的评价；诗评二十六篇，包括对《路工之歌》《死水》《罪恶的黑手》《七月流火》和郭沫若、徐志摩、闻一多、戴望舒等人的诗作评论；诗坛五篇。其中江岳浪自己的论文《诗与歌咏及前途》说："诗是情感下的一种艺术，他能够感动人的意识和普及大众的教育，倘把诗歌认许它完全视觉上的艺术，那么只有一部分躺在沙发里的人们赏识，决不会发生有这样伟大的力量。在这时代下的我们，快把歌唱的诗歌去实践大众吧。"

二、古典文学研究

《彊村丛书》

朱孝臧辑校。两百六十卷。所辑唐五代宋金元词总集《云谣集》《尊前集》《乐府补题》《中州乐府》《天下同文》等五种，唐词别集温庭筠《金奁集》一家、宋词别集一百十二家、金词别集五家、元词别集五十家。书以网罗稀见善本为主，分别注明版本来源，附有朱孝臧自己的校订。过去已流行校好的刻本不再收入。有 1917 年刻本，为迄今所见较完善的词苑大型总集之一，《中国大百科全书·中国文学》认为是"晚清辑刻词学丛书所收词人最多的一种"。2005 年6 月，扬州广陵书社影印出版，共三册。

《湖州词征》

朱孝臧编。四册二十四卷。初刊于清宣统三年（1911），辑宋代湖州词人张先、叶梦得、刘一止、沈瀛、沈端节等十三家词别集，又录叶清臣、朱服等二十家词，余皆元明两朝湖州籍词人词作。1920 年补入陈霆《水南集》，初编之沈与求、吴渊、牟巘改列专集，增辑刘述、李仁本、朱嗣发、张羽、吴鼎芳等人词作，删误收陈璧、沈桓二家，其他词人作品也有所增删。对湖州词人籍贯有争议者，有所考证。另辑《国朝湖州词录》六卷，合前书共三十卷。

《宋词三百首》

朱孝臧编。1924 年编定初刻，收词八十家两百五十余首。1947 年由唐圭璋笺注集评，题为现名。1958 年 8 月，中华书局将此书排印出版，上海古籍出版社 1979 重新出版，是目前同类选集中较具代表性的精选本。

《红楼叶戏谱》

徐曼仙著。一卷。徐氏将自己的《红楼梦》研究成果化为一种纸牌游戏，让人们在游戏中深入了解这部文学名著。作此游戏者，凡四人，一人坐醒，三人免醒，两人亦可对看。庄家十二张，散家十一张，每副三张，各从其类。如情胎归情胎，情淑归情淑，名字不得重复。遇重者打去，或另配一副。宝玉、茫茫、渺渺做百子用，如情胎只有二张，用宝玉或茫茫或渺渺一张，便可配成一副。唯金钗、情淑中，茫渺不得配入。宝玉处处可配，而三领袖亦不得配。配成四副，即算和成。和成之家，照牌内注明副数核算。用百子配成者减半。不和之家，如有成副者，亦许算抵。西花色如四字三同等，和家方算。九情淑一情钟如已全者，手内虽有余牌，亦算和成。至于十二金钗、十二侍女，更无须配副数也。牌式每样二张，共计八十四张。以此较麻将，一俗一雅，判若天渊，且开妇女研究红学之先声。

《红楼梦辨》

俞平伯著。1921 年 4 月—7 月，俞平伯和顾颉刚以通信方式讨论《红楼梦》。次年，俞平伯将通信整理成七十篇，名《红楼梦辨》，于 1923 年由上海亚东图书馆出版。全书分三卷。上卷考证高鹗续《红楼梦》的问题，包括《论续书底不可能》《辨原本回目只有八十》《高鹗续书底依据》《后四十回底批评》《高本戚本大体的比较》等五篇；中卷有论述作者态度和《红楼梦》风格、地点等问题的文章六篇；下卷收《后三十回的红楼梦》《所谓"旧时真本〈红楼梦〉"》等六篇。顾颉刚在《红楼梦辨序》中阐明研究态度：反对"用冥想去解释"，希望"用新方法去驾驭实际的材料"，希望"连带读它而感受到一点学问气息，知道小说中作者的品性，文学的异同，版本的先后，都是可以研究的东西"，"我们没有意乞之私，为了学问。有一点疑惑的地方就毫不放过，非辩出一个大家信服的道理总不放手"。本书的出版，使俞平伯成为"新红学"的奠基人之一。1953 年，俞平伯对原书删改成《红楼梦研究》，由上海棠棣出版社重新出版。

《燕郊集》

俞平伯著。上海世界书局 1936 年 1 月初版。系赵家璧编"良友文学丛书"第二十八种。收《读〈毁灭〉》《教育论》《脂砚斋评石头记残本跋》等散论文章三十二篇。

《美文集》

徐迟著。重庆美学出版社 1944 年 11 月初版。收入《美国诗歌的传统》《歌剧之为音》《假如罗曼·罗兰死了》《关于被束缚的普鲁米修斯》等十五篇论文和杂文。上海图书馆有藏。

《读词偶得》

俞平伯著。这是 20 世纪 30、40 年代作者研究唐宋词的《读词偶得》与《清真词释》的合本，1947 年 8 月由上海开明书店修订再版。俞平伯以精深的古典文学造诣，对所选唐宋名家词作发表了精辟独到的见解。古人经典原词与俞先生所写优美词释交相辉映，使热爱古典文学的读者深有裨益，所谓"去古已远，引之使近"。此外，根据词意境配以百余幅插图，均为古人丹青，观之赏心悦目，读来更加怡人性情。1984 年，上海书店根据 1947 年版本重新出版。

三、外国文学研究

《德国文学史大纲》

张传普（张威廉）编写。中华书局 1926 年 1 月出版。作者编写此大纲时年仅二十四岁。书内有多幅德国文学家的头像。此书的出版对中国的德国文学研究具有开创性意义，引起了郑振铎、俞仪方等学者的关注。俞仪方称其为"中国最早出版的一部德国文学史"。张传普还发表了大量研究德国文学的文章，如关于中世纪德国著名抒情诗人瓦尔特·冯·福格尔瓦德（Walther von der Vogelweide）的论文发表在《文艺月刊》1936 年第 8 卷第四期上，《中德文化交流史上的一段佳话——歌德为开元宫人续诗》发表在 1992 年 10 月 24 日《文艺报》和《南京大学学报》1992 年第四期，《略谈席勒对于中国的了解》发表在《雨花》1963 年第一期。他还为《中国大百科全书·外国文学卷》撰写了长篇条目"席勒"。他考察比较中国元明戏曲在德国翻译流播等方面的学术论文，在德语学术界也有着较大的影响。

第三节　当代文学理论批评与研究

湖州当代文学理论与批评在浙江省内乃至全国都有一定的地位和影响。如沈泽宜、王昌忠、柯平、沈健、李浔的诗论，李广德对茅盾的研究，余连祥对钱玄同、茅盾、丰子恺的研究，赵红娟对董说、凌濛初、黄周星等古代作家的研究，刘树元对小说创作与理论的研究，沈文泉对朱孝臧词作和词学的研究，钟伟今、马明奎、颜翔林对神话的研究等，都有相当高的质量，受到文学界和学术界的关注和好评。

本节予以重点介绍的学术专著和学术论文，依据以下原则选取：一是《浙江省通志·文学卷》重点介绍的；二是获得浙江省政府、湖州市政府社会科学优秀成果奖和省、市宣传部门"五个一工程"奖，以及省作协三年一度优秀文学作品奖的；三是在一级学术刊物上发表的学术论文；四是填补某一研究领域空白的。

一、文学理论

《艺术的审美阐释》

刘树元著。辽宁大学出版社 1994 年 5 月出版。这部论文集体现了作者多年来对文艺现象的深层理论思考，既注重当下创作，又关注古代文学，甚至西方突显的文艺理论现象。作者以整体主义的美学观审视文艺创作状况，阐述艺术之所以为艺术的道理，分析创作的心理动因，追寻文艺创作的审美规律，批判现实中妨碍文艺正常生长的各种不良现象。文艺理论家王向峰教授在序言中高度评价了作者将理论与创作实践紧密结合的做法，认为其学术思考有现实针对性。1997 年 5 月获辽宁省文学评论二等奖，同年 6 月获辽宁省美学学会著作一等奖。

《防风神话研究》

钟伟今主编。安徽文艺出版社 1996 年 12 月出版。防风神话与中原神话、云南岩画、纳西族祭天古歌并为 20 世纪中国四大远古神话发现。本书是第一部关于防风神话研究的论文集，不仅包括了对古籍中关于防风氏资料的重新解读和匡正，还包括了对德清民间口头神话传说的理论评介与探索。钟伟今说，此书是"余主编防风神话研究之第一本学术专著，继孔夫子讲述、司马迁载入《史记》后，沉睡了几千年的防风氏，突然醒来，打了一个哈欠，伸了一个懒腰，又登上了历史的前台与世人交流矣！"。

《文艺学论稿》

厉创平著。贵州人民出版社1999年1月出版。全书分三辑，第一辑为文艺理论，收文十三篇，"尽可能讲些别人没有讲过的话题。即使是老话题，也总想做出新的开掘和创新"；第二辑为诗歌理论，收文七篇，其中《诗艺的辩证法》曾获湖州市哲学社会科学优秀成果一等奖；第三辑为文艺评论，收文八篇，"有评小说的，有评诗歌的，也有介绍理论著作的"。书中文章都曾在《浙江学刊》《齐鲁学刊》《阅读与写作》《湖州师专学报》《电大教学》等刊物上发表。

《误读米勒与米勒的误读》

张晓光作。发表于《文艺理论研究》2008年第三期和《中国社会科学文摘》2008年第七期。在宣布"文学终结"的同时，米勒新著《文学死了吗》又宣称文学"永恒"。有的学者认为我国理论界只讨论了他的"终结论"，而没有注意到"永恒论"。还有人注意到："我们对他提出的一些理论命题往往只做了浅表化的理解……远没抵达他所提出和论述这一理论命题的实质层面"。本文认为，文学性是一个历史的、动态的概念，是具体文本的内容与形式之间的辩证统一关系，并非永远给定的特性，不会"永恒"。新媒介重组了文学的诸种审美要素，通过改变文学所赖以存在的外部条件而间接地改变了文学，构成新的文学样式。米勒正是在此地方误读了文学，同时也让人们误读了米勒。本文获湖州市第四届社会科学优秀成果三等奖。

《少数民族文学意象的叙事性研究》

马明奎作。发表于2011年第五期《文艺理论研究》。本文由意象入手，从本体、历史、文化和存在四个义域，阐释构成少数民族文学意象叙事理论的外在形态，深入研究少数民族文学意象与题材的叙述性关系。该文后延展为专著《多民族意象的叙事性研究》一书，2016年由中国社会科学出版社出版。2017年获浙江省第十九届哲学社会科学优秀成果三等奖；2018年获湖州市第十八届社会科学优秀成果一等奖。

《中国诗学批评视域中的"本色论"》

潘明福作。发表于《文艺理论研究》2013年第四期。本文从"'本色'的内涵及'本色论'在中国诗学批评视域中的出现""宋元诗学批评中的'本色论'内涵""'本色论'在明清诗学批评中的理论发展和内涵变迁"三个方面对中国诗学批评中的"本色"这一概念及其理论发展进行了较为系统的探讨。文章认为:"本色论"不仅对完善中国诗学理论体系有着重要的贡献,而且在明清诗歌从"向外学习"转向"向内求索""抒发性灵"的发展历程中也起到了重要的理论引导和实践指导作用。文章获湖州市第十六届社会科学优秀成果三等奖。

《小说的审美本质与历史重构——新时期以来小说的整体主义观照》

刘树元著。浙江大学出版社2014年12月出版。本书贯彻和强调审美功利主义立场,对新时期以来的小说文本,新时期作品的艺术表现,以及文学发展的原因等,进行了较为贴近的研究。从关乎精神文明建设的视角,分析研究了新时期以来小说方方面面的状况,把握小说审美取向的内在一致性和深层共通性。作者主张积极抵抗"物化"和"异化",倡导宽厚的现实主义和人道情怀,为真正好的小说提供利于生长的肥沃土壤,以繁荣社会主义文学创作。本书获2012—2014年度浙江省优秀文学作品奖。

《弗洛伊德的文学接受论》

杜瑞华作。发表于《湖州师范学院学报》2015年第五期,人大书报资料复印中心《文艺理论》同年第十一期转载。论文指出,弗洛伊德的文学接受论散见于他的文学艺术批评文章中,其要点有三:"前期快乐"是原则,也是接受效果;对人物的"同情"基于"理解",而"理解"也成为接受者对高水平创作的心理呼求;"认同"是文学接受过程中的一种心理表现,也可作为作品价值判断的标准之一。在论述方式上,弗洛伊德对文学接受心理特征的分析总是与对文学创作技巧的探讨紧密相连。

《文学如何书写消费》

王昌忠作。发表于《文艺理论研究》2016年第一期,人大复印资料《文艺理论》同年第六期全文转载。该文系浙江省2015年哲学社会科学规划课题。文章对文学为何书写消费、怎样书写消费进行了深入探究。文学消费现象书写,在反映、揭示和造就、传播消费文化的同时,自身也汇入了消费文化体系而成为其有机构成。在本质上，文学现象消费书写是文学话语而不是消费文化话语。文学消费现象书写的技艺策略集中体现在叙述时间、叙述距离、叙述投影和叙述声音等方面。

二、文学批评

《诗的真实世界》

沈泽宜著。南京大学出版社 1993 年 7 月出版。该书是作者长期研究诗歌理论和实践、尤其是浙江省诗歌现状和流变的成果。全书分两辑，上辑对鲁迅的《摩罗诗力说》和艾青的抒情诗进行研究和理论思考，还有长篇论文《中国新时期诗歌的两次跨越》；下辑是对诗歌创作的考察和评论，既有分年度连续评述浙江的诗歌创作，也有对浙江诗人及诗作的评价。该书对诗人诗作的剖析、群体的归类，对诗潮流变的脉络、推衍轨迹，都作了较为全面、清晰和有深度的分析。该书获中国当代文学研究会优秀成果奖和 1993—1996 年度浙江省优秀文学作品奖。

《文化立场与艺术表达》

刘树元著。沈阳出版社 2008 年 3 月出版。该书的评论基本涵盖浙江当下实力派小说作家，全面研究浙江当代小说创作，既有地域特点，又有全国性、整体性关照。全书以地域划分章节，观点鲜明。作者认为，在文化寻根运动中，李杭育小说显示出艺术敏感性和很强的文学表达实力；余华表现苦难生活的小说使浙江小说创作迅速达到了中国先锋小说的高峰；艾伟等小说家对生活、生命与艺术表现的双重关注，更是值得欣喜的艺术现象。作者认为，浙江小说充分显示了理欲交融的非酒神型特征和儒道互补的艺术精神，富有理性思考，类型上呈现追求诗意栖居与坚实扎根土地的特点。本书分析公允，论述深入，语言生动，是浙江新时期小说研究中重要的理论收获。

《文化视野下浙江歌谣研究》

刘旭青著。浙江大学出版社 2009 年 12 月出版。本书系浙江省文化研究工程项目，2006 年获省哲学社会科学规划课题立项。本书描述和阐释歌谣与各种文化现象的生态联系。观点和价值主要体现在以下十二个方面：（一）歌谣的意义和价值；（二）歌谣与稻作文化；（三）歌谣与蚕桑文化；（四）歌谣与戏曲文化；（五）歌谣与民间信仰；（六）歌谣与婚俗文化；（七）歌谣与风土文化；（八）歌谣与饮食文化；（九）歌谣与商贩文化；（十）歌谣与渔盐文化；（十一）歌谣与茶文化；（十二）歌谣的保护与传承。本书拓展和深化了歌谣文化学的研究，获湖州市第十四届社会科学优秀成果奖三等奖。

《浙江谚语的文化功能及其价值研究》

刘旭青著。浙江大学出版社 2010 年 12 月出版。本书获浙江省社科规划课题立项。本书描述和阐释浙江谚语与各种文化现象的生态联系；从地理环境、历史文化背景、风俗习惯、宗教信仰、伦理道德等角度探讨浙江谚语的生存状态与衍生机制；从哲学、社会学、民族学、民俗学、伦理学等多学科视角，全面解读浙江谚语的社会文化功能及其价值。本书获湖州市第十五届社会科学优秀成果三等奖。

《关于"隐含作者"的反思与重释》

马明奎作。发表于《文学评论》2011 年第五期。隐含作者实际是西方权力限定观念在叙述学的体现。作为叙述伦理和创作状态的一种人格化表述，它反映了叙述主体进入文本建构时的历史本质和人性状态；从心理学角度看，是作者进入创作时灵感超越状态和综合意识能力的同一。本文着力祛除遮蔽于隐含作者之上的逻辑矛盾，阐明隐含作者作为"人"的价值状态和天才品格，并试图寻觅某种传统的回声。该文获湖州市第十五届社会科学优秀成果二等奖。

《吴越歌谣研究》

刘旭青著。中国社会科学出版社 2012 年 11 月出版。本课题系教育部青年基金项目。吴越歌谣不仅是吴越地区民间文学的精品，也是吴越地区历史地理、方言、民俗、社会、文艺、音乐、传播等多学科研究的珍贵资料和载体。作者以音乐文学为主视角，辅以历史地理学、方言学、民俗学、社会学、文艺学、传播学等多学科研究成果，对吴越地区的政治、经济、文化、地理等作历史的、全方位的透视，在此基础上对吴越歌谣进行系统、全面的解读，剖析吴越歌谣生成的文化背景，及其与其他文化现象的生态联系。该书获湖州市第十六届社会科学优秀成果二等奖。

三、文学史

《湖州文学史》

高万湖编著。海南出版社 1999 年 10 月出版。作者将湖州文学史以朝代为标记分期，南朝以后一朝一章，隋、五代未作专门论述，近代部分内容较多。所选作家以湖州籍（含外地嫁至湖州者）为主，适当录用非湖州籍但在湖州著作的名家和湖州题材的作品。初为论文《先秦至南北朝时期湖州文学概论》，后陆续写有十多篇。经修订整理而成书，故尚有单篇痕迹，于"史"尚存缺陷，但总体上勾勒出了湖州文学发展的脉络。

《湖州现代文学史》

王昌忠等著。浙江古籍出版社 2014 年 11 月出版，系"湖州历史文化丛书"第六辑之一。作者还有韦良、吕锽、杜隽、杜瑞华、陈罡、潘明福等。全书分八章，除第一章"湖州新文学的先声"讲现代文学的发轫外，其余七章分别以新诗、小说、散文、电影和戏剧、传记文学、文学翻译和旧体诗词诸体裁进行论述。

《湖州曲艺史》

张志良著。浙江古籍出版社 2014 年 11 月出版，系"湖州历史文化丛书"第六辑之一。全书分六章，按古代、近代、现代、当代进行论述，其中当代部分因内容丰富，又分上、中、下三章进行论述。作者在《弁言》中说："诗歌源于吟唱，小说源于讲故事；讲故事辅以吟唱，辅以韵律，便是曲艺。"作者认为，湖州曲艺"萌芽、形成于古代；孕育、生长于近代；诞生、活跃于现代；强盛、健全于当代"。

四、古近代文学研究

《古典诗律史》

徐青著。青海人民出版社 1980 年 6 月出版。作者认为，五言律诗在南朝齐梁间的大量出现，将律诗的产生由唐朝向前推进到了齐梁时期。作者还将齐梁律诗归纳为粘式律（即近体诗律）、对式律（全诗由同一律联重叠而成）两类，唐代诗律继承和发展了齐梁粘式律。同时，作者肯定了沈约的诗律理论和"四声八病说"。

《诗文管窥》

陈景超著。系其十卷本《衡庐集》之卷一。香港天马图书出版公司 2004 年 6 月出版。作者自序云："此卷收文章八十九篇，上卷议书论人，中卷谈诗说理，下卷专题论述，附录辑泛集杂。"其间不乏真知灼见。如卷上之《汉乐府〈陌上桑〉新解（附：蚕说）》，在论述《陌上桑》"是民间传说中真人真事的搜集和整理，并非属于某位文人虚构的文艺作品"，在肯定"罗敷是我国古代代表下层女性的杰出人物"后，着重论述罗敷口中所说的"东方千余骑，夫婿居上头"这一"夫婿"形象，指出并非实有，也非人，而是罗敷所养"蚕宝宝"，就是传说中骑白马的蚕花娘子"马头娘"（马鸣王菩萨）。此"新解"全靠作者丰富的想象力才能独到引发，且又解得通。

《学海苇航》

陈景超著。系其十卷本《衡庐集》之卷二。香港天马图书出版公司 2005 年 1 月出版。本书辑入了作者此前出版过的六个单行本：《衡定韵律》是作者研究诗学的开拓性著作，学术价值较高；《诗歌比较》编得别出心裁；《诗家齐寿》编录自屈原至邓拓共七百零一位诗人的生卒年，以享年多寡为序，可谓标新立异；《戈亭风雨集校注》则是对抗日战争期间三十五位诗人的三百零三首诗进行抄、校、注释，其中精粹的注释显示了作者深厚的功力；《赵孟𫖯》辑入此书已是第三版第四次印刷，选辑作者论赵孟𫖯文二十篇，另有"诗文辑录""身经记述"和"附录"；《德清俞氏》共四辑，第一辑研究俞平伯，第二辑研究俞樾，第三辑为乌巾俞氏家世概述，第四辑为滕山、新市俞氏家世概述。

《唐诗格律通论》

徐青著。当代中国出版社 2002 年 1 月出版。全书分两部分，前七章阐释唐诗结构类型，揭示完整的唐诗格律体系。后四章从诗律史角度阐述古代诗律形成和发展的历史过程，揭示从初唐、盛唐到中晚唐各个阶段诗律应用的特点，从而明晰唐诗格律的全貌。

《中国古代小说中的城市书写及现代阐释》

刘方作。发表于《中国社会科学》2007 年第五期。人大复印资料《中国古代、近代文学研究》同年第十二期全文转载，Frontiers of Literary Studies in China Volume3·Number2·June2009 173-194 全文英译。从作为故事场景而出现的城市空间展示和城市地标聚焦，到政治斗争、权力象征、人才选拔和节日狂欢等都市政治文化的书写，再到发迹变态的平民梦想、两性相悦的市井传奇、司法公正的内在渴望所构成的市民日常生活描绘，古代小说的城市书写展示了远比地理空间丰富得多的政治文化表征和日常生活内涵。这些城市书写塑造了鲜明而各具特征的城市意象，又成为城市市民共享的生活体验和文化想象。

《中国古代小说研究现代学术范式的历史生成》

刘方作。发表于《文艺研究》2007 年第十二期。人大复印资料《中国古代、近代文学研究》2008 年第四期全文转载。小说评点这一传统小说研究的基本方式，在晚清开始走向衰落。俞樾从传统学术方法中寻找小说研究新路，代表了从内在理路寻求突破的尝试；梁启超力图借助西方经验，通过大力提倡新小说而行启蒙之实；真正开拓现代小说学术研究的第一人，则是不仅广泛接受和深入研究西方理论，并且深入反思中国传统学术之弊的王国维。胡适的章回小说考证与鲁迅的中国小说史研究，使研究的基本范畴和主要方法开始明晰，中国古代小说研究的现代学术范式也基本确立。

《"闲话"与"独语"：宋代诗话的两种叙述话语类型》

刘方作。发表于《文艺理论研究》2008 年第一期。人大复印资料《中国古代、近代文学研究》同年第八期全文转载。"闲话"与"独语"构成宋代诗话的两种话语类型，不仅体现了特定的主体姿态，而且表现着作者与读者之间的特定想象关系。在理想境界上，前者追求还原日常生活，具有"在场性"的特质，后者呈现的则是一种理论自足的距离感；在结构上，前者呈现出随笔式，后者则追求体系性；在文体风格上，前者追求幽默风趣，后者则体现出霸权话语特征；在文本特征上，前者呈现出对话中的众声喧哗，后者则体现出独语下的异端批判。

《黄周星道士身份与〈西游证道书〉之笺评》

赵红娟作。发表于《文献》2009 年第四期。《西游证道书》的笺评者到底是汪象旭还是黄周星，或是两人合作完成，学术界有激烈争论。这涉及对两人身份的认定。目前学界认为汪的道士身份较明确而遗民身份不确定，黄的遗民身份确定而道士身份遭质疑。本文首先利用文献资料，对黄周星的道士身份进行了认定,"笑苍道人"或《西游证道书》上所署的"笑苍子"就是他的道号,而不是一般文人如"某某道人"的别号。其次,考察了《西游证道书》评点文字中的遗民思想,认为这与黄周星的身世经历、遗民身份相一致。根据这两个结论,文章认为,《西游证道书》的笺评者主要当是黄周星,至少不能排除黄周星。

《共时性:一种阐释〈红楼梦〉的新视野》

马明奎作。发表于《浙江社会科学》2009年第五期,后为《人大复印资料》转载。《红楼梦》的文本阐释应以回归作者本意为前提,但事实上我们无法超越社会学的范畴。荣格的共时性理论为我们提供了一种超越简单社会历史决定论、不事对立、不拘于因果逻辑的时空观念和存在观点,即所谓的共时性理论。我们以之观照《红楼梦》,阐释其艺术世界的建构、人物形象的设计及情节主题的处理等,获得新异的知解:曹雪芹在《红楼梦》中感慨的主要不是社会,而是天道,是家族命运后面的运数,即所谓的天道颓堕。所有人物的宿命都以此为前提。共时性理论对于《红楼梦》的阐释形成全新的景观。

《考察诗学与理学关系的一个范例:对方回诗学的理学阐释》

石明庆作。发表于《云南民族大学学报》2009年第一期。人大复印资料《中国古代、近代文学研究》同年第八期转载。朱熹是宋代理学的集大成者,江西诗学是宋代诗学的代表,方回是江西诗学的最后总结者。方回的诗学思想与其所接受的朱熹理学思想有密切关系。他的学诗如学道的观点,格高之说的人格内涵,圆熟平淡之论与理学人生境界,以及其诗法理论的深沉意蕴,都表明他的诗学理论与理学有深层关联。通过对方回诗学的理想阐释,有助于我们认识理学与诗学的内在联系。该论文获湖州市第十四届社会科学优秀成果三等奖。

《〈全宋词审稿笔记〉的学术价值》

潘明福作。发表于《文学遗产》2011年第六期。文章通过《全宋词审稿笔记》,考察唐圭璋先生编纂《全宋词》的过程,对王仲闻先生为《全宋词》的最终编纂完成所作的巨大贡献进行了具体分析。文章认为,对于《全宋词》的最终成书,王仲闻先生在"辑补与校正词作""补撰与修改词人小传"和"调整书稿体例与编次"等诸多方面居功甚伟。

《孔子"诗论"与朱子诗学的比较研究》

周淑舫作。发表于《孔子研究》2011年第一期,人大复印资料《中国古代、近代文学研究》同年第六期转载。论文指出,战国楚竹书的孔子"诗论",以总论、分类论、重章叠论的不同形式彰显出孔子的诗学理论。汉代诗学背离孔子诗论宗旨,以经学家法训诂释义,把诗变成穿凿附会的道德品行说教。体现朱子诗学理论的《诗集传》虽有依其旧说之嫌,但辨识否定,认同人之情感,与孔子论诗不期而合。遇合之中又在文本体味、创作群体、天性人欲、赋比义释、意象审美上有着删减增益,彰显出朱子诗学改造、发展、拓新儒家思想的鲜明特点。

《明传奇〈李丹记〉作者考补》

潘明福作。发表于《文献》2013年第一期。本文在前人研究的基础上,对明传奇《李丹记》的作者进行了进一步的考索。文章认为,各类典籍所载的"刘还初""刘海日""刘天放""刘幼真"皆是指"刘志选",而"刘志选"就是《李丹记》的作者。在厘清《李丹记》作者的基础上,文章又对《李丹记》的写作背景进行了初步探讨。

《〈两宋词人丛考〉小补》

潘明福作。发表于《词学》2013年第六期。本课题列入国家社科基金重大招标项目"唐宋文学编年系地平台建设"。文章对王兆鹏、王可喜、方星移三位先生合著的《两宋词人丛考》中的一些词人的生平进行了点滴考补工作,主要涉及黄大临、刘焘、何大圭、沈端节、易祓、尹焕这六位词人。

《汴京与临安:两宋文学中的双城记》

刘方著。上海古籍出版社2013年11月出版。本书围绕汴京政治文化之文学书写、大相国寺所呈现的北宋宗教文化、艮岳园林所具有的艺术审美及都市文化特征与文学风貌、日常生活中的享乐之风等,讨论了北宋都市生活的多元面相,研究了南宋临安宗教结社、士人文化与文学的相互影响,探索了都市文学对临安文化在想象与构建方面的复杂内涵和价值。跨学科、多层次探索了在宋代都市文化支撑和影响下形成的新的文学活动和文学变迁。本书系国内这一研究领域具有开创性的专著,获浙江省第五届哲学社会科学研究优秀成果三等奖和湖州市第十六届社会科学优秀成果一等奖。

《北宋时期文人文集的"境外"传播》

潘明福作。本课题列入2013年国家社科基金一般项目"两宋时期文人文集的编纂、刊刻与传播研究"。本文发表于《湖州师范学院学报》2015年第一期。人大复印资料《中国古代、近代文学研究》同年第九期全文转载，同年第三期《高等学校文科学术文摘》摘录。文章从"传播概况"和"传播途径"两个方面对北宋时期文人文集在辽、西夏、高丽、日本等地区的传播情况进行了较为细致的探讨，认为那时的文人文集主要通过"民间私传""使节传播"和"商人传输"三条途径传播到"境外"。这种形式的文化输出，在促进周边国家和政权对北宋社会作深入了解的同时，也切实推动了以北宋为中心的"东亚文化圈"的巩固和繁荣。

《朱彊村年谱》

沈文泉著。浙江古籍出版社 2013 年 7 月出版。本年谱按年编排朱氏一生行事，全面、系统、完整、真实地展现了一代词宗亦官亦文的传奇一生，以及朱氏杰出的词作、词学成就，填补了中国古代文学研究领域的一项空白。著名书法家、西泠印社名誉副社长高式熊先生为本书题写书名。本书对于了解朱孝臧的词创作和词籍校勘颇有助益，也有助于了解晚清词学界的相关状况。本书获湖州市第十六届社会科学优秀成果三等奖。

《论古谣谚在文学发展中的作用》

刘旭青作。发表于《中国韵文学刊》2017 年第一期。人大复印资料《中国古代、近代文学研究》同年第八期转载。古谣谚反映了当时人们对自然、社会、历史、人生等的精辟见解和深刻思考，是反映事项、总结经验、表达心声、传播信息和传承文化的重要方式。从唐人传奇、宋人平话，到元代杂剧、明清小说，古代谣谚被采撷入各种典籍者数不胜数。古谣谚在文学发展中的作用及其对雅文学的影响，主要表现为以下六个方面：采谣谚入诗文；引谣谚释诗文；引谣谚总结文学理论；引谣谚评论文学现象；引谣谚评论诗文创作；引谣谚论文学成就。文章获湖州市第十八届社会科学优秀成果三等奖。

《北宋时期文人文集的上献与下赐》

潘明福作。发表于《湖州师范学院学报》2017 年第九期。人大复印资料《中国古代、近代文学研究》2018 年第四期转载。本文主要从"上献"和"下赐"两个维度探讨北宋时期文人文集的上行传播与下行传播。文章认为：北宋时期文人文集的上献是在北宋朝廷搜罗文献、丰富国家图书储备的大背景下形成的，文集上献包括文人及其子嗣为博取特定利益而进行的"主动上献"和应朝廷要求而进行的"被动上献"两种模式；文集的下赐则是指北宋朝廷为了宣扬文德和树立典范，将君主和功勋大臣的文集赐给臣子的方式，文集的下赐过程其实就是文集的"下行"传播过程。

五、现代文学研究

《一代文豪：茅盾的一生》

李广德著。上海文艺出版社 1988 年 10 月出版,1992 年 2 月再版。全书从"长房曾长孙"的茅盾家世写起，叙述他一生从事革命、文学创作的经历，直至"最后的日子"，共六十二节。1991 年 3 月获浙江省茅盾研究优秀成果一等奖、2001 年 3 月获全国"茅盾研究学术成就奖"。

《茅盾与浙江》

徐越化、顾忠国主编。海南出版社 1996 年 12 月出版。全书分"茅盾在浙江""茅盾对浙江作家的研究、扶持与影响""茅盾与浙江作家作品的比较研究""茅盾作品中的浙江风貌"四章。其中第一章第二节是"茅盾与湖州"，第四章三节分别是"茅盾作品中的浙北'风俗画'""茅盾作品中的浙北'风景画'"和"茅盾作品中的浙北方言"。这本书是浙江省哲学社会科学"七五"规划重点课题，经华东师范大学许杰教授、复旦大学陈鸣树教授、浙江大学骆寒超教授鉴定通过。骆寒超说：这"是茅盾故乡学者的研究专著"，"能充分利用他们与茅盾共处于浙江吴越文化圈的有利因素，所以能深入挖掘在创作个性、艺术风格以及理论思辨中那条地域文化之根"，"特别能具体而微地把握住吴越文化那种开拓、务实、变通等内在精神，在茅盾的世界观、文艺观形成方面所产生的积极作用和深度体现"。许杰说，这本书"有理论深度，援用资料也翔实"，"在国内外茅盾研究界尚未发现"，"对现代文学研究也有启发意义"。本书获省"五个一工程"奖。

《文苑散叶》

徐重庆著。东南大学出版社 2002 年 5 月出版，系"六朝松随笔文库"之一。全书分"人物书简""达夫漫谈""文坛旧闻"三部分。作者借与文坛名宿的交谊，为新时期文坛"打捞"出了章克标、刘延陵等好几位几被遗忘的作家，提供了很多第一手资料。作者治学严谨、考据扎实，20 世纪 80 年代末起在《香港文学》《读者良友》《广角镜》等港台刊物连续发表文章，以大量史实论证著名作家郁达夫组诗《毁家诗纪》里所涉及之人与事全属子虚乌有，应还郁达夫妻子王映霞清白。《郁达夫移家杭州的原因》《我所知道的诗人刘延陵》《新发现的徐志摩佚文（阿嘤）》等，都有独特见解，自成一说，为学术界所瞩目。

《徐志摩生态美学思想与文学创作》

张晓光作。发表于《文学评论》2008 年第一期。崇拜自然、浪迹自然和寄情自然，构成徐志摩生命存在和文学创作的重要特征。作为大自然的观察者、爱好者和崇拜者，徐志摩喜欢把他的理想展示为一个又一个景物，描绘了一幅幅中国江南的和欧洲的自然图画，然而，他的生态美学思想尚未得到文学史的关注和理解。在徐志摩的作品中，美的意象更多的是表现自然界中"新绿的藤萝""群松春醉""清风""松影""星光疏散""海滨如火""河畔的金柳""软泥上的青荇"等众多美不胜收的意象。徐志摩浪漫主义的自然审美观、单纯理想主义所追求的人与自然和谐，以及从生态伦理主义视角对现实生活的批判姿态，丰富了中国现代美学和文学创作。该文获湖州市第三届社会科学优秀成果二等奖。

《稍叶——吴组缃先生不了解的一种蚕乡习俗》

余连祥作。发表于《中国现代文学研究丛刊》2009 年第四期。该刊《编后记》指出，这篇论文"是针对 1984 年发表在本刊的吴组缃的《谈〈春蚕〉——兼谈茅盾的创作方法及其艺术特点》而作的辨析，并对'稍叶'这种流行于江南某些地区的特殊习俗作了正面的解说。该文受到编委们的一致好评"。冷川在《2009 年中国现代文学研究述评》中也肯定了这篇论文："文献引证细密，分析饶有趣味。"该文被他引七次。

《绝版诗话——谈民国时期初版诗集》

张建智著。复旦大学出版社 2012 年 12 月出版。作者从中国现代文学史中选取陈梦家、辛笛、李金发、梁宗岱、林徽因等 15 位著名作家和他们的初版诗集，以随笔的形式谈他们的生平逸事、创作成果和作家在诗歌上的成名之处，也从诗思、诗艺，谈五四新文化运动后白话诗的发展历程和诗歌创作流派。作者还从每位作家的作品中精选二至三首代表作，使读者对该作家的风格有初步的印象。书中还配有诗集的书影等照片，图文并茂。

《思想炬火如此燃烧——鲁迅与巴金如何写人比较研究论稿》

胡百顺著。黄河出版社 2014 年 4 月出版。本书写作历时三十多年，共计三十二万字，是我国第一本关于鲁迅和巴金典型观比较研究的专著。作者将鲁迅、巴金的典型理论与典型实践紧密地结合起来，并在古今中外典型创造实践的大背景中加以考察，探讨其典型论思想的精髓，总结其中的创作经验，但又不局限于鲁迅、巴金这两位大师的典型观。全书论述的是鲁迅、巴金的典型论，揭示的却是典型创作的普遍规律，并且不乏创见。同时结合当代特别是新时期典型创作的实际，展开多层次、多角度、多方位的比较研究，有一定的学术价值和现实意义。

《茅盾及茅盾研究论》

李广德著。台湾花木兰文化出版社 2014 年 7 月出版。这是湖州学者研究茅盾最全面、最深入的一部学术著作。全书分上、下两册四个部分，上册为"茅盾人生论""茅盾思想论"，下册为"茅盾文学论""茅盾研究论"。其中，"茅盾人生论"论述了茅盾与湖州的关系；"茅盾文学论"重点研究了茅盾作品中的浙北风景画及其审美意识；"茅盾研究论"中茅盾之子韦韬致茅盾研究者的信，尤其是曾在日本与茅盾同居过的女革命军秦德君的亲述信函，弥足珍贵，是茅盾研究的重要学术资料。

六、当代文学研究

《江水滔滔——评李杭育的小说创作》

沈泽宜作。载浙江省文学研究会 1983 年度《文学年刊》。作者及时评论了李杭育 1983 年 4、5 月间密集发表在《十月》《当代》《北京文学》上的《葛川江上人家》《最后一个渔佬儿》《沙灶遗风》三个短篇小说，分析了大黑、秋子、施耀鑫、福奎等葛川江人物的性格特征和作者塑造人物的独特手法，关注到了李杭育"葛川江系列"乡土小说"由侧重情节到侧重性格的转变"，看到了"在小说中，事件的记叙、山川形势、风物人情的描绘，只有步步不离人的活动，才是有价值的"很好的苗头，希望他"在今后的创作实践中继续努力，不要因对乡土特色的过分热衷，而忽略了对人的刻画"。本文获 1981—1984 年度浙江省优秀文学作品奖。

《南永前图腾诗学》

马明奎著。时代文艺出版社 2007 年 12 月出版。全书分四章，分别阐述南永前图腾诗的古典诗学品格、现代人文价值、诗学创新及诗体确立。北京大学教授、中国新诗研究所所长谢冕说：这本书全面展现了关于南永前图腾诗学研究的最新成果。诗评家张同吾说，"图腾诗中的图腾就是一种原始意象"，"隐约着一个种族的精神之源和价值之根。它有四个要素：血缘性、神秘性、心理性和象征性"。2008 年 4 月，这本书被翻译成朝鲜文，由黑龙江朝鲜民族出版社出版。2009 年 10 月获第七届全国少数民族文学研究优秀成果奖。

《新时期后现代主义诗歌辨析》

王昌忠作。发表于 2017 年 8 月 31 日《中国社会科学报》。论文以对后现代主义诗歌及其症候的剖析为逻辑基础，对后现代主义诗歌写作的纠偏路径进行了思考，对现代主义与后现代主义相结合的美学意义加以发掘。提出了"无论是现代主义维度还是后现代主义维度，中国新时期的诗歌创作都不能脱离现实主义文学的主流，都要以现实为基础，以人民性为立场，既扎根现实主义土壤，又高扬理想主义情怀"的观点。

《我对诗歌所知甚少》

沈健著。杭州出版社 2017 年 10 月出版。全书分四个部分，分别是"'迷宫来访'：细读名家""'我们的眼帘被针线缝合'：半解诗学""'醒，就梦中往外跳伞'：述评浙江"和"'一起醒来多么美妙'：片语评诗"，共收入诗论二十七篇。著名诗歌评论家、北京大学教授谢冕和著名诗人伊甸作序。伊甸在序中评论说："沈健把论文也写成了诗，充满着浪漫主义的抒情风格，但同时又是论证严密、无懈可击的真正的论文。"此书 2018 年获浙江省文艺评论三等奖，2015—2017 年度浙江省优秀文学作品奖。

表 8-1：湖州当代文学理论与批评著作一览

书 名	类 型	作 者	出版机构和版次
中学语文鲁迅作品选析	文学研究	徐越化、刘敬之编写	内蒙古人民出版社 1980 年 2 月版
清代散文选注	作品笺注	王荣初、蔡一平选注	上海古籍出版社 1980 年 8 月版
东欧文学史简编	文学史	孙席珍、蔡一平编	湖南人民出版社 1985 年 7 月版
中学语文教学法	文学理论	徐越化主编	华东师范大学出版社 1989 年 7 月版
湖州市第一届职工影视评论大赛获奖作品集	电影评论	湖州市职工影视评论协会编	1991 年 3 月油印
茅盾学论稿	文学评论	李广德	香港正之出版社 1991 年 8 月版
			台湾花木兰文化出版社 2014 年 7 月版
电影评论写作学	文学理论	李广德主编	浙江大学出版社 1992 年 7 月版
名人怎样阅读写作	文学研究	李广德、唐承彬主编	香港未来中国出版社 1993 年 1 月版
			杭州大学出版社 1993 年 12 月版
湖州市革命文化史料汇编	史料	湖州市文化局编	团结出版社 1993 年 1 月版
绝妙比喻小辞典	辞书	李广德主编	海南出版社 1993 年 2 月版
诗歌列体	诗学理论	陈景超	香港春秋图书出版公司 1993 年 10 月版
毛泽东写作艺术论	文学研究	程 民	海南出版社 1993 年 11 月版
作文素材卡片（中学生适用）	辞书	李广德、毛善钦主编	海南出版社 1994 年 2 月版
湖州市文化艺术志	史志	《湖州市文化艺术志》编纂委员会编	浙江古籍出版社 1994 年 7 月版

书　名	类　型	作者	出版机构和版次
简明写作学	文学理论	李广德	文化艺术出版社 1994 年 9 月版
文体写作概论	文学理论	李广德主编	北京开明出版社 1995 年 1 月版
德清籍现代著名文学家俞平伯·德清文史资料第五辑	人物研究	德清县政协文史资料委员会编	德清县政协 1996 年 1 月印行
湖州市电影志	史志	马家骏、姚顺发主编	黄山书社 1997 年 9 月版
高师写作教程	文学理论	李广德、程民编	海南出版社 1998 年 7 月版
诗比	诗学理论	陈景超	香港春秋图书有限公司 1998 年 12 月版
梦洲诗论	评论集	沈泽宜	贵州人民出版社 1998 年 12 月版
不惑文集	文学评论	胡百顺	贵州人民出版社 1998 年 12 月版
怎样学习鲁迅	文学研究	刘利军	中国文联出版社 1999 年 6 月版
对偶略谈	诗学理论	陈景超	香港春秋图书有限公司 1999 年 6 月版
少年茅盾与作文	文学研究	李广德编	东方出版社 1999 年 7 月版
文章学新探	文学理论	马明奎	中国文联出版社 1999 年 9 月版
电影虚实论	文学理论	马家骏	海南出版社 1999 年 9 月版
谛听现实的回应	文学评论	刘树元	中国社会科学出版社 2000 年 4 月版
诗经新解	文学研究	沈泽宜	学林出版社 2000 年 6 月版
E 时代的电脑与网络写作	文学理论	李广德	作家出版社 2001 年 6 月版
二十世纪茅盾研究目录汇编	文学研究	龚景兴编	中国文联出版社 2001 年 8 月版
瞿秋白写作艺术论	文学研究	程　民	南京大学出版社 2001 年 8 月版

书　名	类　型	作者	出版机构和版次
凌濛初考论	作家研究	赵红娟	黄山书社 2001 年 9 月版
浙北吴语声韵调研究	文学研究	俞允海 苏向红	黄山书社 2001 年 9 月版
鲁诗今译	文学研究	李敏龙注译	中国文联出版社 2001 年 10 月版
暗夜孤航——红楼梦艺术 精神研究	文学研究	马明奎	内蒙古人民出版社 2001 年 12 月版
湖州文化概论	文学评论	湖州文化 研究所	中华书局 2003 年 4 月版
钟铭文论	文艺评论	钟　铭 （冯旭文）	时代文艺出版社 2003 年 5 月版
六朝吴兴郡大族和文化	文学研究	余方德、 嵇发根等	昆仑出版社 2003 年 8 月版
吴昌硕题画诗笺评	作品笺注	光　一	浙江人民出版社 2003 年 10 月版
论戈亭诗派	诗学研究	凌　子 （朱　郭）	三秦出版社 2003 年 11 月版
独破庐论稿	文学评论	吴冠民	昆仑出版社 2004 年 3 月版
老子道德经新编	文学研究	刘谨荣编译	三秦出版社 2004 年 4 月版
太空之吻——柯平选评董 培伦爱情诗五十八首	文学评论	柯　平	大众文艺出版社 2005 年 1 月版
当代湖州作家概论	文学研究	湖州师范学 院人文学院	中国文学出版社 2005 年 2 月版
丰子恺的审美世界	文学研究	余连祥	学林出版社 2005 年 8 月版
现代写作论	文学理论	程　民	学林出版社 2005 年 12 月版
浙江先锋诗人十四家	诗论	沈　健	新疆人民出版社 2006 年 4 月版
吴文化视野中的 浙西现代作家	文学研究	徐　可	远方出版社 2006 年 9 月版
明遗民董说研究	文学研究	赵红娟	上海古籍出版社 2006 年 9 月版

书　名	类　型	作　者	出版机构和版次
论幽默	文艺评论	厉创平	沈阳出版社 2006 年 12 月版
南永前图腾诗论精粹	文学研究	马明奎选编	时代文艺出版社 2007 年 4 月版
艺术生存论	文艺理论	马明奎	学林出版社 2007 年 10 月版
文化立场与艺术表达	文学评论	刘树元 王昌忠	沈阳出版社 2008 年 3 月版
湖州文史第二十七辑：顾锡东与湖州小百花	人物研究	方动力主编	湖州市政协文史资料委员会 2008 年 3 月印行
中国新诗中的先锋话语	诗论	王昌忠	学林出版社 2008 年 5 月版
茗雪诗音自古传	文学研究	潘明福	杭州出版社 2008 年 8 月版
落花香残人独立——唐宋词里缓缓而吟的才子佳人	诗词研究	向文凯	吉林人民出版社 2008 年 9 月版
汉代歌诗研究	文学研究	刘旭青	武汉出版社 2008 年 11 月版
唐诗说唐史	文学研究	邓小军 鲍远航	中华书局 2008 年 12 月版
生态美学视野下的现代文本	文学研究	张晓光	吉林人民出版社 2008 年 12 月版
科学小品在中国	文学研究	程民	科学出版社 2009 年 3 月版
历代诗评视野下的李贺批评	文学研究	胡淑娟	学林出版社 2009 年 4 月版
文学言语行为论研究	文学研究	张瑜	学林出版社 2009 年 6 月版
东山再起：六朝绍兴谢氏家族史研究	作家研究	周淑舫	浙江大学出版社 2009 年 11 月版
南浔董家	作家研究	赵红娟	浙江人民出版社 2009 年 12 月版
清茶一杯聊诗文	文学理论	杨如明	浙江大学出版社 2010 年 4 月版
文学本体论新论	文学理论	张瑜	上海三联书店 2010 年 6 月版

书　名	类　型	作者	出版机构和版次
扩散的综合性——20世纪90年代诗歌写作研究	诗论	王昌忠	人民出版社2010年8月版
徐迟与湖州	文学史料		南浔区政协、湖州晚报社2010年10月印行
光吟歌 影弄舞——浙江戏曲电视剧创作研究	影视戏剧研究	章新强	中国戏剧出版社2011年1月版
古诗英华	文学研究	周期政	天津古籍出版社2011年1月版
从莎士比亚说到梅兰芳	剧论	宋春舫	海豚出版社2011年3月版
大学通用写作	大学教材	程　民	浙江大学出版社2011年8月版
诗词小品	诗论	朱　炜	中华诗词出版社2011年8月版
美学审视下的中国当今消费文化	文学理论	王昌忠	漓江出版社2012年8月版
风雨文谈	评论集	胡百顺	中国文史出版社2012年10月版
唐诗话唐俗	文学研究	鲍远航	浙江科学技术出版社2013年5月版
《蟪庐曲谈》疏证	文学研究	周期政	江西教育出版社2015年1月版
湖州文献考索	文献研究	王增清主编	社会科学文献出版社2015年3月版
解毒《红楼梦》的禅文化	文学研究	悟　澹（李　彬）	中山大学出版社2015年5月版
解毒《西游记》的禅文化	文学研究	悟　澹	华文出版社2015年12月版
浙江科学小品论	文学评论	程　民陈　罡鲁　珉	浙江大学出版社2015年6月版
微读湖州	文学评论	柴葵珍	上海文化出版社2015年12月版
多民族文学意象的叙事性研究	文学研究	马明奎	中国社会科学出版社2016年1月版

书 名	类 型	作者	出版机构和版次
百年中国优秀科学小品赏析	文学评论	陈晓红等	中国科学技术出版社 2016 年 1 月版
川上流云 ——中国文化名人琐记	作家研究	张建智	广东人民出版社 2016 年 6 月版
宋代两京都市文化与文学	文学研究	刘 方	中国社会科学出版社 2016 年 7 月版
问红六记	红学研究	张建智 张 欣	上海书店出版社 2016 年 8 月版
绝版诗话二集	文学研究	张建智	复旦大学出版社 2016 年 12 月版
霞幕北飞——石屋清珙、太古普愚禅师语录诗文集	古代文学点校	寇 丹 朱 敏	中国文学艺术出版社 2016 年 12 月版
湖州文学个案研究	文学研究	潘明福	知识产权出版社 2017 年 6 月版
文苑拾遗	文学研究	徐重庆	浙江古籍出版社 2017 年 7 月版
城市与媒介：宋代文学的新变与转型	文学研究	刘 方	中国社会科学出版社 2017 年 8 月版
品味孟郊	文学研究	德清县政协文史与宗教委员会编	中国文史出版社 2018 年 1 月版
《世说新语》生成研究	文学研究	夏德靠	天津古籍出版社 2018 年 5 月版
文艺生态的漫步与思考	文学研究	刘树元	北岳文艺出版社 2019 年 12 月版

第九章　文学交流与翻译

　　湖州的对外文学交流可以追溯到元代，那时候，日本著名高僧雪村友梅（1290—1347）来湖州与赵孟頫交好，学习汉诗写作，著有《岷峨集》两卷；韩国著名高僧太古普愚来湖州拜石屋清珙为师，所作诗收入在《霞幕北飞——石屋清珙、太古普愚禅师语录诗文集》中。相比较而言，文学翻译则起步较晚，最早开始于清宣统年间宋春舫对欧美戏剧的翻译介绍，后来出现过两个高潮，一个出现在五四运动以后的民国时期；另一个出现在改革开放以后的当代。

第一节　古近代文学交流与翻译

宋春舫的戏剧译介

　　宋春舫作为著名的戏剧学家、戏剧作家、戏剧翻译家、戏剧藏书家，早在清宣统三年（1911）就用文言文翻译了德国剧作家苏特曼的剧作《推霞》和白里安的剧作《梅毒》，分别发表在当年的《新潮》和《新中国》杂志上，成为我国译介欧美戏剧作品的先驱者之一。此外，他翻译有意大利剧作家贾默西屋、渥聚勒的剧作《青春不再》和俄国作家契诃夫等人的短篇小说集《一个喷嚏》。

傅云龙出洋游历十一国

　　傅云龙是清代光绪年间的外交官、学者和作家，历官兵部郎中、则例馆纂修、海军衙门帮总办、北洋机器局总办等职。一生著作达两千四百零四卷之多，主要有《籑喜庐文集》三十二卷、《金石集成》三百卷、《汉字》五百卷。俞樾评价其"旷代逸才，中朝奇士"。光绪十三年（1887）闰四月，他以第一名成绩考取清廷出洋游历大臣，于九月二十六日同其他十一人一起赴日本、美国、加拿大、古巴、巴拿马、秘鲁、智利、乌拉圭、巴西等十一国考察，至光绪十五年回国，历时两年多。每至一国，他便收集山川风物、礼俗宗教、科技文化、文学艺术等资料，著成《游历图经》八十六卷、《游历图经余纪》十五卷。其中《日本外交》中有《交际诗目》《交际文》，分别开列唐至明代中日往来诗目、隋至明代中日往来文章，被认为是清以前中日诗文交流总目；《日本文征》设《中国人纪日本事之文》，收朱之瑜、梅曾亮、黎庶吉、孙点、陈矩之等人文十二篇；《别国人述日本事之文》收姜沅、佚名氏文两篇；《日本人文》上自平安时代空海，下迄明治时期健在文人，有一百二十二人两百二十四篇，其中又以明治为主，在汇集日人汉文方面可推最富。

第二节　现代文学交流与翻译

在现代，湖州文学的对外交流基本上都是作家的自我行为，没有开展有组织的文学交流活动。因此，本节主要介绍湖州作家、翻译家们的文学翻译活动及其成就，而在这方面，又以在外地活动的湖州籍作家、翻译家为主，其中成就显著者有应时、赵苕狂、钱稻孙、胡仁源、张威廉、徐迟、赵萝蕤等。

湖州作家、翻译家的翻译工作，为中国现代文学的繁荣发展做出了重要贡献。湖州人翻译的最早一部文学作品是赵苕狂翻译的玛克司·潘白吞的长篇小说《死死生生》，1915 年 10 月发表于上海的《小说大观》第二期。曾经担任爱因斯坦翻译的应时因一部《德诗汉译》成为最早向国人介绍西方诗歌的翻译家之一。由钱玄同和茅盾、周作人等人发起的文学研究会，和当时的创造社、新月社、未名社一样，既是新文学社团，又是翻译文学社团。在他们的组织和推动下，出现了现代翻译文学的第一次高潮。俞平伯参加了由郑振铎主编的我国最早有系统、有计划介绍世界各国文学名著的大型丛书《世界文库》的编译工作。

单士厘游历日本和欧洲

单士厘是近现代著名的女作家，二十九岁嫁给湖州籍外交官钱恂。光绪二十五年（1899）开始，她以外交官夫人的身份随夫出国，在国外生活了十年之久，游历了日本和欧洲各国，所到之处游览名山大川，采集社会风土人情，将所见所闻写成《癸卯旅行记》三卷和《归潜记》十卷。其中光绪二十九年（1903）出版的《癸卯旅行记》记述日本和俄国风情。宣统二年（1910）出版的《归潜记》记述游历英、法、德、荷、意等国的见闻和人物事件。这两部游记向国人介绍了西方近代文明，同时宣传了中华传统文化。

《德诗汉译》

应时（应溥泉）译。1914 年自费由浙江印刷公司刊印，1939 年 1 月再次自费由上海世界书局重印。收诗十一首。这是一部学术性诗歌译著，因为：一是将德语诗与汉语诗对照排印，以便懂德语的读者匡正得失，使翻译更精准；二是译者撰写了《德诗源流》，详细介绍了德国诗歌的发展历史与现状，所配的《诗人姓字里居表及本诗所选书目》《勘误表》等体现了译者治学的严谨；三是所选十位诗人，既有歌德、席勒、海涅这样的著名诗人，也有豪夫、乌兰德等中国读者相对比较陌生的诗人，体现了译者的文学史眼光。这也是第一部德国诗歌的汉译本。中国社会科学院外国文学研究所叶隽教授在《德国文学研究与现代中国》一书中评论说："不论其他，仅是那部开文学史先河的《德诗汉译》，就足以让后世缅怀不忘。"

《现代名小说述略》

张威廉选译。上海光华书局 1930 年出版。这是一部介绍欧洲现代著名小说的专著，收录了俄罗斯作家陀思妥耶夫斯基的《拉斯谷尼谷夫》、托尔斯泰的《婀娜》、比利时作家科斯忒的《铁尔乌伦司比葛儿》、法国作家左拉的《热米那尔》、英国作家王尔德的《陶良格莱的画像》、德国作家刻勒曼的《隧道》等六部小说的梗概。书前的"编辑大意"说："编者选取近五六十年来欧洲最脍炙人口的小说，把它们的内容叙述出来，每篇之首，冠以作者的小像和他们的略传，使国人以少许的时间，得知近代欧洲小说的大势。为避免枯燥并极力保持原作的风格起见，原本有精彩的地方，简直把它用忠实的笔节译出来，所以虽是叙述长篇小说的大意，却可作紧张的短篇小说读。"

《歌德名诗选》

张传普（张威廉）译。上海现代书局 1933 年出版。该书一百零九页，收入歌德《献诗》《五月歌》等著名诗歌二十四首。本译著是中国最早出版的歌德诗集，发行仅两千册。

《叶赛宁诗抄》

黎央（李一航）译。1941 年起陆续在《诗创作》《诗文学》上发表。1945 年编成诗集列入"世界诗库"出版。谢尔盖·亚历山德罗维奇·叶赛宁是苏联著名诗人，热情讴歌革命，但革命成功后的种种社会现实，却让他感到痛苦和绝望，"我很忧伤，因为历史正经历着一个扼杀活人个性的可怕年代，正推行着远非我所想象的那种社会主义。我的心灵疲倦极了，为周围发生的一切而惶惑不安，没有任何语言能表达我此刻的痛苦思绪"。苏联当局以酒鬼、流氓、颓废派诗人等罪名给予无情批判和人身攻击，他因满腔热情被残酷浇灭而走向自杀。长诗《忧郁的人》写道："我也有朋友 / 孤独时刻陪伴我的旅程 / 我很想欢笑 / 可是忧郁紧锁我的双唇 / 星星是黑夜的眼睛 / 鲜花绽放着大地的心情 / 只是，我的心思 / 谁人在聆听"。

《托尔斯泰传》

［英］阿尔泰·莫德著，徐迟译。1943 年在重庆时据戈宝权所珍藏牛津大学古典丛书版《托尔斯泰一生》译出，全书一百万字，分青年、中年、晚年三部。其中一、二部于次年在重庆国讯书店出版。1947 年 7 月在上海出版三卷合集的《托尔斯泰传》。

《巴黎的陷落》

［苏］伊里亚·爱伦堡著，徐迟、袁水泊译。这是一部苏联小说，曾获斯大林奖金。1947 年初版于上海群益出版社。上海文光书店 1951 年 12 月至 1953 年 10 月曾列入《苏联文艺丛书》，出版第二至第五版。

《帕尔玛宫闱秘史》

又名《巴马修道院》。［法］司汤达著，徐迟译。这部小说是徐迟因茅盾推荐，于 1947 年在南浔中学教书时利用暑假，据李健吾借给他的法文本和英译本在上海姐姐家里翻译而成的，次年 5 月由上海图书杂志联合发行所出版。说来也巧，司汤达写作这部四十万字的小说仅用了五十二天时间，徐迟翻译这部著作也仅用了五十天左右的时间。徐迟在"译者跋语"里说："这一部书，译的时候我最愉快，往往从早晨到晚上，一边译，一边浑身紧张而激动。人物的命运这样感动了我，过去我的译书的经验中都未曾有过这样的现象。我敢于邀请读者，读这最动人的小说！我敢于热情地说，没有人会失望的。"

《圣女贞德》

〔爱尔兰〕乔治·萧伯纳著，胡仁源译。这是一部法国女青年爱国者贞德在英法百年战争中领导农民反抗英军被俘牺牲的悲剧作品，共分六幕，并附尾声。前三幕写贞德获得统治者授权，抵抗英军的故事；第四幕写英法勾结，欲陷害贞德；第五幕写贞德为查理七世加冕后，欲一鼓作气，将英国侵略者赶出法国，而国王和大臣们则安于一时的和平，反对贞德的想法；第六幕写贞德被捕，受审，牺牲。尾声写贞德被平反、封圣，所有罪人都受到审判。

《荒原》

〔美〕T.S.艾略特著，赵萝蕤译。新诗社 1937 年初版。这是艾略特的代表作，他因此诗获得 1948 年诺贝尔文学奖。全诗五章四百多行，反映一战后一代欧美青年思想迷茫、空虚悲观的情绪，1922 年一经发表即产生巨大影响，在诗形式和内容上引发一场革命。赵萝蕤在清华大学外国文学研究所学习的第三年，对《荒原》发生兴趣，曾于 1935 年 5 月翻译第一节，后停笔。次年在戴望舒等人的鼓励下译完，1937 年夏作为"新诗社丛书"第一种出版。《荒原》以晦涩难解著称，诗中采用了六种语言，涉及三十六个作家的五十六部作品，运用了内心独白、意识流、"客观对应物"、神话结构模式等现代表现手法。二十五岁的赵萝蕤以深厚的文学功底，将诗意表达得恰如其分，并用一半的篇幅作注释。艾略特对赵萝蕤的翻译很满意，于 1946 年 7 月 9 日邀请正在美国求学的赵萝蕤和陈梦家到哈佛大学俱乐部共进晚餐，并在赠送给她的《1909—1935 年诗歌集》上题词："为赵萝蕤签署，谢谢她翻译了《荒原》！"邢光祖于 1939 年在《西洋文学》杂志上评价说："艾略特这首长诗是近代诗的'荒原'上的灵芝，而赵女士的这册译本则是我国翻译界的'荒原'上的奇葩。"

《瓦尔登湖》

原名《华尔腾》。[美]亨利·戴维·罗梭著，徐迟译。上海晨光出版公司
1949 年 3 月初版，系"晨光世界文学丛书"之一。收《我生活的地方》《湖》等
十八篇散文。出版后受到普通好评，以至于 20 世纪 50 年代香港署"吴明实"
（意为无名氏）译者，改书名为《瓦尔登湖》，再版了六次之多，原书名反而鲜
为人知了。

表 9-1：现代湖州文学翻译作品一览

书　名	类型	作　者	译　者	版本
黑肩巾	小说		天游 （俞箴墀） 刘半农	中华书局 1917 年版
神曲一脔	诗歌	[意]檀德（但丁）	钱稻孙	上海商务印书馆 1924 年 12 月版
荒服鸿飞记续编（5册）	小说	George C. Shedd	天　游	上海商务印书馆 1925 年 10 月版
猿虎记 （野人记第三篇）		E.R.Burroughs	俞天游	上海商务印书馆 1927 年版
弱岁投荒录 （野人记第四篇）		E.R.Burroughs	俞天游	上海商务印书馆 1927 年版
古城得宝录 （野人记第五篇）		E.R.Burroughs	俞天游	上海商务印书馆 1927 年版
覆巢记 （野人记第七篇）		E.R.Burroughs	俞天游	上海商务印书馆 1927 年版
镜中人	小说	[美]乌尔司路斯	俞天游 嵇长康	小说林印行（苏州 图书馆藏有半部）
灵魂		[德]施托姆	张威廉	上海光华书局 1928 年 10 月版
哀格蒙特	戏剧	[德]歌德	胡仁源	上海商务印书馆 1929 年 10 月版

书　名	类型	作　者	译　者	版本
近代名小说述略	文学理论	［俄］陀思妥耶夫斯基等	张威廉	上海光华书局 1930 年 8 月版
死死生生	长篇小说	玛克司·潘白吞	赵茗狂	上海文明书局 1930 年版
瓦轮斯丹 （上、下册）	戏剧	［德］席勒尔	胡仁源	上海商务印书馆 1932 年 11 月版
怒吼吧，中国	电影剧本	［苏］特来却可夫	潘子农	1933 年由上海戏 剧协会公演
一个喷嚏	小说集	［俄］契诃夫	宋春舫	上海四社出版社 1934 年 11 月版
千岁人（上、下册）	戏剧	［爱尔兰］ 乔治·萧伯纳	胡仁源	上海商务印书馆 1936 年 5 月版
爱的教育	日记小说	［意］爱米契斯	施　瑛	上海启明书局 1936 年 5 月版
茵梦湖	中篇小说	［德］施笃姆	施落英 （施瑛）	上海启明书局 1936 年 5 月版
青春不再	戏剧	［意］贾默西屋、 渥聚勒	宋春舫	上海商务印书馆 1936 年 11 月版
雷雨	戏剧	［俄］奥斯托洛夫斯基	施　瑛	上海启明书局 1937 年 6 月版
织工玛南传	长篇小说	［英］乔治·哀利奥特	施　瑛	上海启明书局 1939 年 1 月版
十五小豪杰	儿童文学	［法］佛尔诺	施落英	上海启明书局 1940 年版
泰山丛书 1： 兽王泰山	儿童文学	［美］勃罗尼维	施落英	上海启明书局 1940 年版
泰山丛书 2： 泰山回乡	儿童文学	［美］勃罗尼维	施落英	上海启明书局 1940 年版
泰山丛书 3： 战友	儿童文学	［美］勃罗尼维	施落英	上海启明书局 1940 年版

书　名	类型	作　者	译　者	版　本
泰山丛书4：泰山之子	儿童文学	［美］勃罗尼维	施落英	上海启明书局1940年版
泰山丛书：泰山伏虎	儿童文学	［美］勃罗尼维	施落英	上海启明书局1940年版
泰山丛书：泰山得宝	儿童文学	［美］勃罗尼维	施落英	上海启明书局1940年版
泰山丛书9：金毛狮	儿童文学	［美］勃罗尼维	施落英	上海启明书局1940年版
泰山丛书：毁家	儿童文学	［美］勃罗尼维	施落英	上海启明书局1940年版
日本诗歌选	诗选集	［日］三室三良	钱稻孙	北京近代科学图书馆1941年版
生命的火焰	合集		徐迟等	桂林集美书店1942年10月版
列宁传	传记	［苏］凯尔任采夫	（张）企程朔望	重庆读书生活出版社1942年版
明天	诗歌	［英］雪莱	徐　迟	桂林雅典书屋1943年春季版
樱花国歌话（原名《日本爱国百人一首歌译》）	诗歌		钱稻孙	中国留日同学会1943年3月版
依利阿德选译（又名《伊利亚特》）	诗集	［希腊］荷马	徐　迟	重庆美学出版社1943年7月版
死了的乡村	小说	［意］西洛内等	赵萝蕤	重庆独立出版社1943年8月版
我轰炸东京	报告文学	［美］劳荪	徐　迟钱能欣	重庆时代生活出版社1943年12月版
三〇一：英国抗战文艺选译	报告文学、小说等	［英］F.H.Brennan	沈　锜	重庆侨声书店1943年版

书 名	类型	作 者	译 者	版 本
第七名逃犯（又名《第七个十字架》）	长篇小说	［德］安娜·赛格尔斯	徐 迟	桂林学艺社1944年2月版
托尔斯泰散文集（第1册）	散文	［俄］托尔斯泰	徐 迟	重庆美学出版社1944年7月版
小涅丽	戏剧	［俄］陀思妥耶夫斯基	徐 迟	时代生活出版社1944年版
解放，是荣耀的	报告文学	［美］裴屈罗·斯坦因	徐 迟	重庆新群出版社1945年6月版
雪娜自传	传记	［英］斯旦林·雪娜	沈 锜	书林书局1945年版
尼赫鲁氏的家庭（上、下卷）	日记	［印］班达特夫人	沈 锜	大东书局1946年版
泰山丛书6：泰山兽王	儿童文学	［美］勃罗尼维	施落英	上海启明书局1946年版
泰山丛书7：泰山蒙难	儿童文学	［美］勃罗尼维	施落英	上海启明书局1946年版
泰山丛书8：泰山历险	儿童文学	［美］勃罗尼维	施落英	上海启明书局1946年8月版
反苏大阴谋		［美］萨伊尔斯、卡恩	小鱼（于友）等	知识出版社1947年9月版
人猿泰山	儿童文学	［美］勃罗尼维	施落英	上海启明书局1947年版
泰山丛书10：小人国奇遇记	儿童文学	［美］勃罗尼维	施落英	上海启明书局
泰山丛书：地心漫游录	儿童文学	［美］勃罗尼维	施落英	上海启明书局1947年版
美国内幕		［美］	小鱼等	三人出版社1947年版
中国土地——沈从文小说集（中译英）	小说集	［中］沈从文	金 隄Robert Payne	伦敦Allen&Unwin1947年版

书　名	类型	作　者	译　者	版本
爱国者	长篇小说	［美］赛珍珠	钱公侠 施落英	上海启明书局 1948 年 11 月版
续侠隐记	长篇小说	［法］大仲马	施落英	上海启明书局 1948 年版
白马集	诗集	［唐］白居易	金　隄	伦敦 Allen&Unwin 1949 年版

第三节　当代交流与翻译

受到出境管理和经济条件等多种因素的限制，当代湖州有组织的国际性文学交流活动极少开展，包括与台湾地区和港澳地区的文学交流活动，但在改革开放后，少数作家凭着个人的关系和条件，不时与国外和港澳台地区的作家以及文学社团、高校开展文学交流活动，一定程度上填补了这一领域的空白，扩大了湖州文学的影响力。

一、海峡两岸文学交流

虽然，湖州市文联、作协组织的海峡两岸文学交流活动不多，但一些湖州作家、诗人通过各种渠道，以各种方式与台湾、香港、澳门的文学同行进行着民间的文学交流。

2009 年，湖州籍诗人北岛和青年女诗人潘无依曾到香港参加诗歌活动。

2010 年 10 月，湖州诗人周孟贤应邀参加第十四届（香港）国际诗人笔会。国际华文诗人笔会是 1993 年 6 月 25 日在香港注册的华文诗人世界性联谊社团，每两年举办一次大型笔会，旨在加强国际华文诗坛的诗艺交流，促进华文诗人的联系与团结。2008 年的第十三届笔会在安徽安庆举行，2012 年的第十五届笔会在云南昆明举行，2014 年的第十六届笔会在广西南宁举行，2016 年的第十七届笔会在深圳举行，2018 年的第十八届笔会在广东遂溪举行，周孟贤都参加了这些笔会。

2011 年 9 月，湖州市作协副主席兼秘书长沈文泉访问台湾，与台湾女作家邱敏芳博士等有交流。

2018 年，湖州作协主席张林华利用出差台湾机会，与台湾文学界进行了交流。

此外，湖州作家寇丹曾以茶文化学者身份到香港、澳门访问讲学，并与来大陆访问的台湾学者交流。他的小说《壶里乾坤》、随笔集《寇丹随笔》和茶文化专著《陆羽与〈茶经〉研究》《探索陆羽》等都在香港、澳门出版。徐重庆的许多现代文学研究文章发表在《香港文学》《读者良友》《广角镜》等港台刊物上。李广德研究茅盾的著作《一代文豪：茅盾的一生》等在台湾出版。邱鸿炘、嵇发根、沈文泉、陈景超、姚子芳等一批作家，都在香港的出版机构出版过文学著作。

二、国际文学交流

当代湖州的国际文学交流虽然少有官方的策划与组织，但在民间层面，作家、诗人参与国际性的文学活动，与海外同行交谊交流，作品被译介到海外等还是比较活跃的。比如，蔡一平与孙席珍主编了《东欧文学史简编》，简要介绍了东欧社会主义国家的文学发展历史；潘无依的小说被翻译成多国文字；蓝泽和梁潇潇合著的长篇小说《校花诡异事件》由美国 CreatSpace 出版发行；章苒苒的长篇小说《塔罗女神探之名伶劫》在越南出版发行等。当然，也偶有海外华人作家来湖州访问。

周颖南访问湖州

1993 年 11 月，新加坡写作人协会名誉理事长、华裔作家周颖南访问湖州。周颖南 1929 年生于福建省仙游县，1950 年侨居印尼，1970 年定居新加坡。他从学生时代起就开始写作。后一边经商办企业，一边刻苦学习研究中国文化，先后出版了一百多万字的著作，其中写了许多评价中国著名书画家和学者的文章，并组织出版他们的专集，促进了中外文化的交流。他与俞平伯交谊深厚，通信联系密切，1991 年 7 月，河南教育出版社出版了孙玉蓉选编的《俞平伯周颖南通信集》，辑入 1978 年至 1989 年间的通信三百零二封。访问湖州期间，周颖南受到了湖州市人大副主任徐明生、副市长张维娟和市人大教科文卫委员会主任唐永昌等领导的亲切会见，并向湖州图书馆赠送了部分著作。他还应邀担任了浙江省国际文化友好协会湖州市分会顾问，并接受了湖州电视台记者沈文泉的采访。

喻丽清、戴小华访问湖州

2008 年 5 月，旅美台湾女作家喻丽清、华裔马来西亚女作家戴小华访问湖州。20 日晚上，湖州市文联主席闻晓明、副主席杨静龙和李广德、沈文泉、马红云、俞玉梁、朱思亦等部分作家在国际大酒店与她们进行了交流座谈。

李广德在美国的文学活动

湖州市作家协会首任主席、湖州师范学院中文系教授李广德因儿子定居美国，多次去美国探亲，与美国的华人文学圈多有交往，还参加了当地的华人作家社团，在当地的华文报刊上发表文章。

潘无依的国际文学交流活动

在当代的国际文学交流活动中，青年作家潘无依无疑是一个活跃分子。她2006 年参加意大利马切拉达国际音乐节；2008 年与中国作家贾平凹、日本诗人谷川俊太郎等共同创作出版了为赈济地震灾害募捐的诗集《现代诗手帖》，还参加了马其顿国际诗歌节；2009 年在杭州古墩路创办诗歌俱乐部——"今天"酒吧，国内外诗人在此开展诗歌活动，一度火热，受到媒体追捧，同年又赴青海参加青海湖国际诗歌节；2011 年到西班牙马德里康普顿斯大学学习西班牙语，创作中篇小说《马德里的春天》；2012 年 5 月参加巴塞罗那国际诗歌节，并在巴塞罗那自治大学作了题为《心灵的隐居》的文学讲座和诗歌朗诵；2015 年 10 月起旅居纽约，创作小说《情人的袈裟》；2016 年在纽约国际中心首次作英语演讲《孤独是爱的本质》，小说《马德里的春天》被翻译成意大利文，与意大利出版社签约；2017 参加纽约法拉盛国际诗歌节，诗歌《在到达曼哈顿以前》由美国中文电视台制作并全球播放；2018 年获杜威国际大学荣誉博士学位；2019 年应邀参加"联合国世界妇女大会第 63 届会议"，在纽约布鲁克林公园区图书馆举办首届个人画展《我相信孤独》和诗歌朗诵，并在 Dyker 图书馆巡展。潘无依的诗歌、小说已经被翻译成英、阿、日、意和马其顿、加泰罗尼亚等多种语言。

潘维的国际文学交流活动

在国际文学交流活动中还活跃着另一位潘姓湖州诗人，他就是长兴的潘维。潘维 2006 年策划举行了一个"不完整世界"的杭州国际诗歌绘画活动，一时成为文艺界的一大盛事；2009 年 3 月 19 日至 23 日参加韩国济州岛"中韩诗会"，4 月 24 日又在杭州主持了中法诗人"诗人的春天在中国"活动，10 月 14 日至 23 日应瑞典笔会之邀赴斯德哥尔摩朗诵个人作品并到诺贝尔文学奖得主特朗斯特罗姆家做客；2010 年 4 月 19 日参与主办了第三届"不完整世界"之中国——北欧公共朗诵活动，4 月 20 日至 22 日参加黄山国际诗会，11 月 5 日参与组织了诺贝尔文学奖评委埃斯普马克等欧洲诗人访问杭州的活动；2011 年 4 月 22 日至 25 日参加了溱湖国际诗人笔会，6 月 5 日至 7 日参加了江苏盐城的金帅国际诗歌音乐节；2012 年 9 月 10 日至 13 日，参加首届大运河国际诗歌节，与来自美国、德国、日本、希腊等十个国家的三十五位诗人开展诗歌交流活动；2013 年 8 月 7 日至 12 日，参加青海湖国际诗歌节，与来自六十多个国家的两百多位诗人交流，9 月 1 日又在杭州参加日本著名诗人谷川俊太郎的诗歌朗诵会……

顾文艳在美国和德国的研学

现任华东师范大学中文系讲师的湖州 90 后女作家顾文艳曾留学美国纽约州立大学宾汉姆敦分校和德国哥廷根大学攻读比较文学专业，并先后获得学士和硕士学位，后又获复旦大学和科隆大学文学博士学位，为中国与美国、德国的文学交流做出过一定的成绩。她曾在《上海文化交流发展报告》和《理论界》《当代文坛》《文艺报》《扬子江评论》等书报刊发表了《中国现当代文学在德语世界的传播研究》《"疯癫"的修辞：试论宁肯〈沉默之门〉中的反讽性因素》《汇入"世界文学"的中国文学》《北岛在德语世界的传播与接受》等论文。

五位湖州作家游东北欧

2019 年 6 月 15 日至 30 日，湖州作家沈文泉、郑天枝、钱爱康、谢桃花和长兴作家嵇和英自费赴俄罗斯和波罗的海沿岸的芬兰、爱沙尼亚、拉脱维亚、瑞典、挪威、丹麦六国旅行，先后拜谒了圣彼得堡著名诗人普希金的铜像，参观了斯德哥尔摩的诺贝尔文学奖颁奖宴会厅和舞会厅、莎士比亚创作《王子复仇记》的克伦城堡，瞻仰了奥斯陆著名剧作家易卜生的铜像和哥本哈根"童话王子"安徒生的故居。这次旅行虽然没有与欧洲作家进行交流，但开阔了作家们的视野，丰富了他们的人生体验。旅行途中，郑天枝创作了组诗《生命是一阵清风》，发表于《海燕》2020年第八期。回国后，沈文泉创作了两万多字的长篇游记《东北欧旅行散记》，发表在《浮玉》2021年第一期。

三、翻译文学

湖州当代的文学翻译成就主要体现在湖州籍翻译家在外地的翻译方面，详见第十三章第八节，本土的翻译文学则比较薄弱。湖州本土的翻译文学可分为两个阶段，"文革"前以施瑛、施星火为代表，翻译苏联革命文学作品；改革开放后以周晓贤、邓延远夫妇和湖州师范学院的庄逸抒为代表，翻译美国作家的小说。

《战斗中的中国》

［苏］西蒙诺夫著，施星火译。这是苏联的一部长篇报告文学。施氏于1951年据英译本译出，约十三万字。上海平明出版社于1951年4月作为"新时代文丛"第一辑刊行单行本，后重版二次。

《红字》

［美］霍桑著。周晓贤、邓延远译。浙江文艺出版社1991年12月出版，2003年2月出版全译典藏本。小说讲述了发生在北美殖民时期的一个恋爱悲剧。女主人公海丝特·白兰嫁给了医生奇灵渥斯，但他们之间并没有爱情。在孤独中，白兰与牧师丁梅斯代尔相恋并生下女儿珠儿。白兰被当众惩罚，戴上标志"通奸"的红色 A 字示众，但她坚贞不屈，拒不说出孩子的父亲。《红字》不仅是美国第一部象征主义小说，也是美国心理分析小说的开篇之作。霍桑的这部作品在我国有十多个译本。

表 9-2：湖州当代文学翻译作品一览表

书　名	类型	作　者	译　者	版　本
苦海变乐园	长篇小说	［苏］康斯坦丁·帕斯托夫斯基	施　瑛	上海联通书店1951年2月版

书　名	类型	作　者	译　者	版　本
谁要战争	长篇小说	［苏］西蒙诺夫	施　瑛	上海联通书店 1951 年版
城与年	长篇小说	［苏］斐定	施　瑛	上海联通书店 1951 年版
雪地长虹	长篇小说	［苏］瓦西列夫·斯卡娅	施　瑛	上海联通书店 1953 年 2 月版
杜瓦丁将军	长篇小说	［苏］沃依诺夫	施星火	上海海燕书店 1953 年 11 月版
七个尖阁角的房子	长篇小说	［美］霍桑	周晓贤 邓延远	浙江文艺出版社 1995 年 6 月版
孩子的眼睛	长篇小说	［美］理查德·帕特森	周晓贤 邓延远	台湾郁林文化事业 有限公司 1995 年版
沙皇御画之谜	中篇 小说集		周晓贤 邓延远	贵州人民出版社 1998 年 12 月版
堡垒世界	长篇科 幻小说	［美］冈恩	周晓贤 邓延远	中国青年出版社 2000 年 1 月版
神奇的故事	儿童文学	［美］霍桑	周晓贤 邓延远	浙江少年儿童出版社 2006 年 6 月版
过隙留痕	散文集		阮日华	山东文艺出版社 2010 年 1 月版
心情词典		［英］蒂凡尼·瓦特·史密斯	庄逸抒等	江苏凤凰文艺出版 社 2016 年 9 月版
乡下人的悲歌	长篇小说	［美］D.J·万斯	庄逸抒等	江苏凤凰文艺出版 社 2017 年 4 月版
干掉太阳旗—— 二战时美国如何 征服日本		［美］比尔·奥雷利 马丁·杜加尔德	庄逸抒等	江苏凤凰文艺出版 社 2017 年 9 月版
绿野仙踪	童话集	［美］莱曼·弗兰克·鲍姆	童天遥	华东师范大学出版社 2018 年 3 月版
萨福的情歌	诗集	［古希腊］萨福	姜海舟	漓江出版社 2019 年 12 月版

第十章　文学流派与作家

　　文学流派是指在文学发展过程中的某个历史时期内，一批作家因创作风格彼此相近或者审美观点大致类似，自觉不自觉地形成的文学集合体或派别，通常会有一定数量的作家群及代表人物。

　　作为东南望郡、文化之邦的湖州，历史上文人辈出，流派纷呈，作家、诗人灿若星河，文学园地百花齐放、百家争鸣。湖州的文学流派发轫于东晋时期武康的前溪歌词创作。南朝时期，则有以沈约为代表的"永明体"和以吴均为代表的"吴均体"。唐代，颜真卿以诗歌的联句形式倡"吴兴诗派"。后来，宋有苏轼前后"六客会"、"西湖吟社"，元有"吴兴八俊"，明有"苕溪五隐""岘山五老"，清有"双溪唱和诗派"和"苕上七子"，民国则有"戈亭诗派"。

　　湖州当代作家的构成与流派，大体可分为1949年中华人民共和国成立以前出生的老一辈作家和改革开放以后成长起来的中青年作家两大群体。前者未形成流派和群体，后者则有"南方生活流"诗派、80后女作家群、"南太湖诗派"等群体和流派。

第一节　古近代文学流派与作家

　　古近代湖州的文学流派和作家群落有着三个显著特点：一是以血缘关系为纽带的氏族群落，从南朝以沈约为代表的武康沈氏文人群落，以丘迟为代表的乌程丘氏文人群落，元代以赵孟𬒊为代表的家族诗人画家群落，明代以茅坤为代表的归安茅氏和以凌濛初为代表的乌程凌氏文人群落，明末清初以董说为代表的乌程董氏文人群落，到清代以沈树本为代表的归安竹墩沈氏文人群落，以俞樾为代表的德清俞氏文人群落，再到近代以刘锦藻为代表的刘氏、以李世伸为代表的李氏、以周庆云为代表周氏和以张钧衡为代表的张氏文人群落；二是以雅聚为纽带的文人群落，如唐时的洼樽亭联句、白苹诗会，宋代的前后"六客会"，清代的双溪唱和等，这是一种临时性的、松散型的群落，既无地域性、血缘性联系，也无身份、地位、审美情趣、文学倾向限制；三是有着共同或相近的审美情趣和对实现的态度，彼此往来密切，组织比较紧密的社团，如南宋的西湖吟社，清代的岘山逸老社、同岑社和近代的江村吟社、九秋诗社等。有些群落，因为大致相同的文学观点、文学主张、文学风格、文学审美情趣和较为出色的成就，在某一代表人物的引领下，形成某一文学流派，如吴中诗派、南浔诗派等。

一、古近代文学流派

【前溪歌舞】

晋车骑将军沈充作《前溪曲》七首。《晋书》《宋书》《通典》和山谦之的《吴兴记》都认定《前溪曲》为沈充所作。宋郭茂倩《乐府诗集》对《前溪曲》有详细的考订，将其归入"清商曲辞"中的"吴声歌"。其歌词内容表现一位女子的真挚爱情：她"忧思出门倚"，忆及过去的恋人，总有割舍不断的思念，希望那个负心的男人能回心转意，用烂漫的葛根比喻他们的感情难以割舍，甚至以"宁断娇儿乳，不断郎殷情"的决心来表达对爱情的忠贞。《前溪曲》经配乐后，不但能唱，而且能舞，这就是历史上著名的"前溪歌舞"。谈钥《吴兴志》引于兢《大唐传》云："德清县西前溪村，尚有数百家习音乐。江南声伎多自此出，所谓舞出前溪者也。"可见，直至唐代，前溪歌舞仍然余音不绝。

【吴中诗派】

由颜真卿、皎然倡导，形成和流行于唐大历、贞元年间，活动区域以湖州为中心，延及苏州、常州和浙东、浙西。该诗派以联句诗为主要创作形式，内容多流连光景、寄情山水、物我两忘，诗风追求闲适宁静、淡泊平和。前期代表人物有皎然、陆羽、张志和、李冶、秦系、灵澈、朱放、刘长卿等人。大历八至十二年（773—777）颜真卿任湖州刺史，成为吴中诗派核心人物。身边所聚，除皎然、陆羽等外，还有"大历十才子"之一的耿湋、边塞诗人代表李益、嵩山道士吴筠、浙西观察判官袁高、侍御史皇甫曾、湖州进士杨衡、湖州防御副使李崿、湖州判官权器、评事刘全白、长城县丞潘述、长城县尉裴循、嘉兴县尉陆士修及诗人左辅元、裴幼清、房夔等大批文士，从而将"吴中诗派"推向高潮。其间有影响的联句活动有湖州城南岘山浯樽亭联句和长城潘述组织的竹山联句。颜真卿离开湖州后，吴中诗派由皎然主持，大约直到贞元十二年（796）皎然去世，"吴中诗派"才中止活动。《全唐诗》收唐代联句诗一百零三篇，吴中诗派在湖州的联句诗多至五十三篇。其中颜真卿为首二十一篇、皎然为首三十一篇。

【吴兴八俊】

"吴兴八俊"是指元初以赵孟頫为首的吴兴八位诗人书画家，皆以能诗擅名。除赵孟頫外，他们分别是：泰州同知张复亨，著有《南谯先生诗》；咸淳元年（1265）进士牟应龙，著有《五经音考》；书法家姚式，著有《古今乐府》；景定三年（1262）进士、画家钱选和萧和、陈无逸、陈仲信。

【苕溪五隐】

明正德年间（1506—1521），隐逸诗人孙一元、刘麟、龙霓、陆昆、吴琉致仕后隐居苕溪之畔，缔结"苕溪诗社"，被称为"苕溪五隐"。《明史·孙一元传》载："时刘麟以知府罢归，龙霓以佥事谢政，并客湖州，与郡人故御史陆昆善。而长兴吴琉隐居好客，三人者并主于其家。琉因招一元入社，称'苕溪五隐'。""五隐"寄情山水，诗中多表现文人清高心志和闲适性情，笔调清新秀逸，与"前七子"复古之风迥然不同。"五隐"中陆昆、吴琉诗歌成就不大，诗名不及孙、刘、龙三人。

【吴兴四子】

明万历年间（1465—1487），臧懋循、吴稼遴、吴梦旸、茅维四人合称"吴兴四子"。长兴臧懋循，万历八年（1580）进士，官国子监博士，擅诗尤精戏曲，与汤显祖、王世贞友善，万历十三年（1585）劾归，隐居长兴顾渚山下，选编刻印《元曲选》一百卷；孝丰吴稼遴，以诗见称于王世贞，累官至云南通判，著有《玄盖副草》二十卷；归安吴梦旸，吏部尚书吴维岳之子，终生布衣，好吟诗，善度曲，晚游金陵，著有《射堂诗抄》十四卷；归安茅维，茅坤季子，万历四十四年（1616）中举后上《治安疏》《足兵饷》二议三万言。"吴兴四子"都较少儒家礼教束缚，不合正统时宜，被视为狂傲。

【南浔诗派】

是指以董说为代表的南浔董氏诗人群落，形成于明末清初。该派以董斯张为开山之祖，以董说为灵魂人物，以董氏家族为主要成员。北大已故邓之诚教授在《清诗纪事初编》卷二中如是解释南浔诗派："父，董斯张。说子六人：樵、牧、耒、舫、渔、村，皆尊戒，弃举业，为沧海渔民，工于诗。苕东学者宗之，为'南浔诗派'。"南浔诗派之所以得以形成，主要基于三个方面的原因：一是董氏家族世代官宦，科第不绝，在湖州地区尤其是南浔有很高的政治地位和社会声望；二是一门诗风，董氏家族在文学上人才辈出，诗人众多；三是其家族成员有共同的政治志向，弃举业为遗民，保持民族气节。董熜辑有《董氏诗萃》二十卷，收入董氏家族六十人的一千六百七十首诗作。所收诗作有三个特点：一是爱国忧时的思想感情；二是同情劳动人民的疾苦；三是浓郁的南浔乡土气息。范锴作有七绝一首赞颂南浔诗派，云："群从风流奏雅音，一门诗派著南浔。芬陀利复昙花隐，又见香闺善《静吟》。"诗的第三句写董丰垣妻姚益敬和她的诗集《芬陀利居小稿》。第四句写董琴，她和丈夫蔡云皆能诗，本人有诗集《静吟》三卷。南浔董氏文学世家有别集两百六十一种，存世二十八种。继《董氏诗萃》后，又有董兆元辑《续董氏诗萃》，董肇镗辑《录存编》，董宗海辑《续录存编》，可惜后三部家族诗歌总集均已散佚。

【南浔七客会】

清乾隆年间（1736—1795），南浔文人范锴与王鹤野、施国祁、杨凤苞、杨拙政、张鉴、王铸等，经常举行"文酒之会"。范锴在其《揽茝山房漫记》中记有七客会缘起："疏雨（即刘桐）世居南浔之东，乾隆甲乙卯间（1720—1721）与余同游楚北，君于嘉庆己未归，自竟陵锐志著书。余亦东旋，遂偕王鹤野、施北研、杨秋室、拙政、张秋水、王雪浦诸君，时联文酒之会。"施国祈有《哭刘疏雨八首》，其中云："吟联杨范诗偏好，论洽张王学更精。老我许陪成六客，怀惭负痛白须兄。"

【闺阁诗人群】

清初至清中叶，湖州涌现了大量的女诗人和女词人，数量之多超过了历代的总和。由于这个群体学界尚无命名，这里暂且称其为"闺阁诗人群"。这个闺阁诗人群有三大特点：一是多数诗人彼此之间存在着血缘或亲属关系，如归安叶佩荪的夫人周映清、继室李含章、长女叶令仪、次女叶令嘉、三女叶令昭、长媳陈长生、次婿周星薇等都是诗人；乌程戴璐的前妻沈芬、继室莫兆椿、女儿戴佩荃、侄女戴佩蘅也都是诗人，又如长兴的严宗光与嫁长兴的泮本温、嫁德清的汪璀、嫁乌程的金顺是姑嫂关系等；二是诗词的题材多为家务琐事、春闺伤恨，多悲苦之音，体现了女性生活的局限性；三是作者中或夭亡，或早寡，或病痛缠身，多有不幸者。

【双溪诗派】

双溪是指归安竹墩的竹溪和前邱的前溪，都在今南浔区菱湖镇境内。"双溪诗派"是指居住在这两条溪沿岸的沈、吴、朱、姚等家族的诗人，和流寓其间的杭州厉鹗、杭世骏和嘉善柯煜、苏州沈德潜、长兴丁凝等诗人往来唱和之群体，形成于明末清初，盛于清康、乾时期。康熙十五年（1676），沈涵、沈三曾兄弟同登进士。几年后，沈三曾丁忧不仕，在乡课子侄读书。四十九年（1710），已是内阁学士的沈涵在家乡与任商河县令的吴曙联合倡立"双溪诗社"，组织双溪唱和。德清徐倬编有《双溪唱和诗》六卷，录二十九人诗作四百八十首。五十一年（1712），沈三曾子沈树本榜眼及第授编修，乞归后主湖州安定书院。六十一年，苏州词人沈德潜到访，自称祖籍湖州竹墩，与沈树本、沈炳震等认宗叙谱，互称兄弟，吟诗唱和。菱湖射中村人戴璐于嘉庆元年（1796）根据沈树本《湖州诗摭》"推而广之，因诗存人，因人存诗"而纂《吴兴诗话》，在《竹溪唱和诗》基础上增收诗人二十七人，大多为竹墩沈氏。《诗话》云："康熙中叶后，吾湖诗派极盛于竹墩、前丘，两溪相望不三里，而近传双溪唱和诗是也。"又说，竹墩沈氏历代诗人百余人，其中近代十六人，又女诗人十八人；前丘吴氏历代诗人六十三人，其中近代二人，又女诗人五人；两溪朱氏诗人四人、姚氏诗人十余人。一般认为竹墩沈氏群体为沈约后裔，前丘吴氏诗人群体为吴均后裔。故徐倬《双溪唱和诗》序中有云："沈休文之门阀奕叶雕华；吴叔庠之家风联翩才藻。""双溪作合"，"两姓论交"，"两里人为多，故称双溪诗"。光绪二十四年（1898），德清俞樾作序重版《双溪唱和诗》六卷，湖州市博物馆有藏。

【德清俞氏家族诗人群】

这是近代湖州以血缘为纽带的重要诗人群体，以俞樾为代表。主要成员有俞樾父鸿渐、长女锦孙、次女绣孙、孙子陛云、孙女庆曾、曾孙平伯、曾孙女琎和玫等，共八人。俞樾诗作虽不多，但感情真实，思想深邃，《清史稿》评论云："所作诗，温和典雅，近白居易。"他的《流民谣》《米贵谣》反映了人民的苦难和官吏的凶狠，《感事四首》表达了满腔的爱国情怀和对侵略者的憎恨，《病中呓语》表明了向资产阶级改良主义思想的自我转变。俞樾另著有《春在堂词》，其中《水调歌头·用贺方回体自题所著书后》对自己的一生及其著述成就进行了总结。俞鸿渐著有《印雪轩诗抄》十六卷，《湖州府志》评价说："鸿渐诗沉雄博厚，为世所称。"俞绣孙三十四岁病逝前将诗词稿全部焚毁，俞樾将其所寄词集为《慧福楼幸草》附于《春在堂集》后，并评价说："天假之年，殆可如漱玉之室，非虚誉也。"俞陛云有诗集《小竹里馆吟草》八卷和词集《乐静词》等。俞庆曾著有《绣墨轩诗稿》和《绣墨轩词稿》各一卷。俞平伯不仅是新诗的先驱，也是古典诗词的大家。俞陛云长女琎、次女玫，皆能诗词，琎有《临漪馆诗词稿》一卷，玫有《汉砚唐琴室遗诗》和《架影楼词》各一卷。

【南浔刘氏诗群】

以南浔"四象八牛"首富刘家的第二代核心人物刘锦藻为代表。他的诗收入《坚匏庵集》中，古体、近体皆有，近体以七律为多。表现手法上，感事诗多典故，抒情写景则语言晓畅，近似口语。其诗可分为四部分：一是感事诗，对戊戌变法、八国联军侵华、日俄战争等一些重大政治事件抒发自己的感慨，具有强烈的反帝爱国思想；二是描写家乡的风土人情，具有浓郁的乡土气息和爱乡情愫；三是写自己身边的所见所闻，如看戏、旅游、读书等，善于捕捉新题材，表现新生活，创造新意境；四是参加诸如晨风庐唱和等活动的应酬唱和之作。刘安澜辑有《国朝诗萃》一书，认为诗歌应遵守《诗经·国风》的传统，《浔溪诗征》收录其诗六首。刘承干也是个诗人，不仅在上海参加周庆云的淞社、消寒雅集等活动，还自倡沤社。刘侗也工诗，著有《听雨轩集》《楚游草》《楚游续草》,《浔溪诗征》收录其诗十二。

【李世伸家族诗群】

南浔李氏家族是一个贫寒布衣之家。代表人物李世伸不屑举业，专事吟咏，自号西塞山樵，中年游楚、豫，晚客云阳，唱和不断，著有《西塞山房诗稿》和《屈翁诗稿》十二卷、《泰西新史杂咏》一卷。其诗主要分为三部分：一是咏《泰西新史》，西方主要国家包括亚洲的印度都有吟咏，主要宣扬资产阶级民主，主张改革封建君主制；三是吟咏故乡的风光风情；三是咏史咏物。李世伸兄弟世保、世仁、世俨、世京、李树及侄儿惟奎等均能诗词。其中世保即李庚，著有《申江百咏》《歇浦棹歌》和《采兰轩诗稿》两卷；世仁虽无诗词集，但《浔溪诗征》收有其与兄弟的联句诗一首，《国朝湖州词征》收其词一首；世仁弟李廷赓有诗集《苕东生吟草》，《浔溪诗征》收其诗十一首，《国朝湖州词征》也收其词一首；李惟奎曾赠俞樾诗两首，并作有《题五叔〈歇浦棹歌〉》七绝一首。另，《国朝湖州词征》收世京词一首；世倬作有《题吟梅弟汝南寓斋》五绝四首；李树作有《题五兄〈歇浦棹歌〉》一首。

【周庆云家族诗群】

以盐业起家的周庆云不仅是近代南浔重要的诗人，著有诗集《之江涛声》，编纂有《历代两浙词人小传》十六卷和《续历代两浙词人小传》《浔溪诗征》四十卷、《补遗》一卷、《浔溪词征》两卷等，也是主要的诗词活动组织者，宣统三年至民国元年（1911—1912）在上海倡"消寒会"，1912年—1917年倡立淞社，1913年夏又组织"晨风庐唱和"，1914年组织征诗百首活动，出版《百和香集》，1930年又与朱孝臧倡立词社——沤社。周庆云的诗多为唱和之作，或咏史，或抒情，或言志，或纪事，或题词，但其《之江涛声》歌颂徐锡麟、秋瑾等辛亥革命英烈，又有记叙辛亥革命浙江独立的诗二十八首，集中表现了他的资产阶级民主革命思想。周庆贤举人出身，致力于诗古文辞，然如周庆云所说："伯兄于应酬之诗不恒作，作亦罕存稿……仅存少年窗下所作，及讲舍角逐之篇，又掇拾成帙，题曰《晚松斋遗著》。"泮任在序中评价说，其"诗歌诸篇，亦俱尔雅，非有深造者不可及焉"。《浔溪诗征》和《国朝湖州词录》收其诗词各两首，其中词《念奴娇·咏雪和二弟》和其二弟庆森《壶中天·咏雪》。庆贤二弟庆森官温州平阳教谕，著有《敝帚集》。刘炳照在序中称："《敝帚集》近体似从梅村入手，五七律颇多名句，于大历十才子为近，古体如《游凤山》《游普陀》诸作，酷摩昌黎。"周庆云叔父周昌富"常弄词翰",有《怡园剩稿》。昌富子庆奎也"喜弄词翰",作有《西湖归棹》等诗。

【苕上七子】

晚清"苕上七子",又称"苕上七才子",因七人中的多数成员籍贯归安县,或居归安,故又称"归安七子"。俞樾《陆心源墓志铭》载,陆心源"与同郡姚君宗谌、戴君望、施君补华、俞君刚、王君宗羲、凌君霞有七子之目"。"七子"间"切劘谈艺,过从甚欢"。其中戴望、施补华是俞樾门生,他们和陆心源、凌霞、姚宗谌、俞刚、凌霞都好古文经史,常在一起切磋学问。施补华、凌霞、戴望、姚宗诚相识于十三四岁时,同治后不在一地却多书信来往。施补华有《双林逢姚子展》《对酒与子展》《送戴子高》《忆子高金陵》等诗。惜姚宗谌、戴望英年早逝,施补华为二人写《哭子展》《哭戴子高》诗,撰《姚子展墓志铭》《戴子高墓表》《祭戴子高文》,葬戴氏于湖州仁皇山东麓。"七子"亦多文字往来。凌霞为施补华《泽雅堂文集》和陆心源《千甓亭古砖图释》作序。施补华参与陆心源主持的《湖州府志》编写,其《四铁庵诗集》由陆心源作序。施补华病逝后,《泽雅堂诗集》后两卷由陆心源出资刊印。姚宗谌最早过世,施补华、戴望、俞刚、王宗羲搜集其遗文梓为《景詹阁遗文》,凌霞题后序。俞刚《苍筤馆文集》也由陆心源作序。

二、古近代作家

【沈约】(441—513),字休文。吴兴武康人。少孤贫,丐于宗党,为宗人所侮。笃志好学,昼夜不倦,梁武帝称其"少时学周礼,弱冠穷六经"。历仕宋、齐、梁三朝,齐文惠太子时校四部图书,迁太子家令,兼著作郎。永明五年(487),竟陵王萧子良开西邸招文学士,与范云、萧琛、任昉、王融、萧衍、谢朓、陆倕同为西邸学士,并称"竟陵八友"(又称"永明八友"),并被尊为"八友"之首。后助萧衍称帝(即梁武帝),官至尚书令,卒谥"隐"。一生著述颇丰,有"文蔚辞宗"之誉。与王融、谢朓、周颙等创"四声八病"说,即永明声律论,创"永明诗体"。所著《宋书》入"二十四史"。另有《四声谱》一卷和诗文集一百卷等,存世仅诗两百四十余首,文约一百九十篇。明人张溥辑有《沈隐侯集》。藏书二万余卷，时称"京师莫比"，开湖州一千五百余年藏书史之先河。《梁书》《南史》皆有传。2004年塑像湖州历史文化名人园。

【裴子野】（467—528），字幾原。吴兴故鄣人。祖籍河东闻喜（今属山西）。少好学，善属文。起家为齐武陵王国左常侍。元嘉六年（429）奉宋文帝之命注《三国志》。仕齐为右军江夏王参军。任诸暨令时，史称"百姓称悦，合境无讼"。梁天监元年（502）为中书舍人。普通元年（520）为鸿胪卿，寻领步兵校尉。后官至中书侍郎。在朝为官十余年，清正廉洁，安贫乐道。晚年笃信佛教。梁武帝称"其形虽弱，其文甚壮"。永明十年（492）承曾祖裴松之遗志，据沈约《宋书》撰《宋略》二十卷。沈约曾云："吾弗逮也。"卒谥"贞子"。另著有《众僧传》二十卷、《文集》二十卷和《续裴氏家传》，均佚。

【吴均】（469—520），字叔庠。吴兴故鄣人。出身贫寒，好学有文才。梁天监二年（503），吴兴太守柳恽辟其为郡主簿，自觉不得志，赠诗柳恽，飘然而去。建安王萧伟召为记室，掌文翰。萧伟迁江州（今江西九江），补为国侍郎。柳恽荐以梁武帝，任侍诏，累迁至奉朝请。其小品书札以写景见长，诗亦清新流丽，时称"吴均体"。著有《文集》二十卷（佚）、《续齐谐记》一卷等。明末文学家张溥辑有《吴朝请集》。

【姚察】（533—606），字伯审。吴兴武康人。六岁诵书万余言，勤苦励精，以夜继日。为官清廉，俸禄之外，细物不收。梁元帝时（552—554）为原乡（今属安吉县）令。陈后主器重之，授秘书监，领大著作，令其刊定诗文，称其为"一代宗匠"。入隋著梁、陈二史，未成而卒。著有《梁武帝纪》七卷、《说林》十卷、《姚察文集》二十卷（佚）等。

【姚最】（约538—604），字士会。吴兴武康人。北周初（约557）随父入周，任齐王水曹参军，掌记室，受杨坚赏识。杨坚即帝位为隋文帝（582）后授太子门大夫，袭父爵为北绛郡王。后为益州蜀王府司马。隋开皇九年（589）灭陈后，让父爵于兄察。蜀王宇文秀谋反，自承其罪遭诛。所著《梁昭后略》十卷、《北齐记》二十卷、《序行记》二十卷、《本草音义》三卷等，均不传，仅存《续画品》一卷。

【陈叔宝】（553—604），即南朝陈末代皇帝陈后主。字元秀。吴兴长城人。太建元年（569）为太子。太建四年（572）创太学宫，效建安七子和竹林七贤，创"文友会"，与李爽、贺循等十四人诗酒吟唱。太建十四年（582）即位后疏于朝政，日与妃嫔、文臣游宴，写作艳词，生活奢侈糜烂。代表作《玉树后庭花》《临春乐》《春江花月夜》等。有《陈后主集》。

【徐坚】（659—729），字元固。长城县人。幼承父训，聪敏好学，博览经史，深得沛王器重。进士及第后授太子文学。长安三年（703）与刘知几、吴兢等修成《唐书》八十卷。后以礼部侍郎为修文馆学士，又与刘、吴修成《则天实录》。开元十三年（725）迁左散骑常侍、集贤院学士，副张说知院事，累封东海郡公，以修《东封仪注》等功，特加光禄大夫。著有《晋书》一百十卷、《大隐传》三卷，辑有《初学记》三十卷。其《徐坚集》三十卷佚。《全唐文》录其文六篇，《全唐诗》存其诗九首。

【沈千运】（707—757）。吴兴人。出身贫寒，一生困顿失意。天宝年间（742—755）屡举不第，遂遨游襄、邓（今豫、鄂间）。后寓居濮阳（今山东鄄城）。诗工旧体，气格尚古，时人敬慕，号为"沈四山人"，《全唐诗》谓其"为诗力矫时习，一出雅正"。孟云卿、王季友、于逖、张彪、赵微明、元季川等人均同其诗风，但其诗多叹老嗟贫之作。元结曾编七人诗为《箧中集》，以其为冠。元结在《箧中集序》中批评当时诗坛"拘限声病，喜尚形似"，推崇沈氏"独挺于流俗之中，强攘于已溺之后"。《全唐诗》录其诗五首。

【钱起】（约710—约780），字仲文。长城县画溪人。初屡试不第，天宝九年（750）终以一首《湘灵鼓瑟》为礼部侍郎李暐赏识，登进士第。官至尚书郎。与卢纶、吉中孚、韩翃、司空曙、苗发、崔峒、耿湋、夏侯审、李端并为"大历十才子"，以其为首。又与郎士元齐名，并称"钱郎"。时公卿出牧奉使，如无钱、郎二人赋诗相赠，则会受人鄙视，故多送别酬赠之作，少数诗篇对"安史之乱"有所反映。其吟咏山林之作，常流露出追慕隐逸之意。著有《钱考功集》十卷。其《钱起赋文》十三篇佚。《全唐诗》收其诗四卷。

【李季兰】（约713—784），女。名冶，以字行。乌程县人。幼聪慧，及长，姿容美丽，神情潇洒。专心翰墨，善弹琴，尤工格律，诗风豪爽，有"女中诗豪"之誉。《唐诗别裁》颂其人其诗云："器形既雄，诗亦豪荡。"而《奉天录》则称其为"情致散荡"的"风情女子"。与陆羽、皎然、刘长卿等交游。天宝（742—755）中，唐玄宗诏其入宫一月有余，出宫时厚加赏赐。后因上诗叛将朱泚而为德宗所杀。原有集，已散佚。《全唐诗》存其诗十六首。后人辑录其与薛涛诗为《薛涛李冶诗集》两卷。2004 年塑像湖州历史文化名人园。

【释皎然】（720—805），俗姓谢，字清昼。长城县人。幼有异才。应举求仕未果，遁入空门。天宝（742—755）后期漫游各地名山，并至京师。至德（756—757）后定居湖州杼山妙喜寺，与颜真卿、陆羽等唱和往还。其诗大多以山林景致、寺院隐逸、说佛谈禅、宴集游赏、赠答酬和为题材，偶有感伤战乱、怜悯生民之作。风格体式多样，刘禹锡称其"能备众体"，于頔称"江南词人，莫不楷范"。贞元八年（792）集贤殿御书院命于頔编《杼山集》（又名《皎然集》《昼上人集》）十卷。另有诗论《诗式》《诗议》《诗评》等，尤以五卷本《诗式》为重。2004 年塑像湖州历史文化名人园。

【张志和】（约 730—810），原名龟龄，字子同，号玄真子。婺州（今浙江金华）兰溪人。性孤峻，率诚淡然，博学多才。十六岁游太学，以明经擢第。献策肃宗，受赏识，任翰林待诏，授左金吾卫录事参军，赐名"志和"。后贬南蒲县尉，遭父母丧，遂不复仕，扁舟垂纶，逍遥江湖。大历九年（774）八月至湖州，浮家泛宅于苕霅之上，自称"烟波钓徒"，与颜真卿、陆羽、皎然等为友，诗酒酬唱。大历十年（775）春作《渔父词》五首，其中"西塞山前白鹭飞"一首传唱千古。后在苕溪溺水而亡，颜真卿为其撰《浪迹先生玄真子张志和碑铭》。著有《玄真子》十二卷（仅存三卷）。2004 年塑像湖州历史文化名人园。

【陆羽】（733—804），又名疾，字鸿渐、季疵，自称桑苎翁，又号东冈子。复州竟陵（今湖北天门）人。原本弃婴，家世无考。为陆姓僧人收养。九岁能属文。"安史之乱"时避乱越中。上元元年（760）结庐苕溪之湄，从此隐居湖州三十余年，与颜真卿、李冶、皎然等交游。深研茶道，著《茶经》三卷，被奉为"茶圣"。在湖州著作十九部，大多散佚，参与联句活动十五次。《全唐诗》存其诗两首，联句三条；《全唐文》录其文一篇。

【沈既济】（750—800），武康县人。博通群籍，善作小说。登进士第。建中初年（780）得宰相杨炎之荐任左拾遗、史馆修撰。杨获罪后被贬处州（今浙江丽水）司户参军。后官至礼部员外郎。著有传奇小说《枕中记》《任氏传》《雷民传》《陶岘传》等。另著有《建中实录》十卷，已散佚。《全唐文》录其文六篇。

【孟郊】（751—814），字东野。武康县人。曾屡试不第，广泛游历陕、楚、湘、豫等地。四十六岁时才得中进士，官溧阳县尉。任上不屑俗务，醉心吟唱，游历豫、陕、川、鄂、湘、桂、赣等地，以"假尉"代之，官事多废。卒后，友人张籍私谥"贞曜先生"，葬洛阳北邙山，韩愈为其撰墓志铭。生前与韩愈交谊颇深，有"孟诗韩笔"之说。一生屡遭丧妻、丧子、落第和官场失意之痛，故其诗感伤遭遇，多寒苦之音，自称"苦吟神鬼愁"，苏轼将其与贾岛并论，称"郊寒岛瘦"。存诗五百多首，以五言古诗见长。他强调诗歌的政治作用，主张"下笔证兴亡，陈辞备风骨"。有《孟东野诗集》十卷，代表作为《游子吟》。2004年塑像湖州历史文化名人园。

【李绅】（772—846），字公垂。乌程县人。祖籍亳州谯县（今安徽亳县）。六岁丧父，迁居润州无锡，由母启蒙。二十岁回湖州。元和元年（806）进士。太和七年（833）任越州（今绍兴）刺史。曾因触怒权贵下狱。武宗时（841—846）拜相。出为淮南节度使。工诗，与李德裕、元稹并称"三俊"。卒赠太尉，谥"文肃"，葬湖州城南里山。著有《乐府新题》二十首，已散佚。《全唐诗》录其诗四卷。代表作《悯农》《莺莺歌》。

【沈亚之】（781—832），字下贤。湖州人。元和十年（815）进士，官至殿中丞御史。创作以诗歌、小说为主，所作小说均写人神遇合的恋爱故事，情节诡异，文笔华艳，且多穿插诗句歌辞，更见文采，有"吴兴才子"之称。鲁迅《中国小说史略》评其传奇云："皆以华艳之笔，叙恍惚之事，而好言仙鬼复死，尤与同时文人异趣。"曾游韩愈门下，与杜牧、张祜、徐凝等友善。著有《沈下贤文集》十二卷，内有小说《湘中怨》《异梦录》《秦梦记》等。《全唐诗》录其诗一卷。

【李煜】（937—978），字重光，号钟隐、钟峰白莲居士、莲峰居士等。祖籍安吉县。生于金陵（今南京）。南唐第三位君主，称后主。幼而好古，喜学问，才高识博，雅尚图书，词章精妙。显德六年（959）居东宫，开崇文馆招贤士。宋建隆二年（961）即位，年二十五岁，在位十五年。宋开宝八年（975）降宋。太平兴国三年因宋太宗恨其所作"故国不堪回首月明中"和"一江春水向东流"词遭毒死。其前期词作风格绮丽柔靡，不脱"花间"习气，亡国后词作凄凉悲壮，意境深远，为词史上承前启后一代宗师。著有文集三十卷，已佚。现存词四十六首，与其父李璟词合编为《南唐二主词》一卷。

【张先】（990—1078），字子野。乌程县人。天圣八年（1030年）进士。历吴江知县、渝州（今重庆）和虢州（今河南灵宝）知州等。治平元年（1064）以都官郎中致仕居家，优游湖州、杭州、松江等地，以垂钓、诗词自娱。其词大多描写诗酒生活和男女之情，对都会生活也有所涉，词风清婉，语言工巧、清丽、含蓄，因善用"影"字，且词中"云破月来花弄影""帘压卷花影""堕轻絮无影"三句为世所称，号称"张三影"。其诗亦精妙，然为词名所掩。苏轼题《张子野诗集》时曾说："子野诗笔老妙，歌词乃其余技耳"。谈钥也说其诗"诗格清丽，尤长于乐府"。清人陈廷焯《白雨斋词话》云："张子野词，古今一大转移也。"因在他之前，词多小令。张先与柳永齐名，较早地大量写作慢词长调，对词的形式发展和用调有一定影响。原有文集一百卷、诗集二十卷，均佚。清代鲍廷博辑有《张子野词》两卷，又补遗两卷，收词一百八十四首，藏国家图书馆。另存诗二十八首（句）。2018 年 1 月，武汉崇文书局出版了邱美琼、胡建次编著的《张先诗词全集》汇校汇注汇评本。

【叶清臣】（1000—1049），字道卿。乌程县人。一说长洲（今苏州）人。叶梦得高祖。天圣二年（1024）进士。历知澶州（今河北濮阳县）、青州（今山东潍坊）、永兴军（今河北涿鹿县），权三司使。官至龙图阁学士、翰林学士。所著文集一百六十卷佚。《全宋词》存其词两首，《宋诗纪事》存其诗三首。

【陈舜俞】（1026—1076），字令举。乌程县人。庆历六年（1046）进士。嘉祐四年（1059）获制科第一，授光禄丞、秘书省著作佐郎、签书寿州判官等职。后弃官隐居秀州白牛村（今属上海）。熙宁三年（1070）复出，任屯田员外郎，知山阴县（今浙江绍兴）。反对王安石变法，贬监南康军盐酒税。熙宁五年（1072）再次弃官归隐白牛村，自号"白牛居士"。熙宁七年（1074）王安石罢相后复出，九月游吴兴故里，与李公择、张先等词酒唱和，作《双溪行》。同年秋参加苏轼"前六客会"。次年春王安石再次拜相，再度遭贬，从此绝意仕途，隐居白牛村著书立说。著有《都官集》三十卷（佚）、《庐山记》两卷等。

【沈括】（约 1032—约 1096），字存中，晚号梦溪丈人。钱塘（今杭州）人，祖籍吴兴，一说德清。以父荫任海州沭阳县（今属江苏宿迁）主簿，摄东海县（今属江苏连云港市）令。嘉祐八年（1063）进士及第，任扬州司户参军。曾主汴河疏浚工程和太湖流域水利建设。熙宁八年（1075）出使辽国，后主管朝廷财经。熙宁十年（1077）遭弹劾出知宣州。元丰三年（1080）改知延州兼鄜延路经略安抚使。元丰五年（1082）因永乐之役失败贬为均州团练副使。元祐五年（1090）任光禄少卿。晚年定居润州（今江苏镇江），筑梦溪园。《宋史》卷三百三十一称其"博学善文，于天文、方志、律历、医药、卜算，无所不通，皆有所论著"。著有《梦溪笔谈》二十六卷、《长兴集》十九卷等。宋高布合其与沈遘、沈辽之作刊刻为《吴兴三沈集》。

【葛胜仲】（1072—1144），字鲁卿。丹阳人。宋绍圣四年（1097）进士。官至国子监祭酒。宣和四至六年（1122—1224）知湖州，有政绩。建炎中，再知湖州时定居下来。《四库总目》称："宋人之中，父子以填词名家者，为晏殊、晏几道；后则立方与其父胜仲为最著。"著有《丹阳集》二十四卷。

【叶梦得】（1077—1148），字少蕴，号肖翁、石林居士。长洲（今苏州）人，寓居乌程县。自幼好学，一生手不释卷。绍圣四年（1097）进士。官至观文殿学士，知福州，兼福建安抚使。以崇信军节度使致仕。藏书逾十万卷，在弁山建石林精舍贮藏，后毁于火。卒葬弁山南岙太阳坞。词风近苏轼，间有感怀时事之作。也能诗。著有笔记《避暑录话》两卷、《石林燕语》十卷、《岩下放言》三卷、《石林词》一卷、《石林诗话》三卷、《建康集》八卷等。其《石林总集》一百卷毁于火。

【刘一止】（1079—1160），字行简，号苕溪。归安县人。七岁能文。宣和三年（1121）进士。官至给事中，缴奏不已，忤秦桧，削籍归。后以直讲学士致仕。高宗曾有"宁止忠，一止清"之语。其诗自成一家，吕本中、陈与义评价："语不自人间来也"。著有类稿五十卷、《苕溪集》五十五卷、《苕溪词》（又名《行简词》）一卷。

【朱弁】（1085—1144），字少章，号观如居士。徽州婺源（今属江西）人。少颖悟。弱冠入太学。晁说之见其诗，奇之。靖康之乱时家破于贼，南归。建炎元年（1127）冬自请赴金问安两宫，诏补修武郎、吉州团练使，充通问副使赴金国，为金所拘，坚贞不屈，自择墓地以备就义，帝感其忠，赐吴兴田五顷。绍兴十三年（1143）宋金和议后放归。因得罪秦桧，退居吴兴竹墩（今属南浔区菱湖镇），创长春书院，建朱氏家庙，为竹墩、下昂、菱湖等地朱氏始祖。侄孙朱熹作《行状》。著有《曲洧旧闻》三卷、《风月堂诗话》三卷。另《聘游集》四十二卷、《南归诗文》一卷佚。

【葛立方】（1098—1164），字常之。归安县人。祖籍丹阳。葛胜仲子。南宋绍兴八年（1138）进士。历中书舍人、吏部侍郎摄西掖，出知袁州（今江西宜春）。忤秦桧，落职闲居湖州，筑归愚草庐，著述自娱。著有《归愚集》二十卷、《归愚词》一卷和《韵语阳秋》二十卷、《西畴笔耕》等。

【倪思】（1147—1220），字正甫，号齐斋。归安县人。乾道二年（1166）进士，又中博学宏词科。历孝宗、光宗、宁宗三朝，官至礼部尚书。主张抗金，反对求和，嘉定二年（1209）被史弥远两度罢官。赋闲双林，筑东庄别业，诗酒为乐。后以宝谟阁直学士知镇江，移福建。受排挤，以宝谟阁学士提举嵩山崇福宫。卒谥"文节"。著有《齐斋甲稿》二十卷、《齐斋乙稿》十五卷、《翰林前后稿》四十卷、《掖垣词草》二十卷、《经锄堂杂志》八卷等。

【陈振孙】（1183—1261），字伯玉，号直斋。安吉县人。三十多岁时任江西南城令。宝庆三年（1227）任福建兴化（今福建莆田）通判。端平元年（1234）任教于诸王宫学。两年后以朝散大夫知台州兼浙东提举常平茶盐事。嘉熙元年（1237）任嘉兴知府、浙西提举。淳祐四年（1244）升国子监司业。官至侍郎、宝章阁待制。所著《直斋书录解题》五十六卷为宋代著名提要目录。

【李彭老】（生卒年不详），字商隐，号筼房。德清县人。与咸淳六年（1270）知严州的弟李莱老（字周隐，号秋崖）并称"龟溪二隐"。淳祐年间（1241—1252）曾任沿江制置司属官。词风属吴文英派，沉郁凄迷，感慨无端，人称"靡丽不失为国风之正，闲雅不失为骚雅之赋"。周密《浩然斋雅谈》称其"词笔妙一世"。景定五年（1264）与杨缵、周密等在临安（今杭州）结西湖吟社。兄弟俩均系宋末临安词人群重要人物。宋亡后隐居终老。兄弟合著有《龟溪二隐词》，内有其词二十一阕，其中十二阕被周密选入《绝妙好词》。

【周密】（1232—1298），字公谨，号草窗、四水潜夫、弁阳老人、华不注山人等。吴兴人，祖籍济南。少时随父宦游闽、浙。以父荫入仕，官至义乌令。景定五年（1264）与杨缵等人在临安（今杭州）结西湖吟社。宋亡后抱节不仕，因湖州弁阳之家毁于战火，迁居临安癸辛街"瞰碧园"，潜心著述，并与戴表元、鲜于枢等交。晚年在湖州筑复庵小住。其词风在姜夔、吴文英间，与吴文英（梦窗）并称"二窗"。戴表元称其诗"少年流丽钟情，壮年典实明赡，晚年感慨激发"。其志雅堂藏书达四万两千余卷。有著作三十一种，主要有《草窗韵语》六卷、《齐东野语》二十卷、《武林旧事》十卷、《志雅堂杂抄》一卷、《云烟过眼录》一卷、《澄怀录》两卷、《浩然斋视听抄》一卷、《苹洲渔笛谱》两卷、《癸辛杂识》六卷、《弁阳客谈》和诗集《蜡屐集》等。辑《绝妙好词》七卷。

【赵孟頫】（1254—1322），字子昂，号松雪、水精宫道人。归安县人。宋皇室后裔。十四岁以父荫授真州（今江苏仪征）司户参军。宋亡后隐居吴兴、德清等地，与钱选、张复亨、牟应龙、萧子中、陈无逸、陈仲信、姚子敬等并为“吴兴八俊”。后由程钜夫推荐仕元，官至翰林学士承旨，封魏国公，谥“文敏”。其诗以五古和七律见长，五古格调简朴，有汉魏六朝风味；七律清丽婉转。《岳鄂王墓》《钱塘怀古》《和姚子敬秋怀》等诗有怀念故国之思。其主要成就在书画艺术领域，著有《松雪斋文集》十卷。2004年塑像湖州历史文化名人园。

【沈梦麟】（1307—1399），字原昭。归安县花溪人。少有诗名，与王蒙、莘野、曹孔章、沈自诚、章同、胡廷晖、孟珍并称“吴兴八子”。至正十三年（1353）进士，授武康令。后解官归隐。精于七言律体，时称“沈八句”。著有《花溪集》三卷。

【陈霆】（1470—1564），字声伯，号水南。德清县新市人。明弘治十五年（1502）进士。官至刑部主事、山西提学佥事。后弃官归里，在渚山筑绿乡花园隐居。著有《唐余纪传》二十四卷、《两山墨谈》十八卷、《山堂琐语》两卷、《水南集》十七卷、《水南词》一卷、《渚山堂词话》三卷、《渚山堂诗话》三卷。其《宣靖备史》八卷、《闲居录》八卷、《绿乡笔林》三卷佚。

【顾应祥】（1483—1565），字惟贤，号箬溪。长兴洪桥人。王守仁门生。弘治十八年（1505）进士。曾两度巡抚云南。嘉靖二十七年（1548）任南京刑部尚书，两年后返乡。乡居十五年，嗜书好学，著述颇丰，文学著作主要有《崇雅堂集》十四卷（佚）、《箬溪归田诗选》一卷附录一卷、《南诏事略》一卷。辑有《唐诗类抄》八卷等。

【茅坤】（1512—1601），字顺甫，号鹿门。归安县花溪（今南浔区练市镇花林）人。嘉靖十七年（1538）进士，与同年沈錬、翁相、莫如忠、侯一元、王德并称“六子”。官至大名兵备副使，免归。其文学思想反对前后七子“文必秦汉”的主张，认为“文特以道相盛衰，时非所论也”。提倡学习唐宋古文，内容须阐发“六经”之旨，对韩愈、苏轼、欧阳修尤为推崇。选编一百六十四卷《唐宋八大家文抄》对后世产生较大影响，“唐宋八大家”的称谓也由此流行，与唐顺之、王慎中、归有光等并为"唐宋派"。所写文章跌宕激射，但因限于唐宋文的窠臼，时露摹拟之迹。著有《玉芝山房稿》二十二卷、《耄年录》七卷、《茅鹿门先生文集》三十六卷、《鹿门先生诗选》三卷、《白华楼藏稿》十一卷、《白华楼续稿》十五卷、《白华楼吟稿》十卷等，刻本罕见。有《茅鹿门先生文集》三十六卷行世。

【徐中行】（1517—1578），字子舆，号龙湾、天目山人。长兴县人。十余岁能古文辞。嘉靖二十九年（1550）进士，授刑部广东司主事。历员外郎，转贵州司郎中。出知汀州（今福建长汀）、汝宁（今河南汝南）。嘉靖四十五年因支持杨继盛弹劾严嵩，贬长芦盐运判官，寻迁瑞州（今江西高安）府同知。丁母忧时与县丞吴承恩结为至交，吴蒙冤入狱后极力营救。隆庆年间（1567—1572）任云南参议。万历元年（1573）任福建副使。后任江西左布政使，卒于任。曾与李攀龙、王世贞等共结诗社，提倡"文必秦汉，诗必盛唐"，为明代"后七子"之一。著有《天目山堂集》二十卷附录一卷、《青萝馆诗》六卷、《徐龙湾集》一卷续集一卷。

【臧懋循】（1550—1620），字晋叔，号顾渚山人。长兴县鼎甲桥人。博学多才，擅长诗文，尤精戏曲，与吴稼澄、吴梦旸、茅维合称"吴兴四子"。万历八年（1580）进士。任荆州府教授、夷陵（今湖北宜昌）知县，南京国子监博士。万历十三年（1585）被劾归后隐顾渚山中，潜心元曲研究，与汤显祖、王世贞等相友善。历时三十余年，从山东王氏、湖北刘氏、福建杨氏和家藏三百余种杂剧中精选《窦娥冤》《汉宫秋》等一百部作品，加以修订，使其科白完整，并附有音注，精工刻印一百卷《元曲选》（又名《元人百种曲》），所选元曲占现存元杂剧三分之二，为元杂剧流传贡献甚巨。著有《负苞堂稿》九卷，其中文四卷、诗五卷。编《文选补注》十五卷、《古诗所》五十六卷、《唐诗所》四十七卷、《古逸词》二十卷、《弹词选》三卷等。2004 年塑像湖州历史文化名人园。

【朱国桢】（1557—1632），字文宇，号平函、平极、虬庵居士、平涵居士。乌程县南浔人。万历十七年（1589）进士。官至首辅。劾归，潜心著述。所著三十二卷《涌幢小品》系著名笔记小说，全面反映明朝后期政治、经济和社会生活，《四库全书总目提要》评语："其是非不甚失真，在明季说部之中，尤为质实。"另著有《朱文肃公集》九册、《朱文肃公诗文集》一卷等。其《大事记》《明鉴易知录》清季列为禁书。

【董嗣成】（1560—1595），字伯念，号青芝。乌程县南浔人。万历八年（1580）进士，且廷对为二甲第一，授礼部仪制司主事，晋精膳司员外郎。万历十九年（1591）因倡言立储被削职为民。后赠光禄寺少卿。所著《光禄遗编》四卷、《仪部札稿》佚，存《董礼部集》六卷（一作《青棠集》八卷）、《尺牍》两卷。

【吴稼䇠】（生卒年不详），字翁晋，号大涤先生。孝丰县郭吴村人。吴昌硕先祖。少时饱读诗书，以诗见称于王世贞，却屡试屡踬，卒未登一第。曾以例任南京光禄寺典簿，迁云南通判。其诗工乐府、五言。与吴梦阳、臧懋循、茅维并称"吴兴四子"。吴昌硕于1916年重刻其已为孤本之诗集《玄盖副草》二十卷。另有诗文集《南谐集》《滇游稿》《北征前后录》等，均佚。

【茅维】（1576—约1629），字孝若，号僧昙。室名凌霞阁。归安县花溪村（今南浔区练市镇花林村）人。茅坤第四子。三次科举均不第。与吴家䇠、吴梦旸、臧懋循同为"吴兴四子"。著有《嘉靖大政记》两卷、《幽愤录》《霍忧录》六卷、《南隅书画录》一卷、《迂谈》两卷、《十赍堂甲集》十二卷、《十赍堂集乙》若干卷、《十赍堂丙集》十二卷、《十赍堂词》一卷、《佩觿草》三卷、《菰园初集》六卷、《闽游集》一卷、《北闱賷言》两卷、《表衡》六卷、《论衡》六卷、《策衡》二十二卷和戏剧作品总集《凌霞阁内外编诸曲》（原有杂剧三十五种，存六种）等。

【吴梦旸】（1546—约1620），字允兆，号北海、归安布衣。归安县人。与吴家䇠、臧懋循、茅维并为"吴兴四子"。又与董斯张交游唱和。曾游秦、燕等地。万历二十年（1592）佐李如松入朝鲜平倭。晚年寓居金陵。著有《射堂诗抄》十四卷和《闽观诗略选抄》七卷。

【凌濛初】（1580—1644），字符房、波厈，号初成，别号即空观主人。乌程县晟舍人。"生而颖异，十二游泮宫，十八补廪饩"，但科举不遂，六十岁时仍考乡试，终未中举。读书应试之余，广交朱国桢、潘季驯、茅坤、臧懋循、徐中行、王世贞、汤显祖、冯梦龙等海内名士，"一时名公硕士，千里投契，文章满天下，交与遍寰区"。著述之余，经营套版印刷业，二十余年间先后刻印《西厢记》《孟东野诗集》等二十四种近两百卷。崇祯十二年（1639）以副贡选授上海县丞，两年后迁徐州通判，为李自成部所困，呕血而死。所著短篇小说集《初刻拍案惊奇》《二刻拍案惊奇》系我国最早文人独立创作的白话短篇小说集，后人称为"二拍"。又作《北红拂》《虬髯翁》《桃花庄》等杂剧十三种，仅存三种；《雪荷记》《合剑记》《乔合衫襟记》等传奇三种，仅存后者五出。汤显祖称他为"定时名手"，作品"缓隐浓淡，大合家门"。明人汪彦雯将其与明初戏曲大家周宪王并举："真堪伯仲周藩，非复近时词家可比"，将其作品"奉为冠冕"。凌氏还著有《诗经人物考》等经学著作和《谭曲杂札》《西厢记五本解证》《红袖曲谱》《燕筑讴》等曲学著作，及诗文集《鸡讲斋诗文》等。所编散曲戏曲选集《南音三籁》四卷将元、明两代南曲作品评品为天籁、地籁、人籁三等，故名。其诗文集《圣门传诗嫡冢》十六卷附录一卷、《言诗翼》六卷、《诗逆》四卷、《国门集》一卷、《东坡禅喜集》十四卷等佚。

【董斯张】（1586—1628），字然明，号遐周、借庵、瘦居士。乌程县南浔人。董份孙，茅坤外孙，董说父。廪贡生。于诗特有悟性，与吴门王亦房创"吴下体"，主张诗以性情为主，讲究比兴，意境空灵。又博览群书，倾心著述，在经学、史学、文字、音韵等方面均有成就。《四库全书·广博物志提要》称其"以恰闻周见，有声于时"。与董其昌等江东文士广为交游。著有诗词集《静啸斋存草》十二卷、文集《静啸斋遗文》四卷、诗文集《绪言》四卷、随笔《吹景集》十四卷、《梦历》，辑有《吴兴备志》三十二卷、《吴兴艺文补》七十卷、《广博物志》五十卷等。

【茅元仪】（1594—1640），字止生，号石民、东海波臣、梦阁主人、半石址山公等。归安县人。茅坤孙。十六岁游学外地。天启元年（1621）撰成两百四十卷《武备志》，得兵部尚书兼东阁大学士孙承宗赏识，遂投笔从戎，随孙氏征战辽东，因功荐为翰林院待诏。天启六年（1626）孙承宗遭魏忠贤排挤后告归。次年向新帝思宗进呈《武备志》，被权臣王在晋加以傲上之罪，放逐定兴（今属河北）江村。崇祯二年（1629）因辅佐孙氏大败清军，收复永平、迁安等城池，升为副总兵。后受奸臣排挤，郁郁寡欢，纵酒而亡。时人称其"年少西吴出，名成北阙闻。下帷称学者，上马即将军"。另著有诗集《石民江村集》二十卷、《石民四十集》九十八卷、《石民渝水集》六卷、《石民又岘集》五卷、《石民横塘集》十卷、《石民赏心集》八卷等，及《掌记》六卷、《青油史漫》《平巢事迹考》《督师纪略》等三十九种，共三千九百余卷。

【黄周星】（1611—1680），字景虞，号九烟。湖南湘潭人。明亡后流寓长兴、双林，五迁而至南浔马家港，筑将、就二园，称将就主人。与董说交游。著述甚丰，其中在湖州著有小说《补张灵崔莹合传》、杂剧《惜花报》《试官述怀》、传奇《人天乐》两卷、戏曲理论《制曲枝语》一卷、《前身集》《将就园记》一卷和散曲《秋富贵曲》《黄叶村庄曲》等。辑有《唐诗快》八十卷。七十岁时作《解脱吟》十二章，赋《绝命词》十章，效仿屈原自沉，被人救起后绝食死。

【董说】（1620—1686），字若雨，号有南潜、宝云、补樵等五十三个之多。乌程县南浔人。工古文词，崇祯十年（1637）入浙西语水社，后又为复社领袖张溥入室弟子。顺治十三年（1656）始作乐府。明亡后弃诸生，屏迹南浔丰草庵，始作诗。常独驾扁舟一叶，优游山水间，读书品画，吟诗作文。其诗"荒淡清远"。一生著述达一百二十种（现存四十二种），后人辑为《丰草庵全集》六册四十一卷。其长篇小说《西游补》被誉为世上首部意识流小说。

【徐倬】（1624—1713），字方虎，号苹村。德清县人。十岁应童子试，名列前茅。十七岁游历会稽（今浙江绍兴），得户部尚书、翰林院学士倪元璐赏识，并从其学。工诗和古文辞，对前朝史事尤为精通，邸抄实录、家传野乘，无所不考。康熙十二年（1673）赐进士出身，授庶吉士、史馆编修。后告归养病十余年，病愈后任国子监司业，迁翰林院侍读。康熙二十七年为工部侍郎孙在丰幕僚。后以老告归，潜心著述。康熙四十二年（1703）帝南巡时考核在籍诸臣，以诗得第一，进呈所编《全唐诗录》百卷，帝御笔作序，加礼部侍郎衔。八十九岁时钦赐"寿祺雅正"匾额。著有《蓣村集》三十二卷。

【沈树本】（1671—1743），字厚余，号树堂，别号舱翁。归安县人。幼即以《白苹诗》出名，与海宁杨守如、平湖陆奎勋、嘉善柯煜并为"浙西四子"。康熙五十一年（1712）榜眼，授翰林院编修。后辞官归里，主湖州安定书院多年，并在竹墩发起"双溪诗社"，组织"双溪唱和"，为湖州诗坛盛事。所著《舱翁文略》二册、《竹溪诗略》二十四卷、《双溪唱和诗续稿》均藏南京图书馆、《舱翁诗略》藏中国社科院文学所，残存二十一至二十六卷、二十八至三十二卷，《曼真诗略》七卷藏上海图书馆，存五卷。另有《玉玲珑山阁词集》一卷。其《德本录》和所辑《唐宋六大家诗》一百八十卷、《湖州诗摭》一百八十卷、《双溪唱和诗》

六卷，均散佚。

【严遂成】（1694—?），字崧瞻，号海珊。乌程县人。雍正二年（1724）进士，知山西临县。乾隆元年（1736）举博学鸿词科，补直隶阜城（今属河北）知县。迁云南嵩明（今嵩明县）知州，创凤山书院。自小爱作诗，曾携诗作请教厉鹗，不为厉氏赏识，后学习更为刻苦，并注意创新，终于学有所成，并成为厉鹗好友，还与厉鹗、钱载、王又曾、袁枚、吴锡麒并为"浙西六家"。其诗善咏物，尤善咏史，自负为吟古第一。时论称："浙籍诗人自朱彝尊、查慎行之后，严遂成能自成一家。"代表作《明史杂咏》四卷，时称"诗史"。另著有《海珊诗抄》十三卷、《仙坛花吟》一卷、《诗经序传辑疑》两卷等。

【陈克绳】（1705—1784），字希范，号衡北、希庵。归安县人。乾隆二年（1737）进士。知西川保县（今四川理番县），升茂州（今汶川等地）牧、打箭炉（今康定）同知。岳钟琪征西藏，督运军饷，因功出守嘉定，分巡川东道。所作八首《西藏竹枝词》详细描绘当时西藏宗教风俗，辑入《两浙輶轩续录》。所著《希庵诗稿》和《輶辑随笔》二十卷、《西域遗闻》十卷、《诗经管见》十二卷、《读书谬见》四册等均佚。

【戚蓼生】（1736—1792），字念功、彦功，号晓塘。德清县人。风流倜傥，不修威仪。乾隆三十四年（1769）进士。乾隆五十六年（1791）任福建按察使，平泉州乱，次年冬以劳悴卒于任。为《红楼梦》所作序《戚蓼生序本石头记》系"红学"研究重要版本之一。其《竺湖春墅诗抄》五卷佚。

【戴璐】（1739—1806），字敏夫，号蒻塘、吟梅居士。归安县人。乾隆二十八年（1763）进士。历官工部郎中、给事中、太仆寺卿等。为人谨慎奉职，不求标新立异。平生爱好文史，以诗文名世。居京师四十年，熟悉京师掌故。晚年为扬州梅花书院山长。著有《藤阴杂志》十二卷、《茶室客话》十二卷、《吴兴诗话》十六卷等。其《石鼓斋杂志》《秋树山房诗稿》佚。

【沈赤然】（1745—1816），原名赤熊，字韫山，号梅村。德清县人。祖籍仁和（今杭州）。乾隆三十三年（1768）举人。乾隆四十六年（1781）为福建大田知县，改署直隶平乡（今属河北）、南乐（今属河南）二县，以"勤、俭、公"三字自励，有"强项令"之誉。补南宫（今河北南宫市），改丰润（今属河北唐山市），均有惠政。因事降河北大城知县，以病归。著有《五砚斋集》三十一卷，其中诗二十卷、文十一卷。

【吴锡麒】（1746—1818），字圣征，号穀人。归安县人，生于钱塘（今杭州）。官国子监祭酒。主讲湖州安定、爱山两书院。与邵齐焘、洪亮吉、刘星炜、袁枚、孙星衍、孔广生、曾燠等并称"骈文八家"。著有《有正味斋诗集》二十四卷、《帘钩唱和诗》（不分卷、与人合作）《有正味斋词集》十七卷、《有正味斋文集》（不分卷、续集八卷、外集五卷）、《有正味斋骈体文》二十四卷、《有正味斋骈体文删余十二卷》《游泰山记》一卷、《游西山记》一卷、《有正味斋尺牍》两卷、《饱居小稿》一卷等。嘉庆十三年刊印《有正味斋全集》四函二十四册。

【杨凤苞】（1754—1816），字傅九，号秋室、西园老人。乌程县南浔人。少即以诗词名，其《西湖秋柳词》名噪一时，有"杨秋柳"之誉。作诗初学李商隐，后与朱彝尊、厉鹗风格相通，属浙西诗派，长于七言。对经学、小学亦颇有研究，还熟悉明末史实，曾作《南疆逸史跋》十三篇，补温睿临之未备而订其误。受知县彭志杰之托校补陈焯《湖州诗录》五卷，增录数百家并考其爵里。阮元巡抚浙江时曾入学诂经精舍，分纂《经籍纂诂》。晚年在湖州陈家私塾教书。曾欲撰明史，未果即卒。著有《秋室集》十卷，诗文各半，《采兰簃文集》和《采兰簃诗集》各四卷、《秋室遗文》《秋室遗诗》各一卷。范锴评其"精于小学，工诗，幽深雅洁，直入樊榭之室"，"作诗文，或引用典故，必考证明审，不肯略有草率"。陆心源在序中评论说："先生之文多记明季遗事及乡里掌故，其源出于史家者流，博不及全谢山，而精过之，其诗囊括唐宋，沉博高华……"

【徐熊飞】（1762—1835），字子宣，号渭扬、雪庐。武康县人。出身贫寒。少孤。嘉庆九年（1804）举人。尝客居平湖。受阮元之聘为杭州诂经精舍讲席。中年与杨芳灿、王豫等流连诗酒，名盛一时。授翰林院典籍衔。著有《白鹄山房诗抄》三卷、《凤鸥集》一卷、《应试诗赋抄》两卷、《白鹄山房文抄》五卷、《春雪亭诗话》一卷、《白鹄山房骈体文抄》两卷和续抄两卷等。辑有《五君咏》一卷、石钧撰《清素堂诗词集》十卷、《汉南诗约》十二卷。另有《都蓝杂识》两卷、《脞录》一卷和《江行纪程》一卷佚。

【严可均】（1762—1843），字景文，号铁桥。乌程县人。少时游历各地，南达广东，北出关外。嘉庆五年（1800）举人。道光二年（1822）任浙江建德教授，寻以病告归，潜心学术研究，对许慎《说文》尤有研究。有藏书二万余卷。嘉庆十三年（1808 年）起，历时二十余年，辑七百四十六卷《全上古三代秦汉三国六朝文》，为世所重。另著有诗文集《铁桥漫稿》十三卷（也有八卷本），存诗两百二十首、文两百四十九篇。另有《铁桥手稿》十二册。

【范锴】（1764—1845 后），字声山，号白舫、苕溪渔叟。乌程县南浔人。贡生。工诗，尤善词。磊落好交，喜远游，往来楚蜀三十年。晚年居扬州。著有《华笑庼杂笔》六卷、《苕溪渔隐诗稿》六卷、《苕溪渔隐词》两卷、《汉口丛谈》六卷、《浔溪纪事诗》两卷和《痴人说梦》等。辑有《范声山杂著》八种十四卷。

【张鉴】（1768—1850），字春冶，号秋水。乌程县南浔人。早年为刘桐家塾师十余年，遍读眠琴山馆藏书，作《眠琴山馆藏书序》。嘉庆六年（1801）客杭州，佐修《两浙盐法志》。肄业于诂经精舍，于嘉庆九年（1804）中副贡。曾客阮元幕和潘世恩学署，后选浙江武义教谕。著有《冬青馆甲集》六卷、《冬青馆乙集》八卷、《冬青馆古宫词》三卷、《蝇须馆诗话》五十卷、《画媵诗》三卷、《眉山诗案广证》六卷、《西夏纪事本末》三十六卷和《楚辞释文》《十三经丛说》等学术著作，共计五十二种三百余卷。

【凌介禧】（1782—1862），字杏洙，号少茗。乌程县人。出身名门。学识渊博，善诗属文。十六岁补博士弟子员。后怀才不遇，优游各地，北走燕晋，南走羊城，东入齐鲁，西浮江汉，客巨公幕下。七十余岁时倦游归里，受聘任陆心源塾师。著述甚富，所著《少茗诗稿》四十一卷、《少茗文稿漫存》十七卷稿本藏许昌市博物馆，《晟溪渔唱》一卷清抄本藏浙江图书馆。另有《诗经摭言》十六卷、《偶见诗抄》六卷、《司空图诗品试律偶存》六卷、《尘余时文稿》十卷、《墨宝诗综》三卷、《骈体文》两卷、《律赋漫存》一卷、《坦然斋诗文渊粹》两卷、《三十六鳞集选》两卷及所辑《凌氏诗存》十二卷等均未刊或未见。

【汪曰桢】（1812—1882），字仲雍、刚木，号谢城、薪甫。乌程县南浔人。儿时矢志于学，博览群书。咸丰四年（1854）举人，官会稽（今浙江绍兴）教谕。平生视书籍、朋友如性命，以著述自娱。著述甚富，大多汇集于《荔墙丛刻》，其中文学方面有《四声切韵表补正》五卷和《荔墙词》一卷、《玉鉴堂诗集》六卷、《玉鉴堂诗存》一卷、《栎寄诗存》一卷、《俪花小榭诗抄》和《莲漪文抄》八卷、《谢城遗稿》一卷等。

【陆心源】（1834—1894），字子稼、刚父（甫），号存斋，晚号潜园老人。

归安县人。与姚宗谌、戴望、施补华、俞刚、王宗义、凌霞等并称"苕上七子"。咸丰九年（1859）举人。同治四年（1865）补广东南韶连兵备道，迁高廉道。同治十一年（1872）随浙闽总督李鹤年到福建，主总督府军政、洋务、税里通商总局，兼总办海防事宜。两年后兼署福建盐法道。光绪二年（1876）遭革职，后因赈灾有功赏还原衔，以道员记名简放。藏书十五万卷，其中宋、元刻本藏皕宋楼，与江苏常熟瞿氏铁琴铜剑楼、浙江钱塘（今杭州）丁氏八千卷楼、山东柳城杨氏海源阁并称"晚清全国四大藏书楼"，并有"江南藏书第一楼"之誉。编有《皕宋楼藏书志》一百二十四卷。平生所著辑为《潜园总集》九百二十六卷，主要有《仪顾堂文集》二十卷、《吴兴诗存》四十八卷、《宋诗纪事补遗》一百卷等。

【俞樾】（1821—1907），字荫甫，号曲园。德清县城（今乾元镇）人。道光三十年（1850）进士，在保和殿复试时以一句"花落春仍在"得主考官曾国藩赏识，列为第一名，称复元，选庶吉士。咸丰五年（1855）任河南学政，两年后劾归。历主松江云间书院、苏州紫阳书院、杭州诂经精舍等，凡三十一年，门下弟子三千，其中佼佼者有吴昌硕、吴大澂、章太炎、陆润痒等，为一时朴学之宗。著有《春在堂全书》四百九十卷，为日本编撰《东瀛诗选》四十四卷。

【施补华】（1835—1890），字均甫，别号峴纲。乌程县人。与陆心源、姚宗谌、戴望、俞刚、王宗义、凌霞等并称"苕上七子"。早年佐赵景贤办湖州团练，抗御太平军。后入杭州诂经精舍，为俞樾弟子。同治九年（1870）中举。同治十三年至光绪五年（1874—1879）客陕甘总督左宗棠幕。光绪五至十年（1879—1884）佐帮办新疆军务张曜幕。张任山东巡抚时仍邀其佐幕，晋升道员。其诗深沉秀雅。吴昌硕曾从其学诗词，并在《石交录》中评价其诗能"熔铸汉唐，俯视侪伍；奇而不僻，正而不庸，洵乎大家风也"。著有《泽雅堂文集》八卷、《泽雅堂诗集》六卷、《泽雅堂诗二集》十八卷。

【吴昌硕】（1844—1927），初名俊、俊卿，字香补，号昌硕、缶庐、苦铁等。孝丰县人，后改籍贯安吉县。早年避战乱于皖、鄂等地。同治四年（1865）随父迁居安吉县城（今安城镇），并考取秀才。在安城芜园耕读十年，从施旭臣学诗，与朱正初、钱铁梅诗酒唱和，自称"岁寒三友"，并自比梅花。婚后到湖州、嘉兴、杭州、苏州、上海、扬州等地游学、游幕十年。后迁居苏州，任佐贰小吏，自称"酸寒尉"。光绪二十五年（1899）秋以候补直隶州知州任安东县令一月。

在苏州寓居近三十年后，于宣统三年（1911）定居上海。民国初年常参与超社、逸社、淞社、沤社和修能学社等诗文社团的活动。著有诗集《十二友诗》和《缶庐集》五卷等。2004年塑像湖州历史文化名人园。

【朱孝臧】（1857—1931），原名祖谋，字藿生、古微，号沤尹、彊村。归安县人。与王鹏运、郑文焯、况周颐并称"晚清四大词人"。从小爱好文学，弱冠即与地方文士诗歌酬唱，声名鹊起。光绪九年（1883）高中会元，为翰林院庶吉士、编修。后任国史馆协修、会典馆总纂。光绪十四年任江西乡试副考官，二十四年任会试同考官。光绪二十七年（1901）升内阁学士，擢礼部侍郎，出任广东学政，因与总督意见不合，两年后引病退职，卜居苏州耦园、鹤园、听枫园，与郑文焯同为吴中词坛盟主，常组织谭献、俞樾等人诗词雅集。辛亥革命后寄迹上海，以遗老自居。1912年前后与陈三立、沈曾植等组织"超社""逸社"，唱和不断，多怀恋清室之作。其词风近吴文英，兼取浙西派、常州派长处，形成怨悱绵邈、不可端倪的含蓄风格，富于比兴寄托之意，集晚清词学之大成，创"彊村词派"。著有《彊村语业》三卷、《彊村词剩》两卷、《彊村集外词》两卷和《彊村遗书》。辑有《彊村丛书》两百六十卷、《湖州词征》二十四卷、《国朝湖州词录》六卷。2013年7月，浙江古籍出版社出版沈文泉著作《朱彊村年谱》。

【周庆云】（1864—1933），字景星、逢吉，号湘舲、梦坡。乌程县南浔人。光绪七年（1881）秀才。光绪九年起继承祖业，经营丝业、盐业。光绪三十一年（1905）被举为盐业嘉兴所甲商，成为浙盐实权人物。光绪三十二年创办湖州旅杭商学公会（后为旅杭湖州同乡会），历任副会长、会长。宣统元年（1908）受聘任浙江省咨议局参议。1912年任两浙盐业协会会长。在文化方面，诗、书、画、印无所不能。1913年与刘承干等人在上海发起成立诗社——淞社，任社长。又与夏敬观等组织词社——沤社。两社曾与"南社"鼎足而立。1920年出资修复杭州西溪秋雪庵，建两浙词人祠，祭祀两浙历代七十二位词坛名家。著有《盐业通志》一百卷、《浔雅》十八卷和《南浔志》六十卷、《西溪秋雪庵志》四卷、《莫干山志》十三卷、《历代两浙词人小传》十六卷、《天目游记》一卷、《汤山修禊日记》《梦坡诗存》十二卷、《梦坡词存》两卷、《梦坡文存》五卷等。辑有《晨风庐唱和集》十卷、《晨风庐唱和续集》十二卷、《历代金石诗录》十六卷、《淞社诗集》《淞滨吟社甲乙集》《浔溪诗征》四十卷、《浔溪词征》两卷、《浔溪文征》十六卷等，后集成《梦坡室丛书》三十六种。

【俞陛云】（1868—1950），字阶青，号乐静居士。德清县人。俞樾孙，俞平伯父。光绪二十四年（1898）探花，授翰林院编修。宣统二年（1910）至次年任浙江省图书馆监督，接收文澜阁及所藏《四库全书》等。1914年任清史馆提调，移居北京。抗战爆发后避居京郊。著有《蜀輶诗纪》两卷、《小竹里馆吟草》八卷、《绚华室诗忆》两卷、《乐静词》一卷和《诗境浅说》《诗境浅说续编》《唐五代两宋词选释》《清代闺秀诗话》等。

表10-1：湖州古近代作家名录

姓 名	字 号	生卒年	籍 贯	生平事迹和文学成就
姚 信	字元直、符直、德佑、德祚	约207—270后	乌程永安（今德清）	三国吴国丞相陆逊外甥。孙权在位时为太子孙和属官，太子被废后流徙在外。吴元兴元年（264）孙和之子孙皓继位后，诏拜太常卿，得孙皓重用。著有《姚信集》十卷、《士纬新书》十卷、《昕天论》等
吴 商	字彦声	生卒年不详	丹阳故鄣	通五经百氏。征为东宫校书郎，四方从者不可胜数。官至侍中。所著《礼难》十二卷、《杂义》十二卷、《礼议杂记故事》十三卷均佚，存《吴商集》五卷、《杂礼议》一卷
沈 充	字士居	?—324	武康	家资富裕，广蓄歌妓，自制《前溪曲》七首，令歌妓弹唱，创"前溪歌舞"。因得江州（今江西九江市）牧王敦器重，辟为参军。迁宣城内史、车骑将军。晋永昌元年（322）参与王敦叛乱，兵败被杀
孙 琼（女）		生卒年不详	吴兴	钮滔母。著有《松阳母集》两卷，佚
钮 滔	字景直	生卒年不详	吴兴	东晋永和四年（348）举孝廉。官松阳县令。著有《钮滔集》五卷、《钮滔录》一卷，均佚

姓　名	字　号	生卒年	籍　贯	生平事迹和文学成就
支昙谛	俗姓康	？—411	祖籍康居（今新疆与俄属中亚地区），徙居吴兴	十余岁出家。性爱山水，闲居涧饮。《全上古三代秦汉三国六朝文》辑其文《庐山赋》《赴火蛾赋》
沈演之	字台镇	397—449	武康	以精通《老子》知名。官至吏部尚书、太子右卫。著有《沈演之集》十卷，佚
沈怀文	字思明	409—462	武康	少以《楚昭王二妃诗》知名。宋孝武帝时官至侍中，深得宠信，但因直言政见，屡忤帝意，被赐死。著有《隋王入沔记》六卷和《沈怀文集》十二卷（佚）
沈怀远		生卒年不详	武康	沈怀文弟。官武康令。整理其兄文集，使之流传于世。著有《南越志》八卷、《沈怀远集》十九卷，均佚
丘灵鞠		？—484	吴兴	丘迟父。举秀才，任州主簿，迁员外郎。宋孝武帝殷贵妃死时，献挽歌、挽诗三首，受赏识，征为新安王北中郎参军，出为乌程令。后官至太中大夫。著有《起太兴讫元熙文集》和《南封记》一卷。所著《江左文章录序》《丘灵鞠文集》佚
丘仲孚	字公信	462—510	乌程	官至尚书左丞和南郡（今湖北江陵）、江夏（今湖北武昌）太守。著有《南宫故事》一百卷，佚
丘　迟	字希范	464—508	乌程	丘灵鞠子。八岁能文。齐时任太学博士、车骑录事参军等职。入梁，官至司空从事中郎。其诗与范云并列，其词丽逸。代表作《与陈伯之书》。明人辑有《梁丘司空集》一卷
姚僧垣	字法卫	499—583	武康	南朝名医。梁大同十一年（545）领大医正，侍元帝左右。后至长安（今西安）。北周建德三年（574）因确诊文宣太后病情，授骠骑大将军、开府仪同三司。大象二年（580）授太医大夫。隋开皇初进爵北绛郡公。除医书外，还著有《行记》三卷，佚

姓　名	字　号	生卒年	籍　贯	生平事迹和文学成就
沈　重	字德厚	500—583	武康	精通《诗》《礼》《左氏春秋》。梁时历任国子助教、五经博士等职。后为北周武帝宇文邕赏识，厚礼聘至周都，讨论"五经"，校定钟律，授骠骑大将军、开府仪同三司、露门博士。北周建德末年（577）坚辞回梁，任通直散骑常侍、太常卿。著有《毛诗义》二十八卷、《毛诗音》两卷，均佚
沈　炯	字礼明	502—560	武康	少有隽才，为时所重。梁时官至尚书左丞。后为西魏所房并得重用。太平元年（556）回梁，任御使中丞。入陈，授明威将军。著有《沈侍中集》二十卷，佚。《全上古三代秦汉三国六朝文》辑其文一卷，逯钦立编《先秦汉魏晋南北朝诗》录其诗十七首
沈满愿（女）			武康	沈约孙女，镇西将军范靖妻。著有诗集《沈满愿集》三卷，佚
沈不害	字孝和	518—580	武康	十四岁召补国子生，后举明经。梁初为太学博士。陈天嘉（560—566）年间任嘉德殿学士。上书尊儒建国、改定乐章。奉旨制三朝乐歌八首二十八曲，盛行一时。官至通直散骑常侍兼尚书左丞。著有《沈不害文集》十四卷，佚
沈君游		？—573	武康	官至散骑常侍。所著诗文集十卷佚。《薄幕动弦歌》初具七言排律形
沈婺华（女）		约554—628	武康	"聪敏强记，涉猎经史，工书翰"。太建二年（570）嫁太子陈叔宝。清净寡欲，逐渐失宠。太建十四年（582）册封皇后，深居内廷，潜心经史。多次上书谏净，险遭废黜。入隋后受礼遇，多次从隋炀帝出巡。隋亡后为尼，法号"观音"。有学者认为其后神化为"观音菩萨"。所著《沈皇后集》十卷散佚，仅存诗一首

姓　名	字　号	生卒年	籍　贯	生平事迹和文学成就
陈叔齐	字子肃	569—608	长城	博涉经史，善作诗文。太建七年（575）封新蔡王，授智武将军。至德三年（585）任国子祭酒、侍中将军。祯明元年（587）遭权臣排挤引退。陈亡后流放河西乡野近十八年。大业三年（607）起为尚书主客郎。著有《籀纪》三卷，佚
陈叔达	字子聪	573—635	长城	十余岁能吟诗作赋。陈时封义阳王。入隋，授内史舍人，出任绛郡通守。唐时官至礼部尚书。著有散文集十五卷，佚。《全唐诗》录其诗九首，《全唐文》录文两篇。另与修《艺文类聚》
沈　光	字总持	590—618	武康	少骁捷，有"肉飞仙"之称。曾率数万人马随隋炀帝杨广征辽东，授朝请大夫。大业末年（618）隋炀帝被部将宇文化及谋害后，谋刺宇文化及未遂被杀。著有《云梦子》五卷、《沈光集》五卷，均佚
释道宣	俗姓钱	596—667	长城	"九岁遍览群书，十二善习文墨"。十六岁出家。二十八岁入终南山自立门户弘法。贞观四年（630）出终南山，广求诸律异传，完成律学南山宗开宗立派之五部抄疏。贞观十六年（642）重返终南山，至圆寂。一生著述达220多卷，文学方面有《广弘明集》三十卷、《续高僧传》三十一卷等
徐　惠（女）		627—650	长城	唐太宗妃子。四岁能诵《论语》《毛诗》，八岁作《小山篇》，赢得文名。入宫后手不释卷，遍涉经史，属文挥翰立成，备受宠爱，拜婕妤，迁充容。代表作《谏太宗息兵罢役疏》。《全唐诗》辑其诗五首
沈伯仪		生卒年不详	吴兴	武则天时为太子右谕德。历国子祭酒、修文馆学士。《全唐文》录其文一篇
徐　峻		生卒年不详	陕西大荔，祖籍长城	徐坚子。著有《文集》三十卷，佚

姓 名	字 号	生卒年	籍 贯	生平事迹和文学成就
包 融		693—762	乌程	早年与贺知章、张旭、张若虚并称"吴中四士"。开元年间（713—741）得张九龄赏识，任集贤直学士、大理司直等职。《全唐诗》录其诗八首
杨 衡	字仲师	生卒年不详	乌程	初隐庐山，与符载、王简言、李元象并为"山中四友"。又与符载并称"杨符"，为时人所重。大历年间（766—799）登进士第。官至大理评事。后寓居荆州。《全唐诗》录其诗一卷
姚南仲		730—803	华州下邽，原籍武康	乾元元年（758）进士。官至陕虢观察使、尚书右仆射。晚年归寓吴兴。卒赠太子太保。所著由子姚衮辑为《姚公集》十卷，佚。权德舆所作《右仆射太子太保姚公集序》辑入《全唐文》
孟 简	字几道	733—824	德州昌平，祖籍武康	孟郊叔。贞元七年（791）进士，次年举博学鸿儒科。历任常州刺史、浙东观察使、御史中丞等职。诗名重江淮间。《全唐诗》录其诗七首
释怀素	俗姓钱，字藏真	737—800	长城，生于永州零陵（今属湖南）	钱起侄子。幼即出家事佛。李白夸其"草书天下称独步"。大历三至七年（768—772）游长安，经礼部侍郎张谓誉扬，名噪京师。后游历东都洛阳及衡山、嘉陵江、雁荡山等名山大川，也曾回湖州，会颜真卿和陆羽。《全唐诗》录诗两首
沈传师	字子言	773—831	德清，一说苏州	沈既济子。贞元十九年（803）进士。官至尚书右丞、吏部侍郎。《全唐诗》录其诗五首
陆 畅	字达夫	生卒年不详	长城	元和元年（806）进士。为太子僚属。娶故丞相董晋孙女为妻。著有诗集一卷
陈 商	字述圣	?—855	长城	元和九年（814）进士。官至吏部侍郎、秘书监，封许昌县男。为文古奥，为李贺称许。有《敬宗实录》十卷和文集十七卷，已散佚。《全唐文》录其文三篇
钱可复		?—835	长城	钱起孙。元和十一年（816）进士。官至凤翔节度副使。《全唐诗》录其诗一首

姓　名	字　号	生卒年	籍　贯	生平事迹和文学成就
沈询 （一作询）	字诚之	？—863	德清	沈既济孙，沈传师次子。会昌元年（841）进士。官至检校户部尚书、昭义（今晋冀鲁豫边界地区）节度使。《全唐文》载其文二十二篇
严恽	字子重	？—870	湖州	屡举进士不第。擅七言，名重当世。杜牧刺湖州时曾与之唱游，有《和严恽秀才落花》等诗。又与陆龟蒙、皮日休交友唱和。作品多散佚，《全唐诗》仅存其七绝《落花》一首
钱珝	字瑞文	生卒年不详	长城	钱起曾孙。乾符六年（879）进士。官至中书舍人，贬抚州司马。著有《舟中录》二十卷和《江行无题一百首》，均佚。《全唐诗》录其诗一卷一百零八首，《全唐文》录其文六卷一百四十余篇。《红楼梦》第十八回曾提及其诗《未展芭蕉》
周朴	字见素， 一作太朴。	？—878	湖州	淡泊名利，隐居山林。曾拒观察使杨发、李诲召。唐末避居福州，寄食乌石山寺。黄巢起义军入闽，不屈死。诗思迟缓，常盈月方得一联一句，未及成篇而佳句已广为传诵，时人称为"月锻年炼"。《全唐诗》录其诗四十五首，辑诗集一卷
陆肱		生卒年不详	长城	大中九年（855）进士。咸通（860—873）中牧南康郡（今江西赣州）。也曾牧湖州。《全唐诗》录其诗一首，《全唐文》录其文四篇
沈颜	字可铸	？—约921	德清	沈传师孙。天复元年（901）进士，任校书郎。后流寓湖南，辟为巡官。官至吴越国翰林学士。为文精速，无所不载，有"下水船"之誉。著有《聱书》十卷、《解聱书》十五卷、《大纪赋》一卷，均佚。《全唐诗》存其诗两首，《全唐文》存其文十一篇
沈文昌		生卒年不详	湖州	官五代吴国节度牙推，居幕府右职。《十国春秋》有传。著有《记室集》三卷，佚

姓　名	字　号	生卒年	籍　贯	生平事迹和文学成就
李　璟	字伯玉。曾姓徐，名景通	916—961	安吉，生于金陵（今南京）	南唐第二位皇帝。其诗词颇有名，"小楼吹彻玉笙寒"为千古名句。与李煜作品被合编为《南唐二主词》一卷
释赞宁	俗姓高	919—1001	德清	少聪慧灵敏，长于寺庙，立志向佛。后唐清泰初年（934）入天台山挂单，习南山律宗，著《毗尼》一书，时称"律虎"。吴越王钱镠任其为两浙僧统，赐号"明义宗文大师"。宋太平兴国三年（978）奉阿育王真身舍利随钱镠入宋，获"通惠大师"称号，任左街天寿寺住持。咸平元年（998）任右街僧录，次年迁左街僧录，知西京教门事。谥"圆明大师"。撰有《大宋高僧传》三十卷
李弘茂	字子松	933—951	安吉，生于金陵（今南京）	李璟次子。十四岁为侍卫诸军都虞侯，封乐安公。善诗，与宾客朝士宴游，以赋诗为乐。诗格调清古。《病中》"半窗月在犹煎药，几夜灯闲不照书"句尤为人称诵。《全唐诗》存其断句二联
张　维		956—1046	乌程	张先父。绝意仕宦，以吟咏自娱。后授卫尉寺卿。卒赠尚书刑部侍郎。所著《曾乐轩集》佚，存《曾乐轩吟稿》一卷，录诗十三首
俞汝尚	字退翁、仁廓，号溪堂	约1002—1078	湖州	善诗，与谢逸（亦号溪堂）并称"两溪堂"。宋庆历二年（1042）进士。初知四川导江、新繁等县，后签书剑南西川判官。王安石召为御史，因政见相左去职，任青州（山东潍坊）签判。约于熙宁六年（1073）以屯田郎中致仕。其宅在湖州余家漾畔，旧时称俞家漾。所著《溪堂集》佚，存诗十一首
刘　述	字孝叔	1007—1078	归安	景祐元年（1034）进士。官刑部、吏部郎中，治平四年（1067）为侍御史，知杂事。熙宁七年（1074）秋参加苏轼主持的"前六客会"。作品有《题竹阁》《游五泄寺诗》等诗词七首

姓　名	字　号	生卒年	籍　贯	生平事迹和文学成就
沈　遘	字文通	1025—1067	钱塘（今杭州），祖籍吴兴	与叔括、弟辽并称"三沈"。二十二岁大魁天下，因试前已为官，屈居榜眼。曾知越州、杭州、开封，皆有善政。后为翰林学士，知制诰。封长安县开国伯。王安石称其为"一世之英"，撰墓志铭。著有《西溪集》十卷。三沈作品合刊为《吴兴三沈集》
沈　辽	字睿达	1032—1085	钱塘（今杭州），祖籍吴兴	早年受知于王安石，后因政见不合而疏远。以诗闻名于时。晚年徙居池州，筑室齐山之上，号为云巢。著有《云巢编》。与叔括、兄遘并称"三沈"，作品合刊为《吴兴三沈集》
莫君陈	一名君臣，字和中	？—1073	归安	嘉祐二年（1057）与苏轼同科进士。也受王安石器重。熙宁（1068—1077）间举大法科第一。曾知婺州。与长子莫砥、次子莫砺并号"三莫"。著有《月河所闻集》一卷
刘　谊	字宜翁，号三茅翁	生卒年不详	长兴	刘焘父。治平四年（1067）进士。熙宁（1068—1077）中提举广东常平，后移江西，疏论四十余事，帝评价"有陆贽之风"。上疏反对王安石变法，遭废黜，隐居三茅山十年。有文集三十卷、奏议四十卷，均佚
吴淑姬（女）		生卒年不详	湖州	南宋黄升《唐宋诸贤绝妙词选》录其词三首，并评价说："佳处不减李易安。"其《阳春白雪词》五卷藏国家图书馆
贾耘老	一名收	？—1101后	湖州	秀才。家贫。喜饮酒，好吟唱。筑水阁"暖晖"，安家苕溪之上。苏轼守湖州时屡屡光临水阁，词酒唱和，成为密友。苏轼将两人之交比作管鲍相交，作有《和邵同年戏赠贾收秀才》等词多首。著有《怀苏集》，佚
李行中	字无悔，号醉眠	生卒年不详	湖州	秀才。不求仕进，以诗酒自娱。《全宋诗》录其诗五首

姓　名	字　号	生卒年	籍　贯	生平事迹和文学成就
释净端	俗姓邱，自号安简和尚	1032—1103	归安	肄业于吴山解空讲院。参临安龙华院齐岳禅师，顿悟。住湖州西余山。辩才敏锐，名动四方。著有《吴山净端禅师语录》两卷和词集《吴山集》一卷（佚）。存诗四十二首
丁　注	字葆光	生卒年不详	归安	熙宁六年（1073）进士。知永州（今属湖南）。好为歌词，著有《丁永州集》三卷，佚
释维琳	俗姓沈，号无畏	1036—1117	武康	沈约后裔。好学能诗。居杭州径山寺、武康招贤山禅静寺、余英溪畔静林寺和铜官山无畏窟。与苏轼、毛滂交游甚密。所著《无畏大士集》两卷佚，存诗四首（句）
臧　询	字公献	1051—1110	安吉	元丰二年（1079）进士。官至太仆寺丞、诸王府记室参军。其文集十卷佚
潘大临	字君孚、邠老	约1057—1106	吴兴	与弟大观皆以诗名。后迁居湖北黄冈。曾随苏轼游赤壁。荐著作郎，未仕而卒。黄庭坚称其为"天下奇才"。著有《潘邠老小集》一卷
刘安止	字中行	生卒年不详	归安	刘述孙，刘岑父。元祐六年（1091）进士。官开封府参军、太宗正丞。著有诗文集四卷，佚
朱　彧	字无惑，号苹洲老圃	生卒年不详	归安	所著三卷《苹洲可谈》记其父所见所闻之土俗民风、朝章国典，足资考证
刘　焘	字无言	1071—1131	长兴	少有文名，未弱冠即入太学，与陈伯亨等并称"八俊"。元祐三年（1088）进士。后官至秘阁修纂。著有《南山集》五十卷、《龙城录》两卷，均佚。《长兴进士题名记》收入《湖州散文选》。《全宋词》存其词十一首
刘　珏	字希范	1078—1132	长兴	崇宁五年（1106）进士。官至端明殿学士，权同知三省枢密院事。所著《吴兴集》二十卷佚，存《集议》五卷、《两汉蒙求》十一卷

姓　名	字　号	生卒年	籍　贯	生平事迹和文学成就
沈　该	字守约	1078—1168	归安	重和元年（1118）进士。官至左仆射、同平章事，监修国史。其文集五十卷佚
刘宁止	字无虞	1079—1144	归安	宣和三年（1121）进士。官至吏部侍郎、显谟阁直学士。常疏言阙失，多为人所难言。高宗曾有"宁止忠，一止清"语。著有《教忠堂类稿》十卷
沈　琯	字次律，号柯田山人	1080—1155	德清	以提举身份参加宋金战争，因郭药师降金被俘。靖康元年（1126）自敌营逃归，投奔李纲，作《与李纲书》阐述抗金主张。后直秘阁。著有《南归录》一卷，佚
张　匋	字述功	1081—1153	乌程	崇宁五年（1106）进士。知南剑州（今福建南平），易徽州。其文集三十卷佚
鲁伯能		生卒年不详	安吉	元丰八年（1085）进士。知处州（今浙江丽水）。其文集三百余卷佚，《望汉台铭》《庆源军使厅题名记》为当世所称。另《东禅寺记》收入《湖州散文选》
沈与求	字必先	1086—1137	德清	政和五年（1115）进士。官至知枢密院。著有《龟溪集》十二卷、《龟溪长短句》一卷。《全宋词》存其词四首，《湖州词征》辑其词一卷
莫　俦	字寿朋，号真一居士	1089—1164	吴县（今属苏州），祖籍乌程	朱彧《萍洲可谈》和何薳《春渚纪闻》称其为湖州人，实为祖籍乌程，求学乌程县学。政和二年（1112）状元。官至吏部尚书、翰林学士、知制诰。因拥立张邦昌为楚帝，并任伪尚书右丞相，被贬为述古殿直学士，提举亳州明道宫。著有《四六集》十卷、《真一居士集》五十卷，均佚
沈会宗	字文伯	生卒年不详	湖州	北宋末南宋初词人。著有《沈文伯词》一卷。《湖州词征》录其词二十余首
胡　仔	字符任，号苕溪渔隐	1095—1170	绩溪（今属安徽），居湖州二十余年	以父荫授迪功郎。绍兴十三年（1143）起卜居湖州苕溪二十年。绍兴三十二年（1162）曾赴官闽中，不久又归隐苕溪。有诗话集《苕溪渔隐丛话》一百卷等

姓　名	字　号	生卒年	籍　贯	生平事迹和文学成就
沈作喆	一作仲喆，字明远，号寓山	生卒年不详	归安	绍兴五年（1135）进士。因为岳飞作谢表忤秦桧，屡遭贬谪，遂屏居山野，闭门著书。著有笔记《寓简》十卷。其《寓山集》三十卷和《已意》若干卷佚
章　渊	字伯深，号惩窒子	生卒年不详	长兴	曾官南昌。著有《槁简赘笔》一卷
吴淑姬（女）		1185—？	湖州	才貌双全，善诗词。家贫，为富家子占有。被控奸淫，为湖州知府王十朋捉拿在案。王怜其才貌，且又当庭作得《长相思令》一首（存《全宋词》），释之。后卖身周石（字介卿）为妾
施士衡	字德求	生卒年不详	归安	绍兴十二年（1142）进士。官宣州签判。著有《同庵集》，与于霆合编《南纪集》五卷，均佚。宋张孝祥《于湖集》录其诗两首
周　颉	字元吉	生卒年不详	长兴	绍兴十五年（1145）进士。官至福建转运使。曾与杨万里、程大昌、洪迈相唱和，著有诗两卷、《适庵集》百卷，均佚。《全宋词》仅存词一首
芮　烨	字仲蒙、国器	1115—1172	乌程	与弟辉并称"二芮"。绍兴十八年（1148）进士。官监察御史、国子监祭酒、右文殿修撰。所著诗文十余卷佚，仅存诗词十一首（句）
倪　偁	字文举，号绮川居士	1116—1185	归安	绍兴八年（1138）进士。官承议郎、太常寺主簿。所著《绮川集》十五卷佚，内有《绮川词》一卷。《全宋词》存其词三十三首
沈　复	字得之	？—约1178	德清	绍兴二十一年（1151）进士。乾道初（1165）以太常寺主簿廷对得孝宗赏识，拜宗正丞。官至同知枢密院事，知福州，充福建安抚使。所著《四益斋集》佚
刘　度	字汝一	1120—？	长兴	绍兴十五年（1145）进士。官至谏议大夫，多有疏论。著有《传言鉴古》五十篇、杂文三十卷，均佚

姓　名	字　号	生卒年	籍　贯	生平事迹和文学成就
葛郯	字谦问，号信斋	？—1181	归安	葛立方子。绍兴二十四年（1154）进士。知抚州。著有《信斋词》一卷
刘三戒	字戒之	生卒年不详	吴兴	乾道（1165—1173）中与陆游同客四川宣抚使王炎幕。乾道八年（1172）随王炎东归。淳熙（1174—1189）初知浮梁县。其诗集《东归诗》佚，仅存《咏鄞州》诗一首
林宪	字景思，号雪巢	生卒年不详	湖州	乾道间（1165—1173）中特科，监南岳庙。参政贺子忱爱其才，以孙女妻之，遂移居天台。与杨万里、范成大友。著有诗集《雪巢小集》，佚
施元之	字德初	生卒年不详	长兴	绍兴二十四年（1154）进士。官至衢州、赣州知府。与顾禧、施宿合作编注有《施顾注东坡诗集》四十二卷，陆游作序
葛邲	字楚辅	1131—1196	归安	葛胜仲孙，葛立方子，葛郯弟。隆兴元年（1163）进士，除国子博士。官至参知政事、知枢密院事。绍熙四年（1193）拜左丞相。著有文集两百卷、《词业》五十卷，均佚
沈瀛	字子寿，号竹斋	1135—约1201	归安	绍兴三十年（1160）进士。为官四十余年，两任知州，三佐帅府。藏书数万卷。著有《竹斋词》一卷。其《旁观录》佚
沈平	字东皋	生卒年不详	乌程	与郑清之、吴潜游。举荐入朝，以疾辞。著有《东皋遗稿》《乌青记》四卷、《乌青拾遗》，均佚
沈端节	字约之	生卒年不详	吴兴，寓居溧阳	知芜湖、衡州，改江东提刑。其词"长于咏物写景，又不堕郑卫恶习"。著有《克斋词》一卷
曾炎	字南仲，号觉翁	1139—1209	江西南丰，寓居德清	隆兴元年（1163）进士。知婺州（今浙江金华）、合肥。著有《觉庵集》二十卷，佚
张侃	字直夫	生卒年不详	扬州，居湖州	曾监常州酒税，迁上虞县丞。著有诗集《拙轩集》六卷

姓　名	字　号	生卒年	籍　贯	生平事迹和文学成就
王嵎	字季夷，号贵英	？—1182	北海（今山东潍县），寓居吴兴	与陆游同学。著有《北海集》两卷，佚。《全宋词》存其词两首
俞灏	字商卿，晚号青松居士	1146—1231	乌程祖籍临安（今杭州）	绍熙四年（1193）进士。官至太中大夫。致仕后筑室临安九里松，诗词自适。所著《青松居士集》佚。《宋诗纪事》收其诗两首，《全宋词》存其词一首
章良能	字达之	？—1214	归安，一说处州（今丽水）	周密外公。居湖州嘉林园。淳熙五年（1178）进士。官至参知政事。所著《嘉林集》百卷佚，仅存《小重山》词和《题玲珑山》诗各一首
陈晦	字自明	生卒年不详	长兴	淳熙初（1174）应童子科，孝宗赏其《鲁论》之对，赐童子出身。绍熙元年（1190）中博学宏词科。庆元四年（1198）进士。官至刑部侍郎。其文集三十卷佚
沈诜	字直之	1172—1245	德清	淳祐年间官户部尚书。著有《东溪集》，佚
朱震	字震之，号坦斋	生卒年不详	安吉，一说归安	受业于袁洁斋，义理精洽。晚年笑傲林泉。著有《益泉集》二十卷，佚
吴渊	字道夫，号退庵	1190—1257	德清，一说宁国	吴潜兄。嘉定七年（1214）进士。官至兵部尚书、资政殿大学士。后拜参知政事，未及就任即卒，赠"少师"。著有《退庵集》一卷、《退庵词》一卷
章谦亨	字牧叔、牧之	生卒年不详	吴兴	绍定间（1228—1233）知铅山县，号为"生佛"，祠而祀焉。嘉熙二年（1238）除直秘阁、浙东提举兼知衢州。著有词集一卷，佚。《全宋词》辑其词九首
吴潜	字毅夫，号履斋	1195—1262	德清	嘉定十年（1217）状元。官拜左丞相，封许国公。因坚持抗战，受贾似道诬谗罢相，两年后被贾似道派人毒死于循州（今广东惠阳县）贬所。著有《四明吟稿》一卷、《履斋遗集》（又名《履斋先生诗余》）四卷

姓　名	字　号	生卒年	籍　贯	生平事迹和文学成就
宋伯仁	字器之，号雪岩	1199—？	湖州	曾举博学宏词科。官盐运司属吏。后寓居临安（今杭州）。著有《烟波渔隐词》两卷、《雪岩诗集》三卷。《两宋名贤小集》收其《西塍集》一卷、《西塍续集》一卷，《海陵稿》一卷，存诗一百二十八首
王　圭	字君玉	生卒年不详	安吉	范成大外孙。登进士第。任松阳县主簿，以才干升为县令。讲行经界，为天下式。淳祐八年（1248）知常州。著有文集十卷，佚
牟　巘	字献甫、献之，世称陵阳先生	1227—1311	井研（今属四川），迁居吴兴	牟应龙父。宋时登进士第，官浙东提刑、大理寺少卿。入元后不仕。精研六经，尤雄于文。著有《陵阳集》二十四卷
朱嗣发	字士荣，号雪崖	1234—1304	乌程	尝以登仕郎就漕试，不利。咸淳末年（1274）补朝奉郎，闭门绝仕。入元，举提举学官，不受。《全宋词》录其《摸鱼儿·对西风鬓摇烟碧》词一首，广有影响
钱　选	字舜举，号玉潭，雪川翁等	1235—1301	乌程	景定三年（1262年）进士。宋亡后隐于绘事，与赵孟頫、牟应龙、萧和、张复亨、陈仲信、陈无逸、姚子敬并称"吴兴八俊"。能诗，有诗集《习懒斋稿》。2004年与赵孟頫一起塑像湖州历史文化名人园
吴惟信	字仲孚，号菊潭	生卒年不详	湖州，寓居嘉定白鹤村	以诗鸣于宋末。著有《菊潭诗集》一卷补遗一卷。其《虚斋乐府》佚
朱晞颜	字景渊	1221—1279	长兴	通蒙古文，官平阳州（今浙江平阳县）蒙古掾、长林（今湖北荆门北）丞司煮盐赋、瑞州（今江西高安）盐税等职。以诗文著名，著有《瓢泉吟稿》五卷，内诗两卷、词一卷、文两卷
文及翁	字时举，号本心	生卒年不详	绵州（今属四川），迁居湖州	宝祐元年（1253）进士。官至资政殿学士、签书枢密院事。元兵将至，弃官遁去。元世祖累征不起。闭门读书。著有文集二十卷，佚

姓　名	字　号	生卒年	籍　贯	生平事迹和文学成就
方　召	字端叟，号碧山	1225—1300	湖州	宋末任惠州（今广东东南部）通判。入元后不仕，居浙江诸暨。著有诗集，佚
朱焕文	字实甫	生卒年不详	安吉	为文清丽，尤善于诗。弱冠即闻名国子监。咸淳元年（1265）进士。后为池州、湖州教授。著有《北山稿》，佚
壶　弢	字怡乐，号万菊居士	？—1333后	乌程	宋遗民，隐居不出。工诗词，门人显者百计，著名者章溢等。著有《樵云集》（佚）和《壶山四六》一卷
牟应龙	字成甫、伯成，自号隆山	1247—1324	吴兴，祖籍四川井研	牟巘子。咸淳七年（1271）进士。权相贾似道欲授其高官，力辞不就。入元后任溧阳教授、上元县（今属南京）主簿。元廷召为翰林，不受。为文长于叙事，《元史》称其"以文章大家称于东南，人疑之为眉山苏氏父子"。与赵孟頫、钱选、萧和、张复亨、陈仲信、陈无逸、姚子敬等并为"吴兴八俊"。诗文传世甚少。《湖州路总管郝侯祠记》收入《湖州散文选》
王子中	字居正	生卒年不详	武康	无意仕进。率多唱酬。著有《挂蓑吟》三卷，佚
章得一	字德茂	生卒年不详	归安	不乐仕进。藏书万卷，从学者远近毕至。著有《悠然先生集》，佚
张复亨	字刚父	生卒年不详	乌程	力学博闻。官至泰州同知。与赵孟頫、钱选等并称"吴兴八俊"。所著《南谯先生诗》佚，仅存《游西湖》诗一首
姚子敬	名式，号筠庵	？—约1317	归安	元"吴兴八俊"之一。著有《古今乐府》，佚
陈　表	字凌阳	生卒年不详	归安	"菱溪三隐"之一，著有《虫吟野径集》，佚
王国器	字德琏，号筠庵	1284—1366后	湖州	王蒙父，赵孟頫女婿，所著《遗稿》入编《四库全书》，另有《筠庵词》一卷
陈绎曾	字伯敷，号小拙	约1286—1345	乌程，原为处州	至正十三年（1353）进士，官至国子助教。著有《文说》一卷、《文筌》八卷、《文式》两卷、《古文矜式》一卷和《陈助教诗》等。其《行文小谱》佚

姓　名	字　号	生卒年	籍　贯	生平事迹和文学成就
周　复	字伯旸	生卒年不详	乌程	诗人。生活于14世纪中期。居菁山。与张羽、徐贲友善。著有《山居诗集》，佚
赵　雍	字仲穆	1291—1362	归安	赵孟頫次子。知昌国州（今浙江定海）、淮安路海宁州（今江苏海州）。至正十四年（1354）授集贤待制。至正十六年（1356）授湖州路总管府事。著有《赵待制遗稿》一卷、《赵待制词》一卷。2004年与父母一起塑像湖州历史文化名人园
宇文公谅	字子贞	1292—？	湖州	元统元年（1333）进士。官至国子监丞，除江浙儒学提举，改签岭南廉访司事，以病乞归。著有《折桂集》《观光集》《辟水集》《以斋诗稿》《玉堂漫稿》《越中行稿》等，均佚。《元诗选》三集选其诗十八首，题《纯节先生集》，为一卷
林　静	字子山，号愚斋	生卒年不详	德清	赵孟頫外孙。诸生。郡县屡辟不就。所著《愚斋集》二十卷佚，仅存宋濂序
董仁寿	字子复	生卒年不详	乌程	南浔董氏始祖。明初三征不就，凿石船以隐。所著《梅花诗》有咏梅诗百首、《梅花词》数十首，均佚
郯　韶	字九成，号云台散史、苕溪渔者	生卒年不详	吴兴	不事奔竞，淡然以诗酒自乐。其诗主要收集在顾瑛所编的《草堂雅集》中，《元诗选》选其诗一百五十九首，题《云台集》
金文质	号听雪翁	生卒年不详	湖州	元末明初作曲家。著有《三官斋》《松荫记》《娇红记》等曲和《听雪翁诗集》，均佚
王　蒙	字叔明，号香光居士、黄鹤山樵等	1308—1385	湖州	赵孟頫外孙。工诗文书画。与沈梦麟、莘野、曹孔章、章同、胡廷晖、孟珍、沈性等称"吴兴八子"。至元三年（1337）官理问。后隐居杭州郊外黄鹤山中二十余年。至正二十三年（1363）受张士诚之聘任长史。明洪武二年（1369）任泰安知州。受胡惟庸案牵连，病死狱中。顾瑛编《草堂雅集》收其诗十七首。2004年与赵孟頫一起塑像湖州历史文化名人园

姓 名	字 号	生卒年	籍 贯	生平事迹和文学成就
莘 野	字叔耕	生卒年不详	归安	与王蒙、沈梦麟等并称"吴兴八子"。官枣强知县,改丽波巡检。著有《环州集》,佚
车 昭	字叔明	生卒年不详	德清	洪武十五年(1382)为德清训导。不事产业,唯嗜读书,工诗,尤长古诗。著有《临清集》,佚
严震直	字子敏,号西塞山翁	1344—1402	乌程	早年因家道厚富当选粮长,每年按时征解田粮万石进京,为朱元璋赏识,官至工部尚书。著有《遣兴集》《大观录》,均佚。《明诗综》录其诗两首,《湖州词征》存其词一首
陈 援	字以道	生卒年不详	乌程	洪武十一年(1378)以明经授长兴县学训导。后官至大理寺丞。著有诗集《韦轩集》,佚
杨 复	字遂初	生卒年不详	长兴	朱熹弟子。永乐四年(1406)进士。官至大理寺右少卿。著有《土苴集》五十卷,佚
吴廷旸	字存节,号梅雪老人	生卒年不详	归安	随岳父谈聪学诗。厌居闹市,筑别业于双林镇东南之鸿墩,植梅数百,号曰"梅雪窝"。著有《梅雪窝诗集》,佚
沈 贞	字符吉、元吉,号茶山老人	1400—?	长兴	诗人。终身隐居不仕,安贫乐道。著有《茶山稿》十二卷,佚。后人辑有《茶山老人遗集》两卷
姚绍科	字伯道	生卒年不详	长兴	诗人。与"盛明七子"唱和。三吴名士过从踵相接。著有《白雪斋诗稿》若干卷,佚
沈 彬	字原质,号兰轩	1411—1469	武康	正统七年(1442)进士。官刑部郎中。著有《沈兰轩集》四卷,藏美国哈佛大学图书馆
张 宁	字靖之,号方洲	?—约1497	德清,迁居海盐。	景泰五年(1454)进士。官至都给事中,出知汀州府。著有《方洲集》二十六卷、《方洲杂言》一卷、《奉使录》两卷、《方洲杂录》一卷等

姓 名	字 号	生卒年	籍 贯	生平事迹和文学成就
张 渊	字子静，号孟嘏	生卒年不详	归安	诗人。成化（1465—1487）中与陈秉中等人创立"乐天乡社"。所著《鸿墩集》佚，但有明万历刻本《一舫斋诗》一卷，署名张渊，应为同一诗集
闵 珪	字朝瑛	1430—1511	乌程	天顺八年（1464）进士。官至刑部尚书。赠太保，谥"庄懿"。著有《闵庄懿公文集》十卷。主修《广西通志》六十卷
陈秉中	字宗尧	1422—1475	乌程	天顺元年（1457）探花。官南京翰林院侍讲，署院。成化（1465—1487）中与张渊等人创"乐天乡社"。所著《友桧集》三十卷佚，存殿试策一篇
姚茂良	字静山	生卒年不详	武康	生活于15世纪后期。著有传奇《双忠记》《精忠记》《金丸记》各一本和《浣纱记》两卷。杂剧《东窗事发》、传奇《合璧记》佚
胡 瑄	字廷器，号木山居士	1449—?	德清	成化十七年（1481）进士。授山东泰安知州，迁岳州府（今湖南岳阳）同知，病卒于途。著有《木山居士集》《东墅集》《两麋江湖录》，均佚
王 济	字伯禹，号雨舟、汝舟，白铁道人	1458—1540	乌程	成化十七年（1481）进士。官至临安（今杭州）知府。致仕后与刘麟等结社优游。著有《碧梧馆传奇》三种，仅存《连环记》。另著有诗文集《白铁山人诗集》《谷应集》《和花蕊夫人宫词》《二溪编》《铁老吟余》等，均佚
周道仁	字以修	生卒年不详	乌程	生活于16世纪前期。著有《乐府》一卷，录诗一百零三首
陈 恪	字克谨，号矩斋	1462—1518	归安	成化二十三年（1487）进士。官至大理寺卿。著有《小孤山诗集》一卷
蒋 瑶	字粹卿	1469—1557	归安	弘治十二年（1499）进士。官至工部尚书，加太子少保。致仕后首结岘山诗社，与刘麟、顾应祥等诗酒酬唱。辑有《岘山雅社集》两卷，佚

姓　名	字　号	生卒年	籍　贯	生平事迹和文学成就
凌　震	字时东，号练溪	1471—1535	归安	善古文，尤工于诗。嘉靖中以廪贡生选授黔阳（今湖南洪江市）训导，延主宝山书院。著有《练溪集》四卷
蔡中孚	字信之，号玉良、玉泉	？—1520	德清	弘治九年（1496）进士。官至大理寺左丞、贵州按察司佥事。著有《粹玉山房集》，佚
刘　麟	字元瑞，号坦南	1474—1561	江西安仁（今鹰潭），寓居长兴。	弘治九年（1496）进士。官至工部尚书。遭诬陷革职，寓居长兴三十余年，与姻亲吴玭及施侃、孙一元、龙霓并称"湖南五隐"，结湖南崇雅社。又与顾应祥、赵金等结社岘山，诗酒唱和。著有《刘清惠公集》十二卷和《坦翁玉屑》（佚）
吴　麟	字允祥，号苕源	1481—1553	孝丰	嘉靖五年（1526）与弟吴龙同榜进士。官至山东按察司副使，勤政清廉。善诗文，曾参加湖州岘山逸老堂雅集。著有《苕源存稿》十卷，佚
陈良谟	字忠夫，号栋塘	1482—1572	安吉	正德十二年（1517）进士。官至贵州参政。晚年曾参加湖州岘山逸老堂雅集。著有《和陶小稿》一卷、《见闻纪训》两卷等。其《天目山房集》佚
骆文盛	字质甫，号两溪、云道人	1496—1554	武康	嘉靖十四年（1535）进士。授翰林院编修，两典文衡，号为得士。因权臣严嵩当道，以病告归，结茅山居，足迹不及城市，人咸高之。长于诗，有"骆五言"之誉。著有《两溪集》十五卷
吴　龙	字允标，号石岐	1497—？	孝丰	嘉靖五年（1526）与兄吴麟同榜进士。官至福建布政使。喜吟诗，曾与顾应祥、陈良谟倡结诗社，参加湖州岘山逸老堂雅集。所著《贻谷集》佚，《重建明伦堂记》一文收入《湖州散文选》
张永明	字钟诚，号临溪	1499—1566	乌程	嘉靖十四年（1535）进士。官至刑部尚书、左都御史。著有《庄僖文集》六卷
陆时雍	字幼淳	生卒年不详	归安	嘉靖二年（1523）进士。官至江西提学副使。著有《平川遗稿》《南游漫稿》，均佚

姓　名	字　号	生卒年	籍　贯	生平事迹和文学成就
闵如霖	字师望，号午塘	1503—1559	乌程	嘉靖十一年（1532）进士。官至南京礼部尚书。著有《午塘集》十六卷
凌约言	字季默，号藻泉	1504—1571	乌程	凌濛初祖父。嘉靖十九年（1540）举人。官至南京刑部员外郎。著有《凤笙阁简抄》四卷附录一卷。另《椒泂稿》和《病稿偶录》佚
施　峻	字平叔，号琏川。	1505—1561	归安	嘉靖十四年（1535）进士。官南京刑部郎中，出知青州（今山东潍坊），未几罢归。诗酒自娱。著有《琏川诗集》八卷
李　奎	字伯文，号珠山	生卒年不详	归安	因庇护沈炼遭严世藩忌，脱身归里后吟咏自娱。著有《闽中稿》一卷、《湖上篇》一卷、《种兰诀》一卷、《龙珠山房诗集》两卷补遗一卷
慎　蒙	字子正，号山泉	1510—1581	归安	嘉靖三十二年（1553）进士。官至监察御史，疏论胡宗宪不法和科场舞弊事，被权相斥归。著有《天下名山诸胜一览记》十六卷、《山栖志》一卷，辑有《皇明诗选》七卷、《皇明文则》二十二卷
董　份	字用均，号沁园	1510—1595	乌程	嘉靖二十年（1541）进士。屡充会试同考官，因举才有功，官至礼部尚书兼翰林学士。因与奸臣严世藩同流合污，为给事中欧阳一敬举劾，削职为民。著有《泌园集》三十七卷、《浔阳文选》两卷
吴维岳	字峻伯，号霁寰	1514—1569	孝丰	吴昌硕先祖。嘉靖十七年（1538）进士。官至右佥都御使，巡抚贵州，兼制湖北川东道。忤权贵，免职回乡。通文学，尤卓于诗。曾与李攀龙、王世贞等倡立诗社，并为"嘉靖广五子"。著有《天目山斋岁编》二十八卷、《吴霁寰集》一卷，另《海岱集》十二卷佚
蔡汝楠	字子木，号白石	1516—1565	德清	少时听湛若水讲学。好为诗，有时名。嘉靖十一年（1532）进士。官至兵部、南京工部侍郎。著有《自知堂集》二十四卷、《蔡白石集》一卷续集一卷

姓　名	字　号	生卒年	籍　贯	生平事迹和文学成就
胡友信	字成之，号思泉	1516—1573	德清	隆庆二年（1568）进士。官广东顺德知县，治行称海内第一。散文与归有光齐名，世称"归胡"。著有《天一山全稿》三卷
沈　桐	字时秀，号观颐	1531—1609	归安	嘉靖三十八年（1559）进士。官应天府（今南京）尹、福建巡抚。著有《观颐集》二十卷外加墓志铭一卷附录一卷
许孚远	字孟中，号敬庵	1535—1604	德清	嘉靖四十一年（1562）进士。官至兵部左侍郎。晚年曾组织"逸老续社"。著有《敬和堂集》八卷等
张睿卿	字稚通，号心岳	生卒年不详	归安	明旅行家。诸生。广游名山大川，以著书为乐。著有《广名山记》二十卷、《广名园记》四卷、《苕记》十二卷等游记三十一种，均佚
茅一相	字国佐，号康伯	生卒年不详	归安	以例为光禄寺丞。对诗学深有研究。著有《诗法》一卷、《诗诀》一卷等
董道醇	字子儒，号龙山	1537—1588	乌程	董份子，茅坤女婿。万历十一年（1583）进士。官南京工科给事中。著有《董黄门稿》一卷。另《龙山集》一卷佚
李　乐	字彦和，号临川	生卒年不详	乌程	隆庆二年（1568）进士。官至福建按察司金事。著有笔记小说《见闻杂记》十一卷和《吴兴杂记》一卷、《拳勺园小刻》两卷。另《金川纪事》佚
邱　吉	字大祐，号执柔	生卒年不详	归安	主要活动于宣德至景泰年间，一时为吴兴诗人领袖。著有《顺信斋集》二十卷和《执柔集》《练溪八咏》，均佚。编有《吴兴绝唱集》四卷续集两卷
姚舜牧	字虞佐，号承庵	1543—1622	乌程	万历元年（1573）举人。知广东新兴、江西广昌等县。著述甚富，主要文学著作有《诗经疑问》十二卷、《乐陶吟草》六卷、《来恩堂草》十六卷等

姓　名	字　号	生卒年	籍　贯	生平事迹和文学成就
吴仕诠	字公择，号涌澜	生卒年不详	归安	万历二年（1574）进士。官溧水知县、南京兵部郎中。善弈棋，有"南都国手"之誉。著有《白门诗草》六卷，佚。辑有《乌程县两朝实录备纂》四册，修《溧水县志》八卷
朱长春	字大复	生卒年不详	乌程	万历十一年（1583）进士。官至刑部主事。著有《朱大复乙集》三十八卷（佚）《管子榷》二十四卷、《周易参同契解笺》三卷、《庄子评》等
章嘉祯	字符礼，号衡阳	约1550—1622	德清	万历八年（1580）进士。知安徽当涂县，海瑞荐其治行第一。后官至大理寺左丞。著有《姑孰集》两卷、《南征集》两卷。另《中林草》十八卷佚
郑明选	字侯升，号春寰	生卒年不详	归安	万历十七年（1589）进士。官至南京刑科给事中。著有《郑侯升集》四十卷。另《鸣缶集》《杜诗卮言》佚
潘龙翰	字征鉴，号飞卿	1554—1608	乌程	潘季驯次子。万历二十二年（1594）副贡。官临洮府（今甘肃临洮县）通判。工古文辞，诗笔清丽，倾动一时。著有《孤桐篇》《淡游草》，均佚
茅国缙	字荐卿，号二岑	1555—1607	归安	茅坤次子。万历十一年（1583）进士。官监察御史、南京工部都水司郎中。著有《菽园诗草》六卷。《荐卿集》十二卷（一作二十卷）佚
庄元臣	字忠甫，号方壶子	1560—1609	归安	隆庆二年（1568）进士。著有《曼衍斋文集》《曼衍斋草》《庄忠甫杂著》等二十八种七十卷
吴世美	字叔华，号多口洞天人	生卒年不详	乌程	主要活动于明万历年间。所著传奇《惊鸿记》两卷，描写杨玉环与唐明皇爱情故事。昆曲折子戏《吟诗脱靴》（又称《太白醉酒》）即出自《惊鸿记》
尹梦璧	字兆玉，号楚白	生卒年不详	归安	诗人。以例入太学。曾结五亭雅社。所著《啸阁大会集》佚

姓　名	字　号	生卒年	籍　贯	生平事迹和文学成就
韩曾驹	字人毂	生卒年不详	乌程	工古文诗词，学放翁、石湖。鼎革后隐居以终。著有《悟雪斋集》《悟雪斋诗集》，均佚。《湖州词征》存其词一首
丁元荐	字长孺，号慎所	1563—1628	长兴	万历十四年（1586）进士。官中书舍人、礼部主事、尚宝少卿等。仕宦四十年，在任不足一年。著有《西山日记》两卷、《尊拙堂文集》十二卷附录一卷和《先醒斋笔记》等。其《万历辛亥京察纪事》十卷佚
沈　演	字叔敷，号河山	1572—1638	乌程	万历二十年（1592）与兄沈潅同登进士。官至南京刑部尚书。著有《河山集》六十四卷（仅存一卷）、《止止斋集》七十卷
吴闺贞（女）		生卒年不详	归安	吴仕诠女，吴梦旸侄女，臧懋循外甥女。适温伯生。万历三十二年（1604）丧夫后守节。著有《吴节孝诗文》前、后集各八卷，其中后集仅存一卷
茅瑞徵	字符仪，号苕上愚公	1575—1637	归安	茅坤孙。万历二十九年（1601）进士。官至湖广右布政使、南京鸿胪寺卿。著有《皇明象胥录》八卷、《职方存草》四卷附录一卷和《禹贡汇疏》十三卷、《万历三大征考》三卷等。其《澹泊斋集》《楚游稿》《金陵稿》《闽游稿》现藏日本尊经阁文库
闵齐伋	字及五，号寓五	1575—1657	乌程	出版家。诸生。采用套色印刷技术出版了《东坡易传》《东坡书传》《苏老泉批点〈孟子〉》等图书一百余部。著有《六书通》十卷等。其《藏机轩》四卷、《睡余杂笔》等佚
沈退庵	名陶	生卒年不详	德清	布衣文人，著述颇丰，主要有《礼经要解》《存哀札记》《梦余喥语》《逊东随记》《课余偶笔》《退庵集》《可冥轩集》《秋蛩吟》《虫呼集》《念珠集》等，均佚

姓　名	字　号	生卒年	籍　贯	生平事迹和文学成就
吴鼎芳	字凝甫	1581—1636	湖州，一说江苏吴江	其诗刻意宗唐，故能驱除俗调，自竖眉目。其词对男女情爱特别是性爱的描写很大胆。四十岁时遁入空门。其《披襟唱和集》佚。《湖州词征》录其词二十首
闵元衢	字康侯，号欧余	生卒年不详	乌程	诸生，入太学。无意仕途，隐居著述。著有《欧余漫录》十二卷附一卷。与董斯张等合作编著有《吴兴备志》三十二卷、《吴兴文艺补》七十卷等。其《一草堂庚咏》《咫园吟》等佚
范　汭	字东生	生卒年不详	乌程	工唐诗。家贫落魄，又遭人排挤，出游闽滇楚等地。后移居吴门。与董斯张多有唱和。四十四岁卒。著有《范东生集》四卷，佚，传世诗作七十余首，与吴鼎芳有《披襟倡和集》（佚）。辑有《全唐诗》千余卷，后归茅元仪
温　璜	字宝忠，号石公	1585—1645	乌程	崇祯十六年（1643）进士，授徽州府（今安徽黄山市）推官。明亡后起兵抗清，兵败后手刃妻女自杀。有《温宝忠先生遗稿》十二卷、《见闻偶录》一卷
孙　淳	字孟朴	？—1646	吴江人，寓居乌程南浔	崇祯元年（1628）结复社，组织尹山、金陵、虎丘三次集会。复社三百余名浙江籍社员和二十九名湖州籍社员多由其介绍入社。著有《孟朴先生存草》《梅绾居存草》，佚
顾　简	字默孙，号蓬园居士	生卒年不详	归安	万历四十六年（1618）举人。著有《蓬园集》十卷
凌义渠	字骏甫，号茗柯	1593—1644	乌程	天启五年（1625）进士。官至大理寺卿。明亡后殉国。著有《凌忠清公集》六卷。又与闵元京合编《湘烟录》十六卷
沈戬谷	字子禧，号器车	1594—1662	德清	崇祯十年（1637）进士。官至卢州知府。明亡后闭门读书，专心著作。著有《事辞辑类》《怀蒸私言》《偶涉草》《编年抄略》及诗文集等数百卷，均佚。修纂《仙潭后志》

姓　名	字　号	生卒年	籍　贯	生平事迹和文学成就
蔡官治	字羽明，号正庵	？—1645	德清	万历四十七年（1619）进士。官至陕西巡抚。著有《湖南纪事》《抚秦草》《羽明文稿》等，均佚
闵声	字襄子、毅夫，号雪蓑、墨庄	1597—1680	乌程	崇祯三年（1630）副贡。曾为潘曾纮幕僚。明亡后入复社。曾受庄廷鑨"明史案"牵连入狱一年。狱中与吴炎等名士唱和，结成诗集《圜扉鼓吹》，佚。著有《云衰诗稿》一卷、《泌庵小言》《无衣吟》等，均佚
唐达	字灝儒，号永言	生卒年不详	德清	崇祯十七年（1644）贡生。著有诗文百余卷，其中有《思诚集》《慎思录》，均佚
金镜	字金心，号次公、水一方人	1601—1673	长兴	复社社员。与董说有唱和。泊然高尚，有陶渊明风。著有大量学术著作和《水一方诗存》等，多散佚。存所纂顺治《长兴县志》十卷补遗一卷
陈忱	字遐心，号雁宕山樵	1608—约1693	乌程	二十岁居南浔野寺苦读诗书三年。二十四至二十七岁壮游八闽、两粤、三湘。清初入惊隐、东池诗社。著有弹词《廿一史弹词》、曲本《痴世界》、演义《后水浒传》和《雁宕诗集》《雁宕杂著》等，与人合著《东池诗集》五卷，惜大多散佚，仅存《后水浒传》。《浔溪诗征》存其诗一百零六首
吴景旭	字旦生，号仁山	1611—1697	归安	明诸生。入清后绝意仕途，入同岑社，专心教育和著作。著有《南山堂自订诗》十卷续订诗五卷三订诗四卷，辑《历代诗话》八十卷
严书开	字三求，号逸山	1612—1673	归安	早年随父宦游广东。明崇祯六年（1633）举乡魁。明亡后，同年屡荐入仕，坚拒之。康熙三年（1664）应会试，未毕即引疾归，仍刻其文为程式，颁示天下。晚年结庐皋亭。著有《严逸山先生文集》十三卷

姓 名	字 号	生卒年	籍 贯	生平事迹和文学成就
魏 耕	字楚白、白衣，别号雪窦居士	1614—1662	归安	早年应童子试和岁试均名列第一。诗也名重浙江。明亡后弃笔从戎，意图抗清复明，有"茗上之役"。康熙元年殉难。著有《息贤堂诗集》（存三卷）和《雪翁诗集》十四卷补遗一卷附录两卷
吴 浩	字天涛，号滇南	生卒年不详	归安	诸生。工诗古文，尤殚心理之学。著有《四书约言》《滇南集》《心园小草》《听鸿》《金陵游稿》《抱膝吟》《百六吟》《书画船杂咏》，均佚
蔡启傅	字石公，号昆旸	1619—1683	德清	康熙九年（1670）状元。官至翰林院检讨。著有《燕游草》《存园集》等，均佚
吴启褒	字我锡，号峨雪	生卒年不详	归安	生活于明末清初。两举乡饮，固辞不赴。著有《半舫斋文集》四卷、《南游杂记》两卷等，均佚。辑有《归安前邱吴氏诗存》二十一卷
董汉策	字帏孺，号芝筼等	1622—1691	乌程	董说侄子。明廪贡生。入清后受浙江巡抚范承谟举荐一度出仕清廷，寻劾归。博通经史，泛览释典道藏，创立滋兰社，重修采真社，勤于著述。《董氏诗萃》评价其"为文远追秦汉，下逮唐宋八家，确有家法；诗则自《文选》以下靡不采撷，尤用力于少陵、太白、昌谷、义山诸家"。著有《榴龕居士集》十六卷。另有八种文集、十六种诗集、两种词集佚。《董氏诗萃》存其诗两百九十五首，《全清词》存其词一百五十首
姜宸熙	字检芝，号笠堂	生卒年不详	乌程	明诸生。入清后不仕。著有诗集《陵阳山人集》八卷
闵亥生	字未骇，号菊如等	1623—？	乌程	崇祯十五年（1642）举孝廉。次年对策时因极言权臣卖国、督师主抚不战之罪下第。清康熙二十七年（1688）知陕西西乡县。两年后告归，潜心著述。著有《躬耕堂诗文集》《闵未骇稿》及乐府百篇等，均佚

姓　名	字　号	生卒年	籍　贯	生平事迹和文学成就
韩绎祖	字茂贻	生卒年不详	乌程	曾参与抗清，失败后避居寺庙，悲痛而绝。著有《咏性堂遗稿》，佚
董思	字潜虬，号兼山	生卒年不详	乌程	董说从子。诗人。藏书数万卷。与董说同为复社骨干。后与石门吕季臣联络浙江十余郡千余人成立澄社，为领袖。康熙十一年（1672）岁贡，授教谕。著有《兼山堂集》《过轩诗草》《耦耕诗草》，辑有明散文选《文传》，均佚。仅存《兼山续草》一卷
韩纯玉	字子蓬，号蓬庐	1625—1703	归安	韩敬子。诗人。诸生。受父科场弊案之累，绝意仕进。著有《蓬庐诗集》四卷附词一卷。辑有《近明今诗兼》三十六册，仅存《近诗兼》六册，《明诗兼》《今诗兼》佚
骆维恭	字礼言	生卒年不详	德清	举人。顺治年间任浙江黄岩教谕。迁河北蠡县知县。著有《北游草》《逸言四种》《蠡吾集》《九我堂集》《烈女传说》等，均佚
严我斯	字就斯、就思，号存庵	1629—约1701	归安	康熙三年（1664）状元。官至礼部侍郎。著有《尺五堂诗删》八卷、《存庵诗集》（存十卷）《述祖汇略》等百余卷。其中《爱日堂集》《应制试赋》《中朝诗人征略》等均佚
许延邵	字仲将	1629—？	武康	顺治十五年（1658）进士。官至礼部、吏部郎中，知福建泉州。著有《匡山草》，其《黔阳集》《修湄集》《玉阶集》等均佚
章金牧	字云李，号莱山	？—1672	归安	拔贡。工诗文。诗格在卢仝、李贺间。康熙初知河北柏乡县。著有《莱山堂集》八卷、《章云李四书文》和《莱山堂遗稿》五卷
董颖佳	字玉禾，号中江	？—1689	乌程	董思次子。十二岁考取秀才。后穷困不第，以塾师为业。曾两度客居金陵（今南京）。著有《中江编年诗》六卷、《玉禾诗集》，均佚

姓　名	字　号	生卒年	籍　贯	生平事迹和文学成就
邱昌源	字鲁山，号泗庵	生卒年不详	归安	岳飞之后。康熙年间以医闻名江浙。亦善诗文。著有《经野堂诗删》十八卷、《缥缈集》一卷。其《菱湖杂咏》《经野堂文抄》等佚
闵南仲	字子襄，号湘人等	？—1693	乌程	诸生。工词曲，善吟咏，与董说父子交游唱和。富著述，因无钱刊印，大多散佚。有《碎金集》两卷、《寒玉居集》两卷、《鸾坡存草》传世
董樵	字裘夏，号烟疾生	1637—？	乌程	董说长子。勤于治学，擅长作诗，与黄周星、冒辟疆、吴之振等交游唱和。著有《蔗园诗集》《蔗园杂文》，均佚
沈雍	字升孜，号闲存	1638—1702	归安	年少时即为六馆诸生领袖。性恬退，绝意仕进。康熙二十五年（1686）为浙江平阳教授。著有《宝宋斋文集》三卷、《玉苍山房诗集》四卷、《越雪集》等，均佚
董闻京	字丹鸣，号复园	1639—？	乌程	董汉策长子。弱冠通经史百子。考授河南布政司里问。因才名出众，升江西吉安府通判。为同僚所嫉，削籍归里。著有《复园文集》六卷，另《阆岑文稿》《琴鹤迂抄》《吉云草》等佚
董耒	字江屏，号退谷子	1640—？	乌程	董说第三子。精研《易经》，擅长作诗，随兄董樵与黄周星、冒辟疆、吴之振等交游唱和。后也从父皈依佛门。著有《稼庵诗存》一卷。另《稼庵词存》一卷、《稼庵杂文》和所编诗集《南雅》均佚
唐之凤	字武曾	1640—？	归安	县学生。嗜吟咏，精占巫、堪舆、岐黄诸书。著有《天香阁》二十四卷
吴光	字迪前，号长庚	1641—1695	归安	吴景旭子。顺治十八年（1661）探花。授翰林院编修。康熙元年（1662）分校礼闱。两年后出任安南（今越南）正使。著有《使交集》一卷、《吴太史遗稿》一卷等

姓 名	字 号	生卒年	籍 贯	生平事迹和文学成就
沈玉亮	字瑶琴、齐村，号纫芳	生卒年不详	武康	康熙年间诸生。屡试不售，遂潜心文学，诗和古文外，擅长谱曲，曾与洪升齐名。著有杂剧《鸳鸯冢》（藏北京图书馆）。传奇《富春图》和杂剧《钟馗吓鬼》佚
夏骃	字春茵，号宛来	生卒年不详	乌程	康熙七至十年（1668—1671）为山西交城县令赵吉士幕客。康熙十八年（1679）举博学鸿词科。所著《泠然堂集》《烂溪集》《乌程杂识》《乌青杂识》均佚，存《交山平寇本末》三卷，附文、书牍各一卷
徐元正	字子正，号静园	1644—1720	德清	康熙二十四年（1685）进士。官至左都御史、工部尚书。著有《清啸楼存草》一卷、《鸢坡存草》一卷，均佚
孙在丰	字屺瞻	1644—1689	德清	康熙九年（1670）榜眼，又中武进士，帝称文武之材。任《明史》总裁，亲撰第十七卷"帝纪"。官至内阁学士兼礼部侍郎。著有《孙司空诗抄》四卷（又名《尊道堂诗集》）、《尊道堂词》。另《扈从笔记》《东巡日记》《下河集思录》《尊道堂诗文》等均佚
臧眉锡	字介子，号喟亭	生卒年不详	长兴	康熙六年（1668）进士。官至内阁中书、福建道和江南道监察御史著有《喟亭文集》三卷、《栖贤山房文集》五卷。其《喟亭诗集》八卷佚
韩裴	字晋度，号莱园	生卒年不详	乌程	康熙九年（1670）进士。官山东东明知县。著有《莱园诗集》《莱园文稿》（佚）各三卷和《诗余》
胡会恩	字孟纶，号苕山	1645—1713	德清	康熙十五年（1676）榜眼，授翰林院编修。官至刑部尚书。著有《清芬堂存稿》九卷、《诗余》一卷（佚）
赵瑜	字瑾叔	生卒年不详	武康	康熙年间补博士弟子员。善作曲，曾与洪昇齐名。著有《青霞锦》《翠微楼》《熊罴梦》《秦淮雪》等，均佚
唐靖	字闻宣	生卒年不详	武康	十三岁为诸生。与韦人凤、陈之群并称"前溪三子"。曾与洪升游。著有《前溪集》十八卷、《前溪逸志》

姓　名	字　号	生卒年	籍　贯	生平事迹和文学成就
孙在中	字孚尹	生卒年不详	归安	官至刑部郎中。著有《大雅堂集》十卷，藏北大图书馆
沈三曾	字尹赋，号怀庭	1650—1706	归安	康熙十五年（1676）与弟沈涵同榜进士。由庶吉士迁左春坊左赞善。分纂《大清会典》。丁艰归里后不仕。康熙四十四年（1705）奉诏至扬州，参与编纂《全唐诗》。书成归里，课子侄读书。著有《赐书堂词》《十梅书屋诗文集》十六卷，均佚，仅《十梅书屋诗略》残本与《水晶词》合刊存世
沈　涵	字度汪，号心斋、象余居士	1651—1719	归安	康熙十五年（1676）进士。官至内阁学士兼礼部侍郎。著有《赐砚斋诗存》四卷。其《赐砚斋集》六卷和《左传注疏纂抄》《读史随笔》均佚
董奕相	字梁禹，号生洲	生卒年不详	乌程	董汉策第四子，官义乌、临安、上虞训导。著有《生洲诗草》《绣川诗草》《金罍编》等，均佚
董友松	字高容，号镜园	生卒年不详	乌程	诸生。诗画医卜堪舆均通，晚岁以名德为乡里推重，时游吴越山泽以适其志。著有《镜园诗文草》两卷、《镜园诗文集》，均佚。《董氏诗萃》收其诗一百零四首，《浔溪诗征》收其诗一百二十首
董志林	字嵋存，号尊园	生卒年不详	乌程	董汉策第八子。例贡生。中岁曾客袁江幕。著有诗集《尊园集》八卷、《尊园集未刻稿》《淮游草》》一卷，均佚
谈九乾	字震方	生卒年不详	德清	康熙十五年（1676）进士。官至吏部员外郎，后监河工。著有《淮浦诗》，另《立峰编年诗》《未庵侍草》《使滇诗》《从军草》《南游草》《北游草》等均佚
董师植	字圣衣，号汾园	1657—1737	乌程	董汉策第九子。依岳父、明末清初著名文人曹溶，交游甚广。著有《汾园集》十五卷
沈尔燝	字冀昭，号凤宇	？—1689	乌程	康熙二十一年（1682）进士。知湖北公安县。著有《被园集》八卷、《月团词》一卷

姓　名	字　号	生卒年	籍　贯	生平事迹和文学成就
纪宦	字遥集，号余素	生卒年不详	乌程	董说弟子。康熙十一年（1672）以武科中举，但屡试兵部不遇。以诗酒终老。著有《余素斋诗集》《北行记》《南还记》等，均佚
沈士靖	字正与，号复庵	生卒年不详	归安	通经学古，尤长于说诗。曾主万松书院。著有《毛诗序论》《毛诗杂说》等，均佚
谈九叙	字功惟	1660—？	德清	谈九乾弟。官兵部、刑部郎中，河南归德（今商丘）、湖广安陆（今属湖北）知府。著有《是山词草》三卷、《是山诗草》八卷。其《睢阳诗集》佚
沈恺曾	字虞士，号乐存	1661—1709	归安	康熙二十一年（1682）进士。任御史七年，被誉为"真御史"。康熙三十八年（1699）巡视两广盐政。著有《西台奏疏》《来雨吟稿》《苹州偶存》等，均佚
袁士达	字一上，号履村	生卒年不详	归安	康熙、乾隆年间田野诗人。曾壮游齐、鲁、燕、晋、楚、粤等地。后为双林花社诗社盟主。著有《履村诗集》四卷和《袁心集》《壬午社稿》等，均佚
吴隆元	字炳仪，号易斋	生卒年不详	归安	康熙三十三年（1694）进士。官大理寺、太常寺少卿。朝臣都以海瑞忠贞正直比之。著有《读易管窥》五卷、《孝经三本管窥》一卷。另《易斋诗稿》《易斋文集》佚
董炳文	字耿光，号霞山	生卒年不详	乌程	例贡生。著有《百花词》一卷。另《霞山诗词》《畹香乐府》佚
董谷士	字书田，号农山	生卒年不详	乌程	董思长子。县学生。"以才佐幕府，摇笔千言立就"。有《农山诗文集》二十册，佚
陆师	字麟度	1667—1722	归安	康熙三十九年（1700）进士。官至御史、兖州漕道。著有《采碧山堂诗集》六卷。其《巢云书屋》佚
徐志莘	字任可，号商农	1668—1746	德清	徐元正长子，徐以升父。十四岁补博士弟子员。荫补顺天府（今北京）通判。告病归，不复仕，放浪湖山，与渔樵为伍。著有《根味斋诗集》十七卷，另《老傅集》三卷佚

姓　名	字　号	生卒年	籍　贯	生平事迹和文学成就
茅应奎	字渠眉，号鸥汀等	1672—1766	归安	康熙五十九年（1720）乡试中副榜后泛洞庭，游淮扬，登泰岱，入燕赵，二十年足迹所至得诗万余首，均佚。归里后结"五湖渔社"。八十八岁为昌化训导。著有《东西林汇考》八卷，另《絮吴羹诗选》二十四卷和《双仙会》佚
戚麟祥	字圣来，号瓶谷	生卒年不详	德清	康熙四十八年（1709）进士。官至翰林院侍讲学士。因纳已故礼部尚书蔡升元遗妾，犯"卑幼擅娶尊长妾"罪，遣戍宁古塔，后释归。著有《红稻书屋遗稿》两卷、《四六撷藻》六卷、《瓶谷笔记》等，均佚
温睿临	字邻翼，号哂园	生卒年不详	乌程	康熙四十四年（1705）举人。以诗文雄于时。曾随万斯同纂修《明史》。著有《出塞图尽山川记》《南疆逸史》五十六卷、《南疆逸史纪略》《罪言》《本朝八旗军志》等，辑有《唐名家文抄》。其《山响楼集》佚
董学焘	字景仁	生卒年不详	乌程	弱冠从董樵游，诗学范成大。著有《止斋诗集》四卷，佚。《董氏诗萃》录其诗二十八首
董友松	字高容	生卒年不详	乌程	不欲俗务，举业外又精通诗画医卜堪舆。晚年以名德重乡里。《董氏诗萃》收其诗一百零四首，《浔溪诗征》收其诗一百二十首
沈炳震	字寅驭，号东甫	1679—1738	归安	乡试八次，皆因言论激烈而未中。曾客河道副总督高斌、山西布政使蒋洞幕。乾隆元年（1736）与弟炳谦同举博学鸿词科。其诗初学王右丞、柳仪曹，中年出入东坡、山谷，后流衍于石湖、放翁。著有《增默斋诗》八卷，仅存《蚕桑乐府》一卷。辑有《唐诗金粉》十卷。另有大量史学著作
吴曙	字峭青，号芸斋	生卒年不详	归安	康熙四十八年（1709）进士。官至署济南知府。告归后与沈涵发起双溪诗社，组织"双溪唱和"。著有《公余草》一卷和《日下吟》《丛云馆诗存》，均佚

姓　名	字　号	生卒年	籍　贯	生平事迹和文学成就
董　熜	字讷夫，号南江	1680—1747	乌程	董汉策孙。邑庠生。曾任松陵书院山长。乾隆初年荐为博学鸿词科。著有《南江诗集》四卷。其《南江集》二十四卷《南江文集》两卷、《蛾子时术小记》两卷、《读国语剳记》一卷、《续读国语剳记》一卷等均佚。辑有《董氏诗萃》二十卷
沈炳巽	字绎旃，号权斋	1681—1756	归安	沈炳震弟。国学生。候选州同知。曾效力于河工，著《水经注集释订讹》四十卷。另著有《权斋老人笔记》四卷、《权斋文稿》一卷，编有《续唐诗话》一百卷、《全宋诗话》一百卷（仅存前十三卷）。其《雪渔文存》四卷、《雪渔诗略》八卷佚
徐德泓	字青谷，号武源	1682—？	仁和（今杭州），迁乌程	康熙五十四年（1715）进士。官日照知县。与钱塘陆鸣皋合著有《李义山诗疏》两卷
胡彦颖	字石田，号石田农	生卒年不详	德清	康熙五十四年（1715）进士。授翰林院编修，充广东乡试副主考官、会试同考官。因佐年羹尧，谪戍宁古塔。乾隆元年（1736）赦回，掌清溪书院。著有《北窗偶谈》三卷
吴大受	字子登，号牧园	1684—1753	归安	雍正元年（1723）进士。主四川、江南乡试，督学湖南。五十岁归里后居文石山房，主紫阳书院。著有《山房文集》十二卷、《诗筏》一卷等，均佚
钦　琏	字宝先，号幼畹	1685—？	长兴	雍正元年（1723）进士。官南汇（今属上海）知县。著有《虚白斋诗集》八卷。《虚白斋文集》四卷佚。修《南汇县志》十六卷
徐以升	字阶五，号恕斋	约1690—1756	德清	雍正元年（1723）进士。官至广东按察使。著有《南陔堂诗集》十二卷
吴应棻	字小眉，号眉庵等	1695—1740	归安	康熙五十四年（1715）进士。曾两为学政。雍正十三年（1735）任湖北巡抚。官至兵部左侍郎。著有《青瑶草堂诗集》五卷

姓 名	字 号	生卒年	籍 贯	生平事迹和文学成就
孙人龙	字端人，号约亭	生卒年不详	归安	雍正八年（1730）进士。曾督学滇、粤。乾隆十九年（1754）任会试同考官，遂为纪晓岚房师。著有《约亭未定稿》《公余日记》《颐斋未定稿》等，均佚。辑有《杜工部诗选读本》八卷、《昭明选诗初学读本》四卷、《魏书考证》一百四十卷、《晋书考证》一百三十卷、《音义考证》三卷
张映斗	字雪为，号雪子	？—1747	乌程	雍正十一年（1733）进士。授翰林院编修。典四川乡试后卒于归途。著有《秋水斋诗集》十五卷、《半古楼集》三卷
沈 澜	字维涓，号法华山人	生卒年不详	归安	雍正十一年（1733）进士。授内阁中书，擢宗人府主事、御史，出知江西瑞州府（今高安等地）。乾隆元年（1736）举博学鸿词科。后任南昌豫章书院山长。著有《双溪渔唱》，又名《双溪渔唱百首》。其《泊村文抄》《双清草堂诗》《襞幽集》均佚。辑有《西江风雅》十二卷补编一卷，修《泰和县志》四十卷附录一卷
姚 麈	字圣郊，号葭客	生卒年不详	归安	与金农、沈澜等交。沈澜摄抚州篆，随游江右。著有《凤藻堂全集》《江西游草》《葭客诗话》等，均佚
柴廷采	字懋揆，号东岗散人	生卒年不详	归安	乾隆二十三年（1758）与同乡诗友沈溶、茅应奎、孙培、沈三秀等发起成立五老会。著有《问心》《涉园诗稿》等，均佚
朱 山	字怀仁，号寿岩、兑翁	生卒年不详	归安	乾隆十六年（1751）进士。历知泰宁、建宁、彰化、诸罗、滦州、昌平、房山等县。著有《寿岩诗存》《蜕翁诗存》，佚。存《六（天）行堂诗抄》四卷
王 豫	字敬所，号立甫	1698—1738	长兴	弃举业专治诗古文。著有《孔堂初集》两卷、《孔堂文集》五卷
姚世鉴（女）	字金心	生卒年不详	归安	王豫妻。诗人。与侄女姚益敬合编有《姚氏三秀集》，佚
姚世钰	字玉裁，号薏田	1698—1752	归安	诸生。与王豫同致力于诗古文词。又与厉鹗、金农称莫逆。著有《孱守斋遗稿》四卷，另《莲花庄集》八卷佚

姓　名	字　号	生卒年	籍　贯	生平事迹和文学成就
沈祖惠	字屺望，号虹舟	1698—1765	乌程	曾于陕西学政王兰生、周霭府中作幕僚。乾隆十七年（1752）领乡试第一，会试第二。知江西高安县。乾隆二十四年充会试同考官。所著《西征赋》《虹舟诗文集》佚，存《近稿拾存》一卷
戚振鹭	字我雍，号晴川	约1698—约1786	德清	雍正八年（1730）进士。官安徽青阳知县、六安直隶州知州、河南归德（今商丘市）和江西抚州知府。以伪疏传抄案谪戍军台。著有《晴川诗抄》五卷，佚
沈树德	字申培，号畏堂	1698—？	归安	乾隆元年（1736）举博学鸿词。乾隆九年中举。著有《慈寿堂集》八卷《慈寿堂文抄》八卷。另《读书灯檀》佚
沈无咎	字子慕，号梦诗	约1700—1740	长兴	年少时被后母逐出家门。性爱梅菊，沉默寡言。年四十余方娶金坛贫女汤蕉云为妻，不久相继去世。有诗集《梦华诗稿》一卷，另《荆溪渔隐集》《梦华集》《梦华续集》佚。汤氏也能诗，有《蕉云诗稿》一卷、《补辛卯前诗》一卷，代表作为《金凤花》，夫妻合集《笙盘同音集》均佚
蔡环黼	字拱其，号漫叟	生卒年不详	德清	贡生。官浙江仙居训导。乾隆五十年（1785）正月六日赴乾清宫千叟宴。著有诗集《细万斋集》（又名《两不斋集》）十四卷
吴延熙	字铭佩，号敬斋	1702—1768	归安	雍正二年（1724）进士。官云南学政、云南道监察御史、雷州书院山长。所著诗稿十余卷佚
孙汝馨	字沇亭，号叔芬	生卒年不详	归安	乾隆元年（1736）举人。曾掌广东潮州书院。著有《深竹映书堂集》（佚）《深竹映书堂续集》三卷。子（一说弟）霖，著有《羡门山人诗抄》十一卷
吴应枚	字小颖，号颖庵	1704—1750	归安	雍正二年（1724）进士。官至顺天府（今北京）尹、大理寺卿。所著《客槎集》《墨香幢诗》《题画诗跋》均佚。存《滇南杂志》一卷

姓　名	字　号	生卒年	籍　贯	生平事迹和文学成就
戴永植	字千庭，号农南	1705—1767	归安	雍正十年（1732）举人。乾隆元年（1736）举博学鸿词。官龙阳（今湖南汉寿县）知县，改浙江余姚县教谕。著有《汀风阁诗》六卷
沈世枫	字甫草，号坳堂	1705—1775	归安	雍正八年（1730）进士。官至湖南按察使、湖北和贵州布政使。著有《十笏斋诗》八卷
姚世铼	字念慈，号贞庵	1705—？	归安	副贡生。乾隆元年（1736）荐博学鸿词，又荐为三礼馆纂修。主晋阳（今太原）金台书院。曾游幕于山西和河南巡抚鄂弼府。后授徒江都（今属江苏扬州）。著有《孤笑集》《晋阳书院课士文》《咸受斋遗墨》《五台山游草》《中州纪略》，均佚
沈荣俊	字谦之，号楫师	1707—1746	归安	乾隆元年（1736）举人，举博学鸿词。候选知县。诗以义山为宗，所作《落叶诗》有"秋凉遍天下，客梦到林间"之句，人称"沈秋凉"。与弟荣简（字振之，号樯师）时称"沈氏二才"。著有《宗经集》《竹翠溪馆诗集》，均佚
潘辉	字熙庭，号敬斋	1711—1786	安吉	乾隆六年（1741）拔贡。在浙江乐清县任训导八年。所著《浮玉山人集》佚，存《浮玉山人遗诗》一卷
凌树屏	字保鳌，号咸亭	1711—？	乌程	乾隆四年（1739）进士，知陕西岐县（一说凤县）三年，调知咸阳。以事务繁杂，疏请为浙江嘉兴府教授。著有《瓠息斋前集》二十四卷，《瓠息斋后集》四卷和《瓠息斋文集》三卷佚
沈荣昌	字永之，号省堂	1713—1786	归安	乾隆十年（1745）进士。官至云南布政使。著有《成志堂诗集》十四卷，《外集》一卷
戴文灯	字经农，号匏斋	？—1766	归安	早年任浙江东阳教谕。乾隆二十二年（1757）进士。官至礼部员外郎。著有《静退斋诗集》八卷、《甜雪词》两卷

姓　名	字　号	生卒年	籍　贯	生平事迹和文学成就
闵文山	字晴岩，号敦甫	生卒年不详	乌程	拔贡。任国子监和宗室教习。著有《诵芬录》《在陬诗抄》两卷等，均佚
徐以震	字省若，号南墅	1715—1761	德清	乾隆十二年（1747）举人。官刑部山东司郎中。著有《南墅小稿》两卷
徐以泰	字陶尊，号柳樊	1716—？	德清	科举屡试不售，循例授山西绛县知县，调知阳曲县，擢太原府同知，因疾未就任。曾与杭世骏、厉鹗等结社吟诗。著有《绿杉野屋集》四卷，另《绿杉野屋续诗集》六卷、《诗余》两卷、《类稿》六卷佚
戚朝桂	字弁亭，号苎园等	1719—1792	德清	乾隆十五年（1750）举人。曾知河南延津县、永城县和临漳（今属河北）、广济（今湖北武穴市），皆有政绩。著有《读史随笔》四卷、《苎园诗抄》两卷，均佚
孙宗承	字奕升，号苏门山人	1719—1815	归安	嘉庆三年（1798）举人。赐国子监司业。历主直隶、浙江、福建等地书院。与厉鹗、杭世骏等游，为"东园五子"之一。著有《菱湖纪事诗》三卷、《苏门山人诗集》四卷
胡　旭	字升旸，号晓园	生卒年不详	德清	乾隆十七年（1752）举人。官两淮盐运使、扬州盐运使。著有《树谖室遗诗》五卷
闵鹗元	字少仪，号时庭	1720—1797	归安	乾隆十年（1745）进士。官至安徽、江苏巡抚，号为贤能。著有《闵氏金石文抄》《星轺学吟》《南巡恭纪录》，均佚。存《奏议》
徐德元	字达三，号芷堂	生卒年不详	乌程	乾隆十二年（1747）举人。以《秋海棠》诗见赏于王际华，和者遍海内。选四川彭山知县，以军功升汉州（今广汉市）知州。著有《湖阴诗征》三卷、《戎疆琐记》一卷、《蜀中名胜记》，编有《秋海棠唱和诗集》六卷。另《芷堂文稿》《芷堂诗稿》《香雨丛谈》等均佚

姓　名	字　号	生卒年	籍　贯	生平事迹和文学成就
纪复亨	字元穉，号心斋	生卒年不详	乌程	乾隆十七年（1752）进士。官至吏科给事中、太仆寺少卿。著有《心斋诗集》。另《西湖杂诗》《杼亭乐府》佚
徐以坤	字谷函，号根苑	1722—1792	德清	十五岁补官学弟子。乾隆二十二年（1757）帝南巡，进《迎銮诗册》（佚），得文绮荷包之赐。官至国子监助教。妻汪璀亦善诗，著有《修竹吾庐诗》，亦佚
蔡书升	字汉翔，号姜田	生卒年不详	德清	乾隆十九年（1754）进士。曾任清溪书院山长。著有《晓剑集》《吟越集》一卷、《三上闲集》一卷。另《姜田诗稿》六卷佚
吴山秀	字人虬，号晚青	生卒年不详	江苏吴江，定居南浔	乾隆二十七年（1762）贡生。著有《小梅花庵文集》十二卷、《小梅花庵诗集》六卷和《颐神斋题画诗集》，均佚
冯华	字位三，号秋船	生卒年不详	乌程	乾隆二十五年（1760）举人。官浙江仙居教谕。著有《西江纪游稿》《中州集》《莲树诗抄》，均佚
吴兰庭	一作兰亭，字胥石	1730—1801	归安	乾隆、嘉庆年间屡为幕佐。著有《南雪草堂诗集》（又名《胥石诗存》）四卷、《胥石文存》一卷等
徐承烈	字绍家，号清凉道人	1730—1803	德清	少从学乡贤沈益川二十年。乾隆十九年（1754）从师游粤西，客桂林知府商思敬幕五年。后在嘉兴、绍兴等地课徒为生。乾隆三十一至四十年复游岭南。著有《越中杂识》和《听雨轩杂记》八册及《青来堂诗》等。《燕居琐语》四十卷、《续语》十六卷和《德辉堂集》均佚
叶佩荪	字丹颖，号辛麓	1731—1784	归安	乾隆十九年（1754）进士。官至湖南布政使。著有《易守》四十卷、《学易慎余录》四卷、《慎余斋诗抄》四卷、《传经堂诗文集》十二卷。妻周映清、继室李含章、长女令仪均有诗集

姓 名	字 号	生卒年	籍 贯	生平事迹和文学成就
陈 焯	字映之，号无轩	1733—1807	归安，一说乌程。	乾隆年间贡生。历县教职十六任，束脩大半用于抄书藏书。所居名湘管斋，富藏图书彝鼎。著有《湘管斋寓赏编》《湘管斋寓赏续编》各六卷、《归云室见闻杂记》三卷，与郑勋合著《蛟川唱和集》两卷。其《湘管斋诗稿》《清源杂志》佚。辑有《国朝湖州诗录》三十四卷、《宋元诗会》一百卷等
徐天柱	字擎士，号西湾	1734—1793	德清	乾隆三十四年（1769）进士，授翰林院编修，入直上书房。著有《读周礼》六卷、《冬心存》十四卷、《天藻楼诗稿》十六卷、《桐初书屋词稿》一卷等，均佚
孙辰东	字枫培，号迟舟	1736—1780	归安	乾隆三十七年（1772）榜眼。授翰林院编修，参与纂修《四库全书》，声誉天下。著有《种纸山房诗稿》十二卷
高文照	字闰中，号东井	1738—1776	武康	少工诗，年甫及冠即积诗千余首。乾隆二十七年（1762）帝南巡召试，赐缎二匹。乾隆三十六至三十八年客安徽学政朱筠幕。乾隆三十九年（1774）中举。著述宏富，传世者有《闇清山房集》一卷、《高东井先生诗选》四卷、《賷香词选》一卷。辑有《韵海》八十余卷
孙 梅	字松友，号春浦	1739—1790	乌程	乾隆三十四年（1769）进士。官太平府（今安徽当涂县）同知。著述甚富，主要有《四六丛话》三十三卷、《四六丛话缘起》一卷、《选诗丛话》一卷、《旧言堂集》四卷等
徐秉敬	字用直，号寅哉	1739—1807	德清	三十岁领乾隆三十三年（1768）乡荐。官刑部郎中、平乐知府。著有《约耕草堂诗》五卷，佚
蔡廷弼	字调天，号古香	1741—1821后	德清	贡生。官浙江兰溪训导。著有《太虚斋存稿》二十三卷（内有《晋春秋传奇》两卷）、《百末词》四卷，与人合著《红楼梦广义》两卷

姓　名	字　号	生卒年	籍　贯	生平事迹和文学成就
章　铨	字拊廷、树庭，号湖庄	1742—？	归安	乾隆三十六年（1771）进士。历知宁夏、襄阳、韶州等府，终广东粮储道。著有《染翰堂诗集》十卷附一卷和《澹如轩诗抄》。纂《吴兴旧闻补》四卷
丁　溶	字淇泉，号秋水	？—1804	归安	乾隆四十四年（1779）举人。官莱阳知县。著有《王村山农诗抄》《王村山农文抄》等，均佚
陈　墉		生卒年不详	德清	乾隆四十年（1775）进士。选庶吉士。著有《卓庐初草》十四卷、《卓庐文稿》两卷，辑《国朝人书评》一卷
沈　琨	字兼山，号舫西	1745—1808	归安	乾隆三十六年（1771）举人。官陕西道、京畿道监察御史，山东泰安知府。著有《嘉荫堂诗存》四卷、《嘉荫堂文集》三卷
戚芸生	字修洁，号馥林	1749—1818	德清	廪膳生。授浙江丽水教谕，以病不就。藏书数万卷，有诗三千首。著有《宝砚斋诗集》八卷
陆元鋐	字冠南，号彡石	1750—1819	乌程	乾隆五十二年（1787）进士。官四川、广东、甘肃等省知府。辞官后主讲渭南、同州、鸳湖等书院。著有《青芙蓉阁诗抄》六卷、《青芙蓉阁诗话》两卷
施国祁	字非熊，号北研	1750—1824	乌程	县学生。寓居南浔，筑吉贝居以居。历二十余年成《金史详校》十卷，又著《元遗山集笺注》十四卷、《金源札记》两卷、《礼耕堂诗集》三卷附外集一卷和《元遗山先生年谱》《礼耕堂杂说》《吉贝居暇唱》《吉贝居杂记》各一卷
蔡之定	字麟昭，号生甫	1750—1834	德清	乾隆五十八年（1793）进士。充会试同考官，终鸿胪寺少卿。所著《积谷山房随笔》佚
徐　莄（女）	字湘生，号古艻	生卒年不详	乌程	与夫武莘开均为沈宗骞弟子。九十三岁卒。著有《古艻吟稿》两卷附《诗余》一卷

姓 名	字 号	生卒年	籍 贯	生平事迹和文学成就
陈端生（女）	字云贞	1751—1796	乌程，一说钱塘（今湖州）	适淮南范秋塘。范氏因科场案谪戍后守家侍奉。所撰弹词《再生缘》文笔细腻，但仅写十七卷，后三卷由梁德绳续
费锡章	字焕槎	1752—1818	归安	乾隆四十九年（1784）举人。嘉庆十九年（1814）奉诏册封琉球中山王尚灏。官至太常寺卿、顺天（今北京）府尹。著有《赐砚堂诗存》（佚）《一品集》两卷《使黔集》一卷和《来鹤堂杂钞》等
邢典	字书城	1754—1824	乌程	出身贫寒。博学能文。与施国祁、杨凤苞并称"南浔三先生"。著有《书城杂著》《书城诗抄》《书城文抄》《云水堂荟萃集》《南林杂咏》等，均佚。存《勘书巢未定稿》
叶绍楏	字琴柯	1755—1821	归安	乾隆五十八年（1793）进士。官至广西巡抚。著有《谨墨斋诗抄》六卷、《谨墨斋词》两卷
严昌钰	字铭蓝，号二如	1756—？	归安	嘉庆六年（1801）进士。著有《浣花居诗抄》十卷、《浣花居文抄》两卷
陈斌	字陶邻，号白云	1757—1820	德清	嘉庆四年（1799）进士。官安徽凤阳府同知，署宁国府。著有《白云文集》五卷、《诗集》两卷、《白云续集》八卷（诗文各半）
吴应奎	字文伯，号蘅皋	1758—1800	孝丰	家贫志坚。读书自经诂、小学、医方、舆地、释老、星占、兵阵之帙俱通解其本原，岁必循诵《十三经》一过。以构族难郁郁抱愤卒。与德清陈斌最相知。著有《读书楼诗集》六卷、《吴蘅皋先生诗》一卷
徐养原	字新田，号饴庵	1758—1825	德清	嘉庆六年（1801）副贡。后客浙江巡抚阮元幕。著有《顽石庐文集》十卷、《顽石庐杂文》三卷和《顽石庐经说》十卷、《槟园字说》一卷外篇一卷、《徐饴庵先生遗书》八种十卷等学术著作

姓　名	字　号	生卒年	籍　贯	生平事迹和文学成就
姚文田	字秋农，号梅漪	1758—1827	归安	嘉庆四年（1799）状元。官至左都御史、礼部尚书。系湖州历代状元中名望最著者。著述丰富，主要有《邃雅堂集》十卷《续编》一卷和《说文校义》三十卷、《说文声系》十四卷等学术著作。有《邃雅堂全书》九种二十册七十三卷
刘桐	字舜挥，号疏雨	1759—1803	乌程	贡生。家境富有。三十岁前曾游楚地。其藏书楼眠琴山馆藏书十万卷。著有《楚游草》《楚游续草》《听雨轩稿》等，均佚
吴清藻	字暎乾，号啸湄	生卒年不详	归安	诗人、学者。弱冠即以诗学著声吴下。乾隆下江南，献诗集《观光集》两卷。另著有《佩韵示斯》两卷和诗集《梦烟舫诗》《七十老人学诗抄》，另《啸湄集》《溪壶吟》《秋窗吟》等佚
张师诚	字心友，号一西老人等	1762—1830	归安	乾隆五十五年（1790）进士。官至福建巡抚，署闽浙总督。终礼部侍郎。著有《省缘室合集》《拜飓存稿》等，均佚。存《一西自记年谱》
丁芮模	字鹭庭，号晓楼	生卒年不详	归安	廪贡生。工诗古文。曾任安徽潜山、休宁知县。著有《新安杂咏》一卷、《颖园杂咏》一卷。另《脉望馆诗抄》三卷佚
郎葆辰	字文台，号桃花山人等	1763—1839	安吉	嘉庆二十二年（1817）进士。官至兵科掌印给事中、贵州粮储道，有"郎佛"之称。著有《桃花山馆吟稿》十四卷
姚学㙫	字晋堂、镜堂	1766—1826	归安	嘉庆元年（1796）进士。官至兵部郎中。系林则徐、魏源师。著有《竹素斋遗稿》（又名《姚镜塘先生全集》）十卷
许宗彦	字积卿、固卿、周生	1768—1818	德清	嘉庆四年（1799）进士。官兵部主事，居官二月即以父母年老为由辞归。父母去世后迁居杭州，闭门读书、著述。编有《鉴止水斋藏书目》四卷。著有《鉴止水斋集》二十卷

姓　名	字　号	生卒年	籍　贯	生平事迹和文学成就
周中孚	字信之，号郑堂	1768—1831	乌程	拔贡。科举不顺，五十五岁尚应试。后客居上海，替藏书家李筠嘉编《慈云楼藏书志》。著《郑堂读书记》七十一卷、《郑堂札记》五卷，纂《西宁县志》十二卷及首末各一卷
叶绍本	字立人，号筠潭	1768—1841	归安	嘉庆六年（1801）进士。官至山西布政使、鸿胪寺卿。著有《白鹤山房诗抄》二十二卷、《白鹤山房外集》两卷、《白鹤山房词抄》两卷
董蠡舟	字济甫，号铸范	1768—？	乌程	董恂从兄。嘉庆年间监生。著述甚丰，其中诗词文集有《鼫巢集》五卷、《董郘病夫诗录》十卷、《梦好楼文集》两卷和《铸范自订稿》《德辨斋集》《傭暇集》《浔溪棹歌》各一卷等十八种，均佚，仅《南浔蚕桑乐府》诗二十六首存《湖州府志》，《南浔棹歌》四十多首存周庆云《南浔志》
沈惇彝	字积躬，号叙轩	1770—1833	归安	水利专家。官南阳知府、江南淮海道兼署淮扬道事。著有《留耕书屋诗草》十二卷
董恂	字谦甫，号壶山	生卒年不详	乌程	董蠡舟从弟。府学生。工诗词，亦能医。著有《紫藤花馆诗集》十二卷、《紫藤花馆词集》九卷、《紫藤花馆骈文集》两卷、曲本《南州梦》，均佚。其《南浔蚕桑乐府》和《浔溪棹歌》多存于《湖州府志》《南浔志》
奚疑	字虚白，号乐天	1771—1854	归安	家住城南知稼桥，楼前老榆数株，号榆楼。幼好吟咏，诗宗王维、孟浩然，词学厉鹗。与王黻并称"城南二布衣"。咸丰时游沪。著有《榆荫楼诗存》一册、《瞑琴绿阴阁词存》一卷、《陈鳢年谱》一卷、《榆荫楼题跋》《方屏樵唱集》《迪吉要言》等
倪沣	号甘渔	生卒年不详	长兴	贡生。官至高州知府。著有《艺香诗草略》十二卷，仅存两卷

姓　名	字　号	生卒年	籍　贯	生平事迹和文学成就
严元照	字久能、九能、修能，号悔庵	1773—1817	归安	儿时有"江南奇童"之誉。曾客浙江巡抚阮元幕。其芳菽楼藏书数万卷，多宋元善本。后赘于吴，流寓无锡多年。晚年移居德清。著有《柯家山馆遗诗》六卷、《柯家山馆词》三卷、《悔庵学诗》一册、《悔庵学文》八卷、《蕙榜杂记》一卷、《娱亲雅言》六卷、《尔雅匡名》七卷等
臧吉康	字惠南，号友云	生卒年不详	长兴	嘉庆九年（1804）举人。官广东大埔知县。著有《友云诗草》十二卷
俞鸿渐	字仪伯，号剑花	1781—1846	德清	嘉庆二十一年（1816）举人。曾游历万全、张家口、居庸关、八达岭、怀来等地。迁居仁和县（今属杭州）临平镇。曾到常州任塾师。著有《印雪轩随笔》四卷、《印雪轩文抄》三卷（原有四卷）、《印雪轩诗抄》十六卷、《读三国志随笔》一卷等
郑祖球	字受之，号笏君	1782—1819	归安	弱冠补县学生。后从严虚白求学于白鹿门书院。嘉庆十八年（1813）领乡荐，然两赴礼闱未取，留北京法门寺课徒。后至杭州修成《西湖志》。著有《红叶山房集》十四卷《外集》四卷。其《读书管见》佚
戴铭金	字师韩，号铜士	1783—1850	德清	出身小康家庭。妻徐氏亦能诗。芬、福谦、莼三子均以诗文名，号"戴氏三俊"，皆早卒。中年后家道中落，后因困自杀。著有《妙吉祥庵弹改诗集》九卷。另《月湖渔唱》《妙吉祥庵词集》《翠云松馆词》《妙吉祥庵骈体文》等佚。辑三子诗集为《戴氏三俊集》三卷
郑祖琛	字孟白	1784—1851	归安	嘉庆十年（1805）进士。官至云南巡抚，兼署云贵总督，加太子太傅衔。其宝书堂藏书三万余册。著有《小谷口诗抄》十二卷和《小谷口诗续抄》一卷、《纪事书行》一卷等

姓　名	字　号	生卒年	籍　贯	生平事迹和文学成就
杨炳堃	字蕉雨	1787—1858	归安	拔贡。官汉阳知府、云南迤东道和湖南盐法道等职。因镇压李沅发起义失败，遣戍新疆。著有《西行往返纪程》两卷、《吹芦小草》一卷、《中议公自定义年谱》八卷、《吴兴杨氏家乘》四卷
方履籛	字彦闻	1790—1831	德清，居江苏阳湖	嘉庆二十三年（1818）举人。知福建闽县、河内（今河南沁阳县）、武陟、永定（今湖南大庸县）诸县，纂修县志多部。工诗词和骈体文。著有《万善花室文集》七卷、《万善花室诗集》四卷、《万善花室词稿》一卷等
张应昌	字仲甫，号寄庵	1790—1874	归安	张师诚子。嘉庆十五年（1810）举人。官内阁中书。著有《烟波渔唱》七卷、《彝寿轩诗抄》十二卷、《寄庵杂著》两卷等。辑《国朝诗铎》二十六卷
赵棻（女）	字仪姞，号婉卿	生卒年不详	上海，嫁乌程汪延泽	出身名门，父赵秉冲官户部右侍郎。博览群书，善诗文。适南浔汪延泽。著有《滤月轩诗集》四卷、《滤月轩文集》两卷、《滤月轩词集》一卷
朱紫贵	字立斋	1795—？	长兴	廪贡生。官杭州府学训导。著有《枫江草堂集》十四卷
沈垚	字敦三，号子惇	1798—1840	乌程	出身贫寒，性格内向。工骈体文，通经史子集。道光十四年（1834）优贡生。曾客安徽学政沈维鐈和浙江学政何凌瀚、陈用光幕。著有《落帆楼文集》二十四卷补遗一卷和《长春真人西游记》两卷、《西游记金山以东释》一卷等
沈云	字舒白，号闲亭	生卒年不详	德清	道光二十四年（1844）进士。知广西兴安县（今江西横峰县）。著有《台湾郑氏始末》六卷
胡光辅	字苓年	？—1853	德清	道光十二年（1832）举人。官江西上高县令。太平军克县城时殉职。著有《小石山房诗存》六卷

姓　名	字　号	生卒年	籍　贯	生平事迹和文学成就
费丹旭	字子苕，号晓楼、环溪生、偶翁等	1801—1850	乌程	长居杭州，曾客浙江巡抚刘韵珂幕府。绘画长于仕女，与改奇齐名，并称"改费"，又有"费派"之称。能诗词，著有《依旧草堂遗稿》两卷、《依旧草堂未刻诗》一卷和《依旧草堂词》十首
钮福畴	字叙伦，号西农	1801—1856	乌程	道光十七年（1837）拔贡。历知安徽休宁、全椒、泾县、舒城等县，补直隶知州，所至有循声。著有《亦有秋斋诗抄》两卷、《亦有秋斋词抄》两卷、《亦有秋斋骈体文抄》两卷等
沈丙莹		1811—1870	归安	道光二十五年（1845）进士。官监察御史、贵州安顺知府等。后主杭州诂经精舍、湖州爱山书院。著有《春星草堂集》七卷、《星匏馆随笔》十二卷。另《读吴诗随笔》两卷疑即《春星草堂集》内之文两卷
钱振伦	字楞仙	1816—1879	乌程	道光十八年（1838）进士。官至国子监司业。注《鲍参军集》甚有影响，又与弟振常合作笺注《樊南文集补编》十二卷。著有《示朴斋骈体文》六卷、《玉溪生年谱订误》一卷。编有《玉树山房遗集》四卷、《香荫楼草》一卷。另《示朴斋随笔》佚
陆长春	字向荣，号瓣香、萧士	1810—？	乌程	道光二十四年（1844）副榜贡生。精研文史，潜心创作。著有《辽金元宫词》三卷、《香饮楼宾谈》两卷、《梦花亭骈体文集》四卷、《梦花亭尺牍》一卷、《遯斋随笔》一卷、《南都遗事》一卷等。另《梅隐庵诗抄》两卷、《眉月楼诗抄》四卷、《梦花亭诗词集》三卷等均佚
杨　岘	字季仇、见山，号庸斋	1819—1896	归安	咸丰五年（1855）中举。官浙江漕运使，常州、松江知府。曾与陆心源编辑《宋诗纪事补遗》。著有《迟鸿轩弃弃》四卷、《文弃》两卷、《迟鸿轩诗续》一卷、《文续》一卷、《迟鸿轩诗偶存》一卷

姓 名	字 号	生卒年	籍 贯	生平事迹和文学成就
姚觐元	字彦侍,号裕万	1823—1902	归安	姚文田孙。学者和藏书家。道光二十三年（1843）举人。官至广东布政使。著有《大叠山房文存》两卷补遗一卷、《蚕桑易知录》《弓斋日记》《咫进斋诗文稿》一卷和大量学术著作
姚阳元	原名经第,字舒堂,号子谅	1825—1853	归安	监生。博学能文。著有《春草堂遗稿》一卷。另《籽皋文抄》四卷、《谢皋羽年谱考证》两卷补遗一卷、《刚日柔日读书记》（未完）均佚
吴廷桢	号槐庭	？—1888	长兴	同治十二年（1873）中举。在乡开馆授徒一生。著述甚丰,仅存《古剑书屋诗抄》八卷、《古剑书屋文抄》三卷、《古剑书屋诗余》一卷
徐延祺	字引之,号芝绶	生卒年不详	乌程	咸丰二年（1852）中举。官内阁中书。著有《怡云馆诗抄》四卷。其《梦草词》两卷佚
李宗莲	号小浮玉山人	1829—？	乌程	同治十三年（1874）进士。官湖南平江、武陵（今常德市）知县。著有《宝郑斋杂录》一卷、《李宗莲稿》,其《怀岷精舍诗文集》八卷和《怀岷精舍近作》均佚
张 度	字吉人,号狮崖等	1830—1904	长兴	官河南知府、刑部郎中。曾与陆心源编辑《宋诗纪事补遗》。著有《蟋蟀窝诗集》十卷。其《张狮崖先生遗文》佚
王毓辰	字伴青,号振轩	生卒年不详	长兴	同治六年（1867）举人。曾任景山官学教习。归里后主讲箬溪书院。著有《两浙猷轩录》《长兴诗存》《潜厂诗话》《顾仪堂稿》《清画家诗史》等
俞 刚	字劲叔	生卒年不详	德清	居归安县。与陆心源、姚宗谌、戴望、施补华、王宗义、凌霞等并称"苕上七子"。著有《大雷山房文稿》两卷、《大雷山房文补编》一卷、《大雷山房诗稿》两卷、《大雷山房诗续编》一卷内编一卷、《同人集》一卷、《劲叔词稿》一卷、《劲叔杂文稿》一卷等

姓　名	字　号	生卒年	籍　贯	生平事迹和文学成就
姚宗谌	字子展，号朏明	1835—1864	归安	咸丰九年（1859）举人。与陆心源、戴望、施补华、俞刚、王宗义、凌霞等诸生并称"苕上七子"。曾协助赵景贤抗击太平军，并一度代理归安知县。著有《湖变纪略》一卷、《景詹阁遗文》
戴　望	字子高，号仲欣	1837—1873	德清	"苕上七子"之一。曾受曾国藩之聘任金陵书局编校，也曾为湘军名将鲍超师。著有诗文集《谪麟堂遗集》四卷补遗一卷和《管子校正》二十四卷、《论语戴氏注》二十卷、《颜氏学记》十卷等大量学术著作
傅云龙	字懋元，号醒夫	1840—1901	德清	清游历大臣，光绪十三至十五年（1887—1889）考察日本、美国、加拿大、古巴、巴拿马、秘鲁、智利、乌拉圭、巴西等十一国。早年曾与缪荃孙等三十二位文友成立霓仙馆会文社。著有诗集《不易介集诗稿》《游巴西诗志》《游古巴诗董》《游秘鲁诗鉴》《籑喜庐诗集》和《籑喜庐文集》三十二卷等。另有大量学术著作
蔡蓉升	字斐成，号雪樵	生卒年不详	归安	贡生。屡试不第，授徒五十年，门生多有显者。晚年官浙江武义、桐庐等县教谕。致仕后创办蓉湖书院，总理崇善堂诸善举。著有《半读斋诗抄》。其《庚癸杂志》两卷、《梅花山馆诗文集》十四卷佚。纂修《双林镇志》三十二卷
李光霁	字品咸	1843—？	乌程	所著《延桂庐吟稿》佚，存日记《劫余杂识》一卷
许玉农		1844—1929	乌程	举人。曾任江苏句容、震泽知县。洋务运动兴起后弃政从商。曾参与创办福音医院（今九八医院）、城西小学等。著有诗文集《塔影亭集》四册，佚

姓　名	字　号	生卒年	籍　贯	生平事迹和文学成就
朱廷燮	字莲夫，号道峰逸叟	1845—1920	归安	同治十二年（1873）举人。官石门教谕。光绪二十八年（1902）5月任湖州府中学堂首任监督。著有《石门校士馆课艺》《沈镜轩先生行状》一卷，另有《湖州创建钱业会馆记》《道场万寿寺千佛阁记》等文
李世伸	字志宣，号屈翁	1849—1903后	乌程	国子监生。中年时游楚北，遍揽江汉名胜。晚年客云阳（今属重庆），襄理盐务。著有《屈翁诗稿》十二卷、《秦西新史杂咏》一卷。其《西塞山房诗稿》和《坚瓠录》四卷佚
单士厘（女）	字受兹	1858—1945	萧山，嫁湖州钱恂	我国最早走出国门的妇女。二十九岁出嫁，随夫旅行欧洲。钱恂使日本时随夫旅日。晚年居沈阳和北京。著有《受兹室诗抄》三卷和《癸卯旅行记》三卷、《归潜记》十卷等。编有《清闺秀艺文略》五卷等
严以盛	字同生，号琴墅	1859—1908	乌程	曾任大名县（今属河北）知事和直隶州知州。著有《梦影庵遗稿》六卷、《随分读书斋遗集》诗稿二册。其《玉京词》一卷佚
章世恩	字锡侯，号叔振	1861—1906	归安	副贡。曾任兵工厂、造币厂总办和常备军统领等职。派驻美国圣路易斯专员，考察欧美各国军政。著有《运甓斋诗草》《环游管见》《环游日记》，均佚
徐曼仙（女）	字畹兰	1862—1912	德清	幼好诗词，十余岁即以"牡丹纵属群芳冠，终逊东篱气节高"之句得时人赞赏。适湖州赵景贤之孙赵世昌。丈夫早逝后，著《红楼叶戏谱》，开妇女研究红学之先声。光绪三十二年（1906）应秋瑾之聘任上海天足会女子学校讲席，兼主笔政。发起女子实业会、女子实业公司，"为巾帼习练商业之滥觞"。有《鬘华室诗抄》和《鬘华室诗选》一卷

姓　名	字　号	生卒年	籍　贯	生平事迹和文学成就
徐自华（女）	字寄尘，号忏慧	1873—1935	崇德（今桐乡），嫁南浔	少承家学，熟读经史，尤喜诗词。二十二岁嫁南浔秀才梅福均为妻。光绪二十六年（1900）丧夫后回石门娘家寡居，以赋诗填词自遣，与桐乡吴芝瑛并称"吴徐二夫人"。光绪三十二年（1906）受聘任浔溪女校校长，加入光复会和同盟会。光绪三十四年秋与吴芝瑛等在杭州西湖成立"秋社"，任社长。宣统元年（1909）参加南社。辛亥革命后任上海竞雄女校校长。晚年居杭州秋社。著有《忏慧词》一卷、《度针楼遗稿》一卷、《徐自华诗词选抄》《炉边琐忆》，编有《听竹楼诗》，未刊。其《还钏记》入编中小学课本
吴勤邦	字襄士，号铁梅	生卒年不详	乌程	嘉庆二十四年（1819）举人。官四川内江知县。著有《秋芸馆全集》十卷、《春秋随笔》一卷、《素书辑注》一卷

第二节　现代文学流派与作家

现代湖州文学的流派和作家主要形成和活动于外地，如沈尹默、俞平伯、陆志韦的新诗创作，宋春舫的戏剧创作与研究，赵苕狂的侦探小说创作，等等。本土比较突出的是以费心洁为代表的民间文学和以德清戈亭为中心活动的"戈亭风雨诗派"抗战诗人群体。

一、现代文学流派

【尝试派】

中国现代文学史上第一个诗歌流派。1920 年，胡适的个人诗集《尝试集》

出版，受到读者欢迎，有许多诗人开始效仿胡适的白话诗体进行创作，逐渐形成了一个流派，并根据第一部新诗集命名为"尝试派"。这个诗歌流派的代表诗人还有刘半农、沈尹默、俞平伯、康白情、刘大白等。其中沈、俞是湖州人。沈尹默在五四时期作有十八首新诗，以散文诗为主，第一首《月夜》作于1917年，康白情认为此诗"具备新诗美德"，"只可意会而不可言传"。俞平伯在五四时期著有三本新诗集，即《冬夜》（1922）、《西还》（1924）、《忆》（1925），《中国大百科全书·中国文学》评价俞平伯的新诗"能用旧诗意境表达新意，融旧诗音节于白话，清新婉曲"。此外，陆志韦也是尝试派诗人中的重要一员。

【东吴系女作家】

抗日战争爆发后，东吴大学迁校上海，一批东吴大学毕业的女大学生投身文学创作，在《万象》《幸福》《春秋》《紫罗兰》等杂志上发表散文和小说，并参加了一个叫"愚社"的文学社团，其中汤雪华、郑家瑷、施济美、施济英、程育真、俞昭明等女作者效仿越剧十姐妹，搞了个"文艺十姐妹"，成为"东吴系女作家"的主体。其中的汤雪华（1915—1992）虽是嘉善人，但曾经就读于湖郡女校，并长期在湖州居住，于1947年2月在上海日新出版社一举出版了三部短篇小说集，分别是署名"中原"的《劫难》，收小说七篇；署名"汤仙华"的《转变》，收小说六篇；署名"张珞"的《朦胧》，收小说八篇。湖州郑家瑷的言情小说《菲微园的来宾》《逝去的晴天》《号角声里》《落英》等，以清新的文笔、唯美的文字、感伤的情绪，传达出对纯洁爱情和理想人生的向往。她的作品还有浓厚的地域文化特色。早在1944年5月15日，《春秋》月刊第一年第八期就发表了陶岚影的文章《闲话小姐作家》，对这个女作家群体作了初步的研究和介绍，并称她们为"小姐作家"。后来，王羽的博士论文研究的就是这个特殊的女作家群体《"东吴系女作家"研究（1938—1949）》，并于2007年策划、由人民文学出版社出版了《小姐集》，收入这批女作家的作品二十一篇。

【戈亭风雨诗派】

这是抗日战争时期出现在浙西敌后的一个文学流派，因诗集《戈亭风雨集》而得名。戈亭为德清县东北部一个集镇，因抗战时德清县政府流亡于此，故成为全县政治、文化的中心。这个诗派最初是由酷爱诗文的德清县长朱希和他的秘书朱渭深、县政府主任秘书冯措宇、秘书陆震寰、县党部秘书冯京等人组成的一个小群体，因他们经常唱和，并将创作的诗歌刊刻传播，影响越来越大，参加的人也越来越多，最后多达三十五人，他们是：许孙镏（1899—1974）、王颐孙、张天方、汪文殊、施叔范、严正、曹天风、凌以安（1912—2010）、楼大风、吕乐箴（女，1911—1990）、许孙缪、蔡岫青（1920—1995）、姚进（1913—1995）、方遒、江岳钟、王之渔（1910—?）、蔡继贤（1909—?）、朱希（1910—1966）、冯京（1909—1959）、盛楚清（1918—1997）、冯薰、许观今、王应贤（1913—1951）、程凤鸣（1886—1956）、程凤来（1893—1951）、褚元恺（1914—1992）、温延龄（1909—1985）、李俊（1916—1951）、孙兆瑞（1913—1979）、冯潜（1925—1986）、陆振寰（1913—1973）、姚逊（1913—1950）、朱鸿达（1925—1994）、陆离、朱粲。这些诗人都是湖州籍（主要是德清籍）诗人，也有流寓湖州的诗人，逐渐形成了湖州抗战史上一个著名的爱国诗派——戈亭风雨诗派，其影响力甚至扩大到了嘉兴、绍兴的部分地区。张天方在《戈亭风雨集》的序中说："集为浙西同人战时感怀兴愿而作，都三十二人（疑"三十五"之误），为诗凡三百余首。命曰风雨，志明会也；冠以戈亭，系地望也。"

二、现代作家

【沈尹默】（1883—1971），原名实，字中，号君墨、君默、秋明室主等。吴兴县人，生于陕西兴安府汉阴厅（今汉阴县）。沈兼士兄。早年曾短暂留学日本。回国后任教于南浔正蒙学社、杭州高等学校、杭州两级师范学校、杭州一中。1913年任北京大学文学系教授。后与陈独秀、李大钊、胡适、刘半农、钱玄同六教授轮流编辑《新青年》杂志，成为新文化运动一员猛将。1921年赴日本西京大学进修，次年回国后兼任北京女子师范大学教授。1929年任河北省教育厅长。1931年2月任国立北平大学校长，次年兼任农学院院长。后南下上海，任中法文化交流出版委员会主任兼孔德图书馆馆长。抗战期间卜居重庆静石湾"石田小筑"，鬻字自给。抗战胜利后寓居上海海伦路。中华人民共和国成立后任上海市文物保管委员会委员、上海市人民政府委员。1959年当选全国政协委员。1960年任中央文史馆副馆长。1962年任上海市文联副主席。1963年当选中国文联委员，次年当选第三届全国人大代表。"文化大革命"中作为"反动学术权威"

受到批斗，于 1971 年 6 月 1 日在上海含冤去世。1978 年获得平反。著有诗词集《秋明集》二册、《春蚕词》一卷、《念远词》一卷、《松壑词》一卷、《秋明室杂诗》《秋明长短句》《沈尹默诗词集》等。

【周越然】（1885—1962），字之彦。吴兴南浔人。南社社员。曾任商务印书馆函授学社副社长兼英文科科长，所编《英语模范读本》独占全国中学教科书市场长达二十五年之久。其藏书楼"言言斋"藏中文图书约三千种，西文图书约五千种，"一·二八"抗战时毁于战火。抗战后期一度出任伪职，并赴日参加"大东亚文学者大会"。著有《六十回忆》《书书书》《情性故事集》，辑为《周越然作品系列》。另著有《周越然书话》《版本与书籍》《言言斋西书丛谈》《言言斋古籍丛谈》《周越然集外文》《言言斋性学札记》等。

【沈兼士】（1887—1947），名臤，一名臥士、坚士。吴兴县人，生于陕西兴安府汉阴厅（今汉阴县）。早年与二兄尹默留学日本。1912 年后任北京大学、清华大学国文教授。与兄士远、尹默并称"三沈"。在《新青年》杂志上发表过《真》《香山早起》等十余首新诗。1921 年任北京大学研究所国学门主任，后任北大文学院院长。1925 年兼任故宫博物院常务理事、文献馆馆长。1926 年曾去厦门大学任教。1927 年北返后参与创办辅仁大学，任该校国文系教授兼文科研究所主任、文学院院长、代理校长等职。1935 年任故都文物整理委员会委员。抗战前期秘密成立"炎社"（后为华北文教协会），以不屈服不合作的态度对付敌伪，协助流亡青年到后方参加抗日，于 1942 年 12 月微服潜出北平，在西安主持战地党务干部训练班。1944 年任重庆中央大学师范学院名誉教授。其间创作有不少诗作。1946 年后复任辅仁大学、北京大学等校教授。与鲁迅交往甚密，是《鲁迅全集》编辑委员会委员。著有《段砚斋杂文》，另存诗约百首。

【钱玄同】（1887—1939），原名师黄，又名怡、夏，字德潜，号逸谷老人、忆菰翁、鲍山病叟、饼斋和尚等。五四运动前改名玄同，五四运动后号疑古，自称疑古玄同。归安县人，生于苏州。早年创办《湖州白话报》。后留学日本早稻田大学，并拜章太炎为师，加入中国同盟会。宣统二年（1910）回国后任海宁中学堂、嘉兴中学堂、浙江第三中学（今湖州中学）国文教师，系茅盾老师。又曾任浙江省教育厅科员、视学，并办《通俗白话报》。1913 年任国立北京高等师范学校附中国文教师、高师国文教授。1916 年起任北京大学和北京高师两校教授。1917 年响应陈独秀、胡适"文学革命"号召,向《新青年》投稿,提出"选学妖孽""桐城谬种"的战斗口号。1918 年—1919 年任《新青年》编辑,劝导鲁迅创作了著名小说《狂人日记》,还曾为胡适《尝试集》作序。1920 年 12 月 24 日,和黎锦熙建议并促成国民政府教育部公布《国音字典》,通令全国采用新式标点符号。1922 年任"汉字省体委员会"首席委员,编辑北京大学《国学季刊》。1923 年倡议成立教育部国语罗马字委员会和国音字典增修委员会,任委员。1924 年创办《语丝》周刊。1925 年与黎锦熙一起创办《京报》副刊《国语周刊》。他与刘半农、赵元任、黎锦熙、汪怡、林语堂等人历时一年修订的《国语罗马字拼音法式》于 1928 年 9 月由大学院(即教育部)正式公布。1928 年任国立北平师范大学国文系主任、教授。1932 年 5 月 7 日,教育部正式公布了由其用十年时间一手编定的《国音常用字汇》。抗战爆发后因病滞留北平,但拒任伪职。有《钱玄同文集》三卷出版。

【钱稻孙】(1887—1966),字介眉。吴兴县人。儿时就读于日本庆应义塾和成城学校,后入东京高等师范学校附属中学学习。青年时代随父旅居意大利和比利时,学习意、德、法等国语言,自学美术和医学。1912 年回国后任教育部主事、视学,兼任北京大学医学院日籍教授课堂翻译。日籍教授回国后在医学院教授人体解剖学。后任北京大学日文和日本史讲师、教授,兼任国立北京图书馆馆长、清华大学教授。抗战时期任伪北京大学秘书长、校长。抗战胜利后以汉奸罪入狱。中华人民共和国成立后任教于山东齐鲁大学医学院,后任人民卫生出版社编辑。1956 年退休后被人民文学出版社聘为特约翻译,翻译日本古典文学。"文革"初被迫害致死。译有《日本诗歌选》《樱花国歌话》《近松门左卫门·井原西鹤选集》《万叶集精选》和紫式部的《源氏物语》、木下顺二戏剧《待月之夜》、山代巴小说《板车之歌》、有吉佐和子的《木偶净琉璃》、桥本忍的电影剧本《罗生门》、但丁的诗歌《神曲一脔》等文学著作十一种和其他学术著作多种。

【赵紫宸】(1888—1979),德清县人。早年就读于东吴大学时成为基督徒。1914 年留学美国梵德贝尔特大学(Vanderbilt University),获社会学硕士和神学学士学位。1917 年回国,任东吴大学教授,并获文学博士学位。1922 年任东吴大学文理学院院长。1925 年应燕京大学校长司徒雷登之邀任该校宗教学院教授。1928 年—1954 年任燕京大学宗教学院院长,1946 年 8 月兼任燕京大学国文系教授。1954 年任中国基督教"三自"爱国运动委员会常务委员，系中国基督教三自爱国运动发起人之一。在随后的历次政治运动特别是"文化大革命"中被撤职并遭受批判。1979 年获得平反。擅长以中国传统文化形式表达基督教神学，对中国古典文学，特别是诗词、戏曲、书法艺术造诣尤深，是中国 20 世纪最具影响力的神学家之一，被西方基督教界誉为"向东方心灵诠释基督教信仰的首席学者"。一生创作诗词五千余首（一说三千余首），大多毁于"文革"，结集出版的诗集仅有《玻璃声》《南冠集》《团契圣歌集》，另著有《耶稣传》《圣保罗传》《系狱记》和《基督教哲学》等。2006 年 4 月 29 日，赵紫宸、赵萝蕤父女纪念馆在湖州师范学院落成。

【宋春舫】（1892—1938），别署润春庐主人。吴兴县人，生于上海。十三岁中秀才。清宣统三年（1911）考入上海圣约翰大学外文系。1914 年留学法国、瑞士，攻读政治经济学，转而研究戏剧，掌握八国文字。1916 年取得硕士学位后回国，先后任圣约翰大学、清华大学、北京大学、东吴大学教授，教授西洋戏剧史。五四运动时期曾任《新青年》杂志编委，提倡话剧艺术。1929 年 12 月在上海参加由蔡元培、胡适等组织的中国笔会。1933 年任我国参加芝加哥博览会出品审查戏剧组成员。1936 年任青岛大学图书馆馆长，注重戏剧尤其是莎士比亚作品的收藏，使该馆于此一领域在全国首屈一指。其褐木庐藏书百分之八十为戏剧作品和表演艺术专著，近半为英、法、德文版，被誉为"世界第三位戏剧藏书家"。创作过《五里雾中》《一幅喜神》《原来是梦》等剧本，后结集为《宋春舫戏曲集》。另著有《宋春舫论剧》三集和《现代中国文学》《从莎士比亚说到梅兰芳》《不景气之世界》《蒙德卡罗》《欧游三记》等。译有小说《一个喷嚏》《一个舞女的口供》《一支自来水笔》《春春不再》等。田汉称其为"今日中国研究戏剧的大家"，阿英称他是"《新青年》时代戏剧活动的主要干部"。

【赵苕狂】（1892—1953），名泽霖，字雨苍，以号行。吴兴县人。毕业于上海南洋公学，一走出校门即开始写作。曾参加青社、南社，为"鸳鸯蝴蝶派"作家之一。1917 年出版的《南社小说集》辑有其短篇小说《奇症》。1922 年主编《四民报》《游戏世界》，又与程小青、严独鹤、陆淡庵等合编《侦探世界》。他在主编《侦探世界》时，积极鼓励和扶持本土作家创作侦探小说，为改变侦探小说作品多译作的局面发挥了重要作用。严芙孙在《民国旧派小说名家小史》中说："他的小说自以侦探为最擅长，可以与程小青抗手，有门角落里的福尔摩斯徽号。有时做两篇社会小说，亦冷峻有味。"1926年起主编《红玫瑰》。著有《赵苕狂小说集》《微波》《个中秘密》《弄堂博士》《四角恋爱》《春申江畔》《中国最新探案》《十五年侨沪记》《无历村》《世外探险记》《半文钱》《怪富人》《弹耶毒耶》《空中盗》《奸狐记》《神怪斗法记》《日神娶妇录》《中国女海盗》《滑稽探案集》《江湖怪侠》《续江湖女侠传》《续民国通俗演义》《太湖女侠》《真假婚书》《闺秀日记》《妻之面面观》《胡闲探案》《玉碎珠沉录》《剑胆琴心录》《四个时间》《孽海鸳鸯录》《墙外桃花记》《闺房笑史》等，共二十余种。译有长篇战争小说《死死生生》。又曾评点、增补、考证《近代侠义英雄传》《情天奇侠传》《足本七侠五义、小五义、续小五义》《足本红闺春梦》《足本三国演义》《近十年之怪现状》等，编有《聊斋全集》(与人合作)、《人人笑》等。

【陆志韦】(1894—1970)，原名保琦。湖州南浔人。儿时有"神童"之誉。家贫，靠刘锦藻、刘承干父子助学。1913年毕业于东吴大学并获得文学学士学位，任教于该校附属中学。1916年赴美国留学，获芝加哥大学哲学博士学位。1920年回国任教于南京高等师范学校和东南大学，并开始新诗创作，出版诗集《不值钱的花果》。1923年加入新作后再版，改名《渡河》，产生广泛影响。杜甫的"语不惊人死不休"和李商隐、李贺的字斟句酌对他的诗歌创作影响很大。1927年后应司徒雷登之邀出任燕京大学教授、系主任、研究院委员会主席、代理校长、校长。1949年9月参加中国人民政治协商会议。1951年再任燕京大学校长。1952年以"帮助美帝国主义进行文化侵略"的罪名受到批判，被免职，调任中科院语言研究所一级研究员，后任汉语史研究组组长。1957年任中科院哲学社会科学部学部委员。"文化大革命"中作为"反动学术权威"受到隔离审查和批判，于1970年11月21日含冤去世。另有未刊诗集《渡河后集》《申酉小唱》《杂样的五拍诗》和论述《诗经》韵谱的《诗韵谱》及《中国诗五讲》等多种学术著作。

【俞平伯】(1900—1990)，原名铭衡，字直民，号屈斋、槐客、古槐居士等。德清县人，生于苏州。俞樾曾孙。1915年考入北京大学。1918年在《新青年》发表第一首新诗《春水》，成为中国新诗创作的先驱者之一。同年与同学傅斯年、顾颉刚等成立新潮社，创办《新潮》杂志，积极投身五四新文化运动。1919年任教于杭州第一师范学校。1921年参加文学研究会。1922年1月15日与朱自清、叶圣陶等创办第一本新诗杂志《诗》月刊。1923年任上海大学中文系教授。1924年4月与朱自清、叶圣陶等成立"我们社"。1927年—1932年任北京女子文理学院、清华大学、北京大学讲师。1932年任清华大学中文系教授。1935年3月创立昆剧社团谷音社，任社长。抗战爆发后留住北平，但拒绝与日伪合作。1938年任中国大学文学系主任。抗战胜利后任北京大学教授、文学研究所专职研究员。1953年2月转入中国科学院（后为中国社会科学院）文学研究所古典文学研究室，任研究员，致力于《红楼梦》研究。1956年晋升一级研究员。1954年10月16日，毛泽东发表《关于红楼梦研究问题的信》，引发了对其《红楼梦研究》的大批判。"文化大革命"中作为"反动学术权威""牛鬼蛇神"惨遭批斗。1986年1月平反。曾当选全国文联委员，中国作家协会委员，第一、二、三届全国人大代表，第四、五届全国政协委员。出版有新诗集《冬夜》《西还》《雪朝》《忆》和旧体诗词集《古槐书屋词》两卷及《俞平伯旧体诗抄》《寒涧诗存》《零星诗草》等。20世纪20年代后以散文创作为主，与朱自清齐名，《桨声灯影里的秦淮河》名噪一时，有散文集《杂拌儿》《燕知草》《古槐梦遇》《燕郊集》《俞平伯散文选》等。古典文学研究也颇有建树，著有《论诗词曲杂著》《读诗札记》《读词偶得》《清真词释》《唐宋词选释》等。所著《红楼梦研究》为"新红学派"代表作之一。1997年11月，山花文艺出版社出版《俞平伯全集》十卷。

【沈西苓】（1904—1940），原名学诚，笔名叶沉、沈一沉。德清县人。早年生活于杭州，就读于浙江省立甲种工业学校，毕业后留学日本，入京都高等工业专门学校学习染织工艺图案。因对话剧感兴趣，结识了日本戏剧家秋田雨雀等人。1924年起在日本著名导演小山内熏创办的筑地小剧场实习美工，参加进步戏剧活动。1925年考入东京美术专门学校（今东京帝国美术大学），并在早稻田大学选修文科，参加留日学生艺术家联盟。1928年回国后任上海美术专科学校和中华艺术大学教师。1929年参加创造社，并与夏衍、郑伯奇、冯乃超等组织上海艺术剧社，参与成立左翼戏剧家剧团联盟和左翼美术家联盟。1930年3月参与成立"中国左翼作家联盟"。1931年任上海天一影片公司美工师，导演了话剧《怒吼吧，中国》。1933年任明星影片公司导演，执导影片《女性的呐喊》《上海24小时》。1935年编导电影《乡愁》《船家女》，次年又编导《十字街头》，其间参与创办《电影艺术》杂志，创作了话剧《醉生梦死》。1937年"卢沟桥事变"后与夏衍、尤兢、凌鹤等创作戏剧《撤退赵家庄》；淞沪抗战爆发后奔赴前线拍摄战地新闻片，创作独幕剧《在烽火中》《罗店血战》，还参与导演三幕戏剧《保卫卢沟桥》。1938年1月任中华全国电影界抗敌协会理事。在重庆、成都期间，执导有《中华儿女》等影片和《民族万岁》《塞上风云》《一年间》等戏剧。其间出版了剧本集《街头剧（第一集）》《烽火》《街头演剧》，还发表了《世界名导演印象记》《电影的 ABC》《谈谈电影——献给不注意电影的国人》等电影理论文章。西苓不仅能编善导，而且能诗擅画，还会翻译，在电影界有"影怪"之誉。1940年12月17日病逝。夏衍书写挽联"银幕奇才凭作育，剧坛奇绩足讴歌"，并作《悼念西苓》。

【潘子农】（1909—1993），笔名白芒。湖州人。早期从事文学创作，发表短篇小说《干柴烈火》《没有果酱的面包》等，译有法国罗曼·罗兰《爱与死的角逐》等。20世纪30年代在南京主编《开展》月刊和《矛盾》杂志。1933年在南京参加了由田汉创办的中国舞台协会，翻译了苏联特来却可夫的剧本《怒吼吧，中国》，上演后引起轰动。1936年进入电影界，任艺华影片公司编导，编导电影《弹性女儿》《神秘之花》《花开花落》《我们的南京》《活跃的西线》《关山万里》等，创作的电影歌曲《长城谣》红极一时。抗战期间任中央电影场编导委员、中华全国戏剧电影抗敌协会理事。1941年与陈白尘等编辑《戏剧月报》，发表多篇戏剧评论。1943年参与创办中央电影摄制场剧协，创作了话剧《春到人间》，编导电影《第二代》等。抗战胜利后任上海戏剧学校教授、中央电影一厂导演，编导电影《街头巷尾》《大户人家》等，并与洪谟创作戏剧《裙带风》，另有中篇小说《街头巷尾》。中华人民共和国成立后任上海大同影片公司导演，创作和导演了电影《彩凤双飞》。后任上海巡回文工团团长、上海市文化局专职导演。创作和编导话剧《水乡吟》和《穆桂英挂帅》《白蛇传》《水漫泗州》等经典传统剧目。著有《舞台银幕六十年》。

【江岳浪】（约1910—约1945），原名觉民，笔名岳浪、洪球。吴兴县人。早年就读于之江大学（今浙江大学）。1932年在上海参加左联所属中国诗歌会。后回湖州组织中国诗歌会吴兴分会，并用"飞沙诗社"名义主编《湖报·飞沙周刊》。1936年成立上海文化界救国会吴兴分会，编印文学刊物《野烽》。同年秋与诗友田间、白羽、周而复等发起成立中国诗歌作者协会。1941年参加中共领导的抗日武装。抗战胜利后病故。其诗作曾入选苏联出版的《中国新诗60家选集》。著有诗集《路工之歌》《夜的征夫》《饥饿的咆哮》。辑有《现代诗歌论文选》（上、下卷）。

表10-2：湖州现代作家名录

姓　名	字　号	生卒年	籍贯	生平事迹和文学成就
蔡宝善	字师愚，号孟庵	1869—1939	德清	光绪二十九年（1903）经济特科乙等进士及第。历任京师大学堂提调和陕西省宝鸡、泾阳、长安等县知县。民国后任浙江海宁县知事和江苏省公署咨议长、政务厅厅长、金陵道尹、苏常道尹等职。著有《观复堂诗集》八卷、《听潮音馆词集》三卷等
林鹍翔	字铁尊	1871—1940	吴兴	光绪二十八年（1902）举人。后留学日本政法大学。回国后历任湖南省政务厅厅长、外交部特派浙江交涉员、国务院秘书、浙江瓯海道尹等职。著有《半樱词》两卷、《半樱词续》两卷和《广咏梅词》
王树荣	字仁山，号戟髯	1871—1952	吴兴	光绪二十年（1894）举人。后留学日本帝国大学。曾任苏晋鄂豫皖五省高等审检厅厅长。抗战胜利后以江苏省检察厅名义在上海查禁鸦片，被誉为"第二个林则徐"。著有《绍邵轩丛书》十八卷、《刚斋吟草漫录》两卷。所编《雪浪石题咏》一卷佚
俞玉书	字康侯，号瓶叟	1873—1958	吴兴	光绪二十八年（1902）举人。曾任广西审计分处处长、浙江省视学等职。民国时任教于浙江省立第一中学和安定中学。中华人民共和国成立后任浙江省文史馆馆员。著述甚丰，主要有《安夏庐笔记》《读史偶得》《瓶簃文存》等，多散佚

姓　名	字　号	生卒年	籍贯	生平事迹和文学成就
金　城	原名绍城，字拱北，号北楼、藕湖等	1878—1926	吴兴	早年游学英国皇家学院，系中国近代最早的留学生之一。回国后参加无声诗社，任社长。曾任大理院刑科推事、民政部咨议等职。宣统二年（1910）8月至次年5月赴美参加"万国监狱改良会议"，会后考察了欧美和亚洲十八个国家。民国后任众议员、国务院秘书等职，并成为北方画坛领袖。著有《藕庐诗草》《十八国游历日记》等
严诵三	名麟、玉麟	1885—1926	长兴	光绪三十一年（1905）秀才。曾任上海东方肥皂厂工程师。著有《蕉雨轩随笔》《蕉雨轩诗稿》，均佚
沈　镕	字伯经，号天畟生	1886—1949	吴兴	南社社员。早年与吴江濮若泉、毛芹孙等缔结率真社，诗酒唱和。后考入南洋法官养成所。曾任上海国学扶轮社、中华书局、大东书局编辑。1915年翻译英文版普希金小说《暴风日》。晚年与王懋父子和刘书绅、沈人鉴等在南浔缔结愚社。著有《诗法入门》一卷和小说《学堂现形记》等。其《天畟生诗选》佚
朱家骅	字骝先	1893—1963	吴兴	早年参加辛亥革命。后留学德国、瑞士，获哲学博士学位。曾任北京大学教授、中山大学校长。官至国民党中央组织部长、秘书长、行政院副院长，台湾"中央研究院"院长。著有《天香簃诗存》两卷、《半甲乙词草》。辑有《稀龄唱和集》一卷。出版有《朱家骅先生言论集》等
包醒独	名祖香	生卒年不详	湖州	"鸳鸯蝴蝶派"代表作家之一。曾任湖州旅沪公学教师。1914年—1916年为上海《民权报》《小说新报》撰写笔记。作有弹词《芙蓉泪》《林婉娘》《鸦凤缘》等

姓　名	字　号	生卒年	籍贯	生平事迹和文学成就
金　涛	字子长，号榴徵	1894—1958	长兴	早年拜上海名师顾佛影为师。后进浙江省法政学堂学习。曾任上海商务印书馆、浙江图书馆、安徽图书馆编辑。其花近楼藏书十万余卷，1937年毁于战火。1950年任浙江省文史研究馆馆员。著有《偕隐庼漫笔》两卷、《秋海棠馆联话》一卷等九十余卷。其中《面城楼笔记》《续缦雅堂骈体文》一卷、《金氏花近楼诗话》《藕香簃脞语》和诗集《卖丝集》等佚
沈亦云（女）	原名性真，又名景英	1894—1971	吴兴	黄郛夫人。毕业于北洋女子师范学堂。婚后随夫居上海、北京、天津和新加坡等地，也曾随夫游历欧美各国。1949年以后去台湾。著有《亦云回忆》（上、下册）、《黄膺白先生家传》
潘公展	原名壮秋	1895—1975	吴兴	早年就读于上海圣约翰大学。官至国民党中央宣传部副部长、上海市议会议长、市长。曾任《中央日报》总主笔、上海《申报》董事长。1951年5月创办《华美日报》。著有《潘公展先生言论选集》《潘公展先生诗词选集》等
钱壮飞	原名望达、壮秋，单名潮	1896—1935	吴兴	红色特工，曾为保卫党中央建立奇功，与李克农、胡北风并称"龙潭三杰"。进入苏区后任中革军委政治保卫局局长、总参谋部二局副局长。在苏区积极从事戏剧创作和表演，以善演蒋介石为人称道，曾主演话剧《红色间谍》《我——红军》，创作话剧剧本《最后的晚餐》等。1934年10月随中央红军长征，次年4月1日二渡乌江时牺牲

姓　名	字　号	生卒年	籍贯	生平事迹和文学成就
朱景庐	字至诚，号夗沽老人等	1896—1961	长兴	毕业于北平高等警官学校。与同里王季欢、金涛并称"浙西三名士"。曾任浙西二区专员公署秘书、孝丰桐杭中学和浙西临时二中教师、长兴县文献委员会主任委员兼图书馆馆长。中华人民共和国成立后任宁波一中语文教师。著有《景庐四十告成诗草》一册。其《景庐诗草》四卷、《景庐题画诗》两卷、《愧荀集》《花魂石魄楼文胜》《长潮芥随笔残稿》《夗沽梦忆》均佚
温　甸（女）	字彝罂	1898—1930	湖州	王季欢夫人。爱填词，崇敬李清照，校订出版李氏《漱玉词》。寓居沪上编辑出版《长兴词存》。辑有《湖州闺秀诗总》《崇雅堂集辑存》等几十种。著有《彝罂词》一卷、杂稿一卷。其夫为其编辑出版《拜李楼遗墨》一卷
诸文艺	字经腴，号橘仙，别号郡南野人	1899—1974	孝丰	1913 年肄业于湖州中学。十五岁开始写诗，有"天北（天目山北麓）诗人"之誉。郭沫若评其诗五言比七言好。1949 年后在长兴泗安中学教书，在安吉三中打杂。有《艺橘园诗集》传世，存诗六百三十首
俞　础	字楚石，号曼园	1901—1960	原籍浙江新昌，迁居孝丰	教书为业。有"浙西诗人"之称。著有《咏竹枝词一百首》（佚）《苕源诗稿》和《西苕溪诗抄》两卷
沈启无	名锡、扬	1902—1969	原籍吴兴，生于江苏淮阴	毕业于燕京大学中文系。20 世纪 30 年代与俞平伯、废名（冯文炳）、江绍原并为周作人四大弟子。曾任伪华北作家协会执行委员、"中国文化建设协会"主任理事、《文学集刊》主编兼北大图书馆长、汉口《大楚报》副社长、沈阳中正大学中文系教授等职。后被打成"右派"，"文革"中遭批斗。著有诗集《思念集》《水边》（与废名合集）和《苦雨斋文丛：沈启无卷》。编有《近代散文抄》（二册）和《人间词及人间词话》《大学国文》

姓　名	字　号	生卒年	籍贯	生平事迹和文学成就
费洁心		1904—1969	吴兴	曾任教于桐乡石门、湖州三余社培本等小学。1930年加入中国民俗学会，与朱渭深一起成立吴兴分会，致力于民间文学的搜集和整理。1932年与张之金合作编辑出版《湖州歌谣》。1937年出版《中国农谚》，后又出版《民间隐语》，佚。抗战时参加朱希部队，创办马腰战时小学。中华人民共和国成立后任马腰小学副校长、南浔浔东小学教导
李一航	曾用名虹飞，笔名黎央	1916—1991	德清	早年留学日本。回国后任中学教师、教导主任、校长。1951年任中央美术学院华东分院副教授，后任《东海》《江南》杂志编辑。著有诗集《虹飞诗选》《外国文学艺术家轶话》，译有诗集《巴甫里克·莫洛卓夫》《叶赛宁诗抄》等

第三节　当代文学流派与作家

中华人民共和国成立后的前十七年，也就是"文化大革命"以前，湖州的文学创作以戏剧和诗歌为主。1961年7月成立中国作家协会浙江分会时，嘉兴地区只有五名会员，且主要在湖州，分别是剧作家顾锡东、刘甦、朱家桢和诗人李广德、李苏卿。"文革"十年，文学创作处于停滞状态。

湖州当代文学的复兴始于20世纪80年代，随着朦胧诗的崛起，湖州也出现了一个诗歌创作热潮，除沈泽宜、李苏卿、茹菇等老一辈诗人，涌现了柯平、汪剑钊、周孟贤、李浔、梁健、沈方、舒航、叶曙光、姜海舟等一批青年诗人。小说创作则以高锋、闻波、金一鸣、杨静龙、陈琳、邵宝健、沈宏等为代表。散文的代表作家有张加强、杨振华、陆士虎、汪群、王麟慧等。纪实文学和报告文学以余方德、马雪枫为代表。

进入 21 世纪后，湖州文学以影视剧和诗歌创作见长，前者以高锋、金一鸣为代表，后者以李浔、郑天枝、吴艺、胡加平、屠国平、赵俊等为主。此外，杨静龙、顾文艳、雀翎、黄其恕、李全、臧运玉、帅泽兵等人的小说，沈文泉、徐惠林、钱爱康、朱敏、朱炜、梅苏苏、王征宇等人的散文，田家村、罗永昌等人的报告文学，柯平、沈健、刘树远等人的文学评论，都有一定的影响。80 后女作家作为湖州文坛的特有现象，曾在全国文坛产生过不小的影响。同时，以吴雪岚、蒋峰、陶娇为代表的网络文学异军突起，还成立了湖州市网络作家协会。

一、当代文学流派

【南方生活流诗派】

1982 年，柯平的诗作《市长，我爱上了您的女儿》在《诗刊》6 月号发表，同月，上海诗人王小龙在《萌芽》推出组诗《我曾是他们中的一个》，这标志着"南方生活流诗派"的诞生，揭开了诗歌第二次浪潮的序幕。次年 8 月，《诗刊》再次推出柯平的组诗《锻工进行曲》，12 月，《青春》发表了他的《凡人之死》，使"生活流"开始引起全国诗坛的关注。1985 年以后，"南方生活流诗派"达到顶峰，队伍壮大，覆盖范围广阔，且以日益强劲的姿态发起了向"朦胧诗"的挑战，实现了我国新时期诗歌的第二次跨越。在 20 世纪 80 年代中后期到 90 年代，柯平一直致力于"生活流"诗的写作，陆续发表了七十多首，总题为《蟊塘乡间之书》。这一时期湖州的"生活流诗派"诗人还有长兴的沈健、湖州市本级的石人和当时在湖州就读于湖州师范专科学校的伊甸。"浪漫诗人"伊甸代表性的"生活流"诗作有组诗《工厂的年轻人》《新厂长》《七月》《妹妹》《三十岁的夜大生和他的妻子》等，出版诗集有《在生存的悬崖上》《石头·剪子·布》。他们的诗"以现代意识、现代美学向种种陈腐观念挑战"，"诗中有叙事因素的明显加入，借助事件流程来表现情绪流程，以丰富和完善感觉"。"作为一个目击者、亲身参与者把自己在日常生活中所经验的平民感受，拿来和你交谈交谈，信不信由你，听不听由你。"（沈泽宜语）

【北回归线诗派】

这是一个真正意义上的先锋诗派，受西方现代主义文学思潮影响，兴起于

20 世纪 80 年代中后期，由诗评家沈泽宜在《1995 年浙江诗歌评述》一文中率先命名。这个诗歌群体不定期出版《北回归线》诗刊。发表在该刊 1994 年—1995 年合刊上的代前言《重建当代诗歌精神》是他们明确的理论指导，他们希望重建的诗歌精神是"以爱、信仰、想象和批判为主要内容的'新理想主义'。这种'新理想主义'指的是一种'重视人的现实处境、具有历史感、有着强烈理性色彩、反对语言游戏的诗歌精神'"。2004 年 7 月，华艺出版社出版了飞沙主编的《浙江先锋诗歌》一书。该书收入了二十九位浙江先锋诗人的代表性诗作，其中七位是湖州诗人，占了很大比例，他们是：沈方、施新方、胡加平、梁健、太王（王平）、屠国平、舒航、潘维。2006 年 4 月，新疆人民出版社出版了长兴沈健著的《浙江先锋诗人 14 家》一书，重点评论了十四位浙江先锋诗人的诗作，其中就有胡嘉平（即胡加平）、潘维、沈泽宜三位湖州诗人和曾在湖州生活、学习和工作过的黄亚洲、梁晓明、伊甸等。在安吉农村长大的"梁晓明是浙江先锋派的代表诗人之一，也是中国少数几个执著于先锋写作的诗人之一"。(《浙江文学史》第 615—616 页）

【小小说湖州作家群】

20 世纪 90 年代以来，湖州的小小说创作异军突起，出现了几位在全国有一定地位和影响力的小小说作家，如邵宝健、沈宏、谢根林、李全、谢桃花（桃子）等。邵宝健于 1992 年 9 月出版了小小说集《永远的门》，其中《永远的门》获 1985 年—1986 年全国优秀小小说奖，荣登"中国当代小小说（1982—1992）风云人物榜"，1997 年 3 月又获中国作协、文艺报社、《小小说选刊》等联合颁发的"小小说星座"称号。这篇作品还入选日本大学二年级汉语教材《中国的短篇小说》。2002 年起，邵宝健的《绿鹦鹉》《扇形台阶》《寂寞的信箱》《放松 47 分钟》和李全的《三道门》《关于打工丈夫养二奶的回信》《赤脚医生》《鸡笼》均获中国微型小说学会第一、二、三、四届全国微型小说年度奖。2001 年和 2005 年，沈宏先后出版小小说集《初恋的印象》和《我在地铁站等你》。2004 年，第二期《浙江作家》杂志《小小说"浙军""军情"扫描》将邵宝健、沈宏、谢根林、李全、谢桃花列入"浙军"主力，其中邵宝健为"小小说'浙军''近卫军'"，沈宏、李全为"小小说'浙军''主力军'"。谢根林的《1945 年的通信》2009 年被人民教育出版社编入全国义务教育小学四年级同步阅读教材《千纸鹤》，沈宏的《走出沙漠》入选上海市高中语文试验教材，李全的《赤脚医生》入选《微型小说鉴赏辞典》。2004 年—2011 年，李全先后出版了五部小小说集，即《秋雨下个不停》《会说话的香水》《车祸奇情》《一个人的爱情》《有一种生命叫顽强》《送你一份惊喜》。此外，费三多、杨寄尘、俞玉梁也出版了各自的小小说集。在 2009 年 9 月 1 日—28 日长江出版传媒集团与腾讯读书频道联合开展的《新中国 60 年我最喜爱的十部文学作品调查》中，邵宝健和沈宏双双荣登"小小说排行榜"。

【影视剧创作湖州作家群】

20 世纪 80 年代以来，影视剧创作成为湖州文学的一大亮点，原来以小说创作为主的高锋、金一鸣，率先投入影视行列，并作为职业编剧从事创作，两人佳作迭出，创作并播出了《天下粮仓》《天下粮田》《一江春水向东流》等电视剧四十余部，使湖州成为全省影视创作重镇。之后又有闻波、张加强、黄江、流潋紫、茅立帅、黄其恕等涉足或加盟影视，其中流潋紫的"后宫系列"剧《甄嬛传》《如意传》赢得了亿万粉丝，在全国产生很大影响，引起文坛关注。张加强和茅立帅的儿童电影《亲亲鳄鱼》《我亲爱的小淘气》等也获得好评。

【网络作家群】

进入 21 世纪后，随着网络的普及，以年轻人为作者和读者并且互动创作的网络文学异军突起。开创了湖州网络文学发展新局面的，实际上就是湖州的 80 后女作家群，她们大多都有一个网名，如吴雪岚叫"流潋紫"，朱思亦叫"朱十一"，黄慕秋叫"红花继木"，吴瑜叫"清水无鱼"等，她们的作品也都在网上先行发表，然后才被改编成影视剧，出版纸质图书。随后，又出现了章苒苒、蒋峰、宣卫敏、郭煜凤、陶娇等一批网络作家。2018 年秋，湖州的网络作家群体在市委宣传部、市文联的支持下在莫干山成立了湖州市网络作家协会，有了自己的组织。

二、老一辈作家

本节所指的老一辈作家是指 1949 年以前出生的湖州作家，包括曾经长期在湖州工作、在湖州有重要文学成就的外地作家。重点介绍的标准系在湖州现当代文学史上有较大影响者，或系中国作家协会会员和中国民间文艺家协会会员，或系"湖州市文学事业功勋奖"获得者，或有著作存世的已故作家。

【谭建丞】（1898—1995）原名钧，别署澄园。吴兴县人。1919 年毕业于南京东南大学文学系，获文学士学位。1922 年留学日本东京美术专科学校，攻读研究生。集诗、书、画、印四绝于一身的艺术大家，被李苦禅誉为"江南书画第一擘"。1988 年—1999 年任湖州市诗词学会会长。出版有《澄园诗集》。

【朱渭深】（1910—1987），原名粲、永鸿，字霞飞。吴兴县人。儿时在获港小学和湖州绉业高小读书，后因贫失学。1925 年秋进长兴县道生钱庄做学徒，次年提前满师后任文牍，其间遍读长兴图书馆藏书。1926 年起在上海《小说世界》等刊物发表作品。1930 年 9 月创办流星文学社，任社长，出版《流星文学丛书》《流星小丛书》和《流星》周刊。同年参加中国民俗学会。1934 年 2 月任吴兴县私立三余商业学校国文教员，组织师生出版《绿洲》文艺半月刊，编写《中国文学史略》《中国文学杂论》《中国诗学大纲》，并为上海《青年界》杂志撰文。1936 年—1937 年创办旸谷文学社，在《湖报》出版《旸谷》周刊五十余期。1936 年前后任中国民俗学会《妇女旬刊》《妇女与儿童》周刊特约撰稿人，并为《湖报》编辑《民间》周刊。抗战爆发后与丁簏孙、费洁心在湖州创办《救亡三日刊》，11 月湖州沦陷后避居获港，次年加入朱希部队，任秘书。1941 年 2 月—7 月在吴（兴）安（吉）联中教书。抗战时期曾选辑张天方、曹天风、施叔范等三十余位诗人旧体诗作为《戈亭风雨集》，内有自己诗作三十七首，被称为"戈亭诗派"。1946 年 2 月任浙江省立湖州中学高中语文教员，又在三余商校和福音护士学校兼课。1947 年—1948 年主编《湖州商报·湖风》文学周刊。1951 年10 月 29 日以"反革命罪"被判处有期徒刑 10 年，刑满释放后下放吴兴县下昂公社（在今菱湖镇下昂村）田南生产队当会计。1979 年春回湖州中学代课，参加《中学文言文基础知识》《湖州市地名志》《湖州史料》编纂工作。1984 年获得平反。著有诗集《期待》《霞飞诗选》《纫秋兰室诗稿》，散文集《秋花集》等。另有诗集《智慧的光焰》、散文诗集《寻觅》、散文集《绿色的梦》在上海毁于日军炮火。

【施瑛】（1912—1986），又名落英，字慎之。德清县人。1933 年从金陵大学肄业后任教于母校嘉兴秀州中学。1935 年任上海世界书局编辑所英文助理编辑，同时为启明书局撰稿，翻译出版了德国施笃姆的小说《茵梦湖》、意大利爱米契斯的小说《爱的教育》、俄罗斯奥斯特洛夫斯基的戏剧《雷雨》等世界文学名著，编纂出版了一套欧洲以及日本的小说名著。1936 年冬回秀州中学任教。1937 年翻译出版日本作家石丸太郎的《蒋介石传》。抗战时期执教于私立新市中学，其间翻译出版了英国勃罗尼维的《丛林中》，法国佛尔诺的《十五小豪杰》等，还从中国历史上选出二十四个有气节的侠士，编写了一本《侠义的故事》，鼓励抗战。1945 年 11 月任《新闻报》文书课副课长，在《红茶》月刊和《民国日报》文学副刊《觉悟》发表了大量的短篇小说和掌篇小说（微型小说）。次年编成《中华民族的故事》。1947 年 11 月出版短篇小说集《抗战夫人》。1948 年与钱公侠合作翻译出版了美国赛珍珠的长篇小说《爱国者》，还出版了《旧诗作法讲话》。民国年间，他与钱公侠还合作编辑出版了《诗》《词选》《小说》《戏剧》《书信》《日记与游记》等书，收入鲁迅、胡适、郭沫若、田汉等名家作品。1949 年 12 月考入华东新闻学院。1950 年任通联书店、启明书店特约编辑，编有《苏联小说通俗读本》《美帝侵华演义》《太平天国演义》等通俗读物。1956 年 11 月任上海文化出版社编辑。1957 年加入中国民主促进会。1958 年调任中华书局上海编辑所编辑。其间先后出版了《左传故事选译》《唐宋传奇选译》等古典文学普及读物。1970 年 2 月退休后回到德清。1986 年 2 月 17 日病逝。

【凌以安】（1912—2010），吴兴县人。毕业于上海群治大学。抗日战争时期任吴兴县教育科科长。后任吴兴县教育局局长、湖州师范学校校长和浙江省教育厅督导员、督学，及报社社长等职。1991 年被聘为浙江省文史研究馆馆员。系政协湖州市第一、二、三届委员会委员。曾任中华诗词学会会员、湖州市诗词学会副会长。在海内外报刊发表文史文章 50 余万字，在《中华诗词》等刊物发表大量诗词作品。著有《怎样办民众学校》《八年抗战在湖州》《风雨楼诗草》《民国时期湖州教育史》《西塞烟云》《湖州近代报纸史》等，主编《湖州凌氏家谱》。

【吴藕汀】（1913—2005）号药窗、小钝、信天翁等。室名画牛阁。浙江嘉兴人。1951 年从嘉兴图书馆被派到南浔整理嘉业堂藏书楼藏书，后随藏书楼划归浙江图书馆，1958 年辞职，后居南浔，直至 2000 年 5 月 2 日被嘉兴图书馆接回。1986 年被聘为浙江省文史研究馆馆员。曾用"读史、填词、看戏、学画、玩印、吃酒、打牌、养猫、猜谜"十八个字概括自己的一生，并说自己是"专力则精，杂学则粗"。著有《词名索引》《词调名辞典》《药窗诗话》《戏文内外》和《十年鸿迹》（上、下）以及《孤灯夜话》《药窗杂谈》《猫债》《鸳湖烟雨》等。

【蔡剑飞】（1916—2005），号今是。德清县人。20世纪30年代就读于上海暨南大学中文系，因抗战爆发辍学。一直在德清从事教育工作，曾受到不公正待遇二十多年。"文化大革命"后致力于地域文化、地方志研究，参与编撰《德清县地名志》《德清县志》《莫干山志》，有"德清活字典"之称。自费出版著作二十多本，主要有《鸡肋集》《鸡冠集》《羌山集》《前溪集》等。

【刘甦】（1919—1983），原名刘振堃，另有笔名嶦玄、方辰。籍贯北京，生于沈阳。1939年—1941年在重庆山东省立剧院学习，所作历史歌剧《苏武》入选学院丛书。1941年—1943年毕业于重庆青木关国立音乐学院，有话剧《战场月》在《国民公报》副刊连载。1943年—1946年先后在四川涪陵女中、泸县峨眉中学、成都师范、南虹艺专、内江师范、重庆新中中学等校任教，自编自导自演民谣歌剧《塞外牧歌》，筹组"中国歌剧创造社"，创作并演奏大胡独奏曲《塞上行》《晚祷》，开大胡独奏之先河。另作有大合唱《乌江渡》《木兰辞》和独唱《花园之歌》等歌曲，在四川颇有声誉。1947年任天津市救济院教员。1948年与友人创办上海广播乐团。1949年初任上海少年文化村音乐班主任，创作并演出清唱剧《小白菜》。上海解放后创作组歌《上海大合唱》，加入上海诗歌协会，后进入南京华东海政文工团创作组工作。1950年3月复员到吴兴县文化馆工作，创作歌剧《翻身花》《谁教谁》和歌曲《土改大合唱》等，组织人民音乐团演出。同年6月调任嘉善县文化馆馆长，不久调浙江省文化局从事戏曲改革工作，作有《扁担谣》《大红灯笼亮堂堂》等歌曲。1961年加入中国作协浙江分会和中国剧协浙江分会。1962年调湖州市湖剧团工作，主要作品有现代戏曲《大庆丰年》《浇棉花》《不服老》、昆剧《中山狼》、婺剧《槐荫记》《九锡宫》、湖剧《麒麟带》等。另与人合作整理、改编有婺剧《漆匠嫁女》《送米记》。发表论文《论中国歌剧之创造》《漫谈戏改工作中的音乐问题》《湖剧春秋》。

【罗家庆】（1919—2003），湖州人。毕业于东吴大学。1949年后一直在湖州二中执教。1956年成为湖州市第一位九三学社社员，1981年—1991年任九三学社湖州市委员会主任委员，湖州市政协第一、二届常委。1991年起，先后有《秋雨春风》《食苑散记》《春山秋水》《心系华夏》《杏花村近》《佛之我见》

《洞天云雾》《鱼雁谈茶》《万古流芳》《说古道今》《诗田拾穗》《江山多娇》《恩怨心声》《寻觅真谛》《银屏感慨》《韵海微波》《情之曲》《一杯水》《斜阳吟》等自印文集问世。

【朱家桢】（生卒年不详），湖州人。几乎每天晚饭后都和顾锡东到刘甦家讨论创作。1961 年 7 月加入中国作家协会浙江分会。

【归顺鸿】（1921—约 2008），湖州人。曾参加浙江省第一次文代会。1957 年任湖州市文化馆主办的文学刊物《飞英》编辑。出版有长篇小说《妈妈和女儿》。

【顾锡东】（1924—2003），浙江嘉善县人，长期在湖州工作。抗战后期至中华人民共和国成立初期即在《嘉善商报》《松江生报》《文汇报》等报刊发表大量小说、散文，并将家乡田歌改编成十二场大型戏《五姑娘》，在全国演出。1956 年到省文化局剧目组负责发掘绍剧，整理和改编了《孙悟空三打白骨精》等二十多个传统戏，包揽 1957 年省第二届戏曲会演绍兴和宁波地区大部分调演剧目，其中七个剧目获奖，五个剧本入选《浙江地方戏曲选》。1958 年冬到嘉兴地区文化局负责戏剧工作，为地区越剧团创作和改编《大团圆》《沈梦珍》等现代戏和《忠烈记》《白蛇传》等几十出传统戏，创作《蚕花姑娘》等五部电影剧本。20 世纪 70 年代初下放吴兴县潘家漾大队（今属织里镇）一个月，后调回县里创作现代戏《煤海战歌》。"文化大革命"结束后，为嘉兴地区越剧团和湖州小百花越剧团创作《五女拜寿》《双轿接亲》等新戏，为湖州培养了一批文艺人才。《五女拜寿》获 1982 年—1983 年全国优秀戏曲剧本奖。五十八岁调任省文联主席。二十年间创作了《陆游与唐琬》《汉武兴邦》等一批历史剧。

【张蕴昭】（1926—2017），南浔人。浙江省作协会员。小学教师。六十一岁开始诗歌创作。在《诗刊》《星星》等报刊发表诗作百余首，多次参加诗歌大赛并获奖，受到徐迟、柯平等好评。出版诗集《思绪的飘带》《江南水韵》《宿命的掌纹》。

【钟伟今】（1931 年 2 月生），笔名龙山童。德清县人。1948 年 1 月毕业于德清简易师范学校，学生时代即在上海《青年界》发表文学作品，有"少年作家"之誉。1949 年 5 月参军，曾参加抗美援朝战争。1957 年 8 月因冤假错案被开除党籍，复员回乡从事基层文化教育工作，在《浙江日报》《文汇报》《民间文学》等报刊发表了大量民间文学作品，其中采录的《吊龙蚕》《大禹的传说》《白素贞别传》等获省民间文学优秀作品奖，《百鸟朝凤》《蒲松龄与驼背老大爷》等入选《中国新文艺大系》等三十多个选本。1980年6月获得平反。1984年6月任湖州市文联副主席，创办《水乡文学》杂志并任主编。1987年兼任湖州市民间文学集成办公室主任，市民间文艺家协会第一、二、三届主席。致力于防风神话的搜集与研究，曾发起三届全国防风神话学术研讨会，被誉为"中国防风神话研究第一人"。在他的努力下，防风神话被列入第三批国家非物质文化遗产保护名录。2009年，获颁中国文联"从事新中国文艺工作六十周年荣誉证书"及纪念章。中国社会科学院荣誉学部委员、原中国民俗学会理事长刘魁立曾说："当我们想起防风神话，我们想起了钟伟今；当我们想起钟伟今，我们想起了防风神话。"系中国民间文艺家协会、民俗学会和神话学会会员，省作协会员，市作协和市诗词楹联学会顾问。出版有《吴越山海经》《本乡本土》，主编有《湖州风俗志》《鸳鸯湖》《湖州民间文学选》《方山不老》《湖州茶俗》《终古男儿是国殇》和民间文学集成《浙江省民间文学集成·湖州市故事卷》《浙江省民间文学集成·湖州市歌谣谚语卷》等，以及防风文化专著《防风神话研究》《防风氏资料汇编》及其增订本和《防风神话新探》。其《吊龙船》《白素贞别传》获1980年—1981年浙江省优秀民间文学奖。

【邱鸿炘】（1931—2021），笔名田风、苕雪散人、杼山茶人、天竺闲僧、龙泓散人。湖州菱湖镇人。初中文化程度。曾任湖州贵泾小学、衣裳街小学、爱山小学校长。1962年任湖州博物馆馆长，1980年任浙江省文物管理委员会文物鉴定小组成员。1986年任湖州市地方志编纂委员会办公室主任。系中华诗词学会会员、浙江省诗词与楹联学会理事、湖州市诗词与楹联学会副会长。著有《白苹洲诗词稿》《修篁馆词笺》《修篁馆诗联》《牛棚词笺》《修篁馆文集》。

【费在山】（1933—2003），谱名树基，字远志，号崇堂，别署秋邻。湖州人，生于上海。精于书法，师从沈尹默、高二适、吴玉如。1962年起任湖州王一品斋笔庄经理长达二十三年。曾任湖州市吴昌硕研究会会长、湖州市杂文学会和诗词学会副会长等职。系浙江省第五届政协常委、民进湖州市委员会副主任委员。著有《杂杂集》《闲闲书》《缘缘录》《话话卷》《了了篇》《笔缘墨趣》《月河轩诗弃》《不律杂话》和《书法十讲》《行书管窥》《沈尹默学书年表》《竹溪沈尹默世系表》等。

【朱郭】（1933—2004），笔名凌子。吴兴县荻港人。朱渭深子。1949 年 7 月参加工作，历任苏南新闻专科学校学员、苏南人民广播电台编辑、无锡人民广播电台新闻组副组长、无锡机械制造学校讲师、湖州师范学院中文系副教授。著有《农民诗歌》《歌唱新婚姻》《盈手之赠》《诗的梦》《论戈亭诗派》等。与钟伟今合编《湖州民间文学选》，与钟伟今、钟鸣合编《浙江省民间文学集成·湖州市故事卷》。

【沈泽宜】（1933—2014），字梦洲。湖州人。20 世纪 50 年代北京大学最负盛名的校园诗人之一，代表作《是时候了》，曾与张元勋等人创办北大学生刊物《广场》。1958 年被打成"右派"，"文化大革命"中又蒙受冤屈，在陕北当过乡村教师，入过狱，做过泥水工、搬运工、筑路工。1979 年平反后恢复教职，1980 年调入嘉兴师范专科学校任教，后任湖州师范专科学校、湖州师范学院中文系教授。曾多年担任省作协《浙江文坛》诗歌评论员，评论《江水滔滔》获1983 年—1984 年浙江省优秀文学作品奖。在四十余年的创作生涯中，创作了近千首诗歌，作品入选《中国新文学大系·诗卷》《新中国诗萃》《中国当代诗人代表作》等多种选本。所著评论集《诗的真实世界》获中国当代文学研究会优秀成果奖和1993 年—1996 年浙江省优秀文学作品奖，另著有《梦洲诗论》《诗经新解》《沈泽宜诗选》《西塞娜十四行》等。《浙江文学史》评论其诗歌创作云："诗风沉郁凝重，诗形变化多样，诗艺精雕细琢，具有浓郁的文人诗特点。"称其为"在浙江诗坛上有着特殊贡献的诗人兼诗评家"。

【寇丹】（1934 年 11 月生），北京人。满族。参加过抗美援朝战争，荣立三等功。1958 年转业到湖州后，当过电影公司美工、《吴兴报》记者、印染厂图案设计员、市乡镇企业局干部，于 1994 年退休。1980 年在《西湖》杂志发表处女作《蒙溪笔冢》，并获首届《西湖》文学奖。小说《裱画的朋友》1986 年在《文汇》月刊发表后，获 1985—1989 年度浙江省优秀文学作品奖。又系著名茶文化学者。曾被全国总工会授予"全国自学成才者"称号，2019 年 11 月获"湖州市文学事业功勋奖"。出版有小说集《壶里乾坤》《仙华风流》《探索陆羽》《寇丹随笔》《人非草木》《湖州土话》等。点校元代《石屋清珙禅师语录》《普愚太古禅师语录》。

【陈祖基】（1935—1993），湖州人。20 世纪 50 年代开始在《人民文学》《东海》等刊物发表作品。后被打成"右派"，入狱十一年。出狱后在湖州市民政福利厂工作。1984年5月借调《东海》杂志社编辑部工作。1986年7月任《水乡文学》杂志编辑，1990年升任副主编。系中国大众文学学会会员、中国作家协会浙江分会会员、湖州市民间文艺家协会副主席。著有长篇小说《沪军都督》（与徐重庆合作）、《金鞭无敌》、《亡命江湖》（与谈歌、黄嘉德合著）和中篇小说《江南八大剑客》等。

【李苏卿】（1935年8月生），湖州南浔人。1951年参加抗美援朝战争，曾参加上甘岭战役，立二、三等功各一次，获朝鲜民主主义人民共和国军功章一枚。1958年转业后先任湖州师范专科学校医务室负责人、湖州第一医院医务干事兼党委秘书，后调入文化馆任创作干部，1978年任《湖州日报》副刊科科长、文艺部主任。1953年开始发表作品，在《人民文学》《诗刊》《人民日报》《解放军文艺》发表小说、散文三十多万字，文艺评论和理论文章二十多万字，诗歌两千多首。诗歌《泉水啊，请你帮帮忙》和短篇小说《祖母》1956年和1957年获全军创作二等奖，歌词《水乡美》1981年获省歌曲调演一等奖，散文《杜鹃花——金达莱》、评论《文艺创作的多元化与主旋律》、散文《洗蚕匾》获第一、二、三届华东报纸副刊好作品二等奖，杂文《傲气与骨气》、散文《桃花又开了》获第四、六届全国报纸副刊好作品三等奖，诗歌《细小的火花》《故乡吟》2002年和2003年在河北和湖北举办的全国诗歌大赛中获一等奖。代表诗作《小篷船》《月下挖河泥》《夜诊》《扁担》受到郭沫若、臧克家、田间、朱光潜、徐迟等名家的一致好评，是20世纪五六十年代中国诗坛著名的民歌体诗人。成名作《小篷船》1962年获全国纪念冼星海创作歌曲大赛二等奖，分别入选大学和中学教材。《小篷船》歌曲及舞蹈分别获得全国冼星海歌曲奖和全国优秀舞蹈奖。1979年加入中国作协，曾任湖州市作家协会副主席、名誉主席、浙江省作协主席团成员。2019年11月获"湖州市文学事业功勋奖"。出版有诗集《小篷船》《野草莓》《无花果》《贝壳集》《李苏卿诗选》《李苏卿短诗选》《太阳花》和随笔集《远去的记忆》等。

【李广德】（1935年12月生），湖州人。中国作协会员，湖州市作家协会第二、三届主席。1954年毕业于杭州农业学校。1956年开始发表文学作品，1961年7月加入省作协并毕业于杭州大学中文系。在南浔中学任教语文十八年后，于

1979 年调入嘉兴师范专科学校中文科，先后任科副主任和学报编辑部主任、主编，又系湖州市文学学会会长、市政协常委。1991 年加入中国作协并晋升教授。2002 年从湖州师范学院文学院退休。后任湖州陆羽茶文化研究会副会长兼学术部主任、顾问。也曾任省作协委员、省写作学会副会长。所著《一代文豪：茅盾的一生》2001 年获中国茅盾研究会茅盾研究学术成就奖。2019 年 11 月获"湖州市文学事业功勋奖"。另出版有《茅盾学论稿》《茅盾与茅盾研究论》《e 时代的电脑与网络写作》《一代名医——朱振华》《两栖文心》。主编有《湖州散文选》《湖州乡土语文读本》《茶经故里——湖州茶文化》和《名人怎样阅读写作》（与唐承彬合作）等。

【茹菇】（1937 年 3 月生），湖州人。中国作协会员。曾任《湖州日报》副刊编辑，湖州市作协诗歌创委会主任、顾问。20 世纪 50 年代开始发表作品。有千余首诗歌在《人民日报》《诗刊》《星星》《河北文学》《江南》《福建文学》等报刊发表并数十次获奖，入选《浙江诗典》等十种选集，其中《二狗子乔迁》获全国诗歌大奖赛一等奖。2019 年 11 月获"湖州市文学事业功勋奖"。出版有诗集《闲吟清丽地》《翠绿的乡情》《多味的城市》《放飞的情愫》《金色的童梦》《诗醉浔溪》等六部。

【谈谦】（1937 年 10 月生），吴兴县人。浙江省作协会员。曾就职于湖州人造板厂。20 世纪 50 年代开始发表灯谜、小说、诗歌，作品散见于《百花园》《新观察》《诗刊》《中国妇女》《解放军文艺》《解放日报》《浙江日报》《钱江晚报》等报刊。短篇小说《雪夜寻妻》曾产生过广泛影响。是 20 世纪 60、70 年代湖州的代表诗人之一。

【高宪科】（1940 年 12 月生），笔名南岗邨。山东滕州人。浙江省作协会员。十八岁下江南。早年当过教师。后任长兴县委常委、宣传部长，湖州市文联党组书记、主席。文学创作以小说为主，有数十篇中、短篇小说发表在地方文学刊物上，还为《羞花小史》等书撰稿三十余万字。出版有中短篇小说集《无声闪电》。

【费三多】（1943—2005）又名费鑫，笔名秋斋、舟人、费欣等。湖州人，出生上海。浙江省作家协会会员。1963 年 3 月至 1994 年 4 月在湖州工艺毛巾厂工作。其间于 1985 年毕业于北京语言自修大学，1988 年 1 月 27 日至 2 月 5 日在鲁迅文学院学习，1997 年 10 月参加《山海经》笔会。一生清贫，但笔耕不辍，发表各类文学作品一百多万字。出版有小小说集《老板娘与小伙计》、民间故事集《水乡山海经》、民间文学集《蚕乡山海经》。1997 年 3 月湖州市民协曾举办"费三多作品研讨会"。1999 年 2 月 5 日中央电视台《夕阳红》栏目播出专题片《踏遍青山费三多》，介绍其事迹。

【沈鑫元】（1943 年 1 月生），湖州菱湖人。中国民间文艺家协会会员、湖州市民间文艺家协会原副主席、市作协会员。1962 年起先后在嘉兴地区水文站、《浙北报》社和湖州市商业局等单位工作。2001 年—2005 年受聘任《南太湖》杂志社记者部、编辑部主任。2005 年—2012 年任湖州市旅游协会副秘书长、《湖州旅游》杂志主编，后又任市旅游协会研究分会会长。2009 年被确定为浙江省首批"优秀民间文艺人才"。所著《湖州风情》2001 年获首届中国民间文艺山花奖学术著作优秀奖、1999 年—2001 年浙江省民间文学优秀作品奖；《百鱼奇趣》获 2002 年—2005 年浙江省民间文艺映山红奖三等奖；《百鱼奇趣》《菁上八韵》分获湖州市第十二、十四届社会科学优秀成果三等奖。另编著有《湖州古城传说》《吴越幽默笑话》《湖州"郎部"抗日英雄传》《湖州餐饮一百年》《新市食韵》等，主编有《太湖菜传承与创新》《湖州烹饪与名厨》《湖州烹饪与名厨续集》等，合计编著出版各类著作十八部六百余万字。

【余方德】（1943 年 2 月生），笔名大雨、夏雨。安徽霍山人。中国作家协会会员、中国散文学会会员，研究员。1961 年参军，1965 年选调南京军区高校学习新闻专业，后回部队任军史编辑、新闻记者和文化科副科长，同时开始文学创作。1980 年转业后定居湖州。1984 年后任市文联秘书长、副主席兼《水乡文学》副主编。1990 年任湖州市地方志编纂委员会办公室主任、常务副主编。曾任浙江省作协委员、湖州市作协副主席、湖州市政协委员、市政协文史资料委员会副主任。遵照周恩来总理"国共双方的将领都可以写，都应该写"的教诲，主要从事国共题材长篇纪实文学创作，出版长篇纪实文学《西北王胡宗南》《北平行动》《死亡之约》《大上海手枪队》《风流政客戴季陶》和中篇纪实文学集《他们在历史长河中》，另外出版有《项羽的青春》《陈朝五帝与陈朝兴亡》、短篇小说集《红尘中的爱情》、散文集《远方的风景》等。此外，在中国香港和台湾地区以及新加坡、马来西亚、泰国等国的报刊上发表了不少短篇小说和散文，短篇小说《巍巍青山》获武汉军区优秀创作奖，《陈毅历险记》1991 年获山东文艺出版社优秀中篇小说奖，散文《赵四小姐的祖籍和家世》1996年获新加坡第一届冰心文学奖散文奖。2019年11月获"湖州市文学事业功勋奖"。

【厉创平】（1944年1月生），笔名厉平。湖州人。浙江省作协会员、副教授。1966年毕业于杭州大学中文系。历任湖州三中副校长、湖州师专进修部主任、湖州广播电视大学校长、湖州市政府副秘书长和湖州市人大常委会研究室主任、教科文卫民侨委员会主任委员等职。从事诗歌创作、文学评论和文学理论研究，作品发表于《河北文学》《浙江学刊》《齐鲁学刊》《东海》《电大教学》《湖州师专学报》等刊物。曾任湖州市作协第四届主席、市文学学会副会长、徐迟报告文学奖评委，也曾参加浙江作家代表团出访加拿大、日本、韩国。2019年11月获"湖州市文学事业功勋奖"。出版有《文艺学论稿》《幽默论》。主编《视野与选择》《当代湖州作家丛书》。

【周孟贤】（1944年10月生），笔名孟之。中国作协会员、湖畔诗社理事。曾任《湖州日报》副刊部副主任，湖州市作协副主席兼秘书长。20世纪60年代开始文学创作，以创作抒情长诗见长，在《诗刊》《中国作家》《文艺报》《文学报》等报刊发表抒情长诗三十余首，享有"忧患诗人"之誉。代表作《大鸟引我溯长江》《祖国，请你思索》《海中舟的叙说》等，受到贺敬之、白桦等名家好评。在全国各类征文活动中获奖二十余次。1981年和2014年，浙江省作协和湖州市有关部门曾两次为其召开作品研讨会。2019年11月获"湖州市文学事业功勋奖"。出版有诗集《海上追月》《夜行者叩问》《囚禁你，特赦你》、散文诗集《冰山雪莲》、格言体散文诗集《周孟贤哲思妙语集》、散文随笔集《驰思骋怀》等。

【陆士虎】（1944年11月生），笔名老乐。中国作协会员。当过知青，后供职于南浔镇旅游公司和古镇管理委员会。曾任南浔镇作协主席。在《人民日报》《文汇报》《解放日报》《散文》《江南》等报刊发表作品约五百万字，有五十多篇作品入选各类文集，三十多次获全国、省、市文学奖。2019年11月获"湖州市文学事业功勋奖"。出版有《梦泊南太湖》《江南豪门》《南浔》《古韵南浔》等。

【陈景超】（1945年5月生），号衡庐。德清县人。早年就读杭州大学中文系时因言获罪，被开除学籍，回乡务农。后致力于藏书和古典文学研究与古典诗词创作。藏书一万五千册，1998年在湖州市家庭藏书评比中获得第一名。与嵇发根合作主编《湖州楹联集成——中国对联集成·浙江卷·湖州分卷》，点校《四库德清文丛》第一、二辑，也曾为洛舍镇、乾元镇、新市镇等乡镇编写乡镇志。出版有《衡庐集》十卷和《抱春堂集》九卷。

【徐重庆】（1945—2017），湖州人。初中文化程度。十六岁进湖州电影公司工作，直至退休。长期从事现代文学研究，研究文章发表在海内外报刊上。出版有《文苑散叶——六朝松随笔文库》《文苑拾遗》。此外，还为湖州引进了沈行楹联艺术馆、赵紫宸和赵萝蕤父女纪念馆、包畹蓉京剧服饰艺术馆和赵紫宸赵萝蕤赵景德家族纪念馆，为沈左尧整理、编校出版了《悼师集》《胜寒楼诗词集》《左尧印存》《沈行楹联集》等线装书，被誉为"湖州文脉的守望者"。其万册藏书和大量藏品捐赠湖州师范学院，该院图书馆特辟了"徐重庆藏品馆"。

【嵇发根】（1947年1月生），笔名山禾、彤峰，号苕边归客。湖州人。1990年前在长广煤矿工作，当过矿工、教员、《长广报》社长兼总编辑、党委宣传部副部长。后任湖州市地方志编纂委员会办公室副主任、主任，研究员。系浙江省作协会员、湖州市作协原副秘书长、湖州市诗词与楹联学会原会长、《苕雪诗声》主编。主要从事诗词、小说创作和文史写作。短篇小说《月儿圆》获1983年全国煤矿文学优秀作品奖。出版有文史著作《苕边随笔集》《苕边考辨集》《湖州史话》等十余部和小说集《断层》《你不可以做官》《月河殇》、诗词集《山禾集·苕客集》《湖州歌》等。主编有《湖州地方史研究》《湖州市工商企业志》《湖州市志（2012年版）》，与余方德合作主编《湖州市志（1999年版）》《湖州古今概览》《湖州掌故集》《湖州市名村志》等，又与陈景超主编《湖州楹联集成》。

【尹金荣】（1947年11月生），南浔区练市人。练市镇文化中心退休。系浙江省戏剧家协会会员、湖州市戏剧曲艺家协会理事、湖州市作协会员，创办练市镇练溪艺术团。主要从事戏剧创作，创作的小戏小品曲艺类剧（节）目达到一百多个。话剧小品《无名泉边》1988年获浙江省戏剧小品汇演创作二等奖，越剧小戏《瓜园会》2001年获全国农村题材小戏征文优秀奖、全国第十一届群星奖金奖、浙江省"五个一工程奖"；小戏《两把钥匙》2005年获浙江省乡镇文艺汇演创作二等奖；《聋婆进城》2008年获省新农村建设题材小戏汇演创作二等奖；《龙凤砖》2012年获省新农村建设题材小戏汇演创作金奖；《规矩》2014年获第十六届上海国际艺术节地方戏金奖，2016年获第七届全国小戏小品曲艺大赛优秀编剧奖。2019年11月获"湖州市文学事业功勋奖"。出版有作品集《瓜园会》《龙凤砖》《南浔美食》。

【王仲元】（1949年3月生），湖州南浔人。浙江省作协会员。曾任湖州市建工集团有限公司董事长、湖州市作协南浔分会首任主席、市作协副主席。2019年11月获"湖州市文学事业功勋奖"。出版有小说集《春燕呢喃》《王仲元中篇小说选》和散文集《人在世上走》。

三、新生代作家

本节所指的新生代作家是指1949年中华人民共和国成立以后出生的湖州作家，重点介绍限于湖州市作家协会副秘书长以上领导班子成员、在湖州的中国作家协会会员、中国民间文艺家协会会员（因本志参照省志，将民间文学单列一章）、湖州市其他市级文学社团主要负责人。按出生年月排序，出生年月相同者，按成就和影响力大小排序。其他省、市作协会员以列表形式予以简介。

【陈永昊】（1949年10月生），安吉人。先后毕业于嘉兴师范专科学校中文科和浙江师范大学中文系。曾任湖州日报社党委书记、总编辑，湖州市委常委、宣传部长，浙江省广播电视局副局长，省社科联党组书记、副主席，省人大常委会教科文卫委员会副主任委员。现为中国国际茶文化研究会学术与宣传部长、浙江省茶文化研究会副会长。1997年2月加入浙江省作协。在任湖州市委常委、宣传部长期间，为湖州文学事业做出了重要贡献。出版有散文集《人在旅途》，主持编辑出版《湖州丛书·文学辑》，为《中国古代文学史纲》撰写明清小说部分，散文《藤思》入选上海中学语文教材。

【高锋】（1951年11月生），山东滕州人，定居湖州。中国作协会员，文学创作一级。曾为知青、湖州钢铁厂工人，也曾闯荡海南特区当记者。2009年湖州文学院成立后任院长，湖州市作协第五届委员会主席、湖州市文联兼职副主席。主要从事小说和电视剧创作。短篇小说《孟扣老大的船》获1983—1984年浙江省优秀文学作品奖，出版有长篇小说《王中王》《独行侍卫》《玲珑女》《汗血宝马》《十万人家》《末代王子漂泊录》（与闻波合著）、中短篇小说集《天下见红》。电视剧作品有三十一集《天下粮仓》、三十集《玲珑女》、三十四集《独行侍卫》、三十集《汗血宝马》、二十八集《十万人家》、三十四集《独有英雄》、四十集《台儿庄》、三十八集（网络版四十集）《天下粮田》等。《十万人家》2009年获浙江省第十届"五个一工程"奖、第二十七届飞天奖长篇电视剧一等奖；《天下粮田》获中央广播电视总台2017年度电视剧突出贡献奖，2018年获第二十九届金鹰奖优秀电视剧奖。2002年获"中国百佳电视艺术工作者"称号。。

【严树学】（1952年8月生），湖州人。副研究员。中国民间文艺家协会会员、湖州市作协会员。早年在湖州面粉厂工作。1982年调湖州市总工会，先后任《职工文化报·火花文学副刊》《湖州工运·职工文苑专栏》主编。在《山海经》《上海故事》《新聊斋》《天南故事》《故事林》《纵横奇谭》等报刊发表作品百余万字，其中多篇被收录各类专集。曾任浙江省民间文艺家协会副主席、湖州市民间文艺家协会主席。现为省民间文艺家协会顾问、市民间文艺家协会名誉主席。另参与编辑民间文学、民间文化、民间风俗、非遗文化等书籍十余部。

【闻波】（1954年3月生），山东曲阜人。中国作协会员。早年闯关东，足迹遍及老爷岭，后定居湖州，做过教师、报社和出版社编辑。曾任《南太湖》杂志编辑部主任、湖州市作协副主席兼秘书长。主要作品有《湖州会馆》《风吹云动星不动》《侦缉队长》《追鱼》《热岛》《水城片警》《政法书记》《车神奚仲》等八部影视剧本，《陌生的土地》《特区特事》《蜡对于女人就像铜对于男人一样》《阮娘》《风吹云动星不动》《风雨恨江湖》等六部长篇小说。另有约七十篇中短篇小说发表在《鸭绿江》《萌芽》《广西文学》《北方文学》等省级以上文学刊物，其中《赶三的儿子》获1983年—1984年浙江省优秀文学作品奖。另出版有小说集《悲情老爷岭》。

【刘树元】（1954年7月生），辽宁锦州人。满族。中国作协会员、湖州市作协评论创委会原主任。中国当代文学学会理事、浙江省中国当代文学学会常务理事、湖州师范学院中文系教授。长期从事文学评论写作、现当代文学和电影学教学工作，作品发表在《文艺研究》《江海学刊》《文艺争鸣》《小说评论》《文艺报》等报刊。主编教材《电影艺术评论教程》《中国现当代文学作品选析》（两册）。出版专著《艺术的审美阐释》《谛听现实的回应》《文化立场与艺术表达》《小说的审美本质与历史重构》，其中后者获2012年—2014年浙江省优秀文学作品奖、第十五届中国当代文学研究优秀成果奖、湖州市第十七届社会科学优秀成果二等奖。

【金一鸣】（1955 年 4 月出生），湖州人。中国作协会员，文学创作一级。曾是下乡知青、陆军军官、团委干事、文联秘书、公司职员，后任湖州市作协副主席、湖州文学院院长、湖州市《南太湖》杂志社社长兼主编、湖州市文学研究会会长。又系中国电视艺术家协会会员、中国广播协会电视剧编剧工作委员会委员、浙江省作协委员、浙江省电视艺术家协会理事、浙江传媒学院和湖州师范学院客座教授。1975 年入伍后开始文学创作。早期从事小说创作，作品在《解放军文艺》《青年文学》《小说选刊》《中国文学》《人民文学》《江南》等期刊、选集上发表、选载，《后方》获 1976 年—1980 年南京军区优秀短篇小说二等奖，短篇小说《有你的一半，也有我的一半》获 1990 年—1992 年浙江省优秀文学作品奖。出版《前线消息》《天国再见》等多部文学著作。后为影视编剧，创作并播出《摩天鹰架》《红粉须眉》《琵琶记》《一江春水向东流》《玉卿嫂》《名门劫》等电影和电视剧。《笔祖蒙恬》获浙江省第十三届电视牡丹奖一等奖和最佳编剧奖，《摩天鹰架》《红粉须眉》获省电视牡丹奖三等奖，《商城劫案》1998 年获全国法制题材电视剧金剑奖。

【马雪枫】（1955 年 4 月生），女。笔名白秋、白红。江苏南京人。中国作协会员，文学创作一级。1975 年开始发表文学作品。曾任湖州师范学校教务科副科长、办公室副主任，南浔区宣教文卫部副部长，湖州市文联《南太湖》杂志主编，湖州市作协副主席。现居北京。出版有长篇小说《影》《苦魂》《恍若生命》《丝》、中短篇小说集长篇《阴阳婚》，报告文学《赤子之情》（与人合作）和《长路当歌》《中华子弟兵》《生命与家园》等。曾连续四次获省"五个一工程"奖，受到湖州市政府嘉奖。2014 年 5 月，团结出版社出版《马雪枫文集》八册。

【马红云】（1956 年 10 月生），女。笔名老马、马耳。湖州人，祖籍山东招远。浙江省作协会员，文学创作一级。曾为下乡知青、湖州人民广播电台记者、《湖州晚报》副刊编辑、湖州市作协副秘书长。1982 年开始在《西湖》《女作家》《芙蓉》《椰城》《香港商报》等报刊发表作品。出版有长篇小说《独身上路》、中短篇小说选《皮肤》。另有长篇小说《孽缘》《飘在天上》在《星岛日报》连载，《隐私》《点燃欲望》在《深圳晚报》连载，《天涯玫瑰》在《香港商报》连载。其中《皮肤》获中南五省市晚报读者俱乐部 1988—1999 年度"读书进步奖"、中国 20 世纪女性文学创作优秀奖、1949 年—1999 年湖州优秀文学著作奖，并在海南举办作品研讨会；《天涯玫瑰》获《香港商报》2001—2002 年度长篇小说连载优秀奖。

【柯平】（1956 年 12 月生），浙江奉化人，定居湖州。文学创作一级。当过工人，炒过股票，后在湖州师范学院任教。1980 年开始发表诗歌作品。1982 年 6 月发表在《诗刊》的《市长，我爱上了您的女儿》被认为"揭开了诗歌第二次浪潮的序幕"。诗歌《锻工进行曲》获 1983 年—1984 年浙江省优秀文学作品奖，诗集《历史与风景》获 1985 年—1989 年浙江省优秀文学作品奖，诗集《诗人毛泽东》获 1993 年—1996 年浙江省优秀文学作品奖，也曾获人民文学奖、艾青诗歌奖、朱自清文学奖、郭沫若诗歌奖和中国首届屈原诗歌奖等。系浙江省作协诗歌创委会主任。出版有诗集《历史与风景》《诗人毛泽东》《写给小白的 71 首情诗》《文化浙江》和散文集《素食者言》《阴阳脸——中国传统知识分子生态考察》《明清文人生活考》《运河个人史》《素言无忌——日常蔬食小史》等。

【张加强】（1957 年 1 月生），浙江海宁人。中国作协会员，湖州市作协原副主席、顾问，长兴县作协原主席。1974 年 12 月入伍。1979 年 9 月从湖州军分区转业后到长兴工作，历任县人武部办公室主任、县政府办公室主任、县长助理、开发区管委会主任。2003 年 6 月任长兴县政协副主席。出版有《傲骨禅心》《忆江南》《千秋独行》《与历史对决》《乌镇依旧》《南浔往事》《天镜》《太湖传》《湖州之远》《旷世风雅：顾渚山传》《历史时空中的肖像》《湖州传：湖光山韵诗书远》等十二部历史文化散文集，主编散文集《花香散处》《乡音一曲》。创作有电影剧本《亲亲鳄鱼》《陆羽》。电影《亲亲鳄鱼》2007 年获第九届中国国际儿童电影节最佳影片奖，散文集《傲骨禅心》获 2000 年—2002 浙江省优秀文学作品奖，散文《远逝的江南》入选 2006 年度全国最具阅读价值散文和全国中学生"以读促写"课外阅读丛书。

【汪群】（1957 年 7 月生），笔名羊君。安吉县人。中国作协会员、湖州市作协报告文学创委会主任、安吉县作协原主席。曾为安吉县广播电视台纪委副书记、主任编辑，任《竹乡文学》报和《第三地》杂志主编。在《人民日报》《散文选刊》《作家报》等报刊发表散文、随笔、诗歌、小说等各类作品三百余万字，获全国、省、市文学奖多项，其中《鸟愿》获 2010 年《中国作家》全国征文大赛一等奖;《西苕溪畔踏歌声》《安吉,要嫁的姑娘叫美丽》《美在江南桃花源》在《散文选刊》中国散文年会评选活动中分获一、二等奖,《七夕,美在江南桃花源》2014年获第二届全国人文地理散文大赛二等奖。2013年获"中国旅游散文创作实力作家"称号。出版有《新竹声声》《清泉淙淙》《山风徐徐》《汪群散文选》《谁与你相约》《苕溪清音》《又见紫云英》等散文系列作品集和《滴水映日》《流远韵长》《羊君笔谈》《羊君闲记》等随笔系列作品集。

【郑天枝】(1957年8月生),笔名陈浅。安徽全椒人。中国作协会员,中国报告文学学会会员,湖州市作协原副主席、顾问,湖州市公安文联原副主席兼公安作协主席。早年参军,转业后到公安部门工作,曾任湖州市公安局南浔分局政委、市警察学会秘书长等职。系鲁迅文学院第二期公安作家研修班学员。现任湖州文学院文学志愿团团长、湖州市写作协会和市内部报刊协会副会长。在《人民日报》《人民文学》《青年文学》《中国报告文学》《啄木鸟》《江南》等报刊上发表文学作品两百余万字。其中与李广德合作的报告文学《朱倍得和他"了不起的事业"》获"共和国的脊梁"报告文学征文一等奖,《战士的情怀》获《人民文学》"三个代表的忠实实践者"报告文学征文一等奖,《共和国不会忘记》获"中流砥柱"报告文学征文一等奖,《梦想与现实的完美表现》获"科学发展观的忠实实践者"征文特等奖,《有盏灯点亮百姓的心——水乡片警王法金速写》获2010年中国时代优秀文艺作品一等奖,《这是一个了不起的事业》获"改革开放三十年人物成就大典"征文金奖。组诗《倾听与怀念》获全国第二届"诗国杯"诗歌大赛一等奖,入选《2004中华诗歌精选》,组诗《等待一场雪》获"今日中华杯"全国诗歌大赛金奖,入选《中华诗歌年选(2005卷)》。出版诗集《缅怀岁月的激情》《无怨的承诺》《诗人的眼睛》《有种感觉快速划过》《梦中的家园》等八部。另外主编《丁连芳——从历史深巷走近上海世博》《警务广场文学集》《警务广场诗歌选》等多部著作。2010年11月获"2010中国时代文学艺术杰出成就奖"荣誉称号。

【王麟慧】(1958年1月生),女。湖州人。中国作协会员,文学创作二级。曾为下乡知青、湖州电视台记者,后任《湖商》杂志副主编。湖州市作协散文创委会委员原主任。作品发表于《广州文艺》《青年文学》《滇池》等报刊。著有散文集《家住河边》《半袜沙子》《来不及长大就老了》和长篇小说《止痛针》。其中《半袜沙子》获 2009—2011 年度浙江省优秀文学作品奖。主编有散文集《湖商传奇》《和春天一起芬芳》等。

【胡百顺】（1958 年 2 月生），安吉县人。中国作协会员、中国文艺评论家协会会员。毕业于浙江教育学院中文系。曾供职于安吉县委宣传部、县政协。在《内蒙古师大学报》《文艺理论与批评》《中国作家》《文学报》《中国青年报》等报刊发表文学评论、小说、散文等作品三百多万字，三十二次获得各级各类文学奖。出版有评论集《不惑文集》《风雨文谈》、长篇小说《兽面桃花》、理论专著《思想炬火如此燃烧——鲁迅与巴金如何写人比较研究》和合集《品味思语》等。

【沈健】（1959 年 11 月生），长兴县人。浙江省作协会员，湖州市作协副主席，湖州职业技术学院、浙江宇翔职业技术学院教授。在《哲学研究》《诗刊》《天涯》《星星》《文艺报》《文学报》等报刊发表诗歌评论一百五十万字。出版诗集《纸上的飞翔》和诗歌评论专著《浙江先锋诗人 14 家》《我对诗歌所知甚少》，后者获 2015 年—2017 年浙江省优秀文学作品奖。主持的课题《对诗歌民刊的政治学透视》《国家与社会转型：以诗歌生产与传播机制为例》获浙江省政府教学成果一、二等奖。

【陈琳】（1961 年 8 月生），浙江临海人。中国作协会员。早年做了三年长广煤矿公司的矿工，后任《长广报》编辑。从事小说、散文创作。现任长兴县作协副主席。出版和发表作品两百多万字。短篇小说《天上有个太阳》获 1993 年—1996 年浙江省优秀文学作品奖，散文《面对死亡》、长篇小说《太阳背后》、散文集《彷徨与高歌》、中篇小说《突围》分别获第四、五、六、七届中国煤矿文学"乌金奖"。另出版有中短篇小说集《恣意辉煌》。

【杨静龙】（1962 年 3 月生），宁波慈城人。中国作协会员、中国小说学会会员。毕业于丽水师专，后到杭州大学中文系、浙江师范大学教育管理专业研究生课程班和鲁迅文学院第六届进修班深造。历任浙江省红旗机械厂职工子弟学校校长，德清县教育局组织人事科长，德清县文联副主席，湖州市文联秘书长和党组成员、副主席兼市作协主席、浙江省作协主席团成员。作品发表在《当代》《中国作家》《钟山》《花城》《江南》《诗刊》《星星诗刊》等刊物，并为《小说选刊》《中华文学选刊》和《中国短篇小说年选》等多种选刊选本转载，其中

《萨特的脚》获 1997 年—1999 年浙江省优秀文学作品奖；《声音》获 2006 年—2008 年浙江省优秀文学作品奖；《遍地青菜》通过第五届鲁迅文学奖初评，入围备选作品篇目。出版有小说集《白色棕榈》《DIY 时代的一次出行》《遍地青菜》和散文集《桃花落尽山犹在》。

【田家村】（1962 年 6 月生），浙江嵊州人。中国作协会员、中国民间文艺家协会会员。文学创作二级。现任长兴县文联秘书长、县艺术馆馆长、湖州市作协副主席兼长兴县作协主席。出版有作品集《田家村散文小说选》《美丽的诱惑》和长篇报告文学《江南小延安》、长篇小说《栀子花开》等七部，另创作投拍电视剧九部。报告文学《一路同行》获中华人民共和国成立四十周年全国报告文学大赛二等奖，《江南小延安》获省"五个一工程"奖，《栀子花开》《江南小延安》获市"五个一工程奖"。

【箫风】（1962 年 8 月生），本名温永东。江苏沛县人，定居湖州。陆军大校。曾任中共湖州市委常委、湖州军分区政委，现任湖州市关心下一代工作委员会副主任。1982 年开始文学创作，散文诗作品多次获奖，并入选《中国年度散文诗》《中国散文诗选》等多种选本。系中国散文诗学会理事、中国散文诗研究中心主任、浙江省作协会员、湖州师范学院客座教授。主编《文学报·散文诗研究》《湖州晚报·散文诗月刊》。出版散文诗集《沉思的花瓣》《思念的花朵》。选编《叶笛诗韵——郭风与散文诗》三卷。

【张林华】（1962 年 9 月生），笔名晚生华发、西风烈。德清县人。中国作协会员、浙江省作协主席团成员、省散文学会副会长、湖州市作协主席。曾任湖州市委宣传部副部长、市文明办主任和德清县委常委、宣传部长，现任德清县政协主席。在《人民日报》《南方周末》《文汇报》《三联生活周刊》《大公报》《澳门日报》等海内外报刊发表大量作品，获第三、五届全国鲁迅杂文奖，三次获《杂文报》月度最佳杂文奖，入选《中国杂文年选》。曾在新浪网、《湖州晚报》等报网开设随笔专栏。出版有散文随笔集《世道人心入梦》《风起流年》和《走读德清》（与人合作）。

【俞玉梁】（1962 年 10 月生），笔名桑榆。湖州练市人。浙江省作协会员、湖州市作协原副秘书长。1982 年毕业于嘉兴师范专科学校中文科，1989 年函授毕业于杭州大学中文系。曾任埭溪中学、练市中学教师、《湖州广播电视报》社长助理兼广告部主任、湖州市科技局技管办副主任（主持工作）、技术市场协会秘书长等职。在《诗刊》《星星》《诗歌月刊》《诗潮》《浙江日报》《新民晚报》等发表三千多首诗。歌词作品曾在全国众多广播电台播放。其中《祖国》（外一首）获"放歌中华"中华人民共和国成立六十周年征文一等奖，童谣《豆荚》获浙江省第一届童谣一等奖和全国优秀奖。出版诗集《四季雪》、《开满夹竹桃花的石板小径》（及增补版）和《幸福的绿》《白玉兰·蓝鸢尾》以及短篇小说集《让我再送你一程》、散文影视戏曲合集《风枕》等。

【慎志浩】（1962年11月生），德清县人。浙江省作协会员。曾任德清县图书馆馆长，创"驻馆作家"品牌，邀请张抗抗、资中筠、蒋子龙、刘醒龙等著名作家到德清图书馆作文学讲座，为德清营造了良好的文学氛围。现任湖州市作协副秘书长兼评论创委会主任、"水乡文学"丛书特邀编辑，德清县作协副主席兼秘书长。出版散文集《乡土朝天》。

【梁健】（1962—2010），安吉县昆铜乡人，生于杭州。1983年毕业于浙江化工学院。在校期间发起成立新月文学社，主持"红色号角"墙报。毕业后被分配到安吉化肥厂工作。1984年2月自行前往新疆和静县支教，并在《绿洲》发表诗歌作品。1987年支教结束后到海南浙海实业公司工作。1989年再赴新疆，创作长篇组诗《我的国》。1990年赴绍兴锡麟中学任教。1991年进入浙江东海影视工程公司工作，同年冬在长兴仙山寺皈依佛门，为居士，法号清原，后成为中国"禅诗"代表人物之一。1996年—1999年任浙江教育电视台记者。1999年与探险家楼兰亭一起创办中国第一家探险公司——浙江远方科学探险公司，任副总经理。2000任进入浙江长城影视公司任电影制片人，拍摄《中国古遗址》等多部系列电视专题片。2008年9月加盟香港阳光卫视，任"中华人文地理"导演、制片人，代表作《同里记忆·退思园》《炎帝陵》等。系著名诗歌团体"北回归线"重要成员。2008年获李叔同诗歌奖。有人评价他"是当代中国罕有的诗与人合为一体的传奇诗人"。出版诗集《一寸一寸醒来》《梁健诗选》。

【严明卯】（1963年7月生），笔名潜夫、江南一竹。安吉县人。中国作协会员、湖州市作协副主席。1983年从浙江财经学院毕业后进入安吉县财政局工作，任职至副局长、高级会计师。后任安吉县委宣传部副部长、县文联主席、县作协主席。1979年开始发表作品，已创作诗歌三千余首。2006年12月由《南太湖》

杂志社增刊出版"时间进行曲"四部《时间的颜色》《时间的力量》《时间的结晶》《时间的足印》，2007年12月又由该杂志社增刊出版中国第一部现代咏竹诗集《青龙出世》。2007年11月参加中国作家代表团赴埃及、土耳其进行为期半个月的文学访问与交流。出版诗集《春天开门吧》《一草一木都是情》和潜夫唯美诗集四部《让我为你布置一座春天》《给你一把春天的钥匙》《打开春天的大门》《动用春天》。

【李浔】（1963年9月生），祖籍湖北大冶，生于湖州。中国作协会员、浙江省作协委员、湖州市作协副主席、湖州市文学学会原副会长。早年在湖州一家绸厂当工人，后考入武汉大学中文系，毕业后分配至湖州电视台工作。历任湖州广播电视总台新闻部主任、新闻频道副总监、总编室副主任等职。1982年开始发表诗歌，1986年成为浙江省作协最年轻的会员之一。已在国内外发表诗作一千多首，入选《20世纪汉语诗选》《新中国50年诗选》《中国当代诗人代表作选》《中国诗歌精选》《星星诗刊十年诗选》《九十年代诗歌精选》《浙江五十年诗选》等一百多本诗选集，获得过三十多次全国及省级诗奖，其中两次获《诗刊》奖，两次获《星星诗刊》奖，系中国江南诗的代表人物之一。1989年省作协曾为其举办作品讨论会。出版有《内心的叶子》《水中的花朵》《春天的诺言》《幸福或隐痛》《李浔短诗选》《随笔诗》《擦玻璃的人》《李浔诗选》等九本诗集和中短篇小说集《柔弱的季节》，其中诗集《独步爱情》获1990年—1992年浙江省优秀文学作品奖，《又见江南》获1997年—1999年浙江省优秀文学奖。

【冯旭文】（1963年10月生），笔名钟鸣。湖州人。中国民间文艺家协会会员、浙江省作协会员。曾任湖州市民间文艺家协会主席。现任南浔区对外宣传中心主任。其民间传说《越女与夫差》获1992年—1993年全国民间文学优秀作品奖，《一枝梅巧计救秀儿》获1993年—1994年浙江省民间文学作品搜集三等奖，《永久牌汽车票》获1997年浙江省新故事大赛创作三等奖，《论民间文学的二度创作》获1997年—1998年浙江省民间文艺优秀论文奖。所著《钟鸣文论》2004年获湖州市第十届社会科学优秀成果三等奖，所编《田野拾遗》获2002年—2005年浙江省民间文艺映山红奖三等奖。另编有《南浔风情》。

【马明奎】（1963年12月生），内蒙古集宁人。浙江省作协会员，湖州师范学院文学院教授，湖州市民间文艺家协会主席。2017年12月成立湖州市委宣传部领军人才工作室——马明奎地域文化研究室。论文发表在《文学评论》《浙江社会科学》等刊物。所著《南永前图腾诗学》2009 年获第七届全国少数民族文学研究优秀成果奖，《多民族文学意象的叙事性研究》一书 2018 年获浙江省社会科学优秀成果三等奖。另出版有学术著作《艺术生存论》《文章学新探》《暗夜孤航》和散文集《悬巢》、长篇小说《归》。

【潘维】（1964 年 5 月生），安吉县人，先后客居长兴、杭州和上海。中国作协会员、长兴县作协副主席，文学创作一级。江南诗的代表人物之一。20 世纪 70 年代末开始诗歌创作，诗作先后入选《浙江诗典 1976—2006》《浙江实力派诗人诗集》《中国新诗白皮书 1999—2002》《中国当代青年诗人诗选》和《中国年度最佳诗歌》（2005、2007、2008）、《21 世纪诗歌精选》（第一辑、第二辑）、《中国诗歌年选》（2006、2007、2009）以及《到诗篇中朗诵——100 位中国诗人的 100 首汉语佳作》《20 世纪华文爱情诗大典》《1978—2008 中国诗典》《读诗 1949—2009：中国当代诗 100 首》《十年诗选 2000—2010》等。曾获全国诗歌大赛特等奖、1979—2005 中国十大优秀诗人、2006 年“杰出贡献奖”、第十七届柔刚诗歌奖、天问诗人奖、2012 年海峡两岸诗会桂冠诗人奖等二十余个奖项。系国内重要诗会——三月三诗会的组织者之一。诗歌《今天叫吴斌》是中华人民共和国成立迄今 CCTV 新闻联播唯一播送的诗歌作品。《潘维诗选》获 2006—2008 年浙江省优秀文学作品奖。出版诗集《不设防的孤寂》《隋朝石棺内的女孩》《水的事情》等。

【沈文泉】（1964 年 11 月生），字言射，号大同龙，笔名闻杰、海参威、闻怡等。湖州人。中国作协会员、中国报告文学学会会员，研究员、主任记者。1987 年毕业于杭州大学中文系新闻专业，文学学士。1987 年—2003 年在湖州电视台工作，曾任新闻部主任。2003 年—2006 年在中共湖州市委宣传部文艺处工作。2006 年—2015 年任湖州市社会科学院文化研究室（所）主任（所长）。2015 年—2018 年任湖州文学院副院长、湖州市文联《南太湖》杂志社副社长兼副主编，主持工作。现任湖州文学院（湖州书画院）院长、《南太湖》杂志社社长兼主编。系湖州市政协委员、市文联委员、省作协委员、市作协副主席兼秘书长。曾任湖州陆羽茶文化研究会和市文学学会、市历史学会副会长，《陆羽茶文化研究》执行主编。文学创作以文化散文为主，作品发表在《人民日报》《文学报》《浙江日报》《收藏》《浙江散文》等报刊。出版有长篇小说《千古奇冤》、报告文学《十一座雕像的诞生》、传记《海上奇人王一亭》、词人研究专著《朱彊村年谱》和散文集《傍湖之州》《梦里水乡》，另有学术著作《走向大同》《一个电视记者的思考》《湖州名人志》《湖州新闻史》《历代名人与湖州关系表》《湖州古代主官列表》《湖州进士名录》《钮福保年谱》等计十七部。

【陈芳】（1966年10月生），女。笔名田禾。江苏无锡人。中国作协会员，文学创作二级。现任湖州市作协副主席、湖州市文联《南太湖》杂志社编辑部主任。系湖州市政协委员。从事散文、小说创作，作品发表在《文艺报》《文学报》《西湖》等报刊。散文《张望童年的味道》入编民工子弟学校课外读本。出版《花开无声》《一年好景》。

【杨振华】（1966年11月生），笔名长狄。德清县人。中国作协会员。现任德清县政协文化文史和学习委员会主任、湖州市作协副主席、德清县作协主席。从事散文、随笔创作。作品发表在《工人日报》《浙江日报》《江南》《文汇读书周报》《随笔》等报刊。出版有《永远的游子吟》《永远的江南赋——十五位历史名人的德清印迹》《永远的外婆家》《天地圣手——那些书画史上的江南影像》，主编有《张抗抗和她的德清外婆家》《双城记——德清县武康·城关（乾元）城史纪略》等。

【徐惠林】（1969年1月生），笔名林道人。长兴县人。浙江省作协会员。现任湖州市作协主席团成员、副秘书长兼散文创委会主任，湖州市新闻传媒中心主任记者。在《浙江日报》《钱江晚报》《深圳晚报》《散文》《散文诗》《美术报》《收藏家》和美国《侨报》、中国香港《大公报》等报刊发表大量散文、诗歌和评论文章。曾多次在全国获奖。散文《打枣》2012年获全国散文作家论坛征文大赛一等奖，《油灯点亮的日子》多年入选教材《全国大学语文考试核心密卷》。出版诗集《飞翔岁月》、散文集《油灯点亮的日子》，与人合著《地理·移民·发现》一书。

【黄其恕】（1970年9月生），笔名其恕。安徽全椒人。浙江省作协会员、湖州市作协主席团成员、小说创委会主任。1995年毕业于安徽滁州师范专科学校。2003年浙江大学中文系硕士研究生毕业后作为人才引进到湖州市委宣传部工作，后转到市文联，曾任组织联络部主任、市作协副秘书长、南太湖少年文学院院长。又系省作协首批"新荷计划"人才。中篇小说《老屋》获 1992 年华夏青年写作大赛二等奖。出版长篇小说《伏地》《破城记》《小赵的机关生活》《消逝的村庄》《织梦人》，与人合著长篇报告文学《红色特工钱壮飞》《大漠高歌——中国新时代援疆纪实》。另创作有长篇报告文学《美丽的追寻》《百姓心中那盏灯》《钱壮飞在苏区》、电影剧本《花开江南》、网络自述体小说《搏斗》。主编《有梦就有远方》。

【王昌忠】（1970 年 10 月生），湖北利川人。土家族。文学博士。2003 年 8 月至 2018 年 6 月供职于湖州师范学院，曾任文学院副院长、中国散文诗研究中心常务副主任、教授，湖州市作协主席团成员，湖州市文学学会会长。系中国现代文学学会会员、浙江省现代文学研究会理事。现任重庆师范大学文学院教授。长期从事中国现当代文学研究、新诗写作及研究，在《文学评论》《文艺研究》《文艺理论研究》《学术月刊》《文艺争鸣》等刊物发表论文六十余篇。另在《诗刊》《中华散文》等刊物发表诗歌、散文百余首（篇）。出版诗集《弦上的苦玫瑰》《王昌忠诗选》和学术著作《中国新诗的先锋话语》《扩散的综合性——20 世纪90 年代诗歌写作研究》《美学审视下的中国当今消费文化》《湖州现代文学史》等（与人合著）。

【吴艺】（1971 年 3 月生），安徽芜湖人。中国作协会员。现任湖州市作协副秘书长兼诗歌创委会副主任，湖州市新闻传媒中心记者。系浙江省作协"新荷计划"人才。有诗歌、散文、小说发表于《诗刊》《星星》《扬子江》《诗歌月刊》《安徽文学》《海燕》等报刊。曾举办"一场因文字引发的赌局""诗与歌的空间对话"等诗会。出版诗集《虚度》。

【朱丽芬】（1975 年 11 月生），女。笔名雀翎。湖州人。中国作协会员。浙江省作协第二批"新荷计划"人才。从事散文和小说创作，作品发表在《钟山》《芳草》《脊梁》等报刊。出版有《雀儿的心事》《善良的日子》。

【蒋峰】（1981 年 9 月生），笔名笔龙胆。湖州人。浙江省作协会员、省网络作协理事、湖州市作协主席团成员兼网络文学创委会主任、市网络作协主席。曾在《诗刊》《星星》发表诗作。网络小说《权路迷局》阅读点击过亿，蝉联凤凰网读书排行榜首页。另著有网络小说《商途》《我的重生有点猛》《江南往事》。2017 年 8 月搭建了网络小说发布平台"龙胆小说"。

【顾文艳】（1991 年 11 月生），笔名纹瑛。湖州人。中国作协会员、中国少年作家学会海外分会副主席、浙江省作协首批"新荷计划"人才。曾留学美国纽约州立大学宾汉姆敦分校和德国哥廷根大学、科隆大学，攻读比较文学专业，获得硕士、博士学位。回国后又取得复旦大学中文系中国现当代文学博士学位。现为华东师范大学中文系讲师。其《花树岚变狼》获冰心作文一等奖，《唤笑记》入选人民文学出版社《2012 年青年作家作品选》，短篇小说《帝木》成为新时期湖州作家首次在《收获》正刊发表的作品。在《当代文坛》《文艺报》《理论界》等报刊发表若干文学评论文章。出版《我和我的替身》《和氏璧的谎言》《爱因斯坦的电影院》《十人孤独礁》《自深深处》《淑女学校》《你是我的阳光》《我和玛丽有个约会》《成人礼》《偏执狂》等。其中《爱因斯坦的电影院》获"上海市少年儿童我最喜欢的原创童书"称号，《帝木》获第四届湖州市优秀青年文学作品奖。

四、80 后女作家

2008 年 7 月 11 日至 13 日，浙江省作家协会、中共湖州市委宣传部、湖州市文学艺术界联合会联合主办了"80 后湖州女作家作品研讨会"，邀请著名专家、学者白烨、李国平、雷抒雁、王干、吴秀明等与会，对湖州 20 世纪 80 年代前后出生的青年女作家潘无依、朱思亦、吴雪岚、黄慕秋、吴瑜、茅立帅、钱好、黄璐叶丹等八人的文学创作和作品进行研讨评论。此次研讨会在国内文学界产生了较大的影响，湖州由此打出了"80 后女作家"的品牌，文坛前辈们称为"八朵金花"。

【朱思亦】（1978 年 11 月生），笔名朱十一。湖州人，现居杭州。中国作协会员，文学创作二级。2000 年开始文学创作。曾任杭州日报记者、浙江绿城文化传播公司影视策划兼编剧、浙江长三角知识经济俱乐部策划总监、浙江金策文化传播公司艺术顾问、湖州市作协主席团成员、市女作家协会副主席。2004 年与人合作创作了第一部电视剧《花季风铃》，同年出版长篇小说《我的克里斯托年代》。2006 年出版长篇小说《红衣》，《小说月报》登载其长篇小说《跳伞》。2007 年，电影剧本《红衣》获浙江省首届电影文学剧本"凤凰奖"。2008 年发表话剧剧本《吵架》《向天草》等。2008 年—2009 年，为湖州市群艺馆创作的小品《老房子、新房子》《喜事》获浙江省群星奖创作银奖。2011 年—2012 年创作的电影文学剧本《拯救危机》被誉为"中国第一部科幻灾难片"。另有二十多万字的各类体裁文学作品发表。

【潘无依】（1980 年 8 月生），原名媛媛，又名无衣。吴兴区织里镇人。曾就读于湖州师范学院艺术系，研修于北京电影学院导演系，又曾在马德里康普斯顿大学学习西班牙语。短篇小说《梵高的耳朵》经王安忆推荐于 1999 年发表在《上海文学》。2001 年在《收获》发表长篇小说《群居的甲虫》。2003 年出版长篇小说《去年出走的猫》。2008 年出版诗集《少妇》。2009 年在杭州创办诗歌俱乐部——"今天"酒吧。2012 年出版《无一诗集》，嫁给比她大三十岁的著名诗人、中国朦胧诗的代表人物之一芒克，育有二子，后与芒克离婚。2014 年从马德里回到北京，创作了中篇小说《湖水倒流的下午》和《波波》《马德里的春天》。她的小说习惯以"我"为主人公，表达女人的真实情感。2016 年，国家邮政局出版发行《魅力中国：中国文化名家邮票系列·作家潘无依》一套。

【黄慕秋】（1982 年 7 月生），网名红花继木。湖州人。浙江省作协会员、省作协首批"新荷计划"人才、湖州市作协主席团成员兼小说创委会副主任。2003 年 4 月以小说《红花坊》出道。7 月，小说《水、火、土》获《南风》杂志"新人佳篇"奖。2005 年 1 月以《相亲相爱》杀进《新蕾·STORY100》，开始校园小说的写作。同年 7 月的《黑猫事件》又开启了科幻推理小说的写作。2006 年 10 月的《年轻不需要未雨绸缪》又是轻松搞笑类型的。系首届"湖州市青年文学之星"得主。出版有《如果年华倒带十一季》《半壁青苔，半壁蔷薇》《请永远不要原谅我》《孕事——我只是"意外"做了你妈妈》。

【吴雪岚】（1984 年 10 月生），网名流潋紫。南浔区练市镇人。中国民主同盟盟员。中国作协会员、浙江省作协会委员、浙江省网络作协副主席、西湖青年编剧联盟首任会长，2018 年任湖州市网络作家协会主席。2005 年开始文学写作，陆续在各大杂志发表短篇小说、散文，并成为各文学网站专栏写手。2007 年毕业于浙江师范大学，任教于杭州江南实验学校。大学期间开始创作近两百万字的长篇小说《后宫·甄嬛传》，在网上发表后被数百家网站转载，点击量破百亿次。2009 年受邀担任电视连续剧《甄嬛传》编剧，该剧播出后风靡全国，获金榕树电视作品最佳电视剧奖、中国电视金鹰奖优秀电视剧奖、澳门国际电视节最佳电视剧奖等，并衍生出游戏、越剧等多种类型的文化艺术产品。后创作姐妹作《后宫·如懿传》，也被拍成电视连续剧，并再次引起轰动。曾获浙江省青年文学优秀作品奖、首届西湖类型文学双年奖银奖和2012年浙江省"青春领袖""年度浙籍作家"称号。

【吴瑜】（1984年12月生），笔名清水无鱼。湖州人，现居上海。自由撰稿人。作品在多家报刊上发表。曾参加全国美女博客大赛，获"最佳才华奖"。在新浪博客连载《情迷夜上海》《爱情三十六记》《上海，不哭》《荒城夜未央》《做我三天男朋友》《酒色生香系列》《城市天空系列》等长篇小说。曾被网易、新浪在博客首页上推荐。

【钱好】（1986年8月生），湖州人，现居上海。中学时代开始小说和散文创作。作品发表在《萌芽》《江南》《作文》等报刊，入选《新概念作文大赛获奖作品选》等十多种选本。2002年—2004年连续在《美文》杂志发表多篇作品，该刊2002年第八期还开设了"钱好专栏"。曾获第六、七届"全国新概念作文大赛"一等奖，第三届"全国新概念作文大赛"二等奖；《美文》杂志社主办的第二届"全球华人少年美文写作征文大赛"二等奖。2005年进入北京大学中文系学习，获得王默人小说奖二等奖。2011年留学英国爱丁堡大学，获得电影研究硕士学位。2013年任《文汇报》记者、编辑至今。

【茅立帅】（1989年2月生），湖州人。浙江省作协会员、省作协首批"新荷计划"人才、湖州市作协主席团成员兼影视文学创委会主任、吴兴区作协主席。又系上海市文学创作中心注册作家、西湖编剧联盟会员。毕业于中央戏剧学院。2006年获"浙江省首届少年文学之星"称号。动画片《今童王世界》在中央电视台少儿频道播出，2012年获省第十一届"五个一工程"奖。《笨笨》入选广电总局2012年十五部优秀动画片之列。2013年创作并拍摄了儿童喜剧电影《我亲爱的小淘气》，2015年在联合、大陆等10余条院线公映，入选教育部、新闻出版广电总局"第三十四批向全国中小学生推荐优秀影片篇目"。《乌龙小子之勇闯乐活岛》2014年也在央视少儿频道播出。出版有长篇小说《断蓝》。长篇网络小说《百鬼夜行》登陆盛大文学网站。

【黄璐叶丹】（1990年4月生），湖州人，现居上海。浙江省作协会员、省作协首批"新荷计划"人才。从事散文和小说创作。小学一年级开始有作品发表在《小学生世界报》等报刊，并多次获奖。出版作品集《四季，你来了吗？》。

表10-3：湖州市作家协会会员名录

姓　名	性别	出生年月	籍贯	文学成就
市直				
包玉院	女	1988年9月	湖州	有散文和纪实文学作品发表在《人民政协报》《联谊报》《湖州日报》《湖州晚报》《湖商》等报刊
鲍宗盛	男	1944年10月	湖州	有报告文学、小小说作品发表在市级报刊。出版有《七十岁再出发》
边　江	男	1991年1月	湖州	在网络上发表有大量书评。2017年曾因评论小说《暗黑者》接受美国《华尔街日报》专访。出版有长篇小说《银行局：致命存款》
蔡圣昌*	男	1955年1月	湖州	作品发表在《书屋》《浙江作家》《解放日报》等报刊。出版有散文随笔集《苕溪月下吟》、小说集《阿采》
曹国政	男	1942年7月	湖州	从事诗歌、歌词和小说创作。发表歌词千余首，代表作《姑娘村长》《红蚕匾》获省第十一、十二届"五个一工程"奖。出版有长篇小说《冰魂》、格言集《野玫瑰——无名者格言》
曹丽黎*	女	1963年1月	湖州	湖州市作协散文创委会副主任。有诗作和散文发表在《诗刊》《上海文学》《西湖》等刊物。曾在全省主题征文活动中获一等奖和金奖。出版有散文集《贪点依赖贪点爱》《我渴望那风那山那海洋》《做一朵自由行走的花》
曹隆鑫*	男	1972年2月	湖州	中国微型小说学会会员。在《解放军报》《小小说大世界》《啄木鸟》《山东文学》《小说月刊》等报刊发表小小说一百五十多篇，并有多篇作品被转载。曾获湖州市争创全国文明城市征文一等奖

姓　名	性别	出生年月	籍贯	文学成就
曹培生	男	1944 年 9 月	湖州	从事古典诗词和随笔创作。作品发表于《中国乡镇企业导报》《诗词之友》和市级报刊。编有《练溪诗词小集》
曹旭红	女	1968 年 1 月	湖州	中国邮政作协会员、浙江省邮政作协理事。有散文作品发表于《信》《南太湖》《湖州晚报》等报刊
柴葵珍	女	1941 年 2 月	湖州	有文学、戏曲方面的评论和研究文章发表于《湖州师范学院学报》等报刊。出版有《微读湖州》
昌银银	女	1983 年 2 月	湖州	有散文、随笔和报告文学作品发表于市级报刊
陈　云	女	1979 年 9 月	湖州	发表网络长篇小说《末日重生女王》《穿越七零好时光》《重生六零养娃日常》
陈光明	男	1956 年 6 月	安徽休宁	有小说、散文发表于《现代世界警察》《人民警察》和湖州市级报刊等
陈海林	男	1949 年 7 月	温州	有散文、报告文学、随笔发表在《人民日报·海外版》《文汇报》《中国纺织报》等报刊。曾为浙江电影制片厂拍摄关于绫绢的电影撰写解说词
陈云琴*	女	1962 年 9 月	湖州	出版有散文集《翅膀属于天空》《相约蓝欧珀》和《从王羲之到吴昌硕——湖州书画两千年》《松雪斋主——赵孟頫传》《一代美术大家赵孟頫》《一代诗僧皎然》《张先与湖州》《皎然与湖州》等学术著作
程　烨	女	1967 年 10 月	湖州	有散文、报告文学、诗歌发表于市级报刊。有作品入编《全国时代楷模事迹选（1997—2007）》
成　立	女	1992 年 10 月	湖州	多次在大学生征文中获奖。有散文、诗歌发表在市级报刊
褚亚春	女	1971 年 11 月	湖州	湖州文学院文学志愿团副秘书长。有散文、诗词作品发表在市级报刊和书籍
丁璐青	女	1968 年 1 月	安吉	有诗作发表在市级报刊

姓　名	性别	出生年月	籍贯	文学成就
丁永祥 *（江南雨）	男	1958 年 1 月	湖州	曾为埭溪中学教师。有小说作品发表在《语文月刊》《湖州日报》等报刊。出版有长篇小说《生命的天空》《大山深处的妹子》
邓延远 *	男	1943 年 1 月	湖州	与妻子周晓贤合作编译、翻译了 200 多万字的外国文学作品。出版译著《红字——霍桑作品集》、理查德·帕特森的长篇小说《孩子的眼睛》、中篇小说选《沙皇御画之谜》等
董晨纯	女	1996 年 8 月	湖州	有散文和诗歌发表在《语文周报》《中学生百科》《大家教育》等报刊。曾获第十二届"孔子杯"全球青少年华语作文大赛一等奖
杜美红	女	1963 年 2 月	湖州	诗歌和散文发表在《文学报》《江南》《浙江作家》《湖州日报》等报刊
杜瑞华	女	1978 年 3 月	山东聊城	湖州师范学院中文系讲师。在《山东师范大学学报》《文艺争鸣》等刊物发表文学论文近二十篇，有若干诗作被《女诗人》《当代诗刊》等网络平台推送。参与《文学批评学教程》《湖州现代文学史》等的写作
方　针	女	1979 年 10 月	湖州	有大量散文、小说发表在《西部时报》和市级报刊。出版有短篇小说集《约会 coffee》
方健强	男	1963 年	湖州	从事散文创作
房　华 *	男	1965 年 12 月	上海	在《萌芽》《诗刊》《工人日报》等全国百余家报刊和港澳台地区报刊发表过大量诗歌，并多次获奖。出版有诗集《在中国长大》
费翠虹	女	1969 年 12 月	湖州	有散文、小小说发表在市级报刊
费惠玉	女	1970 年 5 月	湖州	有散文发表在《重庆晚报》《乌鲁木齐晚报》《上海金融报》《山西妇女报》等处
冯阳阳	男	1991 年 11 月	湖州	发表网络长篇小说《玄冰武祖》《万古武圣》《九转魔帝》
高　炯	男	1963 年 9 月	湖州	有散文发表在《团结报》《浙江民盟》《联谊报》《湖州日报》等报刊

姓　名	性别	出生年月	籍贯	文学成就
顾　念*	男	1924 年 12 月	江苏常熟	曾任《水乡文学》《南太湖》杂志编辑。出版有《古今集》
顾连梅	女	1964 年 10 月	湖州	有散文、诗歌在《中华活页文选》《思维与智慧》《语文天地》《人民教育》等报刊发表，入选《阅读经典》《少年文摘》等期刊。出版有《中职生生活写作》
顾小苹	女	1985 年 7 月	湖州	有散文、报告文学发表于市级报刊
桂　明	女	1954 年 1 月	湖州	有散文、报告文学发表于市级报刊。曾获"共和国的脊梁"全国报告文学征文三等奖
管　艳	女	1983 年 11 月	湖州	有小说、散文发表于《浙江作家》《野草》《南太湖》等报刊
郭煜凤*（陆茸）	女	1995 年 3 月	湖州	在网上发表有长篇小说《她从梦里来》《无声之城》《所爱越山海》和众多短篇小说。其中前者由江苏凤凰文艺出版社出版。系省网络作协会员
何洪英	女	1992 年 6 月	湖州	有诗歌、歌词发表在《中等职业教育》《中学生优秀作文（高中版）》等报刊。曾获全国中学生作文大赛二等奖、第七届全国中等职业学校征文三等奖
胡　可	男	1956 年	湖州	从事随笔创作。系 20 世纪 80 年代市工人文化宫《火花》报发起人之一
胡渡华（河流）	男	1954 年 4 月	湖南长沙	有小说、散文发表在《浙江工人报》《南太湖》等报刊。出版散文集《漂泊菰城的河流》《多情的土地》
黄　琛*	女	1973 年 1 月	安吉	有散文发表在《中国妇女报》《新民晚报》《北京晚报》《扬子晚报》《北京青年报》等报刊
黄晨星	男	1957 年 9 月	湖州	有大量儿童文学作品和科普小品、歌词等发表在《人民日报》《解放军报》《文汇报》《新民晚报》和港澳台地区及美国、新加坡等国的华文报纸上

姓　名	性别	出生年月	籍贯	文学成就
黄　江*	男	1954 年 12 月	长兴	出版有电视连续剧文学剧本《大上海手枪队》、长篇小说《黄家门》和《黄江电影文学剧本选》
嵇芳芳	女	1975 年	湖州	从事诗歌创作，有诗集《胭痕诗抄》。现居南通
姜海舟*	男	1960 年 2 月	山东临沂	从事诗歌翻译和创作，作品发表在《江南诗》《新诗》《西部》等刊物上，入选《新生代诗选》。出版有译著《萨福的情歌》
江晚秋	男	1940 年 12 月	湖州	从事杂文创作
金开龙	女	1988 年 12 月	浙江绍兴	湖州市作协秘书处办公室主任兼评论创委会副主任、湖州文学院文学志愿团副秘书长、省文艺评论家协会会员。有文学评论文章发表在《南太湖》《湖州日报》等报刊
金　沙*	男	1984 年 3 月	湖州	湖州市作协影视文学创委会副主任，省作协第二批"新荷计划"人才。在全国各大报刊和榕树下等文学网发表大量电影评论和散文。曾为《湖州晚报》"观影心得"专栏作家，发表电影评论两百多篇。获湖州市首届优秀青年文学作品奖。出版有散文集《捕风捉影》《朝圣者的灵魂》。另拍有七部微电影，其中五部获奖
金淑芬	女	1982 年 9 月	长兴	在市级报刊发表大量散文、诗歌。出版有散文集《怪我过分真实》
景国华（华京日）	男	1965 年 2 月	江苏丹阳	出版有《南浔蚕丝经济》《垂虹熙南浔》（与人合著）
柯海平	女	1954 年 1 月	浙江临海	从事儿童文学写作，作品发表于《中国中学生报》《科技辅导员》等报刊。曾为湖州《企业之窗》杂志创办人、主编
李　民*	男	1949 年 5 月	浙江缙云	散文诗集《陪你寂寞》获湖州市"五个一工程"奖。另出版有中短篇小说集《渔歌子》、散文集《诗意江南》等
李　奕	女	1972 年 10 月	湖州	有散文和诗歌发表于《青岛文学》《海外诗刊》《星河》等刊物。曾获首届全国旅游散文大赛一等奖。作品入选多种选本

姓　名	性别	出生年月	籍贯	文学成就
李　全*	男	1970年9月	四川乐至	湖州市作协小说创委会副主任、湖州文学院文学志愿团秘书长。在《北京文学》《青年作家》《短篇小说》《微型小说选》《故事会》《山海经》等报刊发表大量作品。出版有长篇小说《审判在即》《舞动世陌青春》《民工夫妻》、小说集《一个人的爱情》《有一种生命叫顽强》《会说话的香水》《送你一份惊喜》《秋雨下个不停》、故事作品集《舞鞋情》等。《民工夫妻》2017年获浙江省"中国梦·故乡情"小说评选活动兰花银奖
李爱英	女	1977年1月	湖州	有大量散文发表在《湖州日报》《湖州晚报》
李敏龙	男	1939年8月	上海	系湖州市写作学会会长。主编有《湖州美食》，注译《鲁诗今译》
李明丽	女	1992年8月	湖州	有散文发表于市级报刊。曾任浙江师范大学校刊《新黄金时代》编辑部副主任、金牧场文学社社长
林国强*	男	1957年7月	湖州	有大量散文、随笔发表于《杂文报》《新观察》《工人日报》《浙江日报》等报刊。出版有散文集《羡慕自己》
凌　晨*	女	1960年10月	南京	中国金融作协会员、浙江省金融作协副秘书长。有大量散文、小说发表于《新民晚报》《西湖》《散文》《福建文学》《厦门文学》《浙江日报》等报刊，其中散文《旗袍》2015年入选《新世纪中国散文佳作评选》。出版有作品集《穿旗袍的女人》
刘　倞	男	1983年7月	辽宁	有散文和文学评论发表在《鸭绿江》《浙江作家》等报刊
刘　平	男	1954年8月		曾任湖州海关关长。出版有长篇小说《金旋涡》《银蜘蛛》《陷阱》《孤独旅人》《迷途旅人》《商场泪》《情场泪》《内部档案》《廉署档案》《走私档案》等十余部
刘　伟*	男	1980年3月	甘肃环县	中国散文学会会员，湖州图书馆馆长。有小说和散文、诗歌发表于《新大陆》《青海湖》等刊物。出版有散文集《夜雨无痕》。主编有诗集《兰花集》

姓 名	性别	出生年月	籍贯	文学成就
刘丽华	女	1967 年 12 月	安吉	有小说和散文发表于市级报刊
刘世军* （湜俊）	男	1952 年 11 月	江苏 南通	诗歌、散文发表在《东海》《浙江日报》《昆仑》等报刊。诗集《心之旅》获湖州市"五个一工程"奖，主编之《九十年代湖州经济与社会发展研究》《浙北腾龙》也获市"五个一工程"奖。另出版有文集《紫笋欣荣》
卢炳根	男	1947 年 10 月	福建 莆田	有游记和散文在《解放日报》《中国旅游报》等报刊发表
卢国建*	男	1956 年 11 月	湖州	小说发表在《南太湖》。出版有散文集《儿时江湖》
陆丽萍	女	1976 年 7 月	浙江 海宁	有散文发表在《人民日报》《浙江日报》等报刊
卢希希	女	1985 年 9 月	湖州	发表网络长篇小说《九品皇后》《主上美如画》《总裁追妻：宝贝宠上天》《本宫不退位，尔等都是妃》，参与电视剧《婴宁》《我的男友是尾鱼》编剧
陆孝峰*	女	1968 年 1 月	湖州	湖州师范学院中文系副教授，湖州市作协评论创委会副主任。有文学评论、诗歌、散文发表于《江淮论坛》《当代作家评论》《星河》《散文百家》等报刊。曾获湖州市哲学社会科学优秀成果三等奖
小 雅* （吕国祥）	男	1981 年 10 月	湖州	浙江省作协"新荷计划"人才。有大量诗歌发表在《江南》《文学港》等报刊
马利云*	女	1971 年 9 月	湖州	出版有散文集《行走与思考》
马青云	男	1955 年 4 月	山东 招远	主要从事地方文史的研究与写作，尤其是湖笔和书画文化。出版有《湖笔与中国文化》《谭建丞传》《费新我传略》《翰墨风流》《湖颖天下》等
闵司晨	女	1981 年 11 月	湖州	有散文发表于《妇女健康》和湖州市级报刊
倪平方*	男	1974 年 3 月	湖州	有诗歌在《星星诗刊》《文学报》《文学港》等报刊发表，多次在征文和文学大奖赛中获奖。曾被《校园诗报》编辑部评为"中国十大校园诗人"。出版有诗集《原乡·东林山水说》

姓　名	性别	出生年月	籍贯	文学成就
潘丽星	女	1968 年	湖州	1990 年曾进入鲁迅文学院进修。作品发表于《当代》《青年文学》《诗刊》《星星诗刊》等刊物，并入选多部诗选集
潘亚君 *（江南清秋月）	女	1977 年 4 月	宁波	曾获湖州市第二届青年文学优秀作品奖。著有网络长篇小说《绝恋大清》《绝恋今生》《繁华似锦浔城梦》《笑红尘》等，在网上均有数百万的点击率，其中前者达八百多万
钱大宇 *	男	1937 年 11 月	长兴	湖州师范学院中文系副教授，主要从事文学评论与研究，对茅盾、俞平伯、凌濛初等研究尤深，作品发表在《湖州师专学报》等刊物。出版有《茶与中华文化》。与人合编《湖州美食》
钱宽城	男	1996 年 8 月	湖州	《蝇人》等三篇散文入围东吴大学双溪文学奖，《蝇人》并发表于《南太湖》
钱　敏	女	1975 年 11 月	湖州	有散文、小说发表在省级专业报纸和市级报刊
钱凤伟	男	1954 年	湖州	主要从事杂文写作，有大量作品在报纸上发表
钱　燕	女	1967 年 11 月	湖州	有诗歌发表在《星河》《浙江诗人》等报刊
邵宝健 *	男	1946 年 12 月	湖州	《湖州日报》原副刊编辑。小小说《永远的门》获 1985 年—1986 年全国优秀小小说奖、小小说三十年"最经典的作品"称号，被制成高考和中考模拟试题。2002 入选"当代小小说风云人物榜"，获"小小说星座"称号。出版有长篇小说《结局》、散文集《又是一个小阳春》和小说集《永远的门》《绿鹦鹉》《曾经的阳台》《走出深巷的孩子》《裁剪青春》《幸运的香皂》《收藏家的隐秘》《复活的南天竹》等
邵庆春	女	1946 年 11 月	浙江余姚	在《浙江日报》《宁夏新报》《中国老年报》等报刊发表大量散文，其中《60 婆婆正年少》获全国征文一等奖。出版有《苔藓·微尘集》
沈　飞	女	1969 年 1 月—2014 年	杭州	曾主持《都市主妇》的"职场""情感"专栏，《萧山日报》的"阳光心理"专栏、《湖州晚报》的"心灵花园"专栏。发表散文、小说、都市情感故事和评论十余万字

姓　名	性别	出生年月	籍贯	文学成就
沈　宏*	男	1959 年 10 月	湖州	《湖州晚报》原记者，湖州市作协小说创委会副主任。在《百花园》《当代小说》等报刊发表大量的小小说、短篇小说、散文，曾获"新世纪小小说风云人物榜·新 36 星座奖"。《走出沙漠》获小小说三十年"最经典的作品"称号，《青涩香蕉》获第八届全国微型小说年度评选二等奖。另有作品入选《中国当代小小说排行榜》《中国新文学大系·微型小说卷》等八十多部选集，并被介绍到澳大利亚、加拿大等国。出版有小小说集《走出沙漠》《初恋的印象》《我在地铁站等你》《夏日最后一朵蔷薇》
沈　尉	男	1967 年 9 月	湖州	有小说、散文发表于市级报刊
沈文彬	男	1963 年 11 月	湖州	《湖州广播电视报》副总编，主任编辑。湖州市作协影视文学创委会副主任。有大量文艺评论散见《人民日报》《经济日报》《中国文化报》《环球时报》等报刊，并多次获奖
沈旭琴	女	1990 年 12 月	湖州	发表网络长篇小说《梨园梦情》《原来废妃爱潇洒》《玄冥记》《剑出青龙》《牧安天下》
沈旭霞*	女	1955 年 5 月	湖州	小说、散文发表于《东海》《江南》《文学港》等刊物。出版有小说集《他敲了那扇门》
沈雪晨	男	1992 年 8 月	湖州	浙江省作协"新荷计划"人才。有散文发表在《北京晚报》《旺报》和凤凰网等媒体。曾获海峡两岸征文奖首奖
沈元庆	男	1939 年 9 月	湖州	主要从事随笔写作
盛新凤	女	1970 年 1 月	湖州	中学语文特级教师。出版有《构建诗意的语文课堂》《两极之美》《盛新凤讲语文》《语文课堂：教学走向和美》等
施国琴	女	1977 年 12 月	湖州	有大量散文发表在《湖州日报》《湖州晚报》等处
施新方*	男	1963 年 2 月	湖州	有大量诗作发表在《星星》《诗江南》《西湖》《青年文学》《西部文学》等刊物。与人合作出版诗集《跨越》

姓　名	性别	出生年月	籍贯	文学成就
石　人* （石鹏飞）	男	1966 年 11 月	湖州	湖州市作协诗歌创委会副主任。20 世纪 80 年代中后期开始诗歌创作。在《星星诗刊》《东海》《萌芽》《诗选刊》近五十家文学刊物上发表诗歌三百多首，并多次获奖。系"北回归线"主要成员
宋洋格	女	1994 年 7 月	湖州	有诗歌和小说发表
苏佳欣	女	1962 年 11 月	辽宁锦州	有诗歌、散文和小说发表在《北方文学》《鸭绿江》等处
孙　敏	女	1977 年 11 月	湖州	从事散文和小说创作。曾任《南太湖》编辑
孙晓婷	女	1991 年 4 月	湖州	发表网络长篇小说《重生医女有空间》《绝世毒妃有点狂》《重生神医商女》《重生影后有空间》
汤　军* （苏又贞）	女	1988 年 1 月	湖州	2016 年发表的《幸得相遇离婚时》，阅读点击过亿。曾在磨铁女频获得订阅榜、点击榜、评论榜第一。2017 年创作的《我又不是你的谁》《危情》等系列作品，继续受到万千读者追捧，登上磨铁女频订阅榜第一，成为磨铁 2016 和 2017 年度的畅销作家之一。2018 年创作的《一念沉沙》多次登上订阅榜第一
唐水珠	女	1965 年 2 月	湖州	散文、随笔发表于《北京青年报》《语文天地》《中学语文报》《未来作家》等报刊
唐永昌*	男	1935 年 1 月	湖州	曾任湖州市委宣传部副部长，湖州市文联党组书记、主席。有散文、评论和文史作品发表于省、市级报刊
童　容	女	1967 年 9 月	浙江嘉善	有诗歌、散文、杂文发表。现负责经营湖州状元街大众书局
童天遥*	女	1994 年 8 月	湖州	出版诗集《小孤山》，翻译美国畅销童话《绿野仙踪》
童晓媛	女	1959 年 12 月	安徽芜湖	从事小说和散文创作。出版散文集《且听闲棚落秋籽》

姓　名	性别	出生年月	籍贯	文学成就
王　平 *（太王、三缘、三元）	男	1963 年 3 月	长兴	曾自印诗集《太王的诗》《独舞深秋的王》《王之路》。出版诗集《震旦少年》《震旦诗稿》《震旦之路》。诗作被翻译成多国文字。2012 年被评为《黄河诗报》年度诗人。曾任现代诗刊《在人间》主编
王慈南	男	1971 年 2 月	湖州	出版诗集《初试琴弦》
王海龙	男	1985 年 2 月	山东泰安	有诗歌、散文发表在市级报纸
王加佳	女	1974 年 12 月	安徽蚌埠	有散文、诗歌发表于《湖州晚报》《女报》《生活周刊》等报刊
王来润	男	1973 年 11 月	湖州	诗歌、散文发表在《湖州晚报》《湖州星期三》《南太湖》等报刊。主编《校园原创小说》（上下册）
王敏华	女	1980 年 6 月	湖州	有散文和纪实文学作品发表在《名流》杂志和《湖州当代优秀文学作品选·续编》《和春天一起芬芳》《湖商传奇》《一路走来·湖州百名交通人风采》《爱上这片清丽地》等书
王秀英	女	1965 年 4 月	河北	有散文、诗歌发表于市级报刊
汪　儒	男	1994 年 9 月	湖州	有诗歌、散文、小说发表在市级报刊。编印有诗文选《星月辰光》
汪建民	男	1959 年 4 月	湖州	诗歌、散文发表于《萌芽》《飞天》《星星诗刊》《新民晚报》《水乡文学》《湖州日报》等报刊。出版散文集《菰城旧事》
汪俊国	男	1957 年 11 月	安徽安庆	中国国土资源作家协会会员。主要从事散文、报告文学和广播电视作品写作，发表作品五百余万字。著有《我心中的香格里拉》《今日竹乡》《竹海情》《成功的合作》等
韦　良 *	男	1978 年 11 月	湖州	湖州师范学院文学院副教授、博士，湖州市写作学会副会长兼秘书长。文学评论和论文发表在《宁夏社会科学》《湖州师范学院学报》《名作欣赏》《鲁迅研究月刊》《河南社会科学》。参与撰写《湖州现代文学史》。出版有《岁寒惟有竹相娱——湖州竹文化研究》

姓　名	性别	出生年月	籍贯	文学成就
吴　丹	男	1969 年 12 月	安吉	湖州市作协主席团成员。发表有《马云与阿里巴巴神话》《永葆青春的冯根生》《扛民族大旗的宗庆后》等报告文学和散文。作有歌颂海空卫士王伟的《等你回家》等多种歌曲
吴　琦	女	1975 年 11 月	湖州	有诗作发表于《诗刊》等刊物，并入选 2006、2007 年《中国诗人论坛精品年选》等书
吴沈方 *（沈方）	男	1962 年 4 月	湖州	从事诗歌和评论创作。与人合作编有《晟舍利济禅寺志》
谢根林 *	男	1962 年 6 月	湖州	湖州市作协秘书处联络部主任。在《西湖》《文学港》《短篇小说》《读者》等报刊发表小说百余篇。有作品入选全日制小学五年级语文教材和青少年课外读物，多次获全国小小说奖。出版有小小说集《你千万别说穿》、长篇小说《1975 年的粮食》
谢莉英	女	1970 年 12 月	湖州	有诗歌、散文和随笔发表在中英文对照《国际汉语诗坛》和《新诗界》《教师报》等报刊
谢桃花	女	1962 年 4 月	安吉	浙江省闪小说学会秘书长。有大量闪小说、散文、诗歌发表在省市级报刊。出版闪小说集《白开水》
许　慧	女	1984 年 9 月	湖州	有散文、诗歌发表于《美少女》《大舞台》等报刊
徐　峰	男	1963 年 10 月	湖州	有诗歌、小说发表
徐　湖	男	1952 年 3 月	湖州	有大量文史、散文、随笔、游记发表于市级报刊和台湾《台浙天地》
徐　瑾	女	1978 年 4 月	长兴	有散文和小说发表于《泉州文学》《南太湖》等刊物。曾获全国茶文化散文大赛二等奖
徐斌姬	女	1978 年 6 月	湖州	曾任《南太湖》编辑。有散文、随笔发表于《浙江日报》《浙江青年报》等报刊。出版有《石油之子——王启民》（与人合作）
徐成荣	男	1953 年 5 月	湖州	有小说、散文发表在《江南》《传奇·传记》等报刊

姓　名	性别	出生年月	籍贯	文学成就
徐而侃	男	1987 年 2 月	湖州	出版有长篇小说《狼顾》（与父徐国华合著）、《乱武》
许桂林	男	1947 年 10 月	湖州	出版有《失传与拾遗》
徐国华（谷华）	男	1960 年 8 月	湖州	在省级以上报刊发表过小说、散文和文学评论。与儿子徐而侃合著出版长篇小说《狼顾》
徐建新 *	男	1955 年 8 月	湖州	出版有《古运河之梦》《秋日私语》《人生驿站》《南太湖笔记》《海派南浔》《何以久立》等。所著《茅坤传》2006 年获省"五个一工程"奖
徐世尧	男	1949 年 10 月	湖州	出版有散文集《记忆滨湖古镇》《乡的愁》和《徐振华传》，与人合作编有《人文织里》《晟舍利济禅寺志》
徐为群 *	女	1970 年 7 月	湖州	编印有诗歌散文集《门前的河流》《滚落的水珠》
宣卫敏 *（醉我、韩世风）	男	1981 年 4 月	陕西宝鸡	湖州市作协网络文学创委会副主任，省作协"新荷计划"人才。出版有长篇小说《婚姻战争》《痒》。另有《婚后好好谈恋爱》《出轨》《玩火之情海商途》《密爱》《出轨以后》《私密记忆》《婚外靡情》等长篇小说在网络发表
杨慧敏	女	1967 年 9 月	湖州	有散文、诗歌发表在《浙江工人报》《湖州日报》等处
杨建强 *	男	1956 年 1 月	湖州	出版有长篇小说《大红官印》《新任市长》《美丽地平线》。与人合著长篇报告文学《大漠高歌》
杨俊英	女	1960 年 9 月	河北保定	有诗歌、散文发表在市级报刊
杨如明	女	1954 年 3 月	湖州	出版有古风集《马踏千里激情扬》、诗论集《清茶一杯聊诗文》、散文集《日近西山云霞飞》、长篇小说《戚子的故事》、杂文集《带笑的匕首》、新诗集《百花》
杨伟民	男	1966 年 1 月	浙江海宁	作品发表在《浙江日报》《湖州日报》《今日浙江》等报刊

姓　名	性别	出生年月	籍贯	文学成就
杨新宇	男	1963 年 6 月	湖州	有诗歌、散文发表于《诗刊》《湖州日报》等处。出版有游记集《冰川蓝光》
杨怡欢	女	1989 年 6 月	湖州	发表长篇网络小说《倾世花嫁：邪王强娶不良妃》《我的男神欧巴们》《幸孕一生：总裁独宠小甜妻》《浅写人生》
姚采勤	男	1941 年 1 月	安吉	曾任湖州市文联副主席。从事随笔写作
姚林宝	男	1960 年 5 月	湖州	出版有散文集《印象岁月》
姚敏儿	女	1990 年 9 月	湖州	散文《故乡的机杼声》获湖州市第三届优秀青年文学作品奖。出版有散文集《最开始的路》、长篇小说《耳边的月亮河》
姚子芳 *	男	1949 年 1 月	湖州	出版有《东林山续志》《野菊斋漫笔》《野菊斋吟稿》《东林山民间传说选》《花甲忆旧》《澹吾居诗文稿》《千年古镇·东林》《东林山·祇园寺》和四人合作诗集《诗缘集》。系省"优秀民间文艺人才"
叶　云（云叶飘飘）	女	1981 年 7 月	湖州	网络长篇言情小说《想说爱你不容易》《来不及说我爱你》《情到深处误浮华》和短篇言情小说《你是风雨你是晴》均发表于巨星阅读网，《Boss 的贴身女保镖》发表于 17k 小说网。系省网络作协会员
伊　果	女	1981 年 8 月	湖州	诗歌发表在《青年文学》等刊物
伊方宪	男	1962 年 2 月	山东	有诗歌和小说发表在《人民日报》《大众日报》《山东作家》等报刊。发表有网络长篇小说《乱世强匪》《沂蒙仙侠》
殷成军	男	1963 年 9 月—2018 年 6 月	江苏仪征	有报告文学和散文发表在《人民日报》《解放军报》《浙江日报》《羊城晚报》等报刊
余　红	女	1972 年 10 月	安吉	有散文发表在市级报纸
余嘉林	男	1964 年 8 月	湖州	20 世纪 80 年代在《上海文学》《西湖》等刊物发表过散文、诗歌

姓　名	性别	出生年月	籍贯	文学成就
余连祥	男	1962 年 5 月	浙江桐乡	湖州师范学院教授。在《文学评论》《鲁迅研究月刊》《香港文学》《浙江学刊》等报刊发表大量文学论文。出版有传记《钱玄同》《逃墨馆主——矛盾传》《鲁迅画传》和学术专著《丰子恺的审美世界》《乌程霜稻袭人香——湖州稻作文化研究》《丝绸之源》等
俞力佳	女	1960 年 10 月	湖州	出版有散文集《我对这些微笑，对你也一样》
俞子娴	女	1984 年 4 月	浙江海宁	有散文、小说发表于《中学语文报》《湖州日报》等报刊
臧勇强 *	男	1958 年 6 月	湖州	有多部中篇小说发表在《东海》《章回小说》《今古传奇》《中华传奇》等刊物
张　瑜	男	1972 年 3 月	江苏江阴	曾在湖州师范学院从事文艺基础理论和文学评论的教学、研究和写作，现已调至浙江工商大学任教。出版有《文学本体论新论》
张公勤	男	1951 年 3 月	湖州	从事随笔写作
张建智	男	1947 年	湖州	出版有《〈易经〉与经营之道》《墨耕雅趣》《中国神秘的狱神庙》《儒侠金庸传》《忘我与自珍——王世襄传》《川上流云——中国文化名人琐记》《张静江传》《红楼半亩地》《嘉业南浔》《绝版诗话——谈民国时期初版诗集》《绝版诗话二集》和与人合著的《问红六记》等
张婧婧	女	1984 年 7 月	湖州	有散文发表于《东方法苑》《东方警苑报》等报刊
张前方 *	男	1957 年 11 月	湖州	曾主编湖州市委宣传部《世纪窗》《湖州宣传》杂志。出版有《缘木求鱼——费新我传》《王体第一人——沈尹默》《相约成功》《名人与南浔》《费新我与湖州》《中国院士与湖州》等人物传记和散文集《笔墨流韵》、长篇报告文学《大道如虹——改革开放四十年湖州公路纪实》
张西廷 *	男	1962 年 4 月	安吉	曾任湖州市社科联主席。《陆羽茶文化研究》主编。出版有《虎穴利剑》《湖州人物志》《走进西藏》《太湖南岸的商业旗舰：浙北大厦》

姓　名	性别	出生年月	籍贯	文学成就
张有麟	男	1947 年 7 月	湖州	从事随笔写作
章静颖	女	1985 年 4 月	浙江淳安	从事戏剧、散文、诗歌创作。多次在全国和省级文化系统的征文比赛中获奖
章　琼	女	1964 年 3 月	德清	有诗歌、散文发表在《湖州日报》《水乡文学》等报刊
章苒苒 *	女	1977 年 5 月	湖州	湖州市作协主席团成员兼网络文学创委会副主任，省作协首批"新荷计划"人才。湖州市第二届青年文学之星。出版有长篇小说《塔罗女神探之茧镇奇案》《塔罗女神探之名伶劫》《塔罗女神探之幽冥街秘史》《塔罗女神探之黄浦谜案》《盛宴》《客服凶猛》《闺蜜的战争》《别碰我》《莺花劫》《深爱食堂》《这世间始终你好：梅艳芳传》等十一部。其中《塔罗女神探之茧镇奇案》被拍成了电视连续剧《茧镇奇缘》
章旭梅 *	女	1972 年 11 月	湖州	在《散文》《青年作家》《小说选刊》《浙江日报》《钱江晚报》等报刊发表作品
赵　旦	女	1981 年 11 月	浙江诸暨	有散文、诗歌发表于《浙江法制报》《东方法苑》等报刊。系"浙江在线"悦读博客十佳推荐博主之一
赵炳森	男	2001 年 10 月	浙江嵊州	有散文发表在《中国少年作家报》《湖州晚报》等报纸。曾获全国征文奖、作文奖
郑清匀 *（舟颜）	女	1986 年 1 月	湖州	浙江省作协"新荷计划"人才。有诗歌、散文发表在《青年文学》《新世纪文学选刊》等报刊
郑　玮	女	1978 年 3 月	南京	散文作品发表在市级报刊
周顺荣	男	1958 年 8 月	湖州	在《中国物资报》《长江航运报》《湖州日报》等发表大量纪实文学作品
周　婷	女	1963 年 4 月	浙江绍兴	上海云文学签约作家、江山文缘社副社长。出版散文集《山水映像》

姓　名	性别	出生年月	籍贯	文学成就
周晓帆	女	1960 年 11 月	河北保定	有散文、诗歌发表于《东风汽车报》《湖州日报》《湖州晚报》《诗歌》等报刊
周晓贤 *	女	1957 年 3 月	湖州	其夫邓延远。在中国翻译界，她和她的丈夫邓延远是翻译、介绍美国作家霍桑作品最多的翻译家
朱　健	男	1986 年 12 月	长兴	在《湖州日报》《图书馆报》《宁波大学报》等发表散文数十篇
朱　军	男	1963 年 7 月	湖北武汉	小说作品发表在《湖州日报》《浙江工人报》。曾主编《湖州青年》杂志七八年
朱其根 *	男	1960 年 12 月	湖州	从事诗歌创作。现居上海。
朱新华	女	1949 年 3 月	湖州	有散文、小说发表于市级报刊，入编《中学生作文选》《山村歼敌记》等书
朱颖涵	女	1988 年 10 月	湖州	有散文、随笔、小说发表于《湖州晚报》等处。曾获省中小学生作文大赛二等奖。长篇小说《秘密》在《湖州晚报》连载
庄逸抒 *	女	1991 年 10 月	湖州	从事文学翻译，与人合译出版《心情词典》《乡下人的悲歌》《干掉太阳旗》
吴兴区作协				
贾桂强	男	1978 年 9 月	四川西充	作品见于《语文学习》《语文月刊》《中学语文》等期刊。出版有《论语新解：卓越人生八项修炼》《生长式语文课堂》
楼　昕	女	1973 年 11 月	湖州	在《中国德育》《打工族》《湖州日报》《湖州晚报》等报刊发表散文和儿童文学作品
马　纳 *	女	1988 年 4 月	安吉	出版有长篇小说《悼念公主的帕凡舞曲》《光恰似水》
彭启龙	男	1985 年 12 月	湖州	吴兴区作协副主席。散文发表在《浙江日报》《湖州日报》《湖州晚报》等处
钱娟丽	女	1979 年 5 月	湖州	有散文和报告文学发表于《中国审计报》《今日早报》等报刊。曾任《幸福吴兴》编辑

姓　名	性别	出生年月	籍贯	文学成就
任　涛	男	1988 年 11 月	浙江景宁	有散文、时评发表在《湖州晚报》和红网等媒体
邵小书	女	1982 年 6 月	哈尔滨	吴兴区作协秘书长。在《北方文学》《诗林》等刊物发表诗作，有诗歌入选《2003 年大学生最佳诗歌》《天津诗人》等书。曾获首届莫干山国际诗歌节游子主题诗歌大赛铜奖。出版诗集《缓缓》
宋滨海（沈白）	男	1981 年 7 月	湖州	2004 年加盟中国青少年新世界读书网，任编辑、主编，也曾任天涯浙江首席版主。现为南太湖网总编。作品以评论、小说、创意软文为主，代表作为中短篇网络小说《亲爱的，请不要原谅我的红尘颠倒》
吴新颜	女	1976 年 2 月	湖州	散文发表于市级报刊。曾为《湖州星期三》"师味馆"和《开拓者户外》"驴途随笔"版主
吴永祥 *	男	1981 年 11 月	湖州	吴兴区作协副主席。在《西南作家》《钱江晚报》《中国钓鱼》等报刊发表小说、故事和诗歌。有诗歌入选《中国当代乡土作家作品选》《中国当代诗词精选》。出版有《太湖农耕》
赵　瑛	女	1975 年 7 月	湖州	吴兴区作协副主席。从事小说、散文创作。小小说《雪莲花》获第二届中国（浙江）廉政小小说大奖赛二等奖
朱梓华	女	1981 年 8 月	湖州	散文、诗歌发表在市级报刊。曾在《浙江作家》发表书评
南浔区作协				
陈春仿	男	1968 年 3 月	湖州	南浔区作协副主席。有散文发表在《中国城乡金融报》《中国农村信用合作》和市级报刊
陈夫翔（原名陈富强，笔名阿锄）	男	1965 年 12 月—2014 年 2 月	湖州	有诗歌、小说发表在《西部文学》《东海》《西湖》《诗选刊》等报刊。出版有长篇小说《刻在监狱墙上的自白》、诗集《本土诗章》

姓 名	性别	出生年月	籍贯	文学成就
陈志芳	男	1964 年 8 月	长兴	湖州市作协报告文学创委会副主任。发表作品三十余万字。小小说《生命》《前车之鉴》分获第二届、第三届"西湖杯"全国小小说大奖赛二、三等奖
董建国	男	1958 年 8 月	湖州	1980 年开始发表文学作品。在各类报刊上发表散文、诗歌、报告文学约三十万字。有多篇作品入选省、市编辑出版的图书
高 宇	男	1962 年	湖州	写作散文、评论
胡秀林	男	1966 年 11 月	湖州	南浔区作协秘书长。在《青年晚报》等报刊发表散文、随笔等
柳湘武 *	男	1954 年 7 月	湖州	出版有长篇小说《流年如梦》《草根奇人》
龙 萍	女	1973 年 9 月	江西宜春	在《浙江教育报》《湖州日报》《湖州晚报》发表散文八十余篇。与人合著出版《頔塘之韵》
陆 剑 *	男	1981 年 9 月	南浔	南浔区文联副主席。出版著作《艺林名第——南浔金家》《南浔庞家》《好个新世界——南浔邱氏百年往事》《浔溪顾氏》《南浔名门闺秀》《双林绫绢织造技艺》《南浔文物集萃》等。编有《记忆南浔》《品读南浔——名家笔下的南浔》《留下南浔的脚印——民国涉浔报刊图文选辑》《南浔近代人物碑传集》等
潘新安 *	男	1969 年 6 月	湖州	诗作发表于《星星》《诗江南》《中国诗坛》等报刊和文学网站。出版诗集《界线》
钱红梅	女	1970 年 12 月	湖州	有散文发表在市级报刊
沈晓龙	男	1964 年 11 月	湖州	有散文发表在《中学语文报》《语文学习》《南太湖》等报刊
舒 航 *（吴建新）	男	1966 年 8 月	湖州	湖州市作协诗歌创委会副主任，南浔区作协副主席。诗歌、散文、文学评论等先后发表于《诗刊》《星星》《世界文学》等刊物，入选《浙江诗典》《2006 中国新诗年鉴》等。曾获全国诗赛三等奖
宋国萍	女	1979 年 11 月	湖州	有散文、小说发表在省市级报刊

姓　名	性别	出生年月	籍贯	文学成就
宋可可	男	1986 年 8 月	山东济宁	有诗歌、散文发表在《诗歌论坛》《祺》和湖州市级报刊
眭桂庆	男	1960 年 9 月	湖州	曾任《南浔通讯》主编。编有《南浔萍踪》《南浔民间故事》两书
孙　誉	男	1953 年 5 月	湖州	出版有影视剧本《江南士殇》。中篇小说《南浔城隍》发表于网络
唐　翔	男	1978 年 7 月	湖州	有散文，随笔发表于《中国散文家》《嘉兴日报》《湖州日报》等报刊
屠国平 *	男	1977 年 1 月	南浔	湖州市作协诗歌创委会副主任，南浔区作协主席。浙江省作协首批"新荷计划"人才。诗作发表在《诗刊》《诗江南》等刊物。出版诗集《清晨的第一声鸟鸣》《几里外的村庄》
屠晓红（林燕如）	女	1971 年 7 月	湖州	诗作发表于《上海文学》《浙江诗人》《星河》《中国诗人》等刊物。出版诗集《异乡的客栈升起我的月亮》《我活成了小镇的样子》
王根龙 *	男	1955 年 2 月	湖州	发表过八十多万字的小说和故事。出版有《平民故事》
王山贤 *（山贤）	男	1973 年 11 月	安徽蒙城	湖州市作协主席团成员，南浔区文联秘书长、区作协副主席。曾在《人民文摘》《中华瑰宝》《诗探索》等报刊发表诗、文五百余首（篇），入选二十余种诗文集。曾获"中国乡土文学奖"。系《南浔时报》副刊主编
吴继敏	男	1965 年 4 月	湖州	诗歌、小说等作品发表在《湖州日报》《水乡文学》《浙江诗人》等报刊。影评多次在省、市获奖。出版长篇小说《善复为妖》
杨光辉	男	1986 年 6 月	山东枣庄	有诗歌、散文、小说发表《长江诗歌》《湖州晚报》《浙江工业大学报》《鲁东大学报》等报刊
张继生	男	1952 年 8 月	湖州	散文发表在《湖州晚报》《湖州广播电视报》
章九英	女	1970 年 8 月	湖州	南浔区作协副主席。有散文发表在《家庭教育导报》《浙江教育报》《小学生世界报》等报刊。主编《语文》（一年级上、下册）教材

姓　名	性别	出生年月	籍贯	文学成就
张振荣	男	1946 年 6 月	湖州	散文发表在《浙江日报》《湖州日报》等处
赵鲜敏	女	1976 年 4 月	湖州	在《湖州晚报》《浙江幼儿教育》《家庭教育》《浙江税务》《浙江工人日报》等报刊发表较多散文
赵微坚	男	1957 年 1 月	湖州	南浔区作协副主席，菱湖凌波塘摄影文学社社长。有散文和小说发表在《新民晚报》《湖州日报》《南太湖》等报刊
周桂云	女	1987 年 8 月	湖州	有大量散文和诗歌发表在市级报刊
朱惠新	男	1964 年 2 月	湖州	在《浙江日报》《湖州日报》等报刊发表散文、诗歌、小小说。出版有《茅坤传奇》《乡绅大侠——朱麻树传奇》《在路上》等
朱剑平	男	1957 年 12 月	湖州	出版长篇小说《"双抢"纪事》
德清县作协				
陈德明	男	1972 年 6 月	德清	散文发表于《北京青年报》《深圳晚报》《湖北日报》等报刊
陈如尧	男	1962 年 11 月	德清	发表诗歌、散文和评论作品十余万字
丁慧根	男	1962 年 11 月	德清	有散文、小说发表于《浙江日报》《南太湖》等报刊和榕树下文学网站
方　君	女	1968 年 1 月	德清	有散文发表于《北京晚报》《钱江晚报》《南太湖》等报刊
黄立峰 *	男	1961 年 10 月	德清	有小说、散文和评论发表于《雨花》《湖州晚报》等处。出版有长篇小说《千禧年》和小说集《脸上的玫瑰》《仙乐园》、诗集《浴火双峰》
黄未未	男	1943 年 12 月	德清	自订有散文集《在远行的日子里》《萍踪》
李颖颖	女	1970 年 6 月	德清	曾为县报副刊编辑，在香港《凤凰文化周刊》和《古今谈》《浙江日报》等报刊发表散文、小说数万字。与张林华合著《走读德清》
康　霞	女	1978 年 1 月	德清	有散文作品发表在《湖州日报》《湖州晚报》

姓　名	性别	出生年月	籍贯	文学成就
罗永昌*	男	1958 年 9 月	德清	所著《黄郛与莫干山》获湖州市"五个一工程"奖。另出版有长篇报告文学《中国校车》
梅苏苏*	女	1969 年 6 月	安吉	湖州市作协散文创委会副主任。有散文发表于《浙江日报》《湖州日报》等处。曾获"湖笔的故事"全国征文优秀奖。出版散文集《翠微时光》
倪有章	男	1961 年 9 月	德清	乾元镇半月泉文学院院长、《半月泉》杂志主编。有散文和小说发表在《湖州晚报》《青年文学家》等报刊。出版有文史散文集《清邑书香》和教学专著《锄禾集》
钮智芳	男	1941 年 4 月	德清	从事文史写作。出版有《钮智芳自选集》《吴越拾萃》
潘瑶菁*	女	1990 年 7 月	德清	有小说、散文、评论发表在《中学生天地》《新蕾》等报刊。曾获"浙江省十大校园新锐写手"称号。出版有小说集《第十一个窗口》《结绳记爱》
钱　成*（笔名蓝泽）	女	1988 年 2 月	德清	浙江省作协"新荷计划"人才。出版有《校花诡异事件》《天亮就逆袭》《淘宝江湖》《云南秘藏》《吴越咒》等十多部小说。其中《校花诡异事件》被拍成了电影,《云南秘藏》和《淘宝江湖》被改编成了广播剧
陶　娇*（九度、陶罐）	女	1994 年 9 月	四川射洪	浙江省作协"新荷计划"人才。在网上发表有长篇小说《我们的四十年》《分手工作室》《金主大人请自重》《男神拯救计划》等。另有作品发表在《故事家·粉爱》《恋恋不忘》《三生三世》《历史同学》《粉言情》等杂志。出版长篇小说《你好,我的梵高先生》、悬疑幻想《走镖之时间摇摆》系列小说（三本）、都市言情《凉风有约》和古风合集《我有相思冠盛唐》《百草夜行》《九歌》
屠振林	男	1937 年 11 月	德清	发表有大量的散文、随笔。出版有作品集《乾元风物》
王海霞	女	1972 年 10 月	德清	出版有散文集《简单的深刻》。编印有诗文集《路过》

姓　名	性别	出生年月	籍贯	文学成就
王　森	男	1981 年 7 月	德清	出版长篇小说《青春不言败》。微电影《代驾》在泰州首届全国电影大赛上获二等奖
王　希	男	1987 年 10 月	德清	出版有长篇小说《美丽邂逅》
王征宇 *	女	1971 年 5 月	德清	德清县作协副主席。有大量散文发表在《扬子晚报》《合肥晚报》《北京青年报》《广州日报》等处。出版散文集《远的记忆近的生活》
吴承涛	男	1976 年 6 月	浙江庆元	出版《莫干山别墅往事》。多篇文章发表于《联谊报》《浙江园林》等处
向文凯	男	1988 年	湖北大冶	有散文发表在《人民文摘》《文史博览》《时代青年》《文汇读书周报》《百家讲坛》等报刊。出版有《落花香残人独立——唐宋词里缓缓而吟的才子佳人》
徐敏霞	女	1965 年 1 月	德清	从事散文创作
严寅峰	男	1986 年 6 月	德清	出版有长篇小说《苍龙》《2358 世界风暴》
薛小春	女	1956 年 2 月	德清	从事散文创作
杨宏伟	男	1972 年 4 月	德清	有诗歌、散文发表在《中国诗萃》《南吟北唱》《湖州日报》等报刊。出版有《尚博祖屋》
杨苏奋	男	1954 年 12 月	德清	有小说和散文发表于《西湖》《湖州晚报》等报刊。出版有文集《水乡短笛》
杨再辉 *	男	1967 年 10 月	贵州松桃	湖州市作协儿童文学创委会副主任。有小说发表在《青年时代》《花溪》《短篇小说》等报刊。出版有《天底下有一片红绸子》《岩脑壳》
姚　芳	女	1969 年 11 月	德清	出版散文集《微澜集》
姚达人 *	男	1944 年 1 月	德清	出版有短篇小说集《难忘的箫声》
姚培伟 * （吾辰吾爱）	男	1981 年 2 月	德清	出版有长篇武侠小说《侠踪芳影》和儿童文学《童话德清》《八哥与垂耳兔的校园生活》《八哥与垂耳兔历险记》。系省网络作协会员
臧运玉 *	男	1969 年 1 月	山东胶南	德清县作协副主席。曾为《中国妇女》专栏作家、新浪"草根名博"编辑。出版有散文集《锦衣》

姓　名	性别	出生年月	籍贯	文学成就
张健梅	女	1972 年 4 月	德清	从事散文、报告文学创作。作品发表于《团结报》《人民政协报》《联谊报》《浙江文史资料》《湖州日报》《湖州晚报》等报刊，收入《亲历与见证》《和春天一起芬芳》等书。
张立旦	男	1962 年 9 月	德清	从事诗歌创作。编有《德清青年十年诗选：太阳风》
赵　俊 *	男	1982 年 4 月	德清	1995 年以来有大量诗歌发表在《诗刊》《中国作家》《解放军文艺》《上海文学》《天津文学》《青年作家》等刊物。2019 年获第四届"湖州青年文学之星"称号。出版诗集《莫干少年，在南方》
赵长根 *	男	1946 年 11 月	德清	所著长篇小说《村韵》（与赵艳艳合作）获湖州市"五个一工程"奖。另出版有长篇小说《我不能没有你》《御史轶事》、散文集《前溪韵事》、中短篇小说集《乡村往事》和长篇报告文学《田野如歌》
赵艳艳	女	1975 年 8 月	德清	与其父合著的长篇小说《村韵》获湖州市"五个一工程"奖
周江鸿	男	1961 年 11 月	德清	有大量诗歌、小说发表在《中华读书报》《山西晚报》等报刊。出版有《二十五孝马福建传》《德清扫蚕花地》等
周武忠	男	1970 年 8 月	德清	有散文、小说发表在《山西文学》《天涯》《人民教育》等报刊，并多次在全国性散文大赛中获奖。出版散文小说合集《乡间文脉》、散文集《该不该坦白》
朱　炜 *	男	1989 年 9 月	德清	湖州市作协散文创委会副主任，浙江省作协"新荷计划"人才。在《中华读书报》《书屋》《浙江作家》《钱江晚报》等报刊发表大量散文。系德清县诗词学会会长。出版有《诗词小品》《湖烟湖水曾相识》和《俞樾与湖州》（与徐建新合著）以及《百里湖山指顾中》《君自故乡来》《莫干山史话》。选注出版《跳上诗船到德清》

姓　名	性别	出生年月	籍贯	文学成就
长兴县作协				
曹秋华*	女	1977 年 10 月	长兴	湖州市作协儿童文学创委会主任，长兴县作协秘书长。散文、小说发表在《青年文学》《南太湖》等报刊。参与创建和培育"长兴少年作家"文艺品牌二十年。参与编辑图书十余种
陈　曦	男	1967 年 8 月	长兴	有散文、小说、诗歌发表在《钱江晚报》《青年文学》《江南诗》等报刊。主编《长兴实小校报》。曾获湖州市第二届诗歌大赛二等奖、新世纪文学之星奖等。出版散文集《一个人的江湖》
陈美霞*	女	1971 年 9 月	长兴	湖州市作协诗歌创委会副主任。有数百首诗发表在《诗刊》《青年文学》《长江诗歌》等报刊。出版有诗集《一朵云的走私》
陈智元	女	2004 年 2 月	长兴	有小说、散文发表在《南太湖》《紫笋》等刊物。曾获第八至十二届浙江省少年文学之星征文大赛一等奖、第十八届"语文报杯"全国作文大赛省级特等奖、第四届"中学生天地杯"全国作文大赛省级一等奖
戴国华*	男	1985 年 10 月	长兴	浙江省作协"新荷计划"人才。在《中国诗歌》《散文诗》《山东文学》《扬子江诗刊》等报刊发表大量诗歌。出版有诗集《在江南遇见你》
戴建委	男	1964 年 6 月	长兴	有诗歌和散文发表在市级以上报刊
丁　胜	男	1964 年 9 月	长兴	有诗作发表在《青年文学》《诗江南》《西湖》等报刊，入选《浙江先锋诗歌》等集子
董永驰	男	1966 年 9 月	长兴	有散文发表在《台港文学选刊》《中学生语文报》《湖州日报》等报刊
窦淇儿	女	2002 年 2 月	长兴	有小说和诗歌发表在《紫笋》《湖南诗人》等刊物和《长兴歌》等图书。曾获第十至十二届浙江省少年文学之星征文一等奖，第十三届二等奖
杜使恩	男	1954 年 5 月	杭州	从事古典诗词和杂文创作。出版有诗集画册《诗咏长兴》

姓　名	性别	出生年月	籍贯	文学成就
范新萍	女	1970 年 11 月	长兴	有散文发表于《少年文艺》《小学生时代》《教育文汇》等报刊
胡　健	男	1960 年 7 月	宁波	有散文、诗歌发表于市级报刊
胡加平 *	男	1960 年 7 月	长兴	湖州市作协诗歌创委会主任，长兴县作协副主席。在《十月》《江南》《青年文学》《西湖》《人民文学》《中国诗人》《山东文学》等报刊发表大量诗作。系省文联刊物《品位·浙江诗人》编委
黄梅宝 *	女	1969 年 6 月	浙江诸暨	出版有长篇小说《水色》和传记《戏梦人生——元曲大家臧懋循》。后者获湖州市"五个一工程"奖
李思雨 *	女	1996 年 3 月	长兴	浙江省作协"新荷计划"人才。曾获"浙江省少年文学之星"称号和全国第三届鲁迅青少年写作大赛一等奖。作品《十年》被《中篇小说选刊》转载。出版有作品集《仰望星空》《最好的时光》
李永春 *	男	1963 年 4 月	长兴	在《文汇报》《安徽日报》《中国建材报》等报刊发表数十篇散文、小说和纪实文学作品。出版有长篇小说《大雨将至》和纪实文学作品集《记录着》
李玉富	男	1969 年 6 月	安徽宣城	出版有长篇历史小说《陈朝演义》
林俊毅	男	1979 年 4 月	长兴	有散文、诗歌入编长兴出版的《花香散处》《我爱长兴》《千朵向往》《灵雨清扬》等书
凌建华 *	男	1958 年 9 月	杭州	有散文、小说发表在《浙江日报》《南太湖》等报刊。出版有散文集《嘉亭桥畔》
刘月琴	女	1973 年 1 月	长兴	长兴县委宣传部副部长、县文联主席。有散文入编《天高云淡》一书。参与主编《静等花开》《长兴农事节庆》等书
卢　萍	女	1977 年 3 月	长兴	有散文入编《天高云淡》《静等花开》《长兴农事节庆》等书

姓 名	性别	出生年月	籍贯	文学成就
陆 英	女	1975 年 10 月	长兴	诗文发表在《浙江作家》《青年文学》《湖州晚报》等报刊，参与过县内多部文集的撰写。出版散文集《渡河之筏》
罗秉利	男	1976 年 2 月	长兴	出版有散文书评集《箬溪精舍随笔》
罗民强	男	1964 年 7 月	长兴	任县教育局副局长时为长兴少年作家协会做了大量工作
倪满强	男	1980 年 6 月	长兴	在《钱江晚报》《浙江教育报》《大江南北》等报刊发表散文、纪实文学六十多篇。曾获省全民阅读征文一等奖
钱爱康*	女	1969 年 2 月	长兴	湖州市作协散文创委会副主任。在《散文》《西湖》《延河》《青年文学》等报刊发表大量散文和小说。出版散文集《百年红妆》
钱江潮*	男	1942 年	浙江桐乡	从事评论写作。曾任长兴县委宣传部副部长兼《长兴报》党组书记
钦小明	男	1954 年 11 月	长兴	从事诗歌、散文创作。曾任《长兴报》副总编辑
沈 洪	男	1961 年 5 月	长兴	从事散文创作
施法根	男	1962 年 3 月	长兴	有散文入编《天高云淡》一书。参与主编《静等花开》《长兴农事节庆》等书
田新潮*	男	1931 年 9 月	浙江嵊州	1980 年加入浙江省作协。曾在《浙江日报》连载中篇小说。其在《南湖》发表的中篇小说《天城春晓》为新时期浙江发表的首部中篇小说
王梦甜	女	2006 年 9 月	长兴	有小说、散文发表在《南太湖》《紫笋》等刊物和《海小枪枪的作文课》等书。曾获浙江省少年文学之星征文第十二届一等奖、第十三届特等奖，第十八届"语文报杯"全国小学生作文大赛省级特等奖、第二十届大赛国家级一等奖。2017 年被评为湖州市"书香少年"
王庆忠*	男	1960 年 9 月	长兴	曾任长兴县委常委、宣传部长，主编多部文学作品集

姓　名	性别	出生年月	籍贯	文学成就
王伟卫 *	男	1972 年 5 月	长兴	在《青年文学》《山东文学》《新世纪文学选刊》《新民晚报》等报刊发表诗歌和散文数十篇
王文华 *	男	1964 年 3 月	浙江临安	有小说和纪实文学发表在《水乡文学》《南太湖》《文学天地》等刊物。出版长篇纪实文学《警戒线》《筑梦荒野》
吴 赟	女	1979 年 11 月	长兴	从事散文创作
吴黎明	男	1963 年 9 月	长兴	有诗歌发表在《青年文学》《湖州晚报》等报刊
许劲峰	男	1967 年 6 月	长兴	20 世纪 80、90 年代从事小说创作，作品发表在《水乡文学》等处
徐秀米（内忧外欢）	女	1971 年 6 月	长兴	散文发表于《湖州日报》
徐　侠 *	男	1963 年 9 月	河南光山	出版有散文集《寻找汉朝人的足迹》和小说集《那山、那人、那事儿》
许仲民	男	1950 年—1996 年	长兴	曾供职于夹浦乡文化站、长兴县文化馆和市委统战部。在《东海》《人民日报》《浙江日报》《水乡文学》发表小说、散文三十余万字。主编《民间文学集成：长兴县歌谣谚语卷》。身后出版小说、散文选集《太湖走龙船》
杨 星（苏然）	男	1990 年 1 月	长兴	2006 年进入网络文学行业，曾任阅路小说网副总裁兼总编辑。也曾投资网络电影。创作影视剧本《黑萝莉与白萝莉》《美女总裁的贴身特工》《猎魔师：孤岛惊魂》《诛魔志》。出版有长篇小说《妖颜惑众》和《90's 大合唱》（合集）
尹奇峰 *	男	1976 年 12 月	长兴	小小说和故事发表在《微型小说选刊》《新民晚报》等报刊。出版长篇小说《神秘爆炸下的幸存者》。另有长篇小说《神弓少侠》《学生会主席与校花的凄美爱情》等发表在文学网站
张文华	女	1967 年 11 月	长兴	有小说发表在《水乡文学》等处
周炳华（卢笛）	男	1965 年 3 月	长兴	有诗歌、散文发表在《星星诗刊》《红岩》《飞天》等报刊

姓　名	性别	出生年月	籍贯	文学成就
周春明	男	1972 年 8 月	长兴	有散文、诗歌发表在《浙江日报》《钱江晚报》《湖州日报》《南太湖》等报刊
周克瑾	男	1943 年 6 月	长兴	20 世纪 80 年代在《东海》《浙江文艺》《南湖》等发表诗歌
周秀明	女	1964 年 10 月	长兴	有散文、报告文学发表在《浙江建材》《湖州日报》等报刊，入编《千朵向往》《天高云淡》等书
朱云梅	女	1965 年 6 月	长兴	有诗歌、散文发表在《星河》《野草》（增刊）和《国家诗歌地理》等报刊
安吉县作协				
白锡军	女	1972 年 10 月	安吉	安吉县作协副主席。有大量散文发表在省市级报刊。出版长篇小说《北乡》
蔡悦悦	女	1969 年 12 月	安吉	有诗歌发表在《中国文学》《星河》等报刊
陈连根 *	男	1967 年 11 月	安吉	诗词和散文发表于《诗刊》《文萃》《苕霅诗声》等报刊。系安吉吴均诗社社长
陈　树 *	女	1986 年 7 月	安吉	浙江省作协"新荷计划"人才。"海小枪枪"团队首席主创。有小说发表在《浙江作家》《南太湖》等报刊。出版《大侦探海啦啦》校园探案系列五册。与海飞合著《红石榴》
陈　霞	女	1962 年 7 月	安吉	曾任安吉县作协副主席。有大量诗歌、小说和散文发表在《上海文学》《散文选刊》《黄河》等报刊。系《中国竹乡》杂志副主编。出版散文集《美丽视角》
程维新	男	1962 年 8 月	安吉	系八角尖青年文学社主要负责人兼《八角尖》刊物主编。散文和报告文学发表在《浙江人大》《浙江科学文艺》《浙江科协》《湖州日报》等报刊
陈卓平	男	1947 年 10 月	安吉	有报告文学和散文发表在《浙江日报》《当代公安报》《东方剑》等报刊。与人合著的长篇报告文学《竹乡警魂》获湖州市"五个一工程"奖

姓　名	性别	出生年月	籍贯	文学成就
程志恒	男	1950 年 11 月	浙江浦江	散文、诗歌发表在《作家报》《南太湖》等报刊。编有《古驿今风》一书
戴晓云	男	1953 年 6 月	安吉	小小说和散文发表于《湖州日报》等处
董仲国	男	1946 年 10 月	安吉	从事近体诗、民间故事、游记创作。出版有《陋斋吟草》《安吉民间故事》《安吉民间风俗》《安吉民间歌谣》《章村揽胜》等
范一直	男	1962 年 7 月	安吉	出版有《名人往事——吴昌硕》《酱香杂记——地方文化随笔集》一、二和《酱香杂文集》《酱香随笔集》等
国　坚	男	1959 年 11 月	山东沂南	散文发表在《建设银行报》《西湖周刊》等报刊
胡　丹	女	1978 年 4 月	浙江永康	有散文、诗歌发表于《中国邮政》《浙江邮政》等报刊
黄文乐	男	1949 年 4 月	安吉	从事小说、歌词和小品创作。出版散文集《竹海拾贝》
黄学芳*	男	1977 年 5 月	江西南康	安吉县作协副主席。读大学时任南昌大学白白诗社社长。作品发表于《作家报》《诗江南》等报刊。出版有诗集《爱上雪青马》《自然的神示》
霍磊磊	男	1979 年 9 月	安吉	安吉县朗诵协会会长。有诗歌、散文发表在《竹乡文学》报和网络
李　丰	女	1966 年 2 月	安吉	有散文发表在《散文选刊》《建设银行报》《西湖周刊》等报刊。出版有散文集《心香一瓣》，编印有《春风十里柔情》
李惠兴	男	1949 年 2 月	安吉	从事散文创作
李建平	女	1967 年 2 月	江苏盐城	诗歌发表在《新世纪文学选刊》《海外文摘》《国家诗歌地理》等报刊
林万生	男	1952 年 11 月	安吉	诗歌、小说发表于《内蒙古日报》《浙江日报》等报刊
陆　霖*	男	1960 年 8 月	湖州	散文、随笔发表在《浙江日报》《湖州日报》《南太湖》等报刊，出版散文随笔选《四菜一汤》

姓　名	性别	出生年月	籍贯	文学成就
裴　峰	男	1982 年 12 月	湖州	有散文发表在《浙江日报》《浙江工人日报》等报纸
彭忠心 *	男	1967 年 8 月	安吉	出版有诗集《留香的椅子》《一亩菜地：雁远诗选》《半日村日记》
钱　燕	女	1967 年 11 月	湖州	有诗歌发表在《浙江诗人》《星河》《湖州日报》等报刊
邱　晔	男	1989 年 11 月	安吉	有散文发表在《湖州晚报》《竹乡文学》等处
阮日华	男	1931 年 2 月	安吉	从事散文创作和翻译。出版译著有《中国竹乡英语手册》（与朱晓琳合作）和《过隙留痕》《精选历代笑话》《谐趣园》等
沈　健 *	男	1958 年 12 月	浙江平湖	安吉县作协原副主席。在《星星》《诗人》《诗歌报》《西湖》《作家报》等报刊发表诗歌两千余首，入选多种选本。出版有《沈健文集》六册。其中《沈健诗选——青春只有一次》获湖州市庆祝中华人民共和国成立五十周年优秀文学著作奖
沈基铭	男	1943 年 11 月	安吉	有散文、小说和诗歌发表于《世界知识画报》《芙蓉》《湖州晚报》等报刊
施娟云	女	1978 年 1 月	安吉	有散文、小说和诗歌发表于《水乡文学》《浙江初中生》《环球花雨》等报刊
施立新	男	1967 年 5 月	安吉	从事小说和散文创作
帅泽兵 *	男	1983 年 4 月	湖南益阳	浙江省作协"新荷计划"人才。曾获第六、七、八届全国新概念作文大赛奖。在《中南大学学报》《山西大学学报》《理论与创作》《当代文坛》等刊物发表论文。文学作品散见各类报刊。其中《上海白领》为《小说月报》转载。出版有中短篇小说集《收养》。已回湖南工作
孙大庆	男	1964 年 9 月	浙江海宁	从事诗歌创作三十余年。曾获首届"梁祝杯"全球华语爱情诗文大赛银奖和"华夏爱情诗文百佳写手"称号。作品入选《2010 中国爱情诗精选集》
涂宝鸿 *	男	1966 年 3 月	安吉	出版有诗集《真声集》、随笔集《凡人心语》

姓　名	性别	出生年月	籍贯	文学成就
王　恩*	男	1955 年 4 月	安吉	发表文学作品一百六十余万字。著有电视连续剧剧本《华东英雄》、长篇民间故事集《五女传》、短篇小说集《阿桃》、长篇小说《网》《惑》《绝境重生》、散文诗集《温馨的旋律》，诗集（与人合著）、《文心同行》。系中国通俗文学研究会会员
王小刚	男	1982 年 12 月	江西湖口	散文、报告文学、财经评论等作品发表于《华夏酒报》《酒类营销》等报刊
王月华	女	1972 年 12 月	安吉	诗歌发表在《湖州作家》《湖州警学研究》等处
王行云*	女	1964 年 7 月	安吉	有散文、诗歌发表在《散文选刊》等报刊。出版有散文集《云深不知处》《云溪行文录》。系安吉县诗词楹联学会副会长
王毅人	男	1957 年 10 月	安吉	出版有散文集《怡情山水》《倾情诉说》
王芸芸	女	1987 年 7 月	安吉	有诗歌、散文发表在《国家诗歌地理》《散文选刊》《大北方》等报刊
汪时春	男	1964 年 4 月	安吉	有散文发表在《散文》《浙江日报》等报刊
吴　旭	男	1963 年 7 月	安吉	曾任安吉县作协主席。诗歌发表在《飞天》《东海》《鸭绿江》《诗歌报》等报刊
徐晓洪	男	1957 年 10 月	安吉	曾任《安吉报》党支部书记兼副总编辑。出版有作品集《常常感动》
徐旭赟	女	1977 年 9 月	安吉	有散文和小说发表于《杭州日报》《湖州晚报》等报刊
庾晓月	女	1962 年 6 月	浙江桐乡	从事散文、诗歌创作。出版有散文集《生命之歌》（与梁夫合作）和诗集《我在江南等你》
张　鹰*	男	1961 年 12 月	德清	诗歌、散文发表于《湖州日报》和红袖添香网等处
章李梅	女	1981 年 4 月	安吉	有散文、纪实文学发表在《浙江日报》《杭州日报》等处
章振民	男	1963 年 1 月	安吉	有散文、诗歌和小小说发表于市县级报刊

姓　名	性别	出生年月	籍贯	文学成就
郑　勇	男	1977 年 6 月	安吉	出版有《安吉民间桥梁》《安吉古代乡贤选编》，自行刊印《龙王记忆》《古碑记忆》《啸风堂文集》等书。参与编辑出版《安吉古代家风家训选编》
郑濂生	男	1947 年 12 月	安吉	出版有文史综合集《桃城拾英》《古郡记忆》
郑依群	女	1963 年 3 月	浙江金华	安吉县作协副主席兼秘书长。随笔、小说和歌词发表在《浙江老年报》《上海歌词》《花港》等报刊
周　麟*	男	1963 年 11 月	安吉	诗歌发表在《诗江南》《星河》《中国诗歌地理》等报刊
朱大为	男	1956 年	安吉	从事小说、散文创作
朱　婧	女	1989 年 9 月	安吉	有散文发表在香港《大公报》和《湖州晚报》等处
朱　敏*	女	1973 年 8 月	浙江象山	安吉县作协副主席。在《浙江作家》《文学港》《中国教育报》《浙江日报》《华夏春秋》等报刊发表诗歌、散文近千篇，获奖多次。出版有散文集《行走的风景》《人间有味是清欢》《蛋糕上的樱桃》《流年里的影子》和诗集《流淌》
朱国平	男	1966 年 1 月	安吉	《朱然研究》副主编。著有《先秦事迹六十讲》。主编《难忘的记忆》等书
朱龙泉	男	1954 年 4 月	安吉	有小说、散文发表于《中国劳动保障报》《湖州广播电视报》等报纸
交通作协				
高宝平	男	1952 年 2 月	山东齐河	浙江省诗词学会会员、湖州市诗词与楹联学会副会长。编印有《湖州一书一画五十家》《苕溪杂话》《湖州寺院探访》《春在和孚》《箬下春诗笺》《西吴观音》等。主编有《湖州茶诗书画集》《梵音法华》
钱永强	男	1982 年 10 月	湖州	有散文、小说、诗歌、评论发表在《浙江作家》《中国交通报》等报刊

姓　名	性别	出生年月	籍贯	文学成就
汪竹明	男	1975 年 11 月	安徽潜山	有诗歌、散文、小说发表在《浙江日报》《人民前线报》《湖州日报》《湖州晚报》《交通旅游导报》等报刊
张锦国	男	1962 年 11 月	湖州	市交通作协副主席。代表作为报告文学《魂系国脉》
赵华伟	男	1977 年 10 月	河南郾城	在《人民日报》《天津日报》《读者》（原创版）等报刊发表散文
朱惠勇 *	男	1945 年 2 月	德清	出版有《百舸争流》《江南大地》《朱惠勇散文集》《中国古船与吴越古桥》《中国古桥录》《中国船文化》《湖州古桥》《江南古桥风韵》《桥诗纪事》《船诗纪事》《中国古桥雕刻》《中国古桥楹联》《中国古桥文化》《德清古桥》《杭州运河船》《德清船事》
公安系统				
陈众立	男	1958 年 9 月	杭州	湖州市公安作协副主席。有小说、随笔发表在市级报刊
丁惠国	男	1979 年 1 月	湖州	有诗歌发表在市级刊物
郭楼儿	男	1981 年 12 月	浙江金华	有诗词和通讯发表在《人民公安报》《平安时报》等处
胡胜光 *	男	1957 年 3 月	湖州	发表小说、诗歌、散文近千篇（首）。曾任湖州市公安局《当代公安报》主编。出版散文集《雾里花》
金扬武	男	1996 年 3 月	安吉	小说发表在《啄木鸟》《人民公安报》等处
李旭佳	男	1962 年 11 月	湖州	散文、诗歌发表在市级刊物
马　俊	男	1985 年 6 月	湖州	有诗歌、散文和报告文学发表在市级报刊
潘水法	男	1961 年 8 月	湖州	有小小说、故事等在《新聊斋》《微型小说精选》《三月三》等报刊发表
沈　钰	女	1976 年 7 月	湖州	有散文、小小说发表于市级报刊。曾任《南太湖》杂志编辑

姓 名	性别	出生年月	籍贯	文学成就
沈秋伟*	男	1964年8月	湖州	出版有诗集《秋水南浔》《秋浦之歌》《沈秋伟诗选》和散文集《巡更者呓语》
沈宜嘉	女	1989年1月	湖州	有散文、诗歌和小说发表在市级报刊
孙绍吉	男	1985年5月	湖州	有诗作发表在《湖州警学研究》
王静静	女	1989年11月	长兴	有诗歌、散文发表在《湖州警学研究》
许文慧	女	1974年4月	陕西	有诗歌、散文发表在《湖州警学研究》
徐娅莉	女	1979年10月	长兴	小说、散文发表在《平安时报》《警营文化》等报刊
杨英杰	男	1985年11月	湖州	有小说发表在《推理》《岁月推理》等处。出版中篇小说集《水东疑云》
杨 悦	女	1987年1月	湖州	散文和小小说发表在《湖州日报》《湖州晚报》和《湖州警学研究》
余赛赛	女	1985年5月	长兴	有散文和诗歌发表在《钱江晚报》《湖州日报》等报刊
喻运哲	男	1987年7月	德清	有散文、报告文学发表在《浙江法制报》《湖州晚报》等处
张 剑（法医剑哥）	男	1978年2月	安徽宣城	著有网络推理小说《逝者无言》，出版中短篇小说集《法医密档·不在现场的证人》
张 伟	女	1985年10月	湖州	有散文、报告文学发表在《人民公安报》《法制日报》《浙江日报》等报刊
朱京宇	男	1953年3月	宁波	诗歌发表在《浙江日报》《绿洲》等报刊

（上表以县区和行业作协为单位，并按姓名拼音排序，同姓氏中单名靠前。姓名后带 * 者系浙江省作协会员）

第十一章　文学传媒与产业

文学传媒与产业古代就有，只不过古今叫法不同、形态不一而已。古代文学的传播除了说唱，主要是靠刻书和贩书。

我国的雕版印刷业始于隋唐时期的佛像刻印，到了唐代，才出现了与书籍发行相关的雕版印刷业，而兴盛则在两宋时期，见于史籍或有实物存世的则有北宋的《思溪藏》《唐书》《五代史记》等书籍。南宋、元、明，雕版印刷业长盛不衰。明代嘉靖以后，随着太湖流域经济的繁荣，私家藏书之风日炽，再加上书商的推波助澜，雕版印刷业进入了全盛时期，晟舍闵、凌两家的套色印刷达到了当时印刷技术的顶峰。

清代盛行考据之学，编纂丛书之风盛行。湖州刻印丛书众多，大多为家刻本、书院刻本，也有坊间活字本传世。

近代以后，文学传播形式和手段趋于多样，刻书和贩书被图书的铅印出版和现代发行所取代，但以刘承干为代表的藏书家坚持以保存国粹为宗旨的古籍刻印业，或纂辑丛书，或影刻善本，并请名家大师参与，质量力求精美，成为湖州雕版印刷业的美好余韵。

20 世纪 20、30 年代，文学报纸和杂志兴起，后来又插上了广播和影视的翅膀，文学传播如虎添翼。

20 世纪后期，随着互联网的兴趣和普及，文学传播进入了全媒体时代。

第一节　古近代刻印与书商

一、官刻

古代的刻书按主体和目的，可以分为官刻、私刻和坊刻。官刻是由官府主持进行的刻书活动；私刻是指文人刻印自己或者先辈的著作，主要用于赠送亲友；坊刻是指大规模刻印经典文学著作用于贩卖赢利的商业活动。

历史上，湖州的官刻并不发达，文献记载也较少。

【宋元湖州官刻本】

宋元时期湖州官刻本以湖州府刻存世最多，其中刻于南宋初期的《唐书》两百四十五卷、《五代史记》八十卷刻板，于淳祐三年（1240）调入临安（今杭州）国子监，成为"监本"。南宋时期，湖州州学还用《思溪藏》完工后多余的木板刻印过《论语集说》和张先《安陆集》等书。当时的官刻本采用官府文牍纸背印刷，称为"牍背本"。南宋湖州府所刻的程俱《北山小集》，就是用乾道年间（1165—1173）乌程、归安两县的官司账簿印刷的。元代湖州路刻印的毛晃《增修互注礼部韵略》是印在户籍册纸背面的。

【明清湖州官刻本】

明清时期湖州官府刻本多为府志、县志等地方志书和乡贤著作。如明正德十一年（1516）乌程县令方选刊刻的成化《湖州府志》《吴兴掌故集》和赵孟頫《松雪斋文集》两卷。书院刻本仅存明代安吉水南书院刊刻的陈霆《唐余纪传》及清同治十三年（1874）湖州爱山书院刊刻的同治版《湖州府志》二种。嘉靖十八年（1539），德清县令李檗主持刊印了陈霆的《两山墨谈》十八卷。长兴县也刊刻了徐中行的《天目先生集》二十卷。清代的官刻重点则在方志，乾隆十一年（1746）刊印了杭世骏修的《乌程县志》，嘉庆十年（1805）刊印了钱大昕、钱大昭修的《长兴县志》，光绪八年（1882）刊印了陆心源修的《归安县志》，以及光绪十七年（1891）刊刻的《安吉施氏遗著》等。

二、私刻

雕版印刷业在湖州比较发达的是私刻和坊刻。湖州历史上文人辈出，著述如林，再加上经济富庶，所以私刻图书历史悠久，而且成绩斐然。

【宋元湖州私刻本】

北宋末年，曾在朝廷为官的归安人王永从因为笃信佛教，致仕后与弟永溪在家乡创建思溪圆觉禅院，率儿子冲元、冲和、侄子冲允、冲彦于北宋政和七年至南宋绍兴二年（1117—1132）间刻印《归安县思溪圆觉禅院大藏经》五百五十函一千四百五十三部五千四百八十卷，系现存最早的湖州雕版印刷品。《思溪藏》以《千字文》编次，始于"天"字，终于"合"字，每版三十行，每行十七字，经折装，日本奈良唐招提寺有藏，2018 年由扬州古籍线装文化有限公司重新刊印。此外，王永从等人还刊印了《新唐书》两百二十五卷、《新五代史》七十四卷等。《安吉州思溪法宝资福禅寺大藏经》，简称《资福藏》，刻于嘉熙三年至淳祐二年（1239—1242）间，共五百九十九函一千四百五十九部五千七百四十卷，日本东京增上寺有藏。南宋叶梦得曾在湖州城北弁山石林精舍刊刻《石林居士集》一百卷，为寺院刻本外见诸史籍最早的湖州私刻本。其后，长兴施元之、施宿父子等刻有苏舜钦《沧浪集》《施顾注东坡诗集》等一批书籍。元至元五年（1339），归安练市花溪的沈璜刊刻《松雪斋文集》十卷、外集一卷、续集一卷，是赵孟頫文集最早的刊本，一般认为此书系根据赵孟頫亲笔手书锓版。

【明代湖州私刻本】

明代嘉靖以后，湖州的雕版印刷业进入鼎盛时期，成为全国印刷出版的一个中心。据《明代版刻综录》统计，两百多年间，湖州刊刻的书籍多达四五百种，为历代之冠，存世不下三四百种，绝大部分是私刻本。其中长兴臧懋循用家藏本和内府本对勘，于万历四十三年（1615）刻成的《元曲选》十集一百卷，不仅刊刻精良，且每剧均附有插图，浙江图书馆有藏。归安练市茅氏家族三代人有十四人刊刻过大量书籍，存世约四十种，其中茅瑞徵浣花居刻本存世六种，茅维凌霞阁刻本五种，茅一相文霞阁刻本四种，茅一桢凌霞山房于万历八年（1580）刊刻的《花间集》是存世最早的朱墨套印本之一。茅氏刻书最多是茅元仪，所刊不下二十种，偏重于晚明野史和自撰著作，其中包括自己的《武备志》朱墨套印本两百四十卷，以及崇祯年间的《石民四十集》《江村简寄》等。

【清代湖州私刻本】

清代私刻本不少是辑刻家族先人著作、本人著作，如严可均《四录堂全书》一千两百卷；姚文田《邃雅堂全书》七十三卷；陆心源《潜园总集》九百二十六卷；德清傅云龙的《籑喜庐丛书》四种，辑其出使日本时收集的四种中国典籍稀见版本等。道光年间，凌镐、凌镛为族人刊刻了《凌氏传经堂丛书》。此外，还有菱湖孙锡祉刊刻的《菱湖三女史诗词合刊》。

【湖州私家丛书刊刻】

湖州私家刊刻丛书，始于晚明。万历四至五年（1576—1577），凌迪知"桂芝堂"所刊刻的《文林绮绣》是湖州最早刻印的一部丛书，共五种十八册五十九卷，分别是《左国腴词》八卷、《太史华句》八卷、《文选锦字录》二十一卷、《两汉隽语》十六卷、《楚辞绮语》六卷等，有万历刻本和上海鸿宝斋清光绪二十年（1894）石印本等。《左国腴词》后传至日本。入清以前，湖州刊刻丛书共有十部。清代刊刻的丛书有范锴的《范声山杂著》八种十四卷，郑遵俶《国朝湖州诗录》三十四卷、《续录》十六卷。一些藏书家也刊刻稀见或学术价值较高的书，如南浔汪曰桢《荔墙丛刻》。陆心源刊印了《十万卷楼丛书》三编五十二种一百八十八卷，其《湖州丛书》内有所藏十二种湖州学者著作。还有光绪六年（1880）刊刻的丁宝书《月河精舍丛抄》，光绪九年（1883）刊刻的姚觐元《咫进斋丛书》等。

清代，还出现了一批湖州人在外地刊刻的丛书。光绪二年（1876），姚觐元在川东官署刻印了《姚氏丛刊》。光绪六年（1880），姚慰祖在粤东藩署刻印了《晋石厂丛书》。光绪十七年（1891），沈梦兰在祁县县衙刻印了《菱湖沈氏丛书》（又名《愿学斋书抄》）等。

【民国湖州私刻本】

民国年间，湖州藏书家刘承干、张钧衡、蒋汝藻、朱孝臧等乐此不疲地致力于刻书印书，常耗资巨万而不吝，只求流芳百世。他们有的本身就是饱学之士，有的高薪聘请名家大师，擘画校勘，精心刻印，为学术界所重。其中刘承干刻书最多，故单列介绍。张钧衡于1913—1917年间刻印了《适园丛书》十二集七十二种一百九十二册，1926年影印了十三种珍稀古籍，称《择是居丛书初编》。蒋汝藻刻的《密韵楼景宋本七种》又称《密韵楼丛书》，是影刻本中的精品，所用纸墨皆上乘。朱孝臧于1922年刻印了《彊村丛书》，收词集一百八十四种，为历代收词集最多的一部丛书。此外，民国初年还有钱单士厘的《归潜记》、沈家本的《沈寄簃先生遗书》《枕碧楼丛书》、蒋清瑞的《月河草堂丛书》、周庆云的《晚菘斋遗著》等。

【南浔嘉业堂的刻书业】

南浔嘉业堂藏书楼主人刘承干选择自己藏书中的孤本、善本，聘请董康、缪荃孙、叶昌炽、况周颐、朱孝臧等著名学者和书写高手饶星舫、刻版名家姜文卿、周梦江、陶子麟等，刻印了《嘉业堂丛书》五十六种七百五十卷、《吴兴丛书》六十四种八百五十卷、《求恕斋丛书》三十种两百四十一卷、《留余草堂丛书》十种六十卷等，其中《吴兴丛书》所收湖州历代学者撰著六十四种。之所以将刘氏刻书列为私刻，是因为刘承干刻书印书的目的不是为了赚钱，而是为了文化传播和学术交流。他刻印的书都是免费赠送给中外学人的，鲁迅因此称他为"傻公子"。

三、坊刻

历史上，湖州的坊刻非常发达，尤其是明嘉靖以后，随着资本主义经济的萌芽，雕版印刷业具有了明显的商业竞争性质，因此质量更加精进。谢肇淛《五杂俎》云："宋时刻本以杭州为上，蜀本次之，福建最下。今杭州不足称矣，金陵、新安、吴兴三地剞劂之精者，不下宋版。"胡应麟《少室山房笔丛》亦云："余所见当今刻本，苏常为上，金陵次之，杭又次之。近湖刻、歙刻骤精，遂与苏常争价。"坊刻在湖州历史上比较发达，但最具代表性的是晟舍的凌、闵二家。明代天启年间，凌、闵两家有大批双色、三色、四色甚至五色套印刻本独步天下，是中国继活字印刷后对世界印刷业的又一大贡献。据陶湘《明吴兴闵板书目》统计，明亡前二十多年中，凌、闵两家所刻套印本有一百十七部一百四十五种，而台湾李清志《古书版本鉴定研究》认为不下三百种。此外，清雍正三年（1725），书商潘大有用活字印刷术刊印了汪亮采的《唐眉山诗集》，这是唯一存世的湖州版活字本，辑入《四库全书》。乾隆六十年（1795），书商刘文光刊刻了栖霞人牟庭的《楚辞述芳》，后来又刻印了《童子问路》等。

【晟舍凌氏的刻书业】

晟舍凌氏就是明末著名作家凌濛初的家族。凌氏刻印图书始于明万历五年
（1577），凌迪知单色印刷了湖州最早出版的丛书《文林绮秀》。两年后，凌氏刻
印开始采用套印技术，凌稚隆用朱、墨二色套印了二十四卷《史记纂》，成为织
里晟舍最早的套印图书。所谓"朱墨套色"，就是先刻一板印黑色正文，再刻一
板印红圈点或批语。时人陈继儒说："吴兴硃评书籍出，无问贫富，垂涎购之。"
可见当时很受市场欢迎。十年以后，凌稚隆又用朱、墨二色套印了二十六卷的《吕
氏春秋》。凌氏的刻书，偏重于文学著作，不仅有双色套印，还有三色、四色甚
至五色套印，凌云刊《文心雕龙》，用色就多至五种，而他们刻印的戏曲、文学
作品，常附徽州名匠所绘刻的精美插图。凌氏家族从事刻书印书的有二十余人，
他们和闵氏家族的刻书印书人一样，是印刷史上公认的最有名的套版印刷家。凌
濛初套印刻本有《孟浩然诗集》《王摩诘诗集》《孟东野集》《西厢记》《琵琶记》
《红拂传》《虬髯客传》《东坡书传》等二十多种。流传至今的凌氏刻套色图书色
彩分明，工艺精湛，绝少参差交错。顾志兴在《浙江的藏书家藏书楼》一书中说：
"这在当时是独步天下的，可说是浙江出版史上之最。"

表 11-1：凌氏家族刊印文学著作一览

书　名	刻印者	卷数	采用墨色种类	刻印年代
唐骆先生集	凌毓枏	八	朱、墨	万历十九年（1591）
楚辞注评	凌毓枏	十七	朱、墨	万历二十八年（1600）
琵琶记	凌濛初	四	朱、墨	万历年间
李长吉歌诗	凌濛初	四	朱、墨	万历年间
东坡先生书传	凌濛初	二十	朱、墨	万历年间
李诗选	凌濛初	五	朱、墨	万历年间
苏长公小品	凌濛初	四	朱、墨	万历年间
陶靖节集	凌濛初	八	朱、墨	万历年间

书　名	刻印者	卷数	采用墨色种类	刻印年代
西厢记	凌濛初	五	朱、墨	万历年间
解证	凌濛初	一	朱、墨	万历年间
会真记及附录	凌濛初	一加一	朱、墨	万历年间
孟浩然诗集	凌濛初	二	朱、墨	万历年间
诗经（白文本）	凌濛初	不分卷	朱、墨	万历年间
周礼训笺	凌濛初	二十	朱、墨	万历年间
选诗	凌濛初	七	朱、墨	万历年间
苏长公合作及补	凌启康	八加二	朱、墨、蓝、黄、绿	泰昌元年（1620）
东坡先生禅喜集	凌濛初	十四	朱、墨	天启元年（1621）
世说新语注	凌瀛初	三	五色，具体墨色不明。	天启年间
圣门传诗嫡冢及附录	凌濛初	十六加一	朱、墨	崇祯四年（1631）
唐诗绝句类选	凌　云	三	朱、墨	崇祯年间
补唐诗绝句	凌　云	一	朱、墨	崇祯年间
评唐诗绝句	凌　云	二	朱、墨	崇祯年间
人物考	凌　云	一	朱、墨	崇祯年间
文心雕龙	凌　云	二	红、黄、蓝、绿、墨	不详

（本表根据杜信孚《明代版刻综录》所收录的凌氏家族所刻彩色套印本书目整理而成）

【晟舍闵氏的刻书业】

在晟舍，与凌氏家族的刻书业并驾齐驱的是闵氏家族的刻书业，但闵氏套印要晚于凌氏套印十多年，始于万历二十四年（1596）。那一年，闵齐伋用朱、墨二色套印了八卷《东坡易传》和二十卷《东坡书传》。二十年后，闵齐伋和闵齐华又以朱、墨二色套印了十五卷《春秋左传》。而闵齐伋刊印的八种十四卷

《会真六幻西厢》是我国最早的朱、墨套印丛书。万历四十五年（1617），闵齐伋用朱、墨、黛三色套印了《苏老泉批注〈孟子〉》。和凌氏家族不同，闵氏家族刊印的图书偏重于经史著作，他们从事刻书印书除了闵齐伋、闵齐华，还有闵于枕等十余人。

表 11-2：闵氏家族刊印文学著作一览

书 名	刻印者	卷数	采用墨色种类	刻印年代
东坡易传	闵齐伋	八	朱、墨	万历二十四年（1596）
东坡书传	闵齐伋	二十	朱、墨	万历二十四年（1596）
檀弓	闵齐伋	三（一说一卷）	朱、墨	万历四十四年（1616）
楚辞	闵齐伋	二	朱、墨、蓝	万历四十六年（1618）
韩文	闵齐伋	一	朱、墨	万历四十六年（1618）
花间集	闵齐伋	四	朱、墨	万历四十八年（1620）
读风臆评	闵齐伋	一	朱、墨	万历四十八年（1620）
秦汉文抄	闵迈德	六	朱、墨	万历四十八年（1620）
会稽三赋	闵齐伋	四	朱、墨	万历年间
空同诗选	闵齐伋	一	朱、墨	万历年间
东坡志林	闵齐伋	五	朱、墨、蓝	万历年间
刘子文心雕龙及注	闵绳初	二加二	五色，色种不详	万历年间
曹子建集	闵齐伋	十	朱、墨	天启元年（1621）
邯郸梦	闵光瑜	二	朱、墨	天启元年（1621）
文选尤	闵齐伋	十四	朱、墨	天启年间
琵琶记	闵齐伋	四	朱、墨	天启年间
文致	闵元衢	不分卷	朱、墨	天启年间

书　名	刻印者	卷数	采用墨色种类	刻印年代
李杜诗余	闵暎璧	十一	套印，色种不详	天启年间
批点杜工部七言律	闵齐伋	一	朱、墨、蓝	崇祯元年（1628）
刘拾遗集	闵齐伋	一	朱、墨	崇祯十三年（1640）
孟东野集	闵齐伋	五	朱、墨	崇祯年间
王摩诘集	闵齐伋	七	朱、墨	崇祯年间
选诗	闵齐伋	七	朱、墨	崇祯年间
古诗归	闵振业	十五	朱、墨	崇祯年间
刘子文心雕龙	闵齐伋	四加二	朱、墨	不详
苏老泉全集	闵齐伋 闵齐华	不详	三色，色种不详	不详
毛诗集注		四		
周礼		二十		
春秋左传		十五		
春秋公羊传		十二		
春秋穀梁传		十二		
苏批孟子		二		
楚词		十七		
晏子春秋		六		
陶集		八		
骆丞集及补遗		八加一		
淮南子		二十		
世说		八		

书 名	刻印者	卷数	采用墨色种类	刻印年代
初潭集		五		
枕函小史		五		
苏长公谭史		不详		
米南公谭史		不详		
孟浩然集		二		
韦苏州集		十加五		
李长吉集及外集		四加一		
李诗选		五		
杜诗选		六		
杜律		一		
柳文		六		
欧文		十		
东坡文选		二十		
苏长公合作		十加一		
东坡密语动		十六		
长公表启		五		
文忠公荣论选		十二		
东坡禅喜集		四册		
苏长公小品		四		
李定同诗选		一		
李氏朹书		六		
尺牍隽言		十二		

书　名	刻印者	卷数	采用墨色种类	刻印年代
绝祖		三		
唐诗归		三十六		
唐诗广选		七		
唐诗绝句类选		四		
唐诗艳逸品		四		
红拂传		二册		
词韵		四		
草堂讨		五		
文心雕龙		四		
文		八册		
董西厢				
会真记				
西厢记				
牡丹亭				
江梨记				
明珠记				

（本表前面信息完备部分根据杜信孚《明代版刻综录》所收录的凌氏家族所刻彩色套印本书目整理而成，后面根据河南图书馆馆刊所载《明吴兴闵氏书目》补充）

【花林茅氏的刻书业】

花林茅氏就是明代著名文学家茅坤的家族。茅坤因宗人横行乡里被劾归后，乡居四五十年，建白华楼，藏书数万卷，有藏书"甲于海内"之称，与范钦天一阁、项元汴天籁阁、沈节甫玩易楼并为"明代四大藏书楼"。所设刻书坊后成书街。除选编刻印《唐宋八大家文抄》一百六十四卷和个人著作《玉芝山房稿》二十二卷、《耄年录》七卷、《茅鹿门先生文集》三十六卷、《鹿门先生诗选》三卷、《白华楼藏稿》十一卷、《白华楼续稿》十五卷、《白华楼吟稿》十卷外，还刻印有《史记抄》六十五卷、《浙省分署纪事本末》六卷、《汉书抄》九十三卷、《五代史抄》二十二卷、《纲鉴删要》十卷及《徐海本末》《大名府志》等。

【长兴臧氏的刻书业】

长兴臧氏就是明代著名戏曲学家臧懋循的家族。臧懋循于明万历十三年（1585）被劾罢官后，归隐顾渚山中，潜心元曲研究和刻书。他历时三十余年，从山东王氏、湖北刘氏、福建杨氏和家藏三百余种杂剧中精选《窦娥冤》《汉宫秋》等一百部作品，加以修订，精工刻印了一百卷《元曲选》（又名《元人百种曲》）。此外还刻有自己的文集《负苞堂诗文集》二十六卷，以及《文选补注》十五卷、《古诗所》五十六卷、《唐诗所》四十七卷、《古逸词》二十卷、《弹词选》三卷、《棋势》十卷、《校刻兵垣》四编、《元史纪事本末》二十七卷和汤显祖《玉茗堂四梦》等大量图书。

【湖州陆氏的刻书业】

湖州陆氏就是清代著名藏书家、皕宋楼主人陆心源。他除了刻印自己的著作《潜园总集》九百二十六卷外，还刊刻有三编五十二种一百八十八卷的《十万卷楼丛书》。

【潘大有的活字刻书】

清雍正三年（1725），湖州书商潘大有曾替汪亮采排印活字本的《唐眉山诗集》七卷。这是湖州印刷并存世的唯一一种活字本古书。

【刘文光的坊刻】

刘文光是湖州书商。他的书坊名刘文光斋。乾隆六十年（1795），栖霞（在山东东北部，今属烟台市）人牟庭相委托刘文光刊刻了其著作《楚辞述芳》两卷，后来又刻印了《童子问路》四卷。

四、书商

刻书业的发达，尤其是坊刻的发达，必然催生书商的产生和发展。除了南浔的刘承干因为家道殷实，所刻印的图书用来免费赠送中外学者外，上面所介绍的坊刻家族，都是湖州历史上著名的书商。

【湖州书船】

作为江南著名的水乡，湖州的书商与众不同，不是靠马驼车载去贩书，而是摇着装满图书的船，穿行在密如蛛网、星罗棋布的河流湖泊之中，往来于今天长三角地区的城镇和乡村，贩卖图书，结交文友。郑元庆《湖录》云：湖州书商们"购书于船，南至钱塘，东南抵松江，北达京口，走士大夫之门，出书目袖中，低昂其价，所至每以礼接之，客之末座，号为书客"。这种以卖书为主要功能的船，被人们称为"书船"。

湖州书船都由普通的农船改装而成，仅三五吨重，上覆船棚，棚下两侧置书架，中间设书桌椅，供购书者翻阅选购时享用。书商们向刻书家趸购书籍，由两名船夫轮流摇橹，一路遇埠停靠售书。书船一到河埠停靠后，就一任读书人上船选购图书，船主——书商则带上书单，造访官员、举子等重要客户，任由主家浏览选择。

湖州书船以织里最为有名，故又名"织里书船"。明朝嘉靖、万历年间，随着晟舍雕版印刷业的发达，湖州书船也进入了鼎盛时期。据清同治《湖州府志》记载："书船出乌程织里及郑港、谈港诸村落。"湖州书船最早始于明朝初年，止于抗日战争时期，前后长达四个世纪。南浔诗人董蠡舟在《浔溪棹歌》中写下了这样的诗句："冰鲜大艑碰三板，织里书船聚永安。"描绘了织里书船聚集永安桥下售书的热闹场景。以诗文记载湖州书船和书商活动的还有海宁藏书家陈鳣、湖州藏书家陆心源和德清学者俞樾等。陈鳣《赠送苕上书估》诗云："万卷图书一叶舟，相逢小市且邀留，几回展读空搔首，废我行囊典敝裘。人生不用觅封侯，但门奇书且校雠，却羡溪南吴季子，百城高拥拜经楼。"其《新坂土风》诗又云："阿侬家近状元台，小阁临窗面面开。昨夜河面新水涨，书船都是雪溪来。"陆心源在其主修的同治《湖州府志》的序文中说："太湖有书船，夙善聚书。兵（太平天国战争）后我得于书船者，尚不下数万卷。"俞樾客居苏州时也有诗云："湖贾书客各乘舟，一棹烟波贩图史。"

书客们不仅卖书，还采购秘籍轶本，或者用新书交换孤本奇书，然后转售给刻书家刊印。书商们这种两头买卖的行为推动了著书、刻书和贩书业的发展。

正如凌濛初在《二刻拍案惊奇小引》中所写的那样：他在白门（南京）编写《初刻拍案惊奇》，本是"聊舒胸中磊块"，"以游戏为快意"，不料"为书贾所侦，因以梓传请。遂为抄撮成编，得四十种"。又不意"贾人一试之而效，谋再试之"，"乃先是所罗而未及付之于墨"，"聊复缀为四十则"，才有了《二刻拍案惊奇》的出版。

湖州书船和书商们在贩卖新书，搜罗孤本秘籍的同时，也为江浙两省藏书家藏书的聚、散起到了中介、流通的作用，促进了私家藏书业的兴盛和藏书大家的涌现。路工的《访书见闻录》在介绍明末常熟著名藏书家、刻书家毛晋时说：毛晋一生好藏珍本图书，常常不惜重金收购，宋、元本以页计价，每页钱两百文，所以各地书商纷纷趋而投售，湖州一带的贩书商人，更是一船一船满载古籍送到七星桥毛晋的家门口，大获其利。叶德辉在《书林清话》一书中也写道：湖州书客"别出一本，主人（毛晋）出一千两百。于是织里书船云集七星桥毛氏之门矣。邑中为之谚曰：'三百六十行生意不如鬻于毛氏。'"

第二节　现代文学报刊

湖州近现代报刊最早刊登文学作品的是钱玄同等人创办于清光绪三十年（1904）的《湖州白话报》，当时曾刊登过美国作家斯托夫人的小说《黑奴吁天录》（又名《汤姆叔叔的小屋》）。徐一冰等人创办的《南浔通俗报》设有"小说之部"专栏，发表小说作品。

民国年间创办的报纸，大多有文学或者文艺副刊。各文学社团也编印自己的社刊。抗战时期出版的战地报纸，也大多辟有文艺园地，发表抗战题材的文学作品。

一、文学刊物

《碧浪》

儿童文艺刊物。1916 年由陈果夫创办，目的是纪念遇难的二叔陈英士，两年后因陈去上海而停办。除了自己写文章发表，他还努力约请朋友供稿。对此，他曾这样写道："我曾经负责编过一种儿童文艺的刊物，名称叫作《碧浪》。编这种刊物的时候，最困难的是常常感到稿荒，记得那时候我不知写过多少信给许多朋友要稿子，可是等了好几个月，他们寄来的稿子还是很少。后来我因为右臂伤了，于是用左手又写了许多封反字的信，并限定时期，请他们交卷，这样给他们一个特别的刺激，他们才如限交了许多稿子过来。"

《吴兴东吴第三中学学生杂志》

创刊于 1918 年 6 月，大三十二开，铅印，新四号字直排，有圈点，无新式标点。内容除发刊词外，开辟有论说、学术、译丛、文苑、课艺、杂俎、记事、小说、师生姓氏录等栏目。课艺为作文选载，文苑多旧体游记诗，杂俎类似随笔，都是文言，只有 1918 年 6 月发表的竞年、笑梅的纪事小说《血手印》为白话文。

《湖州》月刊

湖州旅沪同乡组织"湖社"于 1924 年 10 月创刊的一份综合性期刊，发表过不少文学作品，其中有邱培豪、王文濡、施均父和严女士等人的旧体诗词，陈果夫的剧作《合作之初》（连载）、《怨女》和小隐翻译的托尔斯泰小说《冤》等，还有小说《一个可怜的负债人》《可怕的暗杀》等。1928 年 12 月出版的《中华国货展览会湖州日特刊》刊登有大量歌词、歌剧和儿童表演曲。该刊于 1937 年抗战爆发后停刊。

《女中季刊》

吴兴县立女中学生会于 1929 年印行，采用五号字横排、新式标点、白话文，为二十四开道林纸毛边本。主要刊登新诗、散文诗、小说、话剧剧本等学生作品。另，1934 年 1 月 1 日刊印的《吴兴县立女中最近概况》也辑入学生的文学论文、散文、诗等作品，都为白话文。

《民俗集锦》

20 世纪 30 年代由中国民俗学会吴兴分会主办，张之金主持。1932 年第一至十二期的要目有：赵景深的《月歌略谈》、娄子匡的《月光光歌谣跋》、叶镜铭的《谜语的分类》，张之金的《沈万三的故事》《孟姜女故事的转变》《叫魂与其故事》《坐庚申》等。

《湖郡》

这是民国时期湖州湖郡女中的校刊。从仅存的创刊号看，该刊创刊于1933年8月，由湖郡女中学生自治会学术股编印，大三十二开，横排，新式标点。内设小言论、文艺、书牍、漫谈、专著、戏剧、英文著作等栏目。文艺栏目发表新旧诗和散文等。

《飞英》年刊

这是东吴大学吴兴附中中学生编的一本校园文学刊物。1934年10月8日，上海《晨报》发表徐申的文章《吴兴文坛情报》。徐文说："一年一现的'飞英社'出版的《飞英年刊》，完全是东吴中学生编的，每年出版一本美丽的一厚册。内中有不少精心沥血之作。可惜我们接触这执吴兴文坛之牛耳的机会太少了！"此刊已散佚。

《绿洲》

吴兴县私立三余商业学校校园文艺半月刊，大约创刊于1934年，朱渭深主编，出版有几十期，初为油印本，后为铅印本。

《东吴附中》校刊

创刊于1935年。十六开，直排。现仅存的创刊号刊封面、目录已失，有于友的《渔光曲论》、胡华的小说《沉》、吴小武（即萧也牧）的小说《驼子》和一些新旧诗、散文等。

《湖中学生》

创刊于1936年1月，由浙江省立湖州初级中学学生自治会出刊。从师长题词中可知，湖州中学最早的学生刊物是《山钟》，创办于1919年。《湖中学生》主要刊载学生习作，另有少量散文和小说。

《野烽》

1936年5月由湖州野烽文艺社出版的铅印刊物，只出了两期。该刊经费由社员自筹，编辑姚天雁、宋铭心，印刷在衣裳街现代印刷所。该刊的内容以短篇评论、新诗、散文、杂文为主，重在抨击社会腐败现象，呼吁抗日救亡，除社员撰稿外，还有王亚平、蒲风的诗文，王达人关于倡导普罗文学和文字拉丁化的文章。两期的封面由唐伟木刻的高尔基、鲁迅像。刊物除委托湖州的书店代售外，大部分由上海福州路群众图书杂志公司代销。1936年11月，《野烽》遭地方当局查封，第三期夭折。

《省立浙西二中》校刊

1943年4月15日在安吉统里出版。当时难得的铅印学生刊物。用三十二开土纸印刷。刊发的作品反映了战时的学生生活。

《吴兴简师》年刊

1947年出版。十六开。有铜版照片。发表的文学作品多反映战时的学生生活。

《青年》月刊

文艺综合性刊物，1948年由吴兴县菱湖镇龙溪文学社创刊，铅印，只出刊一期即停办。

《新原》

湖州进步青年自发编印的油印刊物，创办于1948年7月。秘密参与编辑的人员有英士大学在校学生王也之、米业小学教师凌宁安、王秋藻、阙大申四人，内容摘自上海秘密出版的《文萃》《民主》《群众》等杂志，还有毛泽东《论联合政府》和解放军战报等。十六开，三十多页，印一百份。刊物部分在好友中分发，一部分邮寄上海、南京的大学学生会。刊物仅出了第一期，王也之就在杭州被捕（杭州解放时才被救出），凌宁安也因住处遭到搜查而潜往苏北解放区投身革命。

二、文学报纸及报纸文学副刊

《湖光》

1925年12月创刊的《湖州日报》在其第四版开辟的文学副刊，曾刊发《红玫瑰》《礼拜六》等言情小说，受到部分市民读者的欢迎。至1927年4月停刊，刊发四百九十期左右。

《乐郊》《小晨钟》《沙漠》《民间》《小学生》

《乐郊》是1925年8月创刊的《湖声日报》开辟的文学副刊。1929年，该报改版为《新湖声日报》，副刊也随之更名为《小晨钟》，后又改名《沙漠》，增辟

《民间》周刊，发表民间文学作品，为湖州最早的民间文学专刊。此外，《新湖声日报》还有费洁心主编的儿童专刊《小学生》。

《碧浪》

1925 年施问苍创办的《湖州日报》的文艺副刊。1943 年 1 月《吴兴日报》也创办同名副刊。《吴兴日报·碧浪》先后由叶飞鹏（金麦）、姚天雁、丁毅编辑。内容多为揭露日本侵略军暴行，反映抗日后方和游击区生活，回忆可爱家乡的杂文、散文、小品、诗歌。也曾讨论过"民族革命的大众文学"和"国防文学"两个口号，揭露过"游杂部队"的黑幕。1944 年，报纸总编辑周一弘因"共党嫌疑"而被拘审，《碧浪》逐渐远离现实。至 1945 年 2 月停刊时，共出刊 600 期。

《民铎报》

1926 年 10 月 10 日创刊，孔教会吴兴支会和弁山三天门翘云坛编发，八开，铅印成册，标"中华邮政特准挂号为新闻纸"。均为文言，除"论说""教史""要闻""丛录""纪事""商情"等栏目外，还辟有"文苑""小说"两个文学栏目。现仅存创刊号，故其出刊期数、停刊时间均不详。

《路旁》《泪花》《时轮》《劳燕》《亚波罗》《剧声》《骆驼》

《湖报》作为民国年间湖州最主要的一张报纸，办有一系列文艺副刊。《路旁》是《湖报》最主要的文学副刊，创办于 1929 年，由朱霞春编辑。从 1929 年到 1937 年抗战爆发，共出刊近八百期。内容大多为杂文、新诗、短篇小说及言情、社会题材的长篇小说连载。1930 年后，中共吴兴中心县委温永之组织朱霞春、房宇园、杨傃心等人以《路旁》为阵地，发表了大量讽刺、抨击现实的文艺作品，一直坚持到抗战前夕。1932 年，该报又开办了《泪花》副刊。在 1934 年—1935 年间，该报每逢星期四刊发《时轮》，由冷丝社的情萍主编，星期五刊发《劳燕》，星期六刊发《亚波罗》，星期日刊发《剧声》。《骆驼》也是《湖报》抗战前办的文艺副刊，由槐风艺社的周之铨编辑。周与吴小武（萧也牧）是东吴大学吴兴附中同学，因误传吴去世，周于 1935 年 7 月 21 日将第六期《骆驼》编成悼念吴小武专辑，该副刊随即终止。《湖报》各副刊在抗战时期随报停办。1945 年 11 月，《路旁》在《湖报》复刊一个月后复刊，但不编期号，由陆冰扬接任编辑，内容主要有杂文、诗、散文和剧评。1947 年元旦后，《路旁》的内容改为"尽量刊载有关菰城风光的文字如掌故、见闻之类"，"富于趣味性""适合大众口味"。同年 7 月，该副刊改由李世辉编辑，内容有杂文、小品、旧体诗、影评、剧评等。1948 年 4 月，《路旁》随《湖报》终刊。

《旸谷》周刊

《湖报》文艺副刊，1936 年—1937 年由朱渭深编印，共出了五十多期。曾刊登过蒲风、岳浪的诗歌，关于飞沙诗社《野烽》月刊的评论，发表过关于"民族革命战争的大众文学"和"国防文学"论争的文章。鲁迅逝世后，连续三期编发悼念专号。

《涵漾》

双林涵漾社费畏三、陈雁秋等人于 1937 年 3 月创办的一张四开铅印报纸，月刊，每期二张八版，从仅存的创刊号（残缺）看，内容除报道双林地区的社会生活外，大多是杂文，辟有"妇女园地""南风""青年生活""菩萨信箱"等栏目。"妇女园地"有"打倒残余的封建势力，造成一条新阵线"等口号及《束胸之害》《谈谈家庭女子》等文章。"南风"有向公《返乡杂志》、承镛《川陕旅行记》等文章。1946 年 9 月至 1949 年 4 月，双林十日刊的地方报纸《乡声报》也办有副刊《涵漾》，主编还是费畏三，应该是前者的延续或者是复刊。

《燃犀》《点心》《菰光》

系汪伪大民会湖州支部主办的《湖州新报》的副刊，创刊于 1938 年初。在 1939 年秋以前，副刊内容纯为消闲的《色情交易》《酒话》和剧本连载《诱惑》等。1939 年 9 月改名《点心》（还出现过《娱乐》《博览》等刊号），由李复生（秀材）编辑，除杂文外，还有连载四百期的小说《菰城春色》。1942 年 6 月再改名为《菰光》，改由巴静长编辑，1943 年后由姚颂鑫（顽童）、高庆安（新吾）接任编辑，逐渐出现了对现实不满的杂文。抗战胜利后停刊。

《粗茶淡饭》

日伪时期吴兴县立民众教育馆出版的一张四开小报，大约创刊于 1940 年 12 月。湖州市档案馆藏有 1941 年 2 月至 4 月的第三至五期。该报设有"民间故事""吴兴民歌""吴兴农谚""学生习作"等栏目。

《吴兴人报》

1944 年 3 月创刊，社址设在吴兴县梅峰乡镇水村吴兴县政府驻地，八开铅印，不定期出版，每期一张或二张不等，由《吴兴日报》印刷。主编章思源为县政府教育科科长。内容除刊登抗战消息外，还刊载抗战故事、抗战英烈、抗战笔记等专文和抗战诗词。同年秋随《吴兴日报》停刊。

《芥子园》《小菱塘》《菱光》

《菱湖日报》副刊，创刊于 1946 年 5 月 11 日，1947 年 6 月 1 日终刊，共出三十五期。旋风主编，多地方掌故、传说，连载谷斯范小说《荒谷之夜》。该报还辟有《小菱塘》《菱光》等副刊，作为青年作者的园地，发表诗歌、散文、译作等。

《万花筒》

1946 年 9 月至 1948 年春双林出版发行的《乡声报》的综合性副刊。该刊随报每五天出版一期，多发杂文。

《野草》

《湖报》于 1947 年元旦创刊的以杂文为主的副刊。编辑陆冰扬。但该副刊时间不长，同年 7 月就停刊了。

《文化茶座》《湖风》《国学》《影与剧》《民俗》

《湖州商报》副刊，1947 年元旦创刊，1949 年 4 月停刊。《文化茶座》每周三至四期，由朱渭深编辑，作者大多为在校中学生，也刊登过费洁心的民间故事《神墩计阿大》，共出四百多期。《湖风》为纯文艺周刊，也由朱渭深编辑，主要发表青年作者的文艺作品和评论，约出版百期。《国学》为古典文学研究专刊，由嵇训志编辑。《影与剧》由孙振亚编辑，介绍影剧知识。《民俗》周刊还是由朱渭深编辑，刊登风俗、传说、民间歌谣等稿件，其中第十期是由朱渭深之子朱郭（阿唐）编辑的歌谣，有《问答的歌谣》《子曰子曰》《和尚的歌》《十姐妹歌谣》《滑稽的歌谣》等。该刊还连载过王克勤的论文《民间歌谣的研究》。

《原野》《文艺苗圃》

1947 年 10 月 19 日复刊的《南浔周报》副刊，仅出版九十一期。《原野》多南浔掌故；《文艺苗圃》由徐迟（徐商寿）编辑，第一期刊登了徐迟《对于南浔文艺运动之希望》一文。他在文中写道："我是中华全国文艺协会的会员。在文协的会章之中就有一条，要会员在各地组织成文协的分会，联合爱好文艺者，一起来创作、研究，一起来欣赏文艺的……"

《湖州电讯》

1949 年 4 月 28 日湖州解放后，由湖州军管会文教科出版，集中刊登了一些在解放区发表过的文学作品。其中 5 月 29 日第 11 号刊登了毛泽东《在延安文艺座谈会上的讲话》、前线通讯《乌泥港》、胡奇《叶大嫂的船划在最前头》。6 月 2 日第 15 号刊登了朱德总司令的诗作和张泰的《农民的儿子朱德》、刘白羽的《无敌三勇士》、黎明的《十人桥》《解放军遵纪故事》。

表 11-3：抗战时期湖州文学报刊一览

刊物名称	主编	办刊时间	发行地点
战时消息	贵诵芬	1937 年	吴兴潘店
新报		1938 年 2 月创刊	善琏
呼号（后改名《前敌》）	温永之	1938 年 5 月—9 月	太湖之滨轧村东阁兜一带
雪耻		1938 年 3 月	菱湖
国魂	杨文虎、王洗等	1938 年 3 月至 1940 年	菱湖
战地大众		1938 年 5 月—9 月	吴兴
先锋日报	姚维新	1938 年 6 月停刊	德清新市
浙西日报	吴辞炎	1938 年	德清新市、於潜
战生报		1938 年至 1939 年	李泉生部队
浙西时报	诸克昌	1939 年 1 月	德清新市
前进报	三三青年团	1939 年	练市
烽火周刊	三三青年团	1939 年	德清洛舍
无线电日报		1938 年 1 月	德清新市
正言		1938 年 1 月	德清新市
吼声日报		1938 年	德清新市

刊物名称	主编	办刊时间	发行地点
湖报		1939 年 4 月	吴兴双林
抗建日报	长兴县政府	1939 年	长兴
铁血周报	姚逊	1939 年	江南挺进队第一路（朱希部队）
民吼日报	吴兴桐乡保甲编整委员会	1939 年	朱希部队
进攻半月刊	省政工第一队	1939 年	安吉县
突击半月刊（又名《青年突击队诗刊》）	省政工第二队	1939 年	安吉县
煤山呼声周刊	长兴县政工队	1939 年	长兴县
动员旬刊	省第十四流动施教团	1939 年	安吉县
前进旬刊	吴兴县政工队	1939 年	吴兴县郎玉麟部队
龙溪三日刊	胡志平	1943 年	吴兴县郎玉麟部队

第三节　当代文学传媒与产业

一、文学刊物

《吴兴文艺》《湖州文艺》

吴兴县文化馆主办。《吴兴文艺》1954 年创刊于菱湖，初名《俱乐部》，油印，后改名《文艺宣传材料》。1956 年迁到湖州城南太平巷。1957 年 10 月 1 日定名《吴兴文艺》，并改为铅印。每期三十二开十六页，多则二十八页，免费赠送各俱乐部和文艺小组，不发稿费，目的是配合中心工作指导群众文艺活动。《吴兴文艺》"文革"时停刊，1979年复刊，1982年改名《湖州文艺》，1983年撤地建市后停刊。

《飞英》

湖州市文化馆主办的不定期文学刊物，1957年初创刊。湖州市委文教部长王效彧兼任主编，省文联会员庄苇、归顺鸿和文化馆吕乐谋、湖中教师冯京担任编务。八开双面铅印，每期三百份，公开出售。创刊号刊登叶呈有小说《表》和评介。第二期为纪念"八一"建军节专刊，作者主要是军人。第三期编稿就绪，因整风反右停刊。在此同时，市文化馆以《飞英》编辑人员为主，同共青团湖州市委合作编成《湖州市青年诗歌选》一书，铅印出版。

《杭嘉湖文艺》

1958年10月由杭嘉湖出版社创刊于嘉兴，由茅盾题写刊名，是杭嘉湖地区第一本综合性文艺月刊。三十二开，彩色套印封面，每期二个印张。主编王克文。该刊的办刊方针是与政治、生产紧密结合，为政治、生产服务。发表的作品主要有小小说、特写、诗歌、戏剧、说唱、相声等，作者有工人、农民、战士、县委书记、机关干部、学生等。创刊号首页刊登毛泽东《送瘟神两首》。在头两期的刊物中，刊登了十一篇小小说，描写的对象有：为炼钢铁而剪掉长辫子的姑娘，为炼钢铁而献出心爱铜脚炉、铜勺的老人，用大字报帮助妻子改正缺点的丈夫。此外，还有歌颂"大跃进"的诗歌、散文、小演唱、曲艺等。这本刊物的印数初为一千册，委托杭州邮电局发行，后随订户增加印数，到第五期时印数达到了九千册。1959年停刊。

《电影介绍》

吴兴县电影管理站主办。1978年创刊。王欢生主编。先为活页传单式的宣传资料，后改为内刊出版。

《湖州师专学报》（哲学社会科学版）

前身是创刊于1979年4月的嘉兴师范专科学校《教与学》（文科版）季刊，由茅盾题写刊名，徐青主编。第一期刊出茅盾致编辑部的信和他为刊物创作的词《一剪梅·讲湖州的》。1981年春改为《嘉兴师专学报》（社会科学版），每年出版二期。第二期编发了《纪念鲁迅诞生一百周年》和《纪念辛亥革命七十周年》两个专辑。1982 年第一期编发《纪念沈雁冰同志逝世一周年》专辑，引起学术界关注。1983 年冬随校名改为《湖州师专学报》。1984 年起主编改为李广德。1988 年 2 月，学报向国内外公开发行，由湖州籍著名书法家费新我题写刊名，国内统一刊号为：CN33—5036/G4。1991 年第二期出版了"纪念《湖州师专学报》出版五十期大号"，刊出《庆祝中国共产党建立七十周年专辑》。校友、湖州市委书记葛圣平题词："坚持方向，体现特色，提高质量，造就新人。"1993年，学报由手工排版改为电脑排版。1994 年获"浙江省高校优秀学报"二等奖。1997 年，学报由单一的纸质出版转变为纸质与电子并行出版。1998 年获"全国高校学报优秀学报"二等奖，1999 年又获"首届全国高等学校社科学报质量进步奖"。《学报》刊发的文章大部分与文学有关，常见栏目有"现代文学""古典文学""外国文学""湖州文史""湖州作家作品""写作学"等。1979 年第二期和 1983 年第一期徐重庆关于鲁迅《自题小像》和《无题》诗发表年代的纠错为学术界重视。因诗人邵洵美之女在湖州工作，故发表了九篇关于邵洵美的文章。1984 年和 1986 年出版过两期茅盾研究增刊，发表韦韬、臧克家的来信，黄源、叶子铭、丁尔纲的文章和日本研究资料的翻译作品。重要的专辑有《茅盾 90周年诞辰专辑》（1986 年第二期）、《茅盾研究》专号三期（1987 年、1988 年、1989 年，发表茅盾研究文章一百四十四篇）和《湖州作家作品研究专辑》《古典文学研究专辑》等。

《南湖》

嘉兴地区文化局主办，群众艺术馆编印，创刊于 1979 年 5 月。浙江省期刊登记证第 36 号。社址在湖州市东门原湖州化工厂西边（今茅安前大桥北堍东侧）地区群艺馆二楼。该刊为文艺季刊，十六开本，每期七十二页，设有"新苗""新人新作""中学生作文选""处女作"等培育文学新人的专栏，由湖州市印刷厂承印，售价零点三元。该刊设有"小说""散文""诗歌""评论""人物风物""美术摄影"等栏目，主要面向本地区的作者和读者。《南湖》编辑部有编辑三人，主编许胤丰，编辑蔡文良、黄亚洲。编辑部曾于 1980 年 10 月和 1982 年 10 月分别在湖州和长兴槐坎举办过小说加工学习班和创作座谈会。该刊于 1983 年 6 月嘉兴地区撤地建市前停刊，共出版了十六期，发表作品四百九十四件，其中小说一百零七篇、报告文学七篇、散文三十三篇、诗歌三百六十六首、电影文学剧本二部、地方风物志十八篇、评论二十七篇，不少作品为省级报刊转载。后来，湖州市文联另行创办了《水乡文学》杂志，嘉兴市文联创办了《烟雨楼》杂志。

《竹乡》

安吉县文化馆主办。创刊于 1979 年 10 月，终刊于 1983 年 10 月。刊头由沙孟海题写。主编聂征夫。共出版九期，其中第一、二、九期为十六开刊物，第三至八期为四开报纸。该刊发过比较有影响的作品有：诸乐三的《读吴昌硕作品展有感》，聂征夫的《深切怀念刘少奇同志》等。

《三一小集》

这是改革开放以后湖州最早出现的民间文学刊物。1981 年 10 月由德清新市二十五岁诗人张明儿（笔名秋笙）和二十九岁的李向宇（笔名溯雪）、二十一岁的李卫华（笔名史欣）创办，为油印双月刊。刊物与湖州的柯平、伊甸（求学于湖州）、闻波，南浔的沈振斌，德清城关的周江林、周江鸿兄弟等交流。该刊共编印了十四集，于 1983 年 12 月停刊。三十八年后，张明儿在一篇题为《1981 年那个诗歌萌发的朦胧秋夜》的博文中不无感慨地写道："诗歌是纯文学的高雅形式，能在如此一个地理位置僻静的新市古镇上产生，居然让整个湖州的诗歌爱好者们惊呆了。这件事的影响之大，超出编者所料……此事在湖州的诗歌发展史上留有一席重要的地位，在湖州市诗歌界里，至今仍被传为美谈。"

《墨浪》

双林文化站主办，1981 年 12 月创刊，著名书法家费新我题写刊名，三十二开本，不定期出版。由韩铁夫、吴伯良、郑吾山、费畏三、汤作民、徐成荣等编辑，用钢板蜡纸刻写、手工油印。内容以民间文学为主，包括民间故事、传说、寓言、谚语、山歌、儿歌、民谣等。老作家周楞伽、双林籍作家韩天航、书画家兼诗人谭建丞、著名老中医叶橘泉、上海文人张百千、南京文人吴云坡及费新我、费之雄父子等都曾为之撰稿。1990 年第九期起扩版为十六开本，最多时达六十七页，印数由数十册增至两百册。内容由单一民间文学逐渐发展为散文、随笔、诗歌、小品、新编故事、小小说、评论等，至 2002 年 12 月停刊，共出版四十三期，其中有些作品被《人民日报》《光明日报》等转载。

《水乡文学》

湖州市文联主办。系《南太湖》杂志的前身。创刊于 1985 年 1 月，著名书法家费新我题写刊名，封面设计范一辛，刊号为"浙江省期刊登记证 CN036"，面向全国发行，定价零点四二元（外埠加邮资三分），社址在湖州市志成路。杂志第一年为双月刊，后改为季刊。主编先后为钟伟今、余方德。编辑部主任先后为蔡文良、周文毅，分工为闻波编小说，周文毅编散文，柯平编诗歌兼发行。初坚持走纯文学的道路，辟有"湖地乡情"栏目。徐迟的《1962 年在水乡》就发表在第十一期上。发行量为两千至四千册。后为追求经济效益，转给上海一家机构经营，改走通俗文学路子，发行量一度达到二十多万份。在 20 世纪 80 年代中后期的社会刊物大整顿中，地市级文学报刊大多由公开出版改为内部发行，该刊也于 1987 年 12 月因发表小说《一个女人和她的九个男人》受到查处，被撤销刊号并停刊。公开出版十四期，共刊登小说一百十篇、民间文学十五篇、报告文学十二篇、诗歌一百八十八首（含组诗）、散文十九篇、评论十篇。1987 年末的终刊号《告读者》说，刊物曾"从三四千份上升为二十五万份，影响也从一个中等城市突破到全国各地"。1991 年 8 月，《水乡文学》编辑部重新成立，作为市文联下属正科级事业单位，编制二名，随后，刊物采用"浙字第 02–1143 号准印证"内部发行，由姚采勤任主编，重新走纯文学道路。

《凌波》

菱湖文化站主办。创刊于 1986 年 6 月。编委会成员先后有黄晨星、杨志刚、赵微坚、李惠民、姚志卫等。为不定期的综合性文艺刊物，刊载小说、诗歌、散文、史话、故事、歌曲等，初为钢板刻写油印，第二十期后改打字油印。每期一百册，共出刊二十七期，其中一期为灯谜专刊。1997 年 6 月停刊。

《南太湖》

湖州市文联主办，由《水乡文学》改刊而来，以纯文学为主。冰心题写刊名。1996 年 7 月创刊时由姚采勤任主编，马雪枫任常务副主编。刊物设有"名士探索""世纪握手""新锐表现""文艺互联网"等栏目，主要发表小说、散文、随笔、纪实文学、诗歌等文学作品，注重培养文学新人。后由马雪枫任主编。1998 年起改用"浙内部资料准印证第 98341 号"出版发行，2002 年 1 月起又改用"浙内准字第 E007 号"。2002 年曾出版增刊二期。2003 年改为双月刊，次年复为季刊。2009 年 11 月湖州文学院成立后，杂志社与文学院合署办公，由院长高锋任社长，马雪枫任主编。后由金一鸣接任社长、主编。2016 年 6 月出版第一百二十期时进行了改版，开本由大十六开改为小十六开，页码由六十四页增加到八十八页。现任社长、主编沈文泉，编辑部主任陈芳。

《湖州师范学院学报》（人文科学版）

1999 年，随着湖州师范专科学校升格为本科院校的湖州师范学院，创刊二十周年的《湖州师专学报》（哲学社会科学版）更名为《湖州师范学院学报》（人文科学版），刊名采用"沙孟海体"，开本由小十六开改版为十六开。2002 年，刊号调整为 CN 33–1018/G4。形成了学术性、师范性、地方性的办刊特色。先后被《中国期刊网》《中国学术期刊（光盘版）》《万方数据·数字化期刊群》《中国核心期刊（遴选）数据库》《人大复印报刊资料》《高校文科学术文摘》等权威文摘和期刊收录。2003 年，学报页码从一百十页调整为一百四十页，定价由每册六元调整为十元。2006 年，人文科学版凭借特色栏目"地方文化研究"荣获"全国优秀社科学报奖"。2010 年，地方文化研究栏目"太湖文化研究"又被评为全国高校学报优秀特色栏目。2011 年，学报被评为全国高师学报系统"十佳学报"。学报历任主编为徐青教授、李广德教授、沈光海副教授、胡璋剑教授、王绍仁教授。现任主编为方达伟教授，编辑部主任为吴志慧编审。

《苕霅诗声》

2000 年 3 月 10 日，湖州市诗词与楹联学会主办的《苕霅诗声》报改为《苕霅诗声》杂志试出版，由嵇发根执编，校订许德明、周纲。该刊采用标准十六开本，四十八页。2001 年和 2002 年，该刊又以试刊名义出版了第二、第三期。2003 年—2004 年，该刊每年出版三期，2005 年起固定为季刊。目前已出版至第六十九期。

《文心》

湖州师范学院文学院主办的文学季刊，创刊于 2000 年，以"致力艺术，保护个性"为宗旨，由老师指导，学生办刊。刊物设置有"世说心语""言如舜华""人间走笔""青青子衿""艺术人生""沉香如屑""人世心知""特别关注"等栏目，已出刊四十四期。

《吴越风》

德清县文联 2002 年 1 月创刊。半年刊。三十二开本。贾平凹题写刊名。杨静龙、杨振华、朱晓华等先后任主编。除了发表德清作家的作品外，还特邀海内名家撰稿。已出版三十四期。

《西吴诗声》

长兴县诗词与楹联学会会刊。2010 年 2 月 8 日起由八开四页小报改为十六开杂志，执编周新凤。以刊登会员诗词作品为主，兼外地佳作。第一年出版两期，第二期 8 月 25 日出版。此后改为年刊。

《问红》

德清县文联创办于 2010 年俞平伯诞辰一百一十周年之际，委托湖州作家张建智组稿编印。出版一期后因故停办。2015 年，为纪念俞平伯诞辰一百一十五周年、曹雪芹诞辰三百周年，德清县图书馆续办《问红》，主编慎志浩，执行主编仍为张建智。续出的《问红》为季刊，大三十二开，每期有一百三十多页，设有"红楼书屋""回忆集萃""人物春秋""书人剖记""民国文化""笔下河山""书里书外""问红书画"等栏目，发行量一千册。至 2020 年底已出二十五期。

《湖州作家》

湖州市作协会刊。年刊，每期一百页左右。以《南太湖》杂志增刊形式出版。创刊于 2013 年 7 月。主编杨静龙，副主编沈文泉，执行副主编先后为梅苏苏、李全。2017 年 11 月出版第五期后停刊。该刊设有"湖州文坛""作家行动""作家方阵""文学星座""名家走笔""大家印迹""新书快读""原创作品""团队名片"等栏目，发表会员作品，报道作协活动，推介作家新书。

《文学视野》

湖州文学研究会会刊，创刊于 2016 年 1 月，社址设在湖州莲花庄路 173 号书汇斋内，系半年刊，每年 1 月和 6 月出版，正十六开本，六十四页。该刊主编金一鸣，副主编吴丹、严树学。设有"特稿""小说""诗歌""散文""评论""文讯""艺术"等栏目。

《紫笋》

2016 年 8 月在原《紫笋》报基础上复刊为半年刊，由长兴县文联主办，县作协承担编辑任务。社长刘月琴，主编田家村。浙江省作协党组书记臧军、长兴县委书记吕志良、县长周卫兵、湖州市文联主席竺鸽、长兴县委常委兼宣传部长王庆忠等领导致信或题词，祝贺《紫笋》复刊。

表 11-4：湖州其他文学刊物一览

刊　　名	主办单位	创刊时间	停刊时间	刊期	总出版期数	备注
布谷鸟	德清县文化馆	1958 年	1961 年	不定期	四十二	
菱湖文艺	菱湖镇文化站	1975 年	1976 年	不定期	三	
德清文艺	德清县文化馆	1977 年				
安吉文艺	安吉县文化馆	1977 年				
莫干山	德清县文化馆	1979 年 10 月	1981 年	不定期	三	茅盾题名。钟伟今、陈景超主编
三色堇	南浔	1982 年 8 月	1983 年夏		四	油印诗刊。由诗人胡振栋、沈振斌、眭桂庆等人创办
桑园	织里镇文化站	1982 年	1988 年	不定期	五	沈方、徐世尧等编
紫云英	湖州化肥厂	1984 年 1 月	1984 年			诗刊。柳自成等编
溇港	太湖乡文化站	1985 年 8 月	1987 年	不定期	三	刻印。卢建新编
葭菼	长兴蠡塘文化站	1986 年 1 月	1986 年	不定期	二	周斌华（芦笛）主编。铅印
雨巷	练市中学	1987 年 11 月	1991 年		五	雨巷诗社
练溪文学	练市镇中心文化站 荃仁乡文化站	1990 年 4 月	1993 年下半年	不定期	十二	顾坤生主编，编辑尹金荣、徐建新、舒航。先刊后报，发行量多时两千份
长兴文艺界	长兴县文联	1998 年 9 月	1999 年	不定期	三	杜使恩主编
飞鸿	湖州中学	1998 年	2013 年	年刊	十五	1999 年被评为全国中学生文学社优秀社报刊
朝花	德清一中	1999 年			十九	共印五千七百册

刊　名	主办单位	创刊时间	停刊时间	刊期	总出版期数	备注
莫干山文艺	德清县文联	1999 年 4 月		不定期	八	
足迹与风采	湖州中学	2002 年			六	吴宛如主编
校友谭	湖州中学	2006 年 11 月			八十六	吴宛如主编
税苑	湖州市税务局	2006 年		不定期	七十	
练溪	练市中学	2015 年		季刊		陈瑜华负责
太阳风	德清县实验学校	2017 年 3 月				
半月泉	德清县乾元镇文联	2014 年 5 月		半年刊	八	王晶军、施强主编
远方诗刊	湖州师范学院远方诗社	2017 年				由二三子发起。铅印

（此表仅限于编著者掌握的信息，肯定还有不少遗漏。）

二、文学报纸

《电影与观众》

湖州人民电影院 1958 年秋创办。寇丹主编。将电影宣传和影评结合起来，前后出版了三十多年，培养了陈沣汶、严树学、李民、查艳美、叶呈铭等写作骨干。1960 年获文化部表扬，文化部《新文化报》整版予以宣传报道。

《影剧与观众》

湖州影剧院主办。铅印小报。1981 年创刊。王欢生主编。出版二十四期。内容以电影剧情介绍和评论为主。

《湖州职工文化报》

湖州市工人文化宫主办，1982 年 6 月创刊。办报宗旨是"职工写，写职工，职工编，职工看"。编辑先后有胡可、曹国政、陈祖基、钱铖、严树学等。其《火花》副刊主要发表以工矿企业生产和工人生活为题材的小说、散文、诗歌、戏剧、曲艺、歌曲和美术书法等文艺作品。该报还辟有职工影评、文艺评论、职工书论、职工摄影、职工书评等专栏。

《紫笋》

长兴县文学刊物。1984 年 5 月创刊，1996 年停刊。时为报纸形式，四开四版。1987 年在全国性的报刊整顿中停刊，1988 年复刊后成为湖州市唯一的县级文学报纸，曾被评为全省群文报刊一等奖。主编田家村。主要发表长兴作者的作品，报道长兴文学动态，宣传长兴优秀企业。

《电影信息》

湖州市电影公司于1986 年创办的铅印小报。1988 年改由与湖州市影评学会联办。多次举办影评征文比赛。全盛时期，发行量高达万份之多。

《湖州乡情》

湖州市归国华侨联合会主办。文学性双月报。1987 年 1 月 25 日创刊，八开四版。由寇丹、郭治平主编。宗旨是从乡情角度与海外乡亲进行感情联系，回忆故乡情，了解故乡景，内容多为湖州民俗风情、名人逸事和湖州各界大事、市政交通建设成就等。该报发行十七个国家和地区，受到海外乡亲欢迎，美国旧金山的陈秉谦来信说常有台湾的湖州同乡借去复印阅读，法国的物理学博士周智行每期都复印后分赠亲友。创刊五周年时，国民党元老陈立夫写信称赞："乡情浓浓，亲切感人。"1992 年底停刊，共出版二十八期。

《西吴诗声》

长兴县诗词与楹联学会会刊。创刊于 1995 年 11 月 2 日，八开四页小报，主编陈焕文，至 2009 年 11 月 2 日共出刊五十七期。

《电影与文化》

湖州市电影公司和市文学学会联合主办的照排彩色小报。创办于 1998 年。共出版了十二期。徐重庆开设"秉烛闲谈"专栏。有名的作者有寇丹、李广德、马雪枫、张建智、费在山、徐湖等。

《茗雪诗声》报

湖州市诗词与楹联学会会刊。1989 年 4 月 1 日创刊，1999 年 2 月 28

日停办。为八开四版，不定期出版，共出七十期。主编张世英，执编费在山。1993年曾选编《苕雪诗声汇集》印行，系学会成立五周年纪念专集。

《少年作家报》

长兴县作协少年作家分会会报。创办于1999年。主编成仁伟、田家村。报纸头版为长兴中小学校会员专版和拼版，另外设置有"协会动态""素材集锦""名家美文""习作方法"和"长兴中小学理事学校会员专版"等栏目和版面，发行量高达五万份。至2019年底已出版九十九期。

《竹乡文学》报

安吉县作家协会主办，创办于2008年。该报每期四个版面，发行量高达两万四千份，至2019年底已出刊一百三十六期。十年来，该报立足本地，注重乡土，先后组织开展了三十余次采风、笔会和征文活动，较好地发挥了三个方面的作用：一是大量发表会员作品，增强协会凝聚力；二是扩大了协会的影响力；三是宣传了安吉美丽乡村建设和各行各业的发展变化，受到中国作协副主席何建明、浙江省作协党组书记、副主席臧军等领导的表扬。

三、报纸文学副刊

《苕溪》

《湖州日报》文学副刊，创刊于1980年6月复刊的《吴兴报》（后改为《湖州报》《湖州日报》），每周一期，每期一版，在第三版，约六千字。李苏卿主编，编辑有茹菇、周孟贤、邵宝健等。主要发表小说、诗歌、散文、纪实文学和中、长篇小说连载，以及湖州历史、风物、掌故等。在20世纪90年代，经常向该刊撰稿的作者多达四百多人，很多湖州作家从这里发表处女作起步，后来走向全省、全国。该副刊所发表的不少作品为《人民日报》《解放日报》《浙江日报》等重要报纸和重要的文学刊物转载。至2003年底，共出版一千两百多期。后改名为《太湖周末》《水乡文学》《苕溪闲情》，于2017年2月恢复原名。

《火花》

湖州市工人文化宫主办的内部月报《湖州职工文化报》的副刊，创刊于1982年6月。严树学、寇丹主编，编辑先后有胡可、曹国政、钱钺等。辟有"职工影评""文艺评论""职工书论""职工摄影""职工书评"等专栏。作品大多反映工矿企业面貌、体现工人特点的小说、散文、诗歌、戏剧、曲艺、歌曲、美术、书法等文艺作品。1985年，《火花》编辑部曾举办过一次诗歌朗诵会，参加者有沈华、章红英、俞力佳、卢洁明、李建发、傅克勇、胡可、朱军、姜素兰、石人、林燕、王明英、钱铖、杜美红、许江等。

《牛头山》《文艺副刊》

长广煤矿公司党委机关报《长广报》文学副刊，创刊于1983年2月15日。初名《煤苑新花》，1985年改《奔牛》，1987年8月改《牛头山》，刊期相沿，至2006年8月，出版一百二十三期。编辑先后有陈益书、王金洲、陈颖、陈琳等。此后改名《文艺副刊》，由陈琳执编。主要发表公司职工创作的小说、散文、诗歌、报告文学、文艺评论等作品。2007年，为庆祝建矿五十周年，该副刊出版《情系长广》一书，收入征文作品五十篇、副刊优秀作品七十五篇。至2010年底，《文艺副刊》共出版一百七十六期。

《云鸿塔》

安吉县《安吉报》文学副刊，创刊于1993年2月26日。2004年元旦随报停刊。

《英溪》

德清县《莫干山报》文学副刊，创刊于1993年10月1日。编辑陈景超、李颖颖、徐敏霞。2003年12月31日该报停刊。2004年2月18日，《今日德清》发刊，恢复《英溪》副刊。现为《德清新闻》承袭。

《画溪》

长兴县《长兴报》文学副刊，创刊于1996年10月1日。编辑谢文柏、饶本芳等。2004年元旦，该报停刊。

《浔溪》

南浔区委机关报《南浔时讯》的文学副刊，由王山贤编辑。《南浔时讯》创刊于2005年3月5日，于2011年3月31日停刊。其间，《浔溪》共出版两百三十六期。该报还出版《乡情》专版，也由王山贤编辑。2011年4月8日，南浔区委机关报以《南浔时报》的名义继续出版，《浔溪》副刊也得以继续出刊，至2018年12月31日共出刊二十七期。该报还出版《人文南浔》专版。王山贤任副刊和专版主编。

《散文诗月刊》

《湖州晚报》文学专刊，前身为《南太湖诗刊》，每期两版。创刊于2012年6月23日端午节。由湖州师范学院中国散文诗研究中心主任萧风策划和主编。该刊宗旨是立足湖州，面向全国，兼容并蓄，繁荣创作。不仅刊发散文诗作品，还刊登研究和评论文章，其中所发的散文诗作品连年被收入多种散文诗选本，截至2019年12月已连续出版九十三期，在全国文学界尤其是散文诗界产生了较为广泛的影响，拥有较高的地位。为迎接中国散文诗百年诞辰，2014年的总第二十期起至2016年的总第四十九期，隆重推出了"中国散文诗巡展"专辑，每期集中五个版面刊发一个省市区（包括港澳地区）散文诗实力作家的作品专辑，并约请名家撰写综述文章，对当代中国散文诗创作进行了一次全景式的扫描。之后又陆续推出"我们"和青岛、甘南、泉州、豫东等二十多个重要散文诗群的作品，以及多期90后、00后散文诗专辑，为推动新世纪中国散文诗创作和培养青年散文诗作者发挥了重要作用。与之相配套，萧风还主持"中国散文诗研究中心微信平台"。

《吴兴文学》

吴兴区委机关报《吴兴时讯》文学副刊。吴兴区作协主办，创刊于2015年11月底。该副刊初名《韵海楼》，第二期开始改名，编辑吴永祥，以发表区作协会员的诗歌、散文为主，视稿源而定，不定期出版。至2019年底已出版一百二十期。

四、出版社

【杭嘉湖人民出版社】

创办于1958年7月，为综合性出版社，负责人王克文。该社初为二人，1959年初增加会计一名，共三人。出版的图书由杭州印刷厂印刷，嘉兴、湖州等地新华书店发行。1959年秋撤销。出版《农民哲学课本》《农业动物学》《农业植物学》《关于苏联社会主义经济问题》《英雄人物看今朝〈上〉》等政治、经济、文艺、科技、教育类图书三十余种，以及《杭嘉湖文艺》月刊五期。

五、广播电视文学栏目

【湖州文学】

湖州人民广播电台文学栏目。创办于 1984 年 10 月办台伊始。此外，湖州电台当时还办有一个《文学之窗》节目。

【记录湖州】

湖州电视台一个对外宣传的电视散文栏目，创办于 2001 年 4 月，每周一期，每期十分钟，以电视散文的形式宣传湖州的历史文化和山水风光，其中《荻港的故事》对荻港古村落的保护与开发起了重要作用。栏目负责人及撰稿沈文泉，摄像记者李旭峰，图像编辑费敏。该栏目的大部分节目都在美国斯科拉电视台播出。沈文泉将所撰稿件结集配摄影作品，出版图文并茂的电视散文集《傍湖之州——湖州的历史文化和山水风光》。

【安吉的竹】

安吉人民广播电台文学栏目。2004 年，由施亚军、金光华、叶虹、林荣高、居晔、汪群采制的节目获浙江省广播电视政府奖二等奖。

六、网络与文学网站

【湖州文学网】

湖州文学院主办。创建于 2009 年 11 月。网站域名 www.hzwenxue.com 。主要版块包含文学动态、作家名作、作品在线、作家档案、影视创作、新书出炉、通知公告等。设计上注重涵盖范围的广泛性和代表性，突出地域特色。是一个以宣传展示湖州作家文学作品及有关评论为主，兼及发布相关文学工作信息的网络平台。2016 年 9 月停办。

【湖州成才网】

湖州成才网络有限公司主办，创办于 2015 年，除发表文学原创作品外，还推送已经发表或出版的文学作品。2017 年停办。

【龙胆小说网】

笔龙胆、莫白创办于 2018 年 9 月，旨在为湖州地区网络作者搭建创作平台，与凤凰文学、万读网、国风中文网等建立合作关系，推广网络文学作品，主要设置有都市、玄幻、言情等栏目。

第十二章　文学组织与活动

文人结社、雅集，古已有之，著名的有竹林七贤、兰亭雅集等。湖州人文也很早就开以文会友、结社雅集之风气。南朝陈时，陈后主常与文臣、爱妃宴会作词。唐代著名书法家颜真卿任湖州刺史时，身边就聚集了像陆羽、皎然、张志和等五六十位江东文士，他们诗酒唱和，留下了许多优秀的文学作品，更创立了以联句为主要形式的"吴兴诗派"。宋代，大文豪苏轼在湖州留下了前后两次"六客会"的佳话。元代，有以赵孟𫖯为代表的"吴兴八俊"，以王蒙、沈梦麟为代表的"吴兴八子"。明代，则有"逸老社"和"岘山诗会"。清初，陈忱和顾炎武、归庄等人在毗邻南浔的震泽组织的惊隐诗社对湖州产生过重要影响，湖州本地则有同岑社、临溪清远社、岘山淡成社、菱湖龙湖逸社等，还有后来的"苕上七子"。民国有"戈亭诗派"等，代代相传。

中华人民共和国成立以来，尤其是改革开放以后，在党的领导下，建立了作家协会、文学学会、写作学会等文学组织，推出了80后女作家群体、90后新锐作家群体，文学组织更加规模化、规范化。

第一节　古近代文学社团

【六客会】

有前六客会和后六客会。北宋熙宁七年（1074）九月，苏轼由杭州通判改知密州，途经湖州，同舟来湖的有奉诏回朝的杭州知州杨绘、词人张先、陈舜俞，湖州知州李常接待，在苏州任职的刘述赶来相会，先聚于湖州州署碧澜堂，后饮宴于松江（今吴江松陵镇）垂虹亭，张先作词《定风波·雪溪席上同会者六人杨元素侍读刘孝叔吏部子瞻公铎二学士陈令举贤良》，史称"前六客会"。十五年后，元祐四年（1089），苏轼与友人再聚吴兴，仍为六人，但前六客会中已有五人作古，新与会的五人为湖州知州张询和曹辅、刘季孙、苏坚、张弼，苏轼作词《定风波·月满苕溪照夜堂》，史称"后六客会"。

【西湖吟社】

南宋景定五年（1264），周密与杨缵、张枢和"龟溪二隐"李彭老、李莱老等词人结盟，成立"西湖吟社"。周密《草窗韵语》卷二记有该社咸淳四年（1268）在湖州的一次活动："咸淳丁卯七月既望，会同志避暑于东溪之清赋，泛舟三汇之交。舟无定游，会意即止，酒无定行，随意斟酌。坐客皆幅巾练衣，般薄啸傲，或投竿而渔，或叩舷而歌，各适其适。既而苹风供凉，桂月蜚露，天光翠合，逸气横生，痛饮狂吟，不觉达旦，真隽游也！"周密还作词《七天乐·清溪数点芙蓉雨》记此游。三年后，西湖吟社同人再聚于湖州城南苏湾，周密又作词《乳燕飞·波影摇涟甃》，并在序中详记其事："辛未首夏，以书航载客游苏湾，徙倚危亭，极登览之趣。所谓浮玉山、碧浪湖者，毕横陈于前，特吾几席中一物耳。遥望具区，渺如烟云，洞庭、缥缈诸峰，矗矗献状，盖王右丞、李将军著色画也。松风怒号，暝色四起，使人浩然忘归。慨然怀古，高歌举杯，不知身世为何如也。溪山不老，临赏无穷，后之视今，当有契余言者。因大书山楹，以纪来游。"

【苕溪社】

活动于明成化年间（1465—1487），主要成员有府学教授汪翁善、侍讲陈秉中、主事吴昂、知县汪善、巡检沈观和沈祥、邱吉、吴玲、范浚、史珣等地方官员、诗人、画家与布衣文人。他们每月一会，各赋诗一章，地点在城南岘山，可惜作品均已散佚。

【乐天乡社】

这是一个继苕溪社后兴起的文学社团，由陈秉中、张渊等倡立，参加者多为致仕官员和诗人，人数多于苕溪社。

【湖南崇雅社】

明正德年间（1506—1521）创于长兴吕山，"湖南"盖太湖南岸之意。社员有刘麟、孙一元、龙霓、陆昆、吴琉等五人，号称"吴兴苕溪五隐"。刘麟又与顾璘、徐祯卿并称"江东三才子"，还与文徵明唱和。刘麟著有《刘清惠公集》十二卷和诗话《坦翁玉屑》（佚）等。孙一元据说本姓朱，为安化王王室成员，因安化王谋反被杀，避居乌程，后与施氏结姻，卒葬道场山，著有《太白山人漫稿》八卷。

【同声社】

乌程诸生邵南（嘉靖十四年进士，官至山东按察副使）创立于政德年间，有社员四十九人。董份列第二十六位。

【逸老会】

初名岘山诗社，由唐枢、蒋瑶于嘉靖二十二年（1543）秋发起成立，初会除唐、蒋外，还有归安吴廉、施佑和安吉陈良谟、孝丰吴龙、长兴韦商臣，共七人，每年春、秋两会，地点多在岘山或城内私家园林。后加入者有归安孙济、朱怀干，乌程王椿，德清蔡玘，安吉朱云凤，长兴顾应祥、李丙，孝丰吴麟，以及流寓长兴的江西安仁人刘麟、昆山的张寰等。嘉靖二十六年春会，唐枢、蒋瑶、刘麟、顾应祥、吴麟等十五人参加，有人据此创作《岘山十五老图》。侍奉老师唐枢参加的董份和侍奉父亲蔡玘参加的蔡汝楠没有列名。当年，因诗社成员都为致仕官员，易名"逸老会"，由刘麟主盟，仍春、秋两会。嘉靖四十年（1561）刘麟去世后，社会时断时续。蒋瑶辑有《岘山雅社集》两卷，吴龙刊印。万历三十年（1602），逸老社在停顿多年后由唐枢弟子、府学教授许孚远集湖属七县四十多文士再次聚会，称"续逸老社"，社员有茅坤、董份、慎蒙、徐献忠、钱镇、凌迪知、李乐、沈节甫、姚舜牧、蔡化龙、吴梦旸、陈曼年等。后来，地方政府为逸老续社置田若干亩，田租供春、秋两会之需。万历三十七年立《逸老堂社田记碑》。清顺治八年（1651）还有遗民以逸老社名义联吟唱和。

【复社】

这是一个全国性的带有政治色彩的文学社团，明崇祯六年（1633）由太仓人张溥、张采发起成立，以民族气节相激励，以放歌寄托愤慨。社内有湖州籍社员八十八名，其中湖州府有严启隆、臧基峄、闵正中、闵倬、章平、茅元铭、章美周、潘堂依、沈善坼、严名世、韩昌箕、沈中台、严彧、卢肇阶、钱之琦、朱绅、沈钟晁；归安县有章上奏、陈骦、沈绪奎、陆熙运、沈绪来、钟镜如、凌尔翰、邱志炅、闵自寅、吴振鲲、施之桓、严锡、韩曾驹、闵元京、尹衡、尹任、凌森发、陈子奇、陆元京、闵广生、徐行、严有谷、吴最；乌程县有屠宏偁、王一虬、姚延启、沈蒨、钱瀛选、温以介、黎树声、费景烷、闵考生、顾翰、姚延著、沈钫、钱鹤、韩绎祖、潘国瓒、陶铸、陆树本、沈果、张彬、丁传元、沈光胤、张真卿、严永宁、凌森美、沈荣、严忠镠、朱国俊、张隽、董说、孙淳、张绍载、闵声、吴羽三、董思；长兴县有金镜、李令晢、韩千秋、朱升；德清县有胡麟生、章美珪、嵇元焘；安吉州有潘基庆、潘基祉、潘基礽、潘基祯、沈建英；武康县有骆宏珪、卓汉卣。在这些湖州籍社员中，孙淳、吴羽三、徐行、董说、董思为骨干社员，而乌程的吴羽三还是早期的眉目，孙淳任司邮，浙江各地文人多由其介绍入社。明亡后，复社成为反清文人组织，于清顺治九年（1652）被取缔。

【采真社】

明末清初湖州南浔地区文社。每半年一集，集必在风景名胜之地，主要内容是讲道习礼，赋诗论文。董斯张有《选采真社集》，董汉策有《采真雅集题名记》，董闻京有《采真诗选》。

【放生社】

湖州南浔地区诗社。以塔院放生为名，行诗会之实，始于明末，盛于康熙年间，主持者为此山禅师（俗名周澹成，明吴江诸生，？—1666）、董耒、董舫等，带有遗民隐逸色彩。董耒有《塔院放生社诗为此山和尚赋》二首，董樵也有《放生诗和山翁》二首。南浔另有极乐庵放生社，董汉策有《极乐庵放生》诗二首和《放生社册序》一文。

【惊隐诗社】

清顺治七年（1650）由南浔人、小说家陈忱与昆山顾炎武、归庄发起成立，陈忱主盟。参加者有四十余人，都是明遗民。他们入清不仕，隐迹林泉，往来于五湖三泖之间（即今太湖流域）。湖州人除陈忱外，还有范凤仁、沈祖孝、金完城等。康熙二年（1663），南浔庄廷钺《明史》案发，诗社便停止了活动。该社有《中秋对月寄怀同社诗》等流传。

【同岑社】

大约成立于顺治八年（1651），主持人是归安的明崇祯十三年进士、兵部主事李令皙，因其所居乌盆巷为东晋郭璞所居故址，遂用郭璞赠温峤诗中"及尔臭味，异苔同岑"句，名诗社"同岑社"。诗社宗旨是"出世用世，两不相谋"，"但使韵谐金石，何嫌迹判云泥"。不管风格流派，兼容并蓄。每逢春秋佳日，社员们饮酒斗茗，拈题分韵，平日则酬唱寄递，日积月累，汇编成册。顺治十二至十四年（1655—1657）刊印李令皙和长兴李夏器、安吉泮居贞、归安沈宋圻所辑《同岑集》初集十二卷，收入诗人三百八十二人。康熙二年（1663），《明史》案发，李令皙与其子秔煮、秔熙及蒋麟征、茅元铭等受牵连遇害，诗社遂停止活动。民国初年，湖州乌盆巷的姚家献出珍藏两百多年的《同岑集》交嘉业堂重刊，湖州同岑路因此得名。

【五湖渔社】

该社大约于乾隆五年（1740）由归安人茅应奎发起并主盟。茅应奎是茅坤后人，号五湖渔叟，故名"五湖渔社"。该社主要成员有沈蓉卿、沈归愚、齐息园（天台人，居杭州）、诸草庐、厉鹗（钱塘人）、沈三秀（石塘）、沈溶、柴东冈、孙奇逢（居苏州，人称孙苏门）、沈澜等，都是一时才子和诗文家。

【月泉吟社】

半月泉，又名月泉，是德清名胜。清康熙三十九年（1700），徐倬结月泉吟社。康熙四十五年春，徐倬同赵文彬、蔡升元、谈九乾、陈一夔等聚饮半月泉，赋长律五十四韵，有"趁此莺花夕，重开玳瑁筵。杯行银凿落，伎立玉婵娟。小袖云蓝窄，轻讴翠管园。非关恋歌舞，只觉爱流连"等句，可见一时之盛。

【双溪诗社】

双溪是指归安县竹墩村（今属南浔区菱湖镇）的竹溪和前圻的前溪。双溪诗社于清康熙四十九年（1710）由在乡内阁学士沈涵与商河县令吴曙发起创立。《吴兴诗话》云："康熙中叶后，吾湖诗派极盛于竹墩、前圻，两溪向望不三里，而近所传双溪唱和是也。"竹墩又名竹溪，乃吴兴沈氏族居之地；前圻乃吴景旭、吴光、吴大受等世居之地。故双溪唱和以沈、吴两族文人居多，其中沈氏在全部二十九人占了十一人，主要有沈树本、沈炳巽、沈炳谦、沈炳震等。重要成员还有柯煜（嘉兴）、吴斯洛、丁凝（长兴）、茅应奎、姚世钰等。该社常组织双溪唱和，辑有《双溪唱和诗》六卷，得诗四百六十四首，为当时湖州诗坛盛事。雍正八年（1730），长洲（今苏州）探花徐葆光到竹墩访沈树本，见历年双溪唱和诗稿，漫题四绝，其二云："寻声短棹入双溪，佳士来迎果有携。一岁倡酬联一卷，镂金雕玉力能齐。"乾隆年间又新增董熜等二十七人。

【九秋诗社】

清道光（1821—1851）中后期由南浔镇汪曰桢、陆长春、董蠡舟、董恂、范锴和德清人戴铭金等倡立。除董蠡舟主要生活在道光前期外，其他成员都主要生活在鸦片战争后的道光时期，其中，汪、陆、董、范皆有文名。汪曰桢著有《玉鉴堂诗集》六卷、《荔墙词》一卷，其诗有反映劳动者苦难的，有咏史咏物的，也有表达对社会、对人生看法的。陆长春著有《梦花亭诗词集》八卷、《梅隐庵诗抄》两卷等，均佚，其诗"铺事实于声律中，而更以议论抒其胸臆"。董蠡舟有《董蔀病夫诗录》《梦好楼诗抄》《九秋吟怀人诗》等，均佚。董恂有《紫藤花馆诗抄》和《紫藤花馆词集》九卷，他们从兄弟的诗直接反映社会底层生活，他们唱和的《蚕桑乐府》歌咏蚕桑生产全过程，各成诗卷，堪称史诗。范锴工诗，尤善词，中岁后云游四方，客蜀楚三十余年，著有《花笑庼词》《蜀游草》等多部诗词集，其中长诗《阿芙蓉曲》揭露鸦片毒害人民，《苦旱叹》写农民苦难，而其《浔溪纪事诗》七十首。咏南浔历史沿革、名胜古迹、人物事件，诗后附记，保存许多可贵史料。该诗社因"无一文学成就突出有一定影响的诗坛领袖，也没有明确的、相同的诗歌理论观点、共同的诗歌风格，因而还没有形成为一个诗派"。

【凌波塘诗社】

清光绪（1875—1908）中成立于菱湖镇。主要成员有孙浚卿、王家犀、潘振绪、沈达、沈本熙、孙观藻、孙志瀛等。吴永韬将他们的诗作辑成《凌波塘诗集》。

【江村吟社】

清光绪（1875—1908）后期由南浔诗人陈诗在自家颖园创立，成员五人均为南浔人。宣统元年（1909）再次发起江村吟社续集，成员有沈焜等八人。沈焜《陈君桂题传》记载："尝与徐玉台、蒋桐生、丘也迟辈结江村吟社于园中，和于唱喁，一时称盛。宣统初元，余自苏移砚浔川，复与蔡翰题、蒋词先、管轩棠、屠辅清、蒋殿襄诸君续江村之集，仍假颖园为觞咏地。"蒋殿襄也有记述："陈君桂题招饮颖园，座为蔡翰题、李希民、管轩棠、蒋词先、屠辅清、沈醉愚诸君，宾主八人，陈君席间倡为'江村吟社'，月集一次，轮值命题，词老首先赞同，即席赋一律以赠，余以继声。"发起人陈诗作诗虽多，但存世者少，辑入《颖园遗稿》中。蒋锡礽（字词先）有《吟松馆诗稿》，多有书写国事抒发爱国思想之作，朱孝臧论云："纯乎性灵，香山所谓老妪能解者也。"蒋锡礽堂弟蒋锡纶著有《桐花馆诗稿》。徐麟年（字玉台）诗早年学长庆，晚年出入于温、李之间，有《植八杉斋诗集》和《玉台诗话》。沈焜是桐乡石门人，著有《一浮沤诗选》。江村吟社于辛亥革命后停止活动，出刊《江村吟社续集》五集。

第二节　现代文学团体

【南社】

革命文学团体，清宣统元年十月初一日（1909年11月13日）由同盟会会员陈去病、高旭、柳亚子等在苏州发起成立，至1923年解体，社员多达一千一百八十多人，以上海为活动中心，刊印《南社丛刻》。该社在湖州影响也很大，据柳亚子《南社纪略·南社社友姓名录》所载，社员中有吴兴人陈英士、王文儒、朱文颖、沈镕、沈尹默、周子美、周柏年、周越然、俞语霜、俞武华、姚勇忱、纪国振、倪拱辰、张龢、张廷华、莫文源、莫怀珠、嵇鼎铭、杨恺、杨乃荣、杨培纶、杨嗣轩、杨谱笙、赵苕狂、潘公展、钱新之、戴季陶，德清人徐思瀛，长兴人金体乾等，计二十九人，占浙江籍社员的百分之十二点七八。其中陈英士、周柏年、姚勇忱、杨谱笙、潘公展、戴季陶等人是中国民主革命的中坚骨干。

【消寒会】

周庆云于宣统三年（1911）冬至次年春在上海自己的双清别墅倡立，参加者二十九人，其中湖州人除周外，尚有吴昌硕、刘承干、张钧衡、陆树藩等四人。周氏在《壬癸消寒集·序》中云：集会"始于壬子立冬，至春而毕，明年癸丑亦如其例"，其意图是"取极一时之欢，若忘身外之事"。

【淞社】

全称淞滨吟社。周庆云与刘承干、吴昌硕等于1912年3月在上海倡立。周庆云在《淞滨吟社集·序》中云："当辛壬之际，东南人士，胥避地淞滨，余以暇日，仿'月泉吟社'之例，招邀朋旧，月必一集，集必以诗。"社集"选胜携尊，命俦啸侣，或怀古咏物，或拈题分韵，各极其至"。曾为明代湖州知府吴文企在万历四十一年（1613）得到的一块北宋奇石"玉笋"组织唱和。1913年三月三日为纪念兰亭雅集在沪上双清别墅组织唱和诗会，参加者有二十二人，该社活动至1917年，辑有《淞社集》二十一集。

【晨风庐唱和】

周庆云1913年夏与刘炳照、吴昌硕等部分淞社同人在其上海寓所晨风庐倡立，故名。参加唱和者由初时的二十二人增加到后来的九十二人，其中湖州有八人。晨风庐唱和活动至于1916年，至1923年由梦坡室编辑出刊《晨风庐唱和诗集》二十二卷。此外，周氏1914年又在上海组织征诗百首唱和活动，编辑出刊有《百和香集》，另辑有《淞滨吟社集》两卷和《壬癸消夏集》《甲乙消夏集》各一卷。

【沤社】

民国时期重要词社。周庆云、朱孝臧等于1930年秋冬之际在上海倡立。二十九名社员来自全国各地，除了著名词学家，还有清朝遗老、民国政要、书画名家、大学教授等。他们每月一集，集必填词，凡二十集，出版社集《沤社词抄》二十集，共两百八十四阕。沤社社员不仅词作具有鲜明的特色，在词集文献整理、词选编纂、词话写作、词学研究等方面也均有杰出成就。

【中国民俗学会吴兴分会】

1930年夏秋间，中国民俗学会在杭州成立，湖州人费洁心、朱渭深等加入，并成立了吴兴分会。总会和分会都出版民间文学专集和刊物。吴兴分会先后出版了《民俗周镌》和《民俗半月刊》。费洁心、朱渭深等还为杭州总会和其他地方分会的刊物撰稿。1935年，吴兴分会为《湖报》编了十多期《民间》周刊。吴兴分会成员常常利用业余时间，自费深入城乡，从事民间文学的搜集整理工作，出版的专集有费洁心、张之金的《湖州歌谣》和《湖州歌谣二集》，费洁心的《中国农谚》和《民间隐语》，张之金的《湖州野话》（佚），汤溪的《长兴风土志》（佚）等。1937年抗日战争爆发后，该会停止活动。

【流星文学社】

1930年由朱渭深在湖州创立。朱自任社长。曾在《湖州报》开设《流星周刊》，作为社员发表作品的园地，后因受到当局的干预而停刊，但文学社仍进行活动，并出刊《流星丛书》。至1934年11月，以单行本出版的丛书有朱渭深的新诗集《期待》、张之金的散文集《歌女》、张子海的新诗集《刹那的慰安》、任苍厂的杂文集《云烟集》、朱渭深的小品文集《秋花集》和《流星小丛书·湖州歌谣》一、二集等。另外，长篇小说《爱与仇》因战火的原因没有出版，有的稿件毁于印刷厂。1936年，流星文学社解散，它留下的就是《流星文学丛书》《流星小丛书》和《湖州报》的几期《流星》周刊。

【开垦社】

1930年由王泽民等人在湖州创立，出版文学期刊《开垦》和《苦笑》。

【中国诗歌会吴兴分会与飞沙诗社】

1932年9月，中国诗歌会在上海成立。不久，该会湖州籍会员江岳浪（即洪球）回乡组织吴兴分会，成员有高颂章、宋铭心、丁簌孙、费洁心、陆冠英等。他们同时成立飞沙诗社，主编《湖报·飞沙》周刊，曾转载臧克家的《罪恶的黑手》。飞沙诗社的成员还有姚天雁、邹斯炎等。1936年，中国诗歌会解体，飞沙诗社仍进行活动，除了出版《湖报·飞沙》周刊新诗歌专号外，还筹资出版了二期文学刊物《野烽》。同年深秋，湖州飞沙诗社与天津草原诗歌会、北平黄沙诗歌会等九社团的江岳浪、王亚平、田间、白羽、林林、周而复、万湜思、蒲风等七十人，在北平发起成立中国诗歌作者协会。同年，飞沙社又与北平黄沙诗歌会、呼哨诗歌会、青岛诗歌出版社、广州诗歌生活社等在北平成立北方文艺协会。西安事变时，飞沙社的一些人写信支持张学良、杨虎城，江岳浪、高颂章、宋铭心、陆冠英等先后被捕，诗社解散。

【槐风艺社】

活动于 1935 年前后。社址在湖州牛棚头（今勤劳街）海门底 7 号。成员有《湖报》副刊《骆驼》编辑周之铨、小说家吴小武（萧也牧）等。抗战爆发湖州沦陷后停止活动。

【野烽文艺社】

1936 年春，由高颂章等近十名湖州青年组建的抗日救亡文艺社团，得到了在上海的中共党员王达人和救国会邹韬奋、章乃器及诗人王亚军、臧克家、蒲风等人的支持，出版过两期社刊《野烽》，内容以短篇评论、新诗、散文、杂文为主，抨击社会腐败现象，呼吁抗日救亡。1937 年 11 月日寇侵入湖州时被查封。

【旸谷文学社】

1936 年，流星文学社解散后，朱渭深与飞沙社成员合作，成立了旸谷文学社，在《湖报》创刊《旸谷周刊》，直到次年 11 月日寇侵占湖州后停止。共出版《旸谷周刊》五十多期，发表过蒲风和江岳浪的诗，发表过关于"民族革命战争的大众文学"与"国防文学"两个口号论争的文章，出版过三期悼念鲁迅逝世的专号。

【茗流文艺社】

1936 年 11 月，从上海返回湖州的中共党员吴林枫，在李市以教师职业为掩护，与章树德、章增培等成立了半公开的茗流文艺社，出版油印的《茗流》半月刊。该刊的内容有宣传抗日的小品、诗歌、小说、各地救亡运动动态、摘录上海救亡报刊的重要文章等，每期一百册，分发湖州、菱湖、袁家汇等地，共出了十多期。一年后，湖州沦陷，茗流文学社改组为青年救亡团，投身抗日斗争。

【国魂社】

1938 年 1 月 21 日，在郎玉麟部队的支持下由菱湖爱国青年杨文虎、王洗、孙汝梅、倪英杰等成立。杨文虎、王洗任正、副社长。他们油印《国魂》简报分发各乡镇，宣传抗日。5 月，该社又开办战时小学、平民施诊所和救护卫生讲习班。12 月，中共浙西特委委派黄翼文（继武）驻社领导。1939 年 5 月成立中共党支部，章树德任书记。在省政治工作队姚旦、谢勃、王听涛、许斐文等合作下，办起战时补习中学和国魂剧团，成立少年突击队、妇女会，捐献军鞋、干粮袋，抢救并向后方转送敌区青年。1940 年底被吴兴县政府勒令解散。

【洛钟社】

这个抗日救亡文艺团体是在戈亭风雨诗派的影响和带动下于 1942 年春在德清县洛舍镇成立的，主要成员有唐子良、陈藕庆、冯京、蔡岫青、盛楚清等。是年冬，诗社推举唐子良为主编，编辑出版了社刊《洛钟》。

【龙溪文学研究社】

1947 年成立。社长朱建业。该社在杭州《西湖日报》开设《龙溪》副刊，发表社员作品。1948 年又创刊综合性文艺刊物《青年月刊》，但只出刊一期即停办。

第三节　当代文学社团

1949 年中华人民共和国成立后，湖州地区基本上没有文学社团。至 1966 年"文革"前，整个嘉兴地区只有五个中国作协浙江分会会员。十年"文革"，湖州文学基本上是一片空白，更不要说文学社团了。湖州当代的文学社团出现在"文革"以后，尤其是 20 世纪 80 年代以后，先以民间社团的形式出现，然后才成立作家协会、文学学会等正规社团。

一、湖州市作家协会

湖州市作家协会的前身是湖州市文学工作者协会，成立于 1984 年 6 月。1990 年 11 月 15 日，湖州市文学工作者协会举行换届大会，同时改名为湖州市作家协会。截至目前，湖州市作协已召开过七次会员代表大会，选举产生了七届领导班子。与中国作协和省作协不同，湖州市作协没有独立的、常设的机构和专职的工作人员，属于业余的群众性文学社团，是湖州市文学艺术界联合会下属八大协会的第一大协会（但会员人数并不是最多的），接受中共湖州市委宣传部、市文联和省作协的领导和指导。

（一）会员代表大会

湖州市第一次文学工作者代表大会（后来算作市作协第一次会员代表大会）

1984年6月29日至7月1日湖州市第一次文学艺术工作者代表大会召开期间，湖州市文学工作者协会在湖州召开了成立大会。会议通过了《湖州市文学工作者协会章程》，选举产生了由十八人组成的第一届理事会，主席许胤丰。1986年许胤丰调杭州工作后，由副主席李苏卿主持工作。协会初有会员五十八人，1985年10月1日市文联办公室编印的《会员通讯录》载有会员一百十二人，他们是：侯玉琪、赵天健、唐永昌、刘少珍、钟伟今、余方德、许胤丰、李苏卿、李广德、蔡文良、金一鸣、闻波、周文毅、潘宗玉（女）、茹菇、邵宝健、周孟贤、叶曙光、柯平、高锋、徐重庆、沈泽宜、蔡一平、陶润浩、钱大宇、马雪枫（女）、厉创平、寇丹、卢国建、梅其卿、陈达农、李民、谈谦、刘星、陈益书、李慎溢、胡胜光、朱百勋、崔建民、沈元庆、俞郁、马红云（女）、刘青、汪建民、李浔、沈健（长兴）、陈永昊、卢洁明（女）、顾忿、王麟慧（女）、平国星、殷立广、王爱萍（女）、王晓苏、姚犀毛、曹国政、潘再先、林茅、胡可、王清烈、钱夙伟、谢家坤、陈祖基、钱大经、吴水霖、王仲元、黄晨星、程建中、尹金荣、陆士虎、张振荣、胡振栋、吴沈方、李辛、蒋菊兴、姚达人、吴冠民、俞武龙、陈作文、张国南、李瑶音（女）、陈俊杰、汪森炎、潘建明、李牧、于也乐、来光和、吴中、车建坤、陈景超、戚才祥、田新潮、潘子力、周克瑾、许仲民、田家村、嵇发根、王金洲、高宪科、俞欢欢、钦象和、潘维、许虔东、王可享、朱大为、毛宗民、聂征夫、沈永兴、陈卓萍、胡百顺、夏诗彬、张公勤。上述会员中有省级会员二十六人。至1989年底达到一百十四人，其中中国作协浙江分会会员（省会员）二十七人。

湖州市第二次文学工作者代表大会（后来算作市作协第二次会员代表大会）

1990年11月15日，湖州市文学工作者协会在湖州召开第二次会员代表大会。浙江省文联、中国作家协会浙江分会、《江南》杂志社、《东海》杂志社等单位派代表到会祝贺。湖州市委宣传部副部长、市文联党组书记、主席唐永昌出席会议并讲话。会议决定改"湖州市文学工作者协会"为"湖州市作家协会"，通过了《湖州市作家协会章程》，选举产生了协会领导班子。

第三次会员代表大会

1996年2月，湖州市作家协会在长兴召开第三次会员代表大会，选举产生了新一届领导班子。

第四次会员代表大会

2002年1月18日，湖州市作家协会在湖州召开第四次会员代表大会。会议由厉创平主持。浙江省作协副主席汪浙成，湖州市委常委、宣传部陈永昊，湖州市文联主席潘荣昌出席会议并讲话。市三届作协主席李广德作工作报告。会议选举产生了市作协第四届委员会委员和主席团成员、主席、副主席，聘请了名誉主席和顾问。

第五次会员代表大会

2008年1月21日在湖州召开。市委宣传部常务副部长侯水建，市文联党组书记、主席闻晓明到会祝贺并讲话。会议听取并审议通过了市作协副主席兼秘书长李浔代表四届全委会所作的工作报告，审议并通过了关于修改市作协章程的决议，选举产生了市作协第五届委员会委员和主席团成员、主席、副主席，聘请了名誉主席和顾问。

第六次会员代表大会

2013年1月20日在湖州宾馆召开。出席会议的正式代表八十五人，特邀代表八人。会议先后由市作协副主席金一鸣和新当选的市作协副主席兼秘书长沈文泉主持。中共湖州市委常委、宣传部长胡菁菁出席会议并讲话。市委宣传部副部长、市文联党组书记楼婷，市文联主席竺鸽等领导到会祝贺。会议听取并审议通过了高锋所作的题为《发展繁荣文学事业，为文化强市建设作贡献》的工作报告，选举产生了市作协第六届委员会委员和主席团成员、主席、副主席，聘请了名誉主席和顾问。

第七次会员代表大会

2018年2月1日在浙北大酒店召开。出席会议的正式代表一百十一人，特邀代表十人。会议先后由市作协六届副主席兼秘书长沈文泉和新当选的市作协秘书长吴丹主持。中共湖州市委常委、宣传部长范庆瑜出席会议并讲话。市文联党组书记、主席沈宝山，市文联党组成员、副主席马卫忠，市文联党组成员、秘书长卢萍等领导到会祝贺。会议听取并审议通过了杨静龙所作的题为《弘扬主旋律，抒写新时代，努力推动湖州文学事业发展繁荣》的工作报告，选举产生了市作协第七届委员会和主席团成员、主席、副主席，聘请了名誉主席和顾问。

（二）组织机构

第一届领导班子（即文学工作者协会。1984年6月至1990年11月）

主席：许胤丰

副主席：李苏卿、李广德

秘书长：蔡文良（1990年1月13日改为陈永昊）

第二届领导班子（1990年11月至1996年2月）

主席：李广德

副主席：马雪枫（女）

秘书长：金一鸣

名誉主席：李苏卿

第三届领导班子（1996年2月至2002年1月）

主席：李广德

副主席：马雪枫（女）、金一鸣、厉创平、余方德、周孟贤

秘书长：马雪枫（兼，后由周孟贤兼）

名誉主席：李苏卿

第四届领导班子（2002年1月至2008年1月）

主席：厉创平

副主席：马雪枫（女）、李浔、金一鸣、余方德、周孟贤、王仲元

秘书长：李浔（兼）

名誉主席：李广德

其他主席团成员（按姓氏笔画排序）：张加强、张林华、张建智、闻波、郑天枝、胡百顺、高锋、徐重庆。

第五届领导班子（2008年1月至2013年1月）

主席：高锋

副主席：马雪枫（女）、张加强、李浔、杨静龙、金一鸣、郑天枝、闻波

秘书长：闻波（兼）

其他主席团成员（按姓氏笔画排序）：马红云（女）、王根龙、田家村、朱思亦（女）、刘树元、严明卯、杨振华、沈健（长兴）、沈文泉、俞玉梁、黄其恕

名誉主席：厉创平

第六届领导班子（2013 年 1 月 20 日至 2018 年 2 月 1 日）

主席：杨静龙

副主席：严明卯、李浔、沈文泉、张加强、金一鸣、郑天枝、闻波

秘书长：沈文泉（兼）

其他主席团成员（按姓氏笔画为序）：马红云（女）、田家村、朱思亦（女）、刘树元、杨振华、吴丹、沈健（长兴）、俞玉梁、黄其恕、黄慕秋（女）

名誉主席：高锋

第七届领导班子（2018 年 2 月 1 日至今）

主席：张林华

副主席：严明卯、李浔、沈文泉、田家村、杨振华、沈健（长兴）、陈芳（女）

秘书长：沈文泉（兼。初选举吴丹，近半年后辞去）

其他主席团成员（按姓氏笔画为序）：王山贤、王昌忠、吴丹、茅立帅（女）、俞玉梁、徐惠林、黄其恕、黄慕秋（女）、章苒苒（女）、蒋峰（笔龙胆）

名誉主席：杨静龙

（三）会员

根据 2019 年底的统计，湖州市作家协会有会员四百十八人，其中中国作协会员二十八人，中国报告文学学会会员三人，省作协会员一百四十九人，除市直属会员一百九十三人外，下属团体会员中，吴兴区作协有市作协会员十五人，南浔区作协四十一人，德清县作协四十三人，长兴县作协四十五人，安吉县作协五十五人，市交通作协四人，公安作协二十二人。

（四）章程

在 1984 年 6 月召开的湖州市文学工作者协会成立大会上，讨论通过了《湖州市文学工作者协会章程》。到湖州市作家协会第二次会员代表大会时，已改为《湖州市作家协会章程》。今天的《湖州市作家协会章程》是经第七次会员代表大会讨论修订后通过的。全文如下：

湖州市作家协会章程

第一章 总则

第一条 本会名称：湖州市作家协会，简称"湖州市作协"。

第二条　本会性质：湖州市作家协会是由湖州市专业文学工作者、业余文学爱好者自愿结成的、非营利性的地方专业文学团体。

第三条　本会宗旨：遵守中华人民共和国宪法、法律法规和国家政策，不忘初心，牢记使命，高举习近平新时代中国特色社会主义伟大旗帜，坚持文艺为社会主义服务、为人民服务的方向，坚持百花齐放、百家争鸣的方针和以人民为中心的创作导向，弘扬主旋律，提倡多样化，尊重文学规律，发扬文学民主，坚持创造性转化、创新性发展，团结和组织全市广大文学工作者和文学爱好者，为繁荣文学事业，促进文学创作健康发展，不断满足人民的美好生活需要做出积极的贡献。

第四条　本会是湖州市文学艺术界联合会的团体会员，自觉接受湖州市文联的管理和业务指导，履行会员义务，行使会员权利，同时接受湖州市民政局民间组织管理局的监督管理。

第二章　任务和职责

第五条　本会的具体任务是：积极组织会员学习习近平新时代中国特色社会主义思想，学习党的路线、方针、政策，践行社会主义核心价值观，把握文学创作的方向和规律，努力提高作家队伍的思想文化素养和创作水平，鼓励和帮助会员深入生活，加强与有关部门及社会各界的联系和合作，为会员从事采访、创作、理论研究和其他文学活动创造良好的环境和条件。

第六条　主动沟通党、政府和社会各界同文学界的联系，积极反映文学界的情况、要求与建议，使党和政府的有关部门及时了解、掌握并支持文学工作。加强与上级作协的联系；与兄弟作协开展文学交流活动，努力提升湖州文学的影响力。

第七条　团结和带领全市作家和文学爱好者坚持文学创作的正确导向，围绕中心，服务大局，服务经济社会发展，深入生活，从现实生活中汲取营养，搜集素材，获取灵感，积极进行文学创新。

第八条　加强文学理论建设和文学评论工作，开展健康、说理和科学的文学评论，努力推进评论家的梯队建设；树立和发扬与人为善、实事求是的文学批评风气，注重对创作思想的引导。

第九条　发现和培养文学创作的新生力量，发展和壮大会员队伍。支持网络文学的创作和队伍建设。

第十条　组织开展丰富多彩的文学惠民活动和文学公益活动。

第十一条　依据宪法和法律的规定，加强协会管理，增强会员自律意识，维护会员合法权益，在确保会员从事正当文学活动自由的同时，为会员从事文学活动创造良好的环境和氛围，提供必要的条件和服务。

第三章　会员

第十二条　本会由个人会员和团体会员组成。

第十三条　凡遵守国家的法律法规，遵循公民道德规范和文艺工作者职业道德，赞成本会章程，在市级以上报刊上发表过具有一定数量和水平的文学作品者；在正规出版社出版过文学著作一部以上者；从事文学翻译、文学评论、编辑和组织工作成绩显著者，即可申请入会。

第十四条　加入本会须由本人提出申请，经团体会员推荐，或本会会员两人介绍，经本会主席团会议审议批准。凡在湖州的中国作协会员和省作协会员，如本人愿意，为本会当然会员。

第十五条　各县区作家协会和行业作家协会，凡赞成本会章程、有相当数量会员并正常开展活动者，经本会主席团会议审议批准，即为本会团体会员。

第十六条　会员有遵守本会章程，执行本会决议，参加本会活动，缴纳会费的义务。

第十七条　会员有选举权、被选举权，对本会工作及领导人员的建议、批评和监督权。会员有退会自由。

第十八条　本会对团体会员负有联络、协调、服务的职责。团体会员接受本会委托，负责联系本会在该地区或该行业的个人会员。

第十九条　本会审议批准会员一般为一年一次。遇特殊情况，可由主席团会议临时讨论批准，吸收新会员。

第二十条　本会会员如严重违反本会章程或因违法犯罪、触及刑律，经主席团会议讨论通过，可取消其会籍。

第四章　组织机构

第二十一条　本会的组织原则是民主集中制，最高权力机构为会员代表大会，其职责是：决定本会的工作方针和任务；审议全委会工作报告；制定和修改协会章程；选举产生全委会；决定其他重大事项。

第二十二条　会员代表大会每五年举行一次，须有应到代表总数的三分之二以上代表参加方可召开。必要时由主席团会议讨论通过，报业务主管部门审核并经社团登记管理机关批准同意，可提前或延期召开。

第二十三条　在会员代表大会闭会期间，由全委会选举产生的主席团行使下列职权：执行会员代表大会的决议；审议本会年度工作报告；批准委员会委员的变更和增补；决定其他重大事项。

第二十四条　本会主席团由主席、副主席、秘书长、副秘书长和主席团成员若干人组成。主席团会议由主席（或由受主席委托的副主席）召集，每年举行一至二次。

第二十五条　本会设名誉主席、顾问等荣誉职务，由主席团决定聘任。

第二十六条　在特殊情况下，经上级主管部门提议，主席团可以讨论决定相关人事任免和更替等事项。主席团成员中的县区和行业作协负责人，如在各自协会的换届中不再担任原来领导职务，经上级主管部门同意，主席团可根据实际情况和工作需要进行调整。

第二十七条　本会为浙江省作家协会团体会员，受浙江省作家协会在文学工作方针和业务上的指导。

第五章　附则

第二十八条　本会经费来源：国家拨款，会员会费，社会赞助，其他合法收入。

第二十九条　本会的终止，需经会员代表大会通过，报主管部门批准，并到市民政局办理注销手续。

第三十条　本会办公地点：湖州文学院。

第三十一条　本章程经 2018 年 1 月 27 日第七次会员代表大会表决通过后施行。其解释权属于湖州市作家协会全委会。

湖州市作家协会

2018 年 1 月 27 日

二、区县作家协会

【吴兴区作家协会】

成立于 2015 年 11 月 15 日，主席茅立帅（女），副主席赵瑛（女）、彭启龙、程坤，秘书长吴永祥。后程坤被免职，吴永祥任副主席，邵小书（女）任秘书长。现有会员五十三人，其中省作协会员三人，市作协会员十五人。会员已出版长篇小说四部，其他著作三部。

【南浔区作家协会】

成立于 2018 年 8 月 4 日，主席屠国平，副主席王山贤、舒航（吴建新）、陈春仿、赵微坚、章九英（女），秘书长胡秀林。协会有会员七十八人，其中中国作协会员一人，省作协会员八人，市作协会员三十四人。

【德清县作家协会】

成立于 1999 年 6 月 27 日。现任主席杨振华，副主席慎志浩、王征宇（女）、臧运玉，秘书长由慎志浩兼任。现有会员六十七人，其中市作协会员四十人、省作协会员九人、中国作协会员二人。张林华的杂文，杨振华、罗永昌、朱炜的文史随笔，臧运玉、黄立峰的小说，姚培伟的儿童文学，王征宇、梅苏苏的散文是该协会的亮点。近年来，该会又培育了诸如"中秋诗会""一座城·一本书·一个人——新书首发"等文学活动品牌，还与县图书馆合作首创"驻馆作家"品牌。

【长兴县作家协会】

成立于 1998 年 1 月 12 日。现任主席田家村，副主席潘维、胡加平、陈琳，秘书长曹秋华（女）。有会员八十八人，其中市作协会员四十三人，省作协会员十四人，中国作协会员三人。协会于 1999 年成立少年作家协会，创办《少年作家》报，2003 年建立省文学院少年作家培训基地，2010 年又创建了全省第一个少年文学院，设立了"恒力·长兴少年作家文学奖"，经过二十年不懈努力，打造了"少年作家培育"品牌。

【安吉县作家协会】

成立于 1998 年 10 月 17 日。已换届三次，第一届主席吴旭，第二届胡百顺，第三届严明卯。现任主席汪群，副主席沈健、郑依群（女）、周麟、涂宝鸿，秘书长由郑依群兼。有会员一百五十一人，市作协会员五十五人、省作协会员十五人、中国作协会员三人。协会出版《竹乡文学》报，每个季度组织开展一次采风活动。此外，协会还与《作家报》《国家诗歌地理》《散文选刊》等文学报刊联合开展活动，推送会员作品。

三、其他作家协会

【湖州市网络作家协会】

2018 年 10 月 18 日在莫干山白云饭店成立。首任主席流潋紫（女，吴雪岚），副主席笔龙胆（蒋峰，兼秘书长）、苏贞又（女，汤军）、贰姑凉（女）。有会员五十五人。协会还聘请夏烈、李浔任名誉主席，阿里文学网主编独枫、凤凰文学网主编周渔任名誉副主席。初为二级协会，隶属于市作协，后独立为一级协会，并改由笔龙胆任主席。

【湖州市交通作协】

成立于 2015 年 11 月 6 日，系浙江省交通作协第一个地市级团体会员和湖州市作协第一个行业团体会员。主席倪建国，副主席张锦国、马晓群，秘书长郑峰。有会员三十七人，其中省作协会员一人，市作协会员七人。

【湖州市公安作协】

成立于 2017 年 8 月 18 日。主席郑天枝，后由余赛赛（女）接任。现有会员二十一人，其中中国作协会员一人，省作协会员二人，市作协会员十八人。在季刊《湖州警学研究》开辟文学栏目。

【湖州市女作家协会】

成立于 2009 年 3 月 17 日，是浙江省第二个地市级女作家协会。有会员六十八人，其中 70 后、80 后、90 后占百分之七十以上。主席马雪枫，副主席马红云、王麟慧（兼秘书长）、朱思亦。协会成员参与了纪念中华人民共和国诞生六十周年大型丛书《英雄中国》之《太湖之州——湖州》和省委宣传部主编的丛书《文化地图看浙江》的编写，组织开展了"我·妇女·祖国"征文活动，组织"以文学的名义相聚德清一中"和到织里通益小学的"'悦读快乐'关爱新居民子弟读书"等文学活动，与湖州市妇联合作采写出版了散文集《和春天一起芬芳》《二十个母亲》《美丽妈妈》和《南太湖》杂志女作家专刊，组织王麟慧、陈芳、章苒苒、曹丽黎等赴京采风湖州籍企业家并出版《湖商》杂志北京专刊，为女作家俞力佳举办散文集《我对这些微笑，对你也一样》发布研讨会。

【长兴少年作家协会】

长兴作协的一个分会，成立于 2000 年，有理事单位三十二家，会员两千余人，办有《少年作家》报和"长兴教育网少年作家专栏""长兴少年作家网"以及少年作家微信公众号，并以文学鉴赏、阅读引导、写作培训、文学体验、文学比赛等系列活动为抓手，开展丰富多彩的文学活动，设立少年作家"恒力文学奖"，评选年度最优秀少年作家，已出版《超级作文》等少年作家作品合集二部、个人作品集二部，培养了以李思雨为代表的八位"浙江省少年文学之星"和一支实力雄厚的少年作家队伍，有一千五百余人次在全国和省、市级写作比赛中获奖。该分会已经是长兴县闻名全省的文化和教育品牌，曾被长兴县委评为德育教育创新案例。受到省作协乃至中国作协领导的肯定和好评。

【湖州市作家协会南浔分会】

简称"南浔镇作协"，与南浔镇职工文学社系两块牌子一套班子，成立于1993年5月，是浙江省第一个镇级作家协会。成立时，省作协主席叶文玲、党组书记林晓峰、湖州市文联主席唐永昌等领导到会祝贺。该会由时任湖州市作协主席李广德倡议成立，主席先为王仲元，后为陆士虎。会员中有中国作协会员一人、省作协会员八人、市作协会员二十多人，出版小说集十部、长篇纪实文学一部、散文随笔集十六部、诗集八部、文史著作十八部。

四、民间文艺家协会

【湖州市民间文艺家协会】

（一）组织

前身是"湖州市民间文艺工作者协会"，成立于1987年5月1日。第一届理事会由十人组成，主席钟伟今，副主席于忠义、陈祖基（兼秘书长）。1992年11月召开第二次代表大会，改用现名，选举产生由十一人组成的第二届理事会，主席钟伟今，副主席于忠义、陈祖基、程建中，秘书长张国南。1996年1月召开第三次代表大会，选举产生由十七人组成的理事会，主席钟伟今，副主席程建中、严树学、项勇勇、吴冠民，秘书长严树学（兼）。2001年8月召开第四次代表大会，第四届理事会仍由十七人组成，主席程建中，副主席严树学、沈鑫元、袁世渔、田家村、俞友良、董惠民，秘书长严树学（兼）。2008年1月召开第五次代表大会，第五届理事会仍为十七人，主席严树学，副主席马明奎、田家村、冯旭文、俞友良、莫志刚、董惠民，秘书长刘伟。2013年1月召开第六次代表大会，第六届理事会由十九人组成，主席冯旭文，副主席田家村、俞友良、马明奎、莫志刚、刘伟、金月强，秘书长刘伟（兼）。2018年1月召开第七次代表大会，选举产生由二十一人组成的理事会，主席马明奎，副主席金月强、刘伟、许剑锋、黄卫琴（女）、葛丹（女）、周建忠，秘书长许剑锋（兼）。协会有长兴、德清、安吉三个县级团体会员。

（二）会员

1987年刚成立时有会员五十六人。至2018年底有会员一百零六人，其中省级会员二十九人、中国民协会员七人。

（三）活动

1991年出版了浙江省民间文学三套集成的《湖州市歌谣谚语卷》和《湖州市故事卷》，共约一百一十万字。1991年12月10日、1993年12月1日，在德清先后召开了"中国防风神话学术研讨会"和"中国防风神话第二届学术研讨会"，会后编纂出版了《防风神话研究》和《防风氏资料汇编》。2002年3月—7月，全体会员采用书面调查形式，调查、整理了全市民间艺术一百七十八件，其中民间狮舞、龙舞、船拳、抬阁、马灯等表演艺术六十八件，湖笔、羽毛扇、彩灯等造型艺术八十一件，清明游含山轧蚕花庙会、扫蚕花地、防风祭祀活动等民俗活动二十九件。

1995年—2010年，先后组织会员考察了长兴白岘乡的傩文化、清明民间蚕事民俗活动、长兴李王信仰及民间地方神信仰、安吉鄣吴山区民风民俗活动、练市民间武术民俗活动、市郊环渚乡民歌民谣、善琏湖笔制作工艺、长兴雉城下箬马灯、织里镇幻溇村民间舞蹈"金溇马灯"、杨家埠镇戚家村民间舞蹈"渔翁捉蚌"、安吉章村镇郎村畲族民俗文化等，先后举办了湖州市民间文学集成研讨会、莫志刚灯谜作品展暨湖州市灯谜作品研讨会、陈祖基逝世五周年纪念会和陈祖基作品研讨会、沈鑫元《湖州风情》再版首发及作品研讨会等活动。

2011年—2018年，协会会员编著、出版专著五十多部，主要有沈月华参与编辑出版的《湖州市非遗名录集成》，朱惠勇编写的《德清古桥》《德清船事》，蒋伯良主编的《图说陈霸先》，沈群先的散文集《地上星》和《德清农耕文化集锦》，钮智芳整理出版的《德清县地名故事集》《新编武康县志》《德清地名志》等。撰写的有关民间文学作品和民间文化、民俗研究论文在省级以上报刊发表两百余篇。主要有莫志刚的《中华谜艺》（与胡桦合作）和《象形字谜创作中的写意和工艺》，莫志刚、陈炜、胡桦撰写的论文《试论字谜创作的开拓与发展》，沈月华的《浅谈非物质文化遗产与旅游开发——以湖州新市蚕花庙会和含山轧蚕花为例》《城镇化进程中怎样留住乡愁》《浙北太均信仰》《双林绫绢制造技艺的生产性保护与生活传承》等文章。

民间手工制作技艺是民协的重要活动内容，如紫砂壶、风筝、木雕、竹雕等，参加全省、全国性比赛屡次获奖。主要有：工艺美术大师金月强参加"首届海岛国际运动风筝邀请赛暨2013全国风筝锦标赛"，获得一金二银等十四个奖项；蒋兴宜的紫砂作品获2016中国工艺美术"百花奖"金奖，同时获得"浙江工匠"称号并参加浙江省庆祝"五一"国际劳动节劳模表彰大会；安吉县畲族木鼓舞2018年荣获第七届浙江民间文艺映山红奖，优秀民间艺术表演评选活动"金奖"；"长兴百叶龙"获得了第十一届中国民间文艺山花奖金奖。

【德清县民间文艺家协会】

成立于1998年11月23日。2005年时有会员六十四人，其中省级会员三人。会址设在武康余英坊陆放版画艺术馆。2017年换届以来，相继开展了元宵猜灯谜、贺新春书对联、浓情过端午巧手做香囊等民俗活动，赢得了一定的社会关注度。

【长兴县民间文艺家协会】

成立于2001年7月。2002年与市民间文艺家协会一起组织全市民间文艺骨干到白岘乡开展傩文化采风活动。2005年参与收集、整理有关陈霸先的民间故事，举办陈武马灯历史文化遗产研讨与采风活动，编纂出版《长兴民间故事精选》，同年底有会员四十人。

【安吉县民间文艺家协会】

成立于2004年7月30日。现有会员四十三人，其中国家级会员一人，省级会员四人。近年来，安吉县民协实施民间文艺家进景区、进礼堂、进学校、进广场、进媒体的"五进工程"，在各大景区推荐引进项家皮影戏、棕编、竹编、糖画等民间艺术项目；到十五个乡镇的一百零六个文化礼堂开展民间展演。同时，借助社会力量，成立民间展演专家组、协会志愿者队伍，通过"政府主导、社会参与"建立乡村民间艺术工坊，活态展演、传承和发展民间传统文化，开创了安吉民间艺术百花齐放的良好局面。协会新提升的畲族木鼓舞2018年获第七届浙江民间文艺映山红奖、优秀民间艺术表演评选活动"金奖"；竹编传承人祝和春、竹刻传承人楼在亮、竹雕传承人吴云良、竹扇传承人张北兴被评为

湖州市第二届工艺美术大师。安吉白茶制作技艺、梅溪旱船、鄣吴金龙等成功
入选省级非遗名录。

五、文学社与诗社

【德清馀不诗社】

1981年2月5日成立于德清县城关镇（今乾元镇）。首任社长卢前，副社长
吴冠民（兼秘书长）、吴亚卿、陈景超，俞平伯任名誉社长。这是改革开放后湖
州市最早成立的民间文学社团，后成为中华诗词学会发起单位之一，浙江省诗词
学会理事单位。先后出版七卷《馀不唱和集》和《馀不诗社成立特辑》《馀不诗
社成立10周年纪念专辑》。1996年10月19日更名为莫干山诗词学会，出版会
刊《英溪诗讯》，选编出版《历代诗人咏德清》一书。至2014年为德清县诗词学
会取代。

【湖州市青年文学社】

成立于1982年春，由柯平发起，成员有高锋、金一鸣、李浔、闻波、郭增坚、
马红云、顾亭亭、潘宗玉、沈文萍等，聘请顾锡东和李苏卿为顾问。据高锋介
绍，文学社后改名为"青草文学社"，白廉曾为文学社治印一枚。这是改革开放
后湖州市本级最早成立的民间文学社团，活动两年左右。

【三人诗刊社】

由南浔镇三位诗歌爱好者沈振斌、眭桂庆、胡振栋于1982年夏仿湖畔诗社
创立。同年8月，手刻油印的诗刊《三色堇》创刊，刊发三人的诗作。1983年
4月起，诗刊社与镇团委青年诗歌创作组联合出刊《三色堇》第三期。除选登南
浔本地诗作外，还发表柯平、李浔、王麟慧等湖州诗人的作品，并作两地交流。
是年夏出刊第四期后，诗刊社因发起人之一的沈振斌调离南浔镇而停止活动。

【湖州工人文化宫青年诗歌创作组】

成立于1982年10月20日。组长柯平，有组员李浔、王麟慧、曹丽黎、俞力
佳、沈方、钱凤伟、胡可、汪建民、韩建明、朱百勋、卢洁明、毛善钦、沈庆麟、
严伟等十四人，后来，伊伊、石人、姜海舟等人加入。曾编印过五期油印的《习
作》和《蔡小伟诗作专集》，举办过诗歌朗诵会，1986年后逐渐停止活动。

【紫笋文学社】

1984年4月以长兴《紫笋报》作者群为基础成立。社长潘子力。社员二十六人。先后举办过七次文学讲座、座谈会和笔会，参加者达两百六十二人次。1996年5月终止活动。

【远方诗社】

1984年5月4日成立于湖州师范专科学校，创办人为伊甸和杨柳，是全国高校成立的首批校园诗社，现隶属于湖州师范学院，为该院历史最为悠久的文学社团。成员是来自文学院、社会发展学院、教科院等十个学院的师生。诗社成立之初，聘请李广德、沈泽宜为顾问，主要成员有沈健（长兴）、夏雨、俞华良、林荫、邹汉明、莫显、晓弦等。诗社创办油印诗刊在内部交流，举办丰富多彩的诗歌活动。2009年诗社成立二十五周年之际，由二三子发起，创办民办铅印的《远方诗刊》。仅2017年，诗社成员就先后在"2017年浙江省高校双百双进集中性暑期社会实践总结展示美丽浙江专场"、湖州市委老干部局举行"90后与90后的信仰对话"、市旅游局举办的南太湖诗歌朗诵会等活动中创作和朗诵了《诗画"浙"里》《信仰的对话》《南太湖之春》与《吴门诗社南太湖联句》等作品，同年12月承办的"胡瑗文化节闭幕式暨远方诗会"受到一致好评。

【莫干山文学社】

成立于1985年10月。湖州市委常委、宣传部长陈祖松出席成立大会祝贺。社长姚达人，副社长张国南。初有会员二十一人。曾与长兴、安吉同道联合举办过三次创作笔会。1999年6月27日改组为德清县作家协会。

【湖州青年文学社】

成立于1986年6月14日，首批社员有十二人，多时达六十余人。第一任社长钱铖，第二任社长朱军，第三任社长卢梦青。油印出版《丑石》，时任湖州市文联主席陈祖松为该刊题写刊名。该社聘请周文毅、茹菇为顾问。先后举办过"文学之友"中秋联谊会、作品加工会、职工业余文学创作交流、青年诗歌作品展等活动。1991年停止活动。

【太湖文学社】

成立于1986年，是湖州师专时期成立的一个校园文学社团，指导老师为蒋瑞，成员有陈永昊、毛善钦、胡国梁等。该社以"开创文学新形式，倡导文学新理念，推陈出新，开阔视野，充分吸取湖州浓厚历史文化内涵，传达文字的最大魅力"为宗旨。社团代表性活动有"汉光杯"征文比赛、"奇行杯"征文比赛、原创散文大赛以及"走进名著，品味经典"电影茶话会等，创办有《太湖风·youth》月报系列刊物。2011—2012 年度曾被评为校五星级社团。

【雨巷诗社】

1987 年秋由练市中学语文教师沈惠方（沈苇）和地理教师吴建新（舒航）创立。系练市镇第一个诗社。诗社六十人左右，主要成员有潘新安、阿锄（陈夫翔）、沈浮（沈兴明）、冯牧天、徐建琴、钱益群、一哲（沈学明）、汪任英、卫建学等。诗社出版过五期油印的《雨巷》诗刊，举办过两次诗歌朗诵会，邀请周孟贤等省内外知名诗人到学校讲学。社员有大量作品发表在省内外报刊上。1991 年，诗社因故停办。该社创始人之一的沈惠方已是中国作协诗歌创委会委员、鲁迅文学奖得主，吴建新是湖州市作协诗歌创委会副主任、南浔区作协副主席，阿锄出版过一部诗集和一部小说集。

【练溪文学社】

1990 年 2 月由练溪中学校长徐建新、荃仁广播站站长尹金荣发起成立，有社员五十余人，分小说、散文、诗歌三个小组不定期开展文学活动。同年 4 月 5 日，社报《练溪文学》创刊，由顾坤生任责任编辑，编辑有徐建新、尹金荣、舒航、沈浮、沈宝凤、沈洪顺。1993 年 6 月 10 日，社刊编委调整为顾问曹培生，主编顾坤生，编委徐建新、尹金荣、舒航、沈浮、茹茂荣、沈洪顺。除社员外，诗人乔延风、柯平等也在该刊发表诗作。有三十六件社员的作品被《诗刊》《诗歌报》《水乡文学》《东海》《湖州日报》等报刊选用。该社还举办过李浔、茹茹诗歌作品研讨会；与湖州市群众艺术馆联合举办征文活动。1993 年 11 月，该社停止活动。2015 年春，练市一中恢复练溪文学社，社长陈瑜华，出刊季刊《练溪》。

【湖州市职工文学社】

成立于 1991 年 11 月，首批社员有五十多人，社长为寇丹，副社长兼秘书长严树学。第二年，职工文学社扩展到德清、长兴、安吉三县，社员发展到八十多人。他们开展文学创作交流笔会、诗歌创作朗诵会、文学理论讨论会等活动，还举办过"菰城文学奖"评奖活动，有三人获奖，五人获提名奖。到 1994 年底，该社社员发表的文学作品达到了六百多篇（首），计一百十七万字，其中包括出版一部长篇小说、一部中篇小说和二部小说集。在各类文学比赛中获奖七十二人次，其中获全国奖十二人、省级奖九人。1995 年以后，由于经费困难，活动逐渐减少。

【朝花文学社】

德清一中学生文学社团。成立于 1999 年，出刊《朝花》社刊。二十年间培养了一批优秀的青年作家，接二连三推出作品，分别有崔利静的长篇小说《零落》，她被浙江师范大学破格录取；郭黎霞的《蝴蝶来过这世界》《花沙》，她被湖州师范学院破格录取；王希的《美丽邂逅》，他毕业于浙江传媒学院；潘瑶菁的《结绳记爱》，她在复旦大学读研究生，是浙江省作协会员；祝丹莹的《请待我盛开》；胡桑的诗集《赋行者》，他是同济大学博士研究生毕业，留校任教；严寅峰的《苍龙》，湖州市作协会员；蓝泽的《三星堆惊魂》《云南秘藏》《天亮就逆袭》等，她是浙江省作协会员；朱炜的文化随笔集《湖烟湖水曾相识》《莫干山史话》和散文集《百里湖山指顾中》，他是浙江省作协会员，2019 年获湖州市优秀青年文学作品奖。

【税苑文学社】

湖州市税务系统文学社，成立于 2006 年仲夏，初有会员二十八人，现已发展至一百六十八人。首任社长章云龙，后由副局长沈振斌接任至今。办有《税苑》社刊。六个分社都办有自己的刊物。出版《税月如歌》《为你绽放》等四部社员文学作品选集。章云龙、曹丽黎、朱勇民、陆霖等均出版有个人作品集。

【启明剧社】

成立于 2007 年 11 月，是湖州师范学院大学生一个以话剧为主，小品、情景剧和 DV 剧为辅的兴趣爱好型剧社，宗旨为"方寸之地，演绎精彩人生"，成功上演过原创话剧《面具》《玫瑰宝藏》《君子胡瑗》，原创舞台剧《青春志·湖州梦》，经典话剧《暗恋桃花源》和《恋爱的犀牛》，改编自张爱玲小说的话剧《金锁记》等剧目。原创话剧《最忆是故乡》获 2017 年浙江省大学生艺术节二等奖。大型原创历史话剧《君子胡瑗》讲述了北宋著名教育家、"湖学"创始人胡瑗先生的求学与教学经历，展现了谦谦君子炼成的漫长之路，是剧社献给学校六十周年华诞的礼物。剧社全力推广话剧文化、原创文化、传统文化，体现文学原创精神，力图用真挚的演出丰富校园生活，开辟出全新的、更富生命力的校园原创文化思潮，曾连续五年被评为校五星级社团。

【南太湖青年作家文学社】

2008 年 7 月由沈白、倪平方、小雅等发起成立，核心成员有胡桑、潘无依、韦良、茅立帅、山贤、蒋峰、吴雪岚、黄慕秋等三十余人，聘马红云为小说组顾问，郑天枝为诗歌组顾问，内部刊物为《碧澜》。文学社宗旨为："将湖州的文学青年凝聚成一种力量，为湖州本地的青少年文学爱好者树立榜样，加强社员之间的文学交流，不断提升自己的文学素养，更好地传承湖州优良文脉。"文学社成立之后，举办过湖州青年作家文学论坛、南太湖诗歌朗诵会等活动。

【南太湖诗会】

由湖州师范学院中国散文诗研究中心主任萧风发起和策划，中国散文诗研究中心和湖州市文联等单位主办，始于 2012 年 4 月，主旨是"传承和弘扬湖州的诗歌文化，为诗友们搭建一个交流和雅集的平台"。该诗会一年一度，一般在春天举行，2016 年因受 G20 杭州峰会影响改在冬天，共举办五届。第一届为"江南诗人创作研讨会"，主要研讨散文诗创作；第二届是"当代湖州诗歌现象研讨"，并与《诗刊》杂志社联合主办"春天送你一首诗"活动；第三届是纪念徐迟诞辰一百周年研讨会；第四届是"诗人与乡愁"研讨会和"诗人回乡"诗歌朗诵会，提出了"湖州诗群"的概念；第五届是"丝绸之源"和"丝路与诗路"研讨会，邀请了"丝绸之路"沿线九个省市区的诗人代表与会，开展了"诗韵吴兴"采风活动。全国各地的著名诗人谢冕、许淇、龙彼德、王志清、秦兆基、桂兴华、子川、赵敏俐、刘福春、叶橹、耿占春、霍俊明、周庆荣、何言宏、冯明德、李犁、李少君、伊甸、沈苇、汪剑钊、潘维等均来湖州参加过诗会。第一届诗会还编印了一本文集《江南之春——首届南太湖诗会暨江浙诗人创作交流座谈会纪念集》。

【莫干山国际诗歌节】

由德清县政府和浙江省作家协会联合主办。每两年举办一次。首届德清莫干山国际诗歌节以"德清莫干山，天下游子吟"为主题，于 2017 年 11 月 11 日—13 日在莫干山下的郡安里举行。参加者有王家新、多多、沈苇、柯平、潘维、陈先发、陈郁红、汪剑钊和美国的乔治·欧康奈尔、意大利的朱西、马其顿的尼古拉·马兹洛夫、波兰的尤佳、乌克兰的索菲亚、蒙古的哈达、亚美尼亚的罗伯特·察杜良等中外著名诗人百余人。诗歌节还在上海同济大学设立分会场，举行"诗歌与翻译：游子国际化"论坛。节前还举办了以"游子"为主题的诗歌大赛，全国有一千九百五十七名诗人参赛，参赛诗歌一万两千余首，美国谢炯、湖州邵小书等三十七位诗人获奖。

【湖州文学院文学志愿团】

成立于 2018 年 7 月 8 日。主要承担湖州文学院的社会服务功能。团长郑天枝，副团长王麟慧（女）、李静如（女，增补），秘书长李全，副秘书长褚亚春（女）、金开龙（女），顾问杨静龙。有团员三十一人，其中中国作协会员六人、省作协会员八人。已为国网湖州供电公司创作出版了《春风耀目——湖州市"生态＋电力"文学作品集》，为湖州市中心医院创作出版了《从浙南山区到浙北平原——湖州市中心医院 75 周年纪实》，还多次参加湖州文学院组织的到农村和企业的文学"三服务"采风创作活动。

表 12-1：当代湖州文学社团一览

社团名称	主办或挂靠单位	成立时间	社长	社员人数	社报／社刊	备注
风尘文学社	湖州	1980 年冬	汪剑钊	六	《风尘》三集	
东野诗社	德清	1986 年				
成山文学社	长兴和平中学	20 世纪 80 年代中期	徐惠林	十余人	《竹林》	市作协副主席沈健当时任辅导员
葭菼文学社	长兴蠡塘乡文化站	1985 年 10 月	周斌华	八	《葭菼》二期	
巨人文学社	南浔	1996 年	胡秀林	十来人	《巨人报》	2000 年停办
飞鸿文学社	湖州中学	1997 年	羊刚		《飞鸿》十五期	2012 年停办
苕华文学社	菱湖中学	1998 年 9 月	屠凌云费志杰	三十左右	除社刊《苕华》外，还为校报《青树报》供稿	初名"红菱文学社"

社团名称	主办或挂靠单位	成立时间	社长	社员人数	社报／社刊	备注
绿苇文学社	湖州艺术与设计学校	2007 年	吴若岚	二十二		曾被评为"全国百佳校园文学社"
彊村文学社	埭溪镇上强小学	2007 年	陆赟佳肖莉莉	八十多	2019 年 5 月 21 日沈文泉取名	
红菱文学社	吴兴区戴山学校	2010 年 11 月 19 日	沈松江	三十左右	无，但与《湖州晚报》《星期三》合作	
茗溪文学社	安吉县孝丰高级中学	2011 年	余廷康	二十多		2014 年停办
滨湖文学社	吴兴区织里中学	2013 年	施国琴	六十二	《滨湖文学》四期	
凌波塘摄影文学社	菱湖	2016 年 5 月	赵微坚	二十七	无。有微信公众号	以摄影为主
和雅文学社	长兴县第六小学	2017 年 9 月	唐刘莉	十五	和乐校报	
春芽文学社	长兴县第六小学	2017 年 9 月	李洁	二十	和乐校报	
鹿门诗社	练市中学	2017 年 10 月	余丹	三十左右	同名公众号	
梅月文学社	南浔开发区实验学校	2018 年 9 月	林燕如蒋盛杰	四十	《丝丝念念》	被《少年作家》作为优秀中小学文学社推荐
词境填翻社	湖州中学	2018 年 11 月	陈佳印	六十四	《辞境》	
梦芽文学社	湖州四中					编印有《梦芽——湖州四中文学社作品选》

六、学会与研究会

【湖州市文学学会】

1985 年 4 月成立。首任会长李广德，有会员六十八人。该学会除了研究古今中外重要作家的作品外，重点研究湖州本土作家和他们的作品。1988 年，学会分设了茅盾研究会，开展"茅盾与浙江"课题研究。1991 年 5 月和 1996 年 12 月，该学会举行过两次换届大会。在 1996 年 12 月的换届大会上，李广德连任会长，蔡一平、厉创平、章子林、徐重庆、唐耿夫、许莉萍当选为副会长，陈永昊为名誉会长。学会编辑出版的著作有《名人怎样阅读写作》《中国丝绸文化》《茅盾与浙江》等，研究成果有《一代文豪：茅盾的一生》《茅盾学概论》《诗的真实世界》《毛泽东的写作艺术》和"湖州文学史""茅盾的文化观""诗艺的辩证法""中国现代文学史料"系列论文等。2010 年举行的第五次会员代表大会选举程民为会长。在此后的五年里，学会会员出版了一系列的学术专著，如程民的《科学小品在中国》《浙江科学小品论》、徐重庆等人的《辛亥百年与湖州记忆》和刘树元的《中国现当代文学作品选析》（上、下册）、《小说的审美本质与历史重构》以及周淑舫的《六朝东山谢氏文学生产与林下风绵远影响》《中国女性文学发展概论》《领风气之先：六朝东山谢氏家族文化研究》、刘旭青的《吴越歌谣研究》、王昌忠的《扩散的综合性》《美学审视下的中国当今消费文化》、沈文泉的《朱彊村年谱》、鲍远航的《唐诗话唐俗》、刘方的《汴京与临安：两宋文学中的双城记》、余连祥的《民国名人传记丛书：钱玄同》、王昌忠等人的《湖州现代文学史》、韦良的《岁寒惟有竹相娱》等。此外，还发表了近两百篇学术论文，举办了"俞平伯与江南文化世家""中国散文诗研究中心首届学术年会""中国写作学会现代写作学委员会 2013 年学术研讨会""浙江省中国当代文学研究会第八届年会暨著名作家徐迟百年诞辰学术研讨会"等学术活动。2015 年 1 月 10 日，学会召开第六次会员代表大会，选举王昌忠为会长，徐重庆、丁国强、沈文泉、李浔、徐惠林、方满凤、许莉萍、周淑舫、刘树元、胡淑娟、刘方、余连祥、杜隽等十三人为副会长，聘请李广德、程民为名誉会长，蔡一平、章子林、厉创平为名誉副会长。

【湖州市诗词与楹联学会】

前身是"湖州市诗词学会",成立于1988年11月4日。初有会员四十人,会长谭建丞,副会长费在山、张世英、凌以安,由费在山兼任秘书长,不定期出版《苕雪诗声》诗页。1994年2月24日召开第二次会员大会,会长仍为谭建丞,副会长增加严在宽、周志虹。学会每年至少组织一次活动,较有影响的有赏菊雅集、己巳诗人节雅集、纪念南社诞辰八十周年黎里雅集、壬申岁朝雅集。学会还与兄弟诗社、诗词学会开展联谊和交流活动,编印了《澄园诗集》《苕雪诗声汇集》《古诗吟湖州》。1999年3月20日,学会召开第三次会员大会,此时有会员六十多人,其中中华诗词学会会员十二人,省诗词学会会员二十三人,会长费在山,副会长嵇发根(兼秘书长)、陈焕文、刘祖鹏、顾仲芳、赵红娟、朱元更、邱鸿炘。从2000年起,《苕雪诗声》改诗页为杂志。2004年5月,第四次会员大会选举嵇发根为会长,副会长陈焕文、邱鸿炘、陈景超、赵红娟(兼秘书长)。2009年12月25日召开了第五次会员大会,选举会长嵇发根,副会长邱鸿炘、陈景超、杜使恩、朱辉(兼秘书长),学会启用现名。2000年—2010年,学会先后组织了苕溪茶会、悼念费在山先生吟唱会暨诗词研讨会、上强诗会、东衡诗会、锦峰诗会、下渚湖诗会、东林山诗会、陈景超学术活动四十年研讨会、古镇修复研讨会暨诗会、长兴诗会、东林雅集、碧浪湖雅集、梅峰里阳雅集、仙潭雅集、纪念抗日爱国诗人冯京诞辰一百周年座谈会等活动,编辑出版了《湖州名胜诗联选》《湖州楹联集成》和台历《笔墨江南、清丽湖州——湖州风光诗画作品选》。2009年还组织诗人、联家为湖州长岛公园、项王公园牌坊及望湖楼等撰联五十三副。1996年—2010年,会员出版个人诗词集四十余部。至2019年底,学会有会员一百一十人。现任会长朱辉。

【湖州市写作学会】

1988年12月25日成立。会长李敏龙,副会长李广德、程民、丁国强、林国强、郑天枝、韦良,秘书长由韦良兼任。现有会员六十人。学会先挂靠湖州广播电视大学,后挂靠湖州师范学院。会员以个人活动为主,集体研究为辅,已主持省部级以上研究课题三十项,其中国家社科基金项目六项,发表各类文章千余篇,出版学术专著和文学作品约八十部。

【湖州陆羽茶文化研究会】

1990 年 10 月成立。学会经常举办雅集和茶文化采风活动，会员们吟诗填词，创作以茶和茶文化为题材的散文、诗歌，编印有多期《苕上茶吟》，收录许学东、沙金、朱乃良、李广德等人的诗作。2016 年，湖州文学院主持工作的副院长、市作家协会副主席兼秘书长沈文泉任副会长兼《陆羽茶文化研究》执行主编后，进一步吸收了一批作家加入茶研会，组织作家深入学校、茶企采风，采访知名茶人，在保持《陆羽茶文化研究》学术性、新闻性的同时，增强了刊物的文学性和可读性。从 2015 年起，该会还支持茶蒲子业主赵根琴，每年秋季举办"弁山情"茶叙，参加者有寇丹、邱鸿炘、嵇发根、余方德、周孟贤、高宝平、姚子芳等作家，每次都有诗词作品产生。

【长兴县诗词与楹联学会】

前身是成立于 1995 年 9 月 24 日的长兴县诗词学会，会长陈焕文，会刊《西吴诗声》。2008 年 10 月 31 日换届后改现名，会长杜使恩、副会长凌星、秘书长蒋世荣。会刊改杂志，由副秘书长周新凤执编。协会现有会员一百余人，其中国家级会员十二人，省级会员十余人。学会致力于古典诗词和楹联的普及教学，在全县建立了二十个基地，为此，长兴县被省诗词与楹联学会命名为"浙江省诗词之乡"。

【湖州市杂文学会】

1998 年成立。第一届会长许学东，副会长沙金（张世英）。主要会员有范一直、钱凤伟、陈永昊、江晚秋、张林华、章小义、李敏龙、邵宝健、许金芳、嵇发根、朱达林、戴厚基、茹菇等六十七人。会员所写杂文每年被全国各地报刊录用四百篇以上，内容涉及改革开放、思想意识、反腐倡廉、社会生活、文化道德等方面。其中湖州钱凤伟、德清张林华、安吉范一直等人的杂文质量较高，受到社会关注。2002 年，学会编辑出版《湖州杂文选》，收录四十多位杂文作者1998 年—2001 年创作的作品一百二十九篇。学会于 2004 年注销。

【安吉县诗词楹联学会】

2010 年 11 月 21 日在灵峰寺成立。首届会员二十六人。会长李弘伟，副会长钟建明、张志才，秘书长释慈满。会址设在灵峰寺。2015 年 11 月 21 日举行第二次会员大会，李弘伟连任会长，钟建明、沈卫群、王行云等为副会长，孙峥为秘书长。学会于 2011 年 4 月出版年刊《元音》，目前已出版九期。学会经常举办采风、联创联唱、与兄弟学会交流、送诗词春联下乡、诗词楹联讲座等活动，合作举办全国性诗词楹联大赛。一些会员的作品发表在国家级和省、市级诗词刊物和出版物中，出版《安吉县古今对联集成》，并上送中国楹联主编的《中华古今对联集成》近百幅对联。出版会员个人诗词集有何白的《何白诗词集》、张志才的《张志才诗词集》《张志才诗词别载》、董仲国的《陋斋吟草》、金翔的《抱甓精舍吟草》、李富生的《屏峰吟稿》、陈连根的《横桂园诗词精选》《安吉县村镇地名藏头诗》等。学会目前有会员三十人左右，其中中国诗词学会会员四人，省诗词楹联学会会员八人。

【德清县诗词学会】

成立于 2014 年 6 月 11 日。前身为莫干山诗词学会。隶属德清县社科联。会长朱炜，副会长兼秘书长姚海霞，副会长许德明、雷慎。2015 年 12 月 29 日开通微信公众号"前溪诗韵"。截至 2018 年底，共有会员六十八人。学会举办了多届乾元端午诗会、禹越镇沈约古里诗词大会、凤栖湖赞诗歌大赛、美丽乡村采风等活动。

【湖州文学研究会】

成立于 2015 年 5 月 31 日。首届会员一百人。名誉会长张林华。会长金一鸣，副会长吴丹、严树学、俞玉梁、田家村、汪群、凌晨。研究会设董事局，凌兰芳为董事局主席，章振民为执行主席。出版半年刊《文学视野》。

【练市中学茅坤研究会】

成立于 2016 年 12 月。校长吴建新任会长。有会员二十五人，均系学校师生。聘请浙江大学教授张梦新、杭州外国语学院教授赵红娟和练市本土作家徐建新、尹金荣、朱惠新为顾问。研究会的主要研究方向是茅坤、茅维、茅元仪、明清湖州士族文化和望族家世研究，明清江南生活图志研究，以及校园文化建设。创办会刊《茅坤研究》。

第四节　当代文学教学与研究机构

一、文学院

【长兴少年文学院】

又名长兴少年作家学校，创立于 2000 年，与长兴少年作家协会合署办公。2003 年，浙江文学院将该院确定为全省第一个少年作家培育基地。十九年来，该院坚持以师生文学大赛、公益文学培训和实践采风为抓手，形成了特色鲜明的"长兴少年作家"培育模式，成为全省少年作家培育的示范区，培养出十三名"浙江省少年文学之星"，其中有张振宇等四名省市高考状元和全国第一位在《中篇小说选刊》发表小说的少年作家李思雨，出版少年作家作品集七部。

【湖州文学院】

湖州市文联下属正科级事业单位。成立于 2009 年 11 月 10 日，与湖州市文联《南太湖》杂志社系两块牌子一套班子。其职责有四项，即文学创作、文学研究、文学评论、文学培训。负责出版《南太湖》杂志。每年围绕中心组织开展文学采风和征文活动。曾开办和运行湖州文学网站，于 G20 杭州峰会时停办。有正式编制四人。首任院长高锋，继任院长金一鸣、沈文泉。2020 年 6 月，在新一轮事业单位改革中，湖州文学院与湖州书画院整合成为湖州文学院（湖州书画院），院长沈文泉，有编制六人。

【南太湖少年文学院】

成立于 2010 年 11 月 27 日，由湖州市文联联合市文明办、市教育局、团市委、市少工委共同成立。曾拥有"南太湖少年文学院小院士"二百五十五名，"少年作家培养基地"十九所学校，举办过三次全市中小学生新创意写作大赛，出版《有梦才有远方》《追梦的脚步》两部大赛优秀作品集。该院通过建立大小作家结对共建机制、组建优秀作家讲师团开展"作家进校园"活动等途径，引导、教育广大未成年人养成好读书、读好书的良好习惯，激发学生的写作激情，提高他们的写作水平和文学素养，挖掘和培养优秀青少年写作人才，使湖州文学事业发展后继有人。近年来，该院的工作因为人事问题处于停滞状态。

二、高校汉语言文学专业教育与研究

【湖州师范专科学校茅盾研究（室）会】

前身是 1981 年成立的嘉兴师范专科学校茅盾研究小组，1986 年 1 月 21 日改为茅盾研究室，主任徐越化，副主任李广德、许云生，成员还有俞正贻、顾顺泉、项文泉。研究室成立之初编印有《湖州师专学报增刊·茅盾研究》，纪念茅盾诞辰九十周年。该书收入了茅盾给徐重庆、钟伟今的两封信，十篇茅盾佚文，中国和日本学者的十九篇研究论文。1988 年 5 月改为湖州师专茅盾研究会。

【湖州师范学院茅盾研究所】

成立于 1998 年 5 月。所长李广德。有研究人员十二名，其中高级职称四名。聘请桐乡乌镇茅盾纪念馆馆长汪家荣和湖州市文学学会副会长兼市写作学会副会长徐重庆为研究员。该所的研究方向是茅盾的生平、思想、创作与文艺批评等，重点是承担浙江省哲学社会科学"七五"规划重点课题《茅盾与浙江》，主要研究成果有《茅盾研究论文集》《一代文豪：茅盾的一生》《茅盾学论稿》等著作，编辑出版《茅盾研究》专辑第二辑。李广德教授退休以后，该研究所停止运行。

【湖州师范学院文学院】

最初是 1958 年创办的嘉兴师范专科学校中文科，招收三年制文史和中文两个专业的专科学生。1960 年学校升格为嘉兴师范学院后设中文系，招收本科专业学生，于 1962 年停办。1978 年，学校以"浙江师范学院湖州分校"的校名恢复招生，设立中文科，招收三年制汉语言文学专业专科学生。1979 年 1 月，学校定名为"嘉兴师范专科学校"（1984 年校名改为"湖州师范专科学校"）后，设中文科，其间 1986 年—1993 年曾将三年制专科改为两年制专科。1994 年，汉语言文学专业开始挂靠浙江师范大学，1996 年又挂靠杭州师范学院，招收四年制本科学生。1999 年湖州师范学院成立，中文科改称中文系，开始独立招收本科生，并增设了"新闻广告"专业。2001 年又增设了"涉外文秘"和"中文信息处理"两个专业。

2002 年 11 月，学校实行二级学院制，以原中文系为主体，加上原政经系的历史专业，成立人文学院，下设中文系、历史系和传播系，设广告学、汉语言文学（师范）、汉语言文学、新闻学、汉语国际教育等四个专业。2004 年，学院开始招收来自韩国、俄罗斯、印尼、印度、乌克兰、西班牙等国的留学生，常设两个教学班。2006 年 9 月，对外汉语四年制本科专业开始招生。

2008 年 12 月，人文学院改名文学院，下设中文系、传播系两个系。文学院现有汉语言文学（师范）、汉语言文学（非师范）、汉语国际教育、广告学、新闻学、秘书学六个专业，有全日制教学班三十三个，本科在校学生一千四百五十余人。设留学生基础教育中心一个，成建制留学生班级一个。文学院有专任教师五十二人，其中教授十名，博士十九名（另有在读博士三名）。浙江省"151"人才二人，省中青年学科带头人三人，全国优秀教师一人，省优秀共产党员二人。

学院坚持教学工作的中心地位，努力探索"最适化教育、个性化教育"的培养模式，全面实施全程化写作能力训练，大力开展"平台＋模块专业"的培养模式与实践模式改革，积极开展与湖州日报报业集团、湖州广播电视传媒集团和海外高校的教育合作，基本形成了以省级重点学科——文艺学为龙头，带动其他学科协调发展的学科建设框架，在省一级学科——中国语言文学学科内形成了文艺学、古代文学、语言文字学、中国现当代文学四个二级学科，古代文学、写作、文学概论为省级精品课程。近年来获得国家社科基金十项，教育部课题十四项，教育部"高等学校科学研究优秀成果奖"一项，获得市厅级以上科研项目五十六项，获省级教学团队一个，省重点建设教材二部，省教学成果奖一项，发表核心期刊论文两百三十一篇，出版专著四十余部。学生在省级以上各类学科竞赛中获得一等奖四项，二等奖十多项。2013 届毕业生就业率为百分之九十八点六。2014 届就业率百分之九十七点五。

【湖州职业技术学院人文分院】

创办于 2000 年 9 月，初设文秘、旅游管理与服务、服装设计、环境艺术设计四个高职专业和新闻传播、法律、汉语言文学三个电大普专专业。2006 年 12 月更名为人文与旅游分院，2012 年 12 又更名为人文旅游分院，2015 年 5 月调整为旅游与公共管理学院。学院现有文秘、人力资源管理、旅游管理、酒店管理、商务英语五个专业，并负责全校公共外语课的教学工作。学院有专任教师六十八人，外籍教师一人，其中副高以上职称二十七人，浙江省高职（高专）专业带头人四人，有学生一千两百九十七人。分院在科研方面成果丰硕，教师主持浙江省文化工程项目、省哲学社会科学规划课题等各类课题一百七十多项，出版专著三十多部，在国家一、二级期刊发表学术论文一百余篇，获省市（厅）级科研成果奖四十余项。2007年11月，分院被评为"浙江省重视教科研先进集体"。2008年10月，文秘专业教学团队获得教育部授予的国家级教学团队称号。

学院非常注重人文素质培养和文化工程研究。2005年10月，文秘专业"以职业能力为核心、人文素养为底蕴"的人才培养模式改革项目获得省政府高等教育教学成果一等奖，2014年9月又获教育部国家级教学成果二等奖。

【湖州师范学院人文学院文艺研究所】

2002年11月师院成立人文学院后改茅盾研究所为文艺研究所，研究范围扩大。2008年12月改文学院时沿袭至今。

【中国散文诗研究中心】

在军旅诗人箫风策划和推动下于2013年6月在湖州师范学院成立，是全国首家"中国散文诗研究中心"。箫风受聘任研究中心主任，孙玉石、孙绍振、吴思敬、王光明为副主任，谢冕当选为学术委员会主任。该研究中心旨在促进散文诗理论建设，推动中国散文诗繁荣发展。中心采取开放的运作方式，专职与特聘研究员相结合，主要从事中国散文诗研究、港台和海外华文散文诗研究、外国散文诗研究与中外散文诗比较研究，重点关注当下散文诗的创作和推广。成立以来，先后创办了《文学报·散文诗研究》专刊（出版二十五期）、《湖州晚报·散文诗月刊》和"中国散文诗研究中心微刊"（已推出两千余期），并在《湖州师范学院学报》开辟"散文诗研究"专栏。举办了五届南太湖诗会、三届"诗吟楠溪江"采风笔会等活动，在培养散文诗作者、推动散文诗研究、繁荣散文诗创作等方面发挥了重要作用。

【江南城镇文学研究基地】

成立于2016年，系湖州市首批文科重点基地和宣传文化优秀创新团队。基地负责人刘方教授系浙江省新世纪151人才、省高校中青年学科带头人、文艺学硕士研究生导师，正在进行省社科项目《张氏家族与南宋临安都市文学艺术及其文化世界》的研究。团队十八人中，教授八人，副教授七人，博士十二人，体现出了职称、年龄和学历结构合理和高职称、高学历、高水平的特征。团队以"江南城市文化与文学"为研究方向，进行多学科和跨学科的研究。其中，余连祥教授长期致力于现当代江南小城镇文学与文化的研究，刘旭青教授专注于吴越歌谣的研究，潘国英教授带领自己所负责的二级学科团队展开有关地方方言的研究。一批 70 后、80 后副教授、博士成为整支队伍中不可或缺的重要成员，70 后潘明福不仅获得了国家社科基金，撰写的论文还刊载于《文学遗产》等一级期刊上；80 后的郭公民博士也获得了国家社科基金，他的著作《介入公共领域的艺术：上海城市公共艺术公共性研究》即将出版。

【马明奎地域文化研究工作室】

成立于 2017 年 12 月，是湖州市委宣传部领军人才工作室之一。主要研究湖州地域文化，为大学生提供学术文化研究平台。工作室由湖州师范学院文学院教授马明奎牵头，重要成员有社会发展学院周扬波教授（已调苏州大学）、张咏梅博士，上海师范大学博士周霄，湖州市佛教协会源幻法师，湖州师范学院附属小学教师陆赟佳，杭州市业余作家许薇等。工作室还建有学生社团"菰城文艺社"，通过学术交流和田野考察，提升各种能力，发现和培养新锐人才。工作室办有公众号"菰城月"，内刊"月月月明"不定期发表文章，为大学生写作和实践提供平台。2018 年 4 月，工作室与中科院南方研究所联合举办"第一届蚕马神话高峰论坛"。与会学者来自北京、西安、内蒙古、广州、福建等地，考察了含山和石淙两地的蚕花节和曹雪芹风筝等地域文化重要事象，还考察了溇港文化和千金镇商墓村的中元祭渔节。马明奎《多民族文学意象的叙事性研究》一书作为工作室的重要成果，于 2018 年获浙江省社会科学优秀成果三等奖。

第十三章　当代湖州籍在外作家创作成就

　　在当代中国文学界，活跃着许多喝苕溪水长大的湖州儿女，或者是他们的后代。湖州籍作家、诗人和文学翻译家为中国当代的文学事业做出了重要贡献，也为他们自己的人生书写了华彩的乐章。俞平伯因为一部《红楼梦研究》被推到了政治斗争的风口浪尖。徐迟的报告文学迎来了科学的春天。钱稻孙、赵萝蕤、张威廉等人因为卓越的文学翻译成就赢得了日、美、德等国文学界、学术界乃至政府的肯定和表彰。竹林因为开创了"知青文学"而在当代文学史上占据了一席之地。沈苇成为第一个获得鲁迅文学奖的湖州籍作家……可以这么说，湖州籍作家、诗人、翻译家在外面的文学成就，比本土作家更加出彩。

第一节　诗歌

　　无论是传统的格律诗词，还是改革开放以后复兴的自由诗，当代湖州籍诗人的诗歌创作堪称辉煌，前者以俞平伯为代表，后者以徐迟、北岛、沈苇为代表，都具有国际影响。

一、格律诗

《俞平伯旧体诗抄》

俞平伯著。四川人民出版社 1989 年 10 月出版。叶圣陶序。收旧体诗词百余首。其中长诗《重圆花烛歌》纪念作者结婚六十周年，注入了毕生的情感，数次修改，并请人提意见，其创作的态度如此，令人敬佩。叶圣陶在序言中写道："在我与平伯兄六十多年结交中，最宝贵的是在写作中沟通思想。我们每有所作，彼此商量是常事。或者问某处要不要改动，或者问如此改动行不行，得到的回答是同意的多，可不是勉强同意，都说得出同意的理由……虽然不是全部取得同意，但是得到接受的占绝大多数，这样取长补短，相互切磋，从中得到不少乐趣。"俞氏另有诗集《遥夜闺思引》和《古槐书屋词》（两卷）等，近八百余首，还有《读（诗）札记》《读词偶得》《清真词释》《唐宋词选释》等著作和名篇问世。

《蔡起兴诗文校笺》

蔡起兴著。百花洲文艺出版社 2012 年 3 月出版。此集原由其学生杨晓苍等整理成《乐中集》，于 1991 年 7 月付梓，收入诗人 1940 年—1990 年所作诗三百零九首、词四十二。书后附其生前所撰考证、评论、杂文若干。2012 年，江西省文联退休作家郑伯权主持，南昌龚联寿、杨晓苍、王令策、库佳四人合力校勘修订，以《蔡起兴诗文校笺》为书名正式出版。

二、自由诗

《战争·和平·进步》

徐迟著。作家出版社 1956 年 8 月出版。收诗二十六首，包括四九年前创作的《最强音》《山城的咒诅》《毛泽东颂》，反映抗美援朝胜利、中苏友好、社会主义建设的《和平回到朝鲜》《列宁伏尔加河——顿河运河颂》《向世界人民报喜》等。其中《毛泽东颂》和《江南》（两首）北大、北师大 1979 年选编的《新诗选》和上海文艺出版社 1981 年出版的《中国现代抒情短诗 100 首》、浙江人民出版社 1981 年出版的《浙江现代作家创作选》均有转载。

《美丽·神奇·丰富》

徐迟著。作家出版社 1957 年 4 月出版。收诗十首，均为 1956 年 6 月诗人到云南旅行时所作，热情讴歌了彩云之南这片土地的美丽、神奇和丰富多彩。

《共和国的歌》

徐迟著。作家出版社 1958 年 7 月出版。辑诗三十二，写于 1956 年冬至 1957 年，歌颂中华人民共和国建设成就，所收《无蝇小镇》写家乡南浔，初发表于 1957 年 12 月 31 日《人民日报》，他在诗序中说："读报知道我的家乡浙江省南浔镇是一个无蝇的小镇，喜欢极了……"

《西部太阳》

章德益作。诗一开篇，用四个排比句来直咏太阳，随后把它放置于西部特有的各种背景之上。用四个比喻状其形色，传其精神，既有对沉重历史的回忆，也有对美好现实生活的礼赞。诗人还用一系列精确生动的动词，把西部太阳的各种姿色勾画绘制得辉煌异常。最后，诗人又进一步进行超时空想象：自然的太阳诞生了亿万年，人类的太阳却只有五六千年历史，只是一瞬，但这一瞬包含多少代生死的痛苦，永恒即刹那，刹那即永恒，"旋转为一团燃烧的民族魂"。作者说："西部太阳一直是我望之不倦的一道灵魂风景，一幅绝佳的青春背影。"1986 年，上海文艺出版社出版诗集《西部太阳》。

《绿色的塔里木》

章德益著。人民文学出版社 1980 年 4 月出版。章德益是湖州籍新疆著名诗人、"新边塞诗三剑客"之一。诗集辑入诗人长期工作和生活在新疆的诗歌作品。高洪波评论这部诗集为"我们时代所特有的新边塞诗，也是蘸着瀚海烟尘与蒸腾的云霞谱写的壮志篇"。

《泪的花环》

方行著。北方文艺出版社 1992 年 7 月出版。这部诗集选入诗人从 1932 年到 1984 年半个多世纪中创作的优秀诗作，主要有以下内容：一是像屈原一样求索人生的真谛与自身的归宿；二是抒发对祖国母亲的无限赤诚与忠爱；三是抒发对日本侵略者的刻骨仇恨。这些诗歌以感情的真挚为基础，以纯情的方式出现，以平易、通俗、朴实的方式道出心灵世界，接近于"清水出芙蓉，天然去雕饰"，从而能够无碍地进入群众之中。王昌忠说，方行的诗歌，"风格是浪漫的，格调是刚健的，意旨是宏阔的"。

《在瞬间逗留》

沈苇著。百花文艺出版社 1995 年 12 月出版，系中华文学基金会"21 世纪文学之星丛书"之一。这是作者的第一部诗集，收入 1990 年—1995 年创作的诗歌六十一首。1998 年获首届鲁迅文学奖诗歌奖。评委会评语全文如下："在新时期西部诗歌的画廊中，沈苇的《在瞬间逗留》为我们展开了一道亮丽的风景。沈苇生长在江南水乡，工作在大西北，二者地域风貌和人文景观的巨大反差，给他以西部生活的新视角。雄浑的境界与灵动的诗魂、粗粝的意象与细腻的情愫、富有弹性的语言与深邃的思考，有机地交织在一起，构成了沈苇诗歌的独特景观。诗人对语言有特殊的敏感，熟练地把握了现代汉语的意象手法，其话语方式既有较深厚的民族底蕴，又有新鲜的时代感。诗人无意对西部景物做具象而铺陈的描述，而是着眼于对人的精神世界的解剖，特别是充分展示了抒情主人公面对阔大雄奇的西部自然景色而引发的对宇宙奥秘和人生真谛的思考。"诗集中的《一个地区》被著名诗评家谢冕教授誉为 20 世纪 90 年代印象最深的几首诗歌之一，他说："沈苇只用短短四行、三十多个字，写出了一个令所有的人都感到震撼的特异的地区，那辽阔，那无边的寂静。惊人的新鲜，惊人的绮丽。他对中亚风情的捕捉和概括如神来之笔。"长诗《故土》获《大河》诗刊第二届"大河杯"诗歌比赛第一名。

《早年的荒原》

章德益作。发表于《青海湖文学》2004 年第九期。获第二届西部文学奖诗歌奖。颁奖词说："《早年的荒原》将对生活、对生命的认知托体于西部边地日常生活的事物，用想象的神来之笔赋予习以为常的事物奇幻之相、厚重之意，抒发作者对心之所属的西部荒原魂牵梦绕的难舍情怀。这是对个人记忆的书写、救赎、留存，同时唤醒一代人珍贵的集体记忆。"

《新疆诗章》

沈苇著。新疆人民出版社 2009 年 9 月出版，中译出版社 2015 年 7 月再版。系博格达文学丛书之一。收入诗作一百零九首。该书封面上的引导性评语说："沈苇的诗，既沉重、荒凉，又静谧、悠然。""他写出了那狭窄人生中那辽阔的悲哀，也指证了那丰盛广大的世界不过是自己身体苏醒后的一个语言镜像。"该书曾获首届李白诗歌奖提名。提名授奖词说："沈苇是一个对生存世界有着极其敏锐的现代性体验的诗人。他的诗既偏爱有力度的诗境、阔大的想象，表达着诸如生命的起源与再生、死亡与永恒、人与世界关系的哲思，又表现出充满分裂感的、渴慕的、隐疼的声音；他的诗既拥有质疑与追问的沉思气质，同时又具有深刻的同情力，竭力抚平人性的创伤并蕴含着生命与和解的信念。沈苇诗中所表现的个人体验的深度与范围，对社会更加普遍、因而也更有广阔范围内的事态的回应能力，使他能够把地方性经验转化为与时代的基本问题相关的诗学主题。他的'诗歌地理学'由此变得宽广、深邃而无限。"

《北岛诗精编》

北岛著。长江文艺出版社 2014 年 12 月精装出版。系名家经典诗歌系列丛书之一。这部诗集精选了北岛的现代诗歌一百八十六首，包括《太阳城札记》《传说的继续》《你在雨中等待着我》《八月的梦游者》《在黎明的铜镜中》等。北岛的诗歌带有明显的悲观主义情绪，但其中包含的挑战宿命的信念却又坚定不移，给人予以勇气。

《履历·在天涯》

北岛著。生活·读书·新知三联书店 2015 年 6 月出版。这部诗集精选了北岛 1972 年—2008 年间创作的两百首诗歌，以 1989 年去国为界，分为上下卷，上卷《履历　诗选 1972—1988》，下卷《在天涯　诗选 1989—2008》。北岛是"文革"后期兴起的朦胧诗派的重要代表，代表作如《回答》《一切》《宣告》《结局或开始》等，都曾震撼无数国人的心灵，表达了在"文革"中成长起来的一代人信仰失落后的批判与否定、怀疑与茫然。北岛的诗歌冷峻、思辨，有很强的批判性和思想能量，总是在悖论与断裂中探寻乃至拷问人类、时代乃至自我的真理与价值。他曾说过："诗人应该通过作品建立自己的世界，这是一个真诚独特的世界、正直的世界、正义和人性的世界。"北岛三十余年的诗歌写作，不仅记录了他个人的生命史，同时也是一个时代的思想史，是当代中国文学的见证与高峰。英国牛津大学出版社于 2015 年出版了此书的英文版。

《灰光灯——王寅诗选》

王寅著。华东师范大学出版社 2015 年 11 月出版。收录诗人 1981 年—2015 年间创作的两百零七首诗和四篇诗歌随笔。诗集获第三届东荡子诗歌奖诗人奖。

授奖词说："在一个理性成为稀缺之物的时代，王寅为我们带来一种特立独行观察现实的态度和冷静理性的诗歌表达方式。此种淡漠恰是对来自控制和支配之狂热力量的反对，是对正义和真理秩序的坚定维护。三十多年的诗歌实践，他的诗歌经历了从早期对词语的想象力重视，到 90 年代后持续至今对生命、对社会现实的见证和书写这一历程，为当代汉语贡献了一批风格独特、理性克制又充满内在激情的诗篇，这些如处在'风暴眼'深处的作品，直接有力，技艺精湛，将深受恐惧压抑的当代人的生活细节展露无遗，却又不乏感同身受之深情，亦不因冷静的'集体主义'旁观者而将自我置于道德优越感之上，为当代写作树立了一例珍贵的诗学与伦理学榜样。"

三、词赋

《古槐书屋词》

俞平伯著。两卷，线装本。书谱出版社 1980 年出版，后辑录《俞平伯全集》第一卷。俞氏词作，1937 年曾自编一卷。此两卷乃 20 世纪 70 年代增辑，共录词七十三首，由夫人许宝驯手书并跋。叶恭绰在序文中评价其词"功力深至，迥异时流"。

第二节　散文

当代湖州籍作家的散文创作也是丰富多彩，然而最闪亮之点无疑是徐迟的报告文学。徐迟以《哥德巴赫猜想》为代表、描写知识分子的系列报告文学作品，不仅迎来了改革开放后科学的春天，也为自己赢得了"中国报告文学之父"的殊荣。此外，北岛、竹林、沈苇、张国擎等人的散文创作也颇有成就和影响。罗开富的《红军长征追踪》也曾产生过很大的影响，南浔文园还为此建起了一个"红军长征追踪馆"。

一、多类型散文

《徐迟散文选》

徐迟著。上海文艺出版社1979年出版。徐迟的散文创作深受美国作家海明威的影响，明朗、细腻，富有诗情。徐迟散文最多的是纪游类，正是纪游类的散文奠定了他在中国散文史上的地位。徐迟的散文集还有上海文艺出版社1982年出版的《法国，一个春天的旅行》和中国文联出版公司1986年出版的《愉快的和不愉快的散文集》。

《心雨》

汪逸芳著。浙江文艺出版社1993年1月出版。收入散文五十九篇。李国文评论说："汪逸芳的散文，凝练，耐咀嚼，有淡淡的自然味。"文字朴实无华，不事粉饰，力求率真，喻之于理，晓之以情，渐渐"形成了她的独特风格"。此书获1993—1996浙江省优秀文学作品奖。

《远离北京的地方》

洛汀著。宁夏人民出版社2004年6月出版。收入四篇回忆文章和两篇赋文。作品以"我也曾是一个兵、在湘西北的日子里、在那远离北京的地方、在那远离莫斯科的地方"等为叙事场景与题材，记写真实，朴实简约，了无雕饰然从容大气，透着理性光芒又不失情趣。作者另有散文集《清凉世界》。其散文作品《云贵高原的春天》曾获云南抗美援朝散文奖、西南军区文艺检阅大会散文奖，《五百里滇池》和《天下第一奇观》获云南省作家协会散文奖，《仙山佛地》获云南省1981—1982年度文学创作奖。

《新疆词典》

沈苇著。百花文艺出版社2005年1月出版，上海文艺出版社2014年增订出版。此书用一百十一个词条重构了作者理解的"新疆"，涉及人文、历史、地理、人物、动植物等广泛的领域，并将随笔、札记、童话、日记、书信、传记、剧本、传奇故事、田野调查、微叙事等文体纳入此书，放大了散文的概念，呈现出多重视角下的跨文体写作特点，被誉为"一位移民作家的边疆宝典，历时十年的跨文体力作，亚洲腹地的'精神地理'"。散文家周涛说："其水准是新文化运动以来的一个亮点。"翻译家高兴说："为我们呈现了一个丰富的、诗意的、立体的新疆。"《散文选刊》《散文·海外版》等先后选载书中部分章节。《新疆词典》英文节译曾获美国《Ninth letter》杂志 2013 年度文学翻译奖。《新疆词典》增订版参加 2015 上海国际书展，被评为二十种好书之一。

《青灯》

北岛著。江苏文艺出版社 2008 年 1 月出版。北岛最先获得诺贝尔文学奖提名的，不是他的诗，而是他的散文与小说。这部散文集收录了作者十七篇新作，分两辑。第一辑九篇文章是忆念，主要是怀念熊秉明、蔡其矫、魏斐德、冯亦代等故人，这些文章就像灯火辉煌的列车在夜间一闪而过，给乘客留下的是若有所失的晕眩感；第二辑八篇文章是游历，足迹遍及世界各地，作者在漂泊中怀揣着家园，异乡的漂泊使他的言说保持了理性的激情。书中充溢着对人性最深刻的洞察以及对整个人世间的大悲悯，一种接近神性的光。

《生命的酒杯》

竹林著。广东教育出版社 2010 年 8 月出版。作者通过一篇篇散文描写了自己艰苦生涩的童年，努力拼搏、奋进向上直至成长为著名作家的心路历程，回忆了在人生的道路上寻觅事业和友谊过程中的艰难与曲折、痛苦与欢乐，以及对生命、生活的感悟，对高尚品质的推崇，显示了作者追求光明、大爱的探索。文章笔调清新，叙述如行云流水，故事娓娓道来，带读者走进色彩斑斓、细腻温婉的文学世界。

二、小品文

《点心集》

阿浓（朱溥生）著。1973 年香港爆发"文凭教师争取权益运动"时，阿浓和几个朋友在《教育版》写《教育评论》，为教师发声。运动结束后转向写教育小品，以表达"一点心意""一点心得"为写作宗旨，取名《点心集》，1980 年 8 月由田田出版社出版，长踞畅销书榜。1981 年 4 月出版《点心二集》。1982 年 4 月，《点心集》《点心二集》由山边社再次出版。1985 年 7 月出版《点心三集》，三本书共销售约二十万册。1989 年—1990 年，荣登第一届"中学生好书龙虎榜"。

三、报告文学

《擒魔记——湘西剿匪纪实》

洛汀、彭允怀与前中共云南省委书记周赤萍合著。云南人民出版社 1962 年 11 月出版。第一部反映剿灭湘西匪患的长篇纪实文学。周赤萍曾是解放军第四十七军政委兼湘西区党委书记。此书以周赤萍回忆录名义发表，实为云南省文联主席彭允怀在湘西收集材料，与洛汀共同加工而成。叙述湖南解放后，解放军某部小分队深入湘西深山，剿灭延续百年的顽匪的故事。1986 年，湖南电视台据此拍成了十八集电视连续剧《乌龙山剿匪记》，在全国播放。

《地质之光》

徐迟作。发表于 1977 年 10 月号《人民文学》杂志，融诗人的激情与想象、政论家的敏锐和散文家的流畅于一体，塑造了地质学家李四光虽然置身于政治和科学的风云变幻之中，却始终巍然屹立的崇高形象。《浙江文学史》评论说："徐迟以诗人的气质和浓烈的激情，以跌宕的笔调和让人荡气回肠的艺术风范，展现了地质学家李四光对祖国、对地质事业的热爱，及其为祖国的地质事业做出的卓越的贡献，饱满地展现了'地质界的光辉'李四光这一崇高、丰满的人物形象。"此作 1981 年获全国优秀报告文学一等奖。

《哥德巴赫猜想》

徐迟作。作品以著名数学家陈景润为主人公，讴歌了他钻研世界数学难题"哥德巴赫猜想"的科学献身精神。作品写成于 1977 年 9 月，初发表于 1978 年 1 月号《人民文学》杂志，引起热烈反响，后为《人民日报》等全国各大报纸转载、广播电台纷纷全文广播。包括党政军领导干部在内的全国各界读者都找来阅读，一时洛阳纸贵，主人公陈景润家喻户晓。作品"主要表现于把难以具象化的抽象思维领域里的事实的精魂，用美丽的借喻和象征等高超的修辞技巧具象化地描绘出来。这种独特的笔法，将数学家陈景润诗化了。它以奇妙的文学语言，使最抽象的事物获得了最形象的表现，一般读者视为畏途的枯燥的数学王国被幻化为具有感性的诗意光辉的美的文学的花园"（《浙江文学史》）。此文后收入作者同名报告文学作品集，1981 年获全国优秀报告文学一等奖。徐迟的报告文学开中华人民共和国成立以来报告文学之风，尤其在真实人物记述方面至今少有人超越。其文辞华美，材料取舍精当，细节运用巧妙，为当今报告文学范本。

《命运咏叹调》

周文毅著。作品描写获得国际歌剧歌唱家比赛男高音第一名的湖州青年歌唱家张建一坎坷的童年、艰苦的成长和孜孜不倦追求歌唱艺术的不平凡历程。初发表于 1984 年 10 月 25 日《中国青年报》副刊《向日葵》。1985 年 5 月获国际青年年"我们这一代青年人"全国征文二等奖，同年选入中国青年出版社报告文学集《我们这一代青年人》，并获 1983 年—1984 年浙江省优秀文学作品奖。1986 年又入选人民文学出版社出版的报告文学作品集《火热的青春》。

《毛岸英之死》

王颖（王胜朝）著。四川文艺出版社 1985 年 11 月出版。其中的同名报告文学作品刊于 1983 年《解放军文艺》，并获该刊优秀作品奖。另一作品《一个普通人的伟业》获全国体育报告文学宝石花奖。

《李南山报告文学选》

李南山著。青海人民出版社 1987 年 10 月出版。黄钢为此书撰写了题为《中国西部报告文学的新崛起》的序言。中华人民共和国成立后，一批又一批有志之士奔赴大西北，湖州籍报告文学作家李南山就是其中的一位，入驻西北边疆三十余年，以《光明日报》特约记者的身份蹲点采访。他的亲历亲见与亲身实践，成为创作的重要素材。其中《鸟岛上的小碑》初刊于《人民日报》，叙述澳大利亚学者来青海省讲学所发生的故事，1988 年 5 月由作者改编成电影剧本《青鸟》，作者因此受澳中友好协会主席西得·克莱尔邀请访问澳大利亚。《播种者》，又名《他耕耘播种在青海草原上》，1962 年发表在《文学报》和《光明日报》，又为《新华文摘》选辑，并被选入宁夏人民出版社 1984 年 12 月出版的报告文学集《开拓者之歌》。

《红军长征追踪》（上、下）

罗开富著。经济日报出版社 2001 年 6 月出版。作者沿着 1934 年—1935 年中国工农红军二万五千里长征的原线原点勇敢重走，一路采访，每天给《经济日报》发回一篇报道，每天写一篇日记。本书即作者行进途中每天日记的结集。所以，这本书既是作者日记体报告文学作品，也是一部记录性历史书，更是作者独特的研究性著作。作者在长征路上边记边思考，让读者在许多"闻所未闻的故事"中得到新启迪、发现新价值。

《藏汉之子——优秀援藏干部任国庆》

张国擎著。江苏文艺出版社 2002 年 12 月出版。真实反映了江苏省优秀援藏干部任国庆长达二十一年可歌可泣、无私奉献的援藏先进事迹，其中，他主持建设的山南广播电台、山南电视台是西藏第一座地区级广播电视台，被评为西藏改革开放二十年重大成就之一。为了再现历史真实，寻找时空对话，作者一方面到病房采访任国庆本人，另一方面走进雪域高原，采访任国庆的领导、同事和帮扶对象。作品采用双线结构：一条线索是任国庆患病以后从治病到去世的经历，现在时；一条线索从当年任国庆主动要求援藏开始，过去时，最后两线合并。这是一部生动的先进典型教材，出版后产生了广泛的影响。此书 2003 年由西藏出版社、江苏文艺出版社联合出版精装修订本，2005 年获第十四届中国图书奖。

《净土在人间》

竹林著。21 世纪出版社 2008 年 12 月出版。主要讲述台湾证严法师建立慈济慈善机构，播撒人间大爱的事迹。证严法师出身富家，天资绰约，秀外慧中，本可锦衣玉食，享受人生，但她心存善念，与佛结缘，立志出家，将自己献给了更为广大的世界，化小爱为大爱、博爱：爱世界，爱世人。她从点滴做起，身体力行，以五毛钱起家，建立起遍及全球的庞大慈善事业，一步一个脚印地感动着这个世界，改变着这个世界。现在，台湾每十六个人中，就有一个慈济会员；全世界每一次大的灾难，总能看到慈济人的身影。慈济人身体力行着真善美，也引导着真善美的传递：从接受别人的奉献，到奉献别人，让这个世界变得更加美好。

第三节　小说

当代湖州籍作家的小说创作，首推生活在上海的女作家竹林，她既创作长篇小说，又创作中短篇小说，甚至还创作属于儿童文学的长篇小说。其中的长篇小说《生活的路》首开"知青文学"先河，也奠定了她在中国当代文学史上的地位。生活在南京的张国擎则以江南乡土小说的创作见长，并在他的作品中创造了一个极具江南水乡特色的"古柳镇"，其实有着他家乡南浔镇的影子。

一、长篇小说

《生活的路》

竹林著。人民文学出版社 1979 年 8 月出版。这是全国第一部知青题材的长篇小说。小说描写的是"四人帮"横行时期知识青年在生活道路上的斗争和探索，着重描写女知青娟娟满怀热情和理想，却遭受迫害、含冤而死的悲惨经历，同时塑造了立志改变农村落后面貌的青年梁子的形象。这部作品曾得到茅盾的好评，出版后产生了巨大的反响，发行量超过百万册，后被人民文学出版社列为"中国当代名家长篇小说代表作"加以重印。

《呜咽的澜沧江》

竹林著。书稿完成于 1988 年。1989 年上海《小说界·长篇小说专集》第十四期和加拿大华文文学杂志《女性人》全文刊载。1990 年台湾智燕出版社出版繁体字本与评论专集。大陆 1995 年由人民文学出版社略作删节后出版。2014 年 4 月武汉大学出版社原稿重新出版。小说以陈莲莲和龚献之间悲剧性的恋爱为主线，通过这批知青在兵团中种种骇人听闻的遭遇，揭示出一些当权者在革命旗帜掩护下以革命名义干下的骇人听闻的勾当，是对"文革"的反思和批判。

《江南小镇》

徐迟著。初载《收获》1989 年第六期、1991 年第二期，作家出版社 1993 年 3 月出版，共五部三十五章。《江南》1997 年第四期以《在共和国最初岁月里》为题，续载第六部第三十六至三十八章。这是作者在生命最后岁月所写的未完成的一部长篇纪实文学作品。详尽地自述了 1914 年于湖州南浔出生至 1962 年四十八岁时的生活历程和创作生涯，同时描绘了作者所处的时代风云和文坛状况，涉及众多政界和文学艺术界人士。该书的出版不仅为研究徐迟的生活和创作提供了第一手资料，而且对研究他所处的时代及现当代文学也很有价值。这部长篇小说又名《女性——人》，1990 年由台湾智燕出版社另行出版，武汉大学出版社

2014 年出版增补版。

《女巫》

竹林著。人民文学出版社 1993 年 4 月初版，台湾中华出版社同年出版上、下册，华夏出版社、漓江出版社也先后于 1998 年和 2006 年出版。这部小说讲述了江南村漳泾河畔一位纯洁善良的姑娘被严酷的现实逼成"女巫"的悲惨故事。作品以诸如骆驼相面、乌龙取水、菩萨娶亲、女巫作法等极具神秘色彩的宗教风俗画和清末到当代百年间波澜壮阔又令人战栗的社会生活画卷为背景，反映了中国农民的命运以及他们怎样在苦难中寻找出路的过程。作品通过不同阶层几代人之间刻骨铭心的爱恨情仇，给了读者以巨大的思想冲击和艺术震撼。作品一经出版就受到广泛关注。有评论者认为："在想象力贫乏的人们奢谈'文学危机'的喧嚣中，竹林的《女巫》一如书中的'走线鹞子'恣意地升腾在我们这片原本诗意的带有神秘色彩的土地上，给世纪末的中国文坛带来了熹微的光。"著名作家萧乾读后致信作者，祝贺她写出了一部"反映中国农村社会的历史长卷"。这部小说无论从体裁、形式、内容还是技巧，都体现出了现代小说的某些特性。

《挚爱在人间》

竹林著。华夏出版社 1994 年 1 月出版。小说讲述的是被海峡分隔数十年的一对父女从相逢、相别再到永诀的故事。作者以纪传体的形式和意识流的手法，在父女重逢的雨中、路上和家里，巧妙地穿插了他们各自的人生苦难、成长经历和心路历程，将苦难的女儿没有爱、渴望爱、拥有爱到失去爱的人生经历，尤其是没有爱的悲哀，刻画得惊心动魄。在女儿林男的成长过程中，艰难、险恶和虚伪的人生情境多次将她推向异常危险的人生边缘。正是没有爱的悲哀，才衬托出了人间有爱的无比珍贵，一些热心肠的善良人让她一次次渡过难关，坚实地成长。著名作家萧乾评论《挚爱在人间》说："无论从内容还是写法上，特别在思想和感情的深度上，我认为都不是一般水平之作。"严家炎说："《挚爱在人间》是一部充满了凄婉的柔情和淡淡的悲凉的纯文学精品。"著名诗人谢冕说："《挚爱在人间》荡漾着真正的诗的温馨，非常美。"作品曾获"八五"期间全国优秀长篇小说奖。台湾中华图书出版社 1993 年另行出版。二十一世纪出版社 2008 年再版。

《惊鸿照影》

张国擎著。北京出版社 1994 年 5 月出版。这是一部米兰·昆德拉式的"复调小说"，它采用以退休男人乐和为中心展开的现实生活范围、交际对象为横线，以追溯乐和的家族历史和个人经历为纵线的 T 型结构模式，讲述了四个既相对独立又人物相互交叉的故事：乐和与女人和她女儿娜娜之间的情感纠葛；一个久远而又迷离的家族故事；铁塔事件；乐和的罗曼史。出版社为该小说写的宣传词说："作品运用复调小说的创作方法，新颖的 T 型结构，透过鸳鸯蝴蝶小说的外壳，旨在写出中国知识分子的劣根性。"作者没有像以往现实主义作家那样去做一个"训诫者"，而是努力做一个"对话者"，借助横线与人物对话，借助纵线与历史对话，借助历史与人物同读者对话。作品最大的特点在于它的多义性。在这部小说里，读者可以看到作者对弗拉基米尔·博纳科夫语言的美感之悟，约翰·厄普代克对人类秉性的辛辣透视，康拉德对生存与人性的严肃探究，以及存在主义大师萨特的哲学认识。在"复调小说"尚未成熟的中国，这部小说"作为一种尝试，它无疑是有益于中国小说的发展的，尤其是世纪之交的小说时代，它更显出其弥足珍贵"（丁帆语）。

《古柳泽》

张国擎著。中国青年出版社 2001 年 12 月出版。作者历时五年、七易其稿创作而成。小说以民国初年乱世时期的江南水乡古柳镇为活动舞台，通过共产党人张义受命到古柳镇举办民众教育馆，国民党人夏天受派遣到古柳镇联系地方富豪的前前后后，引出镇内外各种政治人物的粉墨登场和各种社会势力的明争暗斗，演绎了一幕幕雄浑悲壮的历史剧。著名评论家白烨说：作者通过"过去与现实的纵向交织，镇里与镇外的横向勾连，在浓墨重彩又精雕细刻的描写中，抒写了乱世中的风情和风情中的历史"。在大的故事勾勒、大的场景渲染的同时，作品还以骆敏、竹为等小人物的刻画，一些小情节的穿插，透视了那个特殊年代特有的人性与人情，"达到了一般作品不易达到的既描述历史事件又传达历史声息的较高境界。"小说曾三次被央视签购改编影视剧，并被中宣部和中央统战部评定为"迄今为止，唯一一部反映国共合作完成北伐的优秀长篇小说"。也曾参评茅盾文学奖，并以一票之差与"茅奖"失之交臂。

《魂之歌》

竹林著。人民文学出版社 1995 年初版，2014 年 1 月再版。这是作者继《生活的路》和《呜咽的澜沧江》之后创作的第三部知青题材长篇小说，也是她这一题材的收官之作。小说讲述了一个发生在云南边境的故事。逃犯刘强误入神秘的山青族，在公主的帮助下偷到了能发出绿光的山青族宝物，交给了汉族巫师——躲避政治迫害的科学家刘仁祥。这块发着奇异绿光的石头，被认为是一块从外星飞来、能开启地球轴心的魔石，为此，各大国特工、中国知青和当地土著之间展开了复杂的争斗。《魂之歌》的大背景由"文革"一直延续到 20 世纪 80 年代末，展示出作家对人性、人的灵魂及社会现实的深层次思考。上海市作协小说创委会副主任沈善增评论说，阅读这部小说是一次"审美的盛宴"，"痛快淋漓、如痴如醉"，盛赞这部小说是一部"开宗立派"的大著，称竹林开创了一种新的小说流派"传奇诗"。

二、中篇小说

《我们夫妇之间》

萧也牧作。这是 1949 年后第一篇城市小说。虽然 1950 年刊登在第一期《人民文学》并不起眼的位置，但却是 20 世纪 50 年代中国小说界的一篇力作。小说描写了一个知识分子丈夫与贫农出身的妻子在进城后发生的矛盾冲突，最终相互理解、融合的故事，描写一瓢一饮最日常、最普通的家庭琐事，富有浓郁的人情味。一经发表，就获得极大赞誉，被多家报纸转载。昆仑影业公司于 1951 年拍成同名黑白故事片，由赵丹、蒋天流、吴茵、刘小沪等主演。小说发表的第二年，《人民日报》《文艺报》等各大报刊陆续出现了一批批判文章，无端指责这篇小说"歪曲了干部形象"，"违反了生活真实"，"推销廉价的趣味"，具有"小资产阶级的思想倾向"，将它作为"小资产阶级文学观"的代表作，列为"最坏的小说"之列，加以猛烈的批判，作者也因此成为 1949 年后第一个受到大规模批判的作家。

《火中的凤凰》

徐迟作。小说创作于 1952 年，是为悼念著名学者郑振铎而作的，以郑振铎为原型。郑振铎是现代著名的作家、学者、翻译家和收藏家，多才多艺、激情蓬勃却英年早逝。作者原计划写其一生的，分瓯江、道岔、欧游、笺谱、劫余、凤翔、定陵、星陨八章，完成五章，惜在"文革"大浩劫中遗失，仅找回《劫余》《凤翔》两章，后选入课本。从其谋篇布局看，原构规模宏大，气势开阔，如得以完篇，则是长篇巨制，为当代文坛所罕见。小说写道："这是一只火中的凤凰，一只新生的凤凰，它在大火之中涅槃，却又从灰烬里新生。"隐指主人公在艰难处境、不利条件下的不断追求。

《葱花》

张国擎作。发表于《雨花》杂志 1994 年第七期。小说塑造了一个既道德又不道德的"古柳镇数一数二的漂亮女子"葱花和既恶又善良的村支书郑老头这样两个艺术形象，通过他们表现了这样一个主题："强大的而又淳朴的乡风民俗虽然会包含着一些龃龉，但它疏通了人际关系，维系着社会稳定，让人性本能得到恰当的宣泄。"（贺绍俊语）这部小说先于 1993 年在马来西亚荣获首届华文小说奖，马来西亚星洲日报社于同年 12 月出版。该奖的决审员（终评委）、美国华人作家聂华苓的评语说："《葱花》的语言非常生动，生活化。它所采用的文字很自然，形象具体。它成功刻画出葱花刚烈的性格。它结构严谨，因为非常的形象化。"决审员、马来西亚作家姚拓的评语说："本文有一个鲜明的特色，是文字生动活泼，不但口语化，而且简练明朗，非常适合农村人物的口吻，往往一句半句话，即能刻画出说话者的身份和动态，可见作者很有写作的才华。"决审员、马来西亚文艺评论家陈雪华也说："葱花，她的丈夫，老郑头，小陈，这四个人物一直在我眼前出现，非常的深刻。作者通过细节跟对话来描写人物，所以人物形象很生动，语言也很生动，通过对话，把葱花刚烈的性格显现出来，还有党书记的阴险，都很引人入胜。它反映了中国一些社会，在比较偏僻的地方，特别是农村社会的真实。这个真实让人感到凄惨，也反映了中国妇女在历史上悲惨的遭遇及地位，到今天还在中国一些农村里面重演着。这是女性的一种不幸的生活遭遇。"贺绍俊认为作者语言最具个性化的特点是：他的叙述是一种曲折婉转的叙述，而不是明明白白要把你直接引向语言的目标。颁奖后，《星洲日报》分七天连载该小说。江苏文艺出版社 1995 年 12 月出版作者中篇小说集《葱花》。

《青云寺》

张国擎作。作品先在法国出版单行本，后收入 1995 年江苏文艺出版社出版的作者中篇小说集《葱花》。小说用两条线索讲述了一个抗日故事：古柳镇上以包二爷为代表的富豪为了对付劫富济贫的土匪，用活命粮请来日军"帮助"剿匪，结果，日军虽然剿灭了土匪，却也杀光了包二爷在内的全镇居民。作者实际上是在讲述一个"从灵魂到肉体都麻木的民族是怎么挨打"的故事，旨在告诉读者，豺狼终究是豺狼，引狼入室者最后得到的是自食其果，这种认错人的错误，过去有，现在也有，今后还会有。作者独具匠心地挖掘人类共有的劣根性。许钧等人评论说："如今能提一提在当代中国小说的形式内涵上都有长足进步的，当然可以说到张国擎的《青云寺》了。"他们还说："这篇小说绝对是一个中国文字的试验地。许多的文字在这里被作为柔化或多义化了。作者就是在试图使普通的方块字的一义或两种含义变成多义化，变成诗化，不再令人感觉到中国小说仅仅是一种情节。中国小说应当比其他国度的小说更具有阅读上的诗化和美妙的感觉……"

《窝之迁》

张国擎作。发表于《十月》1996年第四期。小说采用了把简单的事情复杂化和添枝加叶、旁生枝节的写作手法，通过描写某县任县长亲自过问拆迁中的"丁字户"（意为"钉子户"）问题，想为自己的升迁铺平道路，结果得到升迁的不是他而是王书记这样一个故事，表达了作者对官场上人和事纷纭复杂、世态炎凉的深切感叹和体悟。作者说："这官场上事，事事都有戏，戏戏都有奇招，奇曲妙乐，哪一拍哪一节不惊心动魄？不是过来人，焉知其中味！"

《我的大爹》

韩天航著。上海人民出版社2006年1月出版。这部中篇小说集收入作者三部中篇小说，即《母亲和我们》《我的大爹》和《养父》。其中《母亲和我们》和《我的大爹》是两部为新疆生产建设兵团艰苦创业树立丰碑的史诗性、姐妹型作品，描写了兵团特色的爱情、婚姻和家庭，分别塑造了伟大的兵团母亲和父亲形象，歌颂了第一、二代兵团人开天辟地、无私奉献的崇高精神。前者后来被拍成三十集电视连续剧《戈壁母亲》，后者被拍成二十集电视连续剧《热血兵团》，均在中央电视台播出，受到好评。

三、短篇小说

《萧也牧作品选》

萧也牧著。百花文艺出版社 1979 年 11 月出版。收入作者 1943 年—1952 年间创作的短篇小说、散文、报告文学三十篇。其中《识字的故事》《掀帘战》《拿炮楼》等十七篇写于战争年代，多为战争和阶级斗争故事。康濯代序《斗争生活的篇章》评价其作品"抓取若干带有本质和典型意义的事件和细节，而此类细节又往往极其平凡但清鲜而不被人注意，或似无意义但新奇而引人入胜，并往往含有泥深土厚的地方风习和抒情色彩；再通过亲切生动的、有时还带点幽默的语言描绘，把朴素的画幅点染得浓淡交织而多姿"。

第四节　影视戏剧文学

当代湖州籍作家在影视戏剧文学方面的创作相对比较薄弱，实际上还不如本土作家，但也有值得一书的地方，特别是韩天航的西部题材电视剧作品。

一、话剧剧本

《高山尖兵》

李南山编剧。六场话剧。创作于 1973 年。剧本以青海省 632 地质队为原型。1975 由青海省话剧团首演，同年两次赴京调演，第二次被评为全国优秀节目。参加调演时字幕上打的是"本团集体导演，集体编剧，集体创作"。此后，甘肃、陕西、保定、西藏等十余个省市级剧团公演此剧。人民文学出版社于 1976 年 5 月出版该剧本。中央人民广播电台、中央电视台有实况录音和录像节目在全国播放。

《环路男女》

英文名：The Ring Road。周黎明编剧并导演。2014 年演出。"环路"灵感源于北京的城市道路系统，从二环到五环不仅代表着人生的兜兜转转，也折射着不同阶层人与人之间的关系。剧中八个角色的命运犹如环路一样交织在一起，互相有着奇妙的重叠和呼应。蒋方舟评论说，该剧"令人惊喜，轻巧又饱满，每个男女苦涩的命运环环相扣，无解。看的时候想到杨德昌的《独立时代》"。

二、戏曲剧本

《彩霞湾》

许胤丰编剧。该剧写同班同学吕秀萍和春燕响应毛泽东"知识青年到农村去"的号召，到彩霞湾插队落户。经过两年锻炼，吕秀萍决心扎根农村一辈子，但春燕存在下乡"镀金"、锻炼一阵子的思想。后春燕经过与旧思想、旧习惯的斗争，识破了阶级敌人的阴谋诡计，受到了深刻教育，决心像秀萍那样在农村干一辈子革命。该剧由长兴县文宣队排演，1973 年 8 月参加在湖州举行的嘉兴地区创作剧目会演，后又由嘉兴地区代表队排练后参加同年 11 月浙江省文艺创作节目调研大会，被选为汇报演出节目。1974 年，该剧在嘉兴地区文艺战线"批林批孔"座谈会上受到批判。

三、电影剧本

《彩凤双飞》

朱端钧、潘子农、胡道祚编剧，潘子农导演。大同电影企业公司 1951 年摄制。明末崇祯年间，浙江兰溪县板桥镇乡民金三宝与其女小凤，以开豆腐店为生。小凤天生丽质，活泼可爱，与邻居青年木匠周彩根青梅竹马，情感深厚，并得其父认可。元宵佳节，金三宝父女进城观看花灯后，小凤又去与彩根约会。都察院副御史沈廉的独子沈紫贵看中小凤的姿色，尾随小凤，意图逼奸，被及时赶到的彩根打死，沉尸河中。得沈老夫人报案，吴知县便张贴告示，追查凶手。这时，小凤已有身孕，彩根则躲到邻县。不久，紫贵尸体浮出，吴知县发现麻袋上有金三宝名字，便将其父女抓来，初拟定罪谋财害命，继悉小凤有孕后，心想紫贵是独子，便移花接木认定是紫贵奸后成孕，逼令小凤嫁入沈府，为沈家传宗接代。小凤入沈府后备受凌辱，幸有女仆李嫂彼此慰藉。彩根不忍小凤受辱，想投案自首，被三宝劝阻。不久，金三宝思女成疾，抑郁而死。沈老夫人为幽禁小凤，兴修佛堂，彩根随工匠混入沈府，得以与小凤相见。小凤生产后，沈家便图谋害死小凤，对外却扬言殉节，以图博得"门第声誉"。在众人的帮助下，彩根救出小凤，带着孩子远走高飞。

四、电视剧剧本

《热血兵团》

韩天航、许郁龙编剧。二十集电视连续剧。根据韩天航中篇小说《我的大爹》改编而成。中央电视台一套节目 2005 年 10 月 9 日首播。这是中国首部全景式反映新疆生产建设兵团生活的剧作，真实再现了新疆生产建设兵团风雨沧桑几十年的历史，重点塑造了兵团父亲的群像，展现了父子两代屯垦战士蕴含血泪的生活历程和感情纠葛。

《戈壁母亲》

韩天航编剧。三十集电视连续剧文学剧本。漓江出版社 2008 年 4 月出版。该剧讲述了这样的一个故事：中华人民共和国成立初期，一位叫刘月季的农村妇女，带着两个孩子千里寻夫，来到新疆，以她的善良、坚忍承受了接踵而来的灾难和变故，不仅抚养儿子钟槐和钟杨长大成人，还收养了随母寻父、母亲被土匪杀害的小姑娘。在大漠戈壁，她和丈夫解除包办婚姻；救助被洪水围困的基建大队；妥善处理儿子钟槐、郭政委、刘玉兰之间微妙的感情纠葛；同情和帮助"右派"工程技术人员；帮教挽救染上"文革"做派的战友……几十年的风风雨雨，含辛茹苦，她从一名普普通通的农村妇女，成长为宽厚慈爱、深明大义的军垦人。当"文革"结束，人们收获着各自的成果——爱情、事业、友谊时，大家不约而同地想到了平凡的母亲——刘月季。作品以充满感情的叙述，真实感人的故事，平凡生动的细节，朴实无华的文字，把读者（观众）带回那激情燃烧的岁月，追寻永远难以忘怀的母亲和军垦人的真情和感动，给人以强烈的艺术感染。该剧在中央电视台播出后，引起很大反响，好评如潮。

《大牧歌》

韩天航编剧。三十四集电视连续剧。根据作者长篇小说《牧歌》改编而成，2018 年在央视第八频道黄金时段播出。该剧描写了 20 世纪 50 年代末一批城市知识分子响应国家号召投身边疆建设后所发生的波澜壮阔的故事。林凡清为了完成老师改良畜种的遗愿，不惜与大学期间相恋的女友许静芝分离，独自前往新疆草原支援畜牧业发展；许静芝不远万里从上海赶到新疆寻找林凡清，等来的却是对方的婚礼；悲伤的许静芝发誓终身不嫁，收养了草原孤儿茂草；最后得知茂草是林凡清和妻子邵红柳丢失的儿子；营长齐怀正和邵红柳等人为了保护良种羊和一系列困难作斗争，献出了宝贵的生命；最后，失去妻子的林凡清在孩子的纽带作用下与许静芝终成眷属。中国文艺评论家协会名誉主席李准说："这部戏主人公人生理想的第一目标是和国家号召、国家使命重合的，以崇高的理想作为指引，凸显主人公对兵团的热爱，对新疆的热爱，对牧场的热爱，对所有生命的热爱。写兵团的电视剧，很少写出这样的感情深度和力度。"该剧获第十二届全国电视制片业十佳优秀电视剧奖。

第五节　网络文学

当代湖州籍作家在网络文学领域的创作足以令湖州人感到自豪，其中的代表人物是创作了《后宫·甄嬛传》《后宫·如懿传》的流潋紫和创作了《步步惊心》的湖州媳妇桐华。

《步步惊心》

桐华（网名张小三）著。2005 年发表于晋江原创网。小说完美融合穿越、情仇、宫斗、浪漫、残酷诸多元素，讲述了独立自主、聪明伶俐的白领俪人若曦意外穿越到清朝康熙年间，带着对清史的洞悉卷入九王夺嫡的争斗中，不断地与命运抗争和妥协。她知道历史的走向，也知道站在谁的一边才是明智的选择，可这里有她深爱之人，于是，她只能处处为营，步步惊心。小说 2008 年由湖南文艺出版社出版，上下两册，畅销五十万套。同名电视连续剧由唐人影视出品，热播全国。2018 年入选"中国网络文学 20 年 20 部作品"。

《后宫·甄嬛传》

流潋紫著。后宫中那群如花似玉的女子，或有显赫的家世，或有绝美的容颜和机巧的智慧。她们为了争夺爱情，争夺荣华富贵，争夺皇帝的宠爱，钩心斗角，尔虞我诈，将青春和美好都虚耗在这场永无止境的斗争中。作者笔下的甄嬛，蕙质兰心，钟灵毓秀，坚信真爱。她并不是一个完美的不食人间烟火的女子，她在后宫企求奢侈的爱，又总是顾念太多，幕落时分，寂寞也就格外清冷透骨。小说在网上连载后，引起了网友强烈的关注，在起点、晋江、红袖、新浪，到处都有《后宫》的粉丝。作者 2006 年 12 月 19 日参加第二届腾讯网"作家杯"原创文学大赛时，短短几日便创下了六十余万点击，五百多万条评论的骄人战绩，引得数十家出版机构激烈争夺，最后由浙江文艺出版社、山花文艺出版社、广西师范大学出版社和重庆出版社出版，全书共七册。2012 年，七十六集同名电视连续剧热播后，掀起了一股持久不衰的"甄嬛热"。

《后宫·如懿传》

《后宫·甄嬛传》续篇。流潋紫著。讲述了乾隆即位，甄嬛成为皇太后，乾隆后宫嫔妃青樱（如懿）、高晞月与富察氏皇后之间的明争暗斗。当代历史作家曹升评论道："《后宫·如懿传》完全可以被当成一部正剧来看待，作者对后宫内权谋争斗的描写、对封建皇权下扭曲人性的刻画，乃至每一个宫廷细节的考究入微，令人叹为观止。"小说 2012 年由中国华侨出版社出版，共六册。

第六节　儿童文学

当代湖州籍作家在儿童文学领域的代表作家是生活在香港的阿浓和生活在上海的竹林。他们的小说和散文曾给孩子们心灵送去温暖。

一、儿童小说

《香港少女日记》

阿浓著。中国社会科学出版社 2005 年 5 月出版。这本书是作者与网友一起参与香港教育城"网上续写"活动而写成的，讲述了一个十五岁香港少女悄悄地爱恋上她年轻老师的故事。

《竹林村的孩子们》

竹林著。湖北少年儿童出版社 2007 年 1 月出版。这是作者的儿童小说合集，分上、下两卷，分别收入了作者的两部儿童文学长篇小说，《晨露》和《夜明珠》。《晨露》1984 年由广东人民出版社出版。《夜明珠》1982 年由湖南少年儿童出版社年出版，曾获湖南少儿出版社 1981 年—1982 年优秀作品二等奖，台湾中华图书出版社 1993 年另行出版。小说写江南水乡竹林村某一年春天将要结束时，在三年级同学阿明和同学阿芳、"鸭子""小姑娘"和一头老水牛、鱼鹰等交往的故事。其中最让人感动的是女同学阿芳为救一个比她小的孩子瞎了眼睛，阿明和"鸭子""小姑娘"等同学为帮助她治病竟然相信夜明珠能治病的传说，撑小船到东海里去寻找。《竹林村的孩子们》系"百年百部中国儿童文学经典书系"之一。该书系选择 20 世纪初至今一百年间的一百位中国儿童文学作家的一百部优秀儿童文学原创作品，是现当代中国儿童文学最齐全的原创作品总汇。根据《百年百部中国儿童文学经典书系》的入围尺度界定，竹林的这部儿童文学作品集符合了以下几个方面的条件：一是作品的社会效果、艺术质量、受少年儿童欢迎的程度和对少年儿童影响的广度都比较高，具有历久弥新的艺术魅力和穿越时空的精神生命力；二是对中国儿童文学发展做出了重要贡献，包括语言上的独特创造，文体上的卓越建树，艺术个性上的鲜明特色，表现手法上的突出作为，在儿童文学史上有着重要的地位和意义；三是作家的创作姿态出于高度的文化担当与美学责任，长期关心未成年人的精神食粮，长期从事儿童文学创作。

《今日出门昨夜归》

竹林著。二十一世纪出版社 2004 年 12 月出版。作者以优雅的、意气风发的姿态行走在科幻、魔幻与现实主义之间，为当代中学生讲述了一个奇妙诡异、大气磅礴而又充满了诗怀画意的故事。这是一个巨大的超越人类文明能力的石窟群。但在石窟周围却生活着一群几乎被现代文明摒弃的穷孩子。一个名叫路云天的奇人在这里自筹资金办起了一座初级中学。路云天突然被害而且遗体不翼而飞。同学们在追查的过程中，遇到了一系列扑朔为离的、现代科学无法解释的怪异事件，使大家的探秘过程，变成了对宇宙、对人性、对生命的寻觅和领悟……作品获全国第十届"五个一工程"入选作品奖、2007年度"上海文艺创作精品"奖。

二、儿童散文

《老水牛的眼镜》

竹林著。少年儿童出版社1978年12月出版。这是一部面向儿童的散文集，曾受到老一辈儿童文学作家严文井、陈伯吹、金近等的赞赏。严文井写信称赞她的作品"有风格"，冰心给她题词"创作未有穷期，竹林前途无量"。这部作品获全国第二届儿童文学奖三等奖。

第七节　文学理论与批判

在文学理论与批判领域的成就是当代湖州籍作家、文学家的又一闪光点。其中，俞平伯对《红楼梦》的研究，钱仲联对古代文学的研究，范伯群对现当代通俗文学的研究，张威廉对外国文学的研究，成就尤其显著，影响也很是广泛。

一、文学理论

《诗与生活》

徐迟著。北京出版社1959年11月初版。收入《人民的歌声多嘹亮》等诗论和有关诗歌创作讲话二十七篇。其中《谈格律诗》提出新诗格律可以要求为"四行一节，每行三顿四顿，或者有些变化，三顿四顿相间。一二四行押韵脚，或两行间韵，短诗一韵到底"。《漫谈叙事长诗》认为："长诗不但要叙述事件，而且同时要抒发感情。"

二、文学批评

《礼拜六的蝴蝶梦——论鸳鸯蝴蝶派》

范伯群著。人民文学出版社 1989 年 6 月出版。书中论述民国时期通俗小说流派"鸳鸯蝴蝶派的"形成、发展、内容特征、艺术表现及其局限"。1990 年台湾国文天地出版社出版时，书名改为《民国通俗小说鸳鸯蝴蝶派》。1991 年 9 月，人民文学出版社又出版了范氏选编的《鸳鸯蝴蝶（礼拜六）派作品选》（上、下册）。后来，台湾业强出版社出版了《民初都市通俗小说丛书》（十册）。1994 年，南京出版社又出版了范氏主编的《中国近现代通俗作家评传丛书》（十二册）。

《二十世纪中国的现代主义诗歌》

汪剑钊著。文化艺术出版社 2006 年 7 月出版。本书原是作者写于 1994 年 6 月的博士学位论文。现代主义诗歌是 20 世纪中国新文学史上一个特异而重要的文学现象，此文第一次对这种现象作整体透视和系统性研究。作者以中国新诗草创期为考察的起点，以年代划分，论述中国现代主义诗歌的"滥觞""成熟""沉寂""流浪""回归与超越"和"终结或开始"的整个过程。研究结果表明，20 世纪中国的现代主义诗歌尽管有着先天的缺陷和不利的生态环境，以致一直未能进抵成熟的状态，但它为推动中国文学走向世界做出了贡献。与国内外同类成果比较，本书是国内第一部全面观照 20 世纪中国现代主义诗歌的专著，既注意对论述对象的理论开掘，也十分重视语言的诗意表达，因此具有很强的可读性；作者视野开阔，分析细致、深入，立足于诗本位的立场，重视文学的内部研究，致力于探讨现代主义诗歌对中国新文学在语言建设和诗歌形式上所做出的贡献及其不足。

《20 世纪中国儿童文学的文化阐释 》

吴其南著。中国社会科学出版社 2012 年 4 月出版。该书被列为国家社科基金项目。儿童文学是以少年儿童为主要读者对象的文学，但儿童文学呈现什么样的形态，主要不是由儿童而是由成人、社会、文化决定的。20世纪，中国儿童文学从最初的自觉到成为现当代文学中一块重要园地，不仅反映着儿童接受兴趣的演进，更反映着社会生活、社会文化、尤其是不同文化关于人的概念性设计的变化。本书在分析了20世纪初导致中国儿童文学走向自觉的诸原因后，逐一讨论了"复演说""儿童本位论""红色文化"。

《从仪式到狂欢——20世纪少儿文学作家作品研究》（上、下）

吴其南著。人民文学出版社2014年3月出版。这是国家社科基金后期资助项目"20世纪中国少儿文学作家作品研究"的研究成果，是一本作家作品论，共选择了20世纪初期以来二十余位有影响的作家的少儿文学作品进行细读，在形式与内容的统一中，在与其他作家作品的比较中探讨其题材、意蕴、叙事艺术及风格。由于所选作家作品涉及20世纪的各个时期、各种题材、各种思潮，包括少儿文学在这一历史时期的各种演变，本书可以见出这一时期少儿文学发展的整体风貌。作为"附录"的对一些作家的访谈，也为我们认识这些作家作品提供了一个可资参考的角度。

三、文学史

《转型期少儿文学思潮史》

吴其南著。少年儿童出版社1997年11月出版。全书分绪论和"痛定思痛""重塑民族性格""地摊上刮起的狂飙""先锋的高蹈与寂寞""狂欢节""我们居住在同一个地球""诗之思与思之诗"等七章。2002年获浙江省第九届哲学社会科学优秀成果二等奖。

《中国现代通俗文学史》（插图本）

范伯群著。北京大学出版社2007年1月出版。范氏花了二十五年时间，通过各种方式和渠道，对全书所涉及的通俗作家进行"还原"，挨个找出每个人物的照片（只差了韩邦庆等极少数），以三百多幅图片和丰富的数据重现几近湮没的通俗文学作家和他们作品的原貌。范氏认为：19世纪90年代至五四前，通俗文学曾得到大发展大兴旺，出现了像《海上花列传》这样的优秀作品；五四以后，通俗文学在与知识精英文学的相克中艰难求生，在自强中不断开拓新垦地，不断探索新的生长点；到了 20 世纪 30 年代，随着张恨水、刘云若等人作品的出现，通俗文学与知识精英文学形成了"双翼展翅"的格局；40 年代，有的通俗文学作家进入了超越雅俗、融合中西的新境界；50 年代，通俗文学转移到台、港地区去传承和发展。该书于 2008 年入选国家新闻出版总署第二届"三个一百"原创图书出版工程，2013 年获第二届思勉原创奖提名奖。范氏还有 2000 年 1 月江苏教育出版社出版的《中国近现代通俗文学史》（上、下册），另与孔庆东主编有《通俗文学十五讲》，也由北京大学出版社出版。2010 年由江苏教育出版社出版的新版《中国近现代通俗文学史》（上、下册）于 2011 年入选第三届"三个一百"原创图书出版工程，2012 年获第四届中华出版物图书奖，2014 年获"第三届中国出版政府奖"。

四、古近代文学研究

《红楼梦研究》

俞平伯著。上海棠棣出版社 1952 年 9 月出版。该书的主要内容是作者 1923 年 4 月上海东亚图书馆出版的《红楼梦辨》，是他 1921 年 4 月—7 月与顾颉刚讨论《红楼梦》的通信，经"有的全删，有的修改"，"共得三卷十六篇"而成，外加他后来据脂砚斋庚辰评本《石头记》研究而写的一些文章，共十三万字。俞平伯自序，文怀沙题跋。1954 年 10 月 16 日，毛泽东给中共中央政治局的同志和其他有关同志写了关于《红楼梦研究》问题的信，支持山东大学学生李希凡和蓝翎对俞平伯《红楼梦研究》的批判，成为"阶级斗争"的导火线，引发了后来对胡适、胡风、周扬、丁玲、冯雪峰等一系列作家的批判，使八十万知识分子横遭批斗的命运。后来，俞平伯又有《红楼梦八十回校本》。1986 年 1 月，在中国社会科学院庆祝俞平伯从事学术活动六十五周年大会上，院长胡绳申明：1954 年的"政治性围攻，是不正确的"。

《韩昌黎诗系年集释》

钱仲联纂释。十二卷，上、下两册。古典文学出版社 1957 年初版。1984 年 3 月，上海古籍出版社列入《中国古籍文学丛书》修订重版。钱氏自撰"前言"

介绍韩愈时代背景、诗内容、特色及后人评价。体例仿照清人方扶南集解、纂述方法，系年编排。内容有校、笺（考证）、注、评论选辑和纂辑者补释。此书曾遭钱钟书批评，但也有论者说："钱先生是书用会校集注法，排比各家之说，详加辨订，又承方氏之后，重事编年，使读者执一编而得博览之效，厥功伟矣。"

《论诗词曲杂著》

俞平伯著。上海古籍出版社 1983 年 10 月出版。这是作者一生研究中国音韵文学的成果，汇集他 1922 年—1983 年间的诗论二十四篇、词论十八篇、曲论十二篇，考索古代韵文发展的流变和诗、词、曲的艺术特性，多有创见。如李白籍贯，在《李白的姓氏籍贯种族的问题》一文对此进行深入考察，推论出较合理的答案。在《诗的歌与诵》中，引证《梦溪笔谈》《补笔谈》，论证历代相传"襄王梦神女"实为"宋玉梦神女"，论述中国诗与乐之间的关系。对于历来所谓的"雅与俗"，他认为雅乐往往本是俗音，如清商三调虽导源古代，实系江南里巷之音，而后才谓之正声。他认为雅乐之名随时推演，无法定指。《长恨歌及长恨歌传的传疑》一文，更别出新见，《长恨歌》写杨贵妃马嵬坡之死闪烁其词，《歌》《传》之本意另有所在。词学上，他非常重视民间词和曲子词研究，有多篇文章论及。《读词偶得》既评述了温庭筠、韦庄、李璟、李煜等唐宋词人的词作，又评析了唐宋词人二十家的百余首词作。对词、曲的界说，也能破历来含混不清之弊。曲未兴时，词称为"曲"，曲盛行后又称为"词"。该书的阐释角度、艺术评论和鉴赏见解颇为新颖独到，其中许多方面可说是拓荒性的。另有长安出版社 1977 年 1 月出版的《俞平伯诗词曲论著》。

《剑南诗稿校注》

钱仲联校注。八册。1965 年完成校注工程，直到 1985 年才由上海古籍出版社出版。陆游的《剑南诗稿》卷帙巨大，正集有八十五卷，外加题外诗，同时要做题校，补录佚诗，剔除误录的他人诗作，并将诗文中的典故、人物、地理、背景等等一一注释。因陆游诗全集向来无足本，钱氏的这部巨型校注，可谓是一个创举，工作之艰难、工程之浩大无人能及。我国首位中国古典文学博士、南京大学教授莫砺锋深为敬佩地说："九千多首，不容易……钱先生全都做了注解，而且注得非常好，非常详细，所以我研究宋诗的时候也是着重读了钱先生的书。"此书 1992 年获全国首届古籍整理图书二等奖。

《清诗纪事》

钱仲联主编。江苏古籍出版社1987年2月至1989年7月陆续出版。这部清代诗歌纪事总集是继《唐诗纪事》《宋诗纪事》《辽诗纪事》《金诗纪事》《元诗纪事》《明诗纪事》之后编纂的，填补空白、成龙配套的一部巨著，大精装本，共二十二册计一千两百万字。此书的编纂工作历时五载，引用各类书籍一千余种，前后制作卡片七万余张。所收诗人五千余人，分明遗民卷、顺治朝卷、康熙朝卷、雍正朝卷、乾隆朝卷、嘉庆朝卷、道光朝卷、咸丰朝卷、同治朝卷、光宣朝卷和烈女卷、释道卷、鬼诗梦诗卷、民歌谣谚卷等十一卷。各位诗人均附有简历，纪事诗作之后汇集各家诗评，评论诗人的独特成就，兼及诗作优劣得失等。本书1990年获第四届中国图书奖一等奖，1992年获全国首届古籍整理图书一等奖，1995年获全国高校首届人文社会科学优秀成果一等奖。

五、现代文学研究

《郁达夫评传》

曾华鹏、范伯群著。百花文艺出版社1983年11月初版。作者在勾勒出郁达夫生活道路的同时，着重分析其文学作品，并在整体上予以充分肯定。本书被誉为"一本优秀的作家评传"，是"郁达夫研究的新突破""新篇章"，1985年被评为江苏省哲学社会科学优秀成果二等奖。

《鲁迅小说新论》

范伯群、曾华鹏著。人民文学出版社1986年10月出版。收入《从鲁迅研究禁区到重新认识鲁迅》《鲁迅与象征主义》《论鲁迅"故乡"的自传性小说与对比结构》等文章九篇，附录鲁迅研究重要参考书目题解。其新贡献在于用新方法从新角度对鲁迅小说进行单篇的和综合的研究。对鲁迅小说的重新解读，就是将在"文革"期间被政治功利化误读的小说文本还原为文学作品，用文学解读代替政治解读，形成"文革"后第一批鲁迅研究新成果，这和他们对郁达夫的研究一起，开创了20世纪80年代中国现代文学研究的新局面。

六、当代文学研究

《20 世纪中国文学中的儿童形象》

吴其南作。发表于《温州师范学院学报》2003 年第三期。本文分析论述了20 世纪中国作家创造的五类少年儿童形象，他们是：安琪儿——提纯了的道德境界和人格理想的象征；精神家园的守望者；苦难现实的体现者；红色接班人；浪子和逆子。这些各异的形象反映了作家们不同的社会理想、人格理想和美学追求。本文获浙江省第十二届哲学社会科学优秀成果二等奖。

七、外国文学研究

《欧洲文学史》

杨周翰、吴达元、赵萝蕤主编。这部《欧洲文学史》是高等学校外国文学教材，分上、下两卷，全面论述了从古希腊到俄国"十月革命"期间欧洲文学的发展历史。上卷四章，从古代到 18 世纪；下卷四章，从 19 世纪到 20 世纪初。少数作家如高尔基、罗曼·罗兰则包括了他们在"十月革命"后创作的作品及其文学活动。各时期还分别介绍政治、经济和哲学社会科学等历史背景。卷末附大事年表，重要作家译名对照与索引。参与这部教材编写的还有朱光潜、戈宝权、李万钧等十余人，冯至审阅。上卷 1964 年由人民文学出版社出版。下卷成于 1965 年，未印。1979 年 11 月，人民文学出版社同时出版上、下卷，1985 年3 月修订重版，1987 年 5 月出版第三版。此书曾获北京大学科研成果一等奖和全国高校优秀教材奖。

《我的读书生涯》

赵萝蕤著。北京大学出版社 1998 年出版。收入文章三十四篇。主要论文有《我是怎么翻译文学作品的》《批判现实主义的杰出作家狄更斯》《谈谈〈简·爱〉和它的作者》《形式与内容的血缘关系——〈呼啸山庄〉的艺术构思》等。这些文章都是作者在翻译过程中对原作者及其作品进行深入研究的基础上写作而成的，是她长期从事英美文学翻译、教学和研究工作的结晶，体现了她的好学与严谨，更表达了她文学翻译的原则和观点。对文学翻译"信、达、雅"的三个标准，她尤其注重"信"，所以坚持采用直译法；"雅"就是原著所具有的风格，如果一味"搞译者自己的风格则是对原作的背叛与侮辱，就是妄自尊大"；"达"就是不违背某一种语言本身的规律。她认为每一个文学翻译家都应该注意三个起码的条件：一是对作家作品理解得越深越好；二是两种语言都要有较高的水平；三是要有谦虚谨慎的工作态度，处处把原著的作家置于自己之上。

《正午的诗神》

沈苇著。新疆青少年出版社 1999 年 4 月出版。作者选择五十位外国重要诗人，梳理了从荷马到希尼的西方诗歌传统，以"勾勒天才的精神肖像，传达大师的旷世之音"。（封底语）。作者自己说："通过这本书的写作，我无意做一个诗歌的普及者，但我愿意成为一名传播者——将诗歌的火炬传递到可能的读者手中。""对于一个当代诗歌写作者来说，世界文学和中国文学都是我们的'必修课'，西方诗歌和中国古典诗歌是我们立身的基石，两者缺一不可。人在有限中生活，生命何其短暂，但人的眼界和胸怀应该是开阔的。即使一个躲在书斋中的人，他同样可以放眼世界。写《正午的诗神》，最大的收获者还是我自己。我经历了一个学习、倾听、理解的愉快过程，我仰望过一座座高海拔的山峰，我建立起自己的参照系和价值尺度。""我一直提倡要读'死人的书'，只有经过了时间淘洗流传至今的经典才是值得信赖的。《正午的诗神》试图传达死者不朽的声音。"此书 1999 年获全国优秀青年读物奖。

第八节　翻译文学

当代湖州籍翻译家在文学翻译方面的成就令人惊喜，许多大名鼎鼎的外国作家、许多耳熟能详的世界文学名著都是通过他们译介给中国读者的，如歌德、巴尔扎克、雨果、大仲马、爱伦·坡、屠格涅夫、莫泊桑、契诃夫、高尔基、卡夫卡……，如《源氏物语》《茶花女》《漂亮朋友》《悲惨世界》《草叶集》《荒野》《城堡》《尤利西斯》《森林报》……他们中的代表人物有张威廉、钱稻孙、赵萝蕤、王振孙、韩耀成、沈念驹、沈东子、汪剑钊等。

《亲戚和朋友》

［德］布莱德尔著，张威廉（传普）译。上海文艺出版社于1954—1958年间陆续出版。1984年上海译文出版社重版。原为《父亲们》《儿子们》《孙子们》三部曲。这部长篇小说描写了德国工人哈特柯夫一家从19世纪末到希特勒覆灭几十年间的遭遇、奋斗和变迁。

《夜莺与泉水》

［苏］穆萨·嘉里尔著，方行译。北方文艺出版社1959年12月出版。这部诗集的一部分译诗后来重新发表于1985年的《诗林》杂志。穆萨·嘉里尔是苏联鞑靼诗人，1944年8月25日在德国监狱莫阿比特被法西斯分子杀害。他的诗《我的歌》写道："我献给祖国的是歌曲／现在我要把生命呈献／我的生活像一支歌曲在人民中欢唱／我的死亡将像斗争的歌声一样响亮。"

《茶花女》

［法］小仲马著，王振孙译。外国文学出版社1980年5月版。这是小仲马的代表作，奠定了他在法国文坛的崇高地位。小说讲述了这样一个故事：美丽的农村少女玛格丽特来到了纸醉金迷的巴黎，沦落风尘的她凭借着娇美的容颜、不俗的谈吐成为贵族公子争相追捧的交际花。她随身的装扮总是少不了一束茶花，因此被人们称为"茶花女"。机缘巧合之下，茶花女结识了阿尔芒，并被他真挚的爱打动，决心离开名利场。正当这对经历过无数波折的恋人憧憬美好未来时，阿尔芒父亲的出现却预示了两人的结合只能是镜中月、水中花。全书语言流畅，给人以真切、自然之感。该书还被改编成戏剧和歌剧，常演不衰，好莱坞大片《红磨坊》中的爱情故事就取材于此。

《近松门左卫门·井原西鹤选集》

［日］近松门左卫门、井原西鹤著，钱稻孙译。人民文学出版社1987年11月出版。日本戏剧作家近松门左卫门（1653—1724）有"日本的莎士比亚"之誉，第一个把傀儡人变成社会中的人，把社会冲突概括进傀儡戏的舞台上，把江户戏剧由市井说唱推上了艺术的高峰。他一生从事戏剧创作四十余年，写有净琉璃剧一百一十余篇，歌舞伎净琉璃二十八篇，分为时代物（历史剧）、世话物（社会剧）、心中物（情死剧）和折衷物（兼社会和历史剧），其中世话物和心中物

影响较大。本书收入了他的四部作品，即净琉璃史上第一部现实剧《曾根崎鸳鸯殉情》和《情死天网岛》《景清》《俊宽》。井原西鹤（1642—1693）一生创作了大量反映平民生活情趣的小说，继平安时代的《源氏物语》、镰仓时代的《平家物语》后，形成了日本古典小说的最后一个高峰。他的小说从内容上可分为描写男女情欲生活的"好色物"、描写商人经济发迹的"町人物"、描写武士生活的"武家物"和"杂话物"四大类。本书收入井原西鹤描写町人生活的代表作品《日本永代藏》和《世间胸算用》两部作品。

《豪夫童话》

[德]豪夫著，张威廉译。少年儿童出版社1988年8月出版。这部童话集选译豪夫童话中流传较广的七篇，包括《国王与鹳》《小木克》《大鼻子矮怪物》《冷酷的心》等。其中《国王与鹳》写一个国王和大臣为取乐通过魔法变成两只鹳，后来忘掉恢复人身的口诀，险些变不回来的故事。《小木克》写善良的小木克得到两件宝物，被国王占为己有，他用智慧把宝物收回，还让国王受到应有惩罚的故事。《大鼻子矮怪物》讲小雅谷中妖婆香草魔法，成为大鼻子矮怪物，为求生只得给公爵当厨师，后来雅谷幸运逃生，公爵却为泄私愤发动"香草战争"的故事。《冷酷的心》写烧炭夫彼得原本善良、诚实，由于贪图虚荣和享受，一心想做财主，甘愿出卖心，让魔鬼换成一颗石头心，从此变得残酷无情，幸得森林之神指点才换回真心，懂得只有勤恳劳动才能得到人生快乐的道理。

《草叶集》

[美]惠特曼著，赵萝蕤译。上海译文出版社1991年11月出版。诗人用了几十年时间创作了这部自由奔放、丰富庞杂的诗集，唱出了美国的新声，成为美国现代诗的开山鼻祖和美利坚民族诗歌——自由体诗歌的创始人。艾默生称赞它是"美国至今所能提供的一部结合了才识和智慧的极不寻常的作品"。赵萝蕤翻译惠特曼的作品始于1979年。1987年，她翻译了《草叶集》中最著名的一首长诗《我自己的歌》，次年2月《纽约时报》以《惠特曼重新歌唱，唱的是中国音调》为题在头版作了报道。书中带有大量注释，仅《我们自己的歌》就有七十条之多。这些注释涉及天文、地理、历史、宗教、神话、民俗和大量关于惠特曼的研究成果，一经出版，令学术界震惊。《纽约时报》评论说："一位中国学者竟能如此执著而雄心勃勃地翻译我们这位主张人人平等的伟大民族诗人的作

品，真使我们惊讶不已。"芝加哥大学在建校百年之际向赵萝蕤颁发了"专业成就奖"。

《万叶集精选》

钱稻孙译。中国友谊出版公司 1992 年 1 月出版。《万叶集》是日本现存最古老的诗歌集，收录公元 4 世纪至 8 世纪 60 年代末四百五十年间长短各体古诗四千五百余首。本精选中译本由钱氏选译八百余首，并加上详尽的注释和评语，介绍日本古代的社会制度、风土人情等。这是钱氏日译汉的代表作。早在 1941 年开始在《中和月刊》发表时，编者就指出："以中土之韵文，传彼邦之伟作。"此书 1959 年由日本学术振兴会在东京出版时，日本著名学者佐佐木信纲为之撰写《汉译万叶集选缘起》，汉学家吉川幸次郎在《跋》中说中国人"对日本文学真正的关心与尊敬，始于本世纪。本书译者钱稻孙先生与其僚友周作人先生开了先河……此译本即使作为中国的诗作来看，也是最美的"。钱稻孙的翻译追求的是原著的风格，他翻译中的"信"，不只是文字间的"信"，还包括风格上的"信"。

《漂亮朋友》

［法］莫泊桑著，王振孙译。上海译文出版社 1993 年 3 月出版。这是莫泊桑最重要和最成功的小说。1885 年 5 月出版后即引起轰动，在几个月时间内再版了三十余次，即使从世界文学史来看，也算得上一部杰作。一是它揭露了法国新闻界操纵法国金融事业、制造舆论、实现倒阁阴谋的黑幕；二是小说的矛头指向了 19 世纪 80 年代初法国的殖民地政策，尤其针对法国对突尼斯政治、军事和经济的控制，以及法国的一些政界人物从突尼斯政局的变幻中大发横财；三是小说塑造了一个现代冒险家的典型——杜洛瓦，他用女人作为往上爬的阶梯，最终成为财阀。从这三方面来看，莫泊桑对政治问题的敏感、对经济生活的洞察之深、对新出现人物类型的把握，都显示了不同凡响的才能。

《羊脂球》

［法］莫泊桑著，王振孙与郝运、赵少俊合译。人民文学出版社 1994 年 7 月出版。这部短篇小说集以收入其中的短篇小说《羊脂球》为书名。短篇小说《羊脂球》以普法战争为背景展开：一辆马车上坐着一对贵族、一对商人、两个修女、一个民主党政客和一个绰号叫"羊脂球"的妓女。他们途经一个小镇，占据

该镇的普鲁士军官因"羊脂球"拒绝陪他过夜，不许他们继续前行。一开始，同车的所有旅伴都对"羊脂球"表示同情，但随着行程的耽误，工业家、贵族、商人的态度变了，他们迫使"羊脂球"答应了军官的无理要求。事后他们却对"羊脂球"倍加轻蔑，显示自己的"高洁"。小说以一个羞于委身敌寇的妓女做对照，淋漓尽致地刻画出了只顾私利而不顾民族尊严的贵族资产者们的寡义廉耻。

《尤利西斯》

〔爱尔兰〕詹姆斯·乔伊斯著，金隄译。原著出版于 1922 年。始译于 1981 年，前三章于 1987 年由天津百花文艺出版社出版，上卷于 1993 年 12 月在台湾出版，1996 年全译本由人民文学出版社出版。该书另有萧乾、文洁若夫妇合译，译林出版社出版的版本。原译林出版社社长李景端在《萧乾与金隄翻译〈尤利西斯〉的恩怨》中评价说："两个译本各有所长，各有特色，应该并存。"

《贵族之家》

〔俄〕屠格尼夫著，沈念驹译。北京燕山出版社 2000 年 9 月出版。小说叙述贵族青年拉夫列茨基迷恋上了莫斯科退伍少将之女瓦尔瓦拉，并轻率地与她结了婚。后来夫妇俩定居巴黎，瓦尔瓦拉成为社交场上的交际花。拉夫列茨基发现妻子不贞后愤然离家，回国后与丽莎邂逅，互生爱慕之心。这时报纸刊登了他妻子的死讯，这燃起了他追求新生活的希望。就在他与丽莎互托终身后不久，瓦尔瓦拉突然出现。那则死讯竟是讹传。幸福的希望化为泡影，丽莎进了修道院；拉夫列茨基虽然在妻子的恳求下没有离婚，却一个人孤寂地度过余生。八年后，当他故地重游再访丽莎家宅邸时，已经物是人非，年轻的一代长大成人，入住故宅，而丽莎还在修道院。他在花园里昔日与丽莎互表衷情的长椅上静静地回忆过去，然后悄然离去。评论家皮沙烈夫说，它是屠格涅夫"结构最严谨、最完美的作品之一"。

《一生·两兄弟》

〔法〕莫泊桑著，王振孙译。上海译文出版社 2002 年 2 月出版。《一生》又名《人生》，这是作者六部长篇小说中影响较大的一部。小说以朴实细腻的笔调，描写了出身破落贵族家庭、纯洁天真、对生活充满美好憧憬的少女雅娜进入人生旅程后遭遇丈夫背叛、父母去世、独子离家出走等一系列变故，在失望中逐渐衰老的过程，概括出了人类生活的一种基本状态：人生既不像人们想象的那么好，也不像人们想象的那么坏。该书入选茅盾推荐的中国读者要读的三十七部世界名著之一，同时入选日本城冢登等学者开列的世界优秀古典名著书目。《两兄弟》是一部内容严肃的心理小说，讲述的是：皮埃尔和若望是两兄弟，一天，若望忽然得到一笔遗产，一夜暴富。嫉妒的皮埃尔却发现，自己的弟弟原来是母亲与遗产赠与人的私生子。从此，家庭风波越演越烈，原来似乎很幸福的家庭也变得不幸福了。作品用较多的心理描写来展示人物的内心活动。

《自我认知》

［俄］别尔嘉耶夫著，汪剑钊译。上海人民出版社 2007 年 9 月出版。这是《别尔嘉耶夫文集》的第三卷。该书由两部分组成，第一部分为《自我认知——哲学自传的尝试》，第二部分为《俄罗斯的命运》。前者是作者在 20 世纪 40 年代对自己哲学思想与精神历程进行回顾时撰写的，是作者对自己的研究；后者详细分析了与俄罗斯命运相关的俄罗斯民族性格，以此来揭示俄罗斯之魂及其历史命运。

《丛林猛兽》

［美］亨利·詹姆斯作，赵萝蕤译。入选上海译文出版社 2007 年出版的《黛西·密勒——亨利·詹姆斯中篇小说选》。小说讲述主人公 Marcher 很早就有一个奇怪的念头，预感他的生命里将发生一件惊人的壮观或灾难性的事情，从而改变他的认识和人生。这件事情就像一只蹲伏在丛林中的猛兽，随时可能跳出来。于是，他几十年的大好时光都在等待这只猛兽的过程中荒废了。他在二十五岁时认识了一个叫 May 的女子，并将他的这个"秘密"告诉了 May。May 一直爱着 Marcher，并保管着他的"秘密"。十年后，当他们再次相见时，May 决定和 Marcher 一起等待猛兽的到来。May 的聪慧美丽和善解人意让他们成为知己，一起分享对那个"秘密"的想法，却从来不提及爱情。May 在一年一年的等待中去世，在 May 的坟墓前，他终于知道他生活中最大的不幸就是错过了 May，错过了爱情，成为一个不曾生活过的人。May 不是 Marcher 悲剧的制造者，但如果她自尊心不那么重，能把她看透的事情明明白白地告诉 Marcher，而不只是暗示，那么他应该能早点明白，不至于在失去机会后无力挽回。

《森林报》（春、夏、秋、冬）

［苏］维塔里·比安基著，沈念驹译。河北少年儿童出版社 2012 年 5 月出版。

1924年—1925年，比安基在《新鲁宾孙》杂志上发表了一系列描写森林生活的专栏文章，这就是彩色插图版《森林报》的雏形。1927年，《森林报》结集出版，成为在世界儿童文学中占有独特地位的名著。这部作品不但内容有趣，编写方式也极其新颖：作者采用报刊的形式，以春、夏、秋、冬十二个月为顺序，用轻快的笔调真实生动地叙述了发生在森林里的故事，表现出对大自然和生活的热爱之情，蕴含着诗情画意和童心童趣。无论是人物，还是动物和植物，在作者的笔下，都被赋予了感情和智慧，如博爱的兔子、暴躁的母熊、狡黠的狐狸、凶残的猞猁……大自然中的种种生灵跃然纸上，共同组成了这部比故事更有趣的科普读物。评论界称《森林报》为史无前例的"大自然的颂诗""大自然的百科全书""大自然的历书"和儿童学习大自然的"游戏用书""创造发明的指导用书"。

第九节　中国当代文坛的湖州籍作家

在中国当代文坛，活跃着一群湖州人的身影。他们的身姿要比本土作家靓丽，他们的文学成就强于本土作家。他们为中国当代文学的发展繁荣做出了重要贡献，足以令家乡人民感到骄傲。

【张威廉】（1902—2004），原名张传普。吴兴县人，生于苏州。毕业于北京大学德国文学系。1933年后历任陆军大学德语教师、中央大学副教授、南京大学教授兼德语教研室主任、德语文学学会副会长、教育部教材编审委员会委员等职。系中国作协会员。翻译德国18、19世纪和现当代文学作品两百万字以上，其中以席勒的戏剧和原民主德国工人作家威利·布莱德尔的小说占大部分。曾获民主德国歌德奖章和联邦德国大十字勋章。译有《德国文学史大纲》《近代名小说述略》《德国民间传奇》《歌德名诗选》《德国名诗一百首》《威廉·退尔》《唐·卡路斯》《阴谋与爱情》《第七个十字架》《格林童话》《豪夫童话》《席勒剧本》《德国现代短篇小说集》《布莱德尔小说集》《杜兰朵：中国的公主》《封·丝蔻黛莉小姐》和《亲戚和朋友》三部曲等。论著《威利·布莱德尔作品的风格特征和社会意义》的德译本陈列在柏林布莱德尔纪念馆，另著有《德语教学随笔》。捐赠稿费一万元在南京大学设立德语翻译奖。

【钱仲联】（1908—2003），原名萼孙，号梦苕。湖州人，生于江苏常熟。1926年以第一名的成绩毕业于无锡国学专修学校。曾任大夏大学、无锡国学专修学校、南京中央大学教授。1949年后历任南京师范学院、江苏师范学院、苏州大学教授，国务院古籍整理出版规划小组成员，《中国大百科全书·中国文学卷》编委会副主任，《中华大典·文学典》编纂委员会顾问，《全清词》《续修四库全书》《全宋诗》编纂顾问，中国古代文学理论学会、中华诗词学会、中国近代文学学会顾问，中国诗学研究会理事长，中国韵文学会第一届副会长，苏州大学中国近代文哲研究所所长等职。长期致力于中国古典文学的教学与研究，尤其对明清诗文有深入研究。1981年被评聘为全国首批博士生导师。1983年加入中国作协。1991年起享受国务院颁发的政府特殊津贴。1993年获曾宪梓教育基金会二等奖，被江苏省教委定为普通高校优秀学术带头人。1995年获全国高等学校人文社会科学研究成果奖。其主编的《清诗纪事》获国家古籍整理评比和全国图书学会评比一等奖。另主编有《中国文学家大辞典·清代卷》《中国文学大辞典》《近代诗抄》《广清碑传集》《历代别集序跋综录》等。主要学术著作有《人境庐诗草笺注》《韩昌黎诗系年集释》《剑南诗稿校注》《鲍参军集注》《后村词笺注》《吴梅村诗补笺》《沈曾植集校注》等，著述多次获得国家级大奖。另著有《梦苕庵诗词》《梦苕庵诗话》《梦苕庵清代文学论集》《梦苕庵专著二种》。

【姚时晓】（1909—2002），原名治孝，笔名时晓、剑秋。吴兴县人。早年读私塾。1924年到上海中华书局印刷厂当工人，开始文学创作。1933年参加中国左翼戏剧家联盟，任上海女青年会工人夜校导演。1936年开始发表作品，并加入中国共产党。抗战爆发后任北平学生移动剧团编剧。1938年任延安鲁迅艺术学院教师。后任八路军三五九旅南下支队文工队长。解放战争时期任中原军区政治部文工科长。中华人民共和国成立后历任中国戏剧家协会常务理事、上海市戏剧家协会常务副主席兼秘书长、上海市作家协会副秘书长、上海市文化局顾问等职。著有剧作选《棋局未终》和《三十年代左翼戏剧战线反"围剿"大事记》（未正式出版）。

【宋训伦】（1910—?），字馨庵，号心冷。吴兴县人，生于绍兴。毕业于中央大学。曾供职于上海金融机构。1949 年后定居香港，在轮船公司工作三十余年，主编《航运月刊》。著有《馨庵词稿》。

【赵萝蕤】（1912—1998），女。德清县新市镇人。赵紫宸女儿。儿时在教会学校接受美式教育，同时由父亲教授中文。1928 年考入燕京大学中文系，翌年转英语系，被誉为"燕大校花"。1935 年从清华大学外国文学研究所毕业后留校任教。1937 年夏出版译著《荒原》，成为最早将西方现代派文学作品译介到中国的翻译家。抗战爆发后与丈夫陈梦家迁往昆明，1939—1944 年任教于云南大学及其附中，同时翻译出版意大利作家西洛内的反法西斯小说《死了的山村》。1944 年秋随赴美国芝加哥大学任教的丈夫入该校学习英语，后专攻美国文学，致力于对小说家亨利·詹姆斯的研究，四年后获得哲学博士学位。1948 年底任燕京大学外语系主任。1952 年院系调整后任北京大学西语系教授。"文化大革命"初期因丈夫遭迫害自杀而一度精神分裂。1983 年任北京大学英语系博士生导师。1991 年出版译著《草叶集》。1996 年出版论文集《我的读书生涯》。与人合作主编《欧洲文学史》。另译有《哈依瓦萨之歌》《黛茜·密勒》等。2006 年 4 月 29 日，赵紫宸、赵萝蕤父女纪念馆在湖州师范学院落成。

【庄绍桢】（1913—2000），笔名庄真。湖州南浔人。1936 年在南浔中学成立地下党小组，开办陶行知农民文化补习班。抗战爆发后带领一批青年参加新四军，后奉新四军政治部副主任邓子恢派遣进入太湖游击队。"皖南事变"后去江苏盐城新四军军部。1949 年后在苏南公学、苏北行政干校工作。1955 年任江苏科协宣传部部长，直至"文革"。20 世纪 50 年代曾为上海少儿出版社特约编辑。"文革"中在干校劳动。"文革"结束后从江苏地理研究所离休。出版有《不屈的扬州城》《赤眉与瓦岗军》《找到了新四军》《黄巢起义》和译著《外套》等。

【徐迟】（1914—1996），原名迟宝、商寿。湖州南浔人。青少年时代在南浔、上海、苏州接受教育。1932 年借读于燕京大学时在冰心引导下开始文学创作。1934 年从东吴大学肄业后任教于南浔高等小学和南浔中学。1936 年出版第一部诗集《二十岁人》，并与戴望舒等人在上海创办大型诗刊《新诗》。抗战爆发后辗转于上海、香港、重庆、桂林等地，曾与戴望舒等人合编英文版《中国作家》，协助郭沫若编辑《中原》杂志，创作和翻译了大量作品。重庆谈判期间发表歌颂毛泽东的诗《毛泽东颂》（又名《颂歌》），引起广泛关注，毛泽东书赠"诗言志"。1946年秋任南浔中学教导主任。1949年参加第一次全国文代会。20世纪50年代初两次赴朝鲜战场采访，后以《人民日报》特约记者身份赴全国各地采访，形成散文特写创作的高峰期。20世纪60年代初任《诗刊》副主编。1961年迁居武汉，任湖北省文联和省作协副主席。"文化大革命"中受到残酷迫害。20世纪70年代末接连发表报告文学《地质之光》《哥德巴赫猜想》等，产生广泛影响，被誉为"中国报告文学之父"。出版著作和译作五十多种。主要有诗集《共和国的诗》、特写集《我们这时代的人》、论著《红楼梦艺术论》和译著《永别了，战争》（海明威著）、《明天》（雪莱诗选）、《托尔斯泰传》等。出版有《徐迟文集》十卷。南浔文园建有徐迟纪念馆。

【沈重】（1915—1986），原名沈大经，笔名蓝戈。吴兴妙西人。1938年从复旦大学毕业后参加革命。抗日战争时期任晋察冀通讯社科长、特派员、《晋察冀日报》特派记者，代表作是1941年11月5日发表在《晋察冀日报》的通讯《棋盘陀上的五个神兵》，后由聂荣臻改名为《狼牙山五壮士》，传诵全国，影响了几代人。抗战胜利后任新华社晋察冀支社副社长、《新张家口报》社长等职。1949年后主要在太原市和山西省建设系统担任领导职务。"文革"期间受邓拓"三家村冤案"牵连遭到迫害。

【于友】（1916—2017），湖州菱湖人。早年就读于东吴大学附属第三中学（今湖州二中）。高中毕业后考入上海《立报》当记者。后任新加坡《南洋商报》《星岛日报》记者，主持《大刚报》和美新社新闻翻译工作。1949年4月参与创办《光明日报》，任编委兼国际新闻部主任。1980年参与创办英文版《中国日报》。1989年从《群言》杂志社离休。著有《名记者的脚印》《胡愈之传》《刘尊棋》《见贤集》《解读范长江》《记者生涯缤纷录》《不服老的报告》《报人往事》等，翻译有《反苏大阴谋》《一千个美国人》《美国内幕》《华盛顿丑闻》《摩托罗拉的创业》等著作。

【方行】（1917—2002），原名张协和，又名汉。湖州人。早年从父兄攻读中国文学和外国文学。1933年1月经舅父陈果夫介绍到南京垦业银行实习，业余就读于外国语专门学校，并到中央大学旁听。抗战爆发后去延安，成为陕北公学首届学员，毕业后任军委总卫生部政治部干事，军委卫生学校宣传和文艺干事。1939年6月随一支军医队去晋察冀前线，途中即兴写下两百首诗歌。1940年与劳森合编《山地》诗刊出版。曾任晋察冀军区白求恩学校干事、文工团团长、七月剧社文学组长等职。1943年，晋察冀边区山地社出版他的诗集《拾零集》。后在延安从事抗日宣传工作，写了大量宣传抗日的街头诗。1945年去东北，历任中共齐齐哈尔市委宣传部部长、黑龙江大学副校长兼中文系主任、哈尔滨文学院院长、黑龙江省文联副主席、中国文联委员、黑龙江省作家协会名誉主席、省诗歌笔会中心总干事等职。1979年加入中国作协。出版有诗集《泪的花环》、译著《夜莺和泉水》。获中国作家协会"抗战时期老作家纪念牌"。

【萧也牧】（1918—1970），一作肖也牧，原名吴承淦，改名吴小武，以笔名行。吴兴县人。身材高大，皮肤黝黑，人称"黑人牙膏"。1935年就读东吴大学附属中学（今湖州二中）时开始文学创作，在校刊发表小说《驼子》。1937年到上海当工人，抗战爆发后回湖州参加抗日救亡活动。湖州沦陷后和几个同学徒步到山西临汾，经徐特立介绍进入山西民族革命大学学习。1938年初到晋察冀边区从事文化宣传工作，编辑过《救国报》和《前卫报》。1945年8月加入中国共产党，任张家口铁路分局工人纠察队副政委。解放初在团中央宣传部主持编写《伟大的祖国》丛书，写有不少歌颂型散文。因小说《我们夫妇之间》成为中华人民共和国成立后第一个遭批判的作家。1953年任中国青年出版社文学编辑室副主任，主编革命回忆录《红旗飘飘》丛刊。帮助修改、出版《红旗谱》《红岩》《李自成》《太阳从东方升起》等优秀文学作品，被王蒙誉为"编辑之神"。1958年被打成"右派"。"文化大革命"中惨遭迫害，于1970年10月15日死于河南"五·七"干校。1980年获得平反。其小说大多收入《萧也牧作品选》。

【宋淇】（1919—1996），字悌芬，英文名Stephen C. Soong，笔名林以亮、宋其等。吴兴县人。宋春舫子。毕业于燕京大学西语系，获文学士学位，留校任教。太平洋战争爆发后在上海法租界从事戏剧工作，创作舞台剧《皆大欢喜》等。1949年移居香港，任美国新闻处期刊编辑部主任、电懋影业公司制片部主任、邵氏影业公司编审委员会主任等职，主编《文林》月刊。1968年任香港中文大学校长特别助理，创办中文大学翻译研究中心，任主任。1971年发起创立香港翻译学会。1972年任《文林》月刊总编辑，创办《译丛》半年刊。与张爱玲有四十多年友谊，并受托执行其遗嘱。1996 年 12 月 3 日病逝。著有《林以亮佚文集》《文思录》《红楼梦识要》和《红楼梦人物医事考》（与陈存仁合著）、《名家图说四大丫鬟》《林以亮诗话》《昨日今日》《前言与后语》《林以亮论翻译》《〈红楼梦〉西游记》《诗与情感》《文学与翻译》《更上一层楼》和电影剧本《南北和》等。译有《美国诗选》（与梁实秋、余光中、张爱玲等合译）、《美国文学批评选》、《美国现代七大小说家》（与张爱玲合译）、《自由与文化》等。其子宋以郎为其著有《宋淇传奇》。

【洛汀】（1919—1998），原名陆伯勋，笔名封齐、鹿丁等。吴兴县人。抗战前夕肄业于东吴大学附中（今湖州二中）。1938 年初参加浙西北抗日游击队，任《怒火文艺》编辑，后转移至金华，创办《东线文艺》。1941 年一度被捕，经党组织营救出狱后在江西赣州任《青年报》文学专刊主编和《公仆生活》《自卫月刊》主编，成立赣州文艺工作者协会。赣州沦陷后到粤赣边界任《安远报》副社长。抗战胜利后回赣州，任《正气日报》副刊主编，后兼任《干报》总编辑。1946 年春任《中国新报》副刊主编。1949 年任新华社驻第二野战军第四兵团编辑兼记者。1950 年任《国防战士报》和国防出版社《文艺丛书》编辑。1955 年转业到云南省文联，参与创办《边疆文艺》月刊，任文学评论组组长。与彭允怀、周赤萍合著的《擒魔记——湘西剿匪回忆录》被湖南电视台拍成电视连续剧《乌龙山剿匪记》，影响很大。"文革"后任昆明市首届文联主席、市政协副主席、《滇池》月刊主编等职。离休后任《春城诗词》主编。系中国作协会员、中国当代文学研究会会员。另有散文集《第一夜》（与杜草甬合著）《洛汀文粹》。

【蔡岫青】（1920—1995），字心素，笔名乐中，自号卷施老人。吴兴县埭溪镇人。十一岁随表叔祖朱孝臧习诗词。后就读于浙江省立第三中学（今湖州中学），作文曾得全校第一。1933 年考入杭州高级中学。1935 年—1939 年就读于清华大学国学专修学院。1940 年任教于德清洛舍国民学校，次年投笔从戎，赴嘉兴敌后工作。1943 年任国民党德清县党部洛舍区分部书记。抗战胜利后任吴兴县民政科长。1947 年弃政从教，执教于德清县简易师范学校。1949 年寓居菱湖。1950 年避居上海，行医糊口。1954 年 10 月以"历史反革命罪"被捕，发配江苏东台县上海农场劳动改造三年，刑满后留场为农工。1960 年底迁江西高安渡埠农场。1964 年任农场子弟学校教员。1969 年 1 月至 1979 年 5 月作为"四类分子"在淮南成新农场服役。1979 年 8 月任成新中学教师。一生嗜诗如命，作诗词千余首。有《乐中诗词集》，身后被尊为"新江西诗派的宗师"。另，《风雨戈亭集》录其诗四十二。

【沈左尧】（1921—2007），别署沈行。吴兴县竹墩村人，生于浙江海宁。1945 年毕业于中央大学艺术系。曾受业于徐悲鸿、傅抱石、陈之佛、吴作人、谢稚柳等大师，在篆刻、绘画、书法等领域均有建树。曾任中华全国美术会秘书。中华人民共和国成立后任《知识就是力量》等杂志美术编辑、中国科协科普研究所研究员等职。2003 年向湖州师范学院捐赠大量珍贵艺术品。2007 年 3 月 26 日创设沈行楹联艺术馆，其中胜寒楼藏品馆收藏和展出其捐赠的两百余件名家书画作品，沈左尧作品馆收藏和展出其创作的四百余件楹联、诗词、篆刻、素描、水彩、摄影作品。出版有《悼师集》《大漠情·吴作人》《傅抱石的青少年时代》《沈行楹联集》《胜寒楼诗词》等。翻译有俄罗斯诗人普希金原著、柴可夫斯基改编的歌剧剧本《叶甫根尼·奥涅金》等。

【朱为先】（1922—2016），女。德清县人。抗战时曾在天目山求学，后毕业于浙江湘湖师范学校。1947 年在上海地下党主持的方震小学参加党的外围组织"小教联"，并开始文学创作，在《中国儿童时报》《当代晚报》等报纸副刊发表儿童文学作品。1949 年进入浙江日报新闻干校学习，在《浙江日报》副刊组当记者两年。后任杭州第十中学语文教师。1980 年受浙江少年儿童出版社之聘，参与编辑《小螺号》《当代少年》杂志。1990 年后任《江南》杂志小说编辑。系浙江省作协会员。出版有儿童文学集《幼小的灵魂》、随笔集《让孩子感知那些最美好的》，又与丈夫张白怀合作出版有《双叶集——文学之梦与人生笔记》，与费淑芬等合著有儿童散文集《冬至的梦》。在逝世一周年之际，女儿张抗抗、张婴音等家人为她编写了一本书《我是一个幸福的人——童话妈妈朱为先周年纪念集》。

【钱雁秋】（1923—1981），吴兴县菱湖人。早年从黄异庵习《西厢记》，与祝逸亭、杨振雄、王柏荫并称"四小名家"。20 世纪 40 年代下肢瘫痪后仍苦练说唱功夫，潜心编写和演出《法门寺》《梁祝》《麒麟豹》等长篇弹词。20 世纪 50 年代与弟子陆雁华搭档演出于苏沪等地。1961 年加入上海长征评弹团，与杜剑华搭档，编演长篇弹词《红岩》、中篇弹词《无影灯下的战斗》和短篇弹词《曙光与五味斋》等。1979 年任上海新长征评弹团编剧。

【丁琛】（1923 年生），笔名芯心。吴兴县人。台湾散文作家。著有散文集《故乡》《芯心散文集》《炉灶边的自白》《花影》《我从青山来》《苔痕片片》和杂文集《灯下漫谈》《七彩花树》等。

【古之红】（1925 年生），原名秦家红。吴兴县人。台湾诗人、小说家。毕业于江苏学院中文系。曾任台湾省立虎尾女中、台中女中教师。主编过《新新文艺》。著有诗集《低能儿》《彷徨、彷徨》《湖滨》和短篇小说集《蒙恩记》、长篇小说《杜鹃》等。

【章开沅】（1926—2021），吴兴荻港人，生于安徽芜湖。1946 年 10 月考入南京金陵大学历史系，1948 年 11 月投奔解放区，入中原大学。1951 年 7 月后一直在华中大学、华中师范大学历史系任教。1984 年—1990 年任华中师范大学校长。现任华中师范大学历史研究所教授、博士生导师和中国教会大学史研究中心主任。著有散文集《实斋笔记》、传记《开拓者的足迹——张謇传稿》和大量史学著作，出版有《章开沅文集》十一卷。

【费淑芬】（1928 年 1 月生），长兴县人。1949 年进入嘉兴地委文工团，次年调省文联创作组，历任《浙江文艺》《大众演唱》和浙江文艺出版社、《西湖》杂志社、浙江人民出版社编辑。后任浙江文艺出版社编辑室主任、副编审。有散文集《冬至的梦》《秋叶集》《拾碎集》等。

【沈善钧】（1928 年生），字澄波，号蜗寄。湖州人。幼从前清秀才徐儆予学诗和古文，十四岁开始写诗，二十余岁时得周瘦鹃赞赏，以诗人称之。毕业于浙江农学院。后任上海古籍出版社副编审，责编当代学者研究我国古典诗词专著，如陈声聪著《兼于阁诗话》、唐圭璋著《词学论丛》、缪钺与叶嘉莹合撰《灵溪词说》等。长期致力于诗词创作，作品多次在全国性或国际性诗展、诗赛及诗词出版中获奖，被诗词文化界、新闻出版界授予"新时代诗词艺术家""模范诗词艺术家""德艺双馨国学家""国学十年明珠艺术家"和"全球汉诗精英"等荣誉称号。现为上海诗词学会理事。著有《曼曼集》《沈善钧诗词选》《漱玉词·断肠词校点》《蜗寄诗词抄》《诗体及诗学术语》等。

【范伯群】（1931—2017），湖州人。1945 年随家迁居苏州。1955 年毕业于复旦大学中文系。1957 年与曾华鹏合作在《人民文学》发表《郁达夫论》，开始中国现代文学研究。1960年调入江苏省文联从事创作理论研究和《雨花》杂志编辑。1973年调苏州市文化局和市文化馆工作。1978年4月调江苏师范学院（现苏州大学）中文系任教。1980年加入中国作家协会。1983年—1988年任苏州大学中文系主任，并于1984年被国家人事部授予"国家级有突出贡献中青年专家"证书，1986年4月晋升教授。曾主持国家首批哲学社会科学重点项目之一的"中国近现代通俗文学史研究"，赴日本、美国等国家以及中国香港地区进行学术交流。1990年成为博士生导师。2001年退休后受聘任复旦大学古代文学研究中心古今演变研究室研究员。著有《礼拜六的蝴蝶梦》（台湾版名《民国通俗小说鸳鸯蝴蝶派》)、《中国现代通俗文学史》（插图本）和《多元共生的中国文学的现代化历程》《填平雅俗鸿沟：范伯群学术论著自选集》《中国市民大众文学百年回眸》《范伯群文学评论选》等，主编有《鸳鸯蝴蝶（礼拜六）派作品选》（上、下，台湾版为《民初都市通俗小说丛书》十册）、《中国近现代通俗文学史》（上、下）、《中国近现代通俗作家评传丛书》（十二册）、《中国现代通俗文学与通俗文化互文研究》等。另与曾华鹏合著有《王鲁彦论》《现代四作家论》《冰心评传》《郁达夫评传》《鲁迅小说新论》等，与人合编有《1898—1949中外文学比较史》（上、下）和《中国现代文学史（1917—1986）》等。

【王振孙】（1933年4月生），湖州人。翻译家。早年在家乡接受教育。1959年从南京大学西方语言文学系法语专业毕业后到北京大学西方语言文学系任教。1962年起任教于南京外国语学院。1966年到上海手表厂当工人。1976年任上海译文出版社编辑，后任欧美文学编辑室主任、编审。系中国作家协会上海分会、上海翻译家协会、上海外文学会会员，全国法国文学研究会理事。出版译作约四百万字，主要译有《茶花女》《悲惨世界》《左拉中短篇小说选》《温泉》《巴尼奥尔喜剧选》《双雄记》《王后的项链》《不朽》等。

【马佩沄】（1934年3月生），吴兴县千金人。解放初期高中毕业后在吴兴农村参加工作。1954年调省级机关工作，历任省委统战部干部、省委组织部处长、省纪委常委、省级机关党委副书记、省委宣传部副部长、省文联党组书记、省政协常委等职。有不少散文、诗歌发表。出版有长篇小说《当归》（上、下）。

【阿浓】（1934年生），原名朱溥生，笔名浓浓。祖籍江苏泰兴，生于湖州。1947年赴香港定居。长期从事教育工作，担任过小学、中学、特殊学校教师，并为香港教师团体负责人。主编过青年和教师刊物。著有散文集《点心集》《点心一集》《点心二集》《浓情集》《一刀集》《青果一集》《青果二集》等。

【韩耀成】（1934 年生），长兴白岘人。毕业于北京大学西方语言文学系。曾长期在外文局从事对外宣传工作，任《人民画报》德文版负责人，参加过《毛泽东选集》《毛主席诗词》以及党和国家重要文件的德文翻译、定稿工作。1984年 4 月调中国社会科学院外国文学研究所工作，先后任丛书丛刊编辑部副主任、《外国文学评论》常务副主编、编审等职。发表有大量研究、评论和赏析文章。译有歌德的《少年维特的烦恼》、卡夫卡的《城堡》、布莱德尔的《埃布罗河上的遭遇战》、茨威格小说集《一个陌生女人的来信》、博歇特的《蒲公英》等。主编或编选有《外国争议作家作品大观》《世界心理小说名著选·德语国家部分》《世界短篇小说精品文库·德语国家卷》等多种。

【吕晴飞】（1934 年生），长兴县人。1957 年毕业于厦门大学中文系。因"文革"前夕撰文批驳姚文元的《评新编历史剧〈海瑞罢官〉》而在"文革"中受到冲击。20 世纪 70 年代末进入北京市社会科学院文学研究所工作，后任所长。系中国作家协会会员。著有《中外诗歌品评》《屈原诗歌评赏》《西游记导读》《刘绍棠和他的乡土文学创作》《新诗用韵手册》，主编有《新时期文学十年》《中国当代青年女作家评传》《唐宋八大家散文鉴赏辞典》等，与人合作编著有：《写作语林》《外国诗歌名篇选读》《简明文学辞典》《北京地域特色研究》等。

【许胤丰】（1936—2019），长兴县人，祖籍湖州。1963 年毕业于宁波师范学院中文系。历任长兴县文化馆创作辅导干部、嘉兴地区《南湖》文学期刊主编、湖州市文学工作者作协主席、浙江省文联《东海》杂志社社长兼主编、省作协和省文联委员。1972 年开始发表作品。1992 年加入中国作家协会。著有长篇小说《世纪终结》《紧急出逃》、中短篇小说集《青橄榄》、报告文学作品集《流光印痕》、中篇纪实文学《鲁冠球少年时》、中篇连载小说《兰城魂》《斗蛇记》、戏剧剧本《彩霞湾》和一些连环画作品等。

【沈念驹】（1940 年 12 月生），德清新市镇人。1963 年毕业于杭州大学外文系俄语专业，即在杭州二中任外语教师。1981 年调入浙江人民出版社，任外国文学编辑室副主任。1983 年转入浙江文艺出版社，历任外国文学编辑室主任、副总编、编审。2001 年退休。曾任浙江省外文学会、翻译协会及出版工作者协会理事，浙江省作家协会外国文学委员会主任，浙江省比较文学与外国文学学会常务理事，中国出版工作者协会外国文学出版研究会副会长。主持出版《外国文学名著精品丛书》《外国著名诗人诗全集书系》《世界戏剧经典全集》等大型丛书及外国文学其他名著多种；主编出版《普希金全集》（与吴笛合作）和《果戈理全集》《契诃夫全集》等大型文集。业余从事俄罗斯文学翻译，主要译著有比安基的《阿尔沙克的秘密》《比安基动物小说》、屠格涅夫的《贵族之家》《春潮》《阿霞》《初恋》、普希金的《杜勃罗夫斯基》《普希金童话》、高尔基的《童年》《我的大学》、契诃夫的《挂在脖子上的安娜》和格林的《红帆》等。

【阿老】（1940 年生），吴兴县人。台湾小说作家。曾任中学教师、《中国时报》记者、《师院思潮》主编。著有小说集《脚印》等。

【叶进】（1941—1993），长兴县煤山人。1965 年毕业于杭州大学外语系，任新华社国际部编辑。20 世纪 60 年代后期至 70 年代初，曾任周恩来、陈毅、郭沫若、王震等党和国家领导人英文翻译，参加过尼克松访华和邓小平访美等重大外交活动的报道和翻译工作。1972 年任新华社驻澳大利亚记者。1980 年参与创办《环球》杂志，1985 年任主任编辑、副总编辑，1987 年 7 月起任总编辑。1990 年被评为"新中国成立以来有突出贡献的科普作家"。1992 年 4 月任香港《环球中华》杂志总编辑、中国公共关系公司副总经理。1993 年 7 月在银川一次空难中遇害。著有《澳大利亚踪影》《里根》《美国超级企业明星艾柯卡》《南太平洋的万岛世界》，译有《艾柯卡自传》《马科斯夫人传》等，主编有《世界港口游记》《中外艺坛漫步》等系列丛书。

【王颖】（1942 年生），原名王胜朝。长兴县人。1962 年入伍，历任济南军区文工团创作室创作员、文化部干事，《解放军报》文化处编辑，解放军文艺出版社编辑、图书编辑部主任、副社长，昆仑出版社编审。1965 年开始发表作品。1980 年加入中国作家协会。著有长篇武侠小说《血溅宫墙》《剑吼西风平海啸》《江湖龙蛇》《大漠紫金刀》和长篇历史小说《晋阳跃兵》《汉高祖刘邦》，报告文学集《毛岸英之死》《中国打工潮》，科普著作《漫谈武器与战争》，知识性图书《中国功夫百样通》《未来的日子》《神奇的朋友》《人类自尝恶果》《生命的密码》，与人合著长篇小说《大雁山》、散文集《浪潮曲》，出版有理论研究专著《创作辩证法初探》《报告文学之门》和认识论专著《天机可以泄露》《聪明能够再造》《万宗其实同源》《见机应当行动》《思维必须更新》等五部，认识论丛书《大系统思维论》《大成功思维论》《大解脱思维论》《顺势操盘论》《动态平衡论》《同轨不相容论》等六部，以及电视专题片《彭德怀》《罗荣桓》《徐向前》等的解说词，共计一千三百余万字。报告文学《十三妹的心事》获1983年中国科普创作协会奖，《毛岸英之死》获1983年《解放军文艺》奖，《金牌在国歌声中闪耀》被评为全国第三届中学生"我最喜爱的十本书"之一，《一个普通人的伟业》获1988年全国体育报告文学奖，长篇小说《鸳驾侠影》获中国第一届优秀通俗文艺作品奖。

【韩天航】（1944年生），湖州双林人。幼年随父母迁居上海。1965年毕业于新疆生产建设兵团石河子财贸专科学校。历任兵团一二六团中学教师、农七师二建公司会计、宣传处干事和师文联秘书长、常务副主席、主席。1980年开始发表作品，1998年加入中国作家协会。系新疆生产建设兵团首届"德艺双馨"艺术家之一，2000年12月被自治区人民政府授于"自治区先进工作者"称号，2002年获国务院颁发的政府特殊津贴，还曾获"新中国屯垦戍边100名感动人物"。著有长篇小说《太阳回落地平线上》《夜色中的月光》《温情上海滩》，中短篇小说集《克拉玛依情话》《淡淡的彩霞》《重返石库门》《回沪记》《背叛》等近二十部，并将《母亲和我们》改编成电视连续剧《戈壁母亲》，在央视播出引起较大反响。另外，还将《重返石库门》改编成十七集同名电视连续剧，《背叛》改编成十八集电视连续剧《天地良心》，《我的大爹》改编成二十集电视连续剧《热血兵团》，其中的《重返石库门》获兵团首届"五个一工程"奖。也曾获中国电视剧飞天奖、全国"五个一工程"奖。

【蒋焕孙】（1944年生），湖州人。1960年参加工作，曾在杭州住宅建筑公司当过工人、宣传科长。后任《浙江日报》文教部编辑、《江南》副主编、浙江文艺出版社社长兼总编辑。著有长篇小说《记者三部曲》《钱的旋涡》、中篇小说《梅雨季节》、电影文学剧本《不沉的地平线》等。

【吴其南】（1945年生），安吉县人。1979年进入浙江师范学院中文系攻读硕士研究生，毕业后留校工作。后任温州师范学院中文系主任、温州大学人文学院院长。现为温州大学人文学院教授、中国作协会员、中国中外文艺理论研究会会员。主要从事中国现当代文学、儿童文学的教学和科研工作。两次主持国家社科基金课题。2005 年被评为温州市优秀教师，获国务院政府特殊津贴。出版专著有《中国童话史》《童话的诗学》《〈围城〉修辞论》《20 世纪中国儿童文学的文化阐释》《从仪式到狂欢——20 世纪少儿文学作家作品研究》《成长的身体维度——当代少儿文学的身体叙事》《走向儿童文学的新观念》等。其中，专著《转型期少儿文学思潮史》和论文《20 世纪中国文学中的儿童形象》均获省哲学社会科学优秀成果二等奖

【章德益】（1945 年 11 月生），吴兴县荻港人。1964 年于上海高中毕业后参加新疆生产建设兵团，在阿克苏地区的农一师五团任农工、宣传队创作员、教师。1972 年开始发表诗歌和散文诗。1980 年任《新疆文学》编辑，中国作协新疆维吾尔自治区分会专业作家。1982 年加入中国作协。与周涛、杨牧并为新边塞诗"三剑客"。《西部》杂志社在授予他第二届西部文学奖时说："章德益是西部大荒漠中圣徒般的苦吟者，是视诗歌为'尘世宗教'和性命攸关的诗人，昌耀式的决绝和猛烈在他那里转化为长期的缄默和游离，以此保有心灵的清净和精神的孤傲。诗风之陡峭，意象之瑰丽，主题之专一，用力之生猛，都是章德益诗歌可见的艺术特征，也是'荒原想象'的一个典范。"1995 年返回上海退休。著有诗集《大汗歌》（合作）和《大漠与我》《西部太阳》《黑色戈壁石》等。

【葛剑雄】（1945 年 12 月生），湖州南浔人。1964 年高中毕业后接受师资培训，任上海古田中学教师。1978 年—1983 年在复旦大学历史系学习，师从著名历史学家谭其骧，取得博士学位。1981 年起任教于复旦大学，先后任副教授、教授、博士生导师、中国历史地理研究所所长、教育部重点研究基地历史地理研究中心主任、图书馆馆长。系民革中央委员、全国政协常委。除了出版《西汉人口地理》《中国人口发展史》等历史学学术著作，还出版有《近忧远虑》《往事与近事》《泱泱汉风》《行路集》《碎石集》《我们应有的反思：葛剑雄编年自选集》等思想随笔集和传记《悠悠长水：谭其骧传》。

【陆水林】（1946 年生），湖州人，原籍江苏吴县。1968 年毕业于北京大学东方语系乌尔都语专业。1980 年 12 月至 1982 年 12 月赴巴基斯坦伊斯兰堡国家现代语言学院进修，2001 年 9 月至 2002 年 3 月作为高级访问学者再赴巴国伊斯兰堡真纳大学研修。现任中央广播电视总台国际广播电台乌尔都语译审、中国南亚学会事理、中巴友好论坛成员。主要从事乌尔都语对外广播的翻译及采编。

业余时间翻译、研究巴基斯坦文学和文化。除翻译发表短篇小说十余篇外，还翻译了长篇小说《风流村庄》、电影《天网恢恢》《不能没有你》《铁石心肠》《恩惠》《镜子》《孤女艳史》《田园情侣》等、电视连续剧《继承人》《教授道路》《绿色的田野》等二十余部（集）、学术著作《犍陀罗艺术》《犍陀罗：来自巴基斯坦的佛教文明》等。著有《巴基斯坦》。

【蔡峥嵘】（1946 年 11 月生），德清县人。自幼随父母迁居宁波。浙江省作协会员。20 世纪 90 年代开始在《诗刊》《诗歌报》《文学港》等报刊发表作品。出版有诗集《秋天的红杉树》《正午》《木槿花》，另著有诗集《湘湖日出》。姐蔡明明（1944—2016）好作古体诗，有《棠棣花开诗文集》两册存世。

【费爱能】（1948 年 10 月生），吴兴县下昂镇（今属南浔区菱湖镇）人，祖籍宁波。1967 年毕业于菱湖中学，次年插队下昂公社朱群大队。1970 年参军，在部队开始文学创作。1981 年调上海铁路局军事代表处，1989 年转业到上海民用建筑设计院，1992 年调上海市作家协会，至 2008 年退休。出版有《一意孤行：朱仁民艺术十章》《走向高地：上海纺织百年纪事》《李蔷华：立门程雪漾秋声》《闵惠芬：弓走江河万古流》《民歌》和《海纳百川》（与人合著）等。

【竹林】（1949 年 4 月生），女。原名王祖铃。吴兴菱湖人，生于上海。1968 年从上海市西中学高中毕业后去安徽凤阳农村插队。1975 年回上海后开始发表文学作品。历任上海少年儿童出版社和《上海文学》杂志编辑、中国作家协会上海市分会创作员等。文学创作一级。1979 年出版全国第一部真实反映知青生活的长篇小说《生活的路》，开"知青文学"之先河。1980 年参加"文革"后的全国第一届文学讲习所学习，毕业后赴沪郊农村深入生活和写作。后出版有《苦楝树》《呜咽的澜沧江》《女巫》《挚爱在人间》《天堂在人间》《灵魂有影子》《今日出门昨夜归》《竹林村的孩子们》《魂之歌》《流血的太阳》等十余部长篇小说和《老水牛的眼镜》《心花》等中短篇小说集、散文集、报告文学集、随笔集、诗集等计数十余种。

【北岛】（1949 年 8 月 2 日生），原名赵振开，另有笔名石墨。湖州人，生于北京。1968 年毕业于北京第四中学。1969 年—1980 年做建筑工人。1978 年 12 月 23 日与芒克、黄锐等人合作创办文学刊物《今天》，至 1980 年 9 月停刊（1991 年 8 月在挪威首都奥斯陆复刊），共出版了九期，形成了颇具影响的"今天派"

（通常称"朦胧派"）诗歌。后任中国作协《新观察》杂志和世界语《中国报道》杂志编辑。其间诗风由口号标语、简单明白转向内省多变。1987年赴英国当访问学者，随后移居海外。有大量作品被译介到海外，其中仅在德国和奥地利就出版了五部诗集、两部散文集和两部小说集，多次获诺贝尔文学奖提名。出版有诗集《北岛诗选》《太阳城札记》《北岛顾城诗选》和小说集《归来的陌生人》《波动》等。

【赵健雄】（1949年9月生），湖州人。1969年赴内蒙古插队。1977年开始发表作品。1984年毕业于内蒙古大学文学研究班。历任《草原》杂志编辑、诗歌组长、编辑部主任。1991年加入中国作家协会，并调浙江《联谊报》任编辑。2003年兼任《西湖》副主编。著有诗集《明天的雪》，散文随笔集《糊涂人生》《天下零食》《当代流行语》《想》《吃相》《危言警语》《纵情声色》《都有病》《浊世清心·晋书随笔》《乱话三千》《姑妄言之》《白相经》《画人陆俨少》《中国美院别传》《跟着本书游天下》等。《浙江文学史》评论他的随笔散文是"大处着眼，细处落墨"。"赵健雄的随笔散文自成风格，题材仿佛俯拾即是，文字随意天成，但以忧患意识和犀利的笔锋广泛关注社会人生，给人以老辣的印象。"

【汪逸芳】（1950年3月生），笔名夏天、叶芳。德清县新市镇人。中国作协会员、浙江省文史研究馆馆员。1978年毕业于杭州大学中文系。历任浙江人民出版社编辑、浙江文艺出版社一编室主任、编审。所编图书曾两次获中宣部"五个一工程"奖，两次获茅盾文学奖，一次获全国优秀畅销书奖。《浙江文学史》这样评价她的艺术散文"给人以江南淑女印象，文笔细腻、优美，清俊秀逸，富有生活情趣，娓娓道来，亲切自然"。"在汪逸芳的作品中可读到的是对于故土的一片眷念缠绵之意。"曾任民盟第九届浙江省委常委、省第九届人大代表。出版有散文集《岛国风情录》（与人合著）和《与自己同行》《常有雨为伴》《心雨》《月光下的菩提》《汪逸芳散文》及纪实文学《我的爸爸妈妈和阿姨》（与人合著）等。

【张国擎】（1950年4月生），湖州南浔人。文学创作一级。南京大学本科毕业，在中央和地方媒体当记者半个世纪，著有长篇报告文学《镇洪魔——1991年苏南抗洪纪实》《深圳股票风潮》《长江考察》《藏汉之子》等。其反映国企改革的长篇小说《不信东风唤不回》《斜阳与辉煌》曾引发全国性的讨论热潮。

1998 年调入江苏省委创作研究中心任专业作家。迄今发表作品逾两千万字，出版著作《惊鸿照影》《贱民的圣歌》《寻找支点》《古柳泽》《千古一相——管仲传》《历史沉钩》《垂虹熙南浔》《去尘荐微》《钩沉探微》《葱花》《阴谋与友情》等近六十部，多部作品被译成英、法、德、日等语种在海外出版发行。曾获马来西亚"首届世界华文小说奖"及第十四届中国国家图书奖。鉴于对家乡的深切情意，其作品中融入了很多故乡的情节和元素，并用吴方言创作地域中长篇小说十二部。2018 年开始，作家出版社分批为其出版三十卷的《国擎文集》。

【周文毅】（1953 年 8 月生），湖州人。浙江省作协和戏剧家协会会员。毕业于浙江师范学院中文系，文学学士。早年插队吴兴县龙溪公社合新大队，后任《水乡文学》编辑部主任、浙江省政协《联谊报》编辑兼记者。1980 年开始文学创作，发表小说、散文、报告文学和影视、戏剧剧本两百五十余万字。出版有《旧燕知草——俞平伯人生智慧》《是非红楼——俞平伯 1954 年以后的岁月》。

【胡建新】（1958 年 8 月生），吴兴含山人（今属南浔区善琏镇）。陆军大校。1974 年 1 月练市中学毕业。1976 年 12 月参军，先后就读于南京陆军学校和军事经济学院。历任南京军区联勤分部副部长兼旅长、参谋长等职。现为中国新四军研究会副秘书长兼办公室主任、解放军东部红叶诗社副社长、南京市杂文学会副会长。曾任《解放军报》《现代快报》《南方都市报》特约评论员，在《人民日报》《解放军报》《光明日报》《经济日报》《中国青年报》等报纸发表杂文、评论九百余篇，在《中华诗词》《红叶》《铁军》等刊物发表诗词六十余首，其中有三十多篇杂文、评论被《新华文摘》《文摘报》《报刊文摘》等转载。出版杂文集《剑与犁》《忧与乐》《思与行》。主编《锻造打赢之盾》《部队建设热点问题探析》《军事学术论文集》等论著。目前致力于《新四军全书》的编纂工作。

【李瑶音】（1958 年 12 月生），笔名遥云、音子等。德清县人，祖籍绍兴。中国作协会员。毕业于浙江师范学校，后在深圳大学外语系、鲁迅文学院深圳班进修。1981 年开始发表作品，后加入湖州市文学工作者协会。1986 年调入浙江省政协联谊报社，1992 年调入深圳市政府办公厅，1994 年筹办《深港经济时报》，1995 年调入深圳报业集团，2006 年进入科技企业从事企业管理和品牌建设工作。在《人民文学》《中国作家》《十月》《清明》等刊物发表大量小说、散文和纪实文学、儿童文学作品。出版有中短篇小说集《歌咏的季节》、儿童文学作品集《再坐一回乌篷船》。另著有长篇小说《降维》、长篇纪实文学《诉讼》。纪实文学《收获在今朝》获浙江省"第五个金秋"报告文学一等奖，小说《岚岚出山》1986 年获浙江省儿童文学优秀作品奖，童话《岛上，有棵老树和小树》1990 年获全国新故事新童话二等奖，童话《美丽的小帆船》编入小学生教材。

【沈东子】（1959 年生），祖籍湖州，生于黑龙江伊春，1963 年迁居桂林。毕业于北京大学。1976 年后在广西桂林隐山书画店工作。1987 年进入漓江出版社外国文学编辑室工作。2000 年参加全国青年作家创作大会，2005 年加入中国作家协会，2006 年参加中国作协第七次代表大会。系广西文学院签约作家，副编审。现任桂林市作家协会副主席。出版有长篇小说《少不更事》、短篇小说集《空心人》、传记《乌鸦：爱伦·坡传记与诗选》、文艺评论《西窗剪影》、随笔集《西风·瘦马》《桂林人》（与人合著）和《广西当代作家作品集·沈东子卷》，译著有《呼啸山庄》《世界悬念小说选》《大盗巴拉巴》和《乔伊斯短篇小说选》（与人合译）。小说《美国》获《上海文学》小说奖，编辑的《在路上》《沙丘》《火的女儿》获第五、六、七届全国外国文学图书三等奖，《赛珍珠作品评论集》获桂版图书一等奖。

【项美静】（1960 年 10 月生），女。湖州人。毕业于某大学汉语言文学专业。2001 年起长期居留台北，在湖州市区和妙西山区有创作工作室。诗作发表于中国、新加坡、印尼、越南、泰国、美国、菲律宾等各个国家。现任《诗空间》报、《中国微型诗刊》"域外风度"、《荒原》诗刊海外栏目和"意渡世界"公众号《诗海峡》主编，《长衫》诗刊顾问。出版有诗集《与文字谈一场恋爱》《蝉声》。

【周黎明】（1962 年生），英文名：Raymond Zhou。南浔区练市镇人。1978 年毕业于练市中学，1982 年毕业于杭州大学外语系，1985 年毕业于中山大学外语系，获硕士学位。1992 毕业于美国加州伯克利大学哈斯商学院，获 MBA 学位。除了商务活动，每年为《看电影》《名 Famous》和英文《中国日报》等报刊撰写中英文专栏文章各百余篇。评论的题材涉及电影、电视、戏剧、古典音乐、文学及社会文化，尤以跨越中西文化的内容见长，被国内影迷尊为"周老大"，被《洛杉矶时报》（2012 年 3 月 10 日）称为"中国的罗杰·伊伯特"。1998 年曾参与制作和导演中文版音乐剧《音乐之声》（成方圆、王刚主演），2014 年编导话剧《环路男女》（The Ring Road）。曾任第三十七届蒙特利尔世界电影节评委，第一、二届乌镇戏剧节评委，多届上海国际电影节和北京国际电影节评委。出版《你的，大大的坏》《莎乐美的七层纱》《好莱坞启示录》等著作二十余种，其中英文著作三种。

【王寅】（1962 年出生），湖州南浔人，生于上海。1984 年毕业于上海师范大学中文系，任《南方周末》文化记者。曾获第一届江南诗歌奖、第三届东荡子诗歌奖等多个奖项。应邀参加 2005 年第 15 届波兰北西里西亚艺术节、2009 年巴黎诗人之春朗诵会、2010 年法国圣纳泽尔文学和翻译驻留计划、2014 年第 36 届巴黎书展、2015 年第 20 届利勒哈默尔挪威文学节、2015 第 13 届法国瓦勒德马恩国际双年诗歌节、2015 第 32 届巴黎诗歌市集、2016 第 14 届法国圣纳泽尔文学节、2017 美国亨利·卢斯基金会中国诗歌写作与翻译项目、2017 年第 20 届新加坡作家节、2018 第 13 届布宜诺斯艾利斯国际诗歌节、2018 马赛文学艺术创作驻留计划、2018 斯洛文尼亚诗与酒诗歌节、2019 韩国昌原 KC 国际文学节、2019 第 5 届中澳创意写作中心年会等。2012 年策划"诗歌来到美术馆"系列活动，历时八年，先后邀请阿多尼斯、谷川俊太郎等近七十位国内外重要诗人在上海民生现代美术馆举办诗歌朗读会，是国内持续时间最长的系列诗歌项目，获得《东方早报》"2013 文化中国年度事件大奖"等多个奖项。成功策划 2015 年第一届上海诗歌艺术节和 2019 年上海春天诗歌音乐剧场。出版有《王寅诗选》《艺术不是惟一的方式》《摄手记》《灰光灯》等。作品被译成英、法、德、西、挪、波兰、日、韩等十七种文字，并在海外出版《无声的城市》《说多了就是威胁》《因为》《灰光灯》《昨夜下着今天的大雨》《王寅诗选》等诗集。

【周江林】（1963 年 5 月生），德清县人。早年从事诗歌创作，在《诗歌报》《诗选刊》和港台报刊发表诗歌百余首，作品入选《中国青年诗人自荐作品选》《浙江诗典（1976—2006）》等二十多本诗选。后以文学、艺术评论为主，在国内外发表上百万字的文艺评论文章。1999 年转型进入传媒界，任《中国青年》杂志社《生活资讯》杂志首席编辑、总编助理、副总编辑；2003 年任《新视觉》杂志编委主任；2005 年任德国《GLOBAL TRAVEL》杂志策划总监、编委；2003 年至今任《空中生活》杂志副总编辑、《China GT》主编。其间，于 2004 年—2005 年任《商学院》杂志管理专栏作家；2005 年—2006 年任《财经时报》文化策划、专栏作家；2011 年至今任《华夏时报》文化、艺术、影视、人文地理专栏作家。出版有《透明男女》《作梦的孩子都很瘦》《问题霉女说明书》《菌男分子六重奏》《黑白道私奔去》《六个箱子》等书。

【汪剑钊】（1963 年 10 月生），湖州人。早年就读于湖州一中。1981 年考入杭州大学外语系俄语专业，后到武汉大学攻读研究生，获外国诗歌史研究方向硕士和中国新诗史研究方向博士学位。现任北京外国语大学外国文学研究所教授、博士生导师，北京大学中国诗歌研究院研究员。主要从事中国现代诗歌、俄语诗歌和比较文学研究及诗歌创作，诗歌作品散见于《诗刊》《人民文学》《十月》等文学刊物，入选十多种诗歌选集和年鉴，曾获第四届中国当代诗歌奖、第二届袁可嘉诗歌奖。出版有《中俄文字之交》《二十世纪中国的现代主义诗歌》《阿赫玛托娃传》《诗歌的乌鸦时代》等专著，译有《订婚的玫瑰——俄国象征派诗选》《俄罗斯白银时代诗选》《自我认知》《俄罗斯的命运》《波普拉夫斯基诗选》《二十世纪俄罗斯流亡诗选》《普希金抒情诗选》《曼杰什坦姆诗全集》《茨维塔耶娃诗集》《没有主人公的叙事诗——阿赫玛托娃诗选》《王尔德诗选》等四十余部。

【许志强】（1964 年 11 月生），德清县人。浙江大学世界文学和比较文学研究所副所长、教授、博导，主要从事西方现代派文学、后现代主义文学、魔幻现实主义文学、现代小说叙事学等研究。2013 年，其主持的国家社科基金后期资助项目"布尔加科夫魔幻叙事传统探析"是国内第一部较为系统地研究布尔加科夫及俄国魔幻现实主义叙事模式的论著。近年来，他对拉美和俄苏的魔幻现实主义文学做了较为深入的考察，出版了两部论著，并在《外国文学评论》《外国文学》《俄罗斯文艺》等学术刊物上发表了多篇论文。在学校开设硕士课程《拉美魔幻小说研究》、本科生课程《20 世纪外国作家研究》，开办学术讲座《现代派文学四讲》。出版有《马孔多神话与魔幻现实主义》《无边界阅读》和《布尔加科夫魔幻叙事传统探析》（与人合著）等。

【采菊】（1965 年 10 月生），原名朱力勤。女。湖州人。1984 年毕业于湖州中学，1988 年毕业于华东政法大学。大学毕业后先后在湖州、嘉兴从事律师工作。爱好地方文史，喜欢一个人的田野考察，2005 年开始为《嘉兴日报·人文地理》供稿。出版有《百年沪杭线漫行记》《十年菖蒲》。

【沈苇】（1965 年 11 月生），原名沈惠方。南浔区练市镇人。文学创作一级。

1987年毕业于浙江师范大学中文系。1988年移居新疆，在新疆生活、工作三十年，曾任《西部》文学杂志主编，新疆作协常务副主席、秘书长。1998年获首届鲁迅文学奖，2015年获第十三届"华语文学传媒大奖"年度诗人奖和十月文学奖、首届李白诗歌提名奖。另获《诗刊》年度诗歌奖、刘丽安诗歌奖、柔刚诗歌奖、花地文学榜年度诗歌金奖、郭沫若诗歌奖、全国优秀青年读物奖等。诗作入选国内外上百个选本，被翻译成英、法、俄、西、日、韩等十多种文字。参加过以色列第10届"尼桑国际诗歌节"、委内瑞拉第10届"世界诗歌节"、韩国"2011亚洲诗歌节"、2014中法诗歌节、波兰第45届"华沙之秋诗歌节"等国际诗歌节。系享受国务院特殊津贴专家，全国新闻出版行业领军人才，中国作协诗歌委员会委员，国家艺术基金评委，中国期刊协会理事，中国诗歌学会理事，《江南诗》编委，《诗建设》顾问，新疆大学、石河子大学客座教授。2018年回归江南，受聘任浙江传媒学院教授，成立沈苇工作室。出版著作二十四部，主要有诗集《在瞬间逗留》《我的尘土　我的坦途》《鄯善　鄯善》《新疆诗章》和《沈苇的诗》（汉维双语版）以及《沈苇诗选》《博格达信札》《数一数沙吧》《异乡人》，诗学随笔集《正午的诗神》，评论集《柔巴依：塔楼上的晨光》，自助旅行手册《新疆盛宴——亚洲腹地自助之旅》，散文集《新疆词典》《喀什噶尔》《植物传奇》《西域记》《沈苇散文自选集》《书斋与旷野》等。其中《新疆诗章》《新疆词典》和《新疆盛宴》被誉为沈苇的跨文体"新疆三部曲"。担任编剧的舞台艺术作品获全国舞台艺术精品工程奖、全国少数民族文艺汇演优秀剧目金奖、天山文艺奖等。

【赵川】（1967年生），湖州人，出生上海。赵苕狂之子。1987年毕业于上海大学美术学院附中。1989年赴澳大利亚墨尔本摄影学院攻读摄影，之后从事广告、出版、网络等行业。其中篇小说《鸳鸯蝴蝶》获2001年台湾联合文学小说新人奖。2002年曾受邀任台北驻市作家。出版有小说《和你去欧洲》、散文集《不弃家园》、艺术评论集《上海抽象故事》等。

【马越波】（1968年生），笔名阿波。南浔区练市镇人。练市中学1986届毕业生。现在杭州经商。曾创建诗歌网站"沉落的远方"，主编诗刊《北回归线》。出版诗集《阿波诗歌自选集》《晨昏》和合集《十五人集》。

【胡昉】（1970年生）。湖州人。诗人。1992年毕业于武汉大学中文系。现工作和生活在广州。系独立艺术空间"维他命"Vitamin Creative Space 的创建者之一，忙于策划各类展览，并与人合著当代艺术手册《做》。出版有小说《苦恼人的微笑》《镜花园》《观心亭》《新人间词话》《感觉的训练：理论与实践＋性史》《购物乌托邦》和散文集《表皮》等。

【李凌俊】（1978 年 10 月生），女。湖州织里人，生于上海。毕业于上海师范大学。2001 年进入《文学报》工作至今。现任该报新闻部主任。

【桐华】（1980 年 10 月生），女。原名任海燕，网络笔名张小三。满族。陕西汉中人，嫁湖州人。毕业于北京大学。2005 年去美国，现居香港。所著网络长篇小说《步步惊心》《大漠谣》《云中歌》，均被拍成电视连续剧，其中前者在亚洲热播，所出版的图书 2018 年入选"中国网络文学二十年二十部作品"榜。另著有都市爱情小说《最美的时光》《那些回不去的年少时光》《半暖时光》和神话故事"山经海纪"系列《曾许诺》《长相思》等，系中国文坛言情小说"四小天后"之一，被封为"燃情天后"。

【钱伟强】（1980 年 11 月生），字弱侯，号述庵。长兴县泗安镇人。自小爱好经史之学，后潜心于宋明理学，长于诗古文创作。2003 年毕业于湖州师范学院中文系，获文学士学位，任教于长兴中学。2007 年调浙江古籍出版社从事古籍整理编辑工作。2010 年考入中国美术学院攻读书法专业研究生，获得博士学位后留校任教，现为该校副教授、浙江省辞赋学会副会长，入选首批"浙江省高校领军人才培养计划"。发表有《朱孝臧早年行踪及他与王鹏运交游之始考》等文学学术论文。整理出版古籍《春秋胡氏传》《石渠随笔》《赵孟頫集》《六艺之一录》《俞樾全集（第七册）》等。出版专著《潘天寿诗集注》《黄宾虹马一浮信札诗稿选注》《诗词写作概要》等。

【胡桑】（1981 年 6 月生），德清县人。毕业于同济大学，获哲学博士学位。2007 年 5 月发起并主持以"一代人的汉语"为主题的第二届上海大学诗歌节。2007 年—2008 年任教于泰国宋卡王子大学普吉岛分校。2012 年—2013 年为德国波恩大学访问学者。现任教于同济大学人文学院。他的诗歌、散文、评论和翻译作品发表在《山花》《诗刊》《诗选刊》《上海文学》《西部》等刊物，2006 年获《上海文学》诗歌新人奖，2009 年获北京大学未名诗歌奖，2011 年入选"中国80 后诗歌十年成就奖·十佳理论建设者"，2012 年获《诗刊》年度青年诗人奖。王健在《为生活于现在——评胡桑的诗》(《上海文化》2015 年第五期)一文中评论其诗"不囿于语言，不拘于现实，亦不碍于时间，而是将一切思考都推向边界，从边界审视周围各种关系中难以厘清的纠葛，如光明与黑暗、可见与不可见、言说与沉默、语言与现实等"。王健还说，他的诗"带有鲜明的哲学意味"。出版有诗集《赋形者》和译著《辛波斯卡诗选：我曾这样寂寞生活》、奥登随笔集《染匠之手》。他与辛西、茱萸等主编的《中国 80 后诗全集》，共收包括台湾诗人在内的一百七十八位 80 后诗人的诗作，是同类诗选中最齐全的一部。

【蒋瞰】（1985 年 8 月生），女。湖州人。2004 年—2008 年就读于浙江传媒学院影视艺术学院电视编导专业，任校学生会副主席、校刊《传媒青年》主编、电视艺术系宣传部部长。2008 年起分别就职于《今日早报》《都市快报》，兼为《伊周 femina》《明日风尚》《Timeout 北京》《Timeout 上海》《新旅行》《时尚旅游》《中国国家旅游》《旅游情报》《私家地理》等传统媒体，以及 Feekr、璞缇客、美宿、宿盟等新媒体专栏作者。2012—2014 年就读于澳大利亚昆士兰州格里菲斯大学，获传播学硕士学位。2014 年起经营悦览树（杭州）24 小时书房，兼做酒店体验师，擅长酒店盘点和品牌分析。系浙江省作家协会会员，湖州职业技术学院旅游与公共管理学院客座讲师，NGO 组织"上海伴城伴乡·城乡互动发展促进中心"理事，去哪儿、璞缇客等旅行平台体验师。已出版《晚上好，亲爱的陌生人》《宁波有意思》《钱湖梦，柏悦情》《不告而别》《深夜书房》《山居莫干》等著作。

【苏然】（1990 年 1 月 9 日生），又名苏沬颜，本名杨星。长兴县泗安镇人。毕业于北京美国英语语言学院。曾任阅路小说网（www.yueloo.com）副总裁及总编辑。现任逸华影业集团副总裁、总制片人。2010 年入行至今，已有十年影视剧及 IP 内容操盘经验。出版有长篇小说《妖颜惑众》，创作有电影剧本《黑萝莉与白萝莉》。此外，也以"枪手"身份创作过多部电影剧本，又以策划人、总制片人、出品人身份拍摄过《美女总裁的贴身特工》《女神时代》《暧昧公寓》《我的麦霸女友》《魔窟丽影》等二十多部电影。

【陈小雨】（1994 年出生），德清县新安镇人。小学四年级开始创作长篇小说。2008 年远赴迪拜求学，与人合作创办青春范文字网。2010 年初中毕业后直接考入阿联酋沙迦美国大学学习多媒体设计。一年后辍学回国，创建"半碗水独立电影"工作室。2012年和两个同伴一起赴云南大理,先后拍摄了《走起》《傍海村民》《浪》等电影纪录片,其中《走起》入选2012年"云之南纪录影像展",《浪》入选2014年第十一届中国独立影像展"纪录片展映"。2015年11月出版长篇小说《疾行之人》。

表13-1:当代湖州籍在外作家著作一览

书　名	类型	作者	出版及版次	说　明
粮食	戏剧剧本	洛　汀	武汉人民艺术出版社 1949年11月版	与海默、朱星南合著,系"人民艺术丛刊"第二辑
不屈的扬州城	纪实文学	庄　真（庄绍桢）	江苏人民出版社 1956年2月版	该书系编著,王达弗绘图
战争·和平·进步	诗集	徐　迟	作家出版社1956年8月版	
美丽·神奇·丰富	诗集	徐　迟	作家出版社1957年4月版	
我们这时代的人	特写集	徐　迟	作家出版社1957年6月版	
庆功宴	特写集	徐　迟	作家出版社1957年7月版	
人境庐诗草笺注	笺注	钱仲联	古典文学出版社1957年版	
共和国的歌	诗集	徐　迟	作家出版社1958年7月版	
鲍参军集注	纂释	钱仲联	古典文学出版社 1958年2月版	
诗与生活	文学评论集	徐　迟	北京出版社 1959年11月版	
找到了新四军	纪实文学	庄　真	少年儿童出版社1959年版	华三川插图
中国——越南	长诗	方　行	北方文艺出版社 1965年版	
前言与后语	散文集	林以亮（宋淇）	香港正文出版社 1968年7月版	同年11月台湾仙人掌出版社再版

书　名	类型	作者	出版及版次	说　明
亦云回忆录	回忆录	沈亦云	台湾传记文学出版社 1968 年版	上、下册
潘公展先生 言论选集	言论文集	潘公展	华美日报社 1974 年版	
林以亮论翻译	翻译论	林以亮	上海译文出版社 1974 年版	另有台北志文 出版社 1974 年 3 月版
大汗歌	诗集	章德益	上海人民出版社 1975 年版	与龙彼德合著
大雁山	长篇小说	王　颖	北京人民出版社 1975 年版	与李荣德合著
《红楼梦》西游 记——细评《红楼 梦》新英译	评论	林以亮	台湾台北联经出版公司 1976 年 9 月版	
林以亮诗话	诗论	林以亮	洪范书店 1976 年版	
高山尖兵	话剧剧本	李南山	人民文学出版社 1976 年版	与人合著， 六场
浪潮曲	散文集	王　颖	山东人民出版社 1977 年 8 月版	与李荣德合著
朱家骅先生言论集	言论文集	朱家骅	台湾“中央研究院”近代 史研究所 1977 年版	
哥德巴赫猜想	报告 文学集	徐　迟	人民文学出版社 1978 年 4 月版	
南太平洋的万岛世界	散文集	叶　进	海洋出版社 1979 年 8 月版	
徐迟散文选集	散文集	徐　迟	上海文艺出版社 1979 年 9 月版	
汉高祖刘邦	长篇小说	王　颖	中国友谊出版公司 1980 年 1 月版	
王鲁彦论	文学评论	范伯群	上海文艺出版社 1980 年 4 月	与曾华鹏合著

书　名	类型	作者	出版及版次	说　明
红楼梦艺术论	论文集	徐　迟	上海文艺出版社 1980 年 5 月版	
后村词笺注	笺注	钱仲联	上海古籍出版社 1980 年 7 月版	
文艺和现代化	文论集	徐　迟	四川人民出版社 1981 年 2 月版	
心花	散文集	竹　林	湖南人民出版社 1981 年 3 月版	
昨日今日	诗集	林以亮	台湾台北皇冠出版社 1981 年 5 月版	
现代四作家论	文学评论	范伯群	人民文学出版社 1981 年 7 月版	与曾华鹏合著
澳大利亚踪影	散文集	叶　进	百花文艺出版社 1982 年 6 月版	
法国，一个春天的旅行	散文集	徐　迟	上海文艺出版社 1982 年 10 月版	
诗与情感	诗论	林以亮	台湾大林出版社 1982 年版	
托尔斯泰传	传记	徐　迟	北京出版社 1983 年 4 月版	
冰心评传	传记	范伯群	人民文学出版社 1983 年 4 月版	与曾华鹏合著
梦苕庵清代文学论集	论文集	钱仲联	齐鲁书社 1983 年 9 月版	
郁达夫评传	传记	范伯群	百花文艺出版社 1983 年 11 月版	与曾华鹏合著
蛇枕头花	短篇小说集	竹　林	江苏人民出版社 1984 年 1 月版	
梦苕庵专著二种	纂辑	钱仲联	中国社会科学出版社 1984 年 4 月版	

书　名	类型	作者	出版及版次	说　明
地狱与天堂	中篇 小说集	竹　林	河南人民出版社 1984 年 5 月版	
结晶	报告 文学集	徐　迟	上海文艺出版社 1984 年 7 月版	
金牌在国歌声中 闪耀	报告 文学集	王　颖	人民体育出版社 1984 年 11 月版	与人合著
晨露	长篇小说	竹　林	广东人民出版社 1984 年 12 月版	
冰心研究资料	资料篡辑	范伯群	北京出版社 1984 年 12 月版	
文学与翻译	论文集	林以亮	台湾台北皇冠出版社 1984 年 12 月版	
历史文化	文史 随笔集	张国擎	文史资料出版社 1984 年版	与人合集
大漠与我	诗集	章德益	湖南人民出版社 1984 年版	
苦楝树	长篇小说	竹　林	湖南人民出版社 1985 年 3 月版	
岛国风情录	散文集	逸　平	浙江文艺出版社 1985 年 7 月版	汪逸芳与赵国 平合著
青果二集	散文集	阿　浓	香港天地图书有限公司 1985 年 7 月版	
创作辩证法初探	文学理论	王　颖	文化艺术出版社 1985 年版	
冬至的梦	散文集	费淑芬 朱为先	浙江少年儿童出版社 1986 年 2 月版	
梦苕庵诗话	文学理论	钱仲联	齐鲁书社 1986 年 3 月版	
归来的陌生人	中短篇 小说集	北　岛	花城出版社 1986 年 10 月版	

书　名	类型	作者	出版及版次	说　明
幕后珍闻	报告文学	王　颖	文化艺术出版社 1986 年 10 月版	与石祥合著
开拓者的足迹 ——张謇传稿	传记	章开沅	中华书局 1986 年 12 月版	
五人诗选	诗集	北岛等	作家出版社 1986 年 12 月版	与顾城、舒婷、 江河、杨炼合著
黑色戈壁石	诗集	章德益	花城出版社 1986 年版	
愉快的和不愉快的 散文集	散文集	徐　迟	中国文联出版公司 1986 年版	
乘斋杂咏	诗集	张献延	1986 年刊印	由王瑜孙 选编刊印
北岛诗选	诗集	北　岛	新世纪出版社 1987 年 2 月版	
新诗用韵手册	文学理论	吕晴飞	中国妇女出版社 1987 年 3 月版	
更上一层楼	论文集	林以亮	台湾台北九歌出版社 1987 年 5 月版	
报告文学之门	文学理论	王　颖	昆仑出版社 1987 年 12 月版	
鲁冠球少年时	传记	许胤丰	浙江少年儿童出版社 1988 年 3 月版	
明天的雪	诗集	赵健雄	内蒙古人民出版社 1988 年 7 月版	
美国超级企业明星 艾柯卡	传记	叶　进	新华出版社 1988 年 9 月版	
中外爱情诗欣赏辞典	选辑笺释	钱仲联 范伯群	江苏教育出版社 1989 年 1 月版	
中国现代文学 社团流派	文学研究	范伯群	江苏教育出版社 1989 年 1 月版	上、下册， 与贾植芳、 曾华鹏合著

书　名	类型	作者	出版及版次	说　明
二先生	中篇小说	张国擎	法国里昂品书社（音译）1989 年 1 月版	
记者三部曲	长篇小说	蒋焕孙	重庆出版社 1989 年 2 月版	
钱的漩涡	长篇小说	蒋焕孙	四川文艺出版社 1989 年 6 月版	
血溅宫墙	长篇小说	王　颖	文化艺术出版社 1989 年 9 月版	
紧急出逃	长篇小说	许胤丰	浙江文艺出版社 1989 年 11 月版	与江边合著
蜕	中篇小说集	竹　林	上海文艺出版社 1989 年版	
里根	传记	叶　进	浙江人民出版社 1989 年版	与李长久合著
我之一生回忆录	回忆录	顾乾麟	1989 年刊印	
剑吼西风平海啸	长篇小说	王　颖	江苏文艺出版社 1990 年 4 月版	
西游记导读	文学研究	吕晴飞	河北少年儿童出版社 1990 年 8 月版	
古镇逸事	中篇小说集	张国擎	南京出版社 1990 年 10 月版	
江湖龙蛇	长篇小说	王　颖	华艺出版社 1990 年版	
青橄榄	中短篇小说集	许胤丰	华艺出版社 1991 年 4 月版	
常有雨为伴	散文集	汪逸芳	百花文艺出版社 1991 年 5 月版	"女记者、女作家散文丛书"之一
秋叶集	散文集	费淑芬	百花文艺出版社 1991 年 5 月版	

书　名	类型	作者	出版及版次	说　明
名记者的脚印	纪实文学	于　友	江苏人民出版社 1991 年 6 月版	
鸾驾侠影	长篇小说	王　颖	江苏文艺出版社 1991 年 11 月版	署名"苍林鹤"。获中国第一届优秀通俗文艺作品奖
美国，一个秋天的旅行	游记	徐　迟	人民文学出版社 1991 年 12 月版	
中国现代文学史（1917—1986）	文学史	范伯群	武汉大学出版社 1991 年版	与吴宏聪合著
中国优秀农民企业家——吴斌荣	传记	张国擎	经济管理出版社 1991 年版	
金桥	报告文学集	张国擎	南京大学出版社 1991 年版	
中外诗歌品评	文学评论	吕晴飞	中国妇女出版社 1991 年版	
屈原诗歌评赏	文学评论	吕晴飞	中国妇女出版社 1991 年版	
中国童话史	文学史	吴其南	江苏少年儿童出版社 1992 年 7 月版	
糊涂人生	散文随笔集	赵健雄	辽宁人民出版社 1992 年 9 月版	
镇洪魔	长篇报告文学	张国擎	中国工人出版社 1992 年版	
文学解读：理论与技术	文学理论	徐　亮	敦煌文艺出版社 1992 年版	
天下零食	散文集	赵健雄	内蒙古人民出版社 1992 年版	
孙邦华回忆录	回忆录	孙邦华	台湾东海大学出版社 1992 年版	

书　名	类型	作者	出版及版次	说　明
显现与对话	文学研究	徐亮	百花文艺出版社 1993 年 3 月版	台湾中华出版社同年出版上、下册
胡愈之传	传记	于　友	新华出版社 1993 年 4 月版	
大漠紫金刀	长篇小说	王　颖	中国文联出版公司 1993 年 6 月版	
你不可改变我	长篇小说	张国擎	译林出版社 1993 年 7 月版	英语版 《YOU CAN'T CHANGE ME》，韩中华、王大伟译
海纳百川	纪实文学	费爱能	解放军文艺出版社 1993 年 8 月版	与马福才、景胜海合著
中港边境秘闻录	报告 文学集	张国擎	江苏文艺出版社 1993 年 9 月版	
1898—1949 中外文学比较史	文学史	范伯群	江苏教育出版社 1993 年 9 月版	上、下册，与朱栋霖合著
回答	诗集	北　岛	中国文学出版社 1993 年 12 月版	
街头 Sketch	短篇 小说集	竹　林	台湾业强出版社 1993 年版	
南国风暴	长篇纪实 文学	张国擎	香港、上海三联书店 1993 年联合版	
古盐湖——李南山西部报告文学精选	报告 文学集	李南山	青海人民出版社 1994 年 1 月版	
清诗三百首	选注诗集	钱仲联	岳麓书社 1994 年 4 月版	与钱学增合作，曾获全国优秀畅销书奖
来自高能粒子的信息	报告 文学集	徐　迟	上海书店出版社 1994 年 6 月版	

书　名	类型	作者	出版及版次	说　明
当代流行语	随笔集	赵健雄	上海人民出版社 1994 年 6 月版	
中国功夫百样通	通俗读物	王　颖	长征出版社 1994 年 7 月版	
舞台银幕六十年 ——潘子农回忆录	回忆录	潘子农	江苏古籍出版社 1994 年 8 月版	
傅抱石的青少年时代	传记	沈左尧	南京出版社 1994 年 9 月版	
煮火	中篇 小说集	张国擎	台北远流出版公司 1994 年 10 月版	
刘绍棠和他的乡土 文学创作	文学研究	吕晴飞	中国和平出版社 1994 年 10 月版	
野葡萄	诗文合集	徐振武	新华出版社 1994 年版	
九月排箫	诗集	莫显英	新华出版社 1994 年版	
我爱此山杜鹃花	长篇小说	张国擎	加拿大《小说选刊》社 1994 年版	法文版
秋天的红杉树	诗集	蔡峥峥	1994 年刊印	
都有病	随笔集	赵健雄	上海人民出版社 1995 年 3 月版	
晨星集	回忆录	陆璀	人民日报出版社 1995 年 11 月版	
刘尊棋	传记	于　友	人民日报出版社 1996 年 1 月版	系“中外名记者 丛书”之一
年年岁岁花相似	中篇 小说集	竹　林	文汇出版社 1996 年 10 月版	
摇摇摆摆的舞姿： 成熟的季节（第一 部上卷）	长篇小说	张国擎	中国文联出版公司 1996 年 11 月版	1997 年 8 月再版
迎旭楼诗词稿	旧体 诗词集	王福穰	东君文行 1996 年 12 月刊印	

书　名	类型	作者	出版及版次	说　明
蓝色勿忘我	散文集	竹　林	百花文艺出版社 1996 年 12 月版	
伯星三乐篇—— 1980—1996 年自选 文集	散文集	傅伯星	1996 年于杭州刊印	
蛇枕头花及江南的 故事	小说集	竹　林	夏威夷大学 1996 年版	由加拿大外交 官王仁强翻译
纵情声色	随笔集	赵健雄	山东人民出版社 1996 年版	
神奇的朋友——人 与动植物之缘	通俗读物	圣　朝 （王　颖）	解放军文艺出版社 1997 年 1 月版	
太阳回落地平线上	长篇小说	韩天航	漓江出版社 1997 年 4 月版	
中国文学大辞典	工具书	钱仲联	上海辞书出版社 1997 年 7 月版	2001 年获第十 二届中国图书奖
网思想的小鱼	随笔集	徐　迟	湖北人民出版社 1997 年 8 月版	
红粉薄命	长篇小说	竹　林	青海人民出版社 1997 年 8 月版	
剑与犁	杂文集	胡建新	黄河出版社 1997 年 8 月版	
我的祖父吴昌硕	传记	吴长邺	上海书店出版社 1997 年 11 月版	
高处的深渊	诗集	沈　苇	新疆青少年出版社 1997 年 11 月版	
重返石库门	中篇 小说集	韩天航	新疆青少年出版社 1997 年 12 月版	
泱泱汉风	随笔集	葛剑雄	长春出版社 1997 年版	
乱说三千	散文集	赵健雄	中国国际广播出版社 1997 年版	

书　名	类型	作者	出版及版次	说　明
走出噩梦——苏南特大杀人抢劫系列案侦破纪实	报告文学	张国擎	群众出版社 1998 年 1 月版	同年 5 月再版。作者后改编成十集电视连续剧《血案追踪》，由珠江电影制片厂于 2000 年摄制
天堂里再相会	长篇小说	竹　林	华夏出版社 1998 年 1 月版	台湾强华出版事业有限公司 1993 年先行出版
贱民的圣歌	长篇小说	张国擎	漓江出版社 1998 年 1 月版	
古柳一景	长篇小说	张国擎	北京出版社 1998 年 2 月版	同年 8 月再版
寻找支点	长篇小说	张国擎	江苏文艺出版社 1998 年 3 月版	
实斋笔记	散文集	章开沅	东方出版中心 1998 年 5 月版	
大漠情·吴作人	传记	沈左尧	山东画报出版社 1998 年 5 月版	
月光下的菩提	散文集	汪逸芳	百花文艺出版社 1998 年 11 月版	
生命之树常绿	报告文学集	徐　迟	山东教育出版社 1998 年 12 月版	
危言警语	随笔集	赵健雄	上海人民出版社 1998 年 12 月版	
感觉的训练：理论与实践+性史	长篇小说	胡　昉	花城出版社 1998 年版	
浊世清心·晋书随笔	随笔集	赵健雄	浙江文艺出版社 1999 年 1 月版	二十五史随笔
中俄文字之交——苏俄文学与二十世纪中国的新文学	比较文学研究	汪剑钊	漓江出版社 1999 年 3 月版	

书　名	类型	作者	出版及版次	说　明
阁楼上的天空	散文集	竹林	四川教育出版社 1999 年 5 月版	
碎石集	随笔集	葛剑雄	学苑出版社 1999 年 7 月版	
流血的太阳	长篇小说	竹林	河北少年儿童出版社 1999 年 12 月版	21 世纪出版社 2005 年 9 月出 版增补本
行路集	随笔集	葛剑雄	山东教育出版社 1999 年版	
凤凰对歌：读书、 阅史、探微	随笔集	张国擎	北京出版社 1999 年版	
少阳集	古文校注	张国擎	北京古籍出版社 1999 年版	宋代典籍
徜徉原子空间	科学 随笔集	钱三强	百花文艺出版社 2000 年 1 月版	钱三强秘书葛 全能编
词名索引（增补本）	文学研究	吴藕汀	中华书局 2000 年 1 月版	吴氏虽为嘉兴 人，但居湖州 半个世纪，著 作基本上都在 湖州完成
孤灯夜话	回忆录	吴藕汀	中华书局 2000 年 1 月版	
十年鸿迹	散文集	吴藕汀	中华书局 2000 年 1 月版	上、下册
好莱坞名片透视	电影评论	周黎明	广东人民出版社 2000 年 3 月版	
走向高地：上海纺织 百年纪事	纪实文学	费爱能	上海文艺出版社 2000 年 4 月版	
中国国外获奖作家 丛书——张国擎卷	作品集	张国擎	云南人民出版社 2000 年 10 月版	
红楼梦识要 ——宋淇红学论集	论文集	宋淇	中国书店出版社 2000 年 12 月版	

书　名	类型	作者	出版及版次	说　明
德语教学随笔	随笔集	张威廉	南京大学出版社 2000 年版	
空心人	短篇 小说集	沈东子	广西民族出版社 2000 年版	收入十六篇短 篇小说
我的一生	回忆录	沈　锜	台北 2000 年刊印	
行云流水篇：回 忆·追念·影存	回忆录	黎莉莉	中国电影出版社 2001 年 1 月版	
脆弱的蓝色	长篇小说	竹　林	明天出版社 2001 年 1 月版	
逸芳散文	散文集	汪逸芳	浙江文艺出版社 2001 年 1 月版	
童话的诗学	文学理论	吴其南	中国文联出版社 2001 年 1 月版	
文思录	论文集	林以亮	辽宁教育出版社 2001 年 2 月版	
青云寺	长篇小说	张国擎	法国里昂品书社（音译） 2001 年 3 月版	法文版
古柳泽	长篇小说	张国擎	中国青年出版社 2001 年 12 月版	
林以亮佚文集	文学 作品集	林以亮	香港皇冠出版社 2001 年版	上、下编
悼师集——沈左尧 悼念傅抱石书法诗 词集	旧体 诗词集	沈左尧	中国美术学院出版社 2002 年 2 月版	
垂虹熙南浔	随笔集	远　静 华京日	中国青年出版社 2002 年 3 月版	
好莱坞现场报道	影评集	周黎明	海南出版社 2002 年 4 月版	
走向诺贝尔·竹林 卷	小说集	竹　林	文化艺术出版社 2002 年 7 月版	

书　名	类型	作者	出版及版次	说　明
记者生涯缤纷——献给传媒后来人	散文集	于　友	新华出版社 2002 年 8 月版	
吃相：民以食为天	散文随笔集	赵健雄	浙江文艺出版社 2002 年 11 月版	
正午	诗集	蔡峥峥	中国文联出版社 2002 年 11 月版	
透明男女	随笔集	周江林	北京出版社 2002 年版	
最美丽的女人	纪实文学	竹　林	文化艺术出版社 2002 年版	
北岛诗歌选	诗集	北　岛	海南出版社公司 2003 年 1 月版	
通俗文学十五讲	文学理论	范伯群	北京大学出版社 2003 年 1 月版	与孔庆东合著
北岛的诗	诗集	北　岛	时代文艺出版社 2003 年 3 月版	
鸿爪集	散文随笔集	章开沅	上海古籍出版社 2003 年 7 月版	
新疆盛宴——亚洲腹地自助之旅	自助旅游手册	沈　苇	中国青年出版社 2003 年 8 月版	台湾立绪出版社 2004 年另行出版
我能为你做点什么："句容现象"思考	报告文学	张国擎	江苏文艺出版社 2003 年 9 月版	
对抗性游戏——百年世界前卫戏剧手册	文艺评论	周江林	中国人民大学出版社 2003 年 12 月版	
歌咏的季节	中短篇小说集	李瑶音	中国戏剧出版社 2003 年 12 月版	
再坐一回乌篷船	儿童文学作品集	李瑶音	中国戏剧出版社 2003 年 12 月版	
表皮	散文集	胡　昉	湖南文艺出版社 2003 年 12 月版	与陈文波合著

书　名	类型	作者	出版及版次	说　明
世纪终结	长篇小说	许胤丰	中国文史出版社 2003 年版	
背叛	中短篇小说集	韩天航	作家出版社 2003 年版	
购物乌托邦	长篇小说	胡昉	香港大道出版社 2003 年版	
梦苕庵诗词	旧体诗词集	钱仲联	北京图书馆出版社 2004 年 1 月版	
暗恋课：开发情商天才手册	小说等合集	周江林	华文出版社 2004 年 1 月版	
不弃家园	随笔集	赵川	百花文艺出版社 2004 年 1 月版	
虬松堂诗文书画合集	诗文合集	王履模 王福穰	2004 年 3 月印行	
华语片碟中碟	电影指南	周黎明	花城出版社 2004 年 5 月版	与梁良合作
西片碟中碟：英语片	电影指南	周黎明	花城出版社 2004 年 5 月版	与梁良合作
我的尘土，我的坦途	诗集	沈苇	新疆人民出版社 2004 年 6 月版	
远离北京的地方	散文集	洛汀	宁夏人民出版社 2004 年 6 月版	
我的爸爸妈妈和阿姨	纪实文学	汪逸芳	浙江文艺出版社 2004 年 7 月版	与解波合著。叙写沪剧名家解洪元、丁是娥、顾月珍的演艺生涯和情感生活
黑白道，私奔去	随笔集	周江林	复旦大学出版社 2004 年 7 月版	
问题霉女说明书	随笔集	周江林	东方出版社 2004 年 7 月版	"I 恨时尚五色丛书"之一
菌男分子六重奏	随笔集	北野文（周江林）	东方出版社 2004 年 7 月版	"I 恨时尚五色丛书"之一

书　名	类型	作者	出版及版次	说　明
六个箱子	随笔集	周江林	东方出版社2004年7月版	
俞平伯散文选	散文集	俞平伯	百花文艺出版社2004年8月版	
失败之书	散文集	北　岛	汕头大学出版社2004年10月版	
西片碟中碟：非英语片册	电影指南	周黎明	花城出版社2004年10月版	与梁良合作
与自己同行	散文集	汪逸芳	大众文艺出版社2004年12月版	系丛书《桂雨文库》之一
姑妄言之：杂文家眼中的人情世故	杂文集	赵健雄	大众文艺出版社2004年12月版	
广西当代作家作品集·沈东子卷	短篇小说集	沈东子	漓江出版社2004年版	
穿越仇恨的黑暗	随笔集	北　岛	国际文化出版社2005年1月版	
猫债	回忆录	吴藕汀	北京美术出版社2005年1月版	
红色记忆	回忆录	沈　容	北京十月文艺出版社2005年1月版	
王寅诗选	诗集	王　寅	花城出版社2005年1月版	忍冬花诗丛
中国民工潮——关于打工族生存状况的调查报告	报告文学	王　颖	长征出版社2005年1月版	
《围城》修辞论	文学研究	吴其南	中国广播电视出版社2005年2月版	
白相经	杂文集	赵健雄	大众文艺出版社2005年2月版	
灵魂有影子	长篇小说	竹　林	二十一世纪出版社2005年3月版	

书　名	类型	作者	出版及版次	说　明
苏州园林	散文集	张国擎	译林出版社 2005 年 4 月版	英文版
湖州人文甲天下	散文集	罗开富	经济日报出版社 2005 年 6 月版	
刺破梦境	随笔集	王　寅	古吴轩出版社 2005 年 8 月版	水心文丛
词调名辞典	文学研究	吴藕汀	上海书店出版社 2005 年 9 月版	
桂林农村四清纪实	回忆录	王福穰	2005 年 9 月印行	
流光印痕	报告 文学集	许胤丰	中国文史出版社 2005 年 10 月版	
阿波诗歌自选集	诗集	马越波	作家出版社 2005 年版	
馨庵词稿	词集	宋训伦	2005 年香港出版	收词二十九阕，附《周炼霞遗词特选》和《读沈祖棻〈涉江词〉》一文
生活，一瞬间	散文集	阿　浓	香港突破图书 2006 年 1 月版	
徐迟：猜想与幻灭	传记	徐　鲁	大象出版社 2006 年 2 月版	
图说发明的故事	散文集	竹　林	吉林文史出版社 2006 年 3 月版	
阿赫玛托娃传	传记	汪剑钊	新世界出版社 2006 年 3 月版	
柔巴依：塔楼上的 晨光	评论集	沈　苇	新疆美术摄影出版社 2006 年 6 月版	
不服老的报告—— 献给天下所有的老人	散文集	于　友	群言出版社 2006 年 8 月版	
和你去欧洲	长篇小说	赵　川	上海人民出版社 2006 年 8 月版	

书　名	类型	作者	出版及版次	说　明
上海抽象故事	评论集	赵　川	上海人民美术出版社 2006 年 6 月版	
红楼梦人物医事考	文学研究	宋　淇	广西师范大学出版社 2006 年 10 月版	与陈存仁合著
大漠谣	长篇小说	桐　华	河南文艺出版社 2006 年 11 月版	作者陕西汉中籍，嫁湖州，现居香港
新人间词话	长篇小说	胡　昉	MAP BOOK PUBLISHERS 2006 年版	
胜寒楼诗词	旧体 诗词集	沈左尧	西泠印社出版社 2007 年 2 月版	
沈行楹联集	楹联集	沈左尧	西泠印社出版社 2007 年 2 月版	
往事与近事	随笔集	葛剑雄	生活·读书·新知三联书店 2007 年 5 月版	
名家图说四大丫鬟	文学研究	宋　淇	文化艺术出版社 2007 年 5 月版	
艺术不是唯一的方式——当代艺术家访谈录	访谈录集	王　寅	上海书店出版社 2007 年 5 月版	
莎乐美的七层纱 ——《看电影》专栏精选	影评集	周黎明	花城出版社 2007 年 8 月版	
洛汀文粹	散文集	洛　汀	香港昆仑公司 2007 年版	
母亲和我们	长篇小说	韩天航	人民文学出版社 2008 年 1 月版	
青灯	散文集	北　岛	江苏文艺出版社 2008 年 1 月版	
云中歌	长篇小说	桐　华	作家出版社 2008 年 4 月版	
德国文学史（四）	文学史	韩耀成	译林出版社 2008 年 6 月版	与范大灿合著

书　名	类型	作者	出版及版次	说　明
戏文内外	散文集	吴藕汀	中华书局 2008 年 7 月版	
药窗杂谈	散文集	吴藕汀	中华书局 2008 年 8 月版	
结局或开始	诗集	北　岛	长江文艺出版社 2008 年 8 月版	
鄯善，鄯善	诗歌县志	沈　苇	新疆人民出版社 2008 年 8 月版	
喀什噶尔	散文集	沈　苇	青岛出版社 2008 年 10 月版	
天堂在人间	长篇小说	竹　林	21 世纪出版社 2008 年 12 月版	2013 年由 Better Link Press 出版英文版《Paradise on Earth》
四面楚歌——周黎明纯影评精选	影评集	周黎明	花城出版社 2008 年 12 月版	
观心亭	小说等合集	胡　昉	Vitamin Creative Space 2008 年版	与储云、曹斐等合著
植物传奇	随笔集	沈　苇	作家出版社 2009 年 1 月版	
澳洲新移民	散文集	陈　静	浙江人民出版社 2009 年 1 月版	
蓝房子	随笔集	北　岛	江苏文艺出版社 2009 年 3 月版	
午夜之门	随笔集	北　岛	江苏文艺出版社 2009 年 3 月版	
解读范长江——记者要坚持真理说真话	传记	于　友	群言出版社 2009 年 4 月版	
现代美学导论	文学理论	徐　亮	浙江大学出版社 2009 年 5 月版	

书　名	类型	作者	出版及版次	说　明
马孔多与魔幻现实主义	文学研究	许志强	中国社会科学出版社 2009 年 6 月版	第一部研究加西亚·马尔克斯创作的较具理论系统性与学术规模的专著
七十年代	文学研究	北　岛	生活·读书·新知三联书店 2009 年 7 月版	与李陀合著
品味桂林	散文集	沈东子	广西师范大学出版社 2009 年 7 月版	与沙地黑米合著
潘天寿诗集注	笺注	钱伟强	浙江古籍出版社 2009 年 11 月版	
多元共生的中国文学的现代化历程	文学理论	范伯群	复旦大学出版社 2009 年版	
少不更事	长篇小说	沈东子	《钟山》杂志长篇小说 2009 年 A 卷	
镜花园	长篇小说	胡　昉	Vitamin Creative Space 2009 年版	
鸳湖烟雨	散文集	吴藕汀	中华书局 2010 年 1 月版	
帝王必读书——漫说《吕氏春秋》	文化随笔	张国擎	凤凰出版社 2010 年 1 月版	
那些回不去的年少时光	长篇小说	桐　华	江苏文艺出版社 2010 年 1 月版	
阴谋与友情	长篇小说	张国擎	河南文艺出版社 2010 年 5 月版	
异想天开——蔡国强与农民达芬奇	对话和散文集	王　寅	广西师范大学出版社 2010 年 5 月版	
她叫鬼子下地狱	长篇小说	许胤丰	香港作家书局 2010 年 7 月版	
城门开	散文随笔集	北　岛	生活·读书·新知三联书店 2010 年 9 月版	
海陵女子	长篇小说	张国擎	凤凰出版社 2010 年 10 月版	

书　名	类型	作者	出版及版次	说　明
迷影：好莱坞启示录	电影研究	周黎明	复旦大学出版社 2010 年 10 月版	
双叶集：文学之梦与人生笔记	随笔集	张白怀 朱为先	华东师范大学出版社 2010 年 12 月版	
让孩子感知那些最美好的	随笔集	朱为先	华东师范大学出版社 2010 年版	为《双叶集》之一
批评的抵制：2005 至 2010 年书评论文自选集	评论	许志强	秀威资讯科技股份有限公司 2010 年版	
寻梦无痕：史学的远航	散文集	章开沅	北京师范大学出版社 2011 年 1 月版	
历史沉钩：苏州园林纪事	文化随笔	张国擎	人民出版社 2011 年 1 月版	
曾许诺	神话故事	桐华	湖南文艺出版社 2011 年 2 月版	
过冬	诗文集	北岛	香港明教月刊出版社、新加坡青年书局 2011 年 4 月联合版	
张葱玉日记·诗稿	日记体散文与诗合集	张珩	上海书画出版社 2011 年 7 月版	
中国美院别传——时代的颜色	报告文学	赵健雄	浙江人民出版社 2011 年 9 月版	
朦胧诗经典	诗集	北岛	长江文艺出版社 2011 年 10 月版	与舒婷等合著
见贤集——喜读周有光	评论集	于友	群言出版社 2011 年 10 月版	
诗歌的乌鸦时代：汪剑钊自选集	诗集	汪剑钊	河南大学出版社 2011 年 11 月版	
牧歌	长篇小说	韩天航	漓江出版社 2012 年 3 月版	

书　名	类型	作者	出版及版次	说　明
一意孤行：朱仁民艺术十章	传记	费爱能	作家书局 2012 年 4 月版	
你的，大大的坏——远离标准答案的影评	影评集	周黎明	世界图书出版公司2012 年 4 月版	
我的命运我的神	长篇小说	张国擎	江苏文艺出版社2012 年 8 月版	
摄手记	诗集	王　寅	生活·读书·新知三联书店2012 年 10 月版	新浪 2012 年度十大好书诗集
北岛作品精选	诗集	北　岛	长江文艺出版社2012 年 11 月版	
小忍庵丛稿	诗集	王瑜孙	2012 年刊印	
沈苇的诗	维汉双语诗集	沈　苇	新疆青少年出版社2013 年 1 月版	
跟着本书游天下：天堂四季	儿童文学	赵健雄	吉林人民出版社2013 年 1 月版	
想：浮现心中之相	散文集	赵健雄	上海人民出版社2013 年 1 月版	
长相思	长篇小说	桐　华	湖南文艺出版社2013 年 2 月版	
往事	散文集	谢耀祖	中国文联出版社2013 年 3 月版	
Ville de silence（《无声的城市》）	诗集	王　寅	éditions Caractères，2013 年 3 月版	法语版
影君子：周黎明的电影文化笔记	笔记集	周黎明	龙门书局 2013 年 4 月版	
填平雅俗鸿沟：范伯群学术论著自选集	文学理论	范伯群	江苏教育出版社2013 年 4 月版	
无边界阅读	文论集	许志强	新星出版社 2013 年 7 月版	

书　名	类型	作者	出版及版次	说　明
布尔加科夫魔幻叙事传统探析	文学研究	许志强	人民文学出版社 2013 年 8 月版	与葛闻合著
中国电影实用指南 2002—2012	电影指南	周黎明	五洲传播出版社 2013 年 8 月版	第一本研究新世纪中国电影的英文著作
忧与乐	杂文集	胡建新	南京大学出版社 2013 年 9 月版	
思与行	杂文集	胡建新	南京大学出版社 2013 年 9 月版	上、下册
三千里路人和水： 南水北调东线工程 建设纪实	报告文学	张国擎	江苏文艺出版社 2013 年 11 月版	与徐良文、周伟合著
报人往事	散文集	于　友	群言出版社 2013 年 11 月版	
海外履痕—— 三十八国撷英之旅	游记	唐信章	浙江大学出版社 2013 年版	
拾碎集	散文集	费淑芬	2013 年刊印	
西风·瘦马	随笔集	沈东子	海天出版社 2014 年 1 月版	
赋形者	诗集	胡　桑	长江文艺出版社 2014 年 3 月版	
吴越后裔	长篇小说	张国擎	人民文学出版社 2014 年 4 月版	被认为是吴越小说经典著作
梧桐旧雨	诗词集	晋武成	文汇出版社 2014 年 6 月版	系"长三角文丛"之一，收录古体诗词四百九十二
中国市民大众文学 百年回眸	文学史	范伯群	江苏教育出版社 2014 年 6 月版	

书　名	类型	作者	出版及版次	说　明
沈苇诗选	诗集	沈　苇	长江文艺出版社 2014 年 7 月版	获首届李白诗歌奖提名、花地文学榜年度诗歌金奖、第十三届华语文学传媒大奖年度诗人奖
夜色中的月光	长篇小说	韩天航	漓江出版社 2014 年 7 月版	
隐秘激情：唱出来的爱恨情仇	音乐与歌剧评论集	周黎明	北京师范大学出版社 2014 年 8 月版	
画人陆俨少	传记	赵健雄	浙江人民美术出版社 2014 年 8 月版	十六开本
悠悠长水： 谭其骧传	传记	葛剑雄	广东人民出版社 2014 年 9 月版	
西域记	散文集	沈　苇	新疆人民出版社 2014 年版	
我所理解的冯小刚	电影研究	周黎明	中信出版社 2014 年版	
千古一相：管仲传	传记	张国擎	作家出版社 2015 年 2 月版	
林宗虎自传	传记	林宗虎	航空工业出版社 2015 年 3 月版	
博格达信札	诗集	沈　苇	阳光出版社 2015 年 3 月版	
近忧远虑	随笔集	葛剑雄	华夏出版社 2015 年 4 月版	
宁波有意思	散文集	蒋　瞰	浙江摄影出版社 2015 年 4 月版	与夏清合著
晚上好，亲爱的陌生人	短篇小说集	蒋　瞰	北京时代华文书局 2015 年 5 月版	
我们应有的反思：葛健雄编年自选集	随笔集	葛剑雄	中信出版集团股份有限公司 2015 年 6 月版	
药窗诗话	散文集	吴藕汀	中华书局 2015 年 6 月版	

书　名	类型	作者	出版及版次	说　明
Un mot de trop est menace（《说多了就是威胁》）	诗集	王　寅	éditions Caractères，2015 年 6 月版	法语版
时间的玫瑰	诗论	北　岛	生活·读书·新知三联书店 2015 年 7 月版	
下辈子还做我老爸	长篇小说	韩天航	漓江出版社 2015 年 7 月版	
时代的呼唤——1979 年后中国西部中长篇报告文学选粹	报告文学集	李南山	上海社会科学院出版社 2015 年 7 月版	
鱼乐：忆顾城	散文集	北　岛	中信出版社 2015 年 8 月版	
立门程雪漾秋声：李蔷华	传记	费爱能	上海文化出版社 2015 年 8 月版	
温情上海滩	长篇小说	韩天航	漓江出版社 2015 年 9 月版	
波动	小说集	北　岛	生活·读书·新知三联书店 2015 年 10 月版	
古老的敌意	随笔集	北　岛	生活·读书·新知三联书店 2015 年 10 月版	
黄宾虹马一浮信札诗稿选注	笺注	钱伟强	浙江古籍出版社 2015 年 10 月版	
橙色火车翡翠湖——在北美探亲旅游的日子	散文集	费爱能	上海市作家协会·华语文学 2015 年 11 月版	
疾行之人	长篇小说	陈小雨	四季出版社 2015 年 11 月版	
章开沅口述自传	传记	章开沅	北京师范大学出版社 2015 年 12 月版	彭剑整理
与文字谈一场恋爱	诗集	项美静	台湾新世纪出版社 2015 年版	
西窗剪影——西洋文化轶事及作品阅读	文艺评论	沈东子	广西师范大学出版社 2016 年 1 月版	

书　名	类型	作者	出版及版次	说　明
处女湖	诗文集	竹　林	武汉大学出版社 2016 年 3 月版	
晨昏：诗集 2006 ~ 2014	诗集	马越波	生活·读书·新知三联书店 2016 年 3 月版	
不告而别	短篇 小说集	蒋　瞰	江苏凤凰文艺出版社 2016 年 4 月版	
隔渊望着人们	诗学 论文集	胡　桑	上海书店出版社 2016 年 5 月版	收录 2006 年— 2014 年诗学论 文二十余篇
棠棣花开诗文集	诗文集	蔡明明	2016 年 6 月刊印	
章开沅文集	文集	章开沅	华中师范大学出版社 2016 年 7 月版	十一卷
苏州河畔	长篇小说	韩天航	现代出版社 2016 年 7 月版	
旧燕知草——俞平 伯人生智慧	传记	周文毅	浙江人民出版社 2016 年 7 月版	
沈苇散文自选集	散文集	沈　苇	新疆人民出版社 2016 年 8 月版	
聚德里 36 号	长篇小说	韩天航	现代出版社 2016 年 9 月版	
Parce Que （《因为》）	诗集	王　寅	MEET, 2016 年 11 月版	法语版
十年菖蒲	散文集	采　菊 （朱力勤）	2016 年刊印	毛边书
去尘荐微——总统 府旧事新探	历史 随笔集	张国擎	作家出版社 2017 年 2 月版	
中国现代通俗文学与 通俗文化互文研究	文学理论	范伯群	江苏教育出版社 2017 年 2 月版	
散落星河的记忆	长篇小说	桐　华	湖南文艺出版社 2017 年 3 月版	
木槿花	诗集	蔡峥峥	宁波出版社 2017 年 3 月版	

书　名	类型	作者	出版及版次	说　明
走向儿童文学的新观念	文学理论	吴其南	青岛出版社 2017 年 5 月版	系《中国儿童文学名家论集》丛书之一
成长的身体维度——当代少儿文学的身体叙事	文学研究	吴其南	复旦大学出版社 2017 年 7 月版	
乌鸦：爱伦·坡传记与诗选	传记与诗集	沈东子	百花文艺出版社 2017 年 7 月版	
范伯群文学评论选	文学评论	范伯群	江苏文艺出版社 2017 年 10 月版	
2018——给孩子的日历	诗历	北　岛	中信出版社 2017 年 10 月版	与刘雪枫合著
蝉声——美静三行诗选集	诗集	项美静	中国大地出版社 2017 年 10 月版	
闵惠芬：弓走江河万古流	传记	费爱能	上海文化出版社 2017 年 12 月版	
在孟溪那边	散文集	胡　桑	东方出版社 2017 年版	
深夜书房	短篇小说集	蒋　瞰	化学工业出版社 2018 年 4 月版	
Luz De Cal Viva（《灰光灯》）	诗集	王　寅	Catalogos，2018 年 6 月版	西班牙语版
钱湖梦，柏悦情	纪实文学	蒋　瞰	宁波柏悦酒店 2018 年 6 月刊印	
一秒 24 格：周黎明看电影	电影研究	周黎明	中国工人出版社 2018 年 7 月版	
比永远多一秒	诗集	汪剑钊	武汉大学出版社 2018 年 8 月版	
半暖时光	长篇小说	桐　华	湖南文艺出版社 2018 年 8 月版	

书　名	类型	作者	出版及版次	说　明
Sinoči je nalival današnji dež（《昨夜下着今天的大雨》）	诗集	王　寅	Beletrina，2018 年 8 月版	斯洛文尼亚语版
数一数沙吧	诗集	沈　苇	中国青年出版社 2018 年 11 月版	
诗词写作述要	文学理论	钱伟强	浙江人民美术出版社 2018 年 11 月版	
当归	长篇小说	马佩沄	浙江文艺出版社 2018 年 12 月版	上、下册
山居莫干	随笔集	蒋　瞰	化学工业出版社 2019 年 1 月版	
昨天已古老	中短篇小说集	竹　林	上海书店出版社 2019 年 3 月版	
剪刀与女房东	短篇小说集	沈东子	漓江出版社 2019 年 4 月版	收入作者创作和翻译的小说各十篇
初眺远方——胡建新诗词选	旧体诗词集	胡建新	南京出版社 2019 年 4 月版	
那片星空，那片海	长篇小说	桐　华	中国友谊出版公司 2019 年 9 月版	
湘湖日出	诗集	蔡峥峥	2019 年 10 月刊印	
百年沪杭线漫行记	散文集	采　菊	上海文化出版社 2019 年 11 月版	

表 13-2：当代湖州籍翻译家文学译著一览

书　名	类型	作　者	译　者	出版机构和版次
新生之路	小说	［苏］马卡伦珂	张秋洁（包玉珂）等	上海时代书局 1949 年 11 月版
苏联儿女英雄传	小说	［苏］B·赖夫伦纳夫	张秋洁	上海时代书局 1949 年 12 月版
一千个美国人——美国人真正的统治者	报告文学	［美］乔治·赛德斯	于　友	中外出版社 1950 年 12 月版
第七个十字架	长篇小说	［德］安娜·西格斯	张威廉等	上海文化工作出版社 1953 年 1 月版
五十天	中篇报告文学	［德］威利·布莱德尔	张威廉	上海文化生活出版社 1953 年 3 月版
一个德国兵的遗嘱	小说	［德］勃莱特尔	张威廉	文化生活出版社 1953 年 4 月版
叶甫根尼·奥涅金	歌剧剧本	［俄］普希金原著 柴科夫斯基改编	沈左尧等	人民音乐出版社 1954 年 1 月版
第一部	小说	［德］安娜·西格斯	张威廉	商务印书馆 1954 年版
走向彼岸	长篇小说	［苏］拉济士	包玉珂	上海自由出版社 1954 年版
自由与文化	理论专著	［美］约翰·杜威	林以亮（宋淇）等	香港 1954 年版
沉默的村庄	中篇小说	［德］勃赖德尔	张威廉	作家出版社 1955 年 1 月版
铁儿的故事	儿童文学	［德］葛尔哈尔	张威廉等	儿童读物出版社 1955 年 1 月版
仙鹤国王	童话	［德］豪夫	张威廉	儿童读物出版社 1955 年 3 月版
印度尼西亚民歌选	民歌		张企程	作家出版社 1955 年 4 月版

书　名	类型	作　者	译　者	出版机构和版次
威廉·退尔	戏剧	［德］席勒	张威廉	上海新文艺出版社 1955 年 9 月版
席勒剧本	话剧	［德］席勒	张威廉	上海新文艺出版社 1955 年版
芬兰白桦的秘密	儿童文学	［德］曼克	张威廉	少年儿童出版社 1956 年 1 月版
女主人	小说	［苏］瓦其姆·卢卡谢维奇	金　隄	作家出版社 1956 年 7 月版
德国现代短篇小说集	短篇小说	［德］沃尔夫	张威廉等	新文艺出版社 1957 年 1 月版
繁荣与饥饿的年代	长篇小说	［美］明顿、司徒尔特	包玉珂	生活·读书·新知三联书店 1957 年 5 月版
哈依瓦萨之歌	诗歌	［美］朗费罗	赵萝蕤	人民文学出版社 1957 年 5 月版
源氏物语	长篇小说	［日］紫式部	钱稻孙	《译文》1957 年 8 月发表第一帖，其余在"文革"中散佚
海华沙之歌	长诗	［美］朗费罗	赵萝蕤	新文艺出版社 1957 年版
布莱德尔小说集	小说	［德］威利·布莱德尔	张威廉	作家出版社 1958 年 1 月版
巴甫里克·莫洛卓夫	长诗	［苏］施巴乔夫	黎　央 （李一航）	人民文学出版社 1959 年 1 月版； 1982 年出版蒙文版
绿光	小说	［苏］列·索波列夫	金　隄	人民文学出版社 1959 年 1 月版
赵一曼传（中译英）	传记	［中］王佳琦	金　隄	北京外文出版社 1960 年版
泰山野人记（八册）	小说	［英］巴勒斯	俞天游	香港泰山书局 1961 年版

书　名	类型	作　者	译　者	出版机构和版次
板车之歌	小说	［日］山代巴	钱稻孙等	作家出版社 1961 年 9 月版
民间故事剧	戏剧剧本集	［日］木下顺二	钱稻孙	作家出版社 1963 年 4 月版
木偶净瑠璃	小说	［日］有吉佐和子	钱稻孙等	作家出版社 1965 年 4 月版
天网恢恢	电影故事片	［巴基斯坦］	陆水林	上海电影译制片厂 1971 年出品
田园情侣	电影故事片	［巴基斯坦］	陆水林	1975 年 8 月上映
罗生门	电影剧本	［日］桥本忍	钱稻孙	中国电影出版社 1979 年 10 月版
盆树记 （原名《钵本谣曲》）			钱稻孙	北京大学图书馆中文库藏，未刊本
镜子	电影故事片	［巴基斯坦］	陆水林	上海电影译制片厂 1980 年出品
教授道路	电视剧	［巴基斯坦］	陆水林	中央电视台 1980 年播放
乌有乡消息（附《梦见约翰·鲍尔》）	长篇小说	［英］莫里斯	包玉珂等	商务印书馆 1981 年 2 月版
唐·卡洛斯	长篇小说	［德］席勒	张威廉	上海译文出版社 1981 年 4 月版
马尼奥尔喜剧选	剧本集	［法］马尼奥尔	王振孙	上海译文出版社 1981 年 10 月版
阿尔沙克的秘密	短篇小说集	［苏］比扬基 （一作比安基）	沈念驹	浙江人民出版社 1982 年 9 月版
温泉	长篇小说	［法］莫泊桑	王振孙等	人民文学出版社 1983 年 2 月版
王后的项链	长篇小说	［法］大仲马	王振孙等	云南人民出版社 1983 年 4 月版

书　名	类型	作　者	译　者	出版机构和版次
在大海边	诗集	［法］雨果、［英］雪莱等	赵萝蕤等	上海译文出版社1983年4月版
杜兰朵：中国的公主——悲喜传奇剧	戏剧	［德］席勒	张威廉	江苏人民出版社1983年9月版
神秘的微笑——赫胥黎中短篇小说集	中短篇小说集	［英］赫胥黎	金　隄等	百花文艺出版社1984年8月版
黛西·密勒	中篇小说集	［英］亨利·詹姆斯	赵萝蕤等	上海译文出版社1985年11月版
不能没有你	电影故事片	［巴基斯坦］	陆水林	上海电影译制片厂1985年出品
左拉中短篇小说选	中短篇小说集	［法］左拉	王振孙等	人民文学出版社1986年6月版
艾科卡自传	传记	［美］艾柯卡·诺瓦克	叶进等	河北科学技术出版社1986年7月版
双雄记	长篇小说	［法］大仲马	王振孙	上海译文出版社1986年10月版
继承人	20集电视连续剧	［巴基斯坦］	陆水林	中央电视台1986年播放
我自己的歌	长诗	［美］惠特曼	赵萝蕤	上海译文出版社1987年9月版
索德格朗诗选	诗集	［芬］伊迪特·伊蕾内·索德格朗	北　岛	外国文学出版社1987年10月版
梅格雷和他的童年朋友	长篇小说	［比］西默农	王振孙	上海译文出版社1987年版
绿色的田野	电视连续剧	［巴基斯坦］	陆水林	中央电视台1987年播放
新的一章	长篇小说	［德］威利·布莱德尔	张威廉	上海译文出版社1988年1月版
德国名诗100首	诗集	［德］歌德、席勒等	张威廉	上海译文出版社1988年2月版

书　名	类型	作　者	译　者	出版机构和版次
悲惨世界	长篇小说	［法］雨果	王振孙	上海译文出版社 1988 年 6 月版
华盛顿丑闻	报告文学	［美］唐纳德·拉姆勃洛	于　友	光明日报出版社 1988 年 11 月版
猪年的棒球王	童话	［美］洛德·包柏漪	赵萝蕤等	生活·读书·新知 三联书店 1988 年 12 月版
封·丝蔻黛莉小姐——霍夫曼小说选	小说选集	［德］霍夫曼	张威廉等	上海译文出版社 1988 年 9 月版
铁石心肠	电影 故事片	［巴基斯坦］	陆水林	长春电影制片厂 1988 年出品
美国诗选	诗歌	［美］爱默森、爱伦·坡等	林以亮等	生活·读书·新知 三联书店 1989 年 10 月版
恩惠	电影 故事片	［巴基斯坦］	陆水林	20 世纪 80 年代电影
迷离的童话世界	童话	［英］加纳	张企程	华龄出版社 1990 年 6 月版
情人在隔壁	电影 小说集	［美］	徐怀沙	南海出版公司 1991 年 1 月版
三个受骗的瞎子——法国中世纪传奇故事	短篇 小说集	［法］于斯曼等	王振孙	上海译文出版社 1991 年版
图瓦	中短篇 小说集	［法］莫泊桑	赵少侯 郝　运 王振孙	人民文学出版社 1991 年 12 月版
巴朗先生	长篇小说	［法］莫泊桑	王振孙 郝　运	人民文学出版社 1991 年 12 月版
大盗巴拉巴拉	长篇小说	［瑞典］拉格奎斯特	沈东子	漓江出版社 1992 年 1 月

书　名	类型	作　者	译　者	出版机构和版次
世界悬疑小说精选：夜莺别墅	短篇小说集	［美］阿·希区柯克	沈东子	群众出版社 1992 年 2 月版
德国民间传奇	民间故事	［德］施瓦布、克莱	张威廉	江苏少年儿童出版社 1992 年 2 月版
订婚的玫瑰——俄国象征派诗选	诗集	［俄］费·索洛古勃等	汪剑钊	中国文联出版社 1992 年 9 月版
奥尔拉	中短篇小说集	［法］莫泊桑	王振孙等	人民文学出版社 1993 年 1 月版
散文诗	散文诗集	［俄］屠格涅夫	沈念驹	河北教育出版社 1994 年 9 月版
初恋	中篇小说	［俄］屠格涅夫	沈念驹	河北教育出版社 1994 年 9 月版
春潮	中篇小说	［俄］屠格涅夫	沈念驹	河北教育出版社 1994 年 9 月版
阿霞	中篇小说	［俄］屠格涅夫	沈念驹	河北教育出版社 1994 年 9 月版
梅里美戏剧集	剧本集	［法］梅里美	王振孙	上海译文出版社 1994 年 10 月版
新婚旅行	长篇小说	［法］莫泊桑	王振孙等	人民文学出版社 1995 年 5 月版
世界名著精华全译·插图本（四册）		黄海舟主编	王振孙等	甘肃教育出版社 1996 年 1 月版
少女神探之二	长篇小说	［法］肖莱	吴旻 王振孙	上海译文出版社年 1996 年 5 月版
摩托罗拉创业者的风采	报告文学	［美］佩特拉基斯	于友等	人民日报出版社 1996 年 12 月版
杜勃罗夫斯基	中篇小说	［俄］普希金	沈念驹	浙江文艺出版社 1997 年版
格林童话	童话	［德］格林兄弟等	张威廉等	少年儿童出版社 1997 年版

书　名	类型	作　者	译　者	出版机构和版次
阴谋与爱情	戏剧集	［德］席勒	张威廉等	四川人民出版社 1998 年 1 月版
俄罗斯白银时代诗选	诗歌	［俄］茨维塔耶娃等	汪剑钊	云南人民出版社 1998 年 3 月版
艾略特诗选	诗集	［美］艾略特	赵萝蕤	山东大学出版社 1999 年 1 月版
变色龙——契诃夫中短篇小说选	中短篇 小说集	［俄］契诃夫	王振孙	远方出版社 1999 年 1 月版
庞培：掩埋在地下的荣华	纪实文学	［法］R.艾蒂安	王振孙	上海书店出版社 1999 年 12 月版
嘉尔曼·梅里美中短篇小说集	中短篇 小说集	［法］梅里美	王振孙等	译林出版社 2000 年 5 月版
罗亭	长篇小说	［俄］屠格涅夫	沈念驹等	北京燕山出版社 2000 年 9 月版
孤女艳史	电影 故事片	［巴基斯坦］	陆水林	2000 年上映
佐罗与总督	中篇小说	［法］德雷	王振孙	译林出版社 2001 年 6 月版
普希金童话 （七言诗体）	诗集	［俄］普希金	沈念驹	浙江少年儿童出版社 2001 年版
黑桃皇后	中短篇 小说集	［俄］普希金	沈念驹等	燕山出版社 2001 年版
果戈里全集	小说	［俄］果戈里	沈念驹	河北教育出版社 2002 年 5 月版
烟雨霏霏的黎明	小说集	［苏］帕乌斯托夫斯基	沈念驹等	外国文学出版社 2002 年 6 月版
风流村庄	长篇小说	［巴基斯坦］纳格维	陆水林	上海译文出版社 2002 年 9 月版
道——杰曼布鲁特诗选	诗集	［比］杰曼布鲁特	北　岛	银河出版社 2002 年版

书　名	类型	作　者	译　者	出版机构和版次
电报	小说	［俄］帕乌斯托夫斯基	沈念驹	外国文学出版社 2002 年版
安努什卡	小说	［俄］帕乌斯托夫斯基	沈念驹	外国文学出版社 2002 年版
勃洛克抒情诗选	诗集	［俄］勃洛克	汪剑钊	河北教育出版社 2003 年 1 月版
吉皮乌斯诗选	诗集	［俄］吉皮乌斯	汪剑钊	河北教育出版社 2003 年 1 月版
非洲现代诗选	诗集		汪剑钊	河北教育出版社 2003 年 1 月版
波普拉夫斯基诗选	诗集	［俄］波普拉夫斯基	汪剑钊	河北教育出版社 2003 年 1 月版
茨维塔耶娃文 集·诗歌	诗文集	［俄］茨维塔耶娃	汪剑钊	东方出版社 2003 年 2 月版
北欧现代诗选	诗集	［瑞典］帕尔·拉格克 维斯特等	北　岛	河北教育出版社 2004 年 1 月版
二十世纪俄罗斯流 亡诗选（上、下）	诗集	八十五位俄罗斯侨民 诗人	汪剑钊	河北教育出版社 2004 年 1 月版
司旺的爱情	中篇 小说集	［法］左拉、普鲁斯特 等	王振孙等	上海社会科学院出版社 2004 年 9 月版
意大利遗事	长篇小说	［法］司汤达	王振孙等	上海译文出版社 2004 年 10 月版
我的大学	长篇小说	［俄］高尔基	沈念驹	浙江文艺出版社 2004 年版
普希金抒情诗选	诗集	［俄］普希金	汪剑钊	中华书局 2005 年 1 月版
二十年后	长篇小说	［法］大仲马	王振孙	译林出版社 2005 年 1 月版
世界悬疑小说精选 （插图版）	短篇 小说集	［美］阿·希区柯克	沈东子	长江文艺出版社 2005 年 8 月版

书 名	类型	作 者	译 者	出版机构和版次
胡萝卜须	儿童文学	［法］列那尔	王振孙	人民文学出版社 2005 年 10 月版
为了一夜的爱——左拉中短篇小说选	中短篇小说集	［法］左拉	王振孙等	上海译文出版社 2006 年 1 月版
莫泊桑中短篇小说全集（5 卷）	中短篇小说集	［法］莫泊桑	王振孙等	上海译文出版社 2006 年 6 月版
欧叶妮·葛朗台高老头	长篇小说	［法］巴尔扎克	王振孙	上海译文出版社 2006 年 8 月版
三个火枪手	长篇小说	［法］大仲马	王振孙等	上海译文出版社 2006 年 8 月版
她是谁杀的：麦格雷探案集	长篇小说	［比］乔治·西姆农	王振孙	译林出版社 2006 年 12 月版
窗上人影：麦格雷探案集	长篇小说	［比］乔治·西姆农	王振孙	译林出版社 2006 年 12 月版
挂在脖子上的安娜	中篇小说	［俄］契诃夫	沈念驹	中国书店 2007 年 2 月版
麦格雷与夏尔先生	长篇小说	［比］乔治·西姆农	王振孙	译林出版社 2007 年 5 月版
里尔克法文诗全集	诗集	［奥］里尔克	何家炜	吉林出版集团有限责任公司 2007 年 12 月版
苦儿流浪记	长篇小说	［法］埃克多·马洛	王振孙	上海人民出版社 2007 年 7 月版
普希金童话（自由诗体）	诗集	［俄］普希金	沈念驹	中国书店 2007 年版
兰波（彩图集）	诗集	［法］阿尔图尔·兰波	何家炜等	吉林出版集团有限责任公司 2008 年 1 月版
比安基动物小说	小说集	［俄］比安基	沈念驹	人民文学出版社 2008 年 2 月版

书 名	类型	作 者	译 者	出版机构和版次
帕乌斯托夫斯基散文	散文集	［俄］帕乌斯托夫斯基	沈念驹等	人民文学出版社 2008 年 5 月版
如死一般强·我们的心	长篇小说	［法］莫泊桑	王振孙等	上海译文出版社 2008 年 7 月版
泰利埃公馆	中短篇 小说集	［法］莫泊桑	王振孙等	上海译文出版社 2008 年 7 月版
于松太太的贞洁少男	中短篇 小说集	［法］莫泊桑	王振孙等	上海译文出版社 2008 年 7 月版
怪胎之母	中短篇 小说集	［法］莫泊桑	王振孙等	上海译文出版社 2008 年 10 月版
曼杰什坦姆诗全集	诗集	［俄］曼杰什坦姆	汪剑钊	东方出版社 2008 年 8 月版
项链	中短篇 小说集	［法］莫泊桑	王振孙等	上海译文出版社 2008 年 10 月版
红帆	中篇小说	［俄］格林	沈念驹	湖南少年儿童出版社 2008 年 10 月版
维特根斯坦笔记	笔记集	［芬］赖特	许志强	复旦大学出版社 2008 年版
海的故事	儿童文学	［俄］日特科夫	沈念驹	浙江文艺出版社 2009 年 5 月版
呼啸山庄	长篇小说	［英］艾米莉·勃朗特	沈东子	中央编译出版社 2010 年 1 月版
文学大师的短篇小说集·屠格涅夫卷	短篇 小说集	［俄］屠格尼夫	沈念驹等	北京科学出版社 2010 年 2 月版
少年维特的烦恼	长篇小说	［德］歌德	韩耀成	译林出版社 2010 年 6 月版
屠格涅夫小说选	小说集	［俄］屠格尼夫	沈念驹等	中央编译出版社 2010 年 12 月版
还乡之谜	长篇小说	［海地］达尼·拉费里埃	何家炜	人民文学出版社 2011 年 2 月版

书　名	类型	作　者	译　者	出版机构和版次
俄罗斯的命运	文论	［俄］尼古拉·别尔嘉耶夫	汪剑钊	译林出版社 2011 年 7 月版
渴望之书	诗集	［加］莱昂纳德·科恩	北　岛	上海译文出版社 2011 年 12 月版
茨维塔耶娃诗集	诗集	［俄］茨维塔耶娃	汪剑钊	东方出版社 2011 年版
波德莱尔	传记	［法］帕斯卡尔·皮亚	何家炜	上海人民出版社 2012 年 3 月版
屠格尼夫中短篇小说选	小说选集	［俄］屠格尼夫	沈念驹	漓江出版社 2012 年 6 月版
童年	长篇小说	［苏］高尔基	沈念驹	中国致公出版社 2012 年 6 月版
都柏林人——乔伊斯短篇小说集	短篇小说集	［爱尔兰］詹姆斯·乔伊斯	沈东子等	漓江出版社 2012 年 6 月版
神奇的动物故事：驼鹿的秘密（全四册）	儿童文学	［俄］维·比安基	沈念驹	中国少年儿童出版社 2012 年 9 月版
客栈失踪案	短篇小说集	［法］莫泊桑	王振孙	北京大学出版社 2013 年 1 月版
恐惧	中篇小说	［奥］茨威格	韩耀成等	陕西师范大学出版社 2013 年 3 月版
象棋的故事	中篇小说	［奥］茨威格	韩耀成	陕西师范大学出版社 2013 年 3 月版
惠特曼诗选	诗集	［美］惠特曼	赵萝蕤	外语教学与研究出版社 2013 年 8 月版
夜深时分	长篇小说	［俄］柳德米拉·彼得鲁舍夫斯卡娅	沈念驹	浙江文艺出版社 2013 年 8 月版
辛波斯卡诗选：我曾这样寂寞生活	诗集	［波］辛波斯卡	胡　桑	湖南文艺出版社 2014 年 2 月版
王尔德诗选	诗集	［英］王尔德	汪剑钊	外语教学与研究出版社 2014 年 5 月版

书　名	类型	作　者	译　者	出版机构和版次
死亡的舞蹈	诗集	［俄］勃洛克	汪剑钊	敦煌文艺出版社 2014 年 6 月版
没有主人公的叙事诗：阿赫玛托娃诗选	诗集	［俄］阿赫玛托娃	汪剑钊	敦煌文艺出版社 2014 年 6 月版
磨坊之役——左拉中短篇小说选	中短篇小说集	［法］埃米尔·左拉	王振孙	生活·读书·新知 三联书店 2014 年 8 月版
比波王子	中篇小说	［法］皮埃尔·格里帕里	王振孙	上海译文出版社 2015 年 5 月版
黄金在天空舞蹈	诗集	［俄］曼杰什坦姆	汪剑钊	上海文艺出版社 2015 年 5 月版
城堡	长篇小说	［奥］卡夫卡	韩耀成	西安交通大学出版社 2015 年 7 月版
里尔克诗全集 （四卷十册）	诗集	［奥］里尔克	何家炜等	商务印书馆 2016 年 1 月版
鲍勃·迪伦诗歌集	诗集	［美］鲍勃·迪伦	胡桑等	广西师范大学出版社 2017 年 6 月版
染匠之手	散文集	［英］W·H·奥登	胡　桑	上海译文出版社 2018 年 1 月版
一个陌生女人的来信	小说集	［奥］斯蒂芬·茨威格	韩耀成等	湖南文艺出版社 2018 年 3 月版
不朽	长篇小说	［法］米兰·昆德拉	王振孙等	上海译文出版社 2018 年 10 月版
旧金山海湾幻景	散文集	［波兰］切·米什沃	胡　桑	广西师范大学出版社 2018 年版

第十四章　文学遗迹

　　湖州历史上人文荟萃，因此，历代府志、县志记载的文学遗迹众多，遍布全市各地。这些遗迹除了故居、墓葬外，还有文学家的读书、讲学、写作之所，以及他们的游览踪迹、题咏镌刻、雅集胜地等。但是，令人遗憾的是，许多宝贵的文学遗迹因天灾人祸等种种原因，已埋没废弃，或毁于太平天国战争、抗日战争的战火，更多的则毁于十年"文化大革命"和改革开放以后的大规模城镇改造与新农村建设。能历经沧桑幸存下来的，也因为屡圮屡修，或者迁址重建，今日所见多非昔日原貌。

　　进入 21 世纪以来，各地都积极开发本地的文化资源，文学遗迹成为显示地方文化、发展旅游、扩大知名度的标志之一。在各地党委、政府和广大群众的共同努力下，一些重要的文学遗迹得以恢复，有的还有所拓建，有的还建设了纪念馆，成为后人凭吊游览的人文景观和爱国主义教育的重要载体。

第一节　故居

【莲花庄】

　　又称赵孟頫别业。据周密《吴兴园林记》载，莲花庄初为莫氏园，南宋时归宗室赵氏，到清代时已圮。明朱长春有诗赞莲花庄云："城傍秋火古横塘，四面莲花学士庄。门对曲池如野外，客来张酒亦篱旁。"1986 年，湖州市人民政府拨款重建莲花庄，除利用莲花庄原址外，还括进了翳翯别野、潜园、朱家漾，占地面积一百十二亩，于 1987 年竣工，成为莲花庄公园。公园的西区有大水池，北岸有"青卞居"水榭半踞水面，面宽六间，歇山顶，飞檐翘角，接回廊和四角亭。池南为"白苹洲"。北部建赵孟頫《吴兴赋》全文石碑。碑前是"清胜轩"，中立《重建莲花庄记》碑。轩后回廊，嵌《雪赋》《吴兴山水清远图》等书画碑刻。后连"集芳园"，面宽七间，歇山顶。中区有莲池，临池建"松雪斋"，三开间，歇山顶。侧建"印水山房"，悬山顶。西北土山上建三层"题山楼"。东区"苕上辋川"院，中有"三品石"，按《三希堂画谱》仿缀而成。东进月洞门有赵孟頫铜像，有廊桥与"大雅堂"相连，临大池，后有"晓清阁"。左有双亭名"天开图画"。池南有"澄环观"。北区为潜园。

【董份故居】

坐落在南浔镇董家弄，名曰"世德堂""寿俊堂"。董份曾生活于此。现为湖州市文物保护单位。

【沈尹默祖居】

坐落在南浔区菱湖镇竹墩村，名曰"承志堂"，为沈尹默先祖沈世枫（1705—1775）于乾隆二十五年（1760）所建。沈尹默的祖父、父亲曾生活于此。已修缮一新，但沈士远、沈尹默、沈兼士三兄弟的纪念布展在村文化礼堂。

【王以衔状元厅（竹林祖居）】

坐落在菱湖镇世德堂弄，名曰"敬仪堂"。建于清嘉庆初年，系湖州市唯一保留下来的状元厅。王以衔的状元厅原有十进深，前面为三开间，后二进则有六开间，进与进之间还有天井和小花园，并有备弄相连。1983 年，状元厅的大门和第一进被拆除，原址上建起了一幢钢筋水泥结构的四层楼房。门前的一对石狮子也不知去向。1994 年，一场火灾烧毁了第九进西面的大部分房子。如今的状元厅虽然还剩下第二、六、七、十进和八、九进的一部分，但已经岌岌可危，是名副其实的危房。湖州籍上海女作家竹林原名王祖铃，是王以衔的后裔，拥有状元厅部分房产。

【姚学塨故居】

坐落在双林镇姚家弄。建于清中晚期，有门楼、砖雕、天井，系二层楼房。

有待修复。

【潜园】

坐落在莲花庄公园北面，与莲花庄公园连成一片，为清代著名藏书家陆心源所建。原有"守先阁""四梅精舍""五石草堂"等十六景。20 世纪 20 年代中期，国民党理论家戴季陶曾隐居于此，撰写了著名的《孙文主义哲学的基础》等著作。抗战时，潜园大部毁于战火。1980 年，湖州市人民政府拨款维修。水池边有五石峰，主峰莲花峰高四点五米，宽一点二米，上直刻篆书"莲花峰"三字，为赵孟頫手书。该峰相传为赵孟頫别业松雪斋故物。明沈梦麟《松雪斋池中太湖石》所咏"魏公池上玉芙蓉"即指此石。

【钱玄同故居】

在吴兴区道场乡鲍山脚下的钱家浜。1937 年 8 月底，北平沦陷一个多月后，钱玄同在病中给友人周作人写信时说："我近来颇想添一个俗不可耐的雅号，曰'鲍山病叟'。鲍山者确有此山，在湖州之南门外，实为先世六世祖发祥之地。"钱氏鲍山故居现仍有几间平房闲置在那里，但尚未列为文保单位。2017 年 6 月 21 日，山东《大众日报》高级编辑逄春阶和记者卢昱曾在沈文泉陪同下前往采访。

【周庆云故居】

坐落在南浔镇南东街南安桥东堍，名曰"周申泰"，于第三次全国文物普查中发现。周申泰建于清同治年间，为典型的江南大宅，占地宏大，建筑精美，装饰考究，至今格局保存完好，有待修复。

【刘承干故居】

坐落在南浔镇南西街，名曰"求恕里"，修缮后取名"南浔花间堂·求恕里"。建于清末民国初期，为刘氏回南浔小住和刘氏账房、嘉业堂管理处日常办公之所。现为湖州市文物保护单位。2017 年 1 月被改造成了一个高端民宿。

【沈尹默旧居】

坐落在湖州市东街承天寺巷口，原为湖州民国教育家沈谱琴的故居。1907 年，沈尹默从日本游学归国后，陪母亲回吴兴老家时居住在此。这是一座两层楼的独门小院，白墙黑瓦，院中轩廊古色古香，连接着半边古亭。另一边是一个小花园，类似普通天井大小，内有三座小假山。楼上房梁有精美的雕花。虽然沈宅已不太完整，但仍有宝贵的历史、艺术和科学价值，2003 年被列为湖州市第一批文物保护点。虽然这处房产属沈尹默族叔沈谱琴所有，但可作为沈尹默旧居。湖州市政府已决定保护整修。

【吴昌硕故居】

坐落在安吉县鄣吴镇。吴昌硕出生于此，并在此度过了二十二个春秋。故居大部分建筑毁于太平天国战火。仅存东侧厅，前厅两间，后楼三间，总面积两百三十三平方米。前进为吴氏史料展陈，陈列有《吴氏世系图》、"文革"时期出土的明嘉靖朝"吴氏父子四进士"的墓碑等，反映了吴氏家族自南宋迁浙后的发展脉络。跨过小天井便是主楼。左边是吴昌硕父母卧室。中间厅堂挂吴昌硕嫡孙、上海书画家吴长邺所作《紫藤》图，两边为民国书法家于右任所撰、吴昌硕嫡重孙吴民先所书的对联"诗书画而外复作印人绝艺飞行全世界，元明清以来及于民国风流占断百名家"。二楼东头是吴昌硕书斋，窄小的窗户、古朴的书桌和自制的刻刀、笔架等陈设说明了这里是大师艺海泛舟的起锚地。西头以丰富的图片资料展示了吴氏家族的繁荣和吴昌硕一生的生活轨迹。故居外有状元桥、半月池。故居总占地面积两千五百平方米。1987年，浙江省文物局拨款重修。门楣上"吴昌硕故居"五字乃吴昌硕弟子王个簃所书。2002年，安吉县政府投资两百余万元搬迁了故居内外二十六户民居，对故居进行了大规模的整修。故居现已成为安吉县对外文化交流的重要窗口。

【吴昌硕施酒夫妇故居】

坐落在菱湖镇建国路颐寿堂弄4号，名"鸿绪堂"，是吴昌硕妻子施酒的娘家，吴与施结婚后，曾在此住过七年时间，并拜近邻吴山为师，学习篆刻艺术。鸿绪堂三开间两进带厢房，占地面积零点七三八亩，原北大门处有一个小花圃，1996年拆除北大门和花圃，建起了一幢商贸住宅楼，现已荒废。鸿绪堂的主体建筑已经严重塌损，早已不住人。然而，吴昌硕在中国现代文学艺术史上的成就、地位、知名度和影响力，足以赋予这幢建于清朝后期的历史建筑无可估量的文化价值，湖州市政协委员沈文泉曾两次提案呼吁抢修，可惜至今未果。希望该故居早日得到抢救修复。

【徐迟故居】

坐落在南浔镇德馨弄6号。走进石库门是一个狭长的天井，穿过天井是三开间的两层楼房。石库门外的葡萄架下还有一口老的水井。这处房产本是邢家市房，建于清末。从 1947 年到 1949 年 5 月，徐迟在任南浔中学教导主任时，和妻子陈松、女儿徐律、长子徐延生活于此。在德馨弄的生活，徐迟在《江南小镇》一书中有详尽的记载。2005 年夏，沈文泉曾赴南浔寻访徐迟故居，并作《寻找徐迟故居》一文，后收入散文集《梦里水乡》。现在故居已经修复，但尚未布展。

第二节　墓葬

【陆羽墓】

坐落在吴兴区妙西镇杼山南麓。墓碑书"唐翁陆羽之墓"。墓两侧是一对墓标，上刻北宋梅尧臣所撰对联："自从陆羽生人间，人间相学事新茶。"1995 年，为发展旅游，湖州有关部门在妙西镇的妙峰山上兴建陆羽茶文化景区，并另修了一座规模宏大的陆羽墓，墓基为三级平台，占地总面积四百三十六平方米，陆羽墓建在第三级平台上，高一点四五米，墓堆直径六米，石砌圆柱形，墓顶为圆锥形，墓碑文为"大唐太子文学陆羽之墓"，下置祭台，墓后拱形圈墙上镌《茶经》全文。但此墓遭到湖州文化界人士的批评和抵制。

【皎然塔】

坐落在吴兴区妙西镇杼山南麓陆羽墓上方。该镇妙峰山陆羽茶文化景区内也建有皎然塔，但不为湖州文化界人士认可。

【赵孟頫、管道昇合葬墓】

坐落在德清县东衡村东衡山（又名戏台山）麓。明嘉靖和清康熙、嘉庆及民国《德清县志》均载，元魏国公赵孟頫墓在县北之东衡桥。据元代杨载《赵敏公行状》载："其年（至治二年，即 1322 年）六月辛巳，薨于里第之正寝"，"九月丙午，雍等奉公枢与魏国夫人（管道昇）合葬于德清县千秋乡东衡山原"。清德清诗人蔡星临《赵魏公墓》云："墓碣自书元学士，居人犹说宋王孙；松杉终古青山色，羊虎依然碧藓痕。"据民国《德清县志》载："民国四年，程森加土修理地，立墓碑，存石朝官二、石马一，余倒损。"今墓于 1994 年 11 月重新修复，存石马一。

【徐阶墓】

坐落在长兴县和平镇东山村，"文革"中被毁。徐阶（1503—1583），字子升，号少湖。松江府华亭县（今上海市松江区）人，明嘉靖二年（1523）探花，在嘉靖朝后期至隆庆朝初年任内阁首辅，曾成功罢免奸相严嵩父子，也曾智救海瑞，又系张居正师，卒赠太师，谥"文贞"，著有《世经堂集》二十六卷、《少湖文集》十卷等。徐阶孙子徐元旸娶长兴臧懋循女儿为妻，徐阶本人因构厌乡里，选择葬在长兴。2019年4月，其墓被重新发现，为县政府修复。

【吴麟夫妇合葬墓】

坐落在安吉县鄣吴镇景坞村。1966年被毁，吴麟夫妇尸体出土时完好。墓中大量丝织品均未保留下来，金丝发罩、银饰、玉饰等藏县博物馆。墓志铭系文徵明所书，字迹大多不清。

【沈家本墓】

坐落在吴兴区妙西镇杼山。1913年6月9日，沈家本在北京逝世，享年七十三岁。第二年，其子女将其灵柩运回家乡，葬于杼山之渡善桥，与乃祖乃父相依相伴。袁世凯为其墓题词："法学匡时为国重，高名垂后以书传。"沈家本墓曾被平毁，现已修复。

第三节　遗迹

【莫干山】

在德清县境内，因春秋末年吴王阖闾派干将、莫邪在此铸成举世无双的雌雄宝剑而得名，是中国著名的休闲旅游及避暑胜地。莫干山素以竹、云、泉"三胜"和清、静、绿、凉"四优"驰名中外，又以星罗棋布的别墅、四季各异的迷人风光称秀于江南，享有"江南第一山"之美誉。毛泽东、郭沫若、陈毅、张静江、杜月笙、黄郛、钱君陶、木心等众多的历史名人，为莫干山留下了难以计数的诗文、石刻。清末民初兴建的数百幢别墅，为莫干山赢得了"世界建筑博物馆"的美名。

【圣井】

在长兴城东陈武帝故宫内，石砌井壁，直径一点五米。该井开凿于晋永嘉年间（307—312），原是广惠寺古井，相传陈霸先出生时，井水突然沸涌而出，家人遂用井水为他沐浴。陈霸先做了皇帝后，名之曰"圣井"。广惠寺毁后，圣井仍在，且井水清冽。明隆庆元年（1567），长兴知县归有光撰文、县丞吴承恩书《圣井铭并序》碑，立于井旁。碑现存长兴县博物馆。

【半月泉与慈相寺】

在德清县乾元镇东北郊的北寮山下，石壁山之阳。《浙江通志·山川四·湖州府》引《名胜志》说："半月泉，《名胜志》在县东北三里石壁山下。晋咸和间（326—334）梵僧名昙者过其地，指山石曰：'是中有泉。'乃卓庵其处，凿石罅，如半月，果得泉，清凉甘美，名曰'灵泉'，后名'半月泉'。"昙者当年所建的石壁庵，在唐元和年间（806—820）改为寺，宋治平二年（1065）定名慈相寺。宋元祐六年（1091）三月十一日，苏轼于杭州知州任上请了一天假，与友人作半月泉一日游，并写了一首纪游诗《半月泉苏轼曹辅刘季孙鲍朝懋郑嘉会苏固同游元祐六年三月十一日》。南宋词人、吏部尚书韩元吉（1118—1187）曾结庐半月泉畔，被世人称为"东莱先生"的吕祖谦（1137—1181）曾到半月泉拜访他，后来成了他的乘龙快婿。元大德元年（1297）九月十九日，赵孟頫在半月泉旁的月泉精舍组织雅集，诗人仇远（1247—1326）、画家高克恭（1248—1310）等多位名人应邀参加，高克恭为仇远绘了一幅《山村隐居图》，还为管道升的一幅竹画题了一首诗《题管夫人竹窝图》。今虽修整重建，但已荒废。

【雪溪馆与碧澜堂】

坐落在湖州市衣裳街区馆驿河头。原为晋吴兴太守谢安故宅，在雪溪西岸、白苹洲西南。南朝梁文学家、"竟陵八友"之一的吴兴太守萧琛改为白苹馆，使之成为一个重要的文学活动场所。唐大历九年（774），湖州刺史颜真卿正式命名为雪溪馆，并和陆羽、皎然、张志和、耿湋等文人雅士在此诗酒唱和，催生了以联句为特色的"吴中诗派"，代表作即为《雪溪馆听蝉联句》。大中五年（851），杜牧卸任湖州刺史后移居雪溪馆，并作诗《八月十二得替后移居雪溪馆题长句四韵》一首。白苹洲雪溪馆毁于唐光启元年（885）修建永宁仓时，后在今址重建，并增建碧澜堂。吴越王钱镠曾驻跸于此。北宋熙宁五年（1072），苏轼与湖州知州孙觉聚于碧澜堂，作《墨妙亭记》和《赠孙莘老七绝》诗一首，两年后和元祐四年（1089），苏轼曾两次与友人相聚于此，史称前后"六客会"。南宋状元、湖州知州王十朋和著名诗人梅尧臣、陈尧佐等都有写碧澜堂的诗作传世。明、清以后，雪溪馆又称接官厅，为官府接待之所。保存下来的雪溪馆宽十六米，纵深四十七米，占地七百五十二平方米，有五开间五进，进与进之间有天井相连，建筑面积一千三百二十平方米。2014 年，湖州市政府在雪溪馆建设湖州古代贤守纪念馆，纪念王羲之、谢安、柳恽、颜真卿、杜牧、孙觉、苏轼、王十朋、劳钺、陈幼学等十位古代贤守。

【城山】

又名石城山，在长兴县和平镇东南五公里处，海拔两百六十多米。明代长兴知县、散文作家归有光和县丞、《西游记》作者吴承恩曾率军在此剿匪。抗日战争期间，彭林、郎玉麟部队也在此打过游击。至今山上还有古时的土垒寨墙，宋、明代的石刻浮雕佛像，以及古烽火台、点将台等遗迹。山上的道观五运宫原为城山寺，始建于南朝宋文帝元嘉元年（424），清光绪年间改为道观。今已建成风景区。

【黄龙洞摩崖石刻】

分布在南太湖旅游度假区黄龙洞周围的山崖上。黄龙洞晋时即享有盛名。杜牧、苏轼、叶梦得、赵孟頫等历代名人均曾到此游历。现存石刻约十余处，其中尚可辨认字迹者有三处：一、南宋绍定五年（1232）周弼题记，小楷直书："绍定壬辰二月二十八日，汝阳周弼空相守辉同侍行僧宗仰。"二、宋嘉熙二年（1238）程公许题记，行书直写："云台散吏眉山程公许自武林过吴兴，访郡太守东平刘长翁，命其子儒珍偕馆客南郑苏垓、汉嘉赵庭、眉山王橚，载酒拉浚仪赵钥夫，从碧澜堂放船，谒祥应宫，登弁山顶，观太湖，窥金井洞，徘徊文节倪公云岩，走赵氏玉林，饭九曲池，取法华院陟上，方晚，饮沈氏小玲珑，金井摩崖上方刻柱皆为东坡先生宝墨。嘉熙二年龙集戊戌维夏六日。"三、在程公许题名上方，刻有"黄龙洞"三字，楷书直写，字高九十厘米，宽八十七厘米。落款除一个"嘉"字外，均难辨认。据清同治《湖州府志》记载，系黄山谷所书。

【洼樽和洼樽亭】

坐落在湖州城南岘山之巅。唐开元年间（731—741），太宗曾孙李适之为湖州别驾，登岘山，见有石窦如酒樽，可注斗酒，因筑亭其上，名曰"洼樽"。天宝（742—755）初，李适之为左相，洼樽亭随之闻名。大历九年（774）春，湖州刺史颜真卿邀请江东名士皎然、陆羽等二十九人登岘山，"酌酒其上，结宇环饮"，咏有《登岘山观李左相石樽联句》，蜚声海内。洼樽亭几经兴废。明万历年间（1573—1619）和清同治十一年（1872）重建，亭为四方形，四角攒尖顶后殿，存一石碑，书"洼樽亭"三字，系清初李之粹所书。今洼樽尚存，亭系新建。

【韵海楼】

原坐落在湖州爱山广场，始建于唐大历年间（766—779），系湖州刺史颜真卿为纪念其《韵海镜源》一书编竣而建，故名。20世纪80年代尚存的韵海楼系清代建筑，五开间楼厅，建于花岗石台基之上，前带长廊，上施敞轩，硬山造，玻璃门窗，白墙黛瓦，简洁清雅。登楼可观湖州人民公园景色。人民公园改建爱山广场时迁建于飞英公园。现为湖州市文物保护单位。

【东野古井】

在德清县千秋乡清河里。唐代诗人孟郊故居在此，古井相传为孟郊所挖。现存清乾隆十一年（1746）刘守成浚井碑记，高一点三二米，宽零点五六米，正面书"东野古井"四字。井已干涸封闭。1919年，武康知事熊宪章踏勘遗址，置井栏，上刻题记。

【顾渚山】

在长兴县西北二十三公里处，以产紫笋茶著名。盛唐时期，茶圣陆羽隐居苕溪，著《茶经》，荐紫笋茶为贡茶。同时，陆羽在顾渚山置茶园，作《顾渚山记》。唐时在顾渚山设贡茶院，院侧建清风楼，后有绝壁峭立于大涧，中流乱石飞走，登山可远眺太湖，风景极佳，茶生其间，尤为极品。

【顾渚山摩崖石刻】

唐大历五年（770）列紫笋茶为贡茶后，朝廷在顾渚山下设贡茶院。唐观察使袁高，湖州刺史于頔、杜牧、杨汉公、裴汶、张文规，宋湖州知州汪藻，文人刘熹、韩允寅等都在顾渚山一带留下了关于茶事的题名石刻。至今尚存的有外岗村白羊山袁高、于頔、杜牧题刻，悬臼岕（明月峡）霸王潭处杨汉公、刘熹、汪藻、韩允寅等题刻，斫射岕老鸦窝处裴汶、张文规题刻。

【爱山台】

在湖州市中心爱山广场。宋郡丞汪泰亨首创，旨在纪念苏东坡，取苏东坡"尚爱此山看不足"之句命名。元至正二十三年（1361）、明万历年间、清康熙初年修葺，同治十年（1871）重建。1962年吴兴县政府维修，沈尹默书额。1970年因基础下沉，拆除台上建筑。1975年吴兴县城建部门加固台基。

【武康计筹山子昂碑】

在德清下渚湖上杨村计筹山百步口。赵孟𫖯书。此碑是一块独立的岩石，高两米，镌有"吴兴武康计筹山，越大夫计然隐此成道。后千年，葛仙翁炼丹于此。又千年，当涂杜君道坚为登白石崖。两仙游侠，为四大域中建万古福地。大梁赵孟𫖯书"。系六列隶书，共六十字，字体秀丽稳健。虽风雨剥蚀，尚能辨认，为德清县文物保护单位。

【百间楼】

在南浔镇北栅，相传系明代尚书董份为儿子迎娶茅坤之女而建，因临河而建，有楼房百余间，前连骑楼，骑楼跨越沿河街道而得名，极富江南水乡建筑特色。清归安竹墩沈炳巽《权斋老人笔记》云："双凤堂中夜夜笙歌缭绕，百间楼上朝朝妆镜星移。"

【颖园】

在南浔镇便民路。系清同治年间丝商陈熊所筑之小型园林。园中假山上的亭子中立有一砖碑，乃光绪元年（1875）重秋王礼所作梅石图。园中另有一水池，池畔散点玲珑湖石，又有一楼一榭挑出水上，略呈环抱之势。楼面宽三间，歇山顶，翼角轻巧。小榭天花施大小两卷翻轩，临水都是落地长窗，雕刻精湛的《西厢记》《红楼梦》《二十四孝》等图案。园中植常绿树木，有百年树龄的黄杨、香樟、广玉兰、金桂等。陈熊之子陈诗曾与诗友结"江村吟社"于园中。

【皕宋楼·千甓亭】

在湖州市月河街4号、6号，坐西朝东，六楹二层楼房，是陆心源的藏书楼，建于清光绪初年，因藏宋刻图书两百部而得名。旁有陆氏另一藏书楼——十万卷楼。陆氏藏书流落东瀛后，藏书楼改为陆氏后裔住宅。千甓亭因陆氏藏有汉晋墓砖千余块而得名，坐落在皕宋楼前庭院南壁折角处，形同扇面，飞檐翘角，檐下斗拱承托，悬杨岘手书"千甓亭"匾额。亭前凿小池，架板桥，湖石叠岸。池旁有四面厅，歇山顶。也有人说千甓亭即四面厅。庭院中沿墙筑花坛，植修竹，间插石笋。现庭院内镶嵌有文天祥、赵孟頫等名人书碑十三块。千甓亭现为浙江省文物保护单位。

【小莲庄】

在南浔镇万古桥西。因慕赵孟頫莲花庄而得名。系南浔首富刘镛与其子刘锦藻所建。始建于光绪十一年（1885），成于1924年，历时四十二年。1987年得到修缮。其外园有荷池十亩。池东架五曲石桥。北岸建六角亭，亭北堤外是鹧鸪溪。西岸碑廊嵌紫藤花馆帖刻和摹秦琅琊台刻石，临池筑四面厅净香诗窟，为歇山顶，垂脊塑有八仙，并有升状及斗状天花。池西南有西式建筑东升阁，高约十米，四面有窗。池南有画舫式"退修小榭"。内园、外园一墙相隔，内园以假山为主，东栽青松，西植红枫，山下洞穴可穿行，山上有桥、亭，山下有池。园林西侧是刘氏家庙。前有八字影壁，高六点六二米，宽十一点九六米，水磨方砖吊角贴面，花岗岩须弥座，小瓦清水花脊，砖斗饰檐。影壁两侧，各有一座门楼式花岗岩石牌坊，五楼四柱，高八点五米，宽五点六米，额枋、雀替等构件上雕刻有"状元及第""三星高照""文王求贤""鲤鱼跳龙门""双龙戏珠""狮子滚绣球""鹤鹿同春"和凤凰、麒麟、蝙蝠、和合等吉祥图案，还有"小放牛""武松打虎"等戏曲图案。正楼有"圣旨""乐善好施"等匾额和刘氏官职品位。大门前还有一对刻工精细、形态生动的石狮。家庙共四进，面宽三间，一、二进为门厅、轿厅，梁架为抬梁式；第三进为大厅，硬山造，亦抬梁式梁架，廊上施翻轩两卷，大厅悬有逊帝溥仪的"承先睦族"九龙金匾；第四进为歇山顶、飞檐翘角的馨德堂，上下四周有廊，俗称走马楼，门窗雕刻精美。

【《紫藤花馆藏帖》石刻】

在南浔小莲庄刘氏家庙长廊内。藏帖出自清乾隆年间进士刘墉、法式善、王鸣盛、袁枚、梁同书、王文治、赵翼、余集、陆开荣、吴锡麒、阮元、伊秉绶、洪亮吉、唐仲冕等人之手，凡四卷，其中手札二十三通、序跋十二篇、诗词六首、摹写法帖两幅、篆联一付，作于乾隆五十六年至嘉庆十六年（1791—1811）间。藏帖真、草、隶、篆各体皆备，反映了吴江翰林院待招徐达源著述、吟咏、交游、慈善之大略，由吴江徐某于嘉庆十六年秋刻于三十一方石上，同治十一年（1872）春由南浔富商周昌富高价购得，置于私家园林怡园友石亭边，并作《友石亭记》。周昌富晚年，怡园和紫藤花馆刻石均归刘镛，刘氏于光绪二十一年（1895）夏嵌于小莲庄家庙长廊壁间，刘锦藻题跋。这些石刻作品刻工非凡，墨韵传神，具有很高的史料和艺术价值。

【《梅花仙馆藏真》石刻】

系严可均摹秦琅琊台篆书，由周昌富勾勒上石，凡十四方，也置于南浔小莲庄刘氏家庙长廊。秦琅琊台刻石世无完本，嘉庆十三年（1808）八月，严可均按《史记》全文，仿家藏琅琊台旧拓本样式摹写，字形大小悉依真迹。同治十一年（1872）秋，周昌富与人在怡园欣赏《紫藤花馆藏帖》刻石时，友人告以严可均摹写琅琊台本法书事，欣然索观，爱不释手，于是勾勒上石。光绪二十年（1894），石归刘锦藻，嵌置于小莲庄刘氏家庙长廊壁间。周昌富、沈善登、吴云、张謇、刘锦藻等均有跋。刘锦藻评严可均摹写本云："先生著作等身，固不必以书名，然其墨守秦石，终身不懈，一点一画，步趋恐后，故虽乏流利生动之致，而汉唐诸石刻未尝一笔阑入，斯亦见专门名家之可贵矣。"艺苑真赏社曾出版拓本影印本。

【嘉业堂藏书楼】

在南浔镇南栅，与小莲庄毗邻，为藏书家刘承干"糜金十二万，拓地二十亩"所建，于1924年竣工。书楼为坐北朝南的四合院，前后两进，每进楼屋七楹，左右厢房，楼屋各六楹，共五十二间房。前进有水磨砖雕门楼，额曰"嘉业藏书楼"，底层东侧，为"宋四史斋"，悬有吴昌硕匾额；西为"诗萃室"。楼上为"求恕斋"。后进底层即"嘉业堂"，悬有逊帝溥仪题赠"钦若嘉业"九龙金匾。前廊壁间嵌明文徵明《两桥记》和《辞金记》两块书碑。后进楼名"希古"，因溥仪题"抗心希古"而得名，楼中悬郑孝胥所书"希古楼"匾额。四合院中间宽大的水泥庭院用于翻晒书籍。书楼东侧建有一平房，名"抗昔居"，为工作人员用房。其后又有三进，为储藏书版之用。书楼前为园林，占总面积十分之六。园中有水池，用湖石砌成崖岸，池中筑岛，岛上建六角明瑟亭。岛上有一石，上有一孔，吹之如虎啸，清学者阮元题"啸石"二字。岛的一端有平桥与池岸相连，另一端是曲桥，桥畔植紫藤。池岸建有二亭，左浣碧亭，右障红亭，与岛上的明瑟亭相呼应。临池用湖石叠成峰峦，东北假山上有平台，松柏衬托峰峦，湖石点缀金桂，饶有情趣。嘉业堂藏书楼乃我国近现代最著名的私家藏书楼之一，曾藏书六十万卷。1951年11月，刘承干将藏书楼捐献给国家，现属浙江图书馆，为全国重点文物保护单位。

【《太湖赋》诗词雕塑】

2013年10月15日落成于南太湖旅游度假区的黄金湖岸。《太湖赋》由湖州市文联和湖州太湖旅游度假区于2012年7月12日开始面向海内外征集，共收到应征作品八十九篇，经专家评审，最后确定了由湖州市诗词与楹联学会邱鸿炘、嵇发根、陈景超、姚子芳等集体创作的《太湖赋》为入选作品。《太湖赋》雕刻形似湖州邱城遗址出土的"锛斧"，六面结体，纹若溇港，长十四点六米，宽二点八米，高四点六七米，由中国雕塑学会会员、湖州师范学院艺术学院徐寒锐讲师创作。

【红军长征追踪馆】

在南浔文园内。于红军长征胜利八十周年的2016年10月16日落成开馆。该馆采用多媒体、场景模拟、幻影成像、超现实仿真雕像等先进的展陈手段，生动地展示了壮观的长征路线、生动的红军故事及国内外知名人士对红军长征的评价，艺术地再现了中国工农红军的辉煌历史。该馆还收藏了罗开富追踪红军长征路时许多弥足珍贵的档案资料，突出"追踪"内容。

【中国报告文学馆】

建于2018年，位于南浔古镇垂虹公园内，总投资四千六百万元，建筑面积三千平方米，共分为报告文学历史发展、现当代报告文学、中国报告文学学会、报告文学优秀获奖作品四大展示版块。

第四节　遗物

《圣井铭并叙》碑

明隆庆元年（1567）冬，长兴知县归有光游下箬寺圣井后撰《圣井铭并序》，由县丞吴承恩书写，勒石立碑于圣井旁。碑高零点九二米，宽一点四七米，厚零点二五米，正文连款二十一行，满行十六字，共三百零一字，字径三点五厘米，楷中带行体。碑镌莲花瓣边饰。碑首题"圣井铭并叙"，落款"隆庆元年十月十日吴郡归有光撰，淮阴吴承恩书"。碑断为三截，已拼接。1978年10月移存长兴县博物馆。

《梦鼎堂记》碑

1978年12月在长兴县衙旧址出土，今存县博物馆。该碑高一点八五米，宽零点五七米，厚零点二三米。碑额刻云纹，篆书《梦鼎堂记》。碑文直书，共十七行，每行三十四字，字径三厘米，行楷。落款为："长兴县知县吴郡归有光撰，长兴丞淮阴吴承恩书，隆庆元年十月立。"碑文记述重修县衙改名为"梦鼎堂"之事。碑左上角略残。

《县令题名》碑

现存长兴县博物馆。残高一点六二米，宽零点八七米，周刻卷草花边。上部叙长兴县建置沿革，字径二点五厘米；下部刻明洪武以后历任知县姓名，字径一厘米。首题"长兴县令题名记"，落款"……十月十日吴郡归有光撰，淮阴吴承恩书"。"十月十日"前的一段碑石，在光绪年间于碑阴刻《奉宪禁革碑》时截去。

宜园记

临桂况周颐撰文，闽县郑孝胥书，有刻石七块，每块纵九寸，横两尺两寸，为楷书，原嵌于宜园壁，已佚。其拓本藏湖州博物馆。碑文见录于《湖州市文化艺术志》第302—303页。

陆心源墓志铭

墓碑已佚，拓片完好。志铭纵横均零点八米，篆盖"清故荣禄大夫二品顶戴广东高廉道陆公墓志铭"，由礼部侍郎李文田书，铭文由俞樾撰写，翰林院编修王同愈书丹。铭文见《湖州文化艺术志》第 313—315 页。

杨岘墓志铭

湖州市博物馆藏有拓本，因右下角残缺，铭文不完全。志铭纵横均零点六九米，正文三十五行，满行三十五字，正书。铭文系费念慈所撰，书丹者不详。铭文见《湖州文化艺术志》第 312—313 页。

沈家本墓志铭

该墓碑高零点八二米，宽一点七米，厚零点二米，已断为三块，存吴兴区妙西镇沈家本纪念园。湖州市博物馆藏有完整的拓本。墓碑由汾阳王式通撰文，长沙郑沅书丹，吴县周荣刻石。铭文见《湖州文化艺术志》第 311—312 页。

金绍城墓志铭

金绍城即金城。墓碑已佚，拓片完好。正文连款二十九行，满行二十八字，正书直写。铭文系闽县陈宝琛所撰，满洲宝熙书丹，杭县王褆篆盖。铭文见《湖州文化艺术志》第 317 页。

周庆云墓表

表额"吴兴周先生之墓表"，由武进吴敬恒篆书。正文由汪精卫撰写，于右任书丹。碑高一点九米，宽零点九四米，额高零点四三米，宽零点五八米。正文十一行，满行四十字，详见《湖州文化艺术志》第 318 页。

刘锦藻墓志铭

墓碑藏嘉业堂藏书楼。篆盖"清故头品顶戴内阁侍读学士刘君墓志铭"，由长沙曹广桢篆书。铭文由陈三立撰，长白宝熙书丹。碑高零点六三米，宽零点八八米，正文连款三十九行，满行三十字，正书直写。铭文见《湖州文化艺术志》第 316—317 页。

第五节　祠馆

吴昌硕纪念馆

原馆坐落在安吉县城递铺镇苕溪路 89 号，建于 1986 年。1994 年在递铺天目路 572 号昌硕公园内新建一座纪念馆，建筑面积一千两百八十八平方米，与四周园林融为一体，小桥流水，亭台楼榭，绿树成荫，曲径通幽，环境悠雅。展厅面积八百多平方米，二楼推出"吴昌硕生平展""吴昌硕作品展"。其中"吴昌硕生平陈列"分为"一耕夫来自田间""游寓江左访师友""酸寒一尉出无车""申江潮满月明时"四个部分，以精致的版面，翔实的史料，展示了一代宗师吴昌硕的生平轨迹。"小名乡阿姐""芜园岁月""一月安东令""誉满东瀛"等二十四个小标题，涵盖了吴昌硕艺术发展的各个阶段。展览最后将吴昌硕早中晚不同时期书、画、印作品作对比排列，配以文字说明，将大师艺术风格演变进程直观展示，方便观众对大师作品的解读。一楼设多功能展厅，用于举办各类展览及文化活动。馆藏有吴昌硕书画印章、诗稿信札、文房四宝等遗物，弥足珍贵。

俞平伯纪念馆

始建于 1993 年 11 月。馆址原在德清县城关镇（今乾元镇）淡家弄 26 号，占地近一亩，展厅面积约一百六十平方米。馆内陈列分"幼承家学""投入新文学运动""旧体诗词""《红楼梦》研究""爱国知识分子""业精于勤""故乡情"等七个部分。展品有遗物、手稿、书刊、书画等实物，介绍了俞平伯的一生。2015 年 6 月 10 日，俞平伯纪念馆新馆在德清新县城武康镇余英坊 36 号楼建成，展厅面积 300 余平方米，以俞平伯的"家学""文学""红学"为主线，陈列展示了俞平伯生前部分手稿、文集、照片，并辅以现代声光电等多媒体手段，重点展现了俞平伯在诗词、散文、古典文学、《红楼梦》研究等方面的创作和学术成就。

俞平伯铜像

坐落在德清县乾元镇大家山。塑于俞平伯纪念馆建馆三周年之际，即 1996 年 11 月。

徐迟纪念馆

坐落在南浔镇文园内，于1999年12月18日建成开馆。该馆采用江南庭院民居风格，由浙江久安公益事业有限公司筹资建造，馆名由书画家黄苗子题写。占地面积三百六十二平方米，建筑面积一百八十六平方米。安置在庭园中的徐迟半身铜像，由徐迟1949年前执教过的南浔中学四个班级的同学集资塑造。园中另有"诗言志"石碑一座。纪念馆有图、文版面两百七十五块，模拟徐迟武汉书房一间，内有徐迟生前用过的写字台、电脑、书柜等实物和部分视频资料。馆内两百多幅照片、大量图文资料、手稿、著作等实物，向人们展示了徐迟先生笔耕不辍的一生以及他为故乡、为祖国做出巨大贡献的家族：徐迟的父亲徐一冰、母亲陶雅莲都是我国近代著名教育家，弟弟徐舜寿是我国第一架喷气式飞机的总设计师。

陈英士故居纪念馆

位于湖州白地街五昌里，是典型的坐北朝南的清末江南传统民居建筑群，湖州市政府于2009年6月修复后对外开放。故居既是陈英士的成长之地，也是其侄儿陈果夫、陈立夫的出生之地，为浙江省级文物保护单位。故居纪念馆展陈以"英士雄魂"为主题，分"风云涌动""推翻帝制""维护共和"和"浩气长存"四大单元，除采用传统的雕塑、油画、图片等表现手段外，还创造性地采用了时光隧道、二维单片造景和旌表墙等多种展示方式，生动再现了陈英士丰富多彩的人生轨迹和卓越的历史贡献。

赵孟頫故居旧址纪念馆

坐落在湖州所前街月河桥西侧孙衙河头，甘棠桥堍，此地为赵孟頫故居旧址。该馆占地面积四千五百平方米，建筑面积约两千平方米，是目前湖州最大的仿宋建筑群，于2012年1月对外开放。展览以"鸥波无尽"为展标，分"宋室贵胄·水精宫中人""应召元廷·鹊华秋色里""儒学提举·领袖书画印""荣禄大夫·深宫度金曲""归去来兮·魂归青玻璃"五个单元，结合仿制书画作品、石刻作品与纪录片等形式，生动展示了赵孟頫的艺术人生和艺术成就。

茅坤文学馆

坐落在南浔区练市中学校园内，于2012年8月31日茅坤诞生五百周年纪念日开馆。场馆面积三百平方米，设"明史·茅坤传""茅坤——'唐宋八大家'命名者""练市文脉，源远流长""茅坤交往的文人与诗社""练市历代文人""练市当代作家"等展区。馆内还陈列着茅坤白华楼遗址出土的牌坊石、茅刊手迹《扇面图》、练市历代文人和沈苇、周黎明、流激紫等当代作家的著作、题词、图像等。旨在以茅坤文学馆为场景，培养学生对历史和文学的敬畏之心，在人文薪火相传中多一份坚守。

沈家本纪念馆

坐落在湖州市衣裳街历史文化保护区内的大摆渡口周宅。由湖州市政府于2012年建立，2013年1月对外开放。周宅结构精巧，造型独特，环境优美，占地面积约一千四百平方米，分上下两层，方形布局。馆中矗立着沈家本铜像及仿汉白玉雕像。布展分三个板块：第一板块为"风云时代，跌宕人生"，是对沈家本生平的介绍；第二板块为"以法救国，承前启后"，介绍沈家本为我国法制现代化所做出的杰出贡献；第三板块为"沈家本与湖州"，以海岛教案为例，讲述沈家本的故乡情怀。

第六节　萍踪遗迹

本节专门介绍湖州籍作家、诗人和文学评论家、翻译家在湖州市域外的文学遗迹。按年代的远近排序。

八咏楼

原名玄畅楼、元畅楼。坐落在浙江省金华市城区东南隅，坐北朝南，面临婺江，楼高数丈，屹立于石砌台基上，有石级百余。现存建筑共四进。第一进为主体建筑，重檐楼阁，歇山屋顶，翼角起翘。此楼系南朝齐隆昌元年（494）东阳郡太守、著名史学家和文学家沈约建造。竣工后沈约曾多次登楼赋诗，写下了著名的《八咏》诗，是当时文坛上的长篇杰作，传为绝唱。故从唐代起，遂以诗名改元畅楼为八咏楼。南宋淳熙十四年（1187）扩建，将沈约的八咏诗勒于石碑。元皇庆年间（1312—1313）毁于火，碑亦不存。明万历年间（1573—1620）

重建。现存八咏楼为清嘉庆年间（1796—1820）重建，1984 年大修。

赵孟頫碑刻

元代著名书画家、诗人赵孟頫为我们留下了不少墨宝，仅发现的碑刻就有上海松江醉白池公园的"《赤壁赋》石刻"；江苏太仓弇山园的"昆山州重建海宁禅寺碑"等。

梓园

坐落在上海市黄浦区乔家路 113 号。这是一座清代园林，原名宜园，始建于清康熙年间。后来，靠沙船业发家的金融家、藏书家、慈善家、号称"上海巨富一半城"的郁泰峰（1800—1866）买下该园，易名"宜稼堂"，一度成为上海最大的私家藏书楼。1918 年，王一亭从郁家后人手中买下宜稼堂一半产业，重建屋宇，修葺园林鱼池，并建了一座日式小洋楼，改造成了一座十分雅致的私家园林。因园中有一棵三百年树龄的梓树，遂名"梓园"，并由好友吴昌硕题写门额。抗战爆发后遭到毁坏，1949 年后成为"七十二家房客"。2005 年被黄浦区政府定为"区级文物保护建筑"。

耦园

坐落在苏州市内仓街小新巷 7 号。原名涉园，为清雍正年间保宁知府陆锦致仕后所筑，后为沈秉成购得，扩建后改名"耦园"，并在此迎娶小自己十五岁、能诗善文的第三任妻子严永华。耦园三面临河，一面沿街，宅园总面积约八千平方米。南北驳岸码头是耦园特色之一，尽显姑苏"人家尽枕河"的特色。因有东西两园，且"耦"与"偶"相通，故名"耦园"，寓有夫妇归田隐居之意。东西两园与四进厅堂的重楼住宅相通。耦园内的景观"黄石假山"，筑于城曲草堂楼厅之前。假山东半部较大，自厅前石径可通山上东侧的平台及西侧石室。沈秉成和严永华在耦园生活了八年，诗酒唱和，琴瑟和谐。俞樾、吴昌硕等是耦园常客。沈秉成长孙沈迈士儿时也生活在耦园。耦园 2001 年 6 月 25 日被列为全国重点文物保护单位，此前的 2000 年 11 月 30 日，耦园和其他苏州古典园林一起被列入世界文化遗产名录。

听枫园

坐落在苏州金太史巷旁的庆元坊 12 号。传为宋天圣年间（1023—1031）归安主簿、词人吴感的红梅阁旧址。清同治三年（1864），苏州知府吴云筑宅园于此。园在住宅之东，占地面积仅亩许，回环缭曲，划分为大小庭院五处。主厅听枫仙馆居中，南北有庭院各一。南院花木茂盛，东南隅堆假山，两罂轩、味道居、红叶亭、适然亭诸建筑依廊连属。因园内古枫婆娑，故名"听枫园"。俞樾、杨岘等是听枫园常客，吴昌硕曾在此为塾师，为吴云两个儿子授课。宣统二年（1910），词人朱孝臧曾寓居此园。1982年被列为苏州市文物保护单位，1984年得到整修。今园仅存吴云宅东北隅的书斋庭院区，为苏州市国画院办公之所。

曲园

俞樾在苏州的故居，位于人民路马医科巷43号。同治十三年（1874），俞樾得友人资助，购得大学士潘世恩故宅废地，亲自规划，构屋三十余楹，作为起居、著述之处，占地两千八百平方米，正宅居中，自南而北分五进。宅门悬挂李鸿章题横匾："德清余太史著书之庐"。第三进为全宅主厅，也为全宅唯一大木结构扁作抬梁式的建筑，名"乐知堂"，为俞樾接待贵宾和举行喜庆活动的场所。第四、五进为居住用房，与主厅以封火山墙相隔，又以石库门相通，以东西两厢贯通前后，组成四合院。乐知堂西为春在堂，为俞樾以文会友和讲学之处。南面"小竹里馆"为俞樾读书之处。在居住区之西北，原有隙地如曲尺形，取老子"曲则全"之意，构筑小园，取名"曲园"。曲园面积仅两百平方米，建廊凿曲池，置曲水亭，曲折多变，颇有小中见大之奇。循廊西行，有书房三间，名"达斋"。1954年，俞樾曾孙俞平伯将曾祖故居捐献国家。20世纪80年代，苏州市政府对曲园进行了整修，并对外开放。2006被列为全国重点文物保护单位。

俞楼

又称湖楼、俞平伯故居，位于杭州孤山西泠桥畔，白堤孤山路32号，为一座二层楼的建筑物，由俞樾学生、兵部侍郎徐花农募资为老师修建。楼竣于光绪三年（1877），成为俞樾在杭州的家。章太炎、吴昌硕等曾出入于此。俞樾的孙子俞陛云、曾孙俞平伯都曾在此生活、创作。俞平伯1924年秋受聘任教于杭州第一师范学院时与夫人许宝驯在俞楼生活了九个月，留下了《西湖的六月十八夜》《竹萧声的西湖》《忆江南》《眠月》《春晨》《西泠桥上卖甘蔗》等美文。1999年，俞楼修缮一新。

俞樾墓

坐落在杭州西湖风景区右台山麓，1978 年和 1992 年两次修复，旁边是 2004 年在原址附近重建的右台仙馆。现为杭州市文物保护单位。

沈家本故居

原为北京湖州会馆，又名吴兴会馆。坐落在北京西城区金井胡同 1 号。一座三进院落，旧有"湖州沈寓"的门牌。清光绪二十九年（1903）后，沈家本居住于此，直到去世。2015 年—2016 年，西城区政府腾退了里面的四十六户居民，经过长达五个月的修缮，于 2018 年 8 月以中国法制名人博物馆对外开放，每天有百余人参观。故居进门正中是沈家本半身雕像。展览分"青少年时代""刑曹生涯""任职地方""修订律例""斗室蠹居"五个单元，展示了这位法学泰斗的不平凡人生。故居的第二间展厅，详尽介绍了 1902—1911 年间沈家本修律的经过和他对中国法治进程的影响。故居前院右侧是沈家本建于 1905 年，用于办公著述、读书藏书的枕碧楼，一楼向游客开放，展示沈家旧物。

坚匏别墅

又名小刘庄、小莲庄。位于杭州宝石山南面山脚宝石山弄 3 号。中式庄园别墅，由刘锦藻始建于清光绪二十九年（1903）。别墅占地十七亩，房屋数十间，南面西湖，北临保俶塔，依水傍山。整个别墅回廊环绕、池塘假山点缀，正屋楼台铁栏全用坚匏篆文铸成，北部的桂花厅虽为传统建筑，但檐梁精美。临北山路的那座两层洋楼，名"无隐隐庐"，和谐雅致。楼西的二亩池塘，还有点缀的假山，留给人无限的记忆和梦想。俞平伯作有散文名篇《坚匏别墅的碧桃与枫叶》。

陈果夫陈立夫故居

在上海徐汇区康平路 205 号，建于 1923 年，原为砖混结构的花园住宅，略具巴洛克风格，外墙面用水泥砂浆粉刷，底层突出的敞廊由白色爱奥尼柱支撑，上部为二层露台，白色古典式栏杆，建筑层间有水平齿形装饰带，窗上有三角形山花，三层女儿墙中部突出，饰有巴洛克图案，整幢建筑给人以古典的艺术美。现为徐汇区老干部局、老干部管理服务中心办公用房，系上海市第四批优秀历史建筑。

吴昌硕墓

位于杭州市余杭区超山大明堂外西侧两百米的山坡上，建成于 1932 年，"文革"中遭红卫兵砸毁,1980 年修复。修复后的吴昌硕墓高两米、直径三米,墓碑刻"安吉吴昌硕先生墓"八字,系诸乐三补书。墓右前侧亭内立墓表一通,记述墓主生平事迹,由冯开撰文,于右任书丹,章炳麟篆额。墓台下左前方塑吴昌硕花岗岩全身立像一尊。墓左侧建有吴昌硕纪念馆。该墓 1989 年被列为浙江省文物保护单位。

沈尹默故居

位于上海市虹口区海伦路 504 号。沈尹默 1946 年从重庆东归后就一直租赁此屋居住,至 1971 年病故。1987 年,沈氏遗孀褚保权向虹口区人民政府请求自费筹办故居,次年 7 月得到上海市文物管理委员会和虹口区人民政府批复同意,并被列为区级文物保护单位,于 1990 年 10 月 25 日对外开放。故居是一座三层楼房,坐北朝南,清水外墙,黑色的门旁悬挂着沙孟海题写的"沈尹默故居"木雕直匾,门厅上方挂着赵朴初书写的横匾:"沈尹默先生故居"。故居占地面积九十六平方米,建筑面积两百平方米。一楼展厅呈横"8"字型,安放着一尊洁白的玻璃钢半身塑像,上有李力群"一代风骚"行书题词。展厅由六部分组成,分别是"我党早期挚友""五四文化先驱""书坛一代宗师""领袖赞赏自书""伉俪砚边情深""毕生精通书法"。有沈尹默与李大钊、陈独秀、鲁迅、于右任、郭沫若等交往的照片,沈尹默凝神执笔的大幅工作照,也有沈尹默长年临摹的名碑书帖,各地出版的沈尹默墨迹、手稿和论著。展柜里陈列着毛泽东 1950 年 12 月 26 日签署的任命沈尹默为上海市人民政府委员的委任状,周恩来签发的任命沈尹默为中央文史研究馆副馆长的原件,还有沈尹默生前使用过的一套文房四宝、图章等珍贵实物。二楼西侧为卧室,东为书房,书房中有沈尹默与夫人的合影照,两旁悬挂着沈尹默手书的对联:"艰苦自得力,金石不随波。"墙上还有多幅沈尹默书法精品和一幅竹画镶嵌在玻璃镜框里。书房中的书架、沙发、桌椅、笔砚等均保持原样。至 1991 年底,故居珍藏文物史料、照片计有两百余件。三楼为储藏间,不对游客开放。

戴季陶墓

原在四川省成都市葬有戴季陶母亲的戴家花园内,1993 年 11 月 27 日移葬成都昭觉寺后。墓碑由台北"故宫博物院"院长秦孝仪篆书:"吴兴戴传贤季陶先生之墓"。戴氏德配钮有恒合葬于此。

吴昌硕纪念馆

坐落在上海浦东新区华夏公园内。馆舍造型仿上海吉庆里吴昌硕故居。纪念馆由华夏文化旅游区开发公司与吴昌硕艺术研究协会于 1994 年初发起筹备，华夏公司出资建造，建筑面积九百七十二平方米，投资三百万。手书体"吴昌硕"铜字镶嵌在古朴的柚木屏风上。馆内设"吴昌硕艺术生平展"，分"根植沃土""磨历艰难""盛名沪上"和"树帜华夏"四个部分，展出图片七十九幅，画集、书刊二十多本。并展出吴昌硕及其弟子、传人和其艺术研究人士的书画作品，以及生前所用的文房四宝、书信、诗稿等。

陈英士烈士铜像

原铜像 1929 年由国民政府塑于杭州湖滨三公园内，1938 年又创办了国立英士大学，以纪念陈英士烈士。铜像高约六米，宽四米，一匹骏马正仰天长啸，英姿飒爽的陈英士一身戎装，腰挂佩剑，两眼炯炯有神地骑在骏马上，透露出一副英雄气概。中华人民共和国成立后，英士大学并入浙江大学，铜像也于 20 世纪 60 年代初被拆毁。在英士大学校友会等有关方面的多方呼吁下，杭州市政府于 2005 年在西子湖畔孤山大草坪上按原样重塑了陈英士烈士铜像。

大事年表

春秋

约周敬王三十九年（前481） 左丘明著《国语·鲁语》载："昔禹致群神于会稽之山，防风氏后至，禹杀而戮之，其骨节专车。"这是最早关于湖州德清防风氏的神话传说。

三国

约吴赤乌十三年（250） 武康姚信著成《昕天论》和《士纬新书》十卷等书，系湖州传世的最早著作。

晋

约大兴年间（318—321） 沈充在武康制《前溪曲》，系湖州传世最早的歌辞。

义熙七年（411） 五月，安吉昆山（今昆铜山）道士支昙谛卒，吴兴太守丘道护撰《道士支昙谛诔》美文一篇。

南朝

齐永明五年（487） 竟陵王萧子良召集文学之士，沈约列"竟陵八友"之一。

齐永明七年（489） 二月和十月，沈约参加萧子良主持的"善声沙门"，研讨声律，提出"四声八病"说，遂为"永明体"诗歌创始人之一。

齐永明十一年（493）　沈约任东阳（今金华）太守，在婺江北岸建元畅楼，咏长歌八首，世人传诵，后改为"八咏楼"。

梁天监四年（505）　吴兴丘迟撰《与陈伯之书》，文中"暮春三月，江南草长"句千古传诵。

梁天监十二年（513）　享有"文蔚辞宗"之誉的沈约病逝。

唐

大历八年（773）　正月，颜真卿任湖州刺史，邀释法海、释皎然和陆羽、李萼等江东文士数十人修纂《韵海镜源》；春夏之际，《韵海镜源》书成，颜真卿、释皎然、陆羽、左辅元、吴筠等二十九人在岘山洼樽亭联句；十月，颜真卿在杼山建三癸亭并题额，陆羽营亭，皎然赋诗，时称三绝。

大历十年（774）　张志和在湖州作《渔父》词，其中"西塞山前白鹭飞"一首传唱千古。

建中元年（780）　陆羽的《茶经》在杼山改定问世；约是年，孟郊作《游子吟》，"慈母手中线，游子身上衣……"脍炙人口。

约建中二年（781）　沈既济作《枕中记》《任氏传》等传奇作品，为我国早期著名的传奇小说，广为流传。

兴元元年（784）　三月十日，湖州刺史袁高在顾渚山摩崖题刻《茶山诗》。

贞元五年（789）　诗僧皎然诗论专著《诗式》编录点定，勒为五卷。

贞元九年（793）　湖州刺史于頔奉集贤殿御书院之命辑皎然诗集《昼上人集》十卷，贡献朝廷藏于秘阁。

贞元十二年（796）　春，孟郊进士及第，兴奋之余，作七绝《登科后》一首。

贞元十五年（799）　十二月，顾况作《湖州刺史厅壁记》。

元和九年（814）　八月五日，诗人孟郊逝世。

长庆三年至宝历二年（823—826）　崔元亮任湖州刺史，常与同科出身的杭州刺史白居易、浙东观察使（任所在会稽，今绍兴）元稹往还唱和。

宝历二年（826）　春，湖州刺史崔元亮与常州的贾刺史斗茶于两州交界处的境会亭，白居易因病缺席，作《夜闻贾常州崔湖州茶山境会因寄此诗》记其事。

开成三年（838）　湖州刺史杨汉公辟白苹洲，营五亭，请白居易撰《五亭记》。

大中四年（850）　春，湖州刺史杜牧到长城顾渚山督造紫笋贡茶，作《题茶山》诗一首，题摩崖石刻一面。

宋

太平兴国七年（982）　释赞宁奉敕编纂《宋高僧传》，故又称《大宋高僧传》。

庆历二至四年（1042—1044）　诗人梅尧臣来湖州监盐税，与知州胡宿等唱和，留下咏湖州诗八十余首。

庆历六年（1046）　知湖州军州事马寻（字太卿）做东，在南园宴请张维、郎简、范锐、刘余庆、周守中、吴琰等六位耆老。张维席间赋《太守马太卿会六老于南园》等诗十首。

治平元年（1064）　张维之子、词人张先据其父南园会所作十首诗绘《十咏图》。此图现藏北京故宫博物院。

熙宁五年（1072）　知湖州军州事孙觉建墨妙亭，搜集《三费碑》、颜真卿《干禄字书》等汉晋以来古文遗刻和前人歌咏刻石等，麇集此亭，请首次来湖州的苏轼撰《墨妙亭记》及诗，曾巩也为此亭撰文；孙觉为张先《十咏图》作序。

熙宁七年（1074）　九月，苏轼与知湖州军州事李常及杨绘、张先、陈舜俞、刘述在碧澜堂相聚吟唱，张先作《定风波·六客词》纪其事，世称"前六客会"。

元丰二年（1079）　四月，苏轼知湖州军州事，与参寥子、贾收、孙佺、秦观、王适、王遹及子苏迈等，从端午日始分韵唱和不断，至七月"乌台诗案"事发止。

约元祐三年（1088）　沈括《梦溪笔谈》书成。

元祐六年（1091）　三月，苏轼与曾辅、刘季孙、苏坚、张弼同舟自杭州出发，经德清，在半月泉留下题名石刻后抵湖州。知湖州军州事张询在碧澜堂宴请苏轼一行。宾主又是六人，但前六客中只有苏轼一人健在，余皆离世，世称"后六客会"。

建炎二年（1128）　叶梦得隐居湖州弁山石林。约绍兴十五年（1145）再次归隐石林。先后在石林撰成《避暑录话》《石林燕语》《石林词》等。

绍兴十八年（1148）　胡仔编撰《苕溪渔隐丛话》前集初稿成。至乾道三年（1167），《苕溪渔隐丛话》后集也成。

隆兴二年（1164）　葛立方在湖州泛金溪撰成《韵语阳秋》。

淳熙四年（1177）　由施元之和吴郡（今苏州）顾禧合作的第一部苏东坡诗编年体注释本《施注东坡先生诗集》（又名《施顾注苏诗》）书成。

淳熙十三年（1186）　词人姜夔寓居湖州弁山白石洞，至庆元二年（1196），其间作有大量诗、词、文，其中词《暗香》《疏影》和诗《除夜自石湖归苕溪》十首最有名。

嘉泰元年（1201）　谈钥修成《吴兴志》。这是湖州现存最早、最完整的方志。

景定元年（1260）　周密在湖州撰成《齐东野语》。

景定五年（1264）　周密与杨缵、张枢和"龟溪二隐"李彭老、李莱老等词人成立"西湖吟社"。

元

大德六年（1302）　赵孟頫撰、书《吴兴赋》。

大德十年（1306）　诗人黄玠隐居湖州弁山，凡四十余年，著有《弁山小隐吟录》两卷。

至治二年（1322）　六月十六日，赵孟頫在湖州家中逝世。

至元五年（1339）十卷本《松雪斋诗文集》刊行。

约至正二十年（1360）　"吴中四杰"中的张羽、徐贲隐居湖州蜀山，多有诗作问世，在元末明初颇具影响。

明

弘治十二年（1499）　杨一清刻印《孟东野诗集》。该版本书浙江图书馆有藏。

弘治十八年（1505）　刘麟等人在长兴吕山结湖南崇雅社。这是湖州有作品传世的最早文学结社。该社于正德十六年（1521）停止活动。

正德七年（1512）　七月二十日（8月31日），茅坤诞生。

嘉靖二十二年（1543）　唐枢等人在湖州发起岘山会，后改名逸老堂会，参加人数多时达八十余人，是一个延续时间长达百年的文学社团。

嘉靖二十六年（1547）　宋雷撰成《西吴里语》一书。这是湖州最早、搜罗最广泛的民间传说著作。

嘉靖四十四年（1565）　著名散文家归有光、小说家吴承恩任长兴县令、县丞，在长兴有作品传世，并与当地文人徐中行的交好；茅坤在归安花林选编成《唐宋八大家文抄》。

隆庆元年（1567）　长兴县令归有光撰、县丞吴承恩书《圣井铭并叙》《梦鼎堂记》《长兴知县题名记》等碑文。

万历五年（1577）　晟舍凌迪知刊印桂芝堂《文林绮秀》，是湖州最早出版的大型丛书。

万历七年（1579）　茅坤选编的《唐宋八大家文抄》由茅一桂刊印，共十六册一百四十四卷，茅坤亲自为之作序。

万历八年（1580）　五月七日，凌濛初诞生。

万历十一年（1583）　茅坤诗集《白华楼吟稿》十卷刊印。

万历二十九年（1601）　臧懋循与曹学佺、陈邦瞻等名士结金陵诗社唱和，后辑有《金陵社集》八卷；12 月 22 日，茅坤去世。

万历四十四年（1616）　臧懋循完成一百卷《元曲选》的选编。该版本书浙江图书馆有藏。

天启元年（1621）　朱国桢撰成笔记小说集《涌幢小品》。

天启四年（1624）　董斯张三十二卷《吴兴备志》书成。

天启七年（1627）　凌濛初刊行短篇白话小说集《初刻拍案惊奇》，为最早的文人创作的白话短篇小说集，其后文人写作拟话本逐渐风行。

崇祯六年（1633）　孙淳任复社浙江铺司。此后共有二十九个湖州人加入复社。

崇祯十三年（1640）　董说在南浔创作长篇小说《西游补》。

崇祯十七年（1644）　正月十二日，凌濛初在徐州房村病逝。

清

顺治八年（1651）　李令晢等人在湖州结同岑诗社。该社于顺治十二年刊印同人诗集《同岑集》，康熙二年（1663）解散。

康熙二年（1663）　始于顺治十七年（1660）的南浔庄廷钺"明史案"结案，共有四人遭碎尸，十八人被凌迟处死，七十二人被斩首，其他受牵连者无数。

约康熙九年（1670）　德清蔡启僔高中庚戌科状元，寄籍德清的归安人孙在丰得中榜眼，一时轰动朝野，成为美谈佳话；归安陈忱创作而成《水浒后传》。

康熙十七年（1678） 剧作家洪昇寓居武康前溪，组织演出其剧作《沉香亭》（即《长生殿》）。

康熙三十九年（1700） 郑元庆撰成一百二十卷《湖录》。

康熙四十二年（1703） 德清徐倬撰成一百卷《全唐诗录》，朝廷御制序文，赐币刊行，并晋徐氏礼部侍郎衔，赐"寿祺雅正"匾；归安竹墩沈三曾应召参与编纂《全唐诗》。

乾隆三十四年（1769） 德清戚蓼生登进士第，在京得曹雪芹《石头记》并作序，世称《红楼梦》"戚本"。

乾隆年间（1736—1795） 陈端生作长篇弹词《再生缘》，梁继绳续成。

嘉庆二十二年（1817） 被袁枚誉为"两浙闺秀诗之冠"的《织云楼合刊》刊印而成。

道光十年（1830） 郑佶将陈焯编的《湖州诗录》和自辑的《湖州诗续录》合并刊行。

道光十五年（1835） 经二十七年努力，严可均辑成《全上古三代秦汉六朝文》。

道光二十三年（1843） 郑贞华创作完成长篇神话弹词《梦影缘》。

道光二十四年（1844） 9月12日，诗人、书画家吴昌硕在湖州府孝丰县鄣吴村（今属安吉县）诞生。

同治二年（1863） 丹桂堂刻印陈端生长篇弹词《再生缘》。该版本书浙江图书馆有藏。

光绪十三年（1887） 9月12日，现代著名文学家、语言学家钱玄同在湖州诞生。

光绪二十年（1894）前后 俞樾的《春在堂全书》刊行；陆心源所撰《潜园总集》和所辑之《十万卷楼丛书》《湖州丛书》也由湖州义塾刊行。

光绪二十九年（1903） 中国第一部女性撰写的海外游记——单士厘的《癸卯旅行记》出版。

光绪三十二年（1906） 三月，秋瑾被聘为南浔浔溪女校教师，授课之余续写弹词《精卫石》；十二月二十三日（1907年2月5日），俞樾在苏州曲园逝世。

光绪三十三年（1907）　五月，陆心源皕宋楼藏书被其子陆树藩以十万元卖给日本静嘉堂文库；陆树藩将所余守先阁两万卷藏书捐献给新成立的湖州海岛图书馆。

宣统元年（1909）　11月13日，近代著名文学社团——南社在苏州成立。湖州先后参加南社的有陈英士、沈尹默、赵苕狂等二十九人。

宣统三年（1911）　归安朱孝臧积二三十年之功校编而成的词集丛刊《彊村丛书》问世。

中华民国

1912 年

三月，吴昌硕、周庆云、刘承干等在上海倡立淞滨吟社。

是年，钱恂任浙江图书馆馆长，发起补抄文澜阁所藏《四库全书》缺本。此项工程历时十四年，于1926年4月完成，史称"癸亥补抄"。

1913 年

夏，周庆云与吴昌硕、刘炳照等在其上海寓所晨风庐倡立诗社，有八个湖州人参加该社活动。

1914 年

10月15日，徐迟在南浔诞生。

是年，第一部德国诗歌的汉译本——应时的《德诗汉译》由浙江印刷公司刊印。

1915 年

1月，南浔王文濡编的笔记小说总集《说库》由上海文明书局出版发行。

10月，湖州人翻译的最早一部文学作品——赵苕狂翻译的玛克司·潘白吞长篇小说《死死生生》发表于上海《小说大观》第二期。

1916 年

是年，湖州文学史上第一篇小小说——陈果夫的《男人的乳》发表在其创办的儿童文艺杂志《碧浪》；吴昌硕为其先祖、明代诗人吴家骖重刻其已为孤本之诗集《玄盖副草》二十卷。

1917 年

2月，钱玄同致信在美国留学的胡适，支持他《文学改良刍议》的八条主张，令胡适"受宠若惊"。同年，钱玄同又提出了"选学妖孽，桐城谬种"的口号。

1918 年

1月15日，沈尹默在《新青年》杂志四卷一号上发表白话诗《人力车夫》和《月夜》，开启了中国的新诗创作。

是年，钱玄同化名王敬轩在《新青年》杂志上发表《文学革命之反响》，接着刘半农以记者名义写了《复王敬轩书》，由此引起了关于白话文和文言文的争论，扩大了《新青年》倡导的文学革命的影响。

1919 年

4月，俞平伯的白话小说代表作《花匠》在《新潮》第一卷第四号上发表。

1920 年

12月，北京大学成立歌谣研究会，沈兼士与周作人任主任。

是年，周庆云出资修复杭州西溪秋雪庵，建两浙词人祠，祭祀两浙历代七十二位词坛名家。

1921 年

4月—7月，俞平伯和顾颉刚以通信方式讨论《红楼梦》。次年，俞平伯将通信整理成七十篇，名《红楼梦辨》，于1923年由上海亚东图书馆出版。

1922 年

1月15日，俞平伯和叶圣陶、郑振铎、朱自清、刘延陵等人共同创办了五四运动以后第一本诗歌月刊《诗》，为新诗的发表开辟了一个阵地。

3月，五四新文化运动中全国第三部新诗集——俞平伯的《冬夜》由上海亚东图书馆出版。

1923 年

3月，《宋春舫论剧》第一集由中华书局出版。其第二、三集分别于1936年3月和1937年4月由上海生活书店和上海商务印书馆出版。

8月22日，俞平伯创作了散文名篇《桨声灯影里的秦淮河》。

1924 年

12月5日，郭沫若在创造社社员、宜兴人周全平的陪同下到江浙两省交界处悬脚岭下的长兴县尚儒村（今属煤山镇）调查齐（燮元）卢（永祥）战争的破坏情况，宿一夜，后作有散文《尚儒村》。

年底，钱玄同与鲁迅、周作人兄弟在北京组织"语丝社"，创办《语丝》周刊。

1925 年

12 月，中国第一部描写儿童生活的新诗集——俞平伯的早期诗集《忆》出版。

1926 年

7 月 23 日，郑振铎到莫干山旅行，在山上逗留一个月，创作了散文集《山中杂记》，后由上海开明书店出版发行。

1927 年

11 月 29 日，诗人、书画家吴昌硕在上海逝世。

1928 年

8 月，俞平伯的两部散文集《杂拌儿》《杂拌儿之二》由上海开明书店出版。他的另一部散文集《燕知草》也在同年出版。

1929 年

是年，沈西苓参加创造社，并与夏衍、郑伯奇、冯乃超等组织上海艺术剧社，参与成立左翼戏剧家剧团联盟。

1930 年

夏秋之际，朱渭深、费洁心在湖州成立中国民俗学会吴兴分会，开展民俗和民间文学的采风、搜集和编写工作。

9 月，朱渭深在湖州成立流星文学社，出版《流星丛书》。

秋冬之际，朱孝臧、周庆云等在上海倡立词社——沤社。

1931 年

4 月 22 日，只身环游世界的湖州旅行家潘德明在印度拜会了大文豪泰戈尔。泰戈尔对他说："潘君之壮举，也是亚洲人的骄傲。"

12 月 30 日，一代词宗朱孝臧在上海去世。

冬，巴金到长兴长广煤矿考察一星期，创作中篇小说《萌芽》（又名《煤》和《雪》）。

1932 年

是年，江岳浪等人在湖州成立中国诗歌会吴兴分会和飞沙诗社。这两个诗社于 1936 年底解散。

1933 年

4 月，著名文学翻译家王振孙诞生。

是年，龙榆生为朱孝臧出版《彊村遗书》，作《臧字木兰花两首·以新刊彊村遗书寄双照楼主》。

1934 年

是年，刘承干完成大型丛书《嘉业堂丛书》和《吴兴丛书》的编纂、刊印工程。

1936 年

10 月，二十岁的徐迟在上海时代图书公司出版了他的第一部诗集《二十岁人》。

是年，包玉珂创作完成了湖州现代文学史上最有影响的长篇小说《上海，冒险家的乐园》。

1937 年

春，潘孑农创作了著名的抗日歌曲《长城谣》。

4 月，沈西苓拍摄完成电影代表作《十字街头》。

7 月 7 日"卢沟桥事变"爆发后，湖州爱国青年成立了茗流文艺社、国魂社等文化社团，创办《呼号》《前敌》《雪耻》等报刊，宣传抗日救亡。

夏，赵萝蕤翻译的英国诗人艾略特的《荒原》作为"新诗社丛书"第一种出版。

1939 年

1 月 17 日，五四新文化运动的干将之一钱玄同先生在北平（今北京）逝世。

1940 年

5 月，温永之出版《长超部队》一书，详细记述该部的抗日战绩。

9 月，徐森玉受文献保存同志会委托，到上海收购湖州人张石铭、蒋汝藻、刘承干等湖州籍藏书家收藏的古籍，并把这批古籍经香港运抵重庆，由中央图书馆收藏。

12 月 17 日，我国早期著名的电影艺术家和戏剧运动的倡导者之一沈西苓在重庆病逝，享年三十七岁。

是年，方行在晋察冀抗日根据地出版诗集《岩花集》。

1941 年

10 月，徐迟在桂林出版了以抗战为题材的诗集《最强音》。

12 月，燕京大学宗教学院院长赵紫宸被日军以"亲美和反日宣传"为由逮捕。在狱中一百九十三天，他创作了散文集《系狱记》和一百五十八首诗。

1943 年

元旦，《吴兴日报》创刊，辟文学副刊《碧浪》，至 1945 年 2 月停刊。

1944 年

12 月，抗战时期活跃于德清戈亭一带的诗人群体"戈亭诗派"的诗选集《戈亭风雨集》在昌化出版。

1945 年

9 月 16 日，徐迟以"史纲"的笔名发表了他的成名作——长诗《毛泽东颂》（又名《颂歌》），从而成为在国民党统治区第一个公开发表歌颂毛泽东诗文的作家。同日，毛泽东在重庆红岩村亲切接见徐迟，赠题词："诗言志。"

1947 年

是年，徐迟回故乡南浔中学任教，并负责《南浔周报》文学副刊《原野》和《文艺苗圃》的编辑工作。

1949 年

5 月 7 日，中共中央副主席周恩来致信中共中央宣传部：要保护好浙江南浔镇的刘氏嘉业堂藏书楼。6 月下旬，中共嘉兴县委根据周恩来的指示，派部队保护嘉业堂藏书楼。

中华人民共和国

1950 年

夏末，二十四岁的木心上莫干山，住在其父建于剑池附近的别墅里，读书、写作，山居半年，为日后的文学艺术创作打下良好基础。

1951 年

6 月，《人民日报》和《文艺报》发表文章和读者来信，批判萧也牧小说《我们夫妇之间》及其改编的电影的创作倾向。

11 月 19 日，刘承干将嘉业堂藏书楼及其藏书捐献给浙江图书馆。

1952 年

7 月，陈毅元帅初上莫干山，作《莫干好》词七首。

1953 年

8月1日，著名作家魏巍到莫干山疗养，并做志愿军抗美援朝英勇事迹的报告。

1954 年

3月，毛泽东主席从杭州到莫干山游览，并作诗《七绝·莫干山》一首。

9月，庄莘、吕乐谋参加浙江省第一次文学艺术工作者代表大会。

10月16日，毛泽东发表《关于红楼梦研究问题的信》，引发了对俞平伯《红楼梦研究》的大批判。

1956 年

9月—10月，湖州市文化馆开展"百花齐放，百家争鸣"的"花""家"调查工作，发现了一批民间文学作品和民间文艺家。

10月19日，湖州市党、政、工、团和文化、教育界隆重集会，纪念鲁迅逝世 20 周年。

11月，吴兴县人民京剧团的仲俊卿向浙江省剧目创作整理委员会捐献了《蝴蝶梦》《火焰山》《取成都》等京剧剧本手抄本和《白罗山》《衣珠记》等昆曲剧本手抄本四十一出。

1957 年

年初，湖州市文化馆编印的文学报纸《飞英》创刊。

7月，郭沫若从杭州到莫干山游览，在山上住四天，作诗《游莫干山》（两首）。

1958 年

8月12日，时任文化部部长、著名作家茅盾为家乡的文学月刊《杭嘉湖文艺》题写刊名。

8月，诗人李苏卿的代表作《小篷船》在《诗刊》发表。

1961 年

7月29日，中国作家协会浙江省分会（浙江省作家协会前身）在杭州成立，隶属于省文联，首批会员一百人，其中湖州有剧作家顾锡东、刘甦、朱家桢和诗人李苏卿、李广德五人。

是年，郭沫若为王一品斋笔庄题写店招，并赋七律诗一首，庆祝笔庄创业两百二十周年。

1962 年

3 月 25 日—29 日，中国作家协会浙江分会召开诗歌创作讨论会，湖州籍诗人徐迟和吴兴第一中学（今南浔中学）教师李广德应邀参加。

1969 年

11 月 15 日，年近古稀的俞平伯和何其芳、钱钟书等知名学者一起被下放到河南息县干校劳动改造。

1970 年

10 月 15 日，萧也牧在河南"五·七"干校去世。

1971 年

6 月 1 日，著名诗人、书法家沈尹默在上海逝世。

6 月，嘉兴地区举办了为期一个半月的"培养文艺新生力量"会议，又称地区业余文艺骨干学习班，有三十五人参加。

1972 年

5 月，嘉兴地区《纪念毛主席〈在延安文艺座谈会上的讲话〉发表三十周年征文选》出版，内容多为诗歌和散文。

1975 年

9 月 30 日，俞平伯应邀参加了由周恩来总理抱病主持的国庆招待会。

1978 年

2 月 17 日，《人民日报》转载了徐迟发表在同年第一期《人民文学》杂志上的报告文学《哥德巴赫猜想》，全国各大报刊纷纷转载，产生了巨大反响。

12 月 23 日，北岛与芒克、黄锐等人创办文学刊物《今天》。

1979 年

1 月，长兴县文化馆为赵孟𫖯的《东岳行宫记》和归有光撰、吴承恩书的《圣井铭并叙》《梦鼎堂记》等三块碑建立了碑亭，以加强保护。

4 月，《湖州师专学报》创刊。该刊发表了大量的文学理论和评论文章。

7 月 7 日，茅盾为湖州影剧院题写院名。

8 月，竹林的长篇小说代表作《生活的路》由人民文学出版社出版发行，引起巨大反响。

1980 年

3 月 28 日，嘉兴地区的文学刊物《南湖》在湖州创刊。

6 月，《湖州日报》文学副刊《苕溪》创刊。

1981 年

1 月 18 日，茅盾为《南湖》杂志题写刊名。

6 月 25 日，嘉兴地区民间文学丛刊《鸳鸯湖》在湖州出版。

8 月上旬，中国作协浙江省分会在莫干山开会研讨周孟贤抒情长诗《祖国，请你思索》，称其为"忧患诗人"。

8 月，著名作家巴金组织《收获》杂志莫干山笔会，谌容、水运宪、叶蔚林、张辛欣、汪浙成等参加笔会。

1982 年

1 月 25 日，顾锡东的代表作《五女拜寿》由嘉兴地区越剧团在湖州影剧院首演成功，引起轰动。

春，改革开放后湖州市第一个文学社团——湖州市青年文学社由诗人柯平发起成立。

5 月中旬，顾锡东创作的越剧《汉宫怨》获文化部、中国剧协 1980 年—1981 年全国话剧、戏曲、歌剧优秀剧本奖。

6 月，柯平的诗作《市长，我爱上了您的女儿》在《诗刊》6 月号发表，标志着"南方生活流诗派"的诞生。

11 月，湖州市工人文化宫主办的《湖州职工文化报》的文学副刊《火花》创刊。

1983 年

5 月，嘉兴师范专科学校成立校园文学社团"远方诗社"。

是年，沈泽宜在浙江省文学研究会《文学年刊》上发表评论文章《江水滔滔》，评论李杭育的"葛川江系列"乡土小说。

1984 年

6 月 29 日，为期三天的湖州市文学艺术工作者第一次代表大会在湖州举行，会上成立了湖州市文学艺术界联合会，同时成立下属的文学、戏剧、曲艺等七个协会。

9 月 12 日，湖州市文联和安吉吴昌硕纪念馆（筹）联合举行吴昌硕纪念馆奠基仪式暨吴昌硕诞辰一百四十周年纪念会。

9月，湖州市文联编印了改革开放后湖州作者的第一部文学作品选《彩色的生活》。

10月16日，在纪念红军长征五十周年之际，被誉为"20世纪中国六大名记者"之一的《经济日报》湖州籍记者罗开富在江西瑞金开始了他徒步重走长征路的壮举。

10月，湖州籍翻译家张威廉荣获德意志民主共和国歌德奖章。

1985年

1月，湖州市文联主办的《水乡文学》杂志创刊。

2月7日，陆文夫、谌容、袁鹰、沙叶新、程乃珊、王小鹰、王辛笛、雷抒雁、徐开垒等20多位中国著名作家、诗人到水乡古镇南浔参观访问。

4月，湖州市文学学会在湖州师专成立，李广德任会长。

10月19日，经过一年零三天的艰苦跋涉，罗开富胜利到达红军长征的终点——陕北吴起镇。他采写的《红军长征追踪》和埃德加·斯诺的《西行漫记》、哈里斯·索尔茨伯里的《长征：闻所未闻的故事》被并称为20世纪"三本写红军长征路上故事的书"。

1986年

1月21日，湖州师专茅盾研究室成立，徐越化副教授任主任。

5月17日，著名作家、电影艺术家夏衍重访母校——德清县城关镇清溪小学。

9月12日，吴昌硕纪念馆在安吉递铺镇落成。

1987年

1月27日，旨在向海内外湖州人传递乡音乡情、后来被国民党元老陈立夫先生赞誉为"乡情浓郁，亲切感人"的小报《湖州乡情》创刊，寇丹主编。

1月，湖州市委宣传部、市文化局、市文联联合成立"民间文学三套集成"办公室，开始征集和编纂工作。

3月30日，湖州市人民政府拨专款为湖州图书馆购置《四库全书》一套。

5月1日，湖州市民间文艺工作者协会成立。

9月，赵孟頫别业——莲花庄重建工程竣工。

1988 年

1 月 20 日，首都各界知名人士集会纪念俞平伯从事学术活动六十五周年。中国社会科学院院长胡绳出席。

6 月，联邦德国总统魏茨德克授予张威廉大十字勋章。

11 月 4 日，湖州市诗词与楹联学会的前身湖州市诗词学会成立，谭建丞任会长。

12 月 25 日，湖州市写作学会成立，李敏龙任会长。

1989 年

1 月 1 日，茹菇的诗歌《二狗子乔迁》获《诗刊》杂志社主办的全国首届"珍酒杯"新诗大奖赛一等奖，在人民大会堂接受全国人大常委会副委员长严济慈的颁奖。

4 月，《民间文艺》季刊编辑部和湖州市民间文艺工作者协会在湖州白鹭宾馆召开吴越文化研究座谈会，中国民间文艺家协会副主席姜彬教授就吴越文化研究作专题报告。

7 月 30，由浙江少年儿童出版社和河南海燕出版社联合举办的全国儿童小说创作研讨会在莫干山举行；文化部、全国艺术科学规划领导小组联合授予钟伟今民间文学"集成志贡献奖"。

11 月 9 至 13 日，中国作家协会浙江分会诗歌创作委员会和湖州市文学工作者协会在湖州郊区练市镇举行茹菇、李浔诗歌讨论会。

1990 年

10 月 15 日，俞平伯在北京逝世。

11 月 15 日，湖州市文学工作者协会召开第二次会员代表大会，改名"湖州市作家协会"。

1991 年

2 月 23 日，湖州市第一届文学奖颁奖，马雪枫的长篇小说《影》，陈祖基、徐重庆的长篇小说《沪军都督》，余方德的长篇小说《死亡之约》，李广德的长篇传记《一代文豪：茅盾的一生》，柯平的诗集《历史与风景》，周孟贤的诗集《海上追月》，李苏卿的诗集《无花果》和钟伟今的民间文学《吴越山海经》等八部作品获得优秀著作奖，寇丹的小说《裱画的朋友》等十二件作品获得优秀作品奖。

4月9日，湖州籍香港利通图书有限公司董事长兼总经理沈本瑛先生向湖州图书馆捐赠图书两千一百零六种、三千四百五十册，价值十一万二千四百港元。

5月23日，马雪枫作为浙江省八位代表之一，赴京参加全国第三次青年创作者会议。

7月，由湖州市民间文学集成办公室编、钟伟今主编的《浙江省民间文学集成·湖州市歌谣谚语卷》由浙江文艺出版社出版发行，《浙江省民间文学集成·湖州市故事卷》同年12月出版；中国作家协会浙江分会更名为浙江省作家协会。

11月，赵萝蕤翻译的美国诗人惠特曼的诗集《草叶集》由上海译文出版社出版。

12月10日，为期四天的首届"中国防风神话学术研讨会"在德清县召开。中国上古神话中的最后一个神——防风氏神话在德清县三合乡被发掘，被中国神话学会列为我国神话学界的第四大发现。

1992年

6月28日，在由文化部主办的全国"天下第一团"优秀剧目展演中，湖州市湖剧团选送的《朝奉吃菜》和演员高兴发分别获得剧目奖和优秀表演奖。

9月，湖州当代小小说的代表作、邵宝健《永远的门》出版。

是年，钱仲联的《清诗纪事》《剑南诗稿校注》分获全国首届古籍整理图书一、二等奖。

1993年

3月1日，湖州市文化局确定洼樽亭、爱山台、皕宋楼等文学遗址为文物保护点。

3月19日，湖州市十五位作家在市委宣传部、市文联组织下到江苏吴江七都镇采风。

5月，浙江省第一个镇级作家协会——湖州市作家协会南浔分会（简称"南浔镇作协"）成立，王仲元当选主席。

10月8日，俞平伯纪念馆在德清县城关镇（今乾元镇）建成开放。

11月9日，出生于福建仙游的新加坡著名华裔作家周颖南访问湖州，并向湖州图书馆赠送了《情系中华——周颖南自传》等著作。

12月27日，吴昌硕研究会在湖州成立，费在山任会长。

12月，湖州市纪念毛泽东同志诞辰一百周年职工文学大赛揭晓。湖州机床厂杨建强的小说《爷爷的故事》，湖州中学沈培建、顾家琨的散文《走进延安》，团市委宋惠元的诗《毛泽东的藤椅》等作品获一等奖。

1994年

1月15日，由湖州市城郊人武部和南京军区《人民前线报》社联合举办的"湖州杯"好军属人物特写征文竞赛在湖州揭晓并颁奖。城郊人武部章连城等五位同志的作品获一等奖。

8月，《湖州文化艺术志》由浙江古籍出版社正式出版。

9月8日，安吉县委、县政府隆重举行纪念吴昌硕诞辰一百五十周年大会。

11月，日本诗海社理事长谷村义雄率领一百三十人的大型访华团到德清洛舍镇东衡村拜谒赵孟頫、管道升夫妇墓。

1995年

4月，由张世英主编、线装仿古装帧的谭建丞诗词集《澄园诗集》出版。

12月8日，著名书画家、诗人谭建丞先生在湖州家中与世长辞，享年九十七岁。

12月15日，"南浔杯"全国散文大奖赛颁奖典礼举行，著名作家叶文玲、莫言等到南浔领奖。

1996年

2月26日，《长兴报》编辑部致信巴金，就巴老1943年冬到长兴煤矿体验生活，创作中篇小说《雪》一事进行书面采访。事后收到了巴老女儿的回信和随信寄来的有关资料。

4月26日，北京《十月》杂志社和江苏文艺出版社联合在京举办"张国擎作品讨论会"。

5月12日，由徐长福、王建民、马雪枫创作的长篇报告文学《赤子之情》首发式在湖州师范学校举行，书的主人公陆增镛、陆增祺兄弟和湖州市领导唐永富、徐长福、沈荣林、陈永昊等出席。

12月12日，著名报告文学作家徐迟先生在武汉自杀身亡，享年八十二岁。

1997 年

3 月，"青年作家马红云小说创作研讨会"在海南举行，来自美、澳、日、新、泰等国和台、港地区及鲁、湘、陕、京、琼五地的文学评论家参加会议，研讨了马红云的《皮肤》《寡妇滩》《圆房》《心骚》等系列江南女性题材中篇小说。

4 月 16 日，湖州市委副书记徐长福受聘担任湖州市作家协会名誉主席，并为市作协拟出版的内部通讯《文化生活》题签，同时题词"加强修养，深入生活，笔耕不辍，情系读者"。

5 月 14 日，著名作家陆文夫应邀来湖州参加"环太湖女作家笔会"。

11 月 5 日，湖州师范专科学校茅盾研究所成立。李广德任所长。

11 月，《俞平伯全集》十卷由山花文艺出版社出版发行。

1998 年

4 月 2 日至 4 日，公安部、中国作协、群众出版社在北京联合召开张国擎《走出噩梦》等长篇纪实作品研讨会。

12 月，湖州市作协为庆祝中华人民共和国成立五十周年而策划的"中国太湖作家丛书"三十部作品由贵州人民出版社出版。

1999 年

4 月 1 日，著名作家徐迟和夫人，以及徐迟父母徐一冰、陶莲雅的骨灰被合葬在南浔陵园。

4 月，《钱玄同文集》六卷由中国人民大学出版社出版发行。

8 月 28 日，浙江省作家协会会员、湖州师范学院外语系教师周晓贤应邀赴美国安纳州曼彻斯特学院进行为期半年的美国文学研究，成为湖州市第一位访美女学者。

10 月 20 日，著名武侠小说作家、浙江大学人文学院院长金庸访问湖州和南浔。

12 月 25 日，湖州市举行了由《湖州文学史》《湖州笔记小说选》《湖州古诗选》《湖州散文选》《湖州民间文学选》《湖州剧作选》等六册书组成的《湖州丛书·文学辑》首发式。

2000 年

9 月，长兴少年作家协会成立。这是浙江省内首个少年作家协会。

12 月 14 日下午，浙江文学院常务副院长、茅盾文学奖得主王旭烽应湖州市作协、市文学学会邀请到湖州三联书店举行《茶人三部曲》(《南方有嘉木》《不夜之侯》《筑草为城》) 签售活动，并与湖州读者座谈。晚上，到湖州师范学院作文学讲座。

2001 年

6 月 22 日，湖州市文联、湖州市作家协会和湖州市新四军研究会联合为沈文泉长篇小说《千古奇冤》举行首发式

10 月 26 日至 29 日，"中国 21 世纪首届现代诗研讨会"在湖州举行，谢冕、张炯、程光炜、西川、王家新、杨克、杨晓民、安琪等一百多位诗人和诗评家与会。

12 月 21 日，由湖州市练市镇农民作家尹金荣创作，湖州市群艺馆演出的越剧小品《瓜园会》荣获第十一届全国群星奖金奖。

2002 年

1 月 7 日，高锋创作的三十一集电视连续剧《天下粮仓》开始在中央电视台新闻综合频道黄金段播出。

4 月 20 日，《湖州日报》副刊编辑、作家邵宝健入选"中国当代小小说风云人物榜 (1982—2002)"，荣获"小小说星座"荣誉称号。

4 月 24 日至 30 日，中国作家协会名誉副主席、中国报告文学学会会长张锲和国家一级作家王宏甲来湖州进行了为期一周的采风。

5 月 18 日，首届"徐迟报告文学奖"在北京中国现代文学馆隆重举行。黄宗英的《大雁情》、何建明的《落泪是金》等二十二篇 (部) 作品获奖。

12 月，郑天枝的报告文学《战士的情怀》在《人民文学》2002 年第十二期发表，并获该刊优秀报告文学大型征文比赛一等奖。

2003 年

5 月，湖州市作协策划、集中湖州八位作家九部作品的"百合花文丛"由时代文艺出版社出版。

10 月 16 日，《湖州晚报》记者、青年作家沈宏荣获首届中国小小说"金麻雀奖"提名奖。

10 月 28 日，《光明日报》评论部举办张国擎《我能为你做点什么——句容现象思考》作品研讨会。

2004 年

3 月 25 日，柯平荣获"首届中国艾青诗歌节"茶花奖，系华东地区唯一的获奖者。

4 月 12 日，中共湖州市委、湖州市人民政府隆重表彰在文学创作方面取得突出成就的作家马雪枫和诗人柯平。

9 月 25 日，第二届徐迟报告文学奖在南浔颁奖，李春雷的《宝山》，何建明的《根本利益》和赵瑜、胡世全的《革命百里州》三部作品获奖。

12 月 18 日，湖州历史文化名人园落成。园内有沈约、颜真卿、陆羽、皎然、张志和、李冶、孟郊、赵孟頫、臧懋循、沈家本、吴昌硕、王一亭、谭建丞等湖州籍和宦游、寓居湖州的文学家的青铜塑像。

2005 年

5 月 18 日，杨静龙作品研讨会在湖州市召开，湖州市作协主席厉创平主持，市委常委、宣传部长沙铁勇到会讲话，市文联主席闻晓明和李广德、闻波、马明奎等八人发言。

9 月 1 日，周孟贤抒情长诗《大鸟引我溯长江》在《文艺报》发表，引起热烈反响。年底，湖州举行了《大鸟引我溯长江》作品研讨会。

2006 年

1 月 5 日，湖州市文联、市广播电视总台、市作协和湖州师范学院艺术学院联合举办"魅力湖州"迎新诗歌朗诵会。十五位湖州广播电视总台的节目主持人朗诵了沈泽宜、李苏卿、柯平等十三位湖州当代诗人的诗作。

12 月，湖州市作协策划的"当代湖州作家丛书"两辑十二部由沈阳出版社出版。

2008 年

1 月 16 日晚，沈泽宜诗歌朗诵会在浙江大学玉泉校区浙大往事咖啡馆举行。沈泽宜到场。

2 月 23 日，"今天诗歌论坛"举办潘维诗歌研讨会。

5 月 20 日，湖州市文联、市作协组织杨静龙、沈文泉、马红云等部分作家在国际大酒店与来湖州访问的旅美台湾女作家喻丽清、华裔马来西亚女作家戴小华交流座谈。

7 月 12 日，由浙江省作协、湖州市委宣传部和市文联联合主办的"80 后湖州女作家作品研讨会"在湖州宾馆召开。中共湖州市委书记孙文友，市委常委、宣传部长胡菁菁，副市长倪玲妹等领导和白烨、雷抒雁、吴秀明、袁敏、谢有顺等数十位知名文学评论家参加。

11 月 8 日，第三届徐迟报告文学奖在湖北省襄樊市颁奖。张雅文的《生命的呐喊》等六篇（部）作品获徐迟报告文学奖；朱晓军的《天使在作战》等五篇（部）作品获徐迟报告文学奖荣誉奖；梅洁的《大江北去》等十篇（部）作品获徐迟报告文学奖优秀奖。

11 月 25 日，浙江省文学内刊联盟成立。《南太湖》杂志社为成员单位。

2009 年

3 月 17 日，湖州市女作家协会成立，马雪枫当选主席。

5 月 18 日至 19 日，著名作家白桦夫妇和著名社会学家邓伟志夫妇访问湖州，游览德清下渚湖风景区。湖州市作协副秘书长沈文泉陪同。

7 月，邵宝健的《永远的门》和沈宏的《走出沙漠》被《文艺报》评为小小说 30 年"最经典的作品"。

10 月 14 日至 23 日，潘维应瑞典笔会之邀赴斯德哥尔摩朗诵个人作品，并到诺贝尔文学奖得主特朗斯特罗姆家中作客。

10 月，由高锋、闻波策划，市作协主编的《湖州当代作家精品文库》第三辑由九州出版社出版。

11 月 10 日，湖州文学院成立，著名剧作家高锋任首任院长。这是全国第一个具有正式编制的地市级文学院。湖州文学网同日开网。

11 月 10 日至 16 日，湖州市作协、湖州文学院在市图书馆举办"湖州作家文学作品成果展"，展出一百余位作家的五百余部作品。

2010 年

3 月 24 日至 4 月 2 日，浙江作家代表团一行五人赴美国、加拿大开展文学交流活动，湖州市文联主席闻晓明参加。

6 月 4 日，由《中国作家》杂志社、湖州市文联、湖州日报报业集团联合主办的"风物湖州"全国诗文大奖赛举行颁奖典礼暨《踏歌清远山水间》首发式。重庆诗人黄飞的《千秋绝艳咏湖州》、湖州作家梅苏苏的散文《指缝间流下的城》获一等奖。

6月18日至20日，为解开黄石与湖州争夺西塞山之谜，湖州市作协副秘书长沈文泉赴湖北黄石考察，回来后发表了《黄石西塞山考察记》一文，肯定了张志和笔下的西塞山在湖州而不在黄石的观点。

10月15日，纪念徐迟诞辰九十六周年报告文学大赛颁奖仪式暨"徐迟与南浔"研讨会在南浔举行。郑天枝的《天亮是从自家的窗口开始的》获一等奖。

11月27日，湖州南太湖少年文学院成立，黄其恕任院长。

2011年

5月23日，"第四届徐迟报告文学奖在湖北谷城颁奖。赵瑜的《寻找巴金的黛莉》、李春雷的《木棉花开》、何建明的《生命第一》、丰收的《王震和我们》和杨黎光的《中山路》等五篇（部）作品获徐迟报告文学奖；党益民的《守望天山》等十篇（部）作品获徐迟报告文学奖优秀作品奖。

6月30日，湖州市委宣传部、湖州市文联、湖州文学院组织十多位作家编写湖州籍"一百位为新中国成立做出突出贡献的英雄模范人物和一百位新中国成立以来感动中国人物"的创作活动顺利结束，后出版《红色特工钱壮飞》和《石油之子王启民》二书。

7月8日，由浙江省作协、湖州市委宣传部、湖州市文联联合主办的"90后湖州文学新锐作品研讨会"在湖州宾馆举行。省作协党组书记、副主席赵和平，党组副书记、秘书长郑晓林，浙江文学院院长盛子潮和白烨、贺绍俊、张陵、陈歆耕、艾克拜尔·米吉提等二十多位知名专家学者出席。

8月21日，湖州市作协在高锋主席带领下到杭州纯真年代书吧召开主席团会议，并与书吧主人、浙江文学院院长盛子潮夫妇交流。

9月28日，由湖州市文联、湖州市作协和湖州文学院共同主办的首届"湖州青年文学之星"颁奖，80后女作家黄慕秋获"湖州青年文学之星"称号。

12月10日至11日，中国先秦史学会和德清县政府联合在武康举办了第三届防风文化学术研讨会。

12月16日，由《江南》杂志和《钱江晚报》联合主办的"少年追梦征文大赛'三行诗'梦想照进校园活动"在长兴启动，浙江省作协党组书记赵和平等领导出席。

2012 年

3月2日，湖州市作协副主席金一鸣带领作家沈文泉、徐惠林、沈旭霞等在织里镇阿祥集团参加市文联举办的"走进春天里——湖州文艺家进村入企基层行启动仪式暨湖州市文艺志愿者队成立仪式"后，深入该镇伍浦村采风。事后创作了散文《走进伍浦村》等文学作品。

4月9日至10日，"'江南之春'首届南太湖诗会暨江浙诗人创作交流座谈会"在湖州举行，著名诗人、诗歌评论家谢冕、许淇、陈歆耕、秦兆基、桂兴华、龙彼德、子川、箫风、潘维等六十多人参加活动。

4月18日，湖州市文联、市作协、湖州文学院和吴兴区织里镇政府联合举办"湖州作家织里采风行活动"，杨静龙、高锋、金一鸣带领十八位作家一对一采访了十八位织里镇先进典型人物，创作了一批报告文学作品。

4月29日，西藏拉萨诗院举办"潘维诗歌研讨会暨朗诵会"。

5月24日，湖州市首届少年文学之星暨"中信银行杯"中小学生新创意写作大赛颁奖会在湖州宾馆举行。

6月24日，湖州作家寇丹、沈文泉、陈芳访问平湖，参观李叔同纪念馆、许白凤故居和莫氏庄园，与嘉兴市作协副主席兼平湖市作协主席詹政伟、平湖市诗词学会会长陆永祥和文学青年潘婼恬等进行文学交流。

7月初，湖州市文联副主席杨静龙获第三届汉语文学女评委大奖。

11月23日，以"跨越海峡的呼唤"为主题的两岸音乐诗会在海南举行，潘维作为"江南诗歌的代表性诗人"荣获2012年两岸诗会桂冠诗人奖。

2013 年

3月22日，浙江省作协党组书记赵和平一行到湖州调研中青年作家队伍建设和长兴青少年作家培养模式。

5月11日，复旦大学团委、复旦诗社、北岳文艺出版社等单位举办潘维诗歌朗诵会暨《水的事情》发布会。

6月10日，中国散文诗研究中心第一届年会暨耿林莽散文诗创作研讨会在湖州师范学院举行。

7月至次年1月，余方德主编的"名人与湖州丛书"十五部由中国文联出版社和沈阳出版社出版。

10 月 15 日，诗词雕塑《太湖赋》在南太湖旅游度假区的环湖大堤上落成。湖州市委书记马以和水利部太湖管理局局长叶建春为雕塑揭幕。

10 月 23 日，湖州文学院在湖州四中举行仪式，授予章莳莳第二届"湖州青年文学之星"称号，授予潘亚君湖州市优秀青年文学作品奖。

11 月 2 日，湖州市作协主办的《湖州作家》年刊创刊号首发式暨"广成文艺杯""中国梦·湖州情"文学大赛启动仪式在湖州宾馆隆重举行。浙江省作协党组书记臧军，湖州市委常委、宣传部长胡菁菁出席并讲话。

11 月 22 日，由浙江省作协和湖州市委宣传部联合主办的浙江省作家协会网络文学创作研究基地暨湖州网络文学创作研究中心挂牌仪式在湖州举行。省作协党组书记臧军、副主席曹启文，湖州市委常委、宣传部长胡菁菁等领导参加。

2014 年

3 月 23 日，由浙江省作协、红旗出版社、长兴县文联主办的田家村长篇纪实文学《江南小延安》审读研讨会在新四军苏浙军区纪念馆举行。中国作协副主席、中国报告文学学会会长何建明，中国报告文学学会副会长李炳银等出席。

4 月 25 日至 27 日，浙江省网络作协二十余名会员到长兴江南红村参加为期三天的"红色故土行"活动。

4 月 27 日，由浙江省作协、浙江文艺出版社、湖州市委宣传部、湖州市文联联合主办的杨静龙小说作品集《遍地青菜》研讨会在荻港渔庄举行。浙江省作协党组书记臧军，湖州市委常委、宣传部长胡菁菁，浙江大学教授吴秀明等领导和专家学者出席。

6 月 26 日，流潋紫的《甄嬛传》获第二届亚洲彩虹奖编剧奖。

7 月，田家村的长篇纪实文学《江南小延安》获浙江省第十二届精神文明建设"五个一工程"奖。

9 月 21 日，著名诗人、湖州师范学院教授沈泽宜在湖州逝世。

10 月 15 日，第五届徐迟报告文学奖在武汉颁奖，陈启文的《命脉：中国水利调查》、阎纲的《美丽的夭亡》、丁燕的《低天空：珠三角女工的痛与爱》、李青松的《乌梁素海》、王国平的《一枚铺路的石子》等五篇（部）作品获徐迟报告文学奖，郭晓晔的《孤独的天空》等十篇（部）作品获徐迟报告文学优秀奖；中国报告文学学会、湖北省文联、湖北省作协召开了纪念徐迟诞辰一百周年座谈会。

10月，《徐迟文集》（全十册）由作家出版社出版发行。

2015 年

1月10日，湖州市文学学会召开第六次代表大会，湖州师院文学院副院长王昌忠教授接替程民教授任会长，徐重庆、沈文泉、李浔、徐惠林等作家任副会长。

3月，流潋紫主创的电视连续剧《后宫·甄嬛传》开始播出。

4月12日，德清县图书馆推出"驻馆作家"制，张抗抗、蒋子龙、刘醒龙、资中筠、王家新、何建明等著名作家先后入驻，作讲座，与读者见面，进校园宣讲文学，形成了特色品牌。

5月13日，中国作协党组成员、副主席、书记处书记、中国作家出版集团党委书记何建明在中国作协办公厅主任胡殷红、省作协党组书记臧军等陪同下到湖州调研。

6月12日，中国第六代电影导演的代表人物之一阿年（许宏宇）为湖州职业技术学院师生作了题为《中国国产电影十大窘境》的讲座。

7月7日，由湖州市档案馆编，沈鑫元编著，中国文史出版社出版的《湖州"郎部"抗日英雄传》一书首发。

7月9日，湖州市作协组织三十余位湖州市本级的中国作协会员和省作协会员到菱湖镇和新市镇开展纪念抗日战争胜利七十周年大型采风活动。

7月13日至18日，浙江文学代表团在省委宣传部副部长唐中祥带领下，随浙江文化援疆代表团赴新疆阿克苏地区采风交流，湖州市作协主席杨静龙参加。

8月15日，潘维获第六届闻一多诗歌奖。

9月7日，因金一鸣退休，湖州市社会科学院文化研究所所长、市作协副主席兼秘书长沈文泉调任湖州文学院副院长、市文联《南太湖》杂志社副社长兼副主编，主持工作。

9月10日，湖州市作协第一个创作基地在清泉武校挂牌。

9月23日，湖州文学院启动《湖州文学志》编纂和湖州作家书库建设两大文学工程。

10月18日，中国报告文学、浙江省报告文学创作基地落户南浔古镇，为期三天的中国报告文学作家"千年古镇看南浔"采风活动同日结束。

10月，由湖州文化馆选送、戴育莲主演的湖州三跳《英台担水》获"非遗薪传"——浙江曲艺展演展评金奖。

11月6日，湖州市第一个行业作协——市交通作家协会成立，倪建国任主席，有会员三十七人。

2016年

3月1日和4月1日，曾获"新中国60年有影响力的期刊"称号的《收藏》杂志在这年第三、四期推出"湖州藏天下·湖州收藏文化专辑"，集中发表了湖州作家沈文泉、陆士虎、陆剑等人撰写的文化散文。

4月25日至30日，浙江省"流淌的故事——来自'五水共治'的报告"文学采风团第一分队在省作协党组书记臧军带领下到湖州采风。该分队成员有黄咏梅、冯颖平、孙昌建、王麟慧。湖州本土作家李民、慎志浩、王行云也参与采风。

6月，湖州市文联主办的《南太湖》杂志改版。此次改版主要体现在改小开本、兼顾文艺、加强评论、关注研究、注重两头、按季分期等六个方面。

8月14日，湖州市文艺采风团在市文联副主席马卫忠率领下，赴新疆开展为期一周的采风活动，市作协副主席兼秘书长沈文泉，副主席金一鸣、严明卯，副秘书长俞玉梁、黄其恕参加。

9月9日至11日，中国作协副主席、中国作家出版集团党委书记何建明率领集团五刊一报一社（《小说选刊》《中国作家》《人民文学》《民族文学》《诗刊》《文艺报》和作家出版社）的主编与浙江中青年作家在德清举行肯定会，浙江省委宣传部副部长唐中祥，省作协党组书记臧军，湖州市委常委、宣传部长胡菁菁和德清县委书记项乐民出席。

9月26日，湖州市影视产业投创会作为第八届湖笔文化节的一项内容在太湖之滨的希尔顿温泉度假酒店召开，唐蒙、宋方金、余飞、李星文、郝岩、谢丽红、金一鸣、张继等8位国内一线影视编剧参加了"编剧论坛·太湖论剑"活动，畅谈"正剧的突围之路"。

10月16日，浙江省作协和长兴县政府联合举行"和美长兴·风情太湖"全国诗歌大赛颁奖典礼。

2017年

1月3日，被誉为"湖州文化的守望者"的作家徐重庆病逝。

6月6日，第六届"徐迟报告文学奖"颁奖典礼在南浔举行，五部长篇报告文学和三篇中短篇报告文学作品获奖。大会授予南浔"中国报告文学之乡"称号，决定南浔为"徐迟报告文学奖"的永久颁奖地。大会还授予周明、傅溪鹏中国报告文学事业终身贡献奖，黄宗英、理由中国报告文学创作终身成就奖。

6月24日，中华人民共和国成立以来湖州文学首次规模结集的成果——由浙江文艺出版社与浙江摄影出版社联合出版的《湖州当代优秀文学作品选》六卷本在南浔首发。

6月，诗人周孟贤应文化部中国艺术研究院之邀参加"新诗的道路——中国新诗百年研讨会"并发表《诗坛现状之我见》的演讲。

8月24日，德清举行《德清文丛》第一辑首发式暨出版座谈会。该辑有张林华、李颖颖的散文集《走读德清》和杨振华的人物纪实《永远的游子吟》两部作品。

9月19日，何建明的长篇报告文学《那山，那水》新书首发式暨研讨会在北京举行。

10月31日，浙江省诗词与楹联学会授予长兴县"浙江省诗词之乡"称号。

11月3日，湖州市委外宣办和市文联联合在湖州师范学院图书馆举行《湖州故事》一书的首发式暨研讨会。该书由市外宣办和市作协历时四年合作、百花洲文艺出版社出版，收入古今湖州故事三十篇。

11月11日，由德清县政府和浙江省作协联合主办的德清首届莫干山国际诗歌节举行。

12月22日，由高锋编剧、正在中央电视台新闻综合频道黄金时段热播的大型历史传奇正剧《天下粮田》在北京召开了专家研讨会。中国文联副主席、中国电视艺术家协会主席胡占凡和主创人员高锋、阚卫平、俞胜利，评论家李准、仲呈祥、高小立、李春利、赵彤等出席。

12月23日，有文学报社、湖州市湖笔协会、市作家协会、湖州文学院联合主办的"湖笔的故事"全国征文颁奖典礼在湖州国际大酒店隆重举行。浙江省作协党组书记臧军，安徽省作协主席许辉，文学报社总编辑陆梅，湖州市委常委、宣传部长范庆瑜等领导出席颁奖典礼；由湖州市作协、湖州文学院组织的"全国著名作家湖州行采风活动"在"湖笔之乡"南浔区善琏镇举行。

2018 年

3 月 13 日，中国作协党组成员、副主席、书记处书记李敬泽一行在省作协党组副书记曹启文陪同下到湖州德清调研。

3 月 31 日，由中国作协网络文学委员会、上海市新闻出版局、上海市作协、阅文集团联合主办的"中国网络文学 20 年 20 部优秀作品"评选揭晓，湖州媳妇桐华的《步步惊心》上榜。

4 月 8 日至 10 日，中国作协在安吉召开部分省市调研座谈会，就如何学习贯彻习近平新时代中国特色社会主义思想，开创新时代作协工作和文学事业发展新局面进行座谈交流，阎晶明副主席主持，吉狄马加副主席讲话，浙江、河北、山西、上海、福建、河南、湖北、重庆、贵州、青海等十省市作协（文联）主要负责人参加。湖州市文联主席沈宝山、市作协主席张林华、副主席兼秘书长沈文泉列席会议。

8 月 4 日，南浔区作家协会成立，至此，全市三县两区都成立了作协。

8 月 30 日至 9 月 1 日，由中国报告文学学会组织的十位作家、浙江省作协组织的十位作家和湖州市作协组织的十位作家在湖州开展"向新时代文学高峰迈进——中国报告文学作家湖州采风行"活动，采风成果后来编辑出版了《漾在绿水青山间》一书。

9 月 9 日，中国作协庆祝改革开放四十周年主题实践活动第三采风团到安吉余村、鲁家村采风。湖州市文联主席沈宝山、副主席马卫忠和市作协副主席兼秘书长沈文泉陪同采风。

9 月，《浙江省五年文学作品选（2013—2017）·湖州卷》由浙江人民出版社出版。

10 月 18 日，首届"中国湖州（德清）·莫干山文学周"开幕，中国作协副主席、国务院参事张抗抗向洛舍镇即将建设的"张抗抗书院"捐赠首批陈列书籍；浙江省作协莫干山创作基地、《花城》杂志莫干山创作基地挂牌；湖州市网络作家协会在莫干山白云饭店成立，流潋紫任主席。

10 月 27 日，江苏省杂文学会在沭阳举办湖州籍杂文作家胡建新杂文作品集《忧与乐》《思与行》研讨会。

11 月 20 日，"从《哥德巴赫猜想》到《那山，那水》——庆祝改革开放 40

周年中国报告文学学术研讨会"在安吉余村召开；中国报告文学馆落户南浔古镇；"我与报告文学"全国征文活动颁奖典礼在南浔举行，湖州作家李广德、田家村获二等奖，沈文泉获三等奖；"时代的报告——庆祝改革开放40周年中国报告文学巡礼暨第七届徐迟报告文学奖颁奖盛典"在湖州大剧院隆重举行，中国作协副主席、中国报告文学学会会长何建明和浙江省作协、湖州市领导出席活动。

11月，邵宝健的小小说《永远的门》和沈宏的小小说《走出沙漠》荣登《小小说选刊》《百花园》及全国小小说学会联盟"改革开放40周年最具影响力小小说"榜和"改革开放40年中国小小说百篇经典"榜。

12月21日至23日，湖州市作协采风团一行三十人在市文联主席沈宝山带领下到嘉兴开展"弘扬'红船精神'，践行'两山'理念"主题采风活动。次年1月4日至6日，嘉兴市作协采风团一行三十四人在市委宣传部常务副部长王登峰率领下到湖州采风。这是改革开放四十年、撤地建市三十五年两市最大规模的文学交流活动。

2019年

1月5日，朱建新、谢墨等人创办了电子半月刊《苕溪岁月》，主要发表文学作品，并聘请柯平为顾问。

1月21日，"回望四十载，放歌新时代"——湖州市庆祝改革开放40周年征文颁奖仪式在市工人文化宫举行，市政协副主席、总工会主席钟鸣，市文联党组书记、主席沈宝山等向获奖作者颁奖。

2月19日，湖州市政协委员、湖州文学院院长沈文泉向市政协八届三次会议提交了《建议市城投集团支持市文联在长岛公园打造湖州文学艺术高地》的提案，以推动市文联领导打造文学艺术精品创作高地构想的实现。此提案得到了陈芳、孙晖、安小梅、戴育莲、王子瑜、方爱娜等文艺界委员的附议。

6月16日至30日，湖州作家沈文泉、郑天枝、钱爱康、谢桃花和长兴作家嵇和英等游历了俄罗斯和波罗的海沿海的芬兰、爱沙尼亚、拉脱维亚、瑞典、挪威、丹麦七国，寻访和拜谒了普希金、高尔基、易卜生、莎士比亚、安徒生等欧洲文学大师们的塑像、故居、囚禁地和创作地，参观了诺贝尔文学奖颁奖典礼后举行晚宴和舞会的斯德哥尔摩市政厅。

8月17日—18日，中国寓言文学研究会闪小说专业委员会会长、《闪小说》

杂志主编程思良，《闪小说》副主编史建树，《小小说大世界》主编蓝月等访问湖州，并就谢桃花的小小说创作进行了研讨。此次活动为菲律宾《世界日报》《菲华日报》等海外媒体报道。

8月，著名书法家、中国书法家协会前副主席、清华大学教授言恭达先生为《湖州文学志》题签。

9月12日，"2019·湖州人大会"在湖州大剧院召开，著名湖州籍作家葛剑雄、罗开富、章开沅、吴雪岚（流潋紫）、张国擎、李瑶音和本土作家高锋、柯平等出席。吴雪岚荣获"湖颖奖"。

9月20日—22日，第一批湖州市作协会员"学习习近平新时代中国特色社会主义思想培训班"在浙北大酒店举行。市文联、市作协计划分四年对全体市作协会员进行一次普遍的轮训。

10月12日，《中国作家》主编程绍武和湖州市政协原副主席、市关心下一代工作委员会主任沈琪芳，市文联党组书记、主席沈宝山为杨静龙文学工作室揭牌。

10月13日—18日，为撰写庆祝中华人民共和国成立七十周年特稿《探寻钱壮飞烈士牺牲真相》，沈文泉赴贵州毕节市金沙县、遵义市播州区、贵阳市息烽县考察采访。

11月6日，湖州市文联、市作协、湖州文学院授予寇丹、李苏卿、李广德、茹菇、余方德、厉创平、周孟贤、陆士虎、尹金荣、王仲远等十位七十岁以上老作家"湖州市文学事业功勋奖"，同时向第四届"湖州青年文学之星"称号获得者赵俊和第四届湖州市优秀青年文学作品奖获得者朱炜、顾文艳、蒋峰颁奖。

12月12日，湖州市文联在浙北大酒店南太湖店隆重举行湖州文学院十周年院庆暨庆祝中华人民共和国成立七十周年征文颁奖典礼。嘉兴市文联副主席、作协主席杨自强，嘉兴市文联秘书长、嘉兴文学院院长陈双虎应邀参加。

9. 韦泱.百年新诗话.问红.2016 年冬季号

10. 徐健.天津人艺推出话剧版《天下粮仓》.文艺报.2017 年 3 月 10 日

11. 王健.为生活于现在——评胡桑的诗.上海文化.2015 年第五期

12. 沈健.简论"江南七子"诗歌的语调及其旨趣走向.诗画周刊.2016 年 12 月 22 日

13. 唐海宏.《水浒后传》作者陈忱生平考述.咸阳师范学院学报 2014 年第五期

14. 武光杰.从《唐诗品》看徐献忠的唐诗论评.百度文库

15. 孙书磊.茅维及其凌霞阁杂剧考.道客巴巴网

16. 王翔.赵紫宸与《系狱记》.道客巴巴网

17. 徐斌姬.自由撰稿人辛酸坎坷——揭秘湖州写手的"梦里梦外".浙江在线网

18. 冯保善.《北红拂》《虬髯翁》合论.浙江学刊.2008 年第四期

19. 白烨.风情中的历史——读《古柳泽》.热读与时评.中国社会科学出版社 2005 年 3 月出版

20. 贺绍俊.张国擎：一位绕着弯说深刻思想的作家.

21. 杨昌俊.论韩天航小说《我的大爹》中兵团父亲群像.名作欣赏.2013 年第十二期

22. 丁帆.对《惊鸿照影》的两篇评论.张国擎提供

23. 许钧、内村庄子、宫本玉.中国新写实小说的异峰——《青云寺》导读.扬州教育学院学报.1995 年第一期

24. 范一直."浙西之善诗者"——诸文艺、俞楚石诗漫谈.湖州日报.2018 年 9 月 30 日

25. 郑艳.改革开放 40 周年两大全国小小说评选揭晓，湖州作家邵宝健沈宏榜上有名.湖州晚报.2018 年 11 月 9 日

26. 忍冬.诗书留香气自华（上、中、下）.湖州日报.2018 年 12 月 10 日、2019 年 1 月 1 日和 13 日

27. 苏沧桑.俞樾、俞平伯故居——远去的书香.人民日报.2014 年 07 月 14 日

28．王京雪．沈家本故居向公众开放，这位清末修律大臣为何不能忘？新华每日电讯 2018 年 11 月 23 日

29．沈泽宜．中国新时期诗歌的两次跨越．湖州师专学报．1987 年第一期

30．鄀北散木、箬溪船长．徐阶墓在长兴的发现与确证．2019 年 4 月 26 日微信发布

31．宋可可．沈泽宜《西塞娜十四行》与他的内心世界探论．来自微信

32．顾文艳．北岛在德语世界的传播与接受．《扬子江评论》2019 年第四期

33．杨燕．宋琬湖州交流及其散文创作．中国古代文学研究．2006 年第九期

34．洪明强．青年文学社与《火花》．湖州日报．2021 年 2 月 22 日

后　记

　　2015 年 9 月，我由湖州市社会科学院文化研究所所长调任湖州文学院副院长、市文联《南太湖》杂志社副社长兼副主编，主持工作。"新官上任三把火"，甫一上任，我就抓了三件事：一是编写《湖州文学志》；二是建设"湖州作家书库"；三是对《南太湖》杂志进行改版。

　　本志的编著始于 2015 年 9 月 17 日，初稿完成于 2019 年 8 月 10 日浙江人民抗御超强台风"利奇马"的日子，最后修定于 2021 年 4 月 5 日，历时五年半多。它的启动仅次于《宁波文学志》，而它的完成和出版却是全省乃至全国各地市最早的。初稿排好后有八百五十四页，五十七万多字。校对工作从 2020 年 7 月 10 日开始，直到 2021 年 4 月 28 日结束，费时超过九个半月。三次校对，其实包含了核对、修改、完善、精减，甚至调整，所以特别费时费力。终稿统计八十多万字的篇幅充分显示了"文化之邦"湖州深厚的文化积淀，以及她在中国文学史上的贡献和地位。

　　本志的编纂，不仅得到了浙江省作协、湖州市文联的支持，得到了湖州市作协和吴兴区、南浔区、德清县、长兴县、安吉县作协及市公安作协、市交通作协、市网络作协的支持，也得到了湖州市民间文艺家协会、湖州市诗词楹联学会、湖州师范学院等相关社团和单位的支持，还得到了李广德、厉创平、高锋、杨静龙、张林华等湖州市作协历任主席和竺翎、唐永昌、嵇发根、金一鸣、寇丹、柯平、周孟贤、沈鑫元、闻波等湖州文学前辈，以及竹林、沈苇、张国擎、汪剑钊等湖州籍在外作家、诗人的支持和鼓励，他们为本志的编纂提供了大量宝贵的资料，也为书稿的修改、补充和完善提供了宝贵的意见和建议，在此一并表示衷心的感谢！此外，还要特别感谢湖州青年诗人赵俊、小雅向我提供我所不曾掌握的湖州籍翻译家、作家王振孙、沈东子、李瑶音、胡昉等人的线索和资料。

特别感谢著名书法家、中国书法家协会原副主席言恭达先生为本志题写书名！遗憾的是，因为装帧设计的考虑，他的题签未能用在封面上，只编排在了书前的彩页上，因此要向言老师和热心的张国擎先生深表歉意。

本书前面的彩页，部分照片没有署名，是因为不知道拍摄者是谁。我曾求助于强大、万能的微信朋友圈，征求这些照片的作者，但没有结果。如果作者本人看到后请与湖州文学院（湖州书画院）联系，我们将按规定支付稿酬，并在以后有机会再版时补上署名。

由于本人水平有限，掌握资料有限，评判取舍标准较难把握，本志难免存在不少错漏和遗憾，敬请读者诸君批评和谅解。

沈文泉

2019 年 8 月 10 日

"利奇马"超强台风来临时于湖州大同斋

2020 年 12 月 14 日修改于大同斋

2021 年 4 月 28 日改定于湖州文艺之家